Sprechen und Zuhören

Schreiben

Lesen und Medien

Sprache

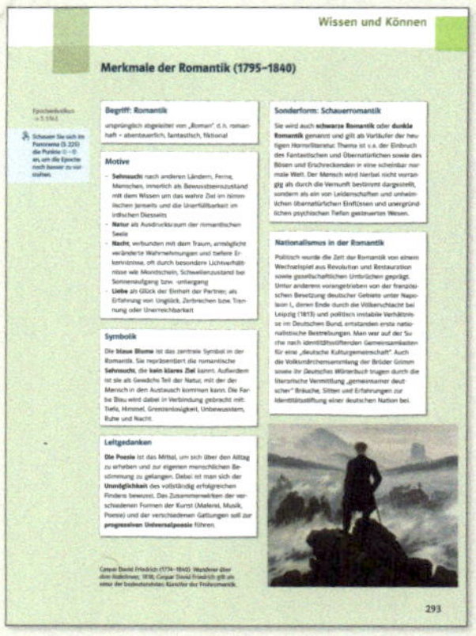

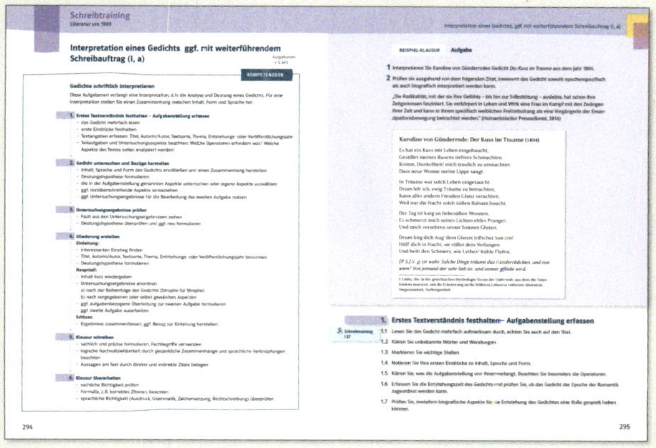

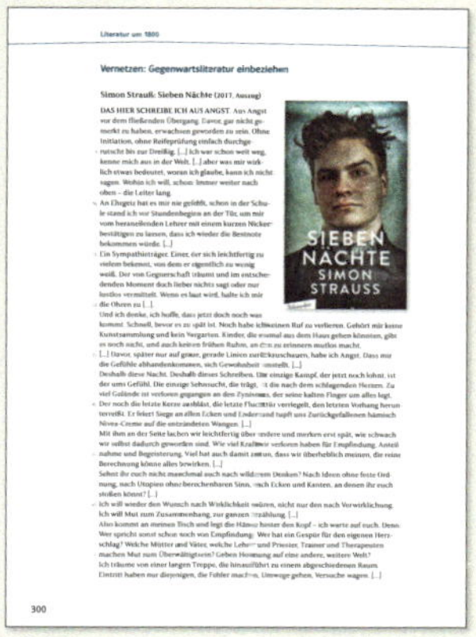

Wissen und Können

Hier findet sich die übersichtliche Zusammenfassung der wesentlichen Inhalte und Kompetenzen.

Schreibtraining

In den Schreibtrainings werden alle Aufgabenarten der schriftlichen Abiturprüfung in sechs aufeinander aufbauenden Schritten auführlich angeleitet.

Vernetzen

Diese Materialien helfen, epochenübergreifend Zusammenhänge zu erkennen.

Symbole

- MK – Aufgaben zur Integration von Medien
- A – Audio, z. B. Hörtext
- I – interaktiv, z. B. 360°-Bild, So geht's, Schreibtraining, Sprachtraining
- D – Dokument, z. B. Beispiellösung

Schauen Sie sich im Panorama (S. 164) die Punkte ①–⑧ an, um die Epoche besser zu verstehen.

Die blauen Felder regen die fakultative Arbeit mit zusätzlichen multimedialen Inhalten an.

Die Medien (Audios, interaktive Inhalte und Dokumente) zum Schulbuch sind online und offline verfügbar.

1. QR-Code scannen oder Link in einen Browser eingeben
2. Mit den persönlichen Klett-Zugangsdaten anmelden
3. Digitale Medien online nutzen oder in die **Klett Lernen App** herunterladen

Link
qr.klett.de/LC-cXC-ZYm

1. Auflage 1 5 4 3 2 1 | 28 27 26 25 24

Die letzte Zahl bezeichnet das Jahr des Druckes.

Herausgeberinnen: Martina Blatt, Frankfurt a. M.; Heike Henniger, Jahnsdorf
Unter Beratung von: Susanne Büttner, Bonn; Prof. Dr. Helmuth Feilke, Gießen; Prof. Dr. Iris Winkler, Jena
Autorinnen und Autoren: Martina Blatt, Frankfurt a. M.; Klemens Büsch, Leverkusen; Björn Dumont, Leipzig; Tommy Greim, Döbeln; Heike Henniger, Jahnsdorf; Felicitas Knauer, Crimmitschau; Daniela Khatib, Köln; Dr. Stefan Schäfer, Lörrach; Dr. Anja Seiffert, Leipzig; Julia Sperling, Bonn

Mit Beiträgen von: Dr. Dominik Banhold, Aschaffenburg; Bernhard Bogner, Bad Wörishofen; Wilhelm Borcherding, Spenge; Friederike Braun, München; Dr. Anika Davidson, Heroldsberg; Christian Frobenius, Grafing; Dr. Thomas Gutwald, München; Stefan Hesper, Bad Sassendorf; Dominik Koch, Diedorf; Dr. Rosemarie Lange, Ruttersdorf; Arnild Nachreiner, Bergisch Gladbach; Conrad Pietschmann, Blaustein; Sandra Rollmann, Würzburg; Michael Schwarzwald, Beverungen; Carolin Sollfrank, München; Wolfgang Wittor, Leipzig

Entstanden in Zusammenarbeit mit dem Projektteam des Verlages.

Gestaltung: normaldesign GbR, Maria und Jens-Peter Becker, Schwäbisch Gmünd
Umschlaggestaltung: normaldesign GbR, Maria und Jens-Peter Becker, Schwäbisch Gmünd
Titelbild: Bühnen und Orchester der Stadt Bielefeld, Theater Bielefeld, Foto: Sarah Jonek, Bielefeld
Satz: Fotosatz Buck, Kumhausen
Reproduktion: Druckmedienzentrum Gotha GmbH, Gotha
Druck: Passavia Druckservice GmbH & Co. KG, Passau

Printed in Germany
Die Verkaufsauflage erscheint unter
ISBN 978-3-12-350552-2

9 783123 505522

11
12
13

Deutsch kompetent

Gesamtband

Herausgegeben von:
Martina Blatt
Heike Henniger

Erarbeitet von:
Martina Blatt
Klemens Büsch
Björn Dumont
Tommy Greim
Heike Henniger
Felicitas Knauer
Daniela Khatib
Stefan Schäfer
Anja Seiffert
Julia Sperling

Ernst Klett Verlag
Stuttgart · Leipzig · Dortmund

Einführungsphase

Inhaltsschwerpunkte und Kompetenzerwartungen

Kommunikationssituationen und -verläufe mithilfe von Kommunikationsmodellen untersuchen • zwischen Alltagskommunikation und literarisch gestalteter Kommunikation unterscheiden • den Wert von Kommunikationsmodellen für das Verstehen literarischer Texte beurteilen • Konventionen monologischer und dialogischer Kommunikation in unterschiedlichen medialen Kontexten benennen • Kommunikation im Hinblick auf ihre Funktion untersuchen • das eigene Kommunikationsverhalten in verschiedenen Kontexten gestalten • Multimodalität • pragmatische Texte • Textsorte, Inhalt und gedanklicher Aufbau/Argumentationsgang • Leserlenkung • sprachliche Gestaltung und Intention • den Lese- und Schreibprozess steuern • lokale und globale Kohärenz erkennen • pragmatische Texte textimmanent und mithilfe textübergreifender Informationen analysieren • Texten Informationen und Argumente entnehmen • Textmuster bei der Erstellung von analysierenden Texten einsetzen • kriteriengeleitet Texte überarbeiten

Aufgabenart

Analyse eines pragmatischen Textes mit weiterführendem Schreibauftrag

Inhaltsschwerpunkte und Kompetenzerwartungen

Erzähltexte • Strukturmerkmale der Gattung • Figurengestaltung • Handlungsaufbau • erzählerische und sprachliche Gestaltung • thematische Bezüge • den Lese- und Schreibprozess steuern • lokale und globale Kohärenz erkennen • Mehrdeutigkeit literarischer Texte erschließen • textimmanent und textübergreifend interpretieren • sich mit verschiedenen Lesarten auseinandersetzen • Textmuster bei der Erstellung von analysierenden Texten einsetzen • produktionsorientiert schreiben • Texte gestaltend interpretieren • kriteriengeleitet Texte überarbeiten

Aufgabenart

Interpretation eines Erzähltextes

Inhaltsschwerpunkte und Kompetenzerwartungen
lyrische Texte • Strukturmerkmale der Gattung • Inhalt und Aufbau • formale und sprachliche Gestaltung • thematische Bezüge • den Lese- und Schreibprozess steuern • lokale und globale Kohärenz erkennen • Mehrdeutigkeit literarischer Texte erschließen • textimmanent und textübergreifend interpretieren • sich mit verschiedenen Lesarten auseinandersetzen • Textmuster bei der Erstellung von analysierenden Texten einsetzen • produktionsorientiert schreiben • Texte gestaltend interpretieren • kriteriengeleitet Texte überarbeiten

Aufgabenart
Interpretation eines lyrischen Textes

Inhaltsschwerpunkte und Kompetenzerwartungen
Drama im historischen Kontext • Strukturmerkmale der Gattung • Figurengestaltung • Handlungsaufbau • Dialoggestaltung • sprachliche Gestaltung • thematische Bezüge • den Lese- und Schreibprozess steuern • lokale und globale Kohärenz erkennen • Mehrdeutigkeit literarischer Texte erschließen • textimmanent und textübergreifend interpretieren • sich mit verschiedenen Lesarten auseinandersetzen • Textmuster bei der Erstellung von analysierenden Texten einsetzen • produktionsorientiert schreiben • Texte gestaltend interpretieren • kriteriengeleitet Texte überarbeiten

Aufgabenart
Interpretation eines dramatischen Textes mit weiterführendem Schreibauftrag

Inhaltsschwerpunkte und Kompetenzerwartungen
pragmatische Texte • Textsorte, Inhalt und gedanklicher Aufbau/Argumentationsgang • Leserlenkung • sprachliche Gestaltung und Intention • thematische Bezüge • nicht lineare Texte • den Lese- und Schreibprozess steuern • lokale und globale Kohärenz erkennen • pragmatische Texte textimmanent und mithilfe textübergreifender Informationen analysieren • Texten und Materialdossiers Informationen und Argumente entnehmen • Texte in Beziehung zueinander setzen • Teilaspekte eines Themas ableiten • informierende Texte sach-, adressaten- und situationsgerecht verfassen • Textmuster bei der Erstellung von informierenden Texten einsetzen • kriteriengeleitet Texte überarbeiten

Aufgabenart
materialgestütztes Verfassen informierender Texte

Inhaltsschwerpunkte und Kompetenzerwartungen
Dimension der Partizipation • den Geltungsanspruch von Informationen in verschiedenen Darbietungsformen prüfen • Möglichkeiten und Risiken beim Generieren, Teilen und Kommentieren erläutern • individuelle und gesellschaftliche Verantwortung bei Meinungs- und Entscheidungsprozessen beurteilen • nicht lineare Texte • pragmatische Texte • Textsorte, Inhalt und gedanklicher Aufbau/Argumentationsgang • Leserlenkung • sprachliche Gestaltung und Intention • thematische Bezüge • den Lese- und Schreibprozess steuern • lokale und globale Kohärenz erkennen • pragmatische Texte textimmanent und mithilfe textübergreifender Informationen analysieren • Texten Informationen und Argumente entnehmen • Texte in Beziehung zueinander setzen • argumentierende Texte sach-, adressaten- und situationsgerecht verfassen • Textmuster bei der Erstellung von argumentierenden Texten einsetzen • kriteriengeleitet Texte überarbeiten

KERNLEHRPLAN

Aufgabenart
Erörterung pragmatischer Texte

Inhaltsschwerpunkte und Kompetenzerwartungen
Sprachvarietäten und ihre gesellschaftliche Bedeutung • Veränderungen der Gegenwartssprache • gesellschaftliche Bedeutung sprachlicher Zuschreibungen beurteilen • Diskriminierung durch Sprache • konzeptionelle Mündlichkeit und Schriftlichkeit • pragmatische Texte • Textsorte, Inhalt und gedanklicher Aufbau/Argumentationsgang • Leserlenkung • sprachliche Gestaltung und Intention • thematische Bezüge • nicht lineare Texte • Multimodalität • den Lese- und Schreibprozess steuern • lokale und globale Kohärenz erkennen • pragmatische Texte textimmanent und mithilfe textübergreifender Informationen analysieren • Texten Informationen und Argumente entnehmen • Texte in Beziehung zueinander setzen • argumentierende Texte sach-, adressaten- und situationsgerecht verfassen • Textmuster bei der Erstellung von argumentierenden Texten einsetzen • kriteriengeleitet Texte überarbeiten

Aufgabenart
materialgestütztes Verfassen argumentierender Texte

Qualifikationsphase

Inhaltsschwerpunkte und Kompetenzerwartungen
strukturell unterschiedliche Erzähltexte aus unterschiedlichen historischen Kontexten • gattungstypische Gestaltungsformen • Figurengestaltung • Handlungsaufbau • erzählerische und sprachliche Gestaltung • poetologische Konzepte • motivische und thematische, diachrone und synchrone Bezüge • literarische Texte miteinander in Beziehung setzen • Mehrdeutigkeit von Texten erläutern • produktionsorientiert schreiben • Texte gestaltend interpretieren • Gestaltungsmöglichkeiten multimodalen Erzählens auf der Figuren- und Handlungsebene erläutern • Ausschnitte der filmischen Umsetzung einer Textvorlage analysieren

Inhaltsschwerpunkte und Kompetenzerwartungen
strukturell unterschiedliche Dramen aus unterschiedlichen historischen Kontexten • gattungstypische Gestaltungsformen • Figurengestaltung • Handlungsaufbau • Dialoggestaltung • sprachliche Gestaltung • poetologische Konzepte • motivische und thematische, diachrone und synchrone Bezüge • literarische Texte miteinander in Beziehung setzen • Texte gestaltend interpretieren • Auszüge der Bühneninszenierung eines dramatischen Textes analysieren

Inhaltsschwerpunkte und Kompetenzerwartungen
lyrische Texte aus unterschiedlichen historischen Kontexten • Formen lyrischen Sprechens • Inhalt und Aufbau • Sprechsituation • formale und sprachliche Gestaltung • poetologische Konzepte • motivische und thematische, diachrone und synchrone Bezüge • den Lese- und Schreibprozess steuern • textimmanent und textübergreifend interpretieren • synchrone Zusammenhänge erschließen • literarische Texte miteinander in Beziehung setzen • Mehrdeutigkeit von Texten erläutern • sprachlich-stilistische Mittel erläutern • Textmuster bei der Erstellung von Texten einsetzen • selbstständig und kriteriengeleitet die sprachliche Darstellung in Texten überarbeiten • produktionsorientiert schreiben • Texte gestaltend interpretieren

Aufgabenart der schriftlichen Abiturprüfung
vergleichende Interpretation lyrischer Texte (I, b)

Inhaltsschwerpunkte und Kompetenzerwartungen
Gestaltungsmöglichkeiten multimodalen Erzählens auf der Figuren- und Handlungsebene erläutern • Ausschnitte der filmischen Umsetzung einer Textvorlage analysieren • gattungstypische Gestaltungsformen • Figurengestaltung • Handlungsaufbau • erzählerische und sprachliche Gestaltung • Mehrdeutigkeit von Texten erläutern • komplexe pragmatische Texte und mediale Produkte analysieren

---

Inhaltsschwerpunkte und Kompetenzerwartungen
lyrische Texte aus unterschiedlichen historischen Kontexten • Formen lyrischen Sprechens • Inhalt und Aufbau • Sprechsituation • formale und sprachliche Gestaltung • strukturell unterschiedliche Erzähltexte aus unterschiedlichen historischen Kontexten • motivische und thematische, diachrone und synchrone Bezüge • synchrone Zusammenhänge erschließen • literarische Texte in literaturhistorische und historische Entwicklungen einordnen

Inhaltsschwerpunkte und Kompetenzerwartungen
strukturell unterschiedliche Erzähltexte aus unterschiedlichen historischen Kontexten • Figurengestaltung • Handlungsaufbau • erzählerische und sprachliche Gestaltung • strukturell unterschiedliche Dramen aus unterschiedlichen historischen Kontexten • Figurengestaltung • Handlungsaufbau • Dialoggestaltung • sprachliche Gestaltung • gattungstypische Gestaltungsformen • Auszüge der Bühneninszenierung eines dramatischen Textes analysieren • lyrische Texte aus unterschiedlichen historischen Kontexten • Formen lyrischen Sprechens • Inhalt und Aufbau • Sprechsituation • formale und sprachliche Gestaltung • poetologische Konzepte • motivische und thematische, diachrone und synchrone Bezüge • den Lese- und Schreibprozess steuern • synchrone Zusammenhänge erschließen • literarische Texte in literaturhistorische und historische Entwicklungen einordnen • Möglichkeiten und Grenzen der Zuordnung literarischer Werke zu Epochen erläutern • literarische Texte miteinander in Beziehung setzen • Mehrdeutigkeit von Texten erläutern • komplexe pragmatische Texte analysieren • Texten und Materialdossiers Informationen und Argumente entnehmen • Texte zueinander in Beziehung setzen und selbstständig Teilaspekte eines Themas oder Vergleichsaspekte ableiten • sprachlich-stilistische Mittel erläutern • textimmanent und textübergreifend interpretieren • Textmuster bei der Erstellung von Texten einsetzen • selbstständig und kriterien-geleitet die sprachliche Darstellung in Texten überarbeiten • produktionsorientiert schreiben • Texte gestaltend interpretieren

KERNLEHRPLAN

Aufgabenarten der schriftlichen Abiturprüfung
Erörterung literarischer Texte auf der Grundlage eines pragmatischen Textes (II, b)
Interpretation eines dramatischen Textes mit weiterführendem Schreibauftrag (I, a)
Interpretation eines lyrischen Textes mit weiterführendem Schreibauftrag (I, a)

Inhaltsschwerpunkte und Kompetenzerwartungen
strukturell unterschiedliche Dramen aus unterschiedlichen historischen Kontexten • Figurengestaltung • Handlungsaufbau • Dialoggestaltung • sprachliche Gestaltung • gattungstypische Gestaltungsformen • Auszüge der Bühneninszenierung eines dramatischen Textes analysieren • lyrische Texte aus unterschiedlichen historischen Kontexten • Formen lyrischen Sprechens • Inhalt und Aufbau • Sprechsituation • formale und sprachliche Gestaltung • strukturell unterschiedliche Erzähltexte aus unterschiedlichen historischen Kontexten • Figurengestaltung • Handlungsaufbau • erzählerische und sprachliche Gestaltung • Ausschnitte der filmischen Umsetzung einer Textvorlage analysieren • poetologische Konzepte • komplexe pragmatische Texte und mediale Produkte analysieren • Texten und Materialdossiers Informationen und Argumente entnehmen • Texte zueinander in Beziehung setzen und selbstständig Teilaspekte eines Themas oder Vergleichsaspekte ableiten • motivische und thematische, diachrone und synchrone Bezüge • den Lese- und Schreibprozess steuern • synchrone Zusammenhänge erschließen • literarische Texte in literaturhistorische

Texte

G. Herwegh: Achtzehnter März **303** • T. Fontane: Aufgabe des Romans **303** • M. Baßler: Populärer Realismus **303** • G. Büchner: Woyzeck **304**, **306**, **307** • G. Büchner: Brief an die Eltern in Darmstadt **305**, **306** • H. Heine: Die schlesischen Weber **308** • L. Aston: Barrikadenklänge **308** • H. Heine: Nachtgedanken **309** • G. Weerth: Das Hungerlied **309** • E. Mörike: Auf eine Lampe **310** • E. Mörike: Ideale Wahrheit **310** • A. von Droste-Hülshoff: Am Turme **310** • T. Fontane: Effi Briest **312**, **314**, **315**, **316** • M. Fludernik: Realismus in der Erzählung **313** • A. Oz: Das unmerkliche Fortschreiten des Schattens **313** • U. Frevert: Ehrenmänner **318** • T. Fontane: Was ist Realismus? **318** • Aufruf zur Gründung des Vereins *Freie Bühne* **320** • A. Holz/J. Schlaf: Die Familie Selicke **321**, **323**, **324** • M. Harden: Die Wahrheit auf der Bühne **322** • A. Holz: Die Kunst. Ihr Wesen und ihre Gesetze **322** • G. G. Márquez: Chronik eines angekündigten Todes **326**

KERNLEHRPLAN

und historische Entwicklungen einordnen • literarische Texte miteinander in Beziehung setzen • Mehrdeutigkeit von Texten erläutern • sprachlich-stilistische Mittel erläutern • textimmanent und textübergreifend interpretieren • produktionsorientiert schreiben • Texte gestaltend interpretieren

---

Texte

C. Morgenstern: Das Nasobēm **329** • R. M. Rilke: Blaue Hortensie **329** • B. Brecht: An die Nachgeborenen **329** • P. Boldt: In der Welt **329** • S. Merbaum: Schlaflied für mich **329** • F. Nietzsche: Vereinsamt; Der tolle Mensch **330** • R. M. Rilke: Ich fürchte mich so vor der Menschen Wort **331** • H. v. Hofmannsthal: Ein Brief **331** • S. George: Komm in den totgesagten Park und schau; Einleitungen der Blätter für die Kunst **332** • R. M. Rilke: Der Panther **333** • G. Trakl: In einem alten Garten **333** • C. Morgenstern: Palmström **334** • J. Ringelnatz: Im Park **334** • H. Hesse: Im Nebel **355** • E. Lasker-Schüler: Die Verscheuchte **355** • H. Bahr: Die Überwindung des Naturalismus **336** • W. Klemm: Meine Zeit **337** •

Inhaltsschwerpunkte und Kompetenzerwartungen

lyrische Texte aus unterschiedlichen historischen Kontexten • Formen lyrischen Sprechens • Inhalt und Aufbau • Sprechsituation • formale und sprachliche Gestaltung • strukturell unterschiedliche Dramen aus unterschiedlichen historischen Kontexten • Figurengestaltung • Handlungsaufbau • Dialoggestaltung • sprachliche Gestaltung • gattungstypische Gestaltungsformen • strukturell unterschiedliche Erzähltexte aus unterschiedlichen historischen Kontexten • Figurengestaltung • Handlungsaufbau • erzählerische und sprachliche Gestaltung • Ausschnitte der filmischen Umsetzung einer Textvorlage analysieren • komplexe pragmatische Texte analysieren • Texten und Materialdossiers Informationen und Argumente entnehmen • Texte zueinander in Beziehung setzen und selbstständig Teilaspekte eines Themas oder Vergleichsaspekte ableiten • poetologische Konzepte • motivische und thematische, diachrone und synchrone Bezüge • den Lese- und Schreibprozess steuern • synchrone Zusammenhänge erschließen • literarische Texte in literaturhistorische und historische Entwicklungen einordnen • literarische Texte miteinander in Beziehung setzen • Mehrdeutigkeit von Texten erläutern • sprachlich-stilistische Mittel erläutern • textimmanent und textübergreifend interpretieren • produktionsorientiert schreiben • Texte gestaltend interpretieren

G. Benn: Kleine Aster **338** • R. Gernhardt: Der ziemlich arme GB **339** • R. M. Rilke: Briefe über Cézanne **339** • C. Baudelaire: Ein Stück Aas **339** • G. Heym: Nach der Schlacht **339** • G. Heym: Die Stadt **340** • H. Lehnert: Interpretation zu G. Heyms „Die Stadt" **340** • A. Stramm: Verabredung; Patrouille **341** • K. Tucholsky: Augen in der Großstadt **342** • M. Kaléko: Großstadtliebe **342** • B. Brecht: Die Dreigroschenoper **343** • B. Brecht: Schriften zum Theater **344** • A. Döblin: Berlin Alexanderplatz **345** • E. Kästner: Fabian **346** • M. Kaléko: Sozusagen ein Mailied **347** • B. Brecht: Gedanken über die Dauer des Exils; Flüchtlingsgespräche **348** • A. Seghers: Das siebte Kreuz; Transit **349** • T. Mann: Deutsche Hörer! **350** • J. Joyce: Ulysses **352**, **353** • S. Regener: Herr Lehmann **353**

Texte

H. Kahlau: Elementares Bedürfnis **355** • G. Eich: Inventur **356** • P. Celan: Die Todesfuge **356** • N. Sachs: Ihr Zuschauenden **358** • T. W. Adorno: Kulturkritik und Gesellschaft; Noten zur Literatur **358** • R. Gernhardt: Frage **358** • W. Schnurre: Dreizehn Thesen gegen die Behauptung, dass es barbarisch sei, nach Auschwitz ein Gedicht zu schreiben **359** • I. Radisch: Frauen im Schatten **359** • W. Borchert: Vielleicht hat sie ein rosa Hemd **360** • G. Grass: Die Blechtrommel **361** • M. Maron: Flugasche **362** • C. Wolf: Störfall. Nachrichten eines Tages **363** • C. Wolf: Subjektive Authentizität, Gespräch mit Hans Kaufmann **364** • W. Koeppen: Das Treibhaus **364** • H. Böll: Die verlorene Ehre der Katharina Blum **365** • B. Brecht: Die Lösung **367** • H. M. Novak: Lernjahre sind keine Herrnjahre **367** • S. Kirsch: Der Rest des Fadens **367** • P. Rühmkorf: Hochseil **368** • R. D. Brinkmann: Notiz; Landschaft **369** • J. Becker: Natur-Gedicht **369** • I. Bachmann: Reklame; Wozu Gedichte? **371** • S. Stanišić. Herkunft. Kapitel Heidelberg **376** • D. Ohde. Streulicht **377** • T. Schachinger: Echtzeitalter **378** • D. Kehlmann: Die Vermessung der Welt **380** • J. W. Goethe: Über allen Wipfeln **380** • H. Kahlau: Tag der Einheit **381** • R. Kunze: die mauer **381** • V. Braun: Das Eigentum **381** • B. Böttcher: Berlin Paradoxien **382** • A. Frey: Instapoesie – die Wortkünstler unserer Zeit **383** • E. Fischer: Paradise Garden **387** • D. Stuart: Young Mungo **392**

Inhaltsschwerpunkte und Kompetenzerwartungen
lyrische Texte aus unterschiedlichen historischen Kontexten • Formen lyrischen Sprechens • Inhalt und Aufbau • Sprechsituation • formale und sprachliche Gestaltung • strukturell unterschiedliche Erzähltexte aus unterschiedlichen historischen Kontexten • Figurengestaltung • Handlungsaufbau • erzählerische und sprachliche Gestaltung • komplexe pragmatische Texte analysieren • Texten und Materialdossiers Informationen und Argumente entnehmen • Texte zueinander in Beziehung setzen und selbstständig Teilaspekte eines Themas oder Vergleichsaspekte ableiten • poetologische Konzepte • motivische und thematische, diachrone und synchrone Bezüge • den Lese- und Schreibprozess steuern • synchrone Zusammenhänge erschließen • literarische Texte in literaturhistorische und historische Entwicklungen einordnen • literarische Texte miteinander in Beziehung setzen • Mehrdeutigkeit von Texten erläutern • sprachlich-stilistische Mittel erläutern • textimmanent und textübergreifend interpretieren • Textmuster bei der Erstellung von Texten einsetzen • selbstständig und kriteriengeleitet die sprachliche Darstellung in Texten überarbeiten • produktionsorientiert schreiben • Texte gestaltend interpretieren

Aufgabenart der schriftlichen Abiturprüfung
Interpretation eines epischen Textes mit weiterführendem Schreibauftrag (I, a)

Inhaltsschwerpunkte und Kompetenzerwartungen
rhetorisch gestaltete Kommunikation analysieren, verbale, nonverbale und paraverbale Aspekte berücksichtigen • symmetrische und asymmetrische Kommunikation in Gesprächssituationen und in literarischen Texten untersuchen • Merkmale verständigungsorientierter und manipulativer Kommunikation erläutern • Verhältnis von Öffentlichkeit und Privatheit in medialen Kontexten erläutern • komplexe pragmatische Texte und mediale Produkte analysieren • Texten und Materialdossiers Informationen und Argumente entnehmen • Texte zueinander in Beziehung setzen und selbstständig Teilaspekte eines Themas oder Vergleichsaspekte ableiten • sprachlich-stilistische Mittel erläutern • Textmuster bei der Erstellung von Texten einsetzen • selbstständig und kriteriengeleitet die sprachliche Darstellung in Texten überarbeiten

Aufgabenart der schriftlichen Abiturprüfung
Analyse eines pragmatischen Textes mit weiterführendem Schreibauftrag (II, a)

Inhaltsschwerpunkte und Kompetenzerwartungen
unterschiedliche Theorien zum Verhältnis von Sprache, Denken und Wirklichkeit vergleichen • Sprachvarietäten und ihre gesellschaftliche Bedeutung vergleichen • Veränderungstendenzen der Gegenwartssprache und ihre Ursachen erklären • innere und äußere Mehrsprachigkeit erläutern • Formen gesteuerten und ungesteuerten Sprachwandels beurteilen • Ansätze zur Spracherwerbstheorie vergleichen • komplexe pragmatische Texte analysieren • Texten und Materialdossiers Informationen und Argumente

KERNLEHRPLAN

entnehmen • Texte zueinander in Beziehung setzen und selbstständig Teilaspekte eines Themas oder Vergleichsaspekte ableiten • sprachlich-stilistische Mittel erläutern • Textmuster bei der Erstellung von Texten einsetzen • selbstständig und kriteriengeleitet die sprachliche Darstellung in Texten überarbeiten

Aufgabenarten der schriftlichen Abiturprüfung
materialgestütztes Verfassen informierender Texte (IV, a)
Erörterung pragmatischer Texte (III, a)

Inhaltsschwerpunkte und Kompetenzerwartungen
die Qualität von Informationen aus verschiedenartigen Quellen beurteilen • Zusammenhänge zwischen medialem Kontext, Verbreitungsweisen und der Darbietungsform von Informationen erläutern • Möglichkeiten und Gefahren der politischen Willensbildung und der gesellschaftlichen Einflussnahme beurteilen • mediale Umbrüche erläutern • komplexe pragmatische Texte und mediale Produkte analysieren • Texten und Materialdossiers Informationen und Argumente entnehmen • Texte zueinander in Beziehung setzen und selbstständig Teilaspekte eines Themas oder Vergleichsaspekte ableiten • sprachlich-stilistische Mittel erläutern • Textmuster bei der Erstellung von Texten einsetzen • selbstständig und kriteriengeleitet die sprachliche Darstellung in Texten überarbeiten

KERNLEHRPLAN

Aufgabenarten der schriftlichen Abiturprüfung
vergleichende Analyse pragmatischer Texte (II, b)
materialgestütztes Verfassen argumentierender Texte (IV, b)

Inhaltsschwerpunkte und Kompetenzerwartungen
die funktionsgerechte Verwendung von grammatischen Formen und Verknüpfungsmitteln im Hinblick auf die Textkohärenz prüfen • Texte im Hinblick auf eine normgerechte Verwendung der Sprache überarbeiten • selbstständig und kriteriengeleitet die sprachliche Darstellung in Texten überarbeiten

Selbstlernen

Epochenlexikon

Gattungslexikon

Texte

Aufgabenarten

Texte

Arbeitstechniken/Methoden

1

Kommunikation untersuchen

Miteinander reden

1

2

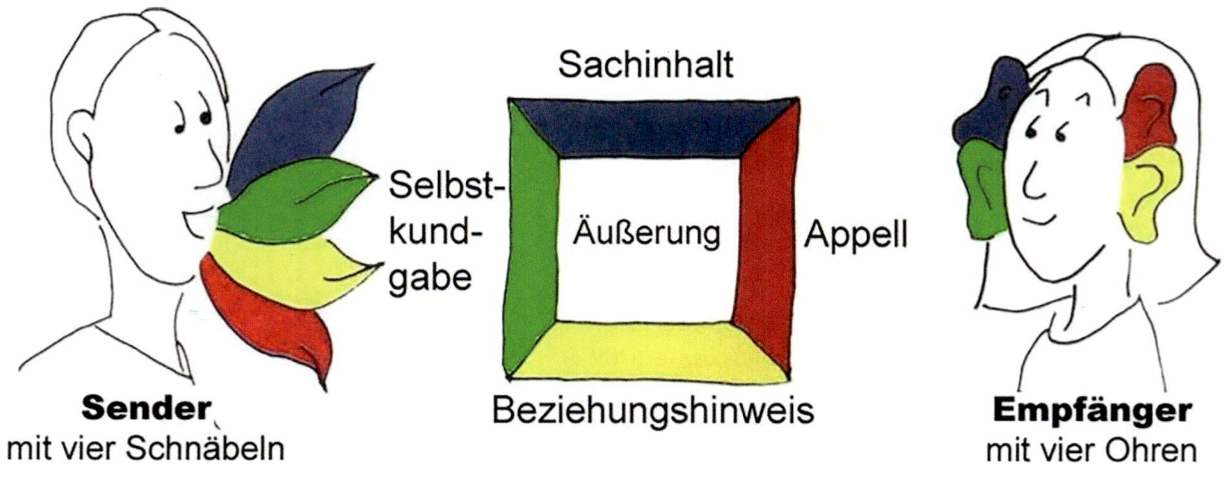

Sagen wir immer, was wir meinen? Meinen wir immer, was wir sagen?

Wodurch entstehen Missverständnisse?

Wie kann Kommunikation gelingen?

Das lernen Sie jetzt!

1.1 Alltagsgespräche mithilfe von Kommunikationsmodellen reflektieren
1.2 Gespräche in literarischen Texten untersuchen
Schreibtraining: einen Sachtext analysieren
Vertiefen: Gespräche in literarischen Texten untersuchen

Kommunikation [lat.] K. bezeichnet den Austausch von Informationen zwischen zwei oder mehreren Personen. Als elementare Notwendigkeit menschlicher Existenz und wichtigstes soziales Bindemittel kann K. über Sprache, Mimik, Gestik, durch schriftlichen Austausch, Medien etc. stattfinden.
Zu unterscheiden sind a) interpersonale K. (unmittelbar und mittelbar zwischen Personen), b) Massen-K. (wenige Journalisten bereiten Informationen auf, die von vielen Lesern konsumiert werden) und c) Gruppen-K. (innerhalb bestimmter, organisierter sozialer Gruppen, Verbände, Parteien).

Quelle: Schubert, K. und M. Klein: Das Politiklexikon. 5., aktual. Aufl. Bonn: Dietz 2011.

Kommunikation bezeichnet den Austausch von Informationen zwischen zwei oder mehreren Personen, wobei die Mitteilung sprachlich (verbal) oder/und nichtsprachlich (nonverbal) erfolgen kann.

Quelle: Köck, P. u. H. Ott: Wörterbuch für Erziehung und Unterricht. 5., völlig neu bearb. und erw. Auflage. Donauwörth: Auer 1994, S. 213.

Kommunikation (lateinisch communicare „mitteilen") ist der Austausch oder die Übertragung von Informationen. „Information" ist in diesem Zusammenhang eine zusammenfassende Bezeichnung für Wissen, Erkenntnis oder Erfahrung. Mit „Austausch" ist ein gegenseitiges Geben und Nehmen gemeint. „Übertragung" ist die Beschreibung dafür, dass dabei Distanzen überwunden werden können, oder es ist eine Vorstellung gemeint, dass Gedanken, Vorstellungen, Meinungen und anderes ein Individuum „verlassen" und in ein anderes „hinein gelangen".

Quelle: wikipedia.org

Abbildung 1: „Du verstehst mich einfach nicht!"

Abbildung 2: Das Kommunikationsquadrat von Friedemann Schulz von Thun (1981). „Wenn ich als Mensch etwas von mir gebe, bin ich auf vierfache Weise wirksam. Jede meiner Äußerungen enthält, ob ich will oder nicht, vier Botschaften gleichzeitig: eine Sachinformation (worüber ich informiere), eine Selbstkundgabe (was ich von mir zu erkennen gebe), einen Beziehungshinweis (was ich von dir halte und wie ich zu dir stehe), einen Appell (was ich bei dir erreichen möchte)."

1 Die Personen in Abbildung 1 verstehen sich nicht. Worum geht es? Entwickeln Sie ein Streitgespräch zwischen den beiden und tragen Sie es vor.

2 Untersuchen Sie Ihre Streitgespräche aus Aufgabe 1 mithilfe des Kommunikationsquadrates. Beachten Sie den Text zur Abbildung.

3 Wie wird Kommunikation überhaupt definiert? Sammeln Sie Unterschiede und Gemeinsamkeiten in den Lexikoneinträgen.

1.1 Alltagsgespräche mithilfe von Kommunikationsmodellen reflektieren

„Was soll das denn jetzt heißen?“

„Waas? Trinken auch nicht?“ (2018, Jetzt, Ausschnitt)

Im Jugendmagazin „Jetzt“ ist der folgende fiktive, an einer realen Begebenheit angelehnte Social-Media-Chat veröffentlicht worden. Darin unterhält sich Mara mit ihrem Freund Cevat darüber, dass er in diesem Jahr den Fastenmonat Ramadan einhält.

MARA
Oh, ganz vergessen, am Samstag ist Onkel Ralfs 50. Geburtstag. Da müssen wir hin 13:43

CEVAT
okay 13:57

MARA
[…], aber da musst du eine Ausnahme machen und schon was essen, gell 14:14

CEVAT
Nein wieso? Das geht nicht 14:28

MARA
Ach komm schon. Tus für mich. Die kommen doch so schon nicht darauf klar, dass du Türke bist. […] Wenn du jetzt auch noch hingehst und sagst, du isst nichts wegen Ramadan, dann denken die doch du bist jetzt radikaler Islamist 14:45

CEVAT
Ja sorry, aber ich kann doch nichts dafür, wenn deine Verwandten Trottel sind 14:45

MARA
Heee, das ist fies, ich meine sie kennen das halt irgendwie nicht und machen sich Sorgen um mich. 14:51

CEVAT
Ja, aber mei, ist doch so. Wenn sie denken ich bin radikal, nur weil ich faste 14:55

MARA
Naja, ganz ehrlich gesagt, finde ich deine neue religiöse Seite auch nicht besonders prickelnd, sondern eher beunruhigend 15:14

CEVAT
Was soll das denn jetzt heißen? 15:16

MARA
Naja ich frag mich auch woher das kommt auf einmal 15:23

CEVAT
Was heißt denn auf einmal. Ich war schon immer Muslim. 15:25

MARA
Ja, aber man hat es ja nie gemerkt. Bzw. bisher war dir das auch egal. 15:27

CEVAT
Das stimmt überhaupt nicht. 15:30

1 Worin besteht der Konflikt zwischen Mara und Cevat? Fassen Sie zusammen.

2 Berichten Sie von Situationen, in denen Sie aufgefordert wurden, eine Ausnahme zu machen. Was für Situationen waren das und wie sind Sie damit umgegangen?

Das Organon-Modell der Sprache (nach Karl Bühler)

Karl Bühler entwickelte 1934 das sogenannte Organon-Modell, in welchem er anknüpfend an die Sprachtheorie Platons die menschliche Sprache mit einem Werkzeug gleichsetzte. Mithilfe dieses Werkzeugs können Menschen miteinander kommunizieren. Genauer: Durch sprachliche Zeichen (Äußerungen) übermittelt eine Person einer anderen Nachrichten über sich selbst, über Sachverhalte und Gegenstände oder über die angesprochene Person. Daraus können drei Funktionen sprachlicher Zeichen abgeleitet werden: Ausdruck, Darstellung und Appell.

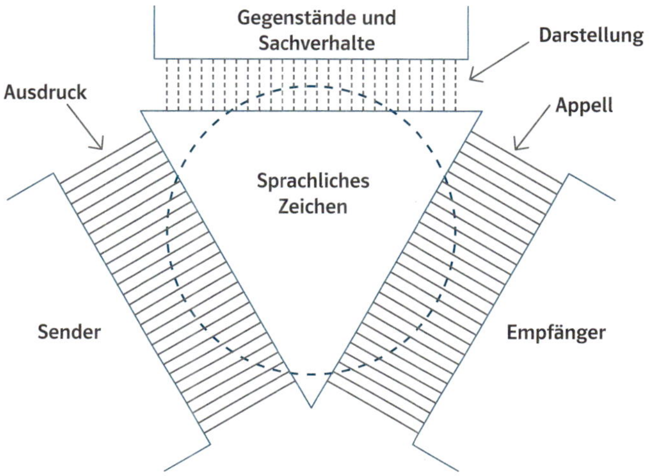

Legende

- **Senderin/Sender:** Urheberin/Urheber (sprechende, kommunizierende Person) der Nachricht, die von ihr/ihm codiert, also in sprachliche und außersprachliche Zeichen gefasst wird
- **Empfängerin/Empfänger:** Adressatin/Adressat (zuhörende, empfangende Person) der Nachricht, die von ihr/ihm decodiert werden muss
- **Gegenstände und Sachverhalte:** das, worauf sich eine sprachliche Äußerung bezieht; wobei darunter alles fallen kann, also auch Menschen, Tiere, Tätigkeiten, Ereignisse etc.
- **sprachliches Zeichen:** steht in einer Beziehung zu Senderin/Sender, Empfängerin/Empfänger und Gegenständen und Sachverhalten; verfügt über drei Funktionen: Ausdruck, Appell, Darstellung; unterscheidet sich vom konkreten Schallphänomen (gestrichelter Kreis)
- **Ausdruck:** was die sprechende Person über sich selbst sagen möchte
- **Appell:** was bei der zuhörenden Person bewirkt werden soll
- **Darstellung:** über etwas wird informiert

MK **3** Präsentieren Sie das Organon-Modell der Sprache von Karl Bühler in einem selbst gedrehten Lernvideo. Erklären Sie in dem Video anhand von Beispielen aus Ihrem Alltag, inwiefern das Modell bei der Untersuchung von Gesprächen hilfreich sein kann.

4 Untersuchen Sie zu zweit, welche Äußerungen die Entwicklung des Konflikts zwischen Mara und Cevat besonders zuspitzen. Ziehen Sie dazu das Modell von Bühler heran.

5 Führen Sie das Chatgespräch weiter bis zu einer Lösung bzw. Entscheidung und dem Ende des Gesprächs.

Marc-Uwe Kling und Bernd Kissel: Darüber reden

(07. Februar 2022, ZEIT, Der Känguru-Comic)

6 Lesen Sie den Comic und nehmen Sie Stellung zu der dargestellten Gesprächssituation.

a) Versetzen Sie sich in eine der Figuren im Comic und beschreiben Sie, was die von Ihnen ausgewählte Figur erreichen möchte und wie sie dies zum Ausdruck bringt.

b) Bewerten Sie das Verhalten der anderen Figuren.

Paul Watzlawicks Axiome zur menschlichen Kommunikation

Der österreichische Kommunikationswissenschaftler Paul Watzlawick (1921–2007) entwickelte eine Kommunikationstheorie, die auf den folgenden fünf Grundannahmen (Axiomen) beruht.

Axiom 1
Man kann nicht nicht kommunizieren.
→ *Auch wenn man also schweigt, in die Luft starrt oder sich die Decke über den Kopf zieht, teilt man anderen etwas mit.*

Axiom 2
Jede Kommunikation hat einen Inhalts- und einen Beziehungsaspekt.
→ *Der Inhaltsaspekt wird durch die eigentliche Information dargestellt, während der Beziehungsaspekt etwas über die Beziehung zwischen Sender und Empfänger aussagt.*

Axiom 3
Kommunikation ist immer Ursache und Wirkung.
→ *Das fremde Verhalten wird sowohl vom Sender als auch vom Empfänger als Ursache für die jeweils eigene Reaktion gedeutet. Der Mann schweigt, weil die Frau nörgelt; und die Frau nörgelt, weil der Mann schweigt. Beide sehen dabei die Schuld beim jeweils anderen („Interpunktion").*

Axiom 4
Kommunikation erfolgt sowohl digital als auch analog.
→ *Die digitale Kommunikation wird durch Inhalte geprägt (Sachbezug der Kommunikation) und durch Wörter übertragen. Die analoge Kommunikation überträgt den Sprachstil für den Personenbezug und erfolgt nonverbal (also durch Gestik und Mimik, aber auch durch die Sprechweise).*

Axiom 5
Kommunikation ist symmetrisch oder komplementär.
→ *Kommunikation beruht entweder auf Gleichheit oder auf Unterschiedlichkeit (Über- oder Unterordnungsverhältnis) der Kommunikationspartner.*

7 Hat der Vater im Comic eigentlich recht? Beurteilen Sie seine Aussage im dritten Bild mithilfe der Axiome von Watzlawick.

Das Kommunikationsquadrat (Schulz von Thun Institut für Kommunikation)

Kommunikationsquadrat → S.16

*Das sogenannte Kommunikationsquadrat des deutschen Psychologen Friedemann Schulz von Thun (*1944) ergänzt die drei Funktionen eines Zeichens – „Ausdruck“, „Darstellung“ und „Appell“ – durch den Beziehungsaspekt von Watzlawick. Daraus folgen die vier Seiten einer Nachricht, die Schulz von Thun in einem Quadrat veranschaulicht hat.*

Wenn ich als Mensch etwas von mir gebe, bin ich auf vierfache Weise wirksam. Jede meiner Äußerungen enthält, ob ich will oder nicht, vier Botschaften gleichzeitig:
- eine Sachinformation (worüber ich informiere) – **blau**
- eine Selbstkundgabe (was ich von mir zu erkennen gebe) – **grün**,
- einen Beziehungshinweis (was ich von dir halte und wie ich zu dir stehe) – **gelb**,
- einen Appell (was ich bei dir erreichen möchte) – **rot**.

[...] Sowohl Sender als auch Empfänger sind für die Qualität der Kommunikation verantwortlich, wobei die unmissverständliche Kommunikation der Idealfall ist und nicht die Regel.

Auf der **Sachebene** des Gesprächs steht die Sachinformation im Vordergrund, hier geht es um Daten, Fakten und Sachverhalte. Dabei gelten drei Kriterien:
- wahr oder unwahr (zutreffend/nicht zutreffend)
- relevant oder irrelevant (sind die aufgeführten Sachverhalte für das anstehende Thema von Belang/nicht von Belang?)
- hinlänglich oder unzureichend (sind die angeführten Sachhinweise für das Thema ausreichend, oder muss vieles andere zusätzlich bedacht werden?)

Die Herausforderung für den Sender besteht auf der Sachebene darin, die Sachverhalte klar und verständlich auszudrücken. Der Empfänger kann auf dem Sachohr entsprechend der drei Kriterien reagieren.

Für die **Selbstkundgabe** gilt: Wenn jemand etwas von sich gibt, gibt er auch etwas von sich. Jede Äußerung enthält gewollt oder unfreiwillig eine Kostprobe der Persönlichkeit – der Gefühle, Werte, Eigenarten und Bedürfnisse. Dies kann explizit („Ich-Botschaft") oder implizit geschehen. Während der Sender mit dem Selbstkundgabe-Schnabel implizit oder explizit, bewusst oder unbewusst, Informationen über sich preis gibt, nimmt der Empfänger diese mit dem Selbstkundgabe-Ohr auf: Was ist das für einer? Wie ist er gestimmt? Was ist mit ihm? usw.

Auf der **Beziehungsseite** gebe ich zu erkennen, wie ich zum Anderen stehe und was ich von ihm halte. Diese Beziehungshinweise werden durch Formulierung, Tonfall, Mimik und Gestik vermittelt. Der Sender transportiert diese Hinweise implizit oder explizit. Der Empfänger fühlt sich durch die auf dem Beziehungsohr eingehenden Informationen wertgeschätzt oder abgelehnt, missachtet oder geachtet, respektiert oder gedemütigt.

Die Einflussnahme auf den Empfänger geschieht auf der **Appellseite**. Wenn jemand das Wort ergreift, möchte er in aller Regel etwas erreichen. Er äußert Wünsche, Appelle, Ratschläge oder Handlungsanweisungen.

Die Appelle werden offen oder verdeckt gesandt. Mit dem Appell-Ohr fragt sich der Empfänger: Was soll ich jetzt (nicht) machen, denken oder fühlen?

8 **a)** Formulieren Sie für die Äußerungen der Geschwister im Comic auf S. 20, wie diese auf den vier Ebenen der Kommunikation nach Schulz von Thun jeweils gemeint und verstanden werden können.
b) Vergleichen und begründen Sie Ihre Ergebnisse.

9 Gestalten Sie ein Handout zum Thema „Missverständnisse wirksam klären", das an Gleichaltrige gerichtet sein soll. Sammeln Sie dazu problematische Gesprächssituationen aus Ihrem Alltag und geben Sie mithilfe der Modelle von Bühler, Watzlawick und Schulz von Thun Hinweise, wie diese verbessert werden könnten. Sie können analog mit Farbe, Schere und Kleber oder digital mit einem Grafikdesign-Programm arbeiten.

1.2 Gespräche in literarischen Texten untersuchen

„Ich war sein Mülleimer"

1 Bearbeiten Sie die beiden folgenden Texte in zwei getrennten, gleich großen Gruppen.
- Alle Schülerinnen und Schüler der Gruppe A bearbeiten Aufgabe 2–5 zu „Ausgestochen". Gruppe B bearbeitet die Aufgaben 6–9 zu „VERA sitzt auf dem Balkon".
- Lesen Sie anschließend die jeweils andere Geschichte und tauschen Sie sich mit den Mitgliedern der anderen Gruppe über Ihre Ergebnisse aus. Gehen Sie dazu ins Kugellager.
- Vergleichen Sie die Gesprächssituationen in den beiden Texten im Plenum. Halten Sie Gemeinsamkeiten und Unterschiede schriftlich fest.

Jagoda Marinić: Ausgestochen (2001)

Er sitzt am Tisch des Cafés und erzählt mir von dieser Frau, der er begegnet ist, davon, wie glücklich er ist, dass er sie kennt. Sie scheint erschreckend bezaubernd zu sein, die Art von Frau, die ich immer beneidet habe, die ich nie um mich herum haben wollte, aus Angst, nichts mehr zu sein neben jemandem, der so viel ist. Mit jedem seiner Sätze schnürt er mir mehr und mehr die Kehle zu. Ich hebe den Blick von meinem Cappuccino zu seinen Augen, muss in ihnen sehen, wie unerreichbar sie ist, die Frau seiner Träume, und zum ersten Mal verabscheue ich die Welt seiner Träume, für das, was sie ihm an Träumen so schickt. Er rührt die Milch in seinem Kaffee um, strahlt mich an und scheint nicht die geringste Ahnung zu haben, nicht das kleinste Gespür dafür, was er mir mit seinen Erzählungen über sie, über seine Gefühle zu ihr antut. Er denkt, es freut mich, er denkt, ich fühle mit ihm, freue mich mit ihm, aber mir tut es nur weh, dass er sie kennt und dass er sie so sieht. Sie ist so stark, so stark, wie ich nie war und gewiss auch nie sein werde, es liegt nicht in meiner Natur. Ich bin stark im Schwachsein, aber das interessiert ihn gerade, während er mir von ihr vorschwärmt, nicht im Geringsten. Nach einer Ewigkeit des Gelähmtseins frage ich mich, woher diese Frau eigentlich ihre Großherzigkeit, ihren Zauber nimmt, ob sie denn überhaupt etwas Menschliches an sich hat, frage ich mich – nicht ihn. Von ihm habe ich ja nun schon unzählige Versionen darüber gehört, wie übermenschlich er sie findet, geradezu göttlich. Wie er zu seinem nächsten Satz ausholt, packe ich meine Tasche. Ich kann mir das nicht länger anhören. Ich dachte, ich fühle mit ihm, ich dachte, wir teilen etwas miteinander, und dann erzählt er ständig nur von ihr, lässt diese Hymne an diese verdammte Person, mit der ich es ohnehin nicht aufnehmen kann, nie ausklingen. Nie. Ich hasse ihn jetzt, hasse ihn mit meinem Blick, den ich ihm zuwerfe, bevor ich aufstehe und das Café verlasse. Und weiß, er sieht ihr nun nach und versteht sie ganz plötzlich gar nicht mehr.

2 Von wem wurde die Ich-Erzählerin in der Kurzgeschichte von Marinić „ausgestochen" und wie reagiert sie darauf? Notieren Sie kurz Ihren ersten Eindruck.

3 Beschreiben Sie die äußere Situation, in der das Gespräch zwischen der Ich-Erzählerin und dem Mann stattfindet, und erläutern Sie die Beziehung der beiden vor dem Gespräch.

4 Benennen Sie die Art des Gesprächs. Welche Erwartungen haben Sie an Gespräche dieser Art? Gehen Sie auf mögliche Ziele und Inhalte ein.

5 **PLUS** Überlegen Sie ausgehend von der dargestellten Situation: Warum fällt es Menschen manchmal so schwer, offen miteinander zu reden und sich ihre Gefühle zu zeigen? Halten Sie mögliche Gründe stichpunktartig fest.

Sibylle Berg: VERA sitzt auf dem Balkon (1997)

Text in alter Rechtschreibung

Vera und Helge sind verheiratet. Schon lange. Wissen sie eigentlich gar nicht, warum.
Sie sitzen draußen, auf dem Balkon. Es ist ein Sommerabend. Die Luft fleischwarm und macht im Menschen das Gefühl, daß er etwas unternehmen müßte, in dieser Nacht, das ihr gerecht wird, in der Aufregung, die sie verursacht. Was kann ich machen, mit so einer schönen Nacht, denkt sich Vera und weiß keine Antwort. Und eigentlich auch keine Frage. So eine Nacht ist eben eine Nacht. Die will gar nichts gemacht kriegen. Vera sieht Helge an. Der sitzt neben ihr und ist tausend Gedanken entfernt.
Sie würde gerne rübergehen, zu ihm. Aber sie weiß nicht wie. Sie schaut in den Himmel und sucht dort den Satz. Der alles ändert. Ein Satz nur. Himmel, schenk mir einen. Der Himmel bleibt stumm und schön, und Wunder gibt es eben nicht. Wunder muß es aber geben, denkt Vera und guckt stur in den Himmel. Und dann guckt sie zu Helge rüber und der guckt geradeaus. Helge trinkt Bier.
„Helge ..." Helge trinkt Bier.
„Ein schöner Abend."
Helge bleibt stumm, und Vera könnte gut tot umfallen. So leer fühlt sie sich an und weiß gar nicht, warum sie noch hier sitzen soll, oder aufstehen, oder weiterleben. Der Himmel ist ein Verräter, und einen Gott gibt es nicht. Vera nimmt ihre Hand und legt sie auf die von Helge. Da liegt sie dann so. Helges Hand bewegt sich nicht.
Sie fühlt, daß ihre Hand weglaufen möchte. Sie mag das schwitzige Ding nicht anfassen müssen. Nichts ist peinlicher als eine Hand, die man anfaßt und die sich nicht bewegt, denkt Veras Hand, sondern nur atmet. Vor lauter Widerwillen laut atmet. Das denkt sich Veras Hand so, und Vera selbst schämt sich und nimmt die Hand weg, um sich eine Strähne aus dem Gesicht zu wischen. Sie steht auf und geht in die Küche. Der Abwasch steht noch da. Vera bindet sich die Schürze um. Sie wäscht ab und überlegt sich, was sie morgen ins Büro anziehen soll. Dann fällt ihr ein, daß Nora bald Geburtstag hat, und sie schüttelt den Kopf. Es gibt doch wirklich wichtigere Sachen als so einen blöden, warmen Abend und eine Hand, die nicht von ihr angefaßt werden will.

6 Lesen Sie die Kurzgeschichte von Berg. Welchen Eindruck haben Sie von der Beziehung zwischen Vera und Helge? Notieren Sie kurz.

7 Vera sagt nur einen einzigen Satz in der Geschichte. Untersuchen Sie ihre Äußerung mit einem aus Ihrer Sicht dafür (besonders) geeigneten Kommunikationsmodell.

8 Bewerten Sie das Gesprächsverhalten der beiden Figuren und stellen Sie eine begründete Vermutung darüber an, welche Folgen es für ihre Beziehung haben könnte.

9 **PLUS** Versetzen Sie sich in Helge und verfassen Sie einen inneren Monolog zu der geschilderten Szene.

Que Du Luu: Vielleicht will ich alles (2011, Ausschnitt)

Das Leben des 16-jährigen Addi ist aus den Fugen geraten. Seit Jahren streiten sich seine Eltern nicht nur, sie prügeln sich sogar. Um dem Chaos zu Hause zu entfliehen, unternimmt Addi nächtliche Streifzüge durch seine Heimatstadt Bielefeld. Doch auch als seine Eltern sich endlich trennen, kehrt keine wirkliche Ruhe ein.

Obwohl es letztes Mal nicht besonders schön ausgegangen war, hatte ich schon wieder Lust, mit Alicia Eis essen zu gehen. Daran war nur dieses Wetter schuld. Wieso nieselte es nicht einfach, so wie man es in Bielefeld gewohnt war? Diese bescheuerte Sonne gab dieser hässlichen Stadt ein südländisches Flair, als sei man im Urlaub.

Als ich endlich wieder zu Hause war, ließ ich die Jalousien herunter und legte mich ins Bett. [...] Irgendwann wachte ich aus dem Tiefschlaf auf. Das Telefon klingelte. Das Display zeigte die Nummer meines Vaters an. Ich überlegte, ob ich rangehen sollte. Früher hatte ich nie aufs Display geschaut. Ist doch nur dein Vater, sagte ich mir.

„Hollenbach", sagte ich. Ich sah auf die Uhr. Es war erst fünf. Er musste gerade von der Arbeit gekommen sein.

„Addi", sagte er. „Lass uns ein bisschen plaudern."

Ich verwünschte mich, weil ich rangegangen war.

„Ich hab gestern den ganzen Abend lang angerufen, nachdem ich die Lasagne gegessen habe. Aber du hast nicht mehr abgenommen", sagte er vorwurfsvoll.

„Ich war nicht da."

„Bis so tief in die Nacht? Du hattest doch heute Schule."

„Hab bei Ralph übernachtet", sagte ich. „Wir haben für die Mathe-Arbeit gelernt."

[...] „Wie ist es so?", fragte ich gedankenlos.

„Addi, du weißt nicht, wie schlimm es ist", sagte er. „Deine Mutter behandelt mich immer noch wie einen Köter. Bei der Arbeit grüßt sie mich nicht einmal. Als sei ich gar nicht da."

„Ist doch gut, so ein bisschen Abstand", sagte ich. „Was regst du dich darüber auf."

„Sie könnte mich wenigstens mal angucken. Aber so, wie sie über mich hinwegsieht, wenn ich ihr begegne ... In einer Woche arbeiten wir wenigstens nicht mehr zusammen. Der Jäger hat die Dienstpläne so geändert, dass wir nicht mehr gleichzeitig im OP sind."

„Ja, dann freu dich doch darüber", sagte ich. Meine Stimme wurde tief wie bei einer Grabrede. Was wollte er? Mich jeden Tag mit runterziehen?

„So schnippisch wie sie über mich hinwegsieht ... bin ich nicht einmal mehr ein Köter für sie. Nur noch Luft. Oder vielleicht eine Bakterie, die man nicht einmal mehr sieht."

„Ist doch gut", sagte ich wieder. „Ist doch besser, sie sagt nichts, als dass sie rumkeift."

„Das sagst du", fuhr er fort, „weil sie dich nie beschimpft hat. Du hast keine Ahnung, wie es ist, wenn sie dich auf dem Kieker hat. Du hast es immer gut gehabt."

„Du wolltest doch mal zum Sport", sagte ich, um von seinem Gejammere abzulenken. „Und einen Motorradführerschein machen."

„Du hast nie wirklich mitbekommen, wie sie mich behandelt hat", fing er wieder an, und ich dachte, lass mich in Ruhe. Geh zum Psychiater. Ich halte das nicht mehr aus.

„Wir haben so hart gearbeitet, uns nie was gegönnt, damit du es gut hast", sagte er. „Und du wusstest das nie zu schätzen. Deine Noten in der Schule. Immer mittelmäßig. Nie irgendwo eine Eins."

Er hatte es wieder geschafft. Dieses Gefühl in mir auszulösen, vor einen Zug springen zu müssen.

„Ich bin alt. Ich bin allein. Aber das ist egal", jammerte er weiter.

Von wegen „plaudern". Ich war sein Mülleimer, in den er so viel Müll reinstopfte, wie es ihm gerade passte.

„Sie wird mich immer weiter wie einen Köter behandeln ..."

Ich hielt den Hörer weg. Er redete und redete. Ich hörte immer noch diesen Jammerton, aber wenigstens hörte ich den Inhalt nicht mehr. Es scharrte einmal laut aus dem Hörer und ich hielt ihn wieder ans Ohr.

„Es hat an der Tür geklingelt", sagte er und legte auf.

10 „Ich war sein Mülleimer“ (Z. 40). Erläutern Sie, weshalb Addi das Telefonat mit seinem Vater so empfindet.

11 Untersuchen sie das Gespräch zwischen Addi und seinem Vater mithilfe des Kommunikationsquadrates nach Schulz von Thun (S. 16 und 21).
- Welche Inhalte werden auf der Sachebene ausgetauscht?
- Wo finden sich Selbstkundgaben? Wie sind diese zwischen den Figuren gewichtet?
- An welchen Stellen erfährt man direkt oder indirekt etwas über die Beziehung der Figuren?
- Werden Apelle ausdrücklich geäußert? Werden Apelle von der Gegenseite wahrgenommen?

So geht's 101

SO GEHT'S

Gespräche in literarischen Texten untersuchen

„Addi“, sagte er. „Lass uns ein bisschen plaudern.“ Ich verwünschte mich, weil ich rangegangen war. „Ich hab gestern den ganzen Abend lang angerufen, nachdem ich die Lasagne gegessen habe. Aber du hast nicht mehr abgenommen“, sagte er vorwurfsvoll. „Ich war nicht da.“ „Bis so tief in die Nacht? Du hattest doch heute Schule.“ „Hab bei Ralph übernachtet“, sagte ich. „Wir haben für die Mathe-Arbeit gelernt.“ [...] „Wie ist es so?“, fragte ich gedankenlos. „Addi, du weißt nicht, wie schlimm es ist“, sagte er. „Deine Mutter behandelt mich immer noch wie einen Köter. Bei der Arbeit grüßt sie mich nicht einmal. Als sei ich gar nicht da.“ „Ist doch gut, so ein bisschen Abstand“, sagte ich. „Was regst du dich darüber auf.“ „Sie könnte mich wenigstens mal angucken. Aber so, wie sie über mich hinwegsieht, wenn ich ihr begegne ... In einer Woche arbeiten wir wenigstens nicht mehr zusammen. Der Jäger hat die Dienstpläne so geändert, dass wir nicht mehr gleichzeitig im OP sind.“ „Ja, dann freu dich doch darüber“, sagte ich. Meine Stimme wurde tief wie bei einer Grabrede. Was wollte er? Mich jeden Tag mit runterziehen?

Sachinhalt
- *kaum Austausch auf dieser Ebene*

Selbstkundgabe
- *Vater berichtet ausführlich über seine Gefühle bezüglich der Mutter*
- *Addi redet nicht über seine Innenwelt*

Beziehung
- *Vater hat wenig Distanz zum Sohn*
- *Sohn ist genervt vom Vater, versucht ihn abzuwürgen*

Appell
- *Vater hat die Erwartung, dass Sohn ans Telefon geht und ihm zuhört*
- *Addi äußert seinen Wunsch, das Gespräch zu beenden, nicht direkt*

Das Gespräch zwischen Addi und seinem Vater ist sehr unausgeglichen. Gleich zu Beginn äußert der Vater den Wunsch, mit seinem Sohn zu reden. Was Addi davon hält, erfährt man nur durch die Gedankenrede. Dem Vater gegenüber äußert er seinen Unmut nicht direkt. Auch im weiteren Verlauf fällt auf, dass Addi kaum Auskunft über seine Gedanken und Gefühle gibt und nicht klar benennt, dass ihn das Gespräch belastet. Der Vater wiederum scheint auch die indirekten Signale wie die knappen Antworten und die indirekten Appelle nicht bemerken. Er hat keine Distanz zu seinem Sohn.

12 **PLUS** Legen Sie drei Rollen fest: Addi, seinen Vater und einen Kommunikationsexperten. Lesen Sie anschließend das Telefonat ab Z. 9 mit verteilten Rollen vor. Während Addi und der Vater ihre Äußerungen vorlesen, kann der Experte das Gespräch jederzeit mit einem Stoppruf unterbrechen und dem Publikum erläutern, warum er an dieser Stelle aus welchen Gründen anders kommunizieren würde.

Kommunikationsmodelle und Kommunikationsstörungen

Lexikon
Kommunikation
→ S. 553 f.

Kommunikationsmodelle sind der Versuch, Kommunikation (wissenschaftlich) beschreibbar zu machen. Sie werden von unterschiedlichen Disziplinen wie zum Beispiel der Sprachwissenschaft, der Psychologie oder der Medienwissenschaft entwickelt. Kommunikationsmodelle können herangezogen werden, um einzelne Aussagen und ganze Gesprächsverläufe in Alltagssituationen oder auch Dialoge in literarischen Texten zu untersuchen. Sie liefern Erklärungen für Kommunikationsstörungen.

Das Organon-Modell der Sprache nach Karl Bühler

Der deutsche Sprachtheoretiker Karl Bühler (1897–1963) stellte in seinem Organon-Modell die drei Funktionen des sprachlichen Zeichens dar: Ausdruck, Darstellung und Appell. Jede Äußerung enthält alle drei Funktionen, wobei je nach Absicht der äußernden Person eine davon überwiegt. Kommunikationsstörungen können demzufolge entstehen, wenn eine Äußerung falsch interpretiert wird, zum Beispiel wenn eine Mitteilung statt als sachliche Darstellung („Ich habe eine Eins geschrieben.") als Selbstauskunft („Ich bin einfach genial.") oder als Appell („Streng dich doch mal mehr an!") verstanden wird.

Das Kommunikationsquadrat nach Friedemann Schulz von Thun

Bezugnehmend auf die Theorien von Bühler und Watzlawick identifizierte Friedemann Schulz von Thun (1944) vier Ebenen der Kommunikation: Sachinhalt, Appell, Beziehung und Selbstkundgabe. Jede Nachricht enthält diese vier Ebenen. Zu Störungen bzw. Missverständnissen kommt es immer dann, wenn eine Mitteilung anders verstanden wird als sie gemeint war. Ein Beispiel: Die Textnachricht „Warum antwortest du nicht?" kann auf der Sachebene so aufgefasst werden, dass eine Antwort bislang (unerwartet) ausgeblieben ist, auf der Appellebene, dass eine Antwort erfolgen soll, auf der Ebene der Selbstkundgabe, dass die schreibende Person sich wundert oder empört, und auf der Beziehungsebene, dass die schreibende Person eine Rückversicherung möchte, wie es um die Beziehung zwischen ihr und der adressierten Person steht.

Axiome zur menschlichen Kommunikation nach Paul Watzlawick

Folgt man dem österreichischen Psychotherapeuten und Kommunikationswissenschaftler Paul Watzlawick (1921–2007), erklären fünf Grundannahmen die menschliche Kommunikation und machen somit Störungen beschreibbar.

Grundsätze der Kommunikation	**mögliche Kommunikationsstörungen**
1. Man kann nicht nicht kommunizieren.	Schweigen wird irrtümlich als Ablehnung oder Zustimmung verstanden.
2. Jede Kommunikation hat einen Inhalts- und einen Beziehungsaspekt.	– Gesprächspartner reden über einen Inhalt, meinen aber ihre Beziehung. – Der Gesprächspartner redet auf der Inhaltsebene, wird aber auf der Beziehungsebene verstanden.
3. Kommunikation ist immer Ursache und Wirkung.	Weil Wahrnehmung subjektiv ist, gelingt es dir oft nicht, deinen eigenen Anteil am Kommunikationsgeschehen zu erkennen: Man zieht sich aus einer Freundschaft zurück, weil die Freundin oder der Freund zunehmend nörgelt. Sie oder er nörgelt, weil sie oder er bemerkt, dass man sich zunehmend zurückzieht.
4. Kommunikation erfolgt sowohl digital als auch analog.	Verbale und nonverbale Kommunikation kann mehrdeutig sein: Tränen können große Freude, aber auch Trauer bedeuten. Und die verbale Kommunikation kann der „analogen" widersprechen: Der Redebeitrag eines anderen wird verbal gelobt, aber mit spöttischem Tonfall und verächtlicher Mimik.
5. Kommunikation kann symmetrisch und komplementär verlaufen.	– Das Verhältnis zueinander wird unterschiedlich eingeschätzt. – Unterschiedliches Sprachverhalten kann zu Missverständnissen führen.

Kommunikation untersuchen

Kommunikation

Sender/-in
Urheber/-in einer Nachricht, die von ihm/ihr codiert, also in sprachliche und außersprachliche Zeichen gefasst wird

Kommunikationsstörungen
kann alle Aspekte der Kommunikation betreffen

Kommunikationsebene
Aspekte, auf die sich Nachrichten beziehen können

Empfänger/-in
Hörer/-in, Leser/-in oder Betrachter/-in einer Nachricht, die von ihm/ihr decodiert werden muss

Kanal/Medium
Art des Weges, den die Nachricht von Sender/-in zu Empfänger/-in durchläuft

Nachricht
im weitesten Sinne jede Information, vom einzelnen Zeichen bis hin zu komplexen Gedanken und Gefühlen

Code
die Art, in der die Nachricht in Zeichen gefasst wird

KOMPETENZBOX

Literarische Gespräche untersuchen

Gespräche in literarischen Werken finden zwischen **Figuren** statt. Mit der Darstellung dieser Gespräche sind bestimmte erzählerische Absichten verknüpft. Dazu gehören:
- Handlung vorantreiben durch das, was die Figuren mitteilen oder tun, indem sie sprechen,
- Figuren durch ihre Sprechweise und ihre Sprache charakterisieren,
- Beziehung zwischen Figuren verdeutlichen.

Kommunikation in literarischen Texten untersuchen

Gespräch in literarischen Texten

Gesprächssituation
- Anlass bzw. Grund
- Zeitpunkt und -raum
- Räumliche Verhältnisse und Distanz
- Störungen

Art des Gesprächs
- z. B. Streit, Prüfung, Verhör, Vorstellungsgespräch, Smalltalk
- implizite und explizite Regeln und Erwartungen

Beziehung
- symmetrisch oder asymmetrisch
- Grad der Vertrautheit
- Charakter der Beziehung

Inhalt und Aufbau
- Eröffnung und Beendigung
- Gesprächsverlauf
- Redeanteile

Gesprächsverhalten
- Ziele
- unbewusste und bewusste Strategien
- nonverbales Verhalten

Einen Sachtext analysieren

KOMPETENZBOX

Pragmatische Texte schriftlich analysieren

In einer Sachtextanalyse informieren Sie über **wesentliche Aussagen des Textes**, erschließen **die gedankliche Struktur** und legen Ihre Untersuchungsergebnisse zu den **in der Aufgabenstellung genannten bzw. selbst gewählten Aspekten** dar. Um sich dem Text zu nähern, ermitteln Sie am besten, welche **Absicht bzw. Funktion** im Vordergrund steht und vergegenwärtigen sich die Merkmale der **Textsorte**.
Sie können so vorgehen:

1. Aufgabenstellung erfassen – erstes Textverständnis festhalten
- Aufgabenstellung klären und ggf. vorgegebene Untersuchungsaspekte notieren
- Textsorte, Autorin/Autor und Quelle des Textes erfassen und einordnen
- Thema und Inhalt des Textes erfassen

2. Text aspektorientiert untersuchen
- Erschließungsaspekte auswählen. Diese ergeben sich aus
  - der Aufgabenstellung,
  - den Besonderheiten des Textes.
- Zielgruppe und Aussageabsicht ermitteln
- Text gründlich untersuchen und Ergebnisse der Analyse schriftlich festhalten

3. Untersuchungsergebnisse ordnen
- die im Text vertretene Position formulieren
- Argumentation kritisch prüfen

4. Gliederung erstellen

Einleitung:
- Autorin/Autor, Titel, Thema, Textsorte, Quelle, Position benennen

Hauptteil:
- Inhalt absatzweise zusammenfassen
- den Textaufbau/die Argumentationsstruktur des Textes darlegen
- weitere Analyseergebnisse darlegen
- Thesen und Argumente bewerten

Schluss:
- Ergebnisse der Analyse zusammenfassen

5. Klausur schreiben
- Thesen und Argumente des Textes präzise formulieren
- Ergebnisse der Analyse zu den einzelnen Aspekten darlegen
- eigene Urteile überzeugend begründen
- passende und korrekt zitierte Textbelege einfügen
- roten Faden einhalten: gedankliche Zusammenhänge, sprachliche Verknüpfungen
- sachlich schreiben und Fachbegriffe korrekt verwenden

6. Klausur überarbeiten
- in drei gesonderten Durchgängen prüfen:
  - sachliche Richtigkeit
  - Einhaltung des roten Fadens
  - sprachliche Richtigkeit

BEISPIEL-KLAUSUR **Aufgabe**

1 Analysieren Sie den Text von David Pfeifer. Berücksichtigen Sie dabei den Gedankengang, die sprachlich-stilistische Gestaltung sowie die Intention.

2 Verfassen Sie einen ausführlichen Leserkommentar als Reaktion auf den Text von Pfeifer. Nehmen Sie darin Stellung zu dessen Position und beziehen Sie Ihr Wissen über kommunikationstheoretische Modelle ein.

David Pfeifer: Zwinker, zwinker (2021, Süddeutsche Zeitung)

Whatsapp verändert die Sprache von Jugendlichen. Aber einiges bleibt dann doch beim Alten.

Wäre dieser Text eine Whatsapp-Nachricht, dann müsste hinter dem Eingangssatz ein Emoji stehen, vielleicht das lachende Gesicht, dem die Tränen aus den Augen schießen. Das populärste unter den Emojis sagt wenig und gleichzeitig viel, man kann jemanden beschimpfen und dies in derselben Nachricht abschwächen. Man kann auch ernst antworten und gleichzeitig die Aussage konterkarieren[1]. Es gibt dem Stakkato[2] der Messenger-Maschinensprache einen Gefühlsraum. Wenn jemand zu lange an einer Kurznachricht schreibt, um sich vollumfänglich zu erklären, ahnt man ja, dass es Stress gibt. Zwinkersmiley.

Wie wichtig der emotionale Notausgang aus heiklen Wortgefechten sein kann, zeigt sich auch daran, dass es mittlerweile einen „Welt-Emoji-Tag" gibt, vergangenen Samstag nämlich. Für diejenigen, die unter Fomo leiden (der „Fear of missing out", der Angst etwas zu verpassen, lol): Viel passiert ist da nicht. Doch immerhin veröffentlichte die Martin-Luther-Universität in Halle-Wittenberg eine Studie, die untersuchte, wie Whatsapp das Schreibverhalten von Jugendlichen verändert, denn die Sorge um die Jugend ist ja etwa so alt wie die Jugend selbst.

Die Pressemitteilung steigt gleich mit einer Entwarnung ein: „Whatsapp verändert den Schreibstil von Jugendlichen, aber nicht so, wie wir befürchten." Es wurden rund 80 Aufsätze und 19 000 Whatsapp-Nachrichten von Schülerinnen und Schülern ausgewertet, mit dem Ergebnis, dass in Schulaufsätzen weiterhin großer Wert auf Rechtschreibung gelegt werde. Auch in Kurznachrichten sei das so, Schüler ermahnen sich sogar, wenn Unverständliches zusammengetippt wird. Nur stehen ihnen eben auch eine ganze Reihe von zusätzlichen Zeichen zur Verfügung, um ihre Aussagen fühlbar zu machen, kotzende Smileys, Einhörner, Kackhaufen. „Entgegen zahlreichen Behauptungen werden Emojis aber in der Regel nicht dafür genutzt, ganze Wörter oder Sätze zu ersetzen", so der Linguist[3] Dr. Florian Busch, der die Untersuchung geleitet hat. Je enger die Verbindung der Schreibenden, desto eher werde sogar ganz auf Emojis verzichtet.

Doch vielleicht kommt die Studie etwas spät, denn mittlerweile wird immer häufiger ganz auf Schrift verzichtet. Die beliebtere Möglichkeit, seine Worte via Whatsapp in Gefühle zu kleiden, ist: Voice Message. Seit 2013 gibt es die Funktion bereits, doch erst seit wenigen Jahren laufen die Sprachnachrichten den Kurztexten den Rang ab. Um die Emotion richtig zu transportieren, wird angeplaudert und herumgeredet, bevor man zum Thema kommt. Es scheint ein Rücksturz aus dem Stakkato-Sprech zu sein, freundlich formulierte Wortwolken, Terabytes[4] an „Hallo, ich hoffe, es geht dir gut, hier regnet's in Strömen …", oder „Ja, also, was ich eigentlich sagen wollte …" ziehen die moderne Kommunikation in Längen, die Ältere vielleicht noch aus der Zeit der Anrufbeantworter kennen. Deswegen hat Whatsapp vor einigen Wochen eine sinnvolle neue Funktion eingeführt: Man kann Nachrichten in der doppelten Geschwindigkeit abspielen. Es geht in der Kommunikation also wieder mehr um Emotion als um Information, eigentlich ganz romantisch. Dafür: drei Herzen.

---

1 konterkarieren: etwas ins Gegenteil verkehren, zunichte machen **2** das Stakkato: ursprünglich aus der Musik kommende Bezeichnung für etwas schnelles, kurz hintereinander Folgendes **3** der Linguist, die Linguistin: eine Person, die beruflich Sprachwissenschaft ausübt **4** das Terabyte: Maßeinheit für Datenmenge

1. Erstes Textverständnis festhalten – Aufgabenstellung erfassen

Schreibtraining 102

1.1 Verschaffen Sie sich einen Überblick über die Aufgabenstellung und markieren Sie, welche Aspekte konkret untersucht werden sollen.

1.2 Notieren Sie die grundlegenden Informationen zum Text: Autor, Titel, Erscheinungsdatum und -ort.

1.3 Lesen Sie den Text und erfassen Sie, worum es darin geht. Entscheiden Sie, welche der folgenden Aussagen Thema und Inhalt des Textes am besten wiedergibt.

A *Der Text von David Pfeifer behandelt die Frage, inwiefern sich die Sprache von Jugendlichen durch Messenger-Dienste wie Whatsapp verändert und nimmt dabei insbesondere Emojis in den Blick.*

B *Vor dem Hintergrund einer Studie zum Einfluss von Whatsapp auf das Schreibverhalten Jugendlicher widmet sich David Pfeifer in seinem Text dem Gebrauch von Emojis in digitaler Kommunikation.*

C *David Pfeifer kommentiert in seinem Text den Einfluss von Emojis auf unsere Sprache und führt aus, weshalb diese seiner Meinung nach zu einer Emotionalisierung der Kommunikation führen.*

2. Text aspektorientiert untersuchen

2.1 Untersuchen Sie gezielt den Gedankengang des Textes.
- Notieren Sie dazu knapp den Inhalt der einzelnen Absätze. Markieren Sie dabei Schlüsselsätze, die besondere Aussagekraft haben.
- Fassen Sie Absätze, die thematisch verwandt sind, zusammen.
- Finden Sie Ausdrücke, die zutreffend beschreiben, wie Pfeifer den Gedankengang gestaltet, z. B. darstellen, erläutern, beschreiben, kritisieren, verdeutlichen, zusammenfassen, usw.

2.2 Untersuchen Sie die sprachlich-stilistische Gestaltung des Textes. Beschreiben Sie dazu auffällige Formulierungen und erläutern Sie deren Wirkung. Orientieren Sie sich an folgendem Beispiel.

SO GEHT'S **Sprache und Stil eines Sachtextes untersuchen**

David Pfeifer: Zwinker, zwinker (2021, Süddeutsche Zeitung)

Whatsapp verändert die Sprache von Jugendlichen. Aber einiges bleibt dann doch beim Alten.

Wäre dieser Text eine Whatsapp-Nachricht, dann müsste hinter dem Eingangssatz ein Emoji stehen, vielleicht das lachende Gesicht, dem die Tränen aus den Augen schießen. Das populärste unter den Emojis sagt wenig und gleichzeitig viel, man kann jemanden beschimpfen und dies in derselben Nachricht abschwächen. Man kann auch ernst antworten und gleichzeitig die Aussage konterkarieren. Es gibt dem Stakkato der Messenger-Maschinensprache einen Gefühlsraum. Wenn jemand zu lange an einer Kurznachricht schreibt, um sich vollumfänglich zu erklären, ahnt man ja, dass es Stress gibt. Zwinkersmiley. Wie wichtig der emotionale Notausgang aus heiklen Wortgefechten sein kann, zeigt sich auch daran, dass es mittlerweile einen „Welt-Emoji-Tag" gibt, vergangenen Samstag nämlich. Für diejenigen, die unter Fomo leiden (der „Fear of missing out", der Angst etwas zu verpassen, lol): Viel passiert ist da nicht.

Begriff aus der Internetsprache, sprachliche Umschreibung einer nonverbalen Geste

- *umgangssprachliche Formulierungen, die teilweise der Jugend- und Internetsprache entspringen*
- *gehobener bis bildungssprachlicher Wortschatz*
- *bildreiche Ausdrücke, die die eigentlichen Sachverhalte überspitzt beschreiben*
- *Erläuterung eines Ausdrucks aus der Jugendsprache*

Bedenkt man den Erscheinungsort des Textes – eine große deutsche Tageszeitung – wirkt bereits der Titel durch die Verwendung von Internetsprache fehl am Platz und dadurch ironisch. Der ständige Wechsel zwischen umgangssprachlichen Formulierungen und gehobenen bis bildungssprachlichen Ausdrucksweisen ist ein weiteres Signal für Ironie. Dass er sich von der von ihm gebrauchten Jugendsprache distanziert, wird deutlich, wenn er einen dafür typischen Ausdruck erklärt („Fomo"). Auch die bildreichen Ausdrücke bringen seine kritische bis amüsierte Haltung zum Ausdruck.

2.3 Vermittelt Pfeifer in seinem Text in erster Linie Informationen oder bringt er seine Meinung zum Ausdruck? Ordnen Sie seinen Text begründet einer der folgenden Textsorten zu.

Bericht: objektive Darstellung eines Ereignisses oder Sachverhaltes	Kommentar: subjektive, oft analysierende Stellungnahme zu einem aktuellen Ereignis oder Thema	Meldung: für die Öffentlichkeit bestimmte Nachricht

2.4 Benennen Sie abschließend, an wen sich Pfeifer in seinem Text wendet.

3. Untersuchungsergebnisse ordnen

3.1 Die zweite Klausuraufgabe fordert einen Leserkommentar. Bereiten Sie diesen vor, indem Sie eigene Argumente zum Thema in übersichtlicher Form sammeln und Ihr Wissen zu kommunikationstheoretischen Modellen notieren.

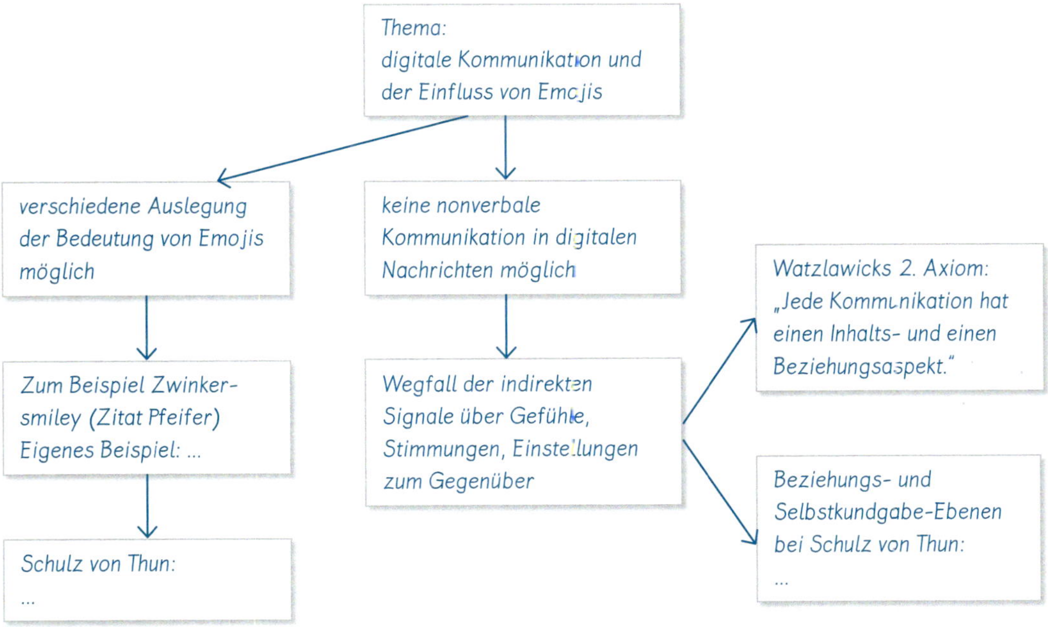

3.2 Formulieren Sie auf der Grundlage Ihrer bisherigen Arbeitsergebnisse stichpunktartig eine eigene Position zum Text von Pfeifer. Sie sollten:
- die Position des Autors bekräftigen oder ihr widersprechen
- die Darstellungsweise und die Absicht des Textes kritisch hinterfragen
- neue Aspekte einbringen, insbesondere in Bezug auf kommunikationstheoretische Modelle
- Ihre Argumentationsweise auf Ihr Lesepublikum abstimmen

4. Gliederung erstellen

4.1 Erstellen Sie eine Gliederung für die Analyse des Textes von David Pfeifer. Achten Sie darauf, dass die in der Aufgabenstellung genannten Aspekte darin klar ersichtlich werden.

5. Klausur schreiben

5.1 Verfassen Sie die vollständige Analyse des Textes. Nutzen Sie Ihre Gliederung und den Sprachtipp.

SPRACHTIPP

Formulierungen für die Sachtextanalyse

Der Verfasser vertritt die Auffassung/die Meinung/die Ansicht … | Um ihre These zu stützen, führt die Autorin … an. | Sie/Er bezweifelt/kritisiert/stellt infrage/zeigt/argumentiert, dass … | Daraus folgert sie/er … | Dies belegt sie/er am Beispiel von … | Betont wird die Aussage durch die auffällige sprachliche Gestaltung: … | Die Gegenposition spielt für sie/ihn keine/eine große/eine untergeordnete Rolle … | Auf Gegenargumente geht sie/er ausführlich/gar nicht/zu wenig ein. | Am Ende kommt sie/er zu dem Schluss, dass …

5.2 Bewerten Sie die Überzeugungskraft des folgenden Ausschnitts aus einer Stellungnahme zum Text von Pfeifer.

So lustig David Pfeifer auch wirken möchte, man blickt doch schnell hinter die aufgesetzte Ironie. Der Autor möchte vor allem einem älteren Lesepublikum gefallen, das sich sicher köstlich über seine Wortspielereien und die hier und da eingestreuten Begriffe aus der Internetsprache amüsiert. Genau dieses Publikum dürfte es auch sein, das überhaupt die Behauptung aufstellt, Jugendliche würden sich durch den Gebrauch von Messengerdiensten sprachlich zurückentwickeln. Tatsächlich dürften die meisten Jugendlichen selbst diese Meinung nicht vertreten.

Ja, wir nutzen auch Emojis, und das hat gute Gründe: Während nämlich in der direkten zwischenmenschlichen Kommunikation Gestik und Mimik hilft, das Gesagte zu verstehen, fällt diese Ebene in digitalen Nachrichten weg. Dem Psychologen Friedemann Schulz von Thun zufolge, hat Kommunikation aber immer mehrere Ebenen, eine sachbezogene, eine appellierende, eine Beziehungs- und eine Selbstkundgabeebene. Und genau die letzten beiden werden durch Emojis sinnvoll unterstützt. Wie sonst soll transportiert werden, dass eine Nachricht ironisch oder provokativ gemeint ist? Langwierige Erläuterungen würden die Kommunikation ja nur erschweren. Ein Emoji, dessen Gesichtsausdruck dem menschlichen ähnelt, könnte doch deutlicher nicht sein.

Das ist übrigens keine neue Tendenz, wie Pfeifer behauptet (vgl. Z. 36). Schon immer geht es bei der Kommunikation auch um Emotion. Mit den Worten des Kommunikationstheoretikers Paul Watzlawick: „Jede Kommunikation hat einen Inhalts- und einen Beziehungsaspekt." Missverständnisse entstehen demnach, wenn die eine Seite denkt, es ginge nur um die Sache und die andere davon ausgeht, dass hinter den Äußerungen Botschaften über die Beziehung stecken. Hier helfen Emojis durchaus weiter. Doch natürlich können auch die kleinen Gesichter für Verwirrung sorgen und durchaus doppeldeutig sein. Das gilt für den von Pfeifer genannten „Zwinkersmiley" (Z. 7), aber zum Beispiel auch für das zerfließende Lachgesicht. Auch dies lässt sich kommunikationstheoretisch begründen:

5.3 Schreiben Sie einen eigenen vollständigen Leserkommentar.

6. Klausur überarbeiten

6.1 Überprüfen Sie Ihre Klausur mithilfe der folgenden Fragen.
- Liefert die Einleitung alle nötigen Informationen und leitet zum Hauptteil über?
- Sind im Hauptteil alle Aspekte erfasst und die Anforderungen der Aufgabenstellung erfüllt worden ?
- Wurde die Argumentationsweise des Textes ausreichend geprüft?
- Werden am Schluss der Analyse die Ergebnisse mit Bezug zur Absicht des Textes zusammengefasst?

Beispiellösung D 01

Beispiellösung (Ausschnitt)

Der im Sommer 2021 erschienene Kommentar „Zwinker, zwinker" von David Pfeifer thematisiert die aktuellen Veränderungen in der digitalen Kommunikation zwischen Jugendlichen bei und durch Messengerdienste(n). Dabei geht der Autor insbesondere auf die Verwendung von Emojis ein. Der Text ist in der Süddeutschen Zeitung erschienen, sodass er sich an eine gebildete, eher nicht-jugendliche Leserschaft richtet. Dabei nimmt der Autor selbst eine kritische Position gegenüber dem Gebrauch von Emojis ein, die er als lächerlich und unnötig emotionalisierend empfindet.

Die ironische Grundhaltung des Autors wird bereits in der Überschrift deutlich, in der er auf den typischen Zwinkersmiley bei Messengerdiensten anspielt. Diese sprachliche Gestaltung sticht heraus und dürfte im Zusammenhang mit anderen in der Süddeutschen Zeitung veröffentlichten Texten auffallen. Der Bruch mit der zu erwartenden Stilebene gibt den Ton des Textes an. Seine Intention ist offenbar, die Verwendung von Emojis ins Lächerliche zu ziehen.

Im ersten Abschnitt beschreibt Pfeifer, wie vielfältig ein einziges Emoji verwendet werden kann und je nach Kontext oder Absenderintention die Satzaussage verändert. So könne man zum Beispiel jemanden in einer Nachricht mit Worten beschimpfen und diese negative Nachricht direkt durch ein fröhliches Emoji abschwächen (vgl. Z. 3 f.). Pfeifer zählt für diese Art der emoji-geprägten Kommunikation weitere Beispiele auf […]

Dass die Bedeutung von Emojis in der Messenger-Kommunikation mittlerweile immens ist, zeigt Pfeifer im zweiten Textabschnitt, in dem er auf den „Welt-Emoji-Tag" verweist. Dieser sei zwar an sich unbedeutend (vgl. Z. 11), doch […] Im nächsten Textabschnitt (Z. 15–25) führt er die Ergebnisse der Studie, die in seinem Text als Faktenargument fungiert, weiter aus. Die allgemeine Sorge, dass die Kommunikation der Jugendlichen schlechter wird, sei demnach unbegründet. Pfeifer belegt dies an […]

Auch im letzten Textabschnitt (Z. 26–37) wird deutlich, dass Pfeifer der Emotionalisierung in der Kommunikation zwischen Jugendlichen kritisch gegenübersteht, da er sie mit einer Sprachverflachung in Beziehung setzt. Schließlich würde nun sehr oft ganz auf Schriftsprache verzichtet (vgl. Z. 26 f.). Er begründet dies mit dem Fakt, dass […]

Zusammenfassend lässt sich sagen, dass David Pfeifer unter Verwendung vieler Fakten und Beispiele versucht, die Meinung des vermutlich älteren Lesepublikums über das Sprach- und Kommunikationsverhalten von Jugendlichen in Messenger-Diensten zu beeinflussen. An seinem ironischen Schreibstil lässt sich erkennen, dass er nicht auf die Zustimmung junger Menschen abzielt, sondern diese vielmehr provoziert. Es wird dabei deutlich, dass er die Verwendung von Emojis kritisch sieht, da sie aus seiner Sicht zu einer Emotionalisierung von Sprache führe. Indem der Autor selbst zwischen Standard- und Umgangssprache wechselt, passt er sich zum einen seiner Leserschaft an, konfrontiert diese andererseits aber auch direkt mit den Sprachveränderungen, die die Messenger-dienste bei den Jugendlichen bewirken würden. Dabei argumentiert Pfeifer sehr einseitig und lässt mögliche Gegenargumente außen vor. So müssen die Lesenden selbst entscheiden, ob sie David Pfeifer in seinen subjektiv-ironischen Ausführungen folgen und seinem Standpunkt zustimmen wollen, oder eine andere Bewertung des Sachverhaltes vornehmen möchten.

Benennung von Thema, Textsorte, Autor, Quelle, Titel

Nennung der Position des Autors

Darstellung der Intention unter Berücksichtigung sprachlich-stilistischer Mittel

Analyse folgt chronologisch dem Gedankengang des Textes

Zusammenfassung der Untersuchungsergebnisse mit abschließender Bewertung der Position des Autors

2 Erzählende Texte untersuchen und interpretieren

In die weite Welt hinein

Wohin zieht es uns? Und wovor fliehen wir?

Gibt es einen Ort, an dem wir uns angekommen fühlen?

Was unterscheidet Literatur und Film?

(Wozu) Brauchen wir Geschichten?

Das lernen Sie jetzt!

2.1 kurze Erzähltexte interpretieren

2.2 einen Romanauszug untersuchen

2.3 das Verhältnis von Literatur und Verfilmung betrachten

Schreibtraining: einen Erzähltext interpretieren

Vertiefen: ein Textabenteuer gestalten

Sibylle Berg: Nacht (2001)

Sie waren mit Tausenden aus unterschiedlichen Türen in den Abend geschoben. Es war eng auf den Straßen, zu viele Menschen müde und sich zu dicht, der Himmel war rosa. Die Menschen würden den Himmel ignorieren, den Abend und würden nach Hause gehen. Säßen dann auf der Couch, würden Gurken essen und mit einem kleinen Schmerz den Himmel ansehen, der vom Rosa ins Hellblaue wechseln würde, dann lila, bevor er unterginge. Eine Nacht wie geschaffen, alles hinter sich zu lassen, aber wofür? Sie funktionierten in dem, was ihnen Halt schien, die Menschen in der Stadt, und Halt kennt keine Pausen, Regeln, keine stille Zeit, in der Unbekanntes Raum hätte zu verunsichern mit dummen Fragen.

Das Mädchen und der Junge gingen nicht nach Hause. Sie waren jung, da hat man manchmal noch Mut. Etwas ganz Verrücktes müsste man heute tun, dachten beide unabhängig voneinander, doch das ist kein Wunder, denn bei so vielen Menschen auf der Welt kann es leicht vorkommen, dass sich Gedanken gleichen. Sie gingen auf einen Berg, der die Stadt beschützte. Dort stand ein hoher Aussichtsturm, bis zu den Alpen konnte man schauen und konnte ihnen Namen geben, den Alpen. Die hörten dann darauf, wenn man sie rief. Die beiden kannten sich nicht, wollten auch niemanden kennen in dieser Nacht, stiegen die 400 Stufen zum Aussichtsturm hinauf. Saßen an entgegengesetzten Enden, mürrisch zuerst, dass da noch einer war. So sind die Menschen, Revierverletzung nennt man das. Doch dann vergaßen sie die Anwesenheit und dachten in die Nacht. Vom Fliegen, vom Weggehen und Niemals-Zurückkommen handelten die Gedanken, und ohne dass es ihnen bewusst gewesen wäre, saßen sie bald nebeneinander und sagten die Gedanken laut. Die Gedanken ähnelten sich, was nicht verwundert, bei so vielen Menschen auf der Welt, und doch ist es wie Schicksal, einen zu treffen, der spricht, was du gerade sagen möchtest. Und die Worte wurden weich, in der Nacht, klare Sätze wichen dem süßen Brei, den Verliebte aus ihren Mündern lassen, um sich darauf zum Schlafen zu legen. Sie hielten sich an der Hand, die ganze Nacht, und wussten nicht, was schöner war. Die Geräusche, die der Wind machte, die Tiere, die sangen, oder der Geruch des anderen. Dabei ist es so einfach, sagte der Junge, man muss nur ab und zu mal nicht nach Hause gehen, sondern in den Wald. Und das Mädchen sagte, wir werden es wieder vergessen, das ist das Schlimme. Alles vergisst man, das einem gut tut, und dann steigt man wieder in die Straßenbahn, morgens, geht ins Büro, nach Hause, fragt sich, wo das Leben bleibt. Und sie saßen immer noch, als der Morgen kam, als die Stadt zu atmen begann. Tausende aus ihren Häusern, die Autos geschäftig geputzt, und die beiden erkannten, dass es das Ende von ihnen wäre, hinunterzugehen ins Leben. Ich wollte, es gäbe nur noch uns, sagte der Junge. Das Mädchen nickte, sie dachte kurz: So soll das sein, und im gleichen Moment verschwand die Welt. Nur noch ein Aussichtsturm, ein Wald, ein paar Berge blieben auf einem kleinen Stern.

1 Betrachten Sie die beiden Bilder und stellen Sie sich vor, Sie könnten beide Orte nacheinander besuchen. Wo sind Sie lieber und warum? Erzählen Sie.

2 Beschreiben Sie Ihre Eindrücke und Empfindungen, nachdem Sie die Kurzgeschichte *Nacht* gelesen haben. Wie wirkt der Schluss der Geschichte auf Sie?

3 Verfassen Sie einen Tweet (maximal 280 Zeichen), in dem Sie jemandem, der *Nacht* nicht kennt, mitteilen, was die Kurzgeschichte thematisiert. Vergleichen Sie Ihre Tweets.

2.1 Kurze Erzähltexte interpretieren

Gehen oder bleiben?

Reisen macht einen bescheiden. Man erkennt, welch kleinen Platz man in der Welt besetzt.
Gustave Flaubert (1821–1880, frz. Romancier)

Nur unterwegs erfährt man das Gefühl märchenhafter Verwunschenheit.
Erich Kästner (1899–1974, dt. Schriftsteller)

Reisen bedeutet herauszufinden, dass alle Unrecht haben mit dem, was sie über andere Länder denken.
Aldous Huxley (1894–1963, engl. Schriftsteller)

1 Nehmen Sie die Stellung zu den unterschiedlichen Ansichten über das Reisen, die in den Zitaten zum Ausdruck kommen. Berichten Sie auch von eigenen Reiseerfahrungen.

Hörtext A 01

Sibylle Berg: Hauptsache weit (2001)

Und weg, hatte er gedacht. Die Schule war zu Ende, das Leben noch nicht, hatte noch nicht begonnen, das Leben. Er hatte nicht viel Angst davor, weil er noch keine Enttäuschung kannte. Er war ein schöner Junge mit langen dunklen Haaren, er spielte Gitarre, komponierte am Computer und dachte, irgendwie werde ich wohl später nach London gehen, was Kreatives machen. Aber das war später. Und nun?

Warum kommt der Spaß nicht? Der Junge hockt in einem Zimmer, das Zimmer ist grün, wegen der Neonleuchte, es hat kein Fenster und der Ventilator ist sehr laut. Schatten huschen über den Betonboden, das Glück ist das nicht, eine Wolldecke auf dem Bett, auf der schon einige Kriege ausgetragen wurden. Magen gegen Tom Yan[1], Darm gegen Curry. Immer verloren, die Eingeweide. Der Junge ist 18, und jetzt aber Asien hatte er sich gedacht. Mit 1000 Dollar durch Thailand, Indien, Kambodscha, drei Monate unterwegs, und dann wieder heim, nach Deutschland. Das ist so eng, so langweilig, jetzt was erleben und vielleicht nie zurück. Hast du keine Angst, hatten die blassen Freunde zu Hause gefragt, so ganz alleine? Nein, hatte er geantwortet, man lernt ja so viele Leute kennen unterwegs. Bis jetzt hatte er hauptsächlich Mädchen kennen gelernt, nett waren die schon, wenn man Leute mag, die einen bei jedem Satz anfassen. Mädchen, die aussahen wie dreißig und doch so alt waren wie er, seit Monaten unterwegs, die Mädchen, da werden sie komisch. Übermorgen würde er in Laos sein, da mag er jetzt gar nicht dran denken, in seinem hässlichen Pensionszimmer, muss Obacht geben, dass er sich nicht aufs Bett wirft und weint, auf die Decke, wo schon die anderen Dinge drauf sind. In dem kleinen Fernseher kommen nur Leute vor, die ihm völlig fremd sind, das ist das Zeichen, dass man einsam ist, wenn man die Fernsehstars eines Landes nicht kennt und die eigenen keine Bedeutung haben. Der Junge sehnt sich nach Stefan Raab[2], nach Harald Schmidt[3] und Echt[4]. Er merkt weiter, dass er gar nicht existiert, wenn es nichts hat, was er kennt. Wenn er keine Zeitung in seiner Sprache kaufen kann, keine Klatschgeschichten über einheimische Prominente lesen, wenn keiner anruft und fragt, wie es ihm geht. Dann gibt es ihn nicht. Denkt er. Und ist unterdessen aus seinem heißen Zimmer in die heiße Nacht gegangen, hat fremdes Essen vor sich, von einer fremdsprachigen Serviererin gebracht, die sich nicht für ihn interessiert, wie niemand hier. Das ist wie tot sein, denkt der Junge. Weit weg von zu Hause, um anderen beim Leben zuzusehen, könnte man umfallen und sterben in der tropischen Nacht und niemand würde weinen darum. Jetzt weint er doch, denkt an die lange Zeit, die er noch rumbekommen muss, alleine in heißen Ländern mit seinem Rucksack, und das stimmt so gar nicht mit den Bildern überein, die er zu Hause von sich hatte. Wie er entspannt mit Wasserbüffeln spielen wollte, in Straßencafés sitzen und cool sein. Was ist, ist einer mit Sonnenbrand und Heimweh nach den Stars zu Hause, die sind wie ein Geländer zum Festhalten. Er geht durch die Nacht, selbst die Tiere reden ausländisch, und dann sieht er etwas, sein Herz schlägt schneller. Ein Computer, ein Internet-Café. Und er setzt sich, schaltet den Computer an, liest seine E-Mails. Kleine Sätze von seinen Freunden, und denen antwortet er, dass es ihm gut gehe und alles großartig ist, und er schreibt und schreibt und es ist auf einmal völlig egal, dass zu seinen Füßen ausländische Insekten so groß wie Meerkatzen herumlaufen, dass das fremde Essen im Magen drückt. Er schreibt seinen Freunden über die kleinen Katastrophen und die fremde Welt um ihn verschwimmt, er ist nicht mehr allein, taucht in den Bildschirm ein, der ist wie ein weiches Bett, er denkt an Bill Gates und Fred Apple[5], er schickt ein Mail an Sat 1, und für ein paar Stunden ist er wieder am Leben, in der heißen Nacht weit weg von zu Hause.

1 Tim Yam: thailändische Suppe 2 Stefan Raab: Fernsehmoderator, u. a. „TV Total“ 3 Harald Schmidt: Entertainer moderierte z. B. „Verstehen Sie Spaß?“ und „Die Harald-Schmidt-Show“ 4 Echt: deutsche Popgruppe der späten 1990er-Jahre
5 Fred Apple: Fred Anderson, ehemaliger Finanzchef von Apple

2 Lesen Sie die Kurzgeschichte von Sibylle Berg und entscheiden Sie, welches der Zitate auf S. 36 am ehesten dazu passt. Begründen Sie Ihre Entscheidung, indem Sie das Thema der Kurzgeschichte benennen.

3 **a)** Beurteilen Sie die Bedeutung der verschiedenen Medien für den Jungen in der Kurzgeschichte. Erläutern Sie in diesem Zusammenhang, warum er sich im Internet-Café „wieder am Leben“ (Z. 41) fühlt.

MK **b)** Diskutieren Sie die Vor- und Nachteile von Medien für Reisende heute. Beziehen Sie eigene Reiseerlebnisse in Ihre Überlegungen ein.

Erzähltechnik → S. 529

4 Untersuchen Sie genauer, wie die Geschichte erzählt wird. Beantworten Sie die folgenden Fragen mithilfe von Textbelegen.
- Tritt der Erzähler offen in Erscheinung oder ist er verborgen?
- Wie nah ist der Erzähler an der Figur (Fokalisierung)?
- Wie sind Zeit und Raum gestaltet?
- Welche Wirkung ergibt sich durch die erzählerische Gestaltung?

Peter Bichsel: San Salvador[1] (1963)

Er hatte sich eine Füllfeder[2] gekauft.

Nachdem er mehrmals seine Unterschrift, dann seine Initialen, seine Adresse, einige Wellenlinien, dann die Adresse seiner Eltern auf ein Blatt gezeichnet hatte, nahm er einen neuen Bogen, faltete ihn sorgfältig und schrieb: „Mir ist es hier zu kalt“, dann, „ich gehe nach Südamerika“, dann hielt er inne, schraubte die Kappe auf die Feder, betrachtete den Bogen und sah, wie die Tinte eintrocknete und dunkel wurde (in der Papeterie[3] garantierte man, dass sie schwarz werde), dann nahm er seine Feder erneut zur Hand und setzte noch großzügig seinen Namen Paul darunter.

Dann saß er da.

Später räumte er die Zeitungen vom Tisch, überflog dabei die Kinoinserate, dachte an irgendwas, schob den Aschenbecher beiseite, zerriss den Zettel mit den Wellenlinien, entleerte seine Feder und füllte sie wieder. Für die Kinovorstellung war es jetzt zu spät.

Die Probe des Kirchenchores dauerte bis neun Uhr, um halb zehn würde Hildegard zurück sein. Er wartete auf Hildegard. Zu all dem Musik aus dem Radio. Jetzt drehte er das Radio ab.

Auf dem Tisch, mitten auf dem Tisch, lag nun der gefaltete Bogen, darauf stand in blauschwarzer Schrift sein Name Paul.

„Mir ist es hier zu kalt“, stand auch darauf.

Nun würde also Hildegard heimkommen, um halb zehn. Es war jetzt neun Uhr. Sie läse seine Mitteilung, erschräke dabei, glaubte wohl das mit Südamerika nicht, würde dennoch die Hemden im Kasten zählen, etwas müsste ja geschehen sein.

Sie würde in den „Löwen“ telefonieren.

Der „Löwen“ ist mittwochs geschlossen.

Sie würde lächeln und verzweifeln und sich damit abfinden, vielleicht.

Sie würde sich mehrmals die Haare aus dem Gesicht streichen, mit dem Ringfinger der linken Hand beidseitig der Schläfe entlangfahren, dann langsam den Mantel aufknöpfen.

Dann saß er da, überlegte, wem er einen Brief schreiben könnte, las die Gebrauchsanweisung für den Füller noch einmal – leicht nach rechts drehen –, las auch den französischen Text, verglich den englischen mit dem deutschen, sah wieder seinen Zettel, dachte an Palmen, dachte an Hildegard.

Saß da.

Und um halb zehn kam Hildegard und fragte: „Schlafen die Kinder?“

Sie strich sich die Haare aus dem Gesicht.

---

1 San Salvador: Hauptstadt von El Salvador, wörtl. „Heiliger Erlöser“ 2 die Füllfeder: Schweizerisch für Füllfederhalter
3 die Papeterie: Fachgeschäft für Schreibwaren und Papiere (v.a. in der Schweiz)

5 Paul möchte gehen – oder doch nicht? Beantworten Sie die Frage, indem Sie gegenüberstellen, was die Figur in der Geschichte von Bichsel denkt und was sie tut.

6 „Mir ist es hier zu kalt“, schreibt Paul (Z. 6/7 und 26). Deuten Sie diese Aussage vor dem Hintergrund Ihres Verständnisses der Geschichte. Berücksichtigen Sie dabei den Titel sowie das dargestellte Verhältnis der Eheleute.

Botho Strauß: Rückkehr (2006)

Da gab es den Bäckermeister Alwin, der eines Morgens nicht mehr in seine Backstube kam, seine Frau Myriam verließ und nach Mexiko auswanderte. Dort kaufte er sich in eine Papierfabrik ein und wurde ein erfolgreicher Fabrikant. Schließlich gehörten ihm zwölf Papierfabriken in ganz Lateinamerika. Nach fünfundzwanzig Jahren kehrte er nach Hannover zurück. Dort lebte seine Frau immer noch in der kleinen Wohnung am Rande der Eilenriede. Sie war inzwischen fünfzig Jahre alt und litt eine bittere Armut. Als ihr Mann davon erfuhr, nahm er sich ein Herz und besuchte seine Frau in ihrer beider alten Bleibe. Die Frau saß bei einem Glas Pfirsichlikör an ihrem Tisch, an dem sie immer gesessen hatte, wenn die Küchenarbeit beendet war. Sie blickte auf, als ihr Mann plötzlich wieder neben ihr stand, und sah dann zurück auf die Tischplatte. Sie hörte, welch ein Angebot er ihr machte und welche Unterstützung er ihr versprach. Doch sie schüttelte den Kopf und bat ihn, sie wieder mit ihm allein zu lassen.

7 Wen oder was meint Myriam mit „ihm" (Z. 18) am Ende dieser Geschichte? Diskutieren Sie.

8 **PLUS** Verfassen Sie einen fiktiven Dialog zwischen Paul und dem Bäckermeister Alwin, in dem diese sich über die Beweggründe für ihr Verhalten austauschen.

Jorge Bucay: Der vergrabene Schatz (2005)

In Krakau lebte einmal ein frommer, alleinstehender alter Mann namens Izy. Ein paar Nächte hintereinander träumte Izy, er reise nach Prag und gelange dort an eine Brücke über einen Fluss. Er träumte, an einem Ufer des Flusses unter der Brücke stehe ein üppiger Baum. Er träumte, dass er gleich neben dem Baum zu graben anfing und auf einen Schatz stieß, der ihm Wohlstand und Sorglosigkeit bis an sein Lebensende sicherte.

Anfangs maß Izy diesem Traum keine Bedeutung bei. Aber nachdem sich dieser wochenlang wiederholt hatte, deutete er ihn als Botschaft und beschloss, jene Nachricht, die ihm womöglich von Gott oder sonstwem geschickt worden war, nicht weiter unbeachtet zu lassen.

Er folgte also seiner Eingebung, belud sein Maultier mit Gepäck für eine lange Reise und machte sich auf den Weg nach Prag.

Sechs Tage später traf der Alte in Prag ein und begab sich gleich auf die Suche nach der Brücke über den Fluss am Rande der Stadt.

Es gab nicht viele Flüsse und auch nicht viele Brücken, sodass er den gesuchten Ort schnell fand. Alles war genau wie in seinem Traum: der Fluss, die Brücke, das Flussufer, der Baum, unter dem er graben musste.

Nur eins war in seinem Traum nicht vorgekommen: Die Brücke wurde Tag und Nacht von einem Soldaten der kaiserlichen Garde bewacht.

Izy wagte es nicht, zu graben, solange der Soldat dort oben Wache schob, also schlug er in der Nähe der Brücke sein Lager auf und wartete erst einmal ab. In der zweiten Nacht begann der Soldat Verdacht zu schöpfen, und er fragte den Alten, der da am Flussufer kampierte, nach seinem Vorhaben.

Der hatte keinen Grund, ihm eine Lüge aufzutischen, und so erzählte er dem Wachmann, er habe diese weite Reise unternommen, weil er geträumt habe, dass hier in Prag unter einer gewissen Brücke ein Schatz vergraben liege.

Der Wachmann brach in schallendes Gelächter aus. „Eine so lange Reise wegen nichts und wieder nichts", sagte er. „Ich träume seit drei Jahren jede Nacht, dass in Krakau unter der Küche eines verrückten Alten namens Izy ein Schatz vergraben liegt. Ha, ha, ha, ha, ha. Denkst du, ich sollte nach Krakau reisen, um diesen Izy aufzusuchen und unter seiner Küche zu graben anfangen? Ha, ha, ha."

Izy bedankte sich freundlich beim Gardisten und trat die Heimreise an.

Zu Hause angekommen, grub er unter seiner Küche ein Loch und fand den Schatz, der schon ewig dort verborgen lag.

9 Izy begibt sich auf eine Reise, die eine überraschende Wendung nimmt. Beschreiben Sie, wie in der Geschichte Spannung aufgebaut wird und nehmen Sie Stellung zu deren Ausgang.

epische Genres
→ S. 530

10 Ordnen Sie die drei Texte auf diesen beiden Seiten begründet einer der folgenden Textsorten zu.

Kalendergeschichte | Kurzgeschichte | Parabel

Nadja Einzmann: An manchen Tagen (2001)

An manchen Tagen warte ich, dass etwas passiert. Auf einen Anruf; dass das Haus einstürzt; oder der Arzt mir sagt, dass ich nur noch wenige Wochen zu leben habe. Ich sitze im Bett und warte, und meine Mutter klopft an die Türe. Zu berichten hat sie nichts. Sei so gut, sagt sie, bring den Müll hinunter, oder: Wie wäre es mit einem Spaziergang, es ist ein wunderbarer Tag, sonnig, und die Spatzen pfeifen es von allen Dächern. Nein, rufe ich ihr zu, durch die geschlossene Tür, mir ist nicht danach, mir ist nicht nach Welt. Und ich sitze im Bett, der Himmel schaut blau durch mein Fenster oder umwölkt sich, oder ein Gewitter zieht auf. Mein Bett ist mein Schiff, mein Bett ist mein Floß, ich treibe dahin, Haie und andere Meerestiere unter mir und Sterne und Himmel über mir.

Was soll ich unternehmen mit dir, sagt meine Mutter, und stellt mir das Abendessen vor die Tür. Keines meiner Kinder, keines meiner Kinder, alle sind sie normal und gehen zur Arbeit, gehen morgens aus dem Haus und kehren abends zurück, nur du nicht. Was soll nur werden mit dir?

Es gab Zeiten, da ich anders war, solche Zeiten hat es gegeben. Ausgesprochen lebhaft war ich. Keine Aufgabe war sicher vor mir, und dann noch zum bloßen Zeitvertreib zeichnete ich und voltigierte[1] und focht[2] und tanzte die Nächte durch. Meine Geschwister sahen müde aus, wenn sie von der Arbeit kamen. Sie hatten sich das Weiß in ihren Augen blutig gesehen über den Tag, und auch ihre Hände waren wund und schmerzten. Mir sah man keine Mühen an. Nie. Ich schwebte über den Boden, wo andere gingen, und dass ich mich bückte, kam nur sehr selten vor. Ja, es hat Zeiten gegeben, da ich anders war, und ich trauere ihnen nicht nach. Packt eure Herzen in Alufolie, dass sie geschützt sind, wenn ihr aus dem Haus geht, und reicht sie nicht frei herum!

Es hat Zeiten gegeben, da ich anders war, und meine Mutter trauert ihnen nach. Kind, sagt sie, willst du nicht aufstehen, dass dein Vater mit dir fischen gehen kann und deine Geschwister dir berichten von ihrem Tag? Nein, sage ich, mir ist nicht nach Welt. In meinem Bett sitze ich, das mein Floß ist, und der Seegang ist hoch. Salziger Wind fährt mir durchs Haar und die Wellen überschlagen sich.

---

1 voltigieren: am (galoppierenden) Pferd turnen   2 focht: Präteritum von fechten

11 **a)** „Nein, sage ich, mir ist nicht nach Welt" (Z. 28). Lesen Sie die Kurzgeschichte und erläutern Sie, weshalb die Ich-Erzählerin lieber im Bett bleibt.

b) Prüfen Sie die folgenden Deutungshypothesen zum Text.

In dem Text geht es um eine Jugendliche, die sich den Erwartungen der Erwachsenen, vor allem ihrer Mutter, entzieht. Die auffälligen sprachlichen Bilder, in denen sie ihr Bett als Floß in Seenot beschreibt, zeigen, wie sehr sie leidet und Hilfe nötig hat. Ihre Niedergeschlagenheit zwingt sie zur Tatenlosigkeit.

Die Protagonistin in der Kurzgeschichte sucht Schutz vor den Anforderungen des Alltags, die sie früher mühelos gestemmt hat, die ihr heute aber aus ungeklärten Gründen zu viel geworden sind. Sie flüchtet sich in eine Fantasiewelt und schottet sich von der Realität ab.

12 **PLUS** Tragen Sie die Kurzgeschichte laut vor. Setzen Sie Ihre Stimme so ein, dass die Gefühle der Protagonistin dabei deutlich werden.

2.2 Einen Romanauszug untersuchen

Portrait eines modernen Nomaden

Text in alter Rechtschreibung

Max Frisch: Homo faber. Ein Bericht (1957, Romanauszug)

Der 50-jährige Ingenieur Walter Faber ist die Hauptfigur in Max Frischs Roman „Homo faber". In Selbstzeugnissen berichtet und kommentiert Faber die Ereignisse in seinem Leben. Auf einer Dienstreise von New York nach Caracas muss Walter Fabers Flugzeug mitten in der mexikanischen Wüste notlanden. Der unfreiwillige Zwischenstopp konfrontiert den Ingenieur mit der nächtlichen Natur.

Ich habe mich schon oft gefragt, was die Leute eigentlich meinen, wenn sie von Erlebnis reden. Ich bin Techniker und gewohnt, die Dinge zu sehen, wie sie sind. Ich sehe alles, wovon sie reden, sehr genau; ich bin ja nicht blind. Ich sehe den Mond über der Wüste von Tamaulipas[1] – klarer als je, mag sein, aber eine errechenbare Masse, die um unseren Planeten kreist, eine Sache der Gravitation, interessant, aber wieso ein Erlebnis? Ich sehe die gezackten Felsen, schwarz vor dem Schein des Mondes; sie sehen aus, mag sein, wie die gezackten Rücken von urweltlichen Tieren, aber ich weiß: Es sind Felsen, Gestein, wahrscheinlich vulkanisch, das müßte man nachsehen und feststellen. Wozu soll ich mich fürchten? Es gibt keine urweltlichen Tiere mehr. Wozu sollte ich sie mir einbilden? Ich sehe auch keine versteinerten Engel, es tut mir leid; auch keine Dämonen, ich sehe, was ich sehe: die üblichen Formen der Erosion, dazu meinen langen Schatten auf dem Sand, aber keine Gespenster. Wozu weibisch werden? Ich sehe auch keine Sintflut, sondern Sand, vom Mond beschienen, vom Wind gewellt wie Wasser, was mich nicht überrascht; ich finde es nicht fantastisch, sondern erklärlich. Ich weiß nicht, wie verdammte Seelen aussehen; vielleicht wie schwarze Agaven[2] in der nächtlichen Wüste. Was ich sehe, das sind Agaven, eine Pflanze, die ein einziges Mal blüht und dann abstirbt. Ferner weiß ich, daß ich nicht (wenn es im Augenblick auch so aussieht) der erste oder letzte Mensch auf der Erde bin; und ich kann mich von der bloßen Vorstellung, der letzte Mensch zu sein, nicht erschüttern lassen, denn es ist nicht so. Wozu hysterisch sein? Gebirge sind Gebirge, auch wenn sie in gewisser Beleuchtung, mag sein, wie irgend etwas anderes aussehen, es ist aber die Sierra Madre Oriental[3], und wir stehen nicht in einem Totenreich, sondern in der Wüste von Tamaulipas, Mexico, ungefähr sechzig Meilen von der nächsten Straße entfernt, was peinlich ist, aber wieso ein Erlebnis? Ein Flugzeug ist für mich ein Flugzeug, ich sehe keinen ausgestorbenen Vogel dabei, sondern eine Super-Constellation[4] mit Motor-Defekt, nichts weiter, und da kann der Mond sie bescheinen, wie er will. Warum soll ich erleben, was gar nicht ist? Ich kann mich auch nicht entschließen, etwas wie die Ewigkeit zu hören; ich höre gar nichts, ausgenommen das Rieseln von Sand nach jedem Schritt. Ich schlottere, aber ich weiß: in sieben bis acht Stunden kommt wieder die Sonne. Ende der Welt, wieso? Ich kann mir keinen Unsinn einbilden, bloß um etwas zu erleben. Ich sehe den Sand-Horizont, weißlich in der grünen Nacht, schätzungsweise zwanzig Meilen von hier, und ich sehe nicht ein, wieso dort, Richtung Tampico, das Jenseits beginnen soll Ich kenne Tampico[5]. Ich weigere mich, Angst zu haben aus bloßer Fantasie, beziehungsweise fantastisch zu werden aus bloßer Angst, geradezu mystisch.

1 Tamaulipas: mexikanischer Bundesstaat, der im Norden an Texas und im Osten an den Golf von Mexiko grenzt 2 die Agave: Pflanzenart, die vorwiegend in Mexiko beheimatet ist 3 die Sierra Madre Oriental: mexikanischer Gebirgszug 4 die Super-Constellation: US-amerikanisches Verkehrsflugzeug der 1950er-Jahre 5 Tampico: mexikanische Hafenstadt in Tamaulipas

1 Lesen Sie den Romanauszug und notieren Sie Ihre ersten Eindrücke zum Ich-Erzähler Walter Faber. Beachten Sie auch die Bedeutung des Romantitels.

homo faber: Der Begriff stammt aus dem Lateinischen und kann mit „der schaffende Mensch" oder „der Mensch als Handwerker" übersetzt werden. Eng verwandt ist der Begriff mit dem Renaissance-Bild des Menschen als „faber mundi", dem Gestalter und Herrscher der Welt. In den Jahren 1920–1960 wurde der Begriff „homo faber" von anthropologischen Philosophen verwendet, um den modernen Menschen zu beschreiben, der nicht nur geistig, sondern eben auch handwerklich tätig ist.

2 a) Setzen Sie sich mit Fabers Selbstbild auseinander. Beantworten Sie dazu folgende Fragen:
- In welcher Situation befindet sich Faber? Welche Gedanken und Gefühle löst sie in ihm aus?
- Welche Weltsichten versucht Faber hier gegeneinander abzugrenzen? Wo ordnet er sich selbst zu?
- Mit welchen Worten beschreibt Faber die möglichen Erscheinungen der Natur? Was offenbaren diese Beschreibungen über seine Gefühlslage?

b) Bewerten Sie die Glaubwürdigkeit von Fabers Selbstbild. Beziehen Sie die Äußerungen des Romanautors Max Frisch in Ihre Überlegungen ein.

„Ist dieser Walter Faber, Ingenieur, wirklich der homo technicus, oder spielt er sich nur in diese Rolle hinein? Es gibt ja Rollen, die ein Zeitalter uns anbietet, und Millionen von Menschen übernehmen die Rolle, die ihnen imponiert. Ist es nicht merkwürdig, dass dieser Faber immerzu imponieren will? Imponieren mit seinem ‚understatement'. Wem imponieren? Sich selbst. Warum? Weil er nicht weiß und nicht zu wissen wagt, wer er selbst ist."

Max Frisch, 1959

Joachim Scholl: Romane des 20. Jahrhunderts: Die wichtigsten Romane der Moderne Homo Faber (2001, Ausschnitt)

Max Frisch hat seinen Roman als „Bericht" angelegt. [Walter] Faber selbst darf erzählen, wie sein Leben nach und nach aus den Fugen gerät. In einer Art Tagebuch rekonstruiert er die Ereignisse. Faber schreibt, wie er ist: rational, sachlich. Wenn es um Gefühle, seelische Nöte und Verstrickungen geht, wird sein Stil schablonenhaft und ungeschickt, kümmerlich im Ausdruck. Von der Liebe erzählen? Das kann er nicht. [...]

Fast ein halbes Jahrhundert bevor das Schlagwort von der Globalisierung aufkam, hat Max Frisch in „Homo faber" das Porträt eines modernen Nomaden gezeichnet. Faber lebt überall und nirgends. Im Auftrag seines Arbeitgebers, der UNESCO, reist er rund um den Erdball. Er hat keine Heimat, seine Beziehungen zu anderen Menschen bleiben flüchtig.

Max Frisch scheint dieses Lebensgefühl gekannt zu haben. Ursprünglich war auch er ein „Techniker". Zwölf Jahre lang hatte er als Architekt gearbeitet, ein eigenes Büro geleitet und wie sein Held Faber ausgedehnte Reisen unternommen. Die Literatur war zunächst nur eine Nebentätigkeit. Mehrere Theaterstücke, das „Tagebuch 1946–1949" und vor allem der Roman „Stiller" machten ihn so bekannt, dass er die Architektur aufgab. „Homo faber" war das erste Buch, das Max Frisch als „full time writer" schrieb. In seiner Dankesrede zum Georg-Büchner-Preis, den er 1958 erhielt, sprach der Autor vom „unausgesprochenen Gefühl der Unzugehörigkeit", das den zeitgenössischen Menschen umtreibt: „Es ist ein Gefühl der Fremde schlechthin, das übrigens nicht melancholisch ist, ein klares und trockenes, ein modernes Gefühl". „Homo faber" ist der Roman dazu.

[...] „Homo faber" ist eines der erfolgreichsten deutschsprachigen Bücher der Nachkriegszeit. Laut Angaben des Suhrkamp Verlags waren bis zum Frühjahr 2000 genau 3 546 426 Exemplare gedruckt. An dieser exakten Zahl hätte Walter Faber seine Freude gehabt.

3 Erweitern Sie Ihr Wissen über den Roman und seinen Autor, indem Sie mithilfe der folgenden Fragen den Text von Joachim Scholl erschließen.
- Welche Informationen enthält der Text über die Handlung und Hauptfigur des Romans?
- Welche Parallelen werden zwischen Max Frisch und seinem Romanhelden gezogen?
- Worin besteht laut Scholl das Verdienst des Romans?

4 „Homo faber" – ein Bericht oder ein Roman? Erläutern Sie das Spiel des Autors mit Fiktionalität. Nutzen Sie dazu den Lexikoneintrag zum Bericht sowie die Erläuterungen zu Fiktionalitätssignalen auf S. 48.

Bericht: Ein Bericht ist ein Dokument, welches ein Geschehen oder einen Sachverhalt objektiv schildert, ohne Wertungen der Autorin/des Autors zu enthalten. Berichte sind in nüchterner, sachlicher Sprache gehalten.

Max Frisch: Homo faber. Ein Bericht (1957, Romanauszug)

Text in alter Rechtschreibung

Ich bin nicht zynisch. Ich bin nur, was Frauen nicht vertragen, durchaus sachlich. Ich bin kein Unmensch, wie Ivy behauptet, und sage kein Wort gegen die Ehe; meistens fanden die Frauen selbst, daß ich mich nicht dafür eigne. Ich kann nicht die ganze Zeit Gefühle haben. Alleinsein ist der einzigmögliche Zustand für mich, denn ich bin nicht gewillt, eine Frau unglücklich zu machen, und Frauen neigen dazu, unglücklich zu werden. Ich gebe zu: Alleinsein ist nicht immer lustig, man ist nicht immer in Form. Übrigens habe ich die Erfahrung gemacht, daß Frauen, sobald unsereiner nicht in Form ist, auch nicht in Form bleiben; sobald sie sich langweilen, kommen die Vorwürfe, man habe keine Gefühle. Dann, offen gestanden, langweile ich mich noch lieber allein. Ich gebe zu: auch ich bin nicht immer für Television aufgelegt (obschon überzeugt, daß Television in den nächsten Jahren auch noch besser wird, nebenbei bemerkt) und Stimmungen ausgeliefert, aber gerade dann begrüße ich es, allein zu sein. Zu den glücklichsten Minuten, die ich kenne, gehört die Minute, wenn ich eine Gesellschaft verlassen habe, wenn ich in meinem Wagen sitze, die Tür zuschlage und das Schlüsselchen stecke, Radio andrehe, meine Zigarette anzünde mit dem Glüher, dann schalte, Fuß auf Gas; Menschen sind eine Anstrengung für mich, auch Männer. Was die Stimmung betrifft, so mache ich mir nichts draus, wie gesagt. Manchmal wird man weich, aber man fängt sich wieder. Ermüdungserscheinungen! Wie beim Stahl, Gefühle, so habe ich festgestellt, sind Ermüdungserscheinungen, nichts weiter, jedenfalls bei mir. Man macht schlapp! Dann hilft es auch nichts, Briefe zu schreiben, um nicht allein zu sein. Es ändert nichts; nachher hört man doch nur seine eignen Schritte in der leeren Wohnung. Schlimmer noch: diese Radio-Sprecher, die Hundefutter anpreisen, Backpulver oder was weiß ich, dann plötzlich verstummen: Auf Wiederhören morgen früh! Dabei ist es erst zwei Uhr. Dann Gin, obschon ich Gin, einfach so, nicht mag, dazu Stimmen von der Straße, Hupen beziehungsweise das Dröhnen von der Subway, ab und zu das Dröhnen von Flugzeugen, es ist ja egal. Es kommt vor, daß ich dann einfach einschlafe, die Zeitung auf dem Knie, die Zigarette auf dem Teppich. Ich reiße mich zusammen. Wozu? Irgendwo noch ein Spätsender mit Sinfonie, die ich abstelle. Was weiter? Dann stehe ich einfach da, Gin im Glas, den ich nicht mag, und trinke; ich stehe, um keine Schritte zu hören in meiner Wohnung, Schritte, die doch nur meine eignen sind. Alles ist nicht tragisch, nur mühsam: Man kann sich selbst nicht Gutnacht sagen – Ist das ein Grund zum Heiraten?

5 Womit beschäftigt sich Faber hier gedanklich? Nehmen Sie Stellung zu der folgenden Aussage.

Zwar weckt Walter Faber hier den Anschein, dass er lieber allein ist als in Gesellschaft anderer, aber in Wirklichkeit hat er ein Problem mit Gefühlen, die er als „Ermüdungserscheinungen" bezeichnet, und mit Frauen. Ich nehme ihm nicht ab, dass das Alleinsein „der einzig mögliche Zustand" für ihn ist.

6 Charakterisieren Sie die Figur Walter Faber. Nutzen Sie folgende Begriffspaare.

Sachlichkeit – Gefühle | Einsamkeit – Zugehörigkeit | Nähe – Distanz

2.3 Das Verhältnis von Literatur und Verfilmung betrachten

Film gut, Buch besser?

Harry Potter | Der Vorleser | Der Herr der Ringe | Das Parfum | Dune | Game of Thrones | Die unendliche Geschichte | Verblendung

1 a) Hätten Sie es gewusst? Diese Filme basieren auf Romanen. Recherchieren Sie die literarischen Vorlagen.

b) Erstellen Sie Ihre persönliche Top Fünf der Literaturverfilmungen. Zu welchen Filmen bzw. Serien aus Ihrer Liste kennen Sie die literarische Vorlage?

MK **2** Film gut, Buch besser? Positionieren Sie sich zu den folgenden Aussagen. Berichten Sie auch von persönlichen Erfahrungen.

Das Buch ist immer besser als der Film.

Oft bin ich hinterher enttäuscht, wenn ich den Film zu einem Buch sehe, weil etwas völlig anderes dabei herausgekommen ist. Da werden manchmal ganze Szenen ausgelassen oder einfach Dinge oder Figuren hinzugedichtet. Oder die Schauspieler gefallen mir nicht.

Um die Spannung einer Geschichte zu transportieren, braucht es für mich unbedingt Filmmusik. Wenn ich zum Beispiel einen Krimi schaue, dann gruseln mich schon diese typischen Melodien und Töne. Beim Lesen fehlt mir das einfach, da habe ich mich bisher selten gegruselt.

Wer hat schon Zeit, einen dicken Wälzer zu lesen? Da gucke ich mir doch lieber die Verfilmung an. Ist auch viel bequemer und man kann das mit anderen gemeinsam tun.

Das Gute ist: Manchmal komme ich erst durch die Serie darauf, dass es das Buch überhaupt gibt. Und dann lese ich es und kann mir mein eigenes Bild machen.

MK **3** a) Wie weit darf eine Verfilmung von der Vorlage abweichen? Während manche Autorinnen und Autoren ihre Romane für unverfilmbar halten, betrachten Medienwissenschaftler wie Knut Hickethier den Film als unabhängige Kunstform. Arbeiten Sie aus den beiden Texten auf S. 45 die Begründungen für diese Positionen heraus.

b) Ist eine Versöhnung der Positionen aus Ihrer Sicht möglich? Diskutieren Sie.

Katharina Dippold: Wenn Bestseller auf Quote prallen (2018, Der Tagesspiegel, Ausschnitt)

Ob Bernhard Schlinks „Der Vorleser“, Stieg Larssons „Verblendung“, aber auch die Serie „Game of Thrones“ – viele Literaturverfilmungen beruhen auf Bestsellern. Das hat einen einfachen Grund: Die Produktionsfirmen können sich sicher sein, dass der Stoff schon einmal viele Menschen begeisterte und diese dementsprechend neugierig sein werden, wie das Buch nun auf der Leinwand wirkt. Das vermindert das Risiko eines Flops. Und für die Zuschauer, die den Roman noch nicht gelesen haben, bietet sich nun die Chance, doch noch mitreden zu können und sich so womöglich die Lektüre eines 1000-Seiten-Wälzers zu sparen. Etwa 7,5 Millionen Zuschauer sahen im Oktober 2012 die zweiteilige ARD-Verfilmung von Uwe Tellkamps „Der Turm“, ein Zehnfaches mehr als die damaligen Buchverkäufe. Mitunter verhelfen Literaturverfilmungen Büchern sogar zu Weltruhm. Die Verfilmung von Thomas Manns Novelle „Tod in Venedig“ und Mario Puzos Roman „Der Pate“ sind inzwischen mindestens so legendär wie ihre literarischen Vorlagen.

Viel öfter aber heißt es: Der Film war gut, aber das Buch war besser. Oft ist nicht nur das Publikum enttäuscht, auch die Autoren selbst sind mitunter alles andere als begeistert. Lothar-Günther Buchheim distanzierte sich von der Verfilmung von „Das Boot“, Michael Ende war geradezu wutentbrannt über die Adaption seiner „Unendlichen Geschichte“, auch Stephen King hadert bis heute mit Stanley Kubricks „The Shining“. Meistens stören sie sich daran, dass der Film sich nicht genug am Werk orientiere.

Auch Eugen Ruge war anfangs nicht auf eine Verfilmung aus, weil er „In Zeiten des abnehmenden Lichts“, seinen mit dem Deutschen Buchpreis ausgezeichneten Roman „in seiner Komplexität, mit seinen Innenansichten, seiner Sprache“ eigentlich für unverfilmbar hielt.

Für Ruge ist es ein Irrglaube, dass sich ein Buch 1:1 übertragen lässt. Ein gutes Buch entwickelt sich nicht notgedrungen aus der Handlung, sondern aus der Sprache und den Bildern, die daraus entstehen – es geht „um den intellektuellen Genuss, daran, WIE etwas gesagt, wie etwas beschrieben wird: ein Sonnenuntergang, ein Schirm, eine Gestalt“. Solche Beschreibungen ließen sich nicht einfach dadurch ersetzen, indem man sie zeige, stattdessen funktioniere eine gute Filmadaption „über ein tiefes Verständnis, das eigene Erfahrungen und Gefühle mobilisiert“.

Knut Hickethier: Der Film nach der Literatur ist Film (1989, Ausschnitt)

Von „Literaturverfilmung“ zu reden, heißt, den ersten Schritt in die falsche Richtung tun: denn im Begriff der Verfilmung steckt bereits die erlittene Verformung des Kunstwerks, eines Originals, das dabei seine Originalität verliert. Das Ergebnis kann nur eine schlechte Kopie, ein unvollständiger Ersatz im anderen Medium sein. [...]

Der Film aber ist immer zuerst Film, und dass seinem Drehbuch, ohnehin nur eine Zwischenstufe im Arbeitsprozess, einmal ein Roman zu Grunde gelegen hat, ist für das Filmische an ihm von peripherer[1] Bedeutung. Wir verstehen den Film, auch ohne den Roman zuvor gelesen zu haben.

Zwar kann, wer wollte das bestreiten, die vorangegangene Romanlektüre dem Filmesehen zusätzlichen Genuss (oder Enttäuschung) im Wiedererkennen von Erzähltem verleihen. Und ein Film, der sich von Titel, Handlungsstruktur und Figuren explizit auf einen Roman bezieht, fordert dazu auch in besonderer Weise heraus. Aber das rechtfertigt noch keine Sonderstellung literarisch fixierter[2] Betrachtungsweise, die zwangsläufig das Erzählen in den Vordergrund stellt und darüber die präsentativen Aspekte des Films vernachlässigt.

Wie jeder Text nur vor dem Hintergrund des gesamten bisherigen Geschriebenen zu denken ist, steht auch jeder Film im Kontext anderer Filme und enthält ungleich mehr Anspielungen und Verweise, unbewusst entlehnte Motive, Metaphern und assoziiert visuelle Erinnerungen, als sich in der Textvorlage erkennen lässt. Genrezusammenhänge, Verweise der Darsteller auf andere Rollen, die sie in anderen Filmen verkörpert haben, Kamera-, Regie- und Lichtstile, Architekturbedeutungen, Kleidungsstile etc. eröffnen eine Fülle anderer Bezugsebenen. Der spezielle Vergleich mit der literarischen Vorlage (noch nicht einmal mit dem Drehbuch) erscheint deshalb als eine unzulässige Verengung des Blicks.

1 peripher: am Rande gelegen, nebensächlich 2 literarisch fixiert: auf die Literatur beschränkt

MK **4** **a)** Im Text von Hickethier werden einige Gestaltungsmittel genannt, die typisch sind für den Film. Listen Sie diese auf und ergänzen Sie sie um weitere filmsprachliche Mittel.

b) Worin sehen Sie bei allen Unterschieden zwischen Film und Literatur dennoch sinnvolle Vergleichsaspekte? Erstellen Sie eine Übersicht.

Laura Lackmann: Kopfkino ist das schönste Kino (2012)

Literaturverfilmungen scheitern oft, weil man sich beim Lesen alles ganz anders vorgestellt hat. Dabei sind es einfach unterschiedliche Kunstformen.

Ob sie sich ihre Romanhelden so vorgestellt haben?

Als ich Michael Endes „Unendliche Geschichte" im Kino gesehen habe, musste ich weinen. Nicht weil Atreus' Pferd Artax qualvoll im Moor versank, sondern weil der Drache Fuchur nichts konnte, außer mit den Ohren zu wackeln. Ich war zwar erst sieben Jahre alt, aber trotzdem wahnsinnig frustriert von dem, was aus dem großartigen Buch und seinen Figuren geworden war, das mir meine Schwester nächtelang vorgelesen hatte.

Die Enttäuschung über Literaturverfilmungen ist eine logische Konsequenz, wenn man erwartet, genau das zu sehen, was man zuvor beim Lesen erlebt hat. Ein Film kann niemals wie seine literarische Vorlage sein. Ein Buch unterliegt anderen dramaturgischen Regeln als ein Film. Bücher können in der Handlung abschweifen, sie können sich ausbreiten und einer großen Zahl Figuren ausführlich folgen. Die Spannung einer Geschichte entwickelt sich nicht notgedrungen aus der Handlung, sondern aus der Sprache und aus den Bildern, die durch sie entstehen.

Ein Buch muss nicht unbedingt dazu gedacht sein, am Stück gelesen zu werden. Man bestimmt selbst das Tempo. Ein Film dagegen muss in 120 Minuten funktionieren. Wenn man eine Romanadaption macht, muss man sich auf das Wesentliche konzentrieren, man muss den Kern der Geschichte transportieren. Dabei lässt man Handlungsstränge weg oder fasst sie zusammen. Man beschränkt sich und nimmt nur das mit, was man für die Reise seines Helden braucht.

Das gilt auch für die Protagonisten. Während ein Roman einer großen Anzahl von Charakteren folgen kann, muss man für die Filmhandlung genau überlegen, wer notwendig ist, um die Erzählung voranzutreiben. Dabei fallen Personen weg. Ähneln sich Eigenschaften oder Ziele, wird aus zwei Figuren eine gemacht. Trotz des ständigen Eindampfens kommt es vor, dass der Drehbuchautor eine Figur hinzuerfindet, die es im Roman nicht gegeben hat. Man benutzt Figuren wie ein Werkzeug, um Dinge zu verdeutlichen.

In einem Buch kann der Konflikt einer Figur ausschließlich innerlich stattfinden. Wir können ihren Gedanken folgen. Uns werden Gefühle und Ziele beschrieben, die den Protagonisten umtreiben. Als gedrucktes Wort erscheint das subtil. Steht aber in einem Film ein Protagonist auf einem Berg und sagt laut zu sich selbst: „Ich bin traurig", wirkt das in der Regel platt.

Im Kino funktioniert die Innenperspektive anders. Im besten Fall können wir Gefühle im Ausdruck und in den Aktionen des Schauspielers ablesen. Wir verfolgen Handlungen und Intentionen der Figuren, ohne sie direkt erklärt zu bekommen.

Die Frustration des Zuschauers bei der Literaturverfilmung kommt aber oft nicht durch Kürzungen und Ergänzungen im Drehbuch – denn wer liest schon das Drehbuch. Es ist die Bebilderung dessen, was man sich beim Lesen ganz anders vorgestellt hat. Kein Film kann so schön sein wie der, der im Kopfkino abläuft. Im Film bleiben einem durch die vom Regisseur gewählten Bilder zumindest auf den ersten Blick keine Interpretationsmöglichkeiten. Ein guter Film lässt dem Zuschauer hier allerdings genug Spielraum.

Aber wenn Peter Jackson Elija Wood im „Herrn der Ringe" als Hobbit Frodo besetzt, nützt es nichts, wenn man beim Lesen seinen kleinwüchsigen Nachbarn vor Augen hatte. Wenn es 1984 technisch noch nicht möglich war, dass Fuchur glaubhaft fliegt, verzeiht man das Wolfgang Petersen nicht. Ist die Stimmung, die man beim Lesen von Süskinds „Parfum" empfunden hat, durch Spielorte, Musik, Kamera und Schnitt in Tom Tykwers Verfilmung nicht entsprechend wiedergegeben, ist man enttäuscht.

Am Ende entscheidet die Subjektivität der Regisseure, was für ein Film entsteht. Hinzu kommt, was produktionstechnisch möglich ist. Kann im Roman ein Schwein im Weltraum explodieren, so hat der Film vielleicht nicht das Budget, das All nachzubauen. Oder die Explosion ist technisch noch nicht möglich oder ein Ordnungsamt stellt sich quer, um das Tier zu schützen. Die Folge: Das Schwein wird gestrichen.

Eine Literaturverfilmung kann nicht die Fantasie aller Leser befriedigen. Man muss sich auf eine Interpretation des geliebten Buches einstellen und neugierig auf das sein, was jemand anders darin gesehen hat.

Oft greifen Romanautoren in diese Interpretation ein, werden zu Beratern, Koautoren oder machen ihr Buch selbst zum Drehbuch. Doch nicht jeder gute Schriftsteller muss auch ein gutes Drehbuch schreiben können. Hat der Drehbuchautor Glück, hilft ihm der Romanautor, sein Werk besser zu durchdringen. Hat er Pech, sieht er sich einem hysterischen Schöpfer einer Geschichte gegenüber, der nichts von dem verändern will, was er zuvor mühsam erschaffen hat und was „sowieso nicht anders geht". In dem meisten Fällen hält sich der Romanautor aber zurück. Er kann schließlich davon ausgehen, dass die Filmemacher zumindest vorhaben, im Sinne der Vorlage zu arbeiten.

[...] Spätestens seit ich selber einen Roman adaptiere, sehe ich Literaturverfilmungen aus einer anderen Perspektive. Aber selbst wenn man nicht selber die Erfahrung gemacht hat, wie schwierig es ist, einem tollen Buch gerecht zu werden, sollte man seine Erwartungen an die Medien Buch und Film ab und an überprüfen.

Denn Bücher und Filme sind so unterschiedliche Kunstformen wie Fotografie und Malerei: Auch wenn sie sich mit demselben Thema beschäftigen, erwartet man selbstverständlich ein anderes Ergebnis. Man vergleicht sie nicht. Man kann sich aber entführen lassen – und so etwas, was einen bewegt hat, noch einmal ganz neu erleben.

MK **5** Stellen Sie sich vor, die Drehbuchautorin und Regisseurin Laura Lackmann wäre zu Gast in einem Podcast. Nehmen Sie diese fiktive Podcast-Folge zur Frage „Film gut, Buch besser?" zu zweit auf. Verteilen Sie dazu die Rollen und lassen Sie Lackmann die folgenden Fragen beantworten.

- Was ist das Spannende an der Verfilmung von Literatur?
- Warum werden manchmal ganze Szenen und Figuren aus Literaturverfilmungen gestrichen und an anderen Stellen neue hinzugedichtet?
- Wie können innere Vorgänge von Figuren im Film transportiert werden?
- Wie läuft die Zusammenarbeit zwischen den Autorinnen und Autoren der literarischen Vorlage und den Filmschaffenden ab?
- Welche Beschränkungen gibt es im Film gegenüber der literarischen Vorlage?
- Wie soll man als Zuschauende mit der Enttäuschung umgehen, die sich gegebenenfalls beim Anschauen einer Literaturverfilmung einstellen kann?

filmsprachliche Mittel → S. 549 f.

MK **6 PLUS** Wählen Sie einen Erzähltext aus diesem Kapitel und entwickeln Sie in Kleingruppen Ideen für dessen Verfilmung.

- Sammeln Sie erste Ideen in einem Brainstorming.
- Erarbeiten Sie gemeinsam ein Drehbuch nach dem Muster unten. Orientieren Sie sich zusätzlich an der Übersicht auf S. 49.
- Stellen Sie Ihre Drehbücher den anderen Kleingruppen vor und geben Sie sich gegenseitig Feedback.
- Besonders interessant wird es, wenn Sie Ihre Drehbücher tatsächlich filmisch umsetzen. Verwenden Sie dazu ein geeignetes digitales Schneidewerkzeug.

Drehbuch zu: ______________________
Von: ______________________

Szene	Zeit	Handlung	Figuren	filmische Mittel	Musik, Geräusche
...	...	...	...	...	...

Merkmale erzählender Texte

Gattungslexikon Epik
→ S. 526–530

KOMPETENZBOX

Erzähltexte untersuchen

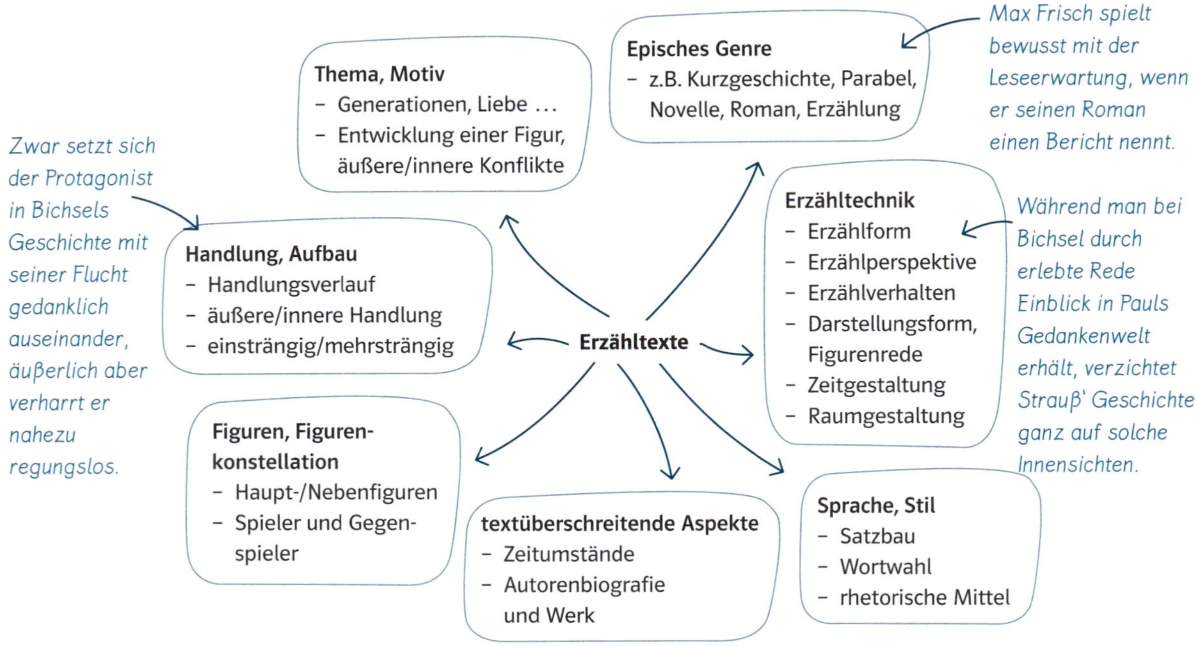

KOMPETENZBOX

Fiktionalitätssignale erkennen

Als **fiktional** (lat.: „fingere" = bilden, erdichten) bezeichnet man Texte, die von erfundenen Dingen handeln und nicht den Anspruch erheben, in der realen Welt überprüfbar zu sein. Demgegenüber sind **faktuale** Texte (lat. „factum" = Tatsache, Ereignis) solche, die reale Dinge abbilden. Die Grenze zwischen fiktionalen und faktualen Texten ist jedoch nicht immer eindeutig zu ziehen. Sogenannte Fiktionalitätssignale *können* bei der Einordnung helfen. Dazu gehören:

1. Textexterne Fiktionalitätssignale
   - das Wissen der Lesenden um Entstehung, Hintergründe und die Autorin bzw. den Autor eines Textes
     z. B. *Goethe (1749–1832) gilt als einer der bedeutendsten deutschsprachigen Dichter – „Faust" ist eines seiner berühmtesten Werke.*
   - Angaben rund um den Text, die nicht direkt zum Inhalt gehören
     z. B. *die Gattungsangabe „Roman" auf einem Buchumschlag, das Figurenverzeichnis in einem Drama, der Hinweis im Klappentext „Die Handlung und alle handelnden Personen sind frei erfunden"*

2. Textinterne Fiktionalitätssignale
   - Darstellung unwahrscheinlicher, fiktiver Inhalte
     z. B. *die fantastische Welt rund um Hogwarts bei Harry Potter, erfundene Figuren wie Vampire oder Aliens*
   - bestimmte Erzählmuster und -formeln
     z. B. *„Es war einmal …" im Märchen, typischer Aufbau von Fabeln*
   - Einblick in die Gedanken- und Gefühlswelt von Figuren
     z. B. *durch erlebte Rede, Darstellung nicht überprüfbarer innerer Vorgänge bei historischen Figuren*

Merkmale von Literaturverfilmungen

Fachbegriffe der Filmanalyse → S. 549 f.

Verfilmungen von literarischen Texten sind Übertragungen aus dem System Sprache in das System Filmsprache – zumeist mit einer eigenständigen Idee (Regiekonzept). Der Text muss sichtbar oder hörbar gemacht werden, Stimmungen müssen in Farben und Tönen ausgedrückt, die Eigenschaften und das Innenleben der Figuren über Handlungsweisen oder Körperhaltungen vermittelt werden. Vergleiche zwischen Literaturvorlage und Verfilmung sind nach Ansicht vieler Wissenschaftlerinnen und Wissenschaftler daher nur wenig ergiebig. Vielmehr sollten beide Genres für sich betrachtet werden, da sie eigenen Gesetzmäßigkeiten folgen.

KOMPETENZBOX

Literaturverfilmungen untersuchen

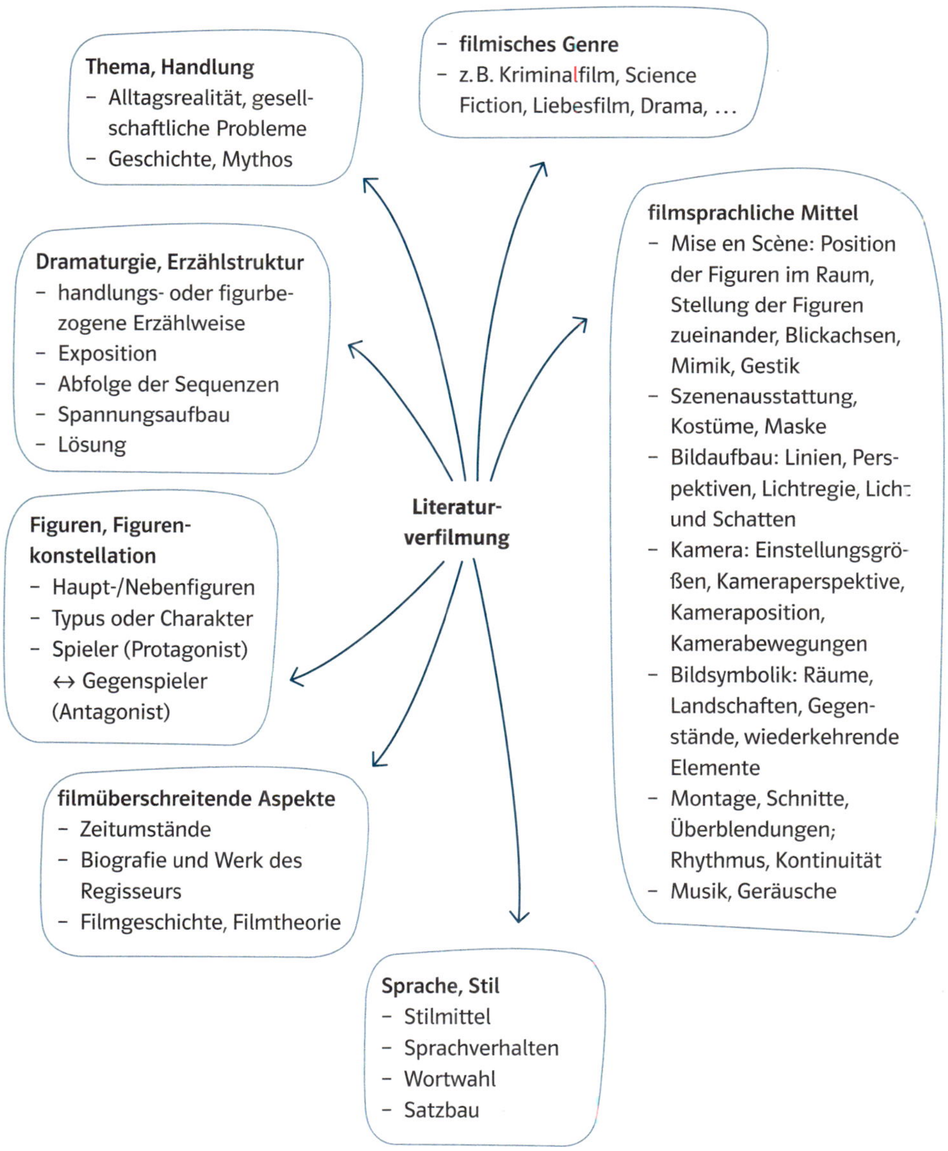

Einen Erzähltext interpretieren

KOMPETENZBOX

Erzähltexte schriftlich interpretieren

Die Interpretation eines Erzähltextes verlangt dessen **Analyse** und **Deutung**. Erschließen Sie dazu **Thema** und **Inhalt** des Textes und untersuchen Sie anschließend die vorgegebenen Aspekte. Sind in der Aufgabenstellung keine Aspekte vorgegeben, wählen Sie selbst solche aus, die den Text besonders kennzeichnen. Lesen Sie dazu gründlich. Für eine Deutung des Textes müssen Sie einen **Zusammenhang zwischen Inhalt, Form und Sprache** herstellen.
Sie können so vorgehen:

1. Erstes Textverständnis festhalten – Aufgabenstellung erfassen

- Textangaben erfassen: Autorin/Autor, Titel, Entstehungszeit, Textsorte, Thema
- erste Eindrücke vom Text notieren
- Teilaufgaben und Untersuchungsaspekte beachten

2. Text aspektorientiert untersuchen

- Thema und Handlung des Textes erfassen
- die in der Aufgabenstellung genannten Aspekte untersuchen, weitere wichtige Aspekte auswählen
- textüberschreitende Aspekte einbeziehen

3. Untersuchungsergebnisse ordnen

- Deutungshypothese formulieren
- Fazit aus Untersuchungsergebnissen ziehen: Wie hängen Inhalt, Form und Sprache zusammen?
- Deutungshypothese überprüfen und ggf. neu formulieren

4. Gliederung erstellen

Einleitung:
- interessanten Einstieg finden
- Textsorte, Autorin/Autor, Titel, Thema benennen

Hauptteil:
- Inhalt kurz wiedergeben
- Aufbau festlegen:
  a) nach der Reihenfolge des Handlungsverlaufs
  b) nach vorgegebenen oder selbst gewählten Aspekten oder Teilthemen

Schluss:
- Zusammenfassung der Ergebnisse mit Bezug zur Deutungshypothese
- möglich: persönliche Einschätzung, Zitat, Vergleich mit einem anderen Text

5. Klausur schreiben

- Deutungshypothese entfalten
- sachlich und präzise formulieren
- passende Zitate einbauen und korrekt nachweisen

6. Klausur überarbeiten

- in drei gesonderten Durchgängen prüfen:
  - sachliche Richtigkeit
  - gedankliche Zusammenhänge, sprachliche Verknüpfungen
  - sprachliche Richtigkeit

BEISPIEL-KLAUSUR **Aufgabe**

1 Interpretieren Sie die Kurzgeschichte *Scherben* von Marlene Röder. Gehen Sie dabei insbesondere auf die Figurengestaltung und die erzählerische Gestaltung des Textes ein.

Marlene Röder: Scherben (2011)

Ich bin unvorsichtig geworden. Wie schnell das geht. Zu Hause wäre mir das nie passiert. Ich bin müde, daran liegt es. Seit ich hier bin, könnte ich die ganze Zeit nur schlafen.

Sie haben mir ein Zimmer gegeben mit Modellflugzeugen, die von der Decke hängen. An eine Wand ist ein Regenbogen gesprayt. „Was ist denn das für ein Babyzimmer?", hab ich gefragt. Ich bin fast vierzehn, Mann.

„Das ist das Zimmer von meinem Bruder", hat das Mädchen gesagt und Alter, wie die dabei geguckt hat. Als würde sie mir jeden Knochen im Leib einzeln brechen, wenn ich die Scheiß-flugzeuge auch nur schief angucke.

„Und wo ist er, dein Bruder?", hab ich gefragt. Weil, hey, ich hätte ein Problem damit, wenn meine Alten einfach jemand in meinem Zimmer pennen lassen würden, selbst wenn es ein Babyzimmer ist. Aber diese Pfarrerskinder, die sind wohl sozial erzogen. Nächstenliebe und so was. „Er ist tot", hat sie gesagt und auf den Fußboden geschaut. Er hatte Muskelschwund." Ich starre sie an und stelle mir einen Jungen vor, der sich langsam auflöst, die Muskeln flutschen zurück wie Spaghetti, bis er nur noch ein Häufchen Knochen ist, überspannt von Haut. Und auseinanderfällt.

Bestimmt hätte ich da was sagen sollen, irgendwas mit herzlich ... Aber das Einzige, was mir eingefallen ist, war Herzlichen Glückwunsch und das passte ja wohl nicht. Also hab ich nur gesagt: „Toll, das Zimmer von 'nem Toten."

Auf dem Schreibtisch steht sogar noch ein angefangenes Modellflugzeug, steht da wie in einem Scheiß-Museum, und manchmal bastle ich ein bisschen dran rum, nur um die Pfarrersippschaft zu ärgern.

Neulich kam der Pfarrer himself ins Zimmer, um irgendwelches Gerichtszeug mit mir zu besprechen. Ich hab gesehen, dass er es sofort gemerkt hat, er hat auf das Flugzeug gestarrt, mich angeguckt und dann hat er versucht zu lächeln.

Kein Wunder, dass man da lasch wird. Dass man nicht mehr aufpasst, dass man vergisst die Tür abzuschließen, wenn man morgens mit müdem Kopf ins Bad trottet. Zu Hause wär mir das nie passiert.

Ich stehe in Boxersports vorm Waschbecken und spüle mir die Zahnpasta aus dem Mund. Als ich wieder hochgucke, sehe ich in dem großen Spiegel, dass das Mädchen hinter mir in der offenen Tür steht. Sie starrt mich an, starrt meinen Rücken an, die Striemen, wo der Arsch mich mit dem Gürtel ... Und meine Mutter, die zugesehen hat bisschen geflennt, aber zugesehen ... Und jetzt sieht das Mädchen das alles, und ich steh da mit einem Rest Zahnpasta im Mundwinkel und hab mich nie so scheißnackt gefühlt. Ich wirbel herum, aber ihr Blick geht an mir vorbei, es ist immer noch alles sichtbar im Spiegel und wie kann das sein, dass sie morgens schon so aussieht, mit dem langen, rotbraunen Haar, das ihr über die Schulter fällt makellos, ja das ist das Wort. Ihre Augen sind geweitet, sie guckt mich an wie etwas, was runtergefallen und kaputtgegangen ist, schade drum. Und dann gräbt sich diese Furche in ihre Stirn – oh, tut mir so leid für dich – und am liebsten würde ich sie schlagen. Stattdessen schreie ich sie an und schmeiße meine Zahnbürste nach ihr, dass der Schreck das andere in ihren Augen auslöscht. Ich schmeiße auch den Zahnbecher und die Cremes, den Rasierapparat und überhaupt alles, was in Reichweite ist. Aus einem kleinen Schnitt am Kinn des Mädchens tropft Blut, aber es bleibt immer noch stehen. Zuletzt knalle ich die Seifenschale aus poliertem Stein gegen den großen Wandspiegel. SUMM! Mit einem befriedigenden Kracher explodiert er, und die Scherben regnen glitzernd runter. Da läuft sie endlich weg.

Mein Herz hämmert. Mir ist so heiß. Ich will meine Haut ausziehen und das alte zerknüllte Ding in den Korb für die schmutzige Wäsche schmeißen. Ich will mich hinlegen, mit dem Gesicht auf die kühlen Fliesen, 'ne Runde ausruhen. Aber das geht nicht, alles voller Scherben. Das war's wohl mit dem Pfarrhaus. Nachdem ich ihr Bad zerlegt habe, schmeißen die mich raus. War ja klar, dass so was passiert. Aus irgendeinem Grund muss ich an das halb fertige Modellflugzeug denken, während ich in diesem Trümmerhaufen rumstehe. Alles voller Scherben und ich bin barfuß.

Keine Ahnung, wie ich hier je wieder wegkommen soll.

Es klopft an der Badezimmertür. „Kann ich reinkommen?", fragt eine Männerstimme.

„Meinetwegen." Was soll ich auch sonst sagen? Erwachsene machen eh, was sie wollen, egal, was du davon hältst.

Es ist der Pfarrer. Bestimmt hat seine Tochter ihn geholt, weil sie Angst vor dem Verrückten im Bad hat. Bestimmt ist er wütend, weil ich sie mit Sachen beworfen habe, aber sein Gesicht bleibt ganz ruhig. Er sieht sich in dem zertrümmerten Bad um, dann sieht er mich an. Die Scherben knirschen unter seinen Sohlen, als er auf mich zukommt. Er trägt Schuhe. Mein Körper spannt sich. Da breitet er linkisch die Arme aus und ich kapiere, dass er mich hochheben will, mich über die Scherben hinwegtragen wie einen kleinen Jungen. Aus irgendeinem Grund tut das mehr weh, als wenn er mich geschlagen hätte.

Ich mache einen Schritt rückwärts, suche nach Worten und finde welche, mit denen ich ihn schlagen kann. „Nur weil dein Sohn tot ist ... Ich brauch niemanden, der mich rettet, kapiert!"

Die Arme des Pfarrers sinken langsam herab, auch in seinem Gesicht sinkt etwas und ich schaue weg.

„Ich hab keinen Muskelschwund! Ich hab jede Menge Muskeln!", sag ich, denn ich bin fast vierzehn.

Und dann laufe ich über die Scherben zur Tür. Ich merke, wie die Scherben in meine nackten Füße schneiden, aber ich laufe weiter.

1. Erstes Textverständnis festhalten – Aufgabenstellung erfassen

Schreibtraining 103

1.1 Setzen Sie sich mit den Interpretationsschwerpunkten der Aufgabenstellung auseinander. Was gehört zur Figurendarstellung? Welche Aspekte müssen Sie bei der Untersuchung der erzählerischen Gestaltung berücksichtigen?

1.2 Die ersten Leseeindrücke enthalten oft den Schlüssel zum tieferen Verständnis eines Textes. Halten Sie Ihre Eindrücke deshalb immer direkt nach dem Lesen fest. Sie können sich an den folgenden Fragen orientieren.

- *Welche Assoziationen weckt der Titel der Kurzgeschichte?*
- *Welche Bilder, Gedanken und Gefühle tauchen während des Lesens auf?*
- *An welchen Stellen wird es besonders spannend?*
- *Wo ergeben sich Verständnisschwierigkeiten oder Fragen?*
- *Wie wirken die Figuren? Welche Handlungsweisen sind einleuchtend, welche nicht?*
- *Welchen Eindruck hinterlässt die Geschichte nach dem Lesen?*

2. Text aspektorientiert analysieren

2.1 Halten Sie die groben Handlungsschritte der Kurzgeschichte in Stichpunkten fest.

2.2 Sammeln Sie Informationen über den Protagonisten der Kurzgeschichte und deuten Sie sein Verhalten. Führen Sie dazu die angefangene Mindmap auf einem eigenen Blatt fort.

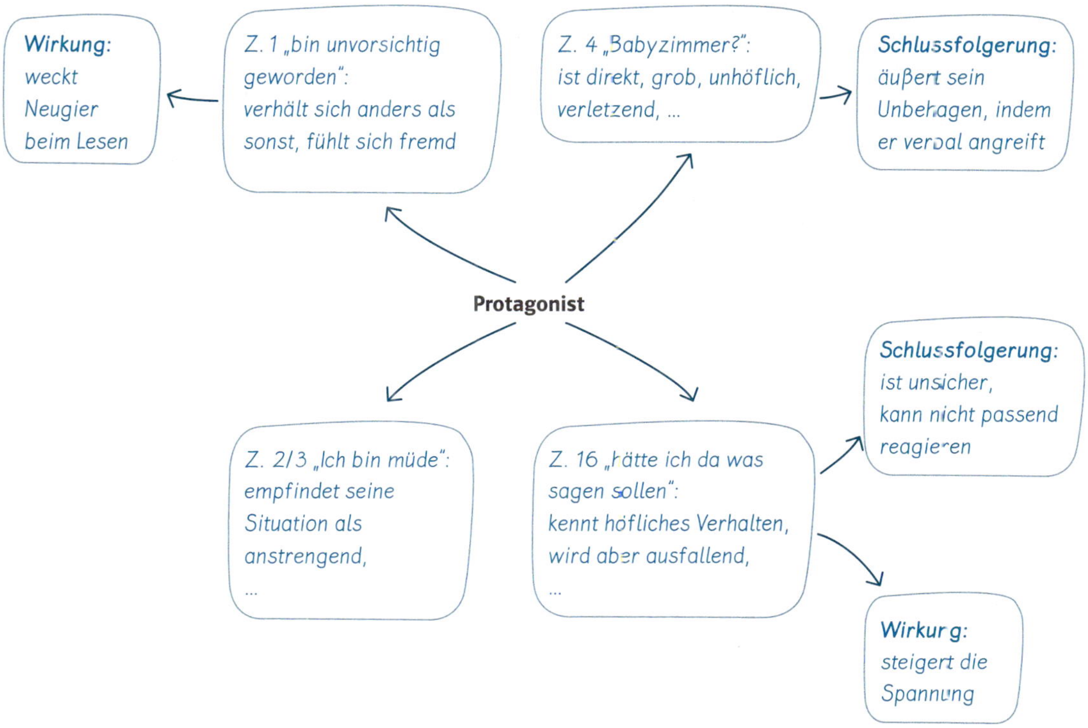

2.3 Analysieren Sie die erzählerische Gestaltung und erläutern Sie, inwiefern sie die Wirkung des Inhalts unterstützt.
Tipp: Um die Wirkung der erzählerischen Gestaltung zu beurteilen, kann es helfen, sich vorzustellen, wie sich der Text lesen würde, wenn er in einigen Punkten von der derzeitigen Erzählweise abweichen würde, z.B. Er-Form statt Ich.

3. Untersuchungsergebnisse ordnen

3.1 Ordnen Sie Ihre Analyse- und Interpretationsergebnisse nach den wichtigsten Untersuchungsaspekten. Legen Sie eine Reihenfolge für Ihre Interpretation fest.

3.2 Wofür stehen die titelgebenden „Scherben“ in der Geschichte? Formulieren Sie eine Deutung. Suchen Sie dazu auch Textstellen heraus, in denen Scherben direkt oder indirekt eine Rolle spielen.

4. Gliederung erstellen

4.1 Fertigen Sie Notizen für die Einleitung und den Schlussteil der Interpretation an. Berücksichtigen dabei die Klausuraufgabe.

4.2 Fügen Sie Ihren Schreibplan (3.1) mit den Ideen zu Einleitung und Schluss (4.1) zusammen und erstellen Sie eine Gliederung für Ihre Interpretation.

5. Klausur schreiben

5.1 Vergleichen Sie die beiden folgenden Einleitungen. Prüfen Sie jeweils, ob die Schwerpunkte der Klausuraufgabe berücksichtigt wurden und alle wichtigen Angaben enthalten sind.

In ihrer Kurzgeschichte „Scherben" von 2011 thematisiert Marlene Röder die emotionale Zerrissenheit von Heranwachsenden in der Figur eines traumatisierten Vierzehnjährigen, der als Pflegekind in einer Pfarrersfamilie lebt. Der Leser erfährt das Geschehen aus der Sicht der Hauptfigur und kann sich deshalb besonders gut in die Problematik einfühlen.

„[Ich] hab mich nie so scheißnackt gefühlt" (Z. 33). Dieser Kommentar der Hauptfigur in Marlene Röders Kurzgeschichte „Scherben" (2011) offenbart die Gefühle des vierzehnjährigen Ich-Erzählers und verweist damit auf das Problem einer komplexen und schwierigen Beziehung zwischen Erwachsenen und Jugendlichen. Was ist geschehen?

5.2 Schreiben Sie die vollständige Interpretation der Kurzgeschichte.

6. Klausur überarbeiten

6.1 Überarbeiten Sie Ihre Interpretation mithilfe der Checkliste.

Checkliste Interpretation erzählender Texte

Darstellung der Deutungsergebnisse
- ☑ Die für die Aufgabenstellung relevanten Aspekte wurden dargestellt.
- ☑ Die Gefühlslage der Hauptfigur wird deutlich. Die Ursachen dafür sind nachvollziehbar dargelegt.
- ☑ Die Gesamtdeutung stimmt mit den Einzelbeobachtungen überein.
- ☑ Die Merkmale der Textsorte wurden berücksichtigt.

Schlüssigkeit des Gedankenganges
- ☑ Der Anordnung der Untersuchungsaspekte ist logisch. Es gibt einen roten Faden.
- ☑ Die Teile sind sinnvoll miteinander verknüpft.
- ☑ Die Aussagen sind überzeugend belegt und die Zitate in den Text integriert.
- ☑ Interpretationsergebnisse wurden eigenständig formuliert und mit Textstellen belegt.

Sprachliche Korrektheit
- ☑ Es wird eine sachliche Sprachebene eingehalten und das Präsens verwendet.
- ☑ Satzbau und Grammatik, Rechtschreibung und Zeichensetzung sind korrekt.

Form
- ☑ Die Zitierweise ist korrekt.

Beispiellösung D 02

Beispiellösung (Ausschnitt)

Vielen Menschen ist bewusst, dass das Leben nicht immer gerecht ist. Dies beginnt bereits mit der Geburt eines jeden Menschen. Manch einer hat das Glück, in einer intakten Familie eine unbeschwerte Kindheit erleben zu können, ein anderer kann weniger Glück haben und wird möglicherweise durch Gewalt, Vernachlässigung oder Trennungserfahrungen für sein ganzes Leben gezeichnet sein. Wie schwer es ist, mit solch einer negativen Vergangenheit umzugehen, auch wenn sich vielleicht doch irgendwann ein positiver Ausblick bietet, wird auch in der Kurzgeschichte „Scherben" von Marlene Röder aus dem Jahr 2011 thematisiert.

Typisch für eine Kurzgeschichte setzt die Handlung unvermittelt ein, beschreibt eine Situation aus dem Alltag der Figuren und lässt durch ihr offenes Ende Fragen zum weiteren Handlungsverlauf unbeantwortet.

Zunächst erfährt die Leserin/der Leser in der Rückschau, dass der 14-jährige Protagonist bei einer Pfarrersfamilie untergebracht worden ist, deren Sohn verstorben ist. Anschließend wird eine Begegnung des Jugendlichen mit der Pfarrerstocher in der Gegenwart beschrieben. Diese trifft ihn zufällig im Bad an und erkennt starke Spuren von Gewalt am Körper des Jungen, die vermutlich aus seiner Herkunftsfamilie stammen. Als das Mädchen ihr Beileid dazu äußert, wird die Hauptfigur aggressiv und attackiert sowohl das Mädchen als auch den Spiegel mit Gegenständen. Als schließlich der Vater des Mädchens kommt und den Jungen über die Scherben des Spiegels heben will, lehnt dieser jede Hilfe ab und läuft durch die Scherben aus dem Zimmer.

Die Kurzgeschichte kann dank der Ich-Perspektive deutlich machen, dass und wie der junge Mann immer wieder von seinen Prägungen und Erfahrungen aus der Vergangenheit eingeholt wird und es ihm dadurch scheinbar nicht gelingt, die Chance auf ein neues, glücklicheres Leben zu ergreifen. Die „Scherben" seines bisherigen Lebens scheinen, wie es der Titel bereits vermuten lässt, allgegenwärtig und nicht reparierbar.

Bereits im ersten Abschnitt (Z. 1–5) erkennt die Leserin/der Leser den Zwiespalt, in dem sich der Protagonist befindet. Als Ich-Erzähler führt dieser ohne Umschweife in seine aktuelle Problemlage mit den Worten ein: „Ich bin unvorsichtig geworden." (Z. 1). Indem er sagt, dass er das bei sich „[z]u Hause" (Z. 1.) nie gewesen wäre, erfährt die Leserin/der Leser, dass sich der Erzähler nicht in seinem ursprünglichen Zuhause befindet. Sein Verhalten begründet der Protagonist damit, dass er müde sei und nur noch schlafen könne (vgl. Z. 2). Bereits durch das erhöhte Schlafbedürfnis des Jungen wird deutlich, dass eine große Last durch den Ortswechsel von ihm gefallen sein muss, auch wenn er selbst diesen Zusammenhang nicht zu erkennen scheint. […]

Wie es mit dem jungen Mann weitergeht, bleibt für die Leserin/den Leser offen. Mit beeindruckend einfachen Worten lässt die Kurzgeschichte den Lesenden sich in das Leben eines traumatisierten Jungen einfühlen. Das gelingt nicht zuletzt durch die Möglichkeit der Perspektivübernahme durch den Ich-Erzähler. Es bleibt zu hoffen, dass sich trotz solch schwieriger Momente immer wieder Menschen finden, die Kindern wie dem Protagonisten die Hand reichen und bereit sind, ihnen Brücken in ein neues, besseres Leben zu bauen.

Randbemerkungen:

- thematischer Einstieg
- Überleitung und Benennung des Themas
- Benennung von Textsorte, Titel, Autorin und Erscheinungsjahr
- Einordnung der Textsorte
- kurze, aufs Wesentliche konzentrierte Inhaltswiedergabe
- Darlegung der Deutungshypothese mit Bezug zu Untersuchungsaspekten
- ausführliche Deutung der Kurzgeschichte anhand ausgewählter, korrekt zitierter Schlüsselstellen mit Bezug zu den geforderten Untersuchungsaspekten
- Schlussteil mit Bezug zur Einleitung (Thema) und den Untersuchungsaspekten

3 Gedichte untersuchen, interpretieren und vergleichen

Von Minne bis Liebesrost

Macht Liebe glücklich?

Gibt es die eine große Liebe?

Wie dichtet man über die Liebe?

Wozu schreibt und liest man Gedichte?

Das lernen Sie jetzt!

3.1 Liebesgedichte aus verschiedenen Epochen untersuchen
3.2 Liebeslyrik vergleichen
Schreibtraining: ein Gedicht interpretieren
Vertiefen: den Einfluss digitaler Medien auf Lyrik untersuchen

Bertolt Brecht: Erinnerung an die Marie A. (1920)

1

An jenem Tag im blauen Mond September
Still unter einem jungen Pflaumenbaum
Da hielt ich sie, die stille bleiche Liebe
In meinen Armen wie in einem holden Traum.
Und über uns im schönen Sommerhimmel
War eine Wolke, die ich lange sah
Sie war sehr weiß und ungeheuer oben
Und als ich aufsah, war sie nimmer da.

2

Seit jenem Tag sind viele, viele Monde
Geschwommen still hinunter und vorbei.
Die Pflaumenbäume sind wohl abgehauen
Und fragst du mich, was mit der Liebe sei?
So sag ich dir: ich kann mich nicht erinnern
Und doch, gewiß, ich weiß schon, was du meinst.
Doch ihr Gesicht, das weiß ich wirklich nimmer
Ich weiß nur mehr: ich küßt es dereinst.

3

Und auch den Kuß, ich hätt ihn längt vergessen
Wenn nicht die Wolke dagewesen wär
Die weiß ich noch und werd ich immer wissen
Sie war sehr weiß und kam von oben her.
Die Pflaumenbäume blühn vielleicht noch immer
Und jene Frau hat jetzt vielleicht das siebte Kind
Doch jene Wolke blühte nur Minuten
Und als ich aufsah, schwand sie schon im Wind.

Der Titel des Gedichts kündigt an, dass sich hier jemand an eine „Marie A." erinnert. Stattdessen geht es die ganze Zeit um eine Wolke. Was soll das?

Chris

Der Moment, den der Sprecher beschreibt, ist ja schon sehr lange her. Geblieben ist nur die Erinnerung an die Wolke, die damals am Himmel über ihm vorüberzog. Interessant finde ich auch die Verse 12 bis 14, in denen es um das Gefühl der Liebe geht.

Rabea

Wenn er sich doch aber viel deutlicher an die Wolke erinnert als an seine Freundin, dann war er doch gar nicht wirklich verliebt. Und wirklich wichtig war ihm der Moment auch nicht. Trotzdem lässt ihn das offenbar nicht los.

Chris

Ich glaube, das Gedicht thematisiert die Vergänglichkeit einer Liebesbeziehung. ...

Rabea

Abbildung: Gustav Klimt: Der Kuss, 1908/09

1 Das Motiv der Liebenden ist eines der ältesten in Kunst und Dichtung. Stellen Sie Vermutungen darüber an, weshalb sich der Mensch überhaupt (künstlerisch) mit der Liebe auseinandersetzt.

2 Vergleichen Sie die Darstellung des Liebespaars in dem Gemälde von Klimt und dem Gedicht von Brecht. Achten Sie auf die Stimmung und das Rollenverständnis.

3 Positionieren Sie sich zu dem Gespräch über das Gedicht von Brecht und ergänzen sie die letzte Aussage um geeignete Belege.

3.1 Liebesgedichte aus verschiedenen Epochen untersuchen

Liebe ist ...

Liebeslyrik von Mittelalter bis Sturm und Drang untersuchen

Meinloh von Söflingen: Ich bin hólt einer frouwen (um 1170)

Ich bin hólt einer frouwen: ich weiz vil wól úmbe waz.
sît ich ír begunde dienen, sie geviel mir ie baz und ie baz.
ie lieber und ie lieber sô ist si zallen zîten mir,
ie schoener und ie schoener: vil wol gevallet si mir.
si ist saélic zallen êren, der besten tugende pfliget ir lîp.
sturbe ich nâch ir minne
und wurde ich danne lebende, sô wurbe ich áber umb daz wîp.

Meinloh von Söflingen im Codex Manesse, 1300–1340

Übertragung ins Neuhochdeutsche von Kurt Erich Meurer (1954)

Ich ...
So lang ich ihr diene, gefiel sie mir besser von Stunde zu Stund.
Stets lieber nur und lieber ist zu allen Zeiten sie mir,
stets schöner nur und schöner beseligt mich ihre Zier.
Geschaffen zu allen Ehren, übt höchste Tugend sie treu.
Stürbe ich durch ihre Minne
und ...

1 Üben Sie den Vortrag des mittelhochdeutschen Gedichts ein. Hören Sie sich einige Vorträge im Kurs an und sprechen Sie über Ihre Eindrücke.

2 Der erste und der letzte Vers sind bei der Übertragung ins Neuhochdeutsche ausgelassen worden. Verfassen Sie eine Übersetzung.

3 Charakterisieren Sie die Beziehung zwischen Mann und Frau in dem Gedicht und vergleichen Sie diese mit der bildlichen Darstellung.

4 Nutzen Sie den Informationstext zum Minnesang für eine erweiterte Interpretation des Gedichts. Gehen Sie besonders auf die Rollen von Mann und Frau sowie die Liebesauffassung ein.

Minnesang

Der Minnesang ist eine stark ritualisierte Form von Liebeslyrik, die im 12. Jahrhundert ihre Wurzeln hat und bis in das 15. Jahrhundert reicht. Unter Minne versteht man die Verehrung einer Frau, deren Zuneigung erworben werden soll. In der *hohen Minne* ist die Frau gesellschaftlich höher gestellt und meist verheiratet und so für den Werbenden unerreichbar. Mit Minnesang und Turnierkämpfen wird sie umworben, jedoch ist es nicht das Ziel, dass die Frau dem Werben nachgibt. Es bleibt bei der einseitigen, unerwiderten und unerfüllten Liebe. Der Minnesang beinhaltet dieses sehnsuchtsvolle und mitunter klagende Werben. In der *niederen Minne* verändert sich dieses Bild: Die Frau ist nicht mehr die unerreichbare Herrin, sondern die Liebe beruht auf Gegenseitigkeit und ist erfüllbar.

Hörtext A 02

Text in historischer Schreibweise

Christian Hoffmann von Hoffmannswaldau: Vergänglichkeit der Schönheit (1695)

Es wird der bleiche tod mit seiner kalten hand
Dir endlich mit der zeit umb deine brüste streichen /
Der liebliche corall[1] der lippen wird verbleichen;
Der schultern warmer schnee wird werden kalter sand /

Der augen süsser blitz / die kräffte deiner hand /
Für welchen solches fällt / die werden zeitlich weichen /
Das haar / das itzund[2] kan des goldes glantz erreichen /
Tilgt endlich tag und jahr als ein gemeines[3] band.

Der wohlgesetzte fuß / die lieblichen gebärden /
Die werden theils zu staub / theils nichts und nichtig werden /
Denn opfert keiner mehr der gottheit deiner pracht.

Dies und noch mehr als diß muß endlich untergehen /
Dein hertze kan allein zu aller zeit bestehen /
Dieweil es die natur aus diamant gemacht.

1 corall: Rot der Lippen 2 itzund: jetzt 3 gemeines: gemeinsames

5 Nähern Sie sich der Stimmung in dem Gedicht, indem Sie es laut vorlesen und dabei verschiedene Sprechweisen erproben, zum Beispiel mahnend, euphorisch, spöttisch. Tauschen Sie sich über Ihre Eindrücke aus.

6 Charakterisieren Sie das Verhältnis des lyrischen Sprechers zu der angesprochenen Frau. Setzen Sie sich insbesondere mit der Bedeutung der letzten Strophe auseinander.

7 Christian Hoffmann von Hoffmannswaldau war der bedeutendste Vertreter der spätbarocken Lyrik. Drei zentrale Motive prägten seine Dichtung und das Weltbild der Epoche. Prüfen Sie, welche(s) Motiv(e) er in seinem Gedicht aufgreift.

Leitmotive des Barock

„carpe diem“: Nutze den Tag!
Der Aufruf mahnt, das Leben zu genießen, anstatt zu viel Zeit mit Gedanken an den Tod zu verbringen.
„memento mori“: Bedenke, dass du sterben musst!
Im Gegensatz zum „carpe diem“ erinnert „memento mori“ daran, sich jederzeit der eigenen Sterblichkeit bewusst zu sein.
„Vanitas“: Eitelkeit, Nichtigkeit, Vergänglichkeit
Die Begrenztheit und Nichtigkeit des menschlichen Lebens im Gegensatz zur göttlichen Ewigkeit steht hier im Vordergrund.

Hans Baldung Grien (1484/85–1545): Der Tod und die Frau, um 1520/25

Friedrich Gottlieb Klopstock: Das Rosenband (1753)

Im Frühlingsschatten fand ich sie;
Da band ich sie mit Rosenbändern:
Sie fühlt' es nicht, und schlummerte.

Ich sah sie an; mein Leben hing
Mit diesem Blick an ihrem Leben:
Ich fühlt' es wohl, und wusst' es nicht.

Doch lispelt' ich ihr sprachlos zu,
Und rauschte mit den Rosenbändern:
Da wachte sie vom Schlummer auf.

Sie sah mich an; ihr Leben hing
Mit diesem Blick an meinem Leben,
Und um uns ward's Elysium[1].

1 das Elysium: hier: Zustand vollkommenen Glücks

8 Beurteilen Sie die beiden Deutungshypothesen zu dem Gedicht von Klopstock.

A *Das Gedicht „Das Rosenband" feiert das Glück einer völlig symmetrischen Liebesbeziehung. Beide erkennen mit einem Blick, dass der andere der richtige für sie ist.*

B *In dem Gedicht „Das Rosenband" entwickelt sich aus der sinnlichen Faszination eines männlichen lyrischen Ichs das Bewusstsein, die wahre Liebe gefunden zu haben.*

Johann Wolfgang Goethe: Heidenröslein (1771)

Sah ein Knab' ein Röslein stehn,
Röslein auf der Heiden,
War so jung und morgenschön,
Lief er schnell, es nah zu sehn,
Sah's mit vielen Freuden.
Röslein, Röslein, Röslein rot,
Röslein auf der Heiden.

Knabe sprach: Ich breche dich,
Röslein auf der Heiden!
Röslein sprach: Ich steche dich,
Dass du ewig denkst an mich,
Und ich will's nicht leiden.
Röslein, Röslein, Röslein rot,
Röslein auf der Heiden.

Und der wilde Knabe brach
's Röslein auf der Heiden;
Röslein wehrte sich und stach,
Half ihm doch kein Weh und Ach,
Musst' es eben leiden.
Röslein, Röslein, Röslein rot,
Röslein auf der Heiden.

ÜBRIGENS

Goethe und Friederike Brion
Goethe widmete dieses und weitere Gedichte Friederike Brion, in die der damals 21-Jährige bis über beide Ohren verliebt war. Die Liaison der beiden hielt jedoch nicht einmal ein Jahr, dann macht er Schluss und brach der jungen Pfarrerstochter das Herz.

9 Formulieren Sie Ihre ersten Eindrücke und Verstehensweisen zum *Heidenröslein* in Stichpunkten. Orientieren Sie sich an folgenden Fragen.
- Wie verläuft die Begegnung von Knabe und Röslein?
- Wie sind die Geschlechterrollen gestaltet?

10 PLUS Heute wird das *Heidenröslein* auch kritisch als verharmlosende Darstellung eines gewaltvollen Übergriffs auf eine Frau gelesen. Recherchieren Sie zu dieser Lesart und verfassen Sie ein Urteil dazu, in dem Sie auch wissenschaftliche Sichtweisen einbringen. Zeichnen Sie Ihre begründete Urteilsverkündung in einem Video oder Audio auf.

Liebeslyrik von Romantik bis Gegenwart untersuchen

Karoline von Günderrode: Liebe (1804)

O reiche Armut! Gebend, seliges Empfangen!
In Zagheit Muth! in Freiheit doch gefangen.
In Stummheit Sprache,
Schüchtern bei Tage,
Siegend mit zaghaftem Bangen.

Lebendiger Tod, im Einen sel'ges Leben
Schwelgend in Not, im Widerstand ergeben,
Genießend schmachten,
Nie satt betrachten
Leben im Traum und doppelt Leben.

Karoline von Günderode (1780–1806), Lithografie von V. Schertle

sprachliche Mittel → S. 538 ff.

1 Günderodes Gedicht ist gekennzeichnet von sprachlichen Gegensätzen (Oxymora). Benennen Sie diese Gegensätze wie in den Beispielen.

Reichtum – Armut | Geben – Empfangen | Zagheit – Mut

2 Überlegen Sie, welche Auffassung von *Liebe* in den Gegensätzen zum Ausdruck kommt. Nehmen Sie Stellung zu der Aussage der Schriftstellerin Christa Wolf (1929–2011).

> „Eines der ersten vollkommenen Liebesgedichte einer Frau in der deutschen Literatur, unverkappt, uneingekleidet. Ein Gedicht, hervorgetrieben vom unlösbaren Widerspruch, gehalten von der Spannung der einander ausschließenden Elemente, Zeugnis dieser Spannung: gebändigte Unmittelbarkeit.
>
> Christa Wolf, 1979

3 PLUS Karoline von Günderode gilt als eine der bedeutendsten Vertreterinnen der Romantik. Sie ist ebenso bekannt für ihre Lyrik wie für ihre Biografie. Setzen Sie sich in einem Projekt mit dem Leben und Schreiben der Dichterin auseinander. Erarbeiten Sie dazu arbeitsteilig die Sonderausgabe einer historischen Illustrierten. Sie können analog mit Stiften, Schere und Kleber oder digital mit einem Grafikdesign-Programm arbeiten.
Die folgenden Schlagzeilen sollen in Ihrer Zeitung abgedruckt werden.
- Karoline von Günderode privat: „Ich bin ein Weib und habe Begierden wie ein Mann."
- Ist sie die Sappho der Romantik? Alles über die Dichtkunst der von Günderode
- Karoline von Günderode politisch: eine Vorreiterin der Freiheitsbewegung?
- „Den Verlust deiner Liebe konnte ich nicht ertragen." Ihre unglückliche Liebe zu Friedrich Kreuzer
- Von „Die eine Klage" bis „Die Malabrischen Witwen" – eine Sammlung ihrer schönsten Gedichte

Mascha Kaléko: Großstadtliebe (1933)

Man lernt sich irgendwo ganz flüchtig kennen
Und gibt sich irgendwann ein Rendezvous.
Ein Irgendwas, – 's ist nicht genau zu nennen –
Verführt dazu, sich gar nicht mehr zu trennen.
Beim zweiten Himbeereis sagt man sich ‚du'.

Man hat sich lieb und ahnt im Grau der Tage
Das Leuchten froher Abendstunden schon.
Man teilt die Alltagssorgen und die Plage,
Man teilt die Freuden der Gehaltszulage,
... Das übrige besorgt das Telefon.

Man trifft sich im Gewühl der Großstadtstraßen.
Zu Hause geht es nicht. Man wohnt möbliert.
– Durch das Gewirr von Lärm und Autorasen,
– Vorbei am Klatsch der Tanten und der Basen[1]
Geht man zu zweien still und unberührt.

Man küsst sich dann und wann auf stillen Bänken,
– Beziehungsweise auf dem Paddelboot.
Erotik muss auf Sonntag sich beschränken.
... Wer denkt daran, an später noch zu denken?
Man spricht konkret und wird nur selten rot.

Man schenkt sich keine Rosen und Narzissen,
Und schickt auch keinen Pagen sich ins Haus.
– Hat man genug von Weekendfahrt und Küssen,
Lässt mans einander durch die Reichspost wissen
Per Stenographenschrift[2] ein Wörtchen: ‚aus'!

1 die Base: die Cousine 2 die Stenographenschrift: verkürzte Schriftzeichen, die schnelles Schreiben ermöglichen

Rudolf Schlichter: Hausvogteiplatz, 1926

4 „ein Wörtchen: ‚aus'!" (V. 25). Charakterisieren Sie den Verlauf der *Großstadtliebe*. Beschreiben Sie außerdem, wie das lyrische Ich zu der von ihm geschilderten Form der Liebe steht.

5 Setzen Sie Kalékos Gedicht in Beziehung zur literarischen Bewegung der Neuen Sachlichkeit.

Neue Sachlichkeit

Die Neue Sachlichkeit ist eine ab etwa 1920 auftretende Gegenbewegung zum Expressionismus. Die Literatur der Neuen Sachlichkeit verzichtete auf Dekoratives, übermäßig Emotionales und Psychologisierendes, stattdessen galt es, die Dinge möglichst wirklichkeitsnah darzustellen – sie zu dokumentieren. Objektivität wollte man dabei vor allem durch das exakte Aufzeichnen des Beobachteten erreichen. Zentrale Themen sind der Alltag und das Lebensgefühl in den Großstädten, der Prozess der Urbanisierung und deren gesellschaftliche Auswirkungen. Im Bereich der Lyrik spricht man häufig von Gebrauchslyrik. Die Lesenden sollen einen Nutzen daraus ziehen und deshalb einen raschen Zugang finden können. Um das zu erreichen, wird eine klare, verständliche und wenig bildhafte Sprache verwendet.

6 **PLUS** Gestalten Sie *Großstadtliebe* in ein Gedicht der heutigen Zeit um. Behalten Sie dazu Sprache und Form bei, verändern aber Inhalt und Wortwahl.

Uwe Kolbe: Ungleichheit der Chancen (1981)

Text in alter Rechtschreibung

Komm laß dich anschauen
Wenn du die Straße passierst
Und mir entgegenkommst bei grünem Licht
Komm schöne Frau komm Braunhäutige
Du mit dem schlanken Hals
Mit deinen zarten Armen komm auf mich zu.

Geh bitte an mir vorüber auch
Wenn du bemerktest was geschah:
Ich sah dich an und errötete
Und blieb es
Bis herab zum Bauch
Bis über den Rücken hinunter.

Ja gehe weiter und schau dich nicht um
Wenn du auch weißt
Daß nichts mehr für mich geht
Daß ich dir nachblick hoffnungslos.
Etwas ist gewachsen und ändert sich
Und ich bin ohne Ausweg.

Strukturskizzen → S. 538

7 **a)** Lesen Sie das Gedicht von Kolbe und fertigen Sie zu jeder Gedichtstrophe eine Strukturskizze an. Stellen Sie darin jeweils das innere und äußere Geschehen in der Strophe dar.
b) Erläutern und vergleichen Sie Ihre Skizzen in der Kleingruppe. Deuten Sie dann gemeinsam den Titel des Gedichts.

8 Prüfen und vergleichen Sie die Auszüge aus Interpretationen zum Gedicht. Beantworten Sie dazu die folgenden Fragen.
- Welche der Aussagen beschreibt den Inhalt, welche das Thema des Gedichts? Erläutern Sie.
- Inwiefern stimmen Sie mit den Aussagen überein? Begründen Sie.

A *In dem Gedicht geht es um einen lyrischen Sprecher, der an einem Ampelübergang eine Frau erblickt und sich von ihr angezogen fühlt, beim Umschalten der Ampel und der damit verbundenen unvermeidlichen Begegnung jedoch errötet und möchte, dass die Frau schnell an ihm vorübergeht und seine Beschämung nicht sieht. Schließlich blickt er ihr verzweifelt nach, wohl weil er nicht noch einmal die Chance bekommen wird, sie anzusprechen.*

B *In Kolbes Gedicht wird die zufällige Begegnung des lyrischen Sprechers mit einer Frau dargestellt. Dabei vollzieht sich ein Wandel: Scheint es zunächst, als ginge es um die Liebe auf den ersten Blick, verändert sich die Darstellung hin zu der gefühlten Unterlegenheit eines Verliebten gegenüber seiner Angebeteten, die er nicht überwinden kann, und deswegen keinen Ausweg sieht.*

C *Das Gedicht von Uwe Kolbe zeigt an einer alltäglichen Szene die Unfähigkeit des Sprechers, Nähe auszuhalten. Das lyrische Ich idealisiert die potenzielle Partnerin, solange sie weit entfernt ist. Sobald er sie wirklich kennenlernen könnte, macht er einen Rückzieher. Eine Begegnung hat gar nicht stattgefunden, weil das lyrische Ich nur mit sich selbst beschäftigt ist.*

3.2 Liebeslyrik vergleichen

Wie über Liebe dichten?

Joseph von Eichendorff: Der Schiffer (um 1808)

Du schönste Wunderblume süßer Frauen!
Ein Meer bist du, wo Flut und Himmel laden[1],
Fröhlich zu binden von des Grüns Gestaden[2]
Der Wünsche blühnde Segel voll Vertrauen.

So schiffend nun auf stillerblühten Auen,
In Lockennacht, wo Blicke zaubrisch laden,
Des Munds Koralln in weißem Glanze baden,
Wen füllt' mit süßem Schauer nicht solch Schauen!

Viel hab ich von Sirenen[3] sagen hören,
Stimmen, die aus dem Abgrund lockend schallen
Und Schiff und Schiffer ziehn zum kühlen Tode.

Ich muss dem Zauber ewge Treue schwören,
Und Ruder, Segel lass ich gerne fallen,
Denn schönres Leben blüht aus solchem Tode.

1 laden: hier: einladen 2 das Gestade: das Ufer 3 die Sirenen: in der griechischen Mythologie („Odyssee") weibliche Fabelwesen, die mit ihrem Gesang vorbeifahrende Schiffer anlocken und sie töten

1 Vergleichen Sie die Wirkung, die das Gedicht auf Sie hat, mit den folgenden Äußerungen.

Das Gedicht wirkt auf mich befremdlich, denn hier nimmt jemand den eigenen Tod als Preis für die Erfüllung seiner Sehnsucht nach einer Frau in Kauf.

Mich spricht das Gedicht an, weil das lyrische Ich die Suche nach seinem vollkommenen Glück und die Hingabe an eine geliebte Frau zu seiner Lebenshaltung macht.

2 Prüfen Sie mithilfe des folgenden Textes, ob Eichendorffs Gedicht die inhaltlichen und formalen Merkmale eines Sonetts erfüllt.

Merkmale des Sonetts

Der Text besteht aus 14 Zeilen, die auf vier Strophen aufgeteilt sind. Auf zwei vierzeilige Strophen (Quartette) folgen zwei dreizeilige Strophen (Terzette). Das Metrum ist regelmäßig, zum Beispiel sechshebiger Jambus. Die Reime sind in der Regel verschränkt: Kreuzreim, umschließender Reim. Der Aufbau ist thematisch und gedanklich klar, zum Beispiel Exposition des Themas in den Quartetten; Folgerung, Zusammenfassung oder Pointe in den Terzetten.

3 Untersuchen Sie genauer, wie das lyrische Ich seine Gefühle für die Geliebte zum Ausdruck bringt. Orientieren Sie sich an den angefangenen Markierungen auf S. 65.

SO GEHT'S Ein Gedicht untersuchen

Joseph von Eichendorff: Der Schiffer (um 1808)

Du schönste Wunderblume süßer Frauen!
Ein Meer bist du, wo Flut und Himmel laden[1],
Fröhlich zu binden von des Grüns Gestaden[2]
Der Wünsche blühnde Segel voll Vertrauen.

So schiffend nun auf stillerblühten Auen,
In Lockennacht, wo Blicke zaubrisch laden,
Des Munds Koralln in weißem Glanze baden,
Wen füllt' mit süßem Schauer nicht solch Schauen!

Viel hab ich von Sirenen sagen hören,
Stimmen, die aus dem Abgrund lockend schallen
Und Schiff und Schiffer ziehn zum kühlen Tode.

Ich muss dem Zauber ewge Treue schwören,
Und Ruder, Segel lass ich gerne fallen,
Denn schönres Leben blüht aus solchem Tode.

Motiv Wasser
Motiv Verführung
Neologismus

Gleichsetzung der Frau mit einem Meer; das lyrische Ich macht sich voll Vertrauen auf den Weg zu ihr

↓

...

↓

...

↓

das lyrische Ich erliegt der Verlockung und nimmt sogar den Tod in Kauf; Begründung: aus diesem Tod erwachse ein noch schöneres Leben

Conrad Ferdinand Meyer: Zwei Segel (1882)

Zwei Segel erhellend
Die tiefblaue Bucht!
Zwei Segel sich schwellend
Zu ruhiger Flucht!

Wie eins in den Winden
Sich wölbt und bewegt,
Wird auch das Empfinden
Des andern erregt.

Begehrt eins zu hasten,
Das andre geht schnell,
Verlangt eins zu rasten,
Ruht auch sein Gesell.

Reiner Kunze: Rudern zwei (1984)

Hörtext A 03

Rudern zwei
ein boot,
der eine
kundig der sterne,
der andre
kundig der stürme,
wird der eine
führn durch die sterne,
wird der andre
führn durch die stürme,
und am ende ganz am ende
wird das meer in der erinnerung
blau sein

Vincent van Gogh: Meereslandschaft bei Les Saintes-Maries-de-la-Mer, 1888

4 Würdigung von Segel und Ruder oder Verse über die Liebe? Welches der beiden Gedichte würden Sie eher in eine Sammlung von Liebeslyrik aufnehmen? Begründen Sie Ihre Auswahl, indem Sie zeigen, wie sich Zweisamkeit in ihnen ausdrückt.

Rainer Maria Rilke: Liebes-Lied (1907)

Wie soll ich meine Seele halten, dass
sie nicht an deine rührt? Wie soll ich sie
hinheben über dich zu andern Dingen?
Ach gerne möcht ich sie bei irgendwas
Verlorenem im Dunkeln unterbringen
an einer fremden stillen Stelle, die
nicht weiterschwingt, wenn deine Tiefen schwingen.
Doch alles, was uns anrührt, dich und mich,
nimmt uns zusammen wie ein Bogenstrich,
der aus zwei Saiten eine Stimme zieht.
Auf welches Instrument sind wir gespannt?
Und welcher Geiger hat uns in der Hand?
O süßes Lied.

Else Lasker-Schüler: Ein alter Tibetteppich (1910)

Deine Seele, die die meine liebet,
Ist verwirkt mit ihr im Teppichtibet,

Strahl in Strahl, verliebte Farben,
Sterne, die sich himmellang umwarben.

Unsere Füße ruhen auf der Kostbarkeit,
Maschentausendabertausendweit.

Süßer Lamasohn auf Moschuspflanzenthron,
Wie lange küsst dein Mund den meinen wohl
Und Wang die Wange buntgeknüpfte Zeiten
schon?

5 Lesen Sie die Gedichte von Rilke und Lasker-Schüler und achten Sie auf Ihre Eindrücke.
- Welche Bilder tauchen während des Lesens in Ihrem Kopf auf?
- Wie wirkt die sprachliche Gestaltung auf Sie?

sprachliche Mittel → S. 538 ff.

6 Vergleichen Sie die zentralen lyrischen Bilder in den beiden Gedichten und diskutieren Sie, inwiefern sie Ihren Vorstellungen von einer Liebesbeziehung entsprechen.

SO GEHT'S

Bildlichkeit in Gedichten entschlüsseln

So geht's 104

Rainer Maria Rilke: Liebes-Lied (1907)

Wie soll ich meine Seele halten, dass
sie nicht an deine rührt? Wie soll ich sie
hinheben über dich zu andern Dingen?
Ach gerne möcht ich sie bei irgendwas
Verlorenem im Dunkeln unterbringen
an einer fremden stillen Stelle, die
nicht weiterschwingt, wenn deine Tiefen schwingen.
Doch alles, was uns anrührt, dich und mich,
nimmt uns zusammen wie ein Bogenstrich,
der aus zwei Saiten eine Stimme zieht.
Auf welches Instrument sind wir gespannt?
Und welcher Geiger hat uns in der Hand?
O süßes Lied.

zentrale Bildwelt erfassen
- *Lied, Musizieren*
- *konkret: harmonisches Spiel zweier Saiten auf einem geigenähnlichen Instrument*

den Textzusammenhang einbeziehen
- *Titel des Gedichts gibt thematische Klammer vor: Liebe*
- *lyrisches Ich formuliert Fragen und Wünsche an die Beziehung zum Du*
- *Zäsur durch Einsicht, dass es eine höhere Macht gibt, die alles bestimmt*
- *aus der Gegenüberstellung wird ein Wir*

Rilke entwirft in seinem Gedicht ein Bild von zwei Saiten, die im titelgebenden „Liebes-Lied" von einem mysteriösen Geiger auf einem ebenso mysteriösen Instrument zum Gleichklang gebracht werden. Die Saiten stehen für die Seelen der Liebenden. Hat das lyrische Ich zu Beginn noch Fragen und Wünsche an die Beziehung zum Du, sieht er ein, dass sich die beiden letztlich der höheren Macht des Geigers nicht entziehen können und zum „wir" werden. Liebe wird hier als Kraft dargestellt, die nach Harmonie strebt und gleichzeitig unbeherrschbar ist.

Hilde Domin: Die Liebe (1999)

Die Liebe
sitzt in der Sonne
auf einer Mauer und räkelt sich
für jeden zu sehn
Niemand hat sie gerufen
niemand könnte sie wegschicken
auch wenn sie störte

Woher kam sie als sie kam?
Man sieht selbst die Katze kommen
oder ein Gedicht auf dem Papier
Und der dunkelfüßige Traum
stellt sich nicht aus

Die Mauer ist leer
wo die Liebe saß
Wohin ging sie als sie ging?
Selbst der Tod, selbst die Träne
lässt eine Spur

Wassily Kandinsky: Improvisation 27, Garten der Liebe II, 1912

7 **a)** In einer Ausstellung zum Thema „Liebe in Dichtung und Kunst" werden das Gemälde von Kandinsky und das Gedicht von Domin nebeneinander präsentiert. Finden Sie die Kombination gelungen? Begründen Sie Ihre Einschätzung.

b) Untersuchen Sie, welche Eigenschaften der Liebe im Gedicht durch die sprachlichen Bilder zugewiesen werden.

Nora Gomringer: Liebesrost (2005)

Über Nacht
Hast du oxidiert
Neben mir

Hast auf mich reagiert
Bist rostig geworden
Du sagst
Golden
Ich lecke an deinem Hals

Du schmeckst wie der
Wetterhahn

Eva Christina Zeller: drachensteigen (2007)

heute bin ich wieder geflogen
die schnur in deiner hand
du auf dem boden
hast gar nicht gewunken
stieg und stieg und winkte und rief
und wurde ganz klein vor glück
wenn der wind ausbleibt
falle ich
auf den boden

8 Jemand behauptet, in den Gedichten von Gomringer und Zeller ginge es um den drohenden Verlust der Liebe. Nehmen Sie Stellung zu dieser Aussage.

9 Vergleichen Sie die beiden Gedichte, indem Sie die folgenden Fragen beantworten:
- Welche Gefühle und Gedanken hat das lyrische Ich gegenüber dem Du?
- Inwiefern finden diese Gefühle und Gedanken Ausdruck im zentralen Bild des Gedichtes?

10 **PLUS** „Kunst gibt nicht das Sichtbare wieder, sondern macht sichtbar", sagte der Künstler Paul Klee (1879–1940). Überprüfen Sie anhand ausgewählter Gedichte aus diesem Kapitel, inwiefern sich diese Aussage auf Liebeslyrik übertragen lässt.

Liebeslyrik durch die Jahrhunderte

Gattungslexikon Lyrik → S. 535–540

Traditionelle und moderne Liebeslyrik

Zur Lyrik gehören nach dem allgemeinen Verständnis alle Dichtungen in Versform. Lyrische Texte wurden seit frühester Zeit von Menschen erschaffen. Schon in der Antike sang man Lieder, die von der Lyra, einer Leier, begleitet wurden. Daher hat die Gattung auch ihren Namen. Seitdem wurden unzählige Verse verfasst, die eine enorme Form- und Bedeutungsvielfalt auszeichnet, und die längst nicht nur zum Singen gedacht waren – obwohl man der Lyrik bis heute eine Nähe zur Musik nachsagt.
Seit jeher wird auch eine der grundlegendsten menschlichen Erfahrungen – die der Liebe – in Versform verarbeitet. Dabei gibt es beachtliche Unterschiede in den Liebesauffassungen und Rollenbildern. Frühere Darstellungen über die Liebe sind mit unserer heutigen Vorstellung teilweise schwer zu vereinbaren.
Für die Untersuchung und den Vergleich traditioneller und moderner Liebeslyrik können folgende Fragen hilfreiche Impulse liefern.

- Gibt es ein festes Reimschema und ein regelmäßiges Metrum und sind die Strophen gleichmäßig aufgebaut? Oder wird auf diese **Merkmale traditioneller Lyrik** verzichtet?
- Liegt eine klassische Gedichtform vor (z. B. ein Sonett)? Wird diese dazu verwendet, um einen Kontrast zum Inhalt aufzubauen oder diesen zu ironisieren?
- Ist die **Sprache** gehoben oder wird Gegenwarts- oder **Alltagssprache** verwendet?
- Herrscht ein freier Umgang mit **Grammatik** (z. B. Ellipsen, Zeilenumbrüche nach Bedeutung statt nach Satzbau, Verzicht auf Großschreibung)? Lassen sich solche Merkmale moderner Lyrik auch erkennen in **Wortschatz** (z. B. Neologismen) und **Wortbedeutung** (z. B. durch absichtsvolle Mehrdeutigkeit statt Eindeutigkeit)?
- Wird durch **Topoi** (gleichbleibende, feste Motive/Bilder) auf Traditionen verwiesen (z. B. gebrochenes Herz) oder werden ganz neue, ungewöhnliche **Bilder** verwendet (z. B. Liebesrost)?
- Wird auf einen der **Inhalte moderner Liebeslyrik** zurückgegriffen, wie Alltagsrealität von Liebe und Beziehung, Vielfalt des Liebesbegriffs, Vergänglichkeit der Liebe?
- Werden **allgemeingültige** Aussagen getroffen, die allgemein anerkannte Werte der Entstehungszeit spiegeln, oder sind die Aussagen eher **subjektiv**?

Epochenüberblick

Epochen der Literatur → S. 506 f.

Epochenzuordnungen sind der Versuch, die vielen unterschiedlichen Strömungen innerhalb der Geschichte der Literatur überschaubar und erfassbar zu machen. Sie liefern Orientierung, sind aber immer nur Annäherungen an die komplexen kulturellen und geistigen Prozesse der historischen Wirklichkeit.

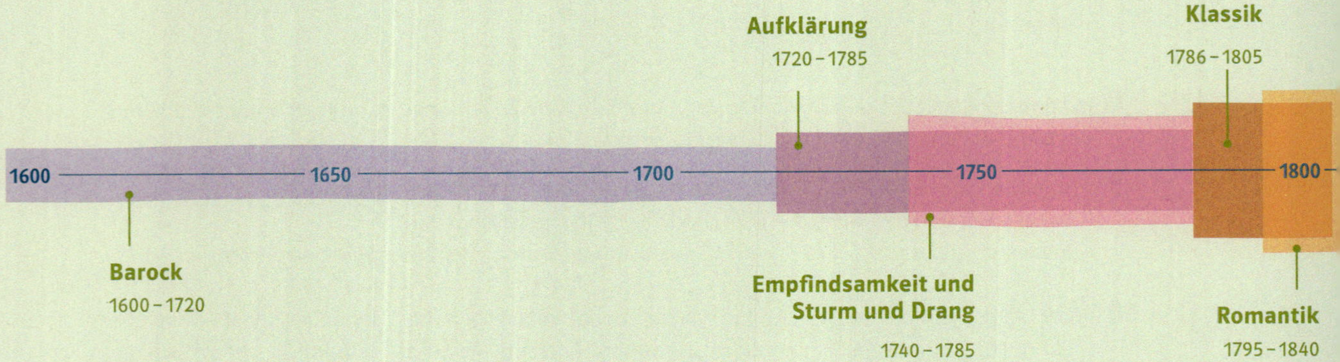

KOMPETENZBOX

Lyrische Texte untersuchen

lyrische Texte

Thema
- Wirklichkeitsbereich (Menschenbild, Geschlechterrollen, …)
- Grunderfahrungen (Verliebtsein, Fremdheit, Vergänglichkeit, …)

Das Thema, nämlich die Erfahrung einer Liebesbeziehung, ist in den Gedichten von Kaléko und Gomringer gleich. Beide formen es jedoch unterschiedlich aus.

lyrisches Genre
- z. B. Sonett, Lied, Gedicht

Eichendorffs „Der Schiffer" ist ein Sonett, Goethes „Heidenröslein" trägt Merkmale des Volklieds.

inhaltlicher Aufbau
- Stimmung
- Motive
- Gedankenführung

Form
- Vers, Strophe
- Reimschema
- Rhythmus, Metrum
- Klanggestalt

Hoffmannswaldaus Sonett „Vergänglichkeit der Schönheit" besteht aus zwei vierzeiligen Strophen, den sogenannten Quartetten, mit umarmendem Reim und zwei dreizeiligen, den Terzetten, die einen Schweifreim aufweisen.

lyrischer Sprecher
- Sprechsituation
- Sprechhaltung
- Sprechabsicht

Der lyrische Sprecher in Brechts „Erinnerung an die Marie A." gedenkt eines längst vergangenen Moments, den er mit einer verflossenen Geliebten in träumerischer Innigkeit verbrachte.

Sprache, Stil
- Stilmittel
- Bildlichkeit
- Wortwahl
- Satzbau

textüberschreitende Aspekte
- Zeitumstände
- Autorenbiografie und Werk
- literarische Epoche, Gattungsgeschichte

Die nüchterne Erzählweise in Kalékos „Großstadtliebe", die beinahe faktische Darstellung der Liebesbeziehung und das abrupte Ende sind typisch für die Neue Sachlichkeit.

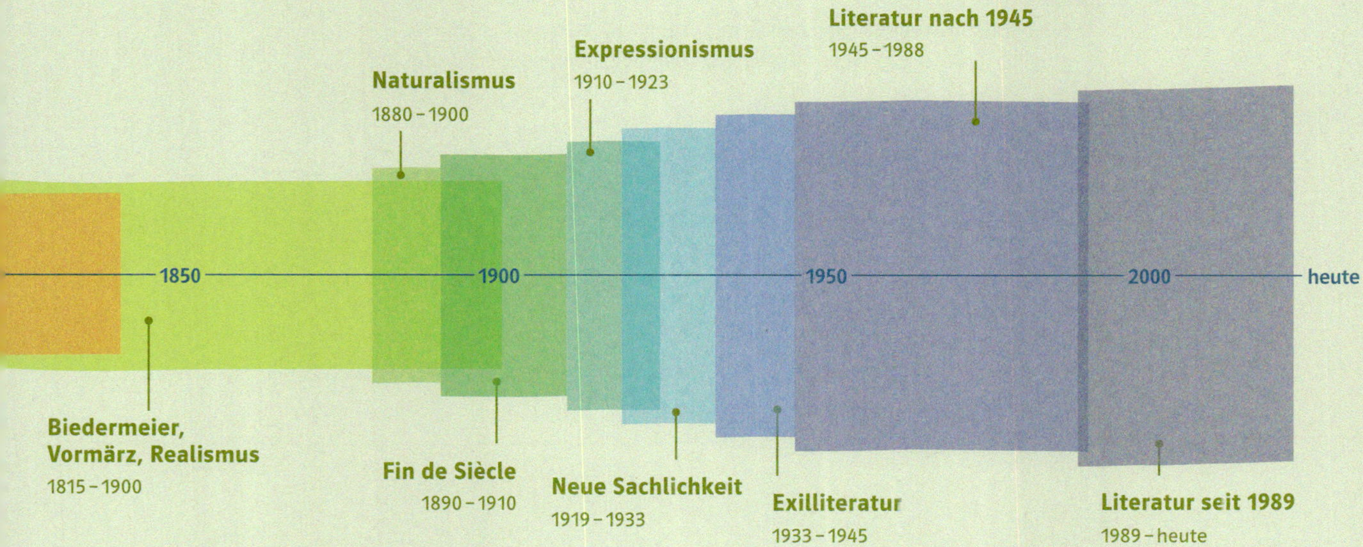

Ein Gedicht interpretieren

KOMPETENZBOX

Lyrische Texte schriftlich interpretieren

Lyrische Texte verlangen durch ihre **sprachliche Dichte** und das **Zusammenspiel der poetischen Gestaltungsmittel** ein besonders genaues Lesen. Halten Sie Ihre ersten Eindrücke, Fragen und Beobachtungen immer sofort fest. Erschließen Sie dann **texteigene Aspekte** wie Reim, Metrum und sprachliche Bilder und **textüberschreitende Merkmale** wie Epochenzugehörigkeit, historische Bezüge und poetologische Konzepte. Für eine Interpretation der Ergebnisse stellen Sie unbedingt einen **Zusammenhang zwischen Inhalt, Form und Sprache** her.
So können Sie vorgehen:

1. Erstes Textverständnis festhalten – Aufgabenstellung erfassen
- erste Eindrücke vom Text notieren
- Textangaben erfassen: Autorin/Autor, Titel, Entstehungszeit, Textsorte, Thema
- Teilaufgaben und Untersuchungsaspekte beachten: Was ist konkret zu tun? Welche Aspekte des Textes sollen analysiert werden?

2. Text aspektorientiert untersuchen
- den Text unter den vorgegebenen und ausgewählten Aspekten erschließen
- ggf. textüberschreitende Aspekte einbeziehen

3. These formulieren
- Deutungshypothese formulieren
- Fazit aus Untersuchungsergebnissen ziehen: Wie hängen Inhalt, Form und Sprache zusammen?
- Deutungshypothese überprüfen und ggf. neu formulieren

4. Gliederung erstellen

Einleitung:
- interessanten Einstieg überlegen
- Textsorte, Autorin/Autor, Titel, Thema benennen

Hauptteil:
- Inhalt kurz wiedergeben
  a) dem Textverlauf folgend, Strophe für Strophe
  b) nach vorgegebenen oder selbst gewählten Aspekten oder Teilthemen

Schluss:
- Zusammenfassung der Ergebnisse mit Bezug zur Deutungshypothese
- möglich: persönliche Einschätzung, Zitat, Vergleich mit einem anderen Text

5. Klausur schreiben
- These entfalten; auf roten Faden achten
- sachlich und präzise formulieren
- passende Zitate einbauen und korrekt nachweisen

6. Klausur überarbeiten
- in drei gesonderten Durchgängen prüfen:
  - sachliche Richtigkeit
  - gedankliche Zusammenhänge, sprachliche Verknüpfungen
  - sprachliche Richtigkeit

BEISPIEL-KLAUSUR **Aufgabe**

1 Interpretieren Sie das Gedicht „Bildlich gesprochen" von Ulla Hahn.

Ulla Hahn: Bildlich gesprochen (1981)

Wär ich ein Baum ich wüchse
dir in die hohle Hand
und wärst du das Meer ich baute
dir weiße Burgen aus Sand.

Wärst du eine Blume ich grübe
dich mit allen Wurzeln aus
wär ich ein Feuer ich legte
in sanfte Asche dein Haus.

Wär ich eine Nixe ich saugte
dich auf den Grund hinab
und wärst du ein Stern ich knallte
dich vom Himmel ab.

1. Erstes Textverständnis festhalten – Aufgabenstellung erfassen

Schreibtraining 105

1.1 Lesen Sie das Gedicht und halten Sie erste Eindrücke zu Inhalt, Stimmung und Gestaltung fest.

1.2 Erschließen Sie den Inhalt des Gedichts, indem Sie folgende Fragen beantworten.
- Welche Assoziationen erweckt der Titel und werden diese im Gedicht bestätigt?
- Auf wen bezieht sich das lyrische Ich und welche Sprechhaltung wird erkennbar?

2. Text aspektorientiert untersuchen

2.1 Untersuchen Sie die sprachliche und formale Gestaltung des Gedichts. Markieren und benennen Sie dazu auffällige Gestaltungsmittel auf einer Kopie des Textes.

SO GEHT'S **Die formale und sprachliche Gestaltung eines Gedichts untersuchen**

Prädikate im Konjunktiv II → ...

Anaphern „wär" und „wärst" → betont Unmöglichkeit des Vorgestellten

Parallelismen
- *im Satzbau: ... → ...*
- *im Vers- und Strophenaufbau: immer dieselbe Strophenkomposition; Enjambements in den ersten und dritten Versen einer Strophe → zunächst wirkt alles gleich, ist es aber nicht, Wirkung und Stimmung verändern sich ...*

Ulla Hahn: Bildlich gesprochen
(1981)

Wär ich ein Baum | ich wüchse
dir in die hohle Hand
und wärst du das Meer | ich baute
dir weiße Burgen aus Sand.

Wärst du eine Blume | ich grübe
dich mit allen Wurzeln aus
wär ich ein Feuer | ich legte
in sanfte Asche dein Haus.

Wär ich eine Nixe | ich saugte
dich auf den Grund hinab
und wärst du ein Stern | ich knallte
dich vom Himmel ab.

freies Metrum

sprachliche Bilder, mit denen gespielt wird: V. 1/2 → ...

persönliche Anrede des Geliebten (Personalpronomen) → ...

Wechsel von ich-du-du-ich-ich-du → ...

Nixe → Hinweis auf lyrische Sprecherin

Höhepunkt: ...

2.2 Entscheiden Sie begründet, welche der folgenden Strukturskizzen dem Gedankengang innerhalb des Gedichtes am ehesten entspicht.

Ringstruktur Kontrast Steigerung

3. Untersuchungsergebnisse ordnen

3.1 Verschaffen Sie sich einen Überblick über Ihre bisherigen Untersuchungsergebnisse. Formulieren Sie auf dieser Grundlage eine Deutungshypothese und vergleichen Sie mit den folgenden Beispielen.

A *Es ist eine zwiespältige Liebesvorstellung, die in dem Gedicht von Ulla Hahn zum Ausdruck kommt. In die anfänglich harmonische Vorstellung von Partnerschaft mischen sich nach und nach aggressive Untertöne.*

B *Die lyrische Sprecherin bringt ihre Gefühle gegenüber dem Du in nicht verwirklichbaren, teilweise verwirrenden Bildern zum Ausdruck. Die Bilder erzeugen eine Gefühlsintensität, die den Partner überfordern dürfte.*

4. Gliederung erstellen

4.1 Bewerten Sie die folgende Beispielgliederung für eine Interpretation des Gedichts.

Gliederung für die Interpretation zu „Bildlich gesprochen" von Ulla Hahn

A. ***Einleitung:*** *Autorin: U. Hahn, Gattung: Gedicht, Erscheinungsjahr: 1981, Thema: ...*

B. ***Hauptteil:***
   I. *Darstellung der Sprechsituation und Sprechhaltung des lyrischen Ichs: ...*
   II. *Zusammenfassung der zentralen Aussagen des lyrischen Ichs: Wünsche gegenüber dem Partner und der Beziehung als Gedankenspiele*
   III. *Charakterisierung der Grundstimmung: ...*
   IV. *Untersuchung der Form und Sprache des Gedichts → Bedeutung für den Inhalt klären:*
      - *häufige Verwendung des Konjunktiv II → ...*
      - *Anaphern (z. B. V. 1, 7, 9: „Wär ich") → ...*
      - *persönliche Anredepronomen (z. B. ...) → ...*
      - *bildhafte Wendungen (z. B. ...) → ...*
      - *Parallelismen (z. B. ...) → ...*
      - *...*

C. ***Schluss:*** *Beschreibung der Wirkung des Gedichts, Beurteilung des Gedichts oder Vergleich der Liebesauffassungen in dem Gedicht mit anderen ...*

5. Klausur schreiben

5.1 Verfassen Sie eine vollständige Interpretation des Gedichts.

6. Klausur überarbeiten

6.1 Überprüfen Sie Ihren Text in drei Durchgängen auf sachliche Richtigkeit, gedankliche Zusammenhänge und sprachliche Verknüpfungen sowie sprachliche Richtigkeit.

Beispiellösung D 03

Beispiellösung (Ausschnitt)

Die Liebe kann je nach Situation als eine der schönsten, aber auch als eine der schmerzhaftesten Empfindungen des Menschen beschrieben werden. Die Zwiespältigkeit dieses Gefühls thematisiert auch ein der Gegenwartsliteratur zuordenbares Liebesgedicht von Ulla Hahn aus dem Jahr 1981. Wie es der Titel „Bildlich gesprochen" bereits erahnen lässt, bringt das lyrische Ich in dem Gedicht seine Gefühle für sein Gegenüber sehr bildhaft zum Ausdruck. Das Gedicht zeigt jedoch, wie drastisch und unheilvoll sich diese Liebesgefühle ändern können und bricht so mit den Erwartungen der Leserinnen und Leser.

Benennung von Thema, Textsorte, Autorin, Erscheinungsjahr, Titel

Nennung der Deutungshypothese

Über drei Strophen zu je vier Versen hinweg beschreibt das lyrische Ich seine Gefühle in Form von Fantasien, die von Strophe zu Strophe immer drastischer werden. Entsteht in der ersten Strophe der Eindruck, dass hier eine zärtliche Liebesbeziehung angestrebt würde, gerät dieser Eindruck bereits in der zweiten Strophe ins Wanken, wenn zunehmend aggressivere Bilder gezeichnet werden. In der dritten Strophe schließlich steigern sich die Vorstellungsbilder des lyrischen Ichs ins Bedrohliche und am Höhepunkt, dem Schluss des Gedichts, steht der Wunsch nach Zerstörung des geliebten Gegenübers.

kurze, dem Strophenverlauf folgende Inhaltswiedergabe

Der Aufbau des Gedichtes wirkt sehr regelmäßig. Durch die parallele Strophenkomposition mit dem nahezu gleichen Satzbau und den Enjambements im jeweils ersten und dritten Vers entsteht der Eindruck, dass hier auch inhaltlich eine Wiederholung stattfindet. Die Wirkung wird durch den steten Wechsel von weiblichen und männlichen Kadenzen noch verstärkt. Dem gegenüber stehen das freie Metrum des Gedichts und der vollständige Verzicht auf die Kommasetzung. Dieser formale Gegensatz lässt stutzig werden und die vermeintliche Regelmäßigkeit anzweifeln. Sie spiegelt den bereits erwähnten inhaltlichen Kontrast der Liebesdarstellung im Gedicht wider.

formale Analyse des Gedichts mit Bezug zum Inhalt

In der ersten Strophe äußert das lyrische Ich in direkter Ansprache an das „Du" zunächst positive Vorstellungen, die es mit ihm verbindet. Es wünscht sich, der oder dem Geliebten wie „ein Baum [...] in die hohle Hand" (V. 1 f.) zu wachsen. Diese Metapher verdeutlicht den Wunsch nach Komplettierung durch die Partnerin/den Partner, wie ihn viele Menschen in einer Liebesbeziehung haben. Das entworfene Naturbild setzt sich im darauffolgenden Parallelismus (vgl. V. 3 f.) fort, wobei hier das Gegenüber metaphorisch mit dem „Meer" (V. 3) gleichgesetzt wird, welches durch das lyrische Ich in Form von „weiße[n] Burgen aus Sand" (V. 4) positiv ergänzt wird. Diese Bilder scheinen Ausdruck einer romantischen Schwärmerei zu sein, was durch den Gebrauch des Konjunktiv II, mit dem in der Regel Wünsche und Fantasien ausgedrückt werden, verstärkt wird. [...]

ausführliche Deutung der Strophen anhand ausgewählter, korrekt zitierter Schlüsselstellen, wobei Form und Inhalt aufeinander bezogen werden

Ulla Hahns Gedicht zeigt in irrealen, zunehmend verstörenden Bildern, wie sich Ansprüche in Liebesbeziehungen entwickeln können. Herrscht zunächst der Eindruck von Harmonie – was durch die äußere Form des Gedichts verstärkt wird – wandeln sich die Wunschvorstellungen des lyrischen Ichs von gegenseitiger Vervollkommnung zu immer deutlicheren Besitzansprüchen bis hin zu Vernichtungsfantasien. Die eindrucksvolle, teilweise verwirrende Metaphorik des Gedichtes zwingt die Lesenden indirekt dazu, sich zu den Äußerungen des lyrischen Ichs zu positionieren und eigene Erfahrungen abzurufen. So kann das Gedicht von Ulla Hahn auch heute noch als aktuelle Aufforderung und Angebot zur Selbstreflexion über persönliche Liebesauffassungen verstanden werden.

Zusammenfassung der Untersuchungsergebnisse mit Bezug zur Deutungshypothese

Beurteilung des Gedichts

4 Dramatische Texte untersuchen und interpretieren

Emilia Galotti

Wie gelingt es, sich selbst zu behaupten, wenn andere über einen bestimmen?

Was ist das Ansehen der Familie wert?

Welche Erwartungen hatte man an die bürgerliche Ehe im 18. Jahrhundert?

Was kann, soll und darf Theater beim Publikum bewirken?

Das lernen Sie jetzt!

4.1 Dramenszenen erschließen

4.2 den historischen Kontext eines Dramas betrachten

Schreibtraining: eine Dramenszene interpretieren

Vertiefen: Möglichkeiten des szenischen Spiels erproben und Inszenierungstechniken kennenlernen

A G.E. Lessing: Emilia Galotti (1772)

Personen

ODOARDO GALOTTI, ehemaliger Oberst
CLAUDIA GALOTTI, seine Ehefrau
EMILIA GALOTTI, ihre gemeinsame Tochter
HETTORE GONZAGA, Prinz von Guastalla
MARINELLI, Kammerherr des Prinzen
GRÄFIN ORSINA, ehemalige Geliebte des Prinzen
GRAF APPIANI, Verlobter Emilias

B Johann Gottfried Herder (1794)

Lessings Emilia Galotti hat mich wieder einmal ins Theater gelockt; wie zufrieden ja gesättigt bin ich hinausgegangen! […] Ich kann mir nicht einbilden, dass wenn Stücke dieser Art (aber auch keine andre als solche) wöchentlich nur einmal auf die leidlich-vollkommenste Weise gegeben würden und diese Stücke lauter Stände und Situationen unsrer Welt, wie dieses, enthielten, das Publikum ungebildet, unerleuchtet bleiben könnte.

C Staats- und Gelehrte Zeitung des Hamburgischen unparteiischen Korrespondenten

24.3.1772. Endlich wieder einmal ein Trauerspiel […]. Loben wollen wir nicht. Ein jeder weiß, wie Herr Lessing die einfachste Begebenheit zu dem interessantesten Stück umschaffet, was für Situationen er anleget, wie er die Charaktere bearbeitet, und – welcher Dialog in seinen Schauspielen herrschet. Man lese Emilia Galotti, nur ein paar Seiten, und gleich wird man fortgerissen. Lauter Aktion vom Anfange bis zum Ende des Stücks, keine langweilige Tiraden, keine frostige Sentenzen, die in jedem Sittenbüchelchen stehen.

D Johann Arnold Ebert an Lessing (1772)

O liebster, bester, unvergleichlicher Lessing! – Wie gern wollte ich Ihnen meine Bewunderung, Rührung, und Dankbarkeit, die ich gestern bei der Vorstellung Ihres neuen Stückes empfunden habe, lebhaft ausdrücken! Aber eben diese Empfindungen machen es mir unmöglich. Nur so viel kann ich Ihnen sagen, dass ich durch und durch, mit Klopstock zu reden, laut gezittert habe.

Abbildung: Der Konflikt im Hause der Familie Galotti spitzt sich unaufhaltsam zu.
Volkstheater Rostock 2017. Emilia Galotti: Katja Plodzistaya, Odoardo Galotti: Ulrich K. Müller

1 Emilia Galotti ist die Hauptfigur des gleichnamigen Dramas von 1772. Stellen Sie anhand des Bühnenfotos und des Figurenverzeichnisses **A** erste Vermutungen über das dramatische Konfliktgeschehen an.

2 Arthur Schopenhauer (1788–1860) kritisierte Lessings *Emilia Galotti* scharf und bezeichnete dessen Ende als „empörend“. Vergleichen Sie sein Urteil mit den hier abgebildeten zeitgenössischen Reaktionen **B**–**D**.

3 Lessing war der Ansicht, die Tragödie solle „unsere Fähigkeit, Mitleid zu fühlen, erweitern“. Vergleichen Sie diese Forderung mit Ihren eigenen Erwartungen an einen Theaterbesuch.

4.1 Dramenszenen erschließen

Intrigen, Macht, Verführung

Figuren und Konstellationen in einem dramatischen Text untersuchen

Hörtext A 04

Gotthold Ephraim Lessing: Emilia Galotti. Zweiter Aufzug, Sechster Auftritt
(1772, Ausschnitt)

Der Prinz von Guastalla sieht ein Gemälde von Emilia Galotti und setzt fortan alles daran, sie für sich zu gewinnen. Emilia soll allerdings in Kürze den Grafen Appiani heiraten. Das hält den Prinzen nicht davon ab, sie heimlich in der Kirche abzufangen.

EMILIA *(stürzet in einer ängstlichen Verwirrung herein).* Wohl mir! wohl mir! Nun bin ich in Sicherheit. Oder ist er mir gar gefolgt? *(Indem sie den Schleier zurückwirft und ihre Mutter erblicket.)* Ist er, meine Mutter? ist er? – Nein, dem Himmel sei Dank!

CLAUDIA Was ist dir, meine Tochter? was ist dir?

EMILIA Nichts, nichts –

CLAUDIA Und blickest so wild um dich? Und zitterst an jedem Gliede?

EMILIA Was hab ich hören müssen? Und wo, wo hab ich es hören müssen?

CLAUDIA Ich habe dich in der Kirche geglaubt –

EMILIA Eben da! Was ist dem Laster Kirch und Altar? – Ach, meine Mutter! *(Sich ihr in die Arme werfend.)*

CLAUDIA Rede, meine Tochter! – Mach meiner Furcht ein Ende. – Was kann dir da, an heiliger Stätte, so Schlimmes begegnet sein?

EMILIA Nie hätte meine Andacht inniger, brünstiger sein sollen, als heute: nie ist sie weniger gewesen, was sie sein sollte.

CLAUDIA Wir sind Menschen, Emilia. Die Gabe zu beten ist nicht immer in unserer Gewalt. Dem Himmel ist beten wollen, auch beten.

EMILIA Und sündigen wollen, auch sündigen. [...]

CLAUDIA Fasse dich! – Sammle deine Gedanken, soviel dir möglich. – Sag es mir mit eins, was dir geschehen.

EMILIA Eben hatt ich mich – weiter von dem Altare, als ich sonst pflege, – denn ich kam zu spät – auf meine Knie gelassen. Eben fing ich an, mein Herz zu erheben: als dicht hinter mir etwas seinen Platz nahm. So dicht hinter mir! – Ich konnte weder vor, noch zur Seite rücken, – so gern ich auch wollte; aus Furcht, dass eines andern Andacht mich in meiner stören möchte. – Andacht! das war das Schlimmste, was ich besorgte. – Aber es währte nicht lange, so hört ich, ganz nah an meinem Ohre, – nach einem tiefen Seufzer, – nicht den Namen einer Heiligen, – den Namen – zürnen Sie nicht, meine Mutter – den Namen Ihrer Tochter! – Meinen Namen! – O dass laute Donner mich verhindert hätten, mehr zu hören! – Es sprach von Schönheit, von Liebe – Es klagte, dass dieser Tag, welcher mein Glück mache, – wenn er es anders mache – sein Unglück auf immer entscheide. – Es beschwor mich – hören musst ich dies alles. Aber ich blickte nicht um; ich wollte tun, als ob ich es nicht hörte. – Was konnt ich sonst? – Meinen guten Engel bitten, mich mit Taubheit zu schlagen; [...] Endlich ward es Zeit, mich wieder zu erheben. Das heilige Amt ging zu Ende. Ich zitterte, mich umzukehren. Ich zitterte, ihn zu erblicken, der sich den Frevel erlauben dürfen. Und da ich mich umwandte, da ich ihn erblickte –

CLAUDIA Wen, meine Tochter? [...]

EMILIA Den Prinzen.

CLAUDIA Den Prinzen! – O gesegnet sei die Ungeduld deines Vaters, der eben hier war und dich nicht erwarten wollte!

EMILIA Mein Vater hier? – und wollte mich nicht erwarten?

Emilia berichtet ihrer Mutter von der Begegnung mit dem Prinzen. Burgtheater Wien 2002. Regie: Andrea Breth, Claudia: Elisabeth Orth, Emilia: Johanna Wokalek

CLAUDIA Wenn du in deiner Verwirrung auch ihn das hättest hören lassen!

EMILIA Nun, meine Mutter? – Was hätt er an mir Strafbares finden können?

CLAUDIA Nichts; ebenso wenig, als an mir. Und doch, doch – [...] Aber weiter, meine Tochter, weiter! Als du den Prinzen erkanntest – Ich will hoffen, dass du deiner mächtig genug warest, ihm in *Einem* Blicke alle die Verachtung zu bezeigen, die er verdienet.

EMILIA Das war ich nicht, meine Mutter! Nach dem Blicke, mit dem ich ihn erkannte, hatt ich nicht das Herz, einen zweiten auf ihn zu richten. Ich floh –

CLAUDIA Und der Prinz dir nach –

EMILIA Was ich nicht wusste, bis ich in der Halle mich bei der Hand ergriffen fühlte. Und von ihm! [...] Er sprach; und ich hab ihm geantwortet. Aber was er sprach, was ich ihm geantwortet; – fällt mir es noch bei, so ist es gut, so will ich es Ihnen sagen, meine Mutter. Jetzt weiß ich von dem allen nichts. Meine Sinne hatten mich verlassen. – [...] Ich finde mich erst auf der Straße wieder; und höre ihn hinter mir herkommen; und höre ihn mit mir zugleich in das Haus treten, mit mir die Treppe hinaufsteigen – –

CLAUDIA Die Furcht hat ihren besondern Sinn, meine Tochter! – Ich werde es nie vergessen, mit welcher Gebärde du hereinstürztest. – Nein, so weit durfte er nicht wagen, dir zu folgen. [...] – Indes, sei ruhig, meine Tochter! Nimm es für einen Traum, was dir begegnet ist. [...]

EMILIA Aber, nicht, meine Mutter? Der Graf muss das wissen. Ihm muss ich es sagen.

CLAUDIA Um alle Welt nicht! – Wozu? warum? Willst du für nichts, und wieder für nichts ihn unruhig machen? Und wann er es auch itzt nicht würde: wisse, mein Kind, dass ein Gift, welches nicht gleich wirket, darum kein minder gefährliches Gift ist. Was auf den Liebhaber keinen Eindruck macht, kann ihn auf den Gemahl machen. Den Liebhaber könnt es sogar schmeicheln, einem so wichtigen Mitbewerber den Rang abzulaufen. [...]

EMILIA Sie wissen, meine Mutter, wie gern ich Ihren bessern Einsichten mich in allem unterwerfe. – Aber, wenn er es von einem andern erführe, dass der Prinz mich heute gesprochen? [...]

CLAUDIA Schwachheit! verliebte Schwachheit! – Nein, durchaus nicht, meine Tochter! Sag ihm nichts. [...]

EMILIA Nun ja, meine Mutter! Ich habe keinen Willen gegen den Ihrigen. – Aha! *(Mit einem tiefen Atemzuge.)* Auch wird mir wieder ganz leicht. – Was für ein albernes, furchtsames Ding ich bin! [...]

CLAUDIA Ich wollte dir das nicht sagen, meine Tochter, bevor dir es dein eigner gesunder Verstand sagte. Und ich wusste, er würde dir es sagen, sobald du wieder zu dir selbst gekommen. – Der Prinz ist galant[1]. Du bist die unbedeutende Sprache der Galanterie zu wenig gewohnt. Eine Höflichkeit wird in ihr zur Empfindung; eine Schmeichelei zur Beteurung, ein Einfall zum Wunsche; ein Wunsch zum Vorsatze. Nichts klingt in dieser Sprache wie Alles: und Alles ist in ihr so viel als Nichts.

EMILIA O meine Mutter! – so müsste ich mir mit meiner Furcht vollends lächerlich vorkommen! – Nun soll er gewiss nichts davon erfahren, mein guter Appiani! Er könnte mich leicht für mehr eitel, als tugendhaft, halten.

1 galant: betont höflich und zuvorkommend gegenüber Frauen

1 Wie wirken Emilia und Claudia in der Szene auf Sie? Vergleichen Sie mit den folgenden Aussagen.

A Emilia ist abgestoßen vom Begehren des Prinzen.

B Eigentlich ist Emilia vom Prinzen fasziniert.

C Claudia möchte nur das Beste für ihre Tochter.

D Claudia geht es nur um das öffentliche Ansehen der Familie.

2 „Ich habe keinen Willen gegen den Ihrigen" (Z. 78). Beschreiben Sie das Mutter-Tochter-Verhältnis in der Szene II, 6. Beurteilen Sie insbesondere den Rat der Mutter, dem Grafen nichts von der Begegnung mit dem Prinzen zu erzählen.

3 Lesen Sie die Szene mit verteilten Rollen vor. Verdeutlichen Sie durch Ihre Vortragsweise Ihr Verständnis von den Figuren, deren Gefühlen und Beziehung zueinander.

4 Lessings Drama ist über 250 Jahre alt und sein Inhalt damit überholt – oder etwa nicht? Überlegen Sie, ob es ähnliche Konflikte zwischen Eltern und Kindern auch heute noch gibt und tauschen Sie sich über ihre Beobachtungen und Erfahrungen aus.

Gotthold Ephraim Lessing: Emilia Galotti. Dritter Aufzug, Achter Auftritt
(1772, Ausschnitt)

Auf Marinellis Geheiß wird die Hochzeitskutsche mit dem Brautpaar und der Brautmutter überfallen. Dabei wird Appiani getötet und Emilia und Claudia werden getrennt voneinander auf das Schloss des Prinzen gebracht. Damit der Prinz mit Emilia ungestört sein kann, versucht Marinelli, Claudia von ihnen fernzuhalten.

CLAUDIA [...] Wo ist sie? – Wie? auch tot? – Was konnte meine Tochter dafür, dass Appiani dein Feind war?

MARINELLI Ich verzeihe der bangen Mutter. – Kommen Sie, gnädige Frau – Ihre Tochter ist hier; in einem von den nächsten Zimmern: und hat sich hoffentlich von ihrem Schrecken schon völlig erholt. Mit der zärtlichsten Sorgfalt ist der Prinz selbst um sie beschäftiget –

CLAUDIA Wer? – Wer selbst?

MARINELLI Der Prinz.

CLAUDIA Der Prinz? – Sagen Sie wirklich der Prinz? – Unser Prinz?

MARINELLI Welcher sonst?

CLAUDIA Nun dann! – Ich unglückselige Mutter! – Und ihr Vater! ihr Vater! – Er wird den Tag ihrer Geburt verfluchen. Er wird mich verfluchen.

MARINELLI Um des Himmels willen, gnädige Frau! Was fällt Ihnen nun ein?

CLAUDIA Es ist klar! – Ist es nicht? – Heute im Tempel! vor den Augen der Allerreinesten! in der nähern Gegenwart des Ewigen! – begann das Bubenstück, da brach es aus! *(Gegen den Marinelli.)* Ha, Mörder! feiger, elender Mörder! Nicht tapfer genug, mit eigner Hand zu morden: aber nichtswürdig genug, zu Befriedigung eines fremden Kitzels zu morden! – morden zu lassen! – Abschaum aller Mörder! – Was ehrliche Mörder sind, werden dich unter sich nicht dulden! Dich! Dich! – Denn warum soll ich dir nicht alle meine Galle, allen meinen Geifer mit einem einzigen Worte ins Gesicht speien? – Dich! Dich Kuppler!

MARINELLI Sie schwärmen, gute Frau. – Aber mäßigen Sie wenigstens Ihr wildes Geschrei, und bedenken Sie, wo Sie sind.

CLAUDIA Wo ich bin? Bedenken, wo ich bin? – Was kümmert es die Löwin, der man die Jungen geraubt, in wessen Walde sie brüllet?

Figuren
→ S. 533

5 Untersuchen Sie den Auftritt Claudias in diesem Szenenausschnitt im Vergleich zur Szene II, 6 (S. 76). Wie wirkt die Figur in den beiden Szenen auf Sie? Sammeln Sie Stichpunkte für eine Charakterisierung.

Den dramatischen Konflikt analysieren

Gotthold Ephraim Lessing: Emilia Galotti. Vierter Aufzug, Siebenter Auftritt
(1772, Ausschnitt)

In der Zwischenzeit ist Orsina, die einstige Geliebte des Prinzen, ins Schloss gekommen, um mit dem Prinzen zu reden. Sie wird von dessen listigen Kammerherrn Marinelli abgefangen. Orsina durchschaut die höfische Intrige und begreift, wer hinter dem Anschlag auf Appiani steckt. Nach dieser Offenbarung trifft sie auf Odoardo, der voller Sorge zum Schloss geeilt ist.

ORSINA *(nach einigem Stillschweigen, unter welchem sie den Obersten mit Mitleid betrachtet; so wie er sie, mit einer flüchtigen Neugierde).* Was er Ihnen auch da gesagt hat, unglücklicher Mann! –

ODOARDO *(halb vor sich, halb gegen sie).* Unglücklicher?

ORSINA Eine Wahrheit war es gewiss nicht; – am wenigsten eine von denen, die auf Sie warten.

ODOARDO Auf mich warten? – Weiß ich nicht schon genug? – Madame! – Aber, reden Sie nur, reden Sie nur.

ORSINA Sie wissen nichts.

ODOARDO Nichts?

ORSINA Guter, lieber Vater! – Was gäbe ich darum, wann Sie auch mein Vater wären! – Verzeihen Sie! die Unglücklichen ketten sich so gern aneinander. – Ich wollte treulich Schmerz und Wut mit Ihnen teilen.

ODOARDO Schmerz und Wut? Madame! – Aber ich vergesse – Reden Sie nur.

ORSINA Wenn es gar Ihre einzige Tochter – Ihr einziges Kind wäre! – Zwar einzig, oder nicht. Das unglückliche Kind, ist immer das einzige.

ODOARDO Das unglückliche? – Madame! – Was will ich von ihr? – Doch, bei Gott, so spricht keine Wahnwitzige!

ORSINA Wahnwitzige? Das war es also, was er Ihnen von mir vertraute? – Nun, nun; es mag leicht keine von seinen gröbsten Lügen sein. – Ich fühle so was! – Und glauben Sie, glauben Sie mir: wer über gewisse Dinge den Verstand nicht verlieret, der hat keinen zu verlieren. –

ODOARDO Was soll ich denken?

ORSINA Dass Sie mich also ja nicht verachten! – Denn auch Sie haben Verstand, guter Alter; auch Sie. – Ich seh es an dieser entschlossenen, ehrwürdigen Miene. Auch Sie haben Verstand; und es kostet mich ein Wort; – so haben Sie keinen.

ODOARDO Madame! – Madame! – Ich habe schon keinen mehr, noch ehe Sie mir dieses Wort sagen, wenn Sie mir es nicht bald sagen. – Sagen Sie es! sagen Sie es! Oder es ist nicht wahr, – es ist nicht wahr, dass Sie von jener guten, unsers Mitleids, unserer Hochachtung so würdigen Gattung der Wahnwitzigen sind – Sie sind eine gemeine Törin. Sie haben nicht, was Sie nie hatten.

ORSINA So merken Sie auf! – Was wissen Sie, der Sie schon genug wissen wollen? Dass Appiani verwundet worden? Nur verwundet? – Appiani ist tot!

ODOARDO Tot? tot? – Ha, Frau, das ist wider die Abrede. Sie wollten mich um den Verstand bringen: und Sie brechen mir das Herz.

ORSINA Das beiher! – Nur weiter. – Der Bräutigam ist tot: und die Braut – Ihre Tochter – schlimmer als tot.

ODOARDO Schlimmer? schlimmer als tot? – Aber doch zugleich, auch tot? – Denn ich kenne nur Ein Schlimmeres –

ORSINA Nicht zugleich auch tot. Nein, guter Vater, nein! – Sie lebt, sie lebt. Sie wird nun erst recht anfangen zu leben. – Ein Leben voll Wonne! Das schönste, lustigste Schlaraffenleben, – solang es dauert.

ODOARDO Das Wort, Madame; das einzige Wort, das mich um den Verstand bringen soll! heraus damit! – Schütten Sie nicht Ihren Tropfen Gift in einen Eimer. – Das einzige Wort! geschwind.

ORSINA Nun da; [...] Des Morgens sprach der Prinz Ihre Tochter in der Messe; des Nachmittags, hat er sie auf seinem Lust – Lustschlosse.

ODOARDO Sprach sie in der Messe? Der Prinz meine Tochter?

ORSINA Mit einer Vertraulichkeit! mit einer Inbrunst! – Sie hatten nichts Kleines abzureden. Und recht gut, wenn es abgeredet worden; recht gut, wenn Ihre Tochter freiwillig sich hierher gerettet! Sehen Sie: so ist es doch keine gewaltsame Entführung; sondern bloß ein kleiner – kleiner Meuchelmord.

ODOARDO Verleumdung! verdammte Verleumdung! Ich kenne meine Tochter. Ist es Meuchelmord: so ist es auch Entführung. – *(Blickt wild um sich, und stampft, und schäumet.)* Nun, Claudia? Nun, Mütterchen? – Haben wir nicht Freude erlebt! O des gnädigen Prinzen! O der ganz besondern Ehre!

ORSINA Wirkt es, Alter! wirkt es?

ODOARDO Da steh ich nun vor der Höhle des Räubers – *(Indem er den Rock von beiden Seiten auseinander schlägt und sich ohne Gewehr sieht.)* Wunder, dass ich aus Eilfertigkeit nicht auch die Hände zurückgelassen! – *(An alle Schubsäcke fühlend, als etwas suchend.)* Nichts! gar nichts! nirgends!

ORSINA Ha, ich verstehe! – Damit kann ich aushelfen! – Ich hab einen mitgebracht. *(Einen Dolch hervorziehend.)* Da nehmen Sie! Nehmen Sie geschwind, eh uns jemand sieht! – Auch hätte ich noch etwas, – Gift. Aber Gift ist nur für uns Weiber; nicht für Männer. – Nehmen Sie ihn! *(Ihm den Dolch aufdringend.)* Nehmen Sie!

ODOARDO Ich danke, ich danke. – Liebes Kind, wer wieder sagt, dass du eine Närrin bist, der hat es mit mir zu tun.

1 Sowohl Orsina als auch Odoardo sinnen auf Rache am Prinzen – beide jedoch aus ganz unterschiedlichen Gründen. Erklären Sie die verschiedenen Motive.

2 Arbeiten Sie heraus, wie sich die Beziehung zwischen Odoardo und Orsina im Verlauf des Gesprächs verändert. Stellen Sie diese Entwicklung in zwei Standbildern oder Grafiken dar.

3 Untersuchen Sie Odoardos Konflikt. Gehen Sie so vor:
- Benennen Sie seine zentralen Probleme und erläutern Sie, wie Odoardo diese lösen will.
- Unterscheiden Sie zwischen seinem inneren und dem äußeren Konflikt.
- Erläutern Sie, welche Äußerungen und Handlungen den Konflikt verschärfen.
- Stellen Sie dar, wie sich die Verschärfung des Konflikts in der Sprache der Figur zeigt.

Dramenaufbau und Strukturmuster → S. 532

4 Schon viele Dramatiker beschäftigten sich mit der Theorie des antiken Philosophen Aristoteles. Gustav Freytag (1816–1895) verdichtete 1863 dessen Forderungen an den Aufbau eines Dramas zu einem anschaulichen Schema. Ordnen Sie die vorliegende Szene aus Lessings Drama begründet in diese Dramenpyramide ein.

Die Dramenpyramide nach G. Freytag

1. Akt	2. Akt	3. Akt	4. Akt	5. Akt
Exposition	**steigende Handlung**	**Höhepunkt**	**fallende Handlung**	**Schluss, Katastrophe**
Einführung in: - Schauplatz, Zeit - Hauptfiguren - Ausgangssituation	- Entwicklung des Konflikts	- oftmals auch zugleich unerwarteter Wendepunkt (Peripetie)	- oftmals mit Verzögerung (retardierendes Moment)	- Lösung

4.2 Den historischen Kontext eines Dramas betrachten

Die bürgerliche Familie und das bürgerliche Trauerspiel

Texte in historischer Schreibung

Oeconomische Encyclopädie, oder allgemeines System der Staats-Stadt-Haus- und Landwirtschaft (1781)

Über den Hausvater

Der Natur der Sache nach muß aber zuvörderst ein jeder Hausvater hinlängliche Gewalt haben, sein Weib und Kinder zum Fleiß, zur Ordnung, und zur Sparsamkeit, anzuhalten. Dieses sind die drey Haupt-Eigenschaften eines wohl eingerichteten Hauswesens, und ohne dieselben muß der allerfleißigste Hauswirth zu Grunde gehen. Die sind es zugleich, die mit dem gemeinschaftlichen Besten in der größten Uebereinstimmung stehen. Ordnung und Sparsamkeit erhalten die Familien, und befördern ihren Wohlstand, welcher dem Staate niemahls gleichgültig seyn kann; auf dem Fleiße der Einwohner aber beruhet der wahre Reichthum des Landes.

Portrait der Familie des Gemeinderats Heinrich Rieter-Zeller. Öl auf Leinwand von Joseph Reinhart, 1803

Die uns heute bekannten (digitalen) Enzyklopädien haben ihren Ursprung im 18. Jahrhundert. Ziel der damaligen Nachschlagewerke war es, das gesamte zur Verfügung stehende Wissen, und zwar sowohl das der Wissenschaften als auch allgemeinere Wissensbestände, abzubilden und einem größeren Publikum verfügbar zu machen. Enzyklopädien hatten also einen Bildungsauftrag.

Grosses vollständiges *Universal-Lexicon* Aller Wissenschafften und Künste (1731–1754)

Frau oder Weib ist eine verehelichte Person, so ihres Mannes Willen und Befehl unterworffen, die Haushaltung führet, und in selbiger ihrem Gesinde vorgesetzt ist. Sie mag auch noch so geringen Standes und Herkommens seyn, so tritt sie doch zugleich mit in die Würde ihres Mannes, geniesset gleiche Jura [Rechte] mit ihm, und kann von keinen andern Ort belanget werden, als wo ihr Mann hingehöret. (Bd. 9, Sp. 1767)

Eheweiber müssen sich dem Manne als ihrem Herrn und Haupt unterwerffen, und ihm nicht allein schuldige Liebe, sondern auch Ehre, Furcht und Gehorsam erweisen. [...] Darneben müssen sie sich der Keuschheit, Zucht, Erbarkeit, Freundlichkeit, Verschwiegenheit und aller weiblichen Tugenden befleißigen; [...] Die frommen und tugendhafften sind eine sonderbare Bescherung Gottes [...] Die bösen aber sind des Mannes -Hertzeleid und Schande. (Bd. 8, Sp. 401)

1 Zu Lessings Zeit entwickelte sich eine neue Form des familiären Zusammenlebens: die bürgerliche Kleinfamilie mit ihren kennzeichnenden Rollenbildern.

a) Erarbeiten Sie das damalige Leitbild der bürgerlichen Familie mithilfe der historischen Lexikonartikel und des Gemäldes.

b) Setzen Sie Ihre Erkenntnisse in Bezug zum Familienkonflikt in Lessings *Emilia Galotti*.

Lessing und die Tragödie

Seit der Antike wird unter Dramentheoretikern - allen voran Aristoteles - eine Diskussion um grundlegende Merkmale des Dramas geführt. Als wesentlich werden die **Zeit**, in der die **Handlung** spielt, die Anzahl der Schauplätze **(Ort)** und auch die dramatische Wirkung **(Furcht und Mitleid)** empfunden.

Im 18. Jahrhundert kritisiert der deutschsprachige Dichter Gotthold Ephraim Lessing die geltende Ständeklausel, nach welcher Tragödien ausschließlich für Figuren des höheren Standes vorgesehen waren und Figuren niederer Stände nur in Komödien vorkommen durften. Damit wendet er sich gegen die formalen Regeln des französischen Klassizismus[1] und deren Verfechtung durch den Literaturtheoretiker und Dramatiker Johann Christoph Gottsched.

Lessing möchte das Theater als Ort bürgerlicher Öffentlichkeit etablieren. Demzufolge werden seine Heldinnen und Helden nicht länger durch adelige, sondern bürgerliche Figuren verkörpert. Sie verstricken sich in tragisch verlaufende Konflikte mit oftmals adeligen Gegenspielern und laden das Publikum so zur Identifikation ein. Dabei ist für Lessing von besonderem Interesse, dass die Zuschauerinnen und Zuschauer mit den Hauptfiguren mitleiden. In seinen Stücken „Miss Sara Sampson" und „Emilia Galotti" setzt der Dichter seine eigenen Anforderungen in der Form sogenannter bürgerlicher Trauerspiele um.

1 der Klassizismus: Stilform, die vor allem antike römische Vorbilder hat und Strenge der Gliederung, Geradlinigkeit und Gesetzmäßigkeit der Verhältnisse betont

2 Informieren Sie sich mithilfe des Textes über Lessings Anschauungen zur Tragödie. Klären Sie anschließend mithilfe seines Briefs, warum der Autor dem Mitleiden des Publikums eine so zentrale Bedeutung beigemessen hat.

Gotthold Ephraim Lessing an Friedrich Nicolai (1756, Ausschnitt)

Mit dem Autor und Buchhändler Christoph Friedrich Nicolai (1733–1811) und dem Philosophen Moses Mendelssohn (1729–1786) verband Lessing zeitlebens ein freundschaftliches Verhältnis. In Briefen tauschten die drei Aufklärer ihre Überlegungen zum Trauerspiel aus. Dabei formulierte Lessing grundlegende Gedanken über das Mitleid in der Dramendichtung.

Gotthold Ephraim Lessing (1729–1781)

Liebster Freund!

[...] Die Staffeln[1] sind also diese: Schrecken, Mitleid, Bewunderung. Die Leiter aber heißt: Mitleid; und Schrecken und Bewunderung sind nichts als die ersten Sprossen, der Anfang und das Ende des Mitleids. [...]. *Die Bewunderung setzt dem Mitleiden Schranken.* Das Schrecken braucht der Dichter zur Ankündigung des Mitleids, und Bewunderung gleichsam zum Ruhepunkte desselben. Der Weg zum Mitleid wird dem Zuhörer zu lang, wenn ihn nicht gleich der erste Schreck aufmerksam macht, und das Mitleiden nützt sich ab, wenn es sich nicht in der Bewunderung erholen kann. Wenn es also wahr ist, dass die ganze Kunst des tragischen Dichters auf die sichere Erregung und Dauer des einzigen Mitleidens geht, so sage ich nunmehr, die Bestimmung der Tragödie ist diese: sie soll *unsre Fähigkeit, Mitleid zu fühlen*, erweitern. Sie soll uns so nicht bloß lehren, gegen diesen oder jenen Unglücklichen Mitleid zu fühlen, sondern sie soll uns weit fühlbar machen, dass uns der Unglückliche zu allen Zeiten, und unter allen Gestalten, rühren und für sich einnehmen muss. [...] *Der mitleidigste Mensch ist der beste Mensch*, zu allen gesellschaftlichen Tugenden, zu allen Arten der Großmut der aufgelegteste. Wer uns also mitleidig macht, macht uns besser und tugendhafter, und das Trauerspiel, das jenes tut, tut auch dieses, oder – es tut jenes, um dieses tun zu können.

1 die Staffel: wörtl.: Sprosse einer Leiter

Gotthold Ephraim Lessing: Hamburgische Dramaturgie (1767)

Die Hamburgische Dramaturgie verfasste Lessing zwischen 1767 und 1769 als eine Reihe von Theaterkritiken während seiner Zeit als Dramaturg am Deutschen Nationaltheater in Hamburg. Von großer Bedeutung sind die darin enthaltenen grundsätzlichen Überlegungen zur Dramentheorie.

Hamburgische Dramaturgie 14. Stück (1767, Ausschnitt)

Die Namen von Fürsten und Helden können einem Stück Pomp[1] und Majestät geben; aber zur Rührung tragen sie nichts bei. Das Unglück derjenigen, deren Umstände den unsrigen am nächsten kommen, muss natürlicher Weise am tiefsten in unsere Seele dringen; und wenn wir mit Königen Mitleid haben, so haben wir es mit ihnen als Mitmenschen, nicht als Königen. Macht ihr Stand schon öfters ihre Unfälle wichtiger, so macht er sie darum nicht interessanter.

Hamburgische Dramaturgie 2. Stück (1767, Ausschnitt)

[A]lles, was zu dem Charakter der Personen gehöret, muss aus den natürlichsten Ursachen entspringen […]. Wunder dulden wir da nur in der physikalischen Welt; in der moralischen muss alles seinen ordentlichen Lauf behalten, weil das Theater die Schule der moralischen Welt sein soll. Die Bewegungsgründe zu jedem Entschlusse, zu jeder Änderung der geringsten Gedanken und Meinungen, müssen, nach Maßgebung des einmal angenommenen Charakters, genau gegeneinander abgewogen sein, und jene müssen nie mehr hervorbringen, als sie nach der strengsten Wahrheit hervorbringen können.

1 der Pomp: hier: prachtvolles Ansehen

3 Welche Figuren wollte Lessing für die Bühne erschaffen? Prüfen Sie die folgenden Aussagen mithilfe der Auszüge aus der „Hamburgischen Dramaturgie".

A Menschlichkeit war für Lessing ein Wert, der sich auch in seinen Dramenfiguren zeigen sollte.

B Lessing fand, dass nur mit heldenhaften Figuren aus Adel und Königshaus Mitleid empfunden werden könne.

C Um die Handlungen und Äußerungen der Figuren nachvollziehbar werden zu lassen, wollte Lessing möglichst realistische Charaktere gestalten.

D Lessings Figuren sollten in erster Linie belustigen und dadurch das Publikum zum Nachdenken anregen.

ÜBRIGENS

Lessings Kritik
Für die zweite Ausgabe der Hamburgischen Dramaturgie kündigte der Verleger Schwickert gegenüber dem Buchhandel 104 Kapitel an, obwohl Lessing selbst nur 100 geplant hatte. Der gewitzte Dichter fügte nun zwar die gewünschten vier Kapitel hinzu, führte darin aber nicht seine eigentlichen Überlegungen zum Theater fort, sondern kritisierte das Verlagswesen und das seinerzeit häufige, unerlaubte Nachdrucken verschiedener Schriften.

4 Erarbeiten Sie mithilfe der Materialien auf diesen beiden Seiten Lessings Dramenkonzept. Ergänzen Sie dazu die folgende Tabelle.

Zweck der Tragödie	Textbeleg	Erläuterung
– *Erregen von Mitleid*	– *die Tragödie „soll unsre Fähigkeit, Mitleid zu fühlen, erweitern" (an F. Nicolai, Z. 14.)*	– *Publikum soll sich in die Figuren einfühlen können*
– *den Menschen besser machen, ihn erziehen*	– *„Der mitleidigste Mensch ist der beste Mensch" (an F. Nicolai, Z. 17)* – *Theater als „Schule der moralischen Welt" (Hamburgische Dramaturgie, 2. Stück, Z. 5)*	– …

5 Überprüfen Sie an ausgewählten Szenen, wie Lessing sein Dramenkonzept in *Emilia Galotti* umgesetzt hat.

Dramatische Texte

Gattungslexikon Drama → S. 531–534

KOMPETENZBOX

Dramentexte aus einer anderen Epoche lesen und verstehen

Dramentexte aus zurückliegenden Epochen können aufgrund des veralteten Wortschatzes, der ungewohnten Ausdrucksweise und des poetischen Sprachgebrauchs schwierig zu verstehen sein. Um sich die Lektüre zu erleichtern, können Sie die folgenden Strategien anwenden.

1. **Überfliegend lesen:** Sie müssen nicht auf Anhieb jedes Wort verstehen. Versuchen Sie zügig zu lesen und die groben Zusammenhänge nachzuvollziehen.
2. **Schwierige Stellen markieren:** Wenn Sie längere Textteile gar nicht verstehen, markieren Sie diese am Rand. Bringen Sie Ihre Verständnishürden im Unterricht zur Sprache.
3. **Laut lesen:** Es kann helfen, sich die Texte laut vorzulesen, zum Beispiel auch mit verteilten Rollen gemeinsam mit Ihren Mitschülerinnen und Mitschülern. So finden Sie in die Sprachmelodie und bemerken schneller, wenn etwas unklar ist.
4. **Abschnitte zusammenfassen:** Es empfiehlt sich, die einzelnen Abschnitte (Akte und/oder Szenen) mit wenigen Worten zusammenzufassen. Benennen Sie dazu die auftretenden Figuren und die wesentlichen Handlungsschritte.
5. **Genau lesen:** Nehmen Sie sich Schlüsselszenen gezielt vor. Versuchen Sie, die Figurenrede in Ihre Sprache zu übersetzen. Schlagen Sie unbekannte Wörter nach.

Emilia Galotti.
Ein Trauerspiel
in
fünf Aufzügen.
Von
Gotthold Ephraim Lessing.
Berlin
bey Christian Friedrich Voß, 1772.

Möglichkeiten der Figurengestaltung im Drama

Figuren in literarischen Texten werden oft nach dem zu der Entstehungszeit herrschenden Menschenbild oder den poetologischen Konzepten der Autorin bzw. des Autors entworfen.

Vor diesem Hintergrund lassen sich Figuren z. B. nach folgenden Typologien beschreiben:
- **typisierte Figur:** Charakter nur oberflächlich angerissen, z. B. im Märchen, in Kurzgeschichten,
- **statische Figur:** Charakter ändert sich nicht,
- **dynamische Figur:** Charakter, der sich im Handlungsverlauf – bedingt durch Reflexion und Auseinandersetzungen mit anderen Figuren – entwickelt,
- **eindimensionale Figur:** Charakter mit nur wenigen Eigenschaften,
- **mehrdimensionale Figur:** Charakter, der z. B. widersprüchlich und komplex sein kann.

Figuren eines dramatischen Textes handeln im Kontext mit anderen Figuren. Dies kann in einer **Figurenkonstellation** visualisiert werden. In der auch die Art der Beziehung kommentierend benannt werden kann, z. B.:
- **symmetrische Beziehung:** eine ebenbürtige Beziehung, ausgewogenes Machtverhältnis,
- **komplementäre Beziehung:** hierarchisch mit Über- und Unterordnungsverhältnis,
- **Protagonist:** ausdifferenzierte Hauptfigur (nicht unbedingt positiv konzipiert),
- **Antagonist:** ausdifferenzierte Gegenfigur (nicht unbedingt negativ konzipiert).

KOMPETENZBOX

Dramatische Texte analysieren

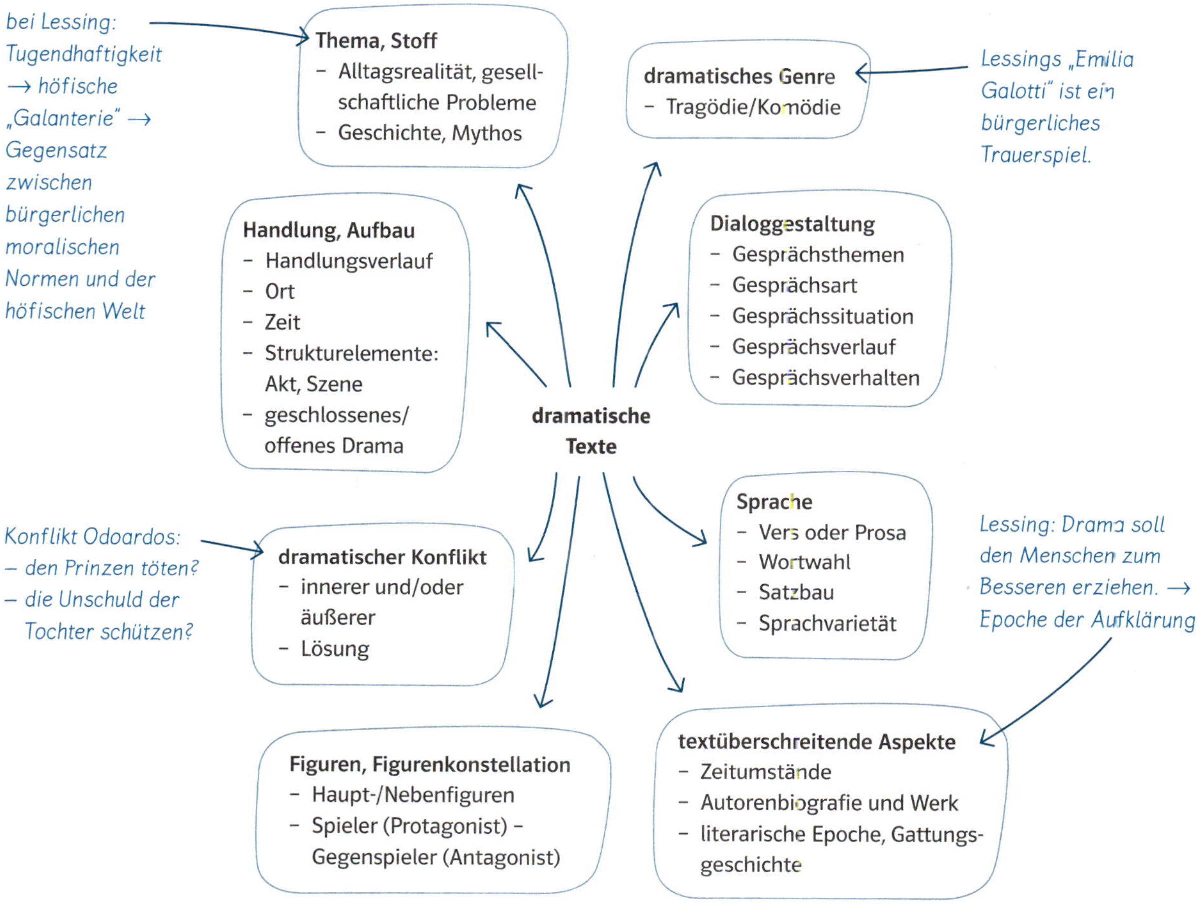

KOMPETENZBOX

Eine Szene in den Gesamtzusammenhang eines Dramas einordnen

1. Überblick über die Gesamthandlung des Dramas verschaffen
- Textkenntnis prüfen: Handlung, Ort, Figuren und wesentliche Konflikte
- Handlungsaufbau in der richtigen Reihenfolge zusammenfassen

2. Inhalt der Szene wiedergeben
- wichtige Handlungsschritte (innere und äußere) der Reihe nach darlegen

3. Szene einordnen, Bedeutung klären
- vorausgegangene Ereignisse erläutern:
  die wesentlichen Voraussetzungen für die Handlung der Szene darlegen
- nachfolgende Ereignisse erläutern:
  die Konsequenzen benennen, die sich aus der Handlung der Szene ergeben
- Wiedergabe der Gesamthandlung des Dramas vermeiden
- Funktion der Szene für die Gesamthandlung und den Aufbau des Dramas bestimmen

Eine Dramenszene interpretieren

KOMPETENZBOX

Dramatische Texte schriftlich interpretieren

In dramatischen Texten geht es häufig um ein konflikthaftes Geschehen. Dieses wird entweder dadurch ausgelöst, dass die Figuren gegensätzliche Absichten verfolgen oder eine Figur einen inneren Konflikt mit sich austrägt. Als erster Schritt der **Analyse einer Szene** ist deshalb sinnvoll, die **Darstellung der Figuren** und deren **Beziehung** zu untersuchen. Zudem ist die Kenntnis des gesamten Dramas gefragt, wenn Sie die Szene in den Gesamtzusammenhang einordnen sollen. Für eine **Deutung** der Untersuchungsergebnisse müssen Sie einen **Zusammenhang zwischen Inhalt, Form und Sprache** herstellen.
So können Sie vorgehen:

1. Erstes Textverständnis festhalten – Aufgabenstellung erfassen
- erste Eindrücke vom Text notieren
- Textangaben erfassen: Autorin/Autor, Titel, Entstehungszeit, Textsorte, Thema
- Teilaufgaben und Untersuchungsaspekte beachten: Was ist konkret zu tun? Welche Aspekte des Textes sollen analysiert werden?

2. Text aspektorientiert analysieren
- den Text unter den vorgegebenen und ausgewählten Aspekten erschließen
- ggf. textüberschreitende Aspekte einbeziehen

3. Untersuchungsergebnisse ordnen
- Deutungshypothese formulieren
- Fazit aus Untersuchungsergebnissen ziehen
- Deutungshypothese überprüfen und ggf. neu formulieren

4. Gliederung erstellen

Einleitung:
- interessanten Einstieg finden
- Textsorte, Autorin/Autor, Titel, Thema benennen

Hauptteil:
- Szene inhaltlich wiedergeben und in den Gesamtzusammenhang des Dramas einordnen
- vorgegebene oder selbstgewählte Aspekte oder Teilthemen ordnen

Schluss:
- Zusammenfassung der Ergebnisse mit Bezug zur Deutungshypothese
- möglich: persönliche Einschätzung, Zitat, Vergleich mit einem anderen Text

5. Klausur schreiben
- Deutungshypothese entfalten; auf roten Faden achten
- sachlich und präzise formulieren
- passende Zitate einbauen und korrekt nachweisen

6. Klausur überarbeiten
- in drei gesonderten Durchgängen prüfen:
  - sachliche Richtigkeit
  - gedankliche Zusammenhänge, sprachliche Verknüpfungen
  - sprachliche Richtigkeit

BEISPIEL-KLAUSUR **Aufgabe**

1 Interpretieren Sie den Auftritt aus Lessings *Emilia Galotti*, indem Sie die Szene in den Gesamtzusammenhang des Dramas einordnen und die Figuren, deren Sprache und ihre Beziehung zueinander charakterisieren.

2 Erläutern Sie die Grundzüge von Lessings Dramenkonzept und zeigen Sie auf, inwiefern es in der Szene verwirklicht wurde.

Gotthold Ephraim Lessing: Emilia Galotti. Fünfter Aufzug, Siebenter Auftritt
(1772, Ausschnitt)

Odoardo stürmt zum Prinzen, um ihn mit dem Dolch von Orsina zu töten. Doch abermals kann der listige Marinelli das Schicksal wenden, indem er Odoardo erklärt, ein Nebenbuhler habe Appiani getötet und Emilia solle in diesem Zusammenhang zur gerichtlichen Vernehmung antreten. Scheinheilig bietet der Prinz daraufhin an, Emilia in seine Obhut zu nehmen. Er erklärt weiter, dass es bis zum Verhör nötig sei, die Familienmitglieder zu trennen. Odoardo bittet um ein letztes Gespräch mit Emilia.

EMILIA Wie? Sie hier, mein Vater? – Und nur Sie? – Und meine Mutter? nicht hier? – Und der Graf? nicht hier? – Und Sie so unruhig, mein Vater?

ODOARDO Und du so ruhig, meine Tochter? –

EMILIA Warum nicht, mein Vater? – Entweder ist nichts verloren: oder alles. Ruhig sein können und ruhig sein müssen: kömmt es nicht auf eines?

ODOARDO Aber, was meinest du, dass der Fall ist?

EMILIA Dass alles verloren ist – und dass wir wohl ruhig sein müssen, mein Vater.

ODOARDO Und du wärest ruhig, weil du ruhig sein musst? – Wer bist du? Ein Mädchen? und meine Tochter? So sollte der Mann und der Vater sich wohl vor dir schämen? – Aber lass doch hören. was nennest du, alles verloren? – Dass der Graf tot ist?

EMILIA Und warum er tot ist! Warum! Ha, so ist es wahr, mein Vater? So ist sie wahr, die ganze schreckliche Geschichte, die ich in dem nassen und wilden Auge meiner Mutter las? – Wo ist meine Mutter? Wo ist sie hin, mein Vater?

ODOARDO Voraus – wenn wir anders ihr nachkommen.

EMILIA Je eher, je besser. Denn wenn der Graf tot ist, wenn er darum tot ist – darum! was verweilen wir noch hier? Lassen Sie uns fliehen, mein Vater!

ODOARDO Fliehen? – Was hätt' es dann für Not? – Du bist, du bleibst in den Händen deines Räubers.

EMILIA [...] Ich bleibe in seinen Händen?

ODOARDO Und allein; ohne deine Mutter; ohne mich.

EMILIA Ich allein in seinen Händen? Nimmermehr, mein Vater. – Oder Sie sind nicht mein Vater. – Ich allein in seinen Händen? – Gut, lassen Sie mich nur. – Ich will doch sehn, wer mich hält, – wer mich zwingt, – wer der Mensch ist, der einen Menschen zwingen kann.

ODOARDO Ich meine, du bist ruhig, mein Kind.

EMILIA Das bin ich. Aber was nennen Sie ruhig sein? Die Hände in den Schoß legen? Leiden, was man nicht sollte? Dulden, was man nicht dürfte?

ODOARDO Ha! wenn du so denkest! – Lass dich umarmen, meine Tochter! – Ich hab es immer gesagt: das Weib wollte die Natur zu ihrem Meisterstücke machen. Aber sie vergriff sich im Tone, sie nahm ihn zu fein. Sonst ist alles besser an euch als an uns. – Ha, wenn das deine Ruhe ist, so habe ich meine in ihr wiedergefunden! Lass dich umarmen, meine Tochter! – Denke nur: unter dem Vorwande einer gerichtlichen Untersuchung – o des höllischen Gaukelspieles! – reißt er dich aus unsern Armen und bringt dich zur Grimaldi[1].

EMILIA Reißt mich? Bringt mich? – Will mich reißen, will mich bringen: will! will! – Als ob wir, wir keinen Willen hätten, mein Vater!

ODOARDO Ich ward auch so wütend, dass ich schon nach diesem Dolche griff *(ihn herausziehend)* um einem von beiden[2] – beiden! – das Herz zu durchstoßen.

EMILIA Um des Himmels willen nicht, mein Vater! – Dieses Leben ist alles, was die Lasterhaften haben. – Mir, mein Vater, mir geben Sie diesen Dolch.

ODOARDO Kind, es ist keine Haarnadel.

EMILIA So werde die Haarnadel zum Dolche! – Gleichviel.

ODOARDO Was? Dahin wäre es gekommen? Nicht doch; nicht doch! Besinne dich. – Auch du hast nur ein Leben zu verlieren.

EMILIA Und nur e i n e Unschuld!

ODOARDO Die über alle Gewalt erhaben ist. –

EMILIA Aber nicht über alle Verführung. – Gewalt! Gewalt! Wer kann der Gewalt nicht trotzen? Was Gewalt heißt, ist nichts: Verführung ist die wahre Gewalt. – Ich habe Blut, mein Vater, so jugendliches, so warmes Blut als eine. Auch meine Sinne sind Sinne. Ich stehe für nichts. Ich bin für nichts gut. Ich kenne das Haus der Grimaldi. Es ist das Haus der Freude. Eine Stunde da, unter den Augen meiner Mutter – und es erhob sich so mancher Tumult in meiner Seele, den die strengsten Übungen der Religion kaum in Wochen besänftigen konnten! – Der Religion! Und welcher Religion? – Nichts Schlimmers zu vermeiden, sprangen Tausende in die Fluten und sind Heilige! – Geben Sie mir, mein Vater, geben Sie mir diesen Dolch.

ODOARDO Und wenn du ihn kenntest, diesen Dolch! –

EMILIA Wenn ich ihn auch nicht kenne! – Ein unbekannter Freund ist auch ein Freund. – Geben Sie mir ihn, mein Vater; geben Sie mir ihn.

ODOARDO Wenn ich dir ihn nun gebe – da! *Gibt ihr ihn.*

EMILIA Und da! *(Im Begriff, sich damit zu durchstoßen, reißt der Vater ihr ihn wieder aus der Hand.)*

ODOARDO Sieh, wie rasch! – Nein, das ist nicht für deine Hand.

EMILIA Es ist wahr, mit einer Haarnadel soll ich – *(Sie fährt mit der Hand nach dem Haare, eine zu suchen, und bekommt die Rose zu fassen.)* Du noch hier? – Herunter mit dir! Du gehörest nicht in das Haar einer – wie mein Vater will, dass ich werden soll!

ODOARDO Oh, meine Tochter! –

EMILIA Oh, mein Vater, wenn ich Sie erriete[3]! – Doch nein, das wollen Sie auch nicht. Warum zauderten Sie sonst? – *(In einem bittern Tone, während dass sie die Rose zerpflückt[4].)* Ehedem wohl gab es einen Vater, der seine Tochter von der Schande zu retten, ihr den ersten, den besten Stahl in das Herz senkte – ihr zum zweiten Male das Leben gab. Aber alle solche Taten sind von ehedem! Solcher Väter gibt es keinen mehr!

ODOARDO Doch, meine Tochter, doch! *(Indem er sie durchsticht.)* Gott, was hab ich getan! *(Sie will sinken, und er fasst sie in seine Arme.)*

EMILIA Eine Rose gebrochen, ehe der Sturm sie entblättert. – Lassen Sie mich sie küssen, diese väterliche Hand.

---

1 Grimaldi: Haus des Kanzlers Grimaldi, in dem der Prinz Zugriff auf Emilia hätte 2 beide: gemeint sind der Prinz und sein Kammerherr 3 Wenn ich Sie erriete: Wenn ich wüsste, was Sie denken 4 Rose zerpflücken: Symbol für den Verlust der Unschuld

1. Erstes Textverständnis festhalten – Aufgabenstellung erfassen

Schreibtraining 106

1.1 Lesen Sie die Aufgabenstellung gründlich durch und erfassen Sie, was konkret von Ihnen verlangt wird.

SO GEHT'S **Die Aufgabenstellung erfassen**

Um die volle Punktzahl zu erhalten, ist es zunächst wichtig zu verstehen, was überhaupt von Ihnen verlangt wird. Dazu müssen Sie die Aufgabenstellung gründlich lesen. Am besten ist, Sie markieren zusätzlich die wichtigsten Aspekte und Operatoren.

1 Interpretieren Sie den Auftritt aus Lessings „Emilia Galotti", indem Sie die Szene in den Gesamtzusammenhang des Dramas einordnen und die Figuren, deren Sprache und ihre Beziehung zueinander charakterisieren.
2 Erläutern Sie die Grundzüge von Lessings Dramenkonzept und prüfen Sie, inwiefern es in der Szene verwirklicht wurde.

interpertieren = analysieren + deuten

Was soll ich untersuchen?

erläutern = begründet darlegen + veranschaulichen

Was soll ich erläutern?

1.2 Machen Sie sich Notizen zum Handlungsverlauf des Dramas. Notieren Sie dazu stichpunktartig, welche Handlung der vorliegenden Szene vorausgeht und welche ihr folgt. Orientieren Sie sich an der Kompetenzbox auf S. 81.

2. Text aspektorientiert untersuchen

2.1 Untersuchen Sie den Gesprächsverlauf. Stellen Sie dazu die wesentlichen Beiträge und die damit verbundenen Auffassungen von Emilia und Odoardo in einer Tabelle geordnet dar.

Emilia	Odoardo
– *lehnt es ab, unter der Obhut des Prinzen zu leben*	– *ist erleichtert über die Weigerung seiner Tochter*
– ...	– ...

2.2 Untersuchen Sie die Figurengestaltung von Emilia und Odoardo.
Sie können aus folgenden Begriffen auswählen.

leidenschaftlich | aktiv | reflektiert | emotional | aufrichtig

Ehre | Verführung | Entschlossenheit | Tugend | Treue | Moral

2.3 Charakterisieren Sie das Verhältnis zwischen Vater und Tochter anhand von geeigneten Textbelegen. Beantworten Sie dazu die folgenden Fragen.
- Welche Motive treiben Emilia und Odoardo an?
- Was sind die Erwartungen und Gefühle gegenüber der jeweils anderen Figur?
- Wie sprechen die Figuren miteinander und welche Schlüsse lassen sich daraus über ihr Verhältnis zueinander ziehen?
- Welche Veränderungen innerhalb der Beziehung werden im Verlauf der Szene erkennbar?

2.4 Machen Sie sich Notizen zur Wirkung der Szene.

2.5 Fassen Sie stichpunktartig ihr Wissen zu Lessings Dramenkonzept zusammen. Gehen Sie dabei auf die Begriffe Mitleid, Moral und Ständeklausel ein.

3. Untersuchungsergebnisse ordnen

3.1 Verschaffen Sie sich einen Überblick über Ihre bisherigen Arbeitsergebnisse und prüfen Sie, welcher der folgenden Deutungshypothesen Sie sich am ehesten anschließen würden.

A *In der vorletzten Szene des Dramas wird Emilia zum Opfer der höfischen Intrige. Sie, die zwischen dem elterlichen Willen und dem Begehren des Prinzen zerrieben wird, stirbt für die Ehre ihrer Familie. So erfüllt sie auf fatale Weise die an sie gestellten Ansprüche.*

B *Der Auftritt V, 7 bildet den Höhepunkt des Dramas, an dem die zuvor durchweg passive Emilia ungewohnt entschlossen auftritt. Sie wählt den Tod durch die Hand ihres Vaters und entzieht sich damit der Übermacht der herrschenden, durchweg männlichen Besitzansprüche an sie.*

Lessings Dramenkonzept → S. 82 f.

3.2 Stellen Sie einen Zusammenhang her zwischen Ihren Untersuchungsergebnissen und Lessings Vorstellung über die Aufgabe des Theaters.

4. Gliederung erstellen

4.1 Erstellen Sie eine Gliederung für den Hauptteil Ihrer Klausur. Orientieren Sie sich dabei an der durch die Aufgabenstellung vorgegebenen Reihenfolge.

4.2 Führen Sie eine der folgenden Einleitungen für Ihre Interpretation der Dramenszene fort.

A *Um die Wahl zwischen einem Tod in Unschuld oder einem Leben in Schande geht es in der vorliegenden Szene aus Lessings Drama ...*

B *„Verführung ist die wahre Gewalt" (Z. 46) stellt Emilia Galotti am Schluss von Lessings bürgerlichem Trauerspiel fest und ...*

C *Warum muss Emilia Galotti sterben? Das Ende von Lessings gleichnamigem Drama dürfte das Theaterpublikum erschüttern ...*

5. Klausur schreiben

5.1 Verfassen Sie die vollständige Interpretation. Achten Sie auf präzise und abwechslungsreiche Formulierungen. Nutzen Sie den Sprachtipp.

Sprachtraining I 07

SPRACHTIPP

Formulierungen für die Interpretation einer Dramenszene

Die Szene wiedergeben und in den Gesamtzusammenhang des Dramas einordnen
Es handelt sich bei dem Gespräch um eine zwanglose Unterhaltung / eine förmliche Unterredung / ein Entscheidungsgespräch zwischen ... | Der Anlass für den Dialog ist ... | Dem Gespräch vorausgegangen ist / sind ... | Mit dem Gespräch will sie / er ihn / sie überzeugen / herausfordern / warnen ... | Als Konsequenz aus dem Gespräch ergibt sich ...

Ergebnisse zur Figurengestaltung darstellen
Seine / ihre herausragendsten Eigenschaften sind hier ... | Die Szene offenbart einen deutlichen Bruch / eine Entwicklung in ihrem / seinem Charakter. | Äußerungen und Verhalten stehen im Widerspruch / sind im Einklang. | Diese Aussage lässt seine / ihre Wertvorstellungen erkennen: ... | Die Figuren stehen zueinander in einem ungleichen / gleichberechtigten Verhältnis.

5.2 Formulieren Sie Ihre Untersuchungsergebnisse zur zweiten Klausuraufgabe aus.

6. Klausur überarbeiten

6.1 Überarbeiten Sie Ihre Interpretation.

Beispiellösung
D 04

Beispiellösung (Ausschnitt)

„Verführung ist die wahre Gewalt" (Z. 46) stellt die Protagonistin Emilia Galotti am Ende des nach ihr benannten bürgerlichen Trauerspiels fest. Muss sie aufgrund dieser Erkenntnis sterben? Das Drama, das G. E. Lessing im Jahre 1772 verfasst hat, spielt im 17. Jahrhundert in einer oberitalienischen Residenzstadt. Es handelt von Liebe, vom Ständekampf und dem Erstarken der bürgerlichen Werte und dem daraus entstehenden Konflikt mit dem Adel. Die vorliegende Szene ist das letzte Gespräch zwischen Emilia und ihrem Vater Odoardo. Es geht um nichts Geringeres als die Entscheidung zwischen dem Tod in Unschuld oder einem Leben in Schande.

Der 7. Auftritt des 5. Aufzugs ist der tragische Höhepunkt des Dramas und zugleich ein kritischer Wendepunkt für die Figur Emilia, was sich in Sprache, Figurengestaltung und -konstellation zeigt. Zuvor hat sich der Prinz von Guastalla in die bürgerliche Emilia, die den Grafen Appiani heiraten sollte, verliebt. Durch das intrigante Handeln seines Kammerdieners Marinelli stirbt Graf Appiani und Emilia wird festgehalten. Der Prinz besteht darauf, die Familienmitglieder bis zur gerichtlichen Vernehmung zu trennen, doch Odoardo bittet um ein Gespräch mit Emilia. Er klärt seine Tochter darüber auf, dass ihr Verlobter Appiani durch eine Intrige des Kammerdieners Marinelli getötet worden ist. Emilia, die davon nichts wusste, reagiert entsetzt, kann sich aber fassen. Es entspinnt sich ein Dialog zwischen Vater und Tochter, an dessen Ende Emilia Odoardo auffordert, sie zu töten. Das Drama endet damit, dass der hinzukommende Prinz und Marinelli den Tod Emilias bedauern.

Die Szene beginnt mit Emilias Fragen (Z. 1–5), wobei es ihr Ziel ist, herauszufinden, wo ihre Mutter und der Graf geblieben sind. Dies deutet auf ihre Verunsicherung hin. Ihre zahlreichen Ausrufe (z. B. Z. 33, Z. 34, Z. 37, Z. 40, Z. 45, Z. 50, Z. 64) verdeutlichen ihre Wut und Verzweiflung, aber auch die Erkenntnis, dass sie die Intrige des Prinzen durchschaut hat. „So ist sie wahr, die ganze schreckliche Geschichte, die ich in dem nassen und wilden Auge meiner Mutter las?" (Z. 11/12), fragt die Tochter ihren Vater und gibt so auch zu erkennen, dass die Frauen längst Bescheid wissen. Eigentlich sind sie nicht auf die Männer angewiesen. Als ihr Vater ihr entgegnet, dass sie gezwungen sei, beim Prinzen zu bleiben, antwortet Emilia in für sie ungewohnt deutlichen Worten: „Ich will doch sehn, [...] wer der Mensch ist, der einen Menschen zwingen kann" (Z. 23). Später steigert sie diese Aussage: „Als ob wir, wir keinen Willen hätten, mein Vater!" (Z. 33/34). Die zuvor oft durch ihre Gefühlsbetontheit und Unsicherheit charaktersierte Emilia wirkt hier entschlossen und stark – eine deutliche Entwicklung der Figur. Diese Entwicklung zeigt sich in ihren Worten und ihrem Verhalten. Sie erkennt, dass es im „Haus der Freude" (Z. 48), wie sie das Haus der Grimaldi nennt, gefährlich für sie werden und sie der Verführung erliegen könnte. Aus Angst vor dem daraus folgenden Verlust ihrer Unschuld fordert sie den Vater auf, ihr seinen Dolch auszuhändigen und richtet ihn sogleich gegen sich selbst. Dieser Schritt ist motiviert durch Verzweiflung, aber auch durch den unbedingten Willen, ihre Tugend zu bewahren (Z. 43). Emilia stellt sich damit gegen die an sie gestellten gesellschaftlichen (und väterlichen) Anforderungen und wählt lieber den Tod in Ehren als das Leben in Schande. [...]

Benennung von Titel, Textsorte, Autor, Erscheinungsjahr,

kurze Einordnung der Szene

Benennung des Themas

Darlegung der Deutungshypothese mit Bezug zu Untersuchungsaspekten

Einordnung der Szene in den Zusammenhang des Dramas

ausführliche Deutung der Szene

- mit Bezug zu ausgewählten, korrekt zitierten Textbelegen
- mit Bezug zu Untersuchungsaspekten

5

Auf Materialbasis über eine literarische Epoche informieren

Im Licht der Vernunft

1

2

3

4
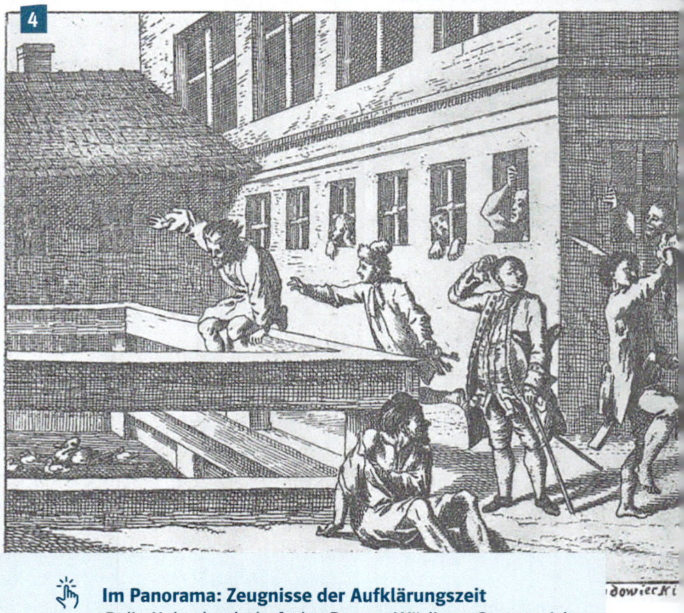

Braucht es Mut, um eigenständig zu denken?

Was können wir von Lessing lernen?

Wie aktuell sind die Ideale der Aufklärung?

Reicht Vernunft allein, um die Welt zu verstehen?

108
360°-Bild

Im Panorama: Zeugnisse der Aufklärungszeit
① die Kulturlandschaft des Dessau-Wörlitzer Gartenreichs und Leopold III. Friedrich Franz von Anhalt-Dessau
② das Naturalienkabinett des Franckeschen Waisenhausstifts in Halle an der Saale
③ das verschwundene Hamburger Nationaltheater am Gänsemarkt
④ Lessings Bibliothekarswohnhaus in Wolfenbüttel
⑤ die Enzyklopädie von Diderot und d'Alembert

Das lernen Sie jetzt!

5.1 Informationen aus einer Materialsammlung erschließen

5.2 Informationen aufbereiten und präsentieren

Schreibtraining: materialgestütztes informierendes Schreiben

Vertiefen: eine literarische Jugendbewegung kennenlernen

Wissen ist Macht **(Handreichung zur Bildungswoche 2021 des Städel Museums)**

„Wissen ist Macht“[1] – davon waren die Fürsprecher der Aufklärung überzeugt. Nur durch Bildung und Wissen würden Verstand und Vernunft sowie eine eigenständige Persönlichkeit eines Menschen entwickelt werden. Nicht nur mächtige und wohlhabende Menschen sollten die Möglichkeit haben, sich als freie, mündige Bürgerinnen und Bürger zu entfalten: Allen Schichten der Bevölkerung sollte der Zugang zu Bildung eröffnet werden. Das war im 18. Jahrhundert ein radikal neuer Gedanke! Bis heute halten viele an der Überzeugung der Aufklärung fest, dass Bildung Grundlage eines friedlichen Zusammenlebens sei, dass sie für jeden Menschen zu der Fähigkeit führen könne, selbstständig zu denken, zu entscheiden und zu handeln. Auch deshalb besteht für alle Kinder und Jugendliche in Europa die Schul- oder Bildungspflicht.

1 „Wissen ist Macht“: engl. „Knowledge is power“, sprichwörtlich gewordenes Zitat des Philosophen Francis Bacon (1561–1662)

aufklären Vb. ‚jmdm. Kenntnisse und dadurch tiefere Einsicht vermitteln‘, auch ‚einen Sachverhalt erkunden und klären‘. Mnd. upklären ‚hell werden, aufstrahlen‘ (vgl. nl. opklaren, dän. opklare, schwed. klara upp ‚aufklären‘), abgeleitet vom Adjektiv klar (s. d.), gelangt, wohl über die Seemannssprache, um 1600 als aufklaren ‚freundlich werden, sich aufhellen‘ (vom Wetter) ins Hd.; daneben setzt sich Mitte des 17. Jh. die durch klären (s. d.) gestützte Form aufklären durch, die in reflexiver Verwendung den Sinn von aufklaren bis heute bewahrt, sonst aber ein Aufheitern des Gemütes oder (verbreitet seit der 1. Hälfte des 18. Jhs.) ein Erhellen des Verstandes bezeichnet; geläufig namentlich als Part. Prät. aufgeklärt ‚vorurteilsfrei, nach Bildung strebend‘ (in Fügungen wie aufgeklärte Zeiten, aufgeklärter Geist, Verstand).

Wolfgang Pfeifer et al., Etymologisches Wörterbuch des Deutschen (1993), digitalisierte und von Wolfgang Pfeifer überarbeitete Version im Digitalen Wörterbuch der deutschen Sprache.

ÜBRIGENS

Bezeichnung im Englischen und Französischen

Die Epoche der Aufklärung wird im Englischen als „age of enlightenment“ und im Französischen als „siècle des lumières“ bezeichnet“.

Abbildung: „Die Vernunft“. Kupferstich von Daniel Chodowiecki für Johann Basedows pädagogisches „Elementarwerk“, 1774. **1**: „Die dadurch gewirkte Herrschaft der Menschen über die Tiere“, **2**: „Wirkungen der Vernunft“, **3**: „Vorstellung der Weisheit an einem Manne“, **4**: „Vorstellung der Albernheit, des Wahnsinnes und der Raserei“

1 Der Kupferstich ist Teil einer Sammlung, mit der Kinder im 18. Jahrhundert unterrichtet wurden. Untersuchen Sie die Darstellung genauer und stellen Sie Vermutungen darüber an, was anhand der Bilder gelernt werden sollte.

2 Was hat Wissen mit Macht zu tun? Informieren Sie sich mithilfe des Textes oben über die Bedeutung der Bildung im Zeitalter der Aufklärung.

3 In welchem Zusammenhang verwenden Sie die Begriffe „aufklären“ und „Aufklärung“ und wie könnten sie im Kontext einer Epoche zu verstehen sein? Beziehen Sie die Materialien auf diesen beiden Seiten in Ihre Überlegungen ein.

5.1 Informationen aus einer Materialsammlung erschließen

Vernunft, Wahrheit und Toleranz

A Aufklärung ist der Ausgang des Menschen aus seiner selbst verschuldeten Unmündigkeit[1]. Unmündigkeit ist das Unvermögen, sich seines Verstandes ohne Leitung eines anderen zu bedienen. Selbstverschuldet ist diese Unmündigkeit, wenn die Ursache derselben nicht am Mangel des Verstandes, sondern der Entschließung und des Mutes liegt, sich seiner ohne Leitung eines anderen zu bedienen. Sapere aude! Habe Mut, dich deines eigenen Verstandes zu bedienen! ist also der Wahlspruch der Aufklärung.

Immanuel Kant (1724–1804), Philosoph

B Der größte Fehler, den man bei der Erziehung zu begehen pflegt, ist dieser, dass man die Jugend nicht zu eigenem Nachdenken gewöhnet.

Gotthold Ephraim Lessing (1729–1781), Schriftsteller

C Der Mensch hat nichts Vortrefflicheres von GOTT empfangen als seinen Verstand: Denn sobald er nur in demselben verrücket wird/so bald wird er entweder ein Kind/oder ärger als ein wildes Thier

Christian Wolff (1679–1754), Mathematiker und Philosoph

D **Rechte der Frau und Bürgerin**

I Die Frau ist frei geboren und bleibt dem Manne gleich an allen Rechten. Die sozialen Unterschiede können nur im allgemeinen Nutzen begründet sein.

II Ziel und Zweck jedes politischen Zusammenschlusses ist der Schutz der natürlichen und unveräußerlichen Rechte sowohl der Frau als auch des Mannes. Diese Rechte sind: Freiheit, Sicherheit, das Recht auf Eigentum und besonders das Recht auf Widerstand gegen Unterdrückung.

Olympe de Gouges (1740–1793), Erklärung der Rechte der Frau und Bürgerin

E Die unwiderstehliche Gewalt der Liebe, uns durch einen Gegenstand entweder höchst glücklich oder höchst unglücklich zu machen, ist poetische Faselei junger Leute, bei denen der Kopf noch im Wachsen begriffen ist.

Es ist fast unmöglich, die Fackel der Wahrheit durch ein Gedränge zu tragen, ohne jemandem den Bart zu versengen.

Die meisten Menschen leben mehr nach der Mode als nach der Vernunft.

Nichts kann mehr zur Seelenruhe beitragen, als wenn man gar keine Meinung hat.

Ist es nicht seltsam, dass die Menschen so gern für ihre Religion fechten und so ungern nach ihren Vorschriften leben?

Georg Christoph Lichtenberg (1742–1793), Experimentalphysiker und Autor zahlreicher Aphorismen[3]

F Enthülle nie auf unedle[2] Art die Schwächen deiner Nebenmenschen, um dich zu erheben! Ziehe nicht ihre Fehler und Verirrungen an das Tageslicht, um auf ihre Unkosten zu schimmern!

Adolph Freiherr von Knigge (1752–1796), Schriftsteller

1 mündig: zu einer selbstbestimmten, verantwortungsvollen Entscheidung fähig
2 edel: hier: moralisch einwandfrei
3 der Aphorismus: prägnant-geistreicher Sinnspruch, der eine Erkenntnis oder Lebensweisheit vermittelt

1 a) Die Zitate stammen von Vertreterinnen und Vertretern der Aufklärung. Begründen Sie, welche Sie heute noch für relevant halten.

b) Einigen Sie sich in Kleingruppen auf drei wesentliche Forderungen, die Sie den Zitaten entnehmen. Gestalten Sie daraus ein Werbeplakat für die Aufklärung. Sie können analog mit Stiften, Schere und Kleber oder digital mit einem Grafikdesign-Programm arbeiten.

Aufklärung (wissen.de)

die im 18. Jahrhundert vorherrschende geistige Bewegung in Gesamteuropa. Ihr Kennzeichen ist das Vertrauen in die Vernunft als entscheidende Quelle aller Erkenntnis, als Richtschnur menschlichen Handelns und als Maßstab aller Werte. Im vernünftigen Denken und Handeln sahen die Aufklärer[1] die Garantie für ein ständiges Fortschreiten der Menschheit in der Beherrschung der Naturkräfte ebenso wie in der Herbeiführung einer gerechten sozialen Ordnung. Das Gedankengut der Aufklärung förderte die Emanzipation (Befreiung aus Abhängigkeit) des Einzelnen und der Gesellschaft sowie Toleranz und Menschlichkeit. Seine Kritik galt vor allem den Kirchen und dem absolutistischen Staat. Getragen wurde die Aufklärung vom aufstrebenden Bürgertum, das sich mit der Vorrangstellung von Adel und Klerus[2] nicht mehr abfinden wollte. Mit ihrer Vorstellung von der Freiheit des Individuums und den Menschenrechten wirkte die Aufklärung auf die amerikanische Unabhängigkeitsbewegung und war Wegbereiterin der Französischen Revolution.

1 der Absolutismus: absolute Herrschaft eines Alleinherrschers; Bezeichnung für eine prägende Staatsform im Europa des 17. und 18. Jh. 2 der Klerus: Stand der Geistlichen und Kirchenvertreter

2 Erweitern Sie den Lexikoneintrag um geeignete Beispiele. Ordnen Sie dazu wichtige Namen, Aussprüche und Forderungen in den Textzusammenhang ein. Sie können die Materialien **A** – **F** von S. 92 verwenden.

3 Informieren Sie sich über die „Vorrangstellung von Adel und Klerus" (Lexikoneintrag, Z. 9) zur Zeit der Aufklärung. Was hatte es mit der Ständeordnung auf sich?

Gotthold Ephraim Lessing: Der Tanzbär (1759)

Ein Tanzbär war der Kett' entrissen,
Kam wieder in den Wald zurück,
Und tanzte seiner Schar ein Meisterstück
Auf den gewohnten Hinterfüßen.
„Seht", schrie er, „das ist Kunst; das lernt man in der Welt.
Tut es mir nach, wenn's euch gefällt,
Und wenn ihr könnt!" – „Geh", brummt ein alter Bär,
„Dergleichen Kunst, sie sei so schwer,
Sie sei so rar sie sei,
Zeigt deinen niedern Geist und deine Sklaverei."

Ein großer Hofmann sein,
Ein Mann, dem Schmeichelei und List
Statt Witz und Tugend ist;
Der durch Kabalen[1] steigt, des Fürsten Gunst erstiehlt,
Mit Wort und Schwur als Komplimenten spielt,
Ein solcher Mann, ein großer Hofmann sein,
Schließt das Lob oder Tadel ein?

1 die Kabale: Intrige, heimliche Machenschaft

Von Menschen dressierte Braunbären, die Tänze und andere Kunststücke aufführten, gab es in Europa vom Mittelalter bis ins 20. Jahrhundert. Heute ist diese Tierquälerei verboten.

4 Lesen Sie die Fabel *Der Tanzbär* von Lessing.

a) Erläutern Sie, welche menschlichen Eigenschaften und Verhältnisse in der Fabel dargestellt werden.

b) Welchen Unterschied macht es, Kritik und moralische Lehren direkt zu äußern oder sie in einer Fabel zu veranschaulichen? Erörtern Sie ausgehend von dieser Frage, weshalb die Fabel in der Aufklärung ein bevorzugtes Genre war.

Christoph Martin Wieland: Was ist Wahrheit? (1778, Ausschnitt)

Wieland (1733–1813) war eine herausragende und zu Lebzeiten hochgeschätzte Persönlichkeit der Aufklärung. Er ging als einflussreicher Dichter, Übersetzer, Kritiker und Verleger in die Literaturgeschichte ein. Viele seiner Schriften zu gesellschaftlichen, philosophischen und literarischen Themen veröffentlichte er in seiner eigenen Zeitschrift, „Der teutsche Merkur", so auch den folgenden Beitrag.

Text in historischer Schreibung

Anstatt mit einander zu hadern, wo die Wahrheit sei? wer sie besitze? wer sie in ihrem schönsten Lichte gesehen? die meisten und deutlichsten Laute von ihr vernommen habe? – lasset uns in Frieden zusammen gehen, oder, wenn wir des Gehens genug haben, unter den nächsten Baum uns hinsetzen und einander offenherzig und unbefangen erzählen, was jeder von ihr gesehen und gehört hat oder gesehen zu haben glaubt, und ja nicht böse darüber werden, wenn sich's von ungefähr entdeckt, daß wir falsch gesehen oder gehört haben. [...] Vor allem aber, liebe Brüder, hüten wir uns vor der Torheit[1], unsere Meinungen für Axiome[2] und unumstößliche Wahrheiten anzusehen und andern als solche vorzutragen. [...] Wenn ein Mann auch so alt wäre, wie Nestor[3], und so weise, wie siebenmal sieben Weise zusammen genommen, so müßt' er doch – eben darum, weil er so alt und so weise wäre – einsehen gelernt haben: daß man immer weniger von den Dingen begreift, je mehr man davon weiß, daß gegen eine lichte Stelle, die wir in der unermeßlichen Nacht der Natur erblicken, zehntausend in Dämmerung und zehnmal zehntausend im Dunkeln vor uns liegen, und daß, wenn wir uns auch von diesem Erdklümpchen, das uns ein ungeheures Weltall scheint, bis zur Sonne aufschwingen und in ihrem Lichte dieß ganze Planetensystem mit allem seinem Inhalt und Zubehör so deutlich übersehen könnten, wie Jemand von der Spitze einer Terrasse seinen Garten übersieht, dieß nämliche Planetensystem nun abermal nichts mehr für uns wäre als – eine lichte Stelle in der unermeßlichen Nacht der Natur.

1 die Torheit: die Unvernunft, Dummheit 2 das Axiom: ein anerkannter Grundsatz 3 Nestor: Held der griechischen Mythologie, der unter anderem für seine Altersweisheit bekannt wurde

5 Was verstand Wieland unter Wahrheit, was unter Torheit? Und wie sollte sich der Mensch demnach verhalten? Erläutern Sie seinen Gedankengang.

Der Illustrator der Aufklärung

Daniel Chodowiecki (1726–1802) war ein berühmter und äußerst produktiver Kupferstecher und Grafiker des 18. Jahrhunderts. Mit seinem Kupferstich „Toleranz", der in einer Reihe mit anderen Illustrationen in einem Taschenkalender veröffentlicht wurde, nimmt Chodowiecki Bezug zu einem wichtigen Thema der Aufklärung: Die Toleranz erstrahlt über den Vertretern unterschiedlicher Religionen. Sie ist in Gestalt der römischen Göttin Minerva dargestellt, die als Schutzgöttin der Handwerker, aber auch der Dichter und Lehrer angesehen wurde.

Daniel Chodowiecki: Toleranz (Kupferstich, 1791)

6 Formulieren Sie einen Spruch der Göttin Minerva, der unter dem Kupferstich von Chodowiecki stehen könnte und die Bildaussage wiedergibt.

Gotthold Ephraim Lessing: Nathan der Weise. Dritter Aufzug, Siebter Auftritt (1779, Auszug)

Lessings Drama „Nathan der Weise“ gilt als ein Hauptwerk der Aufklärung. Es spielt zur Zeit der Kreuzzüge im 12. Jahrhundert. Handlungsort ist Jerusalem, die Heilige Stadt für alle Menschen jüdischen, christlichen und muslimischen Glaubens. In der vorliegenden Szene fragt der muslimische Herrscher Saladin den jüdischen Kaufmann Nathan, welche der drei Religionen die wahre sei. Darauf antwortet Nathan mit einer Geschichte, der sogenannten Ringparabel. Sie enthält den Kerngedanken des Dramas und gilt als Schlüsseltext der Aufklärung.

Hörtext
A 05

NATHAN Vor grauen Jahren lebt' ein Mann in Osten,
Der einen Ring von unschätzbarem Wert
Aus lieber Hand besaß. Der Stein war ein
Opal, der hundert schöne Farben spielte,
Und hatte die geheime Kraft, vor Gott
Und Menschen angenehm zu machen, wer
In dieser Zuversicht ihn trug. Was Wunder,
Dass ihn der Mann in Osten darum nie
Vom Finger ließ; und die Verfügung traf,
Auf ewig ihn bei seinem Hause zu
Erhalten? Nämlich so. Er ließ den Ring
Von seinen Söhnen dem geliebtesten;
Und setzte fest, dass dieser wiederum
Den Ring von seinen Söhnen dem vermache,
Der ihm der liebste sei; und stets der liebste,
Ohn Ansehn der Geburt, in Kraft allein
Des Rings, das Haupt, der Fürst des Hauses werde. –
Versteh mich, Sultan.
SALADIN Ich versteh dich. Weiter!
NATHAN So kam nun dieser Ring, von Sohn zu Sohn,
Auf einen Vater endlich von drei Söhnen;
Die alle drei ihm gleich gehorsam waren,
Die alle drei er folglich gleich zu lieben
Sich nicht entbrechen konnte. Nur von Zeit
Zu Zeit schien ihm bald der, bald dieser, bald
Der dritte – sowie jeder sich mit ihm
Allein befand, und sein ergießend Herz
Die andern zwei nicht teilten – würdiger
Des Ringes; den er denn auch einem jeden
Die fromme Schwachheit hatte, zu versprechen.
Das ging nun so, solang es ging. – Allein
Es kam zum Sterben, und der gute Vater
Kömmt in Verlegenheit. Es schmerzt ihn, zwei
Von seinen Söhnen, die sich auf sein Wort
Verlassen, so zu kränken. – Was zu tun? –
Er sendet in geheim zu einem Künstler,
Bei dem er, nach dem Muster seines Ringes,
Zwei andere bestellt, und weder Kosten
Noch Mühe sparen heißt, sie jenem gleich,
Vollkommen gleichzumachen. Das gelingt
Dem Künstler. Da er ihm die Ringe bringt,
Kann selbst der Vater seinen Musterring
Nicht unterscheiden. Froh und freudig ruft
Er seine Söhne, jeden insbesondre;
Gibt jedem insbesondre seinen Segen –
Und seinen Ring – und stirbt. – Du hörst doch, Sultan?
SALADIN *(der sich betroffen von ihm gewandt)*
Ich hör, ich höre! – Komm mit deinem Märchen
Nur bald zu Ende. – Wird's?
NATHAN Ich bin zu Ende.
Denn was noch folgt, versteht sich ja von selbst. – Kaum
war der Vater tot, so kömmt ein jeder
Mit seinem Ring, und jeder will der Fürst
Des Hauses sein. Man untersucht, man zankt,
Man klagt. Umsonst; der rechte Ring war nicht
Erweislich; –
(nach einer Pause, in welcher er des Sultans Antwort erwartet)
Fast so unerweislich, als
Uns itzt – der rechte Glaube.
SALADIN Wie? Das soll
Die Antwort sein auf meine Frage? ...
NATHAN Soll
Mich bloß entschuldigen, wenn ich die Ringe
Mir nicht getrau zu unterscheiden, die
Der Vater in der Absicht machen ließ,
Damit sie nicht zu unterscheiden wären.
SALADIN Die Ringe! – Spiele nicht mit mir! – Ich dächte,
Dass die Religionen, die ich dir
Genannt, doch wohl zu unterscheiden wären.
Bis auf die Kleidung, bis auf Speis' und Trank!
NATHAN Und nur vonseiten ihrer Gründe nicht. –
Denn gründen alle sich nicht auf Geschichte?
Geschrieben oder überliefert! – Und
Geschichte muss doch wohl allein auf Treu
Und Glauben angenommen werden? – Nicht? –
Nun wessen Treu und Glauben zieht man denn
Am wenigsten in Zweifel? Doch der Seinen?
Doch deren Blut wir sind? Doch deren, die
Von Kindheit an uns Proben ihrer Liebe
Gegeben? Die uns nie getäuscht, als wo
Getäuscht zu werden uns heilsamer war? –
Wie kann ich meinen Vätern weniger,
Als du den deinen glauben? Oder umgekehrt. –
Kann ich von dir verlangen, dass du deine
Vorfahren Lügen strafst, um meinen nicht
Zu widersprechen? Oder umgekehrt.
Das Nämliche gilt von den Christen. Nicht? –

SALADIN (Bei dem Lebendigen! Der Mann hat recht.
Ich muss verstummen.)
NATHAN Lass auf unsre Ring'
Uns wieder kommen. Wie gesagt: Die Söhne
Verklagten sich; und jeder schwur dem Richter,
Unmittelbar aus seines Vaters Hand
Den Ring zu haben. – Wie auch wahr! – Nachdem
Er von ihm lange das Versprechen schon
Gehabt, des Ringes Vorrecht einmal zu
Genießen. – Wie nicht minder wahr! – Der Vater,
Beteu'rte jeder, könne gegen ihn
Nicht falsch gewesen sein; und eh er dieses
Von ihm, von einem solchen lieben Vater,
Argwohnen lass': eh' müss' er seine Brüder,
So gern er sonst von ihnen nur das Beste
Bereit zu glauben sei, des falschen Spiels
Bezeihen; und er wolle die Verräter
Schon auszufinden wissen; sich schon rächen.
SALADIN
Und nun, der Richter? – Mich verlangt zu hören,
Was du den Richter sagen lässest. Sprich!
NATHAN
Der Richter sprach: „Wenn ihr mir nun den Vater
Nicht bald zur Stelle schafft, so weis ich euch
Von meinem Stuhle. Denkt ihr, dass ich Rätsel
Zu lösen da bin? Oder harret ihr,
Bis dass der rechte Ring den Mund eröffne? –
Doch halt! Ich höre ja, der rechte Ring
Besitzt die Wunderkraft, beliebt zu machen;
Vor Gott und Menschen angenehm. Das muss
Entscheiden! Denn die falschen Ringe werden
Doch das nicht können! – Nun; wen lieben zwei
Von Euch am meisten? – Macht, sagt an! Ihr schweigt?
Die Ringe wirken nur zurück? Und nicht
Nach außen? Jeder liebt sich selber nur
Am meisten? – Oh, so seid ihr alle drei
Betrogene Betrüger! Eure Ringe
Sind alle drei nicht echt. Der echte Ring
Vermutlich ging verloren. Den Verlust
Zu bergen, zu ersetzen, ließ der Vater
Die drei für einen machen."
SALADIN Herrlich! Herrlich!
NATHAN Und also, fuhr der Richter fort, wenn ihr
Nicht meinen Rat, statt meines Spruches, wollt:
Geht nur! – Mein Rat ist aber der: Ihr nehmt
Die Sache völlig wie sie liegt. Hat von
Euch jeder seinen Ring von seinem Vater:
So glaube jeder sicher seinen Ring
Den echten. – Möglich, dass der Vater nun
Die Tyrannei des Einen Rings nicht länger
In seinem Hause dulden wollen! – Und gewiss,
Dass er euch alle drei geliebt, und gleich
Geliebt, indem er zwei nicht drücken mögen,
Um einen zu begünstigen. – Wohlan!
Es eifre jeder seiner unbestochnen,
Von Vorurteilen freien Liebe nach!
Es strebe von euch jeder um die Wette,
Die Kraft des Steins in seinem Ring an Tag
Zu legen! Komme dieser Kraft mit Sanftmut,
Mit herzlicher Verträglichkeit, mit Wohltun,
Mit innigster Ergebenheit in Gott
Zu Hülf'! [...]
SALADIN Gott! Gott!
NATHAN Saladin,
Wenn du dich fühlest, dieser weisere
Versprochne Mann zu sein: ...
SALADIN *(der auf ihn zustürzt und seine Hand ergreift, die er bis zu Ende nicht wieder fahren lässt)*
Ich Staub? Ich Nichts?
O Gott!

Nathan erzählt dem Sultan Saladin die Geschichte der drei Ringe. Taeter-Theater Heidelberg 2015. Nathan: Wolfgang Graczol, Saladin: Dieter Aschoff

7 Lesen Sie den Dramenausschnitt und tauschen Sie sich über Ihre ersten Eindrücke aus. Nutzen Sie die Hinweise auf S. 80 oben, um eventuelle Verständnisschwierigkeiten zu beseitigen.

8 Erschließen Sie die Botschaft der Ringparabel. Gehen Sie so vor:
- Vergegenwärtigen Sie sich die Frage, die Nathan dem Sultan beantworten soll
- Fassen Sie die Handlungsschritte von Nathans Geschichte zusammen
- Erläutern Sie den Richterspruch
- Lesen Sie den Informationstext zur Parabel und klären Sie, wofür das Erzählte (Bildebene der Parabel) in der Welt Nathans eigentlich (Übertragungsebene der Parabel) steht
- Formulieren Sie die Lehre der Parabel

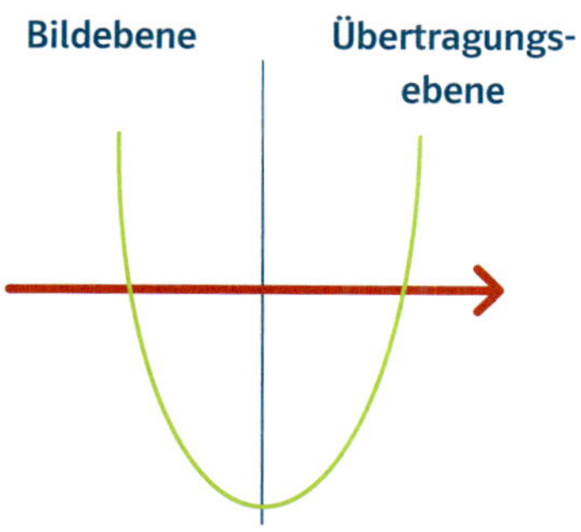

Die **Parabel** ist eine kurze lehrhafte Erzählung, in der die vordergründige Geschichte **(Bildebene)** auf eine abstrakte Ebene **(Übertragungsebene)** verweist. Um das eigentlich Gemeinte zu entschlüsseln, muss man das Bindeglied zwischen den Ebene finden (tertium comparationis). So werden die Lesenden zum Nachdenken und zur Auseinandersetzung mit der in der Parabel enthaltenen Lehre angeregt. In der Regel geht es um religiöse oder gesellschaftliche Themen.

9 **PLUS** Lessing hat für seine Ringparabel auf die Vorlage des italienischen Schriftstellers Giovanni Boccaccio (1313–1375) zurückgegriffen. Recherchieren Sie diese Vorlage im *Decamerone* und vergleichen Sie die beiden unterschiedlichen Gestaltungen des Stoffs.

10 Was sagt uns die Ringparabel heute? Diskutieren Sie ausgehend von den beiden Äußerungen die Aktualität ihrer Botschaft.

So leid es mir tut, aber die Idee der Ringparabel ist mir einfach zu optimistisch. Seit der Aufklärung haben wir Menschen nichts dazugelernt, wir führen weiter Kriege im Namen der Religion und werden nicht klüger. Da reicht ja ein Blick in die Nachrichten und Kommentarspalten. Meiner Meinung nach lassen wir uns nicht zu mehr Toleranz umerziehen, auch wenn Lessing sich das gewünscht hat.

Ich bin der Meinung, dass die Ringparabel so relevant ist wie nie. Hier in Deutschland leben Menschen unterschiedlicher Religionen und mit ganz verschiedenen Weltanschauungen zusammen. Es ist so wichtig, dass wir nicht andauernd darüber streiten, wer recht hat und wer nicht, sondern tolerant sind, also unsere Vorurteile überwinden. Es gibt viele Beispiele dafür, dass das gelingen kann.

11 **PLUS** Erstellen Sie das Cover einer Literaturzeitschrift aus dem späten 18. Jahrhundert. Lassen Sie darauf die Leitideen der Aufklärung lebendig werden. Nutzen Sie die Materialien auf den Seiten 94–99. Sie können analog mit Schere, Stift und Papier arbeiten oder digital mit einem Textverarbeitungs- bzw. Grafikdesign-Programm.

5.2 Informationen aufbereiten und präsentieren

Lessing, der Aufklärer

Projekttag der 11. Klassen

Aufruf: Vorbilder gesucht!

Wir möchten etwas lernen, und zwar von berühmten Persönlichkeiten aus Kultur und Wissenschaft. Dabei werfen wir einen Blick in die Vergangenheit, um für unsere Zukunft etwas mitzunehmen.
Ob Dichter oder Malerin, Komponist oder Physikerin: Mach dich auf die Suche nach deinem persönlichen Vorbild, recherchiere über sein Leben und seine Leistungen und lass andere wissen, was du so bewundernswert an ihm findest. Du kannst dein Idol in einem Kurzvortrag vorstellen, ihm eine Ausstellungfläche widmen oder ein Quiz veranstalten. Zeig deinen Mitschülerinnen und Mitschülern, was deine Generation heute von deinem Vorbild lernen kann.

Referat
→ S. 572

1 Sie möchten an dem Projekttag ein Referat über Gotthold Ephraim Lessing halten.
a) Notieren Sie, welche Anforderungen sich aus dem Aufruf oben für Ihren Beitrag ergeben (Anlass, Ziel, Form, Stil).
b) Ordnen Sie die Materialien **1** bis **5** nach kurzem Überfliegen danach, welchen Ertrag sie für Ihr Referat bringen.

Material 1

Lessing. Epoche – Werk – Wirkung. Von Wilfried Barner, Gunter E. Grimm, Helmuth Kiesel, Martin Kramer (1998, Ausschnitt)

Lessing erscheint, anders als vor einem Jahrhundert, nicht primär als Gründerheros[1] einer deutschen Nationalliteratur oder als „Reformator[2]“, sondern betont als *Aufklärer*. Dies gilt nicht lediglich im Sinn einer formalen Epochenzuordnung, sondern durchaus vom geschichtlichen Gehalt her. Lessing begegnet als herausragender – wenn nicht gar in Deutschland bedeutendster – Vertreter der Ideale und Aktivitäten der Aufklärung in ihrem Eintreten für Vernunft, Moral, Toleranz, Freiheit, Menschlichkeit, gegen Vorurteile, kirchliche Despotie[3], Fürstenwillkür. Sozialgeschichtlich wird er als führender Vertreter der Emanzipation des Bürgertums verstanden, als einer, der aber gerade als Literat soziale und politische Repression[4] hat erfahren müssen.

1 der Heros: gottähnlicher Held, Halbgott 2 der Reformator: jemand, der etwas erneuert bzw. umgestaltet
3 die Despotie: Herrschaft voller Gewalt und Willkür 4 die Repression: Unterdrückung

Material 2

Britta Probol: Lessing – Dichter der Aufklärung (2019, NDR, Ausschnitt)

Kaum einer hat die Entwicklung von Literatur und Theater in Deutschland so nachhaltig beeinflusst wie Gotthold Ephraim Lessing (1729 bis 1781). Er schrieb hierzulande die ersten Literaturkritiken und kämpfte mit spitzer Feder für ein freies Theater, das nicht mehr das Leben bei Hofe, sondern den Alltag der Bürger thematisiert. Sein Eintreten für Freiheit und Toleranz – auch in Glaubensfragen – machten ihn zum führenden Vertreter der deutschen Aufklärung.

Perfektionist, Querdenker, Theatererneuerer: Gotthold Ephraim Lessing ist für die literarische Welt unsterblich.

Das Streben nach Wahrheit und Deutlichkeit war eines seiner Lebensthemen. Sein zweites war der stetige Kampf um ein Auskommen. Lessings Elternhaus war nicht wohlhabend, aber solide und bildungsbeflissen. Geboren am 22. Januar 1729 in Kamenz (Oberlausitz[1]) wächst Lessing als drittes von zwölf Kindern einer evangelischen Pfarrersfamilie auf. Dem Vater gelingt es, ein Stipendium für die Fürstenschule St. Afra im 50 Kilometer entfernten Meißen zu erwirken, 1741 besteht Lessing dort mit Bravour die strenge Aufnahmeprüfung. Schon in dieser Lehranstalt fällt der Schüler auf: Er denkt quer, fragt nach, lässt sich nicht reinreden. Den umfangreichen Stoff – darunter Religion, Latein, Griechisch, Französisch, Mathematik und Rhetorik – saugt er wie ein Schwamm auf. 1746 schreibt der Rektor an Lessings Vater: „Er ist ein Pferd, das doppeltes Futter haben muß. Die Lectiones, die andern zu schwer werden, sind ihm kinderleicht. Wir können ihn fast nicht mehr brauchen.“ Lessing bekommt ein halbes Schuljahr erlassen und beginnt in Leipzig auf Wunsch des Vaters ein Theologiestudium[2]. Doch zum Theologen fehlen ihm, wie sein Bruder es ausdrückte, „Sprache, Körper und Denkart“. Statt im Hörsaal trifft man den 19-Jährigen oft in geselliger Runde mit Kommilitonen[3] und Schauspielern. Für eine Schauspielcompagnie übersetzt er französische Stücke gegen Freikarten. Nebenbei verfasst er sein erstes Lustspiel „Der junge Gelehrte“, das die Truppe 1748 aufführt. Die Familie ist von seinem Lebenswandel entsetzt, sie beordert ihn zur Standpauke nach Hause. Lessing aber ist klar: Er hat seine Berufung gefunden. Mit einigen Pausen und Umwegen bringt er sein Studium zu Ende, verlässt die Alma Mater[4] 1752 als Magister der Sieben Freien Künste. Da ist er auch schon als freier Schriftsteller etabliert. Denn weil er mit seinem Stipendium[5] für einige mittellose Schauspieler gebürgt hatte, die sich aus dem Staub machten, musste er eine Arbeit annehmen. Er verdingt sich bei einer Berliner Zeitung als Feuilleton[6]-Redakteur, sein witzig-ironischer Stil gefällt. Übersetzungsaufträge kommen hinzu. Berlin ist Mitte des 18. Jahrhunderts dank der religiösen Toleranz von Preußenkönig Friedrich dem Großen ein Zentrum der Aufklärung. Lessing taucht ein in die philosophisch-literarischen Kreise, im „Montagsklub“ debattiert er rege mit. Der jüdische Philosoph Moses Mendelssohn (1729 bis 1786) wird sein lebenslanger Freund und Diskussionspartner, etwas später komplettiert der Verleger und Kritiker Friedrich Nicolai (1733 bis 1811) das Kleeblatt. Ab 1759 geben die drei wöchentlich die „Briefe, die neuste Literatur betreffend“ heraus – Rezensionen der aktuellen Belletristik[7]-Veröffentlichungen. Sie sind geschrieben im Dialogstil an einen fiktiven verwundeten Offizier des Siebenjährigen Krieges. Die Kritiken stecken voll Scharfsinn und Spott. Mit ihrer treffsicheren Polemik[8] regen sie zum Selbstdenken an.

---

1 die Oberlausitz: ehemals eigenständige politische Region, die sich über das heutige Ostsachsen und Teile Brandenburgs und Polens erstreckt 2 die Theologie: wissenschaftliche Lehre einer Religion 3 die Kommilitonen: Mitstudierende 4 die Alma Mater: Universität 5 das Stipendium: finanzielle Unterstützung für Studierende, junge Kunstschaffende und Forschende 6 das Feuilleton: Teil einer Zeitung, der sich mit Literatur, Kultur und Unterhaltung befasst 7 die Belletristik: schöngeistige Literatur 8 die Polemik: scharfer, unsachlicher Angriff

Material 3

Goethe über Lessing am 15. Oktober 1825

Ein Mann wie Lessing täte uns not. Denn wodurch ist dieser so groß als durch seinen Charakter, durch sein Festhalten! So kluge, so gebildete Menschen gibt es viele, aber wo ist ein solcher Charakter!

Material 4

Gotthold Ephraim Lessing: Über die Wahrheit (1777, Ausschnitt)

Nicht die Wahrheit, in deren Besitz irgendein Mensch ist oder zu sein vermeinet, sondern die aufrichtige Mühe, die er angewandt hat, hinter die Wahrheit zu kommen, macht den Wert des Menschen. Denn nicht durch den Besitz, sondern durch die Nachforschung der Wahrheit erweitern sich seine Kräfte, worin allein seine immer wachsende Vollkommenheit bestehet. Der Besitz macht ruhig, träge, stolz.

Wenn Gott in seiner Rechten alle Wahrheit, und in seiner Linken den einzigen immer regen Trieb nach Wahrheit, obschon mit dem Zusatze, mich immer und ewig zu irren, verschlossen hielte, und spräche zu mir: wähle! Ich fiele ihm mit Demut in seine Linke, und sagte: Vater gib! Die reine Wahrheit ist ja doch nur für dich allein!

Material 5

Briefe Lessings an Johann Joachim Eschenburg über den Tod von Frau und Kind

[Wolfenbüttel, den 31. Dezember 1777]

Mein lieber Eschenburg,

Ich ergreife den Augenblick, da meine Frau ganz ohne Besonnenheit liegt, um Ihnen für Ihren gütigen Anteil zu danken. Meine Freude war nur kurz: Und ich verlor ihn so ungern, diesen Sohn! Denn er hatte so viel Verstand! so viel Verstand! – Glauben Sie nicht, daß die wenigen Stunden meiner Vaterschaft mich schon zu so einem Affen von Vater gemacht haben! Ich weiß, was ich sage – War es nicht Verstand, daß man ihn mit eisern Zangen auf die Welt ziehen mußte? daß er sobald Unrat merkte? – War es nicht Verstand, daß er die erste Gelegenheit ergriff, sich wieder davon zu machen? – Freilich zerrt mir der kleine Ruschelkopf auch die Mutter mit fort! – Denn noch ist wenig Hoffnung, daß ich sie behalten werde. – Ich wollte es auch einmal so gut haben, wie andere Menschen. Aber es ist mir schlecht bekommen.

Lessing.

Lieber Eschenburg,

Meine Frau ist tot: und diese Erfahrung habe ich nun auch gemacht. Ich freue mich, daß mir viel dergleichen Erfahrungen nicht mehr übrig sein können zu machen; und bin ganz leicht. – Auch tut es mir wohl, daß ich mich Ihres, und unsrer übrigen Freunde in Braunschweig, Beileids versichert halten darf.

Wolfenb., den 14. Jänner 1778

Der Ihrige
Lessing.

Mein lieber Eschenburg,

Gestern Morgen ist mir der Rest von meiner Frau vollends aus dem Gesichte gekommen. – Wenn ich noch mit der einen Hälfte meiner übrigen Tage das Glück erkaufen könnte, die andre Hälfte in Gesellschaft dieser Frau zu verleben; wie gern wollte ich es tuen. Aber das geht nicht: und ich muß nur wieder anfangen, meinen Weg allein so fort zu duseln. Ein guter Vorrat vom Laudano literarischer und theologischer Zerstreuungen wird mir einen Tag nach dem andern schon ganz leidlich überstehen helfen.

Wolfenb., den 10. Jänner 1778

Der ihrige
Lessing.

2 Erschließen Sie die Materialien **1** bis **5**. Halten Sie dazu stichpunktartig fest, was Sie über Lessing erfahren und machen Sie Notizen zu den Quellen bzw. Urhebern der Texte.

3 Ordnen Sie die Informationen aus den verschiedenen Materialien nach geeigneten Schwerpunkten für Ihr Referat. Legen Sie dazu eine Tabelle nach folgendem Muster an und vervollständigen Sie diese.

	Lebensstationen	**Werk**	**Wirkung**	**...**
Material 1	/	– *Gründer der deutschen Nationalliteratur*	– *Lessing in jeder Hinsicht als Aufklärer*	...
Material 2	– *geboren in Kamenz in einer Pfarrersfamilie* – ...	– *verfasste Literaturkritiken, Dramen, Übersetzungen, ...*	...	...

4 Recherchieren Sie weitere Materialien für Ihr Referat. Nutzen Sie die Checkliste auf S. 103, um die Quellen zu bewerten.

5 **a)** Vergleichen Sie die folgenden Gliederungen und benennen Sie das jeweilige Gliederungsprinzip.
b) Übernehmen Sie eine der Gliederungen für Ihr Referat. Ergänzen Sie Unterpunkte und sammeln Sie Ideen für Einleitung und Schluss.

Leben und Wirken von Gotthold Ephraim Lessing
I Einleitung
II Die Lehrjahre: Ausbildung und Studium
III Der eigene Weg: Schreiben als Berufung
IV Wirkung damals und heute
V Schluss

Durchhaltevermögen, Wahrheitsstreben und Toleranz – von Lessing lernen
I Einleitung
II Lessing ließ sich nicht unterkriegen
III Lessing blieb immer bei der Wahrheit
IV Lessing war ein Vorbild in Sachen Toleranz
V Schluss

6 Erstellen Sie passende Präsentationsfolien, in denen die zentralen Punkte Ihres Referats veranschaulicht werden. Setzen Sie dabei mindestens zwei der folgenden Visualisierungsmöglichkeiten um.

Visualisierung von Sachverhalten

Bild:
zeigt Person oder Gegenstand, um das genaue Aussehen, aber auch die Größenverhältnisse zu veranschaulichen

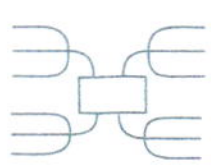

Mindmap:
„Gedankenlandkarte", in der zu einem Kernbegriff untergeordnete Fragen, Ideen und Informationen in Form von Zweigen gesammelt dargestellt werden

Tabelle:
übersichtliche Darstellung einander zugeordneter oder zu vergleichender Informationen

Zeitstrahl:
Darstellung von Ereignissen in ihrer chronologischen Abfolge

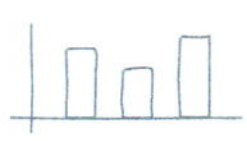

Diagramm:
Mengenverhältnisse, die sich durch Zahlen ausdrücken lassen

Strukturskizze:
Darstellung abstrakter Zusammenhänge durch Begriffe, Symbole, Bilder, Linien, Pfeile, ...

7 Üben Sie die Präsentation Ihres Referats.
- Bedenken Sie, wer Ihnen zuhört und mit welchem Ziel Sie Ihr Referat vortragen. Finden Sie eine Vortragsweise, die dazu passt.
- Planen Sie kurze Erläuterungen, Zusammenfassungen und Wiederholungen ein, damit Ihr Publikum aufmerksam bleibt und Ihre Ausführungen sicher versteht.

Die Epoche der Aufklärung (1720–1800)

Epochenlexikon Aufklärung → S. 510 f.

Die Epoche der Aufklärung (1720–1800)

Die Aufklärung war eine geistige Bewegung, die die Gesellschaft, Wissenschaft und Kultur des 18. Jahrhunderts in Europa und Nordamerika prägte. Ihre Einflüsse reichen bis in die heutige Zeit. Im Mittelpunkt stand die Forderung nach einem rationalen Denken, um der Menschheit zu Fortschritt zu verhelfen und die vorherrschenden Machtstrukturen aufzubrechen.
Zu einem Symbol für die Aufklärung wurde das Licht. Es stand sinnbildlich für die Überwindung des finsteren Mittelalters und den Aufbruch in eine hellere Zeit. Das Licht der Erkenntnis sollte die Menschen führen. Auch in anderen Sprachen wurde die Lichtmetaphorik für das neue Zeitalter verwendet, etwa als „age of enlightenment" im Englischen oder „siècle des Lumières" im Französischen.

Daniel Chodowiecki: Aufklärung, 1791

Die Zeit der Aufklärung ist geprägt von einem zunehmenden **Selbstbewusstsein des Bürgertums** gegenüber der Willkürherrschaft des Adels. Wichtige Ideale sind **Erziehung und Bildung**. Strenge **Moralvorstellungen** bilden eine Abgrenzung gegenüber dem Adel, dem egoistische Interessen und Zügellosigkeit vorgeworfen werden.

Ideen und Werte der Epoche:
- **Verstand, Vernunft und kritisches Denken** werden zum Maßstab des persönlichen und gesellschaftlichen Handelns.
- **Freiheit und Selbstbestimmung** sind zentrale Begriffe für das Leben in der Gesellschaft.
- Es wird **Kritik an religiösen und staatlichen Autoritäten** und Institutionen geübt und **religiöse Toleranz** im Staat gefordert.
- Die **Abkehr von der absolutistischen Staatsauffassung** wird propagiert.
- **Gesellschaftlicher Fortschritt** ist nur durch Bildung und Erziehung erreichbar.

Einige wichtige Vertreter der deutschsprachigen Aufklärung:

Immanuel Kant (1724–1804)

Georg Christoph Lichtenberg (1742–1799)

Gotthold Ephraim Lessing (1729–1781)

Christoph Martin Wieland (1733–1813)

Informationen erschließen, bewerten und präsentieren

KOMPETENZBOX

Materialien für einen Informationstext auswerten

Sowohl in der Schule als auch im späteren Beruf und Alltag werden Sie immer wieder mit mehreren unterschiedlichen Materialien konfrontiert sein, die Sie auswerten wollen oder sollen, um sich selbst und andere schriftlich zu informieren. Bedenken Sie dabei stets das Thema, das Schreibziel und Ihre Leserinnen und Leser.

Klären Sie den Inhalt der Materialien und überlegen Sie, in welchem Verhältnis sie zum Thema Ihres Textes stehen.
- Welche Informationen über das Thema liefern die Materialien?
- Welche unterschiedlichen Positionen kommen zu Wort und wie lauten diese?
- Welche Aussagen können aus den Materialien abgeleitet werden?

Machen Sie sich bewusst, dass Ihr Text in erster Linie informieren soll und prüfen Sie die Materialien immer mit Blick auf Ihr Schreibziel.
- Welche Textaussagen können Ihrer informierenden Darstellung des Themas dienen?
- Welche Beispiele machen das Thema anschaulich?

Denken Sie daran, wer Ihren Text liest und wählen Sie die Informationen aus den Materialien gezielt für Ihre Leserinnen und Leser aus.
- Welche Vorinformationen besitzen die adressierten Personen?
- Welche Informationen müssen sie erhalten, um sich eine ausreichende Vorstellung über das Thema machen zu können?
- Was muss ergänzend erläutert werden?

Checkliste: Informationsquellen bewerten

Prüfen Sie Ihre Quellen immer genau. Das gilt für gedruckte ebenso wie für digitale Quellen.

Internetquellen
- ☑ Die Urheberin/der Urheber der Internetseite gibt sich eindeutig im Impressum zu erkennen.
- ☑ Der vorrangige Zweck der Internetseite ist klar erkennbar und passt zum Rechercheziel.
- ☑ Layout und Navigation der Internetseite sind übersichtlich gestaltet.
- ☑ Die Informationen sind aktuell und die Internetseite wird regelmäßig aktualisiert.
- ☑ Die Inhalte sind sachlich und orthografisch sowie grammatisch korrekt dargestellt.
- ☑ Zitate und Übernahmen von anderen Quellen sind ausreichend gekennzeichnet.

Zeitschriftenartikel und Sachbücher
- ☑ Die Autorin/der Autor des Buches/des Artikels wird genannt und verfügt nachweislich über Kompetenzen in Bezug auf das Thema.
- ☑ Das Erscheinungsdatum des Artikels/des Buches ist möglichst aktuell, es sei denn, es handelt sich um Grundlagenliteratur eines Fachgebiets.
- ☑ Es gibt ein Literaturverzeichnis, in dem die Text- und Bildquellen vollständig genannt werden.
- ☑ Der Artikel/das Buch besitzt Worterklärungen und eventuell ein Glossar, in dem wichtige Fachbegriffe erläutert werden.
- ☑ Das Ziel des Autors/der Autorin stimmt mit meinen überein.

Informierende Texte

- benennen Fakten, beschreiben Sachverhalte, fassen Ereignisse und Ergebnisse zusammen, erklären Zusammenhänge, geben Überblick,
- vermeiden Wertungen und persönliche Meinungen,
- verwenden oft einen sachlichen Sprachstil (das allein ist jedoch kein Erkennungsmerkmal),
- sind entweder kontinuierlich, d.h. linear: z.B. Lexikonartikel, Bericht, Biografie, wissenschaftliche Abhandlung, Nachschlagewerke,
- oder diskontinuierlich, d.h. nicht-linear: z.B. Diagramm, Tabelle, Schaubild.

Materialgestütztes informierendes Schreiben

KOMPETENZBOX

Materialgestütztes Schreiben eines informierenden Textes

Bei dieser Klausurform sollen Sie auf der Grundlage mehrerer Materialien einen **Informationstext** schreiben. Die Aufgabenstellung liefert Ihnen dafür die wichtigsten Anhaltspunkte: Sie erfahren, zu welchem **Thema** Sie sich in welcher **Textsorte** an welche **Leserschaft** richten sollen. Die Materialien enthalten Informationen, die sich z.T. auch erst durch Schlussfolgerungen ergeben. Sie müssen diese **Informationen sorgfältig auswählen**, mit eigenem Wissen **ergänzen**, **ordnen** und so **wiedergeben**, dass die Lesenden über das Thema gut informiert sind. So können Sie vorgehen:

1. Aufgabenstellung erfassen
- Thema und Teilthemen der Aufgabenstellung klären
- Anforderungen an eigenen Text erkennen: Ziel und geforderte Textsorte
- Notizen zu Leserinnen und Lesern machen

2. Materialien auswerten
- Überblick zu Materialien verschaffen: überfliegend lesen
- Textsorte, Autorin/Autor und Quelle erfassen und einordnen: Was sagt die Herkunft der Materialien über deren Glaubwürdigkeit?
- alle Hauptaussagen der Materialien festhalten, relevante Auswahl für Thema treffen

3. Informationen organisieren
- eigenes Wissen zu Hauptaussagen der Materialien ergänzen
- Textaussagen bewerten: Autormeinungen (Vermutungen, Behauptungen, …) nicht mit Informationen (Fakten, anerkannte Normen, gesicherte Ergebnisse, …) verwechseln, Relevanz prüfen
- Notizen zu Teilthemen, Textsorte und Lesenden heranziehen (siehe Schritt 1)
- Textaussagen und eigenes Wissen den Teilthemen zuordnen
- Gedanken, Textaussagen oder Zitate für Einleitung und Schluss festhalten

4. Gliederung erstellen

Einleitung:
- interessanten Einstieg finden
- Thema benennen
- Teilthemen auflisten

Hauptteil:
- Reihenfolge der Teilthemen festlegen
- große Teilthemen bei Bedarf untergliedern

Schluss:
- Zusammenfassung mit Bezug zur Einleitung
- möglich: Zitat, Ausblick, persönliche Einschätzung, Appell, …

5. Informationstext schreiben
- Anforderungen der Textsorte erfüllen und für Leserinnen und Leser schreiben
- Informationen knapp und übersichtlich darstellen
- auf Materialien verweisen und Zitate korrekt einbauen
- roten Faden einhalten: gedankliche Zusammenhänge, sprachliche Verknüpfungen

6. Informationstext überarbeiten
- in drei gesonderten Durchgängen prüfen:
  - sachliche Richtigkeit
  - roter Faden
  - sprachliche Richtigkeit

BEISPIEL-KLAUSUR **Aufgabe**

In einigen Wochen findet in Ihrer Nähe eine Abendveranstaltung mit dem Titel „Brauchen wir eine neue Aufklärung?" mit Vertreterinnen und Vertretern aus Kultur und Journalismus statt.
Ihre Kursleitung schlägt vor, dass Sie die Veranstaltung gemeinsam besuchen und sich aktiv an der Diskussion beteiligen. Vorbereitend sollen Sie einen Text verfassen, der Ihre Mitschülerinnen und Mitschüler über wesentliche Ideale der Aufklärung informiert. Das Ziel ist, mit dem Text eine solide Wissensgrundlage für die Diskussion zu liefern.

Verfassen Sie diesen Text. Nutzen Sie dafür die Materialien 1–5 sowie eigene Kenntnisse aus dem Unterricht. Ihr Text soll etwa 600 bis 700 Wörter umfassen.

Material 1

Brauchen wir eine neue Aufklärung? Einladung zur Diskussion

„Sapere aude!" – so lautete der Wahlspruch der Aufklärung. Selbst zu denken und sich so von der Herrschaft anderer zu emanzipieren, war eine grundlegende Forderung von Kant & Co. Aber wie steht es heute um unsere Bereitschaft zur Mündigkeit? Wer denkt und wer lenkt in Zeiten der Digitalisierung? Fake News und Verschwörungstheorien verbreiten sich unaufhaltsam und Toleranz scheint Mangelware. Haben die Ideale der Aufklärung also ausgedient, oder sind sie aktueller denn je? Diskutieren Sie mit uns.

)) Hörtext A 06

Text in historischer Schreibung

Material 2

Immanuel Kant: Beantwortung der Frage: Was ist Aufklärung? (1784, Ausschnitt)

Der Text ist der Beitrag Kants zu einer Ausschreibung der „Berlinischen Monatszeitschrift", die 1784 fragte: „Was ist Aufklärung?" Er wurde zum Leittext der deutschen Aufklärung.

Aufklärung ist der Ausgang des Menschen aus seiner selbst verschuldeten Unmündigkeit. Unmündigkeit ist das Unvermögen, sich seines Verstandes ohne Leitung eines anderen zu bedienen. Selbstverschuldet ist diese Unmündigkeit, wenn die Ursache derselben nicht am Mangel des Verstandes, sondern der Entschließung und des Mutes liegt, sich seiner ohne Leitung eines anderen zu bedienen. Sapere aude! Habe Mut dich deines eigenen Verstandes zu bedienen! ist also der Wahlspruch der Aufklärung. Faulheit und Feigheit sind die Ursachen, warum ein so großer Teil der Menschen, nachdem sie die Natur längst von fremder Leitung frei gesprochen [...], dennoch gerne zeitlebens unmündig bleiben; und warum es Anderen so leicht wird, sich zu deren Vormündern aufzuwerfen. Es ist so bequem, unmündig zu sein. Habe ich ein Buch, das für mich Verstand hat, einen Seelsorger, der für mich Gewissen hat, einen Arzt, der für mich die Diät beurteilt, u.s.w., so brauche ich mich ja nicht selbst zu bemühen. Ich habe nicht nötig zu denken, wenn ich nur bezahlen kann; andere werden das verdrießliche Geschäft schon für mich übernehmen. Dass der bei weitem größte Teil der Menschen (darunter das ganze schöne Geschlecht) den Schritt zur Mündigkeit, außer dem dass er beschwerlich ist, auch für sehr gefährlich halte: dafür sorgen schon jene Vormünder, die die Oberaufsicht über sie gütigst auf sich genommen haben. Nachdem sie ihr Hausvieh zuerst dumm gemacht haben und sorgfältig verhüteten, dass diese ruhigen Geschöpfe ja

keinen Schritt außer dem Gängelwagen, darin sie sie einsperrten, wagen durften, so zeigen sie ihnen nachher die Gefahr, die ihnen droht, wenn sie es versuchen allein zu gehen. Nun ist diese Gefahr zwar eben so groß nicht, denn sie würden durch einigemal Fallen wohl endlich gehen lernen; allein ein Beispiel von der Art macht doch schüchtern und schreckt gemeinhin von allen ferneren Versuchen ab. [...]
Zu dieser Aufklärung aber wird nichts erfordert als Freiheit; und zwar die unschädlichste unter allem, was nur Freiheit heißen mag, nämlich die: von seiner Vernunft in allen Stücken öffentlichen Gebrauch zu machen. Nun höre ich aber von allen Seiten rufen: räsonniert[1] nicht! Der Offizier sagt: räsonniert nicht, sondern exerziert[2]! Der Finanzrat: räsonniert nicht, sondern bezahlt! Der Geistliche: räsonniert nicht, sondern glaubt! (Nur ein einziger Herr in der Welt sagt: räsonniert, so viel ihr wollt, und worüber ihr wollt; aber gehorcht!) Hier ist überall Einschränkung der Freiheit. Welche Einschränkung aber ist der Aufklärung hinderlich? welche nicht, sondern ihr wohl gar beförderlich? – Ich antworte: der öffentliche Gebrauch seiner Vernunft muss jederzeit frei sein, und der allein kann Aufklärung unter Menschen zustande bringen.

1 räsonnieren: frz. „raisonner“: vernünftig denken, argumentieren 2 exerzieren: militärische Übung machen

Material 3

Gotthold Ephraim Lessing: Die Ziegen (1759)

Die Ziegen baten den Zeus, auch ihnen Hörner zu geben; denn Anfangs hatten die Ziegen keine Hörner.
Überlegt es wohl, was ihr bittet: sagte Zeus. Es ist mit dem Geschenke der Hörner ein anderes unzertrennlich verbunden, das euch so angenehm nicht sein möchte.
Doch die Ziegen beharrten auf ihrer Bitte, und Zeus sprach: So habet denn Hörner! Und die Ziegen bekamen Hörner – und Bart! Denn anfangs hatten die Ziegen auch keinen Bart. O wie schmerzte sie der hässliche Bart! Weit mehr, als sie die stolzen Hörner erfreuten!

Gotthold Ephraim Lessing: Die Maus (1759)

Eine philosophische Maus pries die gütige Natur, dass sie die Mäuse zu einem so vorzüglichen Gegenstand ihrer Erhaltung gemacht habe. Denn eine Hälfte von uns, sprach sie, erhielt von ihr Flügel, dass, wenn wir hier unten auch alle von den Katzen ausgerottet würden, sie doch mit leichter Mühe aus den Fledermäusen unser ausgerottetes Geschlecht wieder herstellen könnte.
Die gute Maus wusste nicht, dass es auch geflügelte Katzen gibt. Und so beruhet unser Stolz meistens auf unserer Unwissenheit!

Material 4

Christoph Martin Wieland: Sechs Antworten auf sechs Fragen (1781, Ausschnitt)

Text in historischer Schreibung

I. „Was ist Aufklärung?“
Antwort: Das weiß jedermann, der vermittelst eines Paars sehender Augen erkennen gelernt hat, worin der Unterschied zwischen Hell und Dunkel, Licht und Finsternis besteht. Im Dunkeln sieht man entweder gar nichts oder wenigstens nicht so klar, daß man die Gegenstände recht erkennen und voneinander unterscheiden kann: sobald Licht gebracht wird, klären sich die Sachen auf, werden sichtbar und können voneinander unterschieden werden – doch wird dazu zweierlei notwendig erfordert: 1) daß Licht genug vorhanden sei, und 2) daß die-

jenige, welche dabei sehen sollen weder blind noch gelbsüchtig seien, noch durch irgendeine andere Ursache verhindert werden, sehen zu können oder sehen zu wollen.

II. „Über welche Gegenstände kann und muß sich die Aufklärung ausbreiten?“
Drolligte Frage! Worüber, als über alle sichtbare Gegenstände? Das versteht sich doch wohl, dächte ich; Oder muß es dem Herrn noch bewiesen werden? Nun wohlan! Im Dunkeln (ein einziges löbliches und gemeinnütziges Geschäfte ausgenommen) bleibt für ehrliche Leute nichts zu tun als zu schlafen. Im Dunkeln sieht man nicht, wo man ist? noch wo man hingeht, noch was man tut, noch was um uns her, zumal in einiger Entfernung, passiert; man läuft Gefahr, bei jedem Schritte die Nase anzustoßen, bei jeder Bewegung etwas umzuwerfen, zu beschädigen oder anzurühren, was man nicht anrühren sollte, kurz, alle Augenblicke Miß-griffe und Mißtritte zu tun; so daß, wer seine gewöhnlichen Geschäfte im Dunkeln treiben wollte, sie sehr übel treiben würde. Die Anwendung ist kinderleicht. Das Licht des Geistes, wovon hier die Rede ist, ist die Erkenntnis des Wahren und Falschen, des Guten und Bösen. Hoffentlich wird jedermann zugeben, daß es ohne diese Erkenntnis ebenso unmöglich ist, die Geschäfte des Geistes recht zu treiben, als es ohne materielles Licht möglich ist, materielle Geschäfte recht zu tun. Die Aufklärung, d. i. so viel Erkenntnis, als nötig ist, um das Wahre und Falsche immer und überall unterscheiden zu können, muß sich also über alle Gegenstände ohne Ausnahme ausbreiten, worüber sie sich ausbreiten kann, d. i. über alles dem äußern und innern Auge sichtbare.

VI. „An welchen Folgen erkennt man die Wahrheit der Aufklärung?“
Antwort: Wenn es im ganzen heller wird; wenn die Anzahl der denkenden, forschenden, lichtbegierigen Leute überhaupt, und besonders in der Klasse von Menschen, die bei der Nichtaufklärung am meisten zu gewinnen hat, immer größer, die Masse der Vorurteile und Wahnbegriffe zusehends immer kleiner wird; wenn die Scham vor Unwissenheit und Unvernunft, die Begierde nach nützlichen und edeln Kenntnissen und besonders, wenn der Respekt vor der menschlichen Natur und ihren Rechten unter allen Ständen unvermerkt zunimmt;

Schauen Sie sich im Panorama (S. 92) den Punkt 5 an.

Material 5

„Tatsächlich zielt eine Enzyklopädie darauf ab, die auf der Erdoberfläche verstreuten Kenntnisse zu sammeln, das allgemeine System dieser Kenntnisse den Menschen darzulegen, mit denen wir zusammenleben, und es den nach uns kommenden Menschen zu überliefern, damit die Arbeit der vergangenen Jahrhunderte nicht nutzlos für die kommenden Jahrhunderte gewesen sei; damit unsere Enkel nicht nur gebildeter, sondern gleichzeitig auch tugendhafter und glücklicher werden, und damit wir nicht sterben, ohne uns um die Menschheit verdient gemacht zu haben.“

– Denis Diderot (1713–1784), französischer Schriftsteller, Aufklärer und Herausgeber der 35-bändigen „Encyclopédie“, im dortigen Artikel zum Stichwort Encyclopédie. Das Nachschlagewerk war die erste Enzyklopädie im heutigen Sinne und mit rund 25.000 verkauften Exemplaren europaweit ein riesiger Erfolg.

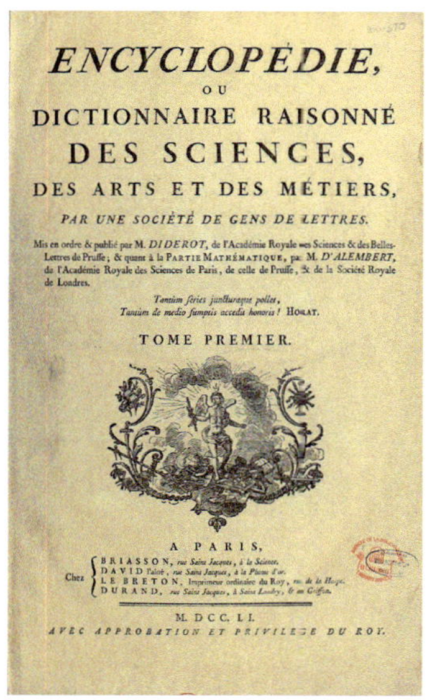

1. Erstes Textverständnis festhalten – Aufgabenstellung erfassen

Schreibtraining 109

1.1 Klären Sie die Aufgabenstellung. Notieren Sie dazu Inhalt, Ziel und Zielgruppe des von Ihnen zu verfassenden Textes.

1.2 Untersuchen Sie Material 1 und markieren Sie Schlagworte, die für die Erarbeitung Ihres Textes von Nutzen sind.
- Tipp: Lesen Sie genau und vergegenwärtigen Sie sich den Unterschied zwischen dem, was in Ihrem Text stehen soll und dem, was bei der Veranstaltung diskutiert wird.

2. Materialien auswerten

2.1 Verschaffen Sie sich einen Überblick über die Materialien 2–5. Lesen Sie in einem ersten Durchgang überfliegend, um einen ersten Eindruck zu erhalten. Lesen Sie in einem zweiten Durchgang genauer. Gehen Sie so vor:

Leseklippen beseitigen → S. 570

- Benennen Sie Leseklippen und versuchen Sie diese durch textnahes Lesen oder mithilfe eines Wörterbuches zu beseitigen.
- Markieren Sie auf einer Textkopie wichtige Begriffe und klären Sie diese, indem sie den textlichen Gedankengang nachvollziehen. Orientieren Sie sich an dem Beispiel.

SO GEHT'S **Materialien erschließen**

Immanuel Kant: Beantwortung der Frage: Was ist Aufklärung? (1784)

Aufklärung ist der Ausgang des Menschen aus seiner selbst verschuldeten Unmündigkeit. Unmündigkeit ist das Unvermögen, sich seines Verstandes ohne Leitung eines anderen zu bedienen. Selbstverschuldet ist diese Unmündigkeit, wenn die Ursache derselben nicht am Mangel des Verstandes, sondern der Entschließung und des Mutes liegt, sich seiner ohne Leitung eines anderen zu bedienen. Sapere aude! Habe Mut dich deines eigenen Verstandes zu bedienen! ist also der Wahlspruch der Aufklärung.

3 x „Unmündigkeit"
→ Was bedeutet das? Wie wird der Begriff im Text definiert?
Warum sind wir selbst schuld? → Antwort im Text
„Sapere aude": direkte Übersetzung im Text

Wiedergabe des textlichen Gedankengangs mit eigenen Worten:
Aufklärung = freiwilliges Verlassen der „Unmündigkeit"
→ Unmündigkeit = nicht selbstständig denken
→ selbstständig zu denken, verlangt Mut
→ bringt man diesen Mut nicht auf, ist die Unmündigkeit selbst gewählt bzw. selbst verschuldet
→ Aufforderung dagegen: „Sapere aude!"

2.2 Halten Sie in Stichpunkten fest, welche Aussagen die Materialien 2 und 4 zu den Idealen und Werten der Aufklärung enthalten. Nutzen Sie Ihre Textmarkierungen und Notizen.
Beachten Sie: Manchmal müssen Sie aus sprachlichen Bildern den gemeinten sachlichen Kern erst „übersetzen".

2.3 Entscheiden Sie begründet, was die Materialien 3 und 5 für Ihren Texte beitragen können. Rufen Sie sich dazu auch Ihre eigenen Kenntnisse über die Ideale der Aufklärung ins Gedächtnis.

3. Informationen organisieren

3.1 Legen Sie eine Tabelle an, um die Informationen aus den verschiedenen Materialien zu ordnen. Legen Sie für die Spalten passende Schwerpunkte fest.

	Mündigkeit, Emanzipation	Vernunft, Verstand	friedliches Zusammenleben	...
Material 2 Kant	– *Kernbegriff seiner Theorie: Mündigkeit als Voraussetzung für die Aufklärung* – ...	– *„Sapere aude!"* – ...	/	...
Material 3 Fabeln Lessing	/	– *Tiere in den beiden Fabeln handeln unvernünftig: ...*	– *Hintergrund: Lessing als Vertreter des Toleranzgedanken*	...
Material 4 ...	...	...	...	...

3.2 Prüfen und ergänzen Sie Ihre Zusammenstellung der Auswertungsergebnisse.
- Prüfen Sie, welche Ideale und Werte in der Epoche der Aufklärung bedeutsam sind und welche Sie vernachlässigen können.
- Ergänzen Sie zu den wichtigsten Oberthemen eigene Kenntnisse und fügen Sie gegebenenfalls eine weitere Zeile in Ihrer Tabelle hinzu.

4. Gliederung erstellen

4.1 Erstellen Sie eine Gliederung für Ihren Text.

5. Klausur schreiben

5.1 Vergleichen Sie die beiden Einleitungen.
- Begründen Sie, ob und inwiefern die Anforderungen der Aufgabenstellung darin umgesetzt sind.
- Überlegen Sie, wie am Schluss des informierenden Textes ein Bezug zur jeweiligen Einleitung hergestellt werden könnte.
- Notieren Sie kurz, was Sie aus der Untersuchung der beiden Einleitungen für Ihren Text ableiten. Verfassen Sie anschließend eine eigene Einleitung.

A *„Habe Mut dich deines eigenen Verstandes zu bedienen!" – so lautet ein viel zitierter Ausspruch des Philosophen Immanuel Kant aus dem Jahr 1784 (M 2, Z. 5 f.). Dabei handelt es sich um eine wesentliche Forderung der Epoche der Aufklärung. Was genau Kant damit meinte und welche weiteren Forderungen der damaligen Zeit wir heute kennen sollten, darüber informiere ich in dem folgenden Text. Es geht um große Worte wie Vernunft und Toleranz und ich verspreche, dass der Text dazu beiträgt, die Ideen dahinter zu erhellen.*

B *Warum sind die Ideale der Aufklärung für uns heute noch interessant? Wird es womöglich Zeit, sie wieder aufleben zu lassen? Um diese und ähnliche Fragen soll es bei der Veranstaltung gehen, die wir mit dem Kurs in drei Wochen besuchen. Mitreden können wir nur, wenn wir verstehen, was es überhaupt bedeutet, im Sinne der Aufklärung zu denken und zu handeln. Aus diesem Grund habe ich einige Informationen zu den Idealen dieser bedeutenden Epoche zusammengestellt. Ihr lernt wichtige Vertreter kennen, erfahrt etwas über den Lesestoff der Zeit und seid am Ende gut vorbereitet für die Diskussion.*

5.2 Verfassen Sie Hauptteil und Schluss Ihres Textes.

6. Klausur überarbeiten

6.1 Überarbeiten Sie die folgenden Textabschnitte, indem Sie Zusammenhänge sprachlich verdeutlichen. Vergleichen Sie, wie verschiedene Verknüpfungswörter die Aussagen verändern.

A *Für Kant war die Aufklärung der „Ausgang des Menschen aus seiner selbst verschuldeten Unmündigkeit" (M2, Z. 1). Für Wieland stand der Erkenntnisprozess im Vordergrund. Kant formulierte seine Forderungen von Anfang an präzise aus. Wieland arbeitete sich zunächst an der Lichtmetapher ab und wurde dann deutlicher. Beide Philosophen wählten unterschiedliche Darstellungsweisen für ihre Forderungen. Beiden Philosophen ging es um den Gebrauch der Vernunft.*

B *Die Literatur der Aufklärung machte die Lehren der Philosophie für ein breites Publikum begreifbar. Sie sollte bestenfalls belehren und erziehen. Gerade die Gattung der Fabel eignete sich hervorragend. In der Fabel konnten menschliche Eigenschaften unterhaltsam und anschaulich kritisiert werden. Im Mittelpunkt der Fabel stand die Moral. Sie wurde nicht immer explizit formuliert.*

C *Mündigkeit sollte durch Bildung erlangt werden und durch die Verfügbarkeit von Wissen. Der Stand sollte nicht über Bildung entscheiden. Alle Schichten sollten Zugang zu geprüftem Wissen erhalten. Zum ersten Mal in der europäischen Geschichte wurde eine Enzyklopädie erarbeitet. Ihr Begründer Diderot formulierte als Ziel: „damit unsere Enkel nicht nur gebildeter, sondern gleichzeitig auch tugendhafter und glücklicher werden" (M5, Z. 7–9). Die Enzyklopädie entspricht dem Erziehungs- und Bildungsideal der Aufklärung.*

Sprachtraining I10

SPRACHTIPP

Formulierungen für inhaltliche Übergange und Verknüpfungen

Konjunktionen: *aber | als (als dass, als ob, als wenn) | anstatt | außer | bevor | bis | da | damit | dass | denn | doch | entweder … oder | falls | indem | indes | insofern | jedoch | nachdem | nicht nur … sondern auch | ob | obgleich | obwohl | oder | seit | seitdem | sobald | sodass | solange | sondern | sowie | sowohl … als auch | statt | trotzdem | um | und | während | währenddessen | wann | weder … noch | weil | wenn | wenngleich | wohingegen | zumal*

Konjunktionaladverbien: *allerdings | also | anschließend | ansonsten | außerdem | beziehungsweise | bloß | dabei | dadurch | dafür | dagegen | danach | dann | darum | davor | dazu | deshalb | deswegen | ferner | folglich | jedoch | schließlich | sonst | zudem*

Zitieren → S. 573

Vorsicht Fehler!

6.2 Identifizieren und korrigieren Sie die Zitierfehler in den folgenden Sätzen.

„Es ist so bequem,", unterstellte Immanuel Kant, „unmündig zu sein." (M2, Z. 9).

Weiter fordert Kant, der öffentliche Gebrauch der Vernunft müsste jederzeit frei sein, und führt dann weiter aus, dass dieser allein Aufklärung unter Menschen zustande bringen kann (M2, Z. 30 f.).

„Und so beruhet unser Stolz meistens auf unserer Unwissenheit", lautet die Lehre am Ende von Lessings Fabel treffend (Lessing: Die Maus, Z. 12 f.).

Ein wesentliches Ziel der Aufklärung besteht darin, dass es mehr Menschen gibt, die denken und forschen. Dadurch sollen Vorurteile und Wahnbegriffe minimiert werden. Gleichzeitig soll der Respekt vor der menschlichen Natur und den Rechten unter allen Ständen zunehmen (M4, Z. 28–34).

Diderot hatte kein geringeres Ziel, als mit seiner Enzyklopädie das gesammelte Allgemeinwissen seinen Zeitgenossen zur Verfügung zu stellen und es den nach uns kommenden Menschen zu überliefern (M5, Z. 4/5).

Beispiellösung D05

Beispiellösung (Ausschnitt)

Vielleicht habt ihr euch nach unserer Unterrichtsreihe über die Epoche der Aufklärung und Lessing auch gefragt, was das alles mit uns heute zu tun hat. Nun, das ist eine spannende Frage, der wir auf der kommenden Abendveranstaltung nachgehen wollen. Welche Werte von damals sind denn heute noch relevant für uns? Der folgende Text soll euch als Wissensgrundlage dienen, auf die Thematik einstimmen und über die wesentlichen Ideale der Aufklärung informieren, damit eine aktive Beteiligung an der Diskussion möglich ist.

Einleitung mit direkter Ansprache der Mitschülerinnen und Mitschüler und Bezug zum Anlass

Nennung des Schreibziels

Betrachten wir zunächst den Leittext der Aufklärung, verfasst von Immanuel Kant im Jahr 1748, mit dem Titel „Was ist Aufklärung?". Darin hebt er hervor, dass es einen mündigen Bürger ausmacht, sich einzusetzen, nachzudenken, klug zu handeln und zu entscheiden. Für die Unmündigen „sorgen schon jene Vormünder" (M2, Z. 15) und diese Unmündigkeit beschreibt Kant mit den Begriffen „Vernunft" und „Freiheit" (M2, Z. 24 und 29) versus „Faulheit und Feigheit" (M2, Z. 6). Damit meint er, dass ohne die Bereitschaft, eigenständig zu denken, kein mündiges und selbstbestimmtes Handeln möglich ist. Aufgeklärte Menschen hinterfragen nach Lessing demzufolge auch geltende Vorschriften, wenn diese gegen die Vernunft verstoßen. Das gelte für den „Offizier" genauso wie für den „Finanzrat" oder den „Geistlichen" (M2, Z. 26–27). Das war eine radikale Idee: Die Menschen sollten sich nicht länger bis dahin unangreifbaren Autoritäten unterordnen.

Einbezug der Lesenden und Benennung des ersten Gliederungspunktes

Rückgriff auf Materialien und Kennzeichnung von Zitaten

Auch die Literatur der Aufklärung machte die Ideale der Zeit sichtbar, sie brachte sie sogar ganz konkret unter die Menschen. Neben seinen Dramen wie „Nathan der Weise" mit der berühmten Ringparabel oder „Emilia Galotti" als erstes bürgerliches Trauerspiel war Gotthold Ephraim Lessing bekannt für seine belehrenden Fabeln. In ihnen konnte er an der Zensur vorbei menschliche Eigenschaften unterhaltsam und anschaulich bloßstellen. So zeigt Lessing in seinen beiden Fabeln „Die Ziegen" und „Die Maus" (M3), was passieren kann, wenn der Stolz überwiegt und der Verstand nicht genutzt wird: Die Ziege bekommt zu ihren stolzen Hörnern einen „hässliche[n] Bart" (M3, „Die Ziegen", Z. 12), die Maus fühlt sich zu Unrecht intellektuell überlegen. In beiden Texten zeigt sich, welchen Wert Bescheidenheit und Verstand in dieser Epoche besaßen. Aus diesem Grund nennt man die Aufklärung auch das Zeitalter der Vernunft.

Führung der Lesenden durch Nennung des nächsten Gliederungspunktes

Was bedeutete es nun, vernünftig zu sein, ohne dabei einerseits blind auf Autoritäten zu vertrauen und andererseits sich auf seine eigenen Gedanken etwas einzubilden und überheblich zu werden? […]

Überleitung zum nächsten Gliederungspunkt durch Fragestellung

Halten wir also fest, dass es in der Aufklärung darum ging, selbstständig zu denken, vernünftig im Sinne des Guten und Richtigen zu handeln und dabei auf Bildung und Erkenntnis zu setzen, statt blind zu gehorchen. Ein „Weil man das so macht", wie es manche Menschen heute sagen, hätten Aufklärer wie Kant und Lessing nicht durchgehen lassen. Der Weg zur Erkenntnis führte über die Bildung und den Willen, die Dinge kritisch zu hinterfragen und unterscheiden zu lernen. Gerade heute, wo wir ständig mit Informationen aller Art versorgt werden, sind diese Ideale wichtiger denn je. Wir müssen ständig prüfen, was richtig und falsch ist und auch heute hilft uns vor allem das kritische Denken dabei. In diesem Sinne freue ich mich auf eine anregende und kritische Diskussion mit euch.

Schlussteil mit Zusammenfassung der wesentlichen Punkte

direkte Ansprache der Lesenden und erneut Bezug zum Anlass

6 Möglichkeiten und Risiken digitaler Partizipation erörtern

Posten, liken, teilen, kommentieren

1

2

Erfahrungen von Jugendlichen mit Cybermobbing

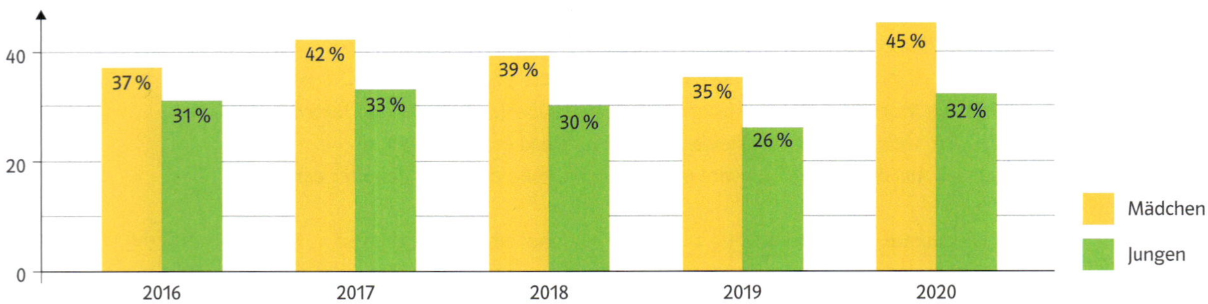

Anteil der Jugendlichen, in deren Bekanntenkreis schon mal jemand im Internet oder über das Handy fertig gemacht wurde, n = 1.200, Altersgruppe 12–19 Jahre

Quelle: nach GfK, GIM, JIM-Studie 2020

Wie beeinflussen soziale Medien unsere Meinung, unser Verhalten und unsere Gesellschaft?

Wie vertrauenswürdig ist das Internet?

Welche Chancen eröffnet die Partizipation im digitalen Zeitalter?

Wie können digitale Debatten gelingen?

Das lernen Sie jetzt!

6.1 Information und Manipulation unterscheiden

6.2 Verantwortung im digitalen Raum wahrnehmen

Schreibtraining: einen Sachtext erörtern

Vertiefen: sich mit Formen digitaler Jugendpartizipation auseinandersetzen

Social Media und Fridays for Future
(2022, ZDF logo!)

Social Media ist von Anfang an Teil der Klimaschutzbewegung Fridays for Future: Die Bilder von Greta Thunbergs ersten Schulstreiks in Schweden und ihrem Schild „Skolstrejk för klimatet“ (Schulstreik für das Klima) verbreiteten sich sehr schnell im Netz. Schon die ersten großen Schulstreiks wurden mit Hilfe von Social Media organisiert. Sie hätten sich ohne die Plattformen wohl niemals zu einer weltweiten Protestbewegung ausweiten können. Während der Coronapandemie verschob sich der Protest dann fast vollständig ins Netz. Dabei fielen einige Fridays for Future-Gruppen mit kreativen Aktionen auf. Sie riefen zum Beispiel dazu auf, sich mit selbst gebastelten Protestschildern zu fotografieren und diese Fotos mit dem Hashtag #NetzstreikFürsKlima zu teilen.

3

Die häufigsten Diagrammtypen

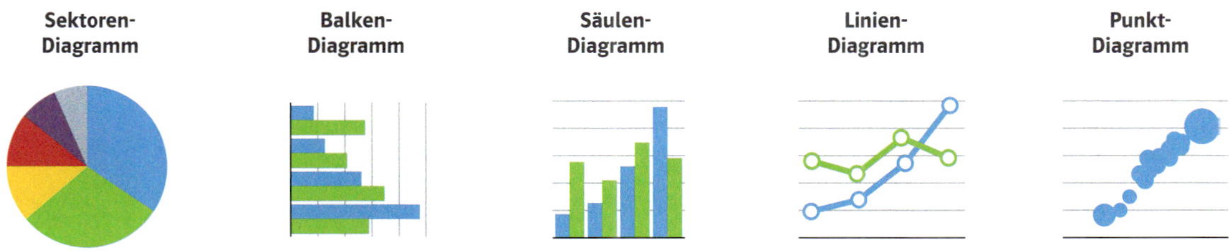

Abbildung 1: „Fridays for Future“-Demonstration in Freiburg am 19. Juli 2019

Abbildung 2: Erfahrungen von Jugendlichen mit Cybermobbing

MK **1** Welche Vor- und Nachteile hat es für Jugendliche, sich im Internet untereinander auszutauschen und miteinander zu vernetzen? Sprechen Sie ausgehend von den Bildern links und dem Text oben über eigene Erfahrungen.

MK **2** Erläutern Sie, auf welches Phänomen das Bild **3** verweist. Können Sie das dargestellte Verhalten nachvollziehen? Begründen Sie.

MK **3** Eine Studie von 2023 hat ergeben, dass junge Menschen im Schnitt bis zu sieben sozialen Netzwerken nutzen. Wie sieht das in Ihrer Lerngruppe aus? Führen Sie eine Umfrage durch und stellen Sie die Ergebnisse in einem Diagramm dar.

6.1 Information und Manipulation unterscheiden
Was kann man im Netz noch glauben?

Das Internet als Informationsmedium

MK **1** **a)** Stellen Sie sich vor, in einer Stunde wird das Internet weltweit abgeschaltet. Wie würde sich Ihr Leben verändern?

b) Für welche alltäglichen Tätigkeiten nutzen Sie das Internet? Sammeln Sie die Tätigkeiten zunächst individuell in einer Liste. Ermitteln Sie im Kurs, welche Tätigkeiten am häufigsten ausgeübt werden.

Alltägliche Tätigkeiten im Internet
- *eine Adresse bzw. einen Ort finden*
- *Musik suchen*
- *Preise recherchieren und vergleichen*
- *...*

MK **2** Besprechen Sie in der Lerngruppe, welche Quellen und Anbieter Sie im Internet für die einzelnen Tätigkeiten nutzen.

Tätigkeiten im Internet - Schwerpunkt: Information zum aktuellen Tagesgeschehen 2022
- täglich/mehrmals pro Woche -

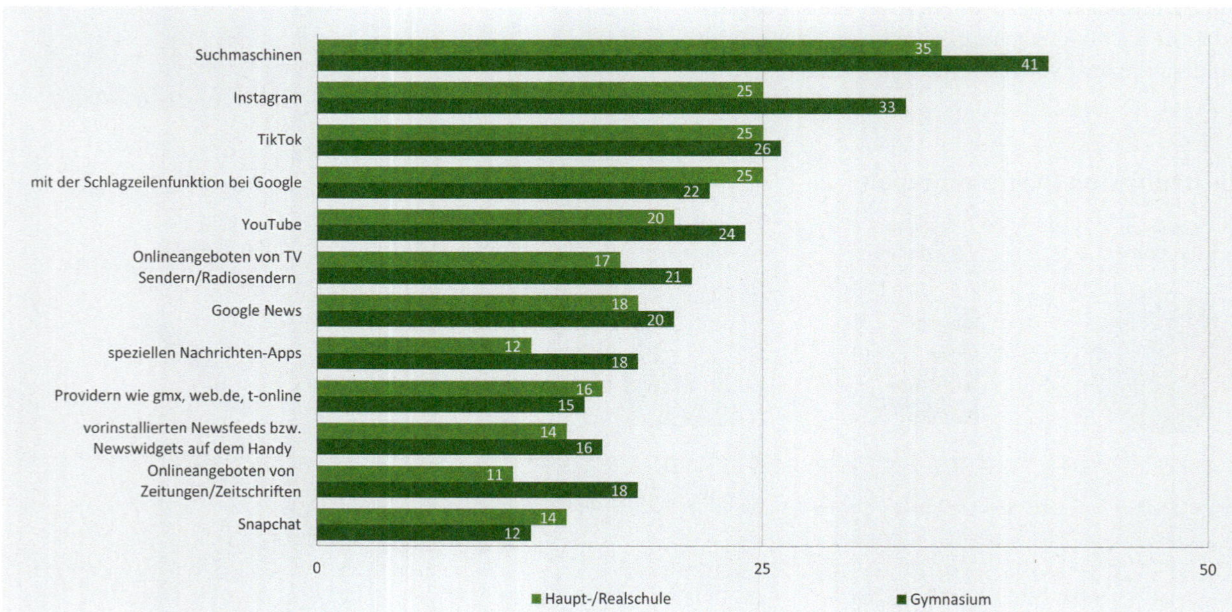

Quelle: JIM 2022, Angaben in Prozent, Basis: Befragte, die das Internet nutzen, n=1.197

MK **3** Welche Informationen über das Mediennutzungsverhalten Gleichaltriger können Sie dem Diagramm entnehmen? Erschließen und bewerten Sie die Darstellung mithilfe der Fragen in dem „So-geht's"-Beispiel auf S. 117.

4 Fassen Sie Ihre Untersuchungsergebnisse aus Aufgabe 3 in einem knappen sachlichen Informationstext schriftlich zusammen.

5 Vergleichen Sie die in dem Diagramm dargestellten Umfrageergebnisse mit Ihrem eigenen Nutzungsverhalten (vgl. Aufgabe 1). Diskutieren Sie bei deutlichen Abweichungen über mögliche Gründe dafür.

SO GEHT'S

Diskontinuierliche Texte untersuchen und bewerten

So geht's I11

Wie lautet die **Überschrift** und benennt sie wirklich das Thema des Diagramms?

Gibt es **außergewöhnliche bzw. überraschende Werte**, die interpretiert bzw. erläutert werden müssen?
Welche **Mindest-, Höchst- und Durchschnittswerte** gibt es?
Welche **Veränderungen** sind zu erkennen?

Referenz- bzw. Entstehungsjahr: **Wie aktuell sind die Daten**?

Um welche Darstellungsform (**Diagrammtyp**, Schaubild) handelt es sich?
Art der Werte (absolute Zahlen, Prozentwerte, ggf. Maßeinheiten)?
Ist diese Darstellung nachvollziehbar?
Handelt es sich um übliche Skalierungen?

Verweist die **Quellenangabe** auf seriöse Urheber?
Was sagt die Quelle über die Verlässlichkeit der Angaben?

Ist die **Zahl der Befragten** so groß (über 1000), dass die Übertragbarkeit der Zahlen gewährleistet ist?

MK **6** **a)** Wie informieren Sie sich über das Weltgeschehen? Sammeln Sie die von Ihnen genutzten Informationsquellen und ordnen Sie nach digitalen und nicht-digitalen Medien.
b) Wie wichtig ist es Ihnen, verlässlich und seriös informiert zu werden – und wie schätzen Sie Ihre Informationsquellen diesbezüglich ein? Diskutieren Sie.

Georg Materna: Soziale Medien und die (politische) Meinungsbildung Jugendlicher

(2022, Journal für politische Bildung, Ausschnitt)

Rechtschreibung entspricht der Originalquelle

Mit sozialen Medien können Menschen in nie da gewesener Leichtigkeit eigene mediale Inhalte produzieren und veröffentlichen. Damit verändern sie den bis zum Ende der 2000er-Jahre vor allem von den Massenmedien bestimmten öffentlichen Diskurs. Das wird deutlich, wenn man das „klassische“ Modell von Öffentlichkeit betrachtet, das drei Ebenen von Öffentlichkeit unterscheidet: die Begegnungsebene, die Versammlungsebene und die Ebene der massenmedialen Öffentlichkeit (vgl. Gerhards/Neidhardt 1990). Öffentlichkeit konnte auf allen drei Ebenen hergestellt werden, allerdings war die Reichweite von Begegnungen und Versammlungen stark eingeschränkt. Das lag zum einen daran, dass Begegnungs- und Versammlungsöffentlichkeiten kaum öffentlich sichtbare mediale Inhalte produzierten, und zum anderen an der Auswahllogik von Inhalten durch Journalist*innen, die in Massenmedien arbeiteten. In die Massenmedien und damit in den veröffentlichen Diskurs kam meist nur, was Journalist*innen selbst beschrieben, fotografierten oder filmten. Letzteres ändert sich durch soziale Medien fundamental. Zum Beispiel werden über die Microblogs vieler Nutzer*innen individuelle Begegnungen und kleinere Versammlungen – je nach Accounteinstellungen – für eine ausgewählte oder breite Öffentlichkeit sichtbar. Damit entstehen persönliche oder intimisierte[1] Öffentlichkeiten, die als Räume beschrieben werden können, in denen ihre Nutzer*innen verschiedene Identitäten ausprobieren und Kontakte mit Peers[2] pflegen (vgl. z. B. Wagner 2019). Gleichzeitig können die einzelnen Inhalte dieser Microblogs über Messengerdienste und Videoplattformen weiterverbreitet und von den Massenmedien aufgegriffen werden. Die Accounts und Inhalte einzelner Personen können auf diese Art viele Millionen von Menschen erreichen – in Ausnahmefällen sogar, ohne dass diese Personen vorher prominent gewesen sind. Das gilt besonders für mediale Inhalte von Ereignissen wie Naturkatastrophen, Skandalen, Krisen oder Gewaltausbrüchen, die viele Menschen betreffen bzw. interessieren.

1 intimisiert: hier: einer exklusiven, sich vertrauten Gruppe zugänglich 2 die Peers: hier: Menschen mit gleichen Interessen

Massenmedien und soziale Medien
→ S. 551

7 Nutzergenerierte Inhalte in sozialen Medien, Blogs und anderen Onlineplattformen stehen heute neben den Inhalten der traditionellen Massenmedien. Stellen Sie ausgehend vom Text dar, welche Folgen das jeweils hat für den öffentlichen Diskurs, die Rolle der Journalistinnen und Journalisten sowie die Qualität von Informationen.

MK **8** Welche Auswirkungen hat die beschriebene Veränderung von Informationswegen auf die Meinungsbildung und sind Jugendliche davon sogar besonders betroffen? Diskutieren Sie vor dem Hintergrund aktueller Ereignisse und mit Bezug zu folgendem Diagramm.

Wichtigstes Informationsmedium nach Alter, Geschlecht, Bildung

Die Tageszeitung gewinnt bei den Jüngsten an Relevanz. Radio wird in vielen Gruppen wichtiger, das Internet ist zudem auch für Ältere bedeutsamer als zuletzt.

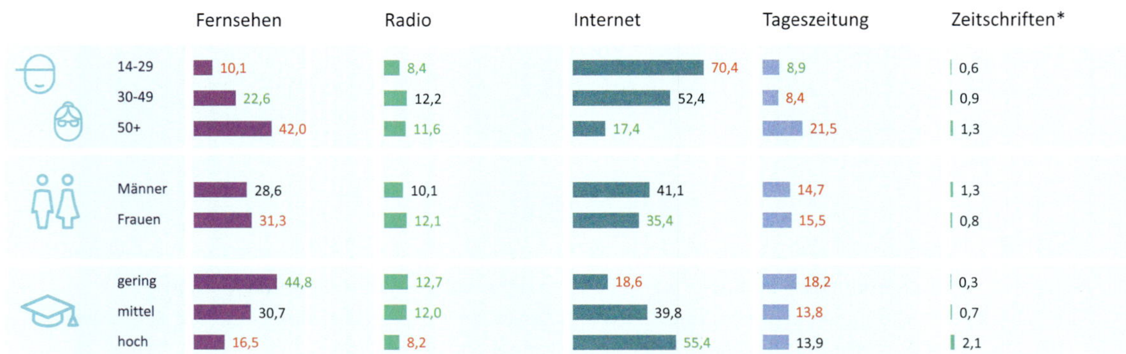

Angaben in Prozent; grün: + > 1 Prozentpunkt; rot: - > 1 Prozentpunkt im Vergleich zu 2020-I; *) Zeitschriften, Nachrichtenmagazine, Wochenzeitungen
Basis: 70,635 Mio. Personen ab 14 Jahre in Deutschland, n=4.455 Quelle: Mediengewichtungsstudie 2020-II der Landesmedienanstalten, S. 25, Kantar

Information oder Desinformation?

DER IEGEL @deriegel 6 Std.
TEILEN! TEILEN! TEILEN! Teenager überlistet alle und wird reich und berühmt. Hier verrät er seine einfachen Tricks.

Teeanger macht Millionen mit diesen einfachen Tricks.

kannsnichtmehrsehn

Bin fassungslos: in dortmund wurde Lehrer gefeuert, weil er nicht gendern wollte. Wo soll das noch hinführen? Gefällt 35 Mal Antworten

richiswelt
die Welt geht zugrunde bei dem ganzen Mist. Gefällt 4 Mal Antworten

happy.healthy
Quelle, Bruder? Antworten

angel0809
HABT IHR DAS GEHÖRT? Bei @kaufhierwas gibt's jetzt alle Beauty Produkte von Lana im Angebot! Schaut in meine Storys, da bekommt ihr meinen exklusiven Rabattcode. Gefällt 21 Mal Antworten

jo_from_the_forest
@angel0809 ❤️ 👍 Antworten

MK **1** Bewerten Sie für die abgebildeten Beiträge aus sozialen Netzwerken jeweils die Glaubwürdigkeit und die Relevanz der dargestellten Informationen. Benennen Sie außerdem, welche Absichten mit den Beiträgen verfolgt werden.

MK **2** Was verstehen Sie unter digitaler Nachrichtenkompetenz? Sammeln Sie mindestens drei Fähigkeiten, über die eine Person verfügen sollte, die Sie in dieser Hinsicht als kompetent empfinden würden.

„Quelle: Internet"? Digitale Nachrichten- und Informationskompetenzen der deutschen Bevölkerung im Test (2021, Studie der Stiftung Neue Verantwortung, Ausschnitt)

Rechtschreibung entspricht der Originalquelle

Wie steht es um die digitale Nachrichtenkompetenz in Deutschland? Zwar gibt es bereits Studien und Erhebungen zu „Medienkompetenz", doch entweder nehmen solche Untersuchungen nur Schüler:innen und primär deren allgemeine PC-Kenntnisse in den Blick oder sie beruhen auf Befragungen und Selbstauskünften, die keine verlässliche Kompetenz-Messung darstellen. Aus diesem Grund entwickelten wir gemeinsam mit einer Expert:innen-Gruppe einen Nachrichtenkompetenz-Test, der im Herbst 2020 mit einer repräsentativen Stichprobe für die deutschsprachige Bevölkerung mit Internetzugang in Deutschland ab 18 Jahren durchgeführt wurde. Dafür wurden mittels Online-Interviews (Computer Assisted Web Interviews – CAWI) bundesweit 4.191 Internetnutzer:innen ab 18 Jahren befragt und getestet.

Der Test geht dabei anhand von Testfragen und -aufgaben auf das gesamte Spektrum der digitalen Nachrichtenkompetenz ein, also die Fähigkeit zur Navigation in digitalen Medienumgebungen, die Beurteilung der Qualität von Nachrichten und Inhalten, das Prüfen von Informationen, die Diskursfähigkeit sowie Kenntnisse über die Funktionsweise von digitalen Öffentlichkeiten. Es handelt sich um einen der weltweit ersten Tests zu Informations- und Nachrichtenkompetenzen einer gesamten Bevölkerung. [...]

Die Gesamtauswertung der Daten zeigt: Internetnutzer:innen verfügen bereits über einige Grundkenntnisse, um nachrichtenkompetent durch ein für viele Menschen vergleichsweise neues Medienumfeld zu navigieren. So konnte beispielsweise mehr als die Hälfte der Befragten erkennen, wenn eine Quelle nicht neutral oder nicht vertrauenswürdig ist. Und den meisten war klar, dass man ein unbekanntes Video nicht ungesehen weiterleiten sollte. Überhaupt zeigten die Test-Teilnehmer:innen ein großes Interesse daran, akkurate Informationen zu teilen bzw. Falschnachrichten nicht selbst zu verbreiten.

Doch all das sollte nicht darüber hinwegtäuschen, dass die Befragten insgesamt in fast allen Kompetenzbereichen überwiegend mittelmäßig bis schlecht abgeschnitten haben und es oft an ganz konkreten Kenntnissen und Fähigkeiten fehlt. Insofern sind die Ergebnisse dieser Erhebung auch kritisch, weil sie zeigen, dass Bürger:innen viel zu lange damit allein gelassen wurden, sich in immer komplexeren Medienumgebungen selbst zurechtzufinden.

Die systematische Vernachlässigung digitaler Fähigkeiten zeigt sich insbesondere in der Bildungspolitik – hier gibt es dringenden Nachholbedarf in der Schul- ebenso wie in der Erwachsenenbildung. Nach wie vor sind digitale Nachrichten- und Informationskompetenzen nicht systematischer Bestandteil der Lehrpläne. Gerade in den Haupt- und Mittelschulen wurden Dimensionen von Medienkompetenz, die mit politischer Bildung und Vertrauensbildung in journalistisches Arbeiten zusammenhängen, in den vergangenen Jahrzehnten offenbar weitgehend vernachlässigt. Dies ist besonders gefährlich, da junge Menschen mit niedriger Schulbildung nach den vorliegenden Daten die soziodemografische Gruppe bilden, die die niedrigsten Kompetenzwerte aufweist und zugleich auch ein besonders geringes Vertrauen in Politik und Medien zeigt. Hier können wir noch gar nicht absehen, welche weiteren gesellschaftlichen Konfliktlagen diese Polarisierung nach sich ziehen kann.

Doch auch bei Erwachsenen und älteren Menschen ist der Bildungsbedarf hoch. Im durchgeführten Test sank die digitale Nachrichtenkompetenz im Schnitt mit dem Alter – und zwar deutlich und signifikant. Aus diesem Grund ist es dringend notwendig, digitale Nachrichten- und Informationskompetenz systematischer in der Erwachsenenbildung mitzudenken und beispielsweise in berufliche Weiterbildungsangebote aufzunehmen.

Insgesamt weisen die schlechten Testergebnisse aber nicht nur auf ein Bildungsproblem hin. Es wird genauso deutlich, dass es für Bürger:innen schwieriger geworden ist, verlässliche Nachrichten zu erkennen und von anderen Formen der Kommunikation zu unterscheiden. Dies liegt zunächst an den Medienangeboten selbst. Unsere

Ergebnisse machen nicht nur deutlich, wie wichtig es ist, Leser:innen die Grundsätze des journalistischen Handwerks verständlich und transparent zu vermitteln. Es zeigt sich auch, dass journalistische Angebote Nutzer:innen bei der Einordnung verschiedener Kommunikationsformen wesentlich besser unterstützen müssen. Zwar ist beispielsweise die Trennung von Kommentar und Berichterstattung ebenso im Medienstaatsvertrag geregelt wie die Kennzeichnung von Werbung. Doch scheinen die entsprechenden Markierungen auf Nachrichtenseiten entweder nicht gut erkennbar oder nicht verständlich zu sein. Hier besteht Verbesserungsbedarf. Denn gerade für diejenigen, denen eine Einordnung von Nachrichtenartikeln schwerer fällt, entsteht auch schnell der Eindruck eines finanziell abhängigen und/oder politisch und meinungsgetriebenen Journalismus. Die Folge kann sinkendes Medienvertrauen sein.

Das gleiche gilt für Social-Media-Plattformen, die ebenfalls Bürger:innen einen verantwortungsvollen Umgang mit Nachrichten und Informationen erschweren. In den sozialen Netzwerken erreichen Nutzer:innen Informationsbruchstücke noch unsortierter und die kompetente Navigation wird umso schwieriger. Zwar ist der aktuelle Trend, problematische Beiträge zu markieren, mit zusätzlichen Informationen zu versehen oder sogar Accounts und Inhalte gänzlich zu sperren, begrüßenswert. Aber er ändert nichts an der grundlegenden Funktionslogik der Plattformen, die Desinformation eher begünstigt als eingrenzt. Hinzu kommt, dass die Befragten offensichtlich Probleme hatten, zusätzliche Informationen richtig zu erkennen und einzuordnen. Ohne plausible und gut sichtbare Kennzeichnungen, Transparenz über die Plattform-Architektur und Design-Entscheidungen, die Nutzer:innen bei der kompetenten Nutzung wirklich unterstützen, sind auch Faktencheck-Labels allein nicht zielführend.

MK **3** Welche Kenntnisse und Fähigkeiten hat der im Text vorgestellte „Nachrichtenkompetenz-Test" überprüft? Vergleichen Sie mit ihren Ergebnissen aus Aufgabe 2.

MK **4** Die Ergebnisse des Tests zeigen, „dass die Befragten insgesamt in fast allen Kompetenzbereichen überwiegend mittelmäßig bis schlecht abgeschnitten haben und es oft an ganz konkreten Kenntnissen und Fähigkeiten fehlt" (Z. 45 ff.).

a) Überrascht Sie dieser Befund? Nehmen Sie spontan Stellung dazu.

b) Fassen Sie die wichtigsten Ergebnisse der Studie mündlich zusammen.

c) Überprüfen Sie Ihre eigene digitale Nachrichtenkompetenz. Suchen Sie dazu den „Newstest" der Stiftung Neue Verantwortung online und vergleichen Sie Ihre Ergebnisse in der Lerngruppe.

ÜBRIGENS

Das Wort „Nachricht"

Das Wort „Nachricht" ist erst seit dem 17. Jahrhundert gebräuchlich und damit vergleichsweise jung. Ursprünglich bedeutete es „das, wonach man sich zu richten hat, Anweisung", woraus dann zuerst die „Mitteilung als Anweisung" und später die bloße „Botschaft, Neuigkeit" wurde. Erst danach wurde das Wort auch für die Textsorten bzw. die Formate verwendet, die Neuigkeiten vermitteln, also im Sinne einer journalistischen Meldung oder einer Nachrichtensendung.

5 Inwiefern stimmen Sie mit den Forderungen überein, die im Text an die Bildungspolitik, an die journalistischen Angebote sowie an die Plattformen selbst erhoben werden? Legen Sie Ihre Position schriftlich dar.

MK **6** „Überhaupt zeigten die Test-Teilnehmer:innen ein großes Interesse daran, akkurate Informationen zu teilen bzw. Falschnachrichten nicht selbst zu verbreiten" (Z. 39 ff.). Teilen Sie dieses Interesse? Berichten Sie von eigenen Erfahrungen mit Falschinformationen im Internet und nennen Sie die Kriterien und Strategien, die Ihnen geholfen haben, diese zu erkennen.

Infos aus dem Netz – ist das ein Problem? (2023, klicksafe[1], Ausschnitt)

Rechtschreibung entspricht der Originalquelle

Bandwagon Heuristic[2]

In sozialen Netzwerken sind neben den Algorithmen vor allem Freunde und Bekannte die Gatekeeper[3] zu den Informationen. Erreichen eine*n Nutzer*in Nachrichten über bekannte soziale Kontakte, erhöht dies tendenziell das Vertrauen in die Information. Die meisten Menschen halten Aussagen und Empfehlungen aus ihrem persönlichen Umfeld für glaubwürdig, egal ob im direkten Gespräch oder über soziale Netzwerke. Insbesondere wenn die Verbreiter*innen als sympathisch und kompetent wahrgenommen werden. Dieser Effekt, dass etwas, das von anderen als gut befunden wird, von einem selbst auch als gut beurteilt werden kann, wird als Bandwagon Heuristic beschrieben. Für das Vertrauen in inkorrekte Informationen kann dieser Effekt als möglicher Erklärungsansatz herangezogen werden.

Confirmation Bias[4]

Ob wir etwas glauben und für möglich halten, hängt davon ab, welche Überzeugungen und Vorstellungen wir haben. Neue Informationen, die zu unseren Glaubensgrundsätzen passen, werden in unsere Vorstellungswelt integriert und für wahr gehalten. Begegnen wir Informationen, die nicht in unser Überzeugungssystem passen, erleben wir mentalen Stress. Um den Widerspruch auszugleichen, halten wir nur die Information für glaubwürdig, die unsere Meinungen bekräftigt, auch wenn sie falsch oder manipulativ eingesetzt sein sollte. Je geschlossener und einfacher ein Weltbild ist, umso eher entfaltet der Bestätigungsfehler seine Wirkung.

1 klicksafe: Initiative der EU zur Förderung der Online-Kompetenz von Jugendlichen 2 Bandwagon Heuristic: Mitläufereffekt 3 Gatekeeper: dt. „Torwächter", Person oder Institution, die aufgrund ihres Status oder ihrer Position eine Schlüsselstellung bei der Informationsvermittlung innehat 4 Confirmation Bias: Bestätigungsfehler bzw. Bestätigungstendenz

MK **7** Wie können Sie sich vor Effekten wie „Bandwagon Heuristic" und „Confirmation Bias" schützen? Sammeln Sie Ideen im Kurs.

Hörtext A 07

Ingrid Brodnig: Lügen im Netz: Sich davor schützen und andere aufklären

(2019, Bundeszentrale für politische Bildung, Ausschnitt)

Als Internetnutzer fühlt man sich womöglich ohnmächtig. Was soll man als Einzelner schon gegen die Flut an Desinformation ausrichten? Können Bürger da überhaupt etwas tun?

Ja. Jeder kann etwas dazu beitragen, dass die Situation eine Spur besser wird und es Fälscher damit insgesamt etwas schwerer haben. Der erste Schritt ist, selbst ein möglichst gutes Radar für dubiose Behauptungen zu entwickeln – um nicht auf Täuschungen hereinzufallen und um andere im Freundeskreis rasch zu warnen. Zweitens können wir geschickter werden im Kontern mit Aufklärung und mit der Betonung dessen, was richtig ist und was falsch.

Fälscher arbeiten häufig mit Bildern, weil diese authentisch anmuten. Fotos werden einerseits retuschiert, andererseits werden auch alte Aufnahmen verwendet und in einen neuen, verzerrten Kontext gestellt [...]. Simpler Trick: Die Authentizität von Bildern kann man häufig überprüfen – Bildersuchmaschinen zeigen einem an, ob eine Aufnahme schon früher im Web hochgeladen wurde. Unter der Adresse images.google.com lässt sich jedes Foto hochladen und darauf überprüfen, ob es bereits im Web zu finden ist. Wurde eine Aufnahme schon vor fünf Jahren geteilt, dann kann sie nicht der Fotobeleg für einen Vorfall gestern sein – hier wurde altes Videomaterial entwendet. Auch manipulierte Bilder lassen sich mitunter entlarven: Vergleicht man das Originalbild mit der neuen

Version, sieht man die Unterschiede, also welche Details retuschiert wurden. Wird man bei Google nicht fündig, empfiehlt sich auch die Bilder-Suchmaschine TinEye (Link: tineye.com), die manchmal andere Treffer liefert. Suchmaschinen können natürlich nicht jede Bild-Manipulation aufklären, aber sie sind doch ein hilfreiches Tool. Denn Fälscher sind oft überraschend faul und nehmen einfach das erstbeste Bild aus dem Netz.
Unseriöse Seiten schauen oft überraschend „normal" aus. Es ist extrem günstig geworden, eine seriös wirkende Webseite zu starten (unabhängig von der Frage, ob die Inhalte dort seriös sind). Für 100 Euro im Jahr kann man den nötigen Webspace, eine vertrauenswürdig klingende Internetadresse und ein schickes Design für die eigene Seite kaufen. Auf den ersten Blick schaut so ein Webauftritt dann sogar ähnlich wie ein professioneller Nachrichtenanbieter aus – und davon lassen sich Nutzer immer wieder täuschen. Wenn man eine Webseite nicht kennt, sollte man sich also fragen: Moment, wer betreibt denn diese Seite?
Simpler Trick: Innerhalb der EU muss jede Seite ein Impressum haben – und dort den Namen der Betreiber und eine Adresse angeben. Bietet eine deutschsprachige Webseite kein richtiges Impressum, ist dies ein absolutes Warnsignal. Auch lohnt es sich, ins Impressum oder den Punkt „Über uns" zu schauen, weil einige Seiten dort erklären, dass alles nur „Satire" oder ein „Witz" sei. Wird man aus dem Impressum nicht schlau oder fehlt dieses, empfiehlt sich auch Folgendes: Googeln Sie den Namen der Ihnen unbekannten Seite. Hat ein Onlineportal bereits einen Ruf als Desinformationsschleuder, dann werden Sie in der Google-Suche oft auch warnende Artikel oder Faktenchecks finden. Ich empfehle generell: Teilen Sie keine Inhalte von Seiten, die Sie nicht kennen und deren Vertrauenswürdigkeit Sie nicht einschätzen können. Hinter einer seriös wirkenden Optik kann viel Unsinn stecken.
Falschmeldungen funktionieren über Gefühle: Viele irreführende Behauptungen lösen gezielt Wut aus oder bestätigen die eigenen Feindbilder, sodass Menschen den Impuls spüren, prompt die Meldung mit ihren Bekannten zu teilen – weil man sich furchtbar ärgert oder weil man sich so bestätigt fühlt. Im Affekt vergisst man die zentrale Frage: Stimmt die Behauptung wirklich?
Simpler Trick: Achten Sie auf Ihre Emotion. Wenn eine Meldung Sie total in Wut versetzt oder Ihnen aus der Seele spricht, sollten Sie prompt vorsichtig werden und schauen, ob diese Behauptung von einer seriösen Seite kommt. Denn gerade Fälscher formulieren Nachrichten so, dass sie uns emotional bestätigen – ein starker emotionaler Impuls ist ein Warnsignal. Nicht alles, was brisant anmutet, ist falsch. Aber die Realität ist oft deutlich langweiliger als eine Falschmeldung.
Natürlich will nicht jeder Internetnutzer selbst zum Detektiv werden und skandalös klingenden Aussagen hinterherrecherchieren – die gute Nachricht ist: muss man auch nicht. Besonders weitverbreitete Gerüchte wurden oft schon von Faktencheckern überprüft – im deutschsprachigen Raum liefern Seiten wie Mimikama.at, faktenfinder.tagesschau.de oder Correctiv.org Aufklärung. Googeln Sie einfach eine falsche Behauptung und schreiben Sie dazu das Wort „Faktencheck" oder „Fake", also zum Beispiel „weihnachtsbaum hamburg muslime faktencheck". Sie werden dann oft als ersten Treffer die Ergebnisse eines Faktenchecks angezeigt bekommen. Unter hoaxsearch.com bietet das Aufklärungsportal Mimikama auch eine Suchmaske für alle getätigten Faktenchecks. Man muss nicht alles selbst recherchieren – oft hilft es bereits, zu wissen, wo man nachschauen kann.

MK **8** Bilden Sie Faktencheck-Teams und überprüfen Sie ein paar aktuelle Gerüchte und Fake News im Internet.

a) Werten Sie zunächst den Text von Brodnig abschnittsweise aus und sammeln Sie die darin erwähnten konkreten Strategien gegen „Lügen im Netz" in einer Tabelle.

Fehlerquelle	Strategien und Techniken
Authentizität von Bildern	*Bildersuchmaschinen wie ... nutzen und Materialien vergleichen*
...	...

b) Testen Sie die Strategien und Techniken an konkreten Beispielen. Verarbeiten Sie Ihre Ergebnisse in einer anschaulichen Präsentation mit dem Titel „Wahrheit oder Lüge? Tools und Techniken für kritische Medienkompetenz".

6.2 Verantwortung im digitalen Raum wahrnehmen

Zwischen Empörung und Engagement

Möglichkeiten und Grenzen der digitalen Teilhabe beurteilen

Steffi Orbach und Anne Tepper: Soziale Netzwerke belohnen Empörungsposts
(2021, Deutschlandfunk Nova, Ausschnitt)

Eine rassistische Äußerung, Bilder von Tierquälerei oder ein Lacher eines Politikers in einem unpassenden Moment – es gibt viele Dinge, die in uns Emotionen und manchmal auch Empörung wecken. Dass sich diese Empörung vor allem in den sozialen Netzwerken so rasant beschleunigen kann, liegt laut einer neuen Studie der Yale University an den sozialen Netzwerken selbst - genauer gesagt am Design der sozialen Netzwerke. Empörende Sprache und Verhalten werden mit mehr Likes und Shares belohnt als beschwichtigende Posts oder Gegenrede. Das führe dann laut der Forschenden dazu, dass die Menschen auch danach mehr dazu neigten, auf empörende Sprache und empörendes Verhalten im Netz zurückzugreifen, erklärt Deutschlandfunk-Nova-Reporterin Anne Tepper. Es wirkt auf Nutzerinnen und Nutzer wie eine Art Belohnungssystem. Dafür haben die Forschenden zu verschiedenen kontroversen Debatten auf Twitter insgesamt 13 Millionen Tweets von 7000 Nutzerinnen und Nutzern analysiert. Begleitend dazu haben die Forschenden Verhaltensstudien mit Social-Media-Nutzenden aus dem einerseits radikalen und andererseits politisch moderaten Spektrum durchgeführt.

Zwar reagierten dabei die radikalen Nutzerinnen und Nutzer deutlich empörter in ihren Tweets als die gemäßigten, jedoch hatte das Liken und Teilen kaum einen Einfluss auf das Nutzungsverhalten der Radikalen. Ganz anders war das bei den moderaten Nutzerinnen und Nutzern. Bei ihnen sorgten Likes und Retweets dafür, dass sich ihr Empörungsverhalten mit der Zeit immer weiter verstärkte. Für die Forschenden sei das eine Erklärung dafür, wie es passieren kann, dass sich gemäßigte Gruppen mit der Zeit immer mehr radikalisieren.

Ob Like-Funktionen deshalb besser abgeschafft werden sollten, dazu äußern sich die Forschenden in ihrer Studie nicht. Grundsätzlich sei Empörung nichts Schlechtes und könne beispielsweise den Blick auf Missstände leiten und so zu Verbesserungen führen. Allerdings sollten wir uns bewusst machen, dass die sozialen Netzwerke durch die Belohnungsfunktion indirekt steuern, wie Debatten geführt werden.

Deshalb seien die sozialen Netzwerke keine neutralen Plattformen, auf denen sich Menschen ganz neutral über bestimmte Themen austauschen. Das sollte laut der Forschenden vor allem die Politik im Blick haben, wenn es darum geht, wie sehr die Netzwerke reguliert werden sollten.

MK **1 a)** Beschreiben Sie die Ergebnisse der im Text vorgestellten Studie zum Einfluss des Designs sozialer Netzwerke auf Empörungsverhalten.

b) Erläutern Sie, welche Auswirkungen das Empörungsverhalten auf gemäßigte Nutzerinnen und Nutzer im Vergleich zu radikaleren hat.

MK **2** Halten Sie es für eine sinnvolle Maßnahme, wenn die „Like-Funktionen deshalb besser abgeschafft werden" (Z. 27)? Begründen Sie Ihren Standpunkt.

Können soziale Medien die Demokratie gefährden? (Ausschnitt, wissen.de 2022)

Die einen verteufeln das Internet und digitale Medien als Demokratiekiller, die anderen sehen in ihnen eine Chance für mehr politische Partizipation. Wer hat recht? Eine Studie, die weltweit Auswirkungen von digitalen Medien auf Demokratien untersucht hat, kommt zu folgendem Schluss: Das Internet und soziale Medien haben durchaus positive Effekte, können aber gleichzeitig ebenso Polarisierung und Populismus vorantreiben und bestehende Demokratien damit gefährden.
[...] Um das herauszufinden, haben Forschende um Philipp Lorenz-Spreen vom Max-Planck-Institut für Bildungsforschung fast 500 wissenschaftliche Artikel aus aller Welt analysiert, in denen es um den Zusammenhang zwischen digitalen Medien und Demokratie ging. Unter digitalen Medien verstanden sie dabei jegliche Art der Verbreitung von Informationen und Botschaften über das Internet. Dazu gehören soziale Medien wie Instagram und Twitter ebenso wie Diskussionsforen oder die Online-Ableger großer Tageszeitungen.
Das Team schaute sich die verschiedenen Forschungsartikel unter anderem dahingehend an, wie digitale Medien sich auf politische Beteiligung, Vertrauen in die Politik, Polarisierung und Populismus auswirken. Lorenz-Spreen und seine Kollegen konzentrierten sich dabei auf Artikel, die eindeutige kausale Zusammenhänge lieferten. Sie suchten also nicht nach Aussagen wie „Die Demokratie ist geschwächt und digitale Medien sind auf dem Vormarsch“, sondern „Die Demokratie ist geschwächt, weil digitale Medien auf dem Vormarsch sind“.
Das Resultat dieser umfangreichen Analyse ist zweigeteilt und hängt stark davon ab, welches Land man betrachtet. Demnach haben etablierte Demokratien in Europa oder den USA verstärkt mit den negativen Auswirkungen digitaler Medien zu kämpfen, während aufstrebende Demokratien in Südamerika, Afrika und Asien deutlich von den positiven Effekten der digitalen Medien profitieren.
Zu diesen positiven Effekten gehört laut Lorenz-Spreen und seinen Kollegen, dass digitale Medien für ein besseres politisches Wissen in der Bevölkerung sorgen und sie mit verschiedenen Standpunkten zu einem Thema versorgen. In demokratischen Ländern erhöhen sie außerdem die politische Beteiligung, indem durch sie zum Beispiel mehr Leute wählen gehen.
Doch dem steht eine Reihe negativer Effekte entgegen. So bestätigte das Forschungsteam zum Beispiel, dass Internet und soziale Medien das Vertrauen der Bevölkerung in die Politik sinken lassen. Außerdem verleihen sie Polarisierung und Populismus Auftrieb, die zur Spaltung der Gesellschaft beitragen. Das hat auch Einfluss darauf, wen die Menschen wählen oder politisch unterstützen, wie die Forschenden erklären: „So führte beispielsweise die Nutzung digitaler Medien in Europa zu einer verstärkten Unterstützung rechtsextremer Populisten und es gab kausale Belege dafür, dass digitale Medien ethnische Hassverbrechen sowohl in demokratischen als auch in autoritären Ländern fördern können.“
In etablierten Demokratien wie Deutschland könnten diese Tendenzen langfristig zu einem Problem werden, warnen Lorenz-Spreen und seine Kollegen: „Unsere Ergebnisse geben Anlass zur Sorge. Neben den positiven Auswirkungen der digitalen Medien auf die Demokratie gibt es eindeutige Hinweise auf ernsthafte Bedrohungen der Demokratie.“ Sie empfehlen, noch intensiver zu dem Thema zu forschen, um eine solche Entwicklung noch abwenden zu können.

MK **3** Stellen Sie die im Text aufgeführten Auswirkungen der sozialen Medien auf die Demokratie in einer Tabelle gegenüber.

Auswirkungen der sozialen Medien auf die Demokratie

positiv	negativ
– *besseres politisches Wissen in der Bevölkerung*	– ...

MK **4** Sehen Sie in den sozialen Medien ein Risiko oder eine Chance für die Gesellschaft? Bereiten Sie auf der Grundlage Ihrer bisherigen Arbeitsergebnisse sowie Ihrer persönlichen Erfahrungen eine Erörterung zu dieser Frage vor. Sammeln Sie stichwortartig Argumente.

Jana Sepehr: Welt, bitte mal herhören (2022, fluter, Ausschnitt)

Politischer Aktivismus nutzt soziale Medien zum Protest und zur Organisation. Nicht nur die Bewegung Fridays for Future wurde so groß. Ein paar weitere Beispiele

Ein schwarzes Bild, das vieles sichtbar machte

Bereits 2013 nutzten Afroamerikaner und Afroamerikanerinnen Twitter, um sich über Gewalt an Schwarzen auszutauschen und für ihre Rechte zu kämpfen. Sie formierten sich zu einer Protestbewegung: Black Lives Matter. Nach der Tötung von George Floyd vor knapp zwei Jahren und der Veröffentlichung des Videos davon verbreiteten sich Hashtags wie #BlackLivesMatter, #BlackoutTuesday und #icantbreathe, die letzten Worte Floyds, in der ganzen Welt. Mehr als 19 Millionen Mal wurde allein der Hashtag #Blackouttuesday auf Instagram gepostet, dazu millionenfach ein schwarzes Bild. Die Aktion sollte zum Nachdenken über Rassismus anregen. Aber nicht nur online wurde protestiert: In Städten wie Wien, Lagos, Berlin und Tokio gingen die Menschen auf die Straße. Die Demonstrationen brachten politische Debatten über unterschiedliche Facetten von Rassismus auf den Tisch. Auch in Deutschland wurde in der Politik und in den klassischen Medien daraufhin vermehrt über Rassismus wie etwa Racial Profiling diskutiert und berichtet. Dieses globale Ausmaß kam wohl vor allem dank der sozialen Medien zustande.

Demonstrierende in Miami 2014, kurz nachdem ein Geschworenengericht in New York City es abgelehnt hatte, die am Tod von Eric Garner beteiligten Polizisten anzuklagen. „I Can't Breathe" wurde nach der gewaltsamen Tötung von George Floyd im Jahr 2020 erneut zur Parole der Black-Lives-Matter-Bewegung. Beide Männer hatten mit dem Satz kurz vor ihrem Tod die Beamten und Außenstehende vergeblich um Hilfe gebeten.

No Woman, No Drive

Unter der Dusche oder auf dem Klo sei ihm die Idee zu „No Woman, No Drive" gekommen, so der Satiriker Hisham Fageeh. Der Song ist eine Art Coverversion des Bob-Marley-Songs „No Woman, No Cry". Fageeh singt darin über ein Thema, das in Saudi-Arabien lange politisch und gesellschaftlich höchst brisant war: das Fahrverbot für Frauen. Oft hatten Aktivistinnen versucht, in den sozialen Medien Druck aufzubauen und so das Verbot zu kippen. Doch nie zuvor gab es ein so großes Echo wie nach dem Hit von Fageeh: In weniger als zwei Tagen wurde das Video auf Youtube über drei Millionen Mal geklickt. Mittlerweile hat das Video aus Saudi-Arabien fast 17 Millionen Klicks. Fageeh greift in seinem Song unter anderem das absurde Argument eines islamischen Geistlichen auf, der behauptet hatte, das Steuern von Fahrzeugen sei schlecht für die Eierstöcke. Ob das Video die Entscheidung von Kronprinz Mohammed bin Salman beeinflusst hat? Zumindest hob dieser das Fahrverbot für Frauen in Saudi-Arabien 2018 auf.

MK **5** a) Wie kann Aktivismus in sozialen Medien auf gesellschaftliche Probleme aufmerksam machen und politische Entscheidungen beeinflussen? Beschreiben Sie die im Text vorgestellten Beispiele und Methoden.

b) Welche weiteren Beispiele für erfolgreichen politischen Aktivismus in sozialen Netzwerken kennen Sie? Berichten Sie von aktuellen Kampagnen, Bewegungen und eigenen Erfahrungen.

MK **6** Funktioniert Aktivismus in sozialen Netzwerken besser als Protest auf der Straße? Vergleichen Sie die beiden Formen anhand der folgenden Punkte.

Methoden | Wirkung | Reichweite | Beteiligte und Adressierte | Risiken

Peter Carstens: Was bringen Onlinepetitionen? (2019, GEO, Ausschnitt)

Die Meinungen darüber gehen weit auseinander. Skeptiker billigen ihnen kaum Wirkung zu – und sprechen von Clicktivism: eine Neubildung aus Click und Activism. Wer zu bequem ist, auf die Straße zu gehen oder ehrlich politisch zu arbeiten, für den bietet die Onlinepetition demnach ein niedrigschwelliges Angebot: Es vermittelt den Teilnehmern völlig kostenlos und in Sekundenschnelle das Gefühl, etwas getan, eine gute Sache unterstützt, etwas bewegt zu haben. Der Medienkritiker Jeff Jarvis forderte gar – per Petition – die Abschaffung aller Petitionen. Es gehe den Antragstellern nur um Aufmerksamkeit.

Tatsächlich ist der Erfolg von Onlinepetitionen selten direkt messbar. „Eine Onlinepetition ist immer nur ein Schritt in einer Kampagne, um öffentlichen Druck aufzubauen“, sagt Svenja Koch von der NGO Campact, die sich auch im Bereich Umwelt- und Verbraucherschutz engagiert. „Daneben führen wir politische Gespräche und laden die Mitzeichnenden zu Großdemonstrationen ein oder bitten sie, dezentral kleine Aktionen zum Thema zu machen.“ Dass eine Petition einmal unmittelbar zum gewünschten Ergebnis geführt habe, gebe es selten, sagt Koch. Doch Campact-Petitionen hätten schon maßgeblich dazu beigetragen. Als Beispiele nennt sie die Verhinderung des Gen-Mais MON810 oder die Mobilisierung für die Anti-Kohle-Proteste am Hambacher Forst. [...]

Ganz so wirkungslos, wie manche Kritiker meinen, sind Onlinepetitionen also offenbar nicht. Vor allem als Baustein einer Kampagne, die zum Beispiel auch Demonstrationen und Diskussionen mit den adressierten Unternehmen oder Politikern einschließt. Und ganz abschaffen, wie Medienkritiker Jeff Jarvis – übrigens erfolglos – forderte, müssen wir sie auch nicht.

7 Besprechen Sie im Kurs, inwiefern der Autor Peter Carstens Stellung zur Frage der Überschrift bezieht. Belegen Sie Ihre Einschätzung am Text.

MK **8** „Dann werde ich jetzt mal meine Meinung klicken!“ Ist das Aktivismus? Positionieren Sie sich auf einem Meinungsstrahl zum Vorwurf des Clicktivismus.

Wer hat Chancen auf „digitale Teilhabe“? (2022, Bundeszentrale für politische Bildung)

Die Chancen auf Partizipation mithilfe von digitalen Mitteln sind ungleich verteilt. Zu den Voraussetzungen für eine effektive Teilhabe zählt zum einen der technische Zugang, das heißt, der Zugang zu Endgeräten wie Smartphone oder Computer und zum Internet. Zum anderen setzt eine effektive Teilhabe an politischen Prozessen einen kompetenten Umgang mit digitalen Medien voraus.

Der sozioökonomische Hintergrund, aber auch Faktoren wie Geschlecht oder Alter haben enormen Einfluss darauf, wie Menschen das Internet nutzen. Es gibt deutliche Anzeichen dafür, dass sich bestehende Ungleichheiten im Digitalen fortschreiben.

Es besteht die Gefahr, dass das Internet den Zugang zu politischer Partizipation gerade für die Teile der Bevölkerung erleichtert, die sowieso schon Zugang hatten, während andere trotz neuer Möglichkeiten ausgeschlossen bleiben. So sind zum Beispiel Menschen mit bestimmten Behinderungen von manchen digitalen Angeboten ausgeschlossen, sofern diese nicht barrierefrei gestaltet sind. Beispiele dafür sind Stories oder Postings auf Instagram ohne Untertitel bzw. Bildbeschreibung/Alternativtext, die für Sehgeschädigte nicht zugänglich sind, aber auch fehlende Internetzugänge in Wohneinrichtungen. Der Begriff „Disability divide“ beschreibt Benachteiligungen im Zugang zum Internet für Menschen mit Behinderungen.

MK **9** Verfassen Sie ausgehend von den im Text genannten Problemfeldern einen Petitionstext für mehr Gleichberechtigung bei digitalen Partizipationsprozessen.

Die digitale Debattenkultur bewerten

1 Sie beobachten die Szene in der Karikatur. Welche Gedanken gehen Ihnen durch den Kopf? Sehen Sie Handlungsbedarf? Tauschen Sie sich aus.

Camilla Kohrs: Woher kommt der Hass im Netz? Wie reagiert man auf Beleidigungen und Drohungen? (2019, Süddeutsche Zeitung, Ausschnitt)

Bereits 2004 beschrieb der US-amerikanische Psychologe John Suler den sogenannten Online-Enthemmungseffekt. Demnach liegt es vor allem an zwei Faktoren, dass Menschen im Netz teilweise anders diskutieren: die eigene Anonymität und die Unsichtbarkeit der anderen. Letztere führt dazu, dass das Gegenüber nicht als Individuum, sondern nur als Gegenmeinung wahrgenommen wird. Diese Entmenschlichung kann jeden treffen, der im Netz kommentiert, vor allem aber öffentliche Personen, die zu einer Art Projektionsfläche werden. Gerade Frauen, die kommentieren, werden oft hart angegangen und auf sexistische und frauenfeindliche Weise beleidigt. Manche Kommentare können strafrechtlich relevant sein. Die Autorin Brodnig empfiehlt, solche Äußerungen zu dokumentieren, zum Beispiel mit einem Screenshot. Auf dem sollte nicht nur der Hasspost, sondern unbedingt auch die URL[1] und die Uhrzeit stehen. Dafür gibt es auch verschiedene Add-ons[2] für den Internetbrowser.

---

1 die URL: engl. „Uniform Resource Locator“, d.h. einheitlicher Ressourcenanzeiger, hier: Standard für Internetseitenadressen
2 das Add-on: unselbstständige Funktionserweiterung für eine Software

MK **2** Helfen Ihnen die Erläuterung zum Enthemmungseffekt und die Empfehlungen von Brodnig, um sinnvoll auf Beleidigungen und Drohungen im Internet reagieren zu können? Begründen Sie.

MK **3 PLUS** Recherchieren Sie die strafrechtlichen Konsequenzen von Hasskommentaren und informieren Sie Ihre Lerngruppe darüber.

Vivien Wysocki: Bei Diskussionen im Netz kennen wir kein Erbarmen

(2022, Ausschnitt, RedaktionsNetzwerk Deutschland)

Eine politische Gesellschaft ist zweifelsfrei ein großer Gewinn für die Demokratie. Vor allem Diskussionen sind dabei ein wesentliches Gestaltungsinstrument. Aber in den letzten Jahren wich die Diskussion dem Streit: Wir diskutieren immer weniger, weil wir immer mehr streiten.
Seitdem wünsche ich mir nichts sehnlicher als eine liberalere Diskussionskultur, in der wir Menschen mit anderen Meinungen mit Respekt behandeln. Statt tiefsitzende Feindbilder aufzubauen, sollten wir das pluralistische Gemeinwesen wieder schätzen lernen – ein Grundelement unserer liberalen Demokratie.
Ziel sollte dabei nicht unbedingt sein, alle Konflikte zu vermeiden, denn dieser Zustand lässt sich höchstens in Diktaturen erzwingen. Ziel sollte viel eher sein, das Gegenüber aufrichtig verstehen zu wollen: Von welcher Perspektive kommt der Mensch? Was sind seine Beweggründe? Dann kommt der wichtigste Teil, der am stärksten vernachlässigt wird: echte Toleranz. Jemanden trotz seiner anderen Meinung zu akzeptieren. Wir sprechen so viel über Toleranz, aber sind teilweise nicht gut darin, tolerant zu sein, wenn's darauf ankommt.
Die wenigsten Menschen bewegen sich außerhalb der Grundwerte, andere besitzen schlicht und ergreifend nicht die Fähigkeit, sich politisch korrekt zu äußern – ohne dabei eine böse Absicht zu haben. Aber gerade im Internet sind wir so erbarmungslos mit unseren Urteilen geworden und sehen den Feind schneller als den Mensch dahinter. Das baut Mauern auf und – im Zweifel – radikalisiert es. Aufeinander zuzugehen kann hingegen so viel mehr Positives bewirken. Es ist ein Zeichen von Freiheit und Zivilisation, mit Menschen diskutieren zu können, die anderer Meinung sind als man selbst. Und dass wir imstande sind, in Frieden streiten zu können.
Es liegt an jedem Einzelnen von uns, mit gutem Beispiel voranzugehen. Also, fangen Sie am besten gleich heute im Kleinen an: Zeigen Sie Ihrem Gesprächspartner aufrichtiges Interesse an seiner Meinung und versuchen Sie zu verstehen, wie die Meinung entstanden ist. Ich bin mir sicher, dass Sie andere damit anstecken können.

MK **4** Ist „eine liberale Diskussionskultur" (Z. 4), wie sie sich Wysocki wünscht, im Internet möglich? Verfassen Sie zu der Position der Kolumnistin einen schriftlichen Kommentar.

„Hetze muss bestraft werden" Internet-Aktivist über Hatespeech

(2019, taz, Interviewausschnitt)

taz: Ihre Gruppe #ichbinhier will Hass auf Facebook bekämpfen. Wie machen Sie das?
Alexander Urban: Wir haben uns Ende 2016 das Ziel gesetzt, die Diskussionskultur positiv zu gestalten. Wir agieren auf den Seiten großer Medien mit mehr als 100 000 Followern. In Ausnahmefällen, bei krassen Shitstorms etwa, gehen wir auch mal auf die Seiten von NGOs oder Personen des öffentlichen Lebens. Wir scannen fast rund um die Uhr die Kommentare unter den geposteten Artikeln. Wenn es besonders hässlich wird, starten wir eine Aktion.
taz: Was passiert dann?
Urban: Dann rufen wir unsere Mitglieder auf, selbst unter diesem Post zu kommentieren und sachlich dagegenzuhalten. Inhaltlich machen wir keine Vorgaben, es soll jeder seine eigene Meinung sagen dürfen. [...] Wir haben ungefähr 45 000 Mitglieder, davon sind aber nicht alle aktiv. Das Moderationsteam besteht aus 20 bis 25 Menschen. Ein Teil davon übernimmt das Scannen und das Starten von Aktionen. Dafür haben wir einen festen Schichtplan.

MK **5** Bewundernswertes Engagement oder wirklichkeitsferner Idealismus? Besprechen Sie die Vor- und Nachteile der im Text vorgestellten Initiative gegen Hasskommentare.

MK **6** Diskutieren Sie, welche Verantwortung die Anbieter selbst haben, um eine positive Diskussionskultur zu fördern. Nennen Sie konkrete Maßnahmen, die Sie sich zum Schutz der Nutzerinnen und Nutzer von sozialen Netzwerken wünschen.

Information und Partizipation im digitalen Zeitalter

Lexikon Medien → S. 551 f.

Medienwandel und Medienkompetenz

Die **Massenmedien** hatten lange Zeit die alleinige Macht und Kontrolle darüber, welche Ereignisse Nachrichtenwert erhielten (**Gatekeeping**). Ihr Auftrag ist es, zur demokratischen Willens- und Meinungsbildung und zu Entscheidungsprozessen beizutragen. Für Beiträge in Zeitungen, Rundfunk und Fernsehen gelten **journalistische Qualitätskriterien**. Seit dem Aufkommen des Internets haben sich die Informations- und Partizipationsmöglichkeiten vervielfacht. Die Nutzerinnen und Nutzer digitaler (**sozialer**) **Medien** produzieren und verbreiten selbst Inhalte (**nutzergenerierte Inhalte**). Hinzu kommt die rasante Entwicklung der **künstlichen Intelligenz**, deren Einfluss auf unser Kommunikations- und Informationsverhalten noch nicht absehbar ist. Die einst einflussreichen Massenmedien konkurrieren heute mit den vielfältigen digitalen Angeboten um die Aufmerksamkeit der Nutzerinnen und Nutzer, die ihrerseits über ein hohes Maß an Medienkompetenz verfügen müssen, um die Qualität der ständig verfügbaren Informationen zu beurteilen.

Desinformation im Internet

Im Internet kursieren viele Informationen. Nicht alle entsprechen den Tatsachen. Manchmal werden falsche Informationen versehentlich verbreitet. In diesem Fall spricht man von **Fehlinformationen**. Es kommt aber auch vor, dass bewusst irreführende und falsche Informationen in Umlauf gebracht werden, um zu manipulieren und zu täuschen. Dies nennt man **Desinformation**.

Fehlinformation	Desinformation
→ **keine** Täuschungsabsicht	→ **gezielte** Täuschungsabsicht
zum Beispiel:	zum Beispiel:
Clickbaiting reißerische Überschriften	**Manipuliert** Deep Fakes, gefälschte Fotos, nachgemachte Websites
Satire/Parodie überspitzte oder humoristische Darstellung	**Aus dem Kontext gerissen** verkürzte Zitate, fehlerhafte Statistiken
Zeitungsente versehentliche Falschmeldung	**Frei erfunden** Lügen, Gerüchte, tendenziöse Behauptungen

KOMPETENZBOX

Informationsqualität im Internet überprüfen

Desinformation erkennen

Impressum checken
- Gibt es ein Impressum und wer wird darin als verantwortlich für die Inhalte gekennzeichnet?

Quellen nachvollziehen
- Werden Quellen angegeben und verweisen diese auf seriöse Institutionen und Personen?

Absenderin/Absender prüfen
- Wer verbreitet den Beitrag mit welcher Absicht?

Bilder prüfen
- Was ergibt die Rückwärtssuche?

Faktencheck nutzen
- Haben unabhängige Organisationen auf ihren Internetseiten die Information bereits geprüft und ggf. richtiggestellt?

Mechanismen der Meinungsbildung und -beeinflussung

Framing
Themen und Ereignisse werden in Erzählmuster eingebettet, die durch Wortwahl, Perspektive und Informationsauswahl gestaltet einen Interpretationsrahmen vorgeben.

Agenda-Setting
Dadurch, dass Medien Themen aufgreifen und sie durch Platzierung und Häufigkeit gewichten, haben sie Einfluss auf die Bedeutung, die die Politik und Gesellschaft ihnen zumessen.

Bandwagon Heuristic
Das Vertrauen in die Verlässlichkeit einer Information ist größer, wenn sie aus dem sozialen Umfeld stammt. Dies gilt insbesondere innerhalb sozialer Medien.

Confirmation Bias
(„Bestätigungsfehler"): Informationen, die das eigene Weltbild bestätigen, werden leichter für wahr gehalten und in die eigene Vorstellungswelt integriert.

Partizipation im Internet – und darüber hinaus

Das Internet wird nicht nur als Informationsmedium genutzt, sondern v.a. auch zur Kommunikation. Sich online auszutauschen, zu positionieren und so Inhalte und Themensetzungen aktiv mitzugestalten, ist für viele Menschen ein selbstverständlicher Bestandteil ihres Alltags. Aus der Absicht, sich für bestimmte Themen einzusetzen, können online Initiativen und Protestbewegungen entstehen, die von den vielfältigen digitalen Partizipationsmöglichkeiten profitieren. Online-Aktivismus mündet nicht selten in Aktivismus in der analogen Welt. Manche Formen der digitalen Beteiligung werden aber auch als Clicktivismus kritisiert.

digitale Partizipationsmöglichkeiten

- Produzieren, Weiterleiten, Liken und Kommentieren von Beiträgen unterschiedlicher Formate (Texte, Videos, Bilder)
- überregionale Organisation, Kommunikation und Informationsaustausch von Gruppen, zum Beispiel in Vereinen, gemeinnützigen Organisationen oder bei Protestbewegungen
- Erstellen von oder Beteiligung an Onlinepetitionen
- Teilnahme an Diskussionen online
- Teilnahme an Online-Abstimmungen oder -Wahlen
- Kontaktaufnahme zu Entscheidungsträgern und einflussreichen Personen über deren Kanäle in den sozialen Medien, aber auch per E-Mail

Chancen und Risiken digitaler Partizipation

Chancen	Risiken
– Digitale Partizipation vereinfacht und stärkt somit die zwischenmenschliche Kommunikation und in der Folge den politischen Diskurs. – Die Verschiebung der Gatekeeping-Funktion bietet Einzelpersonen und Gruppen die Möglichkeit, ihren Anliegen Gehör zu verschaffen. So kommen auch bisher wenig beachtete oder unterdrückte Stimmen zu Wort. – Die politische Bildung wächst, Meinungsvielfalt wird sichtbarer. – E-Voting senkt die Teilnahmeschwelle und erhöht die Teilnahmebereitschaft.	– Sowohl Mobbing als auch die Verbreitung von Extremismus und Hasskampagnen werden vereinfacht. – Digitale Partizipation erreicht nicht alle Bevölkerungsschichten, die Zugänge und Teilhabemöglichkeiten sind nicht gleichberechtigt. – Durch Mechanismen wie Bandwagon Heuristic oder Confirmation Bias haben Beiträge und Personen mit großer Reichweite mehr Macht. – Einige wenige Anbieter und Plattformen haben eine Monopolstellung und verfügen über Unmengen an Daten über ihre Nutzerinnen und Nutzer.

Einen Sachtext erörtern

KOMPETENZBOX

Pragmatische Texte schriftlich erörtern

Bei dieser Schreibform setzen Sie sich mit der **Argumentation** und der **Position** eines Sachtextes **kritisch auseinander** und **begründen Ihre eigene Haltung**. Die Erörterung besteht aus zwei Teilen: einer **kurzen Analyse des Textes**, in der die Argumentationsstruktur des Ausgangstextes untersucht wird, und einer **Auseinandersetzung mit der Position, Sichtweise und Argumentation** der Verfasserin oder des Verfassers, in der Sie Ihre **eigene Sichtweise** unter Einbeziehung Ihres Vorwissens erörtern.

1. Erstes Textverständnis festhalten – Aufgabenstellung erfassen
- Aufgabenstellung klären und Untersuchungsaspekte notieren
- Textsorte, Autorin/Autor, Titel und Quelle des Textes erfassen und einordnen
- Thema und Inhalt des Textes erfassen

2. Ausgangstext aspektorientiert analysieren
- ausgewählte bzw. vorgegebene Aspekte des Textes untersuchen
- Thesen, Argumente und Wertungen sowie Aufbau und Sprache des Sachtextes festhalten

3. Eigene Position entwickeln
- Argumentation und Wertungen des Textes kritisch analysieren, auch im textüberschreitenden Zusammenhang
- Thesen und Argumente auf das Wesentliche reduzieren und eigene Wertungen, Gedanken und Einwände formulieren, eigenes Wissen ergänzen

4. Gliederung erstellen

Einleitung:
- Hinführung zum Thema und Basissatz (Autorin/Autor, Titel, Thema, Textsorte, Quelle, Position der Verfasserin/des Verfassers benennen)

Hauptteil:
- Analyse: zusammenfassende Wiedergabe der Positionen, des Argumentationsaufbaus und sprachlich-stilistischer Mittel in Ihrer Funktion für die Argumentation
- argumentative Entfaltung der eigenen Position unter Einbeziehung weiteren Wissens
  a) Sanduhrprinzip: Thesen der Autorin/des Autors kritisch kommentieren, dann die eigene Sichtweise entfalten
  b) These-Gegenthese-Modell: Thesen der Autorin/des Autors mit der eigenen Sichtweise und ihrer Begründung nacheinander konfrontieren
- Synthese mit persönlichem Fazit

Schluss:
- Abrundung, evtl. Vergleich mit anderen Positionen oder Appell an Lesende

5. Textbezogene Erörterung verfassen
- Thesen und Argumente der Autorin/des Autors präzise formulieren
- eigene Thesen und Urteile überzeugend begründen
- passende und korrekt zitierte Textbelege einfügen
- roten Faden beachten: gedankliche Zusammenhänge, sprachliche Verknüpfungen
- sachlich schreiben und Fachbegriffe korrekt verwenden

6. Textbezogene Erörterung überarbeiten

In drei gesonderten Durchgängen prüfen:
- sachliche Richtigkeit
- Sichtbarmachung gedanklicher Zusammenhänge durch sprachliche Verknüpfungen
- sprachliche Richtigkeit

BEISPIEL-KLAUSUR

1 Stellen Sie Lara Zehnders Position zur Bewertung von Online-Aktivismus dar. Berücksichtigen Sie dabei auch, wie sie ihre Argumentation entfaltet.

2 Erörtern Sie Lara Zehnders Position. Beziehen Sie dabei Ihr Vorwissen und eigene Erfahrungen mit ein.

Lara Zehnder: Ist Online-Aktivismus das Resultat von Faulheit?

(2020, Schweizer Illustrierte)

Sich in den sozialen Medien an einer Debatte zu beteiligen und seine Meinung öffentlich kundzutun, ist Normalität geworden. Aber verändern ein paar Hashtags und geteilte Bilder die Welt? Oder ist dieser sogenannte Slacktivism doch nur Pseudoaktivismus?

Tippen, posten, kommentieren, senden, liken, sharen – in den sozialen Medien sind dem User keine Grenzen gesetzt. Doch während der Finger eifrig überm Smartphone schwebt, liegt man eigentlich nur gemütlich auf der Couch. „Slacktivism" lautet das Stichwort, zusammengesetzt aus den Begriffen „slacking" – herumhängen, faulenzen – und „activism" – Aktivismus. Die damit verbundene, traurige Wahrheit: Wer sich online als moralischer Superheld ausgibt, kann in Wahrheit auch ein unwissender Mitläufer sein.

Wie genau Slacktivism abläuft, hat die Internet-Gesellschaft in den letzten Jahren an Beispielen wie der #metoo-Bewegung oder der #BlackLivesMatter-Debatte gezeigt. Die User der sozialen Medien setzten sich gemeinsam für oder gegen etwas oder jemanden ein. So entstanden Online-Proteste, die mit Hashtags oder bestimmten Posts (man erinnere sich, wie Instagram mit schwarzen Quadraten überflutet wurde) viral gingen. Allerdings beteiligten sich daran nicht nur Betroffene und Demonstranten, die mit Kartonschildern auf der Straße waren, sondern auch User, die eingewickelt in die Kuscheldecke zu Hause vor dem Fernseher chillten, spontan auf die Solidaritätswelle aufsprangen und mal eben schnell ein schwarzes Quadrat posteten. Pseudoaktivisten? Slacktivisten.

Nun drängt sich die Frage auf, was es eigentlich bringt, eine durchaus wichtige Diskussion mit einem Hashtag zu versehen und durch von Facebook hergestellte Algorithmen zu jagen? Oder besser gefragt: Wem nützt es? Die unverschämte und dennoch ehrliche Antwort: Meist dem Slacktivisten selbst. Er zeigt sich mit den schwarzen Quadraten solidarisch, wirkt modern und informiert. Das ist grundsätzlich nichts Schlechtes, denn jede/jeder will sich in der Öffentlichkeit von der besten Seite zeigen. Und dennoch finden manche: Wer sich mit Slacktivism statt „richtigem" Aktivismus an Debatten beteiligt, macht zu wenig.

Verständlich. Schließlich ist mit einem Post oder einem Hashtag nicht gleich das gesamte Gedankengut einer Gesellschaft verändert. Und ganz bestimmt sollten diejenigen, die ein schwarzes Quadrat posten, wissen, worum es dabei geht, und nicht einfach auf der Trendwelle mitschwimmen.

Aber muss Aktivismus immer mit der physischen Teilnahme an Demonstrationen auf offener Straße verbunden sein? Reicht es nicht, dass man in einer Welt, in der sogar Shitstorms einen Einfluss auf das Real Life haben, seine Meinung mit einem Instagram-Post preisgibt und sich so für Betroffene einsetzt? Wer definiert denn, was als „richtiger" Aktivismus gilt und was nicht? Ein Demonstrationszug kann nun einmal nicht nur aus Anführern bestehen. Es braucht auch diejenigen, die selbst in der hintersten Reihe lautstark ihre Stimme erheben und die Message verbreiten. Das Ziel ist nämlich für alle das gleiche: ein Bewusstsein schaffen.

Grundsätzlich sollte daher jede/jeder so viel tun, wie ihr/ihm möglich ist. Wenn sich jemand engagieren will und dennoch keine Zeit für eine Demonstration hat, dann ist es schließlich nicht verkehrt, wenigstens online an der Debatte teilzunehmen. Hauptsache, man ist informiert und weiß, wofür oder wogegen man sich überhaupt einsetzt. Und das funktioniert am besten, wenn man da ist, wo die Betroffenen sind. Möge das auf der Straße oder auf Instagram sein.

1. Aufgabenstellung erfassen – erstes Textverständnis festhalten

Schreibtraining I12

1.1 Paraphrasieren Sie die Aufgabenstellung. Benennen Sie zusätzlich, welche Informationen die Aufgabenstellung bereits über Lara Zehnders Text enthält.

1.2 Lesen Sie den Text und benennen Sie, in welchem thematischen Zusammenhang er steht. Halten Sie Ihr Vorwissen und Ihre Erfahrungen zu diesem Thema stichwortartig fest.

1.3 Formulieren Sie in Ihren eigenen Worten die Position der Autorin Lara Zehnder in der strittigen Frage.

2. Text aspektorientiert untersuchen

2.1 Stellen Sie die inhaltliche Entwicklung und die Argumentationsstruktur des Textes stichpunktartig in einem Flussdiagramm dar.

Z. 1–6: Einführung in das Thema „Slacktivism" aus den Wörtern „slacking" („herumhängen, faulenzen") und „activism" („Aktivismus") – und in das damit zusammenhängende Problem: „Wer sich online als moralischer Superheld ausgibt, kann in Wahrheit auch ein unwissender Mitläufer sein."

↓

Z. 7–12: Beispiele für den Ablauf von Slacktivism: #metoo-Bewegung und #BlackLivesMatter-Debatte: Online-Protete werden auch von Menschen getragen, die keine Betroffenen und Demonstranten sind.

↓

Z. 13–...: Problematisierung: ...

↓

...

2.2 Erläutern Sie die Funktion der Beispiele (#metoo-Bewegung, #BlackLivesMatter-Debatte, schwarze Quadrate auf Instagram und Kartonschilder auf der Straße) im zweiten Absatz des Textes.

2.3 Formulieren Sie eine begründete Vermutung zur Intention der Autorin: Welche Absicht verfolgt sie mit ihrem Text?

sprachliche Mittel → S. 538 ff.

2.4 Untersuchen Sie, mit welchen sprachlichen Mitteln Lara Zehnder ihre Argumentation stützt. Benennen Sie die Art des sprachlichen Mittels und erläutern Sie die Wirkung mit Blick auf die Intention der Autorin.

auffällige Sprachverwendung	**sprachliches Mittel**	**Wirkung**
„Ist Online-Aktivismus das Resultat von Faulheit?" (Überschrift)	*rhetorische Frage*	*erweckt Neugier auf die Antwort und damit auf den Text*
„Tippen, posten, kommentieren, senden, liken, sharen" (Z. 1)	*Reihung, Aufzählung*	*Die Reihung von Verben betont die (hektische) Aktivität. Zugleich werden Alltagserfahrungen abgerufen: alle, die tippen, posten usw., werden angesprochen.*
„Doch während der Finger eifrig überm Smartphone schwebt, liegt man eigentlich nur gemütlich auf der Couch." (Z. 2–3) – „moralischer Superheld" (Z. 5) vs. „unwissender Mitläufer" (Z. 6)	*Antithesen*	*Die beiden Haltungen werden nicht nur klar gegenübergestellt, sondern zugleich auch überspitzt, um den Kontrast zu schärfen und das „Problem" drängender und wichtiger erscheinen zu lassen*
...	...	...

3. Eigene Position entwickeln

3.1 „Ist Online-Aktivismus das Resultat von Faulheit?" Entwickeln Sie eine eigene Position zu der Frage, indem Sie Argumente pro und kontra Online-Aktivismus sammeln.

pro Online-Aktivismus	kontra Online-Aktivismus
– *auch Betroffene und Demonstranten sind online aktiv und nutzen die Möglichkeiten der sozialen Medien* …	– *scheinbarer Aktivismus kann in Wahrheit Mitläufertum aus Unwissenheit sein* …

Sprachtraining I13

3.2 Wägen Sie die Argumente sorgfältig ab und formulieren Sie Ihre eigene Position in wenigen Sätzen.

SPRACHTIPP

Formulierungen für die eigene Position

Ich bin der Meinung / der Ansicht / der Auffassung, dass … | Ich bin überzeugt, dass … | Ich vertrete die Position / den Standpunkt … | Meines Erachtens … | Nach sorgfältigem Abwägen der Argumente komme ich zu dem Schluss, dass … | Ich denke (nicht), dass … | Es ist für mich klar / eindeutig / offensichtlich, dass …

3.3 Überprüfen Sie, wie Sie Ihre Argumentation durch Beispiele stützen können. Beziehen Sie eigene Erfahrungen und aktuelle Kampagnen und Aktionen von Online-Aktivisten ein.

4. Gliederung erstellen

4.1 Benennen Sie die Vor- und Nachteile der beiden Gliederungsprinzipien Sanduhr- und Pingpongprinzip.

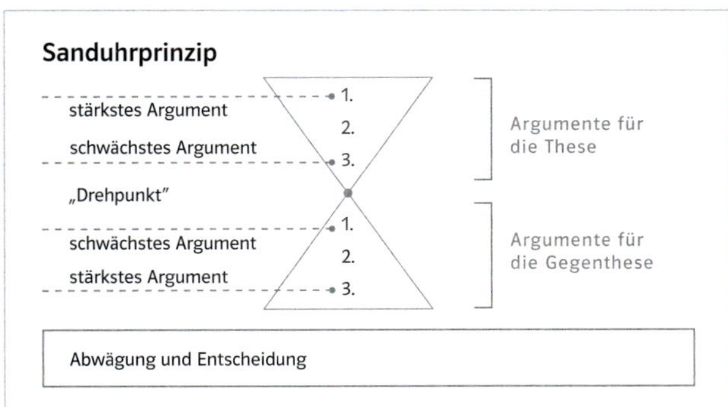

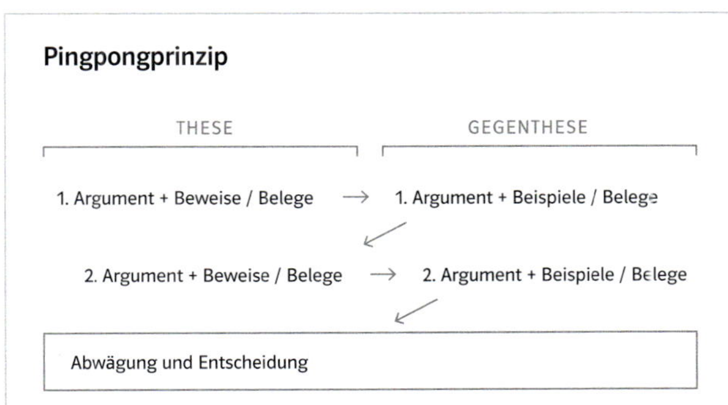

4.2 Skizzieren Sie für den ersten Teil der Aufgabe die Reihenfolge, in der Sie Ihre Analyseergebnisse sinnvoll darlegen können. Beachten Sie, dass auch der Analyseteil über einen roten Faden verfügen sollte.

4.3 Ergänzen Sie in der folgenden Gliederung weitere Argumente und Beispiele und skizzieren Sie einen möglichen Schluss.

Einleitung:
aktuelles Beispiel: xy ging schnell viral, aber ist das Aktivismus? – Besser als nichts, so jedenfalls Lara Zehnder in ihrem Beitrag „Ist Online-Aktivismus das Resultat von Faulheit?" für die „Schweizer Illustrierte" aus dem Jahr 2020.
Hauptteil:
1. *Textanalyse:*
   - *Zehnder vertritt eine mittlere Position, wobei sie zunächst die Pro- und Kontra-Positionen klar gegenüberstellt: ...*
   - *Zehnder unterstützt ihre Argumentation durch verschiedene sprachliche Mittel: Antithesen, ...*
   - *Überleitung zur Eröterung: ...*
2. *Erörterung:*
   - *Zehnder vermeidet eine klare Positionierung in der selbst aufgeworfenen Frage*
   - *Gegenposition, Argumente: Online-Beschäftigungen bleiben meist folgenlos und erregen höchstens kurz Aufmerksamkeit; ...*
   - *Drehpunkt: ...*
   - *Proposition, Argumente: Online-Aktivismus und Aktivismus auf der Straße schließen sich nicht aus, sondern ergänzen sich; Macht der Stimmen im Internet ist nicht geringer als eine physische Demonstration ...*

Schluss: ...

4.4 Erstellen Sie eine eigene Gliederung, die zu Ihrer Position passt.

5. Klausur schreiben

5.1 Formulieren Sie auf der Grundlage Ihrer Vorarbeiten die Erörterung.
Achten Sie auf einen sachlichen Stil und korrekte Zitate.

6. Text überarbeiten

6.1 Überarbeiten Sie Ihre Erörterung mithilfe der Checkliste.

Argumentation
- ☑ Sind alle Aussagen über den Text richtig und am Text belegt?
- ☑ Ist die strittige Frage klar formuliert?
- ☑ Sind die Pro- und Kontra-Argumente klar gegeneinander abgrenzt?
- ☑ Wird meine Position deutlich?

Folgerichtigkeit:
- ☑ Sind alle Aussagen widerspruchsfrei bzw. unmissverständlich?
- ☑ Sind die Ergebnisse sinnvoll miteinander verknüpft?
- ☑ Stimmt die Gesamtaussage mit den Teilinformationen überein?
- ☑ Gibt es einen roten Faden?

sprachliche Richtigkeit:
- ☑ Sind die geltenden Regeln der Rechtschreibung beachtet?
- ☑ Stimmt die Zeichensetzung?
- ☑ Sind Grammatik und Satzbau korrekt?
- ☑ Sind Zitate richtig wiedergegeben?
- ☑ Sind Flüchtigkeitsfehler wie fehlende oder vertauschte Buchstaben korrigiert?

Beispiellösung
D 06

Beispiellösung (Ausschnitt)

*Wann haben Sie sie sich zuletzt in den sozialen Medien für etwas eingesetzt? Es geht ja auch so einfach: Ruckzuck ist eine Kampagne gelikt, ein zustimmender Kommentar getippt oder ein Hashtag vergeben. Doch ist das schon gesellschaftlicher oder politischer Aktivismus? Es ist nach Ansicht von Lara Zehnder immerhin besser als nichts, jedenfalls kommt sie in ihrem Beitrag „Ist Online-Aktivismus das Resultat von Faulheit?" für die „Schweizer Illustrierte" aus dem Jahr 2020 zu dem Ergebnis: „Grundsätzlich sollte daher jede*r so viel tun, wie ihm/ihr möglich ist. [...] Möge das auf der Straße oder auf Instagram sein." (Z. 34–38)*

Lara Zehnder nimmt mit einer solchen Wertung eine mittlere Position in der Frage der Bewertung von „Online-Aktivismus" ein, nachdem sie die beiden konkurrierenden Haltungen am Beginn ihres Artikel zunächst gegenüberstellt (vgl. „moralischer Superheld" vs. „unwissender Mitläufer", Z. 5 und 6) und an den Beispielen #metoo-Bewegung und #BlackLivesMatter-Debatte veranschaulicht und problematisiert: Slacktivism ist nach Ansicht mancher letztlich zu wenig. Für die Berechtigung dieser Kritik deutet Zehnder zwei Argumente an: [...] Zehnder widerlegt diese Argumente nicht und betont sogar die wichtige Funktion des physischen Protestes, behauptet dann aber auch: „Das Ziel ist nämlich für alle das gleiche: ein Bewusstsein schaffen." (Z. 33). Und das, so Zehnder, gehe überall. Ihre Argumentation unterstützt Zehnder dabei durch verschiedene sprachliche Mittel. Neben der bereits angesprochenen scharfen Kontrastierung durch Anithesen ist dies vor allem die Lesereinbindung, die sie durch Beispiele und das Schildern von alltäglichen Erfahrungen erreicht. Wenn sie so also ihren Text mit der Aufzählung „Tippen, posten, kommentieren, senden, liken, sharen" (Z. 1) beginnt, dann nicht nur, um Aktivität zu zeigen, sondern auch, um die Leserschaft abzuholen. [...]

Zehnder kommt so letztlich zu einem Kompromiss in der von ihr selbst aufgeworfenen Frage. Doch liegt sie damit richtig?

Was gegen die Bewertung von Online-Aktivismus als „‚richtigem' Aktivismus" (Z. 22) spricht, ist zunächst die Tatsache, dass scheinbarer Aktivismus in Wahrheit Mitläufertum aus Unwissenheit sein kann. Als Beispiel sei da angeführt [...]

Auch wenn die Kritik an Online-Aktivitäten nicht substanzlos ist, muss doch zugleich gesehen werden, dass auch Betroffene und Demonstranten online aktiv sind und die Möglichkeiten der sozialen Medien sehr wohl nutzen. Dies tun sie natürlich in dem Bewusstsein, dass heute die Macht des Netzes zumindest nicht geringer ist als der „Druck der Staße". [...]

Betrachtet man den Hauptkritikpunkt „Mitläufertum", muss einem auffallen, dass das „Mitlaufen" heute offenbar auf das Sofa verlagert wird, dabei zeigt das Wort doch, dass es ursprünglich physisch gedacht war. Nicht jeder „Mitläufer" auch an der physischen Demonstration ist Vollblutaktivist und Betroffener. Worauf es also ankommt, ist [...]

thematischer Einstieg mit direkter Ansprache

Benennung der Streitfrage sowie Autorin, Titel, Quelle, Erscheinungsjahr, Position der Autorin

Darstellung der Argumentationsstuktur des Textes und Analyse der Argumentationsweise und sprachlichen Gestaltung

Belegen von Analyseergebnissen durch Zitate aus dem Text

Überleitung zum Erörterungsteil durch Hinterfragen der Position

Darstellung der Gegenposition

Entfaltung der eigenen Argumentation

Schlussteil mit Appell, persönlicher Wertung, Ausblick

7

Auf Materialbasis zu aktuellen Sprachentwicklungen argumentieren

Deutsch: vielseitig und wandelbar oder dem Verfall geweiht?

Genderstern, Umgangssprache, Jugendsprache – Sprachwandel oder Sprachverfall?

Wie viel sprachliche Vielfalt gibt es an unseren Schulen?

Wie sensibel sollte unsere Sprache sein?

Das lernen Sie jetzt!

7.1 eine Sprachdebatte beschreiben und beurteilen

7.2 Strukturen und Funktionen verschiedener Sprachvarietäten beurteilen

Schreibtraining: materialgestütztes argumentierendes Schreiben

Vertiefen: den Einfluss politisch korrekter Sprache bewerten

Debatte um den Gender-Stern Finger weg vom generischen Maskulinum!

Nichts gegen eine geschlechtergerechte Sprache, doch das generische Maskulinum darf nicht angetastet werden. Ein Gastbeitrag.

08.08.2018, 14:01 Uhr

Duden

„Wir verbieten doch nichts"

Wie hütet man eine Sprache, wenn alle immer mitreden wollen? Ein Besuch bei den Macherinnen von Deutschlands bekanntestem Wörterbuch

Von Hannah Knuth, aktualisiert am 14. Mai 2021, 6:44 Uhr

Nach Beschluss in Thüringen

Darf man Gendern verbieten?

von Max Kolter, Samuel Kirsch und Sarah Tacke 11.11.2022, 20:39 Uhr

Thüringens Landtag will Gender-Sprache aus der öffentlichen Kommunikation verbannen. Doch Vorgaben für Sprache und Schrift darf der Staat nur begrenzt machen.

Update / Bericht über die Sprache an den Schulen

Experten sehen keine Anzeichen für allgemeinen Sprachverfall

Verständnis für „Sprache im Werden": Akademie für Sprache und Dichtung legt Bericht zur Lage des Deutschen in der Schule vor und mahnt Chancengerechtigkeit an.

von Amory Burchard
29.09.2021, 14:57 Uhr

KULTUR „ES LIEGT ETWAS IM ARGEN"

Deutscher Sprachverein beklagt Verfall der Sprache

Veröffentlicht am 27.06.2019 | Lesedauer: 2 Minuten

Jugendsprache für Anfänger Was bedeutet das Wort „sus"?

Wer als Erwachsener mit Jugendlichen konversieren möchte, hat es oft nicht leicht. Wir verraten Ihnen, wie Sie Jugendwörter verwenden, ohne „sus" zu wirken.

von Miriam Rathje
02.09.2022, 15:34 Uhr

1 Wie reagiert der Radfahrer auf das Verhalten der Frau? Verfassen Sie ein Streitgespräch.

2 Sprachdebatten werden häufig medial begleitet und befeuert. Welche Kontroversen rund um unsere Sprache werden in den Schlagzeilen thematisiert?

3 „Jeder hat das Recht, seine Meinung in Wort, Bild und Schrift frei zu äußern" (Grundgesetz, Artikel 5). Dürfen wir so schreiben, wie wir wollen, oder braucht es die genormte Standardsprache? Diskutieren Sie.

7.1 Eine Sprachdebatte beschreiben und beurteilen

Der Genderstern und die Debatte um die geschlechtergerechte Sprache

„Unsere Vorstellung, was gutes Deutsch ist, wurde im 19. Jahrhundert geprägt“

(10/2021, DER SPIEGEL, Interviewausschnitt)

Warum streitet Deutschland so heftig über das Gendern, das N-Wort, das Z-Wort? Sprachforscher Henning Lobin über die historischen Wurzeln der Debatten – und warum wir unsere Sprache situativ anpassen sollten.

Seit Goethes und Schillers Zeiten sei gutes Deutsch „eng verknüpft mit Bildungsmilieus“, sagt Sprachforscher Henning Lobin.

SPIEGEL: Wer darf entscheiden, was gutes Deutsch ist?

Lobin: Auch wir alle. Wobei unsere Vorstellung, was gutes Deutsch ist, maßgeblich im 19. Jahrhundert geprägt wurde – im Gefolge der deutschen Klassik, durch Goethe, Schiller, Wieland. Ihretwegen hat die deutsche Hochsprache im Gymnasium ihre Heimstatt gefunden, am Ort der klassischen Bildung. Bis heute ist die Vorstellung, was gutes Deutsch ist, eng verknüpft mit Bildungsmilieus, enger wahrscheinlich als in vielen anderen Ländern. Sprache ist hier auch ein Instrument, um sich sozial zu verorten, [...] ist identitätsstiftend. Das hat Tradition in Deutschland, weil es lange keinen Nationalstaat gab. Sprache war ein Ersatz dafür. [...]

SPIEGEL: Die Gesellschaft ist diverser als früher. Sind wir deshalb mit mehr Sprachkonventionen konfrontiert?

Lobin: Ja, am Beispiel von Personenbezeichnungen wird es besonders deutlich: In einer Gesellschaft, in der Minderheiten keine Stimme hatten, war es gang und gäbe, schwarze Menschen mit dem N-Wort zu bezeichnen, Sinti und Roma mit dem Z-Wort. Darüber hat sich bis in die Siebzigerjahre bei uns keiner, der das hätte ändern können, Gedanken gemacht. Heute muss sich die Gesellschaft damit auseinandersetzen. [...]

SPIEGEL: Andere Menschen fühlen sich erst jetzt in unserer Sprache zu Hause. Ist die Vielzahl der aktuellen Sprachkonflikte ein Zeichen für einen sprachlichen Fortschritt?

Lobin: So ist es, das ist eine paradoxe Situation. Ich neige dazu, das als Gewinn zu betrachten. Die Gesellschaft wird sich nach und nach an die neuen Sprachkonventionen gewöhnen. Es ist eine Realität, auf die wir uns schon mal einstellen können. Sie wird nicht einfach verschwinden. [...]

SPIEGEL: Liegt eine Lösung darin, die Sprache der sozialen Situation anzupassen? Jeder Studierende spricht mit seiner Oma vermutlich ein anderes Deutsch als mit seinen Kommilitoninnen.

Lobin: In der Linguistik nennen wir das „Register“, auf die man je nach Situation zurückgreift. Wir leben sprachlich schon Diversität, wir besitzen das Handwerkszeug. Darauf wird es auch hinauslaufen bei den Fragen, die jetzt so kontrovers diskutiert werden: dass wir in bestimmten Situationen auf bestimmte Begriffe und Praktiken setzen, in anderen darauf verzichten. Sei es, weil man sonst nicht verstanden wird, oder auch nur, weil man sich sonst selbst zu sehr mit einem bestimmten Image belegt.

SPIEGEL: Ein Streit dreht sich seit Langem um die Frage, ob das generische Maskulinum geschlechtsneutral ist oder nicht. Können Sie da schlichten?

Lobin: Die Sprachwissenschaft hat keine einheitliche Meinung. Die Auseinandersetzungen, die in der Öffentlichkeit ausgetragen werden, finden sich auch innerhalb des Fachs. Das liegt auch daran, dass sich das generische Maskulinum sprachhistorisch nicht klar nachweisen lässt. Wer Texte des 17. Jahrhunderts analysiert, wird feststellen, dass dort meistens nur von Bäckern, Ärzten, Richtern die Rede ist, nie von Bäckerinnen, Ärztinnen, Richterinnen. Das Problem ist aber, dass es in den

Texten damals tatsächlich meistens nur um Männer ging, weil es keine Frauen in diesen Berufen gab. [...]

SPIEGEL: Kritiker stellen genderneutrale Sprache immer wieder in einen Zusammenhang mit George Orwells Roman „1984". In diesem soll durch eine regulierte Sprachvariante namens „Neusprech" das Denken der Menschen beeinflusst werden. Gibt es Belege dafür, dass sich Bewusstsein durch Sprache verändern lässt?

Lobin: Es gibt zwei Effekte, die gut belegt sind. Sprachen bieten Kategorisierungen der Welt, die unser Denken bestimmen. Und Wörter haben immer ein Umfeld, wodurch ein einzelnes Wort eine ganze Szenerie aufspannt. Wenn Sie das Wort Bus hören, stellen Sie sich eine Haltestelle vor, eine Straße, eine Gruppe von Fahrgästen. Und diese Begriffe verarbeiten Sie sehr viel schneller in Verbindung mit dem Wort Bus.

SPIEGEL: Wie kann ein Mensch durch solche Assoziationsketten beeinflusst werden?

Lobin: In den vergangenen Jahren war Framing ein kontrovers diskutiertes Thema. Da ging es darum, politische Begriffe in ein bestimmtes gedankliches Umfeld zu setzen und so einem Sachverhalt einen bestimmten Dreh zu verleihen. [...]

SPIEGEL: Gibt es historisch betrachtet eine besondere Neigung der Deutschen, Sprachpolitik zu betreiben?

Lobin: Das Gegenteil ist der Fall. Wir haben in Deutschland die Tradition, keine Sprachpolitik zu betreiben. Anders als etwa in Frankreich, wo die Académie française seit dem 17. Jahrhundert die Sprache pflegt und einheitliche Regeln fürs ganze Land erstellt.

SPIEGEL: Warum ist das so?

Lobin: In Frankreich war ja schon Ende des 15. Jahrhunderts die nationale Einheit nahezu vollendet, die gemeinsame Sprache wurde dann erst in einem längeren Prozess geformt. Das hat in Deutschland nie stattgefunden. Es gab hier bis zur Gründung des Kaiserreichs 1871 keinen Nationalstaat und deshalb auch keine Institution, die Regeln festlegen konnte. Gleichzeitig war das nicht nötig, die deutsche Standardsprache war 1871 mehr oder weniger fertig. Sie war hervorgegangen aus einem ungesteuerten kulturellen Prozess, bei dem Luthers Bibelübersetzung eine wichtige Rolle spielte. Aber auch andere hatten großen Einfluss, zum Beispiel im 17. Jahrhundert Sprachgesellschaften, die schon damals stark gegen Fremdwörter arbeiteten.

SPIEGEL: Nie hat jemand von oben eingegriffen?

Lobin: Nein. Die deutsche Sprache ist ein Symbol der Gleichberechtigung, ein Ergebnis geradezu demokratischer Entwicklungen, dadurch zugleich ein Ausdruck von Vielfalt und Diversität.

1 In dem Interviewausschnitt befinden sich viele Fachbegriffe, die dort auch erklärt werden. Ermitteln Sie arbeitsteilig die Bedeutung der folgenden Begriffe: *Sprachdebatte, Register, Framing, Usus, Kategorisierungen, generisches Maskulinum, Sprachwandel, Diversität.*

2 Wählen Sie eine der folgenden Behauptungen (Thesen) aus dem Text und untersuchen Sie, mit welchen Argumenten und Beispielen Lobin sie stützt. Stellen Sie Ihre Ergebnisse in einer Argumentationspyramide dar.

„Sprache ist [...] identitätsstiftend." (Z. 9 ff.)

„Wir haben in Deutschland die Tradition, keine Sprachpolitik zu betreiben." (Z. 56 f.)

„Sprachen bieten Kategorisierungen der Welt, die unser Denken bestimmen." (Z. 45 f.)

„Die deutsche Sprache ist ein Symbol der Gleichberechtigung, ein Ergebnis geradezu demokratischer Entwicklungen, dadurch zugleich ein Ausdruck von Vielfalt und Diversität." (Z. 69 f.)

Eine überzeugende Argumentation besteht aus

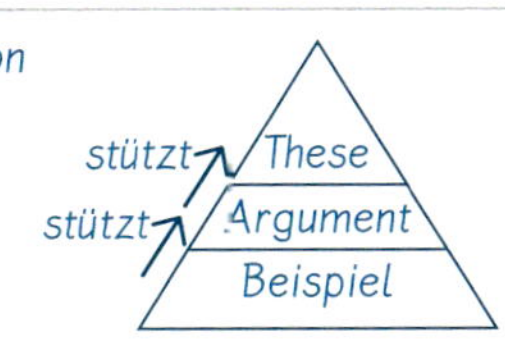

1

Kathrin Kunzel-Razum (*1959), promovierte Sprachwissenschaftlerin und Mitglied im Rat für deutsche Rechtschreibung. Als Chefredakteurin des Dudens hat sie im Jahr 2021 die Einführung von mehr als 12 000 weiblichen Personen- und Berufsbezeichnungen in das digitale Nachschlagewerk mitverantwortet.

2

Margarete Stokowski (*1986), Autorin für verschiedene Zeitungen und Magazine. Ihr Buch „Untenrum frei" (2016) wurde zum Bestseller, der Nachfolgeband „Die letzten Tage des Patriachats" (2018) war ebenso ein Erfolg.

3

Josef Lange (*1948), ehemaliger Staatssekretär im Niedersächsischen Ministerium für Wissenschaft und Kultur (2003–2013) und seit 2017 Vorsitzender des Rates für deutsche Rechtschreibung, der Empfehlungen für staatliche Institutionen herausgibt.

3 Ordnen Sie die Personen den folgenden Beiträgen zur Debatte um die geschlechtergerechten Sprache zu. Begründen Sie Ihre Entscheidung jeweils am Text.

A „Niemand glaubt, dass sich durch gerechtere Sprache alles ändert. Aber auch durch Frauenquoten, kostenlose Tampons auf öffentlichen Toiletten oder Interviews mit Astronautinnen ändert sich nicht ‚alles'. Es wurde millionenfach erklärt, warum es richtig und notwendig ist, geschlechtergerechte Sprache zu verwenden, unter anderem weil man aus Studien weiß, dass Menschen sich unter der männlichen Form einer Gruppenbezeichnung eben nicht alle Geschlechter vorstellen. […] Es ist ein beliebter Einwand, dass ‚in Wirklichkeit' doch niemand so redet […]. Es sei nicht alltagstauglich, etwa den Unterstrich oder das Gendersternchen mitzusprechen, indem man eine kurze Pause macht vor dem ‚innen'. Allein: Sehr viele Leute reden jetzt schon so, gerade junge Menschen. Auch nicht übermäßig progressive[1] Leute benutzen oft einfach die weibliche und männliche Form, sagen also zum Beispiel ‚Lehrerinnen und Lehrer', und das ist zwar immer noch binär, also zwei und nicht mehr Geschlechter ansprechend, aber: Für den Anfang reicht es und ist nicht so schwer. Auch das Argument, dass die ganze Unterstrich- und Sternchensache ja nur fürs Schriftliche gedacht sei und mündlich nicht funktioniere, haut nicht hin, denn erstens gibt es eben die Möglichkeit, eine kurze Pause zu sprechen (Stichwort ‚Glottisschlag', klingt komplizierter als es ist, es klingt dann einfach wie ‚Lehrer innen'). Und zweitens: Selbst wenn es nur schriftlich üblich wäre, wäre das kein Gegenargument, denn auch Dinge wie ‚Mit freundlichen Grüßen …' oder das Semikolon finden in der gesprochenen Sprache nicht statt und niemand will sie abschaffen. […] Es ist am Ende ziemlich egal, ob man sich für den Unterstrich oder den Stern oder Doppelpunkt oder was auch immer entscheidet. Man muss es auch nicht immer perfekt machen. Ich mache es auch nicht immer richtig. […] Ich finde es auch albern, wenn man ‚Gäste und Gästinnen' schreibt. Aber wer es so machen will: nur zu. Es geht darum, sich Mühe zu geben, gerecht zu sein."
(2021, Ausschnitt aus einer Kolumne)

---

1 progressiv: fortschrittlich; der Glottisschlag: auch: *Kehlkopfverschlusslaut* oder *Knacklaut*, harter Tonansatz vor Vokalen beim Sprechen oder Singen

B „Unsere Arbeitsgruppe im Rat für deutsche Rechtschreibung hat in den vergangenen Monaten das Gendern in großen Sprachkorpora[1] analysiert. Das Ergebnis: Student/-innen und Student*innen haben sich am stärksten durchgesetzt. Wenn wir am Freitag also eine Empfehlung aussprechen, dann die, diese beiden Formen zu verwenden. Aber: Es gibt nicht nur diese Lösung. Und ob der Rat sich letztlich dafür aussprechen wird, weiß ich nicht.
[Das Gendersternchen] hat einen großen Vorteil: Es bildet mehr als zwei Geschlechter ab und löst damit die Binarität[2] auf. Deshalb ist es meiner Interpretation nach auch populär geworden. Das macht das Binnen-I zum Beispiel nicht, da sind bloß zwei Geschlechtskategorien enthalten. [...] Jeder weiß, wie wichtig Sprache ist: Wir drücken unsere Persönlichkeit darüber aus und unsere Welt. Und dann kommt vermeintlich jemand und sagt: ‚Ab jetzt musst du das anders machen.' Wenn Dinge, die einem so selbstverständlich sind, ins Wanken geraten, ruft das eine fundamentale Verunsicherung hervor. Es geht auch darum, Macht abzugeben. [...] Natürlich muss man sich auch für das gleiche Gehalt einsetzen. Aber ich behaupte, dass diese Auseinandersetzung mit und in der Sprache stattfindet. Wir sollten dazu beitragen, dass man die Frauen, die die Gehaltslücke überwinden wollen, auch in der Sprache sieht. Die kann man nämlich wahnsinnig gut verstecken im generischen Maskulinum. Und damit auch das Problem."
(2021, Interviewausschnitt)

1 das Sprachkorpus: eine (digitale) Sammlung von Texten, in denen sprachliche Phänomene bestimmt und zur Auswertung erfasst werden 2 die Binarität: die angenommene Dualität einer Sache, hier der Geschlechtsidentität

C „Die Aufgabe des Rates ist es, die Entwicklung der geschriebenen Sprache zu beobachten – und daraus ein verbindliches amtliches Regelwerk für Schule, Verwaltung und Rechtspflege zu entwickeln. Dazu haben wir verschiedene Kriterien: Wir erwarten zum Beispiel von Gesetzen, dass sie verständlich, lesbar und eindeutig sind. Nur so ist Rechtsprechung auch verlässlich. Schüler sollen außerdem das, was in unserem Regelwerk festgelegt ist, erlernen können – und das im gesamten deutschen Sprachraum.
[...] Mehr als 20 Prozent der Bevölkerung in Deutschland lernen gerade lesen und schreiben, verfügen über geringe Lese- und Schreibkompetenz oder über starke Sehbeeinträchtigungen. Die sind nicht alle in der Lage, einen Genderstern korrekt zu lesen und zu begreifen. Geben Sie ein Wort mit Genderstern bei Google zum automatischen Vorlesen ein: Sie werden nichts verstehen. In Schulen sollten wir uns an Regeln halten. Welche Sprache wollen wir unseren Schülerinnen und Schülern beibringen? Darüber müssen wir uns verständigen – und das ist auch mit dem amtlichen Regelwerk festgelegt. Was wir momentan aber vorfinden, ist ein Rückfall in die deutsche Kleinstaaterei[1] vor 1870."
(2021, Interviewausschnitt)

1 deutsche Kleinstaaterei: Anspielung auf deutschen Staatenbund von 1815 bis 1866, der mit einer unübersichtlichen, schwer zu vereinheitlichenden föderalen Struktur assoziiert wird

4 Welche Argumente für oder gegen einen geschlechtergerechten Sprachgebrauch benennen und widerlegen die drei Personen? Legen Sie eine Tabelle an und ordnen Sie nach Pro und Kontra.

Kommentar schreiben → S. 151

5 Verfassen Sie einen persönlichen Kommentar zum Thema „Krieg der Sterne – Droht uns eine Spaltung in Familie, Peergroup oder Gesellschaft?".

ÜBRIGENS

Glottisschlag
Die kurze Sprechpause, die manche Menschen zur mündlichen Kennzeichnung des Genderzeichens machen, nennt man Glottisschlag. Er kommt zum Beispiel bei „Schüler*innen", gesprochen [ˈʃyːlɐʔɪnən], vor. Auch jenseits des Genderns kommt dieser Laut in unserer Sprache vor, etwa bei „Spiegelei" oder „beantworten".

Formen des Genderns (2022, Quarks)

Feminisierung: Beide Geschlechter werden genannt (Lehrerinnen und Lehrer) oder die weibliche Form wird durch Abkürzungen hinzugefügt (Lehrer/-innen, LehrerInnen).

Neutralisierung: Männliche Formen werden durch geschlechtsneutrale Formen (Lehrkraft) oder eine Substantivierung (Lehrende) ersetzt. Da es nicht für alle männlichen Formen ein neutrales Pendant gibt, müssen manchmal Umschreibungen genutzt werden (*Politiker* wird zu *Mensch in der Politik*).

Gender-Zeichen: Zwischen männlicher Form und weiblicher Endung wird ein Sternchen, Unterstrich oder Doppelpunkt ergänzt (Lehrer*innen, Lehrer_innen, Lehrer:innen). Sie sind ein Platzhalter für alle, die sich weder dem weiblichen noch dem männlichen Geschlecht zuordnen.

6 **a)** Wie können die folgenden Sätze geschlechtergerecht umformuliert werden? Experimentieren Sie mit den vorgestellten „Formen des Genderns".
b) Vergleichen Sie Ihre Ergebnisse untereinander. Wo gab es Schwierigkeiten und wie haben Sie diese gelöst? Welche Formulierungen gefallen Ihnen am besten?

1 Beliebt bei Wanderfreunden und Radfahrern: Ultraleichtes Ein-Mann-Zelt

2 Frau Schmidt und Herr Kassem sind in dieser Woche Vertretungslehrer.

3 Zu Risiken und Nebenwirkungen fragen Sie Ihren Arzt oder Apotheker.

4 Löst die Aufgabe bitte in Partnerarbeit.

5 Das glaubt dir keiner.

6 Jeder Schüler kann teilnehmen.

7 Die Besucher betraten einer nach dem anderen den Ausstellungsraum.

7 **a)** „Würdest du mir bitte die Salzstreuerin reichen?" Formulieren Sie Ihre Antwort auf diese Bitte.
b) Welches Stilmittel kommt in der Karikatur zum Einsatz und welche Haltung zum Thema lässt sich daraus ableiten? Erläutern Sie.

8 **a)** „Wenn ich sage: ‚Ich gehe zum Bäcker', dann ist der Satz auch dann korrekt, wenn die Bäckerei von einer Bäckerin geleitet wird" (Greiner, Z. 3/4). Ist das so? Diskutieren Sie.
b) Lesen Sie den Beitrag von Ulrich Greiner und ermitteln Sie, wie er seine Position stützt.

)) Hörtext A 08

Ulrich Greiner: Droht uns die Sprachzensur? Ja! (2018, DIE ZEIT, Ausschnitt)

Der Kampf für eine „gendergerechte“ Sprache ist ein Kampf gegen die deutsche Sprache. Er ignoriert den Unterschied zwischen dem grammatischen Geschlecht (dem Genus) und dem biologischen (dem Sexus). [...] Wenn ich sage: „Ich gehe zum Bäcker“, dann ist der Satz auch dann korrekt, wenn die Bäckerei von einer Bäckerin geleitet wird. Ich gehe „zum Friseur“, obwohl dort fast nur Friseurinnen arbeiten.

In all diesen Fällen sind Frauen selbstverständlich mitgemeint. Das bloße Mitmeinen jedoch ist den Verfechtern einer „gendergerechten“ Sprache zu wenig. Sie vermuten, dass die maskuline Form im Sprecher oder Hörer (in der Sprecherin oder Hörerin) die Vorstellung nahelegt, alle Ärzte seien Männer. So gesehen, müsste der Deutsche Ärztetag, der kürzlich stattgefunden hat, „Deutscher Ärztinnen- und Ärztetag“ heißen, und die bekannte Warnung im Fernsehen müsste man so verändern: „Zu Risiken und Nebenwirkungen fragen Sie Ihre Ärztin oder Ihren Arzt oder Ihre Apothekerin oder Ihren Apotheker.“

Abgesehen davon, dass dies zu unschönen Umständlichkeiten führt, unterminiert es unser Sprachsystem. Der Satz „Frauen sind die besseren Autofahrer“ verliert seinen Sinn, wenn er lautet „Frauen sind die besseren Autofahrerinnen“. Die spiegelbildliche Formulierung „Männer sind die schlechteren Autofahrerinnen“ geht schon gar nicht. Die Überschrift „Einbrecher immer dreister“ ist sexusneutral, legt aber die Assoziation nahe, es gehe um Männer, was insofern nicht abwegig zu sein scheint, als das Einbrechen ein vornehmlich männlicher Beruf ist.

Selbstverständlich ist es geraten, im konkreten Fall von einer Einbrecherin, Anwältin, Ärztin, Apothekerin oder Professorin zu sprechen. Die Sprachfeministin Luise F. Pusch allerdings sieht in dem Suffix „-in“ eine abgeleitete und somit herabsetzende Form. Sie fordert deshalb, Berufsbezeichnungen generell ins Neutrum zu setzen: das Professor, das Anwalt, das Arzt.

Da nun das bemitleidenswerte generische Maskulinum unter Sexismusverdacht geraten ist, gibt es keine Unschuldsvermutung mehr, und das „Gendern“ nimmt seinen Lauf. [...] Das Geschlecht eines Menschen nämlich, so die herrschende Theorie, ist kein biologisches Faktum, sondern eine soziale Konstruktion. Folglich gibt es viele „Gender“. Die Abkürzung LSBTTIQ zum Beispiel steht laut Wikipedia „für lesbische, schwule, bisexuelle, transsexuelle, transgender, intersexuelle und queere Menschen“. Wo sollen diese Menschen genusmäßig hin?

In der an vielen Stellen eingeübten Schreibweise „die Professoren und Professorinnen“ oder „die ProfessorInnen“ kommen sie ja nicht vor. Dafür nun soll entweder das Sternchen („die Professor*innen“) oder der Unterstrich („die Professor_innen“) verwendet werden. [...] Man (frau) kann „gendergerechte“ Texte schreiben, aber sie sind nicht lesbar und erst recht nicht sprechbar.

9 Welche Wirkung hat der Text auf Sie? Untersuchen Sie anhand von Textbelegen, wie die folgenden sprachlichen Mittel diese Wirkung beeinflussen:
- Mischung verschiedener Stilebenen
- Fragen und rhetorische Fragen
- bildliche Sprache
- abwertende Formulierungen

10 **PLUS** Führen Sie eine Debatte um die gendergerechte Sprache. Verteilen Sie dazu die folgenden Statements und bereiten Sie sich auf Ihre Rollen vor, bevor Sie die Debatte starten.

A „Gendergerechte Sprache: Es geht darum, sich Mühe zu geben, gerecht zu sein.“ (Margarete Stokowski)

B „Mehr als 20 Prozent der Bevölkerung in Deutschland können den Genderstern weder korrekt lesen noch begreifen.“ (Josef Lange)

C „Es geht auch darum, Macht abzugeben.“ (Kathrin Kunkel-Razum)

D „Der Kampf für eine ‚gendergerechte‘ Sprache ist ein Kampf gegen die deutsche Sprache.“ (Ulrich Greiner)

7.2 Strukturen und Funktionen verschiedener Sprachvarietäten beurteilen

Die Vielfalt unserer Sprache

1

2

3

4

5
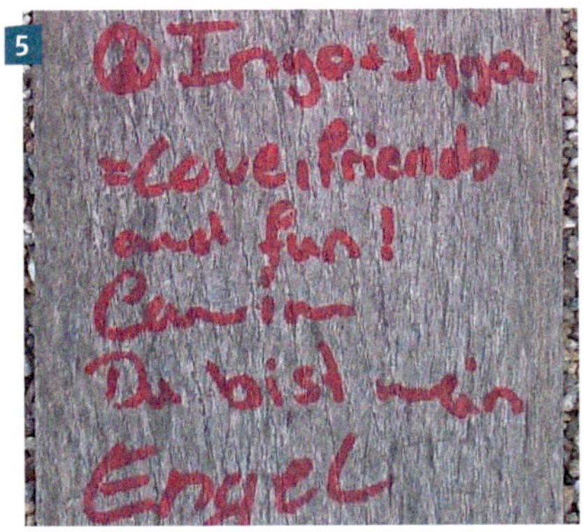

Uallah, da hat der Homie safe die truth gespittet. Find's echt cringe, dass sie alle immer so am Battlen und Haten sind, nur weil wir so reden. Aber auf jeden Fall nice zu wissen, dass jetzt auch Pros mit der youth für die Veränderung der Sprache hustlen. Thumbs up, bro, and peace out!

Korrekte Orthografie und Grammatik scheinen aus der Mode zu kommen. Was ist denn daran so schlimm, sich an die Regeln zu halten?

Man darf nicht vergessen: Hochdeutsch ist auch nur ein Dialekt!

Vielleicht erklärt das mal jemand der Sprachpolizei. Sprache unterliegt schon immer einem Wandel und dem Zeitgeist. Die Schrift folgt seit jeher dem gesprochenen Wort und nicht umgekehrt.

Klar sprech ich mit meinen Freunden anders als mit meinen Eltern. Die würden mich doch gar nich verstehen sonst. Ist was anderes bei meinen Eltern. Und in der Schule auch. Ich komm klar damit, und die anderen auch. Wo is das Problem?

Ich finde es einfach schade, dass grammatische Kategorien wie der Konjunktiv oder der Genitiv verschwinden. Mit jeder fehlenden Möglichkeit von Sprache verschwindet auch ihre Ausdrucksvielfalt. Wir werden sprachlich immer ärmer.

1 Diskutieren Sie ausgehend von den Zitaten die folgende Frage: Was spricht für einen normgerechten Sprachgebrauch und was für einen freien Umgang mit sprachlichen Regeln?

Sprachvarietäten → S. 555

2 Wie viele Sprachvarietäten sprechen Sie? Führen Sie eine Umfrage in Ihrer Lerngruppe durch und stellen Sie die Ergebnisse in einem Kreisdiagramm dar.

Rechtschreibung entspricht der Originalquelle

Heike Wiese et al.: Deutsch ist vielseitig (2014, Ausschnitt)

„Das Deutsche" ist nicht nur das Standarddeutsche oder die Schriftsprache, sondern unsere Sprache umfasst, wie alle Sprachen, viele weitere Varietäten, Dialekte, Stile, Register. Sprecher:innen beherrschen entsprechend auch nie nur eine Variante, sondern wählen aus dieser sprachlichen Vielfalt je nach Situation gezielt aus. Durch Migration und Mehrsprachigkeit sind (in Deutschland ebenso wie in anderen europäischen Ländern) neue urbane Jugendsprachen und Dialekte entstanden, die diese Vielfalt noch vergrößern – die aber, ebenso wie herkömmliche Dialekte auch, oft negativer sozialer Bewertung und Abwertung ausgesetzt sind.

3 Was macht Deutsch zu einer vielseitigen Sprache? Reduzieren Sie die Hauptaussagen des Textes zu einer Schlagwortwolke. Sie können die Wolke digital erstellen.

Martina Rampas: Kuriose Sprachinsel – Man spricht Texasdeutsch (2008, Ausschnitt)

Der Wüstenwind bläst rollende Büsche über die staubige Landstraße nach Paris, Texas. Bevor sich Kojote und Klapperschlange gute Nacht sagen, spielt Marlboro-Man das Lied vom Tod auf seiner Klampfe. Typisch Texas? Bestimmt nicht hier: Im grünen Hügelland von Zentraltexas geben gepflegte Oompah-Klänge – sprich Blasmusik – den Ton an. Deutsche Lied- und Wurstkultur wird nicht nur beim alljährlichen Oktoberfest in Ehren gehalten. Liederkreise, Schützenfeste und Straßennamen wie etwa Faust-, Ufer- oder Ranslebenstraße in New Braunfels und Fredericksburg sind charakteristisch für den „German Belt", wie die deutsch geprägte Gegend traditionell genannt wird. [...] Zur Blütezeit des Texas-German, von etwa 1880 bis zum Ersten Weltkrieg, sprachen in „Hill Country" mehr als hunderttausend Einwohner das Deutsch mit dem gewissen Etwas. Gottesdienste und Schulunterricht wurden auf Hochdeutsch gehalten, es gab fast 90 deutschsprachige Zeitungen und Magazine und ein blühendes Vereinswesen mit Gesangsvereinen wie Germania und der Liedertafel. Heute sind maximal zehntausend Sprecher übrig, Tendenz aussterbend.

4 **a)** Während Kiezdeutsch oft „negativer sozialer Bewertung ausgesetzt ist" (Wiese et al.), wird Texas-German als Kuriosität bewundert. Wie erklären Sie sich diesen Unterschied?
b) Übertragen Sie die folgenden Aussagen aus dem Texas-German ins Kiezdeutsche.

„Wir meeten uns heute in town." „Dann sind wir nach Boerne gemoved."

„Die Kuh ist über die Fence gejumpt!" „The bread is all"

Text in historischer Schreibung

Weimar, Sonntag 29.Februar 1884
Schone doch liebe Lotte dich um meintwillen, so sehr mich dein erster Anblick erfreute weil ich dich wohl sah, so innerlich hat mich dein Übel gestern Abend verstimmt daß ich keiner freudigen Empfindung mehr fähig war. Sag mir was deine Augen machen. Sag mir, daß du mich liebst. Wenn du nicht wohl bist hab ich gar nichts mehr auf der Welt.
G.

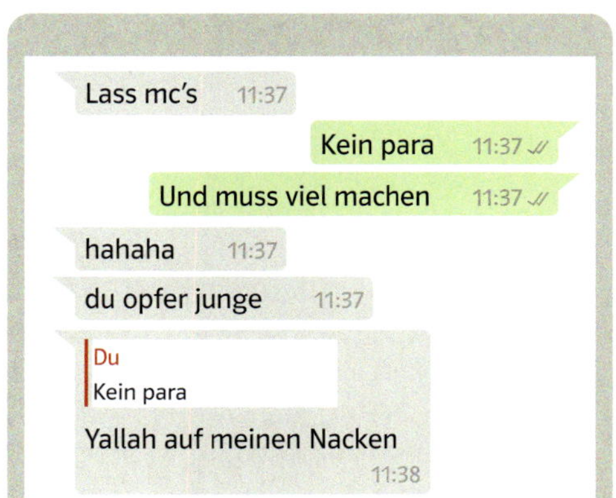

5 Vergleichen Sie Inhalt, Stil und Sprache der Liebesbotschaft von Goethe mit dem Chat-Gespräch. Gehen Sie insbesondere auf das Verhältnis von Mündlichkeit und Schriftlichkeit ein.

Material 1

Raus aus der Einsprachigkeit: sprachliche Vielfalt als gesellschaftlicher Mehrwert

Sprachen besitzen ein gewisses Prestige und damit auch einen Marktwert. Die Personen werden je nach Sprachkompetenz eingeordnet und bewertet. Einmal bewusst gemacht, heißt das auch, dass die Nutzung eines elaborierten Codes im Gegenteil zum restringierten Vorteile verschaffen kann. Studien zeigen, dass bestimmten Sprachen bestimmte Eigenschaften zugeordnet werden, die dann auch dem Menschen zugesprochen werden, der sie spricht. Solch eine schichtspezifische Zuordnung hängt dann von Merkmalen wie Variabilität des Wortschatzes, Einfachheit oder Komplexität der Satzbaupläne, Konkretheit, Häufigkeit von Sprachhülsen usw. ab. Sie ist mindestens so umstritten, wie sie oft einsichtig zu sein scheint.

Material 2

Ingrid Gogolin: Der monolinguale[1] Habitus[2] der multilingualen[3] Schule (2008, Abstract)

Der durch Migrationen hervorgerufene sprachliche und kulturelle Wandel der Gesellschaft ist unübersehbar und unüberhörbar. Die Frage aber, welche Herausforderungen dem Bildungswesen hieraus erwachsen und wie dieses sie lösen kann, findet in der Pädagogik im allgemeinen recht wenig Beachtung. Die zentrale These dieser Studie lautet, dass das nationalstaatlich verfasste deutsche Bildungswesen im 19. Jahrhundert ein monolinguales Selbstverständnis herausbildete. Dieses Selbstverständnis regiert die Schule bis heute – und zwar umso sicherer, als der Vorgang seiner Herausbildung selbst im Vergessen versunken ist. Unter den Umständen wachsender Pluralität[4] in der Schülerschaft aber, die sich als Konsequenz der Migration für Bildung und Erziehung eingestellt hat, erweist sich dieses Selbstverständnis mehr und mehr als dysfunktional[5]: Es begrenzt die Kompetenzen, die zur Bewältigung der Komplexität schulischer Arbeit unter den Umständen sprachlicher Vielfalt nötig sind.

1 monolingual: einsprachig bzw. eine Sprache sprechend 2 der Habitus: das Verhalten, die Gewohnheit
3 multilingual: vielsprachig bzw. mehrere Sprachen sprechend 4 die Pluralität: das Nebeneinanderbestehen
5 dysfunktional: ohne die erwartete Funktion oder Wirkung

Material 3

„Mehrsprachigkeit ist eine große Bereicherung" (2021, FAZ, Ausschnitt)

In der Familie von Olga Grjasnowa werden vier Sprachen gesprochen. Im Interview erklärt die Autorin, warum das kein Problem ist – und warum beim Thema Sprache oft mit zweierlei Maß gemessen wird.

FAZ: Frau Grjasnowa, Sie sprechen Russisch mit Ihren Kindern, Ihr Mann Arabisch. Miteinander sprechen Sie Englisch. Sie haben also keine gemeinsame Familiensprache. Empfinden Sie das als Verlust oder als Bereicherung?

Grjasnowa: Weder noch. Wir haben uns gut darauf eingestellt, aber es war keine bewusste Entscheidung, sondern hat sich aus unseren Lebensläufen ergeben: Ich bin 1996 aus Aserbaidschan nach Deutschland gekommen, mein Mann 2013 aus Syrien. Und uns war es wichtig, dass unsere Kinder beide Sprachen sprechen. Je komplizierter es wird, umso eher antworten die Kinder uns aber auf Deutsch. Es ist nichts Ungewöhnliches, dass Familiensprachen sich ändern, bei mir in der Familie etwa von Jiddisch zu Russisch zu Deutsch. Das ist gar nicht so selten, wie wir vielleicht denken.

Olga Grjasnowa (*1984)

FAZ: [...] In Ihrem Buch schreiben Sie, dass Mehrsprachigkeit außerdem für die meisten Menschen die Regel ist.

Grjasnowa: Ja, schließlich gibt es weltweit keine 200 Staaten, aber 7000 Sprachen. Das heißt, der größte Teil der Welt ist mehrsprachig, und die meisten Menschen leben mit mehreren Sprachen. Einsprachigkeit hat sich historisch relativ spät entwickelt, sie erleichtert die Staatsbildung, aber geht heute auf Kosten der Vielfalt. Jetzt wird die Welt wieder globaler und diverser. Viele Kinder in Deutschland wachsen bilingual auf, manche sogar mit drei oder vier Sprachen.

FAZ: [...] Vor einigen Jahren forderte die CSU in einem Leitantrag: „Wer dauerhaft hier leben will, soll dazu angehalten werden, im öffentlichen Raum und in der Familie Deutsch zu sprechen." Hat Sie das geärgert?

Grjasnowa: Ja, denn diese Debatte zielt nur auf bestimmte Gruppen ab. Wer zu Hause Englisch oder Französisch spricht, gegen den richtet sich das ja nicht. Da wird ein bestimmtes Ressentiment[1] wiedergegeben, dass sich manche nicht integrieren[2], assimilieren[3] wollen. Abgesehen davon: Welches Deutsch meinen die? Das von Goethe oder das von Dieter Bohlen? Welchen Dialekt? Das soll die Idee einer Volksgemeinschaft suggerieren[4], die es so nicht gibt.

1 das Ressentiment: gefühlsmäßige Abneigung gegenüber Personen(gruppen) aufgrund von Vorurteilen 2 sich integrieren: sich in ein größeres Ganzes einfügen, sich eingliedern 3 sich assimilieren: sich anpassen, angleichen 4 suggerieren: einen bestimmten Eindruck erwecken wollen, etwas nahelegen

Material 4

Ursula Bredel, Helmuth Feilke: Varianz und Sprache in der Schule

(2022, Dritter Bericht zur Lage der deutschen Sprache, Ausschnitt)

Die Schule steht wie vielleicht kein anderer Ort der Gesellschaft an der Schnittstelle vielfältiger Pole sprachlicher Variation: Das betrifft schon die Organisation und Institution mit einer eigenen Rechts- und Verwaltungssprache, das betrifft die akademisch ausgebildeten Lehrpersonen, die in ihrer Berufsrolle, nicht nur als Pädagogen, sondern auch als Vertreter ihrer Unterrichtsfächer die Aufgabe haben, die Sprache(n) der Fächer und der Wissenschaft zu unterrichten. Und es betrifft vor allem die auf den Schulhöfen zusammenkommenden Schülerinnen und Schüler unterschiedlichster Herkunft. Sie sprechen dort ihre Sprachen; regionalsprachliche und zu Teilen auch dialektale Varietäten, jugendsprachliche Varianten des Deutschen, ethnolektale Varietäten des Sprachkontakts und herkunftssprachlicher Sprachgebrauch treffen aufeinander. Das ändert sich sofort „nach der Pause". Keine andere gesellschaftliche Institution hat wie die Schule den Bildungsauftrag, die Fähigkeit zum Gebrauch der Standardsprache in Wort und Schrift zu vermitteln. Auch wenn die Unterrichtswirklichkeit vielfach anders aussieht, Ziel und Auftrag stehen außer Frage und finden in Curricula[1], Standards[2] und Kompetenzkatalogen ihre legitime Grundlage.

1 das Curriculum: der Lehrplan, in dem Inhalte, Ziele und Rahmenbedingungen des Unterrichts beschrieben werden
2 die Standards: hier: Bildungsstandards, die benennen, welche Kompetenzen in welchen Jahrgangsstufen und Fächern erreicht werden sollen

6 Ist es an der Zeit, Schule mehrsprachig zu gestalten? Beantworten Sie arbeitsteilig die folgenden Fragen. Beziehen Sie sich auf Ihr Vorwissen sowie die Materialien 1 – 4.
- Viele Sprachen, viele Fehler? Warum ist die Ablehnung sprachlicher Varietäten unsachlich und realitätsfern?
- Wie können Schülerinnen und Schüler mit unterschiedlichen Sprachrepertoires dabei unterstützt werden, ein positives sprachliches Selbstbild zu entwickeln?
- Wie können die sprachlichen Ressourcen, die sich in mehrsprachigen Familien entwickeln, in der Schule genutzt werden?

Kommentar schreiben → S. 151

7 Wägen Sie die Ergebnisse aus Aufgabe 6 ab und verfassen Sie einen Kommentar für die Schulzeitung, der zur sprachlichen Vielfalt an Ihrer Schule aufruft.

Sprache im Wandel

Lexikon Sprache
→ S. 553–561

Die Debatte um gendergerechte Sprache

Seit Jahren wird in Deutschland eine hitzige Debatte um gendergerechte Sprache geführt.
Das Thema ist ein Garant für Einschaltquoten und Klickzahlen, und die unterschiedlichen Positionen stehen sich unvereinbar gegenüber.
So erhebt die eine Seite den Vorwurf der Diskriminierung, da das in der Sprachgewohnheit über lange Zeit hinweg dominante generische Maskulinum bei Personenbezeichnungen andere Geschlechter nicht abbilden würde. Dagegen hält die Gegenseite gendergerechte Veränderungen im Sprachgebrauch für unnötig und umständlich. Die wesentlichen Argumente der Pro- und Kontra-Positionen können wie folgt zusammengefasst werden.

Pro		Kontra
Sprache bildet Realität ab, und in der Realität sind Menschen nicht nur männlich. Weibliche und andere Geschlechtsidentitäten werden durch ein generisches Maskulinum nicht abgebildet.	⟷	Frauen sind rein formal und traditionell in vielen Fällen durch die grammatikalisch männliche Form mitgemeint. Stichwort: „generisches Maskulinum".
Genderzeichen funktionieren auch im mündlichen Sprachgebrauch, etwa durch den Glottisschlag.	⟷	Die mündliche Kennzeichnung der Genderzeichen wird nicht auf Anhieb von allen verstanden.
Das Regelwerk der Sprache ist geprägt durch traditionelle männliche Dominanz. Es ist kein neutrales, unschuldiges System, das auf Gedeih und Verderb auf eine bestimmte Weise beibehalten werden muss.	⟷	Gendern ist ein akademisches Elitenprojekt und geht an der Lebens- und Sprachwirklichkeit vieler Menschen vorbei; es ist eine Bevormundung.
Medien müssen sich ihrer multiplizierenden, sprachprägenden (Vorbild-)Rolle bewusst sein und diese reflektiert steuern, nicht dem Zufall überlassen.	⟷	Medienanstalten, die Gendersprache verwenden, tragen zu einer Verkomplizierung der Sprache bei und schließen Menschen aus, denen die Erfassung der Inhalte deshalb schwerfällt.
Sprache verändert sich ständig. Sprachliche Veränderung (und deren anfängliche, mitunter heftige Ablehnung) gehören seit jeher zur linguistischen Geschichte.	⟷	Die Sprachtradition sollte gewahrt bleiben. Sie bietet Orientierung und Sicherheit.
Eine geschickt angewandte gendergerechte Sprache kann negative ästhetische Wirkungen umgehen. Eine Mischung mit genderneutralen Formulierungen ist möglich und macht den Ausdruck flexibel.	⟷	Gegenderte Sprache wirkt künstlich, umständlich und unpoetisch. Sie führt zu chaotischen Texten mit grammatischen Schwächen, etwa bei der Kasusverwendung.
Der Gebrauch von Gendersprache beweist Aufgeschlossenheit und ist ein notwendiges Zeichen für Inklusion. Sie markiert Ungerechtigkeiten und macht sie ansprechbar.	⟷	Für die Gleichberechtigung ist Sprache nicht relevant. Gendern führt nicht zu besserer Bezahlung von Frauen und eine gerechtere Sprache schafft keine gerechtere Welt.

Sprachwandel

Sprache ist kein starres System, sondern entwickelt sich kontinuierlich. Der Sprachwandel betrifft alle Ebenen der Sprache, also den Wortschatz, den Satzbau, die Wortbildung und die Lautebene. Er wird von verschiedenen Faktoren beeinflusst. Dazu gehören zum Beispiel:

Einflussfaktoren	Sprachentwicklungstendenzen
der technische und gesellschaftliche Fortschritt und die Notwendigkeit, neue Dinge und Prozesse zu benennen, während zugleich andere Gegenstände und Phänomene veralten	Neologismen (Wortneuschöpfungen), Anglizismen, Kurzformen, Verschwinden von Wörtern
die digitalen Medien, deren formale Anforderungen an sprachliche Nachrichten sowie der Konsum und die Verbreitung unkontrollierter sprachlicher Inhalte mit potentiell weltweiter Reichweite in sozialen Netzwerken	Kurzformen, Akronyme, abweichende oder fehlerhafte Schreibungen und Aussprache, Anglizismen, neue Zeichen wie Emojis
die hohe Mobilität sowie Migrationsbewegungen der Menschen, was zur Zunahme von Sprachkontakten führt	Veränderung von lokalen Dialekten zu Regiolekten, multilinguales Code-Switching, Kiezdeutsch
das Bedürfnis oder die Notwendigkeit, sich abzugrenzen und innerhalb einer Gruppe Identität und Verständnis zu fördern	jugendsprachliche Phänomene, Fachsprachen
staatlich kontrollierte Eingriffe wie Rechtschreibreformen	neue sprachliche Regelungen, Gültigkeit von mehreren Schreibvarianten
gesellschaftliche Debatten und das Bemühen um inklusive, politisch korrekte Sprache	gendergerechte Sprache, Einführung neuer und Weglassen alter Wörter, Neologismen, Akronyme

Merkmale eines Kommentars → S. 544 f.

KOMPETENZBOX

Einen Kommentar schreiben

In einem Kommentar nehmen Sie subjektiv und wertend Stellung zu einem Thema und greifen dafür in der Regel auf verschiedene Materialien zurück. Werden Sie zum Verfassen eines Kommentars aufgefordert, bedenken Sie:

- Ein Kommentar wird immer im Präsens geschrieben.
- Die Überschrift soll Interesse wecken und ist entscheidend dafür, ob Ihr Kommentar gelesen wird. Formulieren Sie sie interessant, aber nicht zu lang.
- Für die Einleitung können Sie Fragen, einen aktuellen Anlass oder Zitate verwenden.
- Stellen Sie ihr Hintergrundwissen zum Thema im Text dar.
- Im Hauptteil nennen Sie die Gegenargumente und entkräften diese. Sie beginnen mit dem überzeugendsten Kontra-Argument und nennen das schwächste zuletzt.
- Die Argumentation endet mit dem stärksten Pro-Argument. Jedes Pro-Argument wird mit einem Beispiel gestützt.
- Verwenden Sie Zitate, bringen Sie Emotionen ins Spiel und bedienen Sie sich rhetorischer Stilmittel.
- Ihre Position soll deutlich zum Ausdruck gebracht werden.
- Ein abschließendes, zusammenfassendes Fazit verdeutlicht Ihre Stellungnahme.
- Sie beenden Ihren Kommentar mit Lösungsvorschlägen, weiterführenden Fragen oder Handlungsaufforderungen.

Materialgestütztes argumentierendes Schreiben

KOMPETENZBOX

Materialgestütztes Schreiben eines argumentierenden Textes

Bei dieser Prüfungsaufgabe sollen Sie auf der Grundlage mehrerer Materialien einen argumentierenden Text schreiben. In der Aufgabenstellung erfahren Sie, zu welchem **strittigen Sachverhalt** Sie sich in welcher **Textsorte** an welche **Adressaten** wenden sollen. Die Materialien enthalten Informationen und verschiedene Positionen zum Thema. Sie müssen die **Informationen sorgfältig auswählen**, mit eigenem Wissen **ergänzen**, **ordnen** und auf dieser Grundlage eine **eigene Position entwickeln**, die Sie Ihren Leserinnen und Lesern verständlich machen.

1. Aufgabenstellung erfassen
- strittigen Sachverhalt, Thema und Teilthemen der Aufgabenstellung notieren
- Anforderungen an eigenen Text notieren: Ziel und Form, Adressaten (Leserkreis)

2. Materialien auswerten
- Überblick über den Inhalt der Materialien verschaffen: verstehend lesen
- Textsorte, Autorin/Autor, Titel und Quelle für alle Texte erfassen und einordnen
- alle für die Aufgabenbearbeitung relevanten Informationen der Materialien festhalten

3. Informationen organisieren
- eigenes Wissen zu Teilthemen der Materialien bzw. eigene Argumente ergänzen
- eigene Position formulieren und in Bezug zu Textaussagen setzen, sachlogisch begründen
- Textaussagen bewerten: Autorenmeinungen (z. B. Vermutungen, Behauptungen) nicht mit Informationen (z. B. Fakten, anerkannte Normen, gesicherte Ergebnisse) verwechseln
- Notizen zu Teilthemen, Textsorte und Adressaten heranziehen
- Gedanken, Textaussagen oder Zitate für Einleitung und Schluss notieren

4. Gliederung erstellen

Einleitung:
- interessanten Einstieg finden
- Streitfrage benennen, Thema angeben und Teilthemen auflisten

Hauptteil:
- Argumente der Aufgabenstellung entsprechend entfalten bzw. Reihenfolge der Teilthemen festlegen (große Teilthemen bei Bedarf untergliedern)

Schluss:
- Zusammenfassung mit Bezug zur Einleitung
- möglich: z. B. Zitat, Ausblick, persönliche Einschätzung, Appell

5. Klausur schreiben
- Anforderungen der Textsorte erfüllen und für die Adressatengruppe schreiben
- Informationen knapp und übersichtlich darstellen, eigene Position darstellen
- auf Materialien verweisen und Zitate korrekt einbauen
- roten Faden einhalten: gedankliche Zusammenhänge, sprachliche Verknüpfungen

6. Klausur überarbeiten
- in drei gesonderten Durchgängen prüfen:
  - sachliche Richtigkeit
  - gedankliche Zusammenhänge, sprachliche Verknüpfungen
  - sprachliche Richtigkeit

BEISPIEL-KLAUSUR **Aufgabe**

Überall wird in der Gesellschaft darüber diskutiert, ob in öffentlichen Bereichen, z. B. in der Schule, Dokumente und Texte geschlechtergerecht formuliert werden sollen.
Auch die Schulen Ihrer Region bereiten eine Podiumsdiskussion vor, die genau dieses Thema in den Mittelpunkt rückt.
Die Frage der Podiumsdiskussion lautet: „Sollen in Deutschland alle Schulen Gendersprache verwenden?“

Verfassen Sie Ihren Standpunkt zu der Frage als Vorbereitung auf die Diskussion. Nutzen Sie dazu die Materialien 1–7 und beziehen Sie eigene Erfahrungen und unterrichtliches Wissen über den Zusammenhang von Sprache, Denken und Handeln ein.
Ihr Kommentar sollte etwa 1000 Wörter umfassen.

Material 1

Digitales Wörterbuch der deutschen Sprache: gendern, Gender

gendern: geschlechtsneutrale oder geschlechtsinklusive Ausdrücke verwenden und dadurch Texte so gestalten, dass die Ausgrenzung aufgrund des (sozialen) Geschlechts vermieden wird
Gender: soziales Geschlecht, das die Gesamtheit gesellschaftlicher Normen und Verhaltenserwartungen sowie das durch Erziehung und im sozialen Handeln erworbene Selbstverständnis als Faktoren der geschlechtlichen Identität einbezieht

Material 2

Deutliche Mehrheit lehnt Gendersprache ab (2021, Umfrage des MDR)

Die Debatte um die gendergerechte Sprache hält der größte Teil der Befragungsteilnehmerinnen und -teilnehmer für unwichtig und lehnt das Gendern in sämtlichen Kontexten ab, beispielsweise in den Medien oder der Werbung. Zwar stehen Frauen und die jüngere Generation der Gendersprache etwas offener gegenüber, aber auch bei diesen Gruppen überwiegt die Ablehnung. Das zeigt eine aktuelle Befragung von MDR, an der sich fast 26 000 Menschen aus Mitteldeutschland beteiligt haben.

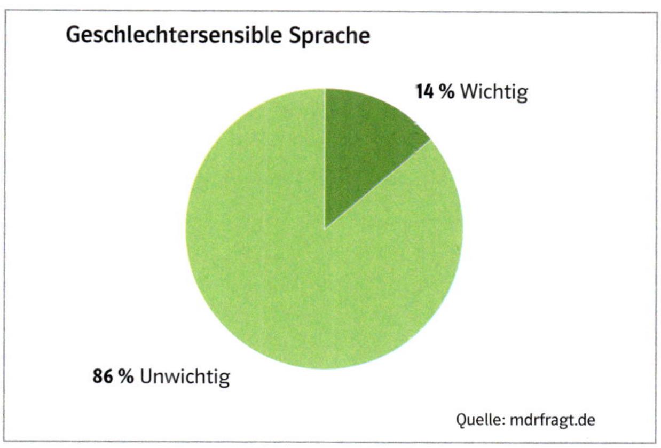

Material 3

Peter Eisenberg: Finger weg vom generischen Maskulinum!

(2018, Der Tagesspiegel, Ausschnitt)

Seit mehr als vierzig Jahren gibt es bei uns einen öffentlichen Diskurs über Notwendigkeit und Möglichkeit einer geschlechtergerechten Sprache, aber selten war er so intensiv wie in diesem Sommer. Und die vertretenen Positionen erweisen sich als kaum vereinbar, echte Kompromisse sind selten. Das gilt weitgehend auch für die beteiligten Sprachwissenschaftler, besonders bei der zu ihrer Domäne gehörenden Frage nach dem Verhältnis von Genus und Sexus, dem grammatischen und dem natürlichen Geschlecht. Zugespitzt hat sich der Streit am sogenannten generischen Maskulinum, das bei Personenbezeichnungen wie Lehrer, Schlosser, Soldat, Spion in Erscheinung tritt. Dienen sie in der Grundbedeutung der Bezeichnung von Männern oder sind sie geschlechtsneutral in dem Sinn, dass sie gar keinen Bezug zum natürlichen Geschlecht haben, also weder auf männlich oder weiblich noch auf inter, trans, queer und so weiter fixierbar sind? Ist es so, dann wäre durch das generische Maskulinum auch niemand diskriminiert, gleichgültig, welche Geschlechtsidentität er persönlich hat. [...] Denn gerade das generische Maskulinum ist eine in der Sprache tief verankerte, elegante und leistungsstarke Möglichkeit zur Vermeidung von Diskriminierung. Am Diskurs beteiligte Sprachwissenschaftler sind geteilter Meinung, einige haben sich in letzter Zeit vom generischen Maskulinum distanziert. So schreiben die Kolleginnen Gabriele Diewald und Anja Steinhauer in der Dudenbroschüre „Richtig gendern" (Berlin2017), man solle das Maskulinum vermeiden. Es mache Frauen unsichtbar und sei nicht der Grammatik eingeschrieben, sondern lediglich eine Gebrauchsgewohnheit, die man ändern könne. Dem Leser wird geraten, einmal jemanden zu fragen: Wer ist dein Lieblingsschauspieler? Als Antwort würden ihm fast ausschließlich Männer genannt werden. Denn in unseren Köpfen seien solche Wörter fest mit „männlich" verbunden. Man spricht hier auch von männlichen Stereotypen. Solche Stereotypen gibt es, das ist keine Frage. Sie sind aus der Grundbedeutung von Lehrer (einer, der lehrt) oder Schauspieler (einer, der schauspielert) und so weiter abgeleitet, sie ändern aber an der Grundbedeutung nichts. Die von den Autorinnen gegebene semantische Charakterisierung des generischen Maskulinums „Frauen sind mitgemeint" ist inkorrekt. Frauen sind gar nicht gemeint, ebenso wenig wie Männer oder Geschlechtsidentitäten jenseits der binären Norm. Darin liegt gerade das Spezifische des generischen Maskulinums. Ein Wort wie Lehrer hat genau zwei Bausteine, nämlich den Verbstamm lehr und das Substantivierungssuffix er, das zu Bezeichnungen von Personen führt, die das tun, was der Verbstamm besagt. Solche Substantive können eine ganze Reihe von daraus abgeleiteten Bedeutungen haben, die alle nichts an der Grundbedeutung ändern. So kann Raucher nicht nur jemanden bezeichnen, der raucht, sondern auch ein Abteil, in dem geraucht werden darf. Ein Seufzer kann auch eine Lautäußerung sein, ein Träger kann ein T-Träger, ein Gepäckträger, ein Hosenträger und vieles mehr sein. Und ist ein Gesetzgeber männlich oder auch nur belebt? Solche abgeleiteten Bedeutungen sind regelhaft und gut verstanden. Sie zeigen, dass es mit der Bindung der Er-Substantive an „männlich" nicht weit her ist. An der Grundbedeutung ändern sie nichts. Sie bleibt gültig und ist jeweils vorausgesetzt.

Material 4
→ S. 140 f.

Material 4

„Unsere Vorstellung, was gutes Deutsch ist, wurde im 19. Jahrhundert geprägt"

(10/2021, DER SPIEGEL, Interviewausschnitt)

Material 5

Anatol Stefanowitsch: Geschlechtergerechte Sprache und Lebensentscheidungen (2015, Ausschnitt)

Es ist nun eine interessante Frage, ob die Tatsache, dass wir bei einem generischen Maskulinum zunächst an Männer denken, nur im Versuchslabor messbar ist, oder ob sie auch eine Rolle in der echten Welt spielt. Und zur Beantwortung genau dieser Frage trägt eine Studie meiner FU-Kollegin Bettina Hannover und ihres ehemaligen Doktoranden Dries Vervecken bei, die vor einigen Monaten erschienen ist und nun dank einer Pressemeldung der Deutschen Gesellschaft für Psychologie öffentliche Aufmerksamkeit erhält. In dieser Studie legten die Autor/innen Schulkindern im Alter von 6–12 Jahren dreizehn Berufsbezeichnungen vor, die entweder stereotyp männlich waren (Astronaut/in, Lastwagenfahrer/in, Geschäftsmann/-frau, Erfinder/in, Bürgermeister/in, Maurer/in, Feuerwehrmann/-frau und Automechaniker/in), oder die stereotyp weiblich waren (Blumenverkäufer/in, Babysitter/in, Zahnarzthelfer/in, Raumpfleger/in und Kosmetiker/in). Jeder dieser Berufe wurde den Kindern vorgelesen und kurz definiert, wobei eine Gruppe Paarformen zu hören bekam (z. B. „Feuerwehrfrauen und Feuerwehrmänner sind Personen, die Feuer löschen“) und eine Gruppe das „generische“ Maskulinum (z. B. „Feuerwehrmänner sind Personen, die Feuer löschen“). Zu jedem Beruf mussten die Kinder vier Fragen beantworten:

1. Wie wichtig ist es, __…__ zu sein?
2. Wie schwer ist es, den Beruf __…__ auszuüben?
3. Wie schwer ist es, den Beruf __…__ zu erlernen? und
4. Was glaubst du, wie viel Geld __…__ verdienen?

Aus den Antworten ergaben sich durch eine Faktorenanalyse zwei Faktoren: Status (Frage 1 und 4) und Zugänglichkeit (Frage 2 und 3). Bei den stereotyp männlichen Berufen wurden beide Faktoren durch die Art der Präsentation (Paarformel oder „generisches Maskulinum“) beeinflusst: Im generischen Maskulinum schrieben die Kinder den Berufen erstens einen höheren Status zu und hielten sie zweitens für schwerer zugänglich, als wenn sie in der Paarform präsentiert wurden. Bei den stereotyp weiblichen Berufen gab es keinen solchen Effekt. So weit bestätigt das Experiment aus linguistischer Perspektive auf eine sehr interessante Weise den semantischen Effekt des generischen Maskulinums – dies wird offensichtlich als „männlich“ interpretiert, woraus sich die stereotype Zuschreibung eines höheren Status und eines höheren Schwierigkeitsgrades ergibt. […]

Kurz zusammengefasst: Wird ein Beruf im „generischen“ Maskulinum präsentiert, wird er von den Kindern als schwerer zugänglich wahrgenommen, was ihre Einschätzung, den Beruf selbst ausüben zu können, negativ beeinflusst. Bei den Jungen wird diese negative Einschätzung dadurch ein Stück weit ausgeglichen, dass die gesellschaftliche Stereotypisierung dieser Berufe als „männlich“ es ihnen nahelegt, dass sie diese Berufe trotzdem ausüben können. Mit anderen Worten: Die Art, in der wir über stereotyp männliche Berufe reden, hat vor allem einen Einfluss darauf, ob Mädchen sich diesen Beruf zutrauen. Die konsequente Verwendung von Paarformeln kann dazu führen, dass sie den Beruf als zugänglicher bewerten und ihn für sich selbst als realistische Berufswahl einschätzen.

Material 6

Material 6 → S. 145

Ulrich Greiner: Droht uns die Sprachzensur? Ja! (2018, DIE ZEIT, Ausschnitt)

Der Kampf für eine „gendergerechte“ Sprache ist ein Kampf gegen die deutsche Sprache. Er ignoriert den Unterschied zwischen dem grammatischen Geschlecht (dem Genus) und dem

Material 7

Heidi Aichinger: Wirklichkeiten konstruieren (2018, Ausschnitt)

Sprache, sagt Lera Boroditsky, ist Teil unserer universellen menschlichen Erfahrung. Es gibt nichts, worüber wir Menschen nicht sprechen können – und so formt Sprache auch die Art, wie wir über Dinge, Beobachtungen oder Erfahrungen denken. Und es ist nicht nur so, dass die Verschiedenheiten der Wahrnehmung etwa im Vergleich unterschiedlicher Kulturen und Sprachen groß sind – sie sind auch erheblich in der Konversation zwischen Individuen der gleichen Sprache und Kultur. „Als Methode der Kommunikation ist Sprache nicht perfekt", sagt Boroditsky, „und gleichzeitig ist es die beste, die wir haben." [...] Sprache ist laut Boroditsky in der Lage, Bereiche wie Orientierung (Zeit und Raum), aber auch Zahlen oder Geschlechter im Gehirn zu formen. „Das kann starke Auswirkungen haben, zum Beispiel auch dann, wenn man Geschlechter zuschreibt", sagt sie. „Etwa bei ‚die Brücke' im Deutschen und ‚el puente' (‚der' Brücke) im Spanischen." Bittet man Probanden, diesen Dingen drei Eigenschaften zuzuschreiben, würden Deutsch sprechende Menschen die Brücke als elegant, filigran oder schön beschreiben, während Spanisch sprechende Menschen mit männlichen Attributen wie stark oder mächtig arbeiten würden. Bemerkenswert dabei sei, so Boroditsky, dass die Menschen glauben, dieses zugeschriebene, konstruierte Geschlecht sage tatsächlich etwas über das Objekt aus. Es gebe Anhaltspunkte dafür, fährt sie fort, dass diese Geschlechtszuweisungen auch Auswirkungen auf die Politik haben. So wurde etwa beschrieben, dass es in Ländern mit weiblichen und männlichen sprachlichen Geschlechtszuschreibungen höhere Tendenzen zu einem Gender-Pay-Gap oder einer Unterrepräsentanz von Frauen in den Regierungen gebe, so die Forscherin weiter.

1. Aufgabenstellung erfassen

Schreibtraining I14

1.1 Verschaffen Sie sich einen Überblick über die Aufgabenstellung und markieren Sie, welche Anforderungen sich daraus für Ihren Text ergeben.

So geht's I15

SO GEHT'S **Aufgabenstellung erschließen**

Überall wird in der Gesellschaft darüber diskutiert, ob in öffentlichen Bereichen, z. B. in der Schule, Dokumente und Texte geschlechterneutral formuliert werden sollen.
Auch die Schulen Ihrer Region bereiten eine Podiumsdiskussion vor, die genau dieses Thema in den Mittelpunkt rückt. Die Frage der Diskussion lautet: „Sollen in Deutschland alle Schulen eine genderneutrale Sprache verwenden?"

Verfassen Sie Ihren Standpunkt zu der Frage als Vorbereitung auf die Diskussion. Nutzen Sie dazu die Materialien 1–7 und beziehen Sie eigene Erfahrungen und unterrichtliches Wissen über den Zusammenhang von Sprache, Denken und Handeln ein.
Ihr Kommentar sollte etwa 1000 Wörter umfassen.

Zielpublikum:
regionale Schulgemeinschaften
Situativer Anlass:
Podiumsdiskussion (→ angemessene Sprache, Stil)
Textform:
meinungsbildender Text (argumentieren!)
Schreibziel:
Positionierung zu Pro oder Kontra
Inhaltlicher Fokus:
Frage nach genderneutraler Sprache an Schulen
Materialien:
Materialien mit Blick auf Schreibziel auswerten und Bezüge herstellen → Intertextualität

1.2 Bei der Fragestellung handelt es sich um eine Entscheidungsfrage. Notieren Sie die beiden möglichen, gegensätzlichen Positionen dazu.

> *Fragestellung:*
> *Sollen in Deutschland alle Schulen Gendersprache verwenden?*
>
> *Pro:* *In allen Schulen soll ...*
>
> *Kontra:* ...

2. Materialien auswerten

2.1 Lesen Sie alle Materialien überfliegend und klären Sie, ob sie eher der Fragestellung oder einer Meinung zuzuordnen sind. Markieren Sie die Texte entsprechend mit T (Thema/Fragestellung), P (Pro) und K (Kontra).

2.2 Legen Sie eine Tabelle an und notieren Sie darin kurz die Hauptaussagen der Materialien und inwiefern sie für Ihren Text von Bedeutung sind.
- Tipp: Hier ist oft schlussfolgerndes Denken gefragt, denn manchmal lassen sich die Informationen nur indirekt aus dem Material ableiten. Schlussfolgern gelingt Ihnen induktiv (vom Besonderen auf das Allgemeine ableiten) oder deduktiv (vom Allgemeinen auf das Besondere schließen).

Pro	Thema	Kontra
M 5: empirische Untersuchungen zur Wahrnehmung von Sprache → Fakten, die M 3 widerlegen? ...	*M 1: Begriffsklärung, Definition (→ gut für Einleitung)* ...	*M 2: Meinungsbild zur Gendersprache (Spielt das für Schule eine Rolle?)* ...

3. Informationen organisieren

3.1 Sowohl Material **3** als auch Material **6** argumentieren, dass das grammatische Geschlecht nichts mit dem natürlichen Geschlecht zu tun habe. Welche Bedeutung hat in diesem Zusammenhang Material **5**?

3.2 Stellen Sie weitere Bezüge zwischen den einzelnen Materialien her. Wo gibt es Übereinstimmungen und wo Gegensätze? Wo werden Ursachen und wo Folgen dargestellt?
- Tipp: Wenn Ihnen in diesem Schritt Ungenauigkeiten, fehlende Angaben oder Abweichungen auffallen, bewerten Sie daran die Glaubwürdigkeit der Materialien.

3.3 Notieren Sie Ihr Vorwissen zum Thema. Schreiben Sie zum Beispiel ergänzende Fakten oder Beispiele auf, die Ihnen zum Thema einfallen.

3.4 Untersuchen Sie die folgende Positionierung einer Schülerin. Welche Sichtweise vertritt sie, und mit welchen sprachlichen Ausdrücke verdeutlicht sie diese?
- Formulieren Sie daraufhin Ihre eigene Position.

> *Ich spreche mich für das Gendern aus. Aus meiner Sichtweise assoziiert unsere Gesellschaft das generische Maskulinum überwiegend mit dem männlichen Geschlecht, wodurch Frauen in unserer Sprache unsichtbar und diskriminiert werden. Ich bin der festen Überzeugung, dass eine Sprachregulierung in Form des Sternchens gendergerecht ist und dazu beiträgt, barrierefrei das weibliche Geschlecht in unserer Sprache zu inkludieren.*

4. Gliederung erstellen

4.1 Überprüfen Sie, inwiefern in der folgenden Einleitung das Zielpublikum, der situative Anlass und der inhaltliche Schwerpunkt sichtbar werden.

Alle Menschen möchten gleichbehandelt werden – unabhängig vom Geschlecht, der Sexualität, Hautfarbe, Religion oder anderen Eigenschaften, die Menschen mit sich tragen. Bezüglich der Gleichberechtigung der Geschlechter ist an unserer Schule eine Debatte über unsere Sprache entfacht. Es geht um die Frage, ob man Gendersprache z. B. in Form des Gendersterns einführt und das generische Maskulinum abschafft, damit alle Geschlechter sichtbar in unserer Sprache erwähnt werden.

4.2 Erstellen Sie eine Gliederung für den Hauptteil Ihres Textes. Ordnen Sie dazu die Pro- und Kontra-Argumente, sodass sie Ihre Position unterstützen und dazu animieren, sich Ihnen anzuschließen.

5. Klausur schreiben

5.1 Woran ist zu erkennen, dass sich der Klausurausschnitt auf einen fremden Text bezieht?
Finden Sie Beispiele für die
- Wiedergabe einer Fremdmeinung (indirekte Rede, Paraphrase, Zitat),
- Distanzierung (Formulierung im Konjunktiv),
- Überprüfung der Faktizität eines Arguments (Verben wie scheinen, mögen, können).

Der Professor für deutsche Sprache Peter Eisenberg betrachtet die gendergerechte Sprache kritisch. In seinem Artikel „Finger weg vom generischen Maskulinum" (M3) vertritt er die Position, dass das generische Maskulinum eine Möglichkeit sei, um geschlechtsbezogene Diskriminierung in der Sprache zu vermeiden. Er betont, dass das Abschaffen des generischen Maskulinums schädlich und nicht zielführend sei. Laut Eisenberg ist das generische Maskulinum geschlechtsneutral, da es nur die Tätigkeit beschreibe, die eine Person ausführe. Er meint, dass das Substantivierungssuffix –er die Bezeichnung für Personen sei, die das tun, was der Verbstamm sagt und kein Maskulinum. Des Weiteren führt der Autor aus, dass eine geschlechtergerechte Sprache ein zu großer Eingriff in die Sprache sei und uns in unserem gewohnten Sprachgebrauch behindere.

5.2 Verfassen Sie Ihren Kommentar. Nutzen Sie den Sprachtipp.

Sprachtraining I16

SPRACHTIPP

Formulierungen für die Argumentation

Kontroverse benennen: Mein Text befasst sich mit der Frage / geht der Frage nach … | Ich behandle / thematisiere / diskutiere im Folgenden die Frage …
Argumente einführen und stützen: Ein erstes Argument lautet … | Weiterhin ist zu sagen, dass …, weil …, denn … | Angesicht der Tatsache, dass … | Dies liegt darin begründet, dass … | Das zeigt sich zum Beispiel … | Am Beispiel von … wird deutlich, dass …
Gegenargumente entkräften: Wenn es auch so ist, dass… so darf nicht übersehen werden, dass, … | Es mag sein, dass … allerdings … | Muss / Mag / Kann dem Argument grundsätzlich zugestimmt werden, … so bedarf es doch dringender Einschränkungen … | Korrigierend sei jedoch gesagt, dass … | Diese Argumentation führt jedoch in eine Sackgasse, wenn man bedenkt, dass …

5.3 Fassen Sie am Schluss Ihres Textes Ihre Erkenntnisse zusammen.

6. Klausur überarbeiten

6.1 Überprüfen Sie Ihren Text in drei Durchgängen auf sachliche Richtigkeit, gedankliche Zusammenhänge und sprachliche Verknüpfungen sowie sprachliche Richtigkeit.

Beispiellösung D 07

Beispiellösung (Ausschnitt)

Er will Kanzlerin werden

Als klar wurde, dass Angela Merkel nach 16 Jahren die Kanzlerschaft abgeben würde, tauchte folgender Witz auf: „Nur weil Männer jetzt auch Kanzlerin werden wollen, sollten wir nicht gleich das Wort Kanzlerin ändern. Ich habe schon immer Kanzlerin gesagt und das bleibt auch so. Die Männer sind da doch mitgemeint." Hinter diesem scheinbar harmlosen Witz verbirgt sich eine Debatte, die seit Jahren die Gemüter erhitzt. Dabei diskutiert man darüber, ob wir Deutschen unsere Sprache verändern müssten, da die bisherige dominante Verwendung grammatikalisch männlicher Nomen und Pronomen, Frauen und Menschen mit anderen Geschlechtsidentitäten nicht genügend berücksichtige. Diese Streitfrage hat nun auch die Schulen erreicht, sodass wir uns hier und heute ebenfalls die Frage stellen möchten, ob in Deutschland alle Schulen eine gendergerechte Sprache verwenden sollen.

Zunächst sollte man wissen, was unter dem Begriff des „Genderns" überhaupt zu verstehen ist. Hier hilft ein Blick in das Digitale Wörterbuch der deutschen Sprache. Neben dem biologischen Geschlecht gibt es demnach auch das sogenannte Gender, welches das „soziale Geschlecht" bezeichnet (M1, Z. 4). Gemeint ist, dass mit der Zugehörigkeit zu einem Geschlecht bestimmte Rollenbilder und Rollenerwartungen verbunden sind, die unsere Erziehung und somit auch unser späteres Leben und Handeln bestimmen. Das sprachliche Gendern hat zum Ziel, Sprache so geschlechtsneutral oder -inklusiv zu gestalten, dass niemand aufgrund des (sozialen) Geschlechtes ausgegrenzt wird (M1, Z. 1–3). Es ist also der Versuch, mögliche Benachteiligungen von Menschen durch sprachliche Kennzeichnung zu vermeiden, und es ist schwer vorstellbar, aus welchen Gründen man diese Bemühung ablehnen sollte. Doch enthält eine Sprache, die nicht gendert, überhaupt Benachteiligungen? Nein, findet der Sprachwissenschaftler Peter Eisenberg. Für ihn sind althergebrachte Berufsbezeichnungen wie Lehrer, Schauspieler oder Bäcker einfach das Ergebnis der deutschen Wortbildung, bei der einem Verbstamm das Suffix -er zur Nominalisierung angefügt wird (M3, Z. 29–31). Dieses sogenannte generische Maskulinum sei laut Eisenberg sogar „eine in der Sprache tief verankerte, elegante und leistungsstarke Möglichkeit zur Vermeidung von Diskriminierung" (M3, Z. 13–14). Einen Zusammenhang zum biologischen Geschlecht, vor allem in unserem Sprachverständnis, lässt er nicht gelten, auch nicht vor dem Hintergrund, dass die Herrschaft der maskulinen Nomen und Pronomen bereits seit dem 17. Jahrhundert existiert und durchaus nach mehreren Hundert Jahren infrage gestellt werden darf. Schließlich stammen die heute gängigen Berufsbezeichnungen aus einer Zeit, in der Frauen diese Berufe überhaupt nicht ausübten (M4, Z. 38–42) .Bäcker, Arzt und Richter waren eben lange nur Männer. Damit gab es keine Notwendigkeit, über geschlechtergerechte Bezeichnungen nachzudenken. Das ist heute, wie wir alle wissen, zum Glück nicht mehr so. [...]

Für die Schule folgt aus diesen Erkenntnissen aus meiner Sicht die Notwendigkeit, umzudenken. Wo werden – beabsichtigt oder unbeabsichtigt – durch Sprache unsere Vorstellungen über die Welt und unseren Platz darin beeinflusst? Welche Bilder entstehen im Kopf, wenn wir lernen, dass Schriftsteller Bücher schreiben, Physiker Experimente wagen und Geographen die Welt entdecken? Fühlen wir uns alle angesprochen, wenn [...]

Randnotizen:

- Überschrift enthält eine Irritation, die Neugier weckt
- Einstieg über Anekdote/Witz
- Hinführung zur übergreifenden Debatte
- Benennung der Streitfrage
- Begriffsklärung als Grundlage der Stellungnahme
- korrekte Angabe der Materialien
- Benennung eines Gegenarguments
- Entkräften des Gegenarguments
- Lenkung der Lesenden
- subjektiv schlussfolgernde Stellungnahme am Ende

1 Epische Texte untersuchen

Ich ist ein anderer

1

3

2

Warum lassen wir uns auf Fiktionen ein?

Wodurch lässt Erzähltes in unserem Kopf Bilder entstehen?

Wie werden wir beim Lesen durch die Art des Erzählens beeinflusst?

Das lernen Sie jetzt!

1.1 Merkmale epischer Texte erschließen
1.2 multimodale Erzählweisen untersuchen

Franz Kafka: Die Verwandlung (1912, Anfang der Erzählung)

Als Gregor Samsa eines Morgens aus unruhigen Träumen erwachte, fand er sich in seinem Bett zu einem ungeheuren Ungeziefer verwandelt. Er lag auf seinem panzerartig harten Rücken und sah, wenn er den Kopf ein wenig hob, seinen gewölbten, braunen, von bogenförmigen Versteifungen geteilten Bauch, auf dessen Höhe sich die Bettdecke, zum gänzlichen Niedergleiten bereit, kaum noch erhalten konnte. Seine vielen, im Vergleich zu seinem sonstigen Umfang kläglich dünnen Beine flimmerten ihm hilflos vor den Augen.

„Was ist mit mir geschehen?", dachte er. Es war kein Traum. Sein Zimmer, ein richtiges, nur etwas zu kleines Menschenzimmer, lag ruhig zwischen den vier wohl bekannten Wänden. Über dem Tisch, auf dem eine auseinandergepackte Musterkollektion von Tuchwaren ausgebreitet war – Samsa war Reisender –, hing das Bild, das er vor kurzem aus einer illustrierten Zeitschrift ausgeschnitten und in einem hübschen, vergoldeten Rahmen untergebracht hatte. Es stellte eine Dame dar, die, mit einem Pelzhut und einer Pelzboa versehen, aufrecht dasaß und einen schweren Pelzmuff, in dem ihr ganzer Unterarm verschwunden war, dem Beschauer entgegenhob.

Gregors Blick richtete sich dann zum Fenster und das trübe Wetter – man hörte Regentropfen auf das Fensterblech aufschlagen – machte ihn ganz melancholisch. „Wie wäre es, wenn ich noch ein wenig weiterschliefe und alle Narrheiten vergäße", dachte er, aber das war gänzlich undurchführbar, denn er war gewöhnt, auf der rechten Seite zu schlafen, konnte sich aber in seinem gegenwärtigen Zustand nicht in diese Lage bringen. Mit welcher Kraft er sich auch auf die rechte Seite warf, immer wieder schaukelte er in die Rückenlage zurück. Er versuchte es wohl hundertmal, schloss die Augen, um die zappelnden Beine nicht sehen zu müssen, und ließ erst ab, als er in der Seite einen noch nie gefühlten, leichten, dumpfen Schmerz zu fühlen begann.

„Ach Gott", dachte er, „was für einen anstrengenden Beruf habe ich gewählt! Tagaus, tagein auf der Reise. Die geschäftlichen Aufregungen sind viel größer als im eigentlichen Geschäft zu Hause und außerdem ist mir noch diese Plage des Reisens auferlegt, die Sorgen um die Zuganschlüsse, das unregelmäßige, schlechte Essen, ein immer wechselnder, nie andauernder, nie herzlich werdender menschlicher Verkehr. Der Teufel soll das alles holen!" Er fühlte ein leichtes Jucken oben auf dem Bauch; schob sich auf dem Rücken langsam näher zum Bettpfosten, um den Kopf besser heben zu können; fand die juckende Stelle, die mit lauter kleinen weißen Pünktchen besetzt war, die er nicht zu beurteilen verstand; und wollte mit einem Bein die Stelle betasten, zog es aber gleich zurück, denn bei der Berührung umwehten ihn Kälteschauer.

Abbildung 1: Franz Kafka, 1917
Abbildung 2: Franz-Kafka-Kopf in Prag, Skulptur von David Černý, 2014
Abbildung 3: E. Corbeyran/Richard Horne: *Die Verwandlung* von Franz Kafka. Graphic Novel

MK **1** Tauschen Sie sich darüber aus, welche Reaktionen naheliegend sind, wenn sich ein Mensch in ein „Ungeziefer" (Z. 3) verwandelt. Vergleichen Sie diese mit den Darstellungen in der Erzählung und der Graphic Novel (S. 160, Bild 3).

2 Charakterisieren Sie den verwandelten Gregor Samsa in dem Anfang aus der Erzählung *Die Verwandlung*. Deuten Sie sein Verhalten.

MK **3** Untersuchen Sie, wie in der Graphic Novel (S. 160, Bild 3) die Verwandlung Gregor Samsas umgesetzt ist. Gehen Sie dabei auch auf die Raumgestaltung und die Darstellung der äußeren und inneren Handlung ein.

1.1 Merkmale epischer Texte erschließen

Erkundungen

1 Lesen Sie den ersten Satz der Novelle (Z. 1–7) und tauschen Sie sich über Ihre Eindrücke aus.

Heinrich von Kleist: Das Erdbeben in Chili (1806, Anfang der Novelle)

In St. Jago, der Hauptstadt des Königreichs Chili, stand gerade in dem Augenblicke der großen Erderschütterung[1] vom Jahre 1647, bei welcher viele tausend Menschen ihren Untergang fanden, ein junger, auf ein Verbrechen angeklagter Spanier, namens *Jeronimo Rugera*, an einem Pfeiler des Gefängnisses, in welches man ihn eingesperrt hatte, und wollte sich erhenken[2]. *Don Henrico Asteron*, einer der reichsten Edelleute der Stadt, hatte ihn ungefähr ein Jahr zuvor aus seinem Hause, wo er als Lehrer angestellt war, entfernt, weil er sich mit *Donna Josephe*, seiner einzigen Tochter, in einem zärtlichen Einverständnis befunden hatte. Eine geheime Bestellung, die dem alten Don, nachdem er die Tochter nachdrücklich gewarnt hatte, durch die hämische Aufmerksamkeit seines stolzen Sohnes verraten worden war, entrüstete ihn dergestalt, dass er sie in dem Karmeliterkloster unsrer lieben Frauen vom Berge daselbst unterbrachte.
Durch einen glücklichen Zufall hatte Jeronimo hier die Verbindung von neuem anzuknüpfen gewusst, und in einer verschwiegenen Nacht den Klostergarten zum Schauplatze seines vollen Glückes gemacht. Es war am Fronleichnamsfeste, und die feierliche Prozession der Nonnen, welchen die Novizen folgten, nahm eben ihren Anfang, als die unglückliche Josephe, bei dem Anklange der Glocken, in Mutterwehen auf den Stufen der Kathedrale niedersank.
Dieser Vorfall machte außerordentliches Aufsehn; man brachte die junge Sünderin, ohne Rücksicht auf ihren Zustand, sogleich in ein Gefängnis, und kaum war sie aus den Wochen erstanden, als ihr schon, auf Befehl des Erzbischofs, der geschärfteste Prozess gemacht ward. Man sprach in der Stadt mit einer so großen Erbitterung von diesem Skandal, und die Zungen fielen so scharf über das ganze Kloster her, in welchem er sich zugetragen hatte, dass weder die Fürbitte der Familie Asteron, noch auch der Wunsch der Äbtissin selbst, welche das junge Mädchen wegen ihres sonst untadelhaften Betragens liebgewonnen hatte, die Strenge, mit welcher das klösterliche Gesetz sie bedrohte, mildern konnte. Alles, was geschehen konnte, war, dass der Feuertod, zu dem sie verurteilt wurde, zur großen Entrüstung der Matronen und Jungfrauen von St. Jago, durch einen Machtspruch des Vizekönigs, in eine Enthauptung verwandelt ward.
Man vermietete in den Straßen, durch welche der Hinrichtungszug gehen sollte, die Fenster, man trug die Dächer der Häuser ab, und die frommen Töchter der Stadt luden ihre Freundinnen ein, um dem Schauspiele, das der göttlichen Rache gegeben wurde, an ihrer schwesterlichen Seite beizuwohnen.
Jeronimo, der inzwischen auch in ein Gefängnis gesetzt worden war, wollte die Besinnung verlieren, als er diese ungeheure Wendung der Dinge erfuhr. Vergebens sann er auf Rettung: überall, wohin ihn auch der Fittig der vermessensten Gedanken trug, stieß er auf Riegel und Mauern, und ein Versuch, die Gitterfenster zu durchfeilen, zog ihm, da er entdeckt ward, eine nur noch engere Einsperrung zu. Er warf sich vor dem Bildnisse der heiligen Mutter Gottes nieder, und betete mit unendlicher Inbrunst zu ihr, als der einzigen, von der ihm jetzt noch Rettung kommen könnte.
Doch der gefürchtete Tag erschien, und mit ihm in seiner Brust die Überzeugung von der völligen Hoffnungslosigkeit seiner Lage. Die Glocken, welche Josephen zum Richtplatz begleiteten, ertönten, und Verzweiflung bemächtigte sich seiner Seele. Das Leben schien ihm verhasst, und er beschloss, sich durch einen Strick, den ihm der Zufall gelassen hatte, den Tod zu geben. Eben stand er, wie schon gesagt, an einem Wandpfeiler und befestigen den Strick, der ihn dieser jammervollen Welt entreißen sollte, an eine Eisenklammer, die an dem Gesimse[3] derselben eingefugt war; als plötzlich der größte Teil der Stadt, mit einem Gekrache, als ob das Firmament einstürzte, versank, und alles, was Leben atmete, unter seinen Trümmern begrub. Jeronimo Rugera war starr vor Entsetzen; und gleich als ob sein ganzes Bewusstsein zerschmettert worden wäre, hielt er sich jetzt an dem Pfeiler, an welchem er hatte sterben wollen, um nicht umzufallen. Der Boden wankte unter seinen Füßen, alle Wände des Gefängnisses rissen, der ganze Bau neigte sich, nach der Straße zu einzustürzen, und nur der, seinem langsamen Fall begegnende, Fall des gegenüberstehenden Gebäudes verhinderte, durch eine zufällige Wölbung, die gänzliche Zubodenstreckung desselben. Zitternd, mit sträubenden Haaren, und Knieen, die unter ihm brechen wollten, glitt Jeronimo über den schiefgesenkten Fußboden hinweg, der Öffnung zu, die der Zusammenschlag beider Häuser in die vordere Wand des Gefängnisses eingerissen hatte.
Kaum befand er sich im Freien, als die ganze, schon erschütterte Straße auf eine zweite Bewegung der Erde völlig zusammenfiel. Besinnungslos, wie er sich aus diesem allgemeinen Verderben retten würde, eilte er, über Schutt und

Gebälk hinweg, indessen der Tod von allen Seiten Angriffe auf ihn machte, nach einem der nächsten Tore der Stadt. Hier stürzte noch ein Haus zusammen, und jagte ihn, die Trümmer weit umherschleudernd, in eine Nebenstraße; hier leckte die Flamme schon, in Dampfwolken blitzend, aus allen Giebeln, und trieb ihn schreckenvoll in eine andere; hier wälzte sich, aus seinem Gestade gehoben, der Mapochofluss auf ihn heran, und riss ihn brüllend in eine dritte. Hier lag ein Haufen Erschlagener, hier ächzte noch eine Stimme unter dem Schutte, hier schrien Leute von brennenden Dächern herab, hier kämpften Menschen und Tiere mit den Wellen, hier war ein mutiger Retter bemüht, zu helfen; hier stand ein anderer, bleich wie der Tod, und streckte sprachlos zitternde Hände zum Himmel. Als Jeronimo das Tor erreicht, und einen Hügel jenseits desselben bestiegen hatte, sank er ohnmächtig auf demselben nieder. Er mochte wohl eine Viertelstunde in der tiefsten Bewusstlosigkeit gelegen haben, als er endlich wieder erwachte, und sich, mit nach der Stadt gekehrtem Rücken, halb auf dem Erdboden erhob. Er befühlte sich Stirn und Brust, unwissend, was er aus seinem Zustande machen sollte, und ein unsägliches Wonnegefühl ergriff ihn, als ein Westwind, vom Meere her, sein wiederkehrendes Leben anwehte, und sein Auge sich nach allen Richtungen über die blühende Gegend von St. Jago hinwandte. Nur die verstörten Menschenhaufen, die sich überall blicken ließen, beklemmten sein Herz; er begriff nicht, was ihn und sie hierhergeführt haben konnte, und erst, da er sich umkehrte, und die Stadt hinter sich versunken sah, erinnerte er sich des schrecklichen Augenblicks, den er erlebt hatte. Er senkte sich so tief, dass seine Stirn den Boden berührte, Gott für seine wunderbare Errettung zu danken; und gleich, als ob der eine entsetzliche Eindruck, der sich seinem Gemüt eingeprägt hatte, alle früheren daraus verdrängt hätte, weinte er vor Lust, dass er sich des lieblichen Lebens, voll bunter Erscheinungen, noch erfreue.

1 große Erderschütterung: Erdbeben 2 erhenken: erhängen 3 Gesims, das: waagrechtes Bauelement, das aus einer Außenwand hervorragt

2 Novellen erzählen von einer „unerhörten Begebenheit" (J. W. Goethe). Prüfen Sie, inwiefern das auf den Novellenanfang (S. 162 f.) zutrifft. Nutzen Sie die folgenden Hinweise.

außergewöhnliche Situation | zentraler Konflikt | unerwarteter Wendepunkt | vorstellbare Handlung

3 Stellen Sie ausgehend von Hinweisen aus dem Anfang (S. 162 f.) Vermutungen über den Fortgang der Novelle an.

4 Analysieren Sie den Novellenanfang (S. 162 f.).
- Untersuchen Sie die Erzählweise, insbesondere den Wechsel zwischen personalem und auktorialem Erzählverhalten.
- Deuten Sie die religiösen Formulierungen.

ÜBRIGENS

Kontext der Novelle
Den historischen Kern der „großen Erschütterung" bildet das Erdbeben in Santiago de Chile von 1647. Die zentrale Rolle spielt allerdings das schwere Erdbeben in Lissabon im Jahr 1755, da dieses eine breite zeitgenössische Diskussion über das herrschende Welt- und Gottesbild ausgelöst hat, an der sich unter anderem auch Immanuel Kant beteiligt hat. Dabei ging es vor allem um das Theodizeeproblem, also die Frage, weshalb ein allmächtiger Gott Leid der Menschen zulässt.

Franz Kafka: Die kaiserliche Botschaft (1917)

Der Kaiser – so heißt es – hat dir, dem Einzelnen, dem jämmerlichen Untertanen, dem winzig vor der kaiserlichen Sonne in die fernste Ferne geflüchteten Schatten, gerade dir hat der Kaiser von seinem Sterbebett aus eine Botschaft gesendet. Den Boten hat er beim Bett niederknien lassen und ihm die Botschaft ins Ohr geflüstert; so sehr war ihm an ihr gelegen, dass er sich sie noch ins Ohr wiedersagen ließ. Durch Kopfnicken hat er die Richtigkeit des Gesagten bestätigt. Und vor der ganzen Zuschauerschaft seines Todes – alle hindernden Wände werden niedergebrochen und auf den weit und hoch sich schwingenden Freitreppen stehen im Ring die Großen des Reichs – vor allen diesen hat er den Boten abgefertigt. Der Bote hat sich gleich auf den Weg gemacht; ein kräftiger, ein unermüdlicher Mann; einmal diesen, einmal den andern Arm vorstreckend schafft er

Optische Täuschung, 1999

sich Bahn durch die Menge; findet er Widerstand, zeigt er auf die Brust, wo das Zeichen der Sonne ist; er kommt auch leicht vorwärts, wie kein anderer. Aber die Menge ist so groß; ihre Wohnstätten nehmen kein Ende. Öffnete sich freies Feld, wie würde er fliegen und bald wohl hörtest du das herrliche Schlagen seiner Fäuste an deiner Tür. Aber statt dessen, wie nutzlos müht er sich ab; immer noch zwängt er sich durch die Gemächer des innersten Palastes; niemals wird er sie überwinden; und gelänge ihm dies, nichts wäre gewonnen; die Treppen hinab müsste er sich kämpfen; und gelänge ihm dies, nichts wäre gewonnen; die Höfe wären zu durchmessen; und nach den Höfen der zweite umschließende Palast; und wieder Treppen und Höfe; und wieder ein Palast; und so weiter durch Jahrtausende; und stürzte er endlich aus dem äußersten Tor – aber niemals, niemals kann es geschehen –, liegt erst die Residenzstadt vor ihm, die Mitte der Welt, hochgeschüttet voll ihres Bodensatzes. Niemand dringt hier durch und gar mit der Botschaft eines Toten. – Du aber sitzt an deinem Fenster und erträumst sie dir, wenn der Abend kommt.

5 Stellen Sie einen Bezug zwischen dem Bild (S. 163) und der Parabel her.

6 Fassen Sie die Bildebene der Parabel zusammen und übertragen Sie diese auf die Sachebene. Nutzen Sie dazu die Informationen zur Parabel (S. 171) und die Deutungsmöglichkeiten **A** – **E**.

Der gescheiterte Versuch, die Botschaft zu überbringen, kann verstanden werden als
- **A** das Scheitern von Kommunikation.
- **B** die Rätselhaftigkeit und Undurchdringlichkeit der Welt.
- **C** die Unmöglichkeit, Erkenntnis zu gewinnen.
- **D** das Unvermögen, Lebensziele zu erreichen.
- **E** …

7 Analysieren Sie Besonderheiten der sprachlichen Gestaltung. Beziehen Sie auch folgende Untersuchungsaspekte mit ein.

Satzbau | Parallelismen | Wortfelder (z. B. Botschaft, Höfe) | Kontrastierungen | Konjunktiv bzw. würde-Form | Anrede (2. Person Singular)

Franz Kafka: Das Urteil (1912, Auszug)

Der junge Geschäftsmann Georg Bendemann lebt mit seinem Vater zusammen und steht kurz vor seiner Heirat. Diese hat er seinem Freund in Petersburg, mit dem er ohne das Wissen seines Vaters regelmäßig korrespondiert, bislang verschwiegen, um den vermeintlich weniger erfolgreichen Freund zu schonen. Auf Zuraten seiner Verlobten hin, verfasst er dann doch einen Brief, in dem er das freudige Ereignis ankündigt. Als er diesen Brief seinem alternden Vater zeigen möchte, kommt es zu überraschenden Offenbarungen und das Gespräch der beiden eskaliert.

„Georg", sagte der Vater leise, ohne Bewegung.
Georg kniete sofort neben dem Vater nieder, er sah die Pupillen in dem müden Gesicht des Vaters übergroß in den Winkeln der Augen auf sich gerichtet.
„Du hast keinen Freund in Petersburg. Du bist immer ein Spaßmacher gewesen und hast dich auch mir gegenüber nicht zurückgehalten. Wie solltest du denn gerade dort einen Freund haben! Das kann ich gar nicht glauben."
„Denk doch noch einmal nach, Vater", sagte Georg, hob den Vater vom Sessel und zog ihm, wie er nun doch recht schwach dastand, den Schlafrock aus, „jetzt wird es bald drei Jahre her sein, da war ja mein Freund bei uns zu Besuch. […]
Währenddessen war es Georg gelungen, den Vater wieder niederzusetzen und ihm die Trikothose, die er über den Leinenunterhosen trug, sowie die Socken vorsichtig auszuziehn. […]
Auf seinen Armen trug er den Vater ins Bett. Ein schreckliches Gefühl hatte er, als er während der paar Schritte zum Bett hin merkte, dass an seiner Brust der Vater mit seiner Uhrkette spiele. Er konnte ihn nicht gleich ins Bett legen, so fest hielt er sich an dieser Uhrkette.
Kaum war er aber im Bett, schien alles gut. Er deckte sich selbst zu und zog dann die Bettdecke noch besonders weit über die Schulter. Er sah nicht unfreundlich zu Georg hinauf.
„Nicht wahr, du erinnerst dich schon an ihn?" fragte Georg und nickte ihm aufmunternd zu.
„Bin ich jetzt gut zugedeckt?" fragte der Vater, als könne er nicht nachschauen, ob die Füße genug bedeckt seien.
„Es gefällt dir also schon im Bett", sagte Georg und legte das Deckzeug besser um ihn.
„Bin ich gut zugedeckt?", fragte der Vater noch einmal und schien auf die Antwort besonders aufzupassen.

„Sei nur ruhig, du bist gut zugedeckt."

„Nein!" rief der Vater, dass die Antwort an die Frage stieß, warf die Decke zurück mit einer Kraft, dass sie einen Augenblick im Fluge sich ganz entfaltete, und stand aufrecht im Bett. Nur eine Hand hielt er leicht an den Plafond[1]. „Du wolltest mich zudecken, das weiß ich, mein Früchtchen, aber zugedeckt bin ich noch nicht. Und ist es auch die letzte Kraft, genug für dich, zuviel für dich. Wohl kenne ich deinen Freund. Er wäre ein Sohn nach meinem Herzen. Darum hast du ihn auch betrogen die ganzen Jahre lang. Warum sonst? Glaubst du, ich habe nicht um ihn geweint? Darum doch sperrst du dich in dein Bureau, niemand soll stören, der Chef ist beschäftigt – nur damit du deine falschen Briefchen nach Russland schreiben kannst. Aber den Vater muss glücklicherweise niemand lehren, den Sohn zu durchschauen. Wie du jetzt geglaubt hast, du hättest ihn untergekriegt, so untergekriegt, dass du dich mit deinem Hintern auf ihn setzen kannst und er rührt sich nicht, da hat sich mein Herr Sohn zum Heiraten entschlossen!"

Georg sah zum Schreckbild seines Vaters auf. [...]

Georg stand in einem Winkel, möglichst weit vom Vater. Vor einer langen Weile hatte er sich fest entschlossen, alles vollkommen genau zu beobachten, damit er nicht irgendwie auf Umwegen, von hinten her, von oben herab überrascht werden könne. Jetzt erinnerte er sich wieder an den längst vergessenen Entschluss und vergaß ihn, wie man einen kurzen Faden durch ein Nadelöhr zieht.

„Aber der Freund ist nun doch nicht verraten!", rief der Vater, und sein hin- und herbewegter Zeigefinger bekräftigte es. „Ich war sein Vertreter hier am Ort."

„Komödiant!", konnte sich Georg zu rufen nicht enthalten, erkannte sofort den Schaden und biss, nur zu spät, – die Augen erstarrt – in seine Zunge, dass er vor Schmerz einknickte.

„Ja, freilich habe ich Komödie gespielt! Komödie! Gutes Wort! Welcher andere Trost blieb dem alten verwitweten Vater? Sag' – und für den Augenblick der Antwort sei du noch mein lebender Sohn –, was blieb mir übrig, in meinem Hinterzimmer, verfolgt vom ungetreuen Personal, alt bis in die Knochen? Und mein Sohn ging im Jubel durch die Welt, schloss Geschäfte ab, die ich vorbereitet hatte, überpurzelte sich vor Vergnügen und ging vor seinem Vater mit dem verschlossenen Gesicht eines Ehrenmannes davon! Glaubst du, ich hätte dich nicht geliebt, ich, von dem du ausgingst?"

„Jetzt wird er sich vorbeugen", dachte Georg, „wenn er fiele und zerschmetterte!" Dieses Wort durchzischte seinen Kopf.

Der Vater beugte sich vor, fiel aber nicht. Da Georg sich nicht näherte, wie er erwartet hatte, erhob er sich wieder.

„Bleib', wo du bist, ich brauche dich nicht! Du denkst, du hast noch die Kraft, hierher zu kommen und hältst dich bloß zurück, weil du so willst. Dass du dich nicht irrst! Ich bin noch immer der viel Stärkere. Allein hätte ich vielleicht zurückweichen müssen, aber so hat mir die Mutter ihre Kraft abgegeben, mit deinem Freund habe ich mich herrlich verbunden, deine Kundschaft habe ich hier in der Tasche!"

„Sogar im Hemd hat er Taschen!", sagte sich Georg und glaubte, er könne ihn mit dieser Bemerkung in der ganzen Welt unmöglich machen. Nur einen Augenblick dachte er das, denn immerfort vergaß er alles.

„Häng' dich nur in deine Braut ein und komm' mir entgegen! Ich fege sie dir von der Seite weg, du weißt nicht wie!"

Georg machte Grimassen, als glaube er das nicht. Der Vater nickte bloß, die Wahrheit dessen, was er sagte, beteuernd, in Georgs Ecke hin.

„Wie hast du mich doch heute unterhalten, als du kamst und fragtest, ob du deinem Freund von der Verlobung schreiben sollst. Er weiß doch alles, dummer Junge, er weiß doch alles! Ich schrieb ihm doch, weil du vergessen hast, mir das Schreibzeug wegzunehmen. Darum kommt er schon seit Jahren nicht, er weiß ja alles hundertmal besser als du selbst, deine Briefe zerknüllt er ungelesen in der linken Hand, während er in der Rechten meine Briefe zum Lesen sich vorhält!"

Seinen Arm schwang er vor Begeisterung über dem Kopf. „Er weiß alles tausendmal besser!" rief er.

„Zehntausendmal!", sagte Georg, um den Vater zu verlachen, aber noch in seinem Munde bekam das Wort einen toternsten Klang.

„Seit Jahren passe ich schon auf, dass du mit dieser Frage kämest! Glaubst du, mich kümmert etwas anderes? Glaubst du, ich lese Zeitungen? Da!" und er warf Georg ein Zeitungsblatt, das irgendwie mit ins Bett getragen worden war, zu. Eine alte Zeitung, mit einem Georg schon ganz unbekannten Namen.

„Wie lange hast du gezögert, ehe du reif geworden bist! Die Mutter musste sterben, sie konnte den Freudentag nicht erleben, der Freund geht zugrunde in seinem Russland, schon vor drei Jahren war er gelb zum Wegwerfen, und ich, du siehst ja, wie es mit mir steht. Dafür hast du doch Augen!"

„Du hast mir also aufgelauert!", rief Georg.

Mitleidig sagte der Vater nebenbei: „Das wolltest du wahrscheinlich früher sagen. Jetzt passt es ja gar nicht mehr."

Und lauter: „Jetzt weißt du also, was es noch außer dir gab, bisher wusstest du nur von dir! Ein unschuldiges Kind warst du ja eigentlich, aber noch eigentlicher warst du ein teuflischer Mensch! – Und darum wisse: Ich verurteile dich jetzt zum Tode des Ertrinkens!"

Georg fühlte sich aus dem Zimmer gejagt, den Schlag, mit dem der Vater hinter ihm aufs Bett stürzte, trug er noch in den Ohren davon. Auf der Treppe, über deren Stufen er wie über eine schiefe Fläche eilte, überrumpelte er seine Bedienerin, die im Begriffe war heraufzugehen, um die Wohnung nach der Nacht aufzuräumen. „Jesus!", rief sie und verdeckte mit der Schürze das Gesicht, aber er war schon davon. Aus dem Tor sprang er, über die Fahrbahn zum Wasser trieb es ihn. Schon hielt er das Geländer fest, wie ein Hungriger die Nahrung. Er schwang sich über, als der ausgezeichnete Turner, der er in seinen Jugendjahren zum Stolz seiner Eltern gewesen war. Noch hielt er sich mit schwächer werdenden Händen fest, erspähte zwischen den Geländerstangen einen Autoomnibus, der mit Leichtigkeit seinen Fall übertönen würde, rief leise: „Liebe Eltern, ich habe euch doch immer geliebt", und ließ sich hinfallen.

In diesem Augenblick ging über die Brücke ein geradezu unendlicher Verkehr.

1 Plafond, der: Zimmerdecke (österr.)

8 Setzen Sie sich mit dem Vater-Sohn-Verhältnis auseinander.
- Entwerfen Sie ein Standbild, das das Verhältnis zwischen Georg und seinem Vater darstellt.
- Erläutern Sie, inwiefern Vater und Sohn als Spieler und Gegenspieler agieren. Belegen Sie mit geeigneten Zitaten.
- Deuten Sie die Aussage des Vaters, die Braut Georgs „von der Seite" wegzufegen (Z. 98).

9 PLUS Reiner Stach schreibt in seiner Kafka-Biografie in Bezug auf *Das Urteil* von einer „Traumlogik der Handlung". Erläutern Sie diese Aussage und erklären Sie, inwiefern diese Bezeichnung auf den vorliegenden Auszug zutrifft.

Hörtext A 09

Elisabeth Langgässer: Saisonbeginn (1947)

Die Arbeiter kamen mit ihrem Schild und einem hölzernen Pfosten, auf den es genagelt werden sollte, zu dem Eingang der Ortschaft, die hoch in den Bergen an der letzten Passkehre lag. Es war ein heißer Spätfrühlingstag, die Schneegrenze hatte sich schon hinauf zu den Gletscherwänden gezogen. Überall standen die Wiesen wieder in Saft und Kraft; die Wucherblume verschwendete sich, der Löwenzahn strotzte und blähte sein Haupt über den milchigen Stengeln; Trollblumen, welche wie eingefettet mit gelber Sahne waren, platzten vor Glück, und in strahlenden Tümpeln kleinblütiger Enziane spiegelte sich ein Himmel von unwahrscheinlichem Blau. Auch die Häuser und Gasthöfe waren wie neu: ihre Fensterläden frisch angestrichen, die Schindeldächer gut ausgebessert, die Scherenzäune ergänzt. Ein Atemzug noch: dann würden die Fremden, die Sommergäste kommen die Lehrerinnen, die mutigen Sachsen, die Kinderreichen, die Alpinisten, aber vor allem die Autobesitzer in ihren großen Wagen ... Ford und Mercedes, Fiat und Opel, blitzend von Chrom und Glas. Das Geld würde anrollen. Alles war darauf vorbereitet. Ein Schild kam zum anderen, die Haarnadelkurve zu dem Totenkopf, Kilometerschilder und Schilder für Fußgänger: Zwei Minuten zum Café Alpenrose.

An der Stelle, wo die Männer den Pfosten in die Erde einrammen wollten, stand ein Holzkreuz, über dem Kopf des Christus war auch ein Schild angebracht. Seine Inschrift war bis heute die gleiche, wie sie Pilatus entworfen hatte: J. N. R. J.[1], die Enttäuschung darüber, dass es im Grunde hätte heißen sollen: er behauptet nur, dieser König zu sein, hatte im Lauf der Jahrhunderte an Heftigkeit eingebüßt. Die beiden Männer, welche den Posten, das Schild und die große Schaufel, um den Pfosten in die Erde zu graben, auf ihren Schultern trugen, setzten alles unter dem Wegkreuz ab; der dritte stellte den Werkzeugkasten, Hammer, Zange und Nägel daneben und spuckte ermunternd aus.

Nun beratschlagten die drei Männer, an welcher Stelle die Inschrift des Schildes am besten zur Geltung käme; sie sollte für alle, welche das Dorf auf dem breiten Passweg betraten, besser: befuhren, als Blickfang dienen und nicht zu verfehlen sein. Man kam also überein, das Schild kurz vor dem Wegekreuz anzubringen, gewissermaßen als Gruß, den die Ortschaft jedem Fremden entgegenschickte. Leider stellt sich aber heraus, dass der Pfosten dann in den Pflasterbelag einer Tankstelle hätte gesetzt werden müssen, eine Sache, die sich selbst verbot, da die Wagen, besonders die größeren, dann am Wenden behindert waren. Die Männer schleppten also den Pfosten noch ein Stück weiter hinaus bis zu der Gemeindewiese und wollten schon mit der Arbeit beginnen, als ihnen auffiel, dass diese Stelle bereits zu weit von dem Ortsschild entfernt war, das den Namen angab und die Gemeinde, zu welcher der Flecken gehörte. Wenn also das Dorf den Vorzug dieses Schildes und seiner Inschrift für sich beanspruchen wollte, musste das Schild wieder näherrücken am besten gerade dem Kreuz gegenüber, so dass Wagen und Fußgänger zwischen beiden hätten passieren müssen.

Dieser Vorschlag, von dem Mann mit den Nägeln und dem Hammer gemacht, fand Beifall. Die beiden anderen luden von neuem den Pfosten auf ihre Schultern und schleppten ihn vor das Kreuz. Nun sollte also das Schild mit der Inschrift zu dem Wegekreuz senkrecht stehen; doch zeigte es sich, dass die uralte Buche, welche gerade hier ihre Äste mit

riesiger Spanne nach beiden Seiten wie eine Mantelmadonna ihren Umhang entfaltete, die Inschrift im Sommer verdeckt und ihr Schattenspiel deren Bedeutung verwischt, aber mindestens abgeschwächt hätte.
Es blieb daher nur noch die andere Seite neben dem Herrenkreuz, und da die erste, die in das Pflaster der Tankstelle überging, gewissermaßen den Platz des Schächers[2] zur Linken bezeichnet hätte, wurde jetzt der Platz zur Rechten gewählt und endgültig beibehalten. Zwei Männer hoben die Erde aus, der dritte nagelte rasch das Schild mit wuchtigen Schlägen auf; dann stellten sie den Pfosten gemeinsam in die Grube und rammten ihn rings von allen Seiten mit größeren Feldsteinen an.
Ihre Tätigkeit blieb nicht unbeobachtet. Schulkinder machten sich gegenseitig die Ehre streitig, dabei zu helfen, den Hammer, die Nägel hinzureichen und passende Steine zu suchen; auch einige Frauen blieben stehen, um die Inschrift genau zu studieren. Zwei Nonnen, welche die Blumenvase zu Fuße des Kreuzes aufs Neue füllten, blickten einander unsicher an, bevor sie weitergingen. Bei den Männern, die von der Holzarbeit oder vom Acker kamen, war die Wirkung verschieden: einige lachten, andere schüttelten nur den Kopf, ohne etwas zu sagen; die Mehrzahl blieb davon unberührt und gab weder Beifall noch Ablehnung kund, sondern war gleichgültig, wie sich die Sache auch immer entwickeln würde. Im Ganzen genommen konnten die Männer mit der Wirkung zufrieden sein. Der Pfosten,

Kreuzinschrift

kerzengerade, trug das Schild mit der weithin sichtbaren Inschrift, die Nachmittagssonne glitt wie ein Finger über die zollgroßen Buchstaben hin und fuhr jeden einzelnen langsam nach wie den Richtspruch an einer Tafel ...
Auch der sterbende Christus, dessen blasses, blutüberronnenes Haupt im Tod nach der rechten Seite geneigt war, schien sich mit letzter Kraft zu bemühen, die Inschrift aufzunehmen: man merkte, sie ging ihn gleichfalls an, welcher bisher von den Leuten als einer der ihren betrachtet und wohl gelitten war. Unerbittlich und dauerhaft wie sein Leiden, würde sie ihm nun für lange Zeit schwarz auf weiß gegenüberstehen.
Als die Männer den Kreuzigungsort verließen und ihr Handwerkszeug wieder zusammenpackten, blickten alle drei noch einmal befriedigt zu dem Schild mit der Inschrift auf. Sie lautete: „In diesem Kurort sind Juden unerwünscht."

1 J.N.R.I.: oder I.N.R.I., Initialen für „Iesus Nazarenus Rex Iudaeorum" (lat.) – „Jesus von Nazaret, König der Juden"; der römische Statthalter Pontius Pilatus ließ die Inschrift am Kreuz Jesu anbringen (Joh 19, 19-22) 2 Schächer, der: gemeint sind die Männer, die rechts und links von Jesu gekreuzigt wurden

10 Erklären Sie, inwiefern der letzte Satz der Kurzgeschichte (Z. 102–105) das Rätsel löst und zugleich eine Pointe darstellt.

11 Kennzeichnend für die Kurzgeschichte sind Widersprüche und eine Doppelbödigkeit. Erklären Sie diese Aussage, indem Sie folgende Aspekte untersuchen:
- die Darstellung der Natur und Umgebung (vgl. Z. 1–23)
- die Beschreibungen des Holzkreuzes (Z. 24–30, Z. 94–101) und des Schildes (Z. 89–93)
- die Darstellung der Suche nach dem geeigneten Aufstellungsort für das Schild (Z. 36–71)
- die Bedeutung des Titels „Saisonbeginn"

12 Prüfen Sie, wie in der Kurzgeschichte das Stilmittel der Ironie eingesetzt wird.

13 Elisabeth Langgässer galt nach den Nürnberger Rassegesetzen als „Halbjüdin". Über sie wurde ein Schreibverbot verhängt und sie musste Zwangsarbeit leisten. Ihre älteste Tochter wurde als „Volljüdin" deportiert und überlebte Auschwitz. Prüfen Sie, inwiefern diese Informationen Ihr Verständnis für die Kurzgeschichte erweitern.

Robert Seethaler: Der Trafikant (2012, Auszug)

Der siebzehnjährige Franz Huchel lebt mit seiner Mutter in Dorf am Attersee. Sein Leben ist sehr unbeschwert, da seine Mutter vom dem reichen Geschäftsmann Alois Preininger als dessen Geliebte regelmäßig Geldzuwendungen erhält. Als Preininger überraschend verstirbt und die Zahlungen ausbleiben, schickt ihn die Mutter nach Wien zu einem ihr bekannten Trafikanten, bei dem er arbeiten soll.

Als der Zug schließlich mit nur zweistündiger Verspätung in den Wiener Westbahnhof eingefahren war und Franz aus der Bahnhofhalle ins grelle Mittagslicht hinaustrat, war seine kleine Melancholie längst wieder verflogen. Stattdessen wurde ihm ein bisschen schlecht und er musste sich am nächsten Gaslaternenmast festhalten. Als Erstes gleich einmal vor allen Leuten umkippen, da muss man sich ja genieren, dachte er wütend. Genau wie die käsigen Sommerfrischler, die es Sommer für Sommer gleich nach ihrer Ankunft am Seeufer reihenweise vom Hitzschlag getroffen ins Gras schmeißt und die hernach von gutgelaunten Einheimischen mit einem Kübel Wasser oder ein paar Ohrfeigen wieder ins Bewusstsein zurückgeholt werden müssen. Er klammerte sich noch fester an die Laterne, schloss die Augen und rührte sich so lange nicht mehr, bis er das Pflaster wieder sicher unter seinen Füßen spürte und sich die rötlichen Flecken aufgelöst hatten, die langsam in seinem Blickfeld vorbeipulsierten. Als er die Augen wieder öffnete, brach ein kurzer erschrockener Lacher aus ihm heraus. Es war überwältigend. Die Stadt brodelte wie der Gemüsetopf auf Mutters Herd. Alles war in ununterbrochener Bewegung, selbst die Mauern und die Straßen schienen zu leben, atmeten, wölbten sich. Es war, als könnte man das Ächzen der Pflastersteine und das Knirschen der Ziegel hören. Überhaupt der Lärm: Ein unaufhörliches Brausen lag in der Luft, ein unfassbares Durcheinander von Tönen, Klängen und Rhythmen, die sich ablösten, ineinanderflossen, sich gegenseitig übertönten, überschrien, überbrüllten. Dazu das Licht. Überall ein Flimmern, Glänzen, Blitzen und Leuchten: Fenster, Spiegel, Reklameschilder, Fahnenstangen, Gürtelschnallen, Brillengläser. Autos knatterten vorüber. Ein Lastwagen. Ein libellengrünes Motorrad. Noch ein Lastwagen. Mit einem schrillen Bimmeln bog eine Straßenbahn um die Ecke. Eine Geschäftstür wurde aufgerissen, Wagentüren zugeschlagen. Jemand trällerte die ersten Takte eines Gassenhauers, brach aber mitten im Refrain wieder ab. Jemand schimpfte heiser. Eine Frau kreischte wie ein Schlachthuhn. Ja, dachte Franz benommen, das hier ist etwas anderes. Etwas völlig und ganz anderes. Und in diesem Moment nahm er den Gestank wahr. Unter dem Straßenpflaster schien es zu gären, und darüber waberten die verschiedensten Ausdünstungen. Es roch nach Abwasser, nach Urin, nach billigem Parfüm, altem Fett, verbranntem Gummi, Diesel, Pferdescheiße, Zigarettenqualm, Straßenteer.

„Ist Ihnen nicht gut, junger Mann?“ Eine kleine Dame hatte sich zu Franz gestellt und blickte aus rötlich entzündeten Augen zu ihm hinauf. Trotz der Mittagshitze trug sie einen schweren Lodenmantel und hatte eine schäbige Pelzmütze auf dem Kopf.

„Aber nein!“, sagte Franz schnell. „Es ist nur so laut in der Stadt. Und es stinkt ein bisserl. Vom Kanal her wahrscheinlich.“

Die kleine Dame reckte ihm ihren Zeigefinger wie ein dürres Ästchen entgegen.

„Das ist nicht der Kanal, der da stinkt“, sagte sie. „Das sind die Zeiten. Faulige Zeiten sind das nämlich. Faulig, verdorben und verkommen!“

Auf der anderen Straßenseite holperte ein hoch mit Bierfässern beladener Pferdewagen vorüber. Einer der wuchtigen Pinzgauer bog seinen Schwanz in die Höhe und ließ ein paar Äpfel fallen, die ein eigens zu diesem Zweck hintertrottender, schmächtiger Bub mit bloßen Händen aufklaubte und in seinen Schultersack stopfte.

„Bist von weit hergekommen?“, fragte die kleine Dame.

„Von zuhause.“

„Das ist sehr weit. Da fährst am besten gleich wieder zurück!“

In ihrem linken Auge war eine Ader geplatzt und hatte sich zu einem rosigen Dreieck erweitert. An ihren Wimpern klebten winzige Kohlenstaubklümpchen.

„Blödsinn!“, sagte Franz. „Es gibt kein Zurück, und außerdem gewöhnt man sich an alles.“

14 Für Franz Huchel beginnt ein völlig neuer Lebensabschnitt. Erklären Sie diese Aussage auf Grundlage des Romanauszugs.

15 Untersuchen Sie, wie Franz' Eindrücke nach der Ankunft in Wien gestaltet sind. Gehen Sie dabei auch auf die folgenden Untersuchungsaspekte ein.

Erzählverhalten | Darstellung der inneren Handlung: Gedanken und Gefühle | Raumgestaltung | Schilderung von Sinneseindrücken | Darstellung der äußeren Handlung | besondere sprachliche und syntaktische Mittel, z. B. Vergleiche, Ellipsen

16 Erläutern Sie, inwiefern der Auszug Andeutungen auf das weitere Romangeschehen enthält.

MK **17** Gestalten Sie ausgehend von dem folgenden Zitat aus dem Roman ein Meme.

> „Das ist nicht der Kanal, der da stinkt“, sagte sie. „Das sind die Zeiten. Faulige Zeiten sind das nämlich. Faulig, verdorben und verkommen!“ (Z. 56 ff.)

1.2 Multimodale Erzählweisen untersuchen

Mit allen Sinnen

Franz Kafka: Das Urteil → S.164f.

Moritz Stetter/Franz Kafka: Das Urteil (2015)

MK **1** Besprechen Sie, worauf Ihr Blick bei dem Ausschnitt aus der Graphic Novel als Erstes fällt und nennen Sie mögliche Erklärungen.

MK **2** Analysieren Sie den Ausschnitt aus der Graphic Novel. Gehen Sie dabei auf folgende Aspekte ein:
- Bezüge zur Textgrundlage (S. 165, Z. 36–56)
- Größe, Gestaltung und Anordnung der Panels
- Einstellungsgrößen und Perspektiven
- Farbgestaltung
- Funktion der Ballons (Sprech- und Gedankenblasen)
- Zusammenspiel der bildlichen und verbalsprachlichen Ebene

MK **3** Diskutieren Sie, ob Sie diese Bewertung in Bezug auf den vorliegenden Ausschnitt teilen.

> „Expressive, holzschnittartige, wuchtige Striche des Comickünstlers Moritz Stetter unterlegen den Text, verstärken die Wortbilder, legen Bilderworte neben Kafkas Sätze." (Stefan Gmünder in einer Rezension).

Robert Seethaler: Der Trafikant → S. 167

MK **4** Bild **1** aus dem Film *Der Trafikant* von Niklaus Leytner zeigt einen Teil einer Traumsequenz. Erklären Sie, welche Hinweise es in Bezug auf die filmische Gestaltung dafür gibt, und charakterisieren Sie die Stimmung des Filmbildes.

Der Trafikant, Österreich 2018, Regie: Niklaus Leytner

Robert Seethaler: Der Trafikant (2012, Auszug)

Den Protagonisten Franz Huchel verängstigen die Vorkommnisse, die das Erstarken des Nationalsozialismus verursacht haben. Das zeigt sich auch in seinen Träumen, in denen die beklemmende Situation in Wien und seine Erinnerung an sein Heimatdorf verschwimmen.

Die ganze Nacht hatte Franz sich durch wirres Traumgepolter gewälzt, ein rasendes Durcheinander aus Worten, Tönen und Bildern. Das Aufwachen war eine Erlösung, und obwohl sich schon mit dem ersten Wachblinzeln die Erinnerung aufzulösen begann wie eine Nebelschwade in der Morgendämmerung, bemühte er sich, das ganze Chaos wenigstens mit ein paar Worten aufs Papier zu bringen. [...]

17. Mai 1938
Eine Straßenbahn bimmelt durch den Wald, die Hasenaugen sind dunkle Tropfen, in den Bäumen hängen Gondeln, und über den Wolken hockt die weiße Angst, etwas nagt an meinen Wurzeln, hätte man vielleicht die Glut löschen sollen?

MK **5** Analysieren Sie das Filmbild **1**. Achten Sie insbesondere auf die Mise en Scène.

MK **6** Gestalten Sie eine Skizze oder eine computeranimierte Darstellung eines weiteren Traumelements aus dem Romanauszug. Begründen Sie Ihre Gestaltung.

Der Trafikant, Österreich 2018, Regie: Niklaus Leytner

MK **7** Auf den Tabak-Laden, in dem Franz Huchel arbeitet, wird ein nationalsozialistischer Anschlag verübt. Der Inhaber Preininger erblickt sein verwüstetes Geschäft. Untersuchen Sie, wie der nationalsozialistische Übergriff in dem Filmbild **2** gestaltet wird.

Merkmale epischer und multimodaler Texte

Gattungslexikon
→ S. 526 ff.
Lexikon Graphic Novel
→ S. 548

Merkmale epischer Texte

In epischen Texten wird die **Erzähltechnik** genutzt, um zu entscheiden, was, wer, wann und wie erzählt wird, also ob z. B. auktoriales oder personales Erzählverhalten oder Innen- oder Außensicht dominieren. Auch die Zeit- und Raumgestaltung kann für die Erzählweise bedeutsam sein.
Bei der **inhaltlichen Gestaltung** von Erzähltexten sind neben dem Thema, der Handlung und ihrem Aufbau vor allem die Figuren und die Figurenkonstellationen von Bedeutung.
Oft steht ein äußerer oder innerer Konflikt im Mittelpunkt, z. B. ein Vater-Sohn-Konflikt wie in Kafkas *Das Urteil*. Dieser Konflikt wird in der Regel durch konträre Figuren oder Figurengruppen (Spieler, Gegenspieler) oder einen Mangel, den eine Figur erleidet, hervorgerufen.
Auch die **sprachliche Gestaltung** trägt entscheidend zur Wirkung bei.

Typische Genres

- Romane
- Erzählungen
- Novellen
- Kurzgeschichten
- Parabeln
- Kleinformen, z. B. Märchen, Fabeln, Sagen, Anekdoten

Novellen

Novellen sind längere Erzählungen mit typischen Merkmalen. Sie

- beinhalten eine außergewöhnliche Situation, die J. W. Goethe als „unerhörte Begebenheit" bezeichnet hat.
- stellen einen zentralen Konflikt dar.
- enthalten Dingsymbole oder Leitmotive, die eine zentrale Rolle spielen und an verschiedenen Stellen immer wieder auftauchen.
- weisen eine lineare Handlung auf, die auf einen Wende- und Höhepunkt zuläuft.
- haben oft eine Rahmenhandlung.

Parabeln

Parabeln sind erzählende, gleichnishafte Texte, die eine abstrakte Vorstellung oder Aussage bildhaft darstellen. Sie enthalten eine Bild- und eine Sachebene.
Auf der **Bildebene** wird das tatsächlich Erzählte, die konkrete Handlung, das Geschehen gezeigt (= Darstellungsebene).
Unter der **Sachebene** versteht man den übertragenen Sinn, die abstrakte Vorstellung oder mögliche Lehre (= Deutungsebene).
Die Verbindung zwischen der Bild- und Sachebene bezeichnet man als **Tertium Comparationis**. Meist muss die Leserin/der Leser die Verknüpfung der beiden Ebenen selbst erschließen.

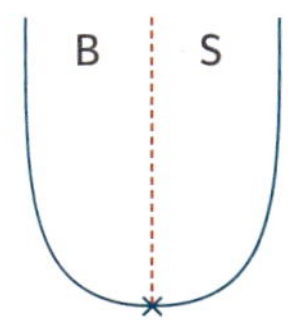

Tertium Comparationis

Merkmale multimodaler Texte

Beim multimodalen Erzählen werden **verschiedene Arten von Zeichensystemen**, wie Bilder, schriftliche oder gesprochene Sprache, Geräusche oder Musik verbunden, sodass bei der Rezeption Bezüge zwischen den Modalitäten hergestellt und mehrere Sinneswahrnehmungen angesprochen werden. Beispiele für multimodales Erzählen sind Filme, Graphic Novels, Comics oder narrative Computerspiele.
Graphic Novels stellen Handlungen und Figuren – ähnlich wie Comics – bildlich dar, zugleich beinhalten sie Texte. Meist wird eine komplexere Geschichte erzählt und der Textanteil ist im Vergleich zum Comic größer. Zentral ist das **Wechselspiel von visueller** und **verbalsprachlicher Ebene**. Oft werden auch zusätzliche Effekte, wie z. B. Soundwörter für Geräusche oder Speedlinien für Bewegungen eingesetzt.
Graphic Novels basieren häufig auf literarischen Vorlagen. Diese werden neu gestaltet, sodass ein neues eigenständiges Werk entsteht.

2 Dramatische Texte untersuchen

Was für ein Theater?!

1

2

3

Wie zeitgemäß ist Theater?

Was kann, soll und darf Theater bewirken?

Wie veränderte sich Theater von seinem Anfang bis heute?

Das lernen Sie jetzt!

2.1 Merkmale dramatischer Texte erschließen

2.2 Theaterkonzepte erfassen und vergleichen

Text in alter Rechtschreibung

Aristoteles: Poetik: Über die Tragödie

(335 v. Chr., Ausschnitt)

Die Tragödie ist Nachahmung einer guten und in sich geschlossenen Handlung von bestimmter Größe, in anziehend geformter Sprache, wobei diese formenden Mittel in den einzelnen Abschnitten je verschieden angewandt werden – Nachahmung von Handelnden und nicht durch Bericht, die Jammer und Schaudern hervorruft und hierdurch eine Reinigung von derartigen Erregungszuständen bewirkt. Ich bezeichne die Sprache als anziehend geformt, die Rhythmus und Melodie besitzt; ich meine mit der je verschiedenen Anwendung der formenden Mittel die Tatsache, dass einiges nur mit Hilfe von Versen und anderes wiederum mit Hilfe von Melodien ausgeführt wird. [...]

Nun geht es um Nachahmung von Handlung, und es wird von Handelnden gehandelt, die notwendigerweise wegen ihres Charakters und ihrer Erkenntnisfähigkeit eine bestimmte Beschaffenheit haben. (Es sind ja diese Gegebenheiten, auf Grund deren wir auch den Handlungen eine bestimmte Beschaffenheit zuschreiben, und infolge der Handlungen haben alle Menschen Glück oder Unglück.)

Abbildung 1: Friedrich Schiller: *Maria Stuart*, Deutsches Theater, Berlin 2010, Regie: Stephan Kimmig

Abbildung 2: Friedrich Schiller: *Maria Stuart*, Globe Theater, Berlin 2021, Regie: Carola Söllner

Abbildung 3: Filmplakat *Maria Stuart, Königin von Schottland*, Großbritannien 2018, Regie: Josie Rourke

Bertolt Brecht: Über experimentelles Theater

(1939, Ausschnitt)

Brecht kritisierte am aristotelischen Theater, dass es auf eine kritiklose „Einfühlung" des Zuschauers zielt. Er stellte ihm das epische Theater gegenüber, in dem das Dargestellte „verfremdet" wird.

Damit ist gewonnen, daß der Zuschauer die Menschen auf der Bühne nicht mehr als ganz unveränderbare, unbeeinflußbare, ihrem Schicksal hilflos ausgelieferte dargestellt sieht. Er sieht: dieser Mensch ist so und so, weil die Verhältnisse so und so sind. Und die Verhältnisse sind so und so, weil der Mensch so und so ist. Er ist aber nicht nur so vorstellbar, wie er ist, sondern auch anders, so wie er sein könnte, und auch die Verhältnisse sind anders vorstellbar, als sie sind. Damit ist gewonnen, daß der Zuschauer im Theater eine neue Haltung bekommt. [...] Er wird auch im Theater empfangen als der große Änderer, der in die Naturprozesse und die gesellschaftlichen Prozesse einzugreifen vermag, der die Welt nicht mehr nur hinnimmt, sondern sie meistert.

Necati Öziri in einem Interview

Kunst ist ein Frühwarnsystem. Sie kann Dinge fühlbar machen, und daraus entstehen hoffentlich Fragen. Die Antworten auf diese Fragen liegen aber außerhalb der Kunst.

1 Untersuchen Sie, wie die Rivalität der beiden Königinnen aus Schillers Drama *Maria Stuart* auf den Bildern **1**–**3** (S. 172) inszeniert ist.

2 Stellen Sie Aristoteles' und Brechts Auffassungen zum Theater dar und beurteilen Sie diese anhand Ihrer Theater- bzw. Filmerfahrungen.

3 Diskutieren Sie die Aussage des Autors Necati Öziri.

2.1 Merkmale dramatischer Texte erschließen

Macht und Moral

Maria Stuart
→ S. 266, 267

Friedrich Schiller: Maria Stuart. Erster Aufzug. Zweiter Auftritt (1800, Auszug)

Die schottische Königin Maria Stuart muss wegen ihrer Beteiligung an der Ermordung ihres Mannes nach England fliehen. Sie sucht bei Elisabeth I. Zuflucht, wird aber aus Angst, Elisabeth den Thron streitig zu machen, eingesperrt und wegen Hochverrats angeklagt. Ihr droht die Todesstrafe. Paulet bewacht Maria, Burleigh ist Elisabeths Berater, Kennedy Marias Amme.

Maria im Schleier, ein Kruzifix in der Hand. Die Vorigen.

KENNEDY *(ihr entgegeneilend).*
O Königin! Man tritt uns ganz mit Füßen,
Der Tyrannei, der Härte wird kein Ziel
Und jeder neue Tag häuft neue Leiden
Und Schmach auf dein gekröntes Haupt.
MARIA Faß dich!
Sag an, was neu geschehen ist?
KENNEDY Sieh her!
Dein Pult ist aufgebrochen, deine Schriften,
Dein einz'ger Schatz, den wir mit Müh gerettet,
Der letzte Rest von deinem Brautgeschmeide
Aus Frankreich ist in seiner Hand. Du hast nun
Nichts königliches mehr, bist ganz beraubt.
MARIA Beruhige dich, Hanna. Diese Flitter machen
Die Königin nicht aus. Man kann uns niedrig
Behandeln, nicht erniedrigen. Ich habe
In England mich an viel gewöhnen lernen,
Ich kann auch das verschmerzen. Sir, Ihr habt euch
Gewaltsam zugeeignet, was ich euch
Noch heut zu übergeben willens war.
Bei diesen Schriften findet sich ein Brief,
Bestimmt für meine königliche Schwester
Von England – Gebt mir Euer Wort, daß Ihr
Ihn redlich an sie selbst wollt übergeben
Und nicht in Burleighs ungetreue Hand.
PAULET Ich werde mich bedenken, was zu tun ist.
MARIA Ihr sollt den Inhalt wissen, Sir. Ich bitte
In diesem Brief um eine große Gunst –
Um eine Unterredung mit ihr selbst,
Die ich mit Augen nie gesehen – Man hat mich
Vor ein Gericht von Männern vorgefordert,
Die ich als meinesgleichen nicht erkennen,
Zu denen ich kein Herz mir fassen kann.
Elisabeth ist meines Stammes, meines
Geschlechts und Ranges – Ihr allein, der Schwester,
Der Königin, der Frau kann ich mich öffnen.
PAULET Sehr oft, Mylady, habt Ihr Euer Schicksal
Und Eure Ehre Männern anvertraut,
Die Eurer Achtung minder würdig waren.
MARIA Ich bitte noch um eine zweite Gunst,
Unmenschlichkeit allein kann mir sie weigern.
Schon lange Zeit entbehr ich im Gefängnis
Der Kirche Trost, der Sakramente Wohltat. –
Und die mir Kron' und Freiheit hat geraubt,
Die meinem Leben selber droht, wird mir
Die Himmelstüre nicht verschließen wollen.
PAULET Auf Euren Wunsch wird der Dechant des Orts –
MARIA *(unterbricht ihn lebhaft).*
Ich will nichts vom Dechanten. Einen Priester
Von meiner eigenen Kirche fordre ich.
– Auch Schreiber und Notarien verlang ich,
Um meinen letzten Willen aufzusetzen.
Der Gram, das lange Kerkerelend nagt
An meinem Leben. Meine Tage sind
Gezählt, befürcht ich, und ich achte mich
Gleich einer Sterbenden.
PAULET Das tut Ihr wohl,
Das sind Betrachtungen, die Euch geziemen.
[...]
MARIA Ihr geht, Sir? Ihr verlaßt mich abermals,
Und ohne mein geängstigt fürchtend Herz
Der Qual der Ungewißheit zu entladen.
Ich bin, dank Eurer Späher Wachsamkeit,
Von aller Welt geschieden, keine Kunde
Gelangt zu mir durch diese Kerkermauern,
Mein Schicksal liegt in meiner Feinde Hand.
Ein peinlich langer Monat ist vorüber,
Seitdem die vierzig Kommissarien
In diesem Schloß mich überfallen, Schranken
Errichtet, schnell, mit unanständiger Eile,
Mich unbereitet, ohne Anwalts Hilfe,
Vor ein noch nie erhört Gericht gestellt,
Auf schlaugefaßte schwere Klagepunkte
Mich, die Betäubte, Überraschte, flugs
Aus dem Gedächtnis Rede stehen lassen –
Wie Geister kamen sie und schwanden wieder.
Seit diesem Tage schweigt mir jeder Mund,
Ich such umsonst in Eurem Blick zu lesen,
Ob meine Unschuld, meiner Freunde Eifer,
Ob meiner Feinde böser Rat gesiegt.
Brecht endlich Euer Schweigen – laßt mich wissen,
Was ich zu fürchten, was zu hoffen habe.

1 Gestalten Sie zu dem Auszug (S. 174) ein Szenenfoto und begründen Sie Ihre Darstellung der Figuren.

2 Charakterisieren Sie Maria und benennen Sie ihre Konfliktsituation.

Friedrich Schiller: Maria Stuart. Dritter Aufzug. Vierter Auftritt (1800, Auszug)

Während Burleigh versucht, Elisabeth vom Todesurteil zu überzeugen, bemüht sich Leicester, der sich Maria zuwendet, um ein Treffen der beiden Königinnen, das mit Marias Begnadigung enden soll.

ELISABETH Wie, Mylords?
Wer war es denn, der eine Tiefgebeugte
Mir angekündigt? Eine Stolze find ich,
Vom Unglück keineswegs geschmeidigt[1].
MARIA Sei's!
Ich will mich auch noch diesem unterwerfen.
Fahr hin, ohnmächtger Stolz der edeln Seele!
Ich will vergessen, wer ich bin, und was
Ich litt, ich will vor ihr mich niederwerfen,
Die mich in diese Schmach herunterstieß.
Sie wendet sich gegen die Königin.
Der Himmel hat für Euch entschieden, Schwester!
Gekrönt vom Sieg ist Euer glücklich Haupt,
Die *Gottheit* bet ich an, die Euch erhöhte!
Sie fällt vor ihr nieder.
Doch seid auch *Ihr* nun edelmütig, Schwester!
Lasst mich nicht schmachvoll liegen, Eure Hand
Streckt aus, reicht mir die königliche Rechte,
Mich zu erheben von dem tiefen Fall.
ELISABETH *zurücktretend.*
Ihr seid an Eurem Platz, Lady Maria!
Und dankend preis ich meines Gottes Gnade,
Der nicht gewollt, dass ich zu Euren Füßen
So liegen sollte, wie Ihr jetzt zu meinen.
MARIA *mit steigendem Affekt.*
Denkt an den Wechsel alles Menschlichen!
Es leben Götter, die den Hochmut rächen!
Verehret, fürchtet sie, die schrecklichen,
Die mich zu Euern Füßen niederstürzen –
Um dieser fremden Zeugen willen, ehrt
In mir Euch selbst, entweihet, schändet nicht
Das Blut der Tudor, das in meinen Adern
Wie in den Euren fließt – O Gott im Himmel!
Steht nicht da, schroff und unzugänglich, wie
Die Felsenklippe, die der Strandende
Vergeblich ringend zu erfassen strebt.
Mein Alles hängt, mein Leben, mein Geschick,
An meiner Worte, meiner Tränen Kraft,
Löst *mir* das Herz, dass ich das Eure rühre!
Wenn Ihr mich anschaut mit dem Eisesblick,
Schließt sich das Herz mir schaudernd zu, der Strom
Der Tränen stockt, und kaltes Grausen fesselt
Die Flehensworte mir im Busen an.

Maria und Elisabeth; Wolfgang Borchert Theater, Münster 2009, Regie: Meinhard Zanger

ELISABETH *kalt und streng.*
Was habt Ihr mir zu sagen, Lady Stuart?
Ihr habt mich sprechen wollen. Ich vergesse
Die Königin, die schwer beleidigte,
Die fromme Pflicht der Schwester zu erfüllen,
Und meines Anblicks Trost gewähr ich Euch.
Dem Trieb der Großmut folg ich, setze mich
Gerechtem Tadel aus, dass ich so weit
Heruntersteige – denn Ihr wisst,
Dass Ihr mich habt ermorden lassen wollen.
MARIA Womit soll ich den Anfang machen, wie
Die Worte klüglich stellen, dass sie Euch
Das Herz ergreifen, aber nicht verletzen!
O Gott, gib meiner Rede Kraft, und nimm
Ihr jeden Stachel, der verwunden könnte!
Kann ich doch für mich selbst nicht sprechen, ohne Euch
Schwer zu verklagen, und das will ich nicht.
– Ihr habt an mir gehandelt, wie nicht recht ist,
Denn ich bin eine Königin wie Ihr,
Und Ihr habt als Gefangene mich gehalten,
Ich kam zu Euch als eine Bittende,
Und Ihr, des Gastrechts heilige Gesetze,
Der Völker heilig Recht in mir verhöhnend,
Schlosst mich in Kerkermauern ein, die Freunde,
Die Diener werden grausam mir entrissen,
Unwürdgem Mangel werd ich preisgegeben,
Man stellt mich vor ein schimpfliches Gericht –
Nichts mehr davon! Ein ewiges Vergessen
Bedecke, was ich Grausames erlitt.
– Seht! Ich will alles eine Schickung nennen,

Ihr seid nicht schuldig, *ich* bin auch nicht schuldig,
Ein böser Geist stieg aus dem Abgrund auf,
Den Hass in unsern Herzen zu entzünden,
Der unsre zarte Jugend schon entzweit.
Er wuchs mit uns, und böse Menschen fachten
Der unglückselgen Flamme Atem zu.
Wahnsinnge Eiferer bewaffneten
Mit Schwert und Dolch die unberufne Hand –
Das ist das Fluchgeschick der Könige,
Dass sie, entzweit, die Welt in Hass zerreißen,
Und jeder Zwietracht Furien[2] entfesseln.
– Jetzt ist kein fremder Mensch mehr zwischen uns,
nähert sich ihr zutraulich und mit schmeichelndem Ton.
Wir stehn einander selbst nun gegenüber.
Jetzt, Schwester, redet! Nennt mir meine Schuld,
Ich will Euch völliges Genügen leisten.
Ach, daß Ihr damals mir Gehör geschenkt,
Als ich so dringend Euer Auge suchte!
Es wäre nie so weit gekommen, nicht
An diesem traur'gen Ort geschähe jetzt
Die unglückselig traurige Begegnung.
ELISABETH Mein guter Stern bewahrte mich davor,
Die Natter an den Busen mir zu legen.
– Nicht die Geschicke, Euer schwarzes Herz
Klagt an, die wilde Ehrsucht Eures Hauses.
Nichts Feindliches war zwischen uns geschehn,
Da kündigte mir Euer Ohm, der stolze,
Herrschwüt'ge Priester, der die freche Hand
Nach allen Kronen streckt, die Fehde an,
Betörte Euch, mein Wappen anzunehmen,
Euch meine Königstitel zuzueignen,
Auf Tod und Leben in den Kampf mit mir
Zu gehn – Wen rief er gegen mich nicht auf?
Der Priester Zungen und der Völker Schwert,
Des frommen Wahnsinns fürchterliche Waffen;
Hier selbst, im Friedenssitze meines Reiches
Blies er mir der Empörung Flammen an –
Doch Gott ist mit mir, und der stolze Priester
Behält das Feld nicht – Meinem Haupte war
Der Streich gedrohet, und das Eure fällt!
MARIA Ich steh in Gottes Hand. Ihr werdet Euch
So blutig Eurer Macht nicht überheben –
ELISABETH Wer soll mich hindern? Euer Oheim gab
Das Beispiel allen Königen der Welt,
Wie man mit seinen Feinden Frieden macht:
Die Sankt Barthelemi sei meine Schule!
Was ist mir Blutsverwandtschaft, Völkerrecht?
Die Kirche trennet aller Plichten Band,
Den Treubruch heiligt sie, den Königsmord,
Ich übe nur, was Eure Priester lehren.
Sagt! Welches Pfand gewährte mir für Euch,
Wenn ich großmütig Eure Bande löste?
Mit welchem Schloß verwahr ich Eure Treue,
Das nicht Sankt Peters Schlüssel öffnen kann?
Gewalt nur ist die einz'ge Sicherheit,
Kein Bündnis ist mit dem Gezücht der Schlangen.
MARIA Oh, das ist Euer traurig finstrer Argwohn!
Ihr habt mich stets als eine Feindin nur
Und Fremdlingin betrachtet. Hättet Ihr
Zu Eurer Erbin mich erklärt, wie mir
Gebührt, so hätten Dankbarkeit und Liebe
Euch eine treue Freundin und Verwandte
In mir erhalten.
ELISABETH Draußen, Lady Stuart,
Ist Eure Freundschaft, Euer Haus das Papsttum,
Der Mönch ist Euer Bruder – Euch! zur Erbin
Erklären! Der verräterische Fallstrick!
Daß Ihr bei meinem Leben noch mein Volk
Verführtet, eine listige Armida,
Die edle Jugend meines Königreichs
In Eurem Buhlernetze schlau verstricktet –
Daß alles sich der neu aufgehnden Sonne
Zuwendetet, und ich –
Geerbt man weiß, um welcher Tugend willen
Anna von Boleyn das Schafott bestiegen.
SHREWSBURY *(tritt zwischen beide Königinnen).*
MARIA Regiert in Frieden!
Jedwedem Anspruch auf dies Reich entsag ich.
Ach, meines Geistes Schwingen sind gelähmt,
Nicht Größe lockt mich mehr – Ihr habt's erreicht,
Ich bin nur noch der Schatten der Maria.
Gebrochen ist in langer Kerkerschmach
Der edle Mut – Ihr habt das Äußerste an mir
Getan, habt mich zerstört in meiner Blüte!
– Jetzt macht ein Ende, Schwester. Sprecht es aus,
Das Wort, um dessentwillen Ihr gekommen,
Denn nimmer will ich glauben, daß Ihr kamt,
Um Euer Opfer grausam zu verhöhnen.
Sprecht dieses Wort aus. Sagt mir: „Ihr seid frei,
Maria! Mein Macht habt Ihr gefühlt,
Jetzt lernet meinen Edelmut verehren."
Sagt's, und ich will mein Leben, meine Freiheit
Als ein Geschenk aus Eurer Hand empfangen.
– Ein Wort macht alles ungeschehn. Ich warte
Darauf. O laßt mich's nicht zu lang erharren!
Weh Euch, wenn Ihr mit diesem Wort nicht endet!
Denn wenn Ihr jetzt nicht segenbringend, herrlich,
Wie eine Gottheit von mir scheidet – Schwester!
Nicht um dies ganze reiche Eiland, nicht
Um alle Länder, die das Meer umfaßt,
Möcht' ich vor Euch so stehn, wie Ihr vor mir!
ELISABETH Bekennt Ihr endlich Euch für überwunden?
Ist's aus mit Euren Ränken? Ist kein Mörder
Mehr unterwegs? Will kein Abenteurer

Für Euch die traur'ge Ritterschaft mehr wagen?
– Ja, es ist aus, Lady Maria. Ihr verführt
Mir keinen mehr. Die Welt hat andre Sorgen.
Es lüstet keinen, Euer – vierter Mann
Zu werden, denn Ihr tötet Eure Freier,
Wie Eure Männer!

MARIA *(auffahrend).* Schwester! Schwester!
O Gott! Gott! Gib mir Mäßigung!

ELISABETH *(sieht sie lange mit einem Blick stolzer Verachtung an).*
Das also sind die Reizungen, Lord Leicester,
Die ungestraft kein Mann erblickt, daneben
Kein andres Weib sich wagen darf zu stellen!
Fürwahr! Der Ruhm war wohlfeil zu erlangen:
Es kostet nichts, die allgemeine Schönheit
Zu sein, als die gemeine sein für alle!

MARIA Das ist zu viel!

ELISABETH *(höhnisch lachend).*
Jetzt zeigt Ihr Euer wahres
Gesicht, bis jetzt war's nur die Larve.

MARIA *(von Zorn glühend, doch mit einer edeln Würde).*
Ich habe menschlichm, jugendlich gefehlt,
Die Macht verführte mich, ich hab es nicht
Verheimlicht und verborgen, falschen Schein
Hab ich verschmäht mit königlichem Freimut.
Das Ärgste weiß die Welt von mir, und ich
Kann sagen, ich bin besser als mein Ruf.
Weh Euch, wenn sie von Euren Taten einst
Den Ehrenmantel zieht, womit Ihr gleißend
Die wilde Glut verstohlner Lüste deckt.
Nicht Ehrbarkeit habt Ihr von Eurer Mutter
geerbt man weiß, um welcher Tugend willen
O Gott des Himmels! Muß es dahin kommen!
Ist das die Mäßigung, die Unterwerfung,
Lady Maria?

MARIA Mäßigung! Ich habe
Ertragen, was ein Mensch ertragen kann.
Fahr hin, lammherzige Gelassenheit,
Zum Himmel fliehe, leidende Geduld,
Spreng endlich deine Bande, tritt hervor
Aus deiner Höhle, langverhaltner Groll –
Und du, der dem gereizten Basilisk
Den Mordblick gab, leg auf die Zunge mir
Den gift'gen Pfeil –

SHREWSBURY O sie ist außer sich!
Verzeih der Rasenden, der schwer Gereizten!

(Elisabeth, für Zorn sprachlos, schießt wütende Blicke auf Marien.)

LEICESTER *(in der heftigsten Unruhe, sucht die Elisabeth hinwegzuführen).*
Höre
Die Wütende nicht an! Hinweg, hinweg
Von diesem unglücksel'gen Ort!

MARIA Der Thron von England ist durch einen Bastard
Entweiht, der Briten edelherzig Volk
Durch eine list'ge Gauklerin betrogen.
– Regierte Recht, so läget Ihr vor mir
Im Staube jetzt, denn ich bin Euer König.

(Elisabeth geht schnell ab, die Lords folgen ihr in der höchsten Bestürzung.)

1 geschmeidigt: erweicht, gedemütigt 2 Furien: Rachegöttinnen

ÜBRIGENS

Maria und Elisabeth

Schiller legte Wert darauf, dass die Rollen der beiden Königinnen mit zwei etwa gleichaltrigen Schauspielerinnen besetzt werden sollen. Er schreibt 1800 an den Theaterintendanten August Iffland, dass auch Elisabeth noch „eine junge Frau sei, welche Ansprüche machen darf" und daher von einer Schauspielerin zu spielen sei, die Liebhaberinnen darstellen könne. Maria sei in dem Stück 25, Elisabeth höchstens 30 Jahre alt.

3 Geben Sie den Inhalt des Auszugs (S. 175 f.) als Zeitungsmeldung in der Boulevardpresse wieder. Benennen Sie das Thema dieses Auftritts und begründen Sie, warum er den Höhepunkt darstellt.

4 Verkürzen Sie die Texte der beiden Königinnen auf jeweils fünf bis sieben wesentliche Aussagen.

5 Untersuchen Sie, wie die beiden Frauen agieren. Zeichnen und beschriften Sie eine Spannungskurve des Gesprächs. Gestalten Sie Rollenprofile, indem Sie die Haltung der Königinnen darstellen und Charaktereigenschaften anhand von Textbelegen zuweisen.

6 Erläutern Sie mögliche Beweggründe, warum Schiller mit seinen Vorstellungen über das Alter der Schauspielerinnen für Maria und Elisabeth von den historischen Fakten abweicht.

7 **PLUS** Beurteilen Sie die folgende Aussage: „Mich soll nur wundern, was das Publikum sagen wird, wenn die beiden Huren zusammenkommen und sich ihre Aventuren[1] vorwerfen" (Johann Wolfgang Goethe).

1 Aventuren: von Aventüre, die: Heldentat, Abenteuer

2.2 Theaterkonzepte erfassen und vergleichen

Schwierige Entscheidungen

Theaterkonzepte von der Antike bis ins 19. Jahrhundert untersuchen

Seit der Antike gibt es Diskussionen über Theaterkonzepte. Als normgebend galt die Poetik des Aristoteles. An ihr wurden die dramatischen Werke der jeweiligen Zeit gemessen. Diskutiert wurden vor allem die drei Einheiten (Ort, Zeit und Handlung), die Nachahmung einer wahrscheinlichen Handlung (Mimesis), deren Schlüssigkeit und ihre dramatische Wirkung (Katharsis).

Johann Wolfgang Goethe: Zum Schäkespears Tag (1771, Ausschnitt)

Goethe hielt zu einer Shakespeare-Feier in Straßburg, die sein Freund Johann Daniel Salzmann organisierte, im Alter von 22 Jahren in seinem Elternhaus in Frankfurt am Main am 14. Oktober 1771 eine Rede, in der seine Bewunderung für den englischen Dramaturgen und Dichter deutlich wird.

Text in alter Rechtschreibung

Hörtext A 10

Die erste Seite die ich in ihm las, machte mich auf Zeitlebens ihm eigen, und wie ich mit dem ersten Stücke fertig war, stund ich wie ein blindgebohrner, dem eine Wunderhand das Gesicht in einem Augenblicke schenckt. Ich erkannte, ich fühlte auf's lebhaffteste meine Existenz um eine Unendlichkeit erweitert, alles war mir neu unbekannt, und das ungewohnte Licht machte mir Augenschmerzen. Nach und nach lernt ich sehen, und, danck sey meinem erkenntlichen Genius, ich fühle noch immer lebhafft was ich gewonnen habe. […]
Shakespears Theater ist ein schöner Raritäten[1] Kasten, in dem die Geschichte der Welt vor unsern Augen an dem unsichtbaaren Faden der Zeit vorbeywallt. Seine Plane[2] sind, nach dem gemeinen Styl zu reden, keine Plane, aber seine Stücke, drehen sich alle um den geheimen Punckt, |:den noch kein Philosoph gesehen und bestimmt hat:| in dem das Eigenthümliche unsres Ich's, die prätendirte[3] Freyheit unsres Willens, mit dem nothwendigen Gang des Ganzen zusammenstösst. Unser verdorbner Geschmack aber, umnebelt dergestalt unsere Augen, dass wir fast eine neue Schöpfung nötig haben, uns aus dieser Finsternis zu entwickeln. […]
Er wetteiferte mit dem Prometheus, bildete ihm Zug vor Zug seine Menschen nach, nur in *Colossalischer Grösse*; darinn liegts dass wir unsre Brüder verkennen; und dann belebte er sie alle mit dem Hauch *seines* Geistes, er redet aus allen, und man erkennt ihre Verwandtschafft.
Und was will sich unser Jahrhundert unterstehen von Natur zu urteilen? Wo sollten wir sie her kennen, die wir von Jugend auf alles geschnürt und geziert an uns fühlen, und an andern sehen. Ich schäme mich offt vor Shakespearen, denn es kommt manchmal vor, dass ich beym ersten Blick dencke, das hätt ich anders gemacht! Hinten drein erkenn ich dass ich ein armer Sünder binn, dass aus Shakespearen die Natur weissagt, und dass meine Menschen Seifenblasen sind von Romanengrillen[4] aufgetrieben.

1 die Rarität: Seltenheit 2 Plane: hier: Pläne 3 prätendiert: gefordert, angestrebt 4 die Grille: verrückte Idee

Theater Shakespeares – Elisabethanisches Theater

Publikum: Handwerker, Händler, Lehrlinge, Gelehrte, Angehörige des Adels (auch Frauen); verhältnismäßig niedrige Eintrittspreise (zugänglich auch für die Unterschichten)

Aufgabe des Theaters: Bildung durch Theateraufführungen; Einflussnahme des Theaters auf Denken, Empfindungen, Gesinnung und Anschauungen der Zuschauer sowie auf die Entwicklung der öffentlichen Meinung

Kennzeichen der Stücke:
- Durchbrechen der strikten Trennung zwischen Tragödie und Komödie
- Ignorieren der Einheit von Ort, Zeit und Handlung; häufiger Schauplatzwechsel
- Figuren: Bevorzugung der sogenannten „mixed charakters" (Figuren, die Gutes, Böses, Hohes und Niederes, Edles und Gemeines in sich bergen wie im alltäglichen Leben)
- Verwendung von Versdichtung (Blankvers) und Prosa nebeneinander
- populäre, volkstümliche Sprache, Wortwitze, Doppeldeutigkeiten, z.T. derbe Ausdrucksweise

Modell des Globe Theatre am Themseufer in London (1599 erbaut); hier wurden Shakespeares Werke aufgeführt

1 Geben Sie in eigenen Worten wieder, welche Bedeutung Shakespeare für Goethe (S. 178) hatte und welche Schlüsse er für sein Dramenschaffen zog.

2 Vergleichen Sie die Informationen zum Elisabethanischen Theater mit der Poetik des Aristoteles (S. 173). Benennen Sie dabei Vorzüge und Nachteile beider Konzepte.

Theaterkonzept Lessings → S. 81 ff., 510
Theaterkonzept Schillers → S. 245, 512
geschlossenes Drama → S. 532

3 Stellen Sie in kurzen Referaten die Theaterkonzepte Lessings und Schillers dar. Erklären Sie dabei an Beispielen die Begriffe „bürgerliches Trauerspiel" und „geschlossenes Drama".

4 Lesen Sie Georg Büchners Brief an die Eltern vom 28. Juli 1835 auf S. 305. Formulieren Sie Büchners Auffassungen als Forderungen und prüfen Sie, inwieweit er diese im *Woyzeck* (S. 304–307) umsetzte.

5 **PLUS** Fassen Sie wichtige Entwicklungen der Theaterkonzepte von der Antike bis ins 19. Jahrhundert für ein Lexikon für Schülerinnen und Schüler zusammen.

Theaterkonzepte im 20. und 21. Jahrhundert untersuchen

Bertolt Brecht: Der gute Mensch von Sezuan (1943, Epilog[1])

Text in alter Rechtschreibung

Die Handlung spielt in der chinesischen Provinz Sezuan, in der durch die ungerechte Gesellschaftsordnung große Armut herrscht. Drei Götter kommen auf die Erde, um zu prüfen, ob es in dieser kapitalistischen Welt gute Menschen gibt. Im Mittelpunkt steht das Schicksal der selbstlosen Prostituierten Shen Te, die in der Rolle eines von ihr erfundenen Verwandten selbst Methoden der Ausbeutung anwenden muss, um überleben zu können.

DIE GÖTTER *singen das „Terzett der entschwindenden Götter auf der Wolke"*
Leider können wir nicht bleiben
Mehr als eine flüchtige Stund:
Lang besehn, ihn zu beschreiben
Schwände hin der schöne Fund.
Eure Körper werfen Schatten
In der Flut des goldnen Lichts
Drum müßt ihr uns schon gestatten
Heimzugehn in unser Nichts.

SHEN TE
Hilfe!

DIE GÖTTER
Und lasset, da die Suche nun vorbei
Uns fahren schnell hinan!
Gepriesen sei, gepriesen sei
Der gute Mensch von Sezuan!

Während Shen Te verzweifelt die Arme nach ihnen ausbreitet, verschwinden sie oben, lächelnd und winkend.

EPILOG

Vor den Vorhang tritt ein Spieler und wendet sich entschuldigend an das Publikum mit einem Epilog.

Verehrtes Publikum, jetzt kein Verdruß:
Wir wissen wohl, das ist kein rechter Schluß.

Vorschwebte uns: die goldene Legende.
Unter der Hand nahm sie ein bitteres Ende.
Wir stehen selbst enttäuscht und sehn betroffen
Den Vorhang zu und alle Fragen offen.
Dabei sind wir doch auf Sie angewiesen
Daß Sie bei uns zu Haus sind und genießen.
Wir können es uns leider nicht verhehlen:
Wir sind bankrott, wenn Sie uns nicht empfehlen!
Vielleicht fiel uns aus lauter Furcht nichts ein.
Das kam schon vor. Was könnt die Lösung sein?
Wir konnten keine finden, nicht einmal für Geld.
Soll es ein andrer Mensch sein? Oder eine andre Welt?
Vielleicht nur andere Götter? Oder keine?
Wir sind zerschmettert und nicht nur zum Scheine!
Der einzige Ausweg wär aus diesem Ungemach:
Sie selber dächten auf der Stelle nach
Auf welche Weis dem guten Menschen man
Zu einem guten Ende helfen kann.
Verehrtes Publikum, los, such dir selbst den Schluß!
Es muß ein guter da sein, muß, muß, muß!

1 Epilog, der: Nachspiel (Schlusswort)

1 Untersuchen Sie, mit welchen dramaturgischen Mitteln Brecht den Schluss gestaltet hat. Diskutieren Sie die mögliche Wirkung auf das Publikum.

2 Formulieren Sie Vorschläge für eine Umsetzung des Auszugs auf der Theaterbühne. Begründen Sie.

Episches Theater (Ausschnitt aus Lexikonartikel)

Gegenentwurf B. Brechts (1898–1956) zum Illusions- und Einfühlungstheater in der Tradition der Theorie G. Freytags („Die Technik des Dramas" 1863) [...]; wurde von Brecht formelhaft als „aristotelisches Theater" bezeichnet. An die Stelle der Verkörperung von Figuren und der Simulation von Geschehnissen sollte die erzählende oder berichtende Darstellung, an die Stelle der Einfühlung in die Figuren sollte die Distanz zu ihnen treten. Ziel Brechts war eine auf die moderne „wissenschaftliche" Gesellschaft zugeschnittene Theaterpraxis, in der die Zuschauer die Geschehnisse auf der Bühne analysierten, um aus ihnen angemessene Konsequenzen zu ziehen und Handlungsweisen abzuleiten. [...] Um die für die analytische Rezeption notwendige Distanz herzustellen, setzte Brecht v. a. auf die Techniken der Verfremdung, mit deren Hilfe „das Geläufige auffällig, das Gewohnte erstaunlich" gemacht werden sollte. Alle Elemente der Aufführung – Struktur, Sprache, Inszenierung, Darstellung, Gestik, Medien, Bühnenbild – wurden vom Konzept des epischen Theaters berührt. Das drei- oder fünfaktige Schema wurde zugunsten der Reihung von Szenen aufgegeben, welche exemplarische Vorgänge zeigen. In allen Bereichen sollte die Illusion von Realität aufgehoben und stattdessen ihre Veränderbarkeit in den Blick genommen werden.

3 Stellen Sie mithilfe des Lexikonartikels die Besonderheiten von Brechts epischem Theater dar.

4 Prüfen Sie die Aussage, dass das epische Theater Brechts die konsequente Fortsetzung des Theaterkonzepts Georg Büchners ist.

Friedrich Dürrenmatt: Die Physiker. Zweiter Akt (1962, Auszug)

Text in alter Rechtschreibung

Drei Physiker leben als Patienten in einem „Irrenhaus" (Z. 44), von denen sich einer für Newton und ein anderer für Einstein hält. Sie täuschen die Verrücktheit aber nur vor. Der dritte heißt Möbius. Er hat erkannt, dass seine Entdeckungen das Ende der Menschheit bedeuten würden, wenn sie bekannt und genutzt werden. Newton und Einstein sind in Wirklichkeit Agenten westlicher und östlicher Geheimdienste. Als ihr Irrsinn angezweifelt wird, ermorden sie wie zum Beweis ihres Wahnsinns die Pflegerinnen, die ihr Rollenspiel durchschaut haben.

MÖBIUS *steht auf* Wir sind drei Physiker. Die Entscheidung, die wir zu fällen haben, ist eine Entscheidung unter Physikern. Wir müssen wissenschaftlich vorgehen. Wir dürfen uns nicht von Meinungen bestimmen lassen, sondern von logischen Schlüssen. Wir müssen versuchen, das Vernünftige zu finden. Wir dürfen uns keinen Denkfehler leisten, weil ein Fehlschluß zur Katastrophe führen müßte. Der Ausgangspunkt ist klar. Wir haben alle drei das gleiche Ziel im Auge, doch unsere Taktik ist verschieden. Das Ziel ist der Fortgang der Physik. Sie wollen ihr die Freiheit bewahren, Kilton[1], und streiten ihr die Verantwortung ab. Sie dagegen, Eisler, verpflichten die Physik im Namen der Verantwortung der Machtpolitik eines bestimmten Landes. Wie sieht nun aber die Wirklichkeit aus? Darüber verlange ich Auskunft, soll ich mich entscheiden.

NEWTON Einige der berühmtesten Physiker erwarten Sie. Besoldung und Unterkunft ideal, die Gegend mörderisch, aber die Klimaanlagen ausgezeichnet.

MÖBIUS Sind diese Physiker frei?

NEWTON Mein lieber Möbius. Diese Physiker erklären sich bereit, wissenschaftliche Probleme zu lösen, die für die Landesverteidigung entscheidend sind. Sie müssen daher verstehen –

MÖBIUS Also nicht frei.

Er wendet sich Einstein zu.

MÖBIUS Joseph Eisler. Sie treiben Machtpolitik. Dazu gehört jedoch Macht. Besitzen Sie die?

EINSTEIN Sie mißverstehen mich, Möbius. Meine Machtpolitik besteht gerade darin, daß ich zugunsten einer Partei auf meine Macht verzichtet habe.

MÖBIUS Können Sie die Partei im Sinne Ihrer Verantwortung lenken, oder laufen Sie Gefahr, von der Partei gelenkt zu werden?

EINSTEIN Möbius! Das ist doch lächerlich. Ich kann natürlich nur hoffen, die Partei befolge meine Ratschläge, mehr nicht. Ohne Hoffnung gibt es nun einmal keine politische Haltung.

MÖBIUS Sind wenigstens Ihre Physiker frei?

EINSTEIN Da auch sie für die Landesverteidigung –

MÖBIUS Merkwürdig. Jeder preist mir eine andere Theorie an, doch die Realität, die man mir bietet, ist dieselbe: ein Gefängnis. Da ziehe ich mein Irrenhaus vor. Es gibt mir wenigstens die Sicherheit, von Politikern nicht ausgenützt zu werden.

EINSTEIN Gewisse Risiken muß man schließlich eingehen.

MÖBIUS Es gibt Risiken, die man nie eingehen darf: Der Untergang der Menschheit ist ein solches. Was die Welt mit den Waffen anrichtet, die sie schon besitzt, wissen wir, was sie mit jenen anrichten würde, die ich ermögliche, können wir uns denken. Dieser Einsicht habe ich mein Handeln untergeordnet. Ich war arm. Ich besaß eine Frau und drei Kinder. An der Universität winkte Ruhm, in der Industrie Geld. Beide Wege waren zu gefährlich. Ich hätte meine Arbeiten veröffentlichen müssen, der Umsturz unserer Wissenschaft und das Zusammenbrechen des wirtschaftlichen Gefüges wären die Folgen gewesen. Die Verantwortung zwang mir einen anderen Weg auf. Ich ließ meine akademische Karriere fahren, die Industrie fallen und überließ meine Familie ihrem Schicksal. Ich wählte die Narrenkappe. Ich gab vor, der König Salomo erscheine mir, und schon sperrte man mich in ein Irrenhaus.

NEWTON Das war doch keine Lösung!

MÖBIUS Die Vernunft forderte diesen Schritt. Wir sind in unserer Wissenschaft an die Grenzen des Erkennbaren gestoßen. Wir wissen einige genau erfaßbare Gesetze, einige Grundbeziehungen zwischen unbegreiflichen Erscheinungen, das ist alles, der gewaltige Rest bleibt Geheimnis, dem Verstande unzugänglich. Wir haben das Ende unseres Weges erreicht. Aber die Menschheit ist noch nicht so weit. Wir haben uns vorgekämpft, nun folgt uns niemand nach, wir sind ins Leere gestoßen. Unsere Wissenschaft ist schrecklich geworden, unsere Forschung gefährlich, unsere Erkenntnis tödlich. Es gibt für uns Physiker nur noch die Kapitulation vor der Wirklichkeit. Sie ist uns nicht gewachsen. Sie geht an uns zugrunde. Wir müssen unser Wissen zurücknehmen, und ich habe es zurückgenommen. Es gibt keine andere Lösung, auch für euch nicht.

EINSTEIN Was wollen Sie damit sagen?

MÖBIUS Ihr müßt bei mir im Irrenhaus bleiben.

NEWTON Wir?

MÖBIUS Ihr beide.

Schweigen.

NEWTON Möbius! Sie können von uns doch nicht verlangen, daß wir ewig –

MÖBIUS Ihr besitzt Geheimsender?

EINSTEIN Na und?

MÖBIUS Ihr benachrichtigt eure Auftraggeber. Ihr hättet euch geirrt. Ich sei wirklich verrückt.

EINSTEIN Dann sitzen wir hier lebenslänglich. Gescheiterten Spionen kräht kein Hahn mehr nach.

MÖBIUS Meine einzige Chance, doch noch unentdeckt zu bleiben. Nur im Irrenhaus sind wir noch frei. Nur im Irrenhaus dürfen wir noch denken. In der Freiheit sind unsere Gedanken Sprengstoff.

NEWTON Wir sind doch schließlich nicht verrückt.

Möbius, Newton und Einstein; Deutsches Theater, Berlin 2005, Regie: Andras Fricsay

MÖBIUS Aber Mörder.
Sie starren ihn verblüfft an.
NEWTON Ich protestiere!
EINSTEIN Das hätten Sie nicht sagen dürfen, Möbius!
MÖBIUS Wer tötet, ist ein Mörder, und wir haben getötet. Jeder von uns hatte einen Auftrag, der ihn in diese Anstalt führte. Jeder von uns tötete seine Krankenschwester für einen bestimmten Zweck. Ihr, um eure geheime Mission nicht zu gefährden, ich, weil Schwester Monika an mich glaubte. Sie hielt mich für ein verkanntes Genie. Sie begriff nicht, daß es heute die Pflicht eines Genies ist, verkannt zu bleiben. Töten ist etwas Schreckliches. Ich habe getötet, damit nicht ein noch schrecklicheres Morden anhebe. Nun seid ihr gekommen. Euch kann ich nicht beseitigen, aber vielleicht überzeugen? Sollen unsere Morde sinnlos werden? Entweder haben wir geopfert oder gemordet. Entweder bleiben wir im Irrenhaus, oder die Welt wird eines. Entweder löschen wir uns im Gedächtnis der Menschen aus, oder die Menschheit erlischt.
Schweigen.

1 Kilton, Eisler: Klarnamen der als Irre getarnten Agenten

Claudius Mühlhäusler: Dürrenmatts Theaterauffassung (1955, Ausschnitt)

In Dürrenmatts Augen ist die moderne Welt ein chaotisches, undurchschaubares Labyrinth. [...] [Diese Überlegung führt ihn] zum Bruch mit dem aristotelischen und dem epischen Theater. Er erdreistet sich nicht, seine Dramen mit einer ‚zufriedenstellenden Lösung zu beenden („die Moral von der Geschicht'"), vielmehr möchte er sein Publikum *provozieren* und dadurch *zum Nachdenken anregen*: Er ist besserwisserisch, nicht indem er angeblich richtiges, vorbildliches Verhalten vorführt, sondern indem er mögliche Irrwege als solche bloßstellt: Er weiß zwar (auch) nicht, was man machen soll, aber er hat eine konkrete Vorstellung davon, was man *nicht* tun sollte, zum Beispiel kann man *nichts glauben, keinem trauen, nichts erwarten, von nichts ausgehen ... und man muss mit dem Schlimmsten rechnen.* Seine Tragikomödie[1] versucht er ausdrücklich mit dem *schlimmstmöglichen Schluss* enden zu lassen. **Deus ex Hackmaschine**[2]. Mit diesem Super-GAU[3] zeigt er einerseits, wie unfähig seine Helden sind: sie können die Handlung nicht zu einem Schluss in ihrem Sinne führen, sie sind unfähig, ihre Ziele zu erreichen, weil die Welt nicht so einfach ist, wie sie das gedacht hatten. [...] Andererseits macht er damit auf das Bedrohliche des realen Chaos aufmerksam: man *kann* zwar nichts tun, um seine Ideen in die Tat umzusetzen, aber man *muss* etwas tun, denn sonst passiert die Katastrophe. Angesichts dieser Katastrophe darf man sich nicht tatenlos zurücklehnen, aber man weiß nicht genug, um vernünftig zu handeln, man kann nur verschiedene Dinge ausprobieren und riskiert dabei immer, alles noch schlimmer zu machen. Der *mutige Mensch* Dürrenmatts versucht es wenigstens, er stellt sich der Realität. So ins ***Groteske*** übersteigert wirken seine Stücke aber nicht völlig hoffnungslos, sondern *lustig*. Seine Extrem-Tragik ist komisch, weil sie völlig übertrieben ist. Und dieser Humor ergibt sich nicht zufällig, sondern ist die Haltung, welche zu Dürrenmatts Tragikomödie passt: Selbst wenn das Allerschlimmste passiert, so kann man sich doch souverän über die Situation stellen, indem man sich einfach weigert, sie todernst zu nehmen: Was soll's? Wenn ein aristotelischer Held untergegangen ist, dann haben ihn die Götter gehasst, oder er, der Loser, hat sich selbst in eine ausweglose Situation manövriert; wenn ein tragikomischer Held Dürrenmatts aber scheitert, dann hat er einfach nur Pech gehabt, ein blöder Zufall, dumm gelaufen. Was kann der Held dafür, dass es unmöglich war, seine Aufgabe zu erfüllen? [...] Wie groß ist die Wahrscheinlichkeit, dass eine alleinerziehende Prostituierte aus einer Schweizer Kleinstadt einen armenischen Ölmagnaten[4] heiratet und dessen Milliardenvermögen erbt? Die Welt erscheint Dürrenmatt als Hackmaschine, Labyrinth, Chaos – und er identifiziert sich nicht damit, sondern findet das unerträglich: das *soll* sich ändern.

1 Tragikomödie, die: eine Dramenform, in der die Merkmale der Tragödie wie auch der Komödie eng miteinander verknüpft sind 2 Deus ex Hackmaschine: bezieht sich auf die lat. Lehnübersetzung deus ex machina; diese bezeichnete ursprünglich das Auftauchen einer Gottheit mithilfe eines Krans; heute dramaturgische Bezeichnung für jede durch plötzliche, unmotiviert eintretende Ereignisse, Personen oder außenstehende Mächte bewirkte Lösung eines Konflikts 3 GAU, der: Abkürzung für: größter anzunehmender Unfall 4 Magnat, der: sehr reicher Großindustrieller

Friedrich Dürrenmatt: 21 Punkte zu den Physikern (1962, Ausschnitt)

Text in alter Rechtschreibung

1. Ich gehe nicht von einer These, sondern von einer Geschichte aus.
2. Geht man von einer Geschichte aus, muß sie zu Ende gedacht werden.
3. Eine Geschichte ist dann zu Ende gedacht, wenn sie ihre schlimmstmögliche Wendung genommen hat.

4. Die schlimmstmögliche Wendung ist nicht voraussehbar. Sie tritt durch Zufall ein.
5. Die Kunst des Dramatikers besteht darin, in einer Handlung den Zufall möglichst wirksam einzusetzen.
6. Träger einer dramatischen Handlung sind Menschen.
7. Der Zufall in einer dramatischen Handlung besteht darin, wann und wo wer zufällig wem begegnet.
8. Je planmäßiger die Menschen vorgehen, desto wirksamer vermag sie der Zufall zu treffen.
9. Planmäßig vorgehende Menschen wollen ein bestimmtes Ziel erreichen. Der Zufall trifft sie dann am schlimmsten, wenn sie durch ihn das Gegenteil ihres Ziels erreichen: Das, was sie befürchteten, was sie zu vermeiden suchten (z. B. Oedipus).
10. Eine solche Geschichte ist zwar grotesk, aber nicht absurd (sinnwidrig).
11. Sie ist paradox.
12. Ebensowenig wie die Logiker können die Dramatiker das Paradoxe vermeiden.

[...]

17. Was alle angeht, können nur alle lösen.
18. Jeder Versuch eines Einzelnen, für sich zu lösen, was alle angeht, muß scheitern.
19. Im Paradoxen erscheint die Wirklichkeit.
20. Wer dem Paradoxen gegenübersteht, setzt sich der Wirklichkeit aus.
21. Die Dramatik kann den Zuschauer überlisten, sich der Wirklichkeit auszusetzen, aber nicht zwingen, ihr standzuhalten oder sie gar zu bewältigen.

5 Gestalten Sie eine schriftliche Ankündigung für eine Verfilmung zu Dürrenmatts *Die Physiker* (S. 180 ff.).

6 Erläutern Sie das Tragikomische anhand des Auszugs (S. 180 ff.).

7 Formulieren Sie kurz Dürrenmatts Theaterauffassung für ein Programmheft zu einer Theateraufführung.

8 Informieren Sie sich über das absurde und das dokumentarische Theater und stellen Sie beide Theaterkonzepte Ihrem Kurs vor.

Ferdinand von Schirach: Terror. Erster Akt (2015, Auszug)

Der Kampfpilot Lars Koch muss sich vor Gericht für den Abschuss eines entführten Passagierflugzeuges verantworten. Die Staatsanwaltschaft klagt ihn deshalb des 164-fachen Mordes an. Das Drama hat zwei Akte, der erste Akt stellt den Prozess dar, der zweite die Plädoyers der beiden Seiten und die Urteile der Richter. Das Besondere ist, dass es zwei Versionen der Urteile gibt – eine für den Freispruch, eine für die Verurteilung des Angeklagten. Das Publikum fällt die Entscheidung welches Urteil verlesen wird.

VERTEIDIGER Sie, verehrte Damen und Herren Richter, müssen heute entscheiden. Folgendes ist passiert: Ein Terrorist entführt eine Passagiermaschine. Er wollte sie mitten in ein Fußballstation stürzen lassen und so 70000 Menschen töten. Aber ein Mann – dieser Mann – hatte den Mut und die Kraft zu handeln. Er schoss das Flugzeug ab, alle 164 Insassen starben. Das ist der Vorwurf der Anklage. Und die Staatsanwaltschaft hat recht, Lars Koch hat es getan. Er hat die Menschen in dem Flugzeug getötet, Männer, Frauen und Kinder. Er hat abgewogen: das Leben von 164 unschuldigen Menschen gegen das Leben von 70000 unschuldigen Menschen. Lars Koch hat gestanden, es getan zu haben, und wir werden daran auch nichts beschönigen.
Aber, meine Damen und Herren Richter, damit endet dieser Prozess nicht, damit beginnt er. 82 Hauptakten, 158 Beiakten, 46 Beweismittelordner, 15 Lichtbildmappen und so weiter. Das sind die Akten zu diesem Verfahren. Mein Mandant sitzt jetzt seit sieben Monaten in Untersuchungshaft, sein Kind hat er ebenso lange nicht gesehen, seine Frau darf ihn alle 14 Tage für eine halbe Stunde besuchen. Aber die einzige Frage in diesem Verfahren, die einzige Frage, die Sie hier und heute gestellt bekommen, lautet: Durfte Lars Koch diese 164 Menschen töten? Gibt es Situationen in unserem Leben, in denen es richtig, vernünftig und klug ist, Menschen zu töten? Und mehr noch: in denen alles andere absurd und sogar unmenschlich wäre?

[...]

VORSITZENDER Wir wissen aus der Auswertung der Blackbox – Band 93, Blatt 122 folgende –, dass die Passagiere versuchten, in das Cockpit einzudringen, als das Flugzeug explodierte.

ANGEKLAGTER Ich habe das nicht gesehen.

VORSITZENDER Gut. Sie haben gegen den ausdrücklichen Befehl Ihres Vorgesetzten gehandelt.

ANGEKLAGTER Ja, das habe ich.

VORSITZENDER Warum?

ANGEKLAGTER Weil ich es für richtig gehalten habe. Ich habe es nicht fertiggebracht, 70 000 Menschen sterben zu lassen.

VORSITZENDER *zur Staatsanwältin* Gibt es noch Fragen an Herrn Koch? Frau Staatsanwältin?

STAATSANWÄLTIN Um an die Fragen des Vorsitzenden anzuschließen: Hätten Sie denn sehen können, ob die Passagiere gerade versuchten, ins Cockpit einzudringen?

ANGEKLAGTER Die Maschine brannte.

STAATSANWÄLTIN Ja?

ANGEKLAGTER Ich konnte nichts sehen, es war alles voller Rauch.

STAATSANWÄLTIN Also haben Sie nicht sehen können, ob die herausgeschleuderten Menschen zuvor auf ihren Sitzen saßen oder im Flur standen oder gerade versuchten, ins Cockpit einzudringen?

ANGEKLAGTER Nein.

[...]

STAATSANWÄLTIN Dann, Herr Koch, stelle ich Ihnen nur noch eine Frage: Hätten Sie geschossen, wenn Ihre Frau in dem Flugzeug gewesen wäre?

ANGEKLAGTER Was?

STAATSANWÄLTIN Ihre Frau und Ihr Sohn. Was wäre, wenn sie in dem Flugzeug gewesen wären? Hätten Sie sie auch getötet?

ANGEKLAGTER Ich ... ich ...

VERTEIDIGER Was soll diese Frage? Das ist eine Unverschämtheit.

STAATSANWÄLTIN Nein, die Frage ist keine Unverschämtheit, Ihre Unterbrechungen sind es.

VORSITZENDER Bitte, bitte.

Ferdinand von Schirach: Terror. Zweiter Akt (2015, Auszug)

STAATSANWÄLTIN [...] Wir machen Fehler, wir machen sie immer wieder, es ist unsere Natur – wir können gar nicht anders. Moral, Gewissen, gesunder Menschenverstand, Naturrecht, übergesetzlicher Notstand – jeder dieser Begriffe ist anfällig, sie schwanken, und es liegt in ihrer Natur, dass wir uns nicht sicher sein können, welches Handeln heute richtig ist und ob unsere Überlegungen morgen noch genauso gelten.

Wir brauchen also etwas Verlässlicheres als unsere spontanen Überzeugungen. Etwas, wonach wir uns jederzeit richten und an dem wir uns festhalten können. Etwas, was uns Klarheit im Chaos verschafft – eine Richtschnur, die auch in den schwierigsten Situationen gilt. Wir brauchen: *Prinzipien.* Diese Prinzipien, verehrte Damen und Herren Richter, haben wir uns selbst gegeben. Es ist unsere Verfassung. [...]

Meine Damen und Herren Richter, ich gebe zu, dass diese Idee, das kleinere Übel vorzuziehen, eher im englischen und amerikanischen Rechtskreis beheimatet ist. Aber, und darauf kommt es an, sie ist vernünftig. Wir können lange über die Begriffe „Würde des Menschen" und „Geist der Verfassung" reden. Aber die Welt ist nun einmal kein Seminar für Rechtsstudenten. Tatsächlich sind wir größeren Bedrohungen ausgesetzt als jemals zuvor.

[...]

VERTEIDIGER Meine verehrten Damen und Herren Richter, wenn Sie heute Lars Koch verurteilen, wenn Sie also ein zweifelhaftes Verfassungsprinzip über diesen einzelnen Fall stellen, dann sagen Sie damit, dass wir uns gegen Terroristen nicht wehren dürfen. Vielleicht hat die Staatsanwältin recht. Vielleicht machen wir die Passagiere damit zu Objekten, und vielleicht nehmen wir ihnen damit ihre Würde. Aber wir müssen begreifen, dass wir im Krieg sind. Wir haben es uns nicht ausgesucht, aber wir können es nicht ändern. Und Kriege, auch wenn das heute niemand mehr hören will, gibt es nun einmal nicht ohne Opfer. Ich beantrage daher Freispruch.

9 Stellen Sie die Argumente der Anklage und der Verteidigung tabellarisch gegenüber und erörtern Sie die Problematik. Fällen Sie ein vorläufiges Urteil und begründen Sie Ihre Position.

10 Benennen Sie anhand der Auszüge das Moderne an Schirachs Theaterstück.

11 PLUS Informieren Sie sich, wie das Publikum mehrheitlich im Theater und Fernsehen entschieden hat. Beurteilen Sie die Mitwirkung des Publikums.

Theaterkonzepte erfassen und vergleichen

Gattungslexikon
→ S. 531 ff.

Aristotelisches Theater

- **Themen:** Nachahmung wahrscheinlicher, geschlossener Handlungen bestimmter Größe (Mimesis)
- **Funktion:** Reinigung des Publikums von Erregungszuständen durch Jammer und Schaudern (Katharsis)
- **formale Merkmale:** Ständeklausel; Einheit von Ort, Zeit und Handlung; geschlossenes Drama; metrisch gebundene, rhetorisch geformte Sprache

Elisabethanisches Theater

- **Themen:** Aufgreifen aktueller Themen mit historischen Stoffen; Charakterdarstellungen
- **Funktion:** Bildung des Publikums; Einflussnahme auf Entwicklung der öffentlichen Meinung
- **formale Merkmale:** bewusste Abwendung vom antiken Drama z. B. durch Fehlen der drei Einheiten, volkstümliche Sprache

Bürgerliches Trauerspiel

- **Themen:** Vernunft, Verstand, Selbstvervollkommnung, Mündigkeit, Toleranz, Erziehung, Standesunterschiede
- **Funktion:** Mitleiden und Mitfühlen des Publikums
- **formale Merkmale:** Aufhebung der Ständeklausel, Fokus auf Bürgertum, Aufhebung der Einheit von Ort, Zeit, Handlung; geschlossener Aufbau; meist keine gebundene Sprache

Klassisches Drama

- **Themen:** Humanität, Toleranz, Harmonie von Mensch und Gesellschaft
- **Funktion:** ästhetische Erziehung des Publikums
- **formale Merkmale:** Hinwendung zu antiken Formen

Soziales Drama

- **Themen:** Armut, Ausbeutung, soziale Not
- **Funktion:** Kampf gegen Ausbeutung
- **formale Merkmale:** die Unterdrückten als Figuren; Nachahmung von Alltags-/Umgangssprache, Soziolekt, Dialekt; Reportage- und Dokumentationsstil, Sekundenstil

Episches Theater

- **Themen:** soziale Ungerechtigkeit, Ausbeutung
- **Funktion:** kritisches Mitdenken des Publikums statt „Einfühlen", Anregen zur aktiven Veränderung der Gesellschaft
- **formale Merkmale:** Verfremdungseffekte (z. B. Songs, Kommentare, Projektionen); offenes Drama

Theaterkonzept Dürrenmatts

- **Themen:** Hinterfragen von allgemein Anerkanntem, Aufzeigen von Widersprüchlichkeit in der Gesellschaft
- **Funktion:** Anregen zum eigenständigen Nachdenken
- **formale Merkmale:** Entwickeln von Distanz zum Bühnengeschehen; Verbindung von scheinbar Banalem mit tragisch-grotesken Elementen

Dokumentarisches Theater

- **Themen:** historische Ereignisse (jüngste Vergangenheit)
- **Funktion:** Aufarbeitung von Geschichte
- **formale Merkmale:** Authentizitätsanspruch, Rückgriff auf Dokumente und Fakten der außerliterarischen Welt, An- und Zuordnung durch Autorin/Autor

Absurdes Theater

- **Thema:** Erfahrungen der Absurdität menschlicher Existenz in transzendenzloser Welt
- **Funktion:** Aufzeigen der Sinn- und Hoffnungslosigkeit
- **formale Merkmale:** Verzicht auf logischen Handlungsaufbau, Figuren agieren wie Marionetten unsichtbarer Zwänge, banales und zielloses Reden der Figuren

Zeitgenössisches Theater

- **Themen:** Identität, Dekonstruktion, Entfremdung
- **Funktion:** Entwickeln neuer Sichtweisen
- **formale Merkmale:** Text rückt in den Hintergrund, zunehmende Bedeutung anderer Mittel, wie z. B. Musik, Bilder, Tanz, Performance, neuer Medien; Textcollagen, Mischformen; keine lineare Handlung; Adaption epischer Texte

3 Lyrische Texte untersuchen

Heimat und Fremde

1

2

Was ist das – Heimat?

Wie wichtig sind uns unsere Wurzeln?

Wie fühlt sich Fremde an?

Das lernen Sie jetzt!

3.1 Merkmale themenverwandter Lyrik untersuchen
3.2 themenverwandte Gedichte vergleichen
Schreibtraining: vergleichende Interpretation lyrischer Texte

Querbeat: Heimatkaff (2018, Auszug)

Auf unserem Bolzplatz steht jetzt ne Fabrik
In der uralten Kiefer sind noch unsere Namen eingeritzt
Die Graffitis verblassen, kriegen den Farbton nie wieder
Perfekte Vorgärten kämpfen um den Sieger aller Spießer

Wir kannten jede Schnapsnase, jeden Kaugummiautomaten
Was ich dir sag, wenn du mich fragst, wo ich so die ersten Jahre war

Lass die Kirche im Dorf
Für dich ist es ein unbekannter Ort
Zwischen Acker und Stadt
Liegt mein Heimatkaff, mein Heimatkaff
Lass die Kirche im Dorf
Für dich ist es ein unbekannter Ort
Ein bisschen dirty und rough
Das ist mein Heimatkaff, mein Heimatkaff

Und alle grüßen als würden sie uns immer noch kennen
Erzählen von den Nachbarn, nur um Namen zu nennen
Hinter dem Ortsschild hat die große Welt angefangen
Und wir haben in Videotheken bei „über 18“ rumgehangen

Wir kannten jede Schnapsnase, jeden Kaugummiautomaten
Was ich dir sag, wenn du mich fragst,
wo ich so die ersten Jahre war [...]

Lass die Kirche im Dorf
Für dich ist es ein unbekannter Ort
Zwischen Acker und Stadt
Liegt mein Heimatkaff, mein Heimatkaff

Abbildung 1: Plakat zu einer Sonderausstellung im Haus der Geschichte Bonn, 2021/22

Abbildung 2: *Acht Dimensionen von Heimatverbundenheit*, nach Boehnke et al. im Auftrag des Bundesministeriums des Innern, für Bau und Heimat, 2021

1 Tauschen Sie sich darüber aus, was Heimat für Sie selbst bedeutet. Setzen Sie Ihre Gedanken in Beziehung zu dem Songtext *Heimatkaff*.

2 Vergleichen Sie Ihre Vorstellungen von Heimat mit den *Acht Dimensionen von Heimatverbundenheit* in der Grafik (S. 186).

3 Erklären Sie, warum sich die literarische Gattung Lyrik für die Gestaltung der Themen Heimat und Fremde anbietet.

3.1 Merkmale themenverwandter Lyrik untersuchen

Geliebte Heimat?

Um Heimat trauern

Andreas Gryphius: Tränen des Vaterlandes, anno 1636 (Fassung von 1663)

Wir sind doch nunmehr ganz, ja mehr denn ganz verheeret!
Der frechen Völker Schar, die rasende Posaun,
Das vom Blut fette Schwert, die donnernde Kartaun[1]
Hat aller Schweiß und Fleiß und Vorrat aufgezehret.

Die Türme stehn in Glut, die Kirch ist umgekehret,
Das Rathaus liegt im Graus, die Starken sind zerhaun,
Die Jungfraun sind geschänd't, und wo wir hin nur schaun,
Ist Feuer, Pest und Tod, der Herz und Geist durchfähret.

Hier durch die Schanz[2] und Stadt rinnt allzeit frisches Blut.
Dreimal sind schon sechs Jahr, als unser Ströme Flut,
Von Leichen fast verstopft, sich langsam fort gedrungen.

Doch schweig ich noch von dem, was ärger als der Tod,
Was grimmer denn die Pest und Glut und Hungersnot,
Daß auch der Seelenschatz so vielen abgezwungen.

1 Kartaun: Vorderlader-Kanone in der Zeit des Dreißigjährigen Krieges
2 Schanz: hier: der Stadt vorgelagerte Befestigungsanlage

ÜBRIGENS

Tränen des Vaterlands. Anno 1937
Noch vor dem Beginn des Zweiten Weltkriegs schrieb der aus Deutschland geflohene sozialistische Dichter Johannes R. Becher zwei Sonette, die schon mit ihrem gemeinsamen Titel *Tränen des Vaterlands. Anno 1937* auf das berühmte Gedicht von Andreas Gryphius verweisen. Darin beklagt der Exilant, dass die Herrschaft der Nationalsozialisten für Deutschland noch verheerendere Folgen habe als ein Krieg.

1 Bei einem Referat wurde der Kupferstich als Illustration für Gryphius' Sonett *Tränen des Vaterlandes* verwendet. Beurteilen Sie die Auswahl.

2 Erklären Sie, für welche Aspekte des zerstörten Vaterlandes „Türme" (V. 5), „Kirch" (V. 5), „Rathaus" (V. 6), „die Starken" (V. 6) und „[d]ie Jungfraun" (V. 7) symbolisch stehen.

3 Inhaltlich findet sich in den Terzetten eines Sonetts oft eine neue Perspektive oder sogar eine Gegenthese zu den vorangegangenen Strophen. Formulieren Sie eine Deutungshypothese, die die letzten drei Verse des Gedichts besonders berücksichtigt.

Sonett
→ S. 536

Daniel Manasser: Kupferstich zur Belagerung Magdeburgs im Dreißigjährigen Krieg, 1631

Carl Zuckmayer: Elegie von Abschied und Wiederkehr (1939)

Ich weiß, ich werde alles wiedersehn.
Und es wird alles ganz verwandelt sein,
Ich werde durch erloschne Städte gehn,
Darin kein Stein mehr auf dem andern Stein –
Und selbst wo noch die alten Steine stehen,
Sind es nicht mehr die altvertrauten Gassen –
Ich weiß, ich werde alles wiedersehen
Und nichts mehr finden, was ich einst verlassen.

Der breite Strom wird noch zum Abend gleiten.
Auch wird der Wind noch durch die Weiden gehn,
Die unberührt in sinkenden Gezeiten.
Die stumme Totenwacht am Ufer stehn.
Ein Schatten wird an unsrer Seite schreiten
Und tiefste Nacht um unsre Schläfen wehn –
Dann mag erschauernd in den Morgen reiten,
Wer lebend schon sein eignes Grab gesehn.

Ich weiß, ich werde zögernd wiederkehren,
Wenn kein Verlangen mehr die Schritte treibt.
Entseelt ist unsres Herzens Heimbegehren,
Und was wir brennend suchten, liegt entleibt[1].
Leid wird zu Flammen, die sich selbst verzehren,
Und nur ein kühler Flug von Asche bleibt –
Bis die Erinnrung über dunklen Meeren
Ihr ewig Zeichen in den Himmel schreibt.

1 entleibt: tot

Der deutsche Schriftsteller Carl Zuckmayer (1896–1977) war 1931 mit dem Drama *Der Hauptmann von Köpenick* bekannt geworden, musste jedoch 1934 als Sohn einer jüdischstämmigen Mutter aufgrund der drohenden Verfolgung durch die Nationalsozialisten zunächst nach Österreich, ab 1938 über die Schweiz in die USA emigrieren. 1946 kehrte er das erste Mal nach Europa zurück, zog aber in die Schweiz und schlug die Möglichkeit aus, sich in Deutschland wiedereinbürgern zu lassen.

Elegie

Der Begriff Elegie bezieht sich auf eine ursprünglich aus der antiken Lyrik stammende Gedichtform, die vor allem über ihren Inhalt und ihre Grundstimmung definiert wird. Elegien sind Trauer- und Klagelieder, meist in Bezug auf den Tod einer Person. Formal drückt sich dies oft in langen Strophen, einem getragenen Versmaß und langsamen Rhythmen aus.

4 Gestalten Sie einen Zeitstrahl, der mithilfe von Zitaten aus der *Elegie von Abschied und Wiederkehr* Vergangenheit, Gegenwart und Zukunft des lyrischen Ich und seiner Heimat darstellt. Deuten Sie die Tatsache, dass Vergangenheit und Zukunft im Gedicht in einem anderen Verhältnis dargestellt werden als es der Titel nahelegt.

5 Untersuchen Sie in dem Gedicht von Zuckmayer Tempus und Modus, in denen das lyrische Ich von seiner „Wiederkehr" in der Zukunft spricht, und erklären Sie die Wirkung.

6 Analysieren Sie, mit welchen Mitteln die Trauer des lyrischen Ich unterstrichen wird. Achten Sie auf formale Aspekte (z. B. Reimschema, Metrum, Rhythmus), auf klangliche Mittel sowie sprachliche Bilder.

7 Prüfen Sie, ob die thematischen Genrebezeichnungen „politische Lyrik", „Naturlyrik" oder „Gedankenlyrik" auf Zuckmayers Gedicht Anwendung finden können.

Heimat verlieren

Hörtext A11

Hilde Domin: Ziehende Landschaft (1955)

Man muss weggehen können
und doch sein wie ein Baum:
als bliebe die Wurzel im Boden,
als zöge die Landschaft und wir ständen fest.
Man muss den Atem anhalten,
bis der Wind nachlässt
und die fremde Luft um uns zu kreisen beginnt,
bis das Spiel von Licht und Schatten,
von Grün und Blau,
die alten Muster zeigt
und wir zuhause sind,
wo es auch sei,
und niedersitzen können und uns anlehnen,
als sei es an das Grab
unserer Mutter.

Nelly Sachs: Kommt einer von ferne (1959)

Kommt einer
von ferne
mit einer Sprache
die vielleicht die Laute
verschließt
mit dem Wiehern der Stute
oder
dem Piepen
junger Schwarzamseln
oder
auch wie eine knirschende Säge
die alle Nähe zerschneidet –

Kommt einer
von ferne
mit Bewegungen des Hundes
oder
vielleicht der Ratte
und es ist Winter
so kleide ihn warm
kann auch sein
er hat Feuer unter den Sohlen
(vielleicht ritt er
auf einem Meteor)
so schilt ihn nicht
falls dein Teppich durchlöchert schreit –

Ein Fremder hat immer
seine Heimat im Arm
wie eine Waise
für die er vielleicht nichts
als ein Grab sucht.

1 Analysieren Sie arbeitsteilig die beiden Gedichte *Ziehende Landschaft* von Hilde Domin und *Kommt einer von ferne* von Nelly Sachs.
- Beschreiben Sie Sprechsituation, Sprechhaltung und Sprechabsicht.
- Untersuchen Sie Vergleiche, Metaphern und Personifikationen und erläutern Sie deren Wirkung.
- Begründen Sie, inwiefern das Verhältnis des lyrischen Ich zur Heimat ambivalent ist.

MK **2** Informieren Sie sich über die Biografien von Hilde Domin und Nelly Sachs und stellen Sie einen Bezug zum jeweiligen Gedicht her.

3 **PLUS** Im Jahr 2016 ließ die Bundesregierung zum 125. Geburtstag der Literaturnobelpreisträgerin Nelly Sachs eine 20-Euro-Gedenkmünze prägen.
- Diskutieren Sie, ob die Gestaltung der Münze zum Gedicht passt.
- Benennen sie mögliche Gründe für die Auswahl dieses Gedichts.
- Entwerfen Sie selbst eine Gedenkmünze mit einem kurzen, sprechenden Zitat und einer Illustration zu einem der Gedichte in diesem Kapitel.

Yüksel Pazarkaya: deutsche sprache (1989)

die ich vorbehaltlos liebe
die meine zweite heimat ist
die mir mehr zuversicht
die mir mehr geborgenheit
die mir mehr gab als die
die sie angeblich sprechen

sie gab mir lessing und heine
sie gab mir schiller und brecht
sie gab mir leibniz und feuerbach
sie gab mir hegel und marx
die gab mir sehen und hören
sie gab mir hoffen und lieben
eine welt in der es sich leben lässt

die in ihr verstummen sind nicht in ihr
die in ihr lauthals reden halten sich nicht in ihr
die in ihr ein werkzeug der erniedrigung
die in ihr ein werkzeug der ausbeutung sehn
sie sind nicht in ihr sie nicht

meine behausung in der kälte der fremde
meine behausung in der hitze des hasses
meine behausung wenn mich verbiegt die bitterkeit
in ihr genoss ich die hoffnung
wie in meinem türkisch

Mahdi Hashemi: Wie ein Pfeil (2016)

Einen Monat lang ging die Reise,
die keine Reise war,
sondern ein Schrecken,
in das Land der Hoffnung.

Jetzt warte ich auf ein Papier,
das vielleicht Bitterkeit enthält und Trauer.
Und fühle mich wie ein Pfeil.
Verschossen.
Der zurückkehren soll
zu seinem Bogen.

Mahdi Hashemi (*2000) kam im Alter von drei Jahren als afghanischer Flüchtling in den Iran, mit 15 flüchtete er allein nach Europa. 2018 erhielt er den Else-Lasker-Schüler-Preis.

Yüksel Pazarkaya (*1940) siedelte 1958 für sein Studium aus der Türkei in die Bundesrepublik, promovierte in Literaturwissenschaft und arbeitet unter anderem als Schriftsteller und Verleger.

4 Setzen Sie die beiden Zitate in Beziehung zu dem Gedicht *deutsche sprache* von Yüksel Pazarkaya. Gehen Sie so vor:
- Erschließen Sie das Gedicht.
- Begründen Sie, ob eines der Zitate zum Gedicht passt.
- Formulieren Sie eine entsprechende Aussage, welche die Sicht des Dichters Yüksel Pazarkaya wiedergeben könnte.

A „Die wahre Heimat ist eigentlich die Sprache. Sie bestimmt die Sehnsucht danach, und die Entfernung vom Heimischen geht immer durch die Sprache am schnellsten."
Wilhelm von Humboldt (1767–1835), preußischer Gelehrter und Schriftsteller

B „Sprache ist keine Heimat, man nimmt eine Sprache ja mit in ein anderes Land."
Herta Müller (geb. 1953), rumäniendeutsche Literaturnobelpreisträgerin

5 Interpretieren Sie das Gedicht *Wie ein Pfeil* von Mahdi Hashemi.
- Erläutern Sie den Zusammenhang zwischen Inhalt und Form.
- Untersuchen Sie detailliert das zentrale Bild von Pfeil und Bogen vor dem thematischen Hintergrund von Flucht und Migration.

MK **6** **PLUS** Recherchieren Sie aktuelle Projekte und Publikationen zu Lyrik von Menschen mit Migrationshintergrund. Diskutieren Sie Vor- und Nachteile, Texte unter dem Begriff „Migrantenliteratur" zusammenzufassen.

Heimat suchen

Heinrich Heine: Wo? (1839/40)

Wo wird einst des Wandermüden
Letzte Ruhestätte sein?
Unter Palmen in dem Süden?
Unter Linden an dem Rhein?

Werd ich wo in einer Wüste
Eingescharrt von fremder Hand?
Oder ruh ich an der Küste
Eines Meeres in dem Sand?

Immerhin! Mich wird umgeben
Gotteshimmel, dort wie hier,
Und als Totenlampen schweben
Nachts die Sterne über mir.

Nevfel Cumart: zwei welten (1993)

zwischen
zwei
welten
inmitten
unendlicher einsamkeit
möchte
ich eine brücke sein

doch kann ich
kaum fuß fassen
an dem einen ufer
vom anderen
löse ich mich
immer mehr

die brücke bricht
droht mich
zu zerreißen
in der mitte.

Reiner Kunze: Ich bin angekommen (1978)

Ich bin angekommen

Lange ließ ich auf nachricht
euch warten

Ich habe getastet

Doch ich bin angekommen

Auch dies ist mein land

Ich finde den lichtschalter
schon im dunkeln

ÜBRIGENS

Die Konnotation des Wortes „Heimat“
Die positive Konnotation des Heimatbegriffs erklärt sich auch aus der Sprachgeschichte. In der Fremde leben zu müssen, bedeutete lange Zeit, im Elend (von ahd: ali lenti: das andere Land) zu leben – fern von der Familie, ohne sozialen Rückhalt und Sicherheit. Heimat war daher lange ein Gegensatz zu Elend. Noch in der Zeit des Barock wurde sogar das irdische Leben insgesamt als Elend bezeichnet. Die Heimat war in diesem Zusammenhang das Himmelreich, Christen wurden durch den Tod aus dem weltlichen Elend abberufen und heimgeholt.

1 Heinrich Heine lebte als politisch Verfolgter jahrelang im französischen Exil; Reiner Kunze stellte 1977 als kritischer Schriftsteller in der DDR einen Ausreiseantrag in die Bundesrepublik, dem sofort stattgegeben wurde; Nevfel Cumart ist ein in Deutschland geborener Sohn türkischer Eltern.

- Beschreiben Sie die Konflikte, denen das lyrische Ich in den Gedichten jeweils ausgesetzt ist. Welche Probleme werden expliziert ausgesprochen, welche zwischen den Zeilen angedeutet?
- Stellen Sie dar, wie sich diese Konflikte jeweils in der formalen Gestaltung der Gedichte widerspiegeln.
- Untersuchen Sie anhand von Sprechhaltung und Sprechabsicht, wie das lyrische Ich jeweils mit seiner Situation umgeht.

2 **PLUS** Verfassen Sie für eine Lyrik-Zeitschrift einen Beitrag mit dem Titel „Transnational – Die Lyrik der Zukunft?“. Nutzen Sie den Infotext sowie Zitate aus den Gedichten dieses Kapitels, um Ihre Aussagen zu stützen.

Transnationalismus

Transnationale Literatur trägt der Tatsache Rechnung, dass – gerade in Zeiten von Digitalisierung und globaler Migration durch den zunehmenden Transfer von Waren, Personen und Ideen – nationale Identitäten für viele Menschen eine immer geringere Rolle spielen. Damit steht sie in Kontrast zu Nationalismus und der Überbetonung von Heimat, beschäftigt sich aber auch problematisierend mit Gefühlen von Entwurzelung, Identitäts- und Loyalitätskonflikten oder dem sozialen Druck, der beim Aufeinandertreffen nationaler und transnationaler Identitätsbildung entstehen kann.

3.2 Themenverwandte Gedichte vergleichen

Von Fernweh und Fremdheit

Hörtext A12

Joseph von Eichendorff: Sehnsucht (1834)

Es schienen so golden die Sterne,
Am Fenster ich einsam stand
Und hörte aus weiter Ferne
Ein Posthorn im stillen Land.
Das Herz mir im Leib entbrennte;
Da hab ich mir heimlich gedacht:
Ach, wer da mitreisen könnte
In der prächtigen Sommernacht!

Zwei junge Gesellen gingen
Vorüber am Bergeshang,
Ich hörte im Wandern sie singen
Die stille Gegend entlang:
Von schwindelnden Felsenschlüften,
Wo die Wälder rauschen so sacht,
Von Quellen, die von den Klüften
Sich stürzen in die Waldesnacht.

Sie sangen von Marmorbildern,
Von Gärten, die überm Gestein
In dämmernden Lauben verwildern,
Palästen im Mondenschein,
Wo die Mädchen am Fenster lauschen,
Wann der Lauten Klang erwacht
Und die Brunnen verschlafen rauschen
In der prächtigen Sommernacht. –

Theodor Fontane: Ich bin hinauf, hinab gezogen (1895)

Ich bin hinauf, hinab gezogen,
Und suchte Glück und sucht' es weit,
Es hat mein Suchen mich betrogen,
Und was ich fand, war Einsamkeit.

Ich hörte, wie das Leben lärmte,
Ich sah sein tausendfarbig Licht,
Es war kein Licht das mich erwärmte,
Und echtes Leben war es nicht.

Und endlich bin ich heimgegangen
Zu alter Stell' und alter Lieb',
Und von mir ab fiel das Verlangen,
Das einst mich in die Ferne trieb.

Die Welt, die fremde, lohnt mit Kränkung,
Was sich, umwerbend, ihr gesellt;
Das Haus, die Heimat, die Beschränkung,
Die sind das Glück und sind die Welt.

1 Begründen Sie, zu welchem der beiden Gedichte das Gemälde *Morgenstunde* von Moritz von Schwind als Illustration geeignet wäre.

2 Untersuchen Sie, mit welchen formalen, sprachlichen und klanglichen Mitteln Eichendorff die Sehnsucht nach der Ferne und Fontane seine Heimatverbundenheit in dem Gedicht *Ich bin hinauf, hinab gezogen* zum Ausdruck bringen.

Romantik → S. 516
Poetischer Realismus → S. 518

3 Erläutern Sie, inwiefern die beiden Gedichte als typisch für die Epoche der Romantik bzw. des Poetischen Realismus gelten können.

4 „So unterschiedlich die beiden Gedichte sind – theoretisch könnte darin ein und dasselbe lyrische Ich sprechen." Erklären und begründen Sie diese Aussage.

Moritz von Schwind: *Morgenstunde*, um 1860

Paul Boldt: Auf der Terrasse des Café Josty (1912)

Der Potsdamer Platz in ewigem Gebrüll
Vergletschert alle hallenden Lawinen
Der Straßentrakte: Trams auf Eisenschienen,
Automobile und den Menschenmüll.

Die Menschen rinnen über den Asphalt,
Ameisenemsig, wie Eidechsen flink.
Stirne und Hände, von Gedanken blink,
Schwimmen wie Sonnenlicht durch dunklen Wald.

Nachtregen hüllt den Platz in eine Höhle,
Wo Fledermäuse, weiß, mit Flügeln schlagen
Und lila Quallen liegen – bunte Öle;

Die mehren sich, zerschnitten von den Wagen. –
Aufspritzt Berlin, des Tages glitzernd Nest,
Vom Rauch der Nacht wie Eiter einer Pest.

Erich Kästner: Besuch vom Lande (1929)

Sie stehen verstört am Potsdamer Platz
und finden Berlin zu laut.
Die Nacht glüht auf in Kilowatts,
ein Fräulein sagt heiser: „Komm mit, mein Schatz!“
Und zeigt entsetzlich viel Haut.

Sie wissen vor Staunen nicht aus und nicht ein.
Sie stehen und wundern sich bloß.
Die Bahnen rasseln. Die Autos schrein.
Sie möchten am liebsten zu Hause sein.
Und finden Berlin zu groß.

Es klingt, als ob die Großstadt stöhnt,
weil irgendwer sie schilt.
Die Häuser funkeln. Die U-Bahn dröhnt.
Sie sind alles so gar nicht gewöhnt.
Und finden Berlin zu wild.

Sie machen vor Angst die Beine krumm
und machen alles verkehrt.
Sie lächeln bestürzt. Und sie warten dumm.
Und stehn auf dem Potsdamer Platz herum,
bis man sie überfährt.

5 Beschreiben Sie den Eindruck, den Sie durch die beiden Gedichte vom Potsdamer Platz in Berlin erhalten. Welches Gedicht vermittelt diesen Eindruck für Sie eindrücklicher? Begründen Sie.

Gedichtanalyse → S. 535

6 Analysieren Sie die beiden Gedichte vergleichend. Übernehmen und ergänzen Sie dazu die tabellarische Übersicht.

	Gemeinsamkeiten	Unterschiede	
		Paul Boldt: *Auf der Terrasse des Café Josty* (1912)	Erich Kästner: *Besuch vom Lande* (1929)
Inhalt und Thema	*Geschehen auf dem Potsdamer Platz*	*Thema: …*	*Thema: …*
lyrische Form	*Endreime*	– *Sonettform: …* – *männliche und weibliche Kadenzen* …	– *vier gleichförmige Strophen: …* – *männliche Kadenzen* …
lyrischer Sprecher	*indirekt sprechend*	– *Sprechhaltung: …* – *Sprechabsicht: …*	*Sprechhaltung: …* *Sprechabsicht: …*
sprachliche Mittel	…	…	…
…	…	…	…

7 Formulieren Sie eine Vergleichshypothese. Wählen Sie dazu geeignete Begriffe aus.

Entfremdung | Mensch | Besucher | Großstadt | Moderne | Krisenerfahrung | Lebensumfeld | lebensfeindlich | hässlich | gefährlich | humoristisch | verharmlosend | …

Gedichte vergleichen

Gattungslexikon
→ S. 535 ff.

Vergleichskategorien

Gedichte sind dann sinnvoll miteinander zu vergleichen, wenn zwischen ihnen sowohl **eine Gemeinsamkeit** als auch **ein bedeutsamer Unterschied** besteht.
Während die Gemeinsamkeit der Gedichte häufig offenkundig ist, bedürfen die Unterschiede einer genaueren Untersuchung. Das Erkennen dieser Unterschiede führt in der Regel zu einer **Vergleichshypothese**. Durch die Entsprechung von Inhalt, Form und Sprache zeigen sich Unterschiede in der Regel auf mehreren Ebenen des Gedichts.

	Gemeinsamkeiten	**Unterschiede**
Andreas Gryphius: *Tränen des Vaterlands* (S. 188) – Carl Zuckmayer: *Elegie auf Abschied und Wiederkehr* (S. 189)	In beiden Gedichten wird das gleiche **Motiv** gestaltet, indem sie die Zerstörung des Vaterlandes beklagen.	Unterschiedliche zeit- und literaturhistorische Bedingungen führen zu einer unterschiedlichen formalen und sprachlichen Umsetzung.
Joseph von Eichendorff: *Sehnsucht* (S. 193) – Theodor Fontane: *Ich bin hinauf, hinab gezogen* (S. 193)	Mit dem Fernweh behandeln beide Gedichte das gleiche **Thema**.	Die Grundaussage unterscheidet sich: Während das lyrische Ich bei Eichendorff die Sehnsucht nach der Fremde emphatisch feiert, findet jenes bei Fontane schließlich Zufriedenheit in der Heimat.
Paul Boldt: *Auf der Terrasse des Café Josty* (S. 194) – Erich Kästner: *Besuch vom Lande* (S. 194)	Beide Dichter beschreiben denselben **Ort**, den Potsdamer Platz in Berlin.	Thema und Sprechhaltung sind nicht identisch: Boldt stellt die Entfremdung des Menschen von seinem Lebensraum in drastischen Bildern als ernstzunehmendes Problem der damaligen Zeit dar. Bei Kästner wird die Überforderung der Menschen durch die Moderne in humoristischer Weise zum Ausdruck gebracht.

Aufgabenstellung und Strukturierungsmöglichkeiten

Es gibt zwei mögliche Grundmuster von Aufgabenstellungen bei Gedichtvergleichen. Achten Sie genau auf die Aufgabenstellung.

Ein Gedicht steht im Fokus und wird vollständig interpretiert. Ein zweites Gedicht wird in Bezug auf einzelne Aspekte vergleichend hinzugezogen. Diese Aspekte können vorgegeben sein oder müssen selbstständig ausgewählt werden.

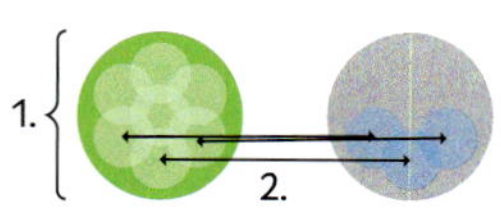

Beide Gedichte werden **gleichberechtigt** interpretiert. Dabei kann jedes Gedicht nacheinander interpretiert und dann ein abschließender Vergleich formuliert werden oder beide Gedichte werden parallel aspektorientiert interpretiert.

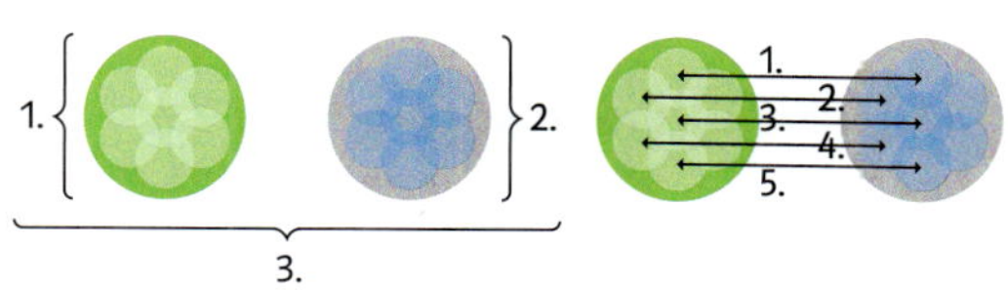

Vergleichende Interpretation lyrischer Texte (I, b)

KOMPETENZBOX

Gedichte schriftlich vergleichen

Diese Aufgabenart verlangt meist die vollständige Interpretation eines Gedichts. Das zweite Gedicht wird in Bezug auf einzelne Aspekte vergleichend hinzugezogen.

1. Erstes Textverständnis festhalten – Aufgabenstellung erfassen

- das erste Gedicht mehrfach lesen
- erste Eindrücke festhalten
- Textangaben erfassen: Titel, Autorin/Autor, Textsorte, Thema, Entstehungs- oder Veröffentlichungsjahr
- Teilaufgaben und Untersuchungsaspekte beachten: Welche Operatoren erfordern was? Welche Aspekte sollen verglichen werden?
- das zweite Gedicht lesen und erste Eindrücke zu den Vergleichsaspekten festhalten

2. Gedichte untersuchen und Bezüge herstellen

- Inhalt, Sprache und Form des ersten Gedichts erschließen und einen Zusammenhang herstellen
- Deutungshypothese formulieren
- die in der Aufgabenstellung genannten Aspekte untersuchen oder eigene Aspekte auswählen
- ggf. textüberschreitende Aspekte einbeziehen
- das zweite Gedicht unter den Vergleichsaspekten untersuchen und Bezüge zu dem ersten Gedicht herstellen, Gemeinsamkeiten und Unterschiede festhalten, Vergleichshypothese formulieren

3. Untersuchungsergebnisse prüfen

- Fazit aus den Untersuchungsergebnissen ziehen
- Deutungshypothese für das erste Gedicht überprüfen und ggf. neu formulieren
- Vergleichshypothese überprüfen und ggf. neu formulieren

4. Gliederung erstellen

Einleitung:
- interessanten Einstieg finden
- Titel, Autorin/Autor, Textsorte, Thema, Entstehungs- oder Veröffentlichungsjahr benennen
- Deutungshypothese formulieren

Hauptteil:
- Inhalt kurz wiedergeben
- Untersuchungsergebnisse anordnen
  a) nach der Reihenfolge des ersten Gedichts (Strophe für Strophe)
  b) nach vorgegebenen oder selbst gewählten Aspekten
- aufgabenbezogene Überleitung zur zweiten Aufgabe formulieren
- Vergleich zu dem zweiten Gedicht formulieren

Schluss:
- Ergebnisse zusammenfassen, ggf. Bezug zur Einleitung herstellen

5. Klausur schreiben

- sachlich und präzise formulieren, Fachbegriffe verwenden
- logische Nachvollziehbarkeit durch gedankliche Zusammenhänge und sprachliche Verknüpfungen beachten
- Aussagen am Text durch direkte und indirekte Zitate belegen

6. Klausur überarbeiten

- sachliche Richtigkeit prüfen
- Formalia, z. B. korrektes Zitieren, beachten
- sprachliche Richtigkeit (Ausdruck, Grammatik, Zeichensetzung, Rechtschreibung) überprüfen

BEISPIEL-KLAUSUR **Aufgabe**

1 Interpretieren Sie das Gedicht *Weltende* von Else Lasker-Schüler aus dem Jahr 1903.

2 Vergleichen Sie Else Lasker-Schülers Gedicht mit dem gleichnamigen Gedicht von Jakob van Hoddis im Hinblick auf die Gestaltung des Themas „Weltende". Beziehen Sie dabei neben inhaltlichen auch ausgewählte sprachliche und formale Aspekte ein.

Else Lasker-Schüler: Weltende (1903)

Es ist ein Weinen in der Welt,
Als ob der liebe Gott gestorben wär,
Und der bleierne Schatten, der niederfällt,
Lastet grabesschwer.

Komm, wir wollen uns näher verbergen ...
Das Leben liegt in aller Herzen
Wie in Särgen.

Du, wir wollen uns tief küssen –
Es pocht eine Sehnsucht an die Welt,
An der wir sterben müssen.

Jakob van Hoddis: Weltende (1911)

Dem Bürger fliegt vom spitzen Kopf der Hut,
In allen Lüften hallt es wie Geschrei.
Dachdecker stürzen ab und gehn entzwei,
Und an den Küsten – liest man – steigt die Flut.

Der Sturm ist da, die wilden Meere hupfen
An Land, um dicke Dämme zu zerdrücken.
Die meisten Menschen haben einen Schnupfen.
Die Eisenbahnen fallen von den Brücken.

1. Erstes Textverständnis festhalten – Aufgabenstellung erfassen

Schreibtraining I17

1.1 Lesen Sie das Gedicht von Else Lasker-Schüler mehrfach aufmerksam durch. Klären Sie ggf. unbekannte Wörter und Wendungen.

1.2 Markieren Sie in dem Gedicht von Lasker-Schüler wichtige Stellen. Notieren Sie Ihre ersten Eindrücke zu Inhalt, Sprache und Form.

1.3 Klären Sie, was die Aufgabenstellung von Ihnen verlangt. Beachten Sie besonders die Operatoren und die Vergleichsaspekte.

1.4 Erfassen Sie die Entstehungszeit des Gedichts von Lasker-Schüler und ordnen Sie die Autorin entsprechend ein.

1.5 Notieren Sie erste Assoziationen, die Ihnen zum Thema „Weltende" einfallen, ggf. auch eine Begriffsdefinition. Orientieren Sie sich an den folgenden Fragen.

- *Was verbindet man mit dem Thema „Weltende"?*
- *Welche Darstellungen eines Weltendes gibt es (z. B. in Malerei, Film, Literatur)?*
- *Welche Möglichkeiten eines Weltendes (persönlich, epochal, kosmologisch) sind denkbar?*
- ...

2. Gedichte untersuchen und Bezüge herstellen

2.1 Erschließen Sie den Zusammenhang zwischen Inhalt, Sprache und Form des Gedichts *Weltende* von Else Lasker-Schüler. Arbeiten Sie mit Randnotizen.

2.2 Formulieren Sie eine Deutungshypothese.

2.3 Übernehmen und ergänzen Sie für den Vergleich die folgende Tabelle. Markieren Sie Gemeinsamkeiten und Unterschiede in unterschiedlichen Farben.

Vergleichsaspekte zum Thema „Weltende“	**ausgewählte inhaltliche, sprachliche und formale Vergleichsaspekte**
– *inhaltliche Gestaltung eines Weltendes: auf der einen Seite umfassende, aber auch individuelle Trauer, auf der anderen Seite allgemein registrierte apokalyptische Szenarien* – *Auslöser des Weltendes: Sehnsucht als Ursache der Sterblichkeit des Menschen vs. Aussparung eines konkreten Anlasses* – *metaphysische Dimension eines Weltendes: Verweis auf Gott vs. bloße Immanenz des Geschehens* – *Reaktion auf das Weltende: Appell zur körperlichen Nähe/Liebe vs. Verzicht auf Beschreibung einer Folge oder Reaktion* – …	– *Sprechsituation* – *lyrischer Sprecher: persönlich betroffene Sprechinstanz vs. distanziert berichtendes Medium* – *formale Gestaltung, z. B. Strophen, Verse, Reime, Metrik:* • *zwei kurze Gedichte in Strophenform mit unterschiedlicher Reimstruktur* • *metrische Klarheit nur bei van Hoddis durch weitgehend konsequenten jambischer Fünfheber* • … – *Bildlichkeit, z. B. Metaphorik, Symbolik, Chiffren:* • … – …

2.4 Notieren Sie Stichpunkte zum Epochenkontext. Reflektieren Sie z. B. folgende Fragen.

- *Was kennzeichnet beide Gedichte als Texte der Moderne?*
- *Gehören Sie derselben literarischen Strömung innerhalb der frühen Moderne an?*
- *Sind die Gedichte eher typisch oder untypisch für ihre Zeit?*
- …

2.5 Formulieren Sie eine Vergleichshypothese.

3. Untersuchungsergebnisse prüfen

3.1 Überprüfen Sie Ihre Deutungshypothese für das Gedicht *Weltende* von Else Lasker-Schüler (Arbeitsschritt 2.2) und überarbeiten Sie diese ggf.

3.2 Notieren Sie stichpunktartig ein knappes Fazit, das Sie aus Ihrem Vergleich ziehen (Arbeitsschritte 2.3 und 2.4). Vermeiden Sie dabei Floskeln oder Banalitäten wie die folgenden:

A *Beide Gedichte wollen zum Nachdenken anregen.*
(Das wollen die meisten literarischen Texte.)

B *Beide Gedichte lassen sich der Moderne zuordnen.*
(Das ist zu allgemein.)

3.3 Überprüfen Sie Ihre Vergleichshypothese (Arbeitsschritt 2.5) und überarbeiten Sie diese ggf.

4. Gliederung erstellen

4.1 Besprechen Sie Vor- und Nachteile der Gliederungen auf S. 199 oben, auch im Hinblick auf die anschließende Ausformulierung.

4.2 Ergänzen Sie eine der Gliederungen auf S. 199 oben.

1. *Interpretation des Gedichts „Weltende" von Else Lasker-Schüler und Darstellung des Weltendes bei Else Lasker-Schüler*
   1.1
   1.2
   1.3
2. *Darstellung des Weltendes bei Jakob van Hoddis*
   2.1
   2.2
   2.3
3. *Synthese und Fazit*

1. *Interpretation des Gedichts „Weltende" von Else Lasker-Schüler*
2. *Vergleich der Darstellung des Weltendes bei Lasker-Schüler und van Hoddies*
   2.1 Gemeinsamkeiten
      2.1.1
      2.1.2
   2.2 Unterschiede
      2.2.1
      2.2.2
      2.2.3
3. *Fazit*

5. Klausur schreiben

5.1 Bewerten Sie die Textausschnitte **A**–**C** unter folgenden Kriterien:
- Überleitung zur Interpretation von Else Lasker-Schülers Gedicht *Weltende*
- Hinführung zum Vergleich mit Jakob van Hoddis' Gedicht *Weltende*
- sprachlich-stilistische Gestaltung

A *Nachdem ich das Gedicht von Else Lasker-Schüler interpretiert habe, werde ich es nun mit einem Gedicht von Jakob van Hoddis vergleichen, das acht Jahre später entstanden ist, aber ein ähnliches Thema hat. Beide haben nämlich denselben Titel: „Weltende". Allerdings sieht das Weltende in den zwei Texten sehr unterschiedlich aus.*

B *Das von Else Lasker-Schüler entworfene Weltende stammt – wie unschwer zu erkennen ist – aus der Feder einer Frau. Interessant dürfte es daher sein, wie ein männlicher Autor das Weltende lyrisch gestaltet. Stellt er andere Fragen? Treiben ihn andere Befindlichkeiten und Ängste an? Schildert er es – wie man laut gängiger Stereotype vermuten könnte – brutaler oder mit mehr Action? Auf der Suche nach einem solchen Text wird man nach Lasker-Schülers Gedicht aus dem Jahr 1903 bereits 1911 fündig; sein Autor ist Jakob van Hoddis.*

C *Die am Ende von Lasker-Schülers Gedicht aufgeworfenen Fragen, nämlich wessen Sehnsucht eigentlich an die Welt „pocht" (V. 9) – die der Menschen oder die Gottes – und warum diese Sehnsucht der Grund für die Sterblichkeit der Menschen ist, zeigen die existenzielle Dimension, die das Gedicht aufweist. Außerdem empfindet das lyrische Ich beim Thema „Weltende" allgemeine und individuelle Ängste. Dass das Weltende aber auch ganz anders inszeniert werden kann, zeigt Jakob van Hoddis' gleichnamiges Gedicht aus dem Jahr 1911, das einen denkbar anderen Ton anschlägt.*

5.2 Prüfen Sie, ob die folgenden Behauptungen **A**–**D** (S. 200) nachvollziehbar und mit Textstellen belegbar sind. Korrigieren Sie ggf. Mängel und die Zitierweise.

A *Else Lasker-Schülers Gedicht beginnt mit einer weltumspannenden Trauer, wobei sich die Alliteration vom „Weinen in der Welt" (V. 1) sogar noch mit dem Titelwort des Gedichts verknüpfen lässt.*

B *Während in Else Lasker-Schülers Gedicht erkennbar ein Ich spricht – auch wenn das Personalpronomen nicht vorkommt – und sich an ein Du wendet (vgl. V. 8), ist in Jakob van Hoddis' Text überhaupt kein Sprecher vorhanden. Es werden nur Beobachtungen des Autors aus der Distanz aneinandergereiht.*

C *Else Lasker-Schülers lyrisches Ich hat dem Weltende etwas Positives entgegenzusetzen: „wir wollen uns tief küssen" (vgl. V. 8). Bei Jakob van Hoddis werden nur negative körperliche Reaktionen gezeigt, indem „die meisten Menschen einen Schnupfen haben" (V. 7).*

D *Dass bei Jakob van Hoddis Dachdecker abstürzen (vgl. V. 3), lässt eine immense Druckwelle vermuten, wie sie z. B. durch einen Tsunami oder eine Atombombe ausgelöst werden kann.*

5.3 Besprechen Sie gelungene sowie verbesserungswürdige inhaltliche und sprachliche Aspekte im folgenden Schluss eines Gedichtvergleichs.

Alles in allem hat mein Vergleich gezeigt, wie unterschiedlich das Weltende in literarischen Texten gestaltet werden kann.
Aber auch unser alltäglicher Sprachgebrauch zeigt das ja: Mit Formulierungen wie „Das ist für mich das Ende der Welt" meinen Menschen meist nicht den wirklichen Weltuntergang, sondern eine persönliche Katastrophe, sei es nun das Ende einer Liebesbeziehung, die Kündigung im Beruf oder auch nur die Auflösung einer Band, für die man geschwärmt hat. Da sich hier echt viele Möglichkeiten auftun, könnte man sogar zugespitzt sagen, dass so gesehen alle literarischen Werke ein Weltende thematisieren. Beim Durchforsten von Büchern, Filmen oder Serien wird man feststellen, dass in dieser übertragenen Bedeutung die Vermutung tatsächlich stimmen könnte.
Nichtsdestoweniger lässt dieser Blickwinkel außer Acht, dass die Apokalypse immer wieder auch ganz wörtlich genommen und entsprechend gestaltet wird, sei es in mittelalterlichen Gemälden oder in Kino-Blockbustern wie „Armageddon", „Deep Impact" oder „2012". Ob dabei die Lust an überdimensionalen Weltuntergangsfantasien, die mit geradezu masochistischem Detailreichtum ausgestaltet werden, letztlich daher rührt, dass der Genuss am großen Weltende uns eine Flucht aus unseren eigenen, kleinen Katastrophen ermöglicht, soll für diesmal dahingestellt sein.

5.4 Verfassen Sie auf Grundlage Ihrer Vorarbeiten eine vollständige Interpretation des Gedichts *Weltende* von Else Lasker-Schüler und den Vergleich (Aufgabe 2, S. 197).

Sprachtraining I18

SPRACHTIPP

Texte vergleichen

Gemeinsamkeiten benennen:
in Übereinstimmung mit | eine Gemeinsamkeit zeigt sich in … | sich ähneln | Parallelen sind auffällig, da … | eine auffallende Ähnlichkeit | auf gleiche Art und Weise | parallel zu … | sowohl … als auch

Unterschiede benennen:
im Vergleich zu | verglichen mit | im Gegensatz zu | ein Unterschied besteht in | im Kontrast zu | im Widerspruch dazu | anders als | abweichend von … | voneinander abweichen | sich unterscheiden | differieren | dagegen | hingegen | wiederum | während | wohingegen | demgegenüber | auf unterschiedliche Art und Weise | einerseits … andererseits | zum einen … zum anderen

6. Klausur überarbeiten

6.1 Überarbeiten Sie Ihre Klausur. Achten Sie dabei auch auf sprachliche Richtigkeit (Ausdruck, Grammatik, Zeichensetzung, Rechtschreibung) und die korrekte Zitierweise.

Beispiellösung D08

Beispiellösung (Ausschnitt)

Else Lasker-Schüler verfasste ihr Gedicht „Weltende" im Kontext der Jahrhundertwende, die nicht umsonst als „Fin de Siècle" bezeichnet wird und einen Epocheneinschnitt markiert. Nur ein knappes Jahrzehnt später hatte sich die Welt tatsächlich bereits deutlich verändert und das Bewusstsein einer Décadence wich dem Wunsch nach Aufbruch, Erneuerung und Umsturz, was sich exemplarisch in Jakob van Hoddis' Gedicht „Weltende" von 1911 widerspiegelt.

Während in Lasker-Schülers Gedicht Trauer, Vergänglichkeit und Sehnsucht eines lyrischen Ich im Zentrum stehen, werden hier auf nüchtern-lakonische Weise und im Berichtstil ohne markierte Sprecherinstanz zusammenhanglose Beobachtungen aneinandergereiht, die auch in ihrem Schwere- bzw. Bedeutungsgrad sehr heterogen anmuten: neben „wilden Meere[n]" (V. 5) und einer ansteigenden Flut werden Schnupfen und Bürgerhüte thematisiert. Dass verschiedene Topografien in den Blick genommen werden (Land, Meer, Küsten, Dächer, Eisenbahner) [...] könnte man als durchaus typisch für Weltuntergangsszenarien bezeichnen. Dass die traditionellen apokalyptischen Bilder aber konsequent ironisch gebrochen werden – sei es durch die Wortwahl, „die wilden Meere hupfen" (V. 5) [...] –, ist durchaus ungewöhnlich und ein deutlicher Kontrast zum pathetisch-melancholischen Ton in Lasker-Schülers Gedicht, das eine emotional-subjektive Selbstaussprache und einen sehr persönlichen Weltuntergang präsentiert, während van Hoddis konsequente Entsubjektivierung betreibt und alle Gefühle ausspart. Interessant ist, dass beide Gedichte im Abstand von nur acht Jahren entstanden sind und doch in Intention und Wirkung so unterschiedlich sind. Gemeinsam ist beiden, dass ihre Autoren zwar dem Expressionismus zugeordnet werden, ihre Texte aber jeweils einen ganz eigenen Stil aufweisen. Das von Lasker-Schüler bezeichnete Weltende ist ein individuell erlebtes, das Weltende von van Hoddis ein auf alle Menschen bezogenes.

Lasker-Schülers Text verzichtet fast völlig auf traditionell apokalyptische Bilder; vielmehr wird durch Schatten, Särge und Sehnsucht (vgl. V. 3, 7, 9) eine Endzeitstimmung erzeugt, die „grabesschwer" (V. 4) auf dem lyrischen Ich lastet. [...] Es herrschen das Chaos, Naturgewalten und der Zufall. Dekonstruiert wird dabei die menschliche Zivilisation samt Technik, Fortschritt und bürgerlichem Habitus, womit das Gedicht mit seinem Umsturz des (Spieß-)Bürgertums deutlich eine gesellschaftskritische Lesart zulässt, was für Lasker-Schüler – wenn überhaupt – nur latent mitschwingt. Ihr Gedicht erscheint zeit- und raumlos [...]. Es beschreibt eine sehr persönliche Krise, mithin ein Einzelschicksal, das zum Weltuntergang stilisiert wird, während van Hoddis' Weltende alles umfasst: Mensch, Natur und Kultur.

Gemeinsam ist beiden Texten neben der auffälligen Kürze, in der sie das jeweilige Weltende wie in einem Brennglas komprimieren, dass sie der Leserin/dem Leser einen Blick in eine wie auch immer geartete Zukunft vorenthalten. Auch Lasker-Schülers Schlussvers beendet den Text mit dem unausweichlichen Tod, [...]

1987 wird diese ironische Perspektive in einem bekannten Song übrigens wieder aufgegriffen: „It's the end of the world as we know it", heißt ein Lied der US-amerikanischen Band R.E.M. Bemerkenswert daran ist zum einen der zweite Teil des Titels, der eine Einschränkung vornimmt: Es muss nicht das allumfassende Ende des Universums sein, es reicht auch nur das Ende einer vertrauten Welt, was vieldeutig ist. Zum anderen aber ist dem Titel in Klammer ironischerweise die Formulierung „(and I feel fine)" nachgestellt. Man kann dem Weltende also nicht nur mit Resignation und Trauer wie bei Lasker-Schüler oder mit nüchterner Lakonie wie bei van Hoddis begegnen, sondern sogar mit einer gewissen Zufriedenheit.

Ende des Hauptteils der Interpretation von Lasker-Schülers Gedicht

Überleitungsgedanke zum Vergleich

zentrale Aussage Text 1 vs. zentrale Aussage Text 2

unterschiedliche Bildlichkeit in Text 2

signifikante stilistische Unterschiede

Verweis auf gemeinsamen Epochenkontext

Bildlichkeit in Text 1

Gesellschaftskritik in Text 2 vs. Selbstaussprache in Text 1

formale Gemeinsamkeit: Kürze / Unausweichlichkeit

Ausblick auf einen zeitgenössischen Text zum Thema „Weltende"

bündelnde Zusammenschau der drei Texte, prägnanter Schluss

4

Eine Literaturverfilmung untersuchen

Spielen Sie Schach?

1

Wie reagieren Menschen in Extremsituationen?

Was passiert, wenn Menschen völlig isoliert werden?

Welche Gefahren kann die Flucht aus der Realität in Gedankenwelten mit sich bringen?

Das lernen Sie jetzt!

4.1 die Handlungsstruktur und die Figurenkonzeption in einem Film erfassen, eine Filmszene interpretieren

4.2 die Besonderheiten und den künstlerischen Eigenwert von Filmen erkennen

2

Interview mit dem Regisseur Philipp Stölzl
(2021, Presseheft zum Film der Produktionsfirma studiocanal, Ausschnitt)

Ihr habt Zweigs Geschichte für die Kinoadaption verändert. Warum?

Die beiden Produzenten Tobias Walker und Philipp Worm arbeiteten mit dem Autor Eldar Grigorian schon ziemlich lange an der Projektentwicklung, bevor ich an Bord kam. Der Clou, den sie dabei gefunden hatten, nämlich die Gefangenschaft im Hotel und die Emigration auf dem Schiff sehr raffiniert zu verweben, hat mich sofort begeistert. Zweig erzählt in einer klassischen, literarischen ABA-Struktur, wie sie in der Literatur oft vorkommt. Es gibt eine Rahmenhandlung, in der die eigentliche Kerngeschichte in einer einzigen langen Rückblende eingebettet ist. In der Literatur ist das natürlich völlig legitim, für einen Film ist das aber eine eher spannungslose Konstruktion. In unserem Film sind nun Rahmenhandlung und Rückblende sehr viel komplexer miteinander verwoben als bei Zweig. Der Zuschauer denkt dabei zunächst, dass er einfach nur eine klassische Montage zweier Zeitebenen sieht, aber Stück für Stück werden die Ereignisse auf diesem Schiff immer merkwürdiger, irgendetwas fühlt sich im Verlauf der Reise falsch an, es gibt ein Geheimnis.

François Truffaut: Bemerkungen zum Thema Literaturverfilmung (1999, Ausschnitt)

Abschließend bleibt festzuhalten, dass das Problem der Literaturverfilmung ein Scheinproblem ist. Es gibt kein Rezept, keine Zauberformel. Was zählt, ist allein die Qualität des Films, und die hängt einzig und allein von der Persönlichkeit des Regisseurs ab. […] Es gibt also weder gute noch schlechte Literaturverfilmungen.

Abbildung 1: Oliver Masucci als Bartok in *Schachnovelle* (Regie: Philipp Stölzl, D 2021)

Abbildung 2: Cover der Ausgabe von Stefan Zweigs Erzählung *Schachnovelle* beim S. Fischer Verlag, 1987

1 Beschreiben Sie das Filmbild (S. 202). Formulieren Sie Vermutungen zur dargestellten Situation.

2 Vergleichen Sie das Buchcover mit dem Filmbild (S. 202). Erläutern Sie, warum auf dem Buchcover ein abgelegter weißer Hemdkragen zu sehen ist.

3 Beziehen Sie die Aussagen des Regisseurs Stölzl auf Truffauts Aussage, es gebe weder gute noch schlechte Literaturverfilmungen.

4.1 Einen Film erschließen und interpretieren

Bauer schlägt König

Die Handlungsstruktur und die Figurenkonzeption erfassen

Inhaltsangabe

Stölzls Schachnovelle beginnt im Wien des Jahres 1938: Österreich wird vom Naziregime besetzt. Der Anwalt Bartok möchte mit seiner Frau Anna in die USA fliehen, wird jedoch kurz zuvor verhaftet und in das Hauptquartier der Gestapo im Hotel Metropol gebracht. Als Vermögensverwalter soll Bartok dem Gestapo-Leiter Böhm Zugang zu den Konten seiner Kunden ermöglichen, doch er weigert sich zu kooperieren. Eine Isolationshaft soll seinen Willen brechen, und er verliert auch zunehmend den Verstand. Per Zufall gelangt er an ein Schachbuch und mit aus Brotresten geformten Figuren verfeinert er sein Schachspiel. Im Kern der Novelle und auch des Films geht es allerdings nicht primär um Schach [...]. Vielmehr ist Schach hier ein Mittel zum Zweck, und viele Literaturwissenschaftler rätseln immer noch, ob es Zweig um die Methoden der Gestapo oder den Untergang des Intellekts im Europa während des Faschismus ging [...].

Im Gegensatz zu Zweigs Werk hat man sich bei der Verfilmung für eine parallele Erzählung zwischen Isolationshaft und Schiff entschieden. Das funktioniert dahingehend ganz gut, weil das Schiff stets Spiegel des Geisteszustands von Bartok in der Haft ist. Allerdings fällt es einem als Zuschauer sehr schwer, hier noch zwischen Wahn und Wirklichkeit zu unterscheiden, insbesondere die letzte Szene in den USA wirft mehr Fragen als Antworten auf.

Interview mit dem Regisseur Philipp Stölzl

(2021, Presseheft zum Film der Produktionsfirma studiocanal, Ausschnitt)

Im Film gibt es mit der Rolle der Anna, die von Birgit Minichmayr gespielt wird, auch eine Frauenfigur, die gar nicht bei Stefan Zweig auftaucht. Wie kam es dazu?

Die Frauenfigur steht hier für den Überlebenswunsch. Bei Stefan Zweig gibt es diese Frau auch, sie wird allerdings nur in einem Satz erwähnt. Uns war das zu wenig, wir hatten das Gefühl, dass wir als Zuschauer einem glücklich verheirateten Mann noch mehr wünschen, dass er überlebt und irgendwann nach Hause kommt. Eine Metapher, die sich durch den ganzen Film zieht, ist ja die von Odysseus, der nach dem Trojanischen Krieg die schlimmsten Gefahren auf sich nimmt, um heimzukehren zu seiner Penelope. Mit einem Fluch beladen irrt er durchs Mittelmeer. Das ist eine sehr schöne Metapher für diesen inhaftierten Mann. Weil auch er, obwohl er sich überhaupt nicht vom Fleck bewegt in dieser Hotelzimmerzelle, unglaublichen Stürmen, Gefahren und Schrecklichkeiten ausgesetzt ist. Der Film hat sehr klaustrophobische, wahnwitzige und düstere Szenen und da braucht man Momente voller Menschlichkeit in dieser Finsternis. Wenn man keine Kontraste schafft, wird man im Kino irgendwann gefühlskalt, denke ich. Zum anderen ist die Hauptfigur bei uns auf einem erträumten Schiff, was wir aber im Film erst Stück um Stück preisgeben. Die Frauenfigur hilft uns, die Zuschauer zunächst auf die falsche Fährte zu führen: Bartok trifft am Hafen auf Anna, mit der er zusammen nach Amerika auswandert. Irgendwann verschwindet Anna aber von dem Schiff, was für den ersten Moment fast ein bisschen wie ein Hitchcock-Sujet wirkt, sich dann aber Stück für Stück als eines der verstörenden Elemente seines Traums herausstellt. Er hat sich Anna erträumt und damit auch das Heimkommen aus der Zelle. Sie entgleitet ihm, weil er sie nach und nach in seiner „weißen Folter“ vergisst.

Mit Birgit Minichmayr konnten wir eine großartige Charakterdarstellerin gewinnen, die ihrer Figur in verhältnismäßig wenig „Screentime“ eine unheimliche Kraft gibt. Wir haben bei ihrer Charakterzeichnung versucht, gängige romantische Kinoklischees zu vermeiden: Birgits Anna ist eine Ehefrau auf Augenhöhe mit Bartok, man merkt, dass die beiden schon viele Jahre miteinander zusammen sind.

1 Untersuchen Sie die beiden Texte unter folgenden Aspekten:
- Erschließen Sie die Handlungsstruktur des Films mithilfe eines Flussdiagramms.
- Notieren Sie Interpretationsansätze. Erklären Sie, wie man diese überprüfen kann.
- Stellen Sie dar, welche Folgen die Handlungsstruktur für die Zuschauerinnen und Zuschauer hat.

Material 1

Britta Hartmann/Hans Jürgen Wulff: Fabel und Sujet (engl.: *story / plot*)

(2022, Online-Filmlexikon Universität Kiel, Ausschnitt)

Als *fabula* oder *story* wird die zeitlich-lineare (chronologische) und kausal verknüpfte Kette von Ereignissen und handelnden Figuren bezeichnet. Sie ist eine abstrakte, formale Struktur, die mit dem „Geschichten-Wissen“ des Zuschauers – seinem Wissen über die Handlungsschemata, -motive und generische Strukturen – korrespondiert. [...] [D]er *plot* ist dagegen die Präsentation der Fabelereignisse im zeitlichen Verlauf der Erzählung, ihre Auswahl und Anordnung im Film. So kann der Film Handlungsteile aussparen und Informationen ganz gezielt zurückhalten, um den Zuschauer dadurch zu Hypothesen über die Ereignisse anzuregen (wie in manchen Spielarten des Kriminalfilms).

2 Erläutern Sie mithilfe von M1 sowie der Aufgabe 1 (S. 204) die Story und den Plot des Filmes *Schachnovelle*.

3 Ordnen Sie die Filmbilder 1 – 4 den zwei Handlungssträngen zu und begründen Sie Ihre Zuordnung.

> Die Bilder 1 und 4 zeigen eine Handlung, die nur im Kopf des Bartok geschieht: die Flucht nach Amerika auf einem Dampfer. Dort spielt er gegen den amtierenden Weltmeister, der seinem Folterer Böhm ähnelt, ein Schachspiel, ringt ihm ein Remis ab und beendet das Spiel. In dem anderen Handlungsstrang sieht man, wie er aus der Haft entlassen wird. Am Ende bekommt Bartok in einer Therapie die Odyssee von einer Frau vorgelesen, die seiner Frau Anna ähnelt.

1

04:34, Reisepass, ausgestellt auf den Namen Max van Leuwen, mit welchem Bartok von Rotterdam nach New York flieht

2

09:19, Bartoks Schlafzimmer, in dem er sich auf den Ball vorbereitet

3

9:27, Bartok und seine Frau Anna beim Ball in Wien

4

1:32:55, Bartok beim Schachspiel gegen den amtierenden Weltmeister Czentovic auf der Schiffsüberfahrt

4 Stellen Sie in einer Mindmap Möglichkeiten der Figurencharakterisierung in einem Film dar. Prüfen Sie, wie Bartok in den Filmbildern 3 und 4 mithilfe dieser Möglichkeiten charakterisiert wird.

5 Beschreiben Sie die Mise en Scène in den Filmbildern 3 und 4. Erläutern Sie ihre Bedeutung für die Charakterisierung von Figuren und das Betonen wesentlicher Requisiten.

6 Erläutern Sie, inwiefern die Filmbilder (S. 205) Hinweise geben, dass hier unzuverlässig erzählt wird. Beachten Sie die Farbgebung und Kontraste der Filmbilder **1** und **4** im Vergleich zu den Filmbildern **2** und **3**. Nutzen Sie M2.

MK **7** Recherchieren Sie weitere künstlerische Beispiele für die Verwendung des Schachspiels und des Odysseus-Motivs als Metapher und begründen Sie deren besondere Eignung.

Material 2

Mind-Bender-Filme

Mind-Bender-Filme spielen mit der Zuschauerwahrnehmung durch verschiedene Formen des unzuverlässigen Erzählens. Eine besonders wirkungsvolle Form des unzuverlässigen Erzählens liegt vor, wenn sich eine scheinbar objektive Erzählung als subjektive Wahrnehmung einer Figur herausstellt bzw. die Zuschauerinnen und Zuschauer darüber im Unklaren gelassen werden, weil Markierungen des Übergangs zwischen objektiver Filmwirklichkeit und subjektiver Wahrnehmung einer Figur fehlen und sich diese überlagern. Die Unterscheidung zwischen Innen- und Außenwelt ist für die Zuschauerin oder den Zuschauer erst nach und nach oder bei einem plötzlichen Wendepunkt möglich.

Eine Filmszene interpretieren

1 Notieren Sie, welche Montagetechniken und Funktionen es nach Auffassung von Béla Balázs (M3) gibt.

2 Sehen Sie sich den Filmanfang bis zum Zusammentreffen des Ehepaars auf dem Dampfer nach New York an und erklären Sie, inwiefern diese Sequenz der Definition Béla Balázs von der Funktionsweise der Montage (M3) entspricht. Nutzen Sie die Filmbilder **5** - **11** (S. 207).

Material 3

Hörtext A13

Béla Balázs: Der Geist des Films (1930, Ausschnitt)

Im Film genügt auch die bedeutungsvollste Einstellung nicht, um dem Bild seine ganze Bedeutung zu geben. Diese wird letzten Endes von der Position des Bildes zwischen den anderen Bildern entschieden. [...] Wir sehen etwa ein Lächeln. Das hat einen ganz deutlichen Ausdruck für uns. Nun wird uns vorher der Anblick gezeigt, dem dieses Lächeln gelten könnte. Einmal das Lächeln des Geliebten. Einmal die Mündung eines drohenden Revolvers. Dasselbe Lächeln wird nicht nur den Sinn ändern, sondern wird darum auch anders aussehen. [...]

Die produktive Montage

[...] Wenn wir alles, was wir erfahren sollen, in den Bildern sehen, dann gibt die Montage von sich aus nichts hinzu. Sie ordnet nur die fertigen Bedeutungen, um den Ablauf der Handlung verständlich zu machen. Produktiv wird die Montage, wenn wir durch sie etwas erfahren, was in den Bildern selbst gar nicht gezeigt wird. Ein ganz triviales Beispiel: wir sehen jemanden aus einem Zimmer herauskommen. Dann sehen wir das Zimmer in Unordnung, mit Spuren eines Kampfes. Dann vielleicht eine Stuhllehne, von der Blut tropft. Wir haben weder den Kampf gesehen noch das Opfer, aber wir sind im Bild. Wir haben es erraten. Diese Montage-Technik des Erratenlassens und das Verständnis des Publikums dafür hat sich ungemein entwickelt. Wir haben gelernt, kleinste Zeichen miteinander in Beziehung zu bringen und zu kombinieren. Wir haben gelernt, der Assoziation so genaue Richtung zu geben, dass mit ihr auf ein Ziel hingezielt werden kann, so genau wie mit einem Gewehr.

Montage der Assoziation

Nicht nur Assoziation wecken, sondern Assoziationen darstellen kann die Montage. Also die Bilderreihe darstellen, die in uns aufsteigt, die Kette der Vorstellungen, die uns von einem Gedanken auf den anderen kommen lässt. [...] Ermler[1] zeigt die klinisch genaue Assoziationsreihe durch die sein „Mann, der das Gedächtnis verlor" wieder zu seinem Ichbewusstsein kommt. Dieser innere Prozess ist mit Worten – sei es mit Worten des Arztes, sei es mit Worten des Dichters – nie so anschaulich zu machen wie mit der Bildmontage. Vor allem weil der Montagerhythmus das Originaltempo des Assoziationsprozesses wiedergeben kann. (Das Lesen einer Beschreibung dauert um sehr vieles länger als das Perzipieren[2] eines Bildes.)

Béla Balázs (1884–1949)

Auch verfälscht die Begrifflichkeit des Wortes den irrationellen, halluzinativen Charakter der sinnlichen Wahrnehmung.

Assoziation der Montage

In den eben genannten Filmen ist die Assoziation der dargestellte Stoff. Wir sehen, wie einer assoziiert. Aber die Montage kann uns zwingen, selber in einer bestimmten Richtung zu assoziieren. Nicht nur um Begebenheiten zu erraten, um übersprungene Handlungsmomente zu erraten, also etwas Gegenständliches, was wir nicht gesehen haben, aber hätten auch sehen können. Die Montage kann uns Gefühle, Bedeutungen, Gedanken assoziieren lassen, die uns anschaulich werden, ohne selber sichtbar zu sein.

1 Ermler: Friedrich Markowitsch Ermler (1898–1967) war ein sowjetischer Schauspieler, Regisseur und Drehbuchautor.
2 perzipieren (lat. percipere – erfassen): etwas wahrnehmen

5

00:35

6

01:04

7
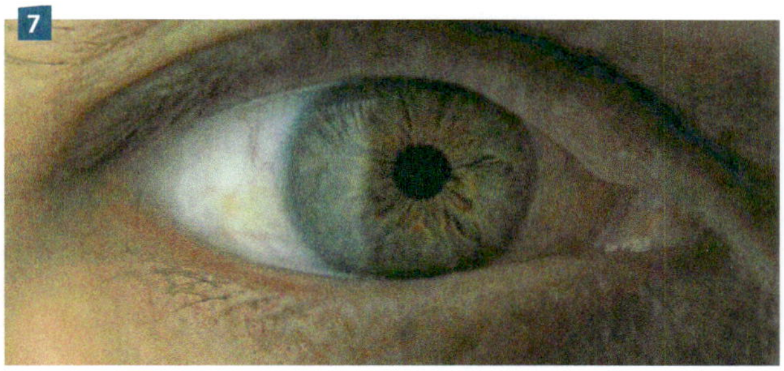
01:33

8
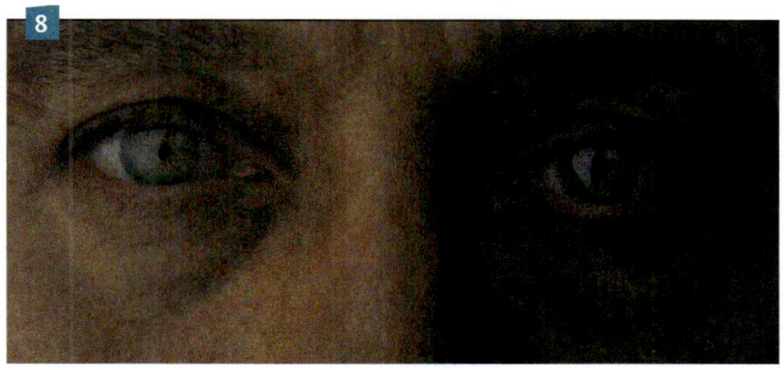
01:43

9

01:46

10

01:54

11

02:02

ÜBRIGENS

Die Figuren im Schach

Das Schachspiel hat in seiner langen Tradition seit dem 7. Jahrhundert einige Veränderungen bezüglich der Figuren durchlaufen. Die größte Veränderung gab es im 15. Jahrhundert, als die Dame, die einzige weibliche Figur im Spiel, zur wichtigsten Figur wurde. Selbst der König wurde von ihr abhängig. Das geht vermutlich auf die spanische Königin Isabella von Kastilien (1451–1504) zurück, die für die Dame mehr Macht auf dem Schachbrett eingefordert haben soll. Andere meinen, es sei der Einfluss von Jeanne d'Arc (1412–1431) gewesen oder der von der Marienverehrung im Mittelalter.

3 Analysieren Sie arbeitsteilig die Besonderheiten der filmischen Mittel und ihre Wirkung in den Filmbildern 5 – 11 (S. 207). Übernehmen Sie dafür folgende Tabelle.

Filmbild	Inhalt	Kameraeinstellungen	Mise en scène	Wirkung
5	*Schachbrett*	*Aufsicht*	...	*Entrücken in andere Sphäre*
6	*Verhörraum, Licht, Farbkontrast*	...	...	...
7	...	...	...	*Innenleben, Blick in die Seele, Angst und Anspannung*
8	...	*Großaufnahme*	...	*Abwesenheit*
9	*Bartok im Auto*	...	...	...
10	*Mehrfachspiegelung*	...	...	...
11	*Bartok im Auto, außen Kontrolle für Dampfer*	...	...	*B. malt sich seine Flucht aus, verschwindet im kleinen „Spiegel"*

4 Erläutern Sie anhand des Beispiels den Zusammenhang zwischen Inhalt und Form beim Interpretieren und formulieren Sie eine eigene Interpretation für Bild 7 (S. 207).

Dass Bartok der Wirklichkeit immer mehr entrückt, erkennt man am kleiner werdenden Bildausschnitt seines Gesichtes. So sieht man im Bild 10 das Taxiumfeld nicht mehr, es verschwimmt in einem schwarzen Hintergrund, der nur durch einige Lichter beleuchtet wird. Diese heben den in der Mitte befindlichen Autospiegel hervor, der den Ausschnitt gleichzeitig rahmt und betont. Bartoks abwesender Gesichtsausdruck ist in Normalsicht und in der Mitte des Spiegels dargestellt. Gleichzeitig wird das Draußen nur noch durch den Regen wahrgenommen, welches wiederum einen weiteren Rahmen im Bild darstellt. Das Verschwimmen zwischen Wirklichkeit und Wahn unterstützen die schwarzgraue Farbgebung und das wenige Rot einzelner Lichtkegel.

SO GEHT'S

Eine Deutungshypothese anhand der filmischen Gestaltung belegen

So geht's I 19

[...] Die Eingangssequenz zeigt Bartoks gedankliche Flucht in eine Traumwelt, in eine Wahnvorstellung. Es ist für ihn die einzige Möglichkeit, der Folter durch Isolationshaft zu entkommen. [...]
Zu Beginn des Films findet sich eine auffällige Montage von Motiven. Zu sehen sind der Reihenfolge nach ein Schachbrett, eine Glühbirne, ein Auge in Detailaufnahme, ein Gesicht in Großaufnahme, das Gesicht im Rückspiegel eines Taxis in Großaufnahme und schließlich der Innenraum des Taxis mit dem Fahrer in Nahaufnahme. [...]
Diese Anordnung wirkt wie ein Herauszoomen aus dem Innenleben der Figur. Da gleichzeitig das Aufsagen von Schachzügen zu hören ist, haben die Zuschauenden das Gefühl, an den Gedanken und Assoziationen der Hauptfigur und ihrem inneren Monolog teilzuhaben. [...]
Erkennbar wird die mentale Fixierung der Hauptfigur auf das Schachspiel und einzelne Objekte der Erinnerung (Schachbrett, Glühbirne). Die Gedanken scheinen sich nur noch darum zu drehen und das Bewusstsein der Figur völlig einzunehmen. Die Außenwelt wird nicht gezeigt [...]

Deutungshypothese
die Deutungshypothese formulieren

Beschreibung der filmischen Gestaltung
die filmischen Mittel benennen

und ihre Wirkung beschreiben

Bezug zur Deutungshypothese
die Funktion der filmischen Mittel mit Bezug zur Deutungshypothese erklären

5 Setzen Sie die Deutungshypothese im „So geht's" mit der Handlungsstruktur im Film in Beziehung. Erklären Sie, inwiefern die grafische Gestaltung des Filmplakats (S. 209) dies ebenfalls berücksichtigt.

4.2 Das Verhältnis von literarischer Vorlage und Verfilmung untersuchen

Eigenständige Kunstwerke

1 Prüfen Sie die Aussage, eine Literaturverfilmung sollte versuchen, der Buchvorlage sehr nahe zu kommen. Führen Sie dazu ein Streitgespräch in Kleingruppen durch. Begründen Sie Ihre Position anhand geeigneter Filmbeispiele.

2 Vergleichen Sie Ihre Auffassungen mit denen in M1 und M2. Erklären Sie die Aussage, ein Film nach einer Buchvorlage sei eine Interpretation der Regisseurin/des Regisseurs und ein eigenes Kunstwerk.

Material 1

Béla Balázs: Der sichtbare Mensch oder Die Kultur des Films (1924, Ausschnitt)

Die Wesensverschiedenheit von Film und Literatur erweist sich am deutlichsten, wenn ein guter Roman oder ein gutes Drama „verfilmt" wird. Vor dem Kinoapparat werden literarische Werke durchsichtig wie vor den Röntgenstrahlen. Das Knochengerüst der Fabel bleibt, das schöne Fleisch der Gedankentiefe, die zarte Haut des lyrischen Tönens verschwindet auf der Leinwand. Von den duftigsten Schönheiten bleibt nur ein nacktes, rohes Skelett übrig, das keine Literatur mehr und noch kein Film ist, sondern eben dieser „Inhalt", der weder hier noch dort das Wesen ausmacht. So ein Skelett müsste ein neues und ganz anderes Fleisch, eine andere Epidermis[1] bekommen, um eine im Film sichtbare lebendige Gestalt zu erhalten.

1 Epidermis, die: die Haut

Filmplakat zu Philipp Stölzls Verfilmung *Schachnovelle*, D 2021 im Verleih der STUDIOCANAL GmbH

Material 2

Ingo Kammerer/Klaus Maiwald: Literaturverfilmung (2021, Ausschnitt)

Literaturverfilmungen sind Filme. Sie nutzen den literarischen Stoff für die eigene Ästhetik, lassen offen, erweitern und übertragen in andere Zusammenhänge. [...] Der schriftliche Text wird ins audiovisuelle Medium übertragen, weshalb man von einer Übersetzung mit eigenen, medienspezifischen Mitteln ausgehen muss. Diese Übersetzungsleistung kann als „interpretierende Transformation" (Helmut Kreuzer 1999) bezeichnet werden. Es gilt also immer die Interpretationsfreiheit der Filmemacher/-innen – eine „Werktreue" im Sinne einer textgenauen Übertragung ist von der Sache her gar nicht möglich.

3 Formulieren Sie Ihre ersten Leseeindrücke zum Textauszug aus Stefan Zweigs *Schachnovelle* (S. 210).

4 Stellen Sie mithilfe einer Mindmap dar, mit welchen Mitteln im Textauszug Spannung erzeugt wird.

5 Besprechen Sie in der Gruppe, wie Sie als Regisseurin/Regisseur diese Textstelle filmisch umsetzen wollen, und entwerfen Sie dafür ein Storyboard bzw. ein Minidrehbuch. Gehen Sie folgendermaßen vor:
- Vergleichen Sie Ihre Interpretationen des Textauszugs und erklären Sie, worauf Sie bei der filmischen Umsetzung Wert legen wollen.
- Kürzen bzw. verändern Sie den Text.
- Legen Sie eine Handlungsreihenfolge fest.
- Entscheiden Sie, welche Kameraeinstellungen Sie verwenden wollen und wie die Mise en Scène aussehen soll.
- Suchen Sie geeignete Musik bzw. Geräusche.

Hörtext A14

Stefan Zweig: Schachnovelle (1943, Auszug)

In Stefan Zweigs Erzählung „Schachnovelle" befindet sich der Ich-Erzähler auf einer Schiffspassage nach Argentinien. Als er erfährt, dass sich auf dem Schiff der amtierende Schachweltmeister Mirko Czentovic befindet, möchte er diesen kennenlernen und arrangiert eine Begegnung seines Schachpartners McConnor mit Czentovic. McConnor, ein durch Ölbohrungen reich gewordener schottischer Tiefbauingenieur, ist von der Idee fasziniert, gegen den Weltmeister zu spielen, und vereinbart mit diesem eine Partie gegen ein Honorar von zweihundertfünfzig Dollar. Nach dem Verlust der ersten Partie investiert er in eine zweite.

Schon rührte McConnor den Bauern an, um ihn auf das letzte Feld zu schieben, als er sich jäh am Arm gepackt fühlte und jemand leise und heftig flüsterte: „Um Gottes willen! Nicht!"

Unwillkürlich wandten wir uns alle um. Ein Herr von etwa fünfundvierzig Jahren, dessen schmales, scharfes Gesicht mir schon vordem auf der Deckpromenade durch seine merkwürdige, fast kreidige Blässe aufgefallen war, musste in den letzten Minuten, indes wir unsere ganze Aufmerksamkeit dem Problem zuwandten, zu uns getreten sein. Hastig fügte er, unsern Blick spürend, hinzu: „Wenn Sie jetzt eine Dame machen, schlägt er sie sofort mit dem Läufer c1, Sie nehmen mit dem Springer zurück ... Aber inzwischen geht er mit seinem Freibauern[1] auf d7, bedroht Ihren Turm, und auch wenn Sie mit dem Springer Schach sagen, verlieren Sie und sind nach neun bis zehn Zügen erledigt. Es ist beinahe dieselbe Konstellation, wie sie Aljechin gegen Bogoljubow 1922 im Pistyaner Großturnier initiiert hat."

McConnor ließ erstaunt die Hand von der Figur und starrte nicht minder verwundert als wir alle auf den Mann, der wie ein unvermuteter Engel helfend vom Himmel kam. Jemand, der auf neun Züge im Voraus ein Matt berechnen konnte, musste ein Fachmann ersten Ranges sein, vielleicht sogar ein Konkurrent um die Meisterschaft, der zum gleichen Turnier reiste, und sein plötzliches Kommen und Eingreifen gerade in einem so kritischen Moment hatte etwas fast Übernatürliches. Als Erster fasste sich McConnor zusammen. „Was würden Sie raten?", flüsterte er aufgeregt. „Nicht gleich vorziehen, sondern zunächst ausweichen! Vor allem mit dem König abrücken aus der gefährdeten Linie von g8 auf h7. Er wird wahrscheinlich den Angriff dann auf die andere Flanke hinüberwerfen. Aber das parieren Sie mit Turm c8 – c4; das kostet ihn in zwei Tempis[2] einen Bauern und damit die Überlegenheit. Dann steht Freibauer gegen Freibauer, und wenn Sie sich richtig defensiv halten, kommen Sie noch auf Remis[3]. Mehr ist nicht herauszuholen."

Wir staunten abermals. Die Präzision nicht minder als die Raschheit seiner Berechnung hatte etwas Verwirrendes; es war, als ob er die Züge aus einem gedruckten Buche ablesen würde. Immerhin wirkte die unvermutete Chance, dank seines Eingreifens unsere Partie gegen einen Weltmeister auf Remis zu bringen, zauberisch. Einmütig rückten wir zur Seite, um ihm freieren Blick auf das Brett zu gewähren. Noch einmal fragte McConnor: „Also König g8 auf h7?" „Jawohl! Ausweichen vor allem!"

McConnor gehorchte und wir klopften an das Glas. Czentovic trat mit seinem gewohnt-gleichmütigen Schritt an unseren Tisch und maß mit einem einzigen Blick den Gegenzug. Dann zog er auf dem Königsflügel[4] den Bauern h2 – h4, genau wie es unser unbekannter Helfer vorausgesagt. Und schon flüsterte dieser aufgeregt: „Turm vor, Turm vor, c8 auf c4, er muss dann zuerst den Bauern decken. Aber das wird ihm nichts helfen! Sie schlagen, ohne sich um seinen Freibauern zu kümmern, mit dem Springer c3 – d5, und das Gleichgewicht ist wieder hergestellt. Den ganzen Druck nach vorwärts, statt zu verteidigen."

Wir verstanden nicht, was er meinte. Für uns war, was er sagte, chinesisch. Aber schon einmal in seinem Bann, zog McConnor, ohne zu überlegen, wie jener geboten. Wir schlugen abermals an das Glas, um Czentovic zurückzurufen. Zum

ÜBRIGENS

Das Schachbrett

Ein Schachbrett besteht aus 64 Feldern, die vertikal mit Nummern von 1–8 und horizontal mit Buchstaben von a–h versehen sind. Anhand der Schachnotation können Züge verschriftlicht werden. Neben den Feldern wird – außer bei Bauernzügen – auch die Figur abgekürzt angegeben (z. B. K = König). Der Zug Kg8-h7 bedeutet also, dass der König vom Feld g8 zu Feld h7 bewegt wird.

ersten Male entschied er sich nicht rasch, sondern blickte gespannt auf das Brett. Unwillkürlich schoben sich seine Brauen zusammen. Dann tat er genau den Zug, den der Fremde uns angekündigt und wandte sich zum Gehen. Jedoch ehe er zurücktrat, geschah etwas Neues und Unerwartetes. Czentovic hob den Blick und musterte unsere Reihen; offenbar wollte er herausfinden, wer ihm mit einem Male so energischen Widerstand leistete.

Von diesem Augenblick an wuchs unsere Erregung ins Ungemessene. Bisher hatten wir ohne ernstliche Hoffnung gespielt, nun aber trieb der Gedanke, den kalten Hochmut Czentovics zu brechen, uns eine fliegende Hitze durch alle Pulse. Schon aber hatte unser neuer Freund den nächsten Zug angeordnet und wir konnten – die Finger zitterten mir, als ich den Löffel an das Glas schlug – Czentovic zurückrufen. Und nun kam unser erster Triumph. Czentovic, der bisher immer nur im Stehen gespielt, zögerte, zögerte und setzte sich schließlich nieder. Er setzte sich langsam und schwerfällig; damit aber war schon rein körperlich das bisherige Von-oben-herab zwischen ihm und uns aufgehoben. Wir hatten ihn genötigt, sich wenigstens räumlich auf eine Ebene mit uns zu begeben. Er überlegte lange, die Augen unbeweglich auf das Brett gesenkt, sodass man kaum mehr die Pupillen unter den schweren Lidern wahrnehmen konnte, und im angestrengten Nachdenken öffnete sich ihm allmählich der Mund, was seinem runden Gesicht ein etwas einfältiges Aussehen gab. Czentovic überlegte einige Minuten, dann tat er seinen Zug und stand auf. Und schon flüsterte unser Freund: „Ein Hinhaltezug! Gut gedacht! Aber nicht darauf eingehen! Abtausch[5] forcieren[6], unbedingt Abtausch, dann kommen wir auf Remis, und kein Gott kann ihm helfen."

McConnor gehorchte. Es begann in den nächsten Zügen zwischen den beiden – wir andern waren längst zu leeren Statisten herabgesunken – ein uns unverständliches Hin und Her. Nach etwa sieben Zügen sah Czentovic nach längerem Nachdenken auf und erklärte: „Remis!"

Einen Augenblick herrschte totale Stille. Man hörte plötzlich die Wellen rauschen und das Radio aus dem Salon herüberjazzen, man vernahm jeden Schritt vom Promenadendeck und das leise feine Sausen des Winds, der durch die Fugen der Fenster fuhr. Keiner von uns atmete, es war zu plötzlich gekommen und wir alle noch geradezu erschrocken über das Unwahrscheinliche, dass dieser Unbekannte dem Weltmeister in einer schon halb verlorenen Partie seinen Willen aufgezwungen haben sollte. McConnor lehnte sich mit einem Ruck zurück, der zurückgehaltene Atem fuhr ihm hörbar in einem beglückten „Ah!" von den Lippen. Ich wiederum beobachtete Czentovic. Schon bei den letzten Zügen hatte mir geschienen, als ob er blässer geworden sei. Aber er verstand sich gut zusammenzuhalten. Er verharrte in seiner scheinbar gleichmütigen Starre und fragte nur in lässigster Weise, während er die Figuren mit ruhiger Hand vom Brette schob: „Wünschen die Herren noch eine dritte Partie?"

---

1 Freibauer, der: ein Bauer, der im Schach frei und unbedroht auf dem Feld steht 2 Tempo, das (Pl. Tempi): Anzahl der Züge einer Schachfigur 3 Remis, das: Punktgleichheit/ein Unentschieden am Ende des Schachspiels 4 Königsflügel, der: Die Felder f1-8, g1-8 und h1-8 werden im Schach als Königsflügel bezeichnet, auf dem bestimmte strategische Züge im Spiel gespielt werden. 5 Abtausch, der: Abfolge von Spielzügen, in denen eine Figur eine andere schlägt und danach selbst geschlagen wird 6 forcieren (frz. forcer – „zwingen"): etw. erzwingen, herbeiführen

6 Vergleichen Sie anhand Ihrer Ergebnisse die Gestaltungsmöglichkeiten von Buch und Film miteinander und ziehen Sie daraus Schlussfolgerungen.

7 Analysieren Sie, wie dieser Textauszug aus der *Schachnovelle* im Film umgesetzt wurde (45:00–51:41). Erläutern Sie die Umsetzung und beziehen Sie dabei die Erklärung des Regisseurs (S. 203) in Ihre Überlegungen ein.

MK **8** Gestalten Sie in Gruppen diese Szene anhand Ihrer Storyboards als Standbildabfolge (Aufgabe 5, S. 209). Entwerfen Sie ein digitales Filmcover, in welchem diese Szene im Vordergrund steht. Begründen Sie Ihre Entscheidungen.

9 **PLUS** Nehmen Sie Stellung zu der Frage, ob das Schachspiel des Bartok für den geistigen Widerstand oder für den Verfall des europäischen Intellekts steht.

Einen Film erschließen und interpretieren

Lexikon
Film
→ S. 549 f.

Story versus Plot

Die Unterscheidung zwischen Story und Plot geht auf den britischen Autor und Literaturkritiker **Edward Morgan Forster** (1879–1970) zurück. In seiner Studie *Aspects of the novel* (1927) definiert Forster die Story als die chronologische Abfolge von Ereignissen. Sein oft zitiertes Beispiel lautet: *The king died and then the queen died.* Unter Plot hingegen versteht er die kausale und logische Verknüpfung von Ereignissen bzw. Teilen der Handlung. Sein Beispiel hierfür ist: *The king died and then the queen died of grief [... aus Gram].* Mit Bezug auf die Handlung in Filmen hat sich eine Verschiebung der Bedeutung ergeben, die auf eine Umkehr dieser Definition hinausläuft. **Plot** bezeichnet die **„konkrete Anordnung des Erzählten im Text"** (Maiwald 2021). Die **Story** wird **vom Betrachter aus dieser Anordnung konstruiert**.

Unzuverlässiges Erzählen im Film

Seit den 1990er-Jahren werden vermehrt Spielfilme produziert, deren narrative Struktur die Zuschauerinnen und Zuschauer gezielt täuscht, um daraus eine bestimmte Wirkung abzuleiten. Nicht gemeint ist damit das Zurückhalten von Informationen (underreporting) zum Zweck des Spannungsaufbaus, wie es z. B. in Kriminalfilmen üblich ist. Die Unzuverlässigkeit der Erzählung (misreporting) ist komplexer und entsteht durch **vielfältige Formen der Täuschung** (z. B. nichtlineares Erzählen, verworrene Geschehnisse, Mehrdeutigkeiten). Auch die Auflösung am Ende muss nicht eindeutig sein. Eine besonders wirkungsvolle Form des unzuverlässigen Erzählens liegt vor, wenn sich die objektive Filmwirklichkeit und eine innerhalb der objektiven Filmwirklichkeit von einer Figur imaginierte Wirklichkeit so überlagern, dass die Zuschauerinnen und Zuschauer diese beiden Ebenen nicht unterscheiden können.
Filme mit einer unzuverlässigen Erzählstruktur werden häufig unter dem Begriff „Mind-Bender-Filme" zusammengefasst. Der Begriff drückt aus, dass die Täuschung funktioniert, weil sich die Zuschauerinnen und Zuschauer aufgrund ihrer Mechanismen der Informationsverarbeitung bzw. ihrer Sehgewohnheiten über die erzählte Welt täuschen, indem sie z. B. voreilige Schlüsse über die erzählte Welt ziehen. Unzuverlässiges Erzählen ist damit geknüpft an die Art und Weise, wie die Zuschauerinnen und Zuschauer eine Geschichte auf der Basis des Gezeigten konstruieren (vgl. Story versus Plot).

Montage

Der Begriff Montage wird häufig synonym mit den Begriffen Schnitt, Editing und Cutting verwendet. Der Begriff Montage betont wie der Begriff Editing stärker den konstruktiven Charakter des **bewussten Zusammenfügens** der Aufnahmen mit einer künstlerischen **Absicht** und mit einer bestimmten intendierten **Wirkung**. Die Montage ist entscheidend für die

9:19

9:27

Darbietung der Erzählung (Plot). Die „produktive Montage" (Béla Balázs) sorgt eigentlich erst dafür, dass die oder der Betrachtende aus den Bildern eine Geschichte (Story) konstruieren kann. Nach Balázs kann die Montage darüber hinaus sowohl Assoziationen darstellen (Montage der Assoziation) als auch die Assoziationen der Zuschauerin oder des Zuschauers – nicht nur seine kognitive Konstruktion der Story – lenken (Assoziation der Montage). Entscheidend bei der

Untersuchung der Montage in Filmen ist, dass sich durch die Schnitte auch der Einsatz weiterer filmischer Mittel ändert. Dieser veränderte Einsatz muss berücksichtigt werden, wenn man sich klarmachen will, mit welcher Absicht eine Szene oder Sequenz geschnitten bzw. editiert wurde.

Beispiel für Assoziation der Montage: *Die Montage in dieser Sequenz stellt die nicht auf akkurate Ordnung gerichtete, aber kultivierte Lebensweise der Bartoks den barbarischen und für ihre effiziente Ordnung berüchtigten Nationalsozialisten gegenüber.*

9:54

Eine Filmszene interpretieren

Zusammenhang von Inhalt (narrative Ebene) und Form (visuelle und auditive Ebenen) untersuchen und Deutung ableiten

narrative Ebene untersuchen
- Handlung, Handlungsstränge (Plot und Story)
- Zeitgestaltung
- Figurencharakteristik
- Konflikte

auditive Ebene untersuchen
- Musik
- Geräusche
- Sprache

visuelle Ebene untersuchen
- Kameraeinstellungen (Perspektive, Bewegung, Größen)
- Mise en Scène
- Farbgestaltung und Bildschärfe
- Montage

Filmszenen können ebenso wie literarische Texte **schriftlich interpretiert** werden.

Einleitung:
- interessanter Einstieg
- Titel, Regisseurin/Regisseur, Filmgenre, Thema, Erscheinungszeit
- Deutungshypothese

Hauptteil:
- Szene inhaltlich wiedergeben und in den Gesamtzusammenhang des Films einordnen
- Anordnung der Untersuchungsergebnisse (Zusammenhang von Inhalt und Form) entweder
  a) aspektorientiert oder
  b) dem Filmverlauf folgend
- Zusammenfassung der Ergebnisse im Hinblick auf die Deutungshypothese

Schluss:
- Abrundung, z. B. Rückbezug zur Einleitung, Vergleich mit anderem Werk, Ausblick auf die weitere Handlung

5

Barock (1600–1720)
Vergänglichkeit und Lebensfreude

1

Wofür lohnt es sich, in Anbetracht der Vergänglichkeit zu leben?

Haben Schönheit und Ästhetik angesichts von Krieg und Leid eine Berechtigung?

Bestimmen wir über uns selbst oder folgen wir Vorbildern und Vorbildern?

2

I20
360°-Bild

Im Panorama: Zeugnisse der Barockzeit
① zeitgenössische Grafik aus dem Dreißigjährigen Krieg
② niederländisches Stillleben des Willem Claesz Heda
③ das wohlklingende Sonett *Thränen des Vaterlandes anno 1636* (Andreas Gryphius)
④ der Dresdner Zwinger und August der Starke
⑤ das Markgräfliche Opernhaus in Bayreuth
⑥ der Barockgarten in Hannover *(Herrenhäuser Gärten)*
⑦ die Musik von Johann Sebastian Bach

Das lernen Sie jetzt!

5.1 das Weltbild in lyrischen Texten untersuchen

5.2 epische Texte untersuchen

3

4

Abbildung 1: Allegorische Darstellung der Vergänglichkeit: Der Tod schneidet den Lebensfaden ab (Asamkirche München).

Abbildung 2: Barocke Architektur und Malerei: Treppenhaus der Würzburger Residenz

Martin Opitz: Ach Liebste / lass uns eilen (1625)

Ach Liebste, / lass uns eilen
Wir haben Zeit[1]:
Es schadet das Verweilen
Uns beiderseits.
Der edlen Schönheit Gaben
Fliehn Fuß für Fuß:
Dass alles was wir haben
Verschwinden muss.
Der Wangen Zier verbleichet
Das Haar wird greis
Der Augen Feuer weichet
Die Brunst[2] wird Eis.
Das Mündlein von Korallen
Wird ungestalt
Die Händ' als Schnee verfallen
Und du wirst alt.
Drum lass uns jetzt genießen
Der Jugend Frucht
Eh' als wir folgen müssen
Der Jahre Flucht.
Wo du dich selber liebest
So liebe mich /
Gieb mir / das / wann du giebest
Verlier auch ich.

---

1 Zeit: im Sinne von: der richtige Zeitpunkt ist gekommen, nicht im Sinne von Dauer
2 Brunst, die: Brand, Feuer, Glut (als Zustand, Haltung des Menschen), auch: starke Hinwendung, Inbrunst

1 Erschließen Sie die Zusammenhänge zwischen den unterschiedlichen Bildmaterialien und dem Gedicht.

2 Erläutern Sie, ob Sie eher Gemeinsamkeiten oder Unterschiede zwischen dem hier repräsentierten Lebensgefühl im Barock und Tendenzen der Gegenwart erkennen.

MK **3** Recherchieren Sie Julia Engelmanns Poetry-Slam *One Day/ Reckoning Text* und besprechen Sie, welche Gemeinsamkeiten und Unterschiede Sie zur Aussage von Martin Opitz' Gedicht erkennen.

5.1 Das Weltbild in lyrischen Texten untersuchen

Von Freud und Leid

Andreas Gryphius: Betrachtung der Zeit (1643)

Mein sind die Jahre nicht die mir die Zeit genommen /
Mein sind die Jahre nicht / die etwa möchten kommen
Der Augenblick ist mein / und nehm' ich den in Acht
So ist der mein / der Jahr und Ewigkeit gemacht.

Schauen Sie sich im Panorama (S. 214) den Punkt 2 an: Stillleben Heda. Vergleichen Sie die Aussagen bei Gryphius und Heda.

Epigramm → S. 536
Motive → S. 223

1 Erklären Sie die Begriffe „Vanitas", „Memento mori" und „Carpe diem" mithilfe der Seite 223. Untersuchen Sie, wie diese im Epigramm von Andreas Gryphius gestaltet sind.

2 Erarbeiten Sie sich mithilfe des „So-geht's"-Beispiels Inhalte und Funktion barocker Embleme.

3 Erläutern Sie die historischen Hintergründe des 17. Jahrhunderts.

SO GEHT'S Ein Emblem erschließen

Hendrick Goltzius: Quis evadet (1594, Kupferstich)

Ein Emblem enthält in der Regel drei Bestandteile, die aufeinander bezogen betrachtet und interpretiert werden müssen:

Bild (pictura oder Icon)
Kleinkind: neues Leben
Knabe stützt sich auf einen Totenschädel → Vanitassymbol
rechte Hand: Seifenblasen → Schönheit und Vollkommenheit, aber auch Vergänglichkeit
leere Muschel in der linken Hand → Überrest eines Lebewesens
Rauch: Flüchtigkeit, Tod

Überschrift/Titel (inscriptio oder Lemma)
rhetorische Frage suggeriert Allgemeingültigkeit → alle sind und alles ist vergänglich

Poetischer Text (subscriptio oder Epigramm)
Text muss nicht nur auf das Bild eingehen, sondern kann auch neuen Aspekt nennen (hier: verwelkende Blume), zusammenfassende Interpretation des Bildes

Übersetzung:
Wer kann entrinnen?
Die frische Blume, leuchtend im Frühling und duftend, verwelkt plötzlich und die Schönheit vergeht schnell. So vergeht auch das Leben der eben Geborenen und entflieht gleich einer Seifenblase aus leerem Dunst.

Hörtext A15

Andreas Gryphius: An die Welt (1637)

Mein oft bestürmtes Schiff der grimmen Winde Spiel
Der frechen Wellen Ball / das schier die Flut getrennt /
Das über Klipp auf Klipp' / und Schaum / und Sand gerennt.
Kommt vor der Zeit an Port[1] / den meine Seele will.

Oft / wenn uns schwarze Nacht im Mittag überfiel
Hat der geschwinde Blitz die Segel schier verbrennet!
Wie oft hab ich den Wind / und Nord' und Süd verkennet!
Wie schadhaft ist Spriet[2] / Mast / Steu'r / Ruder / Schwert und Kiel[3].

Steig aus du müder Geist / steig aus! wir sind am Lande!
Was graut dir vor dem Port / jetzt wirst du aller Bande[4]
Und Angst / und herber Pein[5] / und schwerer Schmerzen los.

Ade / verfluchte Welt: du See voll rauher Stürme!
Glück für mein Vaterland / das stete Ruh' im Schirme
Und Schutz und Frieden hält / du ewigliches Schloss!

1 Port, der: Hafen 2 Spriet, der: Bugspriet, ragt spitz über den Bug hinaus
3 Kiel, der: mittige Längsstrebe des Schiffs 4 Bande, die: Fesseln, Ketten
5 Pein, die: Qual, Strafe

Schauen Sie sich im Panorama (S. 214) den Punkt 3 an: Sonett. Wenden Sie die Aussagen zum Sonett an.

Allegorie → S. 538

4 Stellen Sie mithilfe der Abbildung und des Textes unten dar, wie Gryphius in seinem Sonett *An die Welt* die mittelalterliche Allegorie der *Welt* entfaltet. Gehen Sie dabei auch auf den Zusammenhang von Form und Inhalt im Sonett ein.

5 PLUS Schauen Sie sich das interaktive „So geht's" zum Gedicht *Die Welt* von Hoffmann von Hoffmannswaldau an. Vergleichen Sie mit Gryphius' Gedicht.

So geht's I21

Frau Welt am Wormser Dom

Frau Welt – Sinnbild der Verlockung und Versuchung (o.J., Ausschnitt)

Das Bildnis der Frau Welt wird am Wormser Dom an der rechten Seite des Südportals in einer Figurengruppe dargestellt, die kurz nach 1298 nach dem Vorbild des Straßburger Münsters entstand. Vor Frau Welt kniet anbetend ein Ritter, der von ihrer äußeren Erscheinung geblendet ist. Frau Welt offenbart ihre wahre Natur aber nur dem, der ihre Rückseite mit Kröten und Schlangen und dem ganzen Unrat der Welt sieht, also ‚hinter die Dinge schauen' kann. Frau Welt ist eine mittelalterliche Personifikation weltlicher Sinnenfreude und weltlichen Glückes. Sie erscheint von vorn als schöne betörende Frau, ihr Rücken aber war voller Eiter und grässlichem Ungeziefer. Verführungskraft und Vergänglichkeit werden in dieser Allegorie wiedergegeben, die mit lehrhaftem Ziel vielfach in der Literatur und bildenden Kunst des Mittelalters erscheint. Diesem Sinnbild der Verlockung und Versuchung entspricht auch Voluptas, die römische Personifikation der Lust und Begierde, die den Menschen blind macht und ins Verderben führt. Ihr Gegenstück ist der Fürst der Welt als der Versucher, wie er an den Kirchen von Straßburg, Freiburg und Basel dargestellt wird.

Andreas Gryphius: Vanitas Mundi (1663, Auszüge)

Was ist die Welt
Die mich bisher mit ihrer Pracht betöret?
Wie plötzlich fehlt /
Was Alt und Jung / und Reich und Arm geehret!
Was ist doch alles, was man allhier findet?
2. Was jetzt blüht
Kann noch am Abend ganz zertreten werden.
Wer sich hier müht
Um flüchtig Geld / muss ohne Geld zur Erden.
Er sammelt fleissig (doch für andere) ein.
Und stirbt allein.
3. Das kleine Tier,
Das Seiden spinnt / verstrickt sich in sein Spinnen:
So müssen wir
Durch unsern Fleiß / oft unsern Tod gewinnen.
Viele hat Verstand / und was uns weise macht;
In's Grab gebracht. [...]
6. Wie ohne Ruh'
Ein Schifflein wird bald her / bald hin geschmissen:
So setzt uns zu
Der Sorgen Sturm / wir werden hingerissen
Auf dieses Lebens schmerzenvollen See.
Da eitel Weh!
7. Wie selig ist
Wer schadenfrei kann an den Port einfahren!
Wer ihn erwählt,
Den rechten Lauf der gottergebenen Scharen.
Der kann / ob Wellen / Bergen gleich' aufstehn:
Nicht untergehn!

Kupferstich von Philipp Kilian

Andreas Gryphius (1616–1664) trat bereits als Gymnasialschüler in Danzig als eigenständiger Dichter hervor und veröffentlichte während seiner Studienzeit im niederländischen Leiden fünf Gedichtsammlungen. Sein dramatisches und lyrisches Werk wurde auch geprägt durch die Verlusterfahrungen, die er als typischer Vertreter seiner Zeit erleiden musste: Seine Eltern starben früh, er erlebte Religionsverfolgung und Vertreibung sowie die Zerstörung seiner Heimatstadt Glogau in Schlesien durch den Dreißigjährigen Krieg.

Theodor Kornfeld: Ein Sand-Uhr (1685)

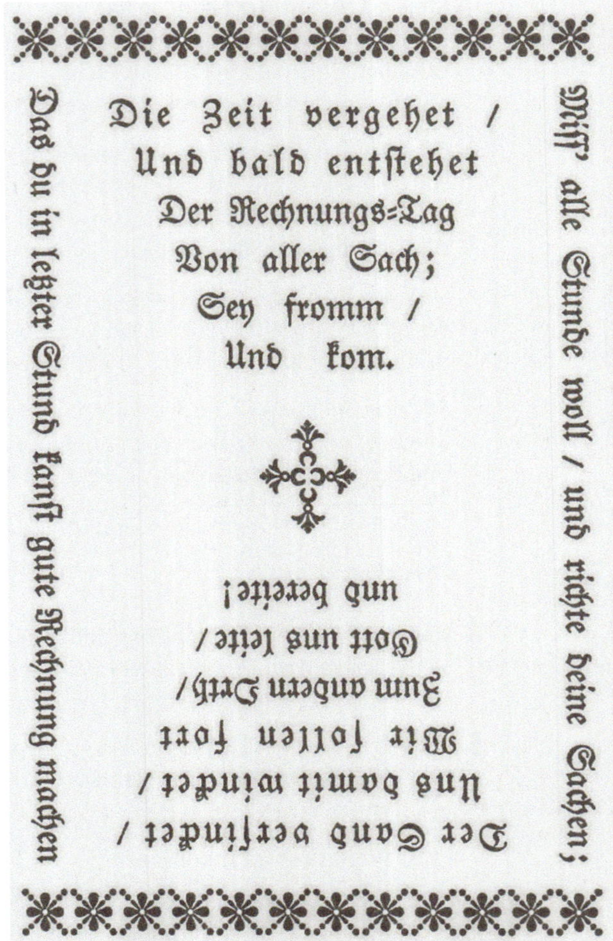
Die Zeit vergehet /
Und bald entstehet
Der Rechnungs-Tag
Von aller Sach;
Sey fromm /
Und kom.
Der Sand versincket /
Uns damit wincket /
Wir sollen fort
Zum andern Orth /
Gott uns leite /
Und bereite!
Miß' alle Stunde woll / und richte deine Sachen;
Das du in letzter Stund kanst gute Rechnung machen

Die Zeit vergehet /
Und bald entstehet
Der Rechnungs-Tag
Von aller Sach;
Sei fromm /
Und kom.
Der Sand versincket /
Uns damit wincket /
Wir sollen fort
Zum Andern Orth /
Gott uns leite
Und bereite!
Miss alle Stunde woll / und richte deine Sachen;
Das du in letzter Stund kanst gute Rechnung machen

Ode
→ S. 536

6 Untersuchen Sie, durch welche Metaphern die Welt und das irdische Leben in der Ode *Vanitas Mundi* von Gryphius und im Figurengedicht *Ein Sand-Uhr* von Kornfeld charakterisiert werden.

Catharina Regina von Greiffenberg: Auf die unverhinderliche Art der Edlen Dicht-Kunst (Erstdruck: 1662)

Trotz / dass man mir verwehrt / des Himmels milde Gaben, / den unsichtbaren Strahl, / die schallende Heimeligkeit, / das englisch Menschenwerk; das in und nach der Zeit, /wenn alles aus wird sein, / allein Bestand wird haben, / das mit der Ewigkeit / wird in die Wette traben, / die geistreiche Wunderlust / von Dunkelheit befreit; / die Sonn' in Mitternacht / die Strahlen von sich streut, /die man / weltunversehrt / in jedem Stand kann haben. // Das einzig' ist mir frei, / da ich sonst schier leibeigen / aus übermachter Macht des Unglücks / muss sein. / Es will auch hier mein Geist / in dieser Freiheit zeigen, / was ich beginnen würd' / im Fall, ich mein allein: dass ich, / O Gott, / deine Ehre für alles würde erheben. / Gib Freiheit mir, / so will ich ewiges Lob dir geben.

Sibylla Schwarz: Ist Lieb ein Feur (Erstdruck: 1650)

Ist Lieb ein Feuer/ und kann das Eisen schmieden,/ bin ich voll Feuer/ und voller Liebespein./
Wovon mag doch der Liebsten Herze sein?
Wenn's eisern wär,/ so würd es mir erliegen,/
wenn's golden wär,/ so würd ich's können biegen durch meine Glut; soll's aber fleischern sein,/
so schließ ich fort[1]: Es ist ein fleischern Stein:
Doch kann mich nicht ein Stein/ wie sie/ betrügen.
Ist's dann wie Frost,/ wie kalter Schnee und Eis,/
wie presst sie dann aus mir den Liebesschweiß?
Mich deucht: Ihr Herz ist wie die Lorberblätter,/
die nicht berührt ein starker Donnerkeil;/ sie,/
sie verlacht/ Cupido[2]/ deine Pfeil
und ist befreit von deinem Donnerwetter.

1 so schließ ich fort: so schließe ich daraus
2 Cupido, der: lat., anderer Name für den römischen Liebesgott Amor

Material 1

Eberhard Geisler: Catharina Regina von Greiffenberg: „Auf die unverhinderliche Art der Edlen Dicht-Kunst" (2017, Ausschnitt)

Die Barocklyrik deutscher Sprache mag uns mittlerweile fernliegen, aber sie gibt in ihrer Exzentrizität noch immer zu denken. […] Catharina Regina von Greiffenberg ist ein besonderes Beispiel in diesem Sinn und weist mit ihren poetischen Botschaften weit über das siebzehnte Jahrhundert hinaus. […] Unser Sonett beinhaltet ein Loblied auf die Dichtkunst, die „unverhinderlich" sei: Ihr wird eine Gewalt zugeschrieben, der sich niemand auf Dauer entgegensetzen kann, kein Potentat, kein Feind der Kunst.
Verwegen wird bereits in der ersten Strophe apostrophiert, dass sie Dauer verheißt und sogar noch nach Ablauf der Zeiten, wenn alles zu Ende gegangen sein wird, Bestand haben kann. Das sprengt tradierte theologische Vorstellungen und rüttelt an der Überzeugung, allein der Transzendenz könne Ewigkeit zukommen. Beachtlich, dieses Selbstbewusstsein einer tiefgläubigen Lyrikerin! […] In der Arbeit mit der Feder kann die Dichterin die ersehnte Freiheit verspüren, während sie sich doch als Leibeigene, wie sie sagt, der Umstände begreift, die damals nicht zuletzt durch religiöse Verfolgung geprägt waren. […] In den damaligen Ketten des Frauseins schmerzlich gefangen, greift sie Luthers Freiheitsgedanken auf, treibt ihn aber entschieden weiter. Während der Reformator in seinem Konservativismus und Antisemitismus der Epoche verhaftet blieb, konnte die Lyrikerin Freiheit als in die Tat umzusetzende Aufgabe nicht nur des Geschlechterverhältnisses, sondern vielmehr auch des literarischen Schreibens verstehen und somit der Moderne vorarbeiten.

7 Erschließen Sie Catharina Regina von Greiffenbergs Gedicht *Auf die unverhinderliche Art der Edlen Dicht-Kunst* mithilfe von M1.

8 Prüfen Sie, ob in von Greiffenbergs Gedicht ein weibliches oder ein männliches lyrisches Ich spricht, und diskutieren Sie, ob eine Festlegung für die Deutung des Textes relevant ist.

9 Untersuchen sie die Gestaltung des Liebesmotivs in Schwarz' Gedicht.

MK **10** **PLUS** Recherchieren Sie zu den Dichterinnen Catharina Regina von Greiffenberg und Sibylla Schwarz und tragen Sie Ihre Ergebnisse als Kurzreferat vor.

11 **PLUS** Fassen Sie in einem kurzen Lexikonartikel zusammen, was Sie über das barocke Weltbild wissen.

5.2 Epische Texte untersuchen

Gescheite Narren

Hans Jakob Christoffel von Grimmelshausen: Der abenteuerliche Simplicissimus in der Neuübersetzung von Reinhard Kaiser (1669, 1. Buch, 10. Kapitel, Auszug)

Simplicius wächst während des Dreißigjährigen Krieges bei Bauern auf. Als der elterliche Hof von Soldaten überfallen und geplündert wird, flieht Simplicius in den Wald. Dort begegnet er einem Einsiedler, der ihn aufnehmen und erziehen wird. Im Verlauf des Romans stellt sich der Einsiedler als Simplicius' leiblicher Vater heraus.

Als ich das erste Mal den Einsiedel in der Bibel lesen sah, konnte ich mir nicht erklären, mit wem er da ein so vertrautes und, wie mir schien, sehr ernstes Gespräch führte. Ich sah zwar die Bewegung seiner Lippen, aber niemanden, der mit ihm redete. Und obwohl ich von Lesen und Schreiben nichts wusste, merkte ich doch an seinen Augen, dass er es mit etwas in diesem Buch zu tun hatte. Ich gab acht auf das Buch, und nachdem er es beiseitegelegt hatte, schlich ich hin, schlug es auf und hatte mit dem ersten Griff das Kapitel Hiob und die davorstehende Abbildung, einen feinen, schön illuminierten Holzschnitt, vor Augen. Ich fragte die Figuren darin seltsame Sachen. Weil ich aber keine Antwort erhielt, wurde ich ungeduldig und sagte gerade, als der Einsiedel hinter mich schlich: „Ihr kleinen Halunken, habt ihr denn keine Mäuler mehr? Habt ihr nicht eben noch mit meinem Vater (denn so musste ich den Einsiedel nennen) lange genug schwätzen können? Ich sehe doch, dass ihr auch diesem armen Knan[1] seine Schafe wegtreibt und das Haus angezündet habt. Halt, halt, ich will dieses Feuern noch löschen!" Ich stand auf, um Wasser zu holen, denn mir schien, es sei große Not.

„Wohin, Simplicius?", fragte der Einsiedel, den ich hinter mir nicht bemerkt hatte.

„Ei, Vater", sagte ich, „da sind auch Krieger, die haben Schafe und wollen sie wegtreiben. Die haben sie dem armen Mann genommen, mit dem du eben geredet hast. Jetzt brennt auch sein Haus lichterloh, und wenn ich nicht bald lösche, wird es ganz abbrennen." Bei diesen Worten zeigte ich ihm mit dem Finger, was ich sah.

„Bleib nur", sagte der Einsiedel. Da ist gar keine Gefahr." Ich antwortete in meiner Art von Höflichkeit: „Bist du denn blind? Sorg du dafür, dass sie die Schafe nicht forttreiben. Inzwischen will ich Wasser holen."

„Ei", sagte der Einsiedel, „diese Bilder leben nicht. Sie sind nur gemacht, um uns Dinge, die früher geschehen sind, vor Augen zu stellen."

Ich erwiderte: „Du hast doch eben erst mit ihnen geredet. Wie sollen sie da nicht leben?"

Wider seinen Willen und seine Gewohnheit musste der Einsiedel lachen und sagte: „Liebes Kind, diese Bilder können nicht reden. Was es mit ihnen auf sich hat, sehe ich an diesen schwarzen Linien. Das nennt man Lesen, und wenn ich nun lese, kommt es dir vor, als redete ich mit den Bildern. Aber so ist es nicht."

Ich antwortete: „Wenn ich ein Mensch bin wie du, dann müsste doch auch ich an den schwarzen Zeilen sehen können, was du an ihnen siehst. Wie passt denn das zu dem, was du gerade gesagt hast? Lieber Vater, erklär mir bitte, wie ich das verstehen soll."

Darauf sagte er: „Nun gut, mein Sohn, ich will dich lehren, dass du so gut wie ich mit diesen Bildern reden kannst. Aber das wird Zeit brauchen, in der ich Geduld und du Fleiß aufbringen musst." Dann schrieb er mir in Druckbuchstaben ein Alphabet auf ein Stück Birkenrinde, und nachdem ich mir diese Buchstaben eingeprägt hatte, lernte ich Buchstabieren, dann Lesen und schließlich Schreiben, sogar schöner, als es der Einsiedel selbst konnte, denn ich schrieb alles in Druckbuchstaben.

Illustration aus der posthum erschienenen Gesamtausgabe des *Simplicissimus*, Nürnberg, 1683/84

1 Knan: Vater

1 Untersuchen Sie, wie hier das Konzept von Fiktionalität entfaltet wird.

MK **2** Gestalten Sie eine kurze Episode im Stil des *Simplicius*, in der ein Mensch zum ersten Mal auf ein Medium des 21. Jahrhunderts trifft.

Schauen Sie sich im Panorama (S. 214) den Punkt 1 an: Grafik zum Dreißigjährigen Krieg. Besprechen Sie den Hintergrund des Romans.

Hans Jakob Christoffel von Grimmelshausen: Der abenteuerliche Simplicissimus in der Neuübersetzung von Reinhard Kaiser (1669, 2. Buch, 6. und 7. Kapitel, Auszug)

Simplicius erfährt durch den Einsiedel eine christliche Erziehung und Bildung. Nach dem Tod des Einsiedels gerät Simplicius an Soldaten, die ihn auf die Festung Hanau mitnehmen. Der dortige kaiserliche Kommandant, der sich als Schwager des Einsiedels herausstellt, nimmt Simplicius bei sich auf. Als er sich auf einer Festgesellschaft des Kommandanten schlecht benimmt, wird er zur Strafe zum Tier degradiert.

Am nächsten Tag erwachte ich wieder (sonst würde ich ja noch immer schlafen), befand mich aber nicht mehr im Bett und im Saal wie vorher, sondern in meinem alten Gänsekerker. Da herrschte nun wieder eine gräuliche Finsternis wie in jedem Keller, und außerdem trug ich ein Kleid aus Kalbfell mit der rauen Seite nach außen. Die Hosen waren nach polnischer oder schwäbischer Art eng geschnitten, das Wams aber war noch viel närrischer gemacht. Oben am Hals war eine Kappe wie eine Mönchskapuze angebracht. Die hatte man mir über den Kopf gezogen und mit zwei schönen, großen Eselsohren verziert. Ich musste selbst über mein Unglück lachen, weil ich an meinem Nest und auch an meinen Federn sah, was für ein Vogel ich nun sein sollte. Damals begann ich, in mich zu gehen und zu überlegen, wie ich aus alledem das Beste für mich machen könnte. Ich nahm mir vor, mich so närrisch zu geben wie möglich, im Übrigen aber geduldig abzuwarten, was mir mein Geschick noch bringen werde. Dank dem Loch, das der fesche Fähnrich in die Tür gebohrt hatte, hätte ich mich natürlich selbst befreien können. Weil ich aber ein Narr sein sollte, ließ ich es bleiben und verhielt mich nicht bloß wie ein Narr, der nicht gewitzt genug ist, sich selbst einen Ausweg zu suchen, sondern führte mich auf wie ein hungriges Kalb, das sich nach seiner Mutter sehnt. Mein Geplärr wurde auch bald von denen bemerkt, die sich um mich kümmern sollten. Zwei Soldaten kamen an den Gänsestall und fragten, wer darin sei. Ich antwortete: „Ihr Narren! Hört ihr denn nicht, dass da ein Kalb ist?“ Sie öffneten den Stall, holten mich heraus und wunderten sich, dass ein Kalb reden könne. Aber es wirkte wie das verkrampfte Getue eines frischgebackenen Schauspielers, der die Person, die er darstellen soll, nicht wirklich verkörpert, so dass ich die ganze Zeit das Gefühl hatte, ich selbst müsste ihnen noch auf die Sprünge helfen. Sie berieten, was sie mit mir tun sollten, und kamen überein, mich dem Gouverneur zu verehren, der ihnen, weil ich reden konnte, bestimmt mehr für mich schenken würde, als der Metzger zu bezahlen bereit wäre. [...]

So überreichten mich die beiden Soldaten dem Gouverneur, als hätten sie mich eben beim Fouragieren[1] erbeutet, und er gab ihnen ein Trinkgeld. Mir aber versprach er, es sollte mir an nichts fehlen. Im Stillen dachte ich: Du kannst mich mal ... – während ich laut sagte: „Wohlan, Herr, aber in einen Gänsestall darf man mich nicht sperren, denn das bekommt uns Kälbern nicht, wenn wir wachsen und ein ordentliches Stück Vieh werden sollen.“ Das werde sich nun bessern, beschwichtigte er mich und hielt sich offenbar für wer weiß wie schlau, weil er einen so ansehnlichen Narren aus mir gemacht hatte. Ich hingegen dachte bei mir: Warte nur, mein Lieber – ich habe die Feuerprobe bestanden und bin darin gehärtet worden. Jetzt wollen wir mal sehen, wer hier wen zum Besten hat.

In diesem Augenblick trieb ein Bauer, der sich in die Stadt geflüchtet hatte, sein Vieh zur Tränke. Kaum hatte ich das gesehen, da verließ ich den Gouverneur und eilte mit Kälbergeblök den Kühen zu, als wollte ich an ihnen saugen. Als die mich kommen sahen, erschraken sie vor mir mehr als vor einem Wolf, obwohl ich doch ihr Fell trug. Sie gerieten in solche Aufregung und stoben so plötzlich auseinander, als wenn sich im August ein Schwarm Hornissen zwischen ihnen erhoben hätte, so dass ihr Herr sie an diesem Platz nicht wieder zusammenbringen konnte. Das war ein munteres Schauspiel, und im Nu strömte ein Haufen Leute herbei, die sich das närrische Treiben ansahen. Mein Herr platzte fast vor Lachen und sagte schließlich: „Ein Narr macht ihrer hundert.“ Ich aber dachte mir: Da sprichst du wohl von dir selber!

So wie mich nun jedermann „das Kalb“ nannte, gab auch ich jedem einen besonderen Spottnamen. Diese Namen gerieten mir nach Meinung der Leute und vor allem meines Herrn größtenteils sehr treffend, denn ich taufte jeden nach seinen besonderen Eigenschaften. Kurz, alle hielten mich für einen unwissenden Toren, und ich hielt alle für gescheite Narren. Und wenn ich mich nicht irre, hält man es überall in der Welt so, denn mit dem eigenen Verstand ist jeder stets zufrieden und bildet sich ein, er sei der Gescheiteste von allen.

1 fouragieren, hier: plündern, brandschatzen

3 Recherchieren Sie Merkmale des Schelmenromans und stellen Sie dar, inwiefern sich diese Episode in die Tradition des Schelmenromans einordnen lässt. Beachten Sie auch den Titel des Romans bzw. den Namen der Hauptfigur.

Hans Jakob Christoffel von Grimmelshausen: Der abenteuerliche Simplicissimus in der Neuübersetzung von Reinhard Kaiser (1669, 2. Buch, 27. Kapitel, Auszug)

Im weiteren Verlauf des Romans wird Simplicius Soldat der kaiserlichen Armee. Von Grimmelshausen nimmt man an, er selbst sei Augenzeuge der Schlacht bei Wittstock (4. Oktober 1636) gewesen, die er den Erzähler wie folgt schildern lässt:

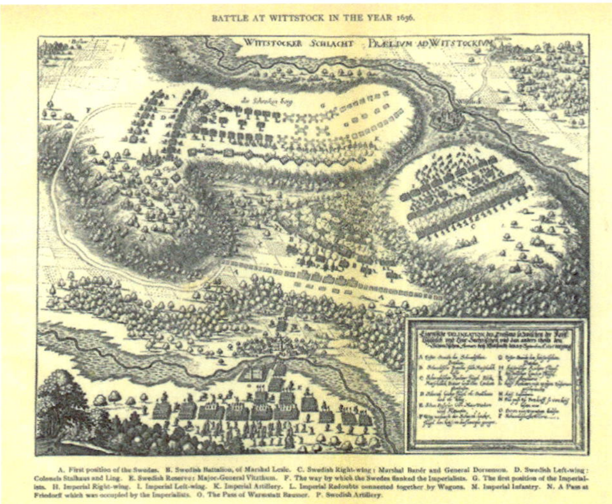

Kupferstich der Schlacht von Wittstock von Matthäus Merian d. Ä. mit der Aufmarschstellung der schwedischen sowie kaiserlich-sächsischen Truppen und der ersten Schlachtphase. Durch eine ungewöhnliche Umgehungstaktik fallen die Schweden in den Rücken des Feindes und erringen dadurch den Sieg.

Anfangs kämpften beide Armeen um eine vorteilhafte Stellung, doch schon bald ging es um die schwere Artillerie, wobei wir die unsere sogleich verloren. Unser Profoss[1] hielt sich mit seinen Untergebenen und den Häftlingen ziemlich weit hinter dem Schlachtfeld auf, dennoch waren wir unserer Brigade so nahe, dass wir jeden von hinten an der Kleidung erkennen konnten. Und als eine schwedische Schwadron sie angriff, gerieten wir genauso in Lebensgefahr wie die Kämpfenden selbst. Denn plötzlich schwirrten über uns so viele singende Kugeln durch die Luft, dass man glauben konnte, die Salve habe uns gegolten. Die Furchtsamen duckten sich, als wollten sie sich in sich selbst verkriechen, während die andern, die Courache besaßen und ähnliche Scherze schon mitgemacht hatten, die Kugeln, ohne blass zu werden, über sich hinwegstreichen ließen.

Im Gefecht selbst aber versuchte jeder, dem eigenen Tod zu entgehen, indem er sein Gegenüber niedermachte. Das gräuliche Schießen, das Klappern der Harnische, das Krachen der Piken, die Schreie der Verwundeten und der Vorwärtsstürmenden und dazu die Trompeten, Trommeln und Pfeifen – das alles ergab eine grausige Musik. Man sah nur dicken Rauch und Staub, der den grauenhaften Anblick der Verwundeten und Toten verdecken zu wollen schien. Darin hörte man das jämmerliche Wehklagen der Sterbenden und das beherzte Geschrei derer, die noch voller Mut waren. Die Pferde schienen, je länger die Schlacht währte, zur Verteidigung der Reiter immer frischer zu werden – so heißblütig zeigten sie sich bei der Erfüllung ihrer Aufgabe. Manche sah man tot unter ihren Herren zusammenbrechen, übersät mit Wunden, die sie unverschuldet, zum Lohn für ihre treuen Dienste empfangen hatten. Andere stürzten aus der gleichen Ursache auf ihre Reiter und hatten so im Tod die Ehre, von denen getragen zu werden, die sie in ihrem Leben hatten tragen müssen. Wieder andere, nachdem ihnen die tapfere Last abgenommen war, die sie zuvor kommandiert hatte, ließen die Menschen in ihrer Wut und Raserei hinter sich, rissen aus und suchten ihre erste Freiheit auf dem offenen Feld.

Die Erde, die doch sonst die Toten deckt, war an diesem Ort nun selbst mit Toten übersät, die ganz unterschiedlich zugerichtet waren. Da lagen Köpfe, die ihre natürlichen Herren verloren hatten, und Leiber, denen die Köpfe fehlten. Menschen hingen grausiger- und beklagenswerterweise die Eingeweide aus dem Leib, anderen war der Kopf zerschmettert und das Hirn zerspritzt. Da sah man entseelte Leiber blutleer liegen, während lebendige von fremdem Blut trieften. Da lagen abgeschossene Arme, an denen sich noch die Ringer regten, als wollten sie in den Kampf zurück, während anderswo Kerle, die noch keinen Tropfen Blut vergossen hatten, das Weite suchten. Da lagen abgetrennte Schenkel, die, obwohl der Bürde ihres Körpers entledigt, trotzdem viel schwerer waren als zuvor. Da sah man verstümmelte Soldaten um die Beschleunigung des Todes flehen und andere um Gnade und Verschonung ihres Lebens. *Summa summarum* war da nichts als ein elender, jammervoller Anblick! Die siegreichen Schweden vertrieben die Unseren von dem Ort ihrer unglücklichen Niederlage, trennten die Einheiten voneinander und zerstreuten sie dann durch rasche Verfolgung vollends.

1 Profoss, der: für die Strafverfolgung zuständiger Militärbeamter

ÜBRIGENS

Die Schlacht von Wittstock
Ursprünglich ging man davon aus, Grimmelshausen würde die Schlacht von Wittstock aus eigenem Erleben schildern, weil die Schilderung so eindringlich ist. In Wirklichkeit handelt es sich jedoch um die Übernahme einer Passage aus dem Roman „Arcadia“ von Philip Sidney Hirschberg (1629).

4 Stellen Sie dar, durch welche Gestaltungsmittel die Schilderung ihre Eindringlichkeit erhält.

Merkmale des Barock (1600–1720)

Epochenlexikon
→ S. 508 f.

Welt- und Menschenbild

Der Barock ist eine Zeit großer Gegensätze: Während der **Dreißigjährige Krieg** (1618–1648) Tod, Hunger und Seuchen über die Menschen bringt, entfaltet der Adel in Architektur, Kunst und Festen die größte **Pracht**. Dem Wissen um die Vergänglichkeit alles Irdischen *(Vanitas, Memento mori)* steht der Aufruf *Carpe diem* (Genieße den Tag) gegenüber. Der barocke Mensch, fest in seinem Glauben an die göttliche Ewigkeit verankert, will selbstbewusst auch das Leben nutzen. Das Sonett in seinem antithetischen Bau ist eine beliebte Gedichtform, da es diese Gegensätzlichkeit allen Seins aufgreift.

Motive

Die zentralen Motive des Zeitalters in Literatur und Kunst sind: der Aufruf **Memento mori** (Bedenke, dass du sterben musst!), also sich seiner eigenen Vergänglichkeit bewusst zu sein. Im engen Zusammenhang damit steht **Vanitas**, d. h. das Wissen um die Vergänglichkeit allen Seins (oft auch als Eitelkeit bezeichnet). Dieses Bewusstsein und die Hoffnung auf Erfüllung im Jenseits hieße, sein irdisches Mühen auf göttliches Wohlgefallen auszurichten. Das Motto **Carpe diem** (Nutze oder genieße den Tag!) bedeutet aber auch, gerade im Wissen um die Vergänglichkeit das irdische Leben sinnvoll zu gestalten und auszukosten.

Bildlichkeit

Die drei zentralen Motive des Barockzeitalters werden immer wieder in für die Menschen greifbare und verständliche Darstellungen gebracht. So spielen in der Lyrik Metaphern, Personifikationen, Vergleiche und Allegorien eine große Rolle. Auch die Kombination von Schrift und Bild ist im Barock beliebt, so zum Beispiel in Emblemen, in bebilderten Flugblättern oder in Figurengedichten. In Stillleben der Zeit werden ebenfalls Gegenstände gezeigt, die das Vanitas-Motiv versinnbildlichen, z. B. Blumen, die verwelken werden, oder Musikinstrumente, deren Klang verweht.

Lyrik des Barock

Die Lyrik des Barock ist eine **Regelpoetik**, die strenge formale Vorgaben erfüllt, immer wieder neu variiert und ausfüllt. Einen besonderen Höhepunkt stellen dabei die Sonette dar. Daneben sind aber auch andere Lyrikformen, z. B. Oden und Epigramme, beliebt.

Schelmenroman

In seinem Roman *Der abenteuerliche Simplicissimus* schildert Hans Jakob Christoffel von Grimmelshausen in der Tradition des spanischen Schelmenromans die Abenteuer seines Protagonisten während des Dreißigjährigen Krieges.

Vanitas-Stillleben: Jakob Marrel, 1637, Staatliche Kunsthalle Karlsruhe

Schauen Sie sich im Panorama (S. 214) die Punkte ①–⑦ an, um die Zeit noch besser zu verstehen.

6 Literatur um 1800

Aufbruch in neue Zeiten

1

2

Sind wir aufgeklärter als die Menschen vor 300 Jahren?

Was treibt Menschen zur Rebellion an?

Kann Kunst den Menschen besser machen?

Lässt sich Sehnsucht stillen?

Im Panorama: Zeugnisse der Literatur um 1800

122 360°-Bild

Zeugnisse der Aufklärung

① die Kulturlandschaft des Dessau-Wörlitzer Gartenreichs und Leopold III. Friedrich Franz von Anhalt-Dessau
② das Naturalienkabinett des Franckeschen Waisenhausstifts in Halle an der Saale
③ das verschwundene Hamburger Nationaltheater am Gänsemarkt
④ Lessings Bibliothekarswohnhaus in Wolfenbüttel
⑤ die Enzyklopädie von Diderot und d'Alembert

Zeugnisse des Sturm und Drang

① die Begeisterung für das Straßburger Münster
② der Widerstand gegen Tyrannenwillkür
③ der Freundschaftskult Gleichgesinnter
④ das Theaterbeben bei der *Räuber*-Premiere
⑤ der *Werther* als Anstifter zu Lesewut
⑥ *Sesenheimer Lieder*

Das lernen Sie jetzt!

6.1 lehrhafte, programmatische und dramatische Texte aus der Aufklärung erschließen
6.2 literarische Texte des Sturm und Drang untersuchen, mit Epochenzuordnungen kritisch umgehen
Schreibtraining: einen literarischen Text auf der Grundlage eines pragmatischen Textes erörtern
6.3 Gedichte der Klassik und den Konflikt in verschiedenen Dramen untersuchen
Schreibtraining: einen dramatischen Text interpretieren
6.4 Gedichte und Erzähltexte im Hinblick auf romantische Motive interpretieren
Schreibtraining: ein Gedicht interpretieren

3

4

122 360°-Bild

Im Panorama: Zeugnisse der Literatur um 1800

Zeugnisse der Klassik
① Weimar: Wie alles begann
② Johann Wolfgang Goethe: *Edel sei der Mensch*
③ Friedrich Schiller: *Moralische Schönheit*
④ Italien: Aneignung der Antike
⑤ Krisenerfahrung: die Französische Revolution
⑥ im Umfeld der Klassik: Friedrich Hölderlin

Zeugnisse der Romantik
① Jena: Die Frühromantiker
② Malerei der Romantik: Caspar David Friedrich
③ das romantische Volkslied: *Der Lindenbaum*
④ Märchen der Romantik: Die Brüder Grimm
⑤ im Umfeld der Romantik: Heinrich von Kleist

Abbildung 1: Spruchband (frei übersetzt): „Die Sonne glänzt voll des Lichts", Kupferstich von Gottfried August Gründler, 1724
Abbildung 2: Heinrich Friedrich Füger: *Prometheus bringt den Menschen das Feuer*, 1817
Abbildung 3: Theobald von Oer: *Der Weimarer Musenhof*, 1860
Abbildung 4: Caspar David Friedrich: *Frau in der Morgensonne*, 1818

1 Benennen Sie mithilfe der vier Bilder (S. 224 f.) Themen und Fragestellungen, die in der Literatur um 1800 eine Rolle spielen.

2 Fassen Sie die Botschaft des Kupferstiches (Bild 1) zur Epoche der Aufklärung in einem Satz zusammen.

3 Recherchieren Sie den Prometheus-Mythos. Erläutern Sie an der Darstellung von Füger (Bild 2), welches Idealbild vom Menschen diese Figur im Sturm und Drang verkörpert.

4 Das Gemälde *Der Weimarer Musenhof* (Bild 3) zeigt zentrale Personen der Klassik. Recherchieren Sie zu dem Bild und ordnen Sie die Personen zu.

5 Versetzen Sie sich in die Frau auf dem Gemälde von Caspar David Friedrich (Bild 4) und beschreiben Sie Ihre Assoziationen und Empfindungen. Besprechen Sie, was Sie unter Romantik verstehen.

6.1 Aufklärung (1720–1785)

Tugend und Toleranz

Lehrhafte Texte erschließen

Georg Christoph Lichtenberg: Aphorismen[1] (1764)

Es ist unmöglich, die Fackel der Wahrheit durch ein Gedränge zu tragen, ohne jemandem den Bart zu versengen.

Vom Wahrsagen lässt sich's wohl leben in der Welt, aber nicht vom Wahrheit-Sagen.

Ich kann freilich nicht sagen, ob es besser werden wird, wenn es anders wird; aber so viel kann ich sagen, es muss anders werden, wenn es gut werden soll.

Wir leben in einer Welt, worin ein Narr viele Narren, aber ein weiser Mann nur wenige Weise macht.

1 Aphorismus, der: Sinnspruch

1 Geben Sie die Aphorismen von Lichtenberg in eigenen Worten wieder und erklären sie deren Inhalte. Stellen Sie dabei Bezüge zum Zeitalter der Aufklärung (S. 234) her.

Gotthold Ephraim Lessing: Der Löwe mit dem Esel (1759)

Als des Aesopus Löwe mit dem Esel, der ihm durch seine fürchterliche Stimme die Tiere sollte jagen helfen, nach dem Walde ging, rief ihm eine nasenweise Krähe von dem Baume zu: „Ein schöner Gesellschafter! Schämst du dich nicht, mit einem Esel zu gehen?" – „Wen ich brauchen kann", versetzte der Löwe, „dem kann ich ja wohl meine Seite gönnen."
So denken die Großen alle, wenn sie einen Niedrigen ihrer Gemeinschaft würdigen.

Gotthold Ephraim Lessing: Der Esel mit dem Löwen (1759)

Als der Esel mit dem Löwen des Aesopus, der ihn statt seines Jägerhorns brauchte, nach dem Walde ging, begegnete ihm ein andrer Esel von seiner Bekanntschaft und rief ihm zu: „Guten Tag, mein Bruder!" – „Unverschämter!", war die Antwort. – „Und warum das?", fuhr jener Esel fort. „Bist du deswegen, weil du mit einem Löwen gehst, besser als ich, mehr als ein Esel?"

„Wenn wir einen allgemeinen moralischen Satz auf einen besonderen Fall zurückführen [...] und eine Geschichte daraus dichten, in welcher man den allgemeinen Satz anschauend erkennt: so heißt diese Erdichtung eine Fabel." (G. E. Lessing)

Gotthold Ephraim Lessing (1729–1781)

Schauen Sie sich im Panorama (S. 224) den Punkt ④ zu Lessing an.

2 Vergleichen Sie die beiden Fabeln *Der Löwe mit dem Esel* und *Der Esel mit dem Löwen* von Lessing. Gehen Sie dabei auch auf die Fabelmerkmale und Lessings Definition der Fabel ein.

3 Begründen Sie, warum die Fabel ein beliebtes Genre in der Aufklärung ist.

Gotthold Ephraim Lessing: Der Besitzer des Bogens (1759)

Ein Mann hatte einen trefflichen Bogen aus Ebenholz, mit dem er sehr weit und sehr sicher schoss, und den er ungemein wert hielt. Einst aber, als er ihn aufmerksam betrachtete, sprach er: „Ein wenig zu plump bist du doch! Alle deine Zierde ist die Glätte. Schade!" – „Doch dem ist abzuhelfen", fiel ihm ein. „Ich will hingehen und den besten Künstler Bilder in den Bogen schnitzen lassen." – Er ging hin; und der Künstler schnitzte eine ganze Jagd auf den Bogen; und was hätte sich besser auf einen Bogen geschickt als eine Jagd? Der Mann war voller Freuden: „Du verdienst diese Zierraten, mein lieber Bogen!" – Indem will er ihn versuchen; er spannt, und der Bogen – zerbricht.

4 Formulieren Sie einen Lehrsatz und übertragen Sie diesen auf andere Dinge des Lebens.

Magnus Gottfried Lichtwer: Die beraubte Fabel (1748)

Es zog die Göttin aller Dichter,
Die Fabel, in ein fremdes Land,
Wo eine Rotte Bösewichter
Sie einsam an der Straße fand.

Ihr Beutel, den sie liefern müssen,
Befand sich leer; sie soll die Schuld
Mit dem Verlust der Kleider büßen,
Die Göttin litt es mit Geduld.

Hier wies sich eine Fürstenbeute,
Ein Kleid umschloss das andre Kleid;
Man fand verschiedner Tiere Häute,
Bald die, bald jene Kostbarkeit.

Hilf Himmel, Kleider und kein Ende!
Ihr Götter! Schrien sie, habet Dank;
Ihr gebt ein Weib in unsre Hände,
Die mehr trägt als ein Kleiderschrank.

Sie fuhren fort, noch mancher Plunder
Ward preis; doch eh man sichs versah,
Da sie noch schrien, so stund, o Wunder!
Die helle Wahrheit nackend da.

Die Räuberschar sah vor sich nieder
Und sprach: Geschehen ist geschehn,
Man geb ihr ihre Kleider wieder,
Wer kann die Wahrheit nackend sehn?

5 Fassen Sie kurz den Inhalt des Gedichts *Die beraubte Fabel* von Lichtwer zusammen und interpretieren Sie das Gedicht.

Christian Fürchtegott Gellert: Das Kutschpferd (1746, Auszug)

Die ihr die Niedern so verachtet,
Vornehme Müßiggänger, wisst,
Dass selbst der Stolz, mit dem ihr sie betrachtet,
Dass euer Vorzug selbst, aus dem ihr sie verachtet,
Auf ihren Fleiß gegründet ist.
Ist der, der sich und euch durch seine Händ' ernähret,
Nichts Bessers als Verachtung wert?
Gesetzt, du hättest bessre Sitten:
So ist der Vorzug doch nicht dein;
Denn stammtest du aus ihren Hütten:
So hättest du auch ihre Sitten.
Und was du bist und mehr, das würden sie auch sein,
Wenn sie wie du erzogen wären.
Dich kann die Welt sehr leicht, sie aber nicht entbehren.

Christian Fürchtegott Gellert (1715–1769)

6 Interpretieren Sie den Text *Das Kutschpferd* von Gellert. Beachten Sie die Besonderheiten der formalen Textgestaltung und den Titel. Überprüfen Sie, ob es sich um eine Fabel handelt.

Programmatische Texte erschließen

Adolph Freiherr von Knigge: Über den Umgang mit Menschen (1788, Ausschnitt)

Adolph Freiherr von Knigge (1752–1796)

Es gibt Eltern, die, umhergetrieben in einem beständigen Wirbel von Zerstreuungen, ihre Kinder kaum ein paar Stunden des Tages sehen, ihren Vergnügungen nachrennen und indes Mietlingen[1] die Bildung ihrer Söhne und Töchter überlassen oder, wenn diese schon erwachsen sind, mit ihnen auf einem so fremden, höflichen Fuße leben, als wenn sie ihnen gar nicht gehörten. Wie unnatürlich und unverantwortlich dieses Verfahren sei, das bedarf wohl keines Beweises. Es gibt aber andre Eltern, die von ihren Kindern eine so sklavische Ehrerbietung und so viel Rücksichten und Aufopferungen fordern, dass durch den Zwang und den gewaltigen Abstand, der hieraus entsteht, alles Zutraun, alle Herzensergießung wegfällt, sodass den Kindern die Stunden, welche sie an der Seite ihrer Eltern hinbringen müssen, fürchterlich und langweilig vorkommen. Noch andre vergessen, dass Knaben auch endlich Männer werden; sie behandeln ihre erwachsenen Söhne und Töchter immer noch wie kleine Unmündige, gestatten ihnen nicht den geringsten freien Willen und trauen den Einsichten derselben nicht das Mindeste zu – das alles sollte nicht so sein.

1 Mietling, der: Knecht, Dienstbote

Schauen Sie sich im Panorama (S. 224) die Punkte ② und ⑤ an.

1 Formulieren Sie Knigges Ratschläge in eigenen Worten und beurteilen Sie diese.

2 Lesen Sie die *Beantwortung der Frage: Was ist Aufklärung?* von Immanuel Kant auf Seite 107 f. Gehen Sie vom Bild des „Gängelwagen[s]" (Z. 18) aus und erklären Sie Kants Ausführungen.

3 Lesen Sie den Ausschnitt *Sechs Antworten auf sechs Fragen* von Christoph Martin Wieland auf Seite 108 f.
- Stellen Sie dar, welche Erfordernisse laut Wieland für die Aufklärung notwendig sind, und erläutern Sie diese näher. Bedenken Sie dabei den historischen Hintergrund.
- Beurteilen Sie die gegebenen Möglichkeiten für die Durchsetzung der Aufklärungsbewegung.

Johann Daniel Hensel: Aufklärung der Frauen (1788)

„Wenn man sie zu sehr aufklärte: so würden sie klüger als die Männer werden, oder doch sein wollen. Wie wäre dann mit ihnen auszukommen?" Dies ist nun eigentlich der allerlächerlichste Einwurf. Ein wirklich aufgeklärtes und gut erzogenes Frauenzimmer wird auch Bescheidenheit gelernt haben und die Schwächen eines Mannes zu verzeihn, zu tragen, oder zu bedecken wissen. Nur ein zweckloser Unterricht, nur eine halbe Aufklärung kann schädlich werden. Und auch hier schadet nicht die Aufklärung, welche wirklich vorhanden ist, sondern die Mangelhaftigkeit, und die unterlassne Vollendung derselben bringen Nachteil. Sind aber die Männer in der Tat so schwach oder vielmehr so fehlerhaft und so unverständig, dass sie so leicht von einem Frauenzimmer übermocht werden können: so ist ihnen kein andrer Rat zu geben, als dass sie durch anhaltenden männlichen Fleiß, durch Übung im richtigen Denken, durch nützliche und gute Handlungen und Gesinnungen und durch desto größere Klugheit im Betragen, sich achtungswert machen und dem schönen Geschlechte die Waage halten müssen.

MK **4** Recherchieren Sie, welche Ziele die „Moralischen Wochenschriften" hatten. Stellen Sie sich vor, verschiedene Leserinnen und Leser äußern in den Wochenschriften ihre Meinung zum Artikel von Hensel. Verfassen Sie unter Beachtung des historischen Kontextes einen möglichen Beitrag.

5 **PLUS** Stellen Sie in Ihrem Kurs das Drama *Minna von Barnhelm* von Lessing vor. Vergleichen Sie die weibliche Hauptfigur mit den Vorstellungen Hensels von einer aufgeklärten Frau.

6 Vergleichen Sie die vier programmatischen Texte zur Aufklärung (S. 107 ff., 228).

Dramenszenen interpretieren

Gotthold Ephraim Lessing: Nathan der Weise. Erster Aufzug, Zweiter Auftritt (1789, Auszug)

Als Nathan von einer Reise zurückkommt, erfährt er von seiner Hauswirtschafterin Daja, dass seine Pflegetochter Recha bei einem Brand von einem Tempelherrn gerettet worden sei und dass Recha glaube, ein Engel habe sie gerettet.

RECHA So seid Ihr es doch ganz und gar, mein Vater?
Ich glaubt', Ihr hättet Eure Stimme nur
Vorausgeschickt. Wo bleibt Ihr? Was für Berge,
Für Wüsten, was für Ströme trennen uns
Denn noch? Ihr atmet Wand an Wand mit ihr,
Und eilt nicht, Eure Recha zu umarmen?
Die arme Recha, die indes verbrannte!
Fast, fast verbrannte! Fast nur. Schaudert nicht!
Es ist ein garstiger Tod, verbrennen. Oh!
NATHAN Mein Kind! mein liebes Kind!
RECHA Ihr musstet über
Den Euphrat, Tigris, Jordan; über – wer
Weiß was für Wasser all? – Wie oft hab ich
Um Euch gezittert, eh' das Feuer mir
So nahe kam! Denn seit das Feuer mir
So nahe kam: dünkt mich im Wasser sterben
Erquickung, Labsal, Rettung. – Doch Ihr seid
Ja nicht ertrunken: ich, ich bin ja nicht
Verbrannt. Wie wollen wir uns freun und Gott,
Gott loben! Er, er trug Euch und den Nachen
Auf Flügeln seiner *unsichtbaren* Engel
Die ungetreuen Ström' hinüber. Er,
Er winkte meinem Engel, dass er *sichtbar*
Auf seinem weißen Fittiche mich durch
Das Feuer trüge –
NATHAN (Weißem Fittiche!
Ja, ja! Der weiße vorgespreizte Mantel
Des Tempelherrn.)
RECHA Er sichtbar, sichtbar mich
Durchs Feuer trüg', von seinem Fittiche
Verweht. – Ich also, ich hab einen Engel
Von Angesicht zu Angesicht gesehn;
Und *meinen* Engel.
NATHAN Recha wär' es wert;
Und würd' an ihm nichts
Schönres sehn, als er
An ihr.
RECHA *(lächelnd)* Wem schmeichelt Ihr, mein Vater? wem?
Dem Engel, oder Euch?
NATHAN Doch hätt' auch nur
Ein Mensch – ein Mensch, wie die Natur sie täglich
Gewährt, dir diesen Dienst erzeigt: Er müsste
Für dich ein Engel sein. Er müsst' und würde.
RECHA Nicht so ein Engel; nein! Ein wirklicher;
Es war gewiss ein wirklicher! – Habt Ihr,
Ihr selbst die Möglichkeit, dass Engel sind,
Dass Gott zum Besten derer, die ihn lieben,
Auch Wunder könne tun, mich nicht gelehrt?
Ich lieb' ihn ja.
NATHAN Und er liebt dich; und tut
Für dich, und deinesgleichen, stündlich Wunder;
Ja, hat sie schon von aller Ewigkeit
Für euch getan.
RECHA Das hör' ich gern.
NATHAN Wie? Weil
Es ganz natürlich, ganz alltäglich klänge,
Wenn dich ein eigentlicher Tempelherr
Gerettet hätte: Sollt' es darum weniger
Ein Wunder sein? – Der Wunder höchstes ist,
Dass uns die wahren, echten Wunder so
Alltäglich werden können, werden sollen.
Ohn' dieses allgemeine Wunder, hätte
Ein Denkender wohl schwerlich Wunder je
Genannt, was Kindern bloß so heißen müsste,
Die gaffend nur das Ungewöhnlichste,
Das Neuste nur verfolgen.
DAJA *(zu Nathan)* Wollt Ihr denn
Ihr ohnedem schon überspanntes Hirn
Durch solcherlei Subtilitäten ganz
Zersprengen?
NATHAN Lass mich! – Meiner Recha wär'
Es Wunders nicht genug, dass sie ein *Mensch*
Gerettet, welchen selbst kein kleines Wunder
Erst retten müssen? Ja, kein kleines Wunder!
Denn wer hat schon gehört, dass Saladin
Je eines Tempelherrn verschont? Dass je
Ein Tempelherr von ihm verschont zu werden
Verlangt? Gehofft? Ihm je für seine Freiheit
Mehr als den ledern Gurt geboten, der
Sein Eisen schleppt; und höchstens seinen Dolch?
RECHA Das schließt für mich, mein Vater. – Darum eben
War das kein Tempelherr; er schien es nur. –
Kömmt kein gefangner Tempelherr je anders
Als zum gewissen Tode nach Jerusalem;
Geht keiner in Jerusalem so frei
Umher: Wie hätte mich des Nachts freiwillig
Denn einer retten können?
NATHAN [...] Begreifst du aber,
Wie viel *andächtig schwärmen* leichter, als
Gut handeln ist? Wie gern der schlaffste Mensch
Andächtig schwärmt, um nur, – ist er zu Zeiten
Sich schon der Absicht deutlich nicht bewusst –,
Um nur gut handeln nicht zu dürfen?

1 Formulieren Sie Ihre ersten Eindrücke zu der Szene aus *Nathan der Weise* (S. 229) und fassen Sie den Inhalt in eigenen Worten zusammen.

2 Charakterisieren Sie die Figuren (S. 229). Achten Sie dabei auch auf die Sprache der Figuren.

3 Analysieren Sie den Dialog (S. 229) im Hinblick auf folgende Aspekte:
- Gesprächsverlauf
- Gesprächsverhalten und Gesprächsanteile von Nathan und Recha
- Nathans Gesprächsstrategie
- Opposition zentraler Begriffe und Vorstellungen

Gotthold Ephraim Lessing: Nathan der Weise. Zweiter Aufzug, Fünfter Auftritt (1779, Auszug)

Saladin sucht nach Wegen, weitere Kriege zwischen Muslimen und Christen zu verhindern, doch er hat kein Geld. In dem vierten Auftritt des zweiten Aufzugs wartet Nathan mit Recha auf den Tempelherrn, für den sie schwärmt. Nathan will schließlich doch Geld zur Verfügung stellen, obwohl Al-Hafi vor neuen Krediten warnt.

Nathan und bald darauf der Tempelherr.
[...]
TEMPELHERR Was?
NATHAN Erlaubt ...
TEMPELHERR Was, Jude? Was?
NATHAN Dass ich mich untersteh,
Euch anzureden.
TEMPELHERR Kann ich's wehren? Doch
Nur kurz.
NATHAN Verzieht, und eilet nicht so stolz,
Nicht so verächtlich einem Mann vorüber,
Den Ihr auf ewig Euch verbunden habt.
TEMPELHERR Wie das? – Ah, fast errat ich's. Nicht? Ihr
seid ...
NATHAN Ich heiße Nathan; bin des Mädchens Vater,
Das Eure Großmut aus dem Feu'r gerettet;
Und komme ...
TEMPELHERR Wenn zu danken: – spart's! Ich hab
Um diese Kleinigkeit des Dankes schon
Zu viel erdulden müssen. – Vollends Ihr,
Ihr seid mir gar nichts schuldig. Wusst' ich denn,
Dass dieses Mädchen Eure Tochter war?
Es ist der Tempelherren Pflicht, dem Ersten
Dem Besten beizuspringen, dessen Not
Sie sehn. Mein Leben war mir ohnedem
In diesem Augenblicke lästig. Gern,
Sehr gern ergriff ich die Gelegenheit,
Es für ein andres Leben in die Schanze
Zu schlagen: für ein andres – wenn's auch nur
Das Leben einer Jüdin wäre.
NATHAN Groß!
Groß und abscheulich! – Doch die Wendung lässt
Sich denken.
[...] Ich bin
Ein reicher Mann.
TEMPELHERR Der reichre Jude war
Mir nie der bessre Jude.

Filmbild aus *Nathan der Weise*, Deutschland 1979

NATHAN Dürft Ihr denn
Darum nicht nützen, was dem ungeachtet
Er Bessres hat, nicht seinen Reichtum nützen?
TEMPELHERR Nun gut, das will ich auch nicht ganz
verreden;
Um meines Mantels willen nicht. Sobald
Der ganz und gar verschlissen, weder Stich
Noch Fetze länger halten will: komm ich
Und borge mir bei Euch zu einem neuen,
Tuch oder Geld. – Seht nicht mit eins so finster!
Noch seid Ihr sicher; noch ist's nicht so weit
Mit ihm. Ihr seht; er ist so ziemlich noch

im Stande. Nur der eine Zipfel da
Hat einen garst'gen Fleck; er ist versengt.
Und das bekam er, als ich Eure Tochter
Durchs Feuer trug.
NATHAN *(der nach dem Zipfel greift und ihn betrachtet)*
Es ist doch sonderbar,
Dass so ein böser Fleck, dass so ein Brandmal
Dem Mann ein bessres Zeugnis redet, als
Sein eigner Mund. Ich möcht' ihn küssen gleich –
Den Flecken! – Ah, verzeiht! – Ich tat es ungern.
TEMPELHERR Was?
NATHAN Eine Träne fiel darauf.
TEMPELHERR Tut nichts!
Er hat der Tropfen mehr. – (Bald aber fängt
mich dieser Jud' an zu verwirren.)
NATHAN Wärt
Ihr wohl so gut, und schicktet Euern Mantel
Auch einmal meinem Mädchen?
TEMPELHERR Was damit?
NATHAN Auch ihren Mund auf diesen Fleck zu drücken.
Denn Eure Knie selber zu umfassen,
Wünscht sie nun wohl vergebens.
TEMPELHERR Aber, Jude –
Ihr heißet Nathan? – Aber, Nathan – Ihr
Setzt Eure Worte sehr – sehr gut – sehr spitz –
Ich bin betreten – Allerdings – ich hätte ...
NATHAN Stellt und verstellt Euch, wie Ihr wollt. Ich find
Auch hier Euch aus. Ihr wart zu gut, zu bieder,
Um höflicher zu sein. – Das Mädchen, ganz
Gefühl; der weibliche Gesandte, ganz
Dienstfertigkeit; der Vater weit entfernt –
Ihr trugt für ihren guten Namen Sorge;
Floht ihre Prüfung; floht, um nicht zu siegen.
Auch dafür dank ich Euch –
TEMPELHERR Ich muss gestehn,
Ihr wisst, wie Tempelherren denken sollten.
NATHAN Nur Tempelherren? *Sollten* bloß? Und bloß
Weil es die Ordensregeln so gebieten?
Ich weiß, wie gute Menschen denken; weiß,
Dass alle Länder gute Menschen tragen.
TEMPELHERR Mit Unterschied, doch hoffentlich?
NATHAN Jawohl;
An Farb', an Kleidung, an Gestalt verschieden.
TEMPELHERR Auch hier bald mehr, bald weniger, als
dort.
NATHAN Mit diesem Unterschied ist's nicht weit her.
Der große Mann braucht überall viel Boden;
Und mehrere, zu nah gepflanzt, zerschlagen
Sich nur die Äste. Mittelgut, wie wir,
Find't sich hingegen überall in Menge. [...]
TEMPELHERR Sehr wohl gesagt! – Doch [...] wisst Ihr,
Nathan, welches Volk
Zuerst das auserwählte Volk sich nannte?
Wie? Wenn ich dieses Volk nun, zwar nicht hasste,
Doch wegen seines Stolzes zu verachten,
Mich nicht entbrechen[1] könnte? Seines Stolzes,
Den es auf Christ und Muselmann[2] vererbte,
Nur sein Gott sei der rechte Gott! – Ihr stutzt,
dass ich, ein Christ, ein Tempelherr, so rede?
Wenn hat, und wo die fromme Raserei,
Den bessern Gott zu haben, diesen bessern
Der ganzen Welt als besten aufzudringen,
In ihrer schwärzesten Gestalt sich mehr
Gezeigt, als hier, als itzt[3]? Wem hier, wem itzt
Die Schuppen nicht vom Auge fallen ... Doch
Sei blind, wer will! – Vergesst, was ich gesagt;
Und lasst mich! *(Will gehen.)*
NATHAN Ha! Ihr wisst nicht, wie viel fester
Ich nun mich an Euch drängen werde. – Kommt,
Wir müssen, müssen Freunde sein! – Verachtet
Mein Volk so sehr Ihr wollt. Wir haben beide
Uns unser Volk nicht auserlesen. Sind
Wir unser Volk? Was heißt denn Volk?
Sind Christ und Jude eher Christ und Jude,
Als Mensch? Ah! Wenn ich einen mehr in Euch
Gefunden hätte, dem es g'nügt, ein Mensch
Zu heißen!
TEMPELHERR Ja, bei Gott, das habt Ihr, Nathan!
Das habt Ihr! – Eure Hand! – Ich schäme mich,
Euch einen Augenblick verkannt zu haben.

1 sich entbrechen: sich enthalten 2 Muselmann, der: veraltet: Moslem 3 itzt: jetzt

4 Bereiten Sie den Dramenauszug (S. 230 f.) für eine szenische Lesung mit verteilten Rollen vor. Beachten Sie auch die Satzschlusszeichen und Gedankenstriche. Präsentieren Sie Ihre szenischen Lesungen und geben Sie sich Rückmeldungen.

5 Analysieren Sie den Dialog zwischen Nathan und dem Tempelherrn (S. 230 f.).
- Erläutern Sie, was das Kommunikationsmodell von Karl Bühler (S. 19) zur Analyse des Dramenauszugs beitragen kann.
- Erschließen Sie die Beziehung und die Gesprächsabsichten der Figuren.
- Untersuchen Sie, wie Nathan vorgeht, um sein Gesprächsziel zu erreichen.
- Formulieren Sie eine Deutungshypothese.

Schauen Sie sich im Panorama (S. 224) die Punkte ③ und ④ zu Lessing an.

6 Überprüfen Sie die folgende Aussage anhand des fünften Auftritts (S. 230 f.).

> Am Anfang des Dialogs herrscht ein Ungleichgewicht zwischen Nathan und dem Tempelherrn. Im weiteren Verlauf gelingt es Nathan, den Tempelherrn für seine Überzeugung von der Gleichwertigkeit aller Menschen zu gewinnen. Dieser Konsens zwischen beiden Gesprächspartnern bewirkt am Ende sogar, dass sie Freunde werden. So wandelt sich eine asymmetrische Ausgangssituation mittels Klugheit und Einfühlungsvermögen zu einer harmonischen Endsituation.

7 Erörtern Sie die Frage Nathans: „Sind Christ und Jude eher Christ und Jude, Als Mensch?" (V. 121 f.). Argumentieren Sie auch mit Beispielen aus der heutigen Zeit.

Gotthold Ephraim Lessing: Nathan der Weise. Vierter Aufzug, Zweiter Auftritt (1779, Auszug)

Der Tempelherr, der Nathans Tochter Recha aus dem Feuer gerettet und sich in diese verliebt hat, erfährt, dass Recha nicht Nathans leibliche Tochter und eine Christin ist. Beim christlichen Patriarchen von Jerusalem sucht er nun Rat.

[...] Der Patriarch, welcher mit allem geistlichen Pomp den einen Kreuzgang heraufkömmt [...].

PATRIARCH [...] Womit wär' sonst
Dem Herrn zu dienen?
TEMPELHERR Mit dem Nämlichen,
Woran es meiner Jugend fehlt: mit Rat.
PATRIARCH Recht gern! – Nur ist der Rat auch
anzunehmen.
TEMPELHERR Doch blindlings nicht?
PATRIARCH Wer sagt denn das? – Ei freilich
Muss niemand die Vernunft, die Gott ihm gab,
Zu brauchen unterlassen, – wo sie hin
Gehört. – Gehört sie aber überall
Denn hin? – O nein! – Zum Beispiel: wenn uns Gott
Durch einen seiner Engel, – ist zu sagen,
Durch einen Diener seines Worts, – ein Mittel
Bekannt zu machen würdiget, das Wohl
Der ganzen Christenheit, das Heil der Kirche,
Auf irgendeine ganz besondre Weise
Zu fördern, zu befestigen: wer darf
Sich da noch unterstehn, die Willkür des,
Der die Vernunft erschaffen, nach Vernunft
Zu untersuchen? [...] Was ist
Es denn, worüber unser Rat für itzt
Der Herr verlangt?
TEMPELHERR Gesetzt, ehrwürd'ger Vater,
Ein Jude hätt' ein einzig Kind – es sei
Ein Mädchen, – das er mit größter Sorgfalt
Zu allem Guten auferzogen, das
Er liebe mehr als seine Seele, das
Ihn wieder mit der frömmsten Liebe liebe.
Und nun würd' unsereinem hinterbracht,
Dies Mädchen sei des Juden Tochter nicht;
Er hab' es in der Kindheit aufgelesen,
Gekauft, gestohlen, – was Ihr wollt; man wisse,
Das Mädchen sei ein Christenkind, und sei
Getauft; der Jude hab' es nur als Jüdin
Erzogen; lass es nur als Jüdin und
Als seine Tochter so verharren: – sagt,
Ehrwürd'ger Vater, was wär' hierbei wohl
Zu tun?
[...]
PATRIARCH Dann wäre mit dem Juden fördersamst[1]
Die Strafe zu vollziehn, die päpstliches
Und kaiserliches Recht so einem Frevel,
So einer Lastertat bestimmen.
TEMPELHERR So?
PATRIARCH Und zwar bestimmen obbesagte Rechte
Dem Juden, welcher einen Christen zur
Apostasie[2] verführt, – den Scheiterhaufen, –
Den Holzstoß –
TEMPELHERR So?
PATRIARCH Und wie vielmehr dem Juden,
Der mit Gewalt ein armes Christenkind
Dem Bunde seiner Taufe entreißt! Denn ist
Nicht alles, was man Kindern tut, Gewalt? –
Zu sagen: – ausgenommen, was die Kirch'
An Kindern tut.
TEMPELHERR Wenn aber nun das Kind,
Erbarmte seiner sich der Jude nicht,
Vielleicht im Elend umgekommen wäre?
PATRIARCH Tut nichts! der Jude wird verbrannt. –
Denn besser,
Es wäre hier im Elend umgekommen,
Als dass zu seinem ewigen Verderben
Es so gerettet ward. – Zudem, was hat

Der Jude Gott denn vorzugreifen? Gott
Kann, wen er retten will, schon ohn' ihn retten.
TEMPELHERR Auch trotz ihm, sollt' ich meinen, – selig
machen.
PATRIARCH Tut nichts! der Jude wird verbrannt.
TEMPELHERR Das geht
Mir nah'! Besonders, da man sagt, er habe
Das Mädchen nicht sowohl in seinem, als
Vielmehr in keinem Glauben auferzogen,
Und sie von Gott nicht mehr nicht weniger
Gelehrt, als der Vernunft genügt.
PATRIARCH Tut nichts!
Der Jude wird verbrannt ... Ja, wär' allein
Schon dieserwegen wert, dreimal verbrannt
Zu werden! – Was? ein Kind ohn' allen Glauben
Erwachsen lassen? – Wie? die große Pflicht
Zu glauben, ganz und gar ein Kind nicht lehren?
Das ist zu arg! – Mich wundert sehr, Herr Ritter,
Euch selbst ...
TEMPELHERR Ehrwürd'ger Herr, das Übrige,
Wenn Gott will, in der Beichte. *(Will gehn.)*
PATRIARCH Was? Mir nun
Nicht einmal Rede stehn? – Den Bösewicht,
Den Juden mir nicht nennen? – mir ihn nicht
Zur Stelle schaffen? – O da weiß ich Rat!
Ich geh' sogleich zum Sultan. – Saladin [...].

1 fördersamst: unverzüglich 2 die Apostasie: Abfall vom Glauben
3 der Sermon: veraltet für Predigt

Auch mach' ich ihm gar leicht begreiflich, wie
Gefährlich selber für den Staat es ist,
Nichts glauben! Alle bürgerliche Bande
Sind aufgelöset, sind zerrissen, wenn
Der Mensch nichts glauben darf. – Hinweg! hinweg
Mit solchem Frevel! ...
TEMPELHERR Schade, dass ich nicht
Den trefflichen Sermon[3] mit bessrer Muße
Genießen kann! Ich bin zum Saladin
Gerufen.
PATRIARCH Ja? – Nun so – Nun freilich – Dann –
TEMPELHERR Ich will den Sultan vorbereiten, wenn
Es Eurer Hochehrwürden so gefällt.
PATRIARCH O, oh! – Ich weiß, der Herr hat Gnade funden
Vor Saladin! – Ich bitte meiner nur
Im Besten bei ihm eingedenk zu sein. –

ÜBRIGENS

Nathan der Weise

Nathan der Weise ist Lessings letztes Werk, 1781 stirbt er in Braunschweig. Bereits im Oktober 1779 wird das Stück in Mannheim aufgeführt, allerdings nicht öffentlich. Bei der Uraufführung 1783 in Berlin kam es beim Publikum nicht gut an. Das lag wohl am „Mangel an Aktion" und den sehr langen Dialogen. Die Inszenierung von August Wilhelm Iffland 1802 in Weimar wird erstmals ein Erfolg. Nach 1945 wird *Nathan der Weise* auf sehr vielen deutschen Bühnen als erstes Theaterstück gespielt. Bis heute gehört es zum Repertoire vieler Theater.

8 Gestalten Sie in Gruppen Standbilder zu drei Stellen innerhalb des Gesprächs. Präsentieren Sie Ihre Standbilder im Kurs und bewerten Sie Ihre unterschiedlichen Interpretationen.

9 Analysieren Sie die Szene (S. 232 f.). Achten Sie insbesondere darauf, wie die beiden Gesprächspartner argumentieren.

10 Verfassen Sie ein Selbstgespräch, in dem der Tempelherr seinen Dialog mit dem Patriarchen reflektiert.

Ringparabel → S. 97

11 Stellen Sie mithilfe der vier Dramenauszüge (S. 97 f., 229, 230 f., 232 f.) und des folgenden Textausschnitts dar, inwiefern Nathan als Prototyp eines Aufklärers konzipiert ist.

Gotthold Ephraim Lessing: Über die Entstehung der geoffenbarten Religion

(1784, Ausschnitt aus dem Nachlass)

Einen Gott erkennen, sich die würdigsten Begriffe von ihm zu machen suchen, auf diese würdigsten Begriffe bei allen unseren Handlungen und Gedanken Rücksicht nehmen: ist der vollständigste Inbegriff aller natürlichen Religion. [...] Die Unentbehrlichkeit einer positiven Religion, vermöge welcher die natürliche Religion in jedem Staate nach dessen natürlicher und zufälliger Beschaffenheit modificiert wird, nenne ich die innere Wahrheit derselben, und diese innere Wahrheit derselben ist bei einer so groß als bei der andern.

12 PLUS Verfassen Sie eine kurze Rede, die Sie einleitend zum Anlass einer Schulaufführung von Lessings *Nathan der Weise* halten könnten. Stellen Sie dar, welche Bedeutung das Drama hatte und heute hat.

Merkmale der Aufklärung (1720–1785)

Epochenlexikon
→ S. 510 f.

Schauen Sie sich im Panorama (S. 224) die Punkte ①–⑤ an, um die Epoche noch besser zu verstehen.

Zeitumstände

Die gesellschaftliche Entwicklung in Deutschland zur Zeit der Aufklärung wird geprägt von dem Versuch, den Menschen aus **geistiger** sowie **politischer Bevormundung** und **absoluter Herrschaft des Adels zu befreien**. Die Vertreterinnen und Vertreter des Bürgertums stellen das **Mitgefühl** und das **Einfühlungsvermögen** über die Interessen des Adels und erklären die **Erziehung** und die **Bildung** zu ihren wichtigsten Idealen. **Strenge Moralvorstellungen** helfen ihnen, sich gegenüber der Zügellosigkeit, die dem Adel vorgeworfen wird, abzugrenzen.
Die Aufklärung ist ein **gesamtgesellschaftliches Phänomen**; sie berührt viele Bereiche. In der **Naturwissenschaft** werden bahnbrechende Erkenntnisse gewonnen. Grundlage dafür ist die optimistische Vorstellung, dass man durch den Gebrauch der Vernunft (Rationalismus) und den Mut zu selbstverantwortetem Denken die Verhältnisse in der Gesellschaft erkennen und verändern könne.

Familienbild und Stellung der Frau

In der Familie herrscht das **Patriarchat** vor, d.h. der Vater als rechtliches Oberhaupt der Familie entscheidet in allen Angelegenheiten und Erziehungsfragen. Er besitzt die absolute **Autorität** über seine weiblichen Familienangehörigen, sodass er auch die Verheiratung seiner Töchter arrangieren kann.
Die **Frauen** werden über ihre **Rollen** als Ehegattin, Hausfrau und Mutter definiert, wobei ihre eigentliche Aufgabe darin besteht, durch das eigene Auftreten und Verhalten das öffentliche Ansehen des Mannes zu steigern. In der Zeit sind aber auch emanzipatorische Tendenzen bürgerlicher und adliger Frauen zu beobachten.

Bevorzugte Genres

Neben dem **bürgerlichen Trauerspiel** sind verschiedene **Sachtexte** und **erzieherisch-pädagogische Schriften** zu finden, die die Ziele der Aufklärung verdeutlichen und der Umsetzung aufklärerischen Gedankenguts dienen sollen.
Besonders populäre Vermittler zahlreicher aufklärerischer Ideen sind die **„Moralischen Wochenschriften"**. Sie sind maßgeblich beteiligt am Entstehen einer bürgerlich-aufgeklärten Kultur; sie wirken sowohl belehrend als auch unterhaltend.
Ein wichtiges literarisches Genre ist die **Fabel**. Durch ihre Merkmale ist es den Autoren möglich – mehr oder weniger direkt – Kritik an den gesellschaftlichen Verhältnissen zu üben.

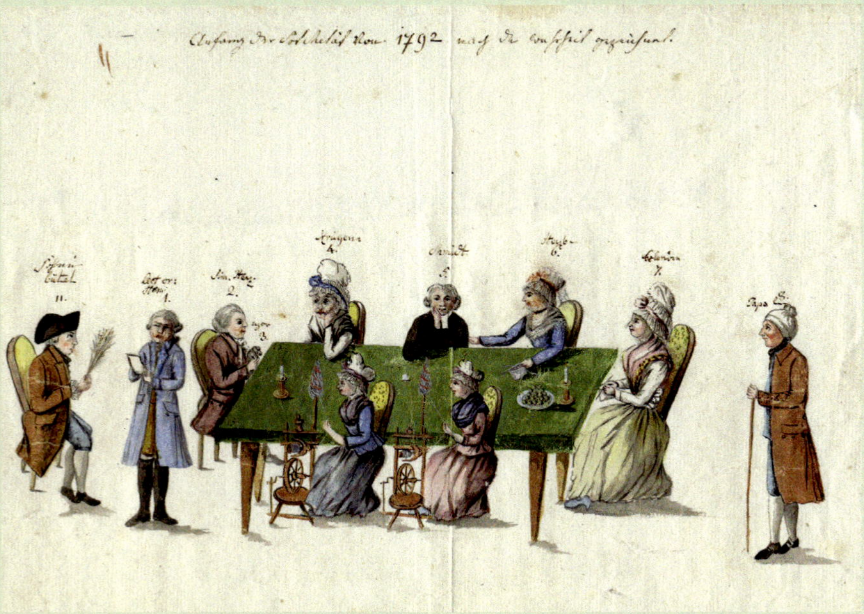

Nach französischem Vorbild bilden sich ab 1720 in vielen deutschen Städten zahlreiche Lesegesellschaften, deren überwiegend bürgerliche Mitglieder über literarische, aber auch philosophische und politische Themen debattieren. Hier die „Gesellschaft zum Haarenen Ring", 1784

Vernetzen: Vernunft als Utopie?

Günter Grass: Der Traum der Vernunft (1984, Ausschnitt)

Rede zur Eröffnung der Veranstaltungsreihe „Vom Elend der Aufklärung" in der Akademie der Künste, Berlin

Text in alter Rechtschreibung

Dabei war viel Hoffnung im Spiel, als vor mehr als zweihundertfünfzig Jahren die Aufklärer fleißig wurden und mit dem Talglicht[1] Vernunft gegen Pfaffen[2] und sonstige Dunkelmänner antraten. Es hieß: Wenn man das Menschengeschlecht vom Aberglauben befreie, es richtig erziehe, ihm den Blitzableiter schenke, es fortschreitend durch Elektrifizierung erleuchte und obendrein lehre, richtig die Zähne zu putzen, werde ein neues, verbessertes, Tag und Nacht lesendes, kurzum, ein vom Aberglauben befreites und zwangsläufig gesundes Menschengeschlecht dem ewigen Frieden und der allumfassenden Gerechtigkeit nahe sein.

Diese Hoffnung trog, wie wir wissen; oder sie ging pragmatischer auf als gedacht. Weder hat die Elektrifizierung den Menschen verbessert, noch wird das Kabelfernsehen ihn frei und mündig machen. Dem neuen, diesmal technischen Aberglauben anhängend, trat, nach wechselnder Mode gekleidet, der alte Adam[3] hervor; eher ist er grausamer, gewiß zynischer und – weil mit Hilfe des technischen Fortschritts besser instrumentiert – gründlicher geworden, sobald sein Hang zur Zerstörung freigesetzt wird.

1 Talglicht, das: Kerzenlicht 2 Pfaffe, der: Priester 3 der alte Adam: biblisch, der alte Mensch, also unvollkommen und fehlerhaft

1 Erläutern Sie mithilfe der Rede von Günter Grass, worin er das „Elend der Aufklärung" sieht.
Finden Sie aktuelle Beispiele, die seine Auffassung belegen.

2 Erklären Sie, was Grass mit dem Bild des „Talglicht[s] Vernunft" (Z. 2) meint.

Emilia Galotti → S. 76–80, 88 f.

3 Erläutern Sie auf der Grundlage der Dramenauszüge aus *Emilia Galotti* (S. 76–80, 88 f.) und Ihrer Kenntnisse über die Aufklärung, inwiefern Lessing in *Emilia Galotti* das „Talglicht Vernunft" (Z. 2) einsetzt. Beachten Sie dabei die Sicht auf den Adel und das Bürgertum.

Gotthold Ephraim Lessing und Johann Caspar Lavater zu Gast bei Moses Mendelssohn, Gemälde von Moritz Daniel Oppenheim, 1856; Der Maler thematisiert die öffentliche Auseinandersetzung des Zürcher Pfarrers mit dem jüdischen Philosophen, der als Vorbild für Lessings „Nathan" gilt, als fiktives Treffen: Lavater wollte den Gelehrten zu einer Widerlegung des Christentums oder zu einem Übertritt bewegen.

4 PLUS Überprüfen sie, inwieweit Schiller in *Kabale und Liebe* (S. 242–246) das Erbe Lessings fortsetzt oder sich ihm widersetzt.

5 PLUS Informieren Sie sich über die soziale Rolle der Frau in der Romantik. Beziehen Sie dabei die Texte und Materialien von Günderrode (S. 281, 295) ein. Erörtern Sie, inwiefern die mit der Aufklärung einsetzenden emanzipatorischen Tendenzen um die Wende zum 19. Jahrhundert bereits Fuß gefasst haben.

6.2 Empfindsamkeit und Sturm und Drang (1740–1785)
Leidenschaft und Rebellion

Formen lyrischen Sprechens untersuchen

Johann Wolfgang Goethe: Maifest (1771)

Wie herrlich leuchtet
Mir die Natur!
Wie glänzt die Sonne!
Wie lacht die Flur!
Es ... Blüten
... (1) jedem Zweig
Und tausend Stimmen
Aus dem Gesträuch

Und Freud' und Wonne[1]
Aus jeder Brust.
O Erd', o Sonne!
O Glück, o Lust!

O Lieb', o Liebe!
So golden schön,
Wie ... (2)
Auf jenen Höhn!

Du segnest herrlich
Das ... (3) Feld,
Im Blütendampfe
Die volle Welt.

O Mädchen, Mädchen,
Wie lieb' ich dich!
Wie blickt dein Auge!
Wie liebst du mich!

So liebt die Lerche
Gesang und Luft,
Und Morgenblumen
Den Himmelsduft,

Wie ich dich liebe
Mit warmem Blut,
Die du mir Jugend
Und Freud' und Mut

Zu ... (4) Liedern
Und Tänzen gibst.
Sei ewig glücklich,
Wie du mich liebst!

1 Wonne, die: Gefühl des Glücks

Georg Engelbach: *Friederike Brion* (undatiert).
Seine Liebe zu Friederike Brion aus dem elsässischen Sessenheim thematisiert Goethe in seinen *Sesenheimer Liedern*, zu denen auch das *Maifest* zählt.

1 Lesen Sie das Gedicht *Maifest* von Johann Wolfgang Goethe und entscheiden Sie, welche der angebotenen Lösungen Sie in die Lücken einsetzen würden. Begründen Sie Ihre Auswahl.

1 A leuchten ... an
B dringen ... aus
C hängen ... an

2 A Morgenwolken
B zarte Wolken
C Abendwolken

3 A frische
B warme
C grüne

4 A frohen
B herrlichen
C neuen

2 Schreiben Sie die folgenden Adjektive auf kleine Zettel und ziehen Sie einen. Tragen Sie das Gedicht in dem bezeichneten Stil vor und besprechen Sie die Wirkung.

ehrfürchtig | nachdenklich | aufgedreht | verliebt | begeistert | feierlich

3 Vergleichen Sie die beiden Deutungshypothesen **A** und **B** und begründen Sie, welche das Gedicht besser erfasst. Formulieren Sie eine eigene Deutungshypothese, die Ihre Interpretation des Gedichts wiedergibt.

A In Goethes *Maifest* feiert das lyrische Ich seine Verbundenheit mit der Natur und seine überschwängliche Liebe zu einem Mädchen.

B Der lyrische Sprecher in Goethes *Maifest* ist so erfüllt von seiner Liebe zu einem Mädchen, dass sich sein inneres Erleben auf die Wahrnehmung der äußeren Welt überträgt.

Johann Wolfgang Goethe: [Willkommen und Abschied] (1757)

Es schlug mein Herz. Geschwind, zu Pferde!
Und fort, wild wie ein Held zur Schlacht.
Der Abend wiegte schon die Erde,
Und an den Bergen hing die Nacht.
Schon stund im Nebelkleid die Eiche
Wie ein getürmter Riese da,
Wo Finsternis aus dem Gesträuche
Mit hundert schwarzen Augen sah.

Der Mond von einem Wolkenhügel
Sah schläfrig aus dem Duft hervor,
Die Winde schwangen leise Flügel,
Umsausten schauerlich mein Ohr.
Die Nacht schuf tausend Ungeheuer,
Doch tausendfacher war mein Mut,
Mein Geist war ein verzehrend Feuer,
Mein ganzes Herz zerfloss in Glut.

Ich sah dich, und die milde Freude
Floss aus dem süßen Blick auf mich.
Ganz war mein Herz an deiner Seite,
Und jeder Atemzug für dich.
Ein rosenfarbes Frühlingswetter
Lag auf dem lieblichen Gesicht
Und Zärtlichkeit für mich, ihr Götter,
Ich hofft' es, ich verdient' es nicht.

Der Abschied, wie bedrängt, wie trübe!
Aus deinen Blicken sprach dein Herz.
In deinen Küssen welche Liebe,
O welche Wonne, welcher Schmerz!
Du gingst, ich stund und sah zur Erden
Und sah dir nach mit nassem Blick.
Und doch, welch Glück, geliebt zu werden,
Und lieben, Götter, welch ein Glück!

MK **4** Recherchieren Sie im Internet verschiedene Rezitationen dieses Gedichts. Tauschen Sie sich über Ihren ersten Eindruck vom Gedicht und über die Rezitationsvarianten aus.

5 Gliedern Sie das Gedicht inhaltlich, indem Sie Überschriften für jede Strophe formulieren. Geben Sie den Verlauf des Geschehens wieder.

6 Beschreiben Sie die Entwicklung der inneren Situation des lyrischen Ich. Untersuchen Sie, wie sich diese in der Darstellung, Wahrnehmung und bildhaften Verwendung der Natur widerspiegelt.

7 **PLUS** Für den Druck seiner Werke 1789 hat Goethe einige Gedichte umgearbeitet. Stellen Sie mithilfe der überarbeiteten Fassung von *Willkommen und Abschied* Veränderungen in Thema, Geschlechterbeziehung und Darstellungsweise dar. Erläutern Sie mögliche Gründe.

Benedikt Jeßing: Sesenheimer Lieder – Erlebnislyrik

Eines der Sesenheimer Lieder steht paradigmatisch[1] für den Beginn der neuen, lyrikgeschichtlichen Epoche: *Es schlug mein Herz* – ein lyrisches Ich auf dem wilden Ritt durch eine geisterhaft belebte Natur. [...] Der Erlebnishintergrund wird zum Gedicht verwandelt: Das Ich ist nicht erlebendes, sondern erinnerndes und schreibendes Subjekt. Die Erinnerung ist der Stoff für die durchgehend meditative[2] Haltung des sprechenden Ich, die Handlung wird kommentiert, ja sogar bewertet, das „Ich“ selbst ist Gegenstand seines Nachdenkens. Das wertende Schlussurteil des lyrischen Sprechers im letzten Verspaar ist zeitlos geltende Reflexion, erhebt das Erinnerte zum „Exemplarischen“. [...] Erinnerndes und reflektierendes Schreiben aber ist genau das Gegenteil von jenem Unmittelbaren, das der alte Begriff des Erlebnisgedichtes suggerierte. Die dichterischen Erlebnisse entstehen erst „mit der Ankunft im Wort. Sie sind insgesamt erschrieben (G. Kaiser 1987, 135), das vorgebliche Erlebnis ist allemal ‚Erschreibnis‘“ (ebd.138). Erst im Schreibvorgang selbst wird ein neuartiges Bewusstseinsereignis erzeugt.

---

1 paradigmatisch: modellhaft 2 meditativ: sich konzentriert erinnern und nachdenken

Schauen Sie sich im Panorama (S. 224) den Punkt ⑥ an.

8 **PLUS** Der Begriff „Erlebnislyrik“ hat sich in der Literaturwissenschaft eingebürgert, um das Neue in der Lyrik Goethes zu beschreiben. Jeßing definiert diesen Begriff neu. Erklären Sie die ursprüngliche Bedeutung des Begriffs „Erlebnislyrik“ und wie Jeßing ihn fasst. Diskutieren Sie, welche Argumente für und gegen eine Neudefinition sprechen.

Schauen Sie sich im Panorama (S. 224) den Punkt ② an.

Hörtext A16

Johann Wolfgang Goethe: Prometheus (um 1774)

Bedecke deinen Himmel, Zeus,
Mit Wolkendunst!
Und übe, Knaben gleich,
Der Disteln köpft,
An Eichen dich und Bergeshöhn!
Musst mir meine Erde
Doch lassen stehn,
Und meine Hütte,
Die du nicht gebaut,
Und meinen Herd,
Um dessen Glut
Du mich beneidest.

Ich kenne nichts Ärmer's
Unter der Sonn' als euch Götter.
Ihr nähret kümmerlich
Von Opfersteuern
Und Gebetshauch
Eure Majestät
Und darbtet[1], wären
Nicht Kinder und Bettler
Hoffnungsvolle Toren[2].

Da ich ein Kind war,
Nicht wusst', wo aus, wo ein,
Kehrte mein verirrtes Aug'
Zur Sonne, als wenn drüber wär'
Ein Ohr, zu hören meine Klage,
Ein Herz wie meins,
Sich des Bedrängten zu erbarmen.

Wer half mir wider
Der Titanen[3] Übermut?
Wer rettete vom Tode mich,
Von Sklaverei?
Hast du's nicht alles selbst vollendet,
Heilig glühend Herz?
Und glühtest, jung und gut,
Betrogen, Rettungsdank
Dem Schlafenden da droben?

Ich dich ehren? Wofür?
Hast du die Schmerzen gelindert
Je des Beladenen?
Hast du die Tränen gestillet
Je des Geängsteten?
Hat nicht mich zum Manne geschmiedet
Die allmächtige Zeit
Und das ewige Schicksal,
Meine Herrn und deine?

Gustave Moreau: *Prometheus*, 1868. Der Mythos besagt, dass Prometheus den Menschen das Feuer brachte. Das missfällt dem obersten Gott Zeus. Er kettet den Riesen an die Felsen des Kaukasus-Gebirges und lässt einen Adler täglich von dessen Leber fressen, die sich – da der Titan unsterblich ist – nachts wieder erneuert.

Wähntest du etwa,
Ich sollte das Leben hassen,
In Wüsten fliehn,
Weil nicht alle Knabenmorgen-
Blütenträume reiften?

Hier sitz' ich, forme Menschen
Nach meinem Bilde,
Ein Geschlecht, das mir gleich sei,
Zu leiden, weinen,
Genießen und zu freuen sich,
Und dein nicht zu achten,
Wie ich.

1 darben: Mangel an etwas haben 2 Tor, der: Dummkopf, Narr 3 Titanen: ältestes Göttergeschlecht in der griechischen Mythologie, das von den olympischen Göttern im Kampf besiegt wurde

9 Beschreiben Sie, in welcher Gemütsverfassung sich Prometheus befindet und mit welchen Bitten, Forderungen und Klagen er sich an Zeus wendet.

10 Untersuchen Sie, wie sich das ursprüngliche Machtverhältnis zwischen Zeus und Prometheus verändert. Beachten Sie dabei, worauf Prometheus zurückblickt und wie sich das in der Verwendung der Pronomen ausdrückt.

Hymne → S. 536

11 Untersuchen Sie, wie in der Hymne das Freiheitsstreben im formalen Aufbau erfasst ist.

12 Fassen Sie Ihre Erkenntnisse aus den Aufgaben 9–11 in einer Deutungshypothese zusammen und erläutern Sie diese.

ÜBRIGENS

Geniekult
Im Sturm und Drang fand ein regelrechter Geniekult statt. Wer sich als Genie bezeichnete, unterstrich, dass er keinen überkommenen Regeln gehorchend aus sich selbst heraus schöpferisch tätig ist. Die Individualität des Künstlers selbst ist Maßgabe für sein Schaffen. Selbsttätigkeit, Originalität und Natürlichkeit sind die Grundlagen künstlerischen Ausdrucks. Der Künstler versteht sich als Ebenbild des Schöpfergottes.

13 PLUS Gestalten Sie eine moderne Fassung des *Prometheus*. Legen Sie eine ähnliche Beziehungskonstellation zugrunde, zum Beispiel Vorgesetzte und Angestellte.

Jakob Michael Reinhold Lenz: An das Herz (1777)

Hörtext A17

Kleines Ding, um uns zu quälen,
Hier in diese Brust gelegt!
Ach wers vorsäh, was er trägt,
Würde wünschen, tätst ihm fehlen!

Deine Schläge, wie so selten
Mischt sich Lust in sie hinein!
Und wie augenblicks vergelten
Sie ihm jede Lust mit Pein!

Ach! und weder Lust noch Qualen
Sind ihm schrecklicher als das:
Kalt und fühllos! O ihr Strahlen,
Schmelzt es lieber mir zu Glas!

Lieben, hassen, fürchten, zittern,
Hoffen, zagen bis ins Mark,
Kann das Leben zwar verbittern;
Aber ohne sie – wärs Quark!

14 Erläutern Sie, inwiefern Lenz das Herz als zentrales Symbol des Sturm und Drang (S. 249) aufgreift, aber auch ironisch bricht.

15 Schreiben Sie eine Antwort des „[k]leine[n] Ding[s]" (V. 1) an seine Trägerin/seinen Träger.

Epische Texte untersuchen

Herzog Ernst II. Ludwig von Sachsen-Gotha und Altenburg (1745–1804) lässt sich anlässlich seiner Verlobung in der hochmodischen „Werthertracht" – blauer Rock mit Messingknöpfen, gelbe Weste, Kniehose aus gelbem Leder, Stulpenstiefel und grauer Filzhut – porträtieren.

Johann Christian Kestner über Goethe (1772, Ausschnitt)

Er hat sehr viel Talente, ist ein wahres Genie und ein Mensch von Charakter; besitzt eine außerordentlich lebhafte Einbildungskraft, daher er sich meistens in Bildern und Gleichnissen ausdrückt. [...]
Er ist in allen seinen Affekten heftig, hat jedoch oft viel Gewalt über sich. Seine Denkungsart ist edel; von Vorurteilen so viel frei, handelt er, wie es ihm einfällt, ohne sich darum zu bekümmern, ob es Andern gefällt, ob es Mode ist, ob es die Lebensart erlaubt. Aller Zwang ist ihm verhasst. [...] Er ist bizarre und hat in seinem Betragen, seinem Äußerlichen Verschiedenes, das ihn unangenehm machen könnte.

August Wilhelm von Rehberg in einem Brief an Ludwig Tieck

(o.J., Ausschnitt)

Ich war siebzehn Jahre alt, als Werther erschien. Vier Wochen habe ich mich in Tränen gebadet, die ich aber nicht über die Liebe und über das Schicksal des armen Werther vergoss, sondern in der Zerknirschung des Herzens; im demütigenden Bewusstsein, dass ich nicht so dächte, nicht so sein könne, als dieser da. Ich war von der Idee befallen: wer fähig ist, die Welt zu erkennen, wie sie wirklich ist, müsse so denken, – so sein: – sich auch das Leben nehmen?

Christian Friedrich Daniel Schubart über seine Werther-Lektüre (1774, Ausschnitt)

Da sitz ich mit zerflossnem Herzen, mit klopfender Brust und mit Augen, aus welchen wollüstiger Schmerz tröpfelt, und sag dir, Leser, dass ich eben die Leiden des jungen Werthers von meinem lieben Goethe – gelesen? – nein, verschlungen habe. [...] Ein Jüngling, voll Lebenskraft, Empfindung, Sympathie, Genie, so wie ungefähr Goethe, fällt mit dem vollen Ungestüm einer unbezwinglich haftenden Leidenschaft auf ein himmlisches Mädchen. Die ist aber schon verlobt und vermählt sich mit einem braven Manne. Aber dieses Hindernis verstärkt nur Werthers Liebe. [...] Er entschließt sich zum Selbstmord und führt diesen auch aus.

Schauen Sie sich im Panorama (S.224) den Punkt ⑤ an. Recherchieren Sie, was im 18. Jahrhundert mit Lesewut oder Lesesucht gemeint war.

1 Goethes Briefroman *Die Leiden des jungen Werther* wurde von den Zeitgenossen begeistert aufgenommen. Es entwickelte sich ein regelrechter Werther-Kult. Gehen Sie von Kestners (S.239), Schubarts und Rehbergs Reaktionen aus und entwerfen Sie mögliche Erklärungen zum *Werther-Fieber*.

2 Vergleichen Sie das *Werther-Fieber* mit heutigen Formen der Verehrung von Popstars oder Influencern.

Johann Wolfgang Goethe: Die Leiden des jungen Werther (1774, Auszüge)

In dem Briefroman wird die Geschichte eines jungen Mannes aus gutem, bürgerlichem Hause erzählt, der die Erledigung von Erbschaftsangelegenheiten zum Anlass nimmt, aus der Stadt aufs Land zu fliehen und damit unter anderem das unglückliche Ende einer Beziehung hinter sich zu lassen. Hier hofft der Künstler in der Abgeschiedenheit und der Überfülle der frühlingshaften Natur zur Ruhe zu kommen und Inspiration zu finden. Der Roman beginnt mit einem Kommentar des fiktiven Herausgebers.

Was ich von der Geschichte des armen Werthers nur habe auffinden können, habe ich mit Fleiß gesammelt und lege es euch hier vor, und weiß, dass ihr mir's danken werdet. Ihr könnt seinem Geist und seinem Charakter eure Bewunderung und Liebe, seinem Schicksale eure Tränen nicht versagen.

Und du gute Seele, die du eben den Drang fühlst wie er, schöpfe Trost aus seinem Leiden, und lass das Büchlein deinen Freund sein, wenn du aus Geschick oder eigener Schuld keinen näheren finden kannst.

Am 10. Mai

Eine wunderbare Heiterkeit hat meine ganze Seele eingenommen, gleich den süßen Frühlingsmorgen, die ich mit ganzem Herzen genieße. Ich bin allein und freue mich meines Lebens in dieser Gegend, die für solche Seelen geschaffen ist wie die meine. Ich bin so glücklich, mein Bester, so ganz in dem Gefühle von ruhigem Dasein versunken, dass meine Kunst darunter leidet. Ich könnte jetzt nicht zeichnen, nicht einen Strich, und bin nie ein größerer Maler gewesen als in diesen Augenblicken. Wenn das liebe Tal um mich dampft, und die hohe Sonne an der Oberfläche der undurchdringlichen Finsternis meines Waldes ruht, und nur einzelne Strahlen sich in das innere Heiligtum stehlen, ich dann im hohen Grase am fallenden Bache liege, und näher an der Erde tausend mannigfaltige Gräschen mir merkwürdig werden; wenn ich das Wimmeln der kleinen Welt zwischen Halmen, die unzähligen, unergründlichen Gestalten der Würmchen, der Mückchen näher an meinem Herzen fühle, und fühle die Gegenwart des Allmächtigen, der uns nach seinem Bilde schuf, das Wehen des Allliebenden, der uns in ewiger Wonne[1] schwebend trägt und erhält; mein Freund! Wenn's dann um meine Augen dämmert, und die Welt um mich her und der Himmel ganz in meiner Seele ruhen wie die Gestalt einer Geliebten – dann sehne ich mich oft und denke: Ach, könntest du das wieder ausdrücken, könntest du dem Papiere das einhauchen, was so voll, so warm in dir lebt, dass es würde der Spiegel deiner Seele, wie deine Seele ist der Spiegel des unendlichen Gottes! – Mein Freund – Aber ich gehe darüber zugrunde, ich erliege unter der Gewalt der Herrlichkeit dieser Erscheinungen.

3 Untersuchen Sie, wie Werthers Naturempfinden in dem Brief vom 10. Mai (S. 240) dargestellt wird und wie das seine seelische Verfassung spiegelt. Analysieren Sie Wortwahl, Satzbau und Bildsprache.

MK **4** Recherchieren Sie, inwiefern der Roman autobiografische Züge aufweist.

Etwa 100 Jahre nach Erscheinen des *Werther* malte Wilhelm Amberg das Bild *Vorlesung aus Goethes Werther*. Ambergs Zeitgenossen fanden das Vorlesen in freier Natur und die Tränenseeligkeit der Mädchen amüsant – zu Goethes Zeit war es modern.

ÜBRIGENS

Literatur in den Salons
In der zweiten Hälfte des 18. Jahrhunderts kamen Wissenschaftler, Künstler, Intellektuelle, die auch dem bürgerlichen Stand angehören konnten, in den ersten *Literarischen Salons* und *Literarischen Zirkeln* zusammen. Man traf sich zumeist in privaten Räumen auf Einladung von adeligen Damen, den sogenannten Salonnièren. Kunst und Bildung waren nicht mehr ausschließlich in den Universitäten, der Kirche oder in der Sphäre des Hochadels verortet. Zunehmend drangen auch einfache Adelige und vor allem Bürgerinnen und Bürger in diese Welt ein. Damit änderten sich auch die Lesegewohnheiten. Das gemeinschaftliche Lesen, der gemeinsame Genuss von Literatur und der intellektuelle Austausch gehörten zu den populären Ritualen einer sich emanzipierenden bürgerlichen Gesellschaft.

Johann Wolfgang Goethe: Die Leiden des jungen Werther (1774, Auszug)

Als Werther auf einem Ball die Amtmannstochter Lotte Buff kennenlernt, verliebt er sich Hals über Kopf in die junge Frau. Die beiden sehen sich fortan täglich, bis Lottes Verlobter Albert von einer Geschäftsreise zurückkehrt und die Gemeinsamkeiten abrupt unterbricht. Werther ist zwar überzeugt, dass Lotte ihn liebt, sieht aber auch, dass sie sich Albert verpflichtet fühlt und ihm treu ist. Er erkennt die Aussichtslosigkeit seiner Liebe und wird zunehmend verzweifelter.

Am 18. August

Musste denn das so sein, dass das, was des Menschen Glückseligkeit macht, wieder die Quelle seines Elendes würde?

Das volle, warme Gefühl meines Herzens an der lebendigen Natur, das mich mit so vieler Wonne überströmte, das rings umher die Welt mir zu einem Paradiese schuf, wird mir jetzt zu einem unerträglichen Peiniger[2], zu einem quälenden Geist, der mich auf allen Wegen verfolgt. Wenn ich sonst vom Felsen über den Fluss bis zu jenen Hügeln das fruchtbare Tal überschaute und alles um mich her keimen und quellen sah; wenn ich jene Berge, vom Fuße bis auf zum Gipfel, mit hohen, dichten Bäumen bekleidet, jene Täler in ihren mannigfaltigen Krümmungen von den lieblichsten Wäldern beschattet sah, und der sanfte Fluss zwischen den lispelnden Rohren dahingleitete und die lieben Wolken abspiegelte, die der sanfte Abendwind am Himmel herüberwiegte; wenn ich dann die Vögel um mich den Wald beleben hörte, und die Millionen Mückenschwärme im letzten roten Strahle der Sonne mutig tanzten, und ihr letzter zuckender Blick den summenden Käfer aus seinem Grase befreite, und das Schwirren und Weben um mich her mich auf den Boden aufmerksam machte, und das Moos, das meinem harten Felsen seine Nahrung abzwingt, und das Geniste, das den dürren Sandhügel hinunter wächst, mir das innere, glühende, heilige Leben der Natur eröffnete: wie fasste ich das alles in mein warmes Herz, fühlte mich in der überfließenden Fülle wie vergöttert, und die herrlichen Gestalten der unendlichen Welt bewegten sich allbelebend in meiner Seele. Ungeheure Berge umgaben mich, Abgründe lagen vor mir, und Wetterbäche stürzten herunter, die Flüsse strömten unter mir, und Wald und Gebirg erklang; und ich sah sie wirken und schaffen ineinander in den Tiefen der Erde, alle die unergründlichen Kräfte; und nun über der Erde und unter dem Himmel wimmeln die Geschlechter der mannigfaltigen Geschöpfe. Alles, alles bevölkert mit tausendfachen Gestalten; und die Menschen dann sich in Häuslein zusammen sichern und sich annisten und herrschen in ihrem Sinne über die weite Welt! Armer Tor! Der du alles so gering achtest, weil du so klein bist. – vom unzugänglichen Gebirge über die Einöde, die kein Fuß betrat, bis ans Ende des unbekannten Ozeans weht der Geist des Ewigschaffenden und freut sich jedes Staubes, der ihn vernimmt und lebt. – ach damals, wie oft habe ich mich mit Fittichen eines Kranichs, der über mich hin flog, zu dem Ufer des ungemessenen Meeres gesehnt,

aus dem schäumenden Becher des Unendlichen jene schwellende Lebenswonne zu trinken und nur einen Augenblick in der eingeschränkten Kraft meines Busens einen Tropfen der Seligkeit des Wesens zu fühlen, das alles in sich und durch sich hervorbringt.
Bruder, nur die Erinnerung jener Stunden macht mir wohl. Selbst diese Anstrengung, jene unsäglichen Gelüste zurückzurufen, wieder auszusprechen, hebt meine Seele über sich selbst und lässt mich dann das Bange des Zustandes doppelt empfinden, der mich jetzt umgibt.
Es hat sich vor meiner Seele wie ein Vorhang weggezogen, und der Schauplatz des unendlichen Lebens verwandelt sich vor mir in den Abgrund des ewig offenen Grabes. Kannst du sagen: *Das ist!* Da alles vorübergeht? Da alles mit der Wetterschnelle vorüberrollt, so selten die ganze Kraft seines Daseins ausdauert, ach, in den Strom fortgerissen, untergetaucht und an Felsen zerschmettert wird? Da ist kein Augenblick, der nicht dich verzehrte und die Deinigen um dich her, kein Augenblick, da du nicht ein Zerstörer bist, sein musst; der harmloseste Spaziergang kostet tausend armen Würmchen das Leben, es zerrüttet *ein* Fußtritt die mühseligen Gebäude der Ameisen und stampft eine kleine Welt in ein schmähliches Grab. Ha! Nicht die große, seltne Not der Welt, diese Fluten, die eure Dörfer wegspülen, diese Erdbeben, die eure Städte verschlingen, rühren mich; mir untergräbt das Herz die verzehrende Kraft, die in dem All der Natur verborgen liegt; die nichts gebildet hat, das nicht seinen Nachbar, nicht sich selbst zerstörte. Und so taumle ich beängstigt. Himmel und Erde und ihre webenden Kräfte um mich her: Ich sehe nichts als ein ewig verschlingendes, ewig wiederkäuendes Ungeheuer.

1 Wonne, die: Glück, Freude 2 Peiniger, der: Folterer, Quäler

5 Untersuchen Sie den Brief vom 18. August im Hinblick auf Werthers veränderte Gemütslage. Zeigen Sie anhand passender Textstellen, wie sich Werthers Stimmung in der Darstellung der Natur niederschlägt.

6 Erläutern Sie, inwiefern der Briefroman Merkmale der Empfindsamkeit und des Sturm und Drang (S. 249) aufweist.

7 Gestalten Sie ein fiktives Gespräch zwischen Goethe und einem Freund, in dem die beiden diskutieren, welche Vor- und Nachteile es hat, den Roman als Briefroman anzulegen.

MK **8 PLUS** Recherchieren Sie, welche Bedeutung der Brief als Kommunikationsmittel für die sich emanzipierende Bürgerschaft hatte, und vergleichen Sie mit heutigen Möglichkeiten.

Dramentexte untersuchen

Friedrich Schiller: Kabale und Liebe. Erster Akt, Erste Szene (1784, Anfang)

Zimmer beim Musikus. Miller steht eben vom Sessel auf und stellt sein Violoncell auf die Seite. An einem Tisch sitzt Frau Millerin noch im Nachtgewand und trinkt ihren Kaffee.

MILLER *(schnell auf- und abgehend).* Einmal für allemal! Der Handel wird ernsthaft. Meine Tochter kommt mit dem Baron ins Geschrei. Mein Haus wird verrufen. Der Präsident bekommt Wind, und kurz und gut, ich biete dem Junker[1] aus[2].

FRAU Du hast ihn nicht in dein Haus geschwatzt – hast ihm deine Tochter nicht nachgeworfen.

MILLER Hab' ihn nicht in mein Haus geschwatzt – hab' ihm 's Mädel nicht nachgeworfen; wer nimmt Notiz davon? – Ich war Herr im Haus. Ich hätt' meine Tochter mehr coram nehmen[3] sollen. Ich hätt' dem Major besser auftrumpfen sollen – oder hätt' gleich Alles Seiner Excellenz, dem Herrn Papa, stecken sollen. Der junge Baron bringt's mit einem Wischer[4] hinaus, das muß ich wissen, und alles Wetter[5] kommt über den Geiger.

Herr und Frau Miller; Berliner Ensemble, 2013, Regie: Claus Peymann

FRAU *(schlürft eine Tasse aus).* Possen! Geschwätz! Was kann über dich kommen? Wer kann dir was anhaben? Du gehst deiner Profession nach und raffst Scholaren[6] zusammen, wo sie zu kriegen sind.

MILLER Aber, sag mir doch, was wird bei dem ganzen Commerz auch herauskommen? – Nehmen kann er das Mädel nicht – Vom Nehmen ist gar die Rede nicht, und zu einer – daß Gott erbarm? – Guten Morgen! – Gott, wenn so ein Musje[7] von sich da und dort, und dort und hier schon herumbeholfen hat[8], [...] er wird sie, dir auf der Nase, beschwatzen, dem Mädel Eins hinsetzen[9] und führt sich ab, und das Mädel ist verschimpfiert auf ihr Lebenlang, bleibt sitzen, oder hat's Handwerk verschmeckt[10], treibt's fort. *(Die Hand vor der Stirn)* Jesus Christus!

FRAU Gott behüt' uns in Gnaden!

MILLER Es hat sich zu behüten. Worauf kann so ein Windfuß wohl sonst sein Absehen richten? – Das Mädel ist schön – schlank – führt seinen netten Fuß. Unterm Dach mag's aussehen, wie's will. Darüber guckt man bei euch Weibsleuten weg, wenn's nur der liebe Gott parterre nicht hat fehlen lassen – Stöbert mein Springinsfeld[11] erst noch dieses Kapital aus – he da! geht ihm ein Licht auf, wie meinem Rodney, wenn er die Witterung eines Franzosen kriegt, und nun müssen alle Segel dran, und drauf los, und – ich verdenk's ihm gar nicht. Mensch ist Mensch. Das muß ich wissen.

FRAU Solltest nur die wunderhübsche Billeter auch lesen, die der gnädige Herr an deine Tochter als schreiben thut. Guter Gott! da sieht man's ja sonnenklar, wie es ihm pur um ihre schöne Seele zu thun ist.

MILLER Das ist die rechte Höhe. Auf den Sack schlägt man, den Esel meint man. Wer einen Gruß an das liebe Fleisch zu bestellen hat, darf nur das gute Herz Boten gehen lassen. Wie hab' ich's gemacht? Hat man's nur erst so weit im Reinen, daß die Gemüther topp machen[12], wutsch! nehmen die Körper ein Exempel; das Gesind macht's der Herrschaft nach, und der silberne Mond ist am End nur der Kuppler[13] gewesen.

FRAU Sieh doch nur erst die prächtigen Bücher an, die der Herr Major ins Haus geschafft haben. Deine Tochter betet auch immer draus.

MILLER *(pfeift).* Hui da! Betet! Du hast den Witz[14] davon. Die rohen Kraftbrühen der Natur sind Ihro Gnaden zartem Makronenmagen noch zu hart. – Er muß sie erst in der höllischen Pestilenzküche der Belletristen[15] künstlich aufkochen lassen. Ins Feuer mit dem Quark. Da saugt mir das Mädel – weiß Gott, was als für? – überhimmlische Alfanzereien ein, das läuft dann wie spanische Mucken[16] ins Blut und wirft mir die Handvoll Christenthum noch gar auseinander, die der Vater mit knapper Noth soso noch zusammenhielt. Ins Feuer, sag' ich. Das Mädel setzt sich alles Teufelsgezeug in den Kopf; über all dem Herumschwänzen in der Schlaraffenwelt findet's zuletzt seine Heimath nicht mehr, vergißt, schämt sich, daß sein Vater Miller der Geiger ist, und verschlägt mir am End einen wackern ehrbaren Schwiegersohn, der sich so warm in meine Kundschaft hineingesetzt hätte – Nein! Gott verdamm mich! *(Er springt auf, hitzig.)* Gleich muß die Pastete auf den Herd, und dem Major – ja ja, dem Major will ich weisen, wo Meister Zimmermann das Loch[17] gemacht hat. *(Er will fort.)*

FRAU Sei artig, Miller. Wie manchen schönen Groschen haben uns nur die Präsenter[18] –

MILLER *(kommt zurück und bleibt vor ihr stehen).* Das Blutgeld meiner Tochter? – Schier dich zum Satan, infame Kupplerin! – Eh will ich mit meiner Geig' auf den Bettel herumziehen und das Concert um was Warmes geben – eh will ich mein Violoncello zerschlagen und Mist im Sonanzboden[19] führen, eh ich mir's schmecken lass' von dem Geld, das mein einziges Kind mit Seel' und Seligkeit abverdient. – Stell den vermaledeiten Kaffee ein und das Tobackschnupfen[20], so brauchst du deiner Tochter Gesicht nicht zu Markt zu treiben. Ich hab mich satt gefressen und immer ein gutes Hemd auf dem Leib gehabt, eh so ein vertrackter Tausendsasa in meine Stube geschmeckt hat.

FRAU Nur nicht gleich mit der Thür ins Haus! Wie du doch den Augenblick in Feuer und Flammen stehst! Ich sprech ja nur, man müss' den Herrn Major nicht disguschthüren[21], weil Sie des Präsidenten Sohn sind.

MILLER Da liegt der Haas im Pfeffer. Darum, just eben darum muß die Sach noch heut auseinander. Der Präsident muß es mir Dank wissen, wenn er ein rechtschaffener Vater ist. Du wirst mir meinen rothen plüschenen Rock ausbürsten, und ich werde mich bei Seiner Excellenz anmelden lassen. Ich werde sprechen zu seiner Excellenz: Dero Herr Sohn haben ein Aug auf meine Tochter; meine Tochter ist zu schlecht zu Dero Herrn Sohnes Frau, aber zu Dero Herrn Sohnes Hure ist meine Tochter zu kostbar, und damit basta! – Ich heiße Miller.

1 Junker, der: Sohn eines adeligen Herrn **2** ich biete aus: Hausverbot erteilen **3** coram nehmen: zur Rede stellen **4** Wischer, der: Ermahnung **5** Wetter, das: hier: Unglück **6** Scholar, der: Schüler **7** Musje, der: eine lächerlich machende Abwandlung des Wortes „Monsieur" **8** herumbeholfen: sexuelle Erfahrungen gemacht **9** dem Mädchen Eins hinsetzen: schwängern **10** verschmeckt: an etwas Geschmack finden **11** Springinsfeld: unerfahrener Mensch **12** topp machen: sich einigen **13** Kupper, der: Zuhälter **14** du hast den Witz davon: verstehst etwas **15** Belletrist, der: Schriftsteller **16** spanische Mucken: Aphrodisiakum, sexuelles Reizmittel **17** Loch, das: hier: Tür **18** Präsente, die: Geschenke **19** Sonanzboden, der: im Instrument, hier: Stallknecht werden **20** Tobackschnupfen: Tabak wurde auch in Pulverform durch die Nase gezogen **21** disguschthüren: vor den Kopf stoßen

1 Untersuchen Sie die erste Szene aus *Kabale und Liebe* (S. 242 f.) im Hinblick auf mögliche Konflikte. Unterscheiden Sie dabei zwischen äußeren und inneren sowie gesellschaftlichen Konflikten.

Friedrich Schiller: Kabale und Liebe. Dritter Akt, Vierte Szene (1784, Auszug)

Der Konflikt eskaliert, als der Präsident erfährt, dass sein Sohn eine Beziehung mit einem Mädchen bürgerlichen Standes führt. Er will Ferdinand aus machtpolitischen Gründen mit der Mätresse des Fürsten verheiraten. Er lässt seinen Sekretär Wurm, der Luise gern heiraten würde, eine Intrige spinnen. Im weiteren Verlauf der Handlung wendet sich Ferdinand offen gegen seinen Vater, um die Beziehung zu Luise zu schützen. Luises Eltern werden verhaftet, um Luise für weitere Intrigen erpressbar zu machen. Bevor diese Pläne durch Wurm umgesetzt werden können, trifft sich das bedrohte Paar noch einmal.

Zimmer in Millers Wohnung.
Luise und Ferdinand.

LUISE Ich bitte dich, höre auf. Ich glaube an keine glücklichen Tage mehr. Alle meine Hoffnungen sind gesunken.

FERDINAND So sind die meinigen gestiegen. Mein Vater ist aufgereizt; mein Vater wird alle Geschütze gegen uns richten. Er wird mich zwingen, den unmenschlichen Sohn zu machen. Ich stehe nicht mehr für meine kindliche Pflicht. Wuth und Verzweiflung werden mir das schwarze Geheimniß seiner Mordthat erpressen[1]. Der Sohn wird den Vater in die Hände des Henkers liefern. Es ist die höchste Gefahr und die höchste Gefahr mußte da sein, wenn meine Liebe den Riesensprung wagen sollte. Höre, Luise, ein Gedanke, groß und vermessen wie meine Leidenschaft, drängt sich vor meine Seele Du, Luise, und ich und die Liebe! liegt nicht in diesem Zirkel[2] der ganze Himmel? oder brauchst du noch etwas Viertes dazu?

LUISE Brich ab. Nichts mehr. Ich erblasse über Das, was du sagen willst.

FERDINAND Haben wir an die Welt keine Forderung mehr, warum denn ihren Beifall erbetteln? Warum wagen, wo nichts gewonnen wird und Alles verloren werden kann? Wird dieses Aug nicht eben so schmelzend funkeln, ob es im Rhein oder in der Elbe sich spiegelt, oder im baltischen Meer? Mein Vaterland ist, wo mich Luise liebt. Deine Fußtapfe in wilden, sandigten Wüsten mir interessanter, als das Münster in meiner Heimath. Werden wir die Pracht der Städte vermissen? Wo wir sein mögen, Luise, geht eine Sonne auf, eine unter Schauspiele, neben welchen der üppigste Schwung der Künste verblaßt. Werden wir Gott in keinem Tempel mehr dienen, so ziehet die Nacht mit begeisterndem Schauern auf, der wechselnde Mond predigt uns Buße, und eine andächtige Kirche von Sternen betet mit uns. Werden wir uns in Gesprächen der Liebe erschöpfen? Ein Lächeln meiner Luise ist Stoff für Jahrhunderte, und der Traum des Lebens ist aus, bis ich diese Thräne ergründe.

LUISE Und hättest du sonst keine Pflicht mehr als deine Liebe?

FERDINAND *(sie umarmend).* Deine Ruhe ist meine heiligste.

LUISE *(sehr ernsthaft).* So schweig und verlaß mich. Ich habe einen Vater, der kein Vermögen hat, als diese einzige Tochter der morgen sechzig wird der der Rache des Präsidenten gewiß ist.

FERDINAND *(fällt rasch ein).* Der uns begleiten wird. Darum keinen Einwurf mehr, Liebe. Ich gehe, mache meine Kostbarkeiten zu Geld, erhebe Summen auf meinen Vater. Es ist erlaubt, einen Räuber zu plündern, und sind seine Schätze nicht Blutgeld des Vaterlands? Schlag ein Uhr um Mitternacht wird ein Wagen hier anfahren. Ihr werft euch hinein. Wir fliehen.

LUISE Und der Fluch deines Vaters uns nach? ein Fluch, Unbesonnener, den auch Mörder nie ohne Erhörung aussprechen, den die Rache des Himmels auch dem Dieb auf dem Rade[3] hält, der uns Flüchtlinge unbarmherzig wie ein Gespenst von Meer zu Meer jagen würde? Nein, mein Geliebter! Wenn nur ein Frevel dich mir erhalten kann, so hab' ich noch Stärke, dich zu verlieren.

FERDINAND *(steht still und murmelt düster).* Wirklich?

LUISE Verlieren! O, ohne Grenzen entsetzlich ist der Gedanke gräßlich genug, den unsterblichen Geist zu durchbohren und die glühende Wange der Freude zu bleichen Ferdinand! dich zu verlieren! Doch, man verliert ja nur, was man besessen hat, und dein Herz gehört deinem Stande. Mein Anspruch war Kirchenraub, und schaudernd geb' ich ihn auf.

FERDINAND *(das Gesicht verzerrt und an der Unterlippe nagend).* Gibst du ihn auf.

LUISE Nein! Sieh mich an, lieber Walter. Nicht so bitter die Zähne geknirscht. Komm! Laß mich jetzt deinen sterbenden Muth durch mein Beispiel beleben. Laß mich die Heldin dieses Augenblicks sein einem Vater den entflohenen Sohn wieder schenken einem Bündniß entsagen, das die Fugen der Bürgerwelt auseinander treiben und die allgemeine ewige Ordnung zu Grund stürzen würde. Ich bin die Verbrecherin mit frechen, thörigten Wünschen hat sich mein Busen getragen mein Unglück ist meine Strafe, so laß mir doch jetzt die süße, schmeichelnde Täuschung, daß es mein Opfer war. Wirst du mir diese Wollust mißgönnen?

FERDINAND *(hat in der Zerstreuung und Wuth eine Violine ergriffen und auf derselben zu spielen versucht – Jetzt zerreißt er die Saiten, zerschmettert das Instrument auf dem Boden und bricht in ein lautes Gelächter aus).*

LUISE Walter! Gott im Himmel! Was soll das? Ermanne dich! Fassung verlangt diese Stunde es ist eine trennende. Du hast ein Herz, lieber Walter. Ich kenne es. Warm wie das Leben ist deine Liebe, und ohne Schranken wie das Unermeßliche. Schenke sie einer Edeln[4] und Würdigern sie wird die Glücklichste ihres Geschlechts nicht beneiden *(Thränen unterdrückend)*. Mich sollst du nicht mehr sehn. Das eitle betrogene Mädchen verweine seinen Gram[5] in einsamen Mauern[6], um seine Thränen wird sich Niemand bekümmern. Leer und erstorben ist meine Zukunft. Doch werd' ich noch je und je am verwelkten Strauß der Vergangenheit riechen. *(Indem sie ihm mit abgewandtem Gesicht ihre zitternde Hand gibt.)* Leben Sie wohl, Herr von Walter.

FERDINAND *(springt aus seiner Betäubung auf)*. Ich entfliehe, Luise. Willst du mir wirklich nicht folgen?

LUISE *(hat sich im Hintergrund des Zimmers niedergesetzt und hält das Gesicht mit beiden Händen bedeckt)*. Meine Pflicht heißt mich bleiben und dulden.

FERDINAND Schlange, du lügst. Dich fesselt was anders hier.

LUISE *(im Ton des tiefsten inwendigen Leidens)*. Bleiben Sie bei dieser Vermuthung sie macht vielleicht weniger elend.

FERDINAND Kalte Pflicht gegen feurige Liebe! Und mich soll das Märchen blenden? Ein Liebhaber fesselt dich, und Weh über dich und ihn, wenn mein Verdacht sich bestätigt. *(Geht schnell ab.)*

1 erpressen: hier: zwingen zu sagen 2 Zirkel, der: Kreis 3 auf dem Rade: grausame Hinrichtungsmethode 4 Edle, die: hier: adelige Dame 5 Gram, der: Kummer 6 in einsamen Mauern: hier: im Kloster

Das bürgerliche Trauerspiel

Schiller bediente sich bei seinem Stück *Kabale und Liebe* einer jungen Theaterform, die von Lessing aus dem angelsächsischen Theater kommend in die deutsche Literatur eingeführt und weiterentwickelt worden war. Da die Figuren nicht mehr nur Adlige waren, konnten sich die bürgerlichen Zuschauerinnen und Zuschauer mit deren Schicksal identifizieren. Stofflich bedeutet dies, dass die Tragik nicht aus dem Konflikt erwächst, in den ein adeliger Held gestoßen wird, sondern bürgerliche Themen in den Mittelpunkt gerückt werden. In *Kabale und Liebe* ist dies zum einen die Kritik an einem dekadenten, machtgierigen, moralisch fragwürdigen Adel und zum anderen der familiäre Konflikt, z. B. zwischen Vater und Tochter.

2 Erläutern Sie anhand von Textstellen, welche der folgenden Gegensätze Sie für die Beziehung von Luise und Ferdinand in dieser Szene zutreffend finden.

Nähe und Distanz | Besitz und Verlust | Liebe und Verbot | Treue und Verrat | Gefühl und Verstand

Friedrich Schiller: Kabale und Liebe. Fünfter Akt, Erste Szene (1784, Auszug)

Ferdinand und Luise werden erfolgreich durch die vom Hofe eingefädelte Intrige voneinander getrennt: Luise wird gezwungen, einen Liebesbrief an einen hohen Beamten am Hofe zu schreiben. Diesen Brief soll Ferdinand zufällig finden und deshalb so eifersüchtig werden, dass er sich von Luise lossagt. Die Intrige gelingt. Die Liebenden treffen später wieder aufeinander und Ferdinand, der an die Untreue Luises glaubt, gelingt es, seine Geliebte und sich selbst zu vergiften. Doch vorher sehen sich Luise und ihr Vater nach dessen Entlassung aus dem Gefängnis wieder. Luise ist aufs Äußerste bedrückt, weil sie – wenn auch unter Zwang – Ferdinand getäuscht hat und trägt sich mit Selbstmordabsichten.

MILLER Was hast du vor, meine Tochter? – Du willst eigenmächtig Hand an dich legen.

LUISE Nenn' Er es nicht so, mein Vater. Eine Gesellschaft räumen, wo ich nicht wohl gelitten bin – an einen Ort vorausspringen, den ich nicht länger missen kann – ist denn das Sünde?

MILLER Selbstmord ist die abscheulichste, mein Kind – die einzige, die man nicht mehr bereuen kann, weil Tod und Missethat zusammenfallen.

LUISE *(bleibt erstarrt stehn)*. Entsetzlich! – Aber so rasch wird es doch nicht gehn. Ich will in den Fluß springen, Vater, und im Hinuntersinken Gott den Allmächtigen um Erbarmen bitten.

MILLER Das heißt, du willst den Diebstahl bereuen, sobald du das Gestohlene in Sicherheit weißt – Tochter! Tochter! Gib Acht, daß du Gottes nicht spottest, wenn du seiner am meisten vonnöthen hast. O! es ist weit, weit mit dir gekommen! – Du hast dein Gebet aufgegeben, und der Barmherzige zog seine Hand von dir.

LUISE Ist lieben denn Frevel, mein Vater!

MILLER Wenn du Gott liebst, wirst du nie bis zum Frevel lieben – Du hast mich tief gebeugt, meine Einzige! tief, tief, vielleicht zur Grube gebeugt. – Doch, ich will dir dein Herz nicht noch schwerer machen – Tochter, ich sprach vorhin etwas. Ich glaubte allein zu sein. Du hast mich behorcht; und warum sollt' ich's noch länger geheim halten? Du warst mein Abgott. Höre, Luise, wenn du noch Platz für das Gefühl eines Vaters hast – Du warst mein Alles. Jetzt verthust du nichts mehr von deinem Eigenthum. Auch ich hab' Alles zu verlieren. Du siehst, mein Haar fängt an grau zu werden. Die Zeit meldet sich allgemach[1] bei mir, wo uns Vätern die Kapitale[2] zu statten kommen, die wir im Herzen unsrer Kinder anlegten – Wirst du mich darum betrügen, Luise? Wirst du dich mit dem Hab' und Gut deines Vaters auf und davon machen?

LUISE *(küßt seine Hand mit der heftigsten Rührung).* Nein, mein Vater. Ich gehe als Seine große Schuldnerin aus der Welt und werde in der Ewigkeit mit Wucher bezahlen.

MILLER Gib Acht, ob du dich da nicht verrechnest, mein Kind? *(Sehr ernst und feierlich.)* Werden wir uns dort wohl noch finden? – Sieh! wie du blaß wirst! – Meine Luise begreift es von selbst, daß ich sie in jener Welt nicht mehr wohl einholen kann, weil ich nicht so früh dahin eile, wie sie. *(Luise stürzt ihm in den Arm, von Schauern ergriffen – Er drückt sie mit Feuer an seine Brust und fährt fort mit beschwörender Stimme.)* O Tochter! Tochter! gefallene, vielleicht schon verlorene Tochter! Beherzige das ernsthafte Vaterwort! Ich kann nicht über dich wachen. Ich kann dir die Messer nehmen, du kannst dich mit einer Stricknadel tödten. Vor Gift kann ich dich bewahren, du kannst dich mit einer Schnur Perlen erwürgen. – Luise – Luise – nur warnen kann ich dich noch – Willst du es darauf ankommen lassen, daß dein treuloses Gaukelbild[3] auf der schrecklichen Brücke zwischen Zeit und Ewigkeit von dir weiche? Willst du dich vor des Allwissenden Thron mit der Lüge wagen: Deinetwegen, Schöpfer, bin ich da – wenn deine strafbaren Augen ihre sterbliche Puppe suchen? – Und wenn dieser zerbrechliche Gott deines Gehirns, jetzt Wurm wie du, zu den Füßen deines Richters sich windet, deine gottlose Zuversicht in diesem schwankenden Augenblick Lügen straft und deine betrogenen Hoffnungen an die ewige Erbarmung verweist, die der Elende für sich selbst kaum erflehen kann – wie dann? *(nachdrücklicher, lauter.)* Wie dann, Unglückselige? *(Er hält sie fester, blickt sie eine Weile starr und durchdringend an, dann verläßt er sie schnell.)* Jetzt weiß ich nichts mehr – *(mit aufgehobener Rechte)* stehe dir, Gott Richter! für diese Seele nicht mehr. Thu, was du willst. Bring deinem schlanken Jüngling ein Opfer, daß deine Teufel jauchzen und deine guten Engel zurücktreten – Zieh hin! Lade alle deine Sünden auf, lade auch diese, die letzte, die entsetzlichste auf, und wenn die Last noch zu leicht ist, so mache mein Fluch das Gewicht vollkommen – Hier ist ein Messer – durchstich dein Herz und *(indem er lautweinend fortstürzen will)* das Vaterherz!

LUISE *(springt auf und eilt ihm nach).* Halt! halt! O mein Vater! – daß die Zärtlichkeit noch barbarischer zwingt, als Tyrannenwuth! – Was soll ich? Ich kann nicht! Was muß ich thun?

MILLER Wenn die Küsse deines Majors heißer brennen als die Thränen deines Vaters – stirb!

LUISE *(nach einem qualvollen Kampf mit einiger Festigkeit).* Vater! Hier ist meine Hand! Ich will – Gott! Gott! Was thu' ich? was will ich? – Vater, ich schwöre – wehe mir, wehe! Verbrecherin, wohin ich mich neige! – Vater, es sei! – Ferdinand – Gott sieht herab! – So zernicht' ich sein letztes Gedächtniß. *(Sie zerreißt ihren Brief.)*

MILLER *(stürzt ihr freudetrunken an den Hals).* Das ist meine Tochter! – Blick' auf! um einen Liebhaber bist du leichter, dafür hast du einen glücklichen Vater gemacht. *(Unter Lachen und Weinen sie umarmend.)* Kind! Kind! das ich den Tag meines Lebens nicht werth war! Gott weiß, wie ich schlechter Mann zu diesem Engel gekommen bin! – Mein Luise, mein Himmelreich! – O Gott! ich verstehe ja wenig vom Lieben, aber daß es eine Qual sein muß, aufzuhören – so was begreif' ich noch.

LUISE Doch hinweg aus dieser Gegend, mein Vater – Weg von der Stadt, wo meine Gespielinnen meiner spotten und mein guter Name dahin ist auf immerdar – Weg, weg, weit weg von dem Ort, wo mich so viele Spuren der verlorenen Seligkeit anreden. Weg, wenn es möglich ist –

MILLER Wohin du nur willst, meine Tochter. Das Brod unsers Herrgotts wächst überall, und Ohren wird er auch meiner Geige bescheren. Ja! laß auch Alles dahingehn – Ich setze die Geschichte deines Grams auf die Laute, singe dann ein Lied von der Tochter, die, ihren Vater zu ehren, ihr Herzzerriß – wir betteln mit der Ballade von Thüre zu Thüre, und das Almosen wird köstlich schmecken von den Händen der Weinenden –

1 allgemach: nach und nach 2 Kapital, das: angelegtes Geld 3 Gaukelbild, das: Täuschung

3 Nehmen Sie Stellung zu der These, dass Luise zum Opfer beider Männer wird.

4 PLUS Untersuchen Sie die Beziehung zwischen Musikus Miller und seiner Tochter Luise. Prüfen Sie dabei die Schlüssigkeit der folgenden Interpretation.

> „Millers Sprache [...] lässt kenntlich werden, dass die Tochter einem Besitz gleicht, der angeeignet oder getauscht werden kann, dass also das Possessivpronomen ‚meine Luise' ein besitzanzeigendes Fürwort in ganz buchstäblichem Sinne ist. Um diesen Besitz ringen Vater und Liebhaber mit ganz ähnlichen Ansprüchen." (Schößler)

Mit Epochenzuordnungen kritisch umgehen

A

Literatur der Aufklärung	**ca. 1680 – 1830**
Aufklärung	ca. 1720 – 1805
Frühaufklärung	ca. 1680 – 1740
Rokoko	ca. 1740 – 1780
Empfindsamkeit	ca. 1740 – 1770
Berliner Aufklärung	ca. 1755 – 1785
Ossianische Dichtung	ca. 1760 – 1800
Sturm und Drang	ca. 1767 – 1785
Spätaufklärung und Gegenaufklärung	ca. 1770 – 1830

B

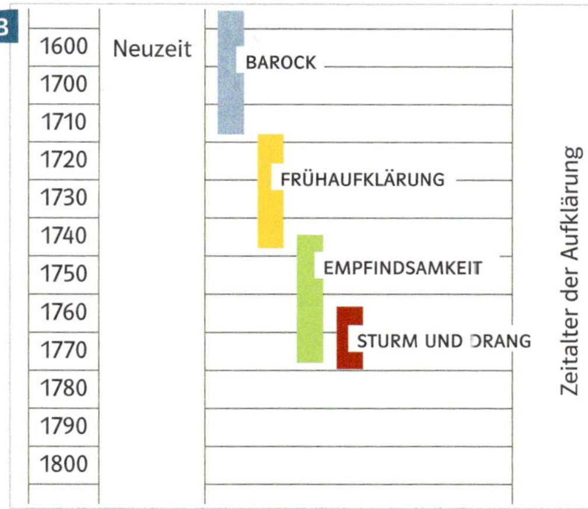

1 Vergleichen Sie die Periodisierung (Einteilung in Zeitabschnitte) in den Übersichten **A** und **B** im Hinblick auf Begriffe, zeitliche Abgrenzungen und Überschneidungen.

Karl Otto Conrady: Von der Verführung durch vertraute Epochenbegriffe (1982, Ausschnitt)

Offensichtlich bezeichnen Epochenbegriffe etwas, was es so in der Realität überhaupt nicht gibt. Sie sind nachträglich gestanzte Spielmarken kluger Konstrukteure. Epochenbezeichnungen, die mit qualifizierenden Bedeutungen belastet sind (die wir ihnen auch nicht austreiben können), können der realen Fülle und Vielgestaltigkeit des im betreffenden Zeitraum Hervorgebrachten nicht gerecht werden. Immer herrscht die Gleichzeitigkeit des Verschiedenen, der eine Epochenbezeichnung nicht entspricht. Aufklärung, Sturm und Drang, Klassik, Romantik: die Namen erwecken die Illusion, als gäbe es tatsächlich diese Epochen, zudem noch im genannten Gänsemarsch.

Klaus R. Scherpe: Aufklärung oder Sturm und Drang: eine falsch gestellte Frage (1969, Ausschnitt)

Als Dokument der revolutionären Aufklärung hat Georg Lukács *Werthers Leiden* bezeichnet und damit die Legende von der unversöhnlichen Gegensätzlichkeit aufklärerischer Vernunftdichtung und irrationaler Trieb- und Gemütsdichtung des Sturm und Drang aus der Welt schaffen wollen. In der Tat beruht die herkömmliche Deutung von Werken aus der „Gefühlskultur" der Wertherzeit als Befreiungsakte der Fantasie von der Vernunft, wenn nicht auf einem Missverständnis der Interpreten, so doch auf dem Bedürfnis, der trockenen Vernünftelei aufklärerischer Schulmeister exemplarische Werke entgegenzusetzen, in denen der freischaffende Genius zu sich selbst komme und seine Intuition und Inspiration frei spielen lasse. Wie grob der platte Antagonismus[1] von nüchternem Verstand und leidenschaftlichem Gefühl – verfestigt in den literarhistorischen Etikettierungen „Aufklärung" und „Sturm und Drang" – die historischen Gegebenheiten und Tendenzen verfälscht, beweist allein die Tatsache, dass die bedeutendsten unter den empfindungsreichen Dichtern [...] recht streitbare Publizisten und Essayisten waren und dank ihrer praktischen Vernunft ein gutes Stück Aufklärung und Republikanismus repräsentieren.

Die falsch gestellte Frage, ob ein Werk als „Aufklärung" oder „Sturm und Drang" zu klassifizieren ist, scheint sich der Tendenz nach in der unnötigen Streitfrage zu reproduzieren, ob man den *Werther* als reinen Liebes- und Gefühlsroman oder als ein Werk mit gesellschaftsbezogener Orientierung begreifen soll. [...] Werther ist der Protokollant seiner Leidensgeschichte. Als Erzähler ist er sich seines Zustandes in jeder Phase bewusst. Empfindung und Reflexion sind einander bedingende Qualitäten seines Penetrationsvermögens[2]. Sensibilität ist das Fundament seiner Erfahrung und Erkenntnis. Aus der Distanz des Briefeschreibers ist er sogar in der Lage, seine Gefühlswallungen in Sentenzen[3] zu objektivieren. Werther ist der vernünftige Träumer, der bewusste Schwärmer par excellence. Diese Disposition[4] des Romanhelden schafft die formalen Voraussetzungen, die Liebesgeschichte im gesellschaftlichen Erfahrungsbereich zu lokalisieren.

1 Antagonismus, der: Gegensatz 2 Penetration, die: hier: Eindringlichkeit 3 Sentenz, die: Ausspruch, Denkspruch 4 Disposition, die: Veranlagung, Bereitschaft

Yomb May: Epochen der deutschsprachigen Literatur (2020, Ausschnitt)

Wer literarische Texte verstehen und interpretieren will, muss sich mit ihren jeweiligen Entstehungszusammenhängen vertraut machen. Denn Literatur ist immer auch Ausdruck der Zeit, in der sie geschrieben wird. [...] Wie jede Geschichtsschreibung wird auch die deutschsprachige Literaturgeschichte in Epochen eingeteilt. Der Begriff „Epoche“ stammt vom griechischen epoché und bedeutet „Einschnitt“. Seit dem 19. Jahrhundert bezeichnet dieser Begriff einen Teilabschnitt der Literaturgeschichte, dessen Literatur sich aufgrund spezifischer Merkmale (Epochenmerkmale) von der Literatur angrenzender Epochen unterscheidet. Epochenbegriffe werden in der Regel im Nachhinein, d. h. erst im späteren Rückblick, vergeben oder geprägt; gleichwohl bilden sie unverzichtbare terminologische Hilfskonstruktionen für die Darstellung der komplexen Geschichte der deutschen Literatur. Jeder Epochenbegriff zeigt einschneidende geistes- und kulturgeschichtliche sowie literaturhistorische Veränderungen an, die auch in der jeweiligen Literatur Niederschlag gefunden haben. [...] All das ist nicht ganz unproblematisch. Denn weder Epochenbezeichnungen noch die Kriterien, nach denen Literaturepochen und Strömungen definiert und voneinander abgegrenzt werden, sind einheitlich. So wird beispielsweise die Literaturepoche der „Weimarer Klassik“ oft auch als „Kunstepoche“ bzw. als „Goethezeit“ [...] bezeichnet. Auch hinsichtlich der Zeitspanne der einzelnen Literaturepochen gibt es keinen allgemeinen Konsens. So steht zum Beispiel nicht eindeutig fest, wann die Weimarer Klassik endet – bereits mit Schillers Tod 1805 oder doch erst mit Goethes Tod 1832? [...] Neben diesen und weiteren offenen Fragen muss betont werden, dass sich zwischen Literaturepochen keine klaren Grenzen ziehen lassen. Epochenwechsel und -umbrüche bilden in der Regel keine Einschnitte. Sie vollziehen sich nicht schlagartig, sondern vielmehr allmählich. Daher sind Epochengrenzen meist fließend. Manche können sogar aufgrund von poetologischen, stilistischen oder thematischen Kontinuitäten als „Epochenschwellen“, d. h. als längere Übergangszeiträume, angesehen werden. [...] Die Tatsache, dass sich manche Epochen wie z. B. die Aufklärung, Klassik und Romantik teilweise sowohl zeitlich als auch inhaltlich überschneiden [...], macht scharfe Abgrenzungen generell schwierig. Die Jahreszahlen bei literarischen Epochen sind daher immer als ungefähre Angaben zu verstehen.

David E. Wellbery: Neue Geschichte der deutschen Literatur (2007, Ausschnitt)

Anders gesagt: Eine Neue Geschichte der deutschen Literatur versucht zu bewahren, was das Erregende der Leseerfahrung ausmacht, den Charakter einer „Begegnung“. Wirkliche Begegnungen befördern Faszination und Neugierde. Sie können sogar die Bahn eines Leserlebens verändern, indem sie den Wunsch nach tieferer Bekanntschaft mit Autor oder Werk wecken.

2 Benennen Sie Probleme der Periodisierung unter Einbezug des Textes *Von der Verführung durch vertraute Epochenbegriffe* von Karl Otto Conrady (S. 247).

3 Erläutern Sie, wie Klaus R. Scherpe (S. 247) die Integration des Sturm und Drang in die Epoche der Aufklärung in dem Textausschnitt *Aufklärung oder Sturm und Drang: eine falsch gestellte Frage* begründet.

4 Stellen Sie unter Einbeziehung des Textes von Yomb May *Epochen der deutschsprachigen Literatur* die Leistungen und die Grenzen von Epochenbegriffen dar.

5 Diskutieren Sie die Auffassung von David E. Wellbery in dem Textausschnitt *Neue Geschichte der deutschen Literatur*. Welche Schwierigkeiten wird die Zusammenstellung einer solchen Literaturgeschichte vermutlich mit sich bringen?

Merkmale der Empfindsamkeit und des Sturm und Drang (1740–1785)

Epochenlexikon → S. 512 f.

Schauen Sie sich im Panorama (S. 224) die Punkte ① – ⑥ an, um die Epoche noch besser zu verstehen.

Erlebnislyrik der Empfindsamkeit

Die neue Hinwendung zum Individuum und seinem Gefühlsleben bringt die **Erlebnislyrik** hervor. Hier wird das subjektive Empfinden im Gedicht reflektiert. Beispielhaft für die Erlebnislyrik sind Johann Wolfgang von Goethes *Sesenheimer Lieder*, in denen er die Liebe zu Friederike Brion verarbeitet. Die Lyrik wird entweder von formalen Vorgaben befreit – freie Rhythmen, Metrik und Verse prägen die Gestaltung – oder man lehnt sich an volksliedhafte Formen an.

Motive und Sprache

Liebe und **Freundschaft** werden idealisiert, gefeiert und mit einem Gefühl der Unendlichkeit verbunden. In der Lyrik und Epik findet man den **Gefühlskult** des Individuums. So wird z. B. im Briefroman *Die Leiden des jungen Werther* unzählige Male das Herz als Symbol verwendet. Auch die Darstellung der **Natur** wird wichtig. Diese wird als Gegensatz zur Künstlichkeit der Adelswelt in ihrer Ursprünglichkeit betont, durch die man zur ursprünglichen Natürlichkeit im Erleben zurückfinden kann. Ein weiteres wichtiges Merkmal stellt der **Geniegedanke** dar. Der Künstler wird als Originalgenie bezeichnet, das aus sich selbst heraus schafft. *Prometheus* gilt als Leitfigur dieses Denkens und Shakespeare als großes Vorbild des schöpferischen Künstlers. Eine ausdrucksstarke, gefühlsbetonte Sprache bedient sich Ausrufen, Ellipsen und Metaphern.

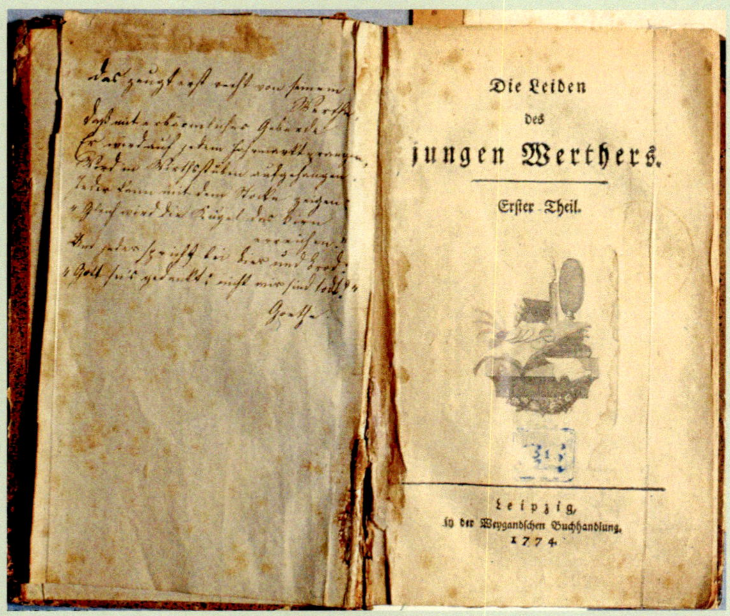
Die Leiden
des
jungen Werthers.
Erster Theil.
Leipzig,
in der Weygandschen Buchhandlung.
1774.

Johann Wolfgang Goethe: *Die Leiden des jungen Werthers*, Titelblatt der Erstausgabe noch mit der Schreibung „Werthers", Leipzig, 1774

Drama des Sturm und Drang

Wie in der Aufklärung werden die Vorgaben aus der antiken Tragödie zunehmend abgelehnt und abgelöst durch einen freieren Umgang mit dramatischen Mitteln. So hält sich Friedrich Schiller in *Kabale und Liebe* nicht mehr an die Vorgabe einer Einheit von Ort, Zeit und Handlung. Die Sprache ist nicht mehr an Verse gebunden, sondern im **Prosastil** verfasst und mitunter auch derb oder dialektal gefärbt (vgl. Musikus Miller). Im Mittelpunkt steht häufig das **Aufbegehren des Einzelnen** gegen politische, moralische, gesellschaftliche oder religiöse Unterdrückung. Das dramatische Genre des bürgerlichen Trauerspiels wird weiterentwickelt. Thematisiert werden zum einen die Unterdrückung der bürgerlichen Schicht in der absolutistischen Ständegesellschaft und zum anderen bürgerlich-familiäre Konflikte, wie der zwischen der Tugendstrenge des Vaters als pater familias und dem jugendlichen Begehren der Tochter.

Sturm und Drang und Empfindsamkeit im Briefroman

Das Verfassen von Briefen, in denen man sein Innenleben nahestehenden Vertrauten ausbreitet, gewinnt an Bedeutung. Der Brief wird zu einem zentralen Kommunikationsmittel des emanzipierten, aufgeklärten Bürgertums. Johann Wolfgang Goethe greift diese Tendenz in seinem Briefroman *Die Leiden des jungen Werther* auf. Der Roman wird zum Bestseller und führt zu einem Nachahmungskult, in dem junge Menschen im *Werther-Fieber* sich z. B. wie der Protagonist des Romans kleiden.

Epochenzuordnungen treffen und kritisch hinterfragen

Parallel zur **Aufklärung** entwickelt sich ab ca. 1740 die Strömung der **Empfindsamkeit**. An die Stelle der objektiven Vernunft rückt das subjektive Gefühl des Einzelnen, das die Einmaligkeit des Individuums ausmacht. Dadurch angeregt entsteht eine Protestbewegung jugendlicher Intellektueller, die zwar das aufklärerische Ideal der Selbstbestimmtheit aufnehmen und gegen Ständeschranken und Fürstenwillkür kämpfen, dazu aber Sinne und Leidenschaft betonen. Benannt wurde diese Bewegung nach einem Drama von Friedrich Maximilian Klinger *Sturm und Drang*.

Die Abgrenzung der Strömungen und Epochen voneinander birgt Probleme und wird auch kritisch gesehen, sie hilft jedoch bei der Orientierung in der Literaturgeschichte.

Erörterung literarischer Texte auf Grundlage eines pragmatischen Textes (III, b)

Aufgabenart
→ S. 567

KOMPETENZBOX

Verfassen einer Erörterung eines literarischen Textes auf Grundlage eines pragmatischen Textes

Diese Aufgabenart verlangt die Darstellung der zentralen Aussagen eines pragmatischen Textes und die abwägende Auseinandersetzung mit der Position und Argumentation der Verfasserin/des Verfassers zu einem literarischen Text. Der Schwerpunkt liegt auf der Erörterung des Interpretationsansatzes.

1. Erstes Textverständnis festhalten – Aufgabenstellung erfassen

- Aufgabenstellung klären
- Textangaben erfassen: Titel, Autorin/Autor, Textsorte, Thema, Quelle, Erscheinungsdatum
- Teilaufgaben und Untersuchungsaspekte beachten: Welche Operatoren erfordern was? Welche Aspekte des pragmatischen Textes sollen untersucht werden? Wie lautet die Erörterungsfrage?

2. Pragmatischen Text untersuchen

- die zentralen Aussagen des Textes erschließen
- Thesen, Argumente und Wertungen festhalten

3. Eigene Position entwickeln

- Argumentation und Wertungen des Textes prüfen, auch im textüberschreitenden Zusammenhang
- eigene Wertungen, Gedanken und ggf. Einwände formulieren
- Pro- und Kontra-Argumente mit Belegen aus dem literarischen Text stützen

4. Gliederung erstellen

Einleitung:
- Titel, Autorin/Autor, Textsorte, Thema, Quelle, Erscheinungsdatum benennen
- Erörterungsfrage bzw. Problemstellung formulieren

Hauptteil:
- zentrale Aussagen des pragmatischen Textes darstellen
- Inhalt des literarischen Textes kurz wiedergeben und ggf. den Auszug in den Handlungszusammenhang einordnen
- sich kritisch mit der Argumentation der Autorin/des Autors auseinandersetzen und eigene Position unter Einbeziehung von Belegen aus dem literarischen Text und weiteren Wissens argumentativ entfalten
- Synthese mit persönlichem Fazit formulieren

Schluss:
- Schlussfolgerungen ziehen, ggf. mit anderen Positionen vergleichen

5. Klausur schreiben

- sachlich und präzise formulieren, Fachbegriffe verwenden
- logische Nachvollziehbarkeit durch gedankliche Zusammenhänge und sprachliche Verknüpfungen beachten
- Aussagen am Text durch direkte und indirekte Zitate belegen

6. Klausur überarbeiten

- sachliche Richtigkeit prüfen
- Formalia, z. B. korrektes Zitieren, beachten
- sprachliche Richtigkeit (Ausdruck, Grammatik, Zeichensetzung, Rechtschreibung) überprüfen

BEISPIEL-KLAUSUR **Aufgabe**

1 Stellen Sie Ulrike Prokops Interpretationsansatz dar.

2 Erörtern Sie Ulrike Prokops Interpretationsansatz im Hinblick auf die Charakterisierung der beiden Frauenfiguren.

Ulrike Prokop: Gift in der Limonade – Zu Schillers Kabale und Liebe
(2016, Ausschnitt)

Die Gestalt der Louise entwirft Schiller als in sich geschlossen, ohne Spannungen und Entwicklungen. [...] Louise Millerin [ist] als harmloses Kind konzipiert, das an dem Gegensatz ihrer Liebeswahl zu dem Tugendkanon der Ständegesellschaft scheitert. Ihre Aktivität besteht nicht in einer aufrührerischen, verbotenen Sinnlichkeit. Schon im ersten Auftritt erklärt sie einen einsamen, resignativen Tugendentschluss: *Auch will ich ihn, [den Geliebten] ja jetzt nicht, mein Vater. (I, 4)* [...].

Von der Liebe zu Louise Millerin flüchtet der Autor zu einer neuen Frauenfigur, die er ergänzend mit allem ausstattet, was bei Louise nicht ist. In der Figur der Mätresse, der Lady Milford, schuf sich Schiller einen wunderbaren Tagtraum. Lady Milford: „Ich werfe dem Fürsten sein Herz und sein Fürstentum vor die Füße und fliehe mit diesem Mann, fliehe in die entlegenste Wüste der Welt – –." (II, 2). Unterstellen wir, dass Schiller in Ferdinand von Walter sein Selbst-Ideal personifiziert, so schenkt er sich selbst die Fantasie von der Geliebten des Herzogs, die niemanden will als ihn – Ferdinand. Die „Buhlerin", „mit den Brandflecken der Ehre" wird in einer eigenen Szene zur hingebenden Liebenden und die höfische Verschwenderin zur Wohltäterin – das Phantasma einer Frau, die zugleich, so sündhaft wie liebeserfahren und dennoch rein und unschuldig ist.

So erfolgt die Polarisierung des Frauenbildes in eine begehrende Tugend – die Vatertochter Louise – und in die begehrende Lust und Sinnlichkeit – repräsentiert, in der Milford. Die verworfene Mätresse kann zur Reinen werden, wenn Er sie rettet und damit vom Herzog befreit. Die Milford wird mütterlich konnotiert. Sie sorgt sich um die Landeskinder, die sie vor dem barbarischen Gewaltherrscher zu schützen sucht. Zugleich wird die mütterliche Figur als moralisch zweideutig und gefährdet erlebt. Und als aufregend. Schiller ergeht sich in kaum verhüllten Prostitutionsfantasie. [...]

Der Autor hat sich nun zwei Traumfrauen geschaffen, die reine und unberührte töchterliche Unschuld und die gefährliche und faszinierende Tatfrau, die ihn, Ferdinand, als ihren Retter erwählt hat. [...]

Das Aufbegehren der Milford gegen die höfische Korruption und Amoralität wie die Versagung, die sich Louise selbst als Entscheidung zur Tugend auferlegt, bleiben [...] blass. Das Thema dieser Figuren ist weder weibliche Autonomie noch Sozialkritik. Sie sind Elemente in einem Erregungsspiel – Louise als Opfer, die Milford als zweideutige weibliche Macht Beides überfordert den männlichen Protagonisten. Die Töchterliche ist unerreichbar in ihren Entschlüssen, ihrem Schweigen. Wenn Ferdinand die Louise umbringt, dann, weil er sie nicht versteht. So hält er ihren Verrat für möglich. Die begehrenswerte Mächtige ist dagegen ihm ähnlich – in ihrem wilden Heroismus, anziehend und bleibt ihm doch verwehrt. Aber auch die Mätresse möchte eine schöne Seele werden und ganz der Liebe leben.

---

1 Mätresse, die: Geliebte eines Fürsten 2 Buhlerin, die: Geliebte 3 Phantasma, das: Sinnestäuschung, Trugbild 4 Heroismus, der: Heldentum 5 eine schöne Seele: Für Schiller ist die schöne Seele eine Vervollkommnung des Menschen durch die Versöhnung von Pflicht und Neigung, von Vernunft und Sinnlichkeit, die sich nach außen durch Anmut und Würde zeigt.

1. Erstes Textverständnis festhalten – Aufgabenstellung erfassen

Schreibtraining 123

1.1 Klären Sie, welches Vorgehen die Operatoren in der Aufgabenstellung (S. 251) verlangen und welcher Untersuchungsaspekt in der zweiten Aufgabe benannt wird.

1.2 In Ihrer Klausur nehmen Sie auf zwei Texte Bezug. Erklären Sie, welche Funktion die beiden Texte jeweils haben.

1.3 Begründen Sie, woran man erkennen kann, dass die zweite Aufgabe der gewichtigere Teil der Klausur ist und umfangreicher bearbeitet werden muss als die erste Aufgabe.

1.4 Lesen Sie den Text von Ulrike Prokop (S. 251) und klären Sie ggf. unbekannte Wörter und Wendungen. Markieren Sie unter Beachtung der zweiten Aufgabe wichtige Stellen im Text.

1.5 Erfassen Sie die Textangaben: Titel, Autorin, Textsorte, Thema, Quelle, Erscheinungsdatum.

2. Pragmatischen Text untersuchen

2.1 Prokop stellt in ihrem Text die Figuren der Louise Millerin und der Lady Milford gegenüber. Übernehmen Sie die folgende Tabelle und ergänzen sie diese.

Louise Millerin	Lady Milford
– *in sich geschlossener Charakter (Z. 1)* – *ohne Spannungen und Entwicklungen (Z. 1 f.)* – *harmloses Kind (= naiv) (Z. 2)* – *scheitere am Tugendkanon der Ständegesellschaft (Z. 3)* – …	– *habe Eigenschaften, die Louise nicht hat (Z. 7 f.)* – …

2.1 Übernehmen Sie das folgende Schaubild und ergänzen Sie es um weitere Pfeile und Beschriftungen, sodass eine Visualisierung des Interpretationsansatzes von Prokop entsteht.

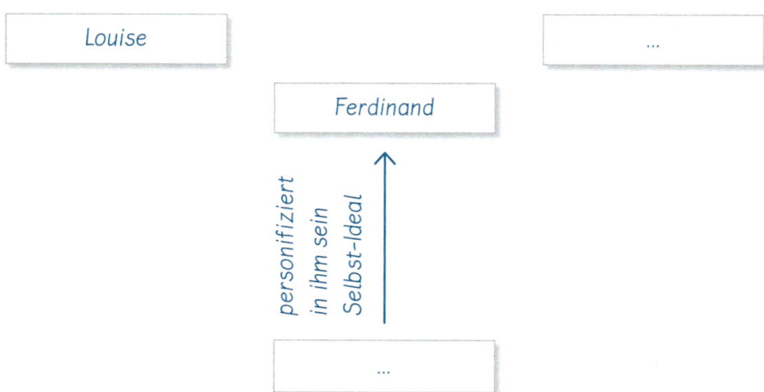

3. Eigene Position entwickeln

3.1 Erklären Sie, welche der drei Aussagen **A**–**C** Sie für die zentrale These des Textes halten.

A *Schiller erschafft sich in der Figur des Ferdinand von Walter ein Idealbild seiner selbst.*

B *Schiller charakterisiert zwei kontrastierende Frauenfiguren, die für Ferdinand einen besonderen Reiz haben, den er in einer Art Spiel auskostet, der ihn aber auch überfordert.*

C *Schiller will mit den beiden Frauenfiguren weder weibliche Autonomie zeigen noch Sozialkritik üben.*

3.2 Erörtern Sie den Interpretationsansatz Prokops, indem Sie Pro- und Kontra-Argumente und entsprechende Textbelege sammeln.

Pro-Argumente		Kontra-Argumente	
Louise Millerin und Lady Milford als „Elemente in einem Erregungsspiel"			
– Die Figur der Louise entspricht der im Text vorgenommenen Charakterisierung. *• Louise lässt sich von Wurm unter Druck setzen.* *• …* *– …*	*II, 6*	*– Die Figur der Louise widerspricht der im Text vorgenommenen Charakterisierung.* *• …*	…
– Die Figur der Lady Milford entspricht der im Text vorgenommenen Charakterisierung. *• …*	…	– …	…
– Die Figur der Louise hat die benannte Opfer-Funktion für Ferdinand. *• …*	…	– …	…
– …	…	– …	…

3.3 Entscheiden Sie, ob Sie dem Interpretationsansatz Prokops zustimmen, ihn ablehnen oder ihm in Teilen zustimmen. Gewichten Sie dementsprechend die Argumente und ordnen Sie diese in einer nachvollziehbaren Reihenfolge.

4. Gliederung erstellen

4.1 Prüfen Sie die folgende Gliederung. Erklären Sie, welche andere Argumentationsstruktur Ihre Erörterung im Hauptteil haben könnte.

Einleitung:
Wenn sich Männer Frauen ausdenken …
Textangaben: Ulrike Prokop: Gift in der Limonade – Zu Schillers Kabale und Liebe, literaturwissenschaftlicher Aufsatz, 2016 und Friedrich Schiller: Kabale und Liebe, Drama, 1784
Hauptteil:
1. Darstellung des Interpretationsansatzes:
- Charakterisierung der beiden Frauenfiguren als kontrastierend
- Ferdinand als alter Ego Schillers fühlt sich von beiden Frauentypen angesprochen
- beide Frauen sind als Akteurinnen nicht stark und erfolgreich, sie sind keine Rollenvorbilder für Autonomie oder Sozialkritik
- beide Frauen ziehen den Protagonisten an, überfordern ihn aber gleichzeitig
Überleitung zur Erörterung des Interpretationsansatzes
2. Erörterung:
- Teilaspekt 1 des Interpretationsansatzes: Pro-Argument
- Teilaspekt 1 des Interpretationsansatzes: Kontra-Argument
- Teilaspekt 2 des Interpretationsansatzes: Pro-Argument
- …
Zusammenfassende Positionierung:
Schiller reduziert die beiden Frauenfiguren nicht auf ihre Funktion für Ferdinand, sondern gestaltet unabhängig agierende Charaktere.
Schluss:
Schiller und seine doppelsinnig ausdifferenzierte Charakterisierung des Figurenpersonals

4.2 Ergänzen Sie die Gliederung aus Arbeitsschritt 4.1 (S. 253) oder erstellen Sie eine eigene Gliederung. Nutzen Sie Ihre bisherigen Arbeitsergebnisse.

5. Klausur schreiben

5.1 Ordnen Sie die folgenden Beispiele 1 – 5 den entsprechenden Formen des Zitierens A – E zu.

1 Laut Prokop lässt sich die Figur des Ferdinand als ein alter Ego des Autors auffassen (vgl. Z. 11 f.).

2 Prokop führt als Beispiel für die Mütterlichkeit der Milford-Figur deren Einsatz für die Landeskinder an (vgl. Z. 20 f.).

3 Die Figur der Lady Milford sei ein Bild eines bestimmten Frauentypus, geboren aus männlichen Träumen (vgl. Z. 21 ff.).

4 Louise gestaltet Schiller, so Prokop, tugendhaft: „Ihre Aktivität besteht nicht in einer aufrührerischen, verbotenen Sinnlichkeit" (Z. 3 f.).

5 Prokop sieht in dieser Gegenüberstellung der beiden Frauenfiguren eine „Polarisierung des Frauenbildes" (Z. 17).

A indirektes Zitat

B vorangestelltes oder nachgestelltes Zitat

C indirekte Wiedergabe mit „laut", „nach", „für"

D integriertes Zitat

E Paraphrase

5.2 Verfassen Sie auf der Grundlage Ihrer Vorarbeiten die vollständige Klausur. Achten Sie dabei auf ein abwechslungsreiches und korrektes Zitieren.

6. Klausur überarbeiten

6.1 Überarbeiten Sie Ihre Klausur. Achten Sie dabei auch auf die sprachliche Richtigkeit (Ausdruck, Grammatik, Zeichensetzung, Rechtschreibung).

6.2 Überarbeiten Sie die folgenden Sätze, die typische Fehler enthalten. Überprüfen Sie anschließend Ihre Klausur entsprechend.

A *Ganz deutlich lässt sich erkennen, dass die beiden Figuren einander als Gegensätze gegenübergestellt werden.*

B *Im Gegensatz zur Figur der Louise wird der Figur der Lady Milford eine Entwicklung attestiert: „und die höfische Verschwenderin zur Wohltäterin" (Z. 14 f.).*

C *In Zeile 24 führt sie dann ihre Interpretation fort.*

D *Zusammenfassend lässt sich sagen, dass die zu Beginn aufgestellte These bestätigt werden konnte.*

E *Beide Frauen haben für Ferdinand ihre „Reize".*

F *Man könnte vielleicht von einem Missbrauch beider Frauen durch Ferdinand sprechen.*

G *„Das Phantasma einer Frau" unterstreicht noch einmal die Rolle, die die Figur für Schiller spielt.*

Beispiellösung D09

Beispiellösung (Ausschnitt)

Bis weit ins 21. Jahrhundert dominierten männliche Schriftsteller die Literaturszene und schreibende Frauen waren im 18. Jahrhundert noch eine absolute Seltenheit. Diese Tatsache bedingt auch, dass Frauenfiguren in den meisten klassischen Werken Kopfgeburten von Männern sind. Dies hat Folgen für deren Charakter, für ihr Denken, Fühlen und Handeln.

Einleitung, mit der zum Thema und zu den Texten hingeführt wird

Ulrike Prokop nähert sich mit diesem Gedanken Friedrich Schillers 1784 erschienenem bürgerlichen Trauerspiel „Kabale und Liebe“. In ihrem 2016 erschienenen literaturwissenschaftlichen Aufsatz „Gift in der Limonade – Zu Schillers Kabale und Liebe“ sieht sie in den beiden Frauenfiguren der Louise Millerin und der Lady Milford zwe Charaktere, die Schiller dem adeligen Ferdinand als reizvolle Objekte für ein erregendes Spiel zur Seite stellt, das diesen aber letztlich überfordert.

Textinformationen

Wiedergabe der zentralen Aussage

Prokop beschreibt Louise und Lady Milford als völlig entgegengesetzte Charaktere. Auf der einen Seite steht, Prokop zufolge, Louise. Schiller habe sie als „harmloses Kind“ (Z. 2) angelegt, das an dem Umstand scheitere, dass ihre Liebe zu Ferdinand dem „Tugendkanon der Ständegesellschaft“ (Z. 3 f.) widerspreche. Statt für ihre Liebe zu kämpfen, gebe sie frühzeitig auf und verzichte auf das Liebesglück im Diesseits. Damit stelle sie die „reine und unberührte töchterliche Unschuld“ (Z. 24 f.) dar. Lady Milford hingegen gestalte Schiller als das genaue Gegenbild: Die moralisch hochgradig zweifelhafte Mätresse erscheine in ihrem Begehren zu Ferdinand als authentisch Liebende und man erlebe in einer eigenen Szene, wie „die höfische Verschwenderin zur Wohltäterin“ (Z. 14 f.) werde. Lady Milford verbindet also, so Prokop, in einer Person kontrastierende Eigenschaften, die auf Ferdinand höchst attraktiv wirken: „sündhaft wie liebeserfahren und dennoch rein und unschuldig“ (Z. 15 f.).
Schiller habe damit seinem eigenen Idealbild, Ferdinand, zwei Frauen als Objekte der Begierde gegeben, deren Handeln „blass“ (Z. 28) bleibe, und zwar sowohl das Aufbegehren der Milford gegen die höfische Amoral als auch die Tugendentscheidung Louises. [...]

Darstellung des Interpretationsansatzes

Zu „Elementen in einem Erregungsspiel“ (Z. 28 f.) degradiert Prokop die beiden zentralen Frauenfiguren in Schillers „Kabale und Liebe“. Doch die beiden Frauen sind als Figuren vielschichtiger und selbstständiger angelegt, als Prokop es darstellt, auch wenn einzelne Merkmale des hier gezeichneten Charakterbildes der beiden Figuren zutreffen mögen.

Überleitung zu Aufgabe 2

Prokop denkt die Figur der Louise allein von der Figur des Ferdinand her. Sie sei sein Opfer. Tatsächlich wird Louise mehrfach zum Opfer: Da sind die Tugendanforderungen des bürgerlichen Elternhauses und besonders ihres Vaters, die dazu führen, dass sie die Einhaltung der Tugendgrenzen unter die Liebe zu Ferdinand stellt und auf diesen im Diesseits verzichtet und die „verbotene[...] Sinnlichkeit“ (Z. 4) für die Gemeinsamkeit im Jenseits aufschiebt (vgl. I, 1). Mehr noch, ihr Schweigen, das der Rettung der Eltern dient, zerstört die Liebesbeziehung bereits im Diesseits. [...]
Genauso wie Louise reduziert Prokop auch die Figur der Lady Milford auf ihre Funktion, die sie für Ferdinand hat. Dabei erlebt man in dieser Frau nicht nur eine Frau der Gegensätze, nämlich die „verworfene Mätresse“, die „zur Reinen werden“ (Z. 18 f.) kann, sondern eine selbstbestimmte Frau, die nicht darauf wartet, dass Ferdinand „sie rettet und damit vom Herzog befreit“ (Z. 19). Sie nimmt ihr Schicksal selbst in die Hand und opfert ihr Begehren, ihren Hochmut, ihre Macht und ihren Reichtum: „Mein Schatzmeister stürze meine Schatulle unter euch – Dieser Palast bleibt dem Herzog – Der Ärmste von euch wird reicher von hinnen gehen, als seine Gebieterin“ (IV, 9).

Erörterung des Interpretationsansatzes
Pro-Argument
Kontra-Argument

Vernetzen: Gegenwartsliteratur einbeziehen

Daniel Glattauer: Gut gegen Nordwind (2006, Auszüge)

In dem E-Mail-Roman lernen sich die verheiratete Emmi und der alleinstehende Leo durch einen Fehler zufällig kennen. Obwohl die beiden sich nicht treffen, entwickelt sich eine intensive Beziehung.

Betreff: S. W.
Scheißwetter heute, stimmt's? Lg, E.

Drei Minuten später
AW:
1.) Regen 2.) Schnee 3.) Schneeregen
Mfg, Leo.

Zwei Minuten später
RE:
Sind Sie noch beleidigt?

50 Sekunden später
AW:
War ich nie. [...]

Ein halbe Stunde später
RE:
Lieber Leo, im Ernst, was mir ein Bedürfnis ist, Ihnen mitzuteilen: Meine Sieben-Punkte-E-Mail vom vergangenen Montag tut mir aufrichtig leid. Ich habe sie ein paar Mal durchgelesen und muss gestehen: Sie klingt wirklich ekelhaft, wenn man sie leise liest. Das Problem ist, dass Sie nicht wissen können, wie ich bin, wenn ich so etwas sage. Würden Sie mich dabei sehen, könnten Sie mir gar nicht böse sein. [...] Im Übrigen weiß ich das sehr zu schätzen, dass Sie mir von Marlene erzählt haben. (Wobei mir gerade auffällt, dass Sie mir eigentlich gar nichts von Marlene erzählt haben. Was ist/war sie für eine Frau? Wie sieht sie aus? Was hat sie für eine Schuhgröße? Was trägt sie für Schuhe?)

Eine Stunde später
AW:
Liebe Emmi, seien Sie mir bitte nicht böse, aber mir ist nicht danach, Ihnen von Marlenes Schuhgeschmack zu erzählen. Am Strand ging sie meistens barfuß, so viel will ich Ihnen gerne mitteilen. Ich muss jetzt aufhören, ich krieg Besuch. Angenehmen Tag noch, Leo.

Drei Tage später
Betreff: Krise
Lieber Leo, [...] 1.) Ich habe Ihnen zwischen den Zeilen verraten, dass ich nicht nur verheiratet, sondern sogar glücklich verheiratet bin. 2.) Sie reagieren darauf mit der lustlosesten Antwort seit dem viel versprechenden Beginn unserer virtuellen Zweisamkeit vor mittlerweile mehr als einem Jahr. Und danach melden Sie sich gleich überhaupt nicht mehr. Kann es sein, dass Sie das Interesse an mir verloren haben? [...] Mit freundlichen Grüßen, Emmi.

Am nächsten Tag
Kein Betreff
HERR LEO?

Am nächsten Tag
Kein Betreff
LEEEEEEEEEOOOOOOO,
HUUUUUUU-UUUUUUHHHH????????

Am nächsten Tag
Kein Betreff
Arschloch!

Emmis Mann hat Leo darum gebeten, die beiden sollten den körperlosen Kontakt beenden und sich treffen, damit sich der von Emmi idealisierte E-Mail-Partner entzaubern möge. Doch zu diesem Treffen kommt es nicht. Im letzten Augenblick erahnt Emmi, dass ihr Mann alles weiß und trifft sich, ohne abzusagen, nicht mit Leo. Am nächsten Abend schreibt sie eine letzte Mail, die Leo aber nicht mehr erreicht.

Am nächsten Abend
Betreff: Nordwind.
Lieber Leo, ich weiß, es ist unverzeihlich. Dein „Schweigen" beweist es mir. Du fragst nicht. Nein, du fragst nicht einmal. Das ist die Lektion, die du mir erteilst. Kein Tobsuchtsanfall, kein Rettungsversuch, keine Verzweiflungsaktion. Du machst gar nichts. Du bleibst stumm. Du lässt das alles wortlos über dich ergehen. Du fragst erst gar nicht, warum. Du tust so, als wüsstest du es. Damit bestrafst du mich zusätzlich. Deine Enttäuschung kann nur halb so groß sein wie meine. Denn zu meiner Enttäuschung rechnet sich die Vorstellung über deine dazu. Leo, ich sage dir, warum ich in letzter Sekunde – kein geflügeltes Wort, es war wirklich die letzte Sekunde ich sage dir, warum ich nicht zu dir gekommen bin. Schuld daran war ein Buchstabe, ein einziger falscher Buchstabe, an einem Ort, wo er nicht sein durfte, zum unglücklichsten aller Zeitpunkte. Und du, Leo, du hast mich noch gefragt: „Was wirst du Bernhard erzählen?" Erinnerst du dich an meine Antwort? – „Ich werde sagen: Ich treffe einen Freund." – [...] „Und er wird sagen: Amüsiere dich gut." – Ja, Leo, das hat er gesagt. Aber er hat noch ein Wort hinzugefügt. Er hat gesagt: „Amüsiere dich gut, EMMI." Es war das gewohnte „Amüsiere dich gut". Danach machte er eine Pause. Und dann kam dieses EMMI. Ein

Hauch, nicht mehr als ein Hauch. Es ging mir durch Mark und Bein. Er nennt mich sonst „Emma", immer nur Emma. […]

Leo, das „I" statt dem „A", dieser einzige fremde Buchstabe hat einen Schock in mir ausgelöst. Ich mochte es nicht aus seinem Mund. ER durfte es nicht so aussprechen. Es klang so entlarvend, so desillusionierend, so zerstörerisch. Als würde er ahnen, wie es um mich bestellt ist, als hätte er mich durchschaut. Als wollte er mir sagen: „Ich weiß es doch, du willst ‚Emmi' sein, du willst endlich wieder ‚Emmi' sein. Also sei ‚Emmi' und amüsiere dich gut." Und ich hätte ihm darauf etwas ganz Fürchterliches antworten müssen, ich hätte sagen müssen: „Bernhard, ich will nicht nur Emmi sein, ich BIN Emmi. Aber ich bin nicht deine Emmi. Ich bin die Emmi von jemand anderem. Er hat mich nie gesehen, aber er hat mich entdeckt. Er hat mich erkannt. Er hat mich aus meinem Versteck geholt. Ich bin seine Emmi. Für Leo bin ich Emmi. Glaubst du mir nicht? Ich kann es dir beweisen. Ich habe es schriftlich."

Skrupel? Nein, Leo, ich hatte keine Skrupel gegenüber Bernhard. Ich hatte Angst vor mir.

Ich ging hinauf in mein Zimmer, wollte dir eine E-Mail schicken. Ich brachte nichts heraus. Da stand dieser jämmerliche Satz: „Mein lieber Leo, ich kann heute nicht zu dir kommen, mir wächst gerade alles über den Kopf." Ich starrte ihn einige Minuten an, dann löschte ich ihn wieder.

Ich war nicht fähig, dir abzusagen. Es wäre eine Absage an mich selbst gewesen.

Leo, es ist etwas geschehen. Mein Gefühl hat den Bildschirm verlassen. Ich glaube, ich liebe dich. Und Bernhard hat es gespürt. Mir ist kalt. Der Nordwind bläst mir entgegen.

Wie tun wir weiter?

Zehn Sekunden später

AW:

ACHTUNG. GEÄNDERTE E-MAIL-ADRESSE.
DER EMPFÄNGER KANN SEINE POST UNTER DER GEWÄHLTEN ADRESSE NICHT MEHR AUFRUFEN.
NEUE E-MAILS IM POSTEINGANG WERDEN AUTOMATISCH GELÖSCHT. FÜR RÜCKFRAGEN STEHT DER SYSTEMMANAGER GERNE ZUR VERFÜGUNG.

1 Charakterisieren Sie die beiden Protagonisten und ihre Beziehung.

2 Untersuchen Sie, welche Funktion die Wahl des Mediums E-Mail für den Roman hat und vergleichen Sie dies mit Goethes Briefroman *Werther* (S. 242, Aufgaben 7 und 8).

3 Erklären Sie, warum Rezensenten nach Erscheinen des Romans einerseits von „Oberflächenverliebtheit" und „Dokumentation von Alltäglichkeiten" sprachen, andere darin das „Stillen seelischer Bedürfnisse unserer ausgenüchterten Zeit" sehen konnten.

Djamilia Prange de Oliveira: Bücher bald nur noch auf Instagram? Instanovels begründen eine neue Ära des hybriden Storytellings (2021, Ausschnitt)

Wenn man die junge Leserschaft nicht weg vom Bildschirm bekommt, muss das Buch eben in den Bildschirm rein! Am besten s o verpackt, dass die Leser/-innen nicht gleich wegklicken, und ein Thema, mit dem sich besonders viele Gen-Z-Leser/-innen identifizieren können: Liebe.

Genauso hat es jetzt ein Autor aus Norwegen gemacht und damit die Kategorie Instanovel revolutioniert. Erst kürzlich veröffentlichte Alexander Kielland Krag im norwegischen Verlagshaus Gyldendal den wohl ersten Roman, der spezifisch für Instagram konzeptioniert wurde. In „Das bleibt unter uns" geht es um die Erfahrungen eines homosexuellen Jugendlichen bei seinem Coming-out und um die Liebesgeschichte zwischen ihm und seinem Partner.

Der Verlag veröffentlichte 45 Tage lang auf Instagram täglich ein Kapitel als Stories, die Fließtext, aber auch Video- oder Audioelemente, Bilder und Musik enthielten. Teilweise spielten Influencer die Rollen der Charaktere. Die Stories wurden in der Highlights Rubrik abgespeichert, um auch später aufrufbar zu sein. Durch das Tracking konnte der Verlag das Engagement der User/-innen genau mitverfolgen. Das Resultat: User/-innen beschäftigten sich im Schnitt ganze fünf Minuten lang täglich mit den Stories, 75 Prozent schauten sich sogar jede Story für 45 Tage lang an. […]

Der digitale Roman stellte sich als erfolgreiches Marketing für das analoge Buch heraus, obwohl der Roman kostenlos auf Instagram verfügbar ist – ein Zeichen dafür, dass Gen Z trotz der Offenheit für neue Leseformate auch das gute, alte Buch in den Händen wertschätzen kann.

4 Besprechen Sie, inwiefern dem *Werther*-Briefroman, dem E-Mail-Roman oder digitalen Novels ähnliche Absichten und Möglichkeiten zugrunde liegen und worin Unterschiede bestehen.

6.3 Klassik (1786–1805)
Humanität und Harmonie

Gedichte thematisch untersuchen und vergleichen

Johann Wolfgang Goethe: Grenzen der Menschheit (1781)

Wenn der uralte,
Heilige Vater
Mit gelassener Hand
Aus rollenden Wolken
Segnende Blitze
Über die Erde sät
Küss ich den letzten
Saum seines Kleides,
Kindliche Schauer
Treu in der Brust.

Denn mit Göttern
Soll sich nicht messen
Irgendein Mensch.
Hebt er sich aufwärts
Und berührt
Mit dem Scheitel die Sterne,
Nirgends haften dann
Die unsichern Sohlen,
Und mit ihm spielen
Wolken und Winde.

Steht er mit festen,
Markigen Knochen
Auf der wohlgegründeten
Dauernden Erde,
Reicht er nicht auf,
Nur mit der Eiche
Oder der Rebe
Sich zu vergleichen.

Was unterscheidet
Götter von Menschen?
Dass viele Wellen
Vor jenen wandeln,
Ein ewiger Strom:
Uns hebt die Welle,
Verschlingt die Welle,
Und wir versinken.

Ein kleiner Ring
Begrenzt unser Leben,
Und viele Geschlechter
Reihen sie dauernd,
An ihres Daseins
Unendliche Kette.

1 Erklären Sie, welche Grenzen der Menschheit in dem Gedicht von Johann Wolfgang Goethe thematisiert werden.

2 Beschreiben Sie das im Gedicht *Grenzen der Menschheit* dargestellte Menschenbild. Belegen Sie Ihre Ergebnisse am Text.

3 Entwerfen Sie in Partnerarbeit ein Schaubild zum Gedicht, das zeigt, wie die menschliche und göttliche Ebene voneinander abgegrenzt werden. Nutzen Sie dafür auch die im Gedicht verwendeten sprachlichen Bilder.

Goethe: Prometheus → S. 238

4 Vergleichen Sie die dargestellte Haltung gegenüber den Göttern in den Auszügen A – D aus Goethes Sturm-und-Drang-Gedicht *Prometheus* (1774) mit der Haltung in *Grenzen der Menschheit* (1781).

A
Bedecke deinen Himmel, Zeus,
Mit Wolkendunst!
Und übe, Knaben gleich,
Der Disteln köpft,
An Eichen dich und Bergeshöhn!

B
Ich kenne nichts Ärmer's
Unter der Sonn' als euch Götter.

C
Ich dich ehren? Wofür?

D
Hier sitz' ich, forme Menschen
Nach meinem Bilde,
Ein Geschlecht, das mir gleich sei,
Zu leiden, weinen,
Genießen und zu freuen sich,
Und dein nicht zu achten,
Wie ich.

5 Formulieren Sie auf Basis Ihrer Ergebnisse aus Aufgabe 4 (S. 258) den grundsätzlichen Wandel in der Haltung, der sich im Vergleich der beiden Gedichte *Prometheus* (S. 238) und *Grenzen der Menschheit* (S. 258) zeigt. Berücksichtigen Sie auch die jeweilige Sprechsituation.

MK **6 PLUS** Recherchieren Sie zu Johann Wolfgang Goethes Lebenslauf und erklären Sie, wie sich im Gedicht *Grenzen der Menschheit* (S. 258) auch die Veränderung seiner Lebensumstände widerspiegelt.

Johann Wolfgang Goethe: Das Göttliche (1783)

Edel sei der Mensch,
Hilfreich und gut!
Denn das allein
Unterscheidet ihn
Von allen Wesen,
Die wir kennen.

Heil den unbekannten
Höhern Wesen,
Die wir ahnen!
Ihnen gleiche der Mensch!
Sein Beispiel lehr' uns
Jene glauben.

Denn unfühlend
Ist die Natur:
Es leuchtet die Sonne
Über Bös' und Gute,
Und dem Verbrecher
Glänzen, wie dem Besten
Der Mond und die Sterne.

Wind und Ströme,
Donner und Hagel
Rauschen ihren Weg
Und ergreifen
Vorüber eilend
Einen um den andern.

Auch so das Glück
Tappt unter die Menge,
Fasst bald des Knaben
Lockige Unschuld,
Bald auch den kahlen
Schuldigen Scheitel.

Goethe mietete sich 1782 in einem Teil des Hauses am Frauenplan ein, das er ab 1792 dauerhaft als Dienstwohnung bezog. Der Weimarer Herzog schenkte ihm 1807 das Haus. Heute ist es als Goethe-Nationalmuseum der Öffentlichkeit zugänglich.

Nach ewigen, ehrnen,
Großen Gesetzen
Müssen wir alle
Unseres Daseins
Kreise vollenden.

Nur allein der Mensch
Vermag das Unmögliche:
Er unterscheidet,
Wählet und richtet;
Er kann dem Augenblick
Dauer verleihen.

Er allein darf
Den Guten lohnen,
Den Bösen strafen,
Heilen und retten,
Alles Irrende, Schweifende
Nützlich verbinden.

Und wir verehren
Die Unsterblichen,
Als wären sie Menschen,
Täten im Großen,
Was der Beste im Kleinen
Tut oder möchte.

Der edle Mensch
Sei hilfreich und gut!
Unermüdet schaff' er
Das Nützliche, Rechte,
Sei uns ein Vorbild
Jener geahneten Wesen!

Hören Sie sich die Hörfassung von Goethes Gedicht im Panorama Punkt ② (S. 225) an.

7 Beschreiben Sie die Kommunikationssituation des Gedichts *Das Göttliche*: An wen wendet sich der lyrische Sprecher mit welchem Ziel?

8 Erklären Sie, welche Sonderstellung der Mensch in dem Gedicht einnimmt. Orientieren Sie sich an den folgenden zwei Aspekten.

Abgrenzung zur Natur | Verhältnis zu den „Höhern Wesen" (V. 8)

9 Stellen Sie dar, wie das Gedicht Gott, Mensch und Natur miteinander in Beziehung setzt.

10 Rezitieren Sie das Gedicht und bringen Sie dabei Ihre Deutung zum Ausdruck.

11 Vergleichen Sie die beiden Gedichte *Grenzen der Menschheit* (S. 258) und *Das Göttliche* (S. 259). Stellen Sie auch dar, inwiefern sich die Texte ergänzen. Gehen Sie dabei auf das dargestellte Menschenbild ein.

12 Nehmen Sie begründet Stellung, inwiefern Ihrer Meinung nach in der Literatur dargestellte Ideale einen positiven Einfluss auf den Menschen haben bzw. ihn „erziehen" können.

Schauen Sie sich im Panoram
Punkt ④ (S. 225) zu Italien un
den Rückgriff auf die Antike a

Johann Joachim Winckelmann: Gedanken über die Nachahmung der griechischen Werke in der Malerei und Bildhauerkunst (1755, Ausschnitt)

Der einzige Weg für uns, groß, ja, wenn es möglich ist, unnachahmlich zu werden, ist die Nachahmung der Alten, und was jemand vom Homer gesagt, dass derjenige ihn bewundern lernet, der ihn wohl verstehen gelernet, gilt auch von den Kunstwerken der Alten, sonderlich der Griechen. [...]
Die Kenner und Nachahmer der griechischen Werke finden in ihren Meisterstücken nicht allein die schönste Natur, sondern noch mehr als Natur, das ist, gewisse idealische Schönheiten derselben, die, wie uns ein alter Ausleger des Plato lehret, von Bildern bloß im Verstande entworfen, gemacht sind. [...]
Das allgemeine vorzügliche Kennzeichen der griechischen Meisterstücke ist endlich eine edle Einfalt, und eine stille Größe, sowohl in der Stellung als im Ausdrucke. So wie die Tiefe des Meers allezeit ruhig bleibt, die Oberfläche mag noch so wüten, ebenso zeiget der Ausdruck in den Figuren der Griechen bei allen Leidenschaften eine große und gesetzte Seele.

13 Erklären Sie, warum der Kunsthistoriker Johann Joachim Winckelmann fordert, sich an der Kunst der griechischen Antike zu orientieren.

14 Erläutern Sie, weshalb die Kunst der griechischen Antike als mustergültig angesehen wird.

MK **15** Johann Joachim Winckelmann hat seine Gedanken zur Kunst der Griechen an der hier abgebildeten *Laokoon-Gruppe* belegt. Recherchieren Sie zu diesem Werk und erklären Sie, inwiefern Laokoon „eine edle Einfalt, und eine stille Größe" (13 f.) verkörpert.

um den Beginn der Zeitrechnung herum entstandene Gruppe *Laokoon und seine Söhne*, heute in den Vatikanischen Museen in Rom zu besichtigen

Friedrich Schiller: Nänie[1] (1800)

Auch das Schöne muss sterben! Das Menschen und Götter bezwinget,
Nicht die eherne Brust rührt es des stygischen[2] Zeus.
Einmal nur erweichte die Liebe den Schattenbeherrscher,
Und an der Schwelle noch, streng, rief er zurück sein Geschenk[3].
Nicht stillt Aphrodite dem schönen Knaben die Wunde,
Die in den zierlichen Leib grausam der Eber[4] geritzt.
Nicht errettet den göttlichen Held die unsterbliche Mutter[5],
Wann er, am skäischen Tor[6] fallend, sein Schicksal erfüllt.
Aber sie steigt aus dem Meer mit allen Töchtern des Nereus[7],
Und die Klage hebt an um den verherrlichten Sohn.
Siehe! Da weinen die Götter, es weinen die Göttinnen alle,
Dass das Schöne vergeht, dass das Vollkommene stirbt.
Auch ein Klaglied zu sein im Mund der Geliebten, ist herrlich,
Denn das Gemeine geht klanglos zum Orkus[8] hinab.

1 Nänie, die: Bezeichnung für einen Trauergesang, der Leichenzüge im antiken Rom begleitete **2** stygischer Zeus: gemeint ist Hades, der griech. Gott der Unterwelt; abgeleitet vom Fluss Styx, dem Fluss der Unterwelt **3** Geschenk: gemeint ist Eurydike, die den Hades verlassen darf, wenn Orpheus sich nicht auf dem Weg zu ihr umdreht **4** Eber: Der eifersüchtige Kriegsgott Ares, Geliebter der Aphrodite, verwandelt sich in einen Eber und tötet Adonis, weil Aphrodite sich in diesen verliebt hatte. **5** die unsterbliche Mutter: Die Göttin Thetis, die ihren Sohn Achilles durch Eintauchen in das Wasser des Styx unverwundbar gemacht hat. **6** skäisches Tor: Dort stirbt Achilles im Trojanischen Krieg, wie es ihm von Hektor geweissagt wurde. **7** Nereus: Meeresgott, der 50 Töchter (die Nereiden) hat **8** Orkus, der: die Unterwelt, das Totenreich

Metrum → S. 536

16 Untersuchen Sie das Gedicht *Nänie* mithilfe der folgenden Leitfragen.
- Wer oder was wird betrauert?
- Welche thematischen Sinnabschnitte lassen sich in dem Gedicht erkennen?
- Welcher thematische Gegensatz entsteht durch die Konjunktion „[a]ber" (V. 9)?
- Wie wird dieser Gegensatz durch die Verse 11–14 gelöst?

Elegie → S. 536
Distichon → S. 537

17 Stellen Sie dar, wie sich in diesem Gedicht die Orientierung an der Antike zeigt. Achten Sie dabei auch auf die Gedichtform Elegie. Welche Wirkung geht davon aus?

Den Konflikt in verschiedenen Dramen untersuchen

Johann Heinrich Wilhelm Tischbein: *Goethe in der römischen Campagna*, 1787

1 Beschreiben Sie, wie Johann Wolfgang Goethe auf dem Gemälde, welches ihn auf seiner Italienreise zwischen September 1786 und Mai 1788 zeigt, abgebildet ist.

MK **2** Recherchieren Sie arbeitsteilig zu folgenden Stichworten zum Gemälde und tragen Sie Ihre Ergebnisse vor: Anatomie; Bildelemente wie z. B. Marmorrelief, Ruinen, Rundbau; Werkgeschichte.

MK **3** Goethe greift in seinem Drama *Iphigenie auf Tauris* einen antiken Stoff auf. Informieren Sie sich über die Hintergründe der sogenannten Tantalidensage und geben Sie deren Inhalt mündlich wieder.

Johann Wolfgang Goethe: Iphigenie auf Tauris. Erster Aufzug, Dritter Auftritt (1787, Auszug)

Iphigenie, Tochter des Herrschers von Mykene Agamemnon, steht auf der Insel Tauris unter dem Schutz von König Thoas und übt das angesehene Amt der Priesterin der Jagdgöttin Diana aus. Dennoch sehnt sie sich nach ihrer Heimat Griechenland und ihrem Elternhaus. Als ihr ein Bote andeutet, dass König Thoas sie zur Frau nehmen möchte, reagiert sie bestürzt, weil sie diesem Wunsch nicht entsprechen kann. Als dann Thoas sie direkt auf die Heirat anspricht, enthüllt Iphigenie zum ersten Mal die fluchbeladene Geschichte ihrer Familie, in der Hoffnung, ihn dadurch abzuschrecken, was ihr aber nicht gelingt.

THOAS Mehr Vorzug und Vertrauen geb' ich nicht
Der Königstochter als der Unbekannten.
Ich wiederhole meinen ersten Antrag:
Komm, folge mir und teile, was ich habe.
IPHIGENIE Wie darf ich solchen Schritt, o König, wagen?
Hat nicht die Göttin, die mich rettete,
Allein das Recht auf mein geweihtes Leben?
Sie hat für mich den Schutzort ausgesucht,
Und sie bewahrt mich einem Vater, den
Sie durch den Schein genug gestraft, vielleicht
Zur schönsten Freude seines Alters hier.
Vielleicht ist mir die frohe Rückkehr nah?
Und ich, auf ihren Weg nicht achtend, hätte
Mich wider ihren Willen hier gefesselt?
Ein Zeichen bat ich, wenn ich bleiben sollte.
THOAS Das Zeichen ist, dass du noch hier verweilst.
Such' Ausflucht solcher Art nicht ängstlich auf.
Man spricht vergebens viel, um zu versagen;
Der andre hört von allem nur das Nein.
IPHIGENIE Nicht Worte sind es, die nur blenden sollen:
Ich habe dir mein tiefstes Herz entdeckt.
Und sagst du dir nicht selbst, wie ich dem Vater,
Der Mutter, den Geschwistern mich entgegen
Mit ängstlichen Gefühlen sehnen muss?
Dass in den alten Hallen, wo die Trauer
Noch manchmal stille meinen Namen lispelt,
Die Freude, wie um eine Neugeborne,
Den schönsten Kranz von Säul' an Säulen schlinge.
O sendetest du mich auf Schiffen hin!
Du gäbest mir und allen neues Leben.
THOAS So kehr' zurück! Tu, was dein Herz dich heißt,
Und höre nicht die Stimme guten Rats
Und der Vernunft. Sei ganz ein Weib und gib
Dich hin dem Triebe, der dich zügellos
Ergreift und dahin oder dorthin reißt.
Wenn ihnen eine Lust im Busen brennt,
Hält vom Verräter sie kein heilig Band,
Der sie dem Vater oder dem Gemahl
Aus langbewährten, treuen Armen lockt;
Und schweigt in ihrer Brust die rasche Glut,
So dringt auf sie vergebens treu und mächtig
Der Überredung goldne Zunge los.
IPHIGENIE Gedenk', o König, deines edeln Wortes!
Willst du mein Zutraun so erwidern? Du
Schienst vorbereitet, alles zu vernehmen.
THOAS Aufs Ungehoffte war ich nicht bereitet;
Doch sollt' ich's auch erwarten: wusst' ich nicht,
Dass ich mit einem Weibe handeln ging?
IPHIGENIE Schilt nicht, o König, unser arm Geschlecht.
Nicht herrlich wie die euern, aber nicht
Unedel sind die Waffen eines Weibes.
Glaub' es, darin bin ich dir vorzuziehn,
Dass ich dein Glück mehr als du selber kenne.
Du wähnest, unbekannt mit dir und mir,
Ein näher Band werd' uns zum Glück vereinen.
Voll guten Mutes, wie voll guten Willens,
Dringst du in mich, dass ich mich fügen soll;
Und hier dank' ich den Göttern, dass sie mir
Die Festigkeit gegeben, dieses Bündnis
Nicht einzugehen, das sie nicht gebilligt.
THOAS Es spricht kein Gott; es spricht dein eignes Herz.
IPHIGENIE Sie reden nur durch unser Herz zu uns.
THOAS Und hab' ich, sie zu hören, nicht das Recht?
IPHIGENIE Es überbraust der Sturm die zarte Stimme.
THOAS Die Priesterin vernimmt sie wohl allein?
IPHIGENIE Vor allen andern merke sie der Fürst.
THOAS Dein heilig Amt und dein geerbtes Recht
An Jovis[1] Tisch bringt dich den Göttern näher
Als einen erdgebornen Wilden.
IPHIGENIE So
Büß' ich nun das Vertraun, das du erzwangst.
THOAS Ich bin ein Mensch; und besser ist's, wir enden.
So bleibe denn mein Wort: Sei Priesterin
Der Göttin, wie sie dich erkoren hat;
Doch mir verzeih' Diane, dass ich ihr
Bisher, mit Unrecht und mit innerm Vorwurf,
Die alten Opfer vorenthalten habe.
Kein Fremder nahet glücklich unserm Ufer:
Von alters her ist ihm der Tod gewiss.
Nur du hast mich mit einer Freundlichkeit,
In der ich bald der zarten Tochter Liebe,
Bald stille Neigung einer Braut zu sehn
Mich tief erfreute, wie mit Zauberbanden
Gefesselt, dass ich meiner Pflicht vergaß.
Du hattest mir die Sinnen eingewiegt,
Das Murren meines Volks vernahm ich nicht;
Nun rufen sie die Schuld von meines Sohnes
Frühzeit'gem Tode lauter über mich.
Um deinetwillen halt' ich länger nicht
Die Menge, die das Opfer dringend fordert.

IPHIGENIE Um meinetwillen hab' ich's nie begehrt.
Der missversteht die Himmlischen, der sie
Blutgierig wähnt: er dichtet ihnen nur
Die eignen grausamen Begierden an.
Entzog die Göttin mich nicht selbst dem Priester?
Ihr war mein Dienst willkommner als mein Tod.
THOAS Es ziemt sich nicht für uns, den heiligen
Gebrauch mit leicht beweglicher Vernunft
Nach unserm Sinn zu deuten und zu lenken.
Tu deine Pflicht, ich werde meine tun.
Zwei Fremde, die wir in des Ufers Höhlen
Versteckt gefunden, und die meinem Lande
Nichts Gutes bringen, sind in meiner Hand.
Mit diesen nehme deine Göttin wieder
Ihr erstes, rechtes, lang' entbehrtes Opfer!
Ich sende sie hierher; du weißt den Dienst.

1 Jovis: Grundform von Jupiter, der obersten Gottheit der römischen Religion

4 Erklären Sie, mit welchen Absichten Iphigenie und Thoas das Gespräch im Auszug (S. 262 f.) führen.

Dialoganalyse → S. 534

5 Analysieren Sie die Gesprächsstrategien und wie diese durch die sprachliche Gestaltung unterstützt werden.
- Übernehmen Sie die Tabelle und ergänzen Sie diese.
- Wählen Sie zwei weitere Stellen aus, an denen deutlich wird, mit welcher Strategie Iphigenie und Thoas vorgehen.

ÜBRIGENS

Auftragskunst
Goethes Drama *Iphigenie auf Tauris* entstand auf Bitten des Weimarer Herzogs Karl August. Er wollte für seine Ehefrau, Herzogin Luise, anlässlich der Geburt der ersten Tochter eine Theateraufführung organisieren. Der Herzog wünschte sich ausdrücklich eine weibliche Hauptfigur. Daraufhin schrieb Goethe 1779 das Stück in kurzer Zeit in der Prosafassung nieder. Bei der Uraufführung spielte er selbst den Orest.
Der Stoff beschäftigte ihn schon mehrere Jahre. Vorbild war das Stück *Iphigenie bei den Taurern* des griechischen Dichters Euripides. Auf seiner Italienreise 1786 begann Goethe das Stück in ein Versdrama umzuschreiben, sodass es auch in der strengen metrischen Form seinen Ansprüchen genügte.

Gesprächsziele	Strategien, um Ziele zu erreichen	Sprachliche Gestaltung
Thoas: Iphigenie von der Hochzeit überzeugen	– *geht nicht auf Iphigenies Offenbarung ein und macht deutlich, dass ihre Herkunft keine Rolle spielt (vgl. V. 433 f.)* – *entlarvt Iphigenies Taktik (vgl. V. 449 f.)*	…
Iphigenie: Thoas' Heiratsantrag ablehnen	– *bringt weitere Ausrede vor, behauptet, nur Diana habe das Recht auf ihr „Leben" (V. 439 f.)* – *schiebt ihre Verantwortung auf Diana ab* – *appelliert an sein Mitgefühl und erbittet sich Verständnis, will Mitleid erregen* – *bittet um Rückkehr und legt positive Folgen dar*	*rhetorische Frage(n) (V. 437 ff.)* *Frage (V. 454 ff.), Personifikation von Trauer (V. 457 f.)*
Thoas: Vorwürfe als Ausdruck der Enttäuschung	…	…
Iphigenie: Thoas beschwichtigen und sich rechtfertigen	…	…
Thoas: …	…	…

6 Nehmen Sie Stellung dazu, wie erfolgreich Iphigenie und Thoas ihr jeweiliges Ziel verfolgen.

Johann Wolfgang Goethe: Iphigenie auf Tauris. Vierter Aufzug, Vierter Auftritt

(1787, Auszug)

Thoas übergibt Pylades und Orest an Iphigenie mit dem Befehl, die beiden der Göttin Diana zu opfern. Die Brüder wurden gefangengenommen, als sie auf der Insel die Statue der Göttin rauben wollten, um den Familienfluch aufzulösen. Die drei Geschwister erkennen sich erst nicht, aber Orest nennt im Gespräch aus Verzweiflung über sein Schicksal seinen wahren Namen. Daraufhin gibt sich Iphigenie als Schwester zu erkennen. Pylades entwickelt einen Fluchtplan und bittet Iphigenie um Mithilfe. Sie soll unter einem Vorwand das Opfer hinauszögern und Thoas auch über den Aufenthaltsort von Pylades und Orest falsche Angaben machen, um die Flucht und den Raub des Standbilds der Diana zu ermöglichen.

PYLADES Leb wohl! Die Freunde will ich nun geschwind
Beruhigen, die sehnlich wartend harren.
Dann komm ich schnell zurück und lausche hier
Im Felsenbusch versteckt auf deinen Wink –
Was sinnest du? Auf einmal überschwebt
Ein stiller Trauerzug die freie Stirne.
IPHIGENIE Verzeih! Wie leichte Wolken vor der Sonne,
So zieht mir vor der Seele leichte Sorge
Und Bangigkeit vorüber.
PYLADES Fürchte nicht!
Betrüglich schloss die Furcht mit der Gefahr
Ein enges Bündnis: beide sind Gesellen.
IPHIGENIE Die Sorge nenn ich edel, die mich warnt,
Den König, der mein zweiter Vater ward,
Nicht tückisch zu betrügen, zu berauben.
PYLADES Der deinen Bruder schlachtet, dem entfliehst du.
IPHIGENIE Es ist derselbe, der mir Gutes tat.
PYLADES Das ist nicht Undank, was die Not gebeut[1].
IPHIGENIE Es bleibt wohl Undank; nur die Not entschuldigt's.
PYLADES Vor Göttern und vor Menschen dich gewiss.
IPHIGENIE Allein mein eigen Herz ist nicht befriedigt.
PYLADES Zu strenge Fordrung ist verborgner Stolz.
IPHIGENIE Ich untersuche nicht, ich fühle nur.
PYLADES Fühlst du dich recht, so musst du dich verehren.
IPHIGENIE Ganz unbefleckt genießt sich nur das Herz.
PYLADES So hast du dich im Tempel wohl bewahrt;
Das Leben lehrt uns, weniger mit uns
Und andern strenge sein; du lernst es auch.
So wunderbar ist dies Geschlecht gebildet,
So vielfach ist's verschlungen und verknüpft,
Dass keiner in sich selbst noch mit den andern
Sich rein und unverworren halten kann.
Auch sind wir nicht bestellt, uns selbst zu richten;
Zu wandeln und auf seinen Weg zu sehen,
Ist eines Menschen erste, nächste Pflicht:
Denn selten schätzt er recht, was er getan,
Und was er tut, weiß er fast nie zu schätzen.
IPHIGENIE Fast überredst du mich zu deiner Meinung.
PYLADES Braucht's Überredung, wo die Wahl versagt ist?
Den Bruder, dich und einen Freund zu retten,
Ist nur ein Weg, fragt sich's, ob wir ihn gehn?
IPHIGENIE O lass mich zaudern! denn du tätest selbst
Ein solches Unrecht keinem Mann gelassen,
Dem du für Wohltat dich verpflichtet hieltest.
PYLADES Wenn wir zugrunde gehen, wartet dein
Ein härtrer Vorwurf, der Verzweiflung trägt.
Man sieht, du bist nicht an Verlust gewohnt,
Da du, dem großen Übel zu entgehen,
Ein falsches Wort nicht einmal opfern willst.

---

1 gebeut: gebietet

7 Erklären Sie, in welchem Konflikt sich Iphigenie befindet.

8 Untersuchen Sie Pylades' Gesprächsstrategie. Erläutern Sie, mit welchen Mitteln Pylades versucht, Iphigenie von der Berechtigung seines Vorschlags zu überzeugen.

Hörtext A18

Johann Wolfgang Goethe: Iphigenie auf Tauris. Vierter Aufzug, Fünfter Auftritt (1787, Auszug)

IPHIGENIE *allein* Ich muss ihm folgen: denn die Meinigen
Seh ich in dringender Gefahr. Doch ach!
Mein eigen Schicksal macht mir bang und bänger.
O soll ich nicht die stille Hoffnung retten,
Die in der Einsamkeit ich schön genährt?
Soll dieser Fluch denn ewig walten? Soll
Nie dies Geschlecht mit einem neuen Segen
Sich wieder heben? – Nimmt doch alles ab!
Das beste Glück, des Lebens schönste Kraft
Ermattet endlich: warum nicht der Fluch?
So hofft ich denn vergebens, hier verwahrt,
Von meines Hauses Schicksal abgeschieden,
Dereinst mit reiner Hand und reinem Herzen
Die schwerbefleckte Wohnung zu entsühnen!
Kaum wird in meinen Armen mir ein Bruder
Vom grimm'gen Übel wundervoll und schnell
Geheilt, kaum naht ein lang erflehtes Schiff,
Mich in den Port der Vaterwelt zu leiten,
So legt die taube Not ein doppelt Laster
Mit ehrner Hand mir auf: das heilige,
Mir anvertraute, viel verehrte Bild
Zu rauben und den Mann zu hintergehn,
Dem ich mein Leben und mein Schicksal danke.
O dass in meinem Busen nicht zuletzt
Ein Widerwille keime! der Titanen,
Der alten Götter tiefer Hass auf euch,
Olympier, nicht auch die zarte Brust
Mit Geierklauen fasse! Rettet mich
Und rettet euer Bild in meiner Seele!

Anselm Feuerbach: *Iphigenie*, 1862

Schauen Sie sich ergänzend zum Material 1 im Panorama Punkt ③ (S. 225) zu Schiller an.

9 Vergleichen Sie Iphigenies Reflexion in diesem Monolog mit ihrer Argumentation gegenüber Pylades (S. 264) und stellen Sie dar, welche gedankliche Entwicklung der Textauszug erkennen lässt.

Friedrich Schiller: Über Anmut und Würde (1793, Ausschnitt)

Eine schöne Seele nennt man es, wenn sich das sittliche Gefühl aller Empfindungen des Menschen endlich bis zu dem Grad versichert hat, dass es dem Affekt die Leitung des Willens ohne Scheu überlassen darf und nie Gefahr läuft, mit den Entscheidungen desselben im Widerspruch zu stehen. Daher sind bei einer schönen Seele die einzelnen Handlungen eigentlich nicht sittlich, sondern der ganze Charakter ist es. Man kann ihr auch keine einzige darunter zum Verdienst anrechnen, weil eine Befriedigung des Triebes nie verdienstlich heißen kann. Die schöne Seele hat kein andres Verdienst, als dass sie ist. Mit einer Leichtigkeit, als wenn bloß der Instinkt aus ihr handelte, übt sie der Menschheit peinlichste Pflichten aus, und das heldenmütigste Opfer, das sie dem Naturtriebe abgewinnt, fällt wie eine freiwillige Wirkung eben dieses Triebes in die Augen. Daher weiß sie selbst auch niemals um die Schönheit ihres Handelns, und es fällt ihr nicht mehr ein, dass man anders handeln und empfinden könnte; dagegen ein schulgerechter Zögling der Sittenregel, so wie das Wort des Meisters ihn fordert, jeden Augenblick bereit sein wird, vom Verhältnis seiner Handlungen zum Gesetz die strengste Rechnung abzulegen. […]

In einer schönen Seele ist es also, wo Sinnlichkeit und Vernunft, Pflicht und Neigung harmonieren, und Grazie ist ihr Ausdruck in der Erscheinung.

10 Fassen Sie zusammen, was Friedrich Schiller unter einer „schöne[n] Seele" (Z. 1) versteht.

11 Erläutern Sie ausgehend von den Textauszügen des vierten und fünften Auftritts des vierten Aufzugs (S. 264 f.), inwiefern Iphigenie Schillers Definition der „schöne[n] Seele" (Z. 1) entspricht.

Johann Gottfried Herder: Briefe zur Beförderung der Humanität (1794, Ausschnitt)

Das Menschengeschlecht, wie es jetzt ist und wahrscheinlich lange noch sein wird, hat seinem größten Teil nach keine Würde; man darf es eher bemitleiden als verehren. Es soll aber zum *Charakter eines Geschlechts*, mithin auch zu dessen *Wert* und *Würde* gebildet werden. [...] Humanität ist der Charakter unseres Geschlechts; er ist aber nur in Anlagen angeboren und muss uns eigentlich angebildet werden. Wir bringen ihn nicht fertig auf die Welt mit, auf der Welt aber soll er das Ziel unsres Bestrebens, die Summe unserer Übungen, unser Wert sein; denn eine *Angelität*[1] im Menschen kennen wir nicht, und wenn der Dämon, der uns regiert, kein humaner Dämon ist, werden wir Plagegeister der Menschen. Das Göttliche in unserm Geschlecht ist also *Bildung zur Humanität*; alle großen und guten Menschen, Gesetzgeber, Erfinder, Philosophen, Dichter, Künstler, jeder edle Mensch in seinem Stande, bei der Erziehung seiner Kinder, bei der Beobachtung seiner Pflichten, durch Beispiel, Werk, Institut und Lehre hat dazu mitgeholfen. Humanität ist der Schatz und die Ausbeute aller menschlichen Bemühungen, gleichsam die *Kunst unseres Geschlechts.* Die Bildung zu ihr ist ein Werk, das unablässig fortgesetzt werden muss, oder wir sinken, höhere und niedere Stände, zur rohen Tierheit, zur *Brutalität* zurück.

1 Angelität, die: die Engelsgleichheit

12 Vergleichen Sie die Äußerungen von Schiller (S. 265) und Herder. Stellen Sie Gemeinsamkeiten und Unterschiede dar.

13 Erklären Sie ausgehend von Herders Definition, inwiefern Goethes Drama *Iphigenie auf Tauris* einen Beitrag zur „Bildung zur Humanität" (Z. 8) leistet.

14 Nehmen Sie zu Herders und Schillers Menschenbild Stellung.

Maria Stuart
→ S. 172, 174–177

Friedrich Schiller: Maria Stuart. Vierter Aufzug, Zehnter Auftritt (1800, Auszug)

Maria Stuart, Königin von Schottland, ist wegen des Verdachts auf Beihilfe bei der Ermordung ihres Ehemannes nach England geflohen und hat sich in den Schutz von Elisabeth, der englischen Königin, begeben. Diese lässt die Thronrivalin gefangen setzen und zum Tode verurteilen. Da ihre Berater geteilter Meinung sind, zögert Elisabeth jedoch zunächst, das Todesurteil zu unterzeichnen. Dennoch steht auch aufgrund des Drucks, der vom Volk ausgeht, Elisabeths Entschluss weitgehend fest. Graf von Shrewsbury, der auf der Seite Marias steht, unternimmt einen letzten Versuch, die Vollstreckung des Urteils wenigstens aufzuschieben, scheitert aber. Nach seinem Abgang verschafft sich Elisabeth im folgenden Monolog Luft.

ELISABETH *allein.*
O Sklaverei des Volksdiensts! Schmähliche
Knechtschaft – Wie bin ichs müde, diesem Götzen
Zu schmeicheln, den mein Innerstes verachtet!
Wann soll ich frei auf diesem Throne stehn!
Die Meinung muss ich ehren, um das Lob
Der Menge buhlen, einem Pöbel muss ich's
Recht machen, dem der Gaukler nur gefällt.
O der ist noch nicht König, der der Welt
Gefallen muss! Nur der ist's, der bei seinem Tun
Nach keines Menschen Beifall braucht zu fragen.
Warum hab ich Gerechtigkeit geübt,
Willkür gehasst mein Leben lang, dass ich
Für diese erste unvermeidliche
Gewalttat selbst die Hände mir gefesselt!
Das Muster, das ich selber gab, verdammt mich!
War ich tyrannisch, wie die spanische
Maria war, mein Vorfahr auf dem Thron, ich könnte
Jetzt ohne Tadel Königsblut verspritzen!
Doch war's denn meine eigne freie Wahl
Gerecht zu sein? Die allgewaltige
Notwendigkeit, die auch das freie Wollen
Der Könige zwingt, gebot mir diese Tugend.
Umgeben rings von Feinden hält mich nur
Die Volksgunst auf dem angefochtnen Thron.
Mich zu vernichten streben alle Mächte
Des festen Landes. Unversöhnlich schleudert
Der röm'sche Papst den Bannfluch auf mein Haupt,

Mit falschem Bruderkuss verrät mich Frankreich,
Und offnen, wütenden Vertilgungskrieg
Bereitet mir der Spanier auf den Meeren.
So steh ich kämpfend gegen eine Welt,
Ein wehrlos Weib! Mit hohen Tugenden
Muss ich die Blöße meines Rechts bedecken,
Den Flecken meiner fürstlichen Geburt,
Wodurch der eigne Vater mich geschändet.
Umsonst bedeck ich ihn – Der Gegner Hass
Hat ihn entblößt, und stellt mir diese Stuart,
Ein ewig drohendes Gespenst, entgegen.
Nein, diese Furcht soll endigen!
Ihr Haupt soll fallen. Ich will Frieden haben!
– Sie ist die Furie meines Lebens! Mir
Ein Plagegeist vom Schicksal angeheftet.
Wo ich mir eine Freude, eine Hoffnung
Gepflanzt, da liegt die Höllenschlange mir
Im Wege. Sie entreißt mir den Geliebten,
Den Bräut'gam raubt sie mir! Maria Stuart
Heißt jedes Unglück, das mich niederschlägt!
Ist sie aus den Lebendigen vertilgt,
Frei bin ich, wie die Luft auf den Gebirgen.
Stillschweigen.
Mit welchem Hohn sie auf mich nieder sah,
Als sollte mich der Blick zu Boden blitzen!
Ohnmächtige! Ich führe bessre Waffen,
Sie treffen tödlich, und du bist nicht mehr!
Mit raschem Schritt nach dem Tische gehend und die Feder ergreifend.
Ein Bastard[1] bin ich dir? – Unglückliche!
Ich bin es nur, so lang du lebst und atmest.
Der Zweifel meiner fürstlichen Geburt,
Er ist getilgt, sobald ich dich vertilge.
Sobald dem Briten keine Wahl mehr bleibt,
Bin ich im echten Ehebett geboren!
Sie unterschreibt mit einem raschen, festen Federzug, lässt dann die Feder fallen, und tritt mit einem Ausdruck des Schreckens zurück. Nach einer Pause klingelt sie.

1 Bastard, der: das uneheliche Kind

15 Beschreiben Sie, wie Elisabeth nach Ihrem ersten Leseeindruck auf Sie wirkt. Erläutern Sie die politischen und persönlichen Motive Elisabeths, die zur Unterzeichnung des Todesurteils führen.

16 Setzen Sie sich mit der folgenden These auseinander: „Elisabeth, die Stolze und Mächtige, ist bei aller zur Schau gestellten Stärke im Grunde ihres Wesens unsicher und schwach." (Hansjürgen Popp)

Friedrich Schiller: Maria Stuart. Fünfter Aufzug, Sechster Auftritt (1800, Auszug)

Im vorliegenden Abschnitt nimmt Maria im Angesicht ihrer Hinrichtung Abschied von ihren Bediensteten.

Die Vorigen [Melvil, Kurl]. Maria.
Sie ist weiß und festlich gekleidet, am Halse trägt sie an einer Kette von kleinen Kugeln ein Agnus Dei[1]*, ein Rosenkranz hängt am Gürtel herab, sie hat ein Kruzifix in der Hand, und ein Diadem in den Haaren, ihr großer schwarzer Schleier ist zurückgeschlagen. Bei ihrem Eintritt weichen die Anwesenden zu beiden Seiten zurück, und drücken den heftigsten Schmerz aus. Melvil ist mit einer unwillkürlichen Bewegung auf die Knie gesunken.*
MARIA *mit ruhiger Hoheit im ganzen Kreise herumsehend.*
Was klagt ihr? Warum weint ihr? Freuen solltet
Ihr euch mit mir, dass meiner Leiden Ziel
Nun endlich naht, dass meine Bande fallen,
Mein Kerker aufgeht, und die frohe Seele sich
Auf Engelsflügeln schwingt zur ewgen Freiheit.
Da, als ich in die Macht der stolzen Feindin
Gegeben war, Unwürdiges erduldend,
Was einer freien großen Königin
Nicht ziemt, da war es Zeit, um mich zu weinen!
– Wohltätig, heilend, nahet mir der Tod,
Der ernste Freund! Mit seinen schwarzen Flügeln
Bedeckt er meine Schmach – den Menschen adelt,
Den tiefstgesunkenen, das letzte Schicksal.
Die Krone fühl ich wieder auf dem Haupt,
Den würdgen Stolz in meiner edeln Seele!

1 Agnus Dei: lat. Lamm Gottes; Symbol für Jesus Christus

17 Erschließen Sie, wie Maria in diesem Textauszug dargestellt wird. Berücksichtigen Sie dabei sowohl die Regieanweisungen als auch die einzelnen Äußerungen Marias.

18 Stellen Sie dar, inwiefern Maria Schillers Ideal der „schöne[n] Seele" (S. 265, Z. 1) entspricht.

Johann Wolfgang Goethe: Faust I, Prolog im Himmel (1808, Auszug)

Der „Prolog im Himmel“ ist der eigentlichen Handlung vorangestellt und bildet den Rahmen für den weiteren Verlauf. Im Dialog zwischen dem Herrn und dem Teufel Mephistopheles bringt der Herr das Gespräch auf Dr. Faust, der zum Gegenstand einer Wette zwischen den beiden wird.

MEPHISTOPHELES [...]
Der kleine Gott der Welt bleibt stets von gleichem Schlag,
Und ist so wunderlich als wie am ersten Tag.
Ein wenig besser würd' er leben,
Hättst du ihm nicht den Schein des Himmelslichts gegeben;
Er nennt's Vernunft und braucht's allein,
Nur tierischer als jedes Tier zu sein.
Er scheint mir, mit Verlaub von Euer Gnaden,
Wie eine der langbeinigen Zikaden,
Die immer fliegt und fliegend springt
Und gleich im Gras ihr altes Liedchen singt;
Und läg' er nur noch immer in dem Grase!
In jeden Quark begräbt er seine Nase.
DER HERR
Hast du mir weiter nichts zu sagen?
Kommst du nur immer anzuklagen?
Ist auf der Erde ewig dir nichts recht?
MEPHISTOPHELES
Nein, Herr! ich find' es dort, wie immer, herzlich schlecht.
Die Menschen dauern mich in ihren Jammertagen,
Ich mag sogar die Armen selbst nicht plagen.
DER HERR Kennst du den Faust?
MEPHISTOPHELES Den Doktor?
DER HERR Meinen Knecht!
MEPHISTOPHELES
Fürwahr! er dient Euch auf besondre Weise.
Nicht irdisch ist des Toren Trank noch Speise.
Ihn treibt die Gärung in die Ferne,
Er ist sich seiner Tollheit halb bewusst;
Vom Himmel fordert er die schönsten Sterne
Und von der Erde jede höchste Lust,
Und alle Näh' und alle Ferne
Befriedigt nicht die tiefbewegte Brust.
DER HERR Wenn er mir jetzt auch nur verworren dient,
So werd' ich ihn bald in die Klarheit führen.
Weiß doch der Gärtner, wenn das Bäumchen grünt,
Dass Blüt' und Frucht die künft'gen Jahre zieren.
MEPHISTOPHELES Was wettet Ihr? den sollt Ihr noch verlieren,
Wenn Ihr mir die Erlaubnis gebt,
Ihn meine Straße sacht zu führen.
DER HERR Solang' er auf der Erde lebt,
Solange sei dir's nicht verboten.
Es irrt der Mensch, solang' er strebt.
[...]
Nun gut, es sei dir überlassen!
Zieh diesen Geist von seinem Urquell ab,
Und führ' ihn, kannst du ihn erfassen,
Auf deinem Wege mit herab,
Und steh' beschämt, wenn du bekennen musst:
Ein guter Mensch in seinem dunklen Drange
Ist sich des rechten Weges wohl bewusst.
MEPHISTOPHELES
Schon gut! nur dauert es nicht lange.
Mir ist für meine Wette gar nicht bange.
Wenn ich zu meinem Zwecke gelange,
Erlaubt Ihr mir Triumph aus voller Brust.

19 Erschließen Sie das Menschenbild von Mephistopheles und dem Herrn. Übernehmen und vervollständigen Sie dazu die folgende Tabelle.

Menschenbild Mephistopheles'	Menschenbild des Herrn
– *Vernunft nur Maskerade, hinter der der Mensch niedere Instinkte und Neugier verbirgt (vgl. V. 285–292)* – ...	– *Mensch macht Fehler, aber kann aus diesen lernen (vgl. V. 328f.)* – ...

20 Untersuchen Sie, warum sich der Herr auf die Wette mit Mephistopheles einlässt.

21 Erläutern Sie, inwiefern das Menschenbild des Herrn dem Ideal des Menschen in der Klassik entspricht.

Johann Wolfgang Goethe: Faust I, Straße (1808, Auszug)

Mephisto konnte Faust zu folgender Wette überreden: Er erfüllt dem Gelehrten Faust zu Lebzeiten jeden Willen. Sollte Faust jedoch in seinem Streben innehalten und „zum Augenblicke sagen: / Verweile doch! du bist so schön!" (V. 1699 f.), gehört seine Seele nach dem Tod für immer dem Teufel. Dieser führt Faust in Versuchungen, u. a. indem er ihn durch einen Zaubertrank verjüngt, damit er in Liebe einer Frau verfällt.

FAUST. MARGARETE *vorübergehend.*
FAUST Mein schönes Fräulein[1], darf ich wagen,
Meinen Arm und Geleit[2] Ihr anzutragen?
MARGARETE Bin weder Fräulein, weder schön,
Kann ungeleitet nach Hause gehn.
(Sie macht sich los und ab.)
FAUST Beim Himmel, dieses Kind ist schön!
So etwas hab' ich nie gesehn.
Sie ist so sitt- und tugendreich,
Und etwas schnippisch doch zugleich.
Der Lippe Rot, der Wange Licht,
Die Tage der Welt vergess' ich's nicht!
Wie sie die Augen niederschlägt,
Hat tief sich in mein Herz geprägt;
Wie sie kurz angebunden war,
Das ist nun zum Entzücken gar!
MEPHISTOPHELES *tritt auf.*
FAUST Hör, du musst mir die Dirne[3] schaffen!
MEPHISTOPHELES Nun, welche?
FAUST Sie ging just vorbei.
MEPHISTOPHELES Da die? Sie kam von ihrem Pfaffen,
Der sprach sie aller Sünden frei;
Ich schlich mich hart am Stuhl[4] vorbei.
Es ist ein gar unschuldig Ding,
Das eben für nichts zur Beichte[5] ging;
Über die hab' ich keine Gewalt!

1 Fräulein, das: Anrede für eine unverheiratete adelige junge Frau 2 Geleit, das: Begleitung 3 Dirne, die: hier: Bezeichnung für eine junge unverheiratete Frau, nicht abwertend 4 Stuhl, der: hier: Beichtstuhl (in römisch-katholischen Kirchen der Ort, oft ein Holzschrank, für die Beichte) 5 Beichte, die: Mit einer Beichte übernimmt ein Mensch Verantwortung für seine Verfehlungen, indem er einem Geistlichen gesteht, was er getan hat. Der Geistliche vergibt im Namen Gottes die Vergehen und erneuert dadurch die Verbindung des Menschen zu Gott.

22 Erklären Sie, warum Mephisto zögert, für Faust den Kontakt zu Gretchen herzustellen.

Johann Wolfgang Goethe: Faust I, Kerker (1808, Schluss)

Margarete hatte, um mit dem geliebten Faust ungestört zu sein und von Mephisto eingefädelt, ihrer Mutter einen tödlichen Schlaftrunk gegeben. Die Nacht mit Faust führte zu einem Kind, welches Margarete, nachdem Faust sie im Stich gelassen hatte, in ihrer Not ertränkte. Allein im Kerker und zum Tode verurteilt, zittert sie zwischen Reue, Liebe und Wahn Faust verschafft sich durch Mephisto Zutritt zu ihr und will sie zur Flucht überreden.

FAUST Du kannst! So wolle nur! Die Tür steht offen.
MARGARETE Ich darf nicht fort; für mich ist nichts zu hoffen.
Was hilft es fliehn? Sie lauern doch mir auf.
Es ist so elend, betteln zu müssen,
Und noch dazu mit bösem Gewissen!
Es ist so elend, in der Fremde zu schweifen,
Und sie werden mich doch ergreifen!
FAUST Ich bleibe bei dir.
MARGARETE Geschwind! Geschwind!
Rette dein armes Kind.
Fort! Immer den Weg
Am Bach hinauf,
Über den Steg,
In den Wald hinein,
Links, wo die Planke steht,
Im Teich.
Fass es nur gleich!
Es will sich heben,
Es zappelt noch!
Rette! rette!
FAUST Besinne dich doch!
Nur einen Schritt, so bist du frei!
MARGARETE Wären wir nur den Berg vorbei
Da sitzt meine Mutter auf einem Stein,
Es fasst mich kalt beim Schopfe!
Da sitzt meine Mutter auf einem Stein
Und wackelt mit dem Kopfe;
Sie winkt nicht, sie nickt nicht, der Kopf ist ihr schwer,
Sie schlief so lange, sie wacht nicht mehr.
Sie schlief, damit wir uns freuten.
Es waren glückliche Zeiten!

FAUST Hilft hier kein Flehen, hilft kein Sagen,
So wag' ich's, dich hinweg zu tragen.
MARGARETE Lass mich! Nein, ich leide keine Gewalt!
Fasse mich nicht so mörderisch an!
Sonst hab' ich dir ja alles zu Lieb getan.
FAUST Der Tag graut! Liebchen! Liebchen!
MARGARETE
Tag! Ja es wird Tag! der letzte Tag dringt herein;
Mein Hochzeittag sollt' es sein!
Sag niemand, dass du schon bei Gretchen warst[1].
Wehe meinem Kranze!
Es ist eben geschehn!
Wir werden uns wiedersehn;
Aber nicht beim Tanze.
Die Menge drängt sich, man hört sie nicht.
Der Platz, die Gassen
Können sie nicht fassen.
Die Glocke ruft, das Stäbchen bricht[2].
Wie sie mich binden und packen!
Zum Blutstuhl[3] bin ich ja schon entrückt.
Schon zuckt nach jedem Nacken
Die Schärfe, die nach meinem zückt.
Stumm liegt die Welt wie das Grab!
FAUST O wär' ich nie geboren!
MEPHISTOPHELES *(Erscheint draußen.)* Auf! oder ihr seid verloren.
Unnützes Zagen! Zaudern und Plaudern!
Meine Pferde schaudern,
Der Morgen dämmert auf.
MARGARETE Was steigt aus dem Boden auf?
Der! der! Schick' ihn fort!
Was will der an dem heiligen Ort?
Er will mich!
FAUST Du sollst leben!
MARGARETE Gericht Gottes! dir hab' ich mich übergeben!
MEPHISTOPHELES *(zu Faust)*
Komm! komm! Ich lasse dich mit ihr im Stich.
MARGARETE Dein bin ich, Vater[4]! Rette mich!
Ihr Engel! Ihr heiligen Scharen,
Lagert euch umher, mich zu bewahren!
Heinrich! Mir graut's vor dir.
MEPHISTOPHELES Sie ist gerichtet[5]!
STIMME *(von oben)* Ist gerettet[6]!
MEPHISTOPHELES *(zu Faust)* Her zu mir!
(Verschwindet mit Faust.)
STIMME *(von innen, verhallend)* Heinrich! Heinrich!

1 Sag niemand, dass du schon bei Gretchen warst: Faust hatte schon eine Nacht mit ihr verbracht und damit gegen damals geltende moralische Normen verstoßen. 2 das Stäbchen bricht: Der Richter zerbricht vor der Hinrichtung über dem Kopf des Verurteilten ein weißes Stäbchen und wirft es ihm vor die Füße. Das Zerbrechen des Richterstabes symbolisiert, dass der Verbrecher aus der Gemeinschaft seiner Mitmenschen ausgeschlossen wird und sein Leben verwirkt ist. 3 Blutstuhl, der: der Stuhl, an den der Verurteilte bei der Hinrichtung durch das Schwert gebunden wurde; die Todesstrafe wurde als „Blutgerichtsbarkeit" bezeichnet. 4 Vater, der: Gott, dessen Gericht sich Gretchen übergibt 5 Sie ist gerichtet: durch das irdische Gericht, da sie mit Faust nicht aus dem Gefängnis flieht 6 ist gerettet: Vorausdeutung auf die Rettung vor der ewigen Verdammnis (Hölle) durch die Gnade Gottes

23 Erläutern Sie, warum Margarete am Ende durch eine Stimme von oben „gerettet" (V. 4612) wird und was diese Rettung bedeutet.

24 **PLUS** Benennen Sie Margaretes Konflikte, die im Textauszug zum Ausdruck kommen. Übertragen Sie in Gruppenarbeit die Konfliktsituationen auf heutige Verhältnisse und erarbeiten Sie Lösungsmöglichkeiten, die heute einer „Rettung" gleichkämen. Stellen Sie Ihre Ergebnisse dem Kurs vor und vergleichen Sie diese.

MK **25** **PLUS** Erstellen Sie Informationsplakate zum Frauenbild in der Literatur der Weimarer Klassik. Beziehen Sie sich dabei – ggf. arbeitsteilig oder in Auswahl – auf folgende Figuren: Johann Wolfgang Goethes *Iphigenie*, Friedrich Schillers *Maria Stuart*, Heinrich von Kleists *Penthesilea*, Friedrich Schillers *Jungfrau von Orleans*, Johann Wolfgang Goethes Margarete aus *Faust*. Recherchieren Sie ggf. die Figur.

ÜBRIGENS

Kindsmord
In seiner Autobiografie *Dichtung und Wahrheit* (1808–1831) berichtet Goethe von der Begegnung in einem Gasthaus mit einer Magd „von unglaublicher Schönheit", die bleibenden Eindruck bei ihm hinterlassen habe. Als er sie am nächsten Tag in der Kirche aufsuchte, erfuhr er ihren Namen: Gretchen.
Als juristischer Referendar war Goethe Zeuge des Prozesses um die 1772 in Frankfurt am Main als Kindsmörderin öffentlich hingerichtete Magd Susanna Margaretha Brandt.
Im Jahr 1783 bekam Goethe im Auftrag des Herzogs Karl August von Sachsen-Weimar-Eisenach zur Begutachtung den Fall der Johanna Höhn vorgelegt, die ebenfalls ihr Kind getötet hatte. Es ging um die Frage, ob das vom Gericht verhängte Todesurteil vollstreckt werden sollte. Goethe entschied, die Todesstrafe beizubehalten.

Merkmale der Klassik (1786–1805)

Epochenlexikon
→ S. 514 f.

Schauen Sie sich im Panorama die Punkte ①–⑥ (S. 225) an, um die Epoche noch besser zu verstehen.

Das Goethe-Schiller-Denkmal vor dem Deutschen Nationaltheater in Weimar wurde 1857 eingeweiht.

Die Weimarer Klassik

Die Weimarer Klassik gilt als die Blütezeit deutscher Literatur und Kultur, die maßgeblich durch die in Weimar wirkenden Schriftsteller **Johann Wolfgang Goethe** (1749–1832) und **Friedrich Schiller** (1759–1805) geprägt wurde. Als Beginn wird häufig die Italienreise Johann Wolfgang Goethes ab 1786 angesehen, die diesen mit der Kultur der Antike in Berührung brachte, als Ende der Tod Schillers im Jahre 1805. Neben Goethe und Schiller zählen u. a. **Christoph Martin Wieland** (1733–1813), ab 1772 Fürstenerzieher und Autor in Weimar, und **Johann Gottfried Herder** (1744–1803), Generalsuperintendent der Weimarer Stadtkirche und Schriftsteller, zu den bedeutendsten literarischen Persönlichkeiten dieser Zeit.

Ästhetische Erziehung und Bildungsideal

Den Unruhen einer gesellschaftlichen Umwälzung setzen die Klassiker das Programm einer **ästhetischen Erziehung** als zivilisierende Leistung entgegen. Durch die Kunst sollen **Humanität** und das **Wahre, Gute und Schöne** vermittelt und der Mensch zu einem harmonischen, im Weltganzen aufgehenden Wesen ausgebildet werden. Vollendet sehen sie diese Bildung zur Humanität im Ideal der **schönen Seele** (Friedrich Schiller), bei der Pflicht und Neigung im Einklang stehen.

Zeithistorische Umstände

Das künstlerische Schaffen wird durch die politisch-gesellschaftlichen Spannungen der **Französischen Revolution** beeinflusst. Während viele Dichter, wie z. B. Herder, den Grundgedanken der Erklärung der Menschenrechte 1789 folgen, wenden Goethe und Schiller sich im Gegensatz zu den Stürmern und Drängern von einer gewaltsamen Durchsetzung dieser Rechte ab. Die Weimarer Klassik stellt das Streben nach einem **harmonischen Ausgleich von Gegensätzen** ins Zentrum der Kunst.

Griechische Antike als Muster und Vorbild

Verwirklicht sahen die Klassiker ihre Ideale in der Kunst und im Menschenbild der griechischen Antike. Schiller versteht die Antike als Harmonie zwischen Ideal und Leben, Natur und Freiheit. Die Klassiker orientieren sich in der Folge an den Formen und den Stoffen der griechischen Antike.

In diesem Haus in Weimar wohnte Schiller von 1802 bis 1805.

Maß und Form in Lyrik und Drama

Dem antiken Kunstideal folgend wurde nach Vollkommenheit und der **Übereinstimmung von Inhalt und Form** gesucht. Man greift in der Lyrik auf **antike Genres** wie Elegie und Hymne und auf strenge Formen wie z. B. das Sonett sowie auf das Gedicht als Medium weltanschaulich-ästhetischer Reflexionen (Gedankenlyrik) zurück – stets mit dem Ziel, Ganzheitlichkeit und Mustergültigkeit zu erreichen. Im Drama äußert sich das in einem strengen Aufbau nach den aristotelischen Einheiten, im hohen Stil der Figurenrede und in Versdramen, aber auch in Konflikten, die sich stärker im Inneren der Figuren abspielen.

Interpretation eines dramatischen Textes, ggf. mit weiterführendem Schreibauftrag (I, a)

Aufgabenart
→ S. 564

KOMPETENZBOX

Dramatische Texte schriftlich interpretieren

Diese Aufgabenart verlangt eine Interpretation, d.h. die Analyse und Deutung eines dramatischen Textes. Für eine Interpretation stellen Sie einen Zusammenhang zwischen Inhalt, Form und Sprache her.

1. Erstes Textverständnis festhalten – Aufgabenstellung erfassen
- erste Eindrücke festhalten
- Textangaben erfassen: Titel, Autorin/Autor, Textsorte, Thema, Entstehungs- oder Veröffentlichungsjahr
- Teilaufgaben und Untersuchungsaspekte beachten: Welche Operatoren erfordern was? Welche Aspekte des Textes sollen analysiert werden?

2. Dramatischen Text untersuchen und Bezüge herstellen
- Thema und Handlung des Textes erfassen
- Deutungshypothese formulieren
- die in der Aufgabenstellung genannten Aspekte untersuchen oder eigene Aspekte auswählen
- ggf. textüberschreitende Aspekte einbeziehen
- ggf. Untersuchungsergebnisse für die Bearbeitung der zweiten Aufgabe nutzen

3. Untersuchungsergebnisse prüfen
- Fazit aus den Untersuchungsergebnissen ziehen
- Deutungshypothese überprüfen und ggf. neu formulieren

4. Gliederung erstellen

Einleitung:
- interessanten Einstieg finden
- Titel, Autorin/Autor, Textsorte, Thema, Entstehungs- oder Veröffentlichungsjahr benennen
- Deutungshypothese formulieren

Hauptteil:
- Inhalt kurz wiedergeben und Szene in den Dramenzusammenhang einordnen
- Untersuchungsergebnisse anordnen
  a) nach der Reihenfolge des Handlungsverlaufs
  b) nach vorgegebenen oder selbst gewählten Aspekten
- ggf. aufgabenbezogene Überleitung zur zweiten Aufgabe formulieren
- ggf. zweite Aufgabe ausarbeiten

Schluss:
- Ergebnisse zusammenfassen, ggf. Bezug zur Einleitung herstellen

5. Klausur schreiben
- sachlich und präzise formulieren, Fachbegriffe verwenden
- logische Nachvollziehbarkeit durch gedankliche Zusammenhänge und sprachliche Verknüpfungen beachten
- Aussagen am Text durch direkte und indirekte Zitate belegen

6. Klausur überarbeiten
- sachliche Richtigkeit prüfen
- Formalia, z.B. korrektes Zitieren, beachten
- sprachliche Richtigkeit (Ausdruck, Grammatik, Zeichensetzung, Rechtschreibung) überprüfen

BEISPIEL-KLAUSUR **Aufgabe**

1 Interpretieren Sie den Dialog zwischen Iphigenie und Thoas (Erster Aufzug, Dritter Auftritt; S. 262 f.) aus dem Drama *Iphigenie auf Tauris* von Johann Wolfgang Goethe aus dem Jahr 1787.

2 Erläutern Sie, inwiefern Iphigenie und Thoas der von Johann Gottfried Herder geforderten Humanität gerecht werden.

Johann Gottfried Herder: Theoretische Schriften – Ideen zur Philosophie der Geschichte der Menschheit: V, 5 Unsre Humanität ist nur Vorübung, die Knospe zu einer zukünftigen Blume (1784–1791, Ausschnitt)

Wir sahen, dass der Zweck unsres jetzigen Daseins auf Bildung der Humanität gerichtet sei, der alle niedrige Bedürfnisse der Erde nur dienen und selbst zu ihr führen sollen. Unsre Vernunftfähigkeit soll zur Vernunft, unsre feinern Sinne zur Kunst, unsre Triebe zur echten Freiheit und Schöne, unsre Bewegungskräfte zur Menschenliebe gebildet werden; [...] Und wie selten wird dieser ewige, dieser unendliche Zweck hier erreicht! Bei ganzen Völkern liegt die Vernunft unter der Tierheit gefangen, das Wahre wird auf den irresten Wegen gesucht und die Schönheit und Aufrichtigkeit, zu der uns Gott erschuf, durch Vernachlässigung und Ruchlosigkeit verderbet. Bei wenigen Menschen ist die gottähnliche Humanität im reinen und weiten Umfange des Worts eigentliches Studium des Lebens; die meisten fangen nur spät an, daran zu denken, und auch bei den besten ziehen niedrige Triebe den erhabenen Menschen zum Tier hinunter.

1. Erstes Textverständnis festhalten – Aufgabenstellung erfassen

Schreibtraining 124

1.1 Klären Sie, was die Aufgabenstellung von Ihnen verlangt. Beachten Sie die Operatoren in den Aufgaben 1 und 2 sowie die Untersuchungsaspekte für eine Szenenanalyse.

1.2 Lesen Sie den Dialog, halten Sie Ihre ersten Eindrücke fest und klären Sie ggf. offene Fragen.

1.3 Lesen Sie den Text von Herder und klären Sie unbekannte Wörter.

2. Dramatischen Text untersuchen und Bezüge herstellen

2.1 Untersuchen Sie den Inhalt des Auftritts und notieren sie erste Überlegungen zu den folgenden Leitfragen.
- Was ist vor dem Dialog geschehen und warum sprechen die Figuren miteinander?
- Wie ist die Szene in das Drama einzuordnen?
- Was ist das Thema des Dialogs? Gibt es mehrere Themen?
- Welche Gefühle durchleben die beiden Figuren?
- Inwiefern verändert sich die Stimmung im Verlauf des Dialogs?

2.2 Benennen Sie Gründe und notieren Sie Belege, die dafür sprechen, dass Iphigenie Herders Idealvorstellungen deutlich näher kommt als Thoas.

- *obwohl Iphigenie sehr emotional ist, reagiert sie sachlich und selbstbeherrscht, Textbelege: ...*
- *Iphigenies Verhalten ist von Vernunft und Mitmenschlichkeit geprägt, Textbelege: ...*
- *...*

2.3 Analysieren Sie den Dialog. Nutzen Sie den folgenden Sprachtipp und orientieren Sie sich dabei an folgenden Aspekten:
- Beziehung der Gesprächspartnerin/des Gesprächspartners
- Gesprächsziele
- Gesprächsstrategien
- Gesprächsanteile
- Gesprächsverhalten

Sprachtraining 125

SPRACHTIPP

Sprachhandlungsverben, die eine Intention, Strategie oder Reaktion ausdrücken

beschwichtigen | schmeicheln | loben | einschüchtern | manipulieren | ein schlechtes Gewissen machen | milde stimmen | sich anvertrauen | ins Vertrauen ziehen | verunsichern | irreführen | ablenken | eine Ausrede finden | motivieren | aufstacheln | appellieren an | etwas unterstellen | warnen | fordern | befehlen | zu bedenken geben | vor Augen führen | verurteilen | sich lustig machen | lächerlich machen | bezweifeln | infrage stellen | hinterfragen | sich rechtfertigen | beteuern | herausfordern | ignorieren | nicht auf das Gegenüber eingehen | sich erklären | inständig bitten | sich erkundigen | nachfragen | behaupten | begründen | vorwerfen | widersprechen | unterbrechen | entlarven | kontern | drohen | anflehen | beschimpfen | beleidigen | provozieren | …

2.4 Beantworten Sie für Aufgabe 2 (S. 273) die folgenden Leitfragen:
- Was bedeutet der Begriff Humanität?
- Wie kann man laut Herder Humanität ausbilden?
- Inwieweit ist die Humanität bei Iphigenie und Thoas in diesem Auftritt ausgeprägt?

- *Begriff der Humanität bei Herder besteht darin, dass …*
- *wichtige Wörter in Bezug auf Humanitätsausbildung: … (Z. …), … (Z. …)*
- *…*
- *Bezug zu den Figuren:*
  - *Iphigenie: …*
  - *Thoas: …*

3. Untersuchungsergebnisse prüfen

3.1 Beurteilen Sie die folgenden drei Deutungshypothesen und überarbeiten Sie diese.

A Iphigenies Dilemmasituation und ihr tragischer innerer Konflikt offenbaren sich in dieser Szene, indem sie Ausflüchte sucht und sich um eine konkrete Antwort drückt.

B Der Dialog entwickelt sich von einem Erkundungs- hin zu einem dynamischen Konfliktgespräch: Er beginnt mit einem Heiratsantrag und endet mit der Wiedereinführung von Menschenopferungen.

C In dem Dialog stehen sich Iphigenie und Thoas mit unvereinbaren Vorstellungen und gegensätzlich angelegten Charakteren gegenüber.

3.2 Entscheiden Sie sich für eine Deutungshypothese aus Schritt 3.1 oder formulieren Sie eine eigene, an der Sie Ihre Weiterarbeit ausrichten.

4. Gliederung erstellen

4.1 Beurteilen Sie den folgenden Auszug aus einer Gliederung, ergänzen Sie diesen bzw. erstellen Sie eine eigene Gliederung, in der Sie stichpunktartig Ihre Untersuchungsergebnisse anordnen.

Einstiegsidee: Iphigenie als außergewöhnliche Frauenfigur in der Literatur Ende des 18. Jahrhunderts
Textangaben: Iphigenie auf Tauris, Aufzug: I,3; J. W. Goethe, 1787, ...
Deutungshypothese: ...

I. Einordnung der Szene in den Dramenzusammenhang

II. Inhaltsangabe nach Sinnabschnitten
- *Wiederholung des Heiratsantrags und Iphigenies Ausweichversuche (V. 433–V. 447)*
- *...*

III. Interpretation des Dialogs
1. *Gesprächsvoraussetzungen*
   - *vorhergehende Handlung (Voraussetzungen): ...*
   - *Verhältnis der Figuren zueinander: ...*
2. *Zielvorstellungen bzw. Intentionen*

Thoas	*Iphigenie*
– *Iphigenie von Heirat überzeugen* – *...*	– *Thoas' Angebot ausweichen, dann ablehnen* – *Erlaubnis zur Rückkehr nach Hause erreichen*

3. *daraus resultierende Gesprächsstrategien in ihrer sprachlichen Gestaltung:*

Thoas	*Iphigenie*
...	*...*

4. *Fazit, Rückbezug auf Deutungshypothese*

IV. Aufgabe 2
1. *aufgabenbezogene Überleitung*
2. *Beantwortung der zweiten Aufgabe*

Schlussgedanke: Iphigenie als Figur, die einer „gottähnliche[n] Humanität" (Z. 8 f.) zumindest nahekommt, Thoas ...

4.2 Ergänzen Sie die folgende Gliederung zu Aufgabe 2 (S. 273). Nutzen Sie dazu Ihre Ergebnisse von Arbeitsschritt 2.2.

- *übergeordnete Ziele der Weimarer Klassik im Hinblick auf Humanität: ...*
- *Darstellung der Vorstellungen Herders zur Humanität: Mensch kann nur zur „echten Freiheit" (Z. 3 f.) gelangen, wenn...*
- *Argumente und Belege, die dafür sprechen, dass Iphigenie Herders Idealvorstellungen nahekommt: ...*
- *Argumente und Belege, die dafür prechen, dass Thoas diese nicht erfüllt: ...*
- *Argumente und Belege, die dagegen sprechen, dass Thoas diese nicht erfüllt: ...*
- *Schluss: Bezug zwischen Thoas und Herders Vorstellung, dass die Fähigkeit zur Vernunft erst ausgebildet werden muss (Ausblick)*

5. Klausur schreiben

5.1 Ordnen Sie die folgenden Überleitungen einzelnen Untersuchungsaspekten einer Dialoganalyse zu.

A *Iphigenie und Thoas setzen unterschiedliche Gesprächsstrategien ein, um die skizzierten Ziele zu erreichen. So nutzt Iphigenie ... Das äußert sich auch in der sprachlichen Gestaltung, wenn ... Thoas dagegen ...*

B *Daraus lassen sich die gegensätzlichen Zielvorstellungen der Dialogpartner ableiten.*

C *Diese verschiedenen Gesprächsintentionen spiegeln sich auch im Gesprächsverlauf wider. Zu Beginn ...*

5.2 Benennen Sie in dem folgenden Ausschnitt die sprachlichen Mittel, die Zusammenhänge verdeutlichen und für eine klare Struktur des Textes sorgen.

Iphigenie ändert hierauf ihre Strategie und versucht, an Thoas' Mitgefühl zu appellieren. Sie hofft, durch eine rhetorische Frage (vgl. V. 454ff.) eine Perspektivübernahme von Thoas erreichen zu können. Dabei verleiht die Aufzählung ihrer Familienmitglieder, die sich nach ihr sehnen und um sie trauern, ihrem Anliegen Eindringlichkeit. Verstärkt wird dieser Eindruck durch die Personifikation der Trauer, die „stille ... [ihren] Namen lispelt" (V. 458), und ...

5.3 Untersuchen Sie, wie in den folgenden Textbausteinen eine Strukturierung des Textes erreicht wird. Orientieren Sie sich beim Verfassen Ihres Textes daran.

Übergeordnetes Ziel der Weimarer Klassik war die Ausbildung von Humanität, da ... Es stellt sich deswegen die Frage, inwiefern Iphigenie und Thoas diesen Ansprüchen gerecht werden können.
Obwohl in diesem Dialog Iphigenies Emotionalität immer wieder deutlich wird, reagiert sie dennoch ...
Dies wird auch darin deutlich, dass sie ... Sie kommt damit der von Herder postulierten Vorstellung, ...
Thoas hingegen...
Herder betont aber auch, dass der Zustand der „Ruchlosigkeit" (Z. 8) nicht unabänderlich ist. Somit ...

5.4 Verfassen Sie auf Basis Ihrer Gliederung aus den Arbeitsschritten 4.1 und 4.2 die Klausur.

6. Klausur überarbeiten

6.1 Überarbeiten Sie den folgenden Auszug aus einer Dialoganalyse, indem Sie die Zusammenhänge stärker verdeutlichen und Floskeln ersetzen.

Iphigenie appelliert an sein Mitgefühl und will Mitleid erregen. Dabei verwendet sie viele sprachliche Mittel. Mit einer rhetorischen Frage „Willst du mein Zutraun so erwidern?" (V. 476) fordert sie Loyalität von ihm und will ihn zum Nachdenken anregen. Sie bezeichnet sich und ihr Volk außerdem als „arm Geschlecht" (V. 481). Durch den Anruf „o König" (V. 481) wirkt das besonders gefühlvoll.

6.2 Überarbeiten Sie Ihre Klausur. Achten Sie dabei besonders auf eine logische und für den Adressaten bzw. die Adressatin nachvollziehbare Darstellung der Zusammenhänge.

Beispiellösung D10

Beispiellösung (Ausschnitt)

Im Jahr 1787 bringt Johann Wolfgang Goethe mit dem Drama „Iphigenie auf Tauris" eine starke Frau auf die Bühne, die sich für ihre Zeit außergewöhnlich selbstbewusst den Männern entgegenstellt. Dies wird bereits im Aufzug I,3 deutlich, in dem sich Iphigenies Dilemmasituation und ihr tragischer innerer Konflikt zwischen Pflicht und Neigung offenbaren.

Der vorliegende Auszug gibt ein Gespräch zwischen Thoas, dem König von Tauris, und Iphigenie wieder. Unmittelbar zuvor ist Iphigenie durch Arkas mitgeteilt worden, dass Thoas um ihre Hand anhalten wird. Iphigenie weist den Antrag ab, in der Hoffnung bald zu ihrer Familie nach Griechenland zurückkehren zu können. Der Dramenausschnitt aus I,3 setzt ein, als Thoas seinen Antrag wiederholt. Zunächst versucht Iphigenie Thoas erneut auszuweichen, indem sie behauptet, die Verantwortung für ihr Schicksal läge in der Hand der Göttin Diana. Thoas entlarvt dies als Ausrede und reagiert ungehalten auf die Abweisung. […]

Die Intentionen der Dialogpartnerin und des Dialogpartners stehen sich konträr gegenüber: Während Thoas zunächst vornehmlich das Ziel verfolgt, dass Iphigenie seinen Heiratsantrag annimmt, wird Iphigenies Abwehr von Anfang an deutlich. Sie betont zunächst, dass die sie errettende Göttin allein ein Anrecht auf sie habe (vgl. V. 438f.). Als Thoas als trotzige Reaktion auf ihre Ausflüchte ankündigt, die Menschenopferung wieder einführen zu wollen (vgl. V. 520 f.), versucht sie ihn zu beschwichtigen. Auf Tauris fühlt sie sich metaphorisch „gefesselt" (V. 446). Thoas entlarvt diese Aussagen als „Ausflucht" (V. 449). […]

Entsprechend ihrer gegensätzlichen Charaktere ist auch die Herangehensweise, mit der die Figuren ihre Ziele erreichen wollen, sehr unterschiedlich. Iphigenie nutzt verschiedene Strategien, um eine direkte Antwort zu umgehen. Zu Beginn lenkt sie von sich ab und überträgt die Verantwortung für ihr Schicksal der Göttin Diana, was die rhetorische Frage (vgl. V. 437 ff.) zeigt. Dennoch verbirgt sie nicht den Wunsch, zu ihrer Familie zurückzukehren, wie das Adjektiv „froh[…]" (V. 444) verdeutlicht. […]

Laut Herder kann der Mensch nur dann zur „echten Freiheit" (Z. 3 f.) gelangen, wenn er nach den Grundsätzen der Vernunft und Humanität handelt. […]

Obwohl in diesem Dialog Iphigenies Emotionalität immer wieder deutlich wird, reagiert sie dennoch stets selbstbeherrscht und sachlich. Angesichts ihrer schwer zu ertragenden Dilemmasituation zeigt ihr Verhalten, dass es von Vernunft und Mitmenschlichkeit motiviert ist. Dies wird auch darin deutlich, dass sie Thoas mit Argumenten überzeugen will, an sein Mitgefühl appelliert und versucht, mit Empathie ihre Ziele zu erreichen. Sie kommt damit der von Herder postulierten, aber kaum erreichbaren „gottähnliche[n] Humanität" (Z. 8) sehr nahe. Thoas hingegen […].

modernes Frauenbild für die damalige Zeit als Einstieg
Titel, Autor, Textsorte, Erscheinungsjahr, Szenenauszug
Deutungshypothese
Einordnung in die Handlung

Gesprächsverlauf nach Sinnabschnitten

Absichten und Ziele der Figuren

Gesprächsstrategien und -verhalten in deren sprachlicher Gestaltung

Beantwortung der zweiten Aufgabe:
auf das Material Bezug nehmen
Aussagen auf die vorliegende Szene anwenden
Rückbezug zur Deutungshypothese

Vernetzen: Der Pakt mit dem Teufel

Gustaf Gründgens' Verfilmung von Faust (1960) mit ihm selbst in der Rolle des Mephistopheles

1 Erklären Sie, warum der Teufelspakt bei Jeremias Gotthelfs *Die schwarze Spinne* zustande kommt.

2 Stellen Sie die Bedingungen des Teufelspaktes dar und vergleichen Sie diese mit denen bei *Faust* (S. 268, Vortext S. 269).

3 Charakterisieren Sie den Teufel in *Die schwarze Spinne* von Gotthelf, indem Sie äußere und innere Merkmale darstellen.

4 Beschreiben Sie, welche Wirkung das Auftreten des Teufels auf Christine hat.

Jeremias Gotthelf: Die schwarze Spinne (1842, Auszug)

In einem Schweizer Dorf wird eine Geschichte aus uralter Vergangenheit erzählt: Ein Ritter, Herr der Burg Bärhegen, quält seine Bauern mit unsinnigen Arbeiten: zuletzt mit der Umpflanzung von schattenspendenden Buchen auf den Burgberg in knapper Frist, die die Bauern unmöglich erfüllen können. In dieser Notlage bietet der Teufel in Gestalt eines grün gekleideten Jägers seine Hilfe an, will dafür aber als Lohn ein ungetauftes Kind. Die Bauern weisen das empört zurück, kommen aber mit der befohlenen Arbeit nicht wirklich voran und machen schließlich tief in der Nacht erschöpft Rast:

Da kam rasch, dass es fast pfiff, wie der Wind pfeift, wenn er aus den Kammern entronnen ist, ein Weib daher, einen großen Korb auf dem Kopfe. Es war Christine, die Lindauerin, des Hornbachbauren Eheweib, zu dem derselbe gekommen war, als er einmal mit seinem Herrn zu Felde gezogen war. Sie war nicht von den Weibern, die froh sind, daheim zu sein, in der Stille ihre Geschäfte zu beschicken, und die sich um nichts kümmern als um Haus und Kind. Christine wollte wissen, was ging, und wo sie ihren Rat nicht dazu geben konnte, da ginge es schlecht, so meinte sie.

Mit der Speise hatte sie daher keine Magd gesandt, sondern den schweren Korb auf den eigenen Kopf genommen und die Männer lange gesucht umsonst; bittere Worte ließ sie fallen darüber, sobald sie dieselben gefunden. Unterdessen war sie aber nicht müßig, die konnte noch reden und schaffen zu gleicher Zeit. Sie stellte den Korb ab, deckte den Kübel ab, in welchem das Hafermus war, legte das Brot und den Käse zurecht und steckte jedem gegenüber für Mann und Knecht die Löffel ins Mus und hieß auch die andern zugreifen, die noch speislos waren. Dann frug sie nach der Männer Tagewerk und wie viel geschaffet worden in den zwei Tagen. Aber Hunger und Worte waren den Männern ausgegangen, und keiner griff zum Löffel, und keiner hatte eine Antwort. Nur ein leichtfertig Knechtlein, dem es gleichgültig war, regne oder sonnenscheine es in der Ernte, wenn nur das Jahr umging und der Lohn kam und zu jeder Essenszeit das Essen auf den Tisch, griff zum Löffel und berichtete Christine, dass noch keine Buche gepflanzet sei und alles gehe, als ob sie verhext wären.

Da schalt[1] die Lindauerin, dass das eitel[2] Einbildung wäre und die Männer nichts als Kindbetterinnen[3]; mit Schaffen und Weinen, mit Hocken und Heulen werde man keine Buchen auf Bärhegen bringen. Ihnen würde nur ihr Recht widerfahren, wenn der Ritter seinen Mutwillen an ihnen ausließe; aber um Weib und Kinder willen müsse die Sache anders zur Hand genommen werden. Da kam plötzlich über die Achsel des Weibes eine lange schwarze Hand, und eine gellende Stimme rief: „Ja, die hat recht!" Und mitten unter ihnen stand mit grinsendem Gesicht der Grüne, und lustig schwankte die rote Feder auf seinem Hute. Da hob der Schreck die Männer von dannen, sie stoben die Halde auf wie Spreu im Wirbelwinde.

Nur Christine, die Lindauerin, konnte nicht fliehen, sie erfuhr es, wie man den Teufel leibhaftig kriegt, wenn man ihn an die Wand male. Sie blieb stehen wie gebannt, musste schauen die rote Feder am Barett[4] und wie das rote Bärtchen lustig auf- und niederging im schwarzen Gesichte. Gellend lachte der Grüne den Männern nach, aber gegen Christine machte er ein zärtlich Gesicht und fasste mit höflicher Gebärde ihre Hand. Christine wollte sie wegziehen, aber sie entrann dem Grünen nicht mehr, es war ihr, als zische Fleisch zwischen glühenden Zangen. Und schöne Worte begann er zu reden, und zu den Worten zwinkerte lüstern sein rot Bärtchen auf und ab. So ein schön Weibchen habe er lange nicht gesehen, sagte er, das Herz lache ihm im Leibe; zudem habe er sie gerne mutig, und gerade die seien ihm die liebsten, welche stehen bleiben dürften, wenn die Männer davonliefen.

Wie er so redete, kam Christine der Grüne immer weniger schreckhaft vor. Mit dem sei doch noch zu reden, dachte sie, und sie wüsste nicht, warum davonlaufen, sie hätte schon viel Wüstere gesehen. [...] Er wüsste gar nicht, fuhr der Grüne fort, warum man sich so vor ihm scheue, er meine es doch so gut mit allen Menschen und wenn man so grob gegen ihn sei, so müsse man sich nicht wundern, wenn er den Leuten nicht immer täte, was ihnen am liebsten wäre. Da fasste Christine ein Herz und antwortete: er erschrecke aber die Leute auch, dass es schrecklich wäre. Warum habe er ein ungetauft Kind verlangt, er hätte doch von einem andern Lohn reden können, das komme den Leuten gar verdächtig vor, ein Kind sei immer ein Mensch, und ungetauft eins aus den Händen geben, das werde kein Christ tun. „Das ist mein Lohn, an den ich gewohnt bin, und um anderen fahre ich nicht, und was frägt man doch so einem Kinde nach, das noch niemand kennt? So jung gibt man sie am liebsten weg, hat man doch noch keine Freude an ihnen gehabt und keine Mühe mit ihnen. Ich aber habe sie je jünger je lieber, je früher ich ein Kind erziehen kann auf meine Manier, umso weiter bringe ich es, dazu habe ich aber das Taufen gar nicht nötig und will es nicht.“ Da sah Christine wohl, dass er mit keinem andern Lohn sich werde begnügen wollen; aber es wuchs in ihr immer mehr der Gedanke: das wäre doch der Einzige, der nicht zu betrügen wäre!

Darum sagte sie: wenn aber einer etwas verdienen wolle, so müsste er sich mit dem Lohne begnügen, den man ihm geben könne, sie aber hätten gegenwärtig in keinem Hause ein ungetauft Kind, und in Monatsfrist gebe es keins, und in dieser Zeit müssten die Buchen geliefert sein. Da schwänzelte gar höflich der Grüne und sagte: „Ich begehre das Kind ja nicht zum Voraus. Sobald man mir verspricht, das erste zu liefern ungetauft, welches geboren wird, so bin ich schon zufrieden.“ Das gefiel Christine gar wohl. Sie wusste, dass es in geraumer Zeit kein Kind geben werde in ihrer Herren Gebiet. Wenn nun einmal der Grüne sein Versprechen gehalten und die Buchen gepflanzt seien, so brauche man ihm gar nichts mehr zu geben, weder ein Kind noch was anderes; man lasse Messen lesen zu Schutz und Trutz[5] und lache tapfer den Grünen aus, so dachte Christine. Sie dankte daher schon ganz herzhaft für das gute Anerbieten und sagte: es sei zu bedenken und sie wolle mit den Männern darüber reden. „Ja“, sagte der Grüne, „da ist gar nichts mehr weder zu denken noch zu reden. Für heute habe ich euch bestellt, und jetzt will ich den Bescheid; ich habe noch an gar vielen Orten zu tun und bin nicht bloß wegen euch da. Du musst mir zu- oder absagen, nachher will ich von dem ganzen Handel nichts mehr wissen.“ Christine wollte die Sache verdrehen, denn sie nahm sie nicht gerne auf sich, sie wäre sogar gerne zärtlich geworden, um Stündigung[6] zu erhalten, allein der Grüne war nicht aufgelegt, wankte nicht; „jetzt oder nie!“, sagte er. Sobald aber der Handel geschlossen sei um ein einzig Kind, so wolle er in jeder Nacht Buchen auf Bärhegen führen, als man ihm vor Mitternacht unten an den Kirchstalden[7] liefere, dort wollte er sie in Empfang nehmen. „Nun, schöne Frau, bedenke dich nicht!“, sagte der Grüne und klopfte Christine holdselig auf die Wange. Da klopfte doch ihr Herz, sie hätte lieber die Männer hineingestoßen, um hintendrein die Schuld geben zu können. Aber die Zeit drängte, kein Mann war da als Sündenbock, und der Glaube verließ sie nicht, dass sie listiger als der Grüne sei und wohl ein Einfall kommen werde, ihn mit langer Nase abzuspeisen. Darum sagte Christine: sie für ihre Person wolle zugesagt haben; wenn aber dann später die Männer nicht wollten, so vermochte sie sich dessen nicht und er solle es sie nicht entgelten lassen. Mit dem Versprechen, zu tun, was sie könne, sei er hinlänglich zufrieden, sagte der Grüne. Jetzt schauderte es Christine doch an Leib und Seele, jetzt, meinte sie, komme der schreckliche Augenblick, wo sie mit Blut von ihrem Blute dem Grünen den Akkord[8] unterschreiben müsse. Aber der Grüne machte es viel leichtlicher und sagte: von hübschen Weibern begehre er nie eine Unterschrift, mit einem Kuss sei er zufrieden. Somit spitzte er seinen Mund gegen Christines Gesicht, und Christine konnte nicht fliehen, war wiederum wie gebannt, steif und starr. Da berührte der spitzige Mund Christines Gesicht, und ihr war, als ob von spitzigem Eisen aus Feuer durch Mark und Bein fahre, durch Leib und Seele; und ein gelber Blitz fuhr zwischen ihnen durch und zeigte Christine freudig verzerrt des Grünen teuflisch Gesicht, und ein Donner fuhr über sie, als ob der Himmel zersprungen wäre.

---

1 schalt: von schelten, im Sinne von schimpfen 2 eitel: hier im Sinne von trügerisch 3 Kindbetterin, die: Frau, die aufgrund der Geburt noch geschwächt ist und daher das Bett hüten muss 4 Barett, das: eine flache runde oder eckige Kopfbedeckung 5 Messen lesen zu Schutz und Trutz: einen Gottesdienst abhalten zum Schutz und zur Abwehr 6 Stündigung, die: Stundung, im Sinne von Aufschub 7 Kirchstalden: ein Ortsname (Abhang oder steile Straße an der Kirche) 8 Akkord, der: hier im Sinne von Vertrag, Abmachung

6.4 Romantik (1795–1840)
Welt der Wunder

Die Form und Sprache in lyrischen Texten analysieren

Caspar David Friedrich: *Mann und Frau den Mond betrachtend*, 1830–35

Joseph von Eichendorff: Mondnacht (1837)

Es war, als hätt' der Himmel
Die Erde still geküsst,
Dass sie im Blütenschimmer
Von ihm nun träumen müsst'.

Die Luft ging durch die Felder,
Die Ähren wogten sacht,
Es rauschten leis die Wälder,
So sternklar war die Nacht.

Und meine Seele spannte
Weit ihre Flügel aus,
Flog durch die stillen Lande,
Als flöge sie nach Haus.

1 Nennen Sie Gemeinsamkeiten zwischen dem Gedicht von Eichendorff und dem Gemälde von Friedrich. Gehen Sie auf Thema, Perspektive und Blicklenkung ein.

2 Der Germanist Oskar Seidlin bezeichnet *Mondnacht* als eines der „zehn vollendeten Weltwunder der Sprache". Prüfen Sie dieses Urteil, indem Sie erschließen, wie Eichendorff die Einheit von Mensch, Natur und Schöpfer zum Ausdruck bringt. Untersuchen Sie Satzbau, Wortwahl, Modus, Bildlichkeit und rhetorische Figuren.

3 **PLUS** Eichendorff hat das Gedicht in einer Ausgabe seiner Werke den *Geistlichen Gedichten* zugeordnet. Erläutern Sie diese Zuordnung und gehen Sie dabei auf die Bildlichkeit in der letzten Strophe ein.

Schauen Sie sich im Panorama (S. 225) die Punkte ①–④ an, um die Epoche besser zu verstehen.

Joseph von Eichendorff: Wünschelrute[1] (1835)

Schläft ein Lied in allen Dingen,
Die da träumen fort und fort,
Und die Welt hebt an[2] zu singen,
triffst du nur das Zauberwort.

1 Wünschelrute, die: gegabelter Zweig zum Finden von Wasser 2 hebt an: fängt an

Joseph von Eichendorff (1788–1857) war ein bedeutender Lyriker und Prosadichter der deutschen Romantik. Sein lyrisches Werk wurde vielfach vertont, zahlreiche seiner Gedichte und Wanderlieder gehören bis heute zum allgemeinen Bildungsgut.

4 Analysieren Sie das zentrale Bild in Eichendorffs *Wünschelrute*. Vergleichen Sie Ihre Deutung mit den folgenden Aussagen.

A Das zentrale Bild des Gedichts ist die Wünschelrute, die dazu dient, etwas Verborgenes aufzuspüren. Hier steht sie für das Ziel der Romantiker, sich mittels geheimnisvoller Kräfte Zugang zu tieferen Wahrheiten zu verschaffen, die die Natur bereithält.

B Das Lied, das erst in allen Dingen schläft und dann zu singen beginnt, ist eine Anspielung auf die Dichtung an sich. Offenbart sich dem romantischen Dichter das „Zauberwort", ist er in der Lage, das Lied zum Klingen zu bringen und es so für alle hörbar zu machen.

Novalis: Wenn nicht mehr Zahlen und Figuren[1] (1800)

Wenn nicht mehr Zahlen und Figuren
Sind Schlüssel aller Kreaturen[2],
Wenn die so singen oder küssen,
Mehr als die Tiefgelehrten wissen,
Wenn sich die Welt ins freie Leben
Und in die Welt wird zurückbegeben,
Wenn dann sich wieder Licht und Schatten
Zu echter Klarheit wieder gatten[3]
Und man in Märchen und Gedichten
Erkennt die wahren Weltgeschichten,
Dann fliegt vor Einem geheimen Wort
Das ganze verkehrte Wesen fort.

1 Zahlen und Figuren: mathematische Formeln und geometrische Figuren 2 Kreatur, die: Lebewesen 3 gatten: vereinen

Novalis (1772–1801) – eigentlich Georg Philipp Friedrich von Hardenberg – gilt trotz seines frühen Todes im Alter von 28 Jahren und seiner aktiven Schriftstellerzeit von nur vier Jahren als einer der bedeutendsten Vertreter der Frühromantik.

5 Stellen Sie die verschiedenen Sichtweisen auf die „Welt" in dem Gedicht tabellarisch gegenüber.

falsches Weltbild	wahre Welterkenntnis
„Zahlen ..." (V. 1)	*„die so singen oder küssen" (V. 3)*
„Tiefgelehrte[...]" (V. 4)	...

6 Vervollständigen Sie das Cluster zu den Bedeutungen des Begriffs „Welt". Vergleichen Sie das Wortfeld mit der Bedeutung des Bildes der Welt in Novalis' Gedicht.

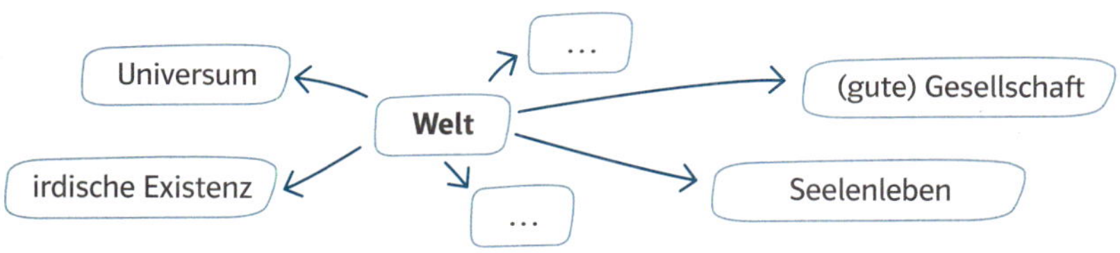

Karoline von Günderrode: Die eine Klage (1806)

Wer die tiefste aller Wunden
Hat in Geist und Sinn empfunden
Bittrer Trennung Schmerz;
Wer geliebt, was er verloren,
Lassen muss, was er erkoren,
Das geliebte Herz,

Der versteht in Lust die Tränen
Und der Liebe ewig Sehnen
Eins in Zwei zu sein,
Eins im Andern sich zu finden,
Dass der Zweiheit Grenzen schwinden
Und des Daseins[1] Pein[2].

Wer so ganz in Herz und Sinnen
Konnt' ein Wesen liebgewinnen,
O! den tröstet's nicht,
Dass für Freuden, die verloren,
Neue werden neu geboren:
Jene sind's doch nicht.

Das geliebte, süße Leben,
Dieses Nehmen und dies Geben,
Wort und Sinn und Blick,
Dieses Suchen und dies Finden,
Dieses Denken und Empfinden
Gibt kein Gott zurück.

1 Dasein, das: Leben 2 Pein, die: Schmerz

Karoline von Günderrode (1780–1806) war eine bedeutende Lyrikerin der Romantik, die ihre Gedichte unter Pseudonymen veröffentlichte. Zeitlebens war die Sehnsucht nach einer erfüllten Liebe und einem selbstbestimmten Leben als Frau ein großes Thema in ihrem Schaffen.

7 Erschließen Sie die Bedeutung der Überschrift *Die eine Klage*, indem Sie die argumentative Struktur des Gedichts („Wer ... Der") untersuchen. Analysieren Sie die sprachlichen Mittel und stellen Sie einen Bezug zum Inhalt her.

Gedichte im Hinblick auf romantische Motive interpretieren

Ludwig Uhland: Reisen (1834)

Reisen soll ich, Freunde! reisen,
Lüften soll ich mir die Brust?
Aus des Tagwerks engen Gleisen
Lockt ihr mich zu Wanderlust?
Und doch hab' ich tiefer eben
In die Heimat mich versenkt,
Fühle mich, ihr hingegeben,
Freier, reicher, als ihr denkt.

Repetition
Metapher
Vergleich

Nie erschöpf' ich diese Wege,
Nie ergründ' ich dieses Tal,
Und die altbetretnen Stege
Rühren neu mich jedesmal;
Öfters, wenn ich selbst mir sage,
Wie der Pfad doch einsam sei,
Streifen hier am lichten Tage
Teure Schatten mir vorbei.

Vergangenheitserinnerungen

Wann die Sonne fährt von hinnen,
Kennt mein Herz noch keine Ruh',
Eilt mit ihr von Bergeszinnen
Fabelhaften Inseln zu;
Tauchen dann hervor die Sterne,
Drängt es mächtig mich hinan,
Und in immer tiefre Ferne
Zieh' ich helle Götterbahn.

Alt' und neue Jugendträume,
Zukunft und Vergangenheit,
Uferlose **Himmelsräume**
Sind mir stündlich hier bereit.
Darum, Freunde! will ich reisen;
Weiset Straße mir und Ziel!
In der Heimat stillen Kreisen
Schwärmt das Herz doch allzuviel.

Sphäre des Göttlichen
Gegensatz zur Realität

Ludwig Uhland (1787–1862) war neben seiner dichterischen Tätigkeit auch Literaturwissenschaftler, Jurist und als Politiker Abgeordneter des ersten gesamtdeutschen Parlaments – der Frankfurter Nationalversammlung.

1 Prüfen Sie, ob die folgenden Deutungshypothesen das Thema zu Ludwig Uhlands Gedicht *Reisen* treffend darstellen. Sie können auch eine eigene Deutungshypothese formulieren.

A In dem Gedicht geht es um die Schönheit der vertrauten Heimat.

B Das Gedicht versinnbildlicht die Diskrepanz zwischen Nähe und Ferne.

C Durch Empfindungen wird im Gedicht das Altern des Menschen gespiegelt.

D Typisch romantisch wird im Gedicht die Sehnsucht des Wanderers deutlich.

E In Form einer Meditation nähert sich das lyrische Ich dem Inneren und damit Gott.

F Das Gedicht zeigt die Wandlung des lyrischen Ich vom Heimat- zum Reiseliebenden.

2 Teilen Sie das Gedicht *Reisen* in Sinnabschnitte ein und formulieren Sie für jeden eine passende Überschrift.
- *V. 1–4: Aufforderung von Freunden zu reisen, aus der Alltagsroutine auszubrechen*
- *V. 5–8: ...*

3 Notieren Sie die im Gedicht *Reisen* ersichtlichen Kontraste mit passenden Oberbegriffen und ordnen Sie diesen Inhalte des Gedichts zu. Übernehmen Sie die Tabelle und ergänzen Sie diese.

Realität	Fantasie
– *tägliches Tun, Arbeitswelt* – ...	– *sagenumwobene Inselwelt* – *Eintauchen in eine Traumwelt* – ...

4 Analysieren Sie die formale Gestaltung des Gedichts *Reisen*. Setzen Sie dazu die folgenden Notizen fort und stellen Sie jeweils den Zusammenhang zum Inhalt dar.
- *Metrum: Der regelmäßige trochäische Vierheber zeigt die Parallelität des echten Reisens bzw. Wanderns und des Voranschreitens der Reflexion des lyrischen Ich. Die Überlegungen zum Reisen werden für das lyrische Ich erfahrbar, beinahe spürbar.*
- *Reim: durchgängiger Kreuzreim*
- *Kadenz: ...*

5 Analysieren Sie die sprachlich-stilistische Gestaltung des Gedichts *Reisen* (S. 282). Untersuchen Sie dazu die Markierungen und Kommentare im Gedicht und leiten Sie Deutungen ab. Achten Sie besonders auf das Reisemotiv.

- Metapher „enge[...] Gleise[...]" (V. 3): *vorgezeichneter Lebensweg, eintönige Alltagsroutine*
- Parallelismus und Anapher „Nie! [...]" (V. 9 f.): ...
- ...

Kommunikationsmodelle → S. 553 f.

6 Untersuchen Sie im Gedicht *Reisen* (S. 282) Selbstmitteilungen und kommunikative Sprechakte des lyrischen Ich.

7 Erläutern Sie, ob das lyrische Ich im Verlauf des Gedichts *Reisen* (S. 282) eine Wandlung erfährt.

Interpretation lyrischer Texte → S. 563

8 Interpretieren Sie schriftlich das Gedicht *Reisen* (S. 282) unter Beachtung des folgenden Zitats des Essayisten und Übersetzers Josef Hofmiller (1872–1933).

> Wandern ist eine Tätigkeit der Beine und ein Zustand der Seele. (Josef Hofmiller)

Essay → S. 546 f.

9 PLUS Nach dem Abitur oder während des Studiums planen viele junge Menschen zu reisen, um etwas von der Welt zu sehen und ihren Horizont zu erweitern. Verfassen Sie, ausgehend von der Romantik, einen Essay zum Thema Reisen.

SO GEHT'S

Gedichte im Hinblick auf romantische Motive interpretieren

So geht's 126

Clemens Brentano: In der Fremde (1810)

Weit bin ich einhergezogen
über Berg und über Tal,
und der treue Himmelsbogen
er umgibt mich überall.

Unter Eichen, unter Buchen
an dem wilden Wasserfall
muss ich nun die Herberg suchen
bei der lieb' Frau Nachtigall.

Die in brünst'gem Abendliede
ihre Gäste wohl bedenkt,
bis sich Schlaf und Traum und Friede
auf die müde Seele senkt.

Und ich hör' dieselben Klagen
und ich hör' dieselbe Lust
und ich fühl' das Herz mir schlagen
hier wie dort in meiner Brust.

Aus dem Fluss, der mir zu Füßen
spielt mit freudigem Gebraus
mich dieselben Sterne grüßen
und so bin ich hier zu Haus.

romantische Motive
Natur, Nacht, Sehnsucht, Reisen

sprachliche Gestaltung und Wirkung
- Personifikationen → positive Konnotationen rufen friedliche Atmosphäre hervor
- Alliteration → ungezähmte, kraftvolle und gleichzeitig friedliche Natur
- Allegorie → himmlischer Empfang, Harmonie, Verstärkung der friedlichen Atmosphäre
- Parallelismus/Anapher → Aufzählung verstärkt Aufmerksamkeit, Steigerung der Aussage hin zum Resümee (Strophe 5)

Form
- 5 Strophen mit je 4 Versen → Volksliedstrophe
- alternierendes Metrum durch regelmäßigen Trochäus → Ausdruck der Innerlichkeit, des seelischen Zustands

Deutungshypothese
gegenseitige Durchdringung von Natur und Nacht im lyrischen Ich → Natur als Begleiterin bzw. Wegweiserin führt zum Geschenk eines unabhängig empfundenen Heimatgefühls, v. a. in der Nacht; Verbundenheit mit der Welt, Gefühl der Einheit

Gedichtvergleich → S. 195

10 Vergleichen Sie Uhlands Gedicht *Reisen* (S. 282) mit Brentanos Gedicht *In der Fremde*. Achten Sie besonders darauf, wie das Verhältnis von Heimat und Fremde jeweils inhaltlich, formal und sprachlich entfaltet wird.

Poetologische Konzepte erschließen

Zitate zur Romantik

122
360°-Bild

Im Panorama: Zeugnisse der Romantik
① Jena: Die Frühromantiker
② Malerei der Romantik: Caspar David Friedrich
③ das romantische Volkslied: *Der Lindenbaum*
④ Märchen der Romantik: Die Brüder Grimm
⑤ im Umfeld der Romantik: Heinrich von Kleist

Die Seele kann oft in ganz anderen Klimaten gedeihen als der Leib. (Sophie von La Roche)

Meine Erklärung des Wortes Romantisch kann ich Dir nicht schicken, weil sie – 125 Bogen lang ist. (Friedrich Schlegel)

Auch die Natur hat ihre Romantik. Blumen, Regenbogen, Morgen- und Abendrot, Wolkenbilder, Mondnacht, Gebirge, Ströme, Klüfte usw. lassen uns teils in lieblichen Bildern einen zarten, geheimen Sinn ahnen, teils erfüllen sie uns mit wunderbarem Schauer. (Ludwig Uhland)

Ist Dichten Weissagen, so ist Romantisches das Ahnen einer größeren Zukunft, als hienieden Raum hat. (Jean Paul)

Fantasie ist die freie Kunst der Wahrheit [...]; es muss mir genügen, dass ich's empfinde, wie die Fantasie die Vermittlerin ist zwischen der himmlischen Weisheit und dem irdischen Geist. (Bettina von Arnim)

Lasset uns darum unser Leben in ein Kunstwerk verwandeln, und wir dürfen kühnlich behaupten, dass wir schon irdisch unsterblich sind. (Wilhelm Heinrich Wackenroder)

Indem ich dem Gemeinen einen hohen Sinn, dem Gewöhnlichen ein geheimnisvolles Ansehen, dem Bekannten die Würde des Unbekannten, dem Endlichen einen unendlichen Schein gebe, so romantisiere ich es. (Novalis)

Alles Große in der Welt geschieht nur, wenn einer den Verstand hinter sich lässt. (Karoline von Günderrode)

Ich meine, dass die Basis der Himmelsleiter, auf der man hinaufsteigen will in höhere Regionen, befestigt sein müsse im Leben, dass jeder nachzusteigen vermag. Befindet er sich dann, immer höher und höher hinaufgeklettert, in einem fantastischen Zauberreich, so wird er glauben, dies Reich gehöre auch in sein Leben hinein und sei eigentlich der wunderbar herrlichste Teil desselben. (E. T. A. Hoffmann)

1 Formulieren Sie arbeitsteilig die Kernaussagen der Zitate.

2 Nehmen Sie Stellung zu einzelnen Aussagen und begründen Sie Ihre Haltung.

3 Beziehen Sie die Kernaussagen der Zitate auf die Gedichte auf S. 280 ff.

4 Stellen Sie anhand einer Text-Bild-Collage Ihr Verständnis der Epoche Romantik dar.

Referat → S. 572

MK **5** **PLUS** Informieren Sie in einem Kurzreferat oder Podcast über Leben und Werk einer in den Zitaten genannten Literatin bzw. Philosophin oder wählen Sie eine andere Frau, die zur Zeit der romantischen Epoche Einfluss ausgeübt hat (z. B. Henriette Herz, Sophie Mereau, Caroline Schlegel-Schelling).

Hörtext A19

Friedrich Schlegel: 116. Athenäums-Fragment (1798, Ausschnitt)

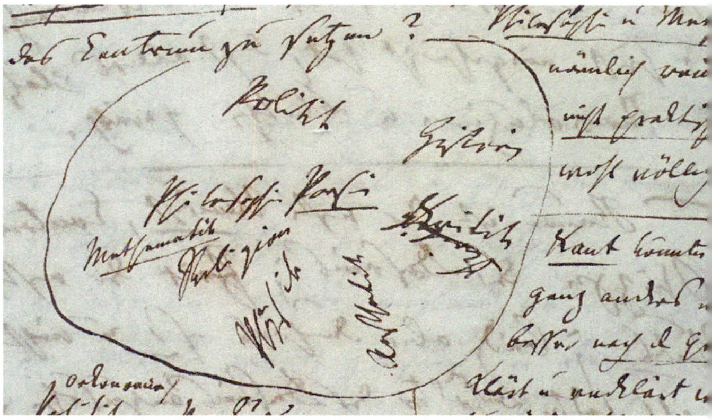

Skizze aus einem Manuskript von Schlegel, 1803; Die Poesie im Zentrum wird von allen anderen Disziplinen, wie etwa Politik, Religion, Mathematik usw. umkreist: „Die Poesie ist die Sonne, in die sich alle Planeten der Kunst und Wissenschaft auflösen."

Die romantische Poesie ist eine progressive Universalpoesie. Ihre Bestimmung ist nicht bloß, alle getrennte Gattungen der Poesie wieder zu vereinigen, und die Poesie mit der Philosophie und Rhetorik in Berührung zu setzen. Sie will, und soll auch Poesie und Prosa, Genialität und Kritik, Kunstpoesie und Naturpoesie bald mischen, bald verschmelzen, die Poesie lebendig und gesellig, und das Leben und die Gesellschaft poetisch machen, den Witz[1] poetisieren, und die Formen der Kunst mit gediegenem Bildungsstoff jeder Art anfüllen und sättigen, und durch die Schwingungen des Humors beseelen. Sie umfasst alles, was nur poetisch ist, vom größten wieder mehrere Systeme in sich enthaltenden Systeme der Kunst, bis zu dem Seufzer, dem Kuss, den das dichtende Kind aushaucht in kunstlosen Gesang. Sie kann sich so in das Dargestellte verlieren, dass man glauben möchte, poetische Individuen jeder Art zu charakterisieren, sei ihr Eins und Alles; und doch gibt es noch keine Form, die so dazu gemacht wäre, den Geist des Autors vollständig auszudrücken: so dass manche Künstler, die nur auch einen Roman schreiben wollten, von ungefähr sich selbst dargestellt haben. Nur sie kann gleich dem Epos ein Spiegel der ganzen umgebenden Welt, ein Bild des Zeitalters werden. Und doch kann auch sie am meisten zwischen dem Dargestellten und dem Darstellenden, frei von allem realen und idealen Interesse auf den Flügeln der poetischen Reflexion in der Mitte schweben, diese Reflexion immer wieder potenzieren und wie in einer endlosen Reihe von Spiegeln vervielfachen. Sie ist der höchsten und der allseitigsten Bildung fähig; nicht bloß von innen heraus, sondern auch von außen hinein; indem sie jedem, was ein Ganzes in ihren Produkten sein soll, alle Teile ähnlich organisiert, wodurch ihr die Aussicht auf eine grenzenlos wachsende Klassizität eröffnet wird. Die romantische Poesie ist unter den Künsten, was der Witz der Philosophie, und die Gesellschaft, Umgang, Freundschaft und Liebe im Leben ist. Andre Dichtarten sind fertig, und können nun vollständig zergliedert werden. Die romantische Dichtart ist noch im Werden; ja das ist ihr eigentliches Wesen, dass sie ewig nur werden, nie vollendet sein kann. Sie kann durch keine Theorie erschöpft werden [...]. Sie allein ist unendlich, wie sie allein frei ist, und das als ihr erstes Gesetz anerkennt, dass die Willkür des Dichters kein Gesetz über sich leide. Die romantische Dichtart ist die einzige, die mehr als Art, und gleichsam die Dichtkunst selbst ist: denn in einem gewissen Sinn ist oder soll alle Poesie romantisch sein.

1 Witz, der: Klugheit, Verstand, Einfall

6 Erklären Sie die Begriffe „romantische Poesie" (Z. 1) und „progressive Universalpoesie" (Z. 1 f.). Erläutern Sie anschließend das Dichtungsverständnis Schlegels.

7 Überprüfen Sie, inwiefern Schlegels Dichtungsverständnis zu einem vertieften Verständnis von Novalis' Gedicht *Wenn nicht mehr Zahlen und Figuren* (S. 281) beiträgt.

Aufklärung → S. 510 f.
Klassik → S. 514 f.

8 Stellen Sie die romantische Kunstauffassung jener der Aufklärung und der Klassik gegenüber. Nutzen Sie Ihr Vorwissen und erstellen Sie eine Übersicht. Achten Sie z. B. auf das künstlerische Selbstverständnis, die Vorliebe für bestimmte Gattungen und die Ziele in Bezug auf die Gesellschaft.

MK **9** **PLUS** Verfassen Sie auf Basis der Gedichte (S. 280 ff.), Zitate (S. 284) und Schlegels *Athenäums-Fragment* einen informierenden Text zum Thema „Die Rolle der Poesie in der Romantik". Greifen Sie auf eigenes Wissen und die literarischen Beispiele zurück. Ergänzen Sie Ihren Text durch eigenständige Recherche.

Themen und Motive der Romantik in Erzähltexten verstehen

1 Füsslis *Nachtmahr*, ein unheimliches Wesen, welches sich des Nachts auf die Brust einer schlafenden Person setzt und ihr Albträume bereitet (vgl. engl. „nightmare"), gilt als Sinnbild der schwarzen Romantik oder Schauerromantik. Nennen Sie mithilfe des Gemäldes mögliche Themen und Motive dieser Strömung.

2 Interesse an den dunklen menschlichen Seiten, an Angst und Schock zeigt sich auch in der Kultur der Gegenwart, z. B. in der Film- und Computerspielbranche. Besprechen Sie Gründe für die „Lust am Horror".

Johann Heinrich Füssli: *Der Nachtmahr*, 1791

E. T. A. Hoffmann: Der Sandmann (1816, Auszug)

Der Student Nathanael berichtet in einem Brief an Lothar, den Bruder seiner Verlobten Clara, von einem traumatischen Kindheitserlebnis: Der kleine Nathanael glaubt in der Gestalt des Advokaten Coppelius den „Sandmann" zu erkennen. Der Legende nach streut der „Sandmann" Kindern, die nicht schlafen wollen, Sand in die Augen, sodass diese aus dem Kopf herausspringen. Anschließend verfüttert er die Augen an seine Kinder, die krumme Schnäbel wie Eulen haben. Eines Nachts versteckt sich der kleine Nathanael im Zimmer seines Vaters.

Ich war festgezaubert. Auf die Gefahr entdeckt, und, wie ich deutlich dachte, hart gestraft zu werden, blieb ich stehen, den Kopf lauschend durch die Gardine hervorgestreckt. Mein Vater empfing den Coppelius feierlich. „Auf! – zum Werk", rief er mit heiserer, schnarrender Stimme und warf den Rock ab. Der Vater zog still und finster seinen Schlafrock aus und beide kleideten sich in lange schwarze Kittel. Wo sie die hernahmen, hatte ich übersehen. Der Vater öffnete die Flügeltür eines Wandschranks; aber ich sah, dass das, was ich so lange dafür gehalten, kein Wandschrank, sondern vielmehr eine schwarze Höhlung war, in der ein kleiner Herd stand. Coppelius trat hinzu und eine blaue Flamme knisterte auf dem Herde empor. Allerlei seltsames Geräte stand umher. Ach Gott! – wie sich nun mein alter Vater zum Feuer herabbückte, da sah er ganz anders aus. Ein grässlicher krampfhafter Schmerz schien seine sanften ehrlichen Züge zum hässlichen widerwärtigen Teufelsbilde verzogen zu haben. Er sah dem Coppelius ähnlich. Dieser schwang die glutrote Zange und holte damit hell blinkende Massen aus dem dicken Qualm, die er dann emsig hämmerte. Mir war es, als würden Menschengesichter, ringsherum sichtbar, aber ohne Augen – scheußliche, tief schwarze Höhlen statt ihrer. „Augen her, Augen her!", rief Coppelius mit dumpfer dröhnender Stimme. Ich kreischte auf von wildem Entsetzen gewaltig erfasst und stürzte aus meinem Versteck heraus und auf den Boden. Da ergriff mich Coppelius, „kleine Bestie! – kleine Bestie!", meckerte er zähnefletschend! – riss mich auf und warf mich auf den Herd, dass die Flamme mein Haar zu sengen begann: „Nun haben wir Augen – Augen – ein schön Paar Kinderaugen." So flüsterte Coppelius, und griff mit den Fäusten glutrote Körner aus den Flammen, die er mir in die Augen streuen wollte. Da hob mein Vater flehend die Hände empor und rief: „Meister! Meister! lass meinem Nathanael die Augen – lass sie ihm!" Coppelius lachte gellend auf und rief: „Mag denn der Junge die Augen behalten und sein Pensum[1] flennen in der Welt; aber nun wollen wir doch den Mechanismus der Hände und der Füße recht observieren[2]." Und damit fasste er mich gewaltig, dass die Gelenke knackten, und schrob[3] mir die Hände ab und die Füße und setze sie bald hier, bald dort wieder ein. „'s steht doch überall nicht recht! 's gut so wie es war! – Der Alte hat's verstanden!" So zischte und lispelte Coppelius; aber alles um mich her wurde schwarz und finster, ein jäher Krampf durchzuckte Nerv und Gebein – ich fühlte nichts mehr. Ein sanfter warmer Hauch glitt über mein Gesicht, ich erwachte wie aus dem Todesschlaf, die Mutter hatte sich über mich hingebeugt. „Ist der Sandmann noch da?", stammelte ich. „Nein, mein liebes Kind, der ist lange, lange fort, der tut dir keinen Schaden!" – So sprach die Mutter und küsste und herzte den wiedergewonnenen Liebling.

1 sein Pensum: seinen Anteil 2 recht observieren: genau untersuchen
3 schrob: schraubte

3 Nathanael schildert das Ereignis (S. 286) aus seiner Perspektive. Versetzen Sie sich in die Figur des Vaters oder Coppelius' und erzählen oder schreiben Sie das Geschehen neu. Besprechen Sie anschließend die entscheidenden Veränderungen.

4 Ergänzen Sie für den Textauszug aus der Erzählung *Der Sandmann* (S. 286) das Diagramm zu den Bereichen „Wirklichkeit" und „Übernatürliches" sowie zu dem Übergang zwischen beiden Bereichen. Erstellen Sie ein ähnliches Diagramm für das Ende des Auszugs (Z. 43–51).

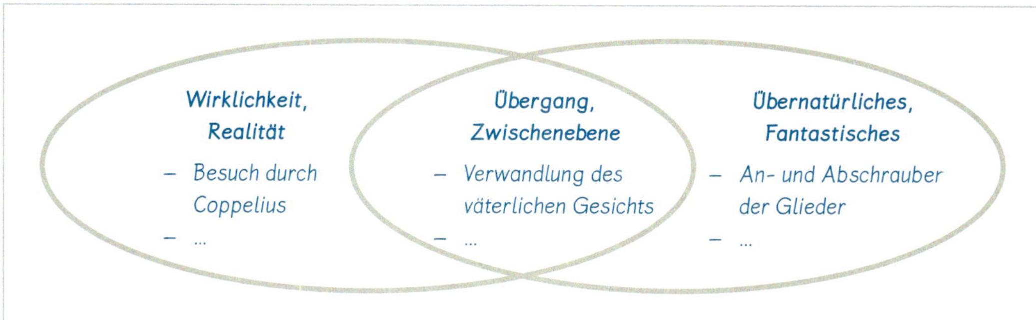

Merkmale der Romantik → S. 293

MK **5** Recherchieren Sie, was unter Schauerromantik zu verstehen ist. Stellen Sie Bezüge zum Auszug aus der Erzählung *Der Sandmann* (S. 286) her, indem Sie die Erzählsituation und das Verhalten der Figuren beschreiben.

E. T. A. Hoffmann: Der Sandmann (1816, Auszug)

Zu Beginn eines weiteren Briefs an Lothar hat Nathanael berichtet, dass ihm vor Kurzem ein Wetterglashändler[1] namens Coppola in seiner Wohnung Waren angeboten habe. In diesem glaubt er Coppelius wiedererkannt zu haben. Nathanaels Verlobte Clara versucht ihn davon zu überzeugen, dass dies ein Irrtum sei. Im späteren Verlauf der Handlung kehrt Nathanael an seinen Studienort zurück. Dort muss er feststellen, dass seine Wohnung abgebrannt ist. Deshalb bezieht er ein Zimmer in einem anderen Haus, als Coppola erneut auftaucht. Im Haus gegenüber wohnt sein Professor, Spalanzani, mit seiner vermeintlichen Tochter Olimpia, die sich im weiteren Verlauf der Handlung als Automat herausstellt.

Eben schrieb er an Clara, als es leise an die Türe klopfte; sie öffnete sich auf seinen Zuruf und Coppolas widerwärtiges Gesicht sah hinein. Nathanael fühlte sich im Innersten erbeben; eingedenk dessen, was ihm Spalanzani über den Landsmann Coppola gesagt und was er auch rücksichts des Sandmanns Coppelius der Geliebten so heilig versprochen, schämte er sich aber selbst seiner kindischen Gespensterfurcht, nahm sich mit aller Gewalt zusammen und sprach so sanft und gelassen, als möglich: „Ich kaufe kein Wetterglas, mein lieber Freund! Gehen Sie nur!" Da trat aber Coppola vollends in die Stube und sprach mit heiserem Ton, indem sich das weite Maul zum hässlichen Lachen verzog und die kleinen Augen unter den grauen langen Wimpern stechend hervorfunkelten: „Ei, nix Wetterglas, nix Wetterglas! – hab auch sköne Oke – sköne Oke!" – Entsetzt rief Nathanael: „Toller[2] Mensch, wie kannst du Augen haben? – Augen – Augen? –" Aber in dem Augenblick hatte Coppola seine Wettergläser beiseitegesetzt, griff in die weiten Rocktaschen und holte Lorgnetten[3] und Brillen heraus, die er auf den Tisch legte. – „Nu – Nu – Brill' – Brill' auf der Nas' su setze, das sein meine Oke – sköne Oke!" – Und damit holte er immer mehr und mehr Brillen heraus, so, dass es auf dem ganzen Tisch seltsam zu flimmern und zu funkeln begann. Tausend Augen blickten und zuckten krampfhaft und starrten auf zum Nathanael; aber er konnte nicht wegschauen von dem Tisch, und immer mehr Brillen legte Coppola hin, und immer wilder und wilder sprangen flammende Blicke durcheinander und schossen ihre blutroten Strahlen in Nathanaels Brust. Übermannt von tollem Entsetzen schrie er auf: „Halt ein! halt ein, fürchterlicher Mensch!" – Er hatte Coppola, der eben in die Tasche griff, um noch mehr Brillen herauszubringen, unerachtet schon der ganze Tisch überdeckt war, beim Arm festgepackt, Coppola machte sich mit heiserem widrigen Lachen sanft los und mit den Worten: „Ah! – nix für Sie – aber hier sköne Glas" – hatte er alle Brillen zusammengerafft, eingesteckt und aus der Seitentasche des Rocks eine Menge großer und kleiner Perspektive[4] hervorgeholt. Sowie die Brillen fort waren, wurde Nathanael ganz ruhig und an Clara denkend sah er wohl ein, dass der entsetzliche Spuk nur aus seinem Innern hervorgegangen, sowie dass Coppola ein höchst ehrlicher Mechanicus und Opticus, keineswegs aber Coppelii verfluchter Doppelgänger und Revenant[5] sein könne. Zudem hatten alle Gläser, die Coppola nun auf den Tisch gelegt, gar nichts Besonderes, am wenigsten so etwas Gespenstisches wie die Brillen und, um alles wieder gutzumachen, beschloss Nathanael dem Coppola jetzt wirklich etwas abzukaufen. Er ergriff ein kleines sehr sauber gearbeitetes Taschenperspektiv und sah, um es zu prüfen, durch das Fenster. Noch im Leben war ihm kein Glas vorgekommen, das die Gegenstände so rein, scharf und deutlich dicht vor die Augen rückte. Unwillkürlich sah er hinein in Spalanzanis Zimmer; Olimpia saß, wie gewöhnlich, vor dem kleinen Tisch, die Arme daraufgelegt, die Hände gefaltet. – Nun erschaute Nathanael erst Olimpias wunderschön geformtes Gesicht. Nur die Augen schienen ihm gar seltsam starr und tot. Doch wie er immer schärfer und schärfer durch das Glas hinschaute, war es, als gingen in Olimpias Augen feuchte Mondesstrahlen auf. Es schien, als wenn nun erst die Sehkraft entzündet würde; immer lebendiger und lebendiger flammten die Blicke. Nathanael lag wie festgezaubert im Fenster, immer fort und fort die himmlisch-schöne Olimpia betrachtend. Ein Räuspern und Scharren weckte ihn, wie aus tiefem Traum. Coppola stand hinter ihm: „Tre Zechini – drei Dukat“ – Nathanael hatte den Opticus rein vergessen, rasch zahlte er das Verlangte: „Nick so? – sköne Glas – sköne Glas!“, frug Coppola mit seiner widerwärtigen heisern Stimme und dem hämischen Lächeln. [...] Jetzt setzte er sich hin, um den Brief an Clara zu enden, aber ein Blick durchs Fenster überzeugte ihn, dass Olimpia noch dasäße und im Augenblick, wie von unwiderstehlicher Gewalt getrieben, sprang er auf, ergriff Coppolas Perspektiv und konnte nicht los von Olimpias verführerischem Anblick [...].

1 Wetterglashändler, der: Verkäufer allerlei optischer Waren. Das Wetterglas ist eine Vorform des Barometers. **2** toll: veraltet gebraucht für verrückt **3** Lorgnette, die: bügellose Brille, die an einem Stiel vor die Augen gehalten wird **4** Perspektiv, das: Fernglas **5** Revenant, der: (von frz. revenir – zurückkehren) Rückkehrer, Wiederauferstandener

6 Untersuchen Sie im Textauszug aus der Erzählung *Der Sandmann* (S. 287 f.) die Gestaltung des Erzählers. Achten Sie vor allem auf den Perspektivwechsel.

7 Analysieren Sie die sprachlich-stilistischen Mittel, die Nathanaels Wesen kennzeichnen, und deuten Sie diese.

8 Interpretieren Sie die Funktion visueller Wahrnehmungen in den beiden Textauszügen aus der Erzählung *Der Sandmann* (S. 286 ff.).

9 **PLUS** Coppola hat als Vertreter seinem Chef Tagesbericht zu erstatten. Erläutern Sie mündlich aus seiner Sicht, weshalb es ihm bei Nathanael nicht gelungen ist, mehr als nur ein Taschenperspektiv zu verkaufen. Achten Sie auf nachvollziehbare Gefühle, Gedanken und Beurteilungen.

Novalis: Heinrich von Ofterdingen (1802, Auszug)

Die Eltern lagen schon und schliefen, die Wanduhr schlug ihren einförmigen Takt, vor den klappernden Fenstern sauste der Wind; abwechselnd wurde die Stube hell von dem Schimmer des Mondes. Der Jüngling lag unruhig auf seinem Lager, und gedachte des Fremden und seiner Erzählungen. „Nicht die Schätze sind es, die ein so unaussprechliches Verlangen in mir geweckt haben“, sagte er zu sich selbst; „fern ab liegt mir alle Habsucht: aber die blaue Blume sehn' ich mich zu erblicken. Sie liegt mir unaufhörlich im Sinn, und ich kann nichts anderes dichten und denken. So ist mir noch nie zumute gewesen: es ist, als hätt ich vorhin geträumt, oder ich wäre in eine andere Welt hinübergeschlummert; denn in der Welt, in der ich sonst lebte, wer hätte da sich um Blumen bekümmert, und gar von einer so seltsamen Leidenschaft für eine Blume hab' ich damals nie gehört. Wo eigentlich nur der Fremde herkam? Keiner von uns hat je einen ähnlichen Menschen gesehn; doch weiß ich nicht, warum nur ich von seinen Reden so ergriffen worden bin; die andern haben ja das Nämliche gehört, und keinem ist so etwas begegnet. Dass ich auch nicht einmal von meinem wunderlichen Zustande reden kann! [...]“. Der Jüngling verlor sich allmählich in süßen Fantasien und entschlummerte. Da träumte ihm erst von unansehnlichen Fernen, und wilden, unbekannten Gegenden. Er wanderte über Meere mit unbegreiflicher Leichtigkeit; wunderliche Tiere sah er; er lebte mit mannigfaltigen Menschen, bald im Kriege, in wildem Getümmel, in stillen Hütten. Er geriet in Gefangenschaft und die schmählichste Not. Alle Empfindungen stiegen bis zu einer niegekannten Höhe in ihm. Er durchlebte ein unendlich buntes Leben; starb und kam wieder, liebte bis zur höchsten Leidenschaft, und war dann wieder auf ewig von seiner Geliebten getrennt. [...]

Er fand sich auf einem weichen Rasen am Rande einer Quelle, die in die Luft hinausquoll und sich darin zu verzehren schien. Dunkelblaue Felsen mit bunten Adern erhoben sich in einiger Entfernung; das Tageslicht, das ihn umgab, war heller und milder als das gewöhnliche, der Himmel war schwarzblau und völlig rein. Was ihn aber mit voller Macht anzog, war eine hohe lichtblaue Blume, die zunächst an der Quelle stand, und ihn mit ihren breiten, glänzenden Blättern berührte. Rund um sie her standen unzählige Blumen von allen Farben, und der köstliche Geruch erfüllte die Luft. Er sah nichts als die blaue Blume, und betrachtete sie lange mit unnennbarer Zärtlichkeit. Endlich wollte er sich ihr nähern, als sie auf einmal sich zu bewegen und zu verändern anfing; die Blätter wurden glänzender und schmiegten sich an den wachsenden Stängel, die Blume neigte sich nach ihm zu, und die Blütenblätter zeigten einen blauen ausgebreiteten Kragen, in welchem ein zartes Gesicht schwebte. Sein süßes Staunen wuchs mit der sonderbaren Verwandlung, als ihn plötzlich die Stimme seiner Mutter weckte, und er sich in der elterlichen Stube fand, die schon die Morgensonne vergoldete. [...]

„Du Langschläfer", sagte der Vater, „wie lange sitze ich schon hier, und feile. Ich habe deinetwegen nichts hämmern dürfen; die Mutter wollte den lieben Sohn schlafen lassen. Aufs Frühstück habe ich auch warten müssen. [...] Träume sind Schäume, mögen auch die hochgelehrten Herren davon denken, was sie wollen, und du tust wohl, wenn du dein Gemüt von dergleichen unnützen und schädlichen Betrachtungen abwendest. [...]"

ÜBRIGENS

Heinrich von Ofterdingen
Den Titel des Romanfragments hat Novalis nach dem mittelalterlichen Dichter Heinrich von Ofterdingen gestaltet, welcher der Legende nach im 13. Jahrhundert an einem Sängerwettstreit auf der Wartburg teilgenommen haben soll.

1

2

Abbildung 1 und 2: Treppeneingang und blauer Erker im Deutschen Romantik-Museum in Frankfurt am Main

10 Erläutern Sie, inwiefern die Architektur im Deutschen Romantik-Museum in Frankfurt am Main zum vorliegenden Romananfang *Heinrich von Ofterdingen* von Novalis (S. 288 f.) passt.

11 Formulieren Sie Deutungshypothesen zum Motiv der blauen Blume im Romanauszug (S. 288 f.). Vergleichen Sie Ihre Deutungshypothesen anschließend mit dem folgenden Zitat der Schriftstellerin Ricarda Huch.

„Man könne sagen, es sei die Geschichte von dem, der die blaue Blume suchte, und wie er sie fand; die blaue Blume ist aber das, was jeder sucht, ohne es selbst zu wissen, nenne man es nun Gott, Ewigkeit, Liebe, Ich oder Du." (Ricarda Huch, 1864–1947)

ÜBRIGENS

Die Magie von Pflanzen
Lange Zeit glaubten die Menschen an magische Fähigkeiten von Blumen und anderen Gewächsen. Ein berühmtes literarisches Zeugnis dafür ist Gretchen in *Faust I*. Sie nutzt das Abzupfen der Sternblumenblätter als Beantwortung der Frage, ob Faust sie liebe.

Novalis: Fragmente über die Poesie (1798, Ausschnitt)

Philister leben nur ein Alltagsleben. Das Hauptmittel scheint ihr einziger Zweck zu sein. Sie tun das alles, um des irdischen Lebens willen; wie es scheint und nach ihren eignen Äußerungen scheinen muss. Poesie mischen sie nur zur Notdurft unter, weil sie nun einmal an eine gewisse Unterbrechung ihres täglichen Laufs gewöhnt sind. [...] Ihre *parties de plaisir*[1] müssen konventionell, gewöhnlich, modisch sein, aber auch ihr Vergnügen verarbeiten sie, wie alles, mühsam und förmlich.

Den höchsten Grad seines poetischen Daseins erreicht der Philister bei einer Reise, Hochzeit, Kindertaufe und in der Kirche. Hier werden seine kühnsten Wünsche befriedigt und oft übertroffen.

[...] Grober Eigennutz ist das notwendige Resultat armseliger Beschränktheit. [...] Kein Wunder, dass der durch die äußeren Verhältnisse par force[2] dressierte Verstand nur der listige Sklav eines solchen stumpfen Herrn ist [...].

1 parties de plaisir, die: (frz.) Spaßspiele, angenehme Situationen, Vergnügungen 2 par force: unter allen Umständen, mit aller Gewalt

Clemens Brentano: Der Philister vor, in und nach der Geschichte (1811, Ausschnitt)

Wenn der Philister morgens aus seinem traumlosen Schlafe wie ein ertrunkener Leichnam aus dem Wasser auftaucht, so probiert er sachte mit seinen Gliedmaßen herum, ob sie auch noch alle zugegen, hierauf bleibt er ruhig liegen, und dem anpochenden Bringer des Wochenblatts ruft er zu, er solle es in der Küche abgeben, denn er liege jetzt im ersten Schweiß und könne, ohne ein Waghals zu sein, nicht aufstehn [...].

Wenn er aufgestanden, [...] hält [er] seinen Kindern eine Abhandlung vom Gebet und sagt, wenn er sie zur Schule geschickt, zu seiner Frau: Man muss den äußern Schein beobachten, das erhält einem Kredit[1] [...]; sodann raucht er Tabak, wozu er die höchste Leidenschaft hat [...].

Alle Begeisterten nennen sie verrückte Schwärmer, alle Märtyrer Narren und können nicht begreifen, warum der Herr für unsre Sünden gestorben und nicht lieber [...] eine kleine nützliche Mützenfabrik angelegt.

1 Kredit, der: hier guter Ruf

12 Erläutern Sie die von Novalis und Brentano geäußerte Kritik am bürgerlichen Philister und setzen Sie diese in Bezug zum Romananfang *Heinrich von Ofterdingen* von Novalis (S. 288 f.). Vergleichen Sie das Lebensmodell des Philisters mit dem Kunstideal der Romantiker.

13 Geben Sie die zentralen Aussagen der Brüder Grimm aus den beiden folgenden Textauszügen (S. 290 f.) und der *Inhaltsinformation zum zweiten Band der Sagen* (S. 291) wieder und diskutieren Sie diese.

Jacob und Wilhelm Grimm: Vorrede zum ersten Band der Sagen[1] (1816, Auszug)

Es wird dem Menschen von Heimats wegen ein guter Engel beigegeben, der ihn, wann er ins Leben auszieht, unter der vertraulichen Gestalt eines Mitwandernden begleitet; wer nicht ahnt, was ihm Gutes dadurch widerfährt, der mag es fühlen, wenn er die Grenze des Vaterlandes überschreitet, wo ihn jener verlässt. Diese wohltätige Begleitung ist das unerschöpfliche Gut der Märchen, Sagen und Geschichte, welche nebeneinanderstehen und uns nacheinander die Vorzeit als einen frischen und belebenden Geist nahezubringen streben. [...] Kaum ein Flecken wird sich in ganz Deutschland finden, wo es nicht ausführliche Märchen zu hören gäbe, manche, an denen die Volkssagen bloß dünn und sparsam gesät zu sein pflegen. [...] [S]ie gleichen den Mundarten der Sprache, in denen hin und wieder sonderbare Wörter und Bilder aus uralten Zeiten hängengeblieben sind, während die Märchen ein ganzes Stück alter Dichtung sozusagen in einem Zuge zu uns übersetzen. [...] Hieraus ergibt sich [...], dass fast nur allein die Märchen Teile der urdeutschen Heldensage erhalten haben [...]. Die Märchen also sind teils durch ihre äußere Verbreitung, teils ihr inneres Wesen dazu bestimmt, den reinen Gedanken einer kindlichen Weltbetrachtung zu fassen, sie nähren unmittelbar, wie die Milch, mild und lieblich, oder der Honig, süß und sättigend, ohne irdische Schwere; dahingegen die Sagen schon zu einer stärkeren Speise dienen, eine einfachere, aber desto entschiedenere Farbe tragen und mehr Ernst und Nachdenken fordern. Über den Vorzug beider zu streiten wäre ungeschickt; auch soll durch diese Darlegung ihrer Verschiedenheit weder ihr Gemeinschaftliches übersehen, noch geleugnet werden, dass sie in unendlichen Mischungen und Wendungen ineinandergreifen [...]. Der Geschichte stellen sich beide, das Märchen und die Sage, gegenüber, insofern sie das sinnlich Natürliche und Begreifliche stets mit dem Unbegreiflichen mischen [...].

Das Erste, was wir bei Sammlung der Sagen nicht aus den Augen gelassen haben, ist Treue und Wahrheit. Als ein Hauptstück aller Geschichte hat man diese noch stets betrachtet; wir fordern sie aber ebenso gut auch für die Poesie und erkennen sie in der wahren Poesie ebenso rein. Die Lüge ist falsch und bös; was aus ihr herkommt, muss es auch sein. In den Sagen und Liedern des Volks haben wir noch keine gefunden: Es lässt ihren Inhalt, wie er ist und wie es ihn weiß [...]. [D]ie ungenügsamen Gebildeten haben dafür nicht bloß die wirkliche Geschichte, sondern auch das gleich unverletzliche Gut der Sage mit Unwahrheiten zu vermengen, zu überfüllen und überbieten getrachtet. Dennoch ist der Reiz der unbeugsamen Wahrheit unendlich stärker und dauernder als alle Gespinste, weil er nirgends Blößen gibt und die rechte Kühnheit hat. In diesen Volkssagen steckt auch eine so rege Gewalt der Überraschung [...].

1 Die Brüder Grimm sehen trotz formaler Unterschiedlichkeit von Märchen und Sagen auch Gemeinsamkeiten, v.a. in der Wirkung auf Leserinnen und Leser. Deswegen kommen beide Begriffe teilweise gemeinsam vor. Ursprünglich ist eine Sage, in der Unerklärliches, Fantastisches und Jenseitiges existieren, an die Wirklichkeit gebunden und zeichnet sich durch einen wahren Kern aus. Märchen hingegen sind frei erfundene Geschichten.

Jacob und Wilhelm Grimm: Vorrede zu den Märchen (1818, Auszug)

Es war vielleicht gerade Zeit, diese Märchen festzuhalten, da diejenigen, die sie bewahren sollen, immer seltener werden. [...] Leicht wird man übrigens bemerken, dass sie nur da gehaftet ha[ben], wo überhaupt eine regere Empfänglichkeit für Poesie oder eine noch nicht von den Verkehrtheiten des Lebens ausgelöschte Fantasie vorhanden war. Wir wollen in gleichem Sinne diese Märchen nicht rühmen [...]. Ihr bloßes Dasein reicht hin, sie zu schützen. Was so mannigfach und immer wieder von Neuem erfreut, bewegt und belehrt hat, das trägt seine Notwendigkeit in sich [...].

Das ist der Grund, warum wir durch unsere Sammlung nicht bloß der Geschichte der Poesie und Mythologie einen Dienst erweisen wollten, sondern es zugleich Absicht war, dass die Poesie selbst, die darin lebendig ist, wirke und erfreue, wenn sie erfreuen kann, also auch, dass es als ein Erziehungsbuch diene. [...] Wir suchen die Reinheit in der Wahrheit einer [...] Erzählung.

Nicolaische Buchhandlung: Inhaltsinformation zum zweiten Band der Sagen[1] (1816, Auszug)

Wie das Kind seine ihm eigene Welt der Märchen hat, an die es glaubt und an deren Wunderkreis auch der Erwachsene mit Sehnsucht zurückdenkt, so hat das Volk seine eigentümliche Welt der Sagen, die ihm mit dem Zusammenleben in der Heimat gegeben ist und an der es mit inniger Liebe hängt. Diese ehrwürdigen und lieblichen Töne aus einem frühern echt volkstümlichen Leben reden wie freundliche Begleiter zu uns, wohin wir im deutschen Lande unsere Wanderschaft setzen. In dieser von den Gebrüdern Grimm veranstalteten Sammlung ist [...] aufs Anmutigste erzählt. Dreierlei zeichnet diese Sammlung vor allen übrigen aus. Erstlich Treue und Wahrheit der Erzählung, wie sie in der Heimat erzählt wird, selbst in Ton und Wort. Zweitens große Mannigfaltigkeit. Drittens genaue Angaben der Quellen [...]. Kein anderes Buch kann so frisch und lebendig die Angst und Warnung vor dem Bösen und die innigste Freude an dem Guten und Schönen wecken und nähren wie dieses; kein anderes kann zugleich so in das innigste Geheimnis des volkstümlichen Lebens und Webens einführen, und vielen mag dadurch das treue deutsche Land noch lieber werden.

1 Der Text entstammt der Vorbemerkung Herman Grimms (1828–1901, Sohn Wilhelm Grimms) zum zweiten Band der Sagen. In dieser zitiert er die Nicolaische Buchhandlung, welche das Werk 1816 wie vorliegend beschrieb.

14 Fassen Sie kurz die Handlungen von bekannten Märchen zusammen (z. B. *Hänsel und Gretel, Der Froschkönig, Dornröschen, Die Sterntaler*). Prüfen Sie die Aussagen der Brüder Grimm (S. 290 f.) und der Inhaltsinformation der Nicolaischen Buchhandlung anhand Ihrer Beispiele.

15 Erläutern Sie, ausgehend von Novalis' Zitat, abschließend den Zusammenhang zwischen dem Genre Märchen und den Idealen und Zielen romantischer Dichtung.

> „Im Märchen glaube ich am besten meine Gemütsstimmung ausdrücken zu können. Alles ist ein Märchen." (Novalis)

16 PLUS Verfassen Sie ein modernes Märchen mit einer gegenwartsbezogenen Botschaft.

Ralf Hanselle: Diese nervöse Angespanntheit (2004, taz, Ausschnitt)

Der vorliegende Text erschien am 25.3.2004 im Themenbereich „Bücher/Buchrezensionen/Buchverlage" und nimmt Bezug auf die 2004 erschienene Vorlesungsreihe „Die Wurzeln der Romantik" des Philosophen Isaiah Berlin (1909–1997).

Die Romantik ein Vorläufer des Faschismus? Nein, sagt Isaiah Berlin. Ihr letzter Schluss ist Liberalität. Die Romantik, die hat immer Schuld. [Man] machte sie verantwortlich für die deutsche Hitlerei, [...] erkannte in ihr den Ursprung unseres Antiamerikanismus, und für den Historiker Rolf Peter Sieferle[1] sind Eichendorff und Novalis die ersten Fundis[2] der grünen Bewegung. Posthorn und Nachtigall, so heißt es immer wieder vorwurfsvoll, trällerten die deutsche Schicksalsmelodie.
Bei so viel Tadel möchte man die bedröppelten Romantiker, diese jungen Talente und hommes fatal fast ein wenig schützend in die Arme schließen. Kaum ein dunkler Fleck auf der nationalen Weste, für den man sie nicht hat strammstehen lassen. Was indes genau sie in ihrer Epoche bewerkstelligt hatten, dass es bis in unsere Gegenwart nachhallt, dem ist nur selten fundiert nachgegangen worden. Isaiah Berlin hat es versucht. [...]
Für Berlin entspringt die romantische Revolution einer typisch deutschen Gemütsverfassung. Sie ist ebenso melancholisch und neurotisch wie die nach 1648 dahindarbende deutsche Nation und Kultur. Pietismus und Innerlichkeit waren die Reaktion auf gekränkten Selbstwert und politische Unzufriedenheit. Zudem sorgten Aufklärung und Französische Revolution für zunehmende Orientierungslosigkeit.
In der Romantik bricht sich diese nervliche Angespanntheit Bahn. Ein ästhetischer Reflex auf das wissenschaftliche Zerstückeln der Wirklichkeit, den regelhaften Verlauf der Welt und die Anpassung an Begriffe und nackte Theorien. [...]. Romantik, so Berlin, sei eine Revolte von „Qualität gegen Quantität", von „antiwissenschaftlichen Sehnsüchten und Begierden".
Der gängige Vorwurf des Antimodernismus ist da nur noch einen Steinwurf entfernt. Allzu oft hat man über die neue Sehnsucht nach Mythen, Einheit und Élan vital[3] die Biege zum „Mythus des 20. Jahrhunderts"[4] gemacht. Gerade so, als wüchse die blaue Blume im braunen Sumpf, wurden Novalis und die Schlegel-Brüder zu den geistigen Paten Hitlers oder Rosenbergs[5] ernannt.
Isaiah Berlin ist da vorsichtiger. Zwar erkennt auch er eine Verwandtschaft zwischen Faschismus und Romantik, diese aber sei primär durch Verzerrungen zu Wege gebracht worden. In vielerlei Hinsicht erscheint die Ära an der Schwelle zum 19. Jahrhundert hingegen progressiv und modern. Indem Berlin den romantischen Geist bereits in der Philosophie Herders am Werke sieht, gelingt es ihm, der Epoche zeitgemäße Anschauungen abzugewinnen.
So habe die Vorstellung, dass Werte nicht mehr universell, sondern stets in der ihr eigenen Zeit und Kultur verwurzelt seien, zu einem neuartigen Wertepluralismus geführt. Für Herders Zeitgenossen mag das noch befremdlich geklungen haben. Heute indes kann man darin die nötigen Tugenden fürs 21. Jahrhundert entdecken: Toleranz sowie die Relativität von Normen. „Der Romantik letzter Schluss", so das Urteil des Autors, „ist Liberalität, Anständigkeit und die Anerkennung aller Unvollkommenheiten des Lebens."

1 Rolf Peter Sieferle: 1949–2016 2 Fundi, der: umgangssprachlich für Fundamentalist; in den 1980er- und frühen 1990er-Jahren Bezeichnung für die innerparteilichen Widersacher der „Realos" um Joschka Fischer bei der Partei „Die Grünen", die im Unterschied zu den Realos einer Regierungsbeteiligung kritisch gegenüberstanden 3 Élan vital, der: (frz.) schöpferische Kraft, Lebensschwung 4 „Mythus des 20. Jahrhunderts": Titel eines antisemitischen Buches von Alfred Rosenberg 5 Alfred Ernst Rosenberg (1893–1946): NS-Chefideologe

MK **17** Geben Sie die Vorwürfe, die den Romantikern dem Artikel zufolge gemacht wurden, wieder. Ergänzen Sie Ihre Notizen durch eigenständige Recherche.

18 Diskutieren Sie in Kleingruppen Ihre persönliche Haltung zu den Vorwürfen und Rechtfertigungen im Text. Beziehen Sie Beispiele aus diesem Kapitel ein.

19 Nehmen Sie Stellung zu folgender These: Der romantischen Weltanschauung sollte in der heutigen durchrationalisierten Welt wieder ein größerer Raum gegeben werden.

Merkmale der Romantik (1795–1840)

Epochenlexikon
→ S. 516 f.

Schauen Sie sich im Panorama (S. 225) die Punkte ①–⑤ an, um die Epoche noch besser zu verstehen.

Begriff: Romantik

ursprünglich abgeleitet von „Roman", d. h. romanhaft = abenteuerlich, fantastisch, fiktional

Motive

- **Sehnsucht** nach anderen Ländern, Ferne, Menschen; innerlich als Bewusstseinszustand mit dem Wissen um das wahre Ziel im himmlischen Jenseits und die Unerfüllbarkeit im irdischen Diesseits
- **Natur** als Ausdrucksraum der romantischen Seele
- **Nacht**, verbunden mit dem Traum, ermöglicht veränderte Wahrnehmungen und tiefere Erkenntnisse, oft durch besondere Lichtverhältnisse wie Mondschein, Schwellenzustand bei Sonnenaufgang bzw. -untergang
- **Liebe** als Glück der Einheit der Partner; als Erfahrung von Unglück, Zerbrechen bzw. Trennung oder Unerreichbarkeit

Symbolik

Die **blaue Blume** ist das zentrale Symbol in der Romantik. Sie repräsentiert die romantische **Sehnsucht**, die **kein klares Ziel** kennt. Außerdem ist sie als Gewächs Teil der Natur, mit der der Mensch in den Austausch kommen kann. Die Farbe Blau wird dabei in Verbindung gebracht mit: Tiefe, Himmel, Grenzenlosigkeit, Unbewusstem, Ruhe und Nacht.

Leitgedanken

Die Poesie ist das Mittel, um sich über den Alltag zu erheben und zur eigenen menschlichen Bestimmung zu gelangen. Dabei ist man sich der **Unmöglichkeit** des vollständig erfolgreichen Findens bewusst. Das Zusammenwirken der verschiedenen Formen der Kunst (Malerei, Musik, Poesie) und der verschiedenen Gattungen soll zur **progressiven Universalpoesie** führen.

Sonderform: Schauerromantik

Sie wird auch **schwarze Romantik** oder **dunkle Romantik** genannt und gilt als Vorläufer der heutigen Horrorliteratur. Thema ist v. a. der Einbruch des Fantastischen und Übernatürlichen sowie des Bösen und Erschreckenden in eine scheinbar normale Welt. Der Mensch wird hierbei nicht vorrangig als durch die Vernunft bestimmt dargestellt, sondern als ein von Leidenschaften und unheimlichen übernatürlichen Einflüssen und unergründlichen psychischen Tiefen gesteuertes Wesen.

Nationalismus in der Romantik

Politisch wurde die Zeit der Romantik von einem Wechselspiel aus Revolution und Restauration sowie gesellschaftlichen Umbrüchen geprägt. Unter anderem vorangetrieben von der französischen Besetzung deutscher Gebiete unter Napoleon I., deren Ende durch die Völkerschlacht bei Leipzig (1813) und politisch instabile Verhältnisse im Deutschen Bund, entstanden erste nationalistische Bestrebungen. Man war auf der Suche nach identitätsstiftenden Gemeinsamkeiten für eine „deutsche Kulturgemeinschaft". Auch die Volksmärchensammlung der Brüder Grimm sowie ihr *Deutsches Wörterbuch* trugen durch die literarische Vermittlung „gemeinsamer deutscher" Bräuche, Sitten und Erfahrungen zur Identitätsstiftung einer deutschen Nation bei.

Caspar David Friedrich (1774–1840): *Wanderer über dem Nebelmeer*, 1818; Caspar David Friedrich gilt als einer der bedeutendsten Künstler der Frühromantik.

Interpretation eines Gedichts, ggf. mit weiterführendem Schreibauftrag (I, a)

Aufgabenart
→ S. 563

KOMPETENZBOX

Gedichte schriftlich interpretieren

Diese Aufgabenart verlangt eine Interpretation, d.h. die Analyse und Deutung eines Gedichts. Für eine Interpretation stellen Sie einen Zusammenhang zwischen Inhalt, Form und Sprache her.

1. Erstes Textverständnis festhalten – Aufgabenstellung erfassen
- das Gedicht mehrfach lesen
- erste Eindrücke festhalten
- Textangaben erfassen: Titel, Autorin/Autor, Textsorte, Thema, Entstehungs- oder Veröffentlichungsjahr
- Teilaufgaben und Untersuchungsaspekte beachten: Welche Operatoren erfordern was? Welche Aspekte des Textes sollen analysiert werden?

2. Gedicht untersuchen und Bezüge herstellen
- Inhalt, Sprache und Form des Gedichts erschließen und einen Zusammenhang herstellen
- Deutungshypothese formulieren
- die in der Aufgabenstellung genannten Aspekte untersuchen oder eigene Aspekte auswählen
- ggf. textüberschreitende Aspekte einbeziehen
- ggf. Untersuchungsergebnisse für die Bearbeitung der zweiten Aufgabe nutzen

3. Untersuchungsergebnisse prüfen
- Fazit aus den Untersuchungsergebnissen ziehen
- Deutungshypothese überprüfen und ggf. neu formulieren

4. Gliederung erstellen

Einleitung:
- interessanten Einstieg finden
- Titel, Autorin/Autor, Textsorte, Thema, Entstehungs- oder Veröffentlichungsjahr benennen
- Deutungshypothese formulieren

Hauptteil:
- Inhalt kurz wiedergeben
- Untersuchungsergebnisse anordnen
  a) nach der Reihenfolge des Gedichts (Strophe für Strophe)
  b) nach vorgegebenen oder selbst gewählten Aspekten
- ggf. aufgabenbezogene Überleitung zur zweiten Aufgabe formulieren
- ggf. zweite Aufgabe ausarbeiten

Schluss:
- Ergebnisse zusammenfassen, ggf. Bezug zur Einleitung herstellen

5. Klausur schreiben
- sachlich und präzise formulieren, Fachbegriffe verwenden
- logische Nachvollziehbarkeit durch gedankliche Zusammenhänge und sprachliche Verknüpfungen beachten
- Aussagen am Text durch direkte und indirekte Zitate belegen

6. Klausur überarbeiten
- sachliche Richtigkeit prüfen
- Formalia, z. B. korrektes Zitieren, beachten
- sprachliche Richtigkeit (Ausdruck, Grammatik, Zeichensetzung, Rechtschreibung) überprüfen

BEISPIEL-KLAUSUR **Aufgabe**

1 Interpretieren Sie Karoline von Günderrodes Gedicht *Der Kuss im Traume* aus dem Jahr 1804.

2 Prüfen sie ausgehend von dem folgenden Zitat, inwieweit das Gedicht sowohl epochenspezifisch als auch biografisch interpretiert werden kann.

„Die Radikalität, mit der sie ihre Gefühle – bis hin zur Selbsttötung – auslebte, hat schon ihre Zeitgenossen fasziniert. Sie verkörpert in Leben und Werk eine Frau im Kampf mit den Zwängen ihrer Zeit und kann in ihrem spezifisch weiblichen Freiheitsdrang als eine Vorgängerin der Emanzipationsbewegung betrachtet werden." (Humanistischer Pressedienst, 2014)

Karoline von Günderrode: Der Kuss im Traume (1804)

Es hat ein Kuss mir Leben eingehaucht,
Gestillet meines Busens tiefstes Schmachten.
Komm, Dunkelheit! mich traulich zu umnachten,
Dass neue Wonne meine Lippe saugt.

In Träume war solch Leben eingetaucht.
Drum leb' ich, ewig Träume zu betrachten,
Kann aller andern Freuden Glanz verachten,
Weil nur die Nacht solch süßen Balsam haucht.

Der Tag ist karg an liebesüßen Wonnen,
Es schmerzt mich seines Lichtes eitles Prangen
Und mich verzehren seiner Sonnen Gluten.

Drum birg dich Aug' dem Glanze ird'scher Sonnen!
Hüll' dich in Nacht, sie stillet dein Verlangen
Und heilt den Schmerz, wie Lethes[1] kühle Fluten.

[P. S.] S.-g: ist wahr. Solche Dinge träumt das Günderrödchen, und von wem? Von jemand der sehr lieb ist, und immer geliebt wird.

---

1 Lethe, die: in der griechischen Mythologie Strom der Unterwelt, aus dem die Toten trinken mussten, um die Erinnerung an ihr früheres Leben zu verlieren; übersetzt: Vergessenheit, Verborgenheit

1. Erstes Textverständnis festhalten – Aufgabenstellung erfassen

Schreibtraining 127

1.1 Lesen Sie das Gedicht mehrfach aufmerksam durch, achten Sie auch auf den Titel.

1.2 Klären Sie unbekannte Wörter und Wendungen.

1.3 Markieren Sie wichtige Stellen.

1.4 Notieren Sie Ihre ersten Eindrücke zu Inhalt, Sprache und Form.

1.5 Klären Sie, was die Aufgabenstellung von Ihnen verlangt. Beachten Sie besonders die Operatoren.

1.6 Erfassen Sie die Entstehungszeit des Gedichts und prüfen Sie, ob das Gedicht der Epoche der Romantik zugeordnet werden kann.

1.7 Prüfen Sie, inwiefern biografische Aspekte für die Entstehung des Gedichtes eine Rolle gespielt haben können.

2. Gedicht untersuchen und Bezüge herstellen

2.1 Untersuchen Sie die Sprechsituation. Übernehmen und ergänzen Sie dazu die folgende Tabelle.

Textstellen	Sprechsituation
– „Es hat […] mir" (V. 1)	*vergangenes Geschehen, das dem lyrischen Ich widerfahren ist (keine Eigeninitiative)*
– „Komm, Dunkelheit!" (V. 3)	…

2.2 Vervollständigen Sie die Markierungen im Text und die Randkommentare. Halten Sie dabei fest, wie sich Inhalt, Form und Sprache wechselseitig unterstützen.

Gattungslexikon Lyrik → S. 535 ff.

Karoline von Günderrode: Der Kuss im Traume (1804)

x x́ x x́ x x́ x x́ x x́
Es hat ein Kuss mir Leben eingehaucht, a
Gestillet meines Busens tiefstes Schmachten. b
Komm, Dunkelheit! mich traulich zu umnachten, b
Dass neue Wonne meine Lippe saugt. a

In Träume war solch Leben eingetaucht. a
Drum leb' ich, ewig Träume zu betrachten, b
Kann aller andern Freuden Glanz verachten, b
Weil nur die Nacht solch süßen Balsam haucht. a

Der Tag ist karg an liebesüßen Wonnen, c
Es schmerzt mich seines Lichtes eitles Prangen d
Und mich verzehren seiner Sonnen Gluten. e

Drum birg dich Aug' dem Glanze ird'scher Sonnen! c
Hüll' dich in Nacht, sie stillet dein Verlangen d
Und heilt den Schmerz, wie Lethes kühle Fluten. e

Form: Sonett; Quartette in Strophe 1 und 2, Terzette in Strophe 3 und 4 → 14 Verse
fünfhebiger Jambus
umarmender Reim in Quartetten mit Kadenz m – w – w – m; dreifache Reimreihe in Terzetten mit Kadenz w – w – w

Sprache und Inhalt
Inversion: Aktivität entsteht von außen
Personifikation
Ausruf: Nacht als Sicherheitsort durch Schlaf bzw. Traum
Wiederholung: zur Betonung
Alliteration: zur Verstärkung
Binnenreim

Vergleich, mythologische Anspielung: Todessehnsucht wird gestillt

2.3 Formulieren Sie eine Deutungshypothese, die sich mit Ihren Untersuchungsergebnissen stützen lässt.

2.4 Prüfen Sie, inwiefern sich epochenspezifische Merkmale romantischer Lyrik am Text nachweisen lassen. Ergänzen Sie die folgenden Beispiele.

- *Themen und Motive: Sehnsucht, Ferne, Weltflucht, Nacht; Textbelege: Komm, Dunkelheit! (V. 3), In Träume war solch Leben eingetaucht. (V. 5), …*
- *lyrisches Subjekt: individuelle Gefühlssituation; Textbelege: mich traulich zu umnachten (V. 3), …*
- …

2.5 Prüfen Sie, inwiefern die unglückliche Liebesbeziehung zu Friedrich Carl von Savigny, dem Karoline von Günderrode dieses Gedicht samt Postskriptum zur Hochzeit mit Gunda von Brentano schenkte, im Text zum Tragen kommt.

3. Untersuchungsergebnisse prüfen

3.1 Beurteilen Sie in Kleingruppen die Deutungshypothesen A–D (S. 297 oben). Überarbeiten Sie ggf. Ihre Deutungshypothese (Arbeitsschnitt 2.3).

A Das Gedicht offenbart einen sehnsuchtsvollen, aber unerreichbaren Liebeswunsch eines lyrischen Ich. Der Liebeskummer zeigt sich sprachlich und formal.

B Das Sonett *Der Kuss im Traume* zeigt die Erfüllung aller Träume durch die Liebe.

C Erst der Tod bringt dem lyrischen Ich die Erlösung.

D Als typisches Gedicht der Romantik bringt nur die Nacht, also die Traumwelt, Zufriedenheit, während sich das lyrische Ich am Tag von der Welt eingeengt fühlt.

3.2 Überprüfen Sie anhand der Ergebnisse aus den Arbeitsschritten 2.4 und 2.5 die folgenden Aussagen und überarbeiten Sie diese.

A *Dass die Autorin selbst zur Sprecherin des Gedichtes wird, lässt sich anhand ihrer Erfahrungen mit Carl von Savigny mutmaßen. Die beiden verband ein inniges Liebesverhältnis, doch ihre unterschiedlichen Charaktere und Wertvorstellungen führten zum Bruch der Beziehung. Auch die Tatsache, dass Karoline von Günderrode mittellos war, also keine gute Partie darstellte, verweist auf typische Gepflogenheiten zur Zeit der Romantik; Savigny heiratet die begüterte Gunda von Brentano.*

B *Daher wählt Günderrode bewusst das Nachtmotiv, um ihren individuellen Weltschmerz in einer Weltflucht auszuleben.*

4. Gliederung erstellen

4.1 Ergänzen oder überarbeiten Sie die folgende Gliederung.

Einleitung:
- *interessanter Einstieg: …*
- *TATT, 1804*
- *Deutungshypothese: …*

Hauptteil:

Inhalt:
- *Erwecken eines neuen Lebensgefühls durch Kuss*
- *Appell an die Dunkelheit*
- *…*

Zusammenhang zwischen Inhalt, Form und Sprache/Deutung:
- *Sonettform als Anspielung auf Barock (Todesthematik)*
- *durchgängiger fünfhebiger Jambus als Zeichen des stetigen Gangs auf den Zielpunkt des Todes*
- *männliche und weibliche Kadenzen in den Quartetten sowie nur weibliche Kadenzen in den Terzetten*

…
- *Inversion als Zeichen der notwendigen Unterstützung von außen*
- *Vergleich, mythologische Anspielung für Todessehnsucht stehend*
- *…*

Fazit (Zusammenfassung der Interpretationsergebnisse):
- *Erfüllung der Wünsche im Tod*
- *Nichtigkeit des Tages*

aufgabenbezogene Überleitung zur zweiten Aufgabe
- *…*

Zweite Aufgabe
- *…*

Schluss:
- *…*

5. Klausur schreiben

5.1 Lesen und bewerten Sie den folgenden Ausschnitt aus einer schriftlichen Interpretation.
Achten Sie vor allem auf:
- Belege von Thesen
- die Herstellung logisch-gedanklicher Zusammenhänge
- die Einhaltung eines sachlichen Stils

Damit, dass ein Kuss [...] Leben eingehaucht hat, beginnt das Gedicht und es endet mit der Aufforderung, die Nacht zu begrüßen, weil diese „den Schmerz" (V. 14) heilt. Verstärkt wird diese Aussage durch den Vergleich der personifizierten Nacht mit „Lethes kühle[n] Fluten" (V. 14). Das Bild des Flusses der Unterwelt, der Vergessen verspricht, steht sinnbildlich für die Unerfüllbarkeit der Sehnsüchte des lyrischen Ich im Leben. Nur im Traum oder sogar im Tod scheinen sie erfüllbar. Der Bogen wird so gekonnt gespannt, Anfang und Ende bewegen sich aufeinander zu. Die Zwischenstationen innerhalb des Sonetts ...
Der große Kontrast zwischen Tag und Nacht, den beiden Gegenspielern, wird durch die Verwendung gegensätzlicher Adjektive und Verben betont. So stehen sich „süße[r] Balsam" (V. 8) der Nacht und der Tag, der als „karg an liebesüßen Wonnen" (V. 9) ebenso gegenüber wie das Schmerzen des Tageslichts (vgl. V. 10) dem Stillen des Verlangens in der Nacht (vgl. V. 13). Dies deutet darauf hin, dass ...

5.2 Führen Sie die beiden unterstrichenen Textpassagen weiter aus. Sie können dazu den Sprachtipp verwenden.

Sprachtraining 128

SPRACHTIPP

Bezug zwischen Sprache und Inhalt herstellen

die Metapher … zielt auf … | durch die Metaphorik … wird ausgedrückt … | die Assonanz deutet auf … | mit dem Neologismus wird eine Verbindung hergestellt zwischen … | der parataktische Satzbau weist auf … hin … | das soll zeigen, dass … | hier wird besonders … deutlich … | der Ausruf … signalisiert … | die Wiederholung … unterstreicht …

Abrundungen und Ergebnisse formulieren

so lässt sich zusammenfassen …; insgesamt ergibt sich …; … kann als Fazit gezogen werden; es ist feststellbar, dass …; festhalten kann mal also…; insgesamt spiegelt sich … wider; …

5.4 Verfassen Sie auf Grundlage Ihrer Gliederung aus Arbeitsschritt 4.1 eine eigene schriftliche Interpretation.

6. Klausur überarbeiten

6.1 Lassen Sie Ihre Klausur von einer Mitschülerin oder einem Mitschüler lesen. Besprechen Sie Stärken und Schwächen und notieren Sie sich diese.

6.2 Erstellen Sie anhand Ihrer Notizen eine Checkliste, mit der Sie Ihre Texte zukünftig Korrektur lesen und überarbeiten können.

6.3 Überarbeiten Sie Ihren Text mithilfe Ihrer Checkliste.

Beispiellösung D11

Beispiellösung (Ausschnitt)

Eine solch unglückliche Liebeserfahrung schildert das lyrische Ich in dem Gedicht „Der Kuss im Traume“ aus dem Jahr 1804. Thematisiert wird darin die Unerfüllbarkeit einer Liebe und die Flucht in die Gedankenwelt, die Traumwelt, vielleicht in den Tod. Der Kuss geschieht lediglich im „Traume“, wie der Titel des Gedichts verrät.

Ende der Einleitung: Deutungshypothese und Bezug zum Titel

Die Autorin verwendet eine tradierte Gedichtform, das Sonett, um in den vier Strophen zu zweimal vier und zweimal drei Verszeilen die Wirkung des nachts geträumten Kusses auf das lyrische Subjekt auszudrücken.

kurz Form des Gedichtes

Bereits im ersten Quartett erfährt man, dass ein Kuss „Leben eingehaucht“ (V. 1) und die Sehnsucht danach gestillt hat (vgl. V. 2). Das lyrische Ich möchte dieses Erleben wiederholen und bittet, es „traulich zu umnachten“ (V. 3), um dieses Gefühl erneut zu erleben. Dass dies alles nur im nächtlichen Traum geschieht und dieser das einzige lebenswerte Ziel darstellt, für den alle Lebensfreuden aufgegeben werden, schildert das lyrische Ich im zweiten Quartett. [...]

Beginn Inhaltsangabe

Karoline von Günderrode nutzt die Sonettform, um einerseits in einer Ringkomposition die Möglichkeit, sich in Träume zu flüchten und in ihnen zu leben, das Leben und den Kummer zu vergessen, darzustellen, andererseits stellen die beiden Quartette, die der Nacht und dem erträumten Kuss huldigen, den krassen Kontrast zu den Tagesbeschreibungen, der Realität und ihrem Entfliehen in den Terzetten dar. Diese Kontrastierung zeigt sich auch in den verwendeten Reimen. [...] Getragen wird diese Kontrastierung durch einen gleichmäßigen fünfhebigen Jambus, der dem Gedicht einen traurigen, sehr poetischen Grundton verleiht.

Aufbau des Gedichtes, Zusammenhang zwischen Inhalt und Form in der Kontrastierung der Tageszeiten

Stimmung des Gedichtes im Zusammenhang mit Metrum und Klang

Liest man die ersten Verszeilen des Sonetts, so bekommt man den Eindruck, das lyrische Ich sei glücklich, da ein Kuss es lebendig machte (vgl. V. 1). Die Personifizierung verstärkt die ausgelöste Wirkung, das lyrische Ich erwacht, wird praktisch neu geboren. Das Sprachbild des Einhauchens von Leben bewirkt die Vorstellung eines sanften Windhauches, der in der Lage ist, frühlingsgleich, die Lebensgeister zu erwecken. Dass dabei die Sehnsucht nach Liebe gestillt wurde, die tief verborgen im Innern ruhte, fügt die Sprecherin aufzählend in der zweiten Verszeile hinzu. Wie stark diese Sehnsucht war, kann man erahnen, wenn man das Wort „Schmachten“ (V. 2) als schmerzvolles Verlangen versteht. [...]

Interpretationsergebnisse im Zusammenhang von Inhalt und Form

Dies lässt sich auch in der Charakterisierung der Autorin durch den Humanistischen Pressedienst 2014 erkennen. Wenn dort davon gesprochen wird, dass die Günderrode ihre „Gefühle“ (Z. 1) radikal „auslebte“ (Z. 1), was schon ihre Mitmenschen fasziniert habe, so ist dies ein Hinweis auf eine Frau, die ihr Glück leben wollte, unnachgiebig, „bis hin zur Selbsttötung“ (Z. 1). Dass sie dies dann am 26.07.1806 einer unglücklichen Liebe zu Friedrich Carl von Savigny wegen tat, ist umso tragischer, als dass sie eine bedeutende Dichterin der Romantik, den Männern durchaus ebenbürtig, war. [...]

Überleitung zur zweiten Aufgabe

Zusammenfassung des Zitates

biografische Aspekte

Als Autorin der Romantik erkennt man Karoline von Günderrode durch die Themenwahl des Textes, die Nachtmotivik und die Flucht in eine Traumwelt, weil die Realität nicht ertragbar, nicht lebbar erscheint. Diese Merkmale kennzeichnen sowohl die Lyrik als auch die Prosa der Epoche. Die Romantiker entwerfen Gegenwelten zur einbrechenden Industrialisierung und zur Modernität des Lebens. Sie zeigen die Versuche des Individuums, der Realität auszuweichen. Dabei ist das Sehnsuchtsmotiv [...].

Epochenkenntnisse

Vernetzen: Gegenwartsliteratur einbeziehen

Simon Strauß: Sieben Nächte (2017, Auszug)

DAS HIER SCHREIBE ICH AUS ANGST. Aus Angst vor dem fließenden Übergang. Davor, gar nicht gemerkt zu haben, erwachsen geworden zu sein. Ohne Initiation, ohne Reifeprüfung einfach durchgerutscht bis zur Dreißig. [...] Ich war schon weit weg, kenne mich aus in der Welt, [...] aber was mir wirklich etwas bedeutet, woran ich glaube, kann ich nicht sagen. Wohin ich will, schon: Immer weiter nach oben – die Leiter lang.

An Ehrgeiz hat es mir nie gefehlt, schon in der Schule stand ich vor Stundenbeginn an der Tür, um mir vom heraneilenden Lehrer mit einem kurzen Nicken bestätigen zu lassen, dass ich wieder die Bestnote bekommen würde. [...]

Ein Sympathieträger. Einer, der sich leichtfertig zu vielem bekennt, von dem er eigentlich zu wenig weiß. Der von Gegnerschaft träumt und im entscheidenden Moment doch lieber nichts sagt oder nur lustlos vermittelt. Wenn es laut wird, halte ich mir die Ohren zu [...].

Und ich denke, ich hoffe, dass jetzt doch noch was kommt. Schnell, bevor es zu spät ist. Noch habe ich keinen Ruf zu verlieren. Gehört mir keine Kunstsammlung und kein Vorgarten. Kinder, die einmal aus dem Haus gehen könnten, gibt es noch nicht, und auch keinen frühen Ruhm, an den zu erinnern mutlos macht.

[...] Davor, später nur auf graue, gerade Linien zurückzuschauen, habe ich Angst. Dass mir die Gefühle abhandenkommen, sich Gewohnheit einstellt. [...]

Deshalb diese Nacht. Deshalb dieses Schreiben. Der einzige Kampf, der jetzt noch lohnt, ist der ums Gefühl. Die einzige Sehnsucht, die trägt, ist die nach dem schlagenden Herzen. Zu viel Gelände ist verloren gegangen an den Zynismus, der seine kalten Finger um alles legt. Der noch die letzte Kerze ausbläst, die letzte Fluchttür verriegelt, den letzten Vorhang herunterreißt. Er feiert Siege an allen Ecken und Enden und tupft uns Zurückgefallenen hämisch Nivea-Creme auf die entzündeten Wangen. [...]

Mit ihm an der Seite lachen wir leichtfertig über andere und merken erst spät, wie schwach wir selbst dadurch geworden sind. Wie viel Kraft wir verloren haben für Empfindung, Anteilnahme und Begeisterung. Viel hat auch damit zu tun, dass wir überheblich meinen, die reine Berechnung könne alles bewirken. [...]

Sehnt ihr euch nicht manchmal auch nach wilderem Denken? Nach Ideen ohne feste Ordnung, nach Utopien ohne berechenbaren Sinn, nach Ecken und Kanten, an denen ihr euch stoßen könnt? [...]

Ich will wieder den Wunsch nach Wirklichkeit spüren, nicht nur den nach Verwirklichung. Ich will Mut zum Zusammenhang, zur ganzen Erzählung. [...]

Also kommt an meinen Tisch und legt die Hände hinter den Kopf – ich warte auf euch. Denn: Wer spricht sonst schon noch von Empfindung? Wer hat ein Gespür für den eigenen Herzschlag? Welche Mütter und Väter, welche Lehrer und Priester, Trainer und Therapeuten machen Mut zum Überwältigtsein? Geben Hoffnung auf eine andere, weitere Welt?

Ich träume von einer langen Treppe, die hinaufführt zu einem abgeschiedenen Raum. Eintritt haben nur diejenigen, die Fehler machen, Umwege gehen, Versuche wagen. [...]

Allein ihre Jugend verbindet sie, Noch-nicht-dreißig ist das Kriterium und: ein Fragender zu sein [...].
Bevor der Moment des Übergangs kommt, die Zukunft mich für immer eingemeindet, will ich den festgelegten Ablauf noch einmal durchbrechen. [...] Ich will. Und ich kann.
Denn ich habe ein Angebot bekommen. Einer, den ich kaum kannte, dem ich vor Kurzem begegnet bin, hat mit mir einen Pakt geschlossen. Er wolle mich führen, hat er gesagt, dorthin, wohin es mich drängt. [...] Und er kenne den Weg dorthin.
Immer um sieben Uhr abends würde er sich melden und mich auf einen Streifzug schicken durch die Stadt. Immer würde ich einer Sünde begegnen, einer der sieben Todsünden. „Auf dass du eine findest, in der du dich wohlfühlst. Oder dich für immer von ihr abkehrst", hat er gesagt. [...]
Das Ferne ist ganz nah. Fast greifbar. Jetzt könnte ich alles werden, alles sagen, so scheint es.
[...] Nur weiß ich nicht, ob das bei Nacht Gefühlte bei Tag noch Bestand haben wird ...
[...] Bis dahin: Kommt mit ans Fenster. Schließt die Augen. Und zerbrecht das Glas ...

1 Nennen Sie die Entschlüsse des Erzählers und erklären Sie deren Ursachen.

2 Besprechen Sie, ob Sie die geschilderte Gefühlslage und die Reaktionen darauf für nachvollziehbar halten.

3 Prüfen Sie anhand des Textauszugs, ob Strauß als Romantiker einzuschätzen ist.

4 **PLUS** Vergleichen Sie den Erzähler aus *Sieben Nächte* mit Faust in Johann Wolfgang Goethes gleichnamigem Drama, der erkennen will, „was die Welt/Im Innersten zusammenhält".

5 Erstellen Sie eine Liste mit notwendigen Kategorien für romantische Literatur der Gegenwart. Setzen Sie sich anschließend mit den Thesen Leonhard Hieronymis zur Rettung zeitgenössischer Literatur durch die sogenannte Ultraromantik auseinander. Diskutieren Sie auch den Begriff der Ultraromantik.

Leonhard Hieronymi: Ultraromantik. Ein Manifest (2017, ausgewählte Zitate)

- Die Ultraromantik schaut nicht zurück, ihre Vorbilder leben und [...] vor allem ist sie eins: mehr Sci-Fi als Romantik.
- Nur Fiktionen können Ästhetiken erzeugen und Gefühle und Unerklärliches behandeln.
- Wahrheit entsteht durch Fiktionen. Ehrlich sein muss man nicht [...]. Ehrlich ist man automatisch [...] durch die Offenbarung seiner tiefsten Fantasien [...].
- Es gibt tiefe Ebenen der Wahrheit in der Literatur, und vielleicht gibt es auch eine bisher unbekannte Form [...], die man als Ultra-Wahrheit bezeichnen würde.
- Die Ultraromantik ist so: Mensch, Gefühl und Natur sind romantisch, die Handlung ist futuristisch und wahr. [...]
- Die Handlung [...] muss zwar Merkmale der Science-Fiction aufweisen. Sie kann aber die Gegenwart beschreiben [...], solange man innerhalb der Handlung auf seltsame Figuren stößt oder unbekannte Eintragungen in der Natur entdeckt, die nicht aus dieser Welt stammen. Immer müssen Rätsel und Rituale entweder zukünftiger oder fremder Welten vorliegen.
- Autorinnen und Autoren der Ultraromantik sind Touristen, die alte Burgen und Starfighter zur gleichen Zeit fotografieren.

Referat → S. 572

MK **6** **PLUS** Recherchieren Sie zum Korbinian-Verlag, in dem das Manifest 2017 erschienen ist, und zu dessen Gründern, der Gruppe RKOL (Rich Kids of Literature), u.a. auch in sozialen Netzwerken. Stellen Sie diese Form der Gegenwartsliteratur in einem medial gestützten Referat vor.

7

Realistische literarische Strömungen im 19. Jahrhundert (1815–1900)

Wirklich?

1

2

Inwieweit kann Literatur Wirklichkeit abbilden?

Welche Ziele verfolgt realistische Literatur?

Wie kunstvoll kann realistische Literatur sein?

129
360°-Bild

Zeugnisse des 19. Jahrhunderts
① Restaurationszeit nach Napoleon
② Malerei im Biedermeier: Carl Spitzweg
③ Georg Büchner: *Der Hessische Landbote*
④ die Märzrevolution Berlin 1848
⑤ Revolution zu Lande, zu Wasser und in der Luft
⑥ Gerhart Hauptmann: *Die Weber*

Das lernen Sie jetzt!

7.1 das Welt- und Menschenbild im Drama *Woyzeck*, politische Lyrik des Vormärz und die Weltsicht des Biedermeier in Gedichten untersuchen

7.2 einen realistischen Roman untersuchen, die Hauptfigur charakterisieren und die Entstehungszeit berücksichtigen

7.3 dramatische Texte des Naturalismus untersuchen

7.4 die Besonderheiten eines „magischen" Realismus im 20. Jahrhundert untersuchen

Georg Herwegh: Achtzehnter März (1873)

Achtzehnhundert vierzig und acht,
Als im Lenze[1] das Eis gekracht,
Tage des Februar, Tage des Märzen,
Waren es nicht Proletarierherzen,
Die voll Hoffnung zuerst erwacht
Achtzehnhundert vierzig und acht?

Achtzehnhundert vierzig und acht,
Als du dich lange genug bedacht,
Mutter Germania, glücklich verpreusste,
Waren es nicht Proletarierfäuste,
Die sich ans Werk der Befreiung gemacht
Achtzehnhundert vierzig und acht?

Achtzehnhundert vierzig und acht,
Als du geruht von der nächtlichen Schlacht,
Waren es nicht Proletarierleichen,
Die du, Berlin, vor den zitternden, bleichen
Barhaupt grüßenden Cäsar gebracht
Achtzehnhundert vierzig und acht?

Achtzehnhundert siebzig und drei,
Reich der Reichen, da stehst du, juchhei!
Aber wir Armen, verkauft und verraten,
Denken der Proletariertaten –
Noch sind nicht *alle* Märze vorbei,
Achtzehnhundert siebzig und drei.

1 Lenz, der: Frühling

Abbildung 1: Foto aus der Kunstauktion *Öffne die Tür zu einer anderen Welt*

Abbildung 2: In den Barrikadenkämpfen am 18. und 19. März 1848 starben in Berlin ungefähr 200 Menschen.

Theodor Fontane: Aufgabe des Romans (1886, Ausschnitt)

Aufgabe des modernen Romans scheint mir die zu sein, ein Leben, eine Gesellschaft, einen Kreis von Menschen zu schildern, der ein unverzerrtes Wiederspiel des Lebens ist, das wir führen. Das wird der beste Roman sein, dessen Gestalten sich in die Gestalten des wirklichen Lebens einreihen: [...] darauf kommt es an, dass [...] zwischen dem erlebten und erdichteten Leben kein Unterschied ist, als der jener Intensität, Klarheit, Übersichtlichkeit und Abrundung und infolge davon jener Gefühlsintensität, die die verklärende Aufgabe der Kunst ist.

Moritz Baßler: Populärer Realismus (2022, Ausschnitt)

Wenn wir von Realismus im Sinne eines literarischen Verfahrens sprechen, dann ist genau dies gemeint: eine Textur, eine literarische Machart [...], die sich selbst sozusagen unsichtbar macht und uns in der Lektüre direkt auf die Ebene befördert, auf die es hier ankommt – die Ebene der Story. [...] Wir befinden uns [...] unmittelbar in der erzählten Welt, sind nahe bei den Personen und ihren Gefühlen und Gedanken [...]. Science-Fiction und Fantasy-Romane enthalten zwar Dinge, die in unserer Realität womöglich nicht vorkommen. [...] Sie sind aber trotzdem realistisch erzählt, [...] denn nur auf der Folie einer völlig verständlichen, vertrauten, ‚natürlichen' Textwelt gelingt es uns überhaupt, Übernatürliches als solches wahrzunehmen.

1 Erklären Sie, inwiefern realistische Literatur in Bild **1** (S. 302) als Türöffner fungieren kann.

2 Begründen Sie die Einordnung des Gedichtes von Herwegh in die realistische Literatur und beziehen Sie dabei auch Bild **2** (S. 302) ein. Fassen Sie Inhalt und Aussage des Gedichts zusammen.

3 Erläutern Sie die Vorstellungen von realistischem Erzählen in den Texten von Fontane und Baßler und vergleichen Sie diese mit Ihren eigenen Lektüreerfahrungen.

7.1 Vormärz und Biedermeier (1815–1848)

Zwischen Rückzug und Barrikadenkämpfen

Das Welt- und Menschenbild im Drama *Woyzeck* untersuchen

Georg Büchner: Woyzeck. Der Hauptmann. Woyzeck. Szene 5 (1837, Auszug)

Georg Büchner arbeitete zwischen Juli und Oktober 1836 an dem Drama „Woyzeck", das auf einen historischen Fall zurückgeht. Da er vor der Fertigstellung 1837 starb, blieb das Werk ein Fragment. Bis heute ist die Reihenfolge der Szenen nicht eindeutig geklärt. Das Dramenfragment stellt das Schicksal Franz Woyzecks dar. Er ist ein einfacher Stadtsoldat und seine wirtschaftlichen Verhältnisse sind äußerst schwierig. Um seine Freundin Marie und das gemeinsame uneheliche Kind finanziell unterstützen zu können, nimmt er mehrere Nebentätigkeiten an, unter anderem rasiert er den Hauptmann.

Hauptmann auf einem Stuhl, Woyzeck rasiert ihn.

Staatsschauspiel, Dresden 2019; Woyzeck rasiert den Hauptmann, ihn plagen Existenzangst und die Folgen der Experimente.

HAUPTMANN Langsam, Woyzeck, langsam; ein's nach dem andern; Er macht mir ganz schwindlig. Was soll ich dann mit den zehn Minuten anfangen, die Er heut zu früh fertig wird? Woyzeck, bedenk' Er, Er hat noch seine schöne dreißig Jahr zu leben, dreißig Jahr! Macht 360 Monate, und Tage, Stunden, Minuten! Was will Er denn mit der ungeheuren Zeit all anfangen? Teil Er sich ein, Woyzeck.

WOYZECK Ja wohl, Herr Hauptmann.

HAUPTMANN Es wird mir ganz Angst um die Welt, wenn ich an die Ewigkeit denke. Beschäftigung, Woyzeck, Beschäftigung! Ewig das ist ewig, das ist ewig, das siehst du ein; nun ist es aber wieder nicht ewig und das ist ein Augenblick, ja, ein Augenblick – Woyzeck, es schaudert mich, wenn ich denk, dass sich die Welt in einem Tag herumdreht, was 'ne Zeitverschwendung, wo soll das hinaus? Woyzeck, ich kann kein Mühlrad mehr sehn, oder ich werd' melancholisch[1].

WOYZECK Ja wohl, Herr Hauptmann.

HAUPTMANN Woyzeck, Er sieht immer so verhetzt aus. Ein guter Mensch tut das nicht, ein guter Mensch, der sein gutes Gewissen hat. – Red' Er doch was Woyzeck. Was ist heut für Wetter?

WOYZECK Schlimm, Herr Hauptmann, schlimm; Wind.

HAUPTMANN Ich spür's schon, 's ist so was Geschwindes draußen; so ein Wind macht mir den Effekt[2] wie eine Maus. *(Pfiffig.)* Ich glaub' wir haben so was aus Süd-Nord.

WOYZECK Ja wohl, Herr Hauptmann.

HAUPTMANN Ha! ha! ha! Süd-Nord! Ha! Ha! Ha! O, Er ist dumm, ganz abscheulich dumm. *(Gerührt.)* Woyzeck, Er ist ein guter Mensch, ein guter Mensch – aber *(mit Würde)* Woyzeck, Er hat keine Moral! Moral das ist, wenn man moralisch ist, versteht Er. Es ist ein gutes Wort. Er hat ein Kind, ohne den Segen der Kirche[3], wie unser hochehrwürdiger Herr Garnisonsprediger sagt, ohne den Segen der Kirche, es ist nicht von mir.

WOYZECK Herr Hauptmann, der liebe Gott wird den armen Wurm nicht drum ansehn, ob das Amen drüber gesagt ist, eh' er gemacht wurde. Der Herr sprach: Lasset die Kindlein zu mir kommen.

HAUPTMANN Was sagt Er da? Was ist das für 'ne kuriose Antwort? Er macht mich ganz konfus[4] mit seiner Antwort. Wenn ich sag: Er, so mein ich Ihn, Ihn.

WOYZECK Wir arme Leut. Sehn sie, Herr Hauptmann, Geld, Geld. Wer kein Geld hat. Da setz einmal einer seinsgleichen auf die Moral in die Welt. Man hat auch sein Fleisch und

Blut. Unsereins ist doch einmal unselig[5] in der und der andern Welt, ich glaub' wenn wir in Himmel kämen, so müssten wir donnern helfen.

HAUPTMANN Woyzeck, Er hat keine Tugend, Er ist kein tugendhafter Mensch. Fleisch und Blut? Wenn ich am Fenster lieg, wenn's es geregnet hat und den weißen Strümpfen so nachsehe wie sie über die Gassen springen, – verdammt Woyzeck, – da kommt mir die Liebe. Ich hab auch Fleisch und Blut. Aber Woyzeck, die Tugend, die Tugend! Wie sollte ich dann die Zeit herumbringen? Ich sag' mir immer: Du bist ein tugendhafter Mensch, *(gerührt)* ein guter Mensch, ein guter Mensch.

WOYZECK Ja, Herr Hauptmann, die Tugend! Ich hab's noch nicht so aus. Sehn Sie, wir gemeine Leut, das hat keine Tugend, es kommt einem nur so die Natur, aber wenn ich ein Herr wär und hätt ein Hut und eine Uhr und eine anglaise[6] und könnt vornehm reden, ich wollt schon tugendhaft sein. Es muss was Schöns sein um die Tugend, Herr Hauptmann. Aber ich bin ein armer Kerl.

HAUPTMANN Gut, Woyzeck. Du bist ein guter Mensch, ein guter Mensch. Aber du denkst zu viel, das zehrt, du siehst immer so verhetzt aus. Der Diskurs hat mich ganz angegriffen. Geh' jetzt und renn nicht so; langsam hübsch langsam die Straße hinunter.

1 melancholisch: schwermütig 2 macht mir den Effekt: wirkt auf mich 3 ohne den Segen der Kirche: unehelich 4 konfus: verwirrt 5 unselig: hier: nicht zugehörig, unglücklich 6 Anglaise, die: Gehrock

1 Untersuchen Sie, welches Menschenbild in den Aussagen Woyzecks und des Hauptmanns zum Ausdruck kommt. Wählen Sie für jede Figur ein Zitat, das Sie für besonders charakteristisch halten. Begründen Sie Ihre Wahl.

2 Interpretieren Sie die sogenannte Rasierszene aus *Woyzeck* (S. 304f.). Beziehen Sie auch den folgenden Brief mit ein.

Georg Büchner: Brief an die Eltern in Darmstadt (28.07.1835, Auszug)

Der Dichter ist kein Lehrer der Moral, er erfindet und schafft Gestalten, er macht vergangene Zeiten wieder aufleben, und die Leute mögen dann daraus lernen, so gut, wie aus dem Studium der Geschichte und der Beobachtung dessen, was im menschlichen Leben um sie herum vorgeht. Wenn man so wollte, dürfte man keine Geschichte studieren, weil sehr viele unmoralische Dinge darin erzählt werden, müsste mit verbundenen Augen über die Gasse gehen, weil man sonst Unanständigkeiten sehen könnte, und müsste über einen Gott Zeter schreien, der eine Welt erschaffen, worauf so viele Liederlichkeiten vorfallen. Wenn man mir übrigens noch sagen wollte, der Dichter müsse die Welt nicht zeigen, wie sie ist, sondern wie sie sein solle, so antworte ich, dass ich es nicht besser machen will, als der liebe Gott, der die Welt gewiss gemacht hat, wie sie sein soll. Was noch die sogenannten Idealdichter anbetrifft, so finde ich, dass sie fast nichts als Marionetten mit himmelblauen Nasen und affektiertem Pathos, aber nicht Menschen von Fleisch und Blut gegeben haben, deren Leid und Freude mich mitempfinden macht, und deren Tun und Handeln mir Abscheu oder Bewunderung einflößt. Mit einem Wort, ich halte viel auf Goethe und Shakespeare, aber sehr wenig auf Schiller.

ÜBRIGENS

Die Figur des Arztes im *Woyzeck*

Büchners Vater, der als Arzt an wissenschaftlichen Fallstudien sehr interessiert war, bildet eine Grundlage für diese Figur. So bekommt Büchner am 18.12.1836 von seinem Vater eine Fallgeschichte geschickt. Eine junge Frau hatte aus Liebeskummer zweimal Stecknadeln geschluckt und Büchners Vater danach um Hilfe gebeten. Nicht das Leid der Frau interessierte den Vater, sondern der medizinische Fall: Er sperrte die Frau, die sich dem Experiment freiwillig unterzog, sechs Tage ein, um zu dokumentieren, was mit ihr geschah. In einem Aufsatz mit dem Titel „Versuchter Selbstmord durch Verschlucken von Stecknadeln" beschreibt der Vater das Phänomen und beendet diesen mit den Worten, er hätte seine „Nadelperson gern auf dem Sektionstisch wiedergesehen".

Georg Bücher: Woyzeck. Kammer. Szene 4 (1837, Auszug)

Marie beginnt mit einem Tambourmajor ein Verhältnis und bekommt von ihm Ohrringe geschenkt.

MARIE *sitzt, ihr Kind auf dem Schoß, ein Stückchen Spiegel in der Hand.*

MARIE *(bespiegelt sich)* Was die Steine glänze! Was sind's für? Was hat er gesagt? – Schlaf Bub! Drück die Auge zu, fest, *(das Kind versteckt die Augen hinter den Händen)* [...] *(Spiegelt sich wieder.)* S' ist gewiss Gold! Unseins hat nur ein Eckchen in der Welt und ein Stückchen Spiegel und doch hab' ich einen so roten Mund als die großen Madamen mit ihren Spiegeln von oben bis unten und ihren schönen Herrn, die ihnen die Händ küssen, ich bin nur ein arm Weibsbild. [...]

WOYZECK *tritt herein, hinter sie. Sie fährt auf mit den Händen nach den Ohren.* Was hast du?

MARIE Nix.

WOYZECK Unter deinen Fingern glänzt's ja.

MARIE Ein Ohrringlein; hab's gefunden.

WOYZECK Ich hab so noch nix gefunden. Zwei auf einmal.

MARIE Bin ich ein Mensch[1]?

WOYZECK S' ist gut, Marie. – Was der Bub schläft. Greif' ihm unter's Ärmchen, der Stuhl drückt ihn. Die hellen Tropfen steh'n ihm auf der Stirn; alles Arbeit unter der Sonn, sogar Schweiß im Schlaf. Wir arme Leut! Da is wieder Geld, Marie, die Löhnung und was von mein'm Hauptmann.

MARIE Gott vergelt's Franz. [...]

MARIE *(allein, nach einer Pause)* Ich bin doch ein schlecht Mensch. Ich könnt' mich erstechen. – Ach! Was Welt? Geht doch alles zum Teufel, Mann und Weib.

1 Mensch: hier im Sinne von: Prostituierte, käufliche Frau

3 Bereiten Sie eine szenische Lesung der Szene *Kammer* vor und präsentieren Sie Ihre Ergebnisse im Kurs. Besprechen Sie im Anschluss Ihre unterschiedlichen Interpretationen der Szene.

4 Diskutieren Sie die Aussage, Maries Glücksanspruch trägt den Kern des Scheiterns ihrer Beziehung zu Woyzeck in sich.

5 Beurteilen Sie, ob das Weltbild, wie es Büchner in der Szene *Kammer* zeichnet, auch in die unmittelbare Gegenwart passt.

Georg Büchner: Brief an die Eltern in Darmstadt (nach Mitte Februar 1834, Auszug)

Ich verachte Niemanden, am wenigsten wegen seines Verstandes oder seiner Bildung, weil es in Niemands Gewalt liegt, kein Dummkopf oder kein Verbrecher zu werden, – weil wir durch gleiche Umstände wohl Alle gleich würden, und weil die Umstände außer uns liegen. Der Verstand nun gar ist nur eine sehr geringe Seite unsers geistigen Wesens und die Bildung nur eine sehr zufällige Form desselben. Wer mir eine solche Verachtung vorwirft, behauptet, daß ich einen Menschen mit Füßen träte, weil er einen schlechten Rock anhätte. Es heißt dieß, eine Rohheit, die man Einem im Körperlichen nimmer zutrauen würde, ins Geistige übertragen, wo sie noch gemeiner ist. Ich kann Jemanden einen Dummkopf nennen, ohne ihn deßhalb zu verachten; die Dummheit gehört zu den allgemeinen Eigenschaften der menschlichen Dinge; für ihre Existenz kann ich nichts, es kann mir aber Niemand wehren, Alles, was existirt, bei seinem Namen zu nennen und dem, was mir unangenehm ist, aus dem Wege zu gehn. Jemanden kränken, ist eine Grausamkeit, ihn aber zu suchen oder zu meiden, bleibt meinem Gutdünken überlassen.

6 Geben Sie Büchners Aussage im Brief an die Eltern in eigenen Worten wieder und beziehen Sie diese auf die Figuren in den Szenen 5 (S. 304 f.) und 4.

MK **7** Recherchieren Sie weitere Informationen zu Georg Büchner und seinem Welt- und Menschenbild. Gestalten Sie dazu eine digitale Pinnwand.

Schauen Sie sich im Panorama (S. 302 Punkt ③ zu *Der Hessische Landbote* an, um noch mehr Zusammenhänge zu verstehen.

Berliner Ensemble, 2014, Regie: Leander Haussmann; Marie und Woyzeck

Thalia Theater, Hamburg 2003, Regie: Michael Thalheimer; Tambourmajor, Marie und Woyzeck

8 Ordnen Sie die Inszenierungsbilder **1** und **2** (S. 307) entsprechenden Szenen im Dramenfragment zu. Beschreiben Sie das Verhältnis der Figuren zueinander und gestalten Sie innere Monologe aus der Sicht Maries oder Woyzecks.

Georg Büchner: Woyzeck. Marie mit Mädchen vor der Haustür. Szene 19 (1837, Auszug)

Marie und drei Mädchen bitten die Großmutter, ihnen eine Geschichte zu erzählen.

MARIE Kommt ihr klei Krabben[1]!

Ringle, ringel Rosenkranz.
König Herodes.

Großmutter erzähl.

GROSSMUTTER Es war einmal ein arm Kind und hat kei Vater und kei Mutter war alles tot und war niemand mehr auf der Welt. Alles tot, und es ist hingangen und hat greint[2] Tag und Nacht. Und weil auf der Erd niemand mehr war, wollt's in Himmel gehn, und der Mond guckt es so freundlich an und wie's endlich zum Mond kam, war's ein Stück faul Holz und da ist es zur Sonn gangen und wie's zur Sonn kam, war's ein verreckt Sonneblum und wie's zu den Sterne kam, warens klei golde Mück, die waren angesteckt wie der Neuntöter[3] sie auf die Schlehe[4] steckt und wie's wieder auf die Erd wollt, war die Erd ein umgestürzter Hafen[5] und war ganz allein und da hat sich's hingesetzt und geweint und da sitzt es noch und ist ganz allein.

1 Krabben, die: gemeint sind die drei Mädchen, die die Großmutter bitten, etwas zu erzählen 2 greinen: weinen, jammern, klagen 3 Neuntöter, der: Vogel 4 Schlehe, die: stark verzweigter, dorniger Strauch 5 Hafen, der: hier: Topf, auch: Nachttopf

9 Vergleichen Sie das Märchen der Großmutter mit dem Sterntaler-Märchen der Brüder Grimm hinsichtlich des Welt- und Menschenbilds.

10 **PLUS** Prüfen Sie die Aussage, Büchners *Woyzeck* kann als offenes und als geschlossenes Drama bezeichnet werden.

11 Lesen Sie nochmals Büchners Brief vom 28.07.1835 (S. 305) und stellen Sie seine Aussagen in Zusammenhang zu dem folgenden Zitat aus Georg Büchners Drama *Dantons Tod* (1835).

„Wer hat das Muss gesprochen, wer? Was ist das, was in uns hurt, lügt, stiehlt und mordet? Puppen sind wir, von unbekannten Gewalten am Draht gezogen; nicht, nichts wir selbst!“

Politische Lyrik des Vormärz untersuchen

Heinrich Heine: Die schlesischen Weber (1844)

Im düstern Auge keine Träne
Sie sitzen am Webstuhl und fletschen die Zähne:
Deutschland, wir weben dein Leichentuch,
Wir weben hinein den dreifachen Fluch –
Wir weben, wir weben!

Ein Fluch dem Gotte, zu dem wir gebeten
In Winterskälte und Hungersnöten;
Wir haben vergebens gehofft und geharrt –
Er hat uns geäfft, gefoppt und genarrt –
Wir weben, wir weben!

Ein Fluch dem König, dem König der Reichen,
Den unser Elend nicht konnte erweichen
Der den letzten Groschen von uns erpresst
Und uns wie Hunde erschießen lässt –
Wir weben, wir weben!

Ein Fluch dem falschen Vaterlande,
Wo nur gedeihen Schmach und Schande,
Wo jede Blume früh geknickt,
Wo Fäulnis und Moder den Wurm erquickt –
Wir weben, wir weben!

Das Schiffchen[1] fliegt, der Webstuhl kracht,
Wir weben emsig Tag und Nacht –
Altdeutschland, wir weben dein Leichentuch,
Wir weben hinein den dreifachen Fluch,
Wir weben, wir weben!

1 Schiffchen, das: das Weberschiffchen trägt den Schussfaden in einer Webmaschine

Porträt von Louise Aston mit dem Titel *Die Emanzipierte* von Johann Baptist Reiter, ca. 1850

Schauen Sie sich im Panorama (S. 302) Punkt ④ zur Märzrevolution Berlin 1848 an, um die Hintergründe zu verstehen.

Louise Aston: Barrikadenklänge[1] (vermutlich 1848)

Warum mein Herz nicht freudig schlägt
Zu all' dem Jubel, diesen Festen?
Mir ist's wie Ahnung stumm bewegt,
Ich traure mit des Volkes Besten.

Denn wer um Freiheit mutig rang,
Noch kann er sich zum Fest nicht laden;
Ein Kämpfer steht er, ernst und bang
An den Gedanken-Barrikaden.

Und trägt ihn noch, den schwarzen Flor,
Den er der alten Schmach getragen,
Und sieht in einem Meteor
Noch keine Sonne wieder tagen.

Wer in das Blut, das für ihn rann,
Sein Tuch, das tränenfeuchte, tauchte,
Auf diese rote Fahne dann
Der Freiheit heiße Schwüre hauchte:

Der harret aus. Noch ist es nicht
Gelöst, das alte Missverständnis,
Das jahrelang dem neuen Licht
Verschlossen blieb – der Welterkenntnis.

Der reicht mit kindischem Vertrau'n
Die Siegerhand nicht hin versöhnend,
So lange noch herniederschau'n
Die alten Götzenbilder höhnend.

So lange noch ein Pferchsystem[2]
Geschmiedet wird den Nationen,
Der Völker heiligstes Problem:
Der Herrschsucht Mühsal zu belohnen.

So lange Macht das Losungswort
In dem politischen Kapitel,
So lange nicht die Hand verdorrt,
Die frech auslangt nach Kron' und Titel.

Kein deutsches Reich, nicht Schwarz, Rot, Gold!
O werft das Spielzeug aus den Händen.
Blickt in die Zukunft! drohend grollt
Der Himmel und wird Blitze senden.

Ein neues Reich, loh angefacht
Von segenbringenden Gewittern
Wird, eh' der neue Tag erwacht,
die alte deutsche Nacht durchzittern.

Schon fühl' ich sein begeisternd Weh'n
Wie eines Gottes große Mahnung,
Den Sturm gewaltiger Ideen
In heiliger Sybillen-Ahnung[3].

Ich fühle: Ja, ein neu Panier[4]
Wird Deutschlands Volk einst siegreich schwingen:
Der Menschheit Einendes Panier
Wird allen die Erlösung bringen.

1 Barrikadenklänge, die: Hintergrund sind die Ereignisse im Zusammenhang mit der sog. Märzrevolution bzw. Bürgerlichen Revolution ab März 1848. Ihr Ziel war die Schaffung eines Nationalstaats auf Basis einer liberalen Verfassung.
2 Pferch, der: Begriff aus der Landwirtschaft; Tiere werden in einem von einem Zaun umgrenzten Gebiet eingesperrt, um sie zusammenzuhalten 3 Sybille: Prophetin, die im Gegensatz zu anderen göttlich inspirierten Sehern unaufgefordert die Zukunft weissagt 4 Panier, das: Flagge, Fahne

Heinrich Heine: Nachtgedanken (1844)

Denk ich an Deutschland in der Nacht,
Dann bin ich um den Schlaf gebracht,
Ich kann nicht mehr die Augen schließen,
Und meine heißen Tränen fließen.

Die Jahre kommen und vergehn!
Seit ich die Mutter nicht gesehn,
Zwölf Jahre sind schon hingegangen;
Es wächst mein Sehnen und Verlangen.

Mein Sehnen und Verlangen wächst.
Die alte Frau hat mich behext,
Ich denke immer an die alte,
Die alte Frau, die Gott erhalte!

Die alte Frau hat mich so lieb,
Und in den Briefen, die sie schrieb,
Seh ich, wie ihre Hand gezittert,
Wie tief das Mutterherz erschüttert.

Die Mutter liegt mir stets im Sinn.
Zwölf lange Jahre flossen hin,
Zwölf lange Jahre sind verflossen,
Seit ich sie nicht ans Herz geschlossen.

Deutschland hat ewigen Bestand,
Es ist ein kerngesundes Land,
Mit seinen Eichen, seinen Linden,
Werd' ich es immer wiederfinden.

Heinrich Heine (1797–1856)

Nach Deutschland lechzt ich nicht so sehr,
Wenn nicht die Mutter dorten wär';
Das Vaterland wird nie verderben,
Jedoch die alte Frau kann sterben.

Seit ich das Land verlassen hab,
So viele sanken dort ins Grab,
Die ich geliebt – wenn ich sie zähle,
So will verbluten meine Seele.

Und zählen muss ich – Mit der Zahl
Schwillt immer höher meine Qual;
Mir ist, als wälzten sich die Leichen,
Auf meine Brust – Gottlob! Sie weichen!

Gottlob! Durch meine Fenster bricht
Französisch heitres Tageslicht;
Es kommt mein Weib, schön wie der Morgen
Und lächelt fort die deutschen Sorgen.

Georg Weerth: Das Hungerlied (1844)

Verehrter Herr und König,
Weißt du die schlimme Geschicht?
Am Montag aßen wir wenig,
Und am Dienstag aßen wir nicht.

Und am Mittwoch mussten wir darben[1],
Und am Donnerstag litten wir Not;
Und ach, am Freitag starben
Wir fast den Hungertod!

Drum lass am Samstag backen
Das Brot, fein säuberlich –
Sonst werden wir sonntags packen
Und fressen, o König, dich!

1 darben: Mangel an etwas haben

1 Bereiten Sie arbeitsteilig die Rezitation der vier Gedichte (S. 308 f.) vor und begründen Sie Ihre Vortragsweise.

MK **2** Recherchieren Sie die historischen Hintergründe der Entstehungszeit der Texte (S. 308 f.) und erläutern Sie, inwieweit diese in den Gedichten zum Tragen kommt.

3 Vergleichen Sie die Darstellung von Deutschland in den Gedichten (S. 308 f.). Analysieren Sie die formalen und sprachlichen Mittel, die dieses Bild transportieren.

4 Interpretieren Sie arbeitsteilig ein Gedicht (S. 308 f.) und stellen Sie Ihre Ergebnisse sowie die Autorin/den Autor in einem Porträt vor.

MK **5** Informieren Sie sich über die Sonderstellung Heinrich Heines in der Literatur des Vormärz. Diskutieren Sie die Möglichkeiten von „politischer Lyrik" damals und heute.

Die Weltsicht des Biedermeier in Gedichten untersuchen

Eduard Mörike: Auf eine Lampe (1846)

Noch unverrückt, o schöne Lampe, schmückest du,
An leichten Ketten zierlich aufgehangen hier,
Die Decke des nun fast vergessnen Lustgemachs.
Auf deiner weissen Marmorschale, deren Rand
Der Efeukranz von goldengrünem Erz umflicht,
Schlingt fröhlich eine Kinderschar den Ringelreihn.
Wie reizend alles! lachend, und ein sanfter Geist
Des Ernstes doch ergossen um die ganze Form –
Ein Kunstgebild der echten Art. Wer achtet sein?
Was aber schön ist, selig scheint es in ihm selbst.

Eduard Mörike: Ideale Wahrheit (1837)

Gestern entschlief ich im Wald, da sah ich im Traume das kleine
Mädchen, mit dem ich als Kind immer am liebsten verkehrt.
Und sie zeigte mir hoch im Gipfel der Eiche den Kuckuck,
Wie ihn die Kindheit denkt, prächtig gefiedert und groß.
„Drum! dies ist der wahrhaftige Kuckuck!“ – rief ich – „Wer sagte
Mir doch neulich, er sei klein nur, unscheinbar und grau?“

Annette von Droste-Hülshoff: Am Turme (1842)

Annette von Droste-Hülshoff (1797–1848)

Ich steh' auf hohem Balkone am Turm,
umstrichen vom schreienden Stare,
und lass' gleich einer Mänade[1] den Sturm
mir wühlen im flatternden Haare;
o wilder Geselle, o toller Fant,
ich möchte dich kräftig umschlingen,
und, Sehne an Sehne, zwei Schritte vom Rand
auf Tod und Leben dann ringen!

Und drunten seh' ich am Strand, so frisch
wie spielende Doggen, die Wellen
sich tummeln rings mit Geklaff und Gezisch
und glänzende Flocken schnellen.
O, springen möcht' ich hinein alsbald
recht in die tobende Meute
und jagen durch den korallenen Wald
das Walross, die lustige Beute!

Und drüben seh' ich ein Wimpel wehn
so keck wie eine Standarte,
seh' auf und nieder den Kiel sich drehn
von meiner luftigen Warte;
o, sitzen möcht' ich im kämpfenden Schiff,
das Steuerruder ergreifen
und zischend über das brandende Riff
wie eine Seemöve streifen.

Wär' ich ein Jäger auf freier Flur,
ein Stück nur von einem Soldaten,
wär' ich ein Mann doch mindestens nur,
so würde der Himmel mir raten;
nun muss ich sitzen so fein und klar
gleich einem artigen Kinde
und darf nur heimlich lösen mein Haar
und lassen es flattern im Winde!

1 Mänade, die: sich wild gebärdende Anhängerin des griechischen Gottes Dionysos (Gottes des Weines, der Freude, der Ekstase)

1 Fassen Sie arbeitsteilig den Inhalt der drei Gedichte in eigenen Worten zusammen.

2 Beschreiben Sie, wie der lyrische Sprecher in den Gedichten von Mörike die Lampe bzw. den Kuckuck wahrnimmt. Setzen Sie die folgende Aussage in Beziehung zu Mörikes Gedichten.

Schauen Sie sich im Panorama (S. 302) Punkt ① zur Restaurationszeit an, um die Hintergründe zu verstehen.

> „Realismus' [hat] nichts [...] mit einer möglichst detailgetreuen Wirklichkeitsabbildung zu tun [...]. Vielmehr bezeichnet der Epochenbegriff ‚Realismus' eine Krisensituation, in der der native[1] Umgang mit Wirklichkeit fragwürdig geworden ist. [...] Die Wahrnehmung der Wirklichkeit ist der Epoche problematisch geworden.“ (Rolf Selbmann, Germanist)
>
> 1 nativ: angeboren, natürlich

3 Erläutern Sie, worin die „Krisensituation“ in *Auf eine Lampe* bestehen könnte. Beziehen Sie sich vor allem auf den letzten Vers und formulieren Sie vor diesem Hintergrund eine Deutungshypothese.

4 Mörikes Gedicht *Auf eine Lampe* gilt als typisches Beispiel für ein Dinggedicht. Erläutern Sie ausgehend von Ihren Ergebnissen aus den Aufgaben 2 und 3 diesen Begriff.

5 **PLUS** Droste-Hülshoff und Mörike gehören der Strömung des Biedermeiers an. Überprüfen Sie diese Aussage anhand der Gedichte und mithilfe der Informationen auf S. 311.

Merkmale des Vormärz und Biedermeier (1815–1848)

Epochenlexikon
→ S. 518 f.

Schauen Sie sich im Panorama (S. 302) die Punkte ①–⑤ an, um die Epoche noch besser zu verstehen.

Literarischer Vormärz

Im **Gegensatz zum Rückzug in das Private** des Biedermeier steht der Vormärz (nach der Märzrevolution von 1848 benannt). Gegen die Zensur der restaurativen Zeit infolge der Karlsbader Beschlüsse stellen sich die Literaten mit eindeutig inhaltlich **politischen Texten**. Darin werden **soziale Missstände** und andere **gesellschaftliche Fragen** thematisiert. Zentral war die Forderung nach Beachtung der Menschenrechte und der Meinungsfreiheit. Einige der Autorinnen und Autoren gingen aufgrund ihres Publikationsverbots ins Exil (z. B. Heinrich Heine, Georg Büchner). Die Sprache präsentiert sich überwiegend **appellhaft, fordernd und aufrüttelnd**, um das Bewusstsein für das Dargestellte zu vertiefen.

Biedermeier

Mit dem Ende der napoleonischen Ära und den vom Wiener Kongress 1814/15 eingeleiteten **restaurativen Tendenzen** ziehen sich viele Menschen resigniert in ihr **Privatleben** zurück. Ins Zentrum der künstlerischen Arbeit rücken daher Alltagsszenen, Häuslichkeit und die Betonung von Heimat, Religiösität und Natur.
Im Werk von Eduard Mörike oder auch Adalbert Stifter zeigt sich diese Tendenz, das Große im Kleinen neu zu entdecken und zu thematisieren. Die bevorzugten literarischen Formen sind **Gedichte**, die den auf den ersten Blick **einfachen Inhalt formal sehr kunstvoll** gestalten.

Szene aus *Woyzeck*, Deutschland 1979, Regie: Werner Herzog

Carl Spitzweg (1808–1885): *Der Sonntagsspaziergang*, 1841

Die offene Dramenform bei Büchner

Im offenen Drama wird die Einheit von Ort, Zeit und Handlung aufgehoben. Oft existieren **mehrere gleichrangige Handlungsstränge** nebeneinander, es gibt eine lockere Struktur von Einzelszenen, die durch Themen, Figuren und Motive verbunden sind. Eine **Vielzahl** teilweise unverbundener **Figuren** agieren nebeneinander an **unterschiedlichen Orten** zu **unterschiedlichen Zeiten**. Die Vorgeschichte der Handlung bleibt außen vor und der Schluss ist offen. Die Sprache der Figuren entspricht der dargestellten Schicht, man findet oft realistische Alltagssprache oder auch Dialekt. Das Bühnenbild soll die Wirklichkeit abbilden. Es treten Figuren aus unterschiedlichen sozialen Schichten auf und der Held fungiert oftmals als fremdbestimmter Antiheld.

7.2 Poetischer Realismus (1848–1890)

Kunst und Wirklichkeit

Den Beginn eines realistischen Romans untersuchen

Theodor Fontane: Effi Briest (1896, Romananfang)

In Front des schon seit Kurfürst Georg Wilhelm von der Familie von Briest bewohnten Herrenhauses zu Hohen-Cremmen fiel heller Sonnenschein auf die mittagsstille Dorfstraße, während nach der Park- und Gartenseite hin ein rechtwinklig angebauter Seitenflügel einen breiten Schatten erst auf einen weiß und grün quadrierten Fliesengang und dann über diesen hinaus auf ein großes, in seiner Mitte mit einer Sonnenuhr und an seinem Rande mit Canna indica und Rhabarberstauden besetzten Rondell warf. Einige zwanzig Schritte weiter, in Richtung und Lage genau dem Seitenflügel entsprechend, lief eine ganz in kleinblättrigem Efeu stehende, nur an einer Stelle von einer kleinen weißgestrichenen Eisentür unterbrochene Kirchhofsmauer, hinter der der Hohen-Cremmener Schindelturm mit seinem blitzenden, weil neuerdings erst wieder vergoldeten Wetterhahn aufragte. Fronthaus, Seitenflügel und Kirchhofsmauer bildeten ein einen kleinen Ziergarten umschließendes Hufeisen, an dessen offener Seite man eines Teiches mit Wassersteg und angeketteltem Boot und dicht daneben einer Schaukel gewahr wurde, deren horizontal gelegtes Brett zu Häupten und Füßen an je zwei Stricken hing – die Pfosten der Balkenlage schon etwas schief stehend. Zwischen Teich und Rondell aber und die Schaukel halb versteckend standen ein paar mächtige alte Platanen.

Auch die Front des Herrenhauses – eine mit Aloekübeln und ein paar Gartenstühlen besetzte Rampe – gewährte bei bewölktem Himmel einen angenehmen und zugleich allerlei Zerstreuung bietenden Aufenthalt; an Tagen aber, wo die Sonne niederbrannte, wurde die Gartenseite ganz entschieden bevorzugt, besonders von Frau und Tochter des Hauses, die denn auch heute wieder auf dem im vollen Schatten liegenden Fliesengange saßen, in ihrem Rücken ein paar offene, von wildem Wein umrankte Fenster, neben sich eine vorspringende kleine Treppe, deren vier Steinstufen vom Garten aus in das Hochparterre des Seitenflügels hinaufführten. Beide, Mutter und Tochter, waren fleißig bei der Arbeit, die der Herstellung eines aus Einzelquadraten zusammenzusetzenden Altarteppichs galt.

1 Wie real ist eigentlich Hohen-Cremmen?
- Zeichnen Sie eine Karte des Herrenhauses. Tauschen Sie sich über Ihre Ergebnisse aus.
- Recherchieren Sie, ob es Hohen-Cremmen wirklich gibt oder gab.

MK **2** Notieren und erklären Sie, ggf. auf der Grundlage einer Recherche, alle Begriffe aus dem Text, die beim Lesen ein bestimmtes kulturelles Wissen voraussetzen.

3 Die Schaukel hat in Fontanes Roman eine besondere Bedeutung. Effi, die Tochter des Hauses, wird auch als „Tochter der Luft" bezeichnet. Erläutern Sie mögliche Deutungen dieses Bildes.

ÜBRIGENS

Pflanzen in Fontanes Werken
Fontane kannte als gelernter Apotheker die Bedeutung und Wirkung von Blumen und Kräutern sehr gut. Er baute dieses Wissen in viele seiner Werke ein. So hat die Aloe vera einen bitteren Geschmack und schmückt in Kübeln das Gutshaus in Hohen-Cremmen. Die Nelke stellt in seinen Werken sinnbildlich die Verbindung zwischen einer jungen Frau und einem älteren Herrn dar, Innstetten trägt beim Duell mit Crampas eine blutrote Nelke. Die Studentenblume hat den Beinamen „Totenblume"; einen von diesen Blumen gesäumtem Weg laufen die Freundinnen nach Effis Verlobung mit Innstetten entlang. Auch die Vanilleblume blüht im Garten der Briests und rahmt Effis Grabstein. Es sind Blumen, die sich stets zur Sonne wenden.

Material 1

Monika Fludernik: Realismus in der Erzählung (2010, Ausschnitt)

Die detailreiche Schilderung von Orten, Gegenständen [...] sowie von Personen [...] evoziert das Ganze, nämlich die reale Welt, und lässt so die Illusion entstehen, dass der Roman die Wirklichkeit abbilde. Ähnliches lässt sich für die psychologische Darstellung der handelnden Personen ausmachen. [...] [G]erade das scheinbar eliminierbare Detail in seiner Funktionslosigkeit für die Geschichte dient der Authentifizierung des Textes als realistisch – es stünde nicht dort, wenn es nicht Teil einer den Realitäten entsprechenden Beschreibung wäre. [...] Die Illusion, auf der Realismus im Roman aufbaut, besteht also vor allem im Trick, die Romanwelt als Teil der realen Welt erscheinen zu lassen, nicht wie meist behauptet wird, eine reale Welt im Roman abzubilden. Der realistische Roman imitiert nicht die Wirklichkeit, sondern referiert auf bekannte Aspekte von Wirklichkeit, die [...] unbewusst mit der bekannten Welt verschmelzen.

4 Vergleichen Sie die Aussagen Monika Fluderniks (M1) mit Ihren eigenen Ergebnissen zum Erzählbeginn (S. 312). Fassen Sie zusammen, was den Erzählbeginn realistisch erscheinen lässt.

Material 2

Amos Oz: Das unmerkliche Fortschreiten des Schattens (1997, Ausschnitt)

Ist das keine Ansichtskarte für Touristen? Ein süßliches Landschaftsgemälde des Genres, das man gern im Salon überm Klavier aufhängte [...]? Bei sorgfältiger Lektüre dieses ersten Abschnitts zeigt sich, dass die Ruhe angespannt und die Harmonie des Bildes bedroht ist; Park und Garten sind, im Gegensatz zur sonnenbeschienenen Dorfstraße, teilweise überschattet. Dieser Schatten ist nicht statisch, sondern dynamisch: er schreitet von dem quadrierten Fliesengang zum Blumenrondell fort. [...]

[F]ast alles [...] ist hier von geometrischer Strenge: Der Seitenflügel ist im rechten Winkel angebaut, der Weg quadratisch gefliest, das Blumenbeet kreisrund mit einer Sonnenuhr im Zentrum. [...] Fronthaus, Seitenflügel und Kirchhofmauer sind genau aufeinander ausgerichtet, aber es ist eine erdrückende, ausweglose Symmetrie. Die einzige Öffnung in der Mauer ist eine kleine Eisentür, die geradewegs auf den Kirchhof führt. Auf diese Weise entsteht ein klaustrophobisches Gefühl des Gefangenseins hinter den drei massiven Mauerwerken in Hufeisenform. Auf der offenen Seite des Hufeisens liegt zwar ein Teich mit Boot, aber das Boot ist am Steg „angekettelt“. [...] Hier wird die beengende Welt der jungen Effi Briest also schon deutlich, bevor noch die Figuren, der gesellschaftliche Hintergrund, die Epoche, die Verbote und der verfehlte Ausbruchsversuch geschildert werden.

Der Wetterhahn auf der Turmspitze ist nicht neu. Vielleicht steht auch er, genau wie das Herrenhaus der Familie Briest, schon seit Kurfürst Georg Wilhelm an seinem Platz. [...] Das ganze Bild vermittelt Macht und Festigkeit, Generationen alte Stärke, starre Ordnung, Herrschaft und Strenge. Aber es ist eine von innen bedrohte Festung: Die Pfosten der Schaukel stehen schon etwas schief, der Garten ist umschlossen, und vor allem ist die Atmosphäre erstickend. [...] Eigentlich ist überhaupt keine Bewegung in dem Bild, nicht einmal ein leichtes Lüftchen weht hindurch. [...] Eine erstarrte Welt. Die einzige Bewegung in der ganzen Szene ist, wie gesagt, das unmerkliche Fortschreiten des Schattens. [...] Das also ist Effis Welt: Die erdrückenden Gebäude lassen den Garten und alles, was darinnen ist, erstarren, nur das Kriechen des Schattens vermögen sie nicht aufzuhalten.

Welcher Art ist der Vertrag, den dieser Anfangsabsatz dem Leser als Vorbedingung für den Einlass im Haus und Roman vorlegt? Er stellt die strenge Forderung langsamer, sorgfältiger Lektüre: Ohne ausdauernde Beobachtung vermag der Betrachter das Fortschreiten des Schattens nicht wahrzunehmen. Ohne geduldiges Horchen ist die Totalität der stummen Starre nicht zu erfassen. Ohne Beobachtung der Einzelheiten ist dies nichts als eine hübsche Ansichtskarte.

5 „Bei richtigem Aufbau muss in der ersten Seite der Keim des Ganzen stecken.“ (Theodor Fontane) Erläutern Sie mithilfe der Aussagen von Amos Oz (M2) und des Zitats von Theodor Fontane, wie der Beginn von *Effi Briest* (S. 312) das Konfliktpotenzial des Romans andeutet.

6 Informieren Sie sich über den Pakt mit dem Leser (S. 527). Stellen Sie dar, wie Amos Oz (M2) diesen auf Fontanes Roman bezieht.

Die Hauptfigur in einem realistischen Roman charakterisieren

MK **1** *Mariana* von John Everett Millais ist ein Gemälde, das Fontane außerordentlich schätzte.
- Tauschen Sie sich darüber aus, inwieweit die Darstellung als realistisch gelten kann.
- Deuten Sie die Körperhaltung der Frau dem ersten Eindruck nach und anschließend nach einer kurzen Recherche zum Gedicht *Mariana* von Alfred Tennyson, zu dem das Gemälde gemalt wurde.
- Erläutern Sie, inwieweit die Motive auf den Glasfenstern (Verkündigung Mariens, abgebrochene Lilie) für die Interpretation des Gemäldes bedeutsam sein können.

Theodor Fontane: Effi Briest (1896, Auszug)

Beide, Mutter und Tochter, waren fleißig bei der Arbeit, die der Herstellung eines [...] Altarteppichs galt [...], aber [...] die Tochter, die den Rufnamen Effi führte, [legte] von Zeit zu Zeit die Nadel nieder und erhob sich, um unter allerlei kunstgerechten Beugungen und Streckungen den ganzen Kursus der Heil- und Zimmergymnastik durchzumachen. Es war ersichtlich, dass sie sich diesen absichtlich ein wenig ins Komische gezogenen Übungen mit ganz besonderer Liebe hingab, und wenn sie dann so dastand und, langsam die Arme hebend, die Handflächen hoch über dem Kopf zusammenlegte, so sah auch wohl die Mama von ihrer Handarbeit auf [...]. Effi trug ein blau und weiß gestreiftes, halb kittelartiges Leinwandkleid, dem erst ein fest zusammengezogener, bronzefarbener Ledergürtel die Taille gab; der Hals war frei, und über Schulter und Nacken fiel ein breiter Matrosenkragen. In allem, was sie tat, paarten sich Übermut und Grazie, während ihre lachenden braunen Augen eine große, natürliche Klugheit und viel Lebenslust und Herzensgüte verrieten. [...]

John Everett Millais: *Mariana*, 1851

Eben hatte sich Effi wieder erhoben, [...], als die [...] Mama ihr zurief: „Effi, eigentlich hättest du doch wohl Kunstreiterin werden müssen. Immer am Trapez, immer Tochter der Luft. Ich glaube beinah, dass du so was möchtest."

„Vielleicht, Mama. Aber wenn es so wäre, wer wäre schuld? Von wem hab ich es? Doch nur von dir. Oder meinst du, von Papa? Da musst du nun selber lachen. Und dann, warum steckst du mich in diesen Hänger, in diesen Jungenkittel? [...] Warum kriege ich keine Staatskleider? Warum machst du keine Dame aus mir?"

„Möchtest du's ?"

„Nein." Und dabei lief sie auf die Mama zu und umarmte sie stürmisch und küsste sie.

„Nicht so wild, Effi, nicht so leidenschaftlich. Ich beunruhige mich immer, wenn ich dich so sehe ..."

2 Charakterisieren Sie Effi anhand ihres Verhaltens im Textauszug. Sie können sich am „So geht's"-Beispiel (S. 315) orientieren. Ergänzen Sie zusätzliche Zitate aus dem Text.

3 Formulieren Sie auf der Grundlage Ihrer Beobachtungen eine erste Schlussfolgerung über die Titelfigur.

MK **4** **PLUS** Entscheiden Sie sich für eine Aufgabe.
- Gestalten Sie den Textauszug als Graphic Novel oder Manga.
- Erstellen Sie aus dem Textauszug eine Collage mit zehn Wörtern oder ein Gedicht, in dem Effi Briests Charakter zum Ausdruck kommt.

SO GEHT'S

Die Merkmale einer Figur in einem Erzähltext erschließen

Theodor Fontane: Effi Briest (1896, Auszug)

Es war ersichtlich, dass sie sich diesen absichtlich ein wenig ins Komische gezogenen Übungen mit ganz besonderer Liebe hingab. […] In allem, was sie tat, paarten sich Übermut und Grazie […].
„[…] Immer am Trapez, immer Tochter der Luft." […]
„[…] Von wem hab ich es? Doch nur von dir. […]
Warum machst du keine Dame aus mir?"
„Möchtest du's?"
„Nein." […]
„Nicht so wild Effi, nicht so leidenschaftlich. […]"

Figurencharakterisierung (direkt oder indirekt, z. B. durch Sprech- oder Verhaltensweisen)
direkt / indirekt durch die **Erzählinstanz**
direkt / indirekt durch die **Figur selbst**
direkt / indirekt durch eine **andere Figur**

Glaubwürdigkeit der Aussagen überprüfen
Wie parteilich/zuverlässig/informiert ist die jeweilige Erzählinstanz oder Figur?

Thesen zur Figur formulieren und belegen
Effi liebt die Gefahr. Ihre Mutter äußert ihre Besorgnis mit Begriffen aus der Zirkuswelt, etwa „Kunstreiterin" (Z. 28), „am Trapez" (Z. 29) oder „Tochter der Luft" (Z. 29 f.).

Vergleichen Sie die beiden Darstellungen der Titelfigur aus Rainer Werner Fassbinders Verfilmung *Fontane Effi Briest*. Berücksichtigen Sie dabei auch Ihre Erkenntnisse aus dem Textauszug auf S. 314.

Wesentlich für Erzähltexte ist eine Komplikation, die die Handlung erst in Gang setzt und dabei nach einer – positiven oder negativen – Auflösung drängt.
- Erläutern Sie, inwiefern die Szenenfotos aus Fassbinders Verfilmung eine solche Komplikation andeuten.
- Erschließen Sie den folgenden Textauszug aus Theodor Fontanes Roman *Effi Briest* hinsichtlich einer möglichen Komplikation.
- Fassen Sie Ihre Erkenntnisse knapp zusammen.

1

2

Filmbilder aus *Fontane Effi Briest*, Deutschland 1974, Regie: Rainer Werner Fassbinder, Hanna Schygulla als Effi; Bild 1: Effi (links im Bild) mit ihren Freundinnen in Hohen-Cremmen; Bild 2: Effi als Ehefrau des Barons Geert von Instetten

Theodor Fontane: Effi Briest (1896, Auszug)

Unvermittelt wird die 17-jährige Effi aus dem Spiel mit ihren Freundinnen herausgerissen. Sie soll den Baron Geert von Innstetten kennenlernen: Er ist mehr als doppelt so alt wie sie, war einst der Liebhaber der Mutter, ist nun aber gekommen, um um Effis Hand anzuhalten. Bereitwillig geht Effi die Verlobung ein. Vor der Hochzeit sieht Effi ihren Verlobten kaum, da dieser viel Geschäftliches zu erledigen hat. Stattdessen erhält sie Briefe von ihm.

„Das ist ein sehr hübscher Brief", sagte Frau von Briest, „und dass er in allem das richtige Maß hält, das ist ein Vorzug mehr."
„Ja, das rechte Maß, das hält er."
„Meine liebe Effi, lass mich eine Frage tun; wünschtest du, dass der Brief *nicht* das richtige Maß hielte, wünschtest du, dass er zärtlicher wäre, vielleicht überschwänglich zärtlich?"

„Nein, nein, Mama. Wahr und wahrhaftig nicht, das wünsche ich nicht. Da ist es doch besser so.“
„[...] Wie das nun wieder klingt. Du bist so sonderbar. [...] Liebst du Geert nicht?“
„Warum soll ich ihn nicht lieben? Ich liebe Hulda, und ich liebe Bertha, und ich liebe Hertha. Und ich liebe auch den alten Niemeyer. [...] Ich liebe alle, die's gut mit mir meinen und gütig gegen mich sind und mich verwöhnen. Und Geert wird mich auch wohl verwöhnen. Natürlich auf seine Art. Er will mir ja schon Schmuck schenken in Venedig. Er hat keine Ahnung davon, dass ich mir nichts aus Schmuck mache. Ich klettere lieber, und ich schaukle mich lieber, und am liebsten immer in der Furcht, dass es irgendwo reißen oder brechen und ich niederstürzen könnte. Den Kopf wird es ja nicht gleich kosten.“
„Und liebst du vielleicht auch deinen Vetter Briest?“
„Ja, sehr. Der erheitert mich immer.“
„Und hättest du Vetter Briest heiraten mögen?“
„Heiraten? Um Gottes willen nicht. Er ist ja noch ein halber Junge. Geert ist ein Mann, ein schöner Mann, ein Mann, mit dem ich Staat machen kann und aus dem was wird in der Welt. [...] Er ist ja doch nicht alt und ist gesund und frisch und so soldatisch und so schneidig. Und ich könnte beinah' sagen, ich wäre ganz und gar für ihn, wenn er nur ... ja, wenn er nur ein bisschen anders wäre.“
„Wie denn, Effi?“
„Ja, wie. [...] Es ist etwas, was ich erst ganz vor Kurzem aufgehorcht habe, drüben im Pastorhause. Wir sprachen da von Innstetten, und mit einem Male zog der alte Niemeyer seine Stirn in Falten, aber in Respekts- und Bewunderungsfalten, und sagte: ‚Ja, der Baron! Das ist ein Mann von Charakter, ein Mann von Prinzipien.‘“
„Das ist er auch, Effi.“
„Gewiss. Und ich glaube, Niemeyer sagte nachher sogar, er sei auch ein Mann von Grundsätzen. Und das ist, glaub' ich, noch etwas mehr. Ach, und ich ... ich habe keine. Sieh', Mama, da liegt etwas, was mich quält und ängstigt. Er ist so lieb und gut gegen mich und so nachsichtig, aber ... ich fürchte mich vor ihm.“

7 „Der Autor muss in seinem Werk wie Gott im Weltall sein, überall anwesend und nirgends sichtbar“, so der französische Dichter Gustave Flaubert in einem Brief 1852. Untersuchen Sie anhand der bisherigen Textauszüge (S. 312–316), inwieweit diese Maxime realistischen Erzählens auch für die Erzählinstanz in Fontanes *Effi Briest* gilt.

Textexterne Aspekte berücksichtigen

Theodor Fontane: Effi Briest (1896, Auszug)

Effi lebt an der Seite ihres Ehemanns in der Provinzstadt Kessin. Eher aus Langeweile als aus Leidenschaft lässt sie sich auf eine Affäre mit Major Crampas ein. Letzten Endes ist Effi sogar erleichtert, als sie diese Liebschaft beenden kann, weil Innstetten zum Ministerialrat befördert wird und die Familie nach Berlin umzieht. Jahre später – Effi befindet sich gerade auf Kur – entdeckt Innstetten alte Liebesbriefe des Majors. Er bittet daraufhin seinen Freund und Kollegen Wüllersdorf zu sich nach Hause und informiert ihn über sein Anliegen.

„Es ist“, begann er, „um zweier Dinge willen, dass ich Sie habe bitten lassen: erst um eine Forderung[1] zu überbringen und zweitens um hinterher, in der Sache selbst, mein Sekundant zu sein; das eine ist nicht angenehm und das andere noch weniger. Und nun Ihre Antwort.“
„Sie wissen, Innstetten, Sie haben über mich zu verfügen. Aber eh ich die Sache kenne, verzeihen Sie mir die naive Vorfrage: Muss es sein? Wir sind doch über die Jahre weg, Sie, um die Pistole in die Hand zu nehmen, und ich, um dabei mitzumachen. Indessen missverstehen Sie mich nicht, alles dies soll kein Nein sein. Wie könnte ich Ihnen etwas abschlagen. Aber nun sagen Sie, was ist es?“
„Es handelt sich um einen Galan[2] meiner Frau, der zugleich mein Freund war oder doch beinah.“
Wüllersdorf sah Innstetten an. „Innstetten, das ist nicht möglich.“
„Es ist mehr als möglich, es ist gewiss. Lesen Sie.“
Wüllersdorf flog drüber hin. „Die sind an Ihre Frau gerichtet?“
„Ja. Ich fand sie heut in ihrem Nähtisch.“
Und wer hat sie geschrieben?“
„Major Crampas.“ [...]
„Also Dinge, die sich abgespielt, als Sie noch in Kessin waren?“
Innstetten nickte.
„Liegt also sechs Jahre zurück oder noch ein halb Jahr länger.“
[...] „Es sieht fast so aus, Wüllersdorf, als ob die sechs oder sieben Jahre einen Eindruck auf Sie machten. Es gibt eine Verjährungstheorie, natürlich, aber ich weiß doch nicht, ob wir hier einen Fall haben, diese Theorie gelten zu lassen.“

„Ich weiß es auch nicht", sagte Wüllersdorf. „Und ich bekenne Ihnen offen, um diese Frage scheint sich hier alles zu drehen."

Innstetten sah ihn groß an. „Sie sagen das in vollem Ernst?" [...] „Innstetten, Ihre Lage ist furchtbar, und Ihr Lebensglück ist hin. Aber wenn Sie den Liebhaber totschießen, ist Ihr Lebensglück sozusagen doppelt hin [...]. Alles dreht sich um die Frage, müssen Sie's durchaus tun? Fühlen Sie sich so verletzt, beleidigt, empört, dass einer weg muss, er oder Sie? Steht es so?"

„Ich weiß es nicht." – „Sie müssen es wissen." [...]

„Nein, so steht es nicht. [...] Es steht so, dass ich unendlich unglücklich bin; ich bin gekränkt, schändlich hintergangen, aber trotzdem, ich bin ohne jedes Gefühl von Hass oder gar von Durst nach Rache. Und wenn ich mich frage, warum nicht, so kann ich zunächst nichts anderes finden als die Jahre. Man spricht immer von unsühnbarer Schuld; vor Gott ist es gewiss falsch, aber vor den Menschen auch. Ich hätte nie geglaubt, dass die Zeit, rein als Zeit, so wirken könne. Und dann als zweites: Ich liebe meine Frau, ja, seltsam zu sagen, ich liebe sie noch, und so furchtbar ich alles finde, was geschehen, ich bin so sehr im Bann ihrer Liebenswürdigkeit [...], dass ich mich, mir selbst zum Trotz, in meinem letzten Herzenswinkel zum Verzeihen geneigt fühle."

Wüllersdorf nickte. „Kann ganz folgen, Innstetten, würde mir vielleicht ebenso gehen. Aber wenn Sie so zu der Sache stehen und mir sagen: ‚Ich liebe diese Frau so sehr, dass ich ihr alles verzeihen kann', und wenn wir dann das andere hinzunehmen, dass alles weit, weit zurückliegt [...] ja, wenn es so liegt, Innstetten, so frage ich, wozu die ganze Geschichte?"

„Weil es trotzdem sein muss. Ich habe mir's hin und her überlegt. Man ist nicht bloß ein einzelner Mensch, man gehört einem Ganzen an, und auf das Ganze haben wir beständig Rücksicht zu nehmen, wir sind durchaus abhängig von ihm. Ginge es, in Einsamkeit zu leben, so könnt ich es gehen lassen; ich trüge dann die mir aufgepackte Last, das rechte Glück wäre hin, aber es müssen so viele leben ohne dies ‚rechte Glück', und ich würde es auch müssen und – auch können. Man braucht nicht glücklich zu sein, am allerwenigsten hat man einen Anspruch darauf, und den, der einem das Glück genommen hat, den braucht man nicht notwendig aus der Welt zu schaffen. Man kann ihn [...] auch laufen lassen. Aber im Zusammenleben mit den Menschen hat sich ein Etwas gebildet, das nun mal da ist und nach dessen Paragrafen wir uns gewöhnt haben, alles zu beurteilen, die andern und uns selbst. Und dagegen zu verstoßen geht nicht; die Gesellschaft verachtet uns, und zuletzt tun wir es selbst und können es nicht aushalten und jagen uns die Kugel durch den Kopf. [...] Also noch einmal, nichts von Hass oder dergleichen [...]; aber jenes, wenn Sie wollen, uns tyrannisierende Gesellschafts-Etwas, das fragt nicht nach Charme und nicht nach Liebe und nicht nach Verjährung. Ich habe keine Wahl. Ich muss."

„Ich weiß doch nicht, Innstetten ..."

Innstetten lächelte. „Sie sollen selbst entscheiden, Wüllersdorf. Es ist jetzt zehn Uhr. Vor sechs Stunden, diese Konzession[3] will ich Ihnen vorweg machen, hatt' ich das Spiel noch in der Hand, konnt' ich noch das eine und noch das andere, da war noch ein Ausweg. [...] Ich ging zu Ihnen und schrieb Ihnen einen Zettel, und damit war das Spiel aus meiner Hand. Von dem Augenblick an hatte mein Unglück und, was schwerer wiegt, der Fleck auf meiner Ehre einen halben Mitwisser und nach den ersten Worten, die wir hier gewechselt, hat es einen ganzen. Und weil dieser Mitwisser da ist, kann ich nicht mehr zurück."

„Ich weiß doch nicht", wiederholte Wüllersdorf. „Ich mag nicht gerne zu der alten abgestandenen Phrase greifen, aber doch lässt sich's nicht besser sagen: Innstetten, es ruht alles in mir wie in einem Grabe."

„Ja, Wüllersdorf, so heißt es immer. Aber es gibt keine Verschwiegenheit. Und wenn Sie's wahrmachen und gegen andere die Verschwiegenheit selber sind, so wissen Sie es und es rettet mich nicht vor Ihnen [...] und jedes Wort, das Sie mich mit meiner Frau wechseln hören, unterliegt Ihrer Kontrolle [...]. Habe ich recht, Wüllersdorf, oder nicht?"

Wüllersdorf war aufgestanden. „Ich finde es furchtbar, dass Sie recht haben, aber Sie haben recht. Ich quäle Sie nicht länger mit meinem ‚Muss es sein?'. Die Welt ist einmal, wie sie ist, und die Dinge verlaufen nicht, wie wir wollen, sondern wie die andern wollen. Das mit dem ‚Gottesgericht', wie manche hochtrabend versichern, ist freilich ein Unsinn, nichts davon, umgekehrt, unser Ehrenkultus ist ein Götzendienst[4], aber wir müssen uns ihm unterwerfen, solange der Götze gilt."

1 Forderung, die: Forderung zu einem Duell, für die der Duellant einen Sekundanten, also einen Assistenten benötigt 2 Galan, der: Liebhaber
3 Konzession, die: Zugeständnis 4 Götze, der: falsche Gottheit

1 Untersuchen Sie die Argumentation der Dialogpartner, indem Sie in Form einer Tabelle notieren, welche inhaltlichen Ebenen der Dialog berührt. Nehmen Sie folgende Begriffe zu Hilfe.

persönlich | psychologisch | gesellschaftlich | materialistisch | moralisch-normativ | juristisch

2 In dem Duell wird Crampas getötet. Bereiten Sie eine Argumentation vor, mit der Innstetten verteidigt werden könnte.

Material 1

Ute Frevert: Ehrenmänner (1991, Ausschnitt)

[Was] die Gesellschaft der Ehrenmänner [...] erwartete, zeigen die Vorkommnisse in Kiel 1899, als der 36-jährige Kapitänleutnant Alfons von Bentheim mit schlichtem Abschied aus der Marine entlassen wurde, weil er Kameraden, die mit seiner Frau geschlafen hatten, nicht zum Duell gefordert hatte. Als Bentheim nach seiner Rückkehr von einer Auslandsreise erfuhr, dass seine Frau zwischenzeitlich intime Beziehungen zu mehreren Offizieren unterhalten hatte, reichte er die Scheidung ein, unterließ es aber, diejenigen Schritte zu tun, zu denen er nach Ansicht des Offizierskorps „zur Sühne des Geschehenen verpflichtet war". Vom Ehrengericht befragt, warum er die betreffenden Offiziere nicht sofort gefordert habe, erklärte er, erst den Scheidungsprozess abwarten zu wollen, um seine Kinder bei einem für ihn ungünstigen Duellausgang nicht einer „minderwertigen Frau" überlassen zu müssen. Das Ehrengericht ließ dieses Argument nicht gelten, „da die Wahrung der Ehre allen anderen Rücksichten vorangestellt werden musste". [...]
Ein Mann [...] gehorchte wohl kaum nur einem gesellschaftlichen Zwang [...]. Allenfalls könnte man sagen, dass er unter dem Zwang stand, seine Männlichkeit zu behaupten.

3 Beurteilen Sie auf der Grundlage von M1, wie fundiert fiktionale Literatur des Realismus einen gesellschaftskritischen Beitrag leisten kann. Vergleichen Sie dazu den Textauszug (S. 317) mit Ute Freverts Aussagen.

Theodor Fontane: Was ist Realismus? (1853, Ausschnitt)

Der Realismus in der Kunst ist so alt als die Kunst selbst, ja, noch mehr: *Er ist die Kunst.* Unsere moderne Richtung ist nichts als eine Rückkehr auf den einzig richtigen Weg. [...]
Vor allen Dingen verstehen wir *nicht* darunter das nackte Wiedergeben alltäglichen Lebens, am wenigsten seines Elends und seiner Schattenseiten. [...] Diese Richtung verhält sich zum echten Realismus wie das rohe Erz zum Metall: Die Läuterung[1] fehlt. Wohl ist das Motto des Realismus der Goethe'sche Zuruf: „Greif nur hinein ins volle Menschenleben / Wo du es packst, da ist's interessant", aber freilich, die Hand, die diesen Griff tut, muss eine künstlerische sein. [...]
Er ist die Widerspiegelung alles wirklichen Lebens, aller wahren Kräfte und Interessen im Elemente der Kunst; [...]
Er umfängt das ganze reiche Leben, das Größte wie das Kleinste [...]. Er schließt nichts aus als die Lüge, das Forcierte[2], das Nebelhafte, das Abgestorbene [...].

1 Läuterung, die: Befreiung von Fehlern 2 forciert: erzwungen

4 Untersuchen Sie anhand des Textausschnitts Fontanes Verständnis von Realismus. Erklären Sie, warum diese Art als „Poetischer Realismus" bezeichnet wird.

5 Lässt Fontane seine Effi nicht doch in einem zu verklärten Licht erscheinen? Nehmen Sie zu dieser Frage Stellung, beziehen Sie dabei auch die Zeugnisse der Rezeption (M2, M3) ein.

Material 2

Germanist und Schriftsteller Burkhard Spinnen über die Figur der Effi Briest (2019, Deutschlandfunk)

Für mich ist Effi eben auch eine von den dummen Opfergestalten, die in dem Moment, in dem sie eigentlich aktiv werden könnten, lieber darauf beharren zu sagen, ja aber ich bin doch arm und klein und ich bin missbraucht worden, und jetzt muss man also den Rest meines Lebens auf mich Rücksicht nehmen und mich machen lassen, wie ich will, und ich bin ganz unverantwortlich' ... Wenn die gewollt hätte, hätte die diesen Innstetten innerhalb von fünf Jahren vollkommen in die Tasche stecken können, vollkommen! Zehn Jahre später hätte die in Berlin einen Salon gehabt und fünf Liebhaber und was sie wollte!

Material 3

Effi Briest, Deutschland 2009, Regie: Hermine Huntgeburth. In Huntgeburths Verfilmung erklärt Effi (Julia Jentsch) am Ende ihren Eltern, dass sie sich in Berlin ein eigenes Leben aufbauen will.

Merkmale des Poetischen Realismus (1848–1890)

Epochenlexikon
→ S. 518 f.

Schauen Sie sich im Panorama (S. 302) die Punkte ①–⑤ an, um die Epoche noch besser zu verstehen.

Poetischer Realismus (auch: Bürgerlicher Realismus)

Der Poetische Realismus grenzt sich vom Idealismus der Klassik und der Romantik ab. Er antwortet auf die enttäuschten Hoffnungen der Revolution von 1848/49. Damit verbunden ist die **Abkehr** von unmittelbar **politischen Themen** und die **Hinwendung zum Individuum**, dessen sozialer Umgebung, einem bürgerlichen Wertekanon und Konflikten des Bürgertums (daher auch Bürgerlicher Realismus).
Die bekanntesten Vertreter des Poetischen Realismus sind Theodor Fontane, Theodor Storm, Gottfried Keller und Wilhelm Raabe mit Romanen, Novellen und Lyrik (Balladenschaffen Fontanes).
Programmatischer Mittelpunkt ist neben dem **Wirklichkeitsbezug** die Darstellung des Lebens „im Elemente der Kunst" (Fontane). Damit ist eine Erschließung der Wirklichkeit gemeint, die sich nicht mit der Widerspiegelung von objektiven Tatsachen begnügt, sondern die Wirklichkeit in ihrer ganzen Tiefe erfassen will, um das „Wahre" ans Licht zu bringen (daher auch Poetischer Realismus).

Der Roman

Im Bürgerlichen bzw. Poetischen Realismus erfährt die literarische Gattung des Romans eine Blüte. Der Roman soll nach Theodor Fontane „ein Zeitbild sein, ein Bild seiner Zeit". Im Roman ist es möglich, **gesellschaftliche Zustände** und **Widersprüche** in einer ausführlicheren Handlung darzustellen.
Zentral ist dabei die **Abhängigkeit des Einzelnen von sozialen, ökonomischen und politischen Verhältnissen**. Dabei geht es häufig um die Bedeutung von Ehe, Familie und gesellschaftliche Wirkung.
Neben Fontane (u. a. *Effi Briest; Irrungen, Wirrungen*) gelten Wilhelm Raabe *(Der Hungerpastor)* und Gottfried Keller *(Der grüne Heinrich)* als Vertreter. Wiederentdeckt werden jedoch vermehrt auch Romanautorinnen des bürgerlichen Realismus wie z. B. Ida von Hahn-Hahn und Clara Viebig.

Gustave Courbet: *Junge Ladies des Dorfes*, 1851–1852

7.3 Naturalismus (1880–1900)

Ungeschönter Blick auf die Gesellschaft

Ernst Retemeyer: *Freie Bühne* (1890). Karikatur in der politisch-satirischen Zeitschrift *Kladderadatsch* (erschien von 1848 bis 1944)

Aufruf zur Gründung des Vereins *Freie Bühne* (1889)

Uns vereinigt der Zweck, unabhängig von dem Betriebe der bestehenden Theater und ohne mit diesen in einen Wettkampf einzutreten, eine Bühne zu begründen, welche FREI ist von den Rücksichten auf Theaterzensur und Gelderwerb.

Es sollen während des Theaterjahres, beginnend vom Herbst 1889, in einem der ersten Berliner Schauspielhäuser etwa zehn Aufführungen moderner Dramen von hervorragendem Interesse stattfinden, welche den ständigen Bühnen ihrem Wesen nach schwerer zugänglich sind. Sowohl in der Auswahl der dramatischen Werke als auch in ihrer schauspielerischen Darstellung sollen die Ziele einer der Schablone und dem Virtuosentum abgewandten, lebendigen Kunst angestrebt werden.

In dieser Absicht ist der Verein FREIE BÜHNE gestiftet worden, dessen Aufführungen nur den Mitgliedern des Vereins zugänglich sein werden.

1 Erläutern Sie mithilfe des Aufrufs die zentralen Ziele des Theatervereins *Freie Bühne*.

2 Erschließen Sie anhand der Karikatur zentrale Themen und Motive des Naturalismus.

Arno Holz/Johannes Schlaf: Die Familie Selicke. Erster Aufzug (1890, Auszug)

Im April 1890 wurde das dreiaktige Drama „Die Familie Selicke" durch die „Freie Bühne" uraufgeführt. Die Handlung spielt am Weihnachtsabend im Wohnzimmer der Familie Selicke, die aus Herrn und Frau Selicke sowie den vier Kindern besteht. Toni ist die älteste Tochter. Wendt ist ein junger Pastor, der während der Studienzeit bei der Familie zur Untermiete gewohnt hat und nach den Weihnachtstagen seine erste Stelle antritt. Er bittet Toni, die in ihn verliebt ist, ihm zu folgen.

TONI Ach! Ich ... aber ich darf doch hier nicht fort!

WENDT Du darfst nicht?! Toni! Bist Du ... ich meine: Kannst Du's hier – aushalten?! Bist Du hier glücklich?!

TONI *(immer noch weinend)* O Gott! O Gott!

WENDT *(sehr erregt)* Nein! Nein! Das ist unmöglich, Toni! ... Ich habe vorhin, drin in meinem Zimmer, gehört, was Du mit Deiner Mutter sprachst! Ich habe mehr als zwei Jahre hier gewohnt und alle die Szenen mit angehört, die furchtbaren Szenen! ... ich habe Euer ganzes, unglückliches Familienleben kennen gelernt! Zwei Jahre lang hab' ich das Alles gehört und gesehen! Zwei Jahre lang! Und es hat mich ... *(Stöhnt auf.)* Und Du! Wenn man denken muss: zweiundzwanzig Jahre hast Du in alle dem Elend gelebt und hast es ertragen müssen! Zweiundzwanzig Jahre! ... Herr mein Gott! Zweiundzwanzig Jahre!

TONI *(verlegen – trotzig)* O, der Vater ist gut ... ein bisschen aufbrausend, aber ... Ach Gott! *(Schluchzt.)*

WENDT *(verbittert)* Gut! Gut! *(Lacht auf, zornig.)* Nein! Nein! Du darfst nicht länger bleiben! Du darfst nicht länger in diesem traurigen Elend leben! Hörst Du! Du verdienst das nicht! [...]

TONI Aber ich ...

WENDT Hast Du denn gar kein Bedürfnis nach Glück?!

TONI *(schüchtern, forschend)* Glück?! Ich – weiß nicht! ... Ich – verstehe Sie nicht!

WENDT Ach, ich spreche da! Ich ... ich meine: hast Du denn nicht manchmal den Wunsch gehabt, hier wegzukommen, in ruhige, schöne Verhältnisse? Wo Du nicht Tag für Tag – Herrgott! – Tag für Tag! all das Elend hier vor Augen hast? Wie?

TONI Aber ... [...]

WENDT *(fortgerissen)* Nein! Es ist ja hier ... Das kann ja kein Mensch ertragen! Dein Vater: brutal, rücksichtslos, Deine Mutter: krank, launisch; beide eigensinnig; keiner kann sich überwinden, dem andern nachzugeben, ihn zu verstehen, um ... um der Kinder willen! Selbst jetzt, wo sie nun alt geworden sind, wo sie mit den Jahren vernünftiger geworden sein müssten! Die Kinder müssen ja dabei zu Grunde gehn! Und das ist ihre Schuld, die sie gar nicht wiedergutmachen können! [...] Das sind keine vernünftigen Menschen mehr, das sind ... Ae! Sie sind einfach jämmerlich in ihrem nichtswürdigen, kindischen Hass! ... *(Ist aufgesprungen und geht nun mit großen Schritten im Zimmer umher.)*

Arno Holz (1863–1929) und Johannes Schlaf (1862–1941) verfassten gemeinsam mehrere Werke, die zum Naturalismus gerechnet werden.

TONI *(schluchzend)* O, wie können Sie nur so von Vater und Mutter sprechen! Sie sind beide so gut! Wie können Sie das nur sagen!

WENDT *(sich mäßigend. Setzt sich wieder zu ihr den Stuhl noch näher zu ihr rückend)* O, ich ... t! ... Höre doch nicht, was ich schwatze! Ich ... Nein! Ich meine ... Du kannst doch unmöglich hier bleiben! ... Weine doch nicht, liebe Toni! Missversteh mich doch nicht! Ich meinte ja nur! ... Sieh mal! Du musst Dich ja bei all' dem Elend aufreiben! Es ist unerträglich, geradezu unerträglich, dass Du – Du! – hier verkümmern sollst! ... Und mach Dich doch nicht stärker, als Du bist, Toni! Ich weiß es ja, Toni! Siehst Du? Ich weiß es ja, dass Du Dich hier heraussehnst!

TONI O, wenn man mal ... 'n bisschen ... ungeduldig ist! [...] [...]

WENDT Siehst Du? Du hast Angst, das zu hören! Aber doch! Grade musst Du das hören! Die Aufopferung muss doch ihre Grenze haben! ... Zweiundzwanzig Jahre! Einen Tag nach dem andern, jahraus, jahrein ein, immer dasselbe Elend, dieselbe Not! Das ist ja geradezu der pure Selbstmord! Nein! Du musst hier fort! Du hast ein Recht, an Dich und Deine Zukunft zu denken! ... Warum sollst Du hier verkümmern?! Warum?! Was kann Dich dazu verpflichten?! ... [...]
(wieder sehr erregt) Und dann, liebe Toni, siehst Du? muss ich Dir noch etwas sagen! Ich bin ... ich weiß nicht ... aber Du musst mich recht verstehen, ich ... ich bin so gut wie – tot! *(Toni sieht ihn erschrocken an und rückt in*

naivem Schreck unwillkürlich ein wenig von ihm ab. Hat aufgehört zu weinen. Wendt spricht das Folgende immer noch in größter Erregung wie zu sich selbst.) Als ich zu studieren anfing, da war ich frisch und lebendig, voll Hoffnung! Da glaubte ich noch an meinen Beruf! Da hatte ich noch Ziele, für die ich mich begeisterte! ... Aber das hat sich alles geändert! ... Seitdem ich hierhergekommen bin in dieses ... in die Großstadt, mein' ich ... und all das furchtbare Elend kennen gelernt habe, das ganze Leben: seitdem bin ich – innerlich – so gut wie tot! ... Ja! Das hat mir die Augen aufgemacht! ... Die Menschen sind nicht mehr das, wofür ich sie hielt! Sie sind selbstsüchtig! Brutal selbstsüchtig! Sie sind nichts weiter als Tiere, raffinierte Bestien, wandelnde Triebe, die gegeneinander kämpfen, sich blindlings zur Geltung bringen bis zur gegenseitigen Vernichtung! Alle die schönen Ideen, die sie sich zurechtgeträumt haben, von Gott, Liebe und ... eh! das ist ja alles Blödsinn! Blödsinn! Man ... man tappt nur so hin. Man ist die reine Maschine! Man ... eh! es ist ja alles lächerlich! *(Mit einer hastigen Bewegung zu ihr.)* Siehst Du, liebe Toni! Deshalb kannst Du und darfst Du einfach gar nicht ‚Nein' sagen!

3 Gestalten Sie in Gruppen diesen Dramenauszug als szenische Lesung. Probieren Sie unterschiedliche Sprechweisen (z. B. Betonung, Pausen, Lautstärke) für die Gesprächspartner aus.

Kommunikationsmodelle → S. 553 f.

4 Untersuchen Sie das Gespräch zwischen Toni und Wendt. Sie können ein Kommunikationsmodell heranziehen.

5 Stellen Sie dar, mit welchen Argumenten Wendt versucht, Toni zu überzeugen, mit ihm zu gehen.

Maximilian Harden: Die Wahrheit auf der Bühne (1887, Ausschnitt)

Was will der Naturalismus? Er fordert Abwendung von aller Konvention, Umkehr zur rücksichtslosesten Wahrheit ohne jeden Kompromiss, er will ein Stückchen Natur schildern, wie es sich seinem Temperament zeigt, ohne das Bild mit dem Firnis[1] der Schönfärberei zu überpinseln. Wie die Wissenschaft zur analytischen Experimentalmethode, die Geschichtsforschung zum Quellenstudium zurückkehrt, ebenso soll die Literatur „menschliche Dokumente" sammeln, um den Menschen als Resultat seiner Lebensbedingungen und Umgebung, nicht als Zufallsprodukt einer schönheitsdurstigen Fantasie erscheinen zu lassen. Menschen von festem Knochenbau, vom Dichter geschaut, in Verhältnisse, Konflikte, Leidenschaften verwickelt, wie sie das tägliche Leben jedes Einzelnen mit sich bringt, das ist der vornehmste Glaubenssatz im naturalistischen Evangelium.

1 Firnis, der: farbloses Öl, das als Schutzschicht aufgetragen wird

6 Prüfen Sie, ob in der Szene aus dem Drama *Die Familie Selicke* (S. 321 f.) die im Text von Maximilian Harden genannten Aspekte der naturalistischen Literatur sichtbar sind.

Arno Holz: Die Kunst. Ihr Wesen und ihre Gesetze (1891, Ausschnitt)

Es ist ein Gesetz, dass jedes Ding ein Gesetz hat. [...]
Kunst = Natur – x
„Die Kunst hat die Tendenz, wieder die Natur zu sein. Sie wird sie nach Maßgabe ihrer Reproduktionsbedingungen und deren Handhabung."
Ja! Das war es! Das hatte mir vorgeschwebt, wenn auch nur dunkel, schon an jenem ersten Winterabend! Und ich sagte mir: Ist dieser Satz wahr, d. h. ist das Gesetz, das er aussagt, ein wirkliches, ein in der Realität vorhandnes, und nicht bloß eins, das ich mir töricht einbilde, eins in meinem *Schädel*, dann stößt er die ganze bisherige „Ästhetik" über den Haufen. Und zwar rettungslos.

7 Fassen Sie das sogenannte *Kunstgesetz des Naturalismus* in eigenen Worten zusammen. Beschreiben Sie, wie die Umsetzung in dem Dramenauszug (S. 321 f.) erfolgt ist. Berücksichtigen Sie dabei vor allem die Sprache sowie die Gestaltung der Zeit.

8 Erklären Sie anhand der Regieanweisungen im Dramenauszug (S. 321 f.) die Aussage, dass diese nicht nur für das Bühnenbild, sondern auch für die Figuren selbst von größter Bedeutung sind.

Arno Holz/Johannes Schlaf: Die Familie Selicke. Zweiter Aufzug (1890, Auszug)

Frau Selicke wartet gemeinsam mit ihrer Tochter Toni auf die Rückkehr ihres Mannes.

FRAU SELICKE Ach Gott, nein! So ein Mann! Nicht ein bisschen Rücksicht! ... Das ist ihm hier alles egal, alles egal! ... So ein alter Mann! ... Er sollte sich doch nu schämen! ... Nein, wahrhaftig! Ich hab' auch nich 'n bisschen Liebe mehr zu ihm! Aber auch nich 'n bisschen! ... Für mich is er so gut wie tot! ... Ach ja! Ich kann wohl sagen: Mir ist alles so gleichgültig! [...] Jahraus, jahrein dasselbe Elend! ... Ach, ich kann wohl sagen: Ich habe mein Leben *recht* satt! ... Is gar kein Wunder, wenn man gegen alles abstumpft! ... Wie gut hätten wir's haben können! ... Wie leben andre Leute in unsrem Stande! [...] Un *der* will nun 'n gebildeter Mann sein! ... Nein, wie das bei uns noch werden soll? ... Und an allem bin *ich* Schuld! ... Ich verzieh' die *Kinder!* Ich vernachlässige die *Wirtschaft!* Alles geht auf *mich*! ... [...]
Ei, Du lieber Gott! Nein! ... In Schulden sitzt man bis über beide Ohren! ... Nichts kann man anschaffen! ... Kaum, dass man das liebe bisschen Brot hat! ... Nein, das kann Euer Vater wirklich vor Gott nich verantworten! ... Un dabei macht er sich selber ganz kaputt! ... Seine Hände fangen schon ordentlich an zu zittern! Haste noch nich gemerkt?

9 Fassen Sie die von Frau Selicke formulierte Lebenssituation in eigenen Worten zusammen. Gehen Sie dabei auf wirtschaftliche und familiäre Aspekte ein.

Arno Holz/Johannes Schlaf: Die Familie Selicke. Zweiter Aufzug (1890, Auszug)

Herr Selicke kommt mitten in der Nacht betrunken nach Hause. Seine Frau hat sich in einem Nebenzimmer vor ihm versteckt.

SELICKE *(tritt in die Stube, welche in diesem Augenblicke nur vom Mondlicht und von dem Licht der Lampe, das aus der Küche in die Stube fällt, hell ist. Selicke: ein großer, breitschultriger Mann mit schwarzgrauem Vollbart. Schwarzer Sonntagsanzug unter dem offenstehenden Überrock. Er schleift einen kleinen Christbaum hinter sich her; aus den Taschen sieht Papier von Paketen und Düten[1] vor. Unter den Arm hat er eine große, weiße Düte gequetscht. Er ist angetrunken. Taumelt aber nur sehr wenig und spricht alles deutlich, nur etwas langsam und schwerfällig. Sagt in sehr guter Laune)* [...]

SELICKE Wie – hb! – Wie spät is denn – eigentlich?

TONI Zwei.

SELICKE *(tut sehr erstaunt)* Was – Kuckuck! Zwei?! – [...]
(Die Flurtür öffnet sich ein wenig. Frau Selicke lauscht durch den Türspalt.)
... Geh weg! ... Ich mag Dich nich mehr – sehn! ... *(Für sich, indem er seitwärts tritt und an seinem Rocke herumzerrt, um ihn auszuziehen.)* [...] *(Toni versucht ihm beim Ausziehen des Rockes behilflich zu sein. Selicke brummt missgelaunt vor sich hin)* Mach', dass Du wegkömmst! ... Ich – brauch' Dich nicht! *(Toni hilft ihm dennoch. Er streift etwas die Wand. Endlich hat sie mit zitternden Händen ihm den Überrock und dann auch den Rock abgestreift und beides an die Knagge[2] neben der Korridortür gehängt. Selicke steht nun in Hemdärmeln da. Streicht sich über die Arme und schlägt sich dann, vor sich hin kichernd, mit der Faust auf seine breite, gewölbte Brust)*: Ae! ... Ja? Siehste? ... Dein Vater is noch'n Kerl! ... *(Lacht.)*

SELICKE *(kommt aus der Kammer. Frau Selicke zurück, schließt die Tür)* Aeh! Da biste ja, mein süßes Weibchen! [...]
Mach, dass Du wegkommst! ... Mag Dich nich sehn! *(Die letzten Worte zornig, bedrohend. Die Flurtür ist ein wenig aufgegangen. Frau Selicke schreit auf)* Aah! ... Sieh mal! ... Da steckste, mein süßes Lamm? *(Lacht, taumelt an Toni vorbei auf die Flurtür zu. Draußen wird hastig die äußere Flurtür aufgerissen. Es poltert die Treppe hinunter. – Selicke öffnet die Tür.)* Na, so 'ne Komödie! ... Kuckt, wie die Alte rennen kann *(zeigt in das Entree)* mit ihrem schlimmen Fuße! ... Ne! ... Hähähä! ... Wie se humpeln kann! ... Hopp, hopp, hopp! ... Wie der Wind! ... Haste nich gesehn! ... Wie'n Schnelllöfer! ... *(Lacht, schüttelt dann aber plötzlich die Faust nach dem Flur, ruft unterdrückt)* Du, altes Tier! Du willst 'ne Mutter sein?! ... Ach, Du! – Du! – Du! ... Unglücklich hast Du mich gemacht! Un-

glücklich! ... *(Kommt zurück; während er an Toni vorbeikommt)* Na, Du? ... „Sie ist so krank!" ... Ae! Weg! ... Lass mich vorbei! [...] *(Selicke sieht sich um. Bleibt wie verwirrt stehen. [...] Geht von Toni weg.)* Hm! ... Brr! ... So 'n Sausoff! ... *(Geht zum Sofatisch, setzt sich davor nieder und legt den Kopf auf die Arme. Eine Weile ist es still. Toni beobachtet ihn und will Frau Selicke holen. Selicke scheint einzuschlafen ... Nach einer Weile richtet er aber den Kopf in die Höhe.)* So 'n Weib! ... So 'n Weib! *(Toni bleibt stehen.)* So geht man nun unter! ... *(Sie legt die Hände vor's Gesicht. Bebt vor Schluchzen.)* „Ach, mein Fuß!" – „Ach, mein Fuß!" – Weiter weißte nichts! ... Immer ich – ich – ich! – Ich brauchte Dich nicht zu heiraten! – 's war mein guter Wille! – Zu dumm war ich! Zu dumm! – Du alte ... Ae! Du! – „Wir sind so arm!" – „Wir haben kaum's liebe Brot!" – „Nichts in die Wirtschaft!" – Wer ist denn Schuld?! – Wie kannst Du mir das sagen! – Verdien' Dir was, dann haste was! ... Ja! Fortrennen! das kannste! – Den Leuten was vormachen! Ja! Du armseliges Weib! ... Ae! – Du bist ja – zu dumm! – Zu dumm! So ein – Unglück! — Oh! ... *(Ist eine Weile still. Toni will schon zur Flurtür. Fängt wieder an.)* „Wir müssen uns vor jedem schäm'n!" – Hä! Du! – Ich hatte mir das anders vorgestellt! – Ja, ja! – Eine Ehe ist mehr! – Ae, Du! – Was weißt Du, was eine Ehe ist! – Du! – Wie sind – andre Frauen! – Sieh se Dir mal an! – Aus ... Nichts muss 'ne Hausfrau was machen können! – Aber alles: ich! – Alles der Mann! – Ae! Sieh zu, wie Du uns durchschleppst! – Und die – Kinder! – Die armen, armen Kinder! – O Gott, was soll aus den'n werden! – Verzogen sind sie, die lieben Söhnchen! – Wir passten nicht zusammen! – Was will man nun machen?! – Ae! – Schleppt man das so mit sich! [...]

TONI *(in höchstem Schmerz)* O Gott, o Gott! *(Presst die Hände vor's Gesicht.)*

SELICKE *(zur Kammer hin)* Ja, ja? – Du! Großer! – Nimm Dir 'n Beispiel an Deinem Vater! – So was ist ein Unglück! – Ein großes, großes Unglück! – Dein Vater war dumm, gut und dumm, mein Sohn! Aber nicht schlecht! – Er hat Euch – alle lieb! – Alle! – Auch Eure Mutter! – Sie kann's nur nicht verstehn! – Und das – ist unser Unglück! ...
(Seine Worte gehen in ein dumpfes, undeutliches Murmeln über. Er schläft ein. Vom Bett her das Rauschen von Kissen. Toni, die eben zur Flurtür wollte, schrickt zusammen.)

1 Düte, die: Tüte, Tasche 2 Knagge, die: Winkel, hier: eine Art Kleiderhaken

10 Erläutern Sie, wie diese Szene auf der Bühne und im Film inszeniert werden könnte. Gehen Sie auch auf mögliche Schwierigkeiten ein.

Arno Holz/Johannes Schlaf: Die Familie Selicke. Aus dem Vorwort zur vierten Auflage (1892, Ausschnitt)

Die gestrige Vorstellung der ‚Freien Bühne' brachte das dreiaktige Drama der Herren Arno Holz und Johannes Schlaf: ‚Die Familie Selicke'. Diese Vorstellung wuchs insoweit über alle vorhergegangenen an Interesse hinaus, als wir hier eigentlichstes Neuland haben. Hier scheiden sich die Wege, hier trennt sich Alt und Neu. Die beiden am härtesten angefochtenen Stücke, die die ‚Freie Bühne' bisher brachte: G. Hauptmanns: ‚Vor Sonnenaufgang' und Leo Tolstois: ‚Die Macht der Finsternis' sind auf ihre Kunstart, Richtung und Technik hin angesehen, keine neuen Stücke; die Stücke, bzw. ihre Verfasser, haben nur den Mut gehabt, in diesem und jenem über die bis dahin traditionell innegehaltene Grenzlinie hinauszugehen, sie haben eine Fehde mit Anstands- und Zulässigkeitsanschauungen aufgenommen und haben auf diesem Gebiete dieser kunstbezüglichen, im Publikum gang und gäben Anschauungen zu reformieren getrachtet, aber nicht auf dem Gebiete der Kunst selbst. Ein bisschen mehr, ein bisschen weniger, das war alles; die Frage, ‚wie soll ein Stück sein?' oder ‚sind Stücke denkbar, die von dem bisher Üblichen vollkommen abweichen?', diese Frage wurde durch die Schnapskomödie des einen und die Knackkomödie[1] des anderen kaum berührt. Ich darf diese Worte wählen, weil ich durch mein Eingenommensein für beide vor dem Verdachte des Übelwollens geschützt bin. (Theodor Fontane)

1 „Schnapskomödie [...] und die Knackkomödie": Fontane bezieht sich hier auf die erwähnten Dramen von Leo Tolstoi und Gerhart Hauptmann.

11 Theodor Fontane bezeichnet *Die Familie Selicke* als „eigentlichstes Neuland" (Z. 5). Erläutern Sie unter Berücksichtigung der Auszüge (S. 321–324), was er damit gemeint haben könnte.

Merkmale des Naturalismus (1880–1900)

Epochenlexikon
→ S. 518 f.

Schauen Sie sich im Panorama (S. 302) den Punkt ⑥ an, um die Epoche noch besser zu verstehen.

Das Soziale Drama

Diese Form des Dramas entsteht infolge der **Industrialisierung** und ihrer **Auswirkungen** auf die Arbeitenden oder Kleinbürgerlichen. Durch die radikale Zurschaustellung extremer Lebenssituationen will das Soziale Drama ein **Bewusstsein schaffen** für das Leid der kleinen Leute. Georg Büchners fragmentarisches Drama *Woyzeck* (1837) gilt als das erste Soziale Drama. Im Naturalismus wählen die Schriftstellerinnen und Schriftsteller diese Form, um in radikaler Milieudarstellung die **Ausweglosigkeit** der Menschen darzustellen. In Themen wie Alkoholismus und Gewalt findet die Vererbungslehre ebenso Eingang wie der Glaube an die Determiniertheit der Menschen. Auch der Vater-Sohn-Konflikt wird oftmals thematisiert. Wichtige Mittel dazu sind **dialektales Sprechen** sowie **ausführliche Regieanweisung**, um dem **Anspruch an Wirklichkeit** so nahe wie möglich zu kommen. Der **Sekundenstil** wird in der Epik verwendet. Er stellt eine Technik dar, bei der Sinneswahrnehmungen, Bewegungen o. Ä. sekundengenau dargestellt werden, die Erzählzeit also deckungsgleich mit der erzählten Zeit ist.

Naturalismus

Die Dichterinnen und Dichter des Naturalismus wenden sich ausgangs des 19. Jahrhunderts bewusst gegen den Bürgerlichen Realismus und seine Auffassung, der gesellschaftlichen und politischen Situation ohnmächtig gegenüberzustehen. Zentral ist die **Orientierung an der Natur**, um die Zustände so darzustellen, wie sie wirklich sind. Damit gehen die Naturalisten über den „Abbildrealismus" hinaus. Arno Holz hat diese Auffassung mit der Formel *Kunst = Natur – x* verdeutlicht. In ihrer Kunst erreichen sie das durch eine **ungeschönte**, teilweise **überspitzte Abbildung des Hässlichen**, Triebhaften oder auch Kriminellen. Der Mensch ist ein Opfer seiner Lebensumstände und einer Gesellschaft, die ein solches Leben zulässt.
Mit dieser extrem realistischen Darstellung, die sich als Resultat einer wissenschaftlichen Auseinandersetzung mit der Realität sieht, stellt der Naturalismus die **Verbindung der realistischen Literatur zur Moderne** dar.
Aufführungen der Dramen von Gerhart Hauptmann oder Johannes Schlaf und Arno Holz gerieten aufgrund ihrer ungeschönten Darstellung zu Skandalen.
Der Naturalismus ist ein gesamteuropäisches Phänomen, eine Leitfigur war etwa der französische Schriftsteller, Journalist und Theoretiker Emile Zola.

Adolph von Menzel: *Eisenwalzwerk (Moderne Cyklopen)*, 1872–1875

7.4 Vernetzen: Gegenwarts- und Weltliteratur einbeziehen

Die Besonderheiten eines „magischen" Realismus im 20. Jahrhundert

Gabriel García Márquez: Chronik eines angekündigten Todes (1981, Auszug)

Der Roman „Chronik eines angekündigten Todes" des kolumbianischen Literaturnobelpreisträgers Gabriel García Márquez entstand auf der Grundlage der Recherche eines tatsächlichen Geschehens aus den 1950er-Jahren.
In einem kolumbianischen Dorf wird die schöne, aber naive Ángela Vicario mit dem reichen Bayardo San Román verheiratet. Noch in der Hochzeitsnacht wird sie jedoch von ihrem Ehemann ins Elternhaus zurückgebracht: Sie war keine Jungfrau mehr. Daraufhin ziehen ihre Brüder los, um die Familienehre zu retten, das heißt: Santiago Nasar, den mutmaßlichen Verführer, zu töten. Jahre nach dem Mord – die Hauptbeteiligten haben längst das Dorf verlassen – rekonstruiert der Ich-Erzähler den Ablauf des Geschehens und stößt dabei in einer weit entfernten Ortschaft auf die einst verstoßene Frau.

Als ich sie so idyllisch umrahmt sah, wollte ich nicht glauben, dass sie die Frau war, die ich zu sehen glaubte, weil mir der Gedanke widerstrebte, das Leben könne am Ende so sehr einem schlechten Roman gleichen. Doch sie war es: Ángela Vicario – dreiundzwanzig Jahre nach dem Drama.
Sie [...] beantwortete meine Fragen verständig und mit Sinn für Humor. Sie war so reif und gescheit, dass ich kaum glauben mochte, es handele sich um dieselbe Person. Am meisten überraschte mich die Art, wie sie schließlich ihr eigenes Leben angenommen hatte. Nach wenigen Minuten wirkte sie nicht mehr so gealtert wie auf den ersten Blick, sondern fast so jung wie in meiner Erinnerung, hatte aber nichts gemein mit jenem Mädchen, das mit zwanzig Jahren gezwungen worden war, ohne Liebe zu heiraten. Ihre Mutter [...] hatte mehr als das Mögliche getan, um Ángela Vicario bei lebendigem Leibe zu begraben, doch die Tochter vereitelte dieses Vorhaben, weil sie nie ein Geheimnis aus ihrem Unglück machte. Im Gegenteil: Jedem, der es hören wollte, erzählte sie es in allen Einzelheiten, bis auf jene Einzelheit, die nie aufgeklärt werden sollte: Wer, wie und wann der wahre Urheber des Schadens war, denn niemand glaubte wirklich, es sei Santiago Nasar gewesen. Sie gehörten zwei unterschiedlichen Welten an. Niemand hatte sie je zusammen gesehen und schon gar nicht allein zu zweit. Santiago Nasar war viel zu stolz, um ein Auge auf sie zu werfen. „Deine Kusine, das Dummerchen ...", sagte er zu mir, wenn er sie erwähnen musste. Außerdem war er, wie wir damals sagten, ein Hühnerhabicht. Er war ein Einzelgänger, genau wie sein Vater, und pflückte jedes ziellose Mädchen, das in jener Berggegend zu knospen begann [...].
Alles Übrige erzählte sie ohne Vorbehalt, sogar das Desaster der Hochzeitsnacht. Sie erzählte, ihre Freundinnen hätten ihr eingeschärft, den Gatten im Bett besinnungslos betrunken zu machen, sich schamhafter zu geben, als sie in Wirklichkeit war, damit er das Licht lösche, eine scharfe Alaunwaschung[1] vorzunehmen, um Jungfräulichkeit vorzutäuschen, und das Leintuch mit Chromquecksilber zu beflecken, damit sie es am nächsten Tag in ihrem Patio[2] als Neuvermählte vorzeigen könne. Nur mit zwei Dingen hatten die Kupplerinnen nicht gerechnet: mit der außergewöhnlichen Trinkfestigkeit Bayardo San Románs und dem unverdorbenen Anstand, den Ángela Vicario unter der ihr von der Mutter aufgezwungenen Einfältigkeit verbarg. „Ich tat nichts von dem, was man mir gesagt hatte", sagte sie zu mir, „denn je mehr ich darüber nachdachte, desto klarer wurde mir, dass das Ganze eine Schweinerei war, die man niemandem antun konnte, am allerwenigsten dem armen Mann, der das Pech gehabt hatte, mich zu heiraten." Daher ließ sie sich ohne weitere Umstände im erleuchteten Schlafzimmer ausziehen, befreit von all den angelernten Ängsten, die ihr Leben verpfuscht hatten. „Es war ganz einfach", sagte sie zu mir, „denn ich war entschlossen zu sterben."
Tatsächlich sprach sie von ihrem Unglück ohne jede Scham, um das andere, das wahre Unglück zu überspielen, das in ihrem Leib brannte. Niemand hätte es auch nur im Entferntesten vermutet, als sie sich entschloss, mir davon zu erzählen: Bayardo San Román gehörte für immer zu ihrem Leben, seitdem er sie in ihr Elternhaus zurückgebracht hatte. [...]
Sie hatte schon längere Zeit bar jeder Hoffnung an ihn gedacht, als sie ihre Mutter zu einer Augenuntersuchung ins Krankenhaus von Riohacha begleiten musste. Unterwegs gingen sie ins Hafenhotel, dessen Besitzer sie kannten, und Pura Vicario bat in der Bar um ein Glas Wasser. Sie trank es mit dem Rücken zur Tochter, während diese den Mittelpunkt ihrer Gedanken in den zahlreichen Spiegeln des Raums reflektiert sah. Ángela Vicario wandte mit letzter Kraft den Kopf und sah ihn vorbeigehen, ohne dass er sie sah, und sah ihn das Hotel verlassen. Dann blickte sie mit zerrissenem Herzen wieder zu ihrer Mutter. Pura Vicario [...] lächelte ihr von der Theke aus durch ihre neue Brille zu.

In diesem Lächeln sah Ángela Vicario, zum ersten Mal in ihrem Leben, die Mutter so, wie sie war: eine arme Frau, die sich dem Kult ihrer Schwächen geweiht hatte. „Scheiße", sagte sie zu sich. Sie war so verstört, dass sie während der ganzen Rückreise laut sang, anschließend warf sie sich aufs Bett und weinte drei Tage lang.

Sie wurde von neuem geboren. „Ich war verrückt nach ihm", sagte sie zu mir, „total verrückt." Sie brauchte nur die Augen zu schließen, um ihn zu sehen, sie hörte ihn im Meer atmen, und die Hitze seines Körpers im Bett weckte sie um Mitternacht. Gegen Ende jener Woche, nachdem sie keine Minute Ruhe gefunden hatte, schrieb sie ihm den ersten Brief [...], in dem sie ihm erzählte, sie habe ihn das Hotel verlassen sehen und gewünscht, er hätte sie gesehen. Vergebens wartete sie auf eine Antwort. Nach zwei Monaten, des Wartens müde, schickte sie ihm in ebenso geschraubtem Stil einen zweiten Brief, dessen einzige Absicht zu sein schien, Bayardo San Román seine mangelnde Höflichkeit vorzuwerfen. Sechs Monate später hatte sie sechs Briefe geschrieben, die unbeantwortet blieben, gab sich aber damit zufrieden, dass er sie nachweislich erhalten hatte.

Zum ersten Mal Herrin ihres Schicksals, entdeckte Ángela Vicario nun, dass Hass und Liebe sich bedingende Leidenschaften sind. Je mehr Briefe sie ihm sandte, desto wilder loderte die Glut ihres Fiebers, desto hitziger glühte aber auch der selige Groll, den sie gegen ihre Mutter empfand. „Wenn ich sie nur sah, drehte sich mir schon der Magen um", sagte sie zu mir, „aber ich konnte sie nicht ansehen, ohne an ihn zu denken." Ihr Leben einer zurückgegebenen Ehefrau ging ebenso schlicht weiter wie das der Ledigen, stets stickte sie mit ihren Freundinnen auf der Maschine, [...] doch wenn ihre Mutter zu Bett ging, blieb sie im Zimmer und schrieb Briefe ohne Zukunft bis zum Morgengrauen. Sie entwickelte einen klaren Verstand, wurde gebieterisch, Meisterin ihres Willens und nur für ihn wieder Jungfrau, und sie erkannte keine andere Autorität an als die seine noch eine andere Knechtschaft als die ihrer Besessenheit.

Ein halbes Leben lang schrieb sie wöchentlich einen Brief. „Mitunter fiel mir nichts ein", sagte sie zu mir und lachte sich fast tot, „aber es genügte mir zu wissen, dass er die Briefe erhielt." Anfangs waren es förmliche Karten, dann die Zettelchen einer heimlichen Liebschaft, duftende Billetts einer flüchtig Versprochenen, Geschäftsberichte, Liebesdokumente, und schließlich waren es die würdelosen Briefe einer verlassenen Gattin, die grausame Krankheiten erfand, um ihn zur Rückkehr zu zwingen. In einer heiteren Nacht ergoss sich das Tintenfass über den beendeten Brief, und statt ihn zu zerreißen, fügte sie einen Nachsatz an: „Als Beweis meiner Liebe sende ich dir meine Tränen." Bisweilen, müde vom Weinen, machte sie sich über ihren eigenen Wahnsinn lustig. [...] Was ihr überhaupt nicht in den Sinn kam, war aufzugeben. Doch Bayardo San Román schien ihrem Delirium gegenüber unempfindlich zu sein: Es war, als schriebe sie an niemanden.

Frühmorgens an einem stürmischen Tag im zehnten Jahr weckte sie die Gewissheit, dass er nackt in ihrem Bett lag. Sie schrieb ihm daraufhin einen fiebrigen, zwanzig Seiten langen Brief, in dem sie ihm ohne Scham die bitteren Wahrheiten entgegenschleuderte, die seit der verhängnisvollen Nacht in ihrem Herzen gärten. [...]

An einem Mittag im August, als sie mit ihren Freundinnen stickte, spürte sie, dass jemand auf die Tür zukam. Sie brauchte nicht aufzublicken, um zu wissen, wer es war. „Er war fett, das Haar war dünn geworden, und er brauchte schon eine Brille, um nah zu sehen", sagte sie zu mir. „Aber er war es, verdammt noch mal, er war es!" Sie erschrak, denn sie wusste, dass sie ihm ebenso verwelkt vorkommen musste wie er ihr, und glaubte nicht, dass er so viel Liebe wie sie in sich habe, um das zu ertragen. [...]

„Nun", sagte er, „hier bin ich."

Er hatte einen Koffer voller Wäsche bei sich, um dazubleiben, und einen weiteren mit den fast zweitausend Briefen, die sie ihm geschrieben hatte. Sie waren nach Datum geordnet, mit bunten Bändern gebündelt und alle ungeöffnet.

1 Alaun, der: blutstillendes Schwefelsalz 2 Patio, der: (span.) Innenhof

1 Untersuchen Sie den Romanauszug dahingehend, inwieweit Ángela Vicario sich von den Zwängen einer patriarchalisch geprägten Gesellschaft emanzipieren kann.

Effi Briest
→ S. 312–318

2 Vergleichen Sie Ángela Vicario mit Effi Briest aus Theodor Fontanes gleichnamigem Roman im Hinblick auf das Thema der vom Ehemann verstoßenen Frau.

3 Gabriel García Márquez gilt als wichtiger Vertreter des „magischen Realismus". Typisch dafür ist laut des Literaturwissenschaftlers Gustav Siebenmann die „Einfügung übernatürlicher Elemente in eine Alltäglichkeit, die schon vorher in ausreichendem Maße von der Normalität abwich". Erläutern Sie diese Aussage und beurteilen Sie, inwieweit auch der Textauszug davon geprägt ist.

8

Literatur um 1900

Krisenerfahrungen

1

2

Wer ist „Ich"?

Existiert Beständigkeit?

Was bietet Menschen Halt?

130
360°-Bild

Im Panorama: Zeugnisse der Moderne

① Ästhetizismus in der Architektur: Jugendstil
② Musik der Moderne: Zwölftonmusik
③ Erster Weltkrieg: Literatur und Krieg
④ Potsdamer Platz 1920
⑤ vom Stummfilm zum Tonfilm
⑥ Schriftsteller nach 1933: arrangiert, inhaftiert, im Exil

Das lernen Sie jetzt!

8.1 die Vielfalt lyrischer Ausdrucksweisen im Fin de Siècle untersuchen
8.2 Gedichte des Expressionismus thematisch erschließen und interpretieren
8.3 literarische Texte zur Zeit der Weimarer Republik untersuchen
8.4 Zeugnisse und Texte der Exilliteratur untersuchen
8.5 den Topos Großstadt in der Gegenwarts- und Weltliteratur untersuchen

Christian Morgenstern: Das Nasobēm (1905, Auszug)

Auf seinen Nasen schreitet
einher das Nasobēm,
von seinem Kind begleitet.
Es steht noch nicht im Brehm[1].

1 Brehm: gemeint ist das Nachschlagewerk *Brehms Tierleben*, das ab 1863 von Alfred Brehm veröffentlicht wurde

Rainer Maria Rilke: Blaue Hortensie (1907, Auszug)

So wie das letzte Grün in Farbentiegeln
sind diese Blätter, trocken, stumpf und rauh,
hinter den Blütendolden, die ein Blau
nicht auf sich tragen, nur von ferne spiegeln.

3

Bertolt Brecht: An die Nachgeborenen (1939, Auszug)

Was sind das für Zeiten, wo
Ein Gespräch über Bäume fast ein Verbrechen ist
Weil es ein Schweigen über so viele Untaten einschließt!
Der dort ruhig über die Straße geht
Ist wohl nicht mehr erreichbar für seine Freunde
Die in Not sind?

Paul Boldt: In der Welt (1913, Auszug)

Mein Ich ist fort. Es macht die Sternenreise.
Das ist nicht Ich, wovon die Kleider scheinen.
Die Tage sterben weg, die weißen Greise.
Ichlose Nerven sind voll Furcht und weinen.

Selma Merbaum: Schlaflied für mich (1941, Auszug)

Ich wiege und wiege und wiege mich ein
mit Träumen bei Tag und bei Nacht
und trinke den selben betäubenden Wein
wie der, der schläft, wenn er wacht.

Abbildung 1: Ernst Ludwig Kirchner: *Das Wohnzimmer*, 1923
Abbildung 2: Otto Dix: *Sturmtruppe geht unter Gas vor*, 1924
Abbildung 3: Paula Modersohn-Becker: *Selbstporträt*, 1906

1 Stellen Sie Zusammenhänge zwischen den Gedichtauszügen und den Bildmaterialien (S. 328 f.) her.

2 Erklären Sie anhand der Texte und Bilder (S. 328 f.), inwiefern die Auffassung von einer Epoche um 1900 problematisch erscheint.

MK **3** *Babylon Berlin* (2017 ff.), *Mackie Messer* (2018), *Berlin Alexanderplatz* (2020), *Fabian* (2021), *Bekenntnisse des Hochstaplers Felix Krull* (2021), *Schachnovelle* (2021), *Im Westen nichts Neues* (2022): Informieren Sie sich über diese Film- und Serienproduktionen und erläutern Sie den gegenwärtigen Erfolg dieser Stoffe aus den ersten Jahrzehnten des 20. Jahrhunderts.

8.1 Fin de Siècle (1890–1910)

Sprachskepsis und Sprachlosigkeit

Die Geisteslage um 1900 nachvollziehen

Friedrich Nietzsche: Vereinsamt (1894)

Die Krähen schrein
Und ziehen schwirren Flugs zur Stadt:
Bald wird es schnein –
Wohl dem, der jetzt noch – Heimat hat!

Nun stehst du starr,
Schaust rückwärts, ach! wie lange schon!
Was bist du Narr
Vor Winters in die Welt – entflohn?

Die Welt – ein Tor
Zu tausend Wüsten, stumm und kalt!
Wer das verlor,
Was du verlorst, macht nirgends Halt.

Nun stehst du bleich,
Zur Winter-Wanderschaft verflucht,
Dem Rauche gleich,
Der stets nach kältern Himmeln sucht.

Flieg, Vogel, schnarr
Dein Lied im Wüsten-Vogel-Ton! –
Versteck, du Narr,
Dein blutend Herz in Eis und Hohn!

Die Krähen schrein
und ziehen schwirren Flugs zur Stadt:
Bald wird es schnein,
Weh dem, der keine Heimat hat!

1 Nietzsche gab dem Gedicht unterschiedliche Titel: *Vereinsamt, Der Freigeist, Abschied, Heimweh, Aus der Wüste, Die Krähen schrei'n*. Diskutieren Sie, welchen Titel Sie besonders treffend finden.

Friedrich Nietzsche: Der tolle Mensch (1886, Auszug)

Friedrich Nietzsche (1844–1900)

Habt ihr nicht von jenem tollen Menschen gehört, der am hellen Vormittag eine Laterne anzündete, auf den Markt lief und unaufhörlich schrie: „Ich suche Gott! Ich suche Gott!" – Da dort gerade viele von denen zusammenstanden, welche nicht an Gott glaubten, so erregte er ein großes Gelächter. Ist er denn verlorengegangen?, sagte der eine. Hat er sich verlaufen wie ein Kind?, sagte der andere.
Oder hält er sich versteckt? Fürchtet er sich vor uns? Ist er zu Schiff gegangen? ausgewandert? – so schrien und lachten sie durcheinander. Der tolle Mensch sprang mitten unter sie und durchbohrte sie mit seinen Blicken. „Wohin ist Gott?" rief er, „ich will es euch sagen! Wir haben ihn getötet – ihr und ich! Wir sind seine Mörder! Aber wie haben wir das gemacht? Wie vermochten wir das Meer auszutrinken? Wer gab uns den Schwamm, um den ganzen Horizont wegzuwischen? Was taten wir, als wir diese Erde von ihrer Sonne losketteten? Wohin bewegt sie sich nun? Wohin bewegen wir uns? Fort von allen Sonnen? Stürzen wir nicht fortwährend? Und rückwärts, seitwärts, vorwärts, nach allen Seiten? Gibt es noch ein Oben und ein Unten? Irren wir nicht durch ein unendliches Nichts? Haucht uns nicht der leere Raum an? Ist es nicht kälter geworden? [...] Gott ist tot! [...] Das Heiligste und Mächtigste, was die Welt bisher besaß, es ist unter unsern Messern verblutet – wer wischt dies Blut von uns ab? Mit welchem Wasser könnten wir uns reinigen? Welche Sühnefeiern[1], welche heiligen Spiele werden wir erfinden müssen? Ist nicht die Größe dieser Tat zu groß für uns?" [...]

1 Sühnefeier, die: von *sühnen* – ein (meist religiöses) Vergehen wiedergutmachen

2 Erschließen Sie inhaltliche Parallelen zwischen *Vereinsamt* (S. 330) und *Der tolle Mensch* (S. 330). Sie können sich an den folgenden Begriffen orientieren.

Krise | Entgrenzung | Untergang | Zerfall | Erneuerung | Schrecken | Ich | Leere

3 Setzen Sie sich mit der Vorstellung, die Menschen hätten Gott getötet (S. 330) auseinander. Erläutern Sie, inwiefern Nietzsches Gedanken für den Menschen bis heute sowohl Befreiung als auch Belastung sind.

Rainer Maria Rilke: Ich fürchte mich so vor der Menschen Wort (1899)

Ich fürchte mich so vor der Menschen Wort.
Sie sprechen alles so deutlich aus:
Und dieses heißt Hund und jenes heißt Haus,
und hier ist Beginn und das Ende ist dort.

Mich bangt auch ihr Sinn, ihr Spiel mit dem Spott,
sie wissen alles, was wird und war;
kein Berg ist ihnen mehr wunderbar;
ihr Garten und Gut grenzt gerade an Gott.

Ich will immer warnen und wehren: Bleibt fern.
Die Dinge singen hör ich so gern.
Ihr rührt sie an: sie sind starr und stumm.
Ihr bringt mir alle die Dinge um.

René Magritte: *La trahison des images* (dt. *Der Verrat der Bilder*), 1929; „Ceci n'est pas une pipe." (dt. *Dies ist keine Pfeife.*)

4 Erklären Sie, wovor sich das lyrische Ich in Rilkes Gedicht fürchtet. Erschließen Sie zentrale sprachliche Mittel, durch die diese Furcht dargestellt wird.

Hugo von Hofmannsthal: Ein Brief (1902, Auszug)

Arbitrarität → S. 444

Die Auseinandersetzung mit der Frage, ob Sprache ein adäquates Mittel ist, die Wirklichkeit zu erkennen, beschäftigte auch den Schriftsteller Hugo von Hofmannsthal, der in diesem Zusammenhang den sogenannten „Chandos-Brief" (1902), ein fiktives Schreiben eines Dichters namens Lord Chandos an den englischen Philosophen Francis Bacon, verfasste.

Mein Fall ist, in Kürze, dieser: Es ist mir völlig die Fähigkeit abhandengekommen, über irgendetwas zusammenhängend zu denken oder zu sprechen […] und dabei jene Worte in den Mund zu nehmen, deren sich doch alle Menschen ohne Bedenken geläufig zu bedienen pflegen. Ich empfand ein unerklärliches Unbehagen, die Worte „Geist", „Seele" oder „Körper" nur auszusprechen. Ich fand es innerlich unmöglich, über die Angelegenheiten des Hofes, die Vorkommnisse im Parlament oder was Sie sonst wollen, ein Urteil herauszubringen. […] [D]ie abstrakten Worte, deren sich doch die Zunge naturgemäß bedienen muss, um irgendwelches Urteil an den Tag zu geben, zerfielen mir im Munde wie modrige Pilze. […] Es zerfiel mir alles in Teile, die Teile wieder in Teile und nichts mehr ließ sich mit einem Begriff umspannen. Die einzelnen Worte schwammen um mich; sie gerannen zu Augen, die mich anstarrten und in die ich wieder hineinstarren muss: Wirbel sind sie, in die hinabzusehen mich schwindelt, die sich unaufhaltsam drehen und durch die hindurch man ins Leere kommt. […] Eine Gießkanne, […] ein Hund in der Sonne, […] ein kleines Bauernhaus, alles dies kann das Gefäß meiner Offenbarung werden. Jeder dieser Gegenstände und die tausend anderen ähnlichen, über die sonst ein Auge mit selbstverständlicher Gleichgültigkeit hinweggleitet, kann für mich plötzlich in irgendeinem Moment, den herbeizuführen auf keine Weise in meiner Gewalt steht, ein erhabenes und rührendes Gepräge annehmen, das auszudrücken mir alle Worte zu arm scheinen. […] Es ist mir dann, als […] könnten wir in ein neues, ahnungsvolles Verhältnis zum ganzen Dasein treten, wenn wir anfingen, mit dem Herzen zu denken.

5 Fassen Sie den inneren Konflikt des Lord Chandos in eigenen Worten zusammen.

6 Beziehen Sie zentrale Aussagen aus dem Brief auf Rilkes Gedicht sowie auf das Gemälde Magrittes.

7 „Lieber Lord Chandos!" – Verfassen Sie einen Antwortbrief, in dem Sie die Reflexionen des Lord Chandos aus Ihrer Perspektive beurteilen.

Schauen Sie sich im Panorama (S. 328) den Punkt ① zum Ästhetizismus in der Archtitektur: Jugendstil und den Punkt ② zur Zwölftonmusik an, um noch mehr über die Zeit zu erfahren.

Die Vielfalt lyrischer Ausdrucksweisen untersuchen

Stefan George: Komm in den totgesagten Park und schau (1897)

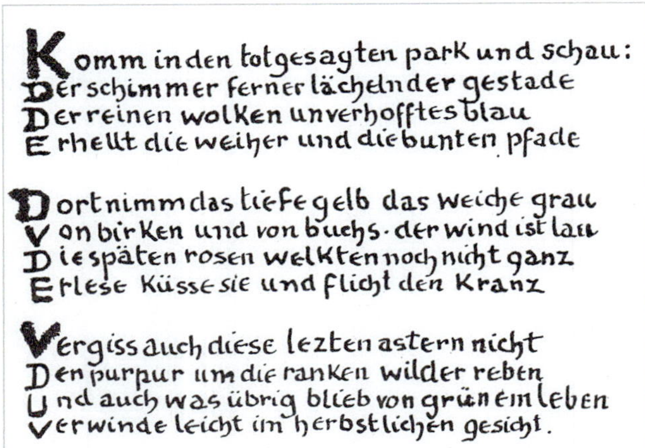
Komm in den totgesagten park und schau:
Der schimmer ferner lächelnder gestade
Der reinen wolken unverhofftes blau
Erhellt die weiher und die bunten pfade

Dort nimm das tiefe gelb das weiche grau
Von birken und von buchs · der wind ist lau
Die späten rosen welkten noch nicht ganz
Erlese küsse sie und flicht den kranz

Vergiss auch diese lezten astern nicht
Den purpur um die ranken wilder reben
Und auch was übrig blieb von grünem leben
Verwinde leicht im herbstlichen gesicht.

Das Gedicht in der Handschrift Stefan Georges

1 Untersuchen Sie anhand der lexikalischen und bildlichen Gestaltung, welche Stimmung das Gedicht ausdrückt.

2 Lesen Sie Georges *Einleitungen der Blätter für die Kunst* und stellen Sie in einer Tabelle Bezüge zum Gedicht her. Berücksichtigen Sie dabei auch die äußere Gestaltung des Gedichtes.

Einleitungen der Blätter für die Kunst	*Komm in den totgesagten Park und schau*
„kunst für die kunst" (Z. 3): keine Unterwerfung unter andere Zwecke	Verzicht auf Darstellung gesellschaftlicher, politischer o. ä. Inhalte: keine Kritik oder Moral, sondern gestaltete Schönheit der Landschaft
...	...

3 Erklären Sie, auch unter Berücksichtigung der Informationen zum George-Kreis (M1, S. 333), die Faszination des Park-Motivs für den Dichter. Berücksichtigen Sie, welche wesentlichen Eigenschaften einen Park ausmachen.

4 „Ich will Dichter sein, und ich arbeite daran, mich zum Seher zu machen", schreibt der französische Schriftsteller und Vorbote der Moderne Arthur Rimbaud 1871. Beurteilen Sie, wie sich dieser Gedanke in Georges Gedicht niederschlägt.

5 Krise, Zerfall, Verunsicherung: Stellen Sie dar, welche Möglichkeit George dem modernen Menschen in dieser Bewusstseinslage bietet.

Stefan George: Einleitungen der Blätter für die Kunst (1892, Ausschnitt)

Der name dieser veröffentlichung sagt [...] was sie soll: der kunst besonders der dichtung und dem schrifttum dienen, alles staatliche und gesellschaftliche ausscheidend. Sie will die geistige kunst auf grund der neuen fühlweise und mache – eine kunst für die kunst [...]. In der kunst glauben wir an eine glänzende wiedergeburt. [...] Wir wollen keine erfindung von geschichten sondern wiedergabe von stimmungen keine betrachtung sondern darstellung keine unterhaltung sondern eindruck. [...] was in der malerei wirkt ist verteilung und farbe, in der dichtung: auswahl maass und klang. kunstwert besitzt die arbeit die menschen oder dingen irgend eine neue unbekannte seite abzugewinnen und als möglich darzustellen vermag.

Material 1

Der George-Kreis

Um seine *Blätter für die Kunst* versammelte Stefan George (1868–1933) eine Reihe junger Männer, die ihn als geistigen Führer mit besonderer Ausstrahlungskraft anerkannten und sich dem Ästhetizismus, der Überzeugung vom Schönen als dem höchsten Wert, verpflichteten. Innerhalb des elitären Kreises entwickelte sich um den Meister George ein kultischer und formstrenger Ästhetizismus, der sich u.a. in Ritualen des Vorlesens ausdrückte. Das heute berühmteste Mitglied des George-Kreises ist Claus Schenk Graf von Stauffenberg, der 1944 ein Attentat auf Adolf Hitler verübte.

Stefan George mit den Brüdern Claus und Berthold von Stauffenberg im Pförtnerhäuschen in Berlin-Grunewald, November 1924

Rainer Maria Rilke: Der Panther (1902/03)

Sein Blick ist vom Vorübergehen der Stäbe
so müd geworden, dass er nichts mehr hält.
Ihm ist, als ob es tausend Stäbe gäbe
und hinter tausend Stäben keine Welt.

Der weiche Gang geschmeidig starker Schritte,
der sich im allerkleinsten Kreise dreht,
ist wie ein Tanz von Kraft um eine Mitte,
in der betäubt ein großer Wille steht.

Nur manchmal schiebt der Vorhang der Pupille
sich lautlos auf. – Dann geht ein Bild hinein,
geht durch der Glieder angespannte Stille –
und hört im Herzen auf zu sein.

Georg Trakl: In einem alten Garten (um 1910)

Resedaduft[1] entschwebt im braunen Grün,
Geflimmer schauert auf den schönen Weiher,
Die Weiden stehn gehüllt in weiße Schleier
Darinnen Falter irre Kreise ziehen.

Verlassen sonnt sich die Terrasse dort,
Goldfische glitzern tief im Wasserspiegel,
Bisweilen schwimmen Wolken übern Hügel,
Und langsam gehen die Fremden wieder fort.

Die Lauben scheinen hell, da junge Frau'n
Am frühen Morgen hier vorbeigegangen,
Ihr Lachen blieb an kleinen Blättern hangen,
In goldenen Dünsten tanzt ein trunkener Faun[2].

1 Reseda, die: stark riechende, gelb-grünliche Gartenpflanze
2 Faun, der: altrömischer Waldgeist

6 Die lyrischen Sprechinstanzen bei Rilke und Trakl befinden sich beide in einem Park bzw. Garten. Untersuchen Sie, was sie gemäß Rimbaud sehen (S. 332, Aufgabe 4) und wie die wahrgenommene Welt auf sie wirkt. Erläutern Sie in diesem Zusammenhang zentrale sprachliche Mittel, mit denen die Innerlichkeit dargestellt wird.

7 Beschreiben Sie wesentliche inhaltliche und gestalterische Gemeinsamkeiten und Unterschiede zu Georges Gedicht (S. 332).

8 Begründen Sie, welches der drei Gedichte (S. 332 f.) Ihnen am meisten zusagt. Geben Sie dabei auch die Kriterien für Ihre Wahl an.

9 **PLUS** Hören Sie einige Stücke moderner Komponisten (z.B. Claude Debussy, Erik Satie, Jean Sibelius) und wählen Sie ein Werk aus, das Ihrer Meinung nach die Stimmung eines der drei Gedichte (S. 332 f.) zum Ausdruck bringt.

Vincent van Gogh: *Porträt des Dr. Gachet*, 1890

Christian Morgenstern: Palmström (1905)

Palmström steht an einem Teiche
und entfaltet groß ein rotes Taschentuch:
Auf dem Tuch ist eine Eiche
dargestellt, sowie ein Mensch mit einem Buch.

Palmström wagt nicht sich hineinzuschneuzen –
er gehört zu jenen Käuzen,
die oft unvermittelt-nackt
Ehrfurcht vor dem Schönen packt.

Zärtlich faltet er zusammen,
was er eben erst entbreitet.
Und kein Fühlender wird ihn verdammen,
weil er ungeschneuzt entschreitet.

Titelbild der Erstausgabe der Galgenlieder, 1905

10 Begründen Sie mit Blick auf Georges Gedicht (S. 332) und das Kunstverständnis des Ästhetizismus, inwiefern es sich bei Morgensterns Gedicht *Palmström* um eine Parodie (M2) handelt.

Material 2

Gero von Wilpert: Sachwörterbuch der Literatur (1989, Ausschnitt)

Parodie
In der Literatur die verspottende, verzerrende oder übertreibende Nachahmung eines schon vorhandenen ernstgemeinten Werkes [...] unter Beibehaltung der äußeren Form, doch mit anderem, nicht dazu passendem Inhalt.

ÜBRIGENS

Die Galgenbrüder
Die *Galgenlieder* von Christian Morgenstern entstanden im privaten Kreis unter den *Galgenbrüdern*, einer kleinen Gruppe befreundeter junger Männer. Ihre Treffen in öffentlichen Gaststätten, während derer sie, belegt mit Pseudonymen wie *Gurgeljochen* und *Verreckerle*, Puppen köpften und ausschweifend sangen und dichteten, sorgten für Aufsehen und führten zu verschiedenen Hausverboten.

Joachim Ringelnatz: Im Park (1933)

Ein ganz kleines Reh stand am ganz kleinen Baum
Still und verklärt wie im Traum.
Das war des Nachts elf Uhr zwei.
Und dann kam ich um vier
Morgens wieder vorbei.
Und da träumte noch immer das Tier.

Nun schlich ich mich leise – ich atmete kaum –
Gegen den Wind an den Baum,
Und gab dem Reh einen ganz kleinen Stips.
Und da war es aus Gips.

Joachim Ringelnatz (1883–1934)

11 Untersuchen Sie, wie Morgenstern und Ringelnatz inhaltlich und sprachlich Komik erzeugen. Berücksichtigen Sie dabei auch die Aussage Arthur Schopenhauers, wonach „das Phänomen des Lachens allemal die plötzliche Wahrnehmung einer Inkongruenz", einer mangelnden Übereinstimmung, offenbart.

MK **12** **PLUS** Recherchieren Sie weitere Gedichte von Morgenstern und Ringelnatz und bereiten Sie einen Gedichtvortrag zu einem Text vor, in dem Sie auch erklären, warum Sie das Gedicht ausgewählt haben.

Hermann Hesse: Im Nebel (1905)

Seltsam, im Nebel zu wandern!
Einsam ist jeder Busch und Stein,
Kein Baum sieht den andern,
Jeder ist allein.

Voll von Freunden war mir die Welt,
Als noch mein Leben licht[1] war;
Nun, da der Nebel fällt,
Ist keiner mehr sichtbar.

Wahrlich, keiner ist weise,
Der nicht das Dunkel kennt,
Das unentrinnbar und leise
Von allen ihn trennt.

Seltsam, im Nebel zu wandern!
Leben ist Einsamsein.
Kein Mensch kennt den andern,
Jeder ist allein.

1 licht: hell, lichterfüllt

13 Erläutern Sie die folgende Aussage des Historikers Jacob Burckhardt aus dem Jahr 1905 zu Hermann Hesses Gedicht *Im Nebel*.

> „Die Poesie hat ihre Höhepunkte, wenn sie dem Menschen Geheimnisse offenbart, die in ihm liegen und von welchen er ohne sie nur ein dumpfes Gefühl hätte."

Else Lasker-Schüler: Die Verscheuchte (1934, Auszug)

Es ist der Tag im Nebel völlig eingehüllt,
Entseelt begegnen alle Welten sich –
Kaum hingezeichnet wie auf einem Schattenbild.

Wie lange war kein Herz zu meinem mild ...
Die Welt erkaltete, der Mensch verblich.
– Komm bete mit mir – denn Gott tröstet mich.

Wo weilt der Odem, der aus meinem Leben wich?
Ich streife heimatlos zusammen mit dem Wild
Durch bleiche Zeiten träumend – ja ich liebte dich ...

Wo soll ich hin, wenn kalt der Nordsturm brüllt?
Die scheuen Tiere aus der Landschaft wagen sich
Und ich vor deine Tür, ein Bündel Wegerich.

Bald haben Tränen alle Himmel weggespült,
An deren Kelchen Dichter ihren Durst gestillt –
Auch du und ich.

Else Lasker-Schüler, verkleidet als „Prinz Jussuf", 1912

14 Nennen Sie eine für Sie besondere Textstelle in Else Lasker-Schülers *Die Verscheuchte* und begründen Sie Ihre Wahl.

15 Untersuchen Sie vergleichend, mit welchen formalen und sprachlichen Mitteln in den beiden Gedichten *Im Nebel* und *Die Verscheuchte* die Stimmung der Melancholie ausgedrückt wird. Nutzen Sie dazu Formulierungen aus dem Sprachtipp (S. 200).

MK **16** **PLUS** Informieren Sie sich über die Theosophische Gesellschaft und die Entwicklung der Esoterik um 1900. Stellen Sie Bezüge zu der Abbildung von Else Lasker-Schüler als Prinz Jussuf her.

Edvard Munch: *Melancholie*, 1896

Hermann Bahr: Die Überwindung des Naturalismus (1891, Ausschnitt)

Der Schriftsteller Hermann Bahr (1863–1934) veröffentlichte den Essay als Beitrag zur Diskussion der Literaturkritik um die Frage nach einer neuen Dichtung.

Theodor Kittelsen: *Echo*, 1888

Neue Schulen [...] wollen weg vom Naturalismus und über den Naturalismus hinaus. [...] [D]as Eigene aus sich zu gestalten, statt das Fremde nachzubilden, das Geheime aufzusuchen, statt dem Augenschein zu folgen, und gerade dasjenige auszudrücken, worin wir uns anders fühlen und wissen als die Wirklichkeit. [...] Die Natur des Künstlers sollte nicht länger ein Werkzeug der Wirklichkeit sein, um ihr Ebenbild zu vollbringen; sondern umgekehrt, die Wirklichkeit wurde jetzt wieder der Stoff des Künstlers, um seine Natur zu verkünden, in deutlichen und wirksamen Symbolen.

Freilich: die alte Kunst will den Ausdruck des Menschen und die neue Kunst will den Ausdruck des Menschen [...]. Aber wenn der Klassizismus Mensch sagt, so meint er Vernunft und Gefühl; und wenn die Romantik Mensch sagt, so meint sie Leidenschaft und Sinne; und wenn die Moderne Mensch sagt, so meint sie Nerven. [...]

Ich glaube also, dass der Naturalismus überwunden werden wird durch eine nervöse Romantik; [...] durch eine Mystik[1] der Nerven. Dann wäre freilich der Naturalismus [...] geradezu die Entbindung der Moderne: denn bloß in dieser dreißigjährigen Reibung der Seele am Wirklichen konnte der Virtuose[2] im Nervösen werden. [...] Die Welt hatte sich erneut; es war alles ganz anders geworden, ringsum. Draußen wurde es zuerst gewahrt. Dahin wendete sich die unstete Neugier zuerst. Das Fremde schildern, das Draußen, eben das Neue. Aber gerade darum, damit, dadurch hatte sich auch der Mensch erneut. [...] was er will: Das Drängende, Ungestüme, Zügellose – das wilde Begehren, die vielen Fieber, die großen Rätsel [...]: sich verkünden, das Selbstische, die seltsame Besonderheit, das wunderliche Neue. Und dieses ist im Nervösen. [...]

Der neue Idealismus ist von dem alten [...] verschieden: sein Mittel ist das Wirkliche, sein Zweck ist der Befehl der Nerven! [...] Der neue Idealismus drückt die neuen Menschen aus. Sie sind Nerven. [...] Auf den Nerven geschehen ihre Ereignisse, und ihre Wirkungen kommen von den Nerven. [...] Es war ein Wehklagen des Künstlers im Naturalismus, weil er dienen musste; aber jetzt nimmt er die Tafeln aus dem Wirklichen und schreibt darauf seine Gesetze [...] – es ist ein geflügeltes, erdenbefreites Steigen und Schweben in azurne Wollust, wenn die entzügelten Nerven träumen.

Max Liebermann: *Der Papageienmann*, 1902

1 Mystik, die: (oft religiöse) Verbundenheit mit dem Übersinnlichen
2 Virtuose, der: Meister in der Beherrschung einer Tätigkeit

17 Fassen Sie die wesentlichen Aussagen Bahrs zur modernen Künstlernatur zusammen und stellen Sie dar, wie Bahr die „neue Kunst" von der „alten Kunst" abgrenzt.

MK **18** Die Literaturwissenschaft nutzt für die Beschreibung der Dichtung um 1900 häufig die Begriffe „Jugendstil", „Impressionismus", „Symbolismus" und „Neoromantik". Informieren Sie sich über diese Strömungen. Stellen Sie eine Beziehung zu der Bedeutung der „Nerven" (Z. 12) nach Hermann Bahr für die Dichtung her.

19 **PLUS** Untersuchen Sie arbeitsteilig Gedichte und Gemälde in diesem Kapitel unter Berücksichtigung der Ausführungen Bahrs sowie der Begriffe aus Aufgabe 18. Präsentieren Sie Ihre Ergebnisse und diskutieren Sie, ob die Zuordnung zu Strömungen der Literatur zu einem vertieften Verständnis der Werke beiträgt.

8.2 Expressionismus (1910–1923)

Chaos und Untergang

Themen in der Lyrik erschließen

1 Beschreiben Sie anhand dreier Schlagworte, was die Betrachtung von Ludwig Meidners Gemälde *Apokalyptische Stadt* (1913) bei Ihnen hervorruft.

MK **2** Wilhelm Klemm beschreibt in dem Sonett seine Zeit. Ordnen Sie die vierzehn Verse zu einem Gedicht. Der erste Vers ist: „Gesang und Riesenstädte, Traumlawinen". Recherchieren Sie anschließend die Originalversion, vergleichen Sie Ihre Ergebnisse untereinander und mit dem Original. Erläutern Sie die unterschiedliche Wirkung der verschiedenen Möglichkeiten der Versfolge.

Ludwig Meidner: *Apokalyptische Stadt*, 1913

Wilhelm Klemm: Meine Zeit (1916)

Wie du, will keine, keine mir erscheinen.
Du aber siehst am Wege rechts und links
Furchtlos vor Qual des Wahnsinns Abgrund weinen!
Die sündigen Weiber, Not und Heldentum,
Die Seele schrumpft zu winzigen Komplexen.
So ohne Stern, so daseinsarm im Wissen
Gespensterbrauen, Sturm auf Eisenschienen.
Noch hob ihr Haupt so hoch niemals die Sphinx[1]!
In Wolkenfernen trommeln die Propeller.
Verblasste Länder, Pole ohne Ruhm,
Völker zerfließen, Bücher werden Hexen.
Tot ist die Kunst. Die Stunden kreisen schneller.
O meine Zeit! So namenlos zerrissen,
Gesang und Riesenstädte, Traumlawinen,

1 Sphinx, die: Fabelwesen der antiken Mythologie, das Passanten tötet, die sein Rätsel nicht beantworten können

3 Untersuchen Sie das Gedicht *Meine Zeit* von Wilhelm Klemm.
- Erschließen Sie, welche Themen und Entwicklungen diese Zeit kennzeichnen.
- Beschreiben Sie, in welcher Verfassung sich das lyrische Ich befindet.
- Erläutern Sie den Zusammenhang zwischen Inhalt und Aufbau (Sonettform).
- Untersuchen Sie die sprachliche Gestaltung (Fragmentierung, Reihungsstil, Wortwahl und Bildlichkeit).
- Formulieren Sie mit Blick auf die letzte Strophe eine Deutungshypothese.

4 Beschreiben Sie motivische und gestalterische Gemeinsamkeiten und Unterschiede zwischen Klemms Gedicht und Meidners Gemälde.

5 Erläutern Sie, inwiefern Klemms Zeitdiagnose in der Gegenwart noch Gültigkeit besitzt.

6 Wählen Sie etwas Unschönes aus und inszenieren Sie es für eine Fotografie. Diskutieren Sie, ob durch Ihre Aufnahme eine Ästhetisierung des Hässlichen stattfindet.

7 Erörtern Sie, ob das Hässliche vollwertiger Gegenstand der Kunst sein sollte. Beziehen Sie dabei Egon Schieles *Selbstbildnis* (S. 338) oder vergleichbare Werke ein.

Text in alter Rechtschreibung

Gottfried Benn: Kleine Aster[1] (1912)

Ein ersoffener Bierfahrer wurde auf den Tisch gestemmt.
Irgendeiner hatte ihm eine dunkelhelllila Aster
zwischen die Zähne geklemmt.
Als ich von der Brust aus
unter der Haut
mit einem langen Messer
Zunge und Gaumen herausschnitt,
muß ich sie angestoßen haben, denn sie glitt
in das nebenliegende Gehirn.
Ich packte sie ihm in die Bauchhöhle
zwischen die Holzwolle,
als man zunähte.
Trinke dich satt in deiner Vase!
Ruhe sanft,
kleine Aster!

1 Aster, die: leuchtend blühende Spätsommerblume

Egon Schiele: *Selbstbildnis*, 1914

8 Erklären Sie am Beispiel von *Kleine Aster*, wieso Gottfried Benns Lyrik zugleich Abscheu und Faszination hervorrufen kann. Prüfen Sie in diesem Zusammenhang auch die Wahl des Gedichttitels.

9 Beschreiben Sie, inwiefern die formale und klangliche Gestaltung von *Kleine Aster* lyrische Traditionen einerseits fortführt und andererseits durchbricht.

10 Untersuchen Sie das Verhältnis des lyrischen Ich zum Menschen und zur Blume. Beachten Sie dabei insbesondere die lexikalische Textgestaltung.

11 Erläutern Sie, inwiefern geistesgeschichtliche (siehe Wissen und Können, S. 351) sowie biografische Kenntnisse (M1) bei der Deutung des Gedichtes hilfreich sein könnten.

Material 1

Biografische Hinweise zu Gottfried Benn

Gottfried Benn (1886–1956) verlebte seine Kindheit als Sohn eines evangelischen Pastors in ländlicher, stark religiös geprägter Umgebung. Auf Wunsch des Vaters studierte er zunächst Theologie, schließlich wechselte er zum Studium der Medizin. Als Militärarzt führte er 1912 ca. dreihundert Sektionen, d.h. medizinische Eingriffe zur Feststellung der Todesursache, durch. Im Ersten Weltkrieg arbeitete er als Sanitätsarzt. Benn hatte ein ambivalentes Verhältnis zum Faschismus. War er zunächst in der Hoffnung auf Entstehung eines neuen Staates ein Sympathisant, distanzierte er sich jedoch zunehmend und erhielt schließlich Schreibverbot. Nach 1945 kam es zu einer neuen literarischen Erfolgsphase.

12 Erklären Sie vor dem Hintergrund von *Kleine Aster* und den biografischen Informationen zu Benn, inwiefern Robert Gernhardts Gedicht *Der ziemlich arme GB* (S. 339) passend erscheint.

13 **PLUS** *Schöne Jugend, Requiem, Nachtcafé, Saal der kreißenden Frauen, Mann und Frau gehen durch die Krebsbaracke*. Wählen Sie zwei dieser Gedichte aus und untersuchen Sie Parallelen zu *Kleine Aster*. Verfassen Sie anschließend einen Lexikoneintrag, in dem Sie über inhaltliche, sprachliche und formale Eigenschaften von Gottfried Benns „Ästhetik des Hässlichen" informieren.

Robert Gernhardt: Der ziemlich arme GB (2000)

So viele Räusche getrunken
aus Schale, Becher und Glas.
Durch so viel Leerung gesunken,
stets hat auf dem Grunde gewunken
die alte Frage: Ze was?

Charles Baudelaire: Ein Stück Aas (1857, Auszug)

Erinnre, was wir sahn, o Seele, an dem Morgen,
Da uns des Sommers Glück bestach:
An eines Weges Bug, im Kieselbett verborgen,
Lag eines Aases dreiste Schmach,
Die Beine reckend wie ein geiles Weib in Sünde,
Im Brand vertriefend giftigen Schweiß
Und gab uns schamlos unbekümmert alle Gründe
Des Schoßes voll Gestankes preis.

Rainer Maria Rilke: Briefe über Cézanne (1907)

Erst musste das künstlerische Anschauen sich so weit überwunden haben, auch im Schrecklichen und scheinbar nur Widerwärtigen das Seiende zu sehen, das, mit allem anderen Seienden, *gilt*. Sowenig eine Auswahl zugelassen ist, ebensowenig ist eine Abwendung von irgendwelcher Existenz dem Schaffenden erlaubt.

14 Erläutern Sie unter Bezug auf Rainer Maria Rilke und Gottfried Benn die Aussage des Literaturwissenschaftlers Helmuth Kiesel, dass „insbesondere *Ein Stück Aas* [von Charles Baudelaire] einen wichtigen, wenn nicht gar entscheidenden Impuls für die Herausbildung einer neuen künstlerischen Haltung gegenüber dem Hässlichen und Widerwärtigen" gab.

Klassik → S. 514
Realismus → S. 518
Moderne → S. 520

15 PLUS Zeitreise ins Jahr 1912: Im Berliner *Café des Westens* treffen der 26-jährige Gottfried Benn, Johann Wolfgang Goethe und Theodor Fontane aufeinander. Gestalten Sie in Gruppen ein Gespräch der drei Dichter über Literatur.
- Beachten Sie die unterschiedlichen Wertevorstellungen, Menschenbilder und poetologischen Überzeugungen der Schriftsteller.
- Beziehen Sie Texte und Informationen aus den Kapiteln 6.3 und 7 sowie eigene Kenntnisse mit ein.

Schauen Sie sich im Panorama (S. 328) den Punkt ③ zu Krieg und Literatur an, um zu erfahren, wie der Erste Weltkrieg dieser Zeit ein Ende setzte.

Gedichte interpretieren

Alfred Kubin: *Der Krieg*, 1903

Georg Heym: Nach der Schlacht (1910)

In Maiensaaten liegen eng die Leichen,
Im grünen Rain[1], auf Blumen, ihren Betten.
Verlorne Waffen, Räder ohne Speichen,
Und umgestürzt die eisernen Lafetten[2].

Aus vielen Pfützen dampft des Blutes Rauch,
Die schwarz und rot den braunen Feldweg decken.
Und weißlich quillt der toten Pferde Bauch,
Die ihre Beine in die Frühe strecken.

Im kühlen Winde friert noch das Gewimmer
Von Sterbenden, da in des Osten Tore
Ein blasser Glanz erscheint, ein grüner Schimmer,
Das dünne Band der flüchtigen Aurore[3].

1 Rain, der: Grasstreifen an Feldwegen 2 Lafette, die: Geschützgestell
3 Aurora: die römische Göttin der Morgenröte

1 Untersuchen Sie die bildliche Gestaltung des Krieges in Heyms Gedicht, indem Sie die Beschreibung der Szenerie, die Metaphorik und die Personifizierungen herausarbeiten. Gehen Sie auch auf die Farbsymbolik ein. Vergleichen Sie Ihre Ergebnisse mit Alfred Kubins Darstellung vom Krieg.

2 Stellen Sie dar, inwiefern die Verse 1f. und 11f. (S. 339) eine gedankliche Klammer um die Grauen des Kriegsgeschehens bilden.

3 Häufig werden Dichterinnen und Dichter als Seismografen bezeichnet, also mit einem Gerät verglichen, das Erschütterungen des Bodens registriert. Erläutern Sie mit Blick auf das Erscheinungsjahr von *Nach der Schlacht* (S. 339), inwiefern diese Bezeichnung auf Georg Heym zutrifft.

Georg Heym: Die Stadt (1911)

Sehr weit ist diese Nacht. Und Wolkenschein
Zerreißet vor des Mondes Untergang.
Und tausend Fenster stehn die Nacht entlang
Und blinzeln mit den Lidern, rot und klein.

Wie Aderwerk gehen Straßen durch die Stadt,
Unzählig Menschen schwemmen aus und ein.
Und ewig stumpfer Ton von stumpfem Sein
Eintönig kommt heraus in Stille matt.

Gebären, Tod, gewirktes Einerlei,
Lallen der Wehen, langer Sterbeschrei,
Im blinden Wechsel geht es dumpf vorbei.

Und Schein und Feuer, Fackeln rot und Brand,
Die drohn im Weiten mit gezückter Hand
Und scheinen hoch von dunkler Wolkenwand.

Georg Heym (1887–1912)

4 Beschreiben Sie den inhaltlichen Aufbau des Gedichts *Die Stadt* von Georg Heym.

5 Formulieren Sie eine Deutungshypothese zu Heyms Gedicht *Die Stadt*. Vergleichen Sie Ihr Verständnis mit den Ausführungen Herbert Lehnerts (M2).
- Erklären Sie an dem Gedicht, wie Lehnert zu seinen Aussagen gelangt.
- Beurteilen Sie die von Lehnert aufgeworfenen Fragen und Thesen (Z. 4–11).

Material 2

Herbert Lehnert: Interpretation zu Georg Heyms *Die Stadt* (2002, Ausschnitt)

Literatur enthält Widersprüche, auch Gedichte gehen nicht allein auf Harmonie aus. Aber literarische Widersprüche zielen auf Freiheit von banalen, alltäglichen Feststellungen. Das Freiheitssymbol in unserem Gedicht ist ein Widerspruch gegen die stumpfe Welt, ist die imaginäre Vorstellung des feurigen Endes. [...] Ist unsere moderne urbane Welt so, wie sie in diesem Gedicht erscheint: sinnlos, eintönig, reif für die Vernichtung? Oder ist das Gedicht eine Denunziation[1] der festgefügten, saturierten[2], bürgerlichen Welt, die Heyms Generation von dichterischen, fantasievollen Außenseitern nicht gelten lassen wollte? Sie hassten die Welt der Väter [...]. Wir müssen uns jedoch fragen, ob die Dissoziation[3] und die Entfremdung nicht die andere Seite der Freiheit ist, die Heym in den Wolken suchte. Ein an die Scholle[4] gebundenes Leben bietet dem Menschen feste Beziehungen, Heimat, hindert Entfremdung, macht ihn aber nicht frei. Ist Entfremdung und Freiheit dasselbe, das eine negativ, das andere positiv gewendet? [...] Das schöne Vernichtungssymbol, auf das die Verse zulaufen, feiert den Schrecken mit grimmiger Freude. Drei Jahre später, 1914, nahm der größere Teil des deutschen Volkes den Kriegsausbruch jubelnd als befreiendes Schicksal an.

1 Denunziation, die: zu denunzieren: jemanden (durch eine Anzeige) verdächtig machen, verleumden 2 saturiert: gesättigt, selbstzufrieden 3 Dissoziation, die: Zerfall, Aufspaltung 4 Scholle, die: veraltet für Erdboden, Heimat

6 Diskutieren Sie, ob Georg Heym in seinen Gedichten *Nach der Schlacht* (S. 339) und *Die Stadt* (S. 340) zeitlose Bilder des Kriegs bzw. der Stadt entwirft.

7 Verfassen Sie für eine Gedichtsammlung mit Texten von Georg Heym einen Klappentext von ca. 70 Wörtern. Beschreiben Sie den Stil Heyms und die Bedeutung seiner Gedichte für die Gegenwart.

8 Lesen Sie das Gedicht *Verabredung* von August Stramm laut und erläutern Sie Auffälligkeiten, die sich dabei ergeben.

9 Führen Sie eine Lexikanalyse zu dem Gedicht *Verabredung* durch. Sie können sich dabei am „So geht's"-Beispiel unten orientieren.

10 Deuten Sie die zentralen Wörter und Bilder, die eine genauere Vorstellung der im Titel angegebenen Verabredung und ihrer Umstände geben.

11 Erläutern Sie den Zusammenhang zwischen Krisenerfahrung, Unsicherheit, Zerfall sowie Haltlosigkeit und August Stramms Stil. Diskutieren Sie, inwiefern Ihnen diese Gestaltung nachvollziehbar erscheint.

MK **12** **PLUS** Informieren Sie sich über die Wortkunsttheorie und stellen Sie Bezüge zu Stramms Gedichten her.

August Stramm: Verabredung (1914)

Der Torweg fängt mit streifen Bändern ein
Mein Stock schilt
Klirr
Den frechgespreizten Prellstein
Das Kichern
Schrickt
Durch Dunkel
Trügeneckend
In
Warmes Beben
Stolpern
Hastig
Die Gedanken.
Ein schwarzer Kuss
Stiehlt scheu zum Tor hinaus
Flirr
Der Laternenschein
Hellt
Nach
Ihm
In die Gasse.

SO GEHT'S

Die Lexik eines Gedichts analysieren

August Stramm: Patrouille (1915)

Die Steine feinden
Fenster grinst Verrat
Äste würgen
Berge Sträucher blättern raschlig
Gellen
Tod.

Anteile der **Wortarten** untersuchen
→ Nomen, Verben, Adjektive

Semantik
Wortfelder und Assoziationen:
Natur
menschliche Bauten
Bedrohung, Vergehen

Besonderheiten der **Wortformen**
Feind→ feinden (V. 1); gellen → Gellen (V. 5)

Das Gedicht besteht zum überwiegenden Teil aus Nomen. Vor allem Dinge werden genannt. Es scheint, als bewegte sich der Blick des anonymen lyrischen Sprechers ängstlich hin und her, um hektisch die Eindrücke der Umwelt zu ordnen. Verstärkt wird die bedrohliche Situation durch die Verben: Die Welt feindet, grinst, würgt und gellt. Jede Aktivität, die von ihr ausgeht, bedroht die Existenz. Weder Natur noch Haus bieten Schutz (vgl. V. 1 f.), vielmehr erhält alles mit dem einzigen Adjektiv „raschlig" (V. 4) eine verräterisch-tückische Qualität. Wortumwandlungen wie „feinden" (V. 1) und „Gellen" (V. 5) erzeugen zusätzlich eine Verknappung und Konzentration des Ausdrucks. Höhe- und zugleich Schlusspunkt bildet der finale Begriff „Tod" (V. 6), auf den alles zuläuft.

8.3 Literatur der Weimarer Republik (1919–1933)
Alltägliches in aller Nüchternheit

Großstadtlyrik untersuchen

Kurt Tucholsky: Augen in der Großstadt (1930)

Wenn du zur Arbeit gehst
am frühen Morgen,
wenn du am Bahnhof stehst
mit deinen Sorgen:
da zeigt die Stadt
dir asphaltglatt
im Menschentrichter
Millionen Gesichter:
Zwei fremde Augen, ein kurzer Blick,
die Braue, Pupillen, die Lider –
Was war das? vielleicht dein Lebensglück ...
vorbei, verweht, nie wieder.

Du gehst dein Leben lang
auf tausend Straßen;
du siehst auf deinem Gang,
die dich vergaßen.
Ein Auge winkt,
die Seele klingt;
du hasts gefunden,
nur für Sekunden ...
Zwei fremde Augen, ein kurzer Blick,
die Braue, Pupillen, die Lider;
Was war das? kein Mensch dreht die Zeit zurück ...
Vorbei, verweht, nie wieder.

Du musst auf deinem Gang
durch Städte wandern;
siehst einen Pulsschlag lang
den fremden Andern.
Es kann ein Feind sein,
es kann ein Freund sein,
es kann im Kampfe dein
Genosse sein.
Es sieht hinüber
und zieht vorüber ...
Zwei fremde Augen, ein kurzer Blick,
die Braue, Pupillen, die Lider.
Was war das?
Von der großen Menschheit ein Stück!
Vorbei, verweht, nie wieder.

Schauen Sie sich im Panorama (S. 328) den Punkt ④ zum Potsdamer Platz 1920 an, um noch mehr über die Zeit zu erfahren.

Mascha Kaléko: Großstadtliebe (1933)

Text in alter Rechtschreibung

Man lernt sich irgendwo ganz flüchtig kennen
Und gibt sich irgendwann ein Rendezvous.
Ein Irgendwas, – 's ist nicht genau zu nennen –
Verführt dazu, sich gar nicht mehr zu trennen.
Beim zweiten Himbeereis sagt man sich „du".

Man hat sich lieb und ahnt im Grau der Tage
Das Leuchten froher Abendstunden schon.
Man teilt die Alltagssorgen und die Plage,
Man teilt die Freuden der Gehaltszulage,
... Das übrige besorgt das Telephon.

Man trifft sich im Gewühl der Großstadtstraßen.
Zu Hause geht es nicht. Man wohnt möbliert.
– Durch das Gewirr von Lärm und Autorasen,
– Vorbei am Klatsch der Tanten und der Basen[1]
Geht man zu zweien still und unberührt.

Man küßt sich dann und wann auf stillen Bänken,
– Beziehungsweise auf dem Paddelboot.
Erotik muß auf Sonntag sich beschränken.
... Wer denkt daran, an später noch zu denken?
Man spricht konkret und wird nur selten rot.

Man schenkt sich keine Rosen und Narzissen,
Und schickt auch keinen Pagen[2] sich ins Haus.
– Hat man genug von Weekendfahrt und Küssen,
Läßt mans einander durch die Reichspost wissen
Per Stenographenschrift[3] ein Wörtchen: „aus"!

1 Base, die: Cousine 2 Page, der: Diener, Angestellter
3 Stenografenschrift, die: Form der Kurzschrift

1 Analysieren Sie das Gedicht *Augen in der Großstadt* von Tucholsky. Achten Sie dabei besonders auf die Struktur der Strophen und auf den Titel.

2 Vergleichen Sie die Gedichte *Augen in der Großstadt* und *Großstadtliebe* von Mascha Kaléko.

Brechts episches Theater untersuchen

Bertolt Brecht: Die Dreigroschenoper, Erster Akt, I (1928, Auszug)

Brechts Bearbeitung der Dreigroschenoper ist ein Stück über Reichtum, Armut, Ausbeutung, Moral, Liebe, Freiheit und Gier. Die Handlung spielt im Gangster-Milieu Londons und dreht sich um die Auseinandersetzung des Bandenführers Mackie Messer mit dem Bettlerkönig Peachum. Das Stück wurde zum größten Erfolg des Theaters der Weimarer Republik und ist auch gegenwärtig ein fester Bestandteil der Theaterprogramme. Die weltweite Beliebtheit hängt nicht zuletzt mit den zahlreichen Liedern und den Musikkompositionen Kurt Weills zusammen.

Text in alter Rechtschreibung

UM DER ZUNEHMENDEN VERHÄRTUNG DER MENSCHEN ZU BEGEGNEN, HATTE DER GESCHÄFTSMANN J. PEACHUM EINEN LADEN ERÖFFNET, IN DEM DIE ELENDESTEN DER ELENDEN JENES AUSSEHEN ERHIELTEN, DAS ZU DEN IMMER VERSTOCKTEREN[1] HERZEN SPRACH.

Jonathan Jeremiah Peachums Bettlergarderoben

Der Morgenchoral des PEACHUM

Wach auf, du verrotteter Christ!
Mach dich an dein sündiges Leben!
Zeig, was für ein Schurke du bist
Der Herr wird es dir dann schon geben.

Verkauf deinen Bruder, du Schuft!
Verschacher[2] dein Ehweib, du Wicht!
Der Herrgott, für dich ist er Luft?
Er zeigt dir's beim Jüngsten Gericht.

PEACHUM *zum Publikum:* Es muß etwas Neues geschehen. Mein Geschäft ist zu schwierig, denn mein Geschäft ist es, das menschliche Mitleid zu erwecken. Es gibt einige wenige Dinge, die den Menschen erschüttern, einige wenige, aber das Schlimme ist, daß sie, mehrmals angewendet, schon nicht mehr wirken. Denn der Mensch hat die furchtbare Fähigkeit, sich gleichsam nach eigenem Belieben gefühllos zu machen. So kommt es zum Beispiel, daß ein Mann, der einen anderen Mann mit einem Armstumpf an der Straßenecke stehen sieht, ihm wohl in seinem Schrecken das erste Mal zehn Pennies zu geben bereit ist, aber das zweite Mal nur mehr fünf Pennies, und sieht er ihn das dritte Mal, übergibt er ihn kaltblütig der Polizei. Ebenso ist es mit den geistigen Hilfsmitteln. *Eine große Tafel mit „Geben ist seliger als Nehmen" kommt vom Schnürboden[3] herunter.* Was nützen die schönsten und dringendsten Sprüche, aufgemalt auf die verlockendsten Täfelchen, wenn sie sich so rasch verbrauchen. [...]

Es klopft, Peachum öffnet, herein tritt ein junger Mann namens Filch.

FILCH Peachum & Co.?

PEACHUM Peachum.

FILCH Sind Sie Besitzer der Firma „Bettlers Freund"? Man hat mich zu Ihnen geschickt. Ja, das sind Sprüche! Das ist ein Kapital[4]! Sie haben wohl eine ganze Bibliothek von solchen Sachen? Das ist schon ganz was anderes. Unsereiner – wie soll der auf Ideen kommen, und ohne Bildung, wie soll da das Geschäft florieren?

PEACHUM Name?

FILCH Sehen Sie, Herr Peachum, ich habe von Jugend an Unglück gehabt. Meine Mutter war eine Säuferin, mein Vater ein Spieler. Von früh an auf mich selber angewiesen, ohne die liebende Hand einer Mutter, geriet ich immer tiefer in den Sumpf der Großstadt. Väterliche Fürsorge und die Wohltat eines traulichen Heims habe ich nie gekannt. Und so sehen Sie mich denn ...

PEACHUM So sehe ich Sie denn ...

FILCH *verwirrt* ... aller Mittel entblößt, eine Beute meiner Triebe. [...]

PEACHUM Du hattest die Frechheit, im Distrikt 10 die Passanten zu belästigen. Wir haben es bei einer Tracht Prügel bewenden lassen [...]. Wenn du dich aber noch einmal blicken läßt, dann wird die Säge angewendet, verstehst du? [...] London ist eingeteilt in vierzehn Distrikte. Jeder Mann, der in einem davon das Bettlerhandwerk auszuüben gedenkt, braucht eine Lizenz von Jonathan Jeremiah Peachum & Co. Ja, da könnte jeder kommen – eine Beute seiner Triebe.

FILCH Herr Peachum, wenige Schillinge trennen mich vom völligen Ruin. Es muß etwas geschehen, mit zwei Schillingen in der Hand ...

PEACHUM Zwanzig Schillinge.

Filch Herr Peachum! *Zeigt flehend auf ein Plakat, auf dem steht: „Verschließt euer Ohr nicht dem Elend!"*

Peachum zeigt auf den Vorhang vor einem Schaukasten, auf dem steht: „Gib, so wird dir gegeben!"

Filch Zehn Schillinge.

Peachum Und fünfzig Prozent bei wöchentlicher Abrechnung. Mit Ausstattung siebzig Prozent.

Filch Bitte, worin besteht denn die Ausstattung?

Peachum Das bestimmt die Firma. [...] Zieh dich aus und zieh das an, aber halt es im Stande[5]!

Filch Und was geschieht mit meinen Sachen?

Peachum Gehören der Firma. Ausstattung E: Junger Mann, der bessere Tage gesehen hat, beziehungsweise dem es nicht an der Wiege gesungen wurde.

Filch Ach so, das verwenden Sie wieder? Warum kann *ich* das nicht mit den besseren Tagen machen?

Peachum Weil einem niemand sein eigenes Elend glaubt, mein Sohn.

---

1 verstockt: unnachgiebig 2 verschachern: unehrenhaft und gierig verkaufen 3 Schnürboden, der: Kulissenraum über der Bühne 4 Kapital, das: Wert 5 etwas im Stande halten: etwas sorgfältig bewahren

1 Erläutern Sie, wie die beiden Figuren auf Sie wirken.

2 „Erst kommt das Fressen, dann kommt die Moral", heißt es später. Stellen Sie dar, inwiefern dieses materialistische Menschenbild in der ersten Szene zum Ausdruck kommt.

3 „Denn die einen sind im Dunkeln / Und die anderen sind im Licht. / Und man siehet die im Lichte / Die im Dunkeln sieht man nicht", dichtete Brecht für die Verfilmung der Dreigroschenoper. Beziehen Sie die Verse auf den Beginn des Stückes und diskutieren Sie deren heutige Gültigkeit.

Bertolt Brecht: Schriften zum Theater (ab 1918, Ausschnitte)

Text in alter Rechtschreibung

In seinen theoretischen Schriften setzt sich Brecht mit dem traditionellen Drama auseinander und gelangt zu einer Vorstellung von einem epischen Theater, bei dem der Verfremdungseffekt ein wichtiges Element ist.

Die Bühne begann zu erzählen. [...] Von keiner Seite wurde es dem Zuschauer weiterhin ermöglicht, durch einfache Einfühlung in dramatische Personen sich kritiklos (und praktisch folgenlos) Erlebnissen hinzugeben. Die Darstellung setzte die Stoffe und Vorgänge einem Entfremdungsprozeß aus. [...]

Der Zuschauer des epischen Theaters sagt: Das hätte ich nicht gedacht. – So darf man es nicht machen. – Das ist höchst auffällig, fast nicht zu glauben. – Das muß aufhören. – Das Leid dieses Menschen erschüttert mich, weil es doch einen Ausweg für ihn gäbe. – Das ist große Kunst: da ist nichts selbstverständlich. – Ich lache über den Weinenden, ich weine über den Lachenden. [...]

Der Zweck dieser Technik des *Verfremdungseffekts* war es, dem Zuschauer eine untersuchende, kritische Haltung gegenüber dem darzustellenden Vorgang zu verleihen. [...] Voraussetzung für die Anwendung des V-Effekts zu dem angeführten Zweck ist, daß Bühne und Zuschauerraum von allem „Magischen" gesäubert werden und keine „hypnotischen Felder" entstehen. Es [...] wurde nicht angestrebt, das Publikum in Trance zu versetzen und ihm die Illusion zu geben, es wohne einem natürlichen, uneinstudierten Vorgang bei.

Die Voraussetzung für die Hervorbringung des V-Effekts ist, daß der Schauspieler das, was er zu sagen hat, mit dem deutlichen Gestus des Zeigens versieht. Die Vorstellung einer vierten Wand, die fiktiv die Bühne gegen das Publikum abschließt, wodurch die Illusion entsteht, der Bühnenvorgang finde in der Wirklichkeit, ohne Publikum statt, muß natürlich fallengelassen werden. Prinzipiell ist es für die Schauspieler unter diesen Umständen möglich, sich direkt an das Publikum zu wenden.

4 Fassen Sie Brechts Vorstellungen vom epischen Theater und dessen Wirkungsweise zusammen.

MK **5** Untersuchen Sie anhand der Regieanweisungen und Dialoge, welche Merkmale des epischen Theaters der Auszug aus der *Dreigroschenoper* aufweist. Recherchieren Sie Inszenierungsbilder, die den Verfremdungseffekt veranschaulichen.

Die erzählerische Wahrnehmung der modernen Welt untersuchen

Alfred Döblin: Berlin Alexanderplatz (1929, Auszug)

Er stand vor dem Tor des Tegeler[1] Gefängnisses und war frei. Gestern hatte er noch hinten auf den Äckern Kartoffeln geharkt mit den andern, in Sträflingskleidung, jetzt ging er im gelben Sommermantel, sie harkten hinten, er war frei. Er ließ Elektrische[2] auf Elektrische vorbeifahren, drückte den Rücken an die rote Mauer und ging nicht. Der Aufseher am Tor spazierte einige Male an ihm vorbei, zeigte ihm seine Bahn, er ging nicht. Der schreckliche Augenblick war gekommen (schrecklich, Franze, warum schrecklich?), die vier Jahre waren um. Die schwarzen eisernen Torflügel, die er seit einem Jahre mit wachsendem Widerwillen betrachtet hatte (Widerwillen, warum Widerwillen), waren hinter ihm geschlossen. Man setzte ihn wieder aus. Drin saßen die andern, tischlerten, lackierten, sortierten, klebten, hatten noch zwei Jahre, fünf Jahre. Er stand an der Haltestelle.

Die Strafe beginnt.

Er schüttelte sich, schluckte. Er trat sich auf den Fuß. Dann nahm er einen Anlauf und saß in der Elektrischen. Mitten unter den Leuten. Los. Das war zuerst, als wenn man beim Zahnarzt sitzt, der eine Wurzel mit der Zange gepackt hat und zieht, der Schmerz wächst, der Kopf will platzen. Er drehte den Kopf zurück nach der roten Mauer, aber die Elektrische sauste mit ihm auf den Schienen weg, dann stand nur noch sein Kopf in der Richtung des Gefängnisses. Der Wagen machte eine Biegung, Bäume, Häuser traten dazwischen. Lebhafte Straßen tauchten auf, die Seestraße, Leute stiegen ein und aus. In ihm schrie es entsetzt: Achtung, Achtung, es geht los. Seine Nasenspitze vereiste, über seine Backe schwirrte es. „Zwölf Uhr Mittagszeitung", „B.Z.", „Die neuste Illustrierte", „Die Funkstunde neu", „Noch jemand zugestiegen?" Die Schupos[3] haben jetzt blaue Uniformen. Er stieg unbeachtet wieder aus dem Wagen, war unter Menschen. Was war denn? Nichts. Haltung, ausgehungertes Schwein, reiß dich zusammen, kriegst meine Faust zu riechen. Gewimmel, welch Gewimmel. Wie sich das bewegte. [...] Schuhgeschäfte, Hutgeschäfte, Glühlampen, Destillen[4]. Die Menschen müssen doch Schuhe

Berlin Alexanderplatz, Fernsehserie von Rainer Werner Fassbinder, 1980

haben, wenn sie so viel rumlaufen, wir hatten ja auch eine Schusterei, wollen das mal festhalten. Hundert blanke Scheiben, lass die doch blitzern, die werden dir doch nicht Bange machen, kannst sie ja kaputt schlagen, was ist denn mit die, sind eben blankgeputzt. Man riss das Pflaster am Rosenthaler Platz[5] auf, er ging zwischen den andern auf Holzbohlen. Man mischt sich unter die andern, da vergeht alles, dann merkst du nichts. Figuren standen in den

Berlin Alexanderplatz, Fernsehserie von Rainer Werner Fassbinder, 1980

Schaufenstern in Anzügen, Mänteln, mit Röcken, mit Strümpfen und Schuhen. Draußen bewegte sich alles, aber – dahinter – war nichts! Es – lebte – nicht! Es hatte fröhliche Gesichter, es lachte, wartete auf der Schutzinsel gegenüber Aschinger zu zweit oder zu dritt, rauchte Zigaretten, blätterte in Zeitungen. So stand das da wie die Laternen – und – wurde immer starrer.

1 Tegel: Ortsteil von Berlin 2 Elektrische, die: Straßenbahn 3 Schupo, der: Schutzpolizist 4 Destille, die: Gaststätte, in der vorwiegend Branntwein ausgeschenkt wird 5 Rosenthaler Platz: Kreuzung in Berlin-Mitte

1 Untersuchen Sie das Zusammenwirken von innerer und äußerer Handlung im Auszug aus Alfred Döblins *Berlin Alexanderplatz*. Stellen Sie Ihre Ergebnisse in Verbindung mit geeigneten Textstellen in Form einer Tabelle gegenüber.

2 Begründen Sie, wie und warum der Satz „Die Strafe beginnt." (Z. 17) formal hervorgehoben ist, und erklären Sie seine Bedeutung.

3 Vergleichen Sie die Textpassage aus *Berlin Alexanderplatz* mit den beiden Filmbildern aus der gleichnamigen Fernsehserie und erläutern Sie, wie der literarische Text hier umgesetzt wird.

4 Informieren Sie sich über den Begriff Montagetechnik und erklären Sie ihn an dem Romanauszug von Döblin (S. 345). Setzen Sie sich dabei mit der folgenden Aussage des Philosophen Walter Benjamin (1892–1940) auseinander.

> „Die Montage sprengt den Roman, sprengt ihn im Aufbau wie auch stilistisch, und eröffnet neue, sehr epische Möglichkeiten."

5 Erläutern Sie, inwiefern der Roman *Berlin Alexanderplatz* (S. 345) der Neuen Sachlichkeit (S. 351) zugeordnet werden kann.

MK **6** **PLUS** Der Regisseur Burhan Qurbani hat den Roman *Berlin Alexanderplatz* in die Gegenwart übertragen (Erscheinungsjahr 2020). Informieren Sie sich über den Film und diskutieren Sie, ob eine solche Modernisierung – auch im Hinblick auf die Darstellung eines modernen Antihelden – gewinnbringend ist.

Erich Kästner: Fabian. Die Geschichte eines Moralisten (1931, Auszug)

Erich Kästner (1899–1974) um 1930

„Warum sind Sie nach Berlin gekommen?"

„Früher verschenkte man sich und wurde wie ein Geschenk bewahrt. Heute wird man bezahlt und eines Tages, wie bezahlte und benutzte Ware, weggetan. Barzahlung ist billiger, denkt der Mann."

„Früher war das Geschenk etwas ganz anderes als die Ware. Heute ist das Geschenk eine Ware, die null Mark kostet. Diese Billigkeit macht den Käufer misstrauisch. Sicher ein faules Geschäft, denkt er. Und meist hat er recht. Denn später präsentiert ihm die Frau die Rechnung. Plötzlich soll er den moralischen Preis des Geschenks rückvergüten. In seelischer Valuta[1]. Als Lebensrente zu zahlen."

„Genau so ist es", sagte sie. „Genau so denken die Männer. Aber warum nennen Sie dann dieses Atelier einen Saustall? Hier sind doch die Frauen so ähnlich, wie ihr sie haben wollt! Oder etwa nicht? Ich weiß, was euch zu eurem Glück noch fehlt. Wir sollen zwar kommen und gehen, wann ihr es wollt. Aber wir sollen weinen, wenn ihr uns fortschickt. Und wir sollen selig sein, wenn ihr uns winkt. Ihr wollt den Warencharakter der Liebe, aber die Ware soll verliebt sein. Ihr zu allem berechtigt und zu nichts verpflichtet, wir zu allem verpflichtet und zu nichts berechtigt, so sieht euer Paradies aus. Doch das geht zu weit. Oh, das geht zu weit!" Fräulein Battenberg putzte sich die Nase. Dann fuhr sie fort: „Wenn wir euch nicht behalten dürfen, wollen wir euch auch nicht lieben. Wenn ihr uns kaufen wollt, dann sollt ihr teuer dafür bezahlen." Sie schwieg. Ihr liefen kleine Tränen übers Gesicht.

„Sind Sie deswegen nach Berlin gekommen?", fragte Fabian. Sie weinte geräuschlos.

Er trat neben sie und streichelte ihre Schulter. „Sie verstehen auch nichts von Geschäften", sagte er und blickte zwischen zwei Gipsfiguren in den anderen Teil des Ateliers. Der Abendakt saß auf dem Tisch und trank Gin. Die Bildhauerin beugte sich über die nackte Frau und küsste sie auf den wenig gewölbten Bauch und auf die Brust. Die Selow trank inzwischen das Glas leer und strich der Freundin gleichgültig über den Rücken. Diese küsste, jene trank, keine schien recht zu wissen, was die andere tat.

1 Valuta, die: hier im Sinne von Währung, Geldschuld

ÜBRIGENS

Döblin und Kästner zur Zeit des Nationalsozialismus
Sowohl Alfred Döblins *Berlin Alexanderplatz* als auch Erich Kästners *Fabian* gehörten zu den bei der Bücherverbrennung der Nationalsozialisten im Mai 1933 verbrannten Büchern. Erich Kästner soll bei der Bücherverbrennung abseitsstehend sogar anwesend gewesen sein. Während Alfred Döblin als Jude noch 1933 ins Exil ging, blieb Erich Kästner trotz Schreibverbots in Deutschland. Nur wegen des großen Erfolgs seiner Kinderbücher blieb ihm eine Inhaftierung erspart.

7 Untersuchen Sie den Text auf Merkmale der Neuen Sachlichkeit (S. 351).

8 Erläutern Sie das dargestellte Geschlechterverhältnis und vergleichen Sie es mit der Darstellung in exemplarischen Texten früherer Epochen.

8.4 Exilliteratur (1933–1945)

Heimatverlust

1 Tauschen Sie sich darüber aus, was für Sie Heimat bedeutet, wo Sie sich heimisch fühlen und was Ihnen fehlen würde, wenn Sie Ihre Heimat verließen.

Mascha Kaléko: Sozusagen ein Mailied (1938)

Text in alter Rechtschreibung

Manchmal, mitten in jenen Nächten,
Die ein jeglicher von uns kennt,
Wartend auf den Schlaf des Gerechten,
Wie man ihn seltsamerweise nennt,
Denke ich an den Rhein und die Elbe,
Und kleiner, aber meiner, die Spree.
Und immer wieder ist es das selbe:
Das Denken tut verteufelt weh.

Manchmal, mitten im freien Manhattan,
Unterwegs auf der Jagd nach dem Glück,
Hör ich auf einmal das Rasseln von Ketten.
Und das bringt mich wieder auf Preussen zurück.
Ob dort die Vögel zu singen wagen?
Gibts das noch: Werder[1] im Blütenschnee ...
Wie mag die Havel[2] das alles ertragen,
Und was sagt der alte Grunewaldsee?

Manchmal, angesichts neuer Bekanntschaft
Mit üppiger Flora, – glad to see –
Sehnt sichs in mir nach magerer Landschaft,
Sandiger Kiefer, weiss nicht wie.
Was wissen Primeln und Geranien
Von Rassenkunde und Medizin ...
Ob Ecke Uhland die Kastanien
Wohl blühn?

1 Werder: Stadt in Brandenburg
2 Havel, die: Nebenfluss der Elbe

Mascha Kaléko

Mascha Kaléko (1907–1975)

Mascha Kaléko wurde 1907 in Chrzanów (Galizien, heute Polen) als Tochter eines russischen Vaters und einer österreichischen Mutter geboren. Die jüdische Familie floh 1914 vor Pogromen und siedelte nach Deutschland über. Der Vater wurde aufgrund seiner russischen Staatsbürgerschaft interniert und 1918 entlassen. Die Familie zog im selben Jahr nach Berlin, wo Kaléko aufwuchs und später mit vielen Künstlerinnen und Künstlern in Kontakt kam. 1929 erschienen ihre ersten Gedichte. Bei der Bücherverbrennung 1933 wurden ihre Bücher nicht verbrannt, da die Nationalsozialisten noch nicht erfasst hatten, dass Kaléko Jüdin war. Doch zwei Jahre später erging ein Verbot ihrer Bücher. Kaléko emigrierte 1938 mit ihrem zweiten Mann und ihrem Sohn nach New York und setzte ihre schriftstellerische Arbeit fort. Nach dem Zweiten Weltkrieg wurden Kalékos Werke in Deutschland wieder verlegt und fanden ein breites Lesepublikum. 1956 reiste sie erstmals wieder nach Deutschland. Auf Wunsch ihres Mannes zog Kaléko nach Jerusalem, wo sie nicht heimisch wurde. Kaléko starb 1975 auf einer Reise durch Deutschland und die Schweiz.

2 Erschließen Sie die Bedeutung der Erinnerung an die Heimat für das lyrische Ich und erläutern Sie, welchen Einfluss diese Erinnerung auf die Gefühlslage des lyrischen Ich hat.

MK **3** Setzen Sie die biografischen Informationen in Bezug zu Kalékos Gedicht.

MK **4** **PLUS** Bereiten Sie eine Ausstellung (analog oder digital) zum Thema „Jüdische Dichterinnen im Nationalsozialismus" vor.

- Beschäftigen Sie sich arbeitsteilig mit Else Lasker-Schüler, Rose Ausländer, Gertrud Kolmar, Selma Merbaum, Nelly Sachs und Henriette Hardenberg.
- Informieren Sie sich über die Biografien und das lyrische Werk der Dichterinnen.
- Wählen Sie auch einige Gedichte aus, die Sie mit knappen Kommentaren präsentieren.

Bertolt Brecht: Gedanken über die Dauer des Exils (ca. 1937)

Text in alter Rechtschreibung

I

Schlage keinen Nagel in die Wand
Wirf den Rock auf den Stuhl.
Warum vorsorgen für vier Tage?
Du kehrst morgen zurück.

Laß den kleinen Baum ohne Wasser.
Wozu noch einen Baum pflanzen?
Bevor er so hoch wie eine Stufe ist
Gehst du fort von hier.

Zieh die Mütze ins Gesicht, wenn Leute vorbeigehn!
Wozu in fremden Grammatiken blättern?
Die Nachricht, die dich heimruft
Ist in bekannter Sprache geschrieben.

So wie der Kalk vom Gebälk blättert
(Tue nichts dagegen!)
Wird der Zaun der Gewalt zermorschen
Der an der Grenze aufgerichtet ist
Gegen die Gerechtigkeit.

II

Sieh den Nagel in der Wand, den du eingeschlagen hast:
Wann, glaubst du, wirst du zurückkehren?
Willst du wissen, was du im Innersten glaubst?

Tag um Tag
Arbeitest du an der Befreiung
Sitzend in der Kammer schreibst du.
Willst du wissen, was du von deiner Arbeit hältst?
Sieh den kleinen Kastanienbaum im Eck des Hofes
zu dem du die Kanne voll Wasser schlepptest!

Material 1

Text in alter Rechtschreibung

Bertolt Brecht: Flüchtlingsgespräche (1956, Ausschnitt)

Der Paß ist der edelste Teil von einem Menschen. Er kommt auch nicht auf so einfache Weise zustand wie ein Mensch. Ein Mensch kann überall zustandkommen, auf die leichtsinnigste Art und ohne gescheiten Grund, aber ein Paß niemals. Dafür wird er auch anerkannt, wenn er gut ist, während ein Mensch noch so gut sein kann und doch nicht anerkannt wird.

Material 2

Bertolt Brechts Exilstationen

1933	Berlin → Prag → Wien → Zürich → Carona (Schweiz) → Paris → Svendborg (Dänemark)
1939	Lidingö (Schweden)
1940	Helsinki
1941	Moskau → Wladiwostok (Russland) → Santa Monica (USA)
1947	Paris → Zürich
1948	Prag → Ost-Berlin

5 Interpretieren Sie Bertolt Brechts *Gedanken zur Dauer des Exils* unter Einbeziehung von M1 und M2.

MK **6 PLUS** Recherchieren Sie die Exilstationen weiterer Schriftstellerinnen und Schriftsteller und tragen Sie diese in verschiedenen Farben auf einer Karte zusammen: Anna Seghers, Stefan Zweig, Thomas Mann, Lion Feuchtwanger, Hilde Domin, Oskar Maria Graf.

Anna Seghers: Das siebte Kreuz (1942, Auszug)

Anna Seghers (1900–1983) während einer Lesung im Jahr 1962

Nach der Flucht von sieben Häftlingen aus einem Konzentrationslager befiehlt der Kommandant, die Flüchtigen innerhalb von sieben Tagen wieder aufzugreifen, und lässt im Lager sieben Kreuze für sie errichten.

Fahrenberg bekam gemeldet: Vierter Flüchtling eingebracht – Georg Heisler. Seit dem Unglück, das vor nunmehr zwei Tagen über sein Leben gekommen war, hatte der Kommandant Fahrenberg so wenig Schlaf gefunden wie irgendeiner der Flüchtlinge. Auch sein Haar begann zu ergrauen. Auch sein Gesicht begann einzuschrumpfen. Wenn er nur daran dachte, was für ihn auf dem Spiel stand, wenn er versuchte, sich klarzumachen, was alles für ihn verloren war, dann krümmte er sich zusammen und stöhnte und wand sich in einem Gestrüpp von unentwirrbaren Fäden, unentknotbaren Telefonschnüren nutzlos gewordener Umschaltungen. Zwischen den beiden Fenstern hing das Bild des Führers, von dem er, wie er sich das zusammengereimt hatte, zur Macht bestellt war. Fast, nicht ganz zur Allmacht, Herr über Menschen sein, Leib und Seele beherrschen, Macht haben über Leben und Tod, weniger tuts nicht. Ausgewachsene starke Männer, die man vor sich hinstellen lässt, und man darf sie zerbrechen, rasch oder langsam, ihre eben noch aufrechten Körper werden vierbeinig, eben noch kühn und patzig, werden sie grau und stammeln vor Todesangst. Manche hat man ganz fertiggemacht, manche zu Verrätern, manche hat man freigelassen, mit gebeugtem Genick, mit gebrochenem Willen. Meistens war der Geschmack der Macht schlechthin vollkommen gewesen; manchmal war auch was dazwischengekommen, bei einigen Verhören, zumal bei diesem Georg Heisler. Dieses zarte, glitschige Ding, das einen zuletzt um den ganzen Geschmack bringen kann, weil es einem dann doch zwischen den Fingern wegflitscht, unfassbar und unfangbar, untötbar, unverwundbar, dieses Biestchen, geschmeidig wie ein Eidechschen. In den Verhören mit Heisler: Immer waren sein Blick und sein Lächeln übriggeblieben, ein Schimmer auf seiner Fresse, auch wenn man noch und noch hineinhieb.

7 Erläutern Sie das Menschenbild, das in dem Auszug aus Anna Seghers *Das siebte Kreuz* zum Ausdruck kommt. Beurteilen Sie die hier getroffene Entscheidung aus der Perspektive des Täters zu erzählen.

8 Stellen Sie dar, welche Assoziationen Sie mit dem Begriff „Transit“ verbinden.

Anna Seghers: Transit (1944, Auszug)

Inzwischen näherte sich der Tag meiner endgültigen Vorladung auf das Konsulat der Vereinigten Staaten. Ich war fest entschlossen, mir das Transit zu sichern. Für mich war damals alles ein Spiel. Doch die Gesichter der Menschen, die in der Vorhalle warteten, um in die höhere Vorhalle hinaufgelassen zu werden, waren bleich vor Furcht und Hoffnung. Ich wusste, die heute mit mir vorgelassenen Männer und Frauen hatten ihr bestes Zeug geschont und gebürstet, sie hatten auch ihre Kinder zu gutem Verhalten ermahnt, als ob sie zur ersten Kommunion sollten. Sie hatten alle möglichen Vorbereitungen getroffen an ihrem Äußeren, in ihrem Inneren, um in dem richtigen Zustand vor dem unbeweglichen Gesicht des Konsuls der Vereinigten Staaten zu erscheinen, in dessen Land sie sich niederlassen oder durch das sie wenigstens ziehen wollten, um in ein anderes Land zu gelangen, in dem sie sich vielleicht niederließen, falls sie es je erreichten. Und all diese Männer und Frauen besprachen sich rasch und zum letzten Mal mit vor Aufregung rauen Stimmen, ob es besser sei, vor dem Konsul der Vereinigten Staaten eine Schwangerschaft zu verbergen oder sie ihm einzugestehen, da ja dieses Kind nach dem Willen des Konsuls, der das Transit bestimmte, auf dem Ozean geboren werden konnte oder auf einer Insel des Ozeans oder schon in dem neuen Land – wobei man auch in Erwägung zog, dass dieses ungeborene Kind, falls die vor dem Konsul angegebenen Termine für seine Geburt unmöglich waren, gar nicht das Licht der Welt zu erblicken brauche, soweit da von Licht die Rede war – ob es besser sei, die Gefährlichkeit einer Krankheit zu verschweigen oder sie eindringlich zu beschreiben, weil eine Krankheit, langwierig, wohl zu Lasten des amerikanischen Staates gebucht werden konnte, ein Mensch aber, der nach ärztlichem Zeugnis bestimmt rasch starb, niemandem zur Last war – ob man wirklich vollständig arm sein dürfe, oder ob man auf irgendeine geheimnisvolle Geldquelle hindeuten solle, obgleich man nur mit den Billetts der Komitees hier angekommen war, nachdem die Vaterstadt verbrannt war und in der Vaterstadt Hab und Gut und mancher Nachbar – ob es richtig sei einzugestehen, die deutsche Kommission könne mit Auslieferung drohen, falls sich das Transit verzögere, oder ob es doch besser sei zu verschweigen, dass man ein solcher Mensch sei, den die Deutschen mit Auslieferung bedrohten.

Ich aber, ganz elend von dem Transitgeflüster, ich staunte sehr, wenn ich derer gedachte, die in den Flammen der Bombardements und in den rasenden Einschlägen des Blitzkrieges zugrunde gegangen waren, zu Tausenden, zu Hunderttausenden, und viele waren daselbst auch zur Welt gekommen, ganz ohne Kenntnisnahme der Konsuln. Die waren keine Transitäre gewesen, keine Visenantragsteller. Die waren hier nicht zuständig.

9 Beschreiben Sie das „Transitgeflüster" (Z. 44) näher. Untersuchen Sie, wie die Situation auf dem Konsulat sprachlich dargestellt ist.

Thomas Mann: Deutsche Hörer! (1942, Ausschnitt)

Thomas Mann (1875–1955) im Jahr 1943

Es ist furchtbar schwer und ein Gegenstand beständiger ratloser Sorge, sich das Zusammenleben des deutschen Volkes mit den andern Völkern nach diesem Kriege vorzustellen. Es hat immer Kriege gegeben, und die Nationen, die sie ausfochten, haben dabei einander immer viel Übel zugefügt. Das pflegte, dank dem kurzen Gedächtnis der Menschen, nach Friedensschluss sehr rasch begraben und vergessen zu sein. Diesmal ist es anders. Was Deutschland tut, was es an Jammer, Elend, Verzweiflung, Untergang, an moralischer und physischer Zerrüttung der Menschheit zufügt, indem es die revolutionäre Philosophie des Bestialismus ausübt, ist von einem solchen Maßstabe, so himmelschreiend, so hoffnungslos unvergessbar, dass man nicht absieht, wie in Zukunft unser Volk unter den Brüdervölkern der Erde als gleiches unter gleichen soll leben können. Je länger der Krieg dauert, desto verzweifelter verstrickt dieses Volk sich in Schuld, und aus dem einzigen Grunde dauert er heute noch an, weil es euch Deutschen zu spät erscheint zum Aufhören; weil ihr fühlt, es sei zuviel geschehen, als dass ihr noch zurückkönntet; weil euch Entsetzen erfasst bei dem Gedanken der Liquidation, der Abrechnung, der Sühne. Ihr müsst siegen, denkt ihr, damit die Revolution des Bestialismus sich über die ganze Welt erstrecke und in ihrem Zeichen eine finstere Verständigung zwischen euch und dem Rest der Welt möglich sei. Aber das kann nicht geschehen. Ihr seht es mit Augen, dass die Welt entschlossen ist, ihr Äußerstes zu tun, um das Schicksal abzuwehren, sich mit euch auf dem Fuße des Bestialismus zu begegnen, und die Kraft eurer Verzweiflung ist nicht dem Willen von drei Vierteln der Menschheit gewachsen. Nicht s i e g e n müsst ihr, denn das könnt ihr nicht. Ihr müsst euch reinigen. Die Sühne, um deren Vermeidung ihr kämpft, muss euer eigenstes Werk sein, das Werk des deutschen Volkes, von dem euer bald zermürbtes und erschöpftes Kriegsheer ein Teil ist. Sie muss von innen kommen – denn von außen kann nur Rache und Strafe kommen, aber nicht Reinigung.

10 Analysieren Sie den Argumentationsgang und die sprachlich-stilistische Gestaltung des Ausschnitts aus Thomas Manns Radioansprache.

11 Thomas Mann wurde später vom Schriftsteller Frank Thiess vorgeworfen, er habe „aus den Logen und Parterreplätzen des Auslands der deutschen Tragödie" zugeschaut. Verfassen Sie einen offenen Brief, in dem Sie zu diesem Vorwurf Stellung nehmen.

MK **12** **PLUS** Informieren Sie sich über die Begriffe *littérature engagée* und *l'art pour l'art*. Nehmen Sie Stellung dazu, ob es Aufgabe bzw. Verantwortung von Schriftstellerinnen und Schriftstellern ist, sich zu zeitgeschichtlichen Themen, Problemen, Krisen oder Kriegen kritisch zu äußern.

Merkmale der Literatur um 1900

Moderne
→ S. 520 f.

Schauen Sie sich im Panorama (S. 248) die Punkte ①–⑥ an, um die Zeit noch besser zu verstehen.

Vielfältige Krisenerfahrungen

Der moderne Mensch ist durch ein ausgeprägtes **Krisenbewusstsein** gekennzeichnet. Die rasante Industrialisierung und Technologisierung führen zu einem Gefühl der Beschleunigung in verschiedenen Lebensbereichen. Die moderne Arbeitswelt, das Gefühl der **Fremdbestimmung** und die **Anonymität** der Großstadt stürzen das durch Kopernikus (heliozentrisches Weltbild), Darwin (Evolutionslehre) und Freud (Psychoanalyse) dreifach gekränkte Ich in einer gottverlassenen Welt (Nietzsche) in eine tiefe **Sinnkrise**. Der Mensch verliert das Vertrauen in tradierte Werte, die stagnierende Welt der Eltern hält den Empfindungen von Haltlosigkeit, Untergang, Verfall und Chaos nicht stand. Die Sprache scheint zum Ausdruck der neuen Befindlichkeit nicht fähig. Zurück bleibt das einzelne Subjekt im Zustand der Dissoziation, **Entfremdung** und **Angst**, eine Bewusstseinslage, die in den Erfahrungen des Ersten Weltkrieges ihren Höhepunkt erreicht. Der Krisenerfahrung begegnen die Autorinnen und Autoren durch eine **Vielfalt literarischer Ausdrucksweisen**, sodass nicht von einer einheitlichen literaturgeschichtlichen Epoche, sondern von verschiedenen literarischen Strömungen gesprochen wird.

Fin de Siècle (1890–1910)

- frz. „Ende des Jahrhunderts", Bezeichnung für die Literatur um 1900, zu der Strömungen wie **Symbolismus** und **Impressionismus** gehörten; ihnen gemeinsam ist die Abkehr von Realismus und Naturalismus
- Hauptthemen sind neben der Orientierung an der **inneren Wirklichkeit** (seelische, subjektive Wirklichkeit) vor allem die **Krisenerfahrungen** des Jahrhundertumbruchs, z. B. die Sprachkrise (Chandos-Brief), die Krise des Ich, das unter Fremdbestimmung und Anonymität zu verschwinden droht, und die Krise der religiösen Weltbilder. Gegen diese **Untergangs- und Verfallserscheinungen** halten die Impressionisten konsequent an der **Idee des Schönen** fest.
- wichtige Vertreter: Rainer Maria Rilke, Hugo von Hofmannsthal, Stefan George

Neue Sachlichkeit (ca. 1919–1933)

- **Nüchternheit** und **Sachlichkeit** als Mittel zur Abgrenzung gegenüber der Leidenschaftlichkeit des Expressionismus
- **Sujets:** Alltag in der Großstadt, Lebenswirklichkeit von Angestellten und Arbeitslosen, Desillusionierung nach dem Ersten Weltkrieg, Liberalisierung der Geschlechterrollen
- wichtige Werke: *Das kunstseidene Mädchen* (Irmgard Keun), *Berlin Alexanderplatz* (Alfred Döblin), *Fabian* (Erich Kästner)

Expressionismus (ca. 1910–1923)

- lat. „exprimere": ausdrücken, engl. „expression": Ausdruck; „Ausdruckskunst"
- **Kritik** an der Stagnation der Verhältnisse und den autoritären Strukturen, an Industrialisierung und Anonymität sowie der zunehmenden Militarisierung durch Aufbegehren
- **Sujets:** Großstadterleben, Vater-Sohn-Konflikt, Bedrohung, Aufbruch, Chaos, Krieg
- wichtige **Merkmale**: Zerbrechen der alten Formen, Suche nach neuen Ausdrucksformen, Ästhetik des Hässlichen
- wichtige Vertreter: Georg Heym, Gottfried Benn, Georg Trakl, August Stramm

Exilliteratur (1933–1945)

- Den Experimenten der Moderne bereitet der Nationalsozialismus ein abruptes Ende. Autorinnen und Autoren, die bei der **Bücherverbrennung 1933** auf dem politischen Index stehen, und offene Gegner des Faschismus sind gezwungen, Deutschland zu verlassen.
- Deutsche Literatur entsteht unter den Bedingungen des Exils im Ausland, zum Beispiel in Südfrankreich, Südamerika und in den USA.
- wichtige Vertreterinnen und Vertreter: Heinrich Mann, Thomas Mann, Lionel Feuchtwanger, Bertolt Brecht, Anna Seghers, Stefan Zweig

8.5 Vernetzen: Gegenwarts- und Weltliteratur einbeziehen

Großstadt als Topos

1 Tauschen Sie sich über die Darstellung von Städten in Filmen oder Serien Ihrer Wahl aus. Berücksichtigen Sie dabei auch, ob es sich um fiktive oder nicht fiktive Städte handelt.

James Joyce: Ulysses (1922, Auszug)

James Joyce mit Sylvia Beach, der Verlegerin des Romans *Ulysses*

Der umfangreiche, in Dublin angesiedelte Roman schildert einen einzigen Tag (genau: den 16. Juni 1904) im Leben Leopold Blooms, an dem dieser u. a. zur Beerdigung eines Bekannten geht.

Er ging auf die Sonnenseite hinüber, vermied die lose Kellerklappe von Nummer Fünfundsiebzig. Die Sonne näherte sich dem Glockenstuhl der George's Church. Wird wahrscheinlich ein warmer Tag heute. Besonders in dem schwarzen Zeug, spürt mans mehr. Schwarz leitet die Hitze, ist ein Hitze-Reflektor (oder heißt es Refraktor?). Aber in dem hellen Anzug könnt ich ja nicht gehen. Ist ja schließlich kein Picknick. Die Lider sanken ihm oft über die Augen, in aller Ruhe, während er in seliger Wärme dahinschritt. Boland's Brotwagen, der uns auf Platten unser tägliches anliefert, aber sie hat ja lieber welches von gestern, knusprige Törtchen, heiße Hefezöpfe. Richtig jung fühlt man sich davon.

Irgendwo im Osten: früher Morgen: Aufbruch bei Dämmerung, dann rundum immer vor der Sonne herreisen, damit stiehlt man ihr einen ganzen Tag ab. Hielte mans ewig durch, würde man nie einen Tag älter, rein technisch. An einem Strand dahinwandern, fremdes Land, an ein Stadttor kommen, Schildwache davor. [...] Wandern durch Gassen, von Sonnensegeln überzeltet. Beturbante Gesichter gehn vorbei. Dunkle Höhlen von Teppichläden, ein großer Mann, Turko der Schreckliche, kreuzbeinig dasitzend, den Ringschlauch einer Wasserpfeife im Mund. Händlerschreie auf den Straßen. Trinkt Wasser, duftend nach Fenchel, Scherbett[1]. Den ganzen Tag so wandern, immer weiter. Man könnte einem Räuber begegnen oder zweien. Na schön, soll sein. Weiter dem Sonnenuntergang zu. [...] Ich schreite weiter. Blassender Goldhimmel. Eine Mutter späht aus ihrem Torweg. Sie ruft die Kinder heim in ihrer dunklen Sprache. Hohe Mauer: jenseits gezupfte Saiten. Nacht Himmel Mond, violett, die Farbe von Mollys neuen Strumpfbändern. Saitenklang. Horch. Ein Mädchen spielt eins von diesen Instrumenten, wie heißen sie doch: Hackbrett. Ich ziehe weiter.

Wahrscheinlich ja kein bisschen so in Wirklichkeit. Irgend so ein Zeug bloß, was du mal gelesen hast: Auf den Spuren der Sonne. Der Sunburst auf dem Titelblatt: Aufgang des Glanzes. Er lächelte selbstzufrieden.

1 Scherbett, das: Sorbet, Gefrorenes aus Saft, Wassereis

2 Beschreiben Sie die Eindrücke des Protagonisten – auch im Hinblick auf Wirklichkeit und Imagination – und die dadurch erzeugte Wirkung auf die Leserinnen und Leser.

3 Analysieren Sie die Erzähltechnik des Textauszugs, insbesondere das Verhältnis von Erzählzeit und erzählter Zeit sowie die Verwendung des inneren Monologs.

MK **4** **PLUS** Recherchieren Sie zur Bedeutung des Titels des Romans. Erklären Sie anschließend folgende Äußerung des Literaturwissenschaftlers Jürgen Wertheimer: „Wenn etwa James Joyce Ulysses auf Odysseus projiziert, öffnet sich eine neue Dimension, die [...] Ithaka an die Moderne klebt." Tauschen Sie sich über intertextuelle Verweise in anderen Texten oder Filmen aus.

James Joyce: Ulysses (1922, Auszug)

Am Ende des Romans kommt Leopold Blooms Frau Molly zu Wort. Die Leserin/der Leser erfährt ihre Gedanken und Sicht der Dinge in einem sich über viele Seiten erstreckenden Monolog.

Ja weil er sowas doch noch nie gemacht hat bis jetzt dass er sein Frühstück ans Bett haben will mit zwei Eiern seit dem *City Arms* Hotel wo er immer so tat wie wenn er wegen seiner kranken Stimme das Bett hüten müsste und den feinen Lackaffen spielte alles bloß um sich bei der alten Ziege interessant zu machen Mrs Riordan von der er dachte er hätte einen dicken Stein im Brett bei ihr und dabei hat sie uns keinen roten Heller hinterlassen alles für Messen weg für sie selber und ihre blöde Seele als sowas von Geizkragen das gibt's nicht nochmal ...

5 Erschließen Sie die vom restlichen Roman abweichende erzählerische Gestaltung und beurteilen Sie deren Wirkung.

Sven Regener: Herr Lehmann (2001, Auszug)

Der Roman thematisiert am Beispiel des 29-jährigen Frank Lehmann, der in Berlin-Kreuzberg lebt und arbeitet, das Lebensgefühl junger Erwachsener in West-Berlin im Herbst 1989.

In seiner Vorstellung hatte er, sobald er zu früh am Hotel war, irgendwo in der Nähe noch einen Kaffee getrunken und war dann ganz lässig und Punkt elf Uhr in den Frühstücksraum des Hotels hineingeschneit, wo seine Eltern ihn schon sehnsüchtig erwarteten, denn zu früh war er auch nicht gerne, er wusste, wann man das Tempo rausnehmen musste.
Aber er wusste auch, wann es Zeit war, Gas zu geben, und so hastete er jetzt den Tauentzien[1] hinunter. Das war nicht leicht, es war im Grunde unmöglich, hier schneller voranzukommen als der Rest der Welt, der sich vollzählig, wie es Herrn Lehmann schien, auf dem Tauentzien versammelt hatte, um ihm mit seiner trantütigen Bummelei auf den Wecker zu gehen. Der Schweiß brach ihm aus, und er fluchte leise vor sich hin, als er zwischen seinen Mitmenschen hin- und herhüpfte, schlendernden Touristengruppen auswich, die glotzend und schwatzend und immer mindestens zu siebt nebeneinander die Straße versperrten, Rentnerinnen in Pelzmänteln umkurvte und in riesige, unberechenbare Gruppen Jugendlicher hineinstolperte, die plötzlich stehenblieben oder die Richtung wechselten, wenn er gerade versuchte, sie zu überholen. Solche Jugendliche gab es viele, und Herrn Lehmann fiel trotz aller Eile doch auf, dass die meisten eine Art sportlicher Einheitskleidung trugen, mit der Aufschrift „Deutsches Turnfest 1989 Berlin" auf dem Rücken, ein Umstand, der seine Laune nicht gerade verbesserte. Wenn die so turnen, wie sie zu Fuß gehen, dachte er grimmig, dann gute Nacht deutsches Turnfest, dann lass dich zuscheißen, deutscher Turnsport, dachte er, die fallen doch alle vom Stufenbarren, die können ja nicht einmal Bockspringen, die sind ja alle auf Pille, die sind ja gedopt, bloß falsch herum, dachte Herr Lehmann.

---

1 Tauentzien, der: die Tauentzienstraße ist eine große Einkaufsstraße im Westen Berlins

6 Besprechen Sie die Wahrnehmung des Großstadtlebens im Auszug aus Sven Regeners Roman *Herr Lehmann*, auch im Hinblick auf die Frage, ob Sie das Erleben des Protagonisten nachvollziehen oder teilen können.

7 Untersuchen Sie die sprachlich-stilistische Gestaltung des Textes und stellen Sie den Zusammenhang zum Inhalt dar.

MK **8 PLUS** Informieren Sie sich arbeitsteilig über die Darstellung und Rolle Berlins in ausgewählten Romanen, Serien und Filmen und präsentieren Sie Ihre Ergebnisse anschließend.

Thomas Brussig: *Am kürzeren Ende der Sonnenallee* | Lutz Seiler: *Stern 111*

Katja Oskamp: *Marzahn mon amour. Geschichten einer Fußpflegerin*

Wim Wenders: *Der Himmel über Berlin* (Film) | *Babylon Berlin* (Serie)

9 Gegenwartsliteratur
Umbrüche

1

2

Wie entwickelt sich Literatur nach unvorstellbarem Grauen?

Gibt es Unterschiede zwischen westdeutscher und ostdeutscher Literatur?

Was zeichnet die Literatur der unmittelbaren Gegenwart aus?

I31
360°-Bild

Im Panorama: Zeugnisse der Gegenwart
① Trümmerliteratur und keine „Stunde Null"
② die Gruppe 47
③ der Bitterfelder Weg
④ Studentenproteste 1968: die neue Bundesrepublik
⑤ die X. Weltfestspiele 1973: Subjektivismus in der DDR
⑥ Postmoderne: Das Verschwinden der Utopien

Das lernen Sie jetzt!

3

4

5

Heinz Kahlau:
Elementares Bedürfnis

Ich will gar nicht
immerfort
woandershin. –

Aber es
können
dürfen.

Abbildung 1: Joseph Beuys: *Capri-Batterie*, 1985
Abbildung 2: Wolfgang Mattheuer: *Der Koloß II*, 1970
Abbildung 3: Berlin Schöneberg in den 1950er-Jahren
Abbildung 4: Grenzanlage in Berlin
Abbildung 5: Weltzeituhr auf dem Berliner Alexanderplatz

1 Stellen Sie Vermutungen zum Entstehungsjahr des Gedichts von Heinz Kahlau an und begründen Sie Ihre Entscheidung.

2 Erläutern Sie, auf welche Themen die Bilder (S. 354 f.) verweisen. Benennen Sie Themen, die Sie mit der Gegenwartsliteratur verbinden.

3 Beschreiben Sie die Wirkung der Skulptur von Joseph Beuys und des Gemäldes von Wolfgang Mattheuer. Begründen Sie, ob bzw. inwiefern diese Kunstwerke Ihrer Vorstellung von Kunst nach 1945 entsprechen.

9.1

Nachkrieg
„Kann man nach diesen Zeiten noch dichten?"

Schauen Sie sich im Panorama (S. 354) den Punkt ① an, um mehr über die Zeit zu erfahren.

Lyrische Texte nach 1945 untersuchen

Günter Eich: Inventur (1947)

Dies ist meine Mütze,
dies ist mein Mantel,
hier mein Rasierzeug
im Beutel aus Leinen.

Konservenbüchse:
Mein Teller, mein Becher,
ich hab in das Weißblech
den Namen geritzt.

Geritzt hier mit diesem
kostbaren Nagel,
den vor begehrlichen
Augen ich berge.

Im Brotbeutel sind
ein Paar wollene Socken
und einiges, was ich
niemand verrate,

so dient er als Kissen
nachts meinem Kopf.
Die Pappe hier liegt
zwischen mir und der Erde.

Die Bleistiftmine
lieb ich am meisten:
Tags schreibt sie mir Verse,
die nachts ich erdacht.

Dies ist mein Notizbuch,
dies meine Zeltbahn,
dies ist mein Handtuch,
dies ist mein Zwirn.

Kriegsrückkehrer mit Gepäck

1 Beschreiben Sie die äußere und innere Situation des lyrischen Sprechers in Eichs Gedicht *Inventur*.

2 Der Schriftsteller Wolfgang Weyrauch forderte nach dem Zweiten Weltkrieg in „Sprache, Substanz und Konzeption von vorn" anzufangen und prägte dafür den Begriff der Kahlschlagliteratur. Untersuchen Sie die Gestaltungsmittel des Gedichts *Inventur* und stellen Sie Bezüge zu dieser Forderung her.

3 Fertigen Sie eine Liste der wichtigsten Gegenstände Ihres Lebens an und erläutern Sie die Bedeutung dieser für Sie. Vergleichen Sie sie mit den Gegenständen und ihrer Bedeutung in Eichs *Inventur*.

Hörtext A 20

Paul Celan: Todesfuge (entstanden 1945, veröffentlicht 1948)

Schwarze Milch der Frühe wir trinken sie abends
wir trinken sie mittags und morgens wir trinken sie nachts
wir trinken und trinken
wir schaufeln ein Grab in den Lüften da liegt man nicht eng
Ein Mann wohnt im Haus der spielt mit den Schlangen der schreibt
der schreibt wenn es dunkelt nach Deutschland dein goldenes Haar Margarete
er schreibt es und tritt vor das Haus und es blitzen die Sterne er pfeift seine Rüden herbei
er pfeift seine Juden hervor lässt schaufeln ein Grab in der Erde
er befiehlt uns spielt auf nun zum Tanz

Schwarze Milch der Frühe wir trinken dich nachts
wir trinken dich morgens und mittags wir trinken dich abends
wir trinken und trinken
Ein Mann wohnt im Haus der spielt mit den Schlangen der schreibt
Der schreibt wenn es dunkelt nach Deutschland dein goldenes Haar Margarete
Dein aschenes Haar Sulamith wir schaufeln ein Grab in den Lüften da liegt man nicht eng

Er ruft stecht tiefer ins Erdreich ihr einen ihr andern singet und spielt
er greift nach dem Eisen im Gurt er schwingts seine Augen sind blau
stecht tiefer die Spaten ihr einen ihr andern spielt weiter zum Tanz auf

Schwarze Milch der Frühe wir trinken dich nachts
wir trinken dich mittags und morgens wir trinken dich abends
wir trinken und trinken
ein Mann wohnt im Haus dein goldenes Haar Margarete
dein aschenes Haar Sulamith er spielt mit den Schlangen

Er ruft spielt süßer den Tod der Tod ist ein Meister aus Deutschland
er ruft streicht dunkler die Geigen dann steigt ihr als Rauch in die Luft
dann habt ihr ein Grab in den Wolken da liegt man nicht eng

Schwarze Milch der Frühe wir trinken dich nachts
wir trinken dich mittags der Tod ist ein Meister aus Deutschland
wir trinken dich abends und morgens wir trinken und trinken
der Tod ist ein Meister aus Deutschland sein Auge ist blau
er trifft dich mit bleierner Kugel er trifft dich genau
ein Mann wohnt im Haus dein goldenes Haar Margarete
er hetzt seine Rüden auf uns er schenkt uns ein Grab in der Luft
er spielt mit den Schlangen und träumet der Tod ist ein Meister aus Deutschland

dein goldenes Haar Margarete
dein aschenes Haar Sulamith

László Lakner: *Schwarze Milch*, 1983

Die Fuge

Die Fuge (lat. fugare: fliehen) spielte vor allem in der Barockmusik eine große Rolle. So komponierte beispielsweise Johann Sebastian Bach (1685–1750) eine große Zahl an Fugen für die Orgel. Jede Stimme in der Fuge besteht unabhängig voneinander, sodass gleichzeitig mehrere unterschiedliche Töne und Rhythmen zu hören sein können. Fugen bestehen in der Regel aus einer Exposition und einer Durchführung. Während in der Exposition die verschiedenen Themen (Hauptmelodien) der unterschiedlichen Stimmen, meist drei oder vier, vorgestellt werden, wird in der darauffolgenden Durchführung mit diesen Themen gespielt, d.h. sie werden variiert, z.B. gedehnt oder umgekehrt. Bevor das Ende der Fuge erreicht wird, wird zur Spannungssteigerung oft kurz vorher ein langer Ton auf der Orgel eingefügt.

ÜBRIGENS

Das Hohelied
Im Alten Testament findet sich das *Hohelied Salomons*, ein Lobgesang auf die Liebe zu Sulamith. Es heißt unter anderem: **13** *4 Die Liebe ist langmütig und freundlich, die Liebe eifert nicht, die Liebe treibt nicht Mutwillen, sie bläht sich nicht auf, 5 sie verhält sich nicht ungehörig, sie sucht nicht das Ihre, sie lässt sich nicht erbittern, sie rechnet das Böse nicht zu. 6 sie freut sich nicht über die Ungerechtigkeit, sie freut sich aber an der Wahrheit, 7 sie erträgt alles, sie glaubt alles, sie hofft alles, sie duldet alles.*

4 Bereiten Sie in Gruppen einen Vortrag zu Celans *Todesfuge* (S. 356 f.) vor. Beziehen Sie die Texte mit ein. Tragen Sie das Gedicht vor und diskutieren Sie Ihre unterschiedlichen Darbietungen.

5 Celans Gedicht *Todesfuge* wird zur sogenannten hermeneutischen Lyrik gezählt, d.h. zu Gedichten, deren Bedeutung sich einem unmittelbaren Verständnis entzieht. Erschließen Sie mithilfe des „So geht's"-Beispiels zentrale Chiffren des Gedichts (S. 356 f.).

SO GEHT'S **Chiffren erschließen**

dein goldenes Haar Margarete
dein aschenes Haar Sulamith

Assoziationen festhalten: Kontrast zwischen „gold" und „aschen" → blond und dunkelhaarig; aschen → Asche: Verbrennungen von in faschistischen Konzentrationslagern vergasten Juden
Verbindungen zu Literatur, Kunst oder geschichtlichen Ereignissen herstellen: „Margarete" = Fausts „Gretchen" als Sinnbild des typisch deutschen Mädchens? Sulamith = Figur des Alten Testaments, …

6 Formulieren Sie auf der Grundlage Ihrer Arbeitsergebnisse eine Deutungshypothese zu Celans *Todesfuge* (S. 356 f.).

MK **7** Recherchieren Sie Paul Celans und Günter Eichs Biografie bis zum Erscheinen von *Todesfuge* und *Inventur*. Nutzen Sie die Ergebnisse für eine erweiterte Deutung der beiden Gedichte (S. 356 f.).

Nelly Sachs: Ihr Zuschauenden (1946)

Unter deren Blicken getötet wurde.
Wie man auch einen Blick im Rücken fühlt,
So fühlt ihr an euerm Leibe
Die Blicke der Toten.

Wie viel brechende Augen werden euch ansehn
Wenn ihr aus den Verstecken ein Veilchen pflückt?
Wie viel flehend erhobene Hände
In dem märtyrerhaft geschlungenen Gezweige
Der alten Eichen?
Wie viel Erinnerung wächst im Blute
Der Abendsonne?

O die ungesungenen Wiegenlieder
In der Turteltaube Nachtruf –
Manch einer hätte Sterne herunterholen können,
Nun muss es der alte Brunnen für ihn tun!

Ihr Zuschauenden,
Die ihr keine Mörderhand erhobt,
Aber die ihr den Staub nicht von eurer Sehnsucht
Schütteltet,
Die ihr stehen bliebt, dort, wo er zu Licht
Verwandelt wird.

8 Interpretieren Sie das Gedicht *Ihr Zuschauenden* von Nelly Sachs.
- Untersuchen Sie, auf welche Weise der Holocaust und seine Folgen thematisiert werden.
- Benennen Sie Besonderheiten der formalen Gestaltung.

9 Erschließen Sie aus M1 bis M4 (S. 359) die Positionen und Argumente für und gegen literarisches Schreiben nach dem Holocaust. Nehmen Sie anschließend kritisch Stellung zu der Thematik.

Material 1

Theodor W. Adorno: Kulturkritik und Gesellschaft (1951, Ausschnitt)

Text in alter Rechtschreibung

Nach Auschwitz ein Gedicht zu schreiben, ist barbarisch, und das frißt auch die Erkenntnis an, die ausspricht, warum es unmöglich ist, heute ein Gedicht zu schreiben.

Material 2

Theodor W. Adorno: Noten zur Literatur (1958, Ausschnitt)

Text in alter Rechtschreibung

Der Satz, nach Auschwitz ließe kein Gedicht sich mehr schreiben, gilt nicht blank, gewiß aber, daß danach, weil es unmöglich war und bis ins Unabsehbare unmöglich bleibt, keine heitere Kunst mehr vorgestellt werden kann.

Material 3

Robert Gernhardt: Frage (1966)

Kann man nach zwei verlorenen Kriegen,
Nach blutigen Schlachten, schrecklichen Siegen,

Nach all dem Morden, all dem Vernichten,
Kann man nach diesen Zeiten noch dichten?

Die Antwort kann nur folgende sein:
Dreimal NEIN!

Material 4

Wolfdietrich Schnurre: Dreizehn Thesen gegen die Behauptung, dass es barbarisch sei, nach Auschwitz ein Gedicht zu schreiben (1981, Ausschnitt)

1. Wenn man „das Gedicht" überhaupt verurteilen kann, dann einzig doch das, das geschrieben wurde, während über Auschwitz die Rauchwolken aufstiegen und das vor dieser Todesfabrik einen bestickten Metaphernvorhang herabließ, so dass der Lyrik-Konsument vor sogenannten Ewigkeitswerten und innerer Erbauung die Realität nicht mehr wahrnahm. [...]

7. Nicht auf die Hereinnahme eines so unfassbaren Themas wie Auschwitz kommt es an im Gedicht. Es kommt darauf an, dass der Gedichtverfertiger es sich „klarmacht", nach Auschwitz zu dichten. Er kann schreiben, worüber er will. Auch über Bäume. Aber seine Bäume müssen andere sein als die, die in den Gedichten rauschten, die „vor" Auschwitz entstanden. [...]

12. Was soll der heutige, nach Auschwitz schreibende Lyriker tun? –: Mit lotender Intuition, sensibler Intelligenz und magnetischem Assoziationsmaterial, Auschwitz im Rücken, den Menschen vor Augen, Gedichte machen, die, statt die Sicht zu vernebeln, für Klarheit am Hirnhimmel sorgen.

MK **10** Informieren Sie sich über die Gruppe 47 (S. 384), zentrale literarische Diskurse und die Rolle von Schriftstellerinnen in der Nachkriegszeit. Nutzen Sie auch den folgenden Text von Iris Radisch.
- Erläutern Sie die Bezeichnungen Gruppe 47, Kahlschlag- und Trümmerliteratur.
- Nennen Sie mögliche Gründe, weshalb Schriftstellerinnen im literarischen Leben zunächst eine untergeordnete Rolle spielten.

Schauen Sie sich im Panorama (S. 354) Punkt ② zur Gruppe 47 an.

Iris Radisch: Frauen im Schatten (2022, Ausschnitt)

Es ist nicht überliefert, dass in den Gruppendiskussionen [der Gruppe 47], in denen die Sprechweisen der kommenden Literatenrepublik erprobt, Kriterien verhandelt, Schreibpotenz demonstriert oder Beschreibungsimpotenz moniert und über die Neuausrichtung der Gegenwartsliteratur entschieden wurde, jemals eine Frau das Wort ergriffen hätte. Die erste Anthologie der jungen deutschen Nachkriegsliteratur, die Hans Werner Richter 1947 herausgab, hieß in Erwartung des Kommenden: *Deine Söhne, Europa*. [...]
Wie konnte das passieren? Schrieben Frauen denn schlechter als die Männer? Oder anders? Aus einem weniger attraktiven Blickwinkel? [...]
Das liegt bestimmt nicht nur an den beträchtlichen Selbstzerstörungskräften dieser Autorinnen, an den fehlenden Vorbildern oder an der langen Geschichte der weiblichen Geschichtslosigkeit. Und auch nicht daran, dass die Bücher der Frauen in den Buchläden in der Frauenliteraturecke landeten. [...]
„Der Mordschauplatz" (Ingeborg Bachmann) namens Patriarchat war ja kein exklusives Problem des Literaturbetriebs. In den Jahren, in denen die Gruppe 47 tagte, war den Ehefrauen in der Bundesrepublik ohne die Zustimmung ihrer Männer weder das Recht auf freie Wohnortwahl noch auf einen Führerschein oder ein eigenes Bankkonto gewährt. [...] Dass ein weiblicher Kanon unter diesen Bedingungen einfach „vergessen" wurde wie eine Zigarettenpackung, die man versehentlich auf dem Tisch liegen ließ, ist nicht möglich. Das Wort „vergessen", schreibt die Literaturwissenschaftlerin Nicole Seifert in ihrer Untersuchung Frauenliteratur. Abgewertet, vergessen, wiederentdeckt, „ist in diesem Zusammenhang ein Euphemismus, denn tatsächlich geht es nicht um etwas Passives, nicht um etwas, das dem Literaturbetrieb unbewusst unterliefe. Tatsächlich sind es aktive Entscheidungen, ein Werk nicht zu lesen, es nicht zu besprechen, es nicht neu aufzulegen, es nicht zu lehren und es nicht in Kanonaufstellungen aufzunehmen. Es ist ein Akt des Unterlassens, des Ignorierens, der in jedem Fall eine Nichtwürdigung darstellt." [...].

11 **PLUS** Nehmen Sie Stellung, ob Sie in der zeitgenössischen Literatur Akte des „Unterlassens, des Ignorierens" (Z. 23) oder der „Nichtwürdigung" (Z. 24) wahrnehmen.

Erzähltexte nach 1945 untersuchen

Wolfgang Borchert: Vielleicht hat sie ein rosa Hemd (1947)

Die beiden saßen auf dem Brückengeländer. Ihre Hosen waren dünn und das Brückengeländer war eisig. Aber da gewöhnte man sich dran. Auch dass es so drückte. Sie saßen da. Es regnete, es regnete nicht, es regnete. Sie saßen und hielten Parade ab. Und weil sie einen Krieg lang nur Männer gesehen hatten, sahen sie jetzt nur Mädchen.

Eine ging vorbei.

Hat einen ganz schönen Balkon. Kann man Kaffee trinken, sagte Timm.

Und wenn sie so lange in der Sonne rumläuft, wird die Milch sauer, grinste der andere.

Dann kam noch eine.

Steinzeit, resignierte der neben Timm.

Alles voll Spinngewebe, sagte der.

Dann kamen Männer. Die kamen ohne Kommentar davon. Schlosserlehrlinge, Büroangestellte mit weißer Haut, Volksschullehrer mit genialen Gesichtern und schäbigen Hosen, dicke Männer mit dicken Beinen, Asthmatiker und Straßenbahner mit Feldwebelschritt.

Und dann kam sie. Sie war ganz anders. Man hatte das Gefühl, sie müsse nach Pfirsich riechen. Oder nach ganz sauberer Haut. Sicher hatte sie auch einen ganz besonderen Namen: Evelyne – oder so. Dann war sie vorbei. Die beiden sahen hinterher.

Vielleicht hat sie ein rosa Hemd, meinte Timm dann.

Warum, sagte der andere.

Doch, antwortete Timm, die so sind, die haben meistens ein rosa Hemd.

Blöde, sagte der andere, sie kann ebenso gut ein blaues haben.

Kann sie eben nicht, du, kann sie eben nicht. Solche die haben rosane. Das weiß ich ganz genau, mein Lieber. Timm wurde ganz laut, als er das sagte.

Da sagte der neben ihm: Du kennst wohl eine?

Timm sagte nichts. Sie saßen da und das Brückengeländer war eisig durch die dünnen Hosen.

Da sagte Timm:

Nein, ich nicht. Aber ich kannte mal einen, der hatte eine mitn rosa Hemd. Beim Kommiss[1]. In Russland. In seiner Brieftasche hatte er immer son Stück rosa Zeug. Aber das ließ er nie sehen. Aber einen Tag fiel es auf die Erde. Da haben es alle gesehen. Aber gesagt hat er nichts. Nur angelaufen ist er. Wie das Stück Zeug. Ganz rosa. Abends hat er mir dann erzählt, das hätte er von seiner Braut. Als Talisman, weißt du. Sie hat nämlich lauter rosa Hemden, hat er gesagt. Und davon ist es.

Timm hörte auf.

Na und? fragte der andere.

Da sagte Timm ganz leise: Ich hab es ihm weggenommen. Und dann hab ich es hochgehalten. Und wir haben alle gelacht. Mindestens eine halbe Stunde haben wir gelacht. Und was die für Dinger gesagt haben, kannst du dir denken.

Und da? fragte der neben Timm.

Timm sah auf seine Knie. Er hat es weggeworfen, sagte er. Und dann sah Timm den andern an: Ja, sagte er, er hat es weggeworfen, und dann hat es ihn erwischt. Am nächsten Tag hat es ihn schon erwischt.

Sie sagten beide nichts. Saßen da so und sagten nichts. Aber dann sagte der andere: Blödsinn. Und er sagte es noch einmal. Blödsinn, sagte er.

Ja, ich weiß, sagte Timm. Natürlich ist es Blödsinn. Das ist ja ganz klar. Das weiß ich auch. Und dann sagte er noch: Aber komisch ist es, weißt du, komisch ist es doch.

Und Timm lachte. Sie lachten alle beide. Und Timm machte eine Faust in der Hosentasche. Dabei zerdrückte er etwas. Ein kleines Stück rosa Stoff. Viel Rosa war da nicht mehr dran, denn er hatte es schon lange in der Tasche. Aber es war noch rosa. Er hatte es aus Russland mitgebracht.

1 Kommiss, der: ugs. für Militär

1 Erklären Sie, welche Bedeutung das „rosa Hemd" in der Kurzgeschichte hat.

2 Untersuchen Sie die dargestellte Situation, die Erzählperspektive und die Figurenrede.

3 „Unsere Moral ist die Wahrheit", schrieb Wolfgang Borchert 1947.
- Erläutern Sie, welche „Wahrheit" mit dieser Erzählweise dargestellt werden soll.
- Prüfen Sie, ob der Text typische Elemente der Trümmerliteratur (S. 384) aufweist.

Günter Grass: Die Blechtrommel (1959, Auszug)

Text in alter Rechtschreibung

Ich erblickte das Licht dieser Welt in Gestalt zweier Sechzig-Watt-Glühbirnen. Noch heute kommt mir deshalb der Bibeltext: „Es werde Licht und es ward Licht" – wie der gelungenste Werbeslogan der Firma Osram vor. Bis auf den obligaten Dammriss verlief meine Geburt glatt. Mühelos befreite ich mich aus der von Müttern, Embryonen und Hebammen gleichviel geschätzten Kopflage.

Damit es sogleich gesagt sei: Ich gehörte zu den hellhörigen Säuglingen, deren geistige Entwicklung schon bei der Geburt abgeschlossen ist und sich fortan nur noch bestätigen muß. So unbeeinflußbar ich als Embryo nur auf mich gehört und mich im Fruchtwasser spiegelnd geachtet hatte, so kritisch lauschte ich den ersten spontanen Äußerungen der Eltern unter den Glühbirnen. Mein Ohr war hellwach. Wenn es auch klein, geknickt, verklebt und allenfalls niedlich zu benennen war, bewahrte es dennoch jede jener für mich fortan so wichtigen, weil als erste Eindrücke gebotenen Parolen. Noch mehr: was ich mit dem Ohr einfing, bewertete ich sogleich mit dem winzigsten Hirn und beschloss, nachdem ich alles Gehörte genug bedacht hatte, dieses und jenes zu tun, anderes gewiss zu lassen.

„Ein Junge", sagte jener Herr Matzerath, der in sich meinen Vater vermutete. „Er wird später einmal das Geschäft übernehmen. Jetzt wissen wir endlich, wofür wir uns so abarbeiten."

Mama dachte weniger ans Geschäft, mehr an die Ausstattung ihres Sohnes: „Na, wußt' ich doch, daß es ein Jungchen ist, auch wenn ich manchmal jesagt hab', es wird ne Marjel."

So machte ich verfrühte Bekanntschaft mit weiblicher Logik und hörte mir hinterher an: „Wenn der kleine Oskar drei Jahre alt ist, soll er eine Blechtrommel bekommen."

Längere Zeit mütterliches und väterliches Versprechen gegeneinander abwägend, beobachtete und belauschte ich, Oskar, einen Nachtfalter, der sich ins Zimmer verflogen hatte. Mittelgroß und haarig umwarb er die beiden Sechzig-Watt-Glühbirnen, warf Schatten, die in übertriebenem Verhältnis zur Spannweite seiner Flügel den Raum samt Inventar mit zuckender Bewegung deckten, füllten, erweiterten. Mir blieb jedoch weniger das Licht- und Schattenspiel, als vielmehr jenes Geräusch, welches zwischen Falter und Glühbirne laut wurde: Der Falter schnatterte, als hätte er es eilig, sein Wissen los zu werden, als käme ihm nicht mehr Zeit zu für spätere Plauderstunden mit Lichtquellen, als wäre das Zwiegespräch zwischen Falter und Glühbirne in jedem Fall des Falters letzte Beichte und nach jener Art von Absolution, die Glühbirnen austeilen, keine Gelegenheit mehr für Sünde und Schwärmerei.

Oskar Matzerath (David Bennent) in dem Film *Die Blechtrommel* nach dem Roman von Günter Grass, Regie: Volker Schlöndorff, Deutschland/ Frankreich 1979

Heute sagt Oskar schlicht: Der Falter trommelte. [..]

Äußerlich schreiend und einen Säugling blaurot vortäuschend, kam ich zu dem Entschluß, meines Vaters Vorschlag, also alles was das Kolonialwarengeschäft betraf, schlankweg abzulehnen, den Wunsch meiner Mama jedoch zu gegebener Zeit, also anläßlich meines dritten Geburtstages, wohlwollend zu prüfen.

Neben all diesen Spekulationen, meine Zukunft betreffend, bestätigte ich mir: Mama und jener Vater Matzerath hatten nicht das Organ, meine Einwände und Entschlüsse zu verstehen und gegebenenfalls zu respektieren. Einsam und unverstanden lag Oskar unter den Glühbirnen, folgerte, daß das so bleibe, bis sechzig, siebzig Jahre später ein endgültiger Kurzschluß aller Lichtquellen Strom unterbrechen werde, verlor deshalb die Lust, bevor dieses Leben unter den Glühbirnen anfing; und nur die in Aussicht gestellte Blechtrommel hinderte mich damals, dem Wunsch nach Rückkehr in meine embryonale Kopflage stärkeren Ausdruck zu geben.

Zudem hatte die Hebamme mich schon abgenabelt; es war nichts mehr zu machen.

4 Beurteilen Sie, welche Adjektive die Wirkung des Romanauszugs aus *Die Blechtrommel* von Günter Grass treffend wiedergeben.

komisch | skurril | absurd | lustig | ironisch

5 Untersuchen Sie die Erzählweise in dem Romanauszug und gehen Sie insbesondere auf die Lichtmetaphorik ein.

6 Vergleichen Sie Besonderheiten der formalen Gestaltung der Texte von Borchert (S. 360) und Grass.

9.2 Leben im geteilten Deutschland

Neue, getrennte Wege

Erzähltexte der DDR und der Bundesrepublik untersuchen

Monika Maron: Flugasche (1981, Ausschnitt)

Die Journalistin Josefa Nadler schreibt eine Reportage über das überalterte und gesundheitsschädigende Braunkohlekraftwerk in B., das für Bitterfeld steht. Ihre Eindrücke von der Stadt schildert sie ihrer Vorgesetzten Luise.

Braunkohlekraftwerk in Bitterfeld

Auch, Luise, du warst klug wie immer. Du hast gewusst, warum du mich mit Optimismus und Arbeitsfreude gepolstert hast, ehe du mich in dieses jammervolle Nest schicktest. Diese Schornsteine, die wie Kanonenrohre in den Himmel zielen und ihre Dreckladung Tag für Tag und Nacht für Nacht auf die Stadt schießen, nicht mit Gedröhn, nein, sachte wie Schnee, der langsam und sanft fällt, der die Regenrinnen verstopft, die Dächer bedeckt, in den der Wind kleine Wellen weht. Im Sommer wirbelt er durch die Luft, trockener, schwarzer Staub, der dir in die Augen fliegt, denn auch du bist fremd hier, Luise, wie ich. Nur die Fremden bleiben stehen und reiben sich den Ruß aus den Augen. Die Einwohner von B. laufen mit zusammengekniffenen Lidern durch ihre Stadt; du könntest denken, sie lächeln.

Und diese Dünste, die als Wegweiser dienen könnten. Bitte gehen Sie geradeaus bis zum Ammoniak[1], dann links bis zur Salpetersäure. Wenn Sie einen stechenden Schmerz in Hals und Bronchien verspüren, kehren Sie um und rufen den Arzt, das war dann Schwefeldioxyd.

Und wie die Leute ihre Fenster putzen. Jede Woche, jeden Tag am besten. Überall saubere Fenster bei diesem gotterbärmlichen Dreck. Sie tragen weiße Hemden, weiße Strümpfe die Kinder. Das musst du dir vorstellen, mit weißen Strümpfen durch schwarzes, schmieriges Regenwasser. Weiße Pullover werden hier am liebsten gekauft, hat die Verkäuferin gesagt. Fahr mal, guck mal – ich gucke mir die Augen aus dem Kopf, überall dieser Dreck. Wenn du die Zwerge aus dem Kindergarten in Reih und Glied auf der Straße triffst, musst du daran denken, wie viele von ihnen wohl Bronchitis haben. Du wunderst dich über jeden Baum, der nicht eingegangen ist. Was soll ich hier, Luise, wenn ich nichts ändern kann. Jedes Wort, das ich höre, jedes Gesicht, das ich sehe, verwandelt sich in mein Mitleid. Und in meine Scham. Ich schäme mich, weil ich gewusst habe, dass es diese Stadt gibt, und gegeizt habe mit meiner Fantasie, auf die ich so stolz bin. Auf der bin ich inzwischen durch Venedig gegondelt oder hab mich in New York zu Tode gefürchtet oder habe in Marokko die Orangen von den Bäumen gepflückt. Aber in dieses jederzeit betretbare B. habe ich sie nicht gelassen.

1 Ammoniak, das: stark riechendes, farbloses Gas aus Stickstoff und Wasserstoff

1 Fassen Sie zusammen, welche Auswirkungen der Braunkohleverarbeitung in dem Text beschrieben werden.

2 Erläutern Sie, welche erzählerischen Mittel Monika Maron einsetzt, um die katastrophalen Verhältnisse zu veranschaulichen.

3 „Was soll ich hier, Luise, wenn ich nichts ändern kann." (Z. 51 f.). Deuten Sie diese Textstelle.

Christa Wolf: Störfall. Nachrichten eines Tages (1987, Ausschnitt)

Text in alter Rechtschreibung

Hintergrund der Erzählung bildet ein Reaktorunglück (in Anlehnung an das Reaktorunglück in Tschernobyl am 26.4.1986). Am Tag des Reaktorunglücks wird außerdem beim Bruder der Ich-Erzählerin eine Gehirnoperation vorgenommen.

Das Leben als eine Folge von Tagen. Frühstücken. Den Kaffee mit dem orangefarbenen Meßlöffel in den Filter messen, die Kaffeemaschine anstellen, den Duft genießen, der sich in der Küche entfaltet. Gerüche stärker, bewußter wahrzunehmen als bisher ist mir noch nicht eingefallen, noch habe ich nicht gewusst, daß sie dir verlorengehen werden. Ausfälle, hat dir dein Arzt gesagt, sind nicht in jedem Fall zu vermeiden, aber wir halten sie so geringfügig wie möglich. Das Ei genau fünf Minuten kochen lassen, das Kunststück täglich erneut fertigbringen trotz des Defekts in der Minutenuhr. Die haltbaren Genüsse. Das Gerüst, welches das Leben auch über tote Zeiten trägt. Die Schnittfläche des dunklen mecklenburgischen Brotes. Angeschnittene Roggenkörner. Wann eigentlich und auf welche Weise lagern sich Nuklide[1] – auch ein Wort, das ich gerade zu lernen begonnen habe – in Getreidekörner ein. Das riesige Getreidefeld hinter unserem Haus, das ich, da die Holunderbüsche noch licht gewesen sind, von meinem Platz am Küchentisch habe sehen können, in seinem satten Grün. Ich habe das Wort gesucht für seinen Zustand. „Matte". Eine grüne Matte. Auf dem Lande ist man immer in Gefahr, auf veraltete Vokabeln zurückzugreifen.

Der Himmel ist an jenem Tag wolkenlos gewesen. (Warum habe ich eben „tote Zeit" gedacht?) In deinem kühlen Schatten[2] / Auf deinen weichen Matten[3] / du liebster Aufenthalt. Lieder, die mir jahre-, jahrzehntelang nicht in den Sinn gekommen sind. Jener Instanz, die ihr kritisches Auge auf alles geworfen hat, was ich zu mir genommen habe, habe ich mitgeteilt, die Eier in meinem Kühlschrank seien vor dem Unfall im Hühnerleib gewachsen, mit unbestrahltem Gras, unbestrahlten Körnern ernährt worden, direkt im Konsum[4] abgeliefert und daher ungestempelt und garantiert frisch. Aber eben auch nicht zu frisch. Nicht etwa von gestern.

O Himmel, strahlender Azur.[5]

Nach welchen Gesetzen, wie schnell breitet sich Radioaktivität aus, günstigenfalls und ungünstigenfalls. Günstig für wen? Und nützte es denn den unmittelbar am Ort des Ausbruchs Wohnenden wenigstens, wenn sie sich, durch Winde begünstigt, verbreitete? Wenn sie aufstiege in die höheren Schichten der Atmosphäre und sich als unsichtbare Wolke auf die Reise machte? Zu meiner Großmutter Zeiten hat man sich unter dem Wort „Wolke" nichts anderes vorstellen können als kondensierten Wasserdampf. Weiß, womöglich, ein mehr oder weniger schön geformtes, die Phantasie anregendes Gebilde am Himmel. Eilende Wolken, Segler der Lüfte[6] / Wer mit euch wanderte, wer mich euch schiffte ... Der käm woandershin. Kommentar unserer

Messen von Radioaktivität nach der Nuklearkatastrophe in Tschernobyl, 1986

Großmutter, die niemals reiste, wenn man sie nicht aussiedelte. Warum, Bruder, sind wir so bewegungssüchtig?
Das Pflaumenmus, das wir voriges Jahr, stöhnend unter der Last der Pflaumenernte, selbst hergestellt haben, fände ihren Beifall. Sie pflegte es mit Zimt zu überpudern, das haben wir ihr nicht nachgetan. Sie wiederum würde nicht den trockenen Brotkanten in Plaacks Futtereimer stecken, wie ich es nach kurzem Zögern getan habe. Sie würde aus dem harten Brot zum Wochenende eine Brotsuppe kochen, mit Rosinen, auf polnische Art, das einzige Gericht, das mir bei ihr nicht schmeckte. Sündhaft, sagte sie – ein Wort, das sie sonst nicht brauchte –, sündhaft wäre es, Brot wegzuwerfen, das solle ich mir merken. Ihr einziger Merksatz. Bescheiden ist sie gewesen, unsere Großmutter, Bruder –
Wir leben. Nicht gerade üppig im Augenblick, das würde ich dir zugestehen, soweit es dich betrifft. Vielleicht nicht gerade an einem seidenen Faden, aber an irgendeiner Art von Faden hängt dein Leben doch. Am Perlonfaden, nehme ich an. Zu denken, daß ein metallenes Instrument gerade jetzt an deiner Hirnhaut entlangfährt, vermutlich die Hirnmasse beiseite schiebt, um Platz zu schaffen für ein anderes Instrument, an dessen Ende sich ein Mikroskop befindet ... Gestern, als wir noch einmal miteinander tele-

fonierten, habe ich dir nicht erzählt, was ich kürzlich im Fernsehen sah: einen Computer, speziell für Operationen am menschlichen Gehirn entwickelt, auf eine Genauigkeit von hundertstel Millitmeterschnitten programmiert, unfehlbarer als die menschliche Hand, so hieß es. Wir aber haben uns gegenseitig versichert, auf die Erfahrung und das Fingerspitzengefühl deines Chirurgen könne man sich hundertprozentig verlassen –

1 Nuklid, das: Atomkern, der durch eine bestimmte Anzahl von Protonen und Neutronen gekennzeichnet ist; Kernsorte 2 In deinem kühlen Schatten: abgewandelte Verse aus Ludwig Uhlands Gedicht „Einkehr" 3 Matte, die: Bergwiese 4 Konsum, der: umgangssprachliche Bezeichnung für Lebensmittelgeschäft in der DDR 5 O Himmel, strahlender Azur: Verszeile aus Bertolt Brechts „Ballade von den Seeräubern" 6 Eilende Wolken, Segler der Lüfte: aus Friedrich Schillers Drama „Maria Stuart"; Aussage der schottischen Königin Maria Stuart, die sich in der Gefangenschaft der englischen Königin Elisabeth befindet

4 Überprüfen Sie die folgende Aussage: Thema des Romanauszugs *Störfall. Nachrichten eines Tages* von Christa Wolf ist ein Reaktorunglück mit seinen Folgen.

5 Stellen Sie die verschiedenen Erzählstränge und Zeitebenen dar und erklären Sie, wie diese miteinander verbunden sind. Benennen Sie das Besondere an Wolfs Erzählweise.

Christa Wolf: Subjektive Authentizität, Gespräch mit Hans Kaufmann (1973, Ausschnitt)

Die Suche nach einer Methode, dieser Realität schreibend gerecht zu werden, möchte ich vorläufig „subjektive Authentizität" nennen – und ich kann nur hoffen, deutlich gemacht zu haben, dass sie die Existenz der objektiven Realität nicht nur nicht bestreitet, sondern gerade eine Bemühung darstellt, sich mit ihr produktiv auseinanderzusetzen.

6 **PLUS** Erklären Sie in eigenen Worten, was Christa Wolf mit „subjektiver Authentizität" meint. Prüfen Sie, inwiefern sich dieses literarische Konzept in dem Romanauszug *Störfall* (S. 363 f.) zeigt.

Wolfgang Koeppen: Das Treibhaus (1953, Auszug)

Text in alter Rechtschreibung

Die Handlung spielt zur Zeit der Debatten über die Wiederaufrüstung der Bundesrepublik. Diese war im Hinblick auf den erst wenige Jahre zurückliegenden Zweiten Weltkrieg sehr umstritten. Im Mittelpunkt des Romans steht der fiktive Bundestagsabgeordnete Keetenheuve, der der SPD angehört.

Keetenheuves Beschäftigungen, seine Mitarbeit am Wiederaufbau, sein Eifer, der Nation neue Grundlagen des politischen Lebens und die Freiheit der Demokratie zu schaffen, hatten es mit sich gebracht, daß er in den Bundestag gewählt wurde. Er war bevorzugt aufgestellt worden und hatte sein Mandat bekommen, ohne sich als Wahlredner anstrengen zu müssen. Das Kriegsende hatte ihn mit Hoffnungen erfüllt, die noch eine Weile anhielten, und er glaubte, sich nun einer Sache hingeben zu müssen, nachdem er so lange abseits gestanden hatte. Er wollte Jugendträume verwirklichen, er glaubte damals an eine Wandlung, doch bald sah er, wie töricht dieser Glaube war, die Menschen waren natürlich dieselben geblieben, sie dachten gar nicht daran, andere zu werden, weil die Regierungsform wechselte, [...] und alles scheiterte wieder mal an Kleinigkeiten, an dem zähen Schlick des Untergrundes, der den Strom des frischen Wassers hemmte und alles im alten stecken ließ, in einer überlieferten Lebensform, von der jeder wußte, daß sie eine Lüge war. Keetenheuve stürzte sich zunächst mit Eifer in die Arbeit der Ausschüsse, es trieb ihn, die verlorenen Jahre einzuholen, und *wie in Blüte wäre er gewesen wenn er mit den Nazis marschiert wäre denn das war der Aufbruch der verfluchte Irrbruch seiner Generation und jetzt war all sein Eifer der Verdammnis preisgegeben der Lächerlichkeit eines grau werdenden Jünglings er war geschlagen als er anfing.*

Und was er in der Politik verlor, was ihm abgekämpft wurde und was er aufgeben mußte, das verlor er auch in der Liebe, denn Politik und Liebe, sie waren beide zu spät zu ihm gekommen, Elke liebte ihn, aber er reiste mit dem Freifahrschein der Parlamentarier Phantomen nach, dem Phantom der Freiheit, vor der man sich fürchtete und die man den Philosophen zu unfruchtbarer Erörterung überließ, und dem Phantom der Menschenrechte, nach denen nur gefragt wurde, wenn man Unrecht erlitt, die

Probleme waren unendlich schwierig, und man konnte wohl verzagen. Keetenheuve sah sich bald wieder in die Opposition gedrängt, aber die ewige Opposition machte ihm keinen Spaß mehr, denn er fragte sich: kann ich es ändern, kann ich es besser machen, weiß ich den Weg? Er wußte ihn nicht. An jeder Entscheidung hingen tausendfache Für und Wider, Lianen gleich, Lianen des Urwalds, ein Dschungel war die praktische Politik, Raubtiere begegneten einem, man konnte mutig sein, man konnte die Taube gegen den Löwen verteidigen, aber hinterrücks biß einen die Schlange. Übrigens waren die Löwen dieses Waldes zahnlos und die Tauben nicht so unschuldig, wie sie girrten, nur das Gift der Schlangen war noch stark und gut, und sie wußten auch im richtigen Moment zu töten. Hier kämpfte er sich durch, hier irrte er.

7 Geben Sie Ihre Eindrücke von Keetenheuve und seiner Situation wieder.
Deuten Sie dabei auch die metaphorischen Umschreibungen aus der Tierwelt.

8 Untersuchen Sie die erzählerischen Mittel, durch die der Leserin/dem Leser Keetenheuves Situation nahegebracht wird.

MK **9** **PLUS** Informieren Sie sich über die politische Situation und die gesellschaftliche Entwicklung in den frühen 50er-Jahren der Bundesrepublik. Setzen Sie Ihre Rechercheergebnisse in Bezug zu Koeppens Text.

Heinrich Böll: Die verlorene Ehre der Katharina Blum (1974, Auszug)

Die bislang unbescholtene Katharina Blum wird wegen ihrer Freundschaft mit einem Straftäter von der Boulevardpresse über einen längeren Zeitraum verunglimpft und belagert. Aus der Hetzkampagne der ZEITUNG ergeben sich schwerwiegende Folgen für Katharina Blum und ihre Familie.

Die Tatsachen, die man vielleicht zunächst einmal darbieten sollte, sind brutal: am Mittwoch, dem 20.2.1974, am Vorabend von Weiberfastnacht, verlässt in einer Stadt eine junge Frau von siebenundzwanzig Jahren abends gegen 18.45 Uhr ihre Wohnung, um an einem privaten Tanzvergnügen teilzunehmen.

Vier Tage später, nach einer – man muss es wirklich so ausdrücken (es wird hiermit auf die notwendigen Niveauunterschiede verwiesen, die den Fluss ermöglichen) – dramatischen Entwicklung am Sonntagabend um fast die gleiche Zeit – genauer gesagt gegen 19.04 –, klingelt sie an der Wohnungstür des Kriminaloberkommissars Walter Moeding, der eben dabei ist, sich aus dienstlichen, nicht privaten Gründen als Scheich zu verkleiden, und gibt dem erschrockenen Moeding zu Protokoll, sie habe mittags gegen 12.15 in ihrer Wohnung den Journalisten Werner Tötges erschossen, er möge veranlassen, dass ihre Wohnungstür aufgebrochen und er dort „abgeholt“ werde; sie selbst habe sich zwischen 12.15 und 19.00 Uhr in der Stadt umhergetrieben, um Reue zu finden, habe aber keine Reue gefunden; sie bitte außerdem um ihre Verhaftung, sie möchte gern dort sein, wo auch ihr „lieber Ludwig“ sei.

Moeding, der die junge Person von verschiedenen Vernehmungen her kennt und eine gewisse Sympathie für sie empfindet, zweifelt nicht einen Augenblick lang an ihren Angaben, er bringt sie in seinem Privatwagen zum Polizeipräsidium, verständigt seinen Vorgesetzten Kriminalhauptkommissar Beizmenne, lässt die junge Frau in eine Zelle verbringen, trifft sich eine Viertelstunde später mit Beizmenne vor ihrer Wohnungstür, wo ein entsprechend ausgebildetes Kommando die Tür aufbricht und die Angaben der jungen Frau bestätigt findet.

Es soll hier nicht so viel von Blut gesprochen werden, denn nur notwendige Niveauunterschiede sollen als unvermeidlich gelten, und deshalb wird hiermit aufs Fernsehen und aufs Kino verwiesen, auf Grusi-[1] und Musicals einschlägiger Art; wenn hier etwas fließen soll, dann nicht Blut. Vielleicht sollte man lediglich auf gewisse Farbeffekte hinweisen: der erschossene Tötges trug ein improvisiertes Scheichkostüm, das aus einem schon recht verschlissenen Bettuch zurechtgeschneidert war, und jedermann weiß doch, was viel rotes Blut auf viel Weiß anrichten kann; da wird eine Pistole notwendigerweise fast zur Spritzpistole, und da es sich im Falle des Kostüms ja um Leinwand handelt, liegen hier moderne Malerei und Bühnenbild näher als Dränage[2]. Gut. Das sind also die Fakten.

[...]

Ob auch der Bildjournalist Adolf Schönner, den man erst am Aschermittwoch in einem Waldstück westlich der fröhlichen Stadt[3] ebenfalls erschossen fand, ein Opfer der Blum gewesen war, galt eine Zeitlang als nicht unwahrscheinlich, später aber, als man eine gewisse chronologische Ordnung in den Ablauf gebracht hatte, als „erwiesen unzutreffend“. Ein Taxifahrer sagte später aus, er habe den ebenfalls als Scheich verkleideten Schönner mit einer als Andalusierin verkleideten jungen Frauensperson zu eben jenem Waldstück gefahren. Nun war aber Tötges schon am Sonntagmittag erschossen worden, Schönner aber erst am Dienstagmittag. Obwohl man bald herausfand, dass die Tatwaffe, die man neben Tötges fand, keinesfalls die Waffe sein konnte, mit der Schönner getötet worden war, blieb der Verdacht für einige Stunden auf der Blum ruhen, und zwar des Motivs wegen. Wenn sie schon Grund gehabt hatte, sich an Tötges zu rächen, so hatte sie mindestens soviel Grund gehabt, sich an Schönner zu rächen. Dass die Blum aber zwei Waffen besessen haben könnte, erschien den ermittelnden Behörden dann doch als sehr unwahrscheinlich. Die Blum war bei ihrer Bluttat mit einer kalten Klugheit zu Werke gegangen; als man sie später fragte, ob sie auch Schönner erschossen habe, gab sie eine ominöse, als Frage verkleidete Antwort: „Ja, warum eigentlich nicht den auch?“ Dann aber verzichtete man darauf, sie auch des Mordes an Schönner zu verdächtigen, zumal Alibirecherchen sie fast eindeutig entlasteten. Keiner, der Katharina Blum kannte oder im Laufe der Untersuchung ihren Charakter kennenlernte, zweifelte daran, dass sie, falls sie ihn begangen hätte, den Mord an Schönner eindeutig zugegeben hätte. Der Taxifahrer, der das Pärchen zum Waldstück gefahren hatte („Ich würde es ja eher als verwildertes Gebüsch bezeichnen“, sagte er), erkannte jedenfalls die Blum auf Fotos nicht. „Mein Gott“, sagte er, „diese hübschen braunhaarigen jungen Dinger zwischen 1,63 und 1,68 groß, schlank und zwischen 24 und 27 Jahre alt – davon laufen doch Karneval Hunderttausende hier herum.“

In der Wohnung des Schönner fand man keinerlei Spuren von der Blum, keinerlei Hinweis auf die Andalusierin. Kollegen und Bekannte des Schönner wussten nur, dass er am Dienstag gegen Mittag von einer Kneipe aus, in der sich Journalisten trafen, „mit irgendeiner Brumme abgehauen war“.

[...]

Ziemlich merkwürdig verhielt sich die ZEITUNG, nachdem die beiden Morde an ihren Journalisten bekannt wurden. Irrsinnige Aufregung! Schlagzeilen. Titelblätter. Sonderausgaben. Todesanzeigen überdimensionalen Ausmaßes. Als ob – wenn schon auf der Welt geschossen wird – der Mord an einem Journalisten etwas Besonderes wäre, wichtiger etwa als der Mord an einem Bankdirektor, -angestellten oder -räuber.

1 Grusical, das: eine Wortkombination aus „gruseln“ und „Musical“, ein Film, der zum Gruseln anregen soll 2 Dränage, die: Entwässerungsmaßnahmen, z. B. Leitungen, die sich dicht an dem zu entwässernden Bereich befinden 3 der fröhlichen Stadt: gemeint ist Köln, eine Karnevalshochburg

Schauen Sie sich im Panorama (S.354) die Punkte ③–⑤ an, um mehr über die DDR- und BRD-Literatur zu erfahren.

10 Fassen Sie die zentralen Ereignisse, die in dem Auszug aus der Erzählung *Die verlorene Ehre der Katharina Blum* von Heinrich Böll dargestellt werden, zusammen.

11 Erklären Sie mithilfe von Textbelegen, inwiefern trotz des Berichtsstils Kritik an der Boulevardpresse und gesellschaftskritische Töne deutlich werden.

MK **12** Recherchieren Sie den historischen Kontext der Erzählung und nutzen Sie diese für eine erweiterte Interpretation des vorliegenden Auszugs. Beachten Sie auch das folgende Vorwort zur Erzählung: „Personen und Handlung dieser Erzählung sind frei erfunden. Sollten sich bei der Schilderung gewisser journalistischer Praktiken Ähnlichkeiten mit der ‚Bild‘-Zeitung ergeben haben, so sind diese Ähnlichkeiten weder beabsichtigt noch zufällig, sondern unvermeidlich.“

MK **13** **PLUS** Erstellen Sie arbeitsteilig digitale Wandzeitungen zu den vier Themen: Aufarbeitung der NS-Zeit, Darstellung der Arbeitswelt, Politisierung, Individualität und Gesellschaft in der DDR- und BRD-Literatur. Präsentieren Sie Ihre Ergebnisse und diskutieren Sie, ob die Literatur in den beiden deutschen Staaten überwiegend Gemeinsames oder Trennendes aufweist.

Gedichte der DDR und der Bundesrepublik untersuchen

Text in alter Rechtschreibung

Bertolt Brecht: Die Lösung (1956)

Nach dem Aufstand des 17. Juni
Ließ der Sekretär des Schriftstellerverbands
In der Stalinallee Flugblätter verteilen
Auf denen zu lesen war, daß das Volk
Das Vertrauen der Regierung verscherzt habe
Und es nur durch doppelte Arbeit
Zurückerobern könne. Wäre es da
Nicht doch einfacher, die Regierung
Löste das Volk auf und
Wählte ein anderes?

Helga M. Novak: Lernjahre sind keine Herrnjahre (1962)

mein Vaterland hat mich gelehrt:
achtjährig
eine Panzerfaust zu handhaben
zehnjährig
alle Gewehrpatronen bei Namen zu nennen
fünfzehnjährig
im Stechschritt durch knietiefen Schnee
zu marschieren
siebzehnjährig
in eiskalter Mitternacht Ehrenwache
zu Stalins Tod zu stehen
zwanzigjährig
mit der Maschinenpistole gut zu treffen
dreiundzwanzigjährig
meine Mitmenschen zu denunzieren
sechsundzwanzigjährig
das Lied vom guten und schlechten
Deutschen zu singen

wer hat mich gelehrt
Nein zu sagen
und ein schlechter Deutscher zu sein?

1 Erläutern Sie die Pointe des Gedichts *Die Lösung* von Bertolt Brecht.

2 Untersuchen Sie die Sprechhaltung in dem Gedicht *Die Lösung* und die sprachliche Gestaltung.

3 Erschließen Sie aus dem Gedicht *Lernjahre sind keine Herrnjahre* von Helga M. Novak Erziehungsziele in der DDR-Zeit und erklären Sie, wie die Bezeichnung „schlechter Deutscher“ (V. 21) zu verstehen ist.

4 Beschreiben Sie den formalen Aufbau des Gedichts von Novak und die daraus resultierende Wirkung.

MK **5** Recherchieren Sie, welche Bedeutung vormilitärische Erziehung im Alltag von Kindern und Jugendlichen in der DDR hatte und setzen Sie diese in Beziehung zu den Anspielungen im Gedicht von Novak.

6 *Einen Drachen steigen lassen …* Beschreiben Sie, welche Assoziationen das bei Ihnen hervorruft.

FDJ (Freie Deutsche Jugend), Gründungsfeier

Text in alter Rechtschreibung

Sarah Kirsch: Der Rest des Fadens (1977)

Drachensteigen. Spiel
Für große Ebnen ohne Baum und Wasser. Im offenen Himmel
Steigt auf
Der Stern aus Papier, unhaltbar
Ins Licht gerissen, höher, aus allen Augen
Und weiter, weiter

Uns gehört der Rest des Fadens, und daß wir dich kannten.

7 Interpretieren Sie die Metaphorik des Gedichts von Kirsch (S. 367).

8 Prüfen Sie, ob die folgenden Informationen Ihr Verständnis der Drachenmetaphorik verändert.

Nach der Unterzeichnung des Protestes gegen die Ausbürgerung Biermanns wurde Sarah Kirsch 1976 aus der SED und dem Schriftstellerverband ausgeschlossen, das kam einem Berufsverbot gleich. Ausreisende Schriftstellerinnen und Schriftsteller mussten ihre Sachen in Kisten packen. Diese Kisten hatten zuvor dem Import von Waren aus der Sowjetunion gedient, deshalb die Begriffe „Export" und „GDR" (= DDR) in großen kyrillischen Buchstaben. Roger Melis hat ähnliche Porträts von anderen Schriftstellern unter dem ironischen Arbeitstitel „Die DDR exportiert ihre Dichter" gemacht.

Sarah Kirsch auf ihren Ausreisekisten, 1977

9 **PLUS** Diskutieren Sie, ob die Aussage des Schweizer Schriftstellers Urs Widmer „Sarah Kirschs Gedichte sprechen alle von Freiheit" auf das Gedicht *Der Rest des Fadens* (S. 367) zutrifft.

Peter Rühmkorf: Hochseil (1975)

Wir turnen in höchsten Höhen herum,
selbstredend und selbstreimend,
von einem *Individuum*
aus nichts als Worten träumend.
Was uns bewegt – warum? wozu? –
den Teppich zu verlassen?
Ein nie erforschtes Who-is-who
im Sturzflug zu erfassen.
Wer von so hoch zu Boden blickt,
der sieht nur Verarmtes/Verirrtes.
Ich sage: wer Lyrik schreibt, ist verrückt,
wer sie für wahr nimmt, wird es.
Ich spiel mit meinem Astralleib[1] Klavier,
vierfüßig – vierzigzehig –
Ganz unten am Boden gelten wir
für nicht mehr ganz zurechnungsfähig.
Die Loreley[2] entblößt ihr Haar
am umgekippten Rheine …
Ich schwebe graziös in Lebensgefahr
grad zwischen Freund Hein[3] und Freund Heine[4].

1 Astralleib: schöner Körper (oft ironisch) 2 Loreley: sagenhafte Gestalt, die durch ihre Schönheit und ihren Gesang die Schiffer ablenkt, sodass sie auf Riffe fahren und im Rhein ertrinken 3 Freund Hein: Personifikation für den Tod 4 Heine: Heinrich Heine (1797–1856), Schriftsteller, Verfasser eines Loreley-Gedichts

10 „Ich sage: wer Lyrik schreibt, ist verrückt,/wer sie für wahr nimmt, wird es." (V. 11 f.). Besprechen Sie, wie Sie diese beiden Verse verstehen.

11 Peter Rühmdorfs Gedicht trägt den Titel *Hochseil*. Erklären Sie vor dem Hintergrund des Gedichts diese Metapher.

12 Analysieren Sie auffällige sprachliche Mittel und deuten Sie diese.

MK **13** Erläutern Sie, wie in dem Gedicht mit dem Loreley-Mythos gespielt wird. Informieren Sie sich dazu über die Romantik (S. 516 f.) und Heinrich Heine.

14 **PLUS** Rühmkorf charakterisiert die Lyrik in seinem Werk *Schachtelhalme. Schriften zur Poetik und Literatur* so: Lyrik ist „ein utopischer Raum, in dem freier geatmet, inniger empfunden, radikaler gedacht und dennoch zusammenhängender gefühlt werden kann als in der sogenannten wirklichen Welt". Stellen Sie Bezüge zwischen dieser Aussage und Ihren Untersuchungsergebnissen her.

15 Vergleichen Sie Rolf Dieter Brinkmanns *Notiz* über die Funktionsweise und das Schreiben von Gedichten mit Peter Rühmkorfs Vorstellung von Lyrik (S. 368).

Rolf Dieter Brinkmann: Notiz (1968)

[...] Ich bin keineswegs der gängigen Ansicht, dass das Gedicht heute nur noch ein Abfallprodukt sein kann, wenn es auch meiner Ansicht nach nur das an Material aufnehmen kann, was wirklich alltäglich abfällt. Ich denke, dass das Gedicht die geeignetste Form ist, spontan erfasste Vorgänge und Bewegungen, eine nur in einem Augenblick sich deutlich zeigende Empfindlichkeit konkret als snap-shot festzuhalten. Jeder kennt das, wenn zwischen Tür und Angel [...] das, was man in dem Augenblick als zufällig vor sich hat, zu einem sehr präzisen, festen, zugleich aber auch sehr durchsichtigen Bild wird [...] da geht es um das genaue Hinsehen, die richtige Einstellung zum Kaffeerest in der Tasse, während jemand reinkommt ins Zimmer und fragt, gehen wir heute abend in die Spätvorstellung? Mir ist das Kaugummi ausgegangen! [...] Man muss vergessen, dass es so etwas wie Kunst gibt! Und einfach anfangen. [...]

16 Erschließen Sie den „snap-shot" (Z. 5), der in dem folgenden Gedicht *Landschaft* von Rolf Dieter Brinkmann gestaltet wurde. Erklären Sie auch den Zusammenhang zwischen dem Naturbild und dem Titel des Gedichts.

Rolf Dieter Brinkmann: Landschaft (1975)

1 verrußter Baum,
nicht mehr zu bestimmen
1 Autowrack, Glasscherben
1 künstliche Wand, schallschluckend
verschiedene kaputte Schuhe
im blätterlosen Gestrüpp
„was suchen Sie da?"
1 Essay, ein Ausflug in die Biologie
das Suchen nach Köcherfliegenlarven, das gelbe
Licht 6 Uhr nachmittags

1 paar Steine
1 Warnschild „Privat"
1 hingekarrtes verfaultes Sofa
1 Sportflugzeug
mehrere flüchtende Tiere,
der Rest einer Strumpfhose an
einem Ast, daneben
1 rostiges Fahrradgestell
1 Erinnerung an
1 Zenwitz

17 Entwerfen Sie einen eigenen „snap-shot" (Z. 5) zum Thema Landschaft. Orientieren Sie sich bei der Gestaltung an dem Gedicht *Landschaft* von Brinkmann.

Jürgen Becker: Natur-Gedicht (1974)

In der Nähe des Hauses,
der Kahlschlag, Kieshügel, Krater
erinnern mich daran –
nichts Neues; kaputte Natur,
aber ich vergesse das gern,
solange ein Strauch steht.

Schauen Sie sich im Panorama (S. 354) die Punkte ③–⑤ an, um mehr über die DDR- und BRD-Literatur zu erfahren.

18 Erläutern Sie das in Beckers Gedicht erzeugte Naturbild und erklären Sie, wie die formale Gestaltung zur Entstehung dieses Bildes beiträgt.

19 PLUS In den Gedichten von Rühmkorf (S. 368), Brinkmann und Becker wird jeweils die Natur thematisiert. Nehmen Sie kritisch Stellung dazu, ob Sie die Bezeichnung „Naturlyrik" passend finden.

Mündliches Abitur

KOMPETENZBOX

Vorbereitung auf die mündliche Abiturprüfung

Die Abiturprüfung besteht aus zwei Teilen: Sie beginnt mit Ihrem Vortrag, den Sie in der gegebenen Vorbereitungszeit entwickeln müssen. Daran knüpft sich ein Prüfungsgespräch an.

1. Erstes Textverständnis festhalten – Aufgabenstellung erfassen
- Aufgabenstellung mehrfach lesen und Schlüsselbegriffe markieren
- Operatoren erfassen
- Teilaufgaben gewichten und Zeit für die Vorbereitung entsprechend einteilen
- erste Gedanken zu Autorin/Autor, Titel, Thema und Entstehungszeit notieren

2. Vortragsideen entwickeln
- Kurzantwort auf die Aufgabenstellung formulieren
- Vortrag grob planen, sich dabei an der Formulierung der Aufgabenstellung orientieren

3. Text(e) untersuchen
- den Text bzw. die Texte mehrfach lesen
- Verständnisschwierigkeiten klären
- bei literarischen Texten Zusammenhang zwischen Inhalt, Sprache und Form untersuchen
- bei Sachtexten den Argumentationsgang und die Aussageabsicht klären
- eine Deutungshypothese formulieren

4. Untersuchungsergebnisse ordnen und Stichwortkarten anlegen
- Gedanken zu weiteren Teilaufgaben festhalten, z. B. als Mindmap oder Pro- und Kontratabelle
- Ideen zum Einstieg und zum Schluss formulieren
- Ergebnisse strukturieren, dabei auf einen roten Faden achten
- Stichwortkarten anlegen und dabei Schlüsselbegriffe und Fakten (z. B. Jahreszahlen, Namen, Titel von Werken) festhalten

5. Vortrag halten
- Prüfungskommission begrüßen
- Materialien (Aufgabenblatt, Stichwortkarten) ablegen
- Blickkontakt zu allen Anwesenden aufnehmen
- mit dem Vortrag beginnen
- möglichst frei, nicht zu schnell und deutlich sprechen
- Pausen machen

6. Prüfungsgespräch führen
- Blickkontakt zur Prüferin bzw. zum Prüfer halten
- Ausführungen und Fragen der Prüferin bzw. des Prüfers aufmerksam folgen
- bei Unklarheiten direkt nachfragen oder eigenes Verständnis der Frage durch Reformulierung zeigen
- Bezug zur Aufgabe bzw. Frage wahren
- eigene Positionen klar formulieren und ausführlich belegen
- Anregungen aufgreifen und das Gespräch durch eigene Beiträge ergänzen bzw. voranbringen (z. B. durch Vergleiche, eigene Wertungen, weiterführende Gedanken, ergänzende Beispiele)

BEISPIEL-AUFGABE

Funktionen der Lyrik in der Zeit nach 1945

1 Interpretieren Sie Ingeborg Bachmanns Gedicht *Reklame* vor dem Hintergrund seiner Entstehungszeit.

2 Setzen Sie sich ausgehend von Ihren Untersuchungsergebnissen und M1 mit den verschiedenen Funktionen, die die deutschsprachige Lyrik nach 1945 erfüllt hat, auseinander.

Ingeborg Bachmann: Reklame (1956)

Wohin aber gehen wir
ohne sorge sei ohne sorge
wenn es dunkel und wenn es kalt wird
sei ohne sorge
aber
mit musik
was sollen wir tun
heiter und mit musik
und denken
heiter
angesichts eines Endes
mit musik
und wohin tragen wir
am besten
unsre Fragen und den Schauer aller Jahre
in die Traumwäscherei ohne sorge sei ohne sorge
was aber geschieht
am besten
wenn Totenstille

eintritt

Material 1

Ingeborg Bachmann: Wozu Gedichte (1960, Ausschnitt)

Man hört heute so oft – profaniert – die Hölderlin'sche Frage: und wozu Dichter in dürftiger Zeit? Eine andere Frage, nicht weniger berechtigt, wäre: und wozu Gedichte? Was ist zu beweisen und wem ist es zu beweisen? Wenn Gedichte ein Beweis zu nichts sein sollten, müssten wir uns dran halten, dass sie das Gedächtnis schärfen.
Ich glaube, dass Gedichte dies vermögen, und dass, wer Gedichte schreibt, Formeln in ein Gedächtnis legt, wunderbare alte Worte, neue Zeichen für Wirklichkeit, und ich glaube, dass wer die Formeln prägt, auch in sie entrückt mit seinem Atem, der er als unverlangten Beweis für die Wahrheit dieser Formeln gibt.

1. Erstes Textverständnis festhalten – Aufgabenstellung erfassen

1.1 Lesen Sie die Aufgabenstellung auf S. 371 mehrfach durch. Halten Sie stichpunktartig fest, welche Leistung die enthaltenen Operatoren Ihnen abverlangen. Vervollständigen Sie die Tabelle unten, indem Sie die richtigen Begriffe auswählen, zuordnen und ergänzen.

analysieren · abwägen · nacherzählen · eine eigene Position entwickeln · Für und Wider aufzeigen

gewichten · Inhalt · Stilmittel · Gesamtschau · kreativ · These entwickeln · argumentieren

vergleichen · bewerten · wiedergeben · Sinnzusammenhänge erschließen

Deutungshypothese aufstellen · aufzählen · am Text belegen · Sprache · zusammenfassen · Form

Interpretieren	**Sich auseinandersetzen mit**
– …	– …

1.2 Halten Sie erste Ideen fest. Setzen Sie die Notizen unten fort.

Hintergrund der Entstehungszeit:
- *immer noch Nachkriegsliteratur?*
- *Wiederaufbau, Wirtschaftswunder*
- …

Funktionen der Literatur nach 1945:
- *Aufklärung und Aufarbeitung*
- …
- *Heißt das in Ost und West?*
- *Bis wann …?*

1.3 Lesen Sie das Gedicht von Ingeborg Bachmann auf S. 371 und halten Sie auch hier spontane Einfälle fest. Ergänzen Sie dazu das Cluster unten.

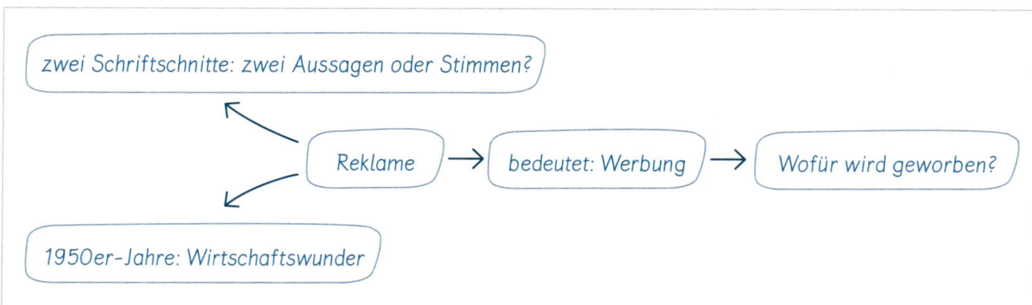

1.4 Lesen Sie M1 auf S. 371. Suchen Sie aus den Begriffen den heraus, der Ihrer Interpretation gemäß am besten Bachmanns Frage „Wozu Gedichte?" beantwortet. Diskutieren Sie Ihre Auswahl im Anschluss in der Gruppe.

Unterhaltung · Gedächtnis · Aufklärung · Selbstzweck · Beleg · Erinnerung · Referenz

Erkenntnis · Beweis · Aufarbeitung · Verklärung · Geschichtsbewusstsein · Realität

2. Vortragsideen entwickeln

2.1 Bewerten Sie die folgende Deutungshypothese, die formuliert wurde, um beide Teilaufgaben miteinander zu verbinden.

Dem Menschen Orientierung in schwierigen Zeiten zu bieten, das kann als eine Funktion der Lyrik überhaupt und speziell der Lyrik der Nachkriegszeit in Deutschland angesehen werden. „Reklame" von Ingeborg Bachmann zeigt, wie sich der Mensch von der Suche nach Antworten auf existenzielle Fragen ablenken lässt.

2.2 Formulieren Sie eine eigene Deutungshypothese, die beide Teilaufgaben miteinander verbindet, und tauschen Sie sich in Gruppen über Ihre Entwürfe aus.

2.3 Skizzieren Sie grob, wie Sie Ihren Vortrag aufbauen möchten. Suchen Sie sich dazu geeignete Stichpunkte aus, bringen Sie diese in eine sinnvolle Reihenfolge und ergänzen Sie sie, wenn nötig.
- Aufgabenstellung nennen
- methodisches Vorgehen skizzieren
- Funktionen von Literatur allgemein nennen und bewerten
- Gedichtinterpretation vorstellen
- Ergebnisse zusammenfassen
- eigene Textbeispiele als Beleg anführen
- Lyrik der Nachkriegszeit und ihre besonderen Funktionen nennen und kritisch bewerten
- einen groben Abriss über die Literaturgeschichte von 1900 bis zur Gegenwart geben

3. Text(e) untersuchen

3.1 Stellen Sie in einer Mindmap zusammen, was Sie über die Autorin und die Entstehungszeit des Gedichts wissen.

3.2 Analysieren und interpretieren Sie Ingeborg Bachmanns Gedicht *Reklame* (S. 371).

3.3 Vergleichen Sie Ihre Ergebnisse aus Arbeitsschritt 3.2 mit Ihren Notizen aus 3.1 und stellen Sie gegenüber, inwiefern Sie das Gedicht als zeittypisch ansehen und inwiefern es auch zeitlos ist.

4. Untersuchungsergebnisse ordnen und Stichwortkarten anlegen

4.1 Bewerten Sie den folgenden Entwurf einer Gliederung für den Vortrag und ergänzen Sie ihn.

1 Ablenkung vom Wesentlichen heute und in der Zeit des Wirtschaftswunders
2 Funktionen der Lyrik in der Nachkriegszeit
2.1 Ingeborg Bachmanns Gedicht „Reklame" als Beispiel für ...
2.1.1 Aufbau ...
2.1.2 ...
...
2.1.3 Ingeborg Bachmanns Antwort auf die Frage: Wozu Gedichte? (M1)
2.2 Weitere Funktionen der Lyrik in der Nachkriegszeit
2.2.1 Erinnerung an die ...
Beispiel 1: Paul Celan ...
Beispiel 2: Nelly Sachs ...
...
3 ...

4.2 Ordnen Sie Ihre eigenen Vorarbeiten zu einer Gliederung für Ihren Vortrag an.

4.3 Übertragen Sie die Gliederungspunkte sowie zentrale Stichworte auf Karteikarten.

5. Vortrag halten

5.1 Bewerten Sie die folgenden Einstiege in den Vortrag.

A *Die Nachkriegszeit in Deutschland war geprägt von der Erinnerung an die Verbrechen der Nazizeit einerseits und dem Versuch, diese zu verdrängen. Die Literatur der Zeit ...*

B *Lyrik erfüllt unterschiedliche Funktionen für den Einzelnen sowie für die Gesellschaft. Eine davon ist dabei ...*

C *Jemand, der den Namen Ingeborg Bachmann nie gehört hat und ihr Gedicht „Reklame" liest, könnte vielleicht annehmen, dass ...*

D *Ingeborg Bachmanns Gedicht „Reklame" kann als typisch für die Zeit des deutschen Wirtschaftswunders angesehen werden. Der Konsum sollte oft ...*

E *Das Thema meiner Aufgabe lautet ... Ich möchte also zunächst darauf eingehen ...*

F *Die „Traumwäscherei" kennen wir heutigen Menschen genauso gut, sie besteht jetzt aus ..., wohingegen sie zur Entstehungszeit ...*

5.2 Überlegen Sie sich selbst einen Einstieg in den Vortrag. Präsentieren Sie Ihren Einstieg in der Gruppe und geben Sie sich gegenseitig Rückmeldung.

5.3 Halten Sie Ihren Vortrag vor einer Mitschülerin oder einem Mitschüler. Sie können die Checkliste mit Vortragstipps nutzen.

Vortragstipps

- Vorab überlegen, wie man sich davon abhält, nervöse Gewohnheiten, wie Zupfen an den Haaren oder an der Kleidung, auszuführen.
- Möglichst ruhig und gelassen auftreten und bei Bedarf direkt vor dem Vortrag etwas Wasser trinken.
- Laut und deutlich sprechen, damit die Zuhörenden alles gut verstehen können.
- Langsam sprechen, damit die Zuhörenden dem Gedankengang folgen können.
- Pausen einbauen, damit das Gesagte wirken kann.

5.4 Geben Sie sich gegenseitig Rückmeldung zu Ihrem Vortrag. Sie können dazu den Feedbackbogen auf S. 375 verwenden oder einzelne Beobachtungsbereiche vorab gemeinsam festlegen.

6. Prüfungsgespräch führen

6.1 Bereiten Sie sich auf das Prüfungsgespräch vor, indem Sie mögliche Fragen zum Vortrag bzw. zu Ihrem Schwerpunktthema formulieren.

6.2 Stellen Sie sich Ihre Fragen gegenseitig in der Gruppe und beurteilen Sie, wo Sie selbst noch nicht sicher in Ihrer Antwort waren.

SPRACHTIPP

Sicherstellen, dass man eine Frage richtig versteht

- *Habe ich Sie richtig verstanden, dass ich ...?*
- *Entschuldigung, ich habe Ihnen nicht folgen können. Könnten Sie bitte noch einmal ...*
- *Können Sie die Frage noch einmal wiederholen?*
- *Könnten Sie bitte den Hintergrund Ihrer Frage noch etwas erläutern?*
- *Ich habe nicht genau verstanden, worauf Sie hinauswollen.*

6.3 Besprechen Sie gemeinsam Strategien, die dabei helfen, im Prüfungsgespräch sicher auftreten zu können und auf die Gesprächsimpulse schnell und angemessen ausführlich zu reagieren.

6.4 Besprechen Sie, wie Sie damit umgehen sollen, wenn Sie eine Frage nicht verstanden haben. Probieren Sie unterschiedliche Möglichkeiten aus. Sie können sich auch am Sprachtipp orientieren.

Feedbackbogen: Vortrag im mündlichen Abitur

Feedbackbogen D12

		1	2	3	4	5	6
Vortragsweise	Wurde der Vortrag flüssig gehalten?	…	…	…	…	…	…
	Wurde frei vorgetragen?	…	…	…	…	…	…
	War das Tempo angemessen?	…	…	…	…	…	…
	War die Lautstärke passend?	…	…	…	…	…	…
	Wurde Blickkontakt aufgenommen?	…	…	…	…	…	…
	Haben Gestik und Mimik den Inhalt des Vortrags sinnvoll unterstützt?	…	…	…	…	…	…
Sprachliche Darstellung	Waren die Sätze für einen mündlichen Vortrag angemessen lang und der Satzbau korrekt?	…	…	…	…	…	…
	War die Wortwahl angemessen, d.h. nicht umgangssprachlich?	…	…	…	…	…	…
	Wurde der Vortrag sprachlich korrekt formuliert?	…	…	…	…	…	…
Aufgabenerfüllung	Enthielt der Vortrag alle in der Aufgabenstellung geforderten Punkte?	…	…	…	…	…	…
	War durchgängig der Bezug zur Aufgabe bzw. zur Fragestellung erkennbar?	…	…	…	…	…	…
	Waren die einzelnen Punkte im Umfang der Darstellung sinnvoll gewichtet?	…	…	…	…	…	…
	Wurde die gegebene Redezeit eingehalten und auch nicht stark unterschritten?	…	…	…	…	…	…
Struktur	War der Vortrag klar und nachvollziehbar gegliedert?	…	…	…	…	…	…
	Gab es eine sinnvolle Hinführung zum Hauptteil?	…	…	…	…	…	…
	Wurde der Vortrag sinnvoll abgerundet?	…	…	…	…	…	…
	War ein roter Faden erkennbar?	…	…	…	…	…	…
Fachwissen	Wurde der Fachwortschatz richtig verwendet?	…	…	…	…	…	…
	Wurden die Anforderungen an die Textanalyse im vollen Umfang erfüllt?	…	…	…	…	…	…
	War die Interpretationshypothese schlüssig und wurde diese sinnvoll entfaltet und umfangreich am Text belegt?	…	…	…	…	…	…
	Wurde der Zusammenhang von Inhalt, Sprache und Form deutlich herausgestellt?	…	…	…	…	…	…
	Wurde Wissen zu Entstehungszeit, zur Gattung, zur Autorin bzw. zum Autor sinnvoll mit aufgenommen?	…	…	…	…	…	…
Argumentation	Wurde ein eigener Standpunkt deutlich?	…	…	…	…	…	…
	War die Argumentation nachvollziehbar und kohärent?	…	…	…	…	…	…
	Wurden Behauptungen durch Belege und eigene Beispiele gestützt?	…	…	…	…	…	…
	Wurde eine Einordnung in größere Zusammenhänge vorgenommen?	…	…	…	…	…	…

9.3 Zeitgenössische Literatur
Unendliche Vielfalt?

Fremdheitserfahrungen in Erzähltexten untersuchen

Saša Stanišić: Herkunft. Kapitel Heidelberg (2019, Auszug)

In Bosnien hat es geschossen am 24. August 1992[1], in Heidelberg hat es geregnet. Es hätte ebenso gut Osloer Regen sein können. Jedes Zuhause ist ein zufälliges: Dort wirst du geboren, hierhin vertrieben, da drüben vermachst du deine Niere der Wissenschaft. Glück hat, wer den Zufall beeinflussen kann. Wer sein Zuhause nicht verlässt, weil er muss, sondern weil er will. Glück hat, wer sich geographische Wünsche erfüllt. Das gibt dann vorzügliche Sprachreisen, Alterswohnsitze in Florida und Auswanderinnen in die Dominikanische Republik zu besser aussehenden Männern.

Heidelberg begann für mich als zufällige Stadt. Ich war vierzehn und hatte von ihr nie gehört, geschweige denn geahnt, wie gut sich am Neckar[2] später mit einer Studentin der Philosophie spazieren lassen würde.

Unser Aufenthalt war als kurzzeitige Rettung gedacht aus der wirklich gewordenen Unwirklichkeit des Krieges. Müssten wir jetzt fliehen, wären also die Zustände an den Grenzen 1992 so restriktiv gewesen wie an den EU-Außengrenzen heute, würden wir Heidelberg nie erreichen. Die Reise wäre vor einem ungarischen Stacheldrahtzaun zu Ende.

Am 24. August 1992 kam in Heidelberg nach dem Regen die Sonne. Mutter wollte dem von der Reise verunsicherten Jungen, der ich war, etwas Gutes tun. Dass sie selbst ebenso verunsichert war, verbarg sie, so gut es ging. Ich erinnere mich an eine Busfahrt mit ihr, die verregneten Fenster wie eine Maske, dahinter die Stadt als ein Geheimnis.

In einer Eisdiele kaufte sie uns Schokoladeneis. Mit den Waffeln in der Hand spazierten wir auf einer langgezogenen Straße und später neben einem Fluss. Ziellos wanderten wir durch eine Welt, in der alles noch ohne Namen war: die Straßen, das Gewässer, wir selbst.

Niemand verstand uns, wir verstanden niemanden. Das Einzige, was ich auf Deutsch sagen konnte, war Lothar Matthäus[3]. Nun kamen dazu: „Mein Name ist", „Flüchtling", „Heidelberg" und „Šokolade". Die letzten beiden waren recht einfach. [...]

Dann aber wurde unvermutet der Blick frei, schräg nach oben, wo die ewige Sonne tatsächlich ihr verjüngendes Licht auf eine inmitten von Berg und Wald ruhende

Frankfurter Buchmesse, 19. Oktober 2019

Schlossruine[4] goss. Ich hatte mehr kaputte Häuser gesehen, als mir lieb sein konnte – das hier war das erste kaputte Schloss. Das trotz aller Kaputtheit fantastisch aussah, fantastisch und stolz – und darin irgendwie wieder vollständig. Es wirkte, als sei es schon als blassrote Ruine in den Berg eingelassen worden. Als könne es nur so und nur hier, in angenehmer Nähe zum weichen Fluss auf den nun unmaskierten Gesichtszügen der alten Stadt, frei von allen Zweifeln existieren.

Auf einmal waren auch wir uns selbstverständlich. Eine Mutter und ein Sohn auf einem kleinen Platz in Deutschland, der bald nicht mehr namenlos sein würde: Karlsplatz. Wie andere Mütter und Söhne auf anderen Plätzen. Wie der Schokoladengeschmack vom Schokoladeneis. Wie das Innehalten unterhalb eines imposanten Bauwerks, das man zum ersten Mal sieht.

Der Anblick des Schlosses wird für mich immer nach Schokolade schmecken. Meine erste Freude in Deutschland war eine touristische Attraktion. Im Nachhinein weiß ich, dass die Freude kam, weil wir uns zum ersten Mal nach der Flucht sicher fühlten. Hier waren wir fremd, aber die Fremde war nicht bedrohlich, der Regen einfach nur Wetter, die Sonne nur sie. An diesem merkwürdigen Ort, an dem du als eine gigantische Ruine einfach so herumstehen konntest, und Japaner kraxeln auf dir herum, und du bist ein wenig hochmütig, ein wenig grotesk, und gleich bist du auch ein wenig „mein" – hier konnte uns nichts geschehen. Wie die Schlossruine würden auch wir überdauern.

1 In Bosnien hat es geschossen am 24. August 1992: Anspielung auf den damaligen Krieg in dieser Region 2 Neckar, der: Nebenfluss des Rheins; führt durch Heidelberg 3 Lothar Matthäus: ehemaliger Fußballspieler und Mannschaftskapitän der Fußballnationalmannschaft 4 Schlossruine, die: hier: Ruine des Heidelberger Schlosses

1 Saša Stanišić wurde im ehemaligen Jugoslawien geboren und erzählt in *Herkunft* seine eigene Familiengeschichte. Fassen Sie die Eindrücke des Ich-Erzählers bei seiner Ankunft in Heidelberg (S. 376) zusammen und beschreiben Sie die Stimmung des Romanauszugs.

2 Untersuchen Sie Stanišićs Schreibstil und beschreiben Sie dessen Wirkung.

Deniz Ohde: Streulicht (2020, Auszug)

1999 kamen Sophia und ich aufs Gymnasium. Den Lehrern war es ungemein wichtig, uns klarzumachen, dass wir die zukünftige Elite seien; sie benutzten diese Wendung in Nebensätzen, manchmal riefen sie auch bloß „Ihr seid die Elite!" scheinbar zusammenhanglos durch den Raum und sahen erwartungsvoll auf die dreißig zehnjährigen Schüler in Hochwasserhosen. Es handelte sich dabei um eine implizite Aufforderung, so viel ahnte ich damals schon, aber welches Verhalten genau von mir verlangt wurde, was genau damit zusammenhing, dass ich zur Elite gehören sollte, verstand ich nicht, und es war auch keine Frage, die ich mir bewusst stellte, sondern vielmehr eine allgemeine Ratlosigkeit, die sich daraus ergab.

Ich starrte über Stunden auf die Tischplatte aus dunkel lasiertem Massivholz, den Rücken an die Stuhllehne gedrückt. Ich starrte auf graues Kopierpapier, auf das Tabellen gedruckt waren und in Abschnitte unterteilte Texte, ich beugte mich über Blätter, so nah es ging, ohne dass die Oberfläche unscharf wurde, und ließ meinen Blick auf der Maserung ruhen. An der Unterseite der Tischplatten klebten getrocknete Kaugummis, es gab Untertischkörbe mit altem Brotpapier und ausgetrunkenen Saftkartons, auf der Oberseite waren Namen eingeritzt und Sprüche mit Edding und Tipp-Ex geschrieben. Im Sommer klebten die Arme an der Lasur fest. Wenn es besonders heiß war, gaben die Stühle durch den Schweiß Farbe ab und hinterließen rotbraune Schlieren auf der Kleidung.

Ich ahnte, dass es etwas mit einer Haltung zu tun hatte. Damit, nicht ungeduscht zu sein oder Löcher im Pullover zu haben. Ich ahnte, dass meine vom Waschen fusseligen grauen Oberteile mit Drachenaufdruck nicht geeignet waren. Ich ahnte, dass mein Wohnort nicht geeignet war und die alten Möbel in der Küche, dass der Schmutzfilm auf der braunen Arbeitsplatte nicht dazu passte und auch nicht die Tapete mit Elefanten in meinem Zimmer, die an einigen Stellen vom Putz gerissen war. Dass ich versuchte, Bruchrechnungen auf einem weißen Plastikschemel zu lösen, während der Fernseher vor mir die Talkshow *Brigitte* zeigte. Ich hatte das Gefühl, dass es etwas damit zu tun hatte, wie ich lachte. Dass ich dazu angehalten war, nur milde zu lächeln, und auch das nur, wenn es sich um einen Witz handelte, der ein von mir auswendig gelerntes Gedicht beinhaltete.

Es ging um filigran zurückgesteckte Haarsträhnen im Gegensatz zu den drahtigen Haaren im Mittelscheitel über dem weißen Kapuzenpullover, dessen Ärmelsäume sich vom Zigarettenrauch meines Vaters gelb färbten. Es ging um diesen Rauch, der in jeder Faser hing, und die Fußmatte mit Orientmuster vor unserer Wohnungstür.

Es hatte etwas mit meinem geheimen Namen zu tun und damit, dass ich wenig Gemüse aß, dass mein Vater mir alle paar Wochen etwas Obst schnitt und der Meinung war, so bliebe ich gesund, dass ich zum Mittagessen Tiefkühlpizza bekam und niemand in unserer Wohnung an irgendeinem Tisch aß, weil diese voller Zeitungen und leerer Döschen waren. [...]

Dass ich nicht zur Elite gehören konnte, hatte auch damit zu tun, dass die Barmänner aus den Gaststätten des Orts unsere Telefonnummer kannten. „Er singt wieder?", flüsterte meine Mutter nachts in den Hörer, bevor sie sich leise ihre Jacke überzog und ich hörte, wie sie den Schlüssel vom Brett nahm. Immer und immer wieder holte sie ihn ab, ging mit ihm die kurzen Wege von *Conny's Eck* oder dem *Schluckspecht* nach Hause, hielt ihn am Arm, wenn er drohte auf die Fahrbahn zu wanken, sah peinlich berührt zu Boden, wenn einer ihnen entgegenkam. Es war eine Szene, die in jedem Jahrhundert hätte stattfinden können. [...]

Es hatte damit zu tun, dass mein Vater bei seinem letzten Gang zum *Buchclub* den Band *Bildung. Alles was man wissen muß* gekauft hatte, aber über die ersten Seiten nicht hinausgekommen war. Wie mein Vater glaubte ich, dass das Buch ein Heilmittel gegen meine Unzulänglichkeit sei, weshalb ich auf Sophias Frage, was ich übers Wochenende vorhätte, sagte, dass ich die ganzen zwei Tage „nur lesen" wollte. Sophia sah mich von der Seite an mit einem Blick, den ich als vage Abwertung empfand. Weil ich den Versuch unternahm, mich elitär zu benehmen. Weil ich eine Pose einnahm, die man mir nicht abkaufen würde. Weil ich wahrscheinlich log und nicht lesen würde, sondern vor dem Fernseher sitzen und Sonnenblumenkerne essen, bis meine Unterlippe weißlich und aufgeweicht war.

Sophia durfte nur manchmal fernsehen und nur manchmal etwas zwischen den Mahlzeiten essen. Ihre Mutter machte ihr dann „Naschteller". Die Zutaten dafür holte sie aus dem obersten Fach eines Rollküchenschrankes, an den Sophia nicht eigenständig gehen durfte, und legte sie mit entfernter Packung auf einen Teller.

3 Beschreiben Sie die Lebenswelt der Protagonistin in dem Romanauszug aus *Streulicht* (S. 377).

4 Fassen Sie das Zitat in eigenen Worten zusammen und untersuchen Sie, wie in dem Romanauszug (S. 377) „Rassismus“ und „Chancengleichheit [...] erlebbar“ werden.

> „Ich habe diese Begriffe Rassismus oder Chancengleichheit nicht verwendet, weil das abstrakte Begriffe sind und nicht besonders literarische. Mir war wichtig, diese Begriffe erlebbar zu machen. Also was sie bedeuten in einer Biografie und wie die sich anfühlen und in welchen sehr kleinen Situationen die sich abspielen.“ (Deniz Ohde in einem Interview über ihren Roman).

5 In Rezensionen wird die Sprache der Autorin von *Streulicht* unterschiedlich bewertet. Wählen Sie für den Romanauszug (S. 377) treffende Bezeichnungen aus und begründen Sie mit Textstellen.

schnörkellos | finster | ruppig | hart | klar | präzise | zupackend

Tonio Schachinger: Echtzeitalter (2023, Auszug)

Till besucht ein elitäres Wiener Internat, sein Klassenlehrer Dolinar hat einen Sonderstatus und ist sehr autoritär. Unter ihm haben insbesondere die Schüler Khakpour und Palffy zu leiden, zunehmend auch der Protagonist Till, als sich dessen Leistungen verschlechtern. Dolinar hat „drei goldene Regeln“ bei der Auswahl der Klassenlektüre für den Deutschunterricht, nämlich „nichts aus dem zwanzigsten Jahrhundert, keine Übersetzungen und nichts, was nicht als Reclamheft erhältlich ist.“

Am Freitag, nach wenigen Stunden Schlaf, die sich wie wenige Minuten anfühlen, wacht Till auf und rennt, ohne zu duschen oder zu frühstücken, in die Schule. Das Tor schließt sich, während er über den Zebrastreifen geht. Jetzt muss er sich mit den anderen bei der Portierstür anstellen, bekommt vom Erziehungsleiter einen Laufzettel und läuft in die Klasse mit dem Gefühl, in einer ewigen Abwärtsspirale gefangen zu sein.

In der Biostunde sucht er seine *Brigitta*[1] in der Tischlade, um das dritte Kapitel fertig zu lesen. Er findet sie nicht. Till schleudert alle Hefte und Bücher auf den Boden, wird vom Biolehrer getadelt, findet die *Brigitta* noch immer nicht.

In der Pause geht er zu seinem Kasterl[2], fegt alles, was drin ist, auf den Boden, denkt mehrmals, er hätte die *Brigitta* gefunden, nur um festzustellen, dass es sich um ein anderes Reclam handelt. Er sieht immer wieder nach, wird immer wieder an denselben Orten, wird immer geladener, immer ratloser.

Er atmet durch, schaut durch die Klasse, und sein Blick trifft auf den von Khakpour, der lächelt und ein gelbes Büchlein in der Hand hält. Till geht auf ihn zu, nimmt ihm das Reclam weg, sicher, auf der ersten Seite seinen eigenen Namen zu finden.

Die erste Seite ist herausgerissen.

Khakpour lacht ihm ins Gesicht: „Kann ich mein Reclam jetzt wiederhaben? Du hast mich grade dran erinnert, dass ich noch meinen Namen reinschreiben muss.“

„Gib her, du Wichser“, schreit Till, und als Khakpour wieder lacht, möchte Till ihm ins Gesicht schlagen.

Stattdessen geht er zurück auf seinen Platz und sagt noch mehrmals *Wichser, Wichser, Wichser*. Sein Leben ist vorbei. Er wird nie wieder Freizeit haben, nie wieder in den Informatiksaal gehen, nie wieder Dolinars Aufmerksamkeit abschütteln können. Er merkt, wie Tränen in ihm aufsteigen, Wuttränen, wie damals, als Steiner ihm in der ersten Klasse den Zettel weggenommen hatte, auf dem in der Handschrift seiner Mutter stand: Ich liebe dich! Du bist der Beste!, und Till ihm hinterherlief, ohne ihn jemals einzuholen, während Steiner immer wieder rief: „Ich liebe dich! Du bist der Beste!“ Aber Till weint nicht. Er schluckt die Verzweiflung und die Wut herunter. [...]

Palffy kommt zu Tills Platz. Die letzten *Brigittalosen*, die zwei ärmsten Schweine dieser Welt. So tief bin ich gesunken, denkt Till, auf einer Stufe mit Palffy, der auch am dritten Tag in Folge zu blöd ist, seine *Brigitta* mitzunehmen.

Palffys heutiger Plan ist noch um vieles wahnsinniger als der von vorgestern, aber Till, ja, was ist eigentlich mit Till? Wieso entgleitet ihm die Kontrolle dermaßen, wieso fühlt er sich so seltsam, bewegt sich, wie in eine große Plastikkugel eingehüllt? Wie kann er Palffy folgen? Aus der Klasse, die Treppen runter und an die Wand gedrückt bis zum Eck der Mauer, die unsichtbare Linie entlang, die dem südöstlichen Eck der Schule entspringt, wo niemand sie sehen können sollte, wo sie aber definitiv jemand sieht: Emma Ghisetti steht am Fenster, winkt ihnen und lacht laut.

Sie laufen weiter, am Tennisplatz vorbei, wo der Schulpfarrer in schwarzen Shorts und kurzärmeligem schwarzen Hemd mit weißem Kragen gegen einen der Turnlehrer spielt. Sie klettern über die Mauer, steigen vor dem Theater Akzent auf zwei E-Roller, rollen den Hügel hinunter über den Schwarzenbergplatz am Musikverein und am Stadtpark vorbei bis zum Buchgeschäft Morawa.

Der Fahrtwind ist alles, woran Till denkt. Till weiß, dass sie längst von der Schule geflogen sind, dass, noch bevor sie das Drehregal mit den Reclams erreicht haben, auch ihre Eltern verständigt worden sind. Er weiß, dass es ihnen nichts bringen wird, die beiden *Brigittas* in ihren Hosentaschen zu haben, weshalb es keine Rolle spielen wird, dass die Scooter weg sind und auch keine anderen in der Nähe, und sie zur U-Bahn-Station Stephansplatz laufen müssen.
Palffy zittert vor Aufregung, weil er zu dumm ist, um ihre Situation zu verstehen. Er ist dumm, aber ein guter Mensch, und Till fragt sich, wieso er ihn immer mehr verachtet hat als Khakpour, der klug und ein Arschloch ist. Till denkt daran, wie Khakpour und die anderen Fußballer einmal in einer nur 15-minütigen Freizeit bei Sababa Pitas essen waren und rechtzeitig zurückgekommen sind.
Er versucht, es durchzurechnen: zwei Minuten zum Portier, drei Minuten zum Stephansplatz, zwei Minuten zu Sababa ...
„Hey!"
Till öffnet die Augen.
„Hörst du mir überhaupt zu? Wir haben noch fünf Minuten!", sagt Palffy und zeigt auf sein Handy, während sie in die U-Bahn-Station Karlsplatz einfahren.
Es ist, als hätte Till im Splitscreen mit jemand anderem gespielt und dabei die ganze Zeit auf den falschen Bildschirm geschaut, ohne zu bemerken, dass seine Bewegungen auf dem Joystick nicht den Bewegungen seiner Figur im Spiel entsprechen. Jetzt wacht er auf.
Er sieht auf die Uhr, und gerade als er wieder Hoffnung schöpft, zucken sie beide, Palffy und er, zusammen. Der Dolinar ist in den Nachbarwaggon gestiegen.
Till und Palffy legen sich auf den Boden. Der Dolinar steigt bei der Taubstummengasse aus, und sie warten bis zum Schließton der Türen, springen dann hinterher, kauern sich hinter einen Mistkübel[3], der kaum Sichtschutz bietet.
Der Dolinar dreht den Kopf in ihre Richtung und geht dann zum Ausgang. Hat er sie gesehen? Tills Angst ist einen Moment lang die größte Sache der Welt. Sie sehen ihren Lehrer die Rolltreppe zur Mayerhofgasse hinaufhuschen, mit langen, federnden Schritten und niedrigem Körperschwerpunkt.
„Es ist vorbei", sagt Till, und Palffy schaut ihn wütend an.
Sobald der Dolinar um die Ecke ist, laufen sie los. Tills Blick klebt an den Bürsten. Oben angekommen, sehen sie ihn mit seiner Ledertasche die Straße überqueren.
„Es ist vorbei", sagt Till noch einmal, und Palffy schüttelt wortlos den Kopf. Sie hocken hinter dem Ausgang der U-Bahn-Station und schauen zu, wie der Dolinar durch die Portierstür, hinter dem hüfthohen Gitter des Tors vorbei und zur Feststiege geht.
„Es ist zu spät. Bis wir bei der Mauer oben sind, ist er schon längst in der Klasse, sogar wenn er noch ins Konferenzzimmer muss", sagt Till.
Palffy erwidert seinen Blick mit einem entschlossenen Ausdruck im Gesicht. „Ja...", sagt er und wartet, bis die Ampel grün wird. Dann dreht er sich um, lächelnd, und ruft: „Go bitch or go home!"
Und bevor Till ihn ausbessern kann, dass der Spruch lautet „Go big or go home", ist Palffy schon über die Straße, wo ein abbiegendes Auto stehen bleibt und ihn anhupt, läuft direkt auf das hüfthohe Tor zu, und obwohl Till spürt, was passieren wird, obwohl er es im Turnunterricht gesehen hat, kann er es nicht glauben: Palffy schafft es rüber, der Portier kann ihn nicht einholen, sich sein Gesicht nicht merken, wird erst aus seinem Kabäuschen kommen, wenn Palffy schon in den nächsten Hof einbiegt. Palffy wird es vielleicht sogar vor dem Dolinar in die Klasse schaffen.
Nein.
Palffy bleibt mit einer Fußspitze am Gitter hängen, knallt auf den Boden, sein Schmerzensschrei hallt im Torbogen wider. Till sieht hilflos zu, wie der Dolinar von der Feststiege zurückkommt, sieht ihn mit an die Stirn gelegtem Handrücken neben Palffy zu Boden sinken wie Maria beim sterbenden Jesus. Till dreht um und läuft die Mayerhofgasse entlang, biegt in die Danhausergasse ein, in die Waltergasse, ist sich sicher, dass der Dolinar ihn gesehen hat, läuft trotzdem weiter den Hügel hinauf, die Marianumgasse entlang bis zum Theater Akzent, klettert über die Mauer, hört am Tennisplatz den Schulpfarrer etwas rufen, ignoriert ihn, läuft den Hügel hinunter, ohne der unsichtbaren Linie zu folgen, kommt vollkommen verschwitzt in der Klasse an.
Stühlerücken, Aufstehen, Lachen.
Dann Stille, als den anderen auffällt, wie bleich Tills Gesicht ist und wie erschrocken er dreinschaut.
15 Minuten später kommt der Dolinar.

1 Brigitta: Titel einer Erzählung von Adalbert Stifter 2 Kasterl. Spind (österr.); 3 Mistkübel: Abfalleimer (österr.)

6 Beschreiben Sie die Wirkung des Romanauszugs aus *Echtzeitalter* und belegen Sie diese am Text.

7 Charakterisieren Sie Till, Palffy und Dolinar und beschreiben Sie die Figurenbeziehungen.

8 Analysieren Sie, wie in dem Romanauszug Authentizität und Komik erzeugt werden.

MK **9** **PLUS** Saša Stanišić, Deniz Ohde und Tonio Schachinger haben renommierte Buchpreise gewonnen. Informieren Sie sich über diese und die jeweiligen Begründungen der Jury.

Schauen Sie sich im Panorama (S. 354) den Punkt ⑥ zur Postmoderne an.

Postmoderne Erzählstrategien kennenlernen

Daniel Kehlmann: Die Vermessung der Welt (2005, Auszug)

Der Forscher Alexander von Humboldt, der in Begleitung des Franzosen Bonpland Südamerika bereist, kritisiert die Fabulierlust: „Er habe den Eindruck, sagte Humboldt, hier werde ununterbrochen erzählt."

Mario bat Humboldt, auch einmal etwas zu erzählen.
Geschichten wisse er keine, sagte Humboldt und schob seinen Hut zurecht, den der Affe umgedreht hatte. Auch möge er das Erzählen nicht. Aber er könne das schönste deutsche Gedicht vortragen, frei ins Spanische übersetzt. Oberhalb aller Bergspitzen sei es still, in den Bäumen kein Wind zu fühlen, auch die Vögel seien ruhig, und bald werde man tot sein.
Alle sahen ihn an.
Fertig, sagte Humboldt.
Ja wie, fragte Bonpland.
Humboldt griff nach dem Sextanten.
Entschuldigung, sagte Julio. Das könne doch nicht alles gewesen sein.
Es sei natürlich keine Geschichte über Blut, Krieg und Verwandlungen, sagte Humboldt gereizt. Es komme keine Zauberei darin vor, niemand werde zur Pflanze, keiner könne fliegen oder esse einen anderen auf. Mit einer schnellen Bewegung packte er den Affen, der gerade versucht hatte, ihm die Schuhe zu öffnen, und steckte ihn in den Käfig. Der Kleine schrie, schnappte nach ihm, streckte die Zunge heraus, machte große Ohren und zeigte ihm sein Hinterteil. Und wenn er sich nicht irre, sagte Humboldt, habe jeder auf diesem Boot Arbeit genug!

1 Stellen Sie den Romanauszug szenisch dar.

2 Erklären Sie, warum die Zuhörer so verwirrt reagieren.

3 Nennen Sie anhand der Texte von Kehlmann und Goethe die wesentlichen Kennzeichen von Epik und Lyrik.

4 Erläutern Sie, wie Daniel Kehlmann den Unterschied zwischen den Gattungen Epik und Lyrik für die ironisch distanzierte Charakterisierung seines Protagonisten nutzt. Verwenden Sie dazu die Erläuterungen zur Postmoderne (S. 385) und zur Intertextualität (S. 527).

Johann Wolfgang Goethe: Über allen Gipfeln (1780/1815)

Über allen Gipfeln
Ist Ruh',
In allen Wipfeln
Spürest Du
Kaum einen Hauch;
Die Vögelein schweigen im Walde.
Warte nur! Balde
Ruhest du auch.

Umberto Eco: Die postmoderne Haltung (1984, Ausschnitt)

Die postmoderne Haltung erscheint mir wie die eines Mannes, der eine kluge und sehr belesene Frau liebt und daher weiß, dass er ihr nicht sagen kann: „Ich liebe dich inniglich", weil er weiß, dass sie weiß (und dass sie weiß, dass er weiß), dass genau diese Worte schon, sagen wir, von Liala geschrieben worden sind. Es gibt jedoch eine Lösung. Er kann ihr sagen: „Wie jetzt Liala sagen würde: Ich liebe dich inniglich." In diesem Moment, nachdem er die falsche Unschuld vermieden hat, nachdem er klar zum Ausdruck gebracht hat, dass man nicht mehr unschuldig reden kann, hat er gleichwohl der Frau gesagt, was er ihr sagen wollte, nämlich dass er sie liebe, aber dass er sie in einer Zeit der verlorenen Unschuld liebe. Wenn sie das Spiel mitmacht, hat sie in gleicher Weise eine Liebeserklärung entgegengenommen. Keiner der beiden Gesprächspartner braucht sich naiv zu fühlen, beide akzeptieren die Herausforderung der Vergangenheit, des längst schon Gesagten, das man nicht einfach wegwischen kann, beide spielen bewusst und mit Vergnügen das Spiel der Ironie ... Aber beiden ist es gelungen, noch einmal von Liebe zu reden.

5 Geben Sie wieder, was Umberto Eco unter „postmoderne[r] Haltung" (Z. 1) versteht und überprüfen Sie, ob sich diese auf den Romanauszug *Die Vermessung der Welt* beziehen lässt.

Lyrische Texte untersuchen

1 Der Mauerfall 1989 hat bei sehr vielen Menschen Euphorie ausgelöst und die meisten befürworteten die Wiedervereinigung. Vergleichen Sie diese Stimmung mit der Darstellung des Tags der deutschen Einheit im Gedicht von Heinz Kahlau. Erklären Sie in diesem Zusammenhang, warum der lyrische Sprecher den Tag mit „Zorngesängen" (V. 14) feierte.

Heinz Kahlau: Tag der Einheit (1991)

Am Tag der deutschen Einheit
saß ich zwischen dem, was war.
Ich war ummüllt von Werbung und von Briefen,
die Geld von mir verlangten,
und war ganz und gar
mit dem beschäftigt,
was das nächste Jahr
von mir verlangen könnte. In den Tiefen
der Seele kochte das,
was da seit je gefangen:
die kalte Wut
auf jede Art von Staat.
Der dritte will mich in sein Muster zwängen.

Ich feierte den Tag mit Zorngesängen.

Reiner Kunze: die mauer

Zum 3. oktober 1990

Als wir sie schleiften, ahnten wir nicht,
wie hoch sie ist
in uns

Wir hatten uns gewöhnt
an ihren horizont

Und an die windstille

In ihrem schatten warfen
alle keinen schatten

Nun stehen wir entblößt
jeder entschuldigung

Volker Braun: Das Eigentum (1990)

Da bin ich noch: Mein Land geht in den Westen.
KRIEG DEN HÜTTEN FRIEDE DEN PALÄSTEN[1].
Ich selber habe ihm den Tritt versetzt.
Es wirft sich weg und seine magre Zierde.
Dem Winter folgt der Sommer der Begierde.
Und ich kann *bleiben wo der Pfeffer wächst*.
Und unverständlich wird mein ganzer Text.
Was ich niemals besaß, wird mir entrissen.
Was ich nicht lebte, werd ich ewig missen.
Die Hoffnung lag im Weg wie eine Falle.
Mein Eigentum, jetzt habt ihrs auf der Kralle.
Wann sag ich wieder *mein* und meine alle.

1 Krieg den Hütten Friede den Palästen: „Friede den Hütten! Krieg den Palästen!" lautete das Motto über Georg Büchners (1813–1837) Flugschrift *Der Hessische Landbote* (1834)

Montagsdemonstration in Leipzig, Februar 1990

2 Untersuchen Sie den Blick auf die Wende und Wiedervereinigung in den Gedichten *die mauer* und *Das Eigentum*.

3 Analysieren Sie, wie das Gefühl der Trennung in dem Gedicht *die mauer* formal gestaltet ist.

4 Interpretieren Sie den intertextuellen Bezug in dem Gedicht *Das Eigentum* und untersuchen Sie weitere sprachliche Besonderheiten.

Bas Böttcher: Berlin Paradoxien

Bas Böttcher ist ein wichtiger Vertreter der zeitgenössischen Bühnenlyrik und zählt zu den Mitbegründern der Spoken-Word-Szene.

Egal ob Eigenheim oder Sozialbaugegend
ob stylish nice, total aufregend
gehypter Stadtteil, Areal aufstrebend
oder reihenweise – Normalhaus eben

Berlin, zeig Tiefen Stil und Brüche
Ich liebe deine Widersprüche

Zwischen Lidl, Bio und Leadership, uralt und superhip
Flucht und Urlaubstrip, weltbekannt und Geheimtipp
Zwischen Flachmann, Baby-Fläschchen, Glamour und Trash
Blaumann und Fashion, Motz, Armut, Anzug und Cash

Zeig Tiefen Stil und Brüche
Ich liebe deine Widersprüche

Hier fährt die Untergrundbahn oben und die Stadtbahn raus aufs Land
Die Busse heißen Metro, Einwegflaschen kosten Pfand
Große Männer wer'n von kleinen Frauen „Kleena" genannt
Trotz „zurückbleiben bitte" kommt diese Stadt voran

Generell ist Berlin ne Wucht
Quell der Berliner Luft
Chanel und Benzingeruch
Rebell mit Widerspruch

Unser Checkpoint war schon Charlie
bevor Hebdo Charlie[1] war.
Und der Airport war schon Brandt[2]
bevor Brandbekämpfung da war, klar!

Ich hab im Tiergarten irgendwie nie Tiere gesehen
und selbst am Zoo sieht man meist nur Homo Sapiens stehen
Dafür Bullen am Hühnergrill
Zicken im Nerzmantel
Adleraugen im Eisbären-Sturm
Schlangen am Fernsehturm

Berlin, zeig Tiefen Stil und Brüche
Ich liebe deine Widersprüche
'ch krieg ab und zu zu viel und wünschte
weniger Flüche, weniger Süchte

Berlin, wo der Westen östlicher als die Mitte sein kann
und früher westlich vom Westen der Osten begann
Da schließen Spätis[3] frühmorgens und man isst Frühstücke spät

Berlin die Wunderstadt, wo nichts länger besteht
als ein topp improvisiertes super Provisorium
außer T-Rex Otto aus dem Mesozoikum[4]
Man läuft seit Jahren an der Warschauer um Baustellen drumrum
WAS wäre mein Berlin ohne die Zwischennutzung!

Zeig Tiefen Stil und Brüche
Ich liebe deine Widersprüche

Man baut das alte Schloss neu, des Neue Museum bleibt alt
Und angesichts deiner Flachland Gestalt
erfand man Berge! – Lichtenberg, Rollberg, Schöne- und Rehberge halt
Berlin ich liebe Deine Phantasie, die nie an harten Fakten abprallt

Um zwölf Uhr Mittags endet bei dir ne lange Nacht
Und deine Pfannkuchen werden selten in Pfannen gemacht
Man trinkt meist deine Weiße grün oder rot[5]
anstatt von Armut fühlst du dich von Luxus bedroht

Ich liebe deine Widersprüche
Deine Spießer und Schischagerüche

[...]

Berlin, deine prächtig und verranzten
echt entspannten, mal verdreckt, mal galanten
ecken und Kanten, stecken voll Chancen

Hör nie auf zu werden
mit Fantasie zu entwerfen
Wie Wirken und Werken
aus Trümmerbergen und Scherben
uns einst Bauten bescherten
Es kann so vieles werden

Jetzt bist du bald hübsch und schick
bis zum Häuserfassadenglanz – wie geleckt
Doch bitte Berlin – werde nie Perfekt!

---

1 Charlie Hebdo: französische Satirezeitung, auf deren Redaktionsbüro im Januar 2015 ein Terroranschlag verübt wurde, bei dem ein Großteil der Redaktion getötet wurde 2 Willy Brandt: regierender Bürgermeister von Berlin und Bundeskanzler, Namensgeber des Flughafens, hier: Anspielung an die Probleme beim Brandschutz beim Bau des Flughafens 3 Späti: Bezeichnung für kleine Läden, die außerhalb der üblichen Zeiten geöffnet sind (ostdt. Bezeichnung) 4 T-Rex Otto aus dem Mesozoikum: Anspielung auf das Originalskelett des Tristan Otto genannten Tyrannosaurus Rex im Naturkundemuseum Berlin 5 Weiße grün oder rot: traditionelles Biermixgetränk

5 Formulieren Sie Ihre ersten Eindrücke von der Liebeserklärung Bas Böttchers an Berlin.

6 Erklären Sie zentrale Paradoxien, die der Slam-Text enthält.

MK **7** Bereiten Sie den Text für einen Vortrag vor und erstellen Sie ein Audio oder Videoclip.

8 Gestalten Sie einen Poetry-Slam-Text zu Ihrer Heimatstadt bzw. Heimatregion. Sie können in Ihren Text auch Paradoxien einarbeiten. Üben Sie den Text für eine Darbietung ein und tragen sie ihn vor.

MK **9** Nutzen Sie den folgenden Text und recherchieren Sie Beispiele für Instapoesie oder vergleichbare Formate. Diskutieren Sie die Frage, ob Instapoesie zu einer „Renaissance" der Lyrik führen kann.

Alicia Frey: Instapoesie – Die Wortkünstler unserer Zeit (2024, Ausschnitt)

Im Verlagswesen gelten Gedichtbände als Nischenprodukte, online scheinen sie ihr großes Comeback zu feiern. [...] Nun kommt die Instapoesie als digitale Literatur ins Spiel, bei der die Form, ob Sonett oder Ballade, überhaupt keine Rolle mehr spielt. Sie zieht ihren Vorteil aus der praktizierten Teilbarkeit auf den sozialen Netzwerken. Heutzutage gehört das Vervielfältigen wie auch die Rezeption digitaler Kunst nämlich zum Alltag vieler junger Menschen dazu. Diese lassen sich von den Sprüchen inspirieren und posten sie sogar auf ihrer eigenen Profilseite. Die Gedichte gelangen in einen digitalen Dialog, werden von unterschiedlichen Menschen geteilt und geliked. Das ist beinah so, als würde man den gekauften Gedichtband allen Freunden weitergeben, die wiederrum das Gleiche tun und so weiter und so weiter.

Merkmale der Gegenwartsliteratur

Epochenlexikon
→ S. 522 f.

Literatur nach 1945

Nach Ende des Zweiten Weltkrieges und nach der Schoah stand die Frage im Raum, ob oder wie man nach diesem Grauen noch dichten könne. Obgleich in vielen anderen Bereichen **Verdrängungstendenzen** zu beobachten waren, findet in vielen literarischen Werken eine **Auseinandersetzung mit der jüngsten Vergangenheit** statt. Die damit einhergehenden **neuen Schreibweisen** in allen literarischen Gattungen zeigen das Misstrauen gegenüber der in der Diktatur missbrauchten Sprache. Die Kriegs- und Heimkehrerliteratur wird auch als **Trümmerliteratur** bezeichnet. In ihr findet sich eine Sprache, die bewusst nicht ästhetisch gestaltet ist, sondern kahl wirken soll. In der Epik der Nachkriegszeit kommt der **Kurzgeschichte** eine besondere Bedeutung zu. Diese wurde in Anlehnung an den US-amerikanischen Schriftsteller Ernest Hemingway zu einer beliebten Gattung.

sog. Trümmerfrauen, Berlin 1945

Gruppe 47

1947 bildet sich um Hans Werner Richter ein **Zusammenschluss** von engagierten Schriftstellerinnen und Schriftstellern, die sich in ihren Zusammenkünften aus ihren Werken vorlesen und diese gegenseitig kommentieren und kritisieren. Ihr gehörten u.a. Ingeborg Bachmann, Heinrich Böll, Günter Eich, Paul Celan und Ilse Aichinger an.

Literatur im geteilten Deutschland

Die verschiedenen literarischen Phasen in der Bundesrepublik und der DDR sind vor allem von **politischen Einflüssen** geprägt. Zentral sind dabei die endgültige Teilung Deutschlands mit der Gründung der beiden deutschen Staaten und dem Mauerbau sowie der Kalte Krieg mit seinem Wettrüsten.
Die frühen Jahre der **Bundesrepublik** sind gekennzeichnet von Konsum, dem sogenannten „Wirtschaftswunder" sowie dem Verdrängen der nationalsozialistischen Vergangenheit und der damit verbundenen Schuldfrage. Schriftstellerinnen und Schriftsteller kommentieren diese Haltungen oft kritisch. Eine weitere **Politisierung der Literatur** lässt sich beobachten, als der dauerhaft geglaubte wirtschaftliche Aufschwung krisenanfällig wird und sich Ende der 60er- und Anfang der 70er-Jahre Proteste von Studierenden formieren. Auch in der **DDR** ist eine Politisierung der Literatur zu beobachten. Zunächst sind viele Texte durch das Bestreben der DDR-Führung gekennzeichnet, den Aufbau des Sozialismus zu propagieren. Zunehmend findet aber auch eine literarische Auseinandersetzung mit der Diskrepanz zwischen der sozialistischen Utopie und den realen Lebensbedingungen statt. Auch die Umweltzerstörung und die Folgen für die Menschen sind zentrale Themen. Ein wesentlicher Unterschied im literarischen Schaffen in den beiden deutschen Staaten ist, dass systemkritische Autorinnen und Autoren in der DDR mit **Repressionen, Publikationsverboten** (z.B. Reiner Kunze) und **Ausbürgerungen** (z.B. Wolf Biermann) zu rechnen haben. Außerdem bildet sich in der DDR entgegen den offiziellen Beteuerungen ein funktionierendes **Zensursystem** heraus.
Neben der politisch orientierten Literatur entwickelt sich sowohl in der Bundesrepublik als auch der DDR eine **Gegenströmung**, die sich mehr subjektiven und autobiografischen Problemen zuwendet (**Neue Subjektivität**). Ein beherrschendes Thema ist die Suche nach der persönlichen Identität. Auch wenn dabei das Individuum und sein Alltag im Vordergrund stehen, spiegeln diese Texte oft gesellschaftliche Verhältnisse wider.

Epochenlexikon
→ S. 524 f.

Schauen Sie sich im Panorama (S. 354) die Punkte ①–⑥ an, um die Zeit noch besser zu verstehen.

Literatur nach 1989

Der Fall der Mauer und die Wiedervereinigung werden als ein Einschnitt in der Geschichte der deutschen Literatur angesehen. Mit ihm endet auch die formale Teilung in eine Ost- und Westliteratur. Es finden sich ganz unterschiedliche literarische Themen und Entwicklungen. Ein zentraler Bestandteil ist die sogenannte **Wendeliteratur**, in der sich Autorinnen und Autoren mit den großen Umbrüchen nach dem Fall der Mauer und der Wiedervereinigung auseinandersetzen. Häufiger Schauplatz ist dabei Berlin. Auch weitere politische und gesellschaftliche Themen werden aufgegriffen, wie etwa **Migrationserfahrungen** oder andere **globale Entwicklungen** (z. B. Klimawandel, Digitalisierung, Big Data, KI). Zeitgleich entstehen viele literarische Werke, die stärker das Individuum und seine Befindlichkeit ins Zentrum rücken.

Das postmoderne Büro- und Geschäftshaus *No 1 Poultry* in der City of London an der Straße Poultry (Geflügelmarkt) wurde 1997 fertiggestellt.

Berliner Mauer, November 1989

Postmoderne

In der Literatur der Postmoderne steht, anders als in der Literatur der Moderne, nicht die Erneuerung der Literatur in Form und Inhalt im Vordergrund, sondern das Spiel mit unterschiedlichen literarischen Traditionen. Dabei spielt die postmoderne Literatur auch mit Techniken, die in der Moderne entstanden sind, wie z. B. der **Intertextualität**. Durch **ironische Verfremdung** wird der Eindruck der bloßen Nachahmung literarischer Traditionen vermieden.

Autofiktion

Eine wichtige Strömung der zeitgenössischen Literatur, insbesondere bei Romanen, ist die Autofiktion. In diesen Texten verarbeiten Autorinnen und Autoren eigenes Erleben mit literarischen Mitteln. Die Autorin/der Autor ist dabei als eine Figur erkennbar, die in einer als fiktional gekennzeichneten Erzählung auftritt. Im Gegensatz zum autobiografischen Schreiben können bei der Autofiktion jedoch Erzählinstanz und Erzählfigur auch bei identischem Namen nicht gleichgesetzt werden. Annie Ernaux wurde für ihr Werk, in dem Autofiktion eine besonders große Rolle spielt, 2022 mit dem Nobelpreis ausgezeichnet. Ein thematischer Aspekt beim autofiktionalen Erzählen ist die **Migration**. So erzählt beispielsweise Saša Stanišić in dem Roman *Herkunft* von seinem Leben im ehemaligen Jugoslawien, seiner Flucht nach Deutschland und seinem Leben in dem zunächst fremden Land.

Interpretation eines Erzähltextes, ggf. mit weiterführendem Schreibauftrag (I, a)

Aufgabenart
→ S. 562

KOMPETENZBOX

Erzähltexte schriftlich interpretieren

Diese Aufgabenart verlangt eine Interpretation, d.h. die Analyse und Deutung eines Erzähltextes. Für eine Interpretation stellen Sie einen Zusammenhang zwischen Inhalt, Form und Sprache her.

1. Erstes Textverständnis festhalten – Aufgabenstellung erfassen
- erste Eindrücke festhalten
- Textangaben erfassen: Titel, Autorin/Autor, Textsorte, Thema, Entstehungs- oder Veröffentlichungsjahr
- Teilaufgaben und Untersuchungsaspekte beachten: Welche Operatoren erfordern was? Welche Aspekte des Textes sollen analysiert werden?

2. Erzähltext untersuchen und Bezüge herstellen
- Thema und Handlung des Textes erfassen
- Deutungshypothese formulieren
- die in der Aufgabenstellung genannten Aspekte untersuchen oder eigene Aspekte auswählen
- ggf. textüberschreitende Aspekte einbeziehen
- ggf. Untersuchungsergebnisse für die Bearbeitung der zweiten Aufgabe nutzen

3. Untersuchungsergebnisse prüfen
- Fazit aus den Untersuchungsergebnissen ziehen
- Deutungshypothese überprüfen und ggf. neu formulieren

4. Gliederung erstellen
Einleitung:
- interessanten Einstieg finden
- Titel, Autorin/Autor, Textsorte, Thema, Entstehungs- oder Veröffentlichungsjahr benennen
- Deutungshypothese formulieren

Hauptteil:
- Inhalt kurz wiedergeben und ggf. Auszug in den Handlungsverlauf einordnen
- Untersuchungsergebnisse anordnen
  a) nach der Reihenfolge des Handlungsverlaufs
  b) nach vorgegebenen oder selbst gewählten Aspekten
- ggf. aufgabenbezogene Überleitung zur zweiten Aufgabe formulieren
- ggf. zweite Aufgabe ausarbeiten

Schluss:
- Ergebnisse zusammenfassen, ggf. Bezug zur Einleitung herstellen

5. Klausur schreiben
- sachlich und präzise formulieren, Fachbegriffe verwenden
- logische Nachvollziehbarkeit durch gedankliche Zusammenhänge und sprachliche Verknüpfungen beachten
- Aussagen am Text durch direkte und indirekte Zitate belegen

6. Klausur überarbeiten
- sachliche Richtigkeit prüfen
- Formalia, z.B. korrektes Zitieren, beachten
- sprachliche Richtigkeit (Ausdruck, Grammatik, Zeichensetzung, Rechtschreibung) überprüfen

BEISPIEL-KLAUSUR **Aufgabe**

1 Interpretieren Sie den Romanauszug aus *Paradise Garden* von Elena Fischer aus dem Jahr 2023. Untersuchen Sie dabei insbesondere die Gestaltung von Billie und Lea und ihrer Beziehung sowie die Darstellung der sozialen Milieus.

2 Überprüfen Sie die folgende Bewertung anhand des vorliegenden Romanauszugs.

„[I]hre [Elena Fischers] Figuren sind originell, ohne ins Klischee zu rutschen […]."
(Andrea Gerk, Rezension, WDR Online, 2023)

Elena Fischer: Paradise Garden (2023, Auszug)

Die 14-jährige Protagonistin Billie erzählt aus der Retroperspektive. Sie hat bis zum plötzlichen Tod ihrer Mutter Marika allein mit ihr in einer Wohnhaussiedlung gelebt und die beiden hatten ein sehr enges Verhältnis. Kurze Zeit vor Marikas Tod ist die Großmutter, die Billie völlig fremd ist, überraschend aus Ungarn angereist und bei ihnen in die sehr beengte Wohnung eingezogen. Dadurch hat sich das Leben von Billie und ihrer Mutter von heute auf morgen vollkommen verändert. Die Großmutter hat eines Tages vorgeschlagen, Billies Freundin Lea einzuladen.

Ich rief Lea an, um sie einzuladen, aber ein Teil in mir wollte, dass sie keine Zeit hatte. Lea war erst ein einziges Mal bei uns zu Hause gewesen. Sie hatte nichts dazu gesagt, wie wir wohnten, aber ich hatte das Mitleid in ihren Augen gesehen.

Und plötzlich hatte ich mich geschämt.

Dafür, dass wir wenig Geld hatten. Dafür, dass draußen überall Müll herumlag. Wir nannten das Areal hinter unserem Wohnblock Schrott-Friedhof. Die Leute luden dort alles ab, was sie nicht mehr haben wollten. Fernseher, Heizlüfter, Mini-Backöfen. Es war auch schon vorgekommen, dass jemand einfach etwas über die Brüstung warf. Deshalb war es gefährlich, dort entlangzugehen. […]

Lea hatte Zeit und sagte zu.

Und ab da waren wir mit den Vorbereitungen beschäftigt. Meine Großmutter schrieb eine lange Einkaufsliste. Sie war so lang, dass meine Mutter und ich unmöglich alles zu Fuß nach Hause schleppen konnten. Also nahmen wir den Nissan.

„Wofür braucht sie diese ganzen Sachen?", fragte ich meine Mutter, als wir im Supermarkt Vanilleschoten und Nelken suchten.

„Wenn deine Großmutter jemanden zum Essen einlädt, dann macht sie keine halben Sachen", sagte sie. Und das stimmte.

Meine Großmutter stand vier Stunden in der Küche. Sie kochte und buk gleichzeitig, und am Ende duftete unsere ganze Wohnung.

Als es klingelte, stellte meine Großmutter gerade die letzte Schüssel auf den Küchentisch und wischte die Hände an ihrer Schürze ab. Ihre Wangen waren rot, und ihre Stirn glänzte feucht, als sie Lea die Hand entgegenstreckte.

„Herzlich willkommen!", sagte sie auf Deutsch.

„*Köszönöm*", sagte Lea.

Meine Großmutter legte ihr den Arm um die Schultern und führte sie in die Küche. Dann präsentierte sie Lea, was sie gekocht hatte. „Alle diese Speisen …", begann sie auf Ungarisch, stieß ihren Ellenbogen in meine Seite und sagte: „Kannst du übersetzen?", und ich übersetzte: „Alle diese Speisen sind ungarische Köstlichkeiten."

Wir setzten uns.

Meine Großmutter nahm zuerst Leas Teller. Sie stapelte das Essen darauf, und dann belud sie die restlichen Teller.

Anschließend senkte sie den Kopf, faltete die Hände und sagte: „Von Deiner Gnad, Herr, leben wir, und was wir haben, kommt von Dir. Drum sagen wir Dir Dank und Preis, tritt segnend ein in unsern Kreis, Amen."

Zur Vorspeise gab es *Töltött tojás*, das waren gefüllte Eier, und Gurkensalat. Bis wir die Vorspeise gegessen hatten, wusste meine Großmutter schon, welche Schulfächer Lea am liebsten mochte, was sie einmal werden wollte, welche Partei ihre Eltern wählten, ob sie gerne kochte, ob sie schon einmal in Ungarn gewesen war, ob sie Geschwister hatte, ob sie an Gott glaubte und ob sie schon einen Freund hatte.

Jedenfalls dachte meine Großmutter, dass sie es wusste. Ich sorgte dafür, dass meine Großmutter und Lea sich bestens verstanden. Ich ersetzte alle peinlichen Fragen durch harmlose. Und gab meiner Großmutter die liebenswürdigsten Antworten.

Meine Mutter hielt den Mund. Nur ein einziges Mal konnte sie sich nicht zusammenreißen und verschluckte sich vor Lachen. Sie verschluckte sich so heftig, dass meine Großmutter ausholte und ihr fest zwischen die Schulterblätter schlug. Das Kartoffelstück flog durch die ganze Küche.

Nach dem Essen zogen wir ins Wohnzimmer um, und meine Großmutter schenkte Schnaps für alle ein.

„Auf Ungarn!“, sagte sie und hob ihr Glas.

„Auf Ungarn!“, sagte Lea.

„Auf Ungarn!“, sagte ich.

Nur meine Mutter sagte nichts.

„Warum stößt du nicht mit uns an?“, fragte meine Großmutter.

„Ich stoße nicht auf Ungarn an“, sagte meine Mutter und verschränkte die Arme.

„Ungarn ist deine Heimat“, sagte meine Großmutter. „Was ist falsch daran, auf die Heimat anzustoßen?“

„Ich habe keine Heimat“, sagte meine Mutter, „Ich habe nur mein Kind.“ Meine Mutter trank den Schnaps aus und griff nach der Flasche.

„Du erzählst Unsinn, Marika“, sagte meine Großmutter. Ihr Tonfall war scharf. Dann nahm sie meiner Mutter die Flasche aus der Hand.

„Darf Billie heute bei mir übernachten?“, fragte Lea. Überrascht sah ich sie an. Wir hatten nicht darüber gesprochen. „Meine Eltern sind heute Abend nicht da“, flüsterte sie in meine Richtung, aber uns beachtete sowieso niemand.

Meine Großmutter und meine Mutter diskutierten miteinander, und als ich „Darf ich?“ fragte, sah meine Mutter nur einmal kurz zu mir rüber und sagte: „Ja, ja, kein Problem.“

Leas Eltern waren ausgegangen, zum Ball einer Wohltätigkeitsorganisation. Lea sagte, dass der Ball irgendwas mit den rumänischen Hunden zu tun hatte.

Wir saßen auf der weißen Ledercouch, aßen Süßigkeiten und tranken Cola. Lea hatte ihre Brüder nach oben geschickt. Sie spielten mit schokoverschmierten Mündern in ihren Zimmern, die Hosentaschen voller Gummibärchen.

Die Süßigkeiten hatte ich zu Hause noch schnell in meinen Rucksack gesteckt. Ich wusste, dass Leas Brüder verrückt nach ungesundem Kram waren, weil sie nie welchen essen durften.

„Die armen Kleinen“, hatte meine Mutter gesagt, als ich einmal davon erzählte, und dann hatte sie noch ein paar Extra-Schokoriegel in den Einkaufswagen gelegt.

Der Fernseher lief, aber wir sahen nicht hin.

„Streiten deine Großmutter und deine Mutter oft?“, fragte Lea.

„In den letzten Tagen ist es schlimmer geworden.“

„Es ist ganz schön eng bei euch. Ich könnte so nicht leben. Kein Wunder, dass ihr euch gegenseitig auf die Nerven geht. Du kannst immer kommen, wenn du es nicht mehr aushältst.“

„Danke“, sagte ich und begann, an der Couch herumzuspielen. Die Couch hatte in einer Ritze zwischen Sitzfläche und Armlehne silberne Knöpfe. Je nachdem, auf welchen Knopf ich drückte, bewegte sich leise surrend das Kopf- oder das Fußteil. Das Surren klang wie das Schnurren einer Katze.

„Weißt du schon, wie lange deine Großmutter noch bleibt?“, wollte Lea wissen. Ich schüttelte den Kopf.

„Immerhin seid ihr jetzt fast eine richtige Familie. Und deine Großmutter kocht echt lecker.“ Irgendetwas war falsch an Leas Worten, aber ich wusste nicht genau, was.

Erst später wurde mir klar, dass die Sache mit Lea nur auf den ersten Blick eine normale Freundschaft war. Meine Freundschaft mit Lea war wie ein Haus mit Treppen, die nirgendwohin führten, und mit Türen, hinter denen ein Abgrund lauerte.

In dieser Nacht rückte Lea nah an mich heran, wie sie es immer tat. Wenn ich bei ihr übernachtete, schliefen wir immer im selben Bett und immer in derselben Position: Lea lag hinter mir, als wären wir siamesische Zwillinge. Ich mochte das. Ich mochte ihren Duft, ihren warmen Atem an meinem Haaransatz und die Schwere ihres Arms auf meinem Körper.

Aber in dieser Nacht schob ich Leas Arm von mir runter. „Es ist zu heiß“, sagte ich und rutschte ein Stück weg.

Irgendwann wachte ich auf, weil ich Durst hatte. Lea lag nicht mehr neben mir. Ich machte kein Licht an, als ich die Treppe hinunterstieg. Die Küchentür war halb offen. Am Tisch saßen Lea und ihre Mutter. Ich zögerte und blieb in der Dunkelheit stehen.

„... gestunken“, hörte ich Lea sagen. „Und am Ende waren die beiden total besoffen und haben gestritten. Es war schrecklich.“ Sie kicherte.

„Das liegt an den Polyesterkleidern. Da muss man sich nicht wundern“, sagte Leas Mutter. „Du musst ja nicht noch mal hingehen. Mir ist es sowieso lieber, wenn sie hier ist. Ist wahrscheinlich auch für sie besser.“

Ich musste nicht länger zuhören, um zu wissen, wer gemeint war. Ich ging zurück nach oben, zog mich an, packte meinen Rucksack, und das war‘s.

Ich stand schon vor unserem Block, als mir klarwurde, dass ich nicht hochgehen würde. Es war mitten in der Nacht. Ich konnte meiner Mutter nicht sagen, was passiert war. Ich konnte ihr nicht sagen, dass Lea sich über uns lustig gemacht hatte. Ich konnte ihr nicht sagen, dass ich meine beste Freundin verloren hatte. Ich wusste, dass es ihr das Herz brechen würde.

1. Erstes Textverständnis festhalten – Aufgabenstellung erfassen

Schreibtraining 132

1.1 Lesen Sie den Text, halten Sie Ihre ersten Eindrücke fest und klären Sie ggf. offene Fragen.

1.2 Klären Sie, was die Aufgabenstellung von Ihnen verlangt. Beachten Sie besonders die Untersuchungsaspekte und die Operatoren in den Aufgaben 1 und 2 (S. 387). Nutzen Sie auch die folgende Definition.

Soziales Milieu
Zum einen gelten der Bildungsgrad, die berufliche Stellung und das Einkommen als Kriterien für soziale Milieus, zum anderen beschreibt der Milieubegriff gesellschaftliche Gruppen mit ähnlichen Prinzipien der Lebensführung, Werten und Mentalitäten.

2. Erzähltext untersuchen und Bezüge herstellen

2.1 Erfassen Sie den Inhalt des Textes.

2.2 Formulieren Sie eine Deutungshypothese.

2.3 Führen Sie mithilfe von Markierungen und Randnotizen die Erschließung des Textes nach den vorgegebenen Aspekten (S. 387, Aufgabe 1) fort.

SO GEHT'S Die Gestaltung eines literarischen Textes nach vorgegebenen Aspekten untersuchen

Elena Fischer: Paradise Garden (2023, Auszug)

Ich rief Lea an, um sie einzuladen, aber ein Teil in mir wollte, dass sie keine Zeit hatte. Lea war erst ein einziges Mal bei uns zu Hause gewesen. Sie hatte nichts dazu gesagt, wie wir wohnten, aber ich hatte das Mitleid in ihren Augen gesehen. Und plötzlich hatte ich mich geschämt.
Dafür, dass wir wenig Geld hatten. Dafür, dass draußen überall Müll herumlag. Wir nannten das Areal hinter unserem Wohnblock Schrott-Friedhof. Die Leute luden dort alles ab, was sie nicht mehr haben wollten. Fernseher, Heizlüfter, Mini-Backöfen. Es war auch schon vorgekommen, dass jemand einfach etwas über die Brüstung warf. Deshalb war es gefährlich, dort entlangzugehen.

Ich-Form (Billies Sicht), personales Erzählverhalten

Lea und ihr Verhältnis zu Billie: Abwehrhaltung Billies bei Einladung, Grund: Scham; Adverb → Verdeutlichung des Ausnahmecharakters des Besuchs Leas

Beschreibung des sozialen Milieus (Billies Familie): Anapher, elliptische Aufzählung → Konkretisierung der Lebens- und Wohnverhältnisse;
Müll (Metapher „Schrott-Friedhof"), Verwahrlosung; rücksichtsloses, primitives Verhalten der Nachbarn

2.4 Klären Sie, welchen Einfluss die Erzählweise auf die Figurengestaltung und die Darstellung der Figurenbeziehungen hat. Beachten Sie dabei die folgenden Informationen zu Formen der Charakterisierung.

Formen der Figurencharakterisierung:
- durch die Figur selbst
- die Erzählerin/den Erzähler
- eine andere Figur
- durch die Gedanken und Gefühle der Figur
- die Sprache der Figur
- ihr Verhalten, auch anderen gegenüber

2.5 Notieren Sie in einer Tabelle Textbelege, die für bzw. gegen die These Gerks sprechen, dass die Figuren „originell" seien und nicht ins „Klischee […] rutschen" (S. 387, Aufgabe 2). Positionieren Sie sich zu dieser These.

3. Untersuchungsergebnisse prüfen

3.1 Überprüfen Sie die folgenden Deutungshypothesen und begründen Sie, welche Ihrer Ansicht nach für eine Interpretation besser geeignet ist. Überarbeiten Sie im Anschluss ggf. Ihre eigene Deutungshypothese (Arbeitsschritt 2.2).

A Das Ende einer engen Freundschaft ist ein einschneidendes und schmerzliches Erlebnis. Diese Erfahrung veranschaulicht Elena Fischer in dem vorliegenden Auszug aus ihrem Roman *Paradise Garden* aus dem Jahr 2023.

B Der Auszug aus Elena Fischers Roman *Paradise Garden* aus dem Jahr 2023 thematisiert, wie gegensätzliche soziale Milieus die Freundschaft Jugendlicher negativ beeinflussen können.

C Gegensätze ziehen sich an, so heißt es. Dass manche Gegensätze, wie der von Arm und Reich, aber oft ein Hindernis für eine dauerhafte Freundschaft darstellen können, zeigt der Auszug aus dem Elena Fischers Debütroman *Paradise Garden* aus dem Jahr 2023.

4. Gliederung erstellen

4.1 Überprüfen Sie den folgenden Gliederungsentwurf und ergänzen Sie ihn.

Aufgabe 1
1. Einleitung: TATT und Veröffentlichungsjahr, Deutungshypothese
2. Kurze Inhaltszusammenfassung
3. Untersuchung der Gestaltung von Billie und Lea und ihrer Beziehung
   3.1. Bedeutung der Erzählform und des personalen Erzählverhaltens
   3.2. Analyse und Deutung erzähltechnischer und sprachlicher Besonderheiten
4. Vergleich der beiden sozialen Milieus
   4.1. Kontrastierende Darstellung der Umgebung und Raumgestaltung
   4.2. ...
5. Fazit

Aufgabe 2
1. Benennen der These
2. Pro- bzw. Kontra-Argumente zur These: Originalität der Figuren, Fehlen von Klischees
   2.1. ...
   2.2. ...
3. Fazit

Schluss
...

5. Klausur schreiben

5.1 Verfassen Sie auf der Grundlage Ihrer Vorarbeiten eine Interpretation (S. 387, Aufgabe 1) und einen argumentativen Text (S. 387, Aufgabe 2).

6. Klausur überarbeiten

6.1 Überarbeiten Sie Ihre Klausur. Achten Sie dabei auch auf die sprachliche Richtigkeit (Ausdruck, Grammatik, Zeichensetzung, Rechtschreibung) und die korrekte Zitierweise.

Beispiellösung D13

Beispiellösung (Ausschnitt)

Die Protagonistin Billie und ihre Mutter Marika haben jahrelang zu zweit in einer Hochhaussiedlung gelebt, bis eines Tages überraschend die für Billie fremde Großmutter aus Ungarn anreist und bei ihnen in die äußerst kleine Wohnung zieht. Von da an ändert sich das Leben der beiden grundlegend. Die Großmutter sorgt dafür, dass Billie ihre beste Freundin Lea zu sich zum Essen einlädt. Nach Leas Zusage beginnen aufwendige Vorbereitungen für den Besuch. Während des Essens […].

Kontext und Inhaltszusammenfassung

Der Romanauszug wird aus der Retroperspektive erzählt, d. h. die Ich-Erzählerin Billie berichtet aus ihrer Sicht von vergangenen Ereignissen. Durch das personale Erzählverhalten stehen Billies Eindrücke, Gedanken und Gefühle im Vordergrund. Ihre Wahrnehmung prägt die Darstellung der übrigen Figuren, sodass ein subjektives Bild entsteht. Allerdings werden die anderen Figuren durch ihre Äußerungen, Verhaltensweisen und Sprache indirekt charakterisiert.

Erzählweise und ihre Funktion

Schon zu Beginn des Auszugs wird das Verhältnis zwischen der Protagonistin und Lea thematisiert, wenn „ein Teil" (Z. 1) in Billie hofft, dass […]. Während des Essens dominiert die Großmutter Teile des Gesprächs mit ihren Fragen an Lea. Diese sind zum Teil indiskret, sodass Billie ironisch bemerkt, sie habe dafür gesorgt, dass sich beide „bestens" (Z. 63) verstehen, indem sie „alle peinlichen Fragen durch harmlose" (Z. 63 f.) ersetzt und „liebenswürdigste[…]" (Z. 65) Antworten von Lea gegeben habe. Auch wenn die Situation entspannt wirkt, […]. Das Ende des Abendessens markiert eine Zäsur, denn das sich daran anschließende Gespräch führt zu einem Stimmungsumschwung. Durch die – nicht mit der Freundin abgesprochene – Frage Leas, ob Billie bei ihr übernachten dürfe (vgl. Z. 90), sorgt sie dafür, dass sich die beiden Mädchen dem sich anbahnenden Streit der Mutter und Großmutter entziehen können. Auf den ersten Blick wirkt das wie ein Freundschaftsdienst.

Gestaltung Leas und Billies in der Essensszene

Nicht nur die Szenerie verändert sich durch den Ortswechsel, auch der Austausch zwischen Lea und Billie offenbart Differenzen zwischen den beiden. Lea kommentiert die Wohnverhältnisse von Billies Familie mit den Worten: „Es ist ganz schön eng bei euch. Ich könnte so nicht leben" (Z. 118 f.) und schließt daraus, dass es „[k]ein Wunder" (Z. 119) sei, dass sich die drei Familienmitglieder „gegenseitig auf die Nerven" (Z. 119 f.) gehen. Das Angebot Leas, dass Billie immer zu ihr kommen könne, wenn sie es bei sich zu Hause nicht aushalte (vgl. Z. 120 f.), wirkt zunächst freundschaftlich und fürsorglich. Dieser Eindruck wird jedoch durch weitere Äußerungen Leas teilweise entkräftet. In ihren Augen entspricht eine alleinerziehende Mutter nicht den Vorstellungen einer kompletten Familie. Sie meint nämlich: „Immerhin seid ihr jetzt fast eine richtige Familie." (Z. 130). Hier zeigt sich, dass […]. Billie erkennt, dass die beiden keine „normale Freundschaft" (Z. 135) verbindet, sondern vergleicht sie mit einem „Haus mit Treppen, die nirgendwohin führ[…]en, und mit Türen, hinter denen ein Abgrund lauert[…]" (Z. 136 ff.). Das Nomen „Abgrund" (Z. 138) hebt dabei hervor, wie schmerzhaft und angsteinflößend, geradezu existenziell diese Erfahrung für Billie ist. Dass sie nachts von Lea geht, steht sinnbildlich für die Entfremdung der beiden. Höhepunkt der Freundschaftskrise ist, als Billie das lustvolle Lästern Leas unbemerkt mit anhört. […]

Gestaltung Leas und Billies bei Lea zu Hause, Charakterisierung der Beziehung

Verdeutlichung durch direkte und indirekte Zitate/Belege

Die unterschiedlichen sozialen Milieus und die damit verbundenen Gewohnheiten, Vorstellungen und Werte tragen zum Bruch der Freundschaft bei. Die Milieuunterschiede werden in dem vorliegenden Auszug an mehreren Stellen offenkundig. Dazu tragen vor allem die Schilderungen des Wohnumfeldes bei. So schämt sich Billie für […].

Gegenüberstellung der beiden Milieus

9.4 Vernetzen: Weltliteratur einbeziehen

Adoleszenz in Romanen der Gegenwart

Douglas Stuart: Young Mungo (2023, Auszug)

Der 15-jährige Mungo wohnt in einem Arbeiterviertel in Glasgow, wo Armut, Gewalt und Kriminalität herrschen. In Bandenkriegen bekämpfen sich in dieser Zeit, den 90er Jahren, Protestanten und Katholiken. Mungos älterer und gefürchteter Bruder Hamish, genannt Ha-Ha, ist Anführer der protestantischen Gang. Da Mungos Mutter ihre Kinder vollkommen vernachlässigt, hat Jodie die Mutterrolle für ihren jüngeren Bruder übernommen. Mungo selbst ist das Gegenteil seines Bruders und gilt als zu sanft. Er beobachtet eines Tages James, einen katholischen Nachbarsjungen, mit dem er später in diesem homophoben Umfeld eine Beziehung beginnt, bei dessen Taubenschlag.

Er [James] trug einen hellgrau melierten Trainingsanzug aus dickem Jersey, dazu eine dunkelblaue Fischermütze. Er hatte Segelohren, die wie zwei bleiche Kohlblätter aussahen, und die Mütze saß locker auf dem Scheitel, als ließe sie sich nicht ohne Gewalt über die Henkel ziehen. Blonde strubbelige Haare guckten darunter hervor, und er wirkte, als verbrächte er viel Zeit an der frischen Luft; rosige Flecken leuchteten auf seinen Wangen von den Tagen, die er bei Wind und Regen draußen war. Er sah aus wie ein Farmer: zielstrebig, einzelgängerisch. Beim Erledigen seiner Arbeit schien er zutiefst zufrieden, im Freien zu sein.

Der Junge hatte Mungo nicht gesehen, oder er hatte ihn gesehen und beachtete ihn nicht. Sein Gesicht war zum Himmel gerichtet, er beobachtete die Tauben, die über den Mietshäusern kreisten. Plötzlich entdeckte er etwas in den Wolken und verschwand in seinem Turm. Schwere Schritte waren auf einer Leiter zu hören, dann glitt das Schiebefenster auf, und er ragte aus dem Dach wie der Kapitän eines hölzernen U-Boots. Er hielt etwas in den großen Händen. Mungo sah, wie er es streichelte, sanft dazu sprach und es an die Lippen hob, um es zu küssen. Dann warf er es in die Luft, und eine blasse Taube flatterte über die Schieferdächer der Siedlung davon.

„*Wrup, wruuup, wruup.*" Er gurrte dem Vogel hinterher. Seine kleine Taube schwirrte über das Sandsteinmeer. Sie folgte den anderen Vögeln, und für einen Moment verschwanden sie aus dem Blickfeld. Als Mungo wieder zum Taubenschlag sah, stand der Junge immer noch oben im Dachfenster, aber jetzt blickte er finster zu Mungo herunter. Dann verschwand er im Innern. Kurze Zeit später kam er aus der niedrigen Tür und stapfte auf Mungo zu.

„Wie lang willste hier rumhocken?", fragte er schroff. Aus der Nähe sah Mungo die Kraft in seinem Gesicht; er hatte Muskeln, die von den Wangenknochen zum Unterkiefer liefen, während er auf Mungos Antwort wartete, pulsierten sie und bewegten sich, als wären sie lebendig.

„Was geht dich das an?" Das war mutig und vielleicht ein bisschen dumm. Mungos Nase tat immer noch weh von Hamishs Griff, und der Typ war gut einen Kopf größer als er. Was eben noch so nordmännisch und urwüchsig gewirkt hatte, schwankte verunsichert, und der Junge sah wieder aus wie ein Junge. Sein Mund hatte die Form eines breiten Bogens, die Zähne waren groß und weiß und standen weit auseinander. „Es ist nur, wenn meine Henne dich hier hocken sieht", er zeigte der davongeflogenen Taube hinterher, „kriegtse vielleicht Angst und kommt nicht zurück."

„Wie kann ein Vogel vor mir Angst haben?"

Der Junge suchte den Himmel ab. Er schien unschlüssig. Einen Fremden zu vertreiben war gemein, und das schien nicht in seinem Wesen zu liegen. „Na gut, aber kannste wenigstens stillhalten? Leg das Buch weg, damit sie sich nicht vor den flatternden Seiten erschreckt."

Mungo nickte und schlug das Buch zu. Erleichtert strahlte der Junge zu ihm runter. Er sah lustig aus: die Zahnlücken, die Segelohren und eine krumme römische Nase. Doch sein Lächeln war entwaffnend. Er hatte etwas Unkompliziertes. Als er wieder in den Himmel sah, behielt er das Lächeln bei, und Mungo konnte den Blick nicht von ihm reißen. Es kam ihm vor, als könnte der Junge keinen Tag auf den Straßen verbracht haben, die Mungo kannte, als hätte er das kaltschnäuzige Gehabe nicht nötig, die vorauseilende Aggression, das schmutzige Versprechen, zuerst zuzuschlagen. Da war nichts Hinterhältiges oder Ängstliches. Unwillkürlich lächelte Mungo zu ihm auf. „Ich bin Mungo."

„Ich weiß genau, wer du bist", sagte der Junge. „Dein Ha-Ha hat früher aus Jux die Scheiße aus mir rausgeprügelt." [...] „Ich bin James Jamieson. Ich wohne in der Straße hinter eurer. [...]

James ging mit Mungo auf den Taubenschlag zu. Etwa zwanzig Fuß davor legten sie sich auf den Bauch ins Gras. James griff nach einer Spule mit weißer Wäscheleine. Mungo sah, dass die Schnur durchs Gras zum Turm führte. Sie schienen auf irgendwas zu warten. James gurrte leise, ahmte das kehlige, frohe Rucken der Tauben nach. „*Wrup, wruuup, wruup.*" Mit jedem Gurren hob er den Kopf, als müsste er niesen. Er suchte den Horizont nach dem blonden Vogel ab. [...]

Irgendwann tauchte die blonde Taube wieder über den Mietshausdächern auf. James' Körper entspannte sich.

„*Wrup, wruuup, wruup.*“ Jetzt kniete er und machte bei jedem Gurren eine kleine Verbeugung.

Die Taube landete auf dem Dach des Taubenschlags, und sie warteten weiter. Plötzlich kam eine zweite Taube, etwas größer und durchschnittlicher, und umkreiste die blonde Taube. Der Vogel landete auf der Teerpappe und begann James' Taube zu beäugen. Sie hakten die harten Schnäbel ein, als würden sie sich eine Art Ringerkuss geben.

„Aah, sie schnäbeln. Gut.“ Mungo spürte, wie James neben ihm mit den Fingern trommelte. Die Henne duckte sich ein wenig, und der Neuankömmling bestieg sie. Plötzlich verlagerte der Junge das Gewicht und riss an der Wäscheleine. Der Drahtkorb sauste auf das Liebespaar herunter. Die Tauben flatterten wild auf, doch sie beruhigten sich schnell wieder. „Was fürne verdammte Schönheit!“

James hastete auf den Taubenschlag zu. Mit seinem hübschen Lockvogel hatte er einen fremden Täuber gefangen. Mungo lief hinter ihm her. In der Hütte führte eine Holzleiter zu einer wackligen Plattform, die den oberen Stock bildete, und von dort führte eine zweite Leiter zum Dachfenster. An den Wänden standen Dutzende von selbstgebauten Käfigen aus alten Brettern und Hühnerdraht. In jedem Käfig saß eine unruhige Taube. Der Gestank war überwältigend.

James Jamieson steckte die blonde Verführerin zurück in ihren Käfig. Dann kam er mit der neuen Taube in der Hand vorsichtig rückwärts die Leiter herunter. „Den Wichser hab ich schon seit zwei Jahren im Visier. Schau. […]“ „Das ist Wee-Man Flannigans Preiskröpfer. Flannigan kackt sich jetzt in die Hose. Ich wünschte, ich könnte sein Gesicht sehen.“

„Gibst du ihn nicht zurück?“

James streckte die Zunge raus. „Nen Scheiß werd ich! Darum gehts doch, das versuch ich seit Jahren, ich will den besten Taubenschlag im East End haben.“

Er ließ Mungo die weichen, flaumigen Federn streicheln. Mungo fand, die Taube sah völlig gewöhnlich aus, aber sie gurrte glücklich und schien sich im Griff des Fremden kein bisschen unwohl zu fühlen. „Jetzt muss ich mir Zeit nehmen und ihn richtig verwöhnen. Ihn voll an mich binden, verstehste? Damit er nicht hinter dem nächsten Bürzel her innen anderen Taubenschlag abhaut.“

„Hast du nie Angst, deine Vögel zu verlieren?“

„Ach, ich verlier ständig welche. So läuft das Spiel. Wenn du sie loslässt, fliegen sie, wohin sie wollen, das Risiko gehst du ein. Wenn sie wollen, kommen sie zurück. Wenn nicht, biste sie los.“

„Klingt wien Country-Song.“

James zuckte die Schultern. „Ich finds irgendwie ehrlich.“

„Was? Wegen ner heißen Nummer entführt zu werden?“

James warf Mungo einen Blick zu, und Mungo kam sich kindisch vor. „Wenn einer meiner Vögel verduftet, wie könnte ich ihm böse sein? Ist doch meine Schuld, dass er in meinem Taubenschlag nicht froh war. Die müssen sich so wohl fühlen, dasse freiwillig bleiben. […] Du würdst dich doch auch verpissen, wenn du unglücklich wärst, oder?“, fragte er Mungo.

„Mungo! Mungo!“ Vor dem Taubenschlag rief jemand seinen Namen. […] Mungo streckte den Kopf aus der Tür. Sie war überrascht, ihn im Taubenschlag zu sehen. „Was machst du da drin?“

Mungo zuckte die Schultern und nahm seine Tasche. „Warum bist du nicht in der Eisdiele?“

„Enzo hat mich früher gehen lassen.“

James und Jodie beachteten einander kaum. James hielt immer noch seinen Preistäuber in der Hand und sah aus, als könnte ihm nichts mehr den Tag versauen.

„Ich hab Neuigkeiten. Missus Campbell hat mir was erzählt. Du musst mitkommen.“

Mungo schob sich die Rucksackriemen über die Schultern. Als er ging, zog James am Stoff seiner Regenjacke. „Wart mal. Kommst du morgen wieder?“

„Vielleicht“, bluffte Mungo.

James hielt den blinzelnden Vogel hoch. „Komm schon. Ich glaub, du bringst mir Glück.“

1 „Ich glaub, du bringst mir Glück." (Z. 151 f.). Untersuchen Sie, wie die Annäherung von Mungo und James in dem Romanauszug *Young Mungo* dargestellt wird.

2 Charakterisieren Sie James. Beachten Sie dabei auch die Erzähltechnik und die sprachliche Gestaltung.

3 Untersuchen Sie, ob bzw. wie die im Folgenden genannten Aspekte von Adoleszenz in den Romanauszügen aus *Young Mungo* sowie *Paradise Garden* (S. 387 f.) literarisch verarbeitet sind.

Peter J. Uhlhaas/Kerstin Konrad: Das adoleszente Gehirn (2011, Ausschnitt)

Die „Adoleszenz“ [der Übergang von der Kindheit ins Erwachsenenalter] ist aber auch ein kulturelles und soziales Phänomen und seine Definition wird folglich nicht ausschließlich an körperliche Meilensteine gebunden. Neben den körperlichen Veränderungen ist diese Entwicklungsphase durch das Entdecken der Geschlechtlichkeit und die Entwicklung einer sozialen Identität […] gekennzeichnet.

10

Kommunikation und Reden untersuchen

Kommunikation ist alles

1

2

Was ist Kommunikation?

Welche Rolle spielt Kommunikation in unserem Alltag?

Darf man immer sagen, was man denkt?

Das lernen Sie jetzt!

10.1 Kommunikation im Hinblick auf Formen, Funktionen, Rollen und Konventionen untersuchen

10.2 Kontroversen untersuchen

10.3 Kommunikation in literarischen Texten untersuchen

Schreibtraining: einen pragmatischen Text analysieren

Matthias Dell: Debattenkultur. Wenn auch ohne Sprechverbote keiner reden will

(2020, Deutschlandfunk, Ausschnitt)

Ich habe irgendwann angefangen, fremden Leuten ungefragt Mails zu schreiben. Meistens sind das Menschen, die auch journalistisch arbeiten, es waren aber auch schon Pfarrer oder Buchverlage dabei. Wann das angefangen hat, weiß ich nicht mehr so genau. [...]

Die Erfahrungen, die ich dabei gesammelt habe, taugen nicht zu wissenschaftlicher Empirie, sind aber doch interessant. Etwa, aber das ist wenig überraschend: Lob bewirkt freudigere Reaktionen als Kritik. Oder: Kritik wird in der Regel dankbar aufgenommen, wenn sie sich auf Rechtschreibfehler oder falsche Namen bezieht. Ja, auch wegen solcher Dinge schreibe ich manchmal Mails, nennen Sie es Redigiersucht[1] oder *déformation professionelle*[2], aber eine Zahnärztin erkennt das Diastema[3] doch auch dann noch, wenn die Sprechstunde vorüber ist und sie sich durch Madonnas Instagram-Account scrollt.

Etwas weniger freudig kann es werden, wenn man sich an Kollegen wendet, um etwa auf rassistischen Sprachgebrauch hinzuweisen. Muss es aber nicht, auch hier habe ich schon andere, gute, respektvolle Reaktionen erhalten.

Rätselhaft bleibt mir daher eigentlich nur ein Bereich meiner ungefragten Kommunkationsversuche. Manchmal schreibe ich Leuten, die darüber klagen, dass man nichts mehr sagen dürfe, oder in deren Beiträgen Leute vorkamen, die das beklagten, dass nicht mehr gestritten werde und so weiter. Aber dann kommt merkwürdigerweise entweder gar keine Antwort oder eine aufschiebende; von wegen jetzt sei keine Zeit, man melde sich später, ohne das dann je zu tun.

Nun besteht natürlich keine Verpflichtung, einem Kollegen wie mir auf ungefragt eingesandte Wortmeldungen zu antworten. Aber auffällig ist es schon, dass meine Mails am konsequentesten da keine Antwort auslösen, wo zuvor Sprechverbote beklagt wurden. Weil sich doch annehmen ließe, dass Menschen, die die Sorge vor so was wie Sprechverboten umtreibt, Interesse an einem Austausch hätten, an Auseinandersetzung, an Reibung, an dem Streit in der Sache, den sie gefährdet sehen.

Man könnte das einen Widerspruch nennen. Und die eigentlich interessante Frage wäre dann: Sehen diese Kollegen den nicht oder geht es ihnen in Wirklichkeit gar nicht darum, sich auseinanderzusetzen, sondern einfach nur zu klagen? Das Problem ist nur: Wer erklärt mir das, wenn mir keiner antwortet?

1 Redigiersucht, die: von redigieren: einen Text für die Veröffentlichung bearbeiten 2 déformation professionelle: mit der Ausübung eines Berufs einhergehende Veränderung der Persönlichkeit in Richtung Stereotyp dieses Berufs 3 Diastema, das: Zahnlücke zwischen den vorderen Schneidezähnen

Abbildung 1: *Debatte. Die Wissenschaft der Kommunikation*

Abbildung 2: Solche Hinweise findet man in einigen Cafés.

1 Erläutern Sie Ihr Verständnis einer Debattenkultur. Prüfen Sie, inwiefern Bild **1** (S. 394) zu Ihrem Verständnis passt.

MK **2** Erklären Sie die indirekte Kritik auf Bild **2** (S. 394) und setzen Sie sich mit ihr auseinander.

3 Nennen Sie Situationen, in denen Menschen über Sprechverbote klagen (vgl. Z. 36–41). Nehmen Sie Stellung zu dieser Haltung.

10.1 Aspekte der Kommunikation untersuchen
Wie wir miteinander sprechen

Kommunikationsrollen und -funktionen untersuchen

1 Beschreiben Sie Situationen aus Ihrem Alltag, in denen Sie verschiedene Kommunikationsrollen einnehmen. Erklären Sie Ihre jeweiligen Motive, mögliche Erwartungen und Kontexte.

2 Untersuchen Sie das Gemälde. Charakterisieren Sie die verschiedenen Gesichtsausdrücke und fassen Sie Ihr Verständnis der Kernaussage zusammen.

Charlie Stein: *Selbstportrait (mit pinken Ohren und vielen Mündern)*

Thomas Etzemüller: Bedeutung des Performativen für die Forschung. Wissenschaft als „Schauspiel"? (2018, Ausschnitt)

„Wir alle spielen Theater" lautet der Titel eines Klassikers des Soziologen Erving Goffman aus dem Jahre 1959. Wenn wir einander begegnen, so Goffman und seine Nachfolger der Performanz- und Theatralitätsforschung[1], führen wir, wie auf der Bühne, regelmäßig kleine Schauspiele füreinander auf.

Im Theater gibt es eine Bühne, ein Publikum, Darsteller, ein Drehbuch und das Stück. Die Schauspieler verwandeln das Skript in eine lebendige Aufführung, das Publikum prüft, ob die Geschichte und die Darbietung überzeugen; die Schauspieler wiederum nehmen noch die kleinste Regung als Rückmeldung auf und passen sich an.

Die Aufführung ist nie identisch mit dem Drehbuch, es gibt hinreichend Raum für persönliches Können, Stimmungen und Zufälle. Ist die Sache gelungen, gibt es Applaus, und beide Seiten wissen, dass sich der Einsatz gelohnt hat.

Auch im Alltag, schreibt beispielsweise Hans-Georg Soeffner, „inszenieren [wir] unser Handeln, Sprechen und Interagieren, indem wir es für uns und andere mit Deutungs- und Regieanweisungen versehen". Ständig müssen wir erkennen, was der andere spielt, und wir geben durch unser Spiel zu erkennen, was wir vorhaben. Kommunikation entsteht nicht allein durch den Austausch und das Verstehen von Sätzen, sondern im Mittelpunkt von Aufführungs- und Rückkoppelungsprozessen stehen Körper und Stimme als Zeichenträger. Kleidung, Gestik, Haltung, Stimmlage und Blickkontakte werden stilisiert[2] und moduliert[3], um Gemeinsamkeit oder Distanz zu demonstrieren und eine Botschaft zu transportieren. Jeder prüft beständig mit einem ganzen Arsenal[4] diagnostischer Methoden die anderen, um Sinn auszumachen und Glaubwürdigkeit zu testen, und zwar praktisch immer, ohne darüber nachzudenken. Dabei sind die Körper in der unmittelbaren Interaktion (Ko-Präsenz) „permanent und spezifisch zum Handeln und Unterlassen gezwungen und zwingend". Man könne schweigen, aber „nicht aufhören, sich mit seinem Körper auszudrücken", lesen wir bei Herbert Willems.

1 Performanz- und Theatralitätsforschung, die: Performanz: Sprachverwendung in einer konkreten Situation, Theatralität: Oberbegriff für Aspekte einer Theaterinszenierung 2 stilisiert: vereinfacht 3 moduliert: gestaltet, abgewandelt 4 Arsenal, das: Sammlung, Anhäufung

MK **3** Setzen Sie sich mit Goffmans Annahmen zur sozialen Interaktion (Text S. 396) auseinander.
- Fassen Sie die zentralen Aussagen in eigenen Worten zusammen.
- Erläutern Sie, wie sich die Inszenierung im Alltag (vgl. Z. 17–22) auch in der Selbstdarstellung in sozialen Netzwerken wiederfindet.
- Nehmen Sie Stellung dazu, inwiefern es angesichts verschiedener Kommunikationsrollen möglich ist, „man selbst" zu sein.

Kommunikationsmodelle nutzen

Paul Watzlawick/Janet H. Beavin/Don D. Jackson: Menschliche Kommunikation (1969, Ausschnitt)

Die Unmöglichkeit, nicht zu kommunizieren

Verhalten hat vor allem eine Eigenschaft, die so grundlegend ist, dass sie oft übersehen wird: Verhalten hat kein Gegenteil, oder um dieselbe Tatsache noch simpler auszudrücken: Man kann sich nicht *nicht* verhalten. Wenn man also akzeptiert, dass alles Verhalten in einer zwischenpersönlichen Situation Mitteilungscharakter hat, d. h. Kommunikation ist, so folgt daraus, dass man, wie immer man es auch versuchen mag, nicht *nicht* kommunizieren kann. Handeln oder Nichthandeln, Worte oder Schweigen haben alle Mitteilungscharakter: Sie beeinflussen andere, und diese anderen können ihrerseits nicht *nicht* auf diese Kommunikation reagieren und kommunizieren damit selbst. Es muss betont werden, dass Nichtbeachtung oder Schweigen seitens des anderen dem eben Gesagten nicht widerspricht. Der Mann im überfüllten Wartesaal, der vor sich auf den Boden starrt oder mit geschlossenen Augen dasitzt, teilt den anderen mit, dass er weder sprechen noch angesprochen werden will, und gewöhnlich reagieren seine Nachbarn richtig darauf, indem sie ihn in Ruhe lassen. Dies ist nicht weniger ein Kommunikationsaustausch als ein angeregtes Gespräch. [...]

Die Inhalts- und Beziehungsebene der Kommunikation

Wenn man untersucht, was jede Mitteilung enthält, so erweist sich ihr Inhalt vor allem als Information. Dabei ist es gleichgültig, ob diese Information wahr oder falsch, gültig oder ungültig oder unentscheidbar ist. Gleichzeitig aber enthält jede Mitteilung einen weiteren Aspekt, der viel weniger auffällig, doch ebenso wichtig ist – nämlich einen Hinweis darauf, wie ihr Sender sie vom Empfänger verstanden haben möchte. Sie definiert also, wie der Sender die Beziehung zwischen sich und dem Empfänger sieht, und ist in diesem Sinn seine persönliche Stellungnahme zum anderen. Wir finden somit in jeder Kommunikation einen *Inhalts- und einen Beziehungsaspekt*. [...]
Wenn Frau *A* auf Frau *Bs* Halskette deutet und fragt: „Sind das echte Perlen?", so ist der Inhalt ihrer Frage ein Ersuchen um Information über ein Objekt. Gleichzeitig aber definiert sie damit auch – und kann es nicht *nicht* tun – ihre Beziehung zu Frau B. Die Art, wie sie fragt (der Ton ihrer Stimme, ihr Gesichtsausdruck, der Kontext usw.), wird entweder wohlwollende Freundlichkeit, Neid, Bewunderung oder irgendeine andere Einstellung zu Frau B ausdrücken. B kann ihrerseits nun diese Beziehungsdefinition akzeptieren, ablehnen oder eine andere Definition geben, aber sie kann unter keinen Umständen – nicht einmal durch Schweigen – nicht auf *As* Kommunikation antworten. Für unsere Überlegungen wichtig ist die Tatsache, dass dieser Aspekt der Interaktion zwischen den beiden nichts mit der Echtheit von Perlen zu hat (oder überhaupt mit Perlen), sondern mit den gegenseitigen Definitionen ihrer Beziehung, mögen sie sich auch weiter über Perlen unterhalten.
Oder betrachten wir kurz die folgenden beiden Mitteilungen: „Es ist wichtig, die Kupplung langsam und weich zu betätigen" und „Lass das Kupplungspedal einfach aus, das tut dem Getriebe sehr gut". Beide Mitteilungen haben ungefähr denselben Informationsgehalt (Inhaltsaspekt), definieren aber offensichtlich zwei grundverschiedene Beziehungen zwischen Fahrlehrer und Schüler.
Um Missverständnisse hinsichtlich des eben Gesagten zu vermeiden, muss klargestellt werden, dass Beziehungen verhältnismäßig selten bewusst und ausdrücklich definiert werden. Im Allgemeinen ist es so, dass die Definition der Beziehung umso mehr in den Hintergrund rückt, je

spontaner und „gesunder" die Beziehung ist, während „kranke" (d. h. konfliktreiche) Beziehungen u. a. durch wechselseitiges Ringen um ihre Definition gekennzeichnet sind, wobei der Inhaltsaspekt fast völlig an Bedeutung verliert. [...]

Symmetrische und komplementäre Interaktion

[...] Sie stehen für Beziehungen, die entweder auf Gleichheit oder auf Unterschiedlichkeit beruhen. Im ersten Fall ist das Verhalten der beiden Partner sozusagen spiegelbildlich und ihre Interaktion daher *symmetrisch*. Dabei ist es gleichgültig, worin dieses Verhalten im Einzelfall besteht, da die Partner sowohl in Stärke wie Schwäche, Härte wie Güte und jedem anderen Verhalten ebenbürtig sein können. Im zweiten Fall dagegen ergänzt das Verhalten des einen Partners das des anderen, wodurch sich eine grundsätzlich andere Art von verhaltensmäßiger Gestalt ergibt, die *komplementär* ist. Symmetrische Beziehungen zeichnen sich also durch Streben nach Gleichheit und Verminderung von Unterschieden zwischen den Partnern aus, während komplementäre Interaktionen auf sich gegenseitig ergänzenden Unterschiedlichkeiten basieren.
In der komplementären Beziehung gibt es zwei verschiedene Positionen: Ein Partner nimmt die sogenannte superiore, primäre Stellung ein, der andere die entsprechende inferiore, sekundäre. Diese Begriffe dürfen jedoch nicht mit „stark" und „schwach", „gut" und „schlecht" oder ähnlichen Gegensatzpaaren verquickt werden. Komplementäre Beziehungen beruhen auf gesellschaftlichen oder kulturellen Kontexten (wie z. B. im Fall von Mutter und Kind, Arzt und Patient, Lehrer und Schüler), oder sie können die idiosynkratische[1] Beziehungsform einer ganz bestimmten Dyas[2] sein. In beiden Fällen muss jedoch die ineinander verzahnte Natur der Beziehung hervorgehoben werden, wobei unterschiedliche, aber einander ergänzende Verhaltensweisen sich gegenseitig auslösen. Es ist nicht etwa so, dass ein Partner dem anderen eine komplementäre Beziehung aufzwingt; vielmehr verhalten sich beide in einer Weise, die das bestimmte Verhalten des anderen voraussetzt, es gleichzeitig aber auch bedingt.

1 idiosynkratisch: hier im allgemeinen Sinne: spezifisch 2 Dyas, die: Zweiheit, Paar

Fünf Axiome[1] der Kommunikation nach Paul Watzlawick

1. Man kann nicht nicht kommunizieren.
2. Jede Kommunikation enthält einen Inhalts- und einen Beziehungsaspekt.
3. Kommunikation ist immer Ursache und Wirkung.
4. Menschliche Kommunikation kann analog oder digital erfolgen.
5. Kommunikation ist symmetrisch oder komplementär.

1 Axiom, das: Grundsatz

1 Ordnen Sie die Axiome 3 und 4 der jeweils passenden Erklärung **A** und **B** zu.

A Analoge Kommunikation beschreibt vor allem non- oder paraverbale Kommunikation, also z. B. Gestik, Mimik, aber auch die Stimmlage, Pausen, die Sprechgeschwindigkeit. Digitale Kommunikation umfasst das tatsächlich Gesprochene oder Geschriebene.

B Kommunikation verläuft nach dem Ursache-Wirkungs-Prinzip. Das Kommunikationsverhalten anderer ist Ursache für unser eigenes Kommunikationsverhalten. Dieses wiederum ist Ursache für das folgende Verhalten des Gegenübers. Kommunikation verläuft also kreislaufartig.

2 Die Axiome 1, 2 und 5 sind im Text *Menschliche Kommunikation* (S. 397 f.) erklärt. Formulieren Sie zu diesen Axiomen eigene kurze Zusammenfassungen.

Kommunikationsmodelle → S. 553 f.

3 Setzen Sie sich mit den Kommunikationsmodellen von Schulz von Thun (S. 16, 21) und Bühler (S. 19) auseinander. Erklären Sie sich gegenseitig die zentralen Aspekte sowie Gemeinsamkeiten und Unterschiede zwischen den Modellen.

Digitale Kommunikation untersuchen

ABBILDUNG 3 | ERGEBNISSE FÜR EINSAMKEIT BEI JUNGEN MENSCHEN

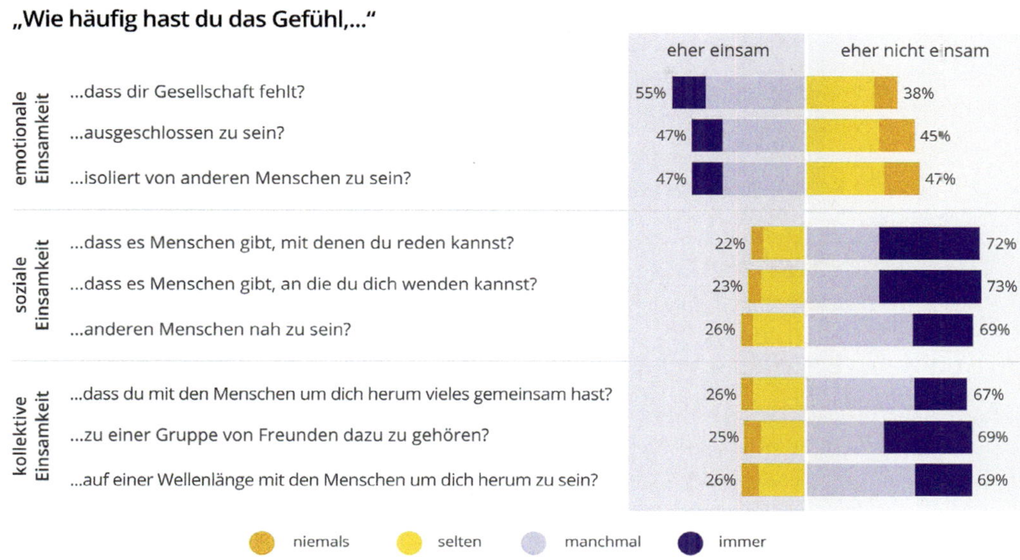

N = 1.008 (alle Befragten). Fehlende Werte: weiß nicht/keine Angabe. Quelle der Fragen: UCLA-Einsamkeitsskala (Russell et al., 1980)

Studie nach Auswertung einer Reihe von Tiefeninterviews und zweier Fokusgruppen 2022 und einer repräsentativen Umfrage unter 1008 Jugendlichen im Alter von 16 bis 23 Jahren, die vom 31. Mai bis 10. Juni 2022 von der pollytix strategic research gmbh durchgeführt wurde.

1 Geben Sie die zentralen Ergebnisse der Studie wieder. Besprechen Sie, ob bzw. inwiefern die Ergebnisse Sie überrascht haben.

Caroline Amme: Eine globale Einsamkeitswelle plagt junge Menschen

(2023, NTV, Ausschnitt)

Einsamkeit ist längst nicht mehr nur ein Problem älterer Menschen. Immer mehr Jugendliche sind einsam, auf der ganzen Welt. Wer isoliert ist, wird schneller krank – und ist anfälliger für Extremisten.

Instagram, Whatsapp, Snapchat, Youtube oder Tiktok: Jugendliche in Deutschland verbringen immer mehr Zeit im Internet. Fast drei Stunden sind die 16- bis 18-Jährigen jeden Tag online, geht aus einer Bitkom-Studie hervor. Je älter, desto mehr Zeit verbringen sie im Internet, vorwiegend mit Chatten und Streaming.
Obwohl junge Menschen per Social Media auf allen Kanälen vernetzt sind, sind sie gleichzeitig auch so einsam wie nie. Sie haben hunderte Follower, schreiben dutzende Nachrichten am Tag – echte Freunde haben sie aber kaum. [...]
Woran liegt das? Einen großen Anteil haben Social Media und Smartphone-Nutzung, sie fördern die Einsamkeit. Zwei US-Psychologen haben in einer Studie einen Zusammenhang herausgestellt. Waren Smartphonezugang und Internetnutzung in Schulen hoch, war es auch die Einsamkeit. In den sechs Jahren nach 2012 sind die Zahlen demnach dramatisch angestiegen. In Europa, Lateinamerika und den englischsprachigen Ländern verdoppelten sie sich etwa, und in den ostasiatischen Ländern stiegen sie um etwa 50 Prozent. Die Autoren empfehlen deshalb, Smartphones in Schulen zu verbieten. Ein Grund dafür liegt auf der Hand: wenn jeder immer überall auf sein Handy schaut, werden zufällige Begegnungen seltener. Wer immer am Handy klebt, vernachlässigt seine Freundschaften im echten Leben. Chats bleiben meist oberflächlich, Onlinekontakte brechen schneller ab.

MK **2** In dem Artikel von Caroline Amme (S. 399) werden „Social Media und Smartphone-Nutzung" (Z. 14) als eine Ursache von Einsamkeit unter Jugendlichen dargestellt.
- Vergleichen Sie diese These mit Ihren eigenen Erfahrungen.
- Formulieren Sie Tipps für einen verantwortungsvollen Umgang mit Social Media und Smartphone.

MK **3** Erörtern Sie die Bedeutung digitaler Kommunikation im Vergleich zur analogen Kommunikation. Nehmen Sie auch Stellung zu der Aussage „Chats bleiben meist oberflächlich" (S. 399, Z. 30 f.).

MK **4** Prüfen Sie anhand konkreter Beispiele, inwiefern digitale Kommunikation dabei helfen kann, verschiedene Funktionen von Kommunikation, wie z. B. Information, Appell oder Gefühlsausdruck, zu erfüllen. Berücksichtigen Sie auch unterschiedliche Formen digitaler Kommunikation wie z. B. Chat, Sprachnachricht und Videocall.

MK **5** Charakterisieren Sie Sprachnachrichten als Kommunikationsform. Verwenden Sie dabei unter anderem die folgenden Begriffe: digitale/analoge Kommunikation, asynchron/synchron, dialogisch/monologisch. Vertonen Sie Ihre Ergebnisse als kurze Sprachnachricht.

Ann-Kristin Wenzel: Nicht noch eine Sprachnachricht! (2022, Ausschnitt)

„Man kann im Alltag beobachten, dass sich viele Menschen sehr darüber aufregen, wenn sie Sprachnachrichten bekommen. Bei dem eigenen Kind ist die Toleranzgrenze vielleicht noch höher. Aber alles, was über den engsten emotionalen familiären Bereich hinausgeht, wird irgendwann für die allermeisten sehr, sehr nervig", sagt Digital-Experte Gerald Lembke. [...]

„Die Nutzer sagen: Sie verschicken zwar gern Sprachnachrichten, aber sie hören sie nicht gern an. Warum? Etwas aufzuzeichnen, so nebenbei, an der Kasse stehend oder im Auto sitzend, ist sehr einfach, aber eine Sprachnachricht anzuhören erfordert eine Aktion", erklärt Lembke. Denn die Kommunikation mit Sprachnachrichten ist asynchron, also zeitversetzt: Einer nimmt sie auf, sendet sie ab, dann werden sie angehört. [...]

„Sprachnachrichten sind eine Einbahnstraßenkommunikation", sagt Lembke. Aus theoretischer Sicht sei das sogar eine Vereinfachung: „Man ist unabhängig von der Reaktion des Empfängers und das macht Kommunikation grundsätzlich zuerst mal einfacher, weil sie nur in eine Richtung ist und nicht auf Interaktion ausgelegt ist."

Wenn jemand vorübergehend nicht erreichbar sei und eine Angelegenheit nicht dringend sei, mache diese Art der Kommunikation „durchaus Sinn", so Lembke. Aber: Gehe es etwa um Absprachen mit vielen Leuten, sei das synchrone Telefongespräch effektiver und produktiver.

„Wenn man zum Beispiel ein Datum kommunizieren möchte, sollte man das nicht in einer mehrminütigen Sprachnachricht einbetten, sondern als Text schicken, [...]", sagt auch Dorothea Adler. [...]

So mancher schweift beim Aufnehmen etwas ab: „Gesprochene Sprache ist weniger planbar als geschriebene Sprache. Man kann sich zwar vorher überlegen, was man erzählen möchte, aber vermutlich besteht dennoch zwischen dem Geplanten und Gesagten eine Diskrepanz", erklärt Adler.

„Während man bei Text nochmal durchlesen kann, was man geschrieben hat, und Dinge abändern kann, damit es besser zur Nachricht des Empfängers passt, kommt man bei der gesprochenen Sprache wahrscheinlich eher ins Plaudern. Dadurch entsteht wohl auch manche Länge. Manche Menschen mögen es, wenn jemand ins Reden kommt und über seine Gedanken und Gefühle spricht. Während eine Textnachricht auch persönlich sein kann, ist diese wohl dennoch eher etwas konzentrierter und fokussierter." [...]

Lachen, schneller reden, flüstern, eine Denkpause einlegen – all das könne eine Botschaft vermitteln. Aber: Wichtig ist, dass beide Seiten mit den Sprach- statt Textnachrichten einverstanden sind. „Es geht auch um Feingefühl: Wenn ich jemandem eine Sprachnachricht schicke und mein Gegenüber mir konstant mit Text antwortet, dann würde ich wahrscheinlich irgendwann vermuten, der will das nicht und nachfragen oder keine Sprachrichten mehr verschicken", so Adler. Umgekehrt könne man als Empfänger auch ansprechen, dass man lieber telefoniere oder Geschriebenes bekomme.

Auch Lembke rät dazu, eine klare Entscheidung zu treffen – „Ja, das will ich, oder nein, das will ich nicht. Wenn ich sage, ich will keine Sprachnachrichten, dann kann ich das mit denjenigen am Telefon erörtern, die mir welche schicken. Aber mit dieser Entscheidung tun sich viele schwer."

MK **6** Untersuchen Sie den Text *Nicht noch eine Sprachnachricht!*
- Fassen Sie die zentralen Aussagen zusammen.
- Sprachnachrichten sind praktisch oder „sehr, sehr nervig" (Z. 5 f.)? Nehmen Sie dazu Stellung.

Konversationsmaximen von Herbert Paul Grice (1967, Ausschnitt)

Grundprinzip (= Kooperationsprinzip): Gestalte deinen Gesprächsbeitrag so, dass er dort, wo er im Gespräch erscheint, dem anerkannten Zweck dient, den du gerade mit deinem Kommunikationspartner verfolgst.

Quantitätsmaximen:
1. Mache deinen Gesprächsbeitrag so informativ wie (für die augenblicklichen Gesprächszwecke) nötig.
2. Mache deinen Gesprächsbeitrag nicht informativer als nötig.

Qualitätsmaximen:
1. Behaupte nichts, von dessen Wahrheit du nicht überzeugt bist.
2. Behaupte nichts, wofür du keine hinreichenden Beweise hast.

Relevanzmaxime:
1. Sei relevant.

Modalitätsmaximen:
1. Vermeide Unklarheit im Ausdruck.
2. Vermeide Mehrdeutigkeit.
3. Vermeide Weitschweifigkeit.
4. Vermeide Ungeordnetheit.

7 Untersuchen Sie die Konversationsmaximen nach Grice.
- Erschließen Sie das Grundprinzip und die vier Maximen.
- Entwickeln Sie kurze Kommunikationssituationen, in denen je eine Maxime nicht eingehalten wird. Prüfen Sie die jeweiligen Konsequenzen für das Gespräch.

8 Nehmen Sie Stellung, welche Bedeutung die Maximen tatsächlich für ein gelingendes Gespräch haben. Beziehen Sie Ihre bisherigen Kenntnisse über Kommunikationsmodelle und Gelingensbedingungen von Kommunikation mit ein.

MK **9** Grice bezieht sich in seinen Annahmen auf analoge Gesprächssituationen. Erläutern Sie, welche Relevanz diese Maximen für Formen digitaler Kommunikation (z. B. Sprachnachrichten) haben können.

MK **10** Untersuchen Sie den Social-Media-Post.
- Beurteilen Sie, inwiefern die Maximen nach Grice berücksichtigt werden.
- Erschließen Sie mögliche Motive für die Nichteinhaltung von Maximen.
- Formulieren Sie einen eigenen Post sowie zwei Kommentare zum gleichen Thema. Achten Sie dabei auf die Einhaltung der Maximen und untersuchen Sie die Wirkung.

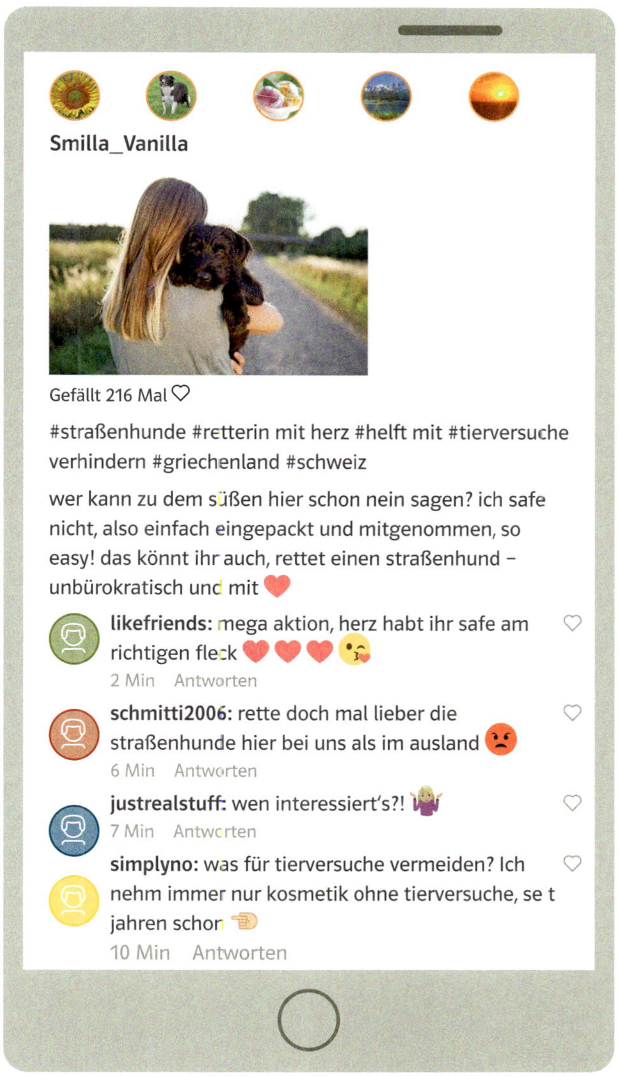

Das Verhältnis von Öffentlichkeit und Privatheit in der Kommunikation untersuchen

1 Charakterisieren Sie Kommunikation im öffentlichen und im privaten Raum. Ordnen Sie dazu folgende Merkmale zu und ergänzen Sie ggf. weitere.

viele/wenige Teilnehmerinnen/Teilnehmer

geringe/hohe (mediale) Zugänglichkeit

geringe/hohe Bekanntheit der Teilnehmerinnen/Teilnehmer

Vertrautheit/Fremdheit zwischen den Gesprächspartnerinnen/Gesprächspartner

Aufregung um Video von Finnlands feiernder Regierungschefin (2022)

Sanna Mirella Marin war von Dezember 2019 bis Juni 2023 die jüngste Ministerpräsidentin Finnlands. Mit ihren damals 34 Jahren war sie auch eine Zeit lang die jüngste Regierungschefin der Welt.

Helsinki (dpa) – Ein privates Partyvideo der finnischen Regierungschefin Sanna Marin hat für Aufregung gesorgt. In dem Video, das Medienberichten zufolge zunächst als Story bei Instagram veröffentlicht worden war und daraufhin in den sozialen Medien kursierte, tanzt und singt die 36-Jährige ausgelassen mit ihren Freunden. „Das sind private Bilder, die nicht für die Öffentlichkeit bestimmt waren", kommentierte Sanna Marin das Video am Donnerstag der Zeitung „Iltalehti" gegenüber. „Ich bin traurig, dass sie veröffentlicht worden sind." Sie habe darauf vertraut, dass sie nicht durchsickern würden. Gleichzeitig sagte die Ministerpräsidentin: „Ich habe nichts zu verbergen und ich habe nichts Illegales getan." Bei der Feier in privaten Räumlichkeiten vor einigen Wochen habe sie Alkohol getrunken, aber keine Drogen konsumiert. Mit ihren Freunden, zu denen etwa eine finnische Influencerin, eine Künstlerin und zwei Moderatorinnen zählen, sei sie anschließend noch in zwei Bars weitergezogen. Sie verbringe ihre Freizeit genau wie andere Menschen in ihrem Alter. „Ich hoffe, dass das akzeptiert wird", sagte Marin dem Sender Yle. „Wir leben in einer Demokratie." Marin hat in der Vergangenheit schon mehrfach Aufmerksamkeit auf sich gezogen, weil sie etwa Rockfestivals besuchte und in Discos feierte.

An ihrer Vorliebe für Partys scheiden sich in Finnland die Geister.

Während viele gerade jüngere Finnen stolz auf ihre ausgelassene Ministerpräsidentin sind, hagelte es im Netz am Donnerstag auch Kritik: „Das ist nicht Ministerpräsidenten-Niveau. Sie sollten wissen, wie Sie sich zu verhalten haben", kommentierte etwa eine Nutzerin auf Twitter. Ein anderer Nutzer reagierte entspannt: „Ok. Ein junger Mensch, der Spaß hat. Na und."

2 Wegen des Videos erfuhr Marin viel Kritik, aber auch Verständnis. Begründen Sie die Reaktionen unter Berücksichtigung der Funktion Marins.

MK **3** „Das sind private Bilder, die nicht für die Öffentlichkeit bestimmt waren" (Z. 7 ff.). Nehmen Sie vor dem Hintergrund dieser Aussage Stellung dazu, ob bzw. inwiefern sich Privatheit und Öffentlichkeit in Zeiten digitaler Medien trennen lassen.

Hanno Rauterberg: In der Öffentlichkeit zuhause (2017, Goethe-Institut, Ausschnitt)

Was ist privat – und was öffentlich? Die Digitalisierung verändert unser Verhältnis zum öffentlichen Raum [...].

Spätestens seitdem das Internet mobil geworden ist und jeder ein Smartphone in der Hosentasche mit sich tragen kann, verwandelt es die Städte und verändert die geteilte Erfahrung des Öffentlichen. Die Bereitschaft vieler Menschen, sich einzumischen und etwas gemeinsam mit anderen zu gestalten, die Erfahrung, dass sich hier etwas verändern lässt, das Bedürfnis, sich selbst als handelndes Subjekt zu erfahren, all das gehört zur Kultur des interaktiven Internets. [...]

Ähnlich radikal wie zuletzt vor gut 200 Jahren verschiebt sich derzeit das Verhältnis zwischen dem Öffentlichen und dem Privaten. Damals entstanden die bürgerliche Familie und die bürgerliche Intimität. Mit dem Verlassen der Wohnung veränderten sich die Verhaltensmuster, viele Dinge tat man einfach nicht im öffentlichen Raum: Man aß nicht aus Papiertüten, trank nicht im Gehen, nur die wenigsten Menschen hätten sich in aller Öffentlichkeit massieren lassen, wie jetzt auf manchen Großflughäfen üblich. Mit anderen Worten: Der öffentliche Raum erfreut sich heute nicht zuletzt deshalb wachsender Beliebtheit, weil es viele Hemmschwellen des Privaten nicht mehr gibt.

Manche glauben sogar, wir lebten bereits im Zeitalter der Post Privacy. „Wenn es etwas gibt, von dem Sie nicht wollen, dass es irgendjemand erfährt, sollten Sie es vielleicht ohnehin nicht tun", rät der langjährige Google-Chef Eric Schmidt. Oder um mit dem Facebook-Erfinder Mark Zuckerberg zu sprechen: „Die Zeiten, in denen man seinen Kollegen bei der Arbeit die eine Persönlichkeit präsentieren konnte und seinen Freunden eine ganz andere, diese Zeiten werden ziemlich bald vorbei sein." Für Zuckerberg ist das Private öffentlich, das Öffentliche privat und damit im Grunde alles eins.

MK **4** Fassen Sie zusammen, welche Verschiebung zwischen dem Öffentlichen und dem Privaten im Text beschrieben wird. Nehmen Sie dabei auch Bezug auf Zuckerbergs Aussage (vgl. Z. 27–30).

MK **5** Viele Influencerinnen und Influencer geben auf Social Media ganz bewusst private Einblicke in ihr Leben – und finden dafür nicht selten viel Anklang. Stellen Sie Vermutungen an, wie dieses Interesse am Privatleben anderer begründet ist. Ziehen Sie Beispiele aus den sozialen Netzwerken heran.

Katharina Herrmann: Gefühle aus der Tabuzone holen (2023, Deutschlandfunk, Ausschnitt)

Die sozialen Netzwerke sind voller solcher Bilder, Texte und Videos, mit denen Influencer eben nicht nur zeigen, wie toll ihr Leben ist, sondern auch, wie schlecht es ihnen manchmal geht. All das lässt sich ökonomisch erklären: Influencer bauen sich ihre Communitys auf, indem sie als Menschen nahbar wirken. Ihre Währung ist nicht Bewunderung, sondern Authentizität, ein Konzept, das maßgeblich auf das Zeitalter der Empfindsamkeit im 18. Jahrhundert zurückgeht.

Menschen folgen Influencern, weil sie den Eindruck haben, dort echten Menschen mit Stärken und Schwächen zuzusehen, mit echten Gefühlen in einem echten Alltag. Auf den ersten Blick mag es befremdlich wirken, wie offen hier vor einem Millionenpublikum Momente intimster Verletzlichkeit inszeniert werden. Wie jedoch die Soziologin Eva Illouz in zahlreichen Studien gezeigt hat, sind im Kapitalismus Gefühle selbst zu Waren geworden. Die Tränen der Influencer können als Beispiel dafür gesehen werden. [...]

Jedes Video, in dem Influencer offen ihre Verletzlichkeit zeigen, trägt dazu bei, das Zeigen von Gefühlen zu enttabuisieren. Gehörten noch die Urgroßeltern oder Großeltern der Influencer der sogenannten „schweigenden Generation" an, der Kriegskindergeneration, die über schwerste Traumatisierungen nicht sprechen konnte, so tauschen sich Influencer und ihre Communitys heute viel selbstverständlicher über mentale Gesundheit aus. Sie holen sich eher Hilfe und trauen sich schneller, über ihre Gefühle zu sprechen.

Der offene Umgang mit Gefühlen ist auch politisch relevant: Wenn sich Menschen trauen, ihre Verletztheit offen zu benennen, macht dies Strukturen sichtbar, die lange durch Scham aufrechterhalten worden sind – etwa die Scham darüber, nicht zu dem zu gehören, was die Gesellschaft als normal markiert.

Selbst wenn also die Verletzlichkeit der Influencer inszeniert sein mag – sie könnte einen Beitrag leisten zu einer sensibleren Gesellschaft, die nicht mehr fragt: „Was sollen die Nachbarn denken?", sondern die fragt: „Was fühlt der andere und was bedeutet das für mich?"

MK **6** Nehmen Sie mithilfe des Textes zu der folgenden Frage Stellung: Hilft der offene Umgang von Influencerinnen und Influencern mit Gefühlen bei der Enttabuisierung dieser oder ist er ein Kalkül zur Schaffung einer größeren Reichweite?

10.2 Kontroversen untersuchen

Debattenkultur im Wandel?

Kontroversen in pragmatischen Texten untersuchen

1 Tauschen Sie sich über Ihre Begegnungen mit Formen von Hatespeech aus.

Paul Sailer-Wlasits: Die Metastasen des Hasses (2019, zeit.de, Ausschnitt)

Hassreden waren und sind sprachliche Schatten der menschlichen Kulturgeschichte. Erst vor wenigen Jahrzehnten, als der Zivilisationsprozess bereits weit fortgeschritten schien, geriet die Sprache in den monströsen Würgegriff von Totalitarismen[1]. Der schrecklichsten aller Menschheitskatastrophen ging eine Deformation der Sprache zu hassverzerrtem, rassistischem Wortgut voran. Die verrohte Diktion der NS-Diktatur zerschlug die Sprache des Deutschen Idealismus[2]. Verbale Umcodierungen und Hasssprache durchsetzten den Alltag. Auf derartiger sprachlicher Kontamination, auf solchen toxischen Resten von ethnisch und religiös herabwürdigendem Vokabular gründet die Hassrede unserer Tage.

Die Sprache des Hasses bewirkt einen Zusammenbruch der Symmetrie bestehender Verhältnisse der Anerkennung. Sprachliche Grenzen werden bedenkenlos übertreten, inhumane Sprachentgleisungen destabilisieren den Diskurs, es triumphiert der rhetorische Effekt. Und: Hasssprache metastasiert und richtet sich – etwa aus rechtsextremer Sicht – nicht nur gegen jene Menschen, die angeblich das Abendland und die je eigene monokulturell definierte Nation von außen bedrohen, sondern auch gegen jene, die sich als „Verräter am Volk" für die Schutzsuchenden engagieren. […]

Dabei ist auch zu beobachten, wie schleichend das Gift des Verbalradikalismus wirkt: Bereits bevor die Sprache rhetorisch umschlägt und in veränderter Wort- und Satzsemantik sichtbar wird, also in offen rassistischer, herabwürdigender oder gewaltlegitimierender Sprache, existiert bereits die Intention eines sprachlichen Missbrauchs. Überall dort, wo Sprache den Modus des Allgemeinen verlässt und in einen „Modus der Anrede" (Judith Butler[3]) wechselt, kann Hasssprache entstehen. Sobald der Sprechende beginnt, sein Gegenüber zu bestimmen und auf bestimmte Identitäten festzulegen, übertritt er eine bedeutsame Grenze. Letztlich fehlen nur noch die explizite Herabwürdigung und das Definieren des anderen als Gefahr für das je Eigene, damit definitiv Verletzungsgefahr besteht – sei es durch Sprache (zunächst) und physisch (in der Folge).

Der Übergang vom Wort zur Tat bleibt jedoch ein qualitativer Sprung. Dieser ist nicht aus einer einzigen Ursache herleitbar, sondern entspricht Vorgängen von sich gegenseitig verstärkenden Sprechakten, kumulativen Wirkungen von Sprachhandlungen, aus semantischen Auf- und Überladungen und aus daraus ableitbaren Handlungsanweisungen. Der latente Hass wird durch die Sprache aufgeweckt, er wird manifest und immer weiter gesteigert bis zu seiner Entladung, denn eines kann die Hasssprache ja eben nicht: sich selbst mäßigen und disziplinieren.

Langfristig ist die Investition in politische Bildung die wirksamste und günstigste Präventivmaßnahme gegen Hassrede – allerdings jene Form der geistigen Festigung, die von humanistischen Werten durchdrungen ist und weder der verbalen Ausgrenzung noch der Perfidie[4] rhetorischer Entgrenzung dient.

Mittelfristig wären behutsame gesetzliche Regelungen und deren Kontrolle wünschenswert. Aber Vorsicht: Das Risiko der Beschädigung von Meinungsfreiheit ist beträchtlich, wenn staatliche Organe darüber entscheiden, ob Hasssprache vorliegt, oder auch ob (etwa von einer Social-Media-Plattform) systematisch Hass und Lügen verbreitet werden. Entscheiden Rechtsprechende dann basierend auf ihrer subjektiven Lesetradition und Bildung oder etwa auf der Grundlage von Checklisten darüber, was Hassrede ist? Und was davon wäre uns künftig lieber? Überhaupt: Können einzelne Richter darüber entscheiden, wie verletzend verbale Aggression auf eine konkrete Person (mit ihrer individuellen Vorgeschichte) in einer bestimmten Situation gewirkt hat? Oder bedarf es dafür mindestens einer

Hass-Jury samt Sachverständigen? Kurzfristig wäre die Vorbildfunktion von Politikern, Medien und all jenen Menschen von eminenter[5] Bedeutung, die als gesellschaftliche Multiplikatoren wirken. Vorbildwirkung ist im Unterschied zu staatlicher Repression kostenlos. Nicht erst die nächste Legislaturperiode, sondern bereits die nächste Parlamentsrede und der nächste Wahlkampf bieten Gelegenheit zu verbaler Deeskalation im Sinne politischer Sprachkultur. Gleichzeitig weist dieser Vorschlag auch schon auf eine Schwäche der Herangehensweise: Es macht Hassrede ja gerade so attraktiv für bestimmte Charaktere, dass sie – anders als zurückgenommene Sprache – Aufmerksamkeit erzeugt. Die kultivierte Gegenrede ist stets argumentierend, begründend und erklärend, daher ist und bleibt sie rhetorisch-wirkungspsychologisch im Nachteil gegenüber der kurzen, scharfen, schneidenden Hassrede.

Gerade weil Hasssprache aufgrund vielfältigster Ursachen entsteht, greifen eindimensionale Lösungsansätze – wie bei allen komplexen Problemen – zu kurz. Weder die Strafrechtsverschärfung allein noch einzelne Präventivmaßnahmen werden das vielgestaltige Phänomen unter Kontrolle bringen. Nur das Zusammenwirken von lang-, mittel- und kurzfristigen Maßnahmen kann, wie ein komplementärer Therapieansatz, die Hassrede in ihrer Gesamtheit erfassen, fixieren und allmählich auf ein sozial erträgliches Maß eindämmen. Das klingt sperrig und wird anstrengend – denn die Hassrede wird sich mit Verweis auf die (falsch verstandene) Freiheit gegen jede Maßnahme zu immunisieren versuchen. Doch ohne alle erdenklichen Schritte und Manöver entfaltet sie schon bald ihr ganzes zerstörerisches Potenzial.

1 Totalitarismen: Konzept politischer Herrschaft mit einem uneingeschränkten Verfügungsanspruch über die Beherrschten
2 Deutscher Idealismus, der: Epoche der deutschen Philosophie, die in engem Zusammenhang mit der Literatur der Klassik und der Romantik steht. Vertreter sind u. a. Immanuel Kant oder Johann Gottlieb Fichte. 3 Judith Butler: US-amerikanische Philosophin 4 Perfidie, die: Hinterhältigkeit, Heimtücke 5 eminent: hervorragend, außerordentlich

2 Erschließen Sie die Intention des Textes *Die Metastasen des Hasses* (S. 404 f.).

3 Benennen Sie Kennzeichen der „Hassrede" (Z. 78 f.) und der „kultivierte[n] Gegenrede" (Z. 100) und grenzen Sie beide Begriffe voneinander ab.

4 Fassen Sie die möglichen Reaktionen auf Hassrede nach Sailer-Wlasits zusammen. Beurteilen Sie jeweils die Wirksamkeit der vorgeschlagenen Maßnahmen.

5 Untersuchen Sie im Text sprachliche Gestaltungsmittel im Hinblick auf ihre Funktion. Übernehmen und ergänzen Sie dazu die Tabelle.

Textstelle	sprachliche Gestaltungsmittel	Funktion
„Hassreden waren und sind sprachliche Schatten der menschlichen Kulturgeschichte" (Z. 1 f.)	…	*negative Konnotation, Verweis auf die Schwierigkeit des Umgangs mit der Greifbarkeit von Hassrede*
„in den monströsen Würgegriff von Totalitarismen" (Z. 5 f.)	*wertende Wortwahl, …*	…
„Der schrecklichsten aller Menschheitskatastrophen" (Z. 6 f.)	*Verabsolutierung, Verwendung des Superlativs*	…
„es triumphiert der rhetorische Effekt" (Z. 22)	*Personifikation*	…
„Hasssprache metastasiert" (Z. 23)	*Metapher*	…
…	…	…

6 Erläutern Sie zusammenfassend, weshalb Hassrede ein Problem für den politischen Diskurs darstellt.

Jagoda Marinić: Kommentar zur Debattenkultur. Es braucht neue Werkzeuge für den Diskurs (2022, Deutschlandfunk, Ausschnitt)

Es herrscht Diskursmüdigkeit. Nach zwei herausfordernden Jahren der Pandemie fragen viele sich, wohin führen uns die gegenwärtigen Krisen und Kriege? Eine demokratische Gesellschaft müsste solche Fragen vielstimmig diskutieren können. Sie müsste das Handwerk beherrschen, Foren und Formate zu schaffen, in denen unterschiedliche Positionen ausgetragen werden. Die Anforderungen an einen solchen Diskurs sind hoch: am besten leidenschaftlich und engagiert streiten, aber bitte nicht feindselig, ganz gleich wie weit am Ende des Spektrums die andere Seite steht.

Ein faktenbasierter Diskurs braucht Expertise[1], darf aber auch nicht zum reinen Fachgespräch werden. Doch nach zwei Jahren der Pandemie und nach Beginn des russischen Angriffskrieges gegen die Ukraine wird deutlich: Wir müssen die Begegnung im Streit neu lernen. […]

In pluralistischen Demokratien sollte ein friedliches Nebeneinander möglich sein, ein liberales Laissez-Faire[2] – doch gerade Corona zeigte, dass die Dimensionen der Krise ein Mehr an Miteinander von uns fordern werden: Ganz gleich, ob Pandemie, Klimakrise oder Krieg, in einer Gesellschaft ist jeder Einzelne vom Tun der anderen betroffen. Wie sollen Lösungen für Probleme ausgehandelt werden?

Sicherlich nicht mit Debattenmüdigkeit, wie sie sich in der Pandemie beobachten ließ. Die einen sind zu müde, den Debatten zu folgen, die anderen zu müde, präzise zu differenzieren. Die kurze Phase der Corona-Experten-Only entpuppte sich ebenfalls als Irrweg, weil viele Fragen wie etwa die psychische Gesundheit oder der Familienarbeit nicht allein mit Virologen und Epidemiologen zu klären sind. Nicht mehr Expertokratie[3] ist die Lösung, sondern eine ausgewogenere Art, Wissen zu sammeln und zu sortieren. […]

Diskursmüdigkeit stellt sich auch dort ein, wo Empörung den Sound der Debatten ausmacht. Das abgedroschene „Das wird man wohl noch sagen dürfen!“ ist leider eine naheliegende Reaktion auf ein nicht minder reflexartiges „Das darf man so nicht sagen!“ Die Emanzipationsbewegungen der letzten Jahre haben sich über Twitter Wege in den Diskurs verschafft, die ohne das Internet und soziale Medien niemals möglich gewesen wären. Man sollte sich nicht in die Zeit davor zurücksehnen, weil mehr Streit und Pluralismus ein Gewinn sind für Demokratien.

Es geht dann jedoch nicht ohne neues Handwerk, ohne die Fähigkeit, verbindlich zu bleiben, selbst wenn einem die Ansichten des Gegenübers fremd oder gar zuwider sind. Es ist wichtig, Grenzen zu ziehen gegen menschenverachtende Rede und Desinformation, doch die Debatten sollten so weit wie möglich geführt werden, auch aus dem alten Vertrauen heraus, dass das bessere Argument gewinnt. Das setzt jedoch eine gebildete Bevölkerung voraus und Internetnutzer mit hoher Medienkompetenz. […]

In den letzten Jahren herrschte bei vielen Themen die Maxime: die einen reden, vor allem Betroffene, die anderen müssen zuhören. Davon sollten wir uns für die Zukunft verabschieden. In einer Demokratie sollten alle zuhören und alle reden dürfen, wenn sie das wollen.

1 Expertise, die: Gutachten einer Expertin/eines Experten 2 Laissez-Faire: Gewährenlassen, Nichteinmischung
3 Expertokratie, die: Kunstwort für die Herrschaft bzw. Deutungshoheit von Expertinnen/Experten oder Sachverständigen

7 Erläutern Sie, ob Sie selbst eine persönliche oder gesellschaftliche Diskursmüdigkeit erleben.

MK **8** Fassen Sie die Anforderungen an einen Diskurs, die im Text genannt werden, zusammen. Beurteilen Sie, inwiefern die Einhaltung dieser Anforderungen im digitalen Raum erleichtert oder erschwert wird.

9 Untersuchen Sie die gedankliche Struktur des Textes. Unterteilen Sie den Text dazu in Sinnabschnitte und ordnen Sie die folgenden Begriffe begründet zu.

- Problematisierung: Gegenüberstellung des Ideal- und des Realzustandes
- Einleitung: Darstellung der zentralen These
- Fazit und Ausblick: Beschreibung neuer Notwendigkeiten
- Verdeutlichung: Darstellung der Entwicklung der beschriebenen Diskursmüdigkeit
- Beispiel
- …

Kontroversen in Reden untersuchen

Monika Grütters: Rede bei der Klassik Stiftung Weimar

(5.2.2020, Anfang)

„Bei uns in Weimar gibt es dergleichen wie weite Wege nicht; unsere Größe beruht im Geistigen", heißt es bei Thomas Mann, in seinem Goethe-Roman „Lotte in Weimar". Doch Weimars Geistesgrößen, deutsche Dichter und Denker, gibt es heutzutage (dem Devotionalienhandel[1] sei Dank) auch im handlichen Format: zum Beispiel als Salz- und Pfefferstreuer, das Set „Schiller und Goethe – zerstreut" ab 9,95 Euro, mit Gebrauchsanweisung:

„Salzen Sie mit Schiller und pfeffern Sie mit Goethe!" Auch eine Prise Humor kann gerade bei heiklen Themen nicht schaden. Deshalb erlaube ich mir den Verweis, dass diese Vermarktung Schillers und Goethes nicht jedem schmecken wird. Literaturliebhaber stellen sich ohnehin eher die gesammelten Werke der Dichterfürsten ins Regal als deren Miniaturen auf den Tisch. Frauenbewegte pochen sicherlich auf die Quote und würzen deshalb vermutlich lieber mit Droste-Hülshoff als Salzstreuerin (oder Salzstreuende?). Verfechter kultureller Vielfalt wiederum finden das kulinarisch wie künstlerisch sicherlich zu deutschtümelnd; statt mit Goethe zu pfeffern, kreuzkümmeln sie dann vielleicht mit dem persischen Poeten Hafis, der Goethe zu seiner Gedichtsammlung „West-östlicher Divan" inspirierte.

Ja, es ist schwierig geworden, auf einen gemeinsamen Nenner zu kommen – und so gäbe es gewiss einiges einzuwenden gegen die Vermarktung Goethes und Schillers als Salz- und Pfefferstreuer. Aber im Ernst: Bei Tischgesprächen, aber auch im öffentlichen Diskurs würde es zweifellos eine zivilisierende[2] Wirkung entfalten, wenn mehr mit Dichtern (und Dichterinnen!) gesalzen und gepfeffert würde, wenn also geistreich abgewogen statt mit dumpfen Parolen vergiftet würde, worüber geredet, diskutiert und gestritten wird. Deutschland rühmt sich seiner Dichter und Denker; doch seine Debattenkultur ist gegenwärtig kein Ruhmesblatt. „Sprachgewalt" tritt häufiger in Form verbaler Attacken, in Form sprachlicher Gewalt in Erscheinungen als im eigentlichen Wortsinn: als literarische oder rhetorische Meisterschaft. Gleichzeitig fehlt in beinahe keiner öffentlichen Kontroverse das moralisierende Machtwort, das andere Sichtweisen als illegitim[3] stigmatisiert: als diskriminierend, rassistisch, islamophob[4], frauen- oder fremdenfeindlich oder in anderer Weise reaktionär: sei es des Themas oder auch der Wortwahl wegen, oder weil Humor und Ironie im Spiel sind, wo manche keinen Spaß verstehen [...].

In kontroversen Debatten geben sprachliche Verrohung einerseits und moralisierende Stigmatisierung durch eine falsch verstandene Political Correctness andererseits den Ton an. Nicht Verständigung ist dabei das Ziel, sondern das Verstummen Andersdenkender. Das ist brandgefährlich. Denn Demokratie ist ebenso auf Verständigung angewiesen wie sie der Freiheit des Wortes verpflichtet ist. Eine Gesellschaft, die das zivilisierte Streiten verlernt, verliert ihre Fähigkeit, Konflikte auszutragen und Kompromisse zu erzielen, und damit ihre demokratische Kernkompetenz. Deshalb soll es heute um die ambivalente Macht der Worte gehen: um Magie und Demagogie[5]; um Sprachgewalt und sprachliche Gewalt; um die Frage, wie viel Freiheit des Wortes Demokratie braucht und wie viel Freiheit des Wortes Demokratie verträgt; um die Frage, welche Grenzen und welche Freiräume es braucht, damit jene Fähigkeit zur Verständigung gewahrt bleibt, die der Demokratie das Überleben sichert.

1 Devotionalienhandel, der: hier: Handel mit Gegenständen, Kleinkunst 2 zivilisierende: verfeinernde, Zivilisation verleihende 3 illegitim: unrechtmäßig 4 islamophob: islamfeindlich 5 Demagogie, die: Volksverführung, Volksaufwiegelung

1 Bestimmen Sie das Thema der Rede und die Intention der Rednerin.

2 Erklären Sie das Vorgehen Grütters in der Einleitung ihrer Rede. Welche Funktion übernimmt der Verweis auf die „Vermarktung Schillers und Goethes" (Z. 14 f.)?

3 Erläutern Sie, wie Grütters den aktuellen Zustand der Debattenkultur beschreibt. Arbeiten Sie mit Textbelegen.

Monika Grütters: Rede bei der Klassik Stiftung Weimar (5.2.2020, Ausschnitt)

Dass es bisher nicht gelungen ist, gegen die Giftwirkung rechtsextremer und rechtspopulistischer Sprache eine Art diskursive Immunabwehr zu mobilisieren, ist einem gesellschaftlichen Klima geschuldet, das die demokratischen Selbstheilungskräfte – den zivilisierten Streit – verkümmern lässt und es den Feinden der Demokratie gleichzeitig erlaubt, sich mit einem (zum Akt des Widerstands aufgeplusterten) „Das wird man ja wohl noch sagen dürfen!" als letzte Hüter der Meinungsfreiheit, als unerschrockene Kämpfer gegen „Gesinnungsterror" und „Meinungsdiktatur" aufzuspielen [...].

So manche Politiker, so manche Politikerin prüft mittlerweile jedes Wort auf Skandalisierbarkeit und redet statt Klartext lieber Bürokratensprech öffentlicher Verlautbarungen, um sich ja nicht angreifbar zu machen. Ja, das Bemühen um Political Correctness nimmt bisweilen hysterische Züge an. Mit den teils diffamierenden Bezichtigungen, die auf jeden echten oder vermeintlichen sprachlichen Missgriff folgen, züchtet unsere Gesellschaft, so hat es der Medienwissenschaftler Bernhard Pörksen auf den Punkt gebracht, *(ich zitiere)* „den Typus des kleinmütigen, sich hinter Phrasen verschanzenden Angstpolitikers, den sie dann verachtet." Selbst unter jenen, die professionell mit Sprache zu tun haben und sich differenziert zu artikulieren wissen, geht die Angst um, mit einer vom Konformen abweichenden Sicht auf die Dinge falsch verstanden zu werden. Ängstlichkeit greift um sich, wo beherzte Rhetorik mit klaren Worten gefragt wäre – zum Beispiel dort, wo es um jene diffusen Ängste vor gesellschaftlicher Vielfalt geht, die Rechtspopulisten erfolgreich für ihre politischen Ziele ausschlachten. „Die Engführung des gesellschaftlichen und politischen Mainstreams hat das rechte Ufer gemacht", schrieb der Schriftsteller Bernhard Schlink vor einigen Monaten in einem Gastbeitrag für die FAZ, und ich zitiere weiter: „Der Mainstream reagiert darauf. Die Themen, die er nicht diskutiert hat und die von den Rechten usurpiert[1] wurden, sind nun rechte Themen, und als rechte Themen kann der Mainstream sie erst recht nicht mehr diskutieren. Werden sie im Mainstream gelegentlich doch angesprochen, dann nur mit Vorsicht und Vorbehalt [...]. Die Erwartung der Verurteilung lässt nicht das Interesse, sondern schon die bloße Nähe scheuen."

Natürlich hat die Freiheit des Wortes in einer Demokratie Grenzen. Eine Demokratie braucht einen „moralischen Cordon sanitaire", so hat es der Dichter Durs Grünbein formuliert, ich zitiere weiter: „[e]ine Schutzzone [...], jenseits derer die Seuchen beginnen, die Propaganda von Hass und Gewalt."

Doch diese Schutzzone, diese Grenzen sollten nicht weltanschaulich begründet und sprachpädagogisch vorgegeben werden; sie ergeben sich aus unserem Grundgesetz, aus den darin verankerten Grundrechten aller Menschen, und wo notwendig, muss der Gesetzgeber nachjustieren, so wie kürzlich etwa mit dem von der Bundesregierung beschlossenen Maßnahmenpaket gegen Hasskriminalität im Netz.

Den „moralischen Cordon sanitaire" zu verteidigen und sensibel zu reagieren auf Schlagworte, Phrasen und Parolen, die das Gift menschenverachtender Ideologie verbreiten, ist natürlich auch unser aller Verantwortung – allerdings unter dem Motto „mehr Feingefühl, weniger Political Correctness". Denn unsere Sprache befreien zu wollen von Begriffen wie „Heimat", „Patriotismus" oder „Volk", ermöglicht deren rechtspopulistische Vereinnahmung.

Als Demokraten sollten wir solche Begriffe im Geiste unserer demokratischen Verfassung mit Bedeutung füllen und darüber hinaus der Freiheit des Wortes jenseits des demokratischen „Cordon sanitaire" größtmöglichen Raum geben.

Denn nur in einem Klima geistiger Freiheit und Offenheit gedeihen die Selbstheilungskräfte der Demokratie gegen das Gift rechtspopulistischer Sprache und Erzählungen: Widerworte, Zweifel und der zivilisierte Streit.

Dagegen nehmen Versuche, das Sagbare einzuhegen in Grenzen, die sich aus einer persönlichen Weltanschauung ergeben, dem Wort auch einen Teil seiner heilsamen Macht. Deshalb sollten wir im Rahmen geltender Gesetze die Spannungen aushalten zwischen der Freiheit des Wortes, der Freiheit der Meinung einerseits und den damit möglicherweise verbundenen, persönlichen Kränkungen andererseits – im Bewusstsein, dass Kränkungen ebenso wie Unklarheiten, Missverständnisse und das Umgehen mit sprachlichen Unzulänglichkeiten der Preis für die Freiheit des Wortes sind. [...] Eine wehrhafte Demokratie braucht auch wehrhafte Demokraten. Und wehrhafte Demokraten brauchen eine wehrhafte Sprache: eine Sprache, die Klartext ermöglicht, die zu Widerworten ermutigt, die Zweifel und Kritik kultiviert und das mit intellektueller Schärfe und respektvollem Feingefühl geführte Streitgespräch belebt.

[...] das Wutschnauben ist lauter und bedrohlicher geworden in den vergangenen Jahren, und manchmal scheint es, als hätten wir uns schon an das Herumtrampeln auf den Grundwerten eines menschlichen Zusammenlebens gewöhnt. Deshalb sollte dies unsere Haltung sein: Nicht kapitulieren! Mensch bleiben! Den Menschen auch im Andersdenkenden sehen! Die Menschlichkeit verteidigen! Wir haben dazu die Macht der Worte. Nutzen wir sie zum zivilisierten Streit!

1 usurpieren: widerrechtlich die Macht an sich reißen

4 Erschließen Sie die gedankliche Struktur des Redeausschnitts (S. 408).

5 Erläutern Sie anhand folgender Textstellen, wie Grütters durch ihr Sprechen handelt, z. B. warnt oder appelliert.
- „[...] und wo notwendig, muss der Gesetzgeber nachjustieren, so wie kürzlich etwa mit dem von der Bundesregierung beschlossenen Maßnahmenpaket gegen Hasskriminalität im Netz." (Z. 53–56)
- „Denn unsere Sprache befreien zu wollen von Begriffen wie ‚Heimat', ‚Patriotismus' oder ‚Volk', ermöglicht deren rechtspopulistische Vereinnahmung." (Z. 62 ff.)
- „Als Demokraten sollten wir solche Begriffe im Geiste unserer demokratischen Verfassung mit Bedeutung füllen." (Z. 65 f.)
- „Deshalb sollte dies unsere Haltung sein: Nicht kapitulieren! Mensch bleiben!" (Z. 95 f.)

6 Untersuchen Sie die rhetorischen Gestaltungsmittel des Redeausschnitts (S. 408) im Hinblick auf ihre Wirkung. Übernehmen und ergänzen Sie dazu folgende Tabelle.

Textstelle	rhetorische Gestaltungsmittel	Wirkung
„es den Feinden der Demokratie gleichzeitig erlaubt, sich [...] als letzte Hüter der Meinungsfreiheit, als unerschrockene Kämpfer gegen ‚Gesinnungsterror' und ‚Meinungsdiktatur' aufzuspielen" (Z. 6–12)	*Abwertung der „Feinde der Demokratie" durch ironische Darstellung*	...
„diese Schutzzone, diese Grenzen" (Z. 49)	...	*Veranschaulichung durch die Verwendung bildhafter Sprache*
„sensibel zu reagieren auf Schlagworte, Phrasen und Parolen [...] ist natürlich auch unser aller Verantwortung" (Z. 58 ff.)	...	*Schaffung einer Verbindung zwischen Rednerin und Publikum, Darstellung als Teil der demokratischen Gesamtgesellschaft*
...	...	...

Frank-Walter Steinmeier: Diskussionsveranstaltung in Bratislava „Zukunft der Demokratie und Zusammenhalt der Gesellschaft" (2.9.2021, Ausschnitt)

Demokratie und Zusammenhalt: Wo in Europa steht die Frage nicht oben auf der Tagesordnung? Bei uns in Deutschland jedenfalls genauso wie bei Ihnen in der Slowakei. Ich hoffe, Sie erwarten von mir keine abschließenden Antworten auf diese herausfordernden Fragen; es werden deutsche Antworten sein – und sie erzählen etwas von den Debatten, die wir bei uns im eigenen Land führen. Ich glaube, es geht nur so, indem wir uns gegenseitig unsere Erfahrungen berichten.

Die eine Zauberformel für die eine gelingende Demokratie gibt es nicht. Zu groß sind unsere unterschiedlichen Prägungen durch Geografie und Demografie, durch politische Kultur und politische Konjunktur, durch Geschichte und Gesellschaft, durch wirtschaftliche Entwicklung und soziale Bewegungen.

All diese Eigenheiten prägen das demokratische Leben unserer Länder, stellen jede Demokratie vor ganz eigene, ganz besondere Fragen. Und doch sitzen wir als Demokraten alle in einem Boot. Zum einen eint uns die Überzeugung, dass die demokratische Verfasstheit unserer Gesellschaften der beste Weg ist, um die vielfältigen Hoffnungen, Erwartungen und Fähigkeiten unserer Bürger friedlich zur größtmöglichen Entfaltung zu bringen. Zum anderen ringen wir in unseren beiden Ländern mit grundlegenden Veränderungen, die unsere Demokratien, so wie wir sie kennen, herausfordern:

Wie können Repräsentation und Debatte auch in Zukunft gelingen, wenn Parteien an Bindungskraft verlieren, Milieus diffundieren[1] und der öffentliche Diskursraum, gerade im Internet, sich rasant verändert? Was setzen wir der Ten-

Bundespräsident Frank-Walter Steinmeier bei der Pressekonferenz zur Diskussionsveranstaltung in Bratislava, 2. September 2021

denz zur Polarisierung und Zuspitzung entgegen, die die für das Gelingen der Demokratie so wichtige Denkfigur des Kompromisses diskreditiert[2] und verächtlich macht? [...]

Ich erwarte nicht, dass wir auf diese schwierigen Fragen hier und heute in unserem Kreis eine abschließende Antwort finden. Aber ich will die Fragen nennen, weil die Suche nach Antworten auf diese Fragen im Zentrum meines Redens und Handelns als Bundespräsident steht. Ich stelle sie Ihnen auch, um klarzumachen, dass es für mich in der Debatte um die Zukunft der Demokratie um mehr gehen muss als um eine weitgehend statische Verteidigung dessen, was wir einst als richtig erkannt haben. [...]

Wenn ich eine fundamentale Voraussetzung aller funktionierenden Demokratien nennen müsste, dann ist es: Vertrauen. Nur mit Vertrauen – in uns selbst, als souveräne Wähler, ineinander, als Bürgerinnen und Bürger, in unsere öffentlichen Debatten, aber auch in unsere Verfahren und Institutionen – nur mit Vertrauen kann Demokratie gelingen. [...]

Diese innere Festigkeit unserer Demokratien wird derzeit auf die Probe gestellt. Zu den Anfechtungen von außen durch autoritäre Gegenmodelle, deren Faszination tief in unsere eigenen Gesellschaften hineindringt, treten Angriffe aus dem Inneren, die uns nicht kaltlassen dürfen. Angriffe auf unsere demokratischen öffentlichen Räume. Laute Minderheiten nutzen auch bei uns die Werkzeuge digitaler Manipulation, um die Demokratie verächtlich zu machen. Was in den Newsfeeds und Kommentarspalten der sozialen Medien an Polarisierung, an Verrohung der Sprache, an stiller, aber wirkungsvoller Manipulation unserer öffentlichen Debatten stattfindet, das sollten wir nicht kleinreden – und das dürfen wir nicht hinnehmen!

Wenn der Brückenschlag über Parteigrenzen hinweg, die Bereitschaft zur Zusammenarbeit mit politischen Konkurrenten, der Kompromiss als Verrat diffamiert[3] werden, dann ist das ein Problem für die Demokratie. Wenn der Respekt vor der Haltung anderer, die prinzipielle Einsicht, dass auch andere recht haben könnten, untergehen im Schrei nach Eindeutigkeit, dann ist auch das ein Problem für die Demokratie. Wenn Bürgermeister zurücktreten, weil sie die Attacken im Internet nicht mehr ertragen, wenn der deutsche Bundespräsident ein Hilfe-Netzwerk für bedrohte Kommunalpolitiker ins Leben rufen muss, wenn gar aus sprachlicher Gewalt im Netz im Handumdrehen physische Gewalt auf der Straße wird, dann zeigt sich, wie ungebremste Polarisierung zur Belastung der Demokratie wird oder werden kann. [...]

Dieses Grundvertrauen kann kein Parlament verordnen und keine Zeitung herbeischreiben, wir können es uns nicht zurechtwünschen und nicht voneinander einklagen. Wir müssen es leben. Und wir müssen eine politische Kultur pflegen, die den demokratischen Wettbewerb sucht, aber die innerstaatliche Feindeserklärung unter Demokraten vermeidet. Das gilt in Berlin ebenso wie in Bratislava.

Auf die heutige Debatte freue ich mich außerordentlich. Herzlichen Dank fürs Zuhören.

---

1 diffundieren: verschmelzen 2 diskreditiert: in Verruf bringt, dem Ansehen schadet 3 diffamiert: verleumdet, in einen schlechten Ruf bringt

7 Fassen Sie zusammen, wodurch Steinmeier die Demokratie gefährdet sieht. Belegen Sie am Text.

8 Untersuchen Sie, wie Steinmeier in seiner Rede Offenheit und Gesprächsbereitschaft signalisiert.

9 Erläutern Sie Ihr Verständnis, wie „politische Kultur“ (Z. 15) gelingt. Entwickeln Sie diese Gedanken weiter, indem Sie Merkmale einer demokratischen Debattenkultur darstellen.

10.3 Kommunikation in literarischen Texten untersuchen

Man kann doch über alles reden

1 Stellen Sie sich die Situation eines Gesprächs zwischen zwei Elternpaaren vor, das wegen einer körperlichen Auseinandersetzung zwischen deren Kindern geführt wird.
- Beschreiben Sie Ihre Erwartungen an ein solches Gespräch.
- Formulieren Sie Bedingungen für den kommunikativen Austausch der Eltern, damit dieser gelingt.

Yasmina Reza: Der Gott des Gemetzels (2006, Auszug)

Nach einer Prügelei ihrer Söhne treffen sich die Ehepaare Véronique und Michel Houillés und Annette und Alain Reilles, um die Angelegenheit zu besprechen.

VÉRONIQUE Also, unsere Stellungnahme ... Sie fassen dann Ihre eigene ab ... „Am 3. November um 17 Uhr 30 schlug Ferdinand Reille, 11 Jahre, bewaffnet mit einem Stock, nach einer verbalen Auseinandersetzung auf dem Square de l'Aspirant Dunand unserem Sohn Bruno Houillé ins Gesicht. Die Folgen dieser Tat sind neben einer geschwollenen Oberlippe zwei abgebrochene Schneidezähne, beim rechten Schneidezahn einhergehend mit Schädigung des Nervs."

ALAIN Bewaffnet?

VÉRONIQUE Bewaffnet? „Bewaffnet" gefällt Ihnen nicht, aha, was sollen wir sagen, Michel, ausgestattet, ausgerüstet, ausgestattet mit einem Stock, ist Ihnen das recht?

ALAIN Ausgestattet ja.

MICHEL Ausgestattet mit einem Stock.

VÉRONIQUE (*korrigiert*) Ausgestattet. [...]

[...]

VÉRONIQUE [...] Jedenfalls danken wir Ihnen, dass Sie gekommen sind. Keiner hat was davon, wenn wir uns von Gefühlsmechanismen steuern lassen.

ANNETTE Wir haben zu danken. Wir.

VÉRONIQUE Ich glaube, wir brauchen uns nicht gegenseitig zu danken. Zum Glück gibt es immer noch die Kunst des zivilisierten Umgangs miteinander, oder?

ALAIN Die die Jungs offenbar nicht beherrschen. Also, ich meine unserer!

ANNETTE Ja, unserer! ... Und was wird aus dem Zahn, dessen Nerv verletzt ist? ...

VÉRONIQUE Tja, das ist noch unklar. Die Ärzte sind zurückhaltend mit einer Prognose. Anscheinend liegt der Nerv nicht gänzlich bloß.

MICHEL Nur eine kleine Stelle liegt bloß.

VÉRONIQUE Ja. Ein Teil liegt bloß, der Rest ist noch geschützt. Deswegen wird der Zahn nicht verödet, jedenfalls vorerst nicht.

MICHEL Der Zahn soll noch eine Chance bekommen.

VÉRONIQUE Es wäre auf jeden Fall besser, eine Wurzelkanalbehandlung zu vermeiden.

ANNETTE Ja ...

VÉRONIQUE Also wird der Zahn jetzt beobachtet, damit der Nerv eine Chance hat sich zu erholen.

MICHEL So lange bekommt er ein keramisches Inlay.

VÉRONIQUE Ein Zahnersatz kann jedenfalls nicht vor dem achtzehnten Lebensjahr gemacht werden.

MICHEL Nein.

VÉRONIQUE Dauerhafter Zahnersatz wird erst nach abgeschlossenem Wachstum eingesetzt.

ANNETTE Natürlich. Ich hoffe, dass ... Ich hoffe, dass alles gut wird.

VÉRONIQUE Hoffen wir's.

Leichte Unschlüssigkeit.

ANNETTE Hinreißend, diese Tulpen.

VÉRONIQUE Die sind von dem kleinen Blumenladen im Mouton-Duvernet-Markt. Sie wissen schon, ganz oben der.

ANNETTE Ah ja.

VÉRONIQUE Sie kommen jeden Morgen frisch aus Holland, zehn Euro für einen Arm voll, fünfzig Stück.

ANNETTE Ach was!

VÉRONIQUE Sie wissen schon, ganz oben der.

ANNETTE Ja, ja.

VÉRONIQUE Haben Sie gewusst, dass er Ferdinand nicht verraten wollte.

MICHEL Nein, wollte er nicht.

VÉRONIQUE Das war beeindruckend, dieses Kind mit seinem zerschmetterten Gesicht, den zerschmetterten Zähnen zu sehen, das ihn partout nicht verraten wollte.

ANNETTE Kann ich mir vorstellen.

MICHEL Aber seien wir ehrlich, Véronique, das lag auch daran, dass er vor seinen Klassenkameraden nicht als Denunziant[1] dastehen wollte, das war nicht nur Tapferkeit.

VÉRONIQUE Stimmt schon, aber Tapferkeit ist auch eine Art Gemeinschaftssinn.

[...]

1 Denunziant, der: Person, die eine andere Person angezeigt oder negativ dargestellt hat

ALAIN Ja ... *(sein Handy vibriert)* Entschuldigen Sie bitte ... *(er entfernt sich von der Gruppe; während er spricht, zieht er eine Tageszeitung aus der Tasche)* ... Ja, Maurice, danke für den Rückruf. Ja, im „Echo" von heute, ich lese Ihnen die Stelle vor ... „Laut einer [...] Bis gleich." *(er legt auf)* ... Entschuldigen Sie bitte.

MICHEL Sie sind ...

ALAIN Anwalt.

ANNETTE Und Sie?

MICHEL Ich habe einen Großhandel mit Haushaltsartikeln, Véronique ist Schriftstellerin und arbeitet halbtags in einer Kunst- und Geschichtsbuchhandlung.

2 Untersuchen Sie die Kommunikationssituation zwischen den beiden Ehepaaren.
- Vergleichen Sie den Verlauf des Gesprächs mit Ihren Erwartungen in Aufgabe 1 (S. 411).
- Charakterisieren Sie arbeitsteilig das Gesprächsverhalten der Figuren. Erläutern Sie anhand von Textbelegen, ob die Bedingungen für gelingende Kommunikation erfüllt werden.

3 **PLUS** Prüfen Sie anhand konkreter Textstellen, inwiefern die Konversationsmaximen nach Grice (S. 401) eingehalten werden.

Yasmina Reza: Der Gott des Gemetzels (2006, Auszug)

VÉRONIQUE [...] Erlauben Sie mir, mit Ferdinand zu reden?

ANNETTE Aber natürlich!

VÉRONIQUE Ich möchte das nicht ohne Ihr Einverständnis tun.

ANNETTE Reden Sie mit ihm. Das ist das Normalste von der Welt.

ALAIN Na, viel Glück.

ANNETTE Hör auf, Alain. Ich verstehe nicht ...

ALAIN Madame hat große ...

VÉRONIQUE Véronique. Wir tun uns alle leichter, wenn wir mit diesem Monsieur und Madame aufhören.

ALAIN Véronique, der pädagogische Ehrgeiz, der Sie antreibt, ist ja sehr sympathisch ...

VÉRONIQUE Wenn Sie nicht möchten, dass ich mit ihm rede, dann rede ich nicht mit ihm.

ALAIN Doch, reden Sie mit ihm, halten Sie ihm eine Predigt, tun Sie, was Sie wollen.

VÉRONIQUE Ich wundere mich, dass Sie so gar nicht besorgt wirken.

ALAIN Madame ...

VÉRONIQUE Véronique.

ALAIN Véronique, ich bin so besorgt, wie man nur sein kann. Mein Sohn verletzt ein anderes Kind ...

VÉRONIQUE Absichtlich.

ALAIN Sehen Sie, das ist die Art von Bemerkungen, bei denen ich störrisch werde. Wir wissen, dass es absichtlich war.

VÉRONIQUE Aber das ist entscheidend.

ALAIN Was entscheidet es denn? Wir reden von nichts anderem. Unser Sohn hat einen Stock genommen und Ihren Sohn geschlagen. Deswegen sind wir hier, oder?

ÜBRIGENS

Theaterstück und Film
Mit ihrem satirischen Gesellschaftsstück, das 2006 im Schauspielhaus Zürich uraufgeführt wurde, hat Yasmina Reza einen sehr großen Erfolg verzeichnet, es wurde als Theatersensation gefeiert. Bereits in den folgenden beiden Spielzeiten 2006/07 und 2007/08 wurde es an über 60 deutschsprachigen Bühnen inszeniert und gehörte damit bald zu den erfolgreichsten Theaterstücken.
2011 verfilmte Roman Polanski das Stück mit den berühmten Schauspielerinnen und Schauspielern Kate Winslet, Jodie Foster, John C. Reilly und Christoph Waltz. Auch die Verfilmung wurde mehrfach ausgezeichnet, unter anderem mit dem „César" für das beste adaptierte Drehbuch und dem polnischen Filmpreis für die beste Regie. Mehrere der Schauspielerinnen und Schauspieler wurden zudem für Golden Globes und Satellite Awards nominiert.

ANNETTE Das bringt doch nichts.

MICHEL Ja, sie hat recht, diese Art Diskussion bringt nichts.

ALAIN Warum haben Sie das Bedürfnis, „absichtlich" einzuwerfen? Was für eine Lehre soll mir das erteilen?

ANNETTE Bitte, das kriegt jetzt eine lächerliche Schlagseite, meinen Mann belasten ganz andere Dinge, ich komme heute Abend mit Ferdinand her, und dann klärt sich alles auf natürlichem Wege.

ALAIN Mich belastet gar nichts.

ANNETTE Schön für Dich, mich schon.

MICHEL Wir haben keinen Grund, uns belastet zu fühlen.

ANNETTE Oh doch.

ALAIN *(Handy vibriert)* ... Sie gehen nicht darauf ein ... Kein Kommentar ... Aber nein, Sie nehmen es nicht vom Markt! Wenn Sie das tun [...]

[...]

MICHEL Diese Pharmafirmen sind fürchterlich. Profit, nichts als Profit.

ALAIN Sie brauchen mein Gespräch nicht zu kommentieren.

MICHEL Sie brauchen es nicht vor meiner Nase zu führen.

ALAIN Doch. Leider bin ich dazu gezwungen. Gegen meinen Willen, das können Sie mir glauben.

MICHEL Die verkaufen dir ihr Zeug ohne Rücksicht auf Verluste.

ALAIN In der Medizin geht jeder therapeutische Fortschritt mit Chancen und mit Risiken einher.

MICHEL Ja, verstehe. Trotzdem. Sie haben schon einen merkwürdigen Beruf.

ALAIN Bitte?

VÉRONIQUE Michel, das geht uns nichts an.

MICHEL Einen merkwürdigen Beruf.

ALAIN Und was machen Sie?

MICHEL Ich habe einen normalen Beruf.

4 Setzen Sie sich genauer mit dem Beginn des Gesprächsausschnitts auseinander (S. 412, Z. 1–35).
- Stellen Sie Vermutungen an, welche Intention Véronique mit ihrem Einwurf „Absichtlich." (S. 412, Z. 27) verfolgt. Untersuchen Sie diese Aussage mithilfe von Watzlawicks zweitem Axiom (S. 398).
- Beurteilen Sie Alains Reaktion: „Sehen Sie, das ist die Art von Bemerkungen, bei denen ich störrisch werde." (S. 412, Z. 28 f.).
- Prüfen Sie, inwiefern alternative Formulierungen von Véroniques Aussage den Gesprächsverlauf verändern könnten.

Kommunikationsquadrat → S. 553 f.

5 Untersuchen Sie den Gesprächsverlauf mithilfe des Kommunikationsquadrats nach Schulz von Thun.
- Inwiefern werden Inhalte auf der Sachebene ausgetauscht?
- An welchen Stellen finden sich Selbstkundgaben?
- Inwiefern erfährt man direkt oder indirekt etwas über die Beziehung der Figuren?
- Welche Appelle werden ausgedrückt und inwiefern werden sie wahrgenommen?

St. Pauli Theater, Hamburg 2008

Yasmina Reza: Der Gott des Gemetzels (2006, Auszug)

ANNETTE Wir haben vielleicht etwas nicht genug beachtet ... Also ich meine ...

MICHEL Sagen Sie ruhig, Annette.

ANNETTE Eine Beschimpfung ist auch eine Aggression.

MICHEL Natürlich.

VÉRONIQUE Kommt ganz drauf an, Michel.

MICHEL Stimmt, es kommt drauf an.

ANNETTE Ferdinand war noch nie brutal zu jemandem. Grundlos kann er das nicht getan haben.

ALAIN Bruno hat ihn eine Petze genannt! ... *(Handy vibriert)* ... Entschuldigung! ... *(geht beiseite, mit übertriebenen Beschwichtigungsgesten gegenüber Annette)* ... Ja ... Aber nur, wenn [...] *(beendet das Gespräch)* ... Wenn mich einer Petze nennt, gehe ich auch in die Luft.

MICHEL Es sei denn, es stimmt.

ALAIN Wie bitte?

MICHEL Ich meine, wenn es gerechtfertigt ist.

ALAIN Mein Sohn eine Petze?

MICHEL Aber nein, das war ein Scherz.

ALAIN Ihrer ja auch, so gesehen.

MICHEL Wie jetzt, unserer auch?

ANNETTE Schließlich hat er Ferdinand angeschwärzt.

MICHEL Auf unser Drängen!

VÉRONIQUE Michel, wir kommen völlig vom Thema ab.

ANNETTE Macht nichts. Auf Ihr Drängen oder nicht, er hat ihn verpetzt.

ALAIN Annette.

ANNETTE Was, Annette? *(zu Michel)* Sie glauben, mein Sohn ist eine Petze?

MICHEL Ich glaube gar nichts.

ANNETTE Wenn Sie gar nichts glauben, dann sagen Sie auch nichts. Lassen Sie Ihre Bemerkungen und Unterstellungen.

VÉRONIQUE Annette, wir sollten uns nicht aufregen. Michel und ich bemühen uns, Ihnen entgegenzukommen und moderat zu reagieren ...

ANNETTE So moderat auch wieder nicht.

VÉRONIQUE Ach ja? Warum?

ANNETTE Oberflächlich moderat.

ALAIN Wauwau, ich muss jetzt wirklich gehen ...

ANNETTE Geh ruhig, sei ein Feigling.

ALAIN Annette, mir droht der Verlust meines größten Kunden, da sind diese Haarspaltereien von wegen elterlicher Verantwortung und so ...

VÉRONIQUE Mein Sohn hat zwei Zähne verloren. Zwei Vorderzähne.

ALAIN Ja, ja, wir haben's kapiert.

VÉRONIQUE Einer davon für immer.

ALAIN Er kriegt neue, wir lassen ihm neue einsetzen! Bessere! Ferdinand hat ihm nicht das Trommelfell durchbohrt!

ANNETTE Es wäre falsch, die Ursache des Problems nicht zu sehen.

VÉRONIQUE Es gibt keine Ursache. Es gibt einen Elfjährigen, der zugeschlagen hat. Mit einem Stock.

ALAIN Bewaffnet mit einem Stock.

MICHEL Wir haben das Wort zurückgezogen.

ALAIN Sie haben es zurückgezogen, weil wir Einspruch dagegen erhoben haben.

MICHEL Wir haben es ohne jede Diskussion zurückgezogen.

ALAIN Ein Wort, das bewusst den Irrtum, die Ungeschicklichkeit ausschließt, ein Wort, das die Kindheit ausschließt.

VÉRONIQUE Ich glaube, diesen Ton ertrage ich nicht.

ALAIN Wir beide sind schon von Anfang an nicht gut miteinander zurechtgekommen.

VÉRONIQUE Monsieur, nichts ist widerlicher, als etwas vorgeworfen zu bekommen, wovon man selbst schon abgerückt ist. Das Wort bewaffnet hat Ihnen nicht behagt, wir haben es ersetzt. Dabei wäre es hier durchaus angebracht, wenn man den Wortsinn bedenkt.

6 Untersuchen Sie die nonverbalen Handlungen auf dem Inszenierungsfoto (S. 413) im Hinblick auf ihre Wirkung. Beziehen Sie dabei auch Watzlawicks erstes Axiom (S. 398) ein.

7 Vergleichen Sie die drei Gesprächsausschnitte (S. 411 f., 412 f., 414) mithilfe eines Kommunikationsmodells.
- Gehen Sie auf die Gründe für die gescheiterte Kommunikation ein.
- Erläutern Sie, mit welcher Intention Alain das Wort „[b]ewaffnet" (Z. 65) erneut anbringt und beurteilen Sie Véroniques Reaktion.

Kommunikation untersuchen

Lexikon Kommunikation
→ S. 553

Kommunikationsrollen

Menschen können verschiedene Kommunikationsrollen einnehmen. Diese sind oft abhängig von der **Kommunikationssituation**, den **Erwartungen** der Gesprächspartnerinnen/-partner sowie der eigenen **Intention** im Gespräch. Der Soziologe Erving Goffman (1922–1982) hat Kommunikation daher mit einem Theaterspiel verglichen: „Wir alle spielen Theater" (1959). Laut Goffmann präsentieren sich Menschen stets in dem Bestreben einer idealen Selbstdarstellung.

Kommunikationsmodelle und Axiome der Kommunikation

Kommunikationsmodelle helfen bei der Untersuchung von Kommunikation. So können einzelne Aussagen oder Gesprächsverläufe in Alltagssituationen oder literarischen Texten mithilfe der Modelle untersucht werden, um z. B. Kommunikationsstörungen zu ergründen.
Bedeutsame Kommunikationsmodelle sind das **Kommunikationsquadrat** nach Friedemann Schulz von Thun (S. 16, 21), das **Organon-Modell** der Sprache nach Karl Bühler (S. 19) und die Grundannahmen zur menschlichen Kommunikation nach Paul Watzlawick (397 f.).
Paul Watzlawick hat **fünf Axiome** (grundsätzliche Erkenntnisse) zur menschlichen Kommunikation beschrieben:

- Man kann nicht nicht kommunizieren.
- Jede Kommunikation hat einen Inhalts- und einen Beziehungsaspekt.
- Kommunikation ist immer Ursache (Reiz) und Wirkung (Reaktion).
- Menschliche Kommunikation bedient sich analoger und digitaler Modalitäten.
- Kommunikation ist symmetrisch oder komplementär.

Konversationsmaximen

Die von Herbert P. Grice (1913–1988) entwickelten Konversationsmaximen beruhen auf dem **Kooperationsprinzip**, das besagt, dass Verständigung das Ziel der Kommunikation darstellt. Es ergeben sich die eigentlichen Konversationsmaximen, deren Gültigkeit jeder Äußerung unterstellt wird:

- Quantitätsmaxime (maximale Informativität)
- Qualitätsmaxime (Wahrheit)
- Relevanzmaxime (Relation zum Ziel)
- Modalitätsmaxime (Klarheit)

Wird eine Maxime verletzt, wird versucht, die Verletzung in Einklang mit dem Kooperationsprinzip zu bringen. Wenn jemand z. B. etwas Unwahres sagt, prüft man die Aussage auf Ironie oder Anspielung.

Verhältnis von Öffentlichkeit und Privatheit

Kommunikation im privaten Raum ist gekennzeichnet durch wenige bis einige Gesprächsteilnehmerinnen/-teilnehmer sowie eine geringe Zugänglichkeit und Vertrautheit zwischen den Gesprächspartnerinnen/-partner. **Kommunikation im öffentlichen Raum** hingegen zeichnet sich durch viele Gesprächsteilnehmerinnen/-teilnehmer sowie eine hohe (auch mediale) Zugänglichkeit und mögliche Fremdheit zwischen den Gesprächspartnerinnen/-partner aus. Im Zuge der **Digitalisierung** verändert sich das Verhältnis von Privatheit und Öffentlichkeit zunehmend. Ursprünglich private Kommunikation wird beispielsweise in der Öffentlichkeit ausgetragen.

Hatespeech

Unter Hatespeech (deutsch: Hassrede) versteht man menschenverachtende Aussagen, die zugleich häufig ein **gruppenbezogenes Merkmal** aufgreifen, also beispielsweise auf Merkmale wie Hautfarbe, Herkunft, Sexualität, Geschlecht, Alter, Behinderung oder Religion von Menschen zielen. Dabei wird unterstellt, dass bestimmte Menschen weniger wert seien und/oder weniger Rechte hätten als andere. Hatespeech äußert sich oft in Beleidigungen, Verallgemeinerungen und der bewussten Verbreitung falscher Tatsachen, getarnt mit vermeintlichem Humor oder mit konkreten Aufrufen zu Gewalttaten. Besonders über das Internet lässt sich Hatespeech schnell verbreiten und nur schwer bzw. langsam kontrollieren.

Debattenkultur

Debattenkultur ist ein zentrales Merkmal moderner demokratischer Gesellschaften. Die sprachliche Auseinandersetzung bzw. das Streitgespräch sollte dabei aus **Rede** und **Gegenrede** bestehen. Es gilt, **andere Meinungen auszuhalten** und sich **sachlich** damit auseinanderzusetzen. Klare Gedankengänge, logische Argumente und Sprachgewandtheit sollten maßgeblich für das Führen einer Debatte sein. Schwierig wird es, wenn Debatten bereits im Vorfeld umgangen werden, weil die Bereitschaft zur Auseinandersetzung fehlt oder Themen tabuisiert werden aufgrund falsch verstandener Political Correctness.

Analyse eines pragmatischen Textes, ggf. mit weiterführendem Schreibauftrag (II, a)

Aufgabenart
→ S. 565

KOMPETENZBOX

Verfassen einer Analyse eines pragmatischen Textes

Diese Aufgabenart verlangt die Analyse eines pragmatischen Textes. Der weiterführende Schreibauftrag kann sich auf einzelne Textaussagen beziehen und zum Beispiel eine kritische Stellungnahme von Ihnen fordern. Der Schwerpunkt liegt auf der Textanalyse.

1. Erstes Textverständnis festhalten – Aufgabenstellung erfassen
- Aufgabenstellung klären
- Textangaben erfassen: Titel, Autorin/Autor, Textsorte, Thema, Quelle, Erscheinungsdatum, ggf. Anlass
- Teilaufgaben und Untersuchungsaspekte beachten: Welche Operatoren erfordern was? Welche Aspekte des Textes sollen analysiert werden?

2. Pragmatischen Text untersuchen
- die gedankliche Struktur bzw. den Argumentationsgang des Textes untersuchen, dabei Position der Autorin/des Autors, Mittel der Leserlenkung und Intention beachten, Thesen, Argumente und Belege des Textes festhalten
- die sprachliche Gestaltung des Textes im Hinblick auf ihre Wirkung untersuchen und den Zusammenhang zur Aussageabsicht des Textes herstellen

3. Untersuchungsergebnisse prüfen und erweitern
- Aussagen und Argumente des Textes kritisch bewerten: zwischen Fakten, Wertungen und begründeten Schlussfolgerungen unterscheiden
- ggf. für die zweite Aufgabe: eigenes Wissen zur Aufgabenstellung strukturieren

4. Gliederung erstellen

Einleitung:
- Titel, Autorin/Autor, Textsorte, Thema, Quelle, Erscheinungsdatum, ggf. Anlass benennen

Hauptteil:
- Position zusammenfassen, die gedankliche Struktur bzw. den Argumentationsgang des Textes und die Intention darstellen
- Untersuchungsergebnisse der sprachlichen Gestaltung im Hinblick auf ihre Wirkung darlegen
- ggf. aufgabenbezogene Überleitung zur zweiten Aufgabe formulieren
- ggf. zweite Aufgabe ausarbeiten

Schluss:
- Ergebnisse zusammenfassen, Schlussfolgerungen ziehen, ggf. Bezug zur Einleitung herstellen

5. Klausur schreiben
- sachlich und präzise formulieren, Fachbegriffe verwenden
- logische Nachvollziehbarkeit durch gedankliche Zusammenhänge und sprachliche Verknüpfungen beachten
- Aussagen am Text durch direkte und indirekte Zitate belegen

6. Klausur überarbeiten
- sachliche Richtigkeit prüfen
- Formalia, z. B. korrektes Zitieren, beachten
- sprachliche Richtigkeit (Ausdruck, Grammatik, Zeichensetzung, Rechtschreibung) überprüfen

BEISPIEL-KLAUSUR **Aufgabe**

1 Analysieren Sie den Text *Wir müssen unsere Debattenkultur schützen* von Marco Buschmann aus dem Jahr 2023. Berücksichtigen Sie dabei die wesentlichen Inhalte und den Gedankengang, die Intention sowie die sprachlich-stilistische Gestaltung des Textes.

2 „Es gibt Worte, die erniedrigen und mit ihrer Verwendung eindeutig erniedrigen sollen. Sie haben im aufgeklärten Diskurs nichts zu suchen. Aber müssen wir stets mit der Lupe methodisch unterstellter Missgunst unterwegs sein, die vom eigentlichen Kern der Debatte ablenkt?" (Z. 36–39)

Setzen Sie sich unter Bezugnahme auf Buschmanns Darstellung des „zweite[n] Problem[s]" (Z. 30) mit der Bedeutung von sprachlicher Sensibilität im gesellschaftlich-kommunikativen Miteinander auseinander und nehmen Sie Stellung zu der Position Buschmanns.

Marco Buschmann: Wir müssen unsere Debattenkultur schützen

(1.1.2023, Welt am Sonntag, Ausschnitt)

Wenn ich einen Wunsch frei hätte, was wir uns als Gesellschaft für das neue Jahr vornehmen sollten, wäre meine Wahl: eine bessere Debattenkultur für unser Land. Denn sie ist akut durch zwei Probleme gefährdet.

Das erste Problem ist eine sich immer weiter steigernde Unduldsamkeit gegenüber Standpunkten, die nicht die eigenen sind. Jeder glaubt, recht zu haben. Immer größer ist die Wut, dass es nicht so läuft, wie man selbst es für richtig hält – ob bei Migration, Klima oder Corona. Die Gegenseite wird mit immer größeren moralischen Keulen traktiert. […]

Manche beschimpfen die anderen nicht einmal mehr, sondern haken sie gleich ganz ab. Der Anteil der Menschen in Deutschland, die sich gerne mit Andersdenkenden austauschen, geht nach Umfragen seit Jahren zurück. Kürzlich ermittelte das Allensbach-Institut nur noch 37 Prozent. Schwindet die Einsicht, dass es legitime Meinungen geben kann jenseits der eigenen?

Unsere Ordnung der Freiheit mutet den Menschen etwas zu. Dazu gehört der Meinungspluralismus. Stattdessen greift eine immer größere Ambiguitätsintoleranz[1] um sich. Es mangelt zunehmend an der Fähigkeit, Unsicherheiten und mehrdeutige Situationen zu ertragen. Stattdessen zieht man sich in „safe spaces" und die eigene „bubble" zurück. Und jenseits des eigenen Meinungskokons[2] scheinen nur noch „verbotene Zonen" voller „Barbaren" zu existieren.

Das ist eine Gefahr für eine der größten Stärken liberaler Gesellschaften. […] Debatte aber heißt Rede und Gegenrede. Das setzt Debattenkultur voraus: Eine Kultur, die immer neu zum sachlichen Widerspruch ermutigt.

Was wir zum Schutz der Debattenkultur in der Tradition der Aufklärung mobilisieren müssen, wäre das, was im Kern „Bildung" bedeutet. Bildung fängt mit Unsicherheit und Zweifel an, mit der Wahrnehmung und mit dem Aushalten von Problemen, nicht mit Wissen und Gewissheiten, auch nicht mit moralischen. Bildung heißt, den Sinn für legitime Vielfalt und unvermeidbare Uneindeutigkeit zu schärfen. Die produktive Bearbeitung äußerer Konflikte ist nicht möglich ohne solchen inneren Konflikt. Wer nicht einen Augenblick bereit ist anzunehmen, dass man selbst im Unrecht und der andere im Recht sein könnte, wird keine gemeinsamen Lösungen und Antworten finden.

Das zweite Problem besteht in einer Abwendung vom Individuum und einer zunehmenden Betrachtung der Gesellschaft als einer Ansammlung von immer mehr Gruppen, die sich durch Benachteiligung definieren. Damit einher geht eine wachsende Empfindlichkeit gegenüber Worten und Taten, in denen man Spuren von unzulässigen kulturellen Übernahmen, von Nicht-Anerkennung oder Schlimmerem wahrnimmt. Die Beispiele häufen sich: ob es um die Übersetzung von Gedichten oder die Verwendung einzelner Worte geht. Um keinen Zweifel aufkommen zu lassen: Es gibt Worte, die erniedrigen und mit ihrer Verwendung eindeutig erniedrigen sollen. Sie haben im aufgeklärten Diskurs nichts zu suchen. Aber müssen wir stets mit der Lupe methodisch unterstellter Missgunst unterwegs sein, die vom eigentlichen Kern der Debatte ablenkt?

Es ist dringend, dass wir Gegenkräfte entwickeln gegen all diese Gefährdungen liberaler Demokratie und politischer Kultur – Gegenkräfte der Liberalität: andere Standpunkte verstehen, aushalten, respektieren wollen, bis zur Grenze wiederum des Illiberalen[3] natürlich nur; weniger mit Empfindlichkeit kommunizieren und mehr mit Analyse und Argument. Der britische Historiker Timothy Garton Ash hat das vor einiger Zeit „robuste Liberalität“ genannt und dazu aufgerufen.

Wir müssen erkennen, dass Empfindlichkeit auch ihre kommunikative Schattenseite hat. Natürlich ist sie ein Motor von Zivilität und Humanität; aber sie kann auch schaden, sie kann Austausch, Entwicklung, lehrreichen Perspektivenwechsel hemmen, sie kann abschotten von allem, was uns irritieren und damit auch weiterbringen könnte. Heute ist überall viel von „Resilienz[4]“ die Rede. Es wäre wichtig, dass wir emotional resilienter werden, dass wir nicht bei jeder Verstimmung, jedem Unwohlsein glauben, dass da jetzt jemand kommen müsse, um Abhilfe zu schaffen.

Für den souveränen Umgang mit Pluralität, Konflikt und Widerspruch als den Folgen von Freiheit ist etwas nötig, das man auch Demut nennen könnte: selbst vom Hochsitz des Besserwissers herabsteigen; unterstellen, dass der andere nicht rundheraus böswillig ist, sondern auch einen Punkt hat, der Beachtung verdient. Wir müssen das üben, was man in den Geisteswissenschaften das „hermeneutische Wohlwollen“ genannt hat, die Maxime: Lies und höre den anderen stets so, dass du das bestmögliche Gemeinte herausholst!

Wir können alle – durch die Art und Weise, wie wir miteinander reden, wie wir aufeinander reagieren – dazu beitragen, dass wir bei aller Diversität als Gesellschaft nicht in voneinander sich abschottende Gruppen zerfallen, sondern einander zugewandt bleiben im streitenden Gespräch. Wir müssen – das ist mein Plädoyer – anderen Positionen wieder besser und mehr zuhören. Wir müssen die Angst ablegen, von Meinungen, die wir nicht teilen, sozusagen kontaminiert[5] zu werden. Begreifen wir sie im Gegenteil als Anlass zum Hinterfragen und zum Widerspruch. Erinnern wir uns daran, dass Streit nicht nur die Abwesenheit von Eintracht ist, sondern schlicht das Aufeinanderprallen unterschiedlicher Meinungen. Trauen wir uns bessere Debatten zu.

Bleiben wir sensibel für die tatsächliche Gleichheit der Rechte und der Freiheit, die unser Grundgesetz allen verspricht; aber werden wir auch sensibel für die Gefährdungen unseres kommunikativen Miteinanders in der liberalen Demokratie, die ich versucht habe zu schildern. Nur auf der Grundlage einer besseren Debattenkultur werden wir die Probleme gut lösen können, die uns auch das neue Jahr vielfältig aufgeben wird.

1 Ambiguitätsintoleranz, die: fehlende Fähigkeit, mehrdeutige Situationen und widersprüchliche Handlungsweisen zu ertragen 2 Kokon, der: von Tieren hergestelltes hergestelltes Gehäuse, das dem Schutz von Eiern dient 3 illiberal: unduldsam 4 Resilienz, die: Fähigkeit von Personen oder Gemeinschaften, schwierige Lebenssituationen wie Krisen oder Katastrophen ohne dauerhafte Beeinträchtigung zu überstehen 5 kontaminiert: verunreinigt

1. Erstes Textverständnis festhalten – Aufgabenstellung erfassen

Schreibtraining I33

1.1 Paraphrasieren Sie die Aufgabenstellung (S. 417).

1.2 Lesen Sie den Text und klären Sie unbekannte Begriffe.

1.3 Bestimmen Sie das Thema und erfassen Sie den Inhalt des Textes.

2. Pragmatischen Text untersuchen

2.1 Führen Sie die Erschließung des Textes mithilfe von Markierungen am gesamten Text fort.

SO GEHT'S Die gedankliche Struktur eines Sachtextes erschließen

Marco Buschmann: Wir müssen unsere Debattenkultur schützen

(1.1.2023, Welt am Sonntag, Ausschnitt)

Wenn ich einen Wunsch frei hätte, was wir uns als Gesellschaft für das neue Jahr vornehmen sollten, wäre meine Wahl: eine bessere Debattenkultur für unser Land. Denn sie ist akut durch zwei Probleme gefährdet. Das erste Problem ist eine sich immer weiter steigernde Unduldsamkeit gegenüber Standpunkten, die nicht die eigenen sind. Jeder glaubt, recht zu haben. Immer größer ist die Wut, dass es nicht so läuft, wie man selbst es für richtig hält – ob bei Migration, Klima oder Corona. Die Gegenseite wird mit immer größeren moralischen Keulen traktiert. [...]

Manche beschimpfen die anderen nicht einmal mehr, sondern haken sie gleich ganz ab. Der Anteil der Menschen in Deutschland, die sich gerne mit Andersdenkenden austauschen, geht nach Umfragen seit Jahren zurück. Kürzlich ermittelte das Allensbach-Institut nur noch 37 Prozent. Schwindet die Einsicht, dass es legitime Meinungen geben kann jenseits der eigenen?

Unsere Ordnung der Freiheit mutet den Menschen etwas zu. Dazu gehört der Meinungspluralismus. Stattdessen greift eine immer größere Ambiguitätsintoleranz um sich. Es mangelt zunehmend an der Fähigkeit, Unsicherheiten und mehrdeutige Situationen zu ertragen. Stattdessen zieht man sich in „safe spaces" und die eigene „bubble" zurück. Und jenseits des eigenen Meinungskonkons scheinen nur noch „verbotene Zonen" voller „Barbaren" zu existieren.

Das ist eine Gefahr für eine der größten Stärken liberaler Gesellschaften. [...] Debatte aber heißt Rede und Gegenrede. Das setzt Debattenkultur voraus: Eine Kultur, die immer neu zum sachlichen Widerspruch ermutigt.

Was wir zum Schutz der Debattenkultur in der Tradition der Aufklärung mobilisieren müssen, wäre das, was im Kern „Bildung" bedeutet. Bildung fängt mit Unsicherheit und Zweifel an, mit der Wahrnehmung und mit dem Aushalten von Problemen, nicht mit Wissen und Gewissheiten, auch nicht mit moralischen. Bildung heißt, den Sinn für legitime Vielfalt und unvermeidbare Uneindeutigkeit zu schärfen. Die produktive Bearbeitung äußerer Konflikte ist nicht möglich ohne solchen inneren Konflikt. Wer nicht einen Augenblick bereit ist anzunehmen, dass man selbst im Unrecht und der andere im Recht sein könnte, wird keine gemeinsamen Lösungen und Antworten finden.

Das zweite Problem besteht in einer Abwendung vom Individuum und einer zunehmenden Betrachtung der Gesellschaft als einer Ansammlung von immer mehr Gruppen, die sich durch Benachteiligung definieren. Damit einher geht eine wachsende Empfindlichkeit gegenüber Worten und Taten, in denen man Spuren von unzulässigen kulturellen [...]

Einführung des Themas, Charakterisierung als Wunsch

Aufstellen der Kernthese: Debattenkultur ist gefährdet durch zwei Probleme

genauere Ausführung/ Beschreibung der Gefährdung

Anführen einer Argumentationsstütze

Gegenüberstellung des Soll- und Istzustandes

Charakterisieren der Debattenkultur im Idealzustand

Benennen konkreter Handlungsaufgaben

Fortführung der Kernthese: Debattenkultur ist gefährdet durch zwei Probleme

sprachliche Gestaltungsmittel:
Nutzung des Konjunktivs zur Darstellung von Wünschen; Aufzählung zur Verdeutlichung von Themenvielfalt; Metapher zur Verbildlichung des Streitverhaltens

Hilfreich zur Erschließung der gedanklichen Struktur sind folgende Fragen: Wie ordnet die Autorin/der Autor ihre/seine Gedanken? Wie wird der Text eingeleitet, inwiefern werden zentrale Thesen oder Aussagen getätigt, wie erfolgt die gedankliche Entfaltung dieser Thesen und Aussagen?

2.2 Stellen Sie die gedankliche Struktur des Textes *Wir müssen unsere Debattenkultur schützen* (S. 417 f.) auf der Grundlage Ihrer Arbeitsergebnisse aus 2.1 (S. 419) stichpunktartig dar, z. B. als Flussdiagramm.

2.3 Untersuchen Sie die Leserlenkung. Welche Sprechhaltung nimmt der Autor ein, z. B. sachlich, wertend, emotional? Notieren Sie Textbelege.

2.4 Untersuchen Sie, mit welchen sprachlich-stilistischen Gestaltungsmitteln der Autor seinen Gedankengang stützt und seine Intention verfolgt. Arbeiten Sie mit Textbelegen.

3. Untersuchungsergebnisse prüfen und erweitern

3.1 Ordnen Sie die Aussagen des Textes und unterscheiden Sie zwischen Fakten, Wertungen und begründeten Schlussfolgerungen.

3.2 Strukturieren Sie für die zweite Aufgabe Ihr eigenes Wissen.

4. Gliederung erstellen

4.1 Orientieren Sie sich an der folgenden Gliederung. Ergänzen Sie konkrete Stichpunkte und Ideen.

Einleitung
- *Hinführung zum Thema (allgemeine Problematik)*
- *Hinführung zum Text (Titel, Autor, Textsorte, Thema, Quelle, Erscheinungsdatum, ggf. Anlass)*

Hauptteil
Analyse des pragmatischen Textes:
- *Position, gedankliche Struktur bzw. Argumentationsgang, Intention*
- *wesentliche Inhalte*
- *sprachlich-stilistische Gestaltungsmittel im Hinblick auf ihre Wirkung*
- *reflektierende Schlussfolgerung*
- *aufgabenbezogene Überleitung zur zweiten Aufgabe*
- *abwägende Auseinandersetzung und Stellungnahme*

Schluss
- *Ergebnisse, Schlussfolgerung, ggf. Bezug zur Einleitung*

5. Klausur schreiben

5.1 Verfassen Sie auf der Grundlage Ihrer Ergebnisse aus den Arbeitsschritten 1 bis 4 die Analyse und die Anforderungen der zweiten Aufgabe. Nutzen Sie bei der Textanalyse auch den Sprachtipp.

Sprachtraining 134

SPRACHTIPP

Formulierungen für die Analyse eines pragmatischen Textes

Die Verfasser vertreten die Meinung/behaupten/fordern/verdeutlichen … | Um seine These zu stützen, …, führt der Autor … an. | Weiterhin geht … darauf ein, … | Das folgende Argument schließt daran an, indem … | Den Autorinnen zufolge … | Sie bezweifelt/kritisiert/stellt infrage, … | Daraus folgert er, … | Die sprachlich-stilistische Gestaltung entspricht der Textaussage … | Betont/Hervorgehoben wird durch die sprachlich-stilistische Gestaltung/diese Metapher/diese Klimax, dass … | Ein auffälliges sprachlich-stilistisches Mittel ist … | Wie gezeigt wurde, vertritt die Autorin die Meinung, dass … | Dem ist nicht/nur eingeschränkt/voll zuzustimmen, wie im Folgenden begründet werden soll. | Einerseits ist …, andererseits … | Dagegen lässt sich jedoch einwenden, … | Dies ist prinzipiell richtig, dennoch … | Man muss jedoch bedenken, … | Zusammenfassend lässt sich feststellen … | Ein Fazit, das sich daraus ziehen lässt, ist …

6. Klausur überarbeiten

6.1 Korrigieren und überarbeiten Sie Ihre Klausur im Hinblick auf inhaltliche Stimmigkeit, Einhaltung einer schlüssigen Struktur und sprachliche Richtigkeit.

Beispiellösung D14

Beispiellösung (Ausschnitt)

Ist es noch möglich, gesellschaftliche Debatten zu führen, ohne sich von persönlichen Befindlichkeiten abhalten zu lassen oder andere von Vornherein vom Meinungsaustausch auszuschließen? Derlei Sorgen um die Debattenkultur in Deutschland äußert Bundesjustizminister Marco Buschmann in seinem Gastbeitrag „Wir müssen die Debattenkultur schützen". Der Beitrag wurde am 01.01.2023 in der Zeitung „WELT am Sonntag" veröffentlicht. Von zentraler Bedeutung ist Buschmanns Grundannahme, […]

[Einleitung, mit der zum Thema und zum Text hingeführt wird]

[Paraphrasierung der zentralen Aussage/These]

Zu Beginn des Textes führt Buschmann in das Thema ein, indem er „eine bessere Debattenkultur für unser Land" (Z. 2) als persönlichen Wunsch darstellt. Dieser Wunsch ist bedingt durch seine Grundannahme, dass die Debattenkultur aktuell durch zwei Probleme gefährdet sei (vgl. Z. 4, 30). Es folgt eine genauere Beschreibung der beiden Probleme. Zunächst benennt er […]. Als Argumentationsstütze führt er eine Studie des Allensbach-Instituts an, […]. Er wiederholt seine Handlungsaufgabe: „andere Standpunkte verstehen, auszuhalten, respektieren wollen" (Z. 41 f.) und bezieht sich dabei auf den Historiker Timothy Garton Ash, der dieses Verhalten als „robuste Liberalität" (Z. 44) bezeichnet hat. […]

[gedankliche Struktur des Textes darstellen]

Um die Gefährdungen der Debattenkultur darzustellen und zu einem besseren kommunikativen Miteinander aufzurufen, nutzt Buschmann verschiedene sprachlich-stilistische Gestaltungsmittel. […] Dies verdeutlicht er zudem noch durch die Verwendung einer Metapher: „Die Gegenseite wird mit immer größeren moralischen Keulen traktiert." (Z. 7) […]. Er formuliert eine rhetorische Frage (vgl. Z. 11 f.), um damit direkt seine persönliche Einschätzung abzugeben und entsprechend davor zu warnen, den anderen stets „Missgunst" (Z. 38) zu unterstellen. […] Neben den dargestellten sprachlich-stilistischen Gestaltungsmitteln nutzt Buschmann auch weitere Mittel der Leserlenkung, etwa einen strukturierten Aufbau zur Orientierung der Leserschaft oder die Anführung von Beispielen und Belegen als Stützen seiner Ausführungen. Außerdem verwendet er im Zusammenhang mit einer Debattenkultur positiv konnotierte Worte wie „Meinungspluralismus" (Z. 13 f.) und „Stärke" (Z. 19). […]

[sprachlich-stilistische Gestaltung im Hinblick auf ihre Wirkung untersuchen]

Zusammenfassend lässt sich feststellen, dass Buschmann seine Intention stringent verfolgt und zur Verbesserung der Debattenkultur aufruft. […] Durch die Verwendung entsprechender Personalpronomen bezieht er sich dabei auch selbst mit ein und schafft ein Gemeinschaftsgefühl zwischen ihm und der Leserschaft.

[reflektierte Schlussfolgerung formulieren]

Buschmann bezieht sich und seine Leserschaft aber nicht nur in der Benennung zukünftiger Handlungsaufgaben mit ein, sondern stellt auch die Richtigkeit von eigenen und gesellschaftlichen Verhaltensweisen kritisch infrage. […]

Es lässt sich diskutieren, ob diese Wahrnehmung eine berechtigte Einschätzung und Forderung im Hinblick auf die Verbesserung der Debattenkultur darstellt oder ob er damit die empfundene Benachteiligung bzw. Diskriminierung einzelner Gruppen durch fehlende sprachliche Sensibilität nicht ernst genug nimmt.

[aufgabenbezogene Überleitung zur Aufgabe 2 formulieren]

Sprache kann maßgeblich dazu beitragen, Menschen zu verletzen. Im Sinne der Hassrede können etwa menschenverachtende Aussagen […].

Allerdings kann paradoxerweise genau durch diesen Versuch der Sensibilität ebenfalls oft gerade den Verursachern von gesellschaftlicher Hetze in die Hände gespielt werden. […]

[abwägende Auseinandersetzung vor dem Hintergrund der Aufgabenstellung]

Letztlich kann ich Buschmanns Einschätzung also zustimmen: Es gibt Grenzen des Sagbaren, wenn Worte mit dem Ziel der Erniedrigung anderer verwendet werden. Das Grundgesetz sollte hier als Maßstab gelten. Bei aller Sensibilität sollte uns diese aber nicht vom kommunikativen Miteinander abhalten. […]

[abschließende Stellungnahme]

11 Sprache betrachten

Sprache zur Sprache bringen

1

2

Wie erwerben wir Sprache?

Prägt Sprache unsere Weltsicht?

Wer bestimmt, was richtiges oder gutes Deutsch ist?

Das lernen Sie jetzt!

11.1 Einblicke in die verschiedenen Theorien zum Spracherwerb gewinnen, innere und äußere Mehrsprachigkeit untersuchen

Schreibtraining: einen informierenden Text auf der Grundlage von Materialien verfassen

11.2 sprachtheoretische Modelle vergleichen

11.3 Prinzipien ungesteuerten und gesteuerten Sprachwandels erkennen, Veränderungstendenzen der Gegenwartssprache reflektieren, zu einer sprachpolitischen Frage Stellung beziehen

Schreibtraining: einen pragmatischen Text erörtern

Christiane Oelrich: Tierschützer-Initiative: „Weinblätter rollen" statt „Hühnchen rupfen"

(2024, Ausschnitt)

Althergebrachte Redewendungen, über die man kaum nachdenkt, können diskriminierend sein. Gehört dazu auch „Hühnchen rupfen" oder „zwei Fliegen mit einer Klappe schlagen"? Die Tierschutzorganisation Peta findet: ja. Das sei diskriminierend gegenüber den Tieren. Sie schlägt Alternativen vor: Statt Hühnchen rupfen Weinblätter rollen, statt Fliegen schlagen besser Erbsen auf eine Gabel laden. Peta steht für „People for the Ethical Treatment of Animals" (Menschen für die ethische Behandlung von Tieren)[1]. Der Vorstoß sei als Denkanstoß gegen die Tierausbeutung gedacht, sagt Biologin Yvonne Würz, bei Peta Fachreferentin Zoo und Zirkus, der Deutschen Presse-Agentur. Die Organisation hat vor zwei Jahren Alternativen für zehn Redewendungen entwickelt. Neben den Weinblättern und Erbsen kommt darin auch Calzone vor: statt „die Katze aus dem Sack lassen" als Ausdruck für eine Überraschung schlägt sie „die vegane Calzone aufschneiden" vor.

Es geht um Speziesismus, die Diskriminierung gegen Lebewesen aufgrund ihrer Spezie (Art). [...] Aus der Sprachwissenschaft ist bekannt, dass Denkmuster geändert werden können, wenn die Sprache verändert wird. „Speziesismus ist in so gut wie jeder Hinsicht mit Rassismus und Sexismus vergleichbar, nur sind die Opfer der Diskriminierung halt Tiere statt Menschen", sagt der Ökolinguist Reinhard Heuberger von der Universität Innsbruck der dpa. [...]

Heuberger sagt, Ökolinguistinnen und -linguisten seien sich der Gefahr bewusst, als Political-Correctness-Aktivisten abgestempelt zu werden. Mit politisch korrekter Sprache ist gemeint, keine Ausdrücke zu verwenden, die jemand anders als beleidigend oder herabwürdigend empfinden könnte. Es gibt auch eine Gegenbewegung, die solche Änderungen als Zensur oder Sprechverbote anprangert.

Weinblätter rollen statt Hühnchen rupfen – besteht da die Gefahr, dass Menschen, denen Tierwohl sehr wohl wichtig ist, aussteigen, weil es ihnen zu weit geht? „Absolut", sagt Heuberger. „Wenn man den Menschen aber erklärt, dass es primär um Bewusstseinsschaffung geht, sind sie meistens bereit, sich damit auseinanderzusetzen." Es gehe bei der Sprachkritik ja nicht um Verbote. „Das geht für viele zu weit und ist aus meiner Erfahrung nicht zielführend."

Bei englischen Redewendungen hat Peta teils pfiffige Lösungen gefunden, die näher am Original sind. „Zwei Fliegen mit einer Klappe schlagen" heißt auf Englisch: „Kill two birds with one stone". Die vorgeschlagene Alternative: „Feed two birds with one scone" – auf Deutsch: statt „Zwei Vögel mit einem Stein töten" neu „Zwei Vögel mit einem Gebäck füttern".

1 Die Organisation stand in der Vergangenheit in der Kritik und ist umstritten.

Abbildung 1: Kommunikation zwischen Mutter und Kleinkind

Abbildung 2: Harm Bengen: Smartphone-Sucht

1 Beschreiben Sie die Kommunikationssituationen auf den Bildern 1 und 2 (S. 422). Tauschen Sie sich aus, wie Kinder Sprache erlernen. Gehen Sie dabei auch auf die Rolle der Interaktion mit Erwachsenen ein.

2 Nehmen Sie Stellung zu den im Text geäußerten Vorschlägen, Redewendungen wie „die Katze aus dem Sack lassen" (Z. 16 f.) zu ersetzen. Nennen Sie weitere Redewendungen oder Sprichwörter, die in diesem Sinne als diskriminierend gelten könnten. Machen Sie Ersetzungsvorschläge und diskutieren Sie diese.

3 Erläutern Sie anhand konkreter Beispiele, bei welchen gesellschaftlichen Themen eine sensible Sprachverwendung gegenwärtig intensiv diskutiert wird. Erörtern Sie Chancen und Risiken solcher Bemühungen um einen gesteuerten Sprachwandel.

11.1 Spracherwerb, innere und äußere Mehrsprachigkeit reflektieren

Wie der Mensch zur Sprache kommt

Einblicke in die verschiedenen Theorien zum Spracherwerb gewinnen

Fenja Mens: Das Wunder des Spracherwerbs (2007, Geo Wissen, Ausschnitt)

Um die Weihnachtszeit 1721 ist der kleine Christian Heineken aus Lübeck knapp zehn Monate alt. Liebevoll erklärt ihm seine Amme Sophie Hildebrandt die Bilder an der Wand und auf dem Kachelofen in Christians Elternhaus. „Dat is een Perd, dat is'n Katt und dat is een Kerkturm[1]", sagt sie auf Lübecker Platt.

Der Säugling erweist sich als erstaunlich gelehrig: Am nächsten Tag wiederholt Christian die Worte der Amme und zeigt mit dem Finger auf die richtigen Bilder. Bald darauf entdeckt auch der Edelmann Christian von Schöneich, der im Hause der Heinekens ein- und ausgeht, die Gabe des Kindes. Ob Platt oder Schriftsprache, ob Deutsch, Französisch oder Latein: Das Baby vergisst einmal Gehörtes nie. Mit 14 Monaten kann es das Alte Testament auswendig vortragen, kurze Zeit darauf 80 Psalmen rezitieren, pro Woche lernt das Sprachgenie 150 lateinische Vokabeln. [...]

Schließlich wird das Wunderkind sogar dem dänischen König vorgestellt. Doch bereits mit fünf Jahren, am 27. Juni 1725, stirbt Christian, vermutlich an den Folgen einer Mehlallergie. Was bleibt, ist unter anderem eine Widmung des Komponisten Georg Philipp Telemann, die dieser nach seinem Besuch für den Kleinen verfasst hat: „Kind, deßen gleichen nie vorhin ein Tag gebahr!/Die Nach-Welt wird dich zwar mit ew'gen Schmuck umlauben;/Doch auch nur kleinen Theils Dein großes Wißen glauben,/Das dem, der dich gekannt, selbst unbegreiflich war."

Christian Heineken (1721–1725)

1 Dat is een Perd, dat is'n Katt und dat is een Kerkturm (plattdeutsch): Das ist ein Pferd, das ist eine Katze und das ist ein Kirchturm.

½ Jahr	1 Jahr	1½ Jahre	2 Jahre	2½ Jahre	3 Jahre	3½ Jahre 4 Jahre
Lallen, Gurren, Schreien	erste Wörter, viele Lautvarianten	einzelne Wörter; Einwortsätze	aktiver Wortschatz mind. 50 Wörter; Zweiwortsätze	Wortschatzerweiterung; erste Flexionsformen; Mehrwortsätze	Wortschatz nimmt weiter zu; schwierige Lautverbindungen; erste Nebensätze	Wortschatz nimmt weiter zu; Lautbildung wird optimiert; komplexe Sätze

1 Erklären Sie mithilfe des Zeitstrahls die typische Sprachentwicklung von Kindern.

2 Vergleichen Sie die Phasen des Spracherwerbs mit der Entwicklung von Christian im Text *Das Wunder des Spracherwerbs.*

3 Ordnen Sie die folgenden Beispiele den Phasen des Spracherwerbs (S. 424) zu.

Papa helfen! | Dada | Auto | Wo ist Mama?

Mama | Helfen! | Das weiß ich nicht. | Ich habe geholfen.

Ich bleibe stehen, weil die Ampel rot ist. | Grrr

4 Erschließen Sie zu den verschiedenen Theorien des Spracherwerbs M1 bis M4 (S. 425–428).
- Übernehmen und ergänzen Sie die folgende Tabelle.
- Benennen Sie Ähnlichkeiten und zentrale Unterschiede der Theorien.

Spracherwerbstheorie	Vertreter	Spracherwerb durch …	Weitere Informationen
Behaviorismus	…	…	*bevorzugte Versuchsobjekte waren Tiere (z. B. Tauben, Ratten)*
Nativismus	…	*angeborenen Spracherwerbsmechanismus*	…
…	*Jean Piaget (…)*	*…, angeborene Sprachfähigkeit, Sprachentwicklung in mehreren Stadien*	…
…	*Lew S. Wygotski (1896–1934)*	…	…

Material 1

Hans Bickes/Ute Pauli: Wissenschaftsgeschichte der Spracherwerbsforschung

(2009, Fachbuch, Ausschnitt)

Der Behaviorismus vertrat in der ersten Hälfte des 20. Jahrhunderts konsequent die Position, dass Sprache ausschließlich durch Lernprozesse, auf der Grundlage von beobachtbaren Reizen, den Äußerungen in der kindlichen Umgebung, erworben wird. […]

In Russland hatte Iwan Pawlow in Tierversuchen vorgeführt, dass man eine psychologische Reaktion eines Hundes (Speichelfluss), die bei der Darbietung von Futter (Reiz) ausgelöst wird, auch nur durch einen Glockenton (neutraler Reiz) verursachen kann. […]

Watson sah sich durch diese Experimente in seiner Überzeugung bestärkt, dass auch das Verhalten des Menschen ausschließlich über die Beobachtung von Reizen und den darauffolgenden, durch die vorgängigen Reizkonstellationen determinierten[1] Reaktionen beschrieben und erklärt werden könne. […] In einer höchst fragwürdigen, über mehrere Monate andauernden Versuchsreihe an einem neun Monate alten Jungen, der als „Little Albert“ traurige Berühmtheit in der Psychologiegeschichte erlangte, demonstrierte Watson zusammen mit Rosalie Rayner die Methode des Konditionierens[2] am Menschen. Immer wenn der kleine Junge eine weiße Ratte, die er streicheln wollte, berührte, verursachte der Experimentator ein für Albert sehr unangenehmes, lautes Geräusch, das bei ihm Furcht auslöste. Die Folge war, dass der Junge fortan mit Furcht auf den Anblick der Ratte, nach Variationen im Versuchsaufbau auch auf den Anblick anderer Tiere und schließlich sogar pelziger Materialien reagierte. […] Der Mensch wurde zur tabula rasa[3] erklärt, die erst durch Umwelt und Erfahrung in systematisch analysierbare Weise „beschrieben“ wird. Vorgänge im Kopf oder in der Psyche spielen keine Rolle bei Verhaltenserklärungen; Kopf und Psyche werden als methodologisch nicht zugängliche black box behandelt. Bald begann man auch den Spracherwerb in Begriffen von verstärkten Stimulus-Reaktions-Lernprozessen zu beschreiben, bis schließlich Burrhus Frederic Skinner mit seinem Buch „Verbal behavior" (1957) eine umfassende Theorie des Spracherwerbs vorlegte. Sprachliches Verhalten wird dabei nach den gleichen Prinzipien erklärt wie anderes Verhalten auch, sei es beim Menschen oder anderen Lebewesen, wie z. B. Tauben oder Ratten, den bevorzugten Versuchsobjekten des Behaviorismus. Kerngedanke Skinners ist, dass vergangene und gegenwärtige Umgebungsereignisse Verhalten auslösen, das mit Konsequenzen einhergeht. Diese wirken wiederum zurück auf denjenigen, der das Verhalten gezeigt hat. Auf den Spracherwerb bezogen heißt das in stark vereinfachter Form, dass Kinder Laute oder Lautfolgen imitieren oder selbstständig äußern (z. B. Mama) und dadurch – in der Regel in Form euphorischer Reaktionen – Konsequenzen bei der Mutter auslösen. Diese wirken verstärkend auf das Kind zurück, das fortan in Anwesenheit der Mutter erneut mit der gleichen Lautäußerung reagiert. Es hat mithin den Gebrauch von Mama im Deutschen erworben. Die Häufigkeit des Auftretens von Lautäußerungen entscheiden darüber, wann welche sprachlichen Einheiten erworben werden. Nach und nach werden immer mehr und auch größere Einheiten auf diese Weise erlernt.

1 determinieren: bestimmen, festlegen 2 Konditionierung, die: Erlernen einer bestimmten Reaktion auf einen gewissen Reiz
3 Tabula rasa: lateinischer Ausdruck, bedeutet im übertragenen Sinn leer und aufnahmebereit wie ein unbeschriebenes Blatt

Material 2

Sabine Peschel: Sprach-Erklärer und Welt-Intellektueller (2018, Deutsche Welle, Ausschnitt)

[Avram Noam Chomsky kam in] seinen Forschungen [...] zu der Erkenntnis, dass der Spracherwerb eine angeborene Kompetenz ist. Nicht das Erlernen durch Nachahmung dessen, was ein Kind in seiner Umgebung hört, verwandelt es in ein sprechendes Wesen. Dem menschlichen Gehirn, so seine zentrale These, sei eine Struktur genetisch eingeprägt, die es ihm ermöglicht, die Dinge der Welt wahrzunehmen, über sie nachzudenken – und mit einer endlichen Zahl von Regeln eine unendliche Zahl von Sätzen zu bilden. Seine von mathematischem Denken geleitete Lehre, dass die Grundstrukturen aller Sprachen gleich seien und der menschliche Sprachgebrauch komplexen syntaktischen und logischen Regeln folge – seine „Universalgrammatik" – blieb in ihrer Wirkung nicht auf die Linguistik beschränkt. Sie war auch eine Stellungnahme innerhalb eines philosophischen Streits, der bis in die Zeit der beginnenden Aufklärung zurückging. Schon im frühen 17. Jahrhundert hatte René Descartes die Auffassung vertreten, dass die Fähigkeit, in Begriffen zu denken, angeboren sei. Chomsky transformierte diesen „cartesianischen Rationalismus" ins 20. Jahrhundert.

Material 3

Hans Bickes/Ute Pauli: Warum Kinder Sprache brauchen (2009, Fachbuch, Ausschnitt)

Der Schweizer Jean Piaget (1896–1980) gilt als einer der großen Entwicklungspsychologen. [...] Von Piaget gehen bis heute wichtige Impulse in alle Bereiche der modernen Erkenntnistheorie, der Kognitionswissenschaften und der Psychologie aus. Grundanliegen war ihm die Frage, wie sich menschliche Erkenntnisfähigkeit herausbildet. Im Kern steht die als Epigenese bezeichnete Position, dass der menschliche Organismus und die Umwelt ein System wechselseitiger Beeinflussungen bilden. Das Lernen des Organismus findet als konstruktiver Prozess aufgrund allgemeiner kognitiver Lernmechanismen statt. In diesem Zusammenhang spielen der von Piaget früh gebrauchte Schemabegriff und die Aktivität des Konstruierens (im Gegensatz zur Abbildung) von Wirklichkeit eine herausragende Rolle.

Kinder entwickeln nach Piaget in aufeinanderfolgenden Stadien Fähigkeiten, die jeweils als Grundlage für spätere Entwicklungsstufen dienen. Mit Blick auf den Spracherwerb geht Piaget davon aus, dass sich zuerst bestimmte allgemeine vorsprachliche Entwicklungsschritte ereignen müssen, bevor sich Sprache als zusätzliche Fähigkeit entwickeln kann. Das Kind bildet zunächst Schemata auf sensomotorischer[1] Ebene, bevor es zu symbolischer Kommunikation in der Lage ist. Kleinkinder sind für Piaget zunächst egozentrisch[2] und sie entwickeln sich erst später ins Soziale. Auch der frühe Sprachgebrauch wird von Piaget noch als egozentrisch betrachtet. Dieser Auffassung hatte der russische Psychologe Lew S. Wygotski (1896–1934) entschieden widersprochen, für den Sprache von Beginn an sozial ist und zudem das Denken nicht nur additiv ergänzt, sondern ihm eine neue Qualität verleiht; Denken und Sprechen werden in der Sprachentwicklung zu einem sprachlichen Denken verwoben. Die Konstruktion von Erkenntnis ist bei ihm von Beginn an eine soziale, keine individuelle Aktivität. Weder Piaget noch Wygotski halten jedoch die Annahme einer angeborenen Sprachfähigkeit für plausibel.

1 Sensomotorik, die: Steuerung und Kontrolle der Bewegungen im Zusammenspiel mit Sinnesrückmeldungen
2 egozentrisch: die eigene Person als Zentrum allen Geschehens betrachtend

ÜBRIGENS

Zeichensprache für Babys
Die Zeichensprache für Babys ist eine Methode zur frühen Kommunikation zwischen Eltern und ihren Kindern, bevor sie sprechen können. Diese Methode, auch bekannt als Babyzeichensprache oder Babygebärden, nutzt Handgesten, um Bedeutungen zu vermitteln. Es gibt verschiedene Systeme wie „Zwergensprache" und „babySignal", die auf Gebärdensprache basieren und es Babys ermöglichen, sich auszudrücken. Die Einführung erfolgt oft zwischen dem 6. und 18. Lebensmonat des Babys, wenn es grob- und feinmotorische Fähigkeiten entwickelt. Die Verbindung von Zeichen mit gesprochenen Wörtern kann die Sprachentwicklung fördern und die Kommunikation erleichtern. Es gibt keine Beweise dafür, dass die Zeichensprache die Sprachentwicklung verzögert.

Material 4

Gisela Klann-Delius: Grundzüge interaktionistischer Erklärungskonzepte

(2016, Fachbuch, Ausschnitt)

Ein wesentliches Charakteristikum interaktionistischer Erklärungskonzepte ist die These, dass kindliche Entwicklungsprozesse durch den Austausch mit der belebten, personalen, sozialen Umwelt vermittelt werden. Entwicklungsprozesse werden als bidirektional aufgefasst. Entwicklung wird nicht als einseitige Einflussnahme der Welt der Erwachsenen auf das Kind angesehen. Das Kind beeinflusst seinerseits auch die Erwachsenen durch sein Verhalten.

[...] Kind und personale Umwelt werden als System gedeutet, das aus sich wechselseitig beeinflussenden Systemkomponenten besteht. Nicht allein die Autoregulation wie bei Piaget, sondern die wechselseitige Regulation bestimmt den Entwicklungsprozess. Die Anwendung dieser Perspektive auf den Spracherwerb führte zu der These, dass Spracherwerb sich in einem Kind-Umweltsystem vollzieht und mit der Entwicklung der kindlichen Subsysteme Kognition, Motorik, Affekt verbunden ist. [...]

Ausgangspunkt der kindlichen Entwicklung und des Spracherwerbs sind soziale, motivationale und kognitive Voreinstellungen und frühe

Auch die Interaktion zwischen Kind und Eltern unterstützt den Spracherwerb.

Kompetenzen, die durch entsprechende Response-Tendenzen der Betreuungspersonen beantwortet und im interaktiven Zusammenspiel ausdifferenziert und integriert werden. Spracherwerb ist in diesen Modellen konzipiert als ein Moment des humanen, spezifischen Entwicklungs- und Sozialisationsprozesses. In diesem Rahmen ist der sprachliche Input von Bedeutung. Spracherwerb basiert nicht auf angeborenem sprachlichen Wissen [...].

Einige Grundgedanken interaktionistischer Erklärungsansätze zum Spracherwerb wurden in dem Konzept der Entwicklung von Sprache und Denken vorbereitet, das Lew Semjonowitsch Wygotski (1934/1969) in den 1930er Jahren entworfen hat.

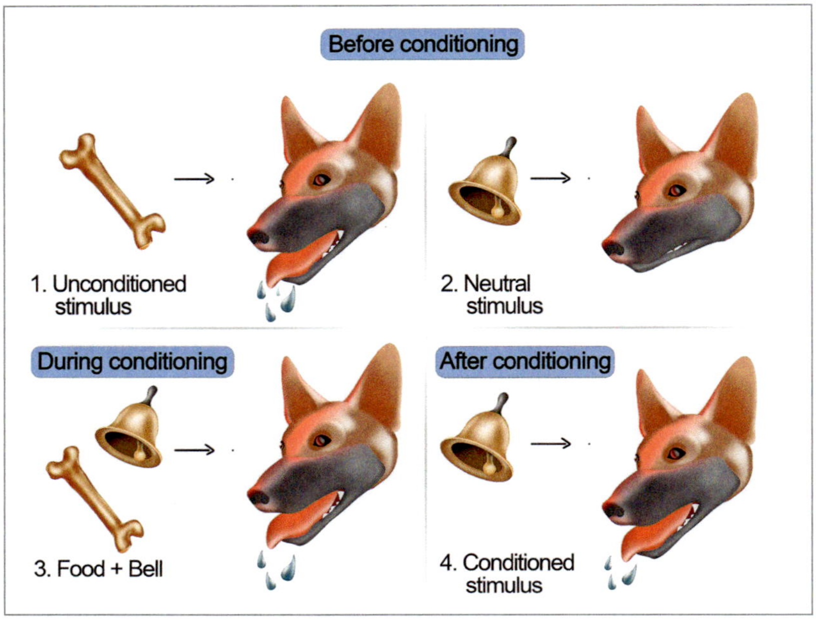

Der russische Wissenschaftler Iwan Petrowitsch Pawlow belegte die sogenannte klassische Konditionierung mit einer Versuchsreihe mit Hunden. Die Hunde lernten, dass auf bestimmte Reize das Füttern erfolgt. Nach einer Weile reagierten sie allein auf den Reiz, ohne das Futter zu sehen.

5 Erklären Sie ausgehend von dem Schaubild und mithilfe von M1 (S. 425) den Spracherwerb eines Kindes nach den Ansichten des Behaviorismus. Erläutern Sie die Grenzen dieses Erklärungsansatzes.

Angela D. Friederici/Michael Skeide/Verena Müller: Sprache macht den Menschen
(2016, Max-Planck-Institut für Kognitions- und Neurowissenschaften, Ausschnitt)

Mühelos kann jedes Kind jede Sprache der Welt erlernen, in die es hineingeboren wird. Nach der Geburt ist es zunächst offen für jede Sprache, spezialisiert sich dann aber gemäß dem jeweiligen sprachlichen Umfeld. So erkennen in den ersten Lebensmonaten noch alle Kinder weltweit gleichermaßen lautliche Unterschiede, egal ob sie in der jeweiligen Muttersprache von Bedeutung sind oder nicht. Später können sie dann nur noch diejenigen auseinanderhalten, die in der eigenen Muttersprache relevant sind. Ein berühmtes Beispiel ist der Unterschied zwischen den Sprachlauten „r" und „l", der zwar im Deutschen entscheidend ist, um „Rast" von „Last" zu trennen, nicht aber im Japanischen. Deshalb geht bei Japanern die Fähigkeit verloren, diese Sprachlaute zu unterscheiden. In anderen Sprachen sind wiederum andere Laute ohne Bedeutung, sodass auch diese verloren gehen. Das Medium, in dem wir also sprechen, lesen und schreiben, denken und dichten, mailen und twittern, ist letztlich ein spezifisch menschliches Natur- und Kulturprodukt komplex verschalteter Neuronenbündel. Ein Bündel, das sich zwar nach einem vorgegebenen biologischen Programm entwickelt, dabei aber deutlich unter dem Einfluss unseres kulturellen Umfelds entsteht, in dem wir aufwachsen und leben. Nur wenn wir beides betrachten, den naturwissenschaftlichen und den geisteswissenschaftlichen Aspekt, wird ein tieferes Verständnis von Sprache möglich.

6 Geben Sie den Text *Sprache macht den Menschen* (S.428) in eigenen Worten wieder.

7 Die aktuelle Forschung zum Spracherwerb geht von einer Kombination verschiedener Modelle aus. Untersuchen Sie, auf welche Modelle in dem Text *Sprache macht den Menschen* (S.428) Bezug genommen wird.

Holger Küls: Gehirnforschung. Lernen und Spracherwerb (2003, Fachartikel, Ausschnitt)

Das menschliche Gehirn ist bis zum Lebensende plastisch, d.h. durch Erfahrungen und Lernen veränderbar. Allerdings ist die jeweilige Lerngeschwindigkeit dem Alter entsprechend verschieden. In der Kindheit ist die Lerngeschwindigkeit rasant. [...]

Die Gehirnentwicklung wird bestimmt durch den Grundsatz: „Use it or loose it[1]". So reduzieren sich die Verbindungen zwischen den Nervenzellen im Laufe der kindlichen Entwicklung wieder um 30% bis 50%, sodass letztlich nur etwa 500 Billionen erhalten bleiben. An diesen Beispielen wird deutlich, dass bei der Gehirnentwicklung bzw. beim Lernen Anregungen durch die Umwelt, also eine Reizzufuhr, ein Input gleich von Anfang an von zentraler Bedeutung sind.

Alle Lernprozesse folgen diesem Muster, egal ob Wissen erworben wird oder ein Kind sprechen lernt. Es gibt für eine Reihe von Entwicklungsprozessen solche sensiblen Phasen. Wenn es um den Spracherwerb bzw. das Sprechen geht, dann erfolgen die beschriebenen Prozesse in den „Spracharealen", also dem Broca-Areal und dem Wernicke-Areal. Hier beginnen dann die Verbindungen zwischen den Neuronen zu wuchern. In diesem Zeitfenster sind die entstehenden Verbindungen und die synaptischen Kontakte darauf angewiesen, von der Umgebung, also durch Umweltreize aktiviert zu werden. Unterbleibt das, verkümmern die sprießenden Nervenzellverschaltungen wieder. Deshalb ist es gerade dann wichtig, ein „sprechendes" Umfeld zu haben, was ja in aller Regel durch die Eltern oder die Familie gegeben ist. Die im Wachstum befindlichen Areale, die für das Sprechen zuständig sind, müssen immer wieder genutzt und benutzt werden. [...]

Wenn die Phase versäumt wird, in der das Gehirn gewissermaßen auf Spracherwerb angelegt ist und eine sprechende Umgebung als Strukturierungshilfe aufsaugt, können sich die erforderlichen Nervenverbindungen nur noch sehr langsam entwickeln. Vollständig und fehlerfrei Sprechen lernen wird nach diesem Zeitfenster, das von der Geburt bis etwa zum 12. Lebensjahr reicht, nahezu unmöglich [...].

1 Use it or loose it (engl.): Benutze es oder verliere es.

8 Erschließen Sie den Text *Gehirnforschung. Lernen und Spracherwerb* unter dem Aspekt, inwiefern dieser den Text *Sprache macht den Menschen* (S.428) ergänzt.

MK **9** **PLUS** Schauen Sie sich arbeitsteilig zu den vier Spracherwerbstheorien einen Erklärfilm im Internet an und ergänzen Sie Ihre Tabelle (S.425, Aufgabe 4).

ÜBRIGENS

Spracherwerb bei mehrsprachigen Kindern
Der doppelte Erstspracherwerb beschreibt die mehrsprachige Entwicklung von Kindern von Anfang an. Kinder lernen Sprachen ähnlich, wobei der Erwerbsverlauf je nach Sprache und Umgebung variieren kann. Das Alter spielt eine wichtige Rolle, da der Prozess innerhalb der ersten drei Lebensjahre beginnen sollte, um in allen Sprachen gleichzeitig stattzufinden. Kinder können in einer Sprache eine stärkere Kompetenz entwickeln als in anderen, was zu individuellen Unterschieden führt. Die Einführung einer weiteren Sprache zwischen dem dritten und fünften Geburtstag ermöglicht immer noch einen natürlichen Erwerb, erfordert jedoch intensiven Kontakt und eine positive Umgebung. Die Sprachentwicklung variiert zwischen den Sprachen, und das Mischen der Sprachen ist normal, bis die Kinder lernen, diese aktiv zu trennen.

Innere und äußere Mehrsprachigkeit untersuchen

Claudia Maria Riehl: Mehrsprachigkeit (2014, Fachbuch, Ausschnitt)

Der Begriff Mehrsprachigkeit bezeichnet verschiedene Formen von gesellschaftlich oder institutionell bedingtem und individuellem Gebrauch von mehr als einer Sprache. Er beschreibt Sprachkompetenzen von Einzelnen wie Gruppen und verschiedene Situationen, in denen mehrere Sprachen in Kontakt miteinander kommen oder in einer Konversation beteiligt sind. Diese verschiedenen Sprachen schließen nicht nur offizielle Nationalsprachen mit ein, sondern auch Regional-, Minderheiten- und Gebärdensprachen und sogar Sprachvarietäten wie Dialekte. Der Begriff wird gleichsam als ein Oberbegriff sowohl für verschiedene Formen von Spracherwerb im Laufe des Lebens eines Individuums als auch für die Verwendung der Sprachen im Alltag, im Arbeitsleben und in Institutionen verwendet. [...]

Es handelt sich um unterschiedliche Arten von Mehrsprachigkeit, je nachdem, ob man mehrere Sprachen von Kind auf simultan erwirbt oder sie sukzessive erwirbt. Im ersten Fall spricht man von sogenannten „bilingualem Erstspracherwerb“: D.h. das Kind besitzt dann zwei Erstsprachen (L1). Dann bestehen Unterschiede darin, ob man die Sprache in einer natürlichen Umgebung erwirbt, wie etwa Migranten in ihrem Zielland, oder ob man sie im schulischen Kontext lernt. Im letzteren Fall spricht man von gesteuertem Erwerb. Und schließlich muss man auch noch unterscheiden, ob man die Sprache als Kind oder als Erwachsener erwirbt und ob man die jeweilige Sprache als eine zweite (nach der Muttersprache) (= L2) oder dritte und weitere Sprache lernt (= L3).

Der unterschiedliche Zeitpunkt bzw. die unterschiedliche Form des Erwerbs hat indirekt Auswirkung auf die Art der Mehrsprachigkeit des Sprechers, die sich nicht zwangsläufig in der Kompetenz ausdrücken muss, sondern eher in der Haltung gegenüber der Verwendung von Sprachen: Menschen, die mit mehreren Sprachen gleichzeitig aufwachsen oder in stark mehrsprachig geprägten Gesellschaften leben, zeigen ein anderes Verhalten gegenüber Sprachmischung und anderen Formen mehrsprachigen Sprechens. [...]

Auch die gesellschaftlichen Bedingungen, in denen Mehrsprachigkeit praktiziert wird, sind völlig unterschiedlich: Wie bereits [...] erwähnt, gibt es mehrsprachige Gesellschaften, in denen zwei oder mehrere Sprachen im täglichen Umgang nebeneinander gebraucht werden, meist mit unterschiedlichen Funktionen. Daneben gibt es viele Konstellationen mit individueller Mehrsprachigkeit: angefangen von Familien, in denen die Kinder mehrsprachig aufwachsen, über bilinguale Schulangebote zur Mehrsprachigkeit in der Arbeitswelt. [...]

Im Falle von zwei unterschiedlichen Standardsprachen spricht man von „äußerer Mehrsprachigkeit“, im Falle von Varianten einer Sprache (wie Dialekte oder Soziolekte) von „innerer Mehrsprachigkeit“. [...] Die Problematik der inneren Mehrsprachigkeit findet sich bei sehr vielen Dialektsprechern, die ihren Dialekt und die Standardsprache in verschiedenen Kontexten abwechselnd gebrauchen. [...] Dialekt kann definiert werden als eine regional bestimmbare Varietät einer Sprache, die von einer sprachsoziologisch höherstehenden Varietät überdacht ist. Diese ist in der Regel einer Verkehrs- oder Standardsprache.

MK **1** Erstellen Sie ein Schaubild, welches die im Text dargestellten Merkmale äußerer und innerer Mehrsprachigkeit visualisiert.

Kübra Gümüşay: Zwischen den Sprachen (2020, Auszug)

Wer sind wir in den Sprachen, die wir sprechen? Menschen, die in zwei oder mehr Sprachen zu Hause sind, berichten oft davon, dass sie in jeder der Sprachen eine andere Persönlichkeit haben. Ist das möglich? Erwerben wir gar, wie es ein tschechisches Sprichwort besagt, mit jeder Sprache, die wir erlernen, eine neue Seele?

Ich spreche, schreibe und denke in drei, ich fühle in vier Sprachen. Mein Tempo beim Sprechen, mein Ton, meine Gefühlslage ändern sich von Sprache zu Sprache.

Im Türkischen schreibe ich Gedichte. Im Türkischen bete ich, im Türkischen weine ich.

Es ist die Sprache, deren Klang mir vertraut war, noch bevor ich geboren wurde. Die Sprache, in der ich von meiner Mutter, meinem Vater, meiner Familie geliebt wurde, die Sprache, in der ich das erste Mal liebte. Aber auch die Sprache, in der ich lesen und schreiben lernte. Ihre Wörter verbanden mich mit der Welt meiner Mutter, die bis spätnachts las und schrieb. Bis heute schreibt sie Gedichte, die ihre Gefühle, ihre Gedanken, ihren Schmerz umkleiden, sie zugleich verbergen und offenbaren. Meinen ersten Roman las ich auf Türkisch. Es ist die Sprache, die bis heute mit nur wenigen Tastenanschlägen meinen Körper und Geist zu bewegen vermag. Und nun ist es die Sprache, in der ich meinen Sohn liebe, ihm die Welt vorstelle.

Das Türkische ist die Sprache, in die ich manchmal flüchte, ohne es mir darin gemütlich zu machen. Und doch kann ich nicht ganz in ihr existieren, denn sie ist ein romantisierter Ort, zu dessen dunklen Ecken und Grenzen ich nie vorgedrungen bin. [...]

Das Deutsche sollte mein wichtigstes, umfassendstes und doch ambivalentestes Zuhause werden. Es eröffnete mir die große, weite Welt, erlaubte mir eine neue Selbstständigkeit. In dieser Sprache machte ich mir neue Freund*innen. Sie war der Schlüssel zu einer reichen Literatur, zu Erzählungen und Geschichten, zu Vergangenheiten und Visionen der Zukunft. Sie verband mich mit Fremden. Freundlichen. Aber auch weniger freundlichen. Ich begriff nun auch, was die Menschen sagten, die mir mit Abscheu ins Gesicht schauten. Das Deutsche verband uns unfreiwillig miteinander.

Im Deutschen wurde ich gelehrt und belehrt. Es gab Richtig und Falsch, rote Striche und Randbemerkungen. Bewertungen. Die Beste und die Schlechteste. In dieser Sprache wurde mir verboten, meine Muttersprache zu sprechen, die anderen fremd erschien. So wie ich.

Im Deutschen begann ich, schnell zu sprechen – früher noch viel schneller und gehetzter. In der Zeit, die mir gegeben wurde, versuchte ich so viel wie möglich unterzubringen – um zu erzählen, zu erklären. Ich wollte in dieser Sprache existieren, mit meinem ganzen Wesen. Mich in ihr verwirklichen, in ihr sein. Ich stieß gegen die Grenzen dieser Sprache. Fiel hin. Stand auf. Dieses Mal mit Anlauf. Prallte gegen ihre Wände. Stolperte über ihre Hürden. Stand erneut auf, ermüdete, sackte ein, stand auf – wieder und wieder. Mit Hoffnung aus Prinzip.

Wenn ich in dieser Sprache denke, wenn ich meine Gedanken zum Ausdruck bringe, dann trauere ich den Facetten nach, die nicht durch ihr Nadelöhr passen. Alles ausdrücken können – das ist ein Anspruch, den ich an andere Sprachen nicht habe. Mit dem Deutschen spiele ich, kämpfe ich, ich liebe es und bin ehrfürchtig – alles gleichzeitig.

Dann verließ ich Deutschland. Und wechselte ins Englische. Im Englischen bin ich entspannter. Es lastet weniger auf meinen Schultern. Ich bin frei. Ich vertraue auf das, was ich sage, und auf mein Gegenüber, das mit mir denkt. Ich ringe nicht mit der Sprache im dringlichen Bemühen, mich verständlich zu machen. [...] Das Englische ist für mich eine dehnbare Sprache. Sie bietet mir an, mich ihr zu überlassen. Aber von ihr wünsche ich mir das nicht mit aller Kraft. Ihr gilt nicht meine Sehnsucht. [...]

So kehrte ich in die deutsche Sprache zurück. Ich wollte nicht mehr mit ihr kämpfen. Ich wollte in ihr einfach nur *sein*. Und so begann ich, auch im Deutschen Gedichte zu schreiben. Begann die deutsche Sprache zu dehnen, ohne um Erlaubnis zu bitten. Wen denn auch? Sie ist keine [...] Leihgabe, kein mir vorübergehend anvertrauter Gegenstand, sondern ein Teil von mir. Sie gehört mir, wie sie ihren anderen Sprechenden gehört – aber erst, seitdem ich aufgehört habe, um Erlaubnis zu bitten.

Türkisch ist für mich die Sprache der Liebe und Melancholie.
Arabisch eine mystische, spirituelle Melodie.
Deutsch die Sprache des Intellekts und der Sehnsucht.
Englisch die Sprache der Freiheit.

2 Geben Sie Ihren ersten Eindruck vom Text wieder.

3 Stellen Sie dar, wie Gümüşay ihre Erfahrungen mit Mehrsprachigkeit beschreibt.

4 Deuten Sie Gümüşays unterschiedliche Empfindungen zu den von ihr verwendeten Sprachen. Untersuchen Sie dabei auch die sprachliche Gestaltung des Textes.

Claudia Maria Riehl: Sprache und Identität (2014, Fachbuch, Ausschnitt)

Identität ist ein sehr schwer zu definierender Begriff. Er bezeichnet eine Wechselbeziehung zwischen einem inneren Sich-Gleichsein und der Teilhabe an Charakterzügen, die spezifisch für eine bestimmte Gruppe sind. [...] Aus dieser Sicht ist Sprache eine der zentralen Dimensionen, um ethnische Zugehörigkeit zu markieren. [...] So kommt es etwa zu Solidarisierungen in Gesprächen, in denen jeweils verschiedene Gruppen sich zu einer Wir-Gruppe zusammenschließen. [...] Identitäten werden damit in sprachlichen Interaktionen konstruiert. Dabei kann der Sprecher sich je nach Gesprächsthema zu unterschiedlichen Gruppen zuordnen, einmal in der Rolle als Frau oder Mann, einmal als Vertreter einer bestimmten sozialen Gruppe oder eines bestimmten Berufsstandes, einmal als Angehöriger einer bestimmten Altersgruppe und auch als Vertreter einer bestimmten ethnischen Gruppe. Diese symbolische Identifikation mit einer bestimmten Gruppe in einer bestimmten Situation muss jedoch nicht bedeuten, dass der Sprecher diese in einer anderen Situation ebenfalls beansprucht.

Sprache spielt in diesem Zusammenhang vor allem eine besondere Rolle bei der Aushandlung von ethnischer Identität. Diese ist Gegenstand einer kulturellen Festlegung. Neben Sprache können auch körperliche Merkmale sowie geographische, religiöse oder rituelle Zuordnung eine wichtige Rolle spielen. Allerdings sind nur die körperlichen Merkmale im Prinzip von sprachlichen Faktoren losgelöst, die anderen Zuordnungen können ebenfalls unmittelbar mit Sprache verknüpft sein.

Ein bedeutender Faktor für die Ausbildung von Identität eines Individuums ist sprachliche Loyalität. Das Fehlen einer eigenen Sprache und Kultur kann daher die Entwicklung von Identität bei Jugendlichen sehr negativ beeinflussen.

5 Erläutern Sie, inwiefern der Text auf die Schilderungen von Gümüşay (S. 430 f.) zutrifft. Stellen Sie Folgen äußerer und innerer Mehrsprachigkeit dar.

Heinrich Löffler: Sprachwirklichkeitsmodell (1994)

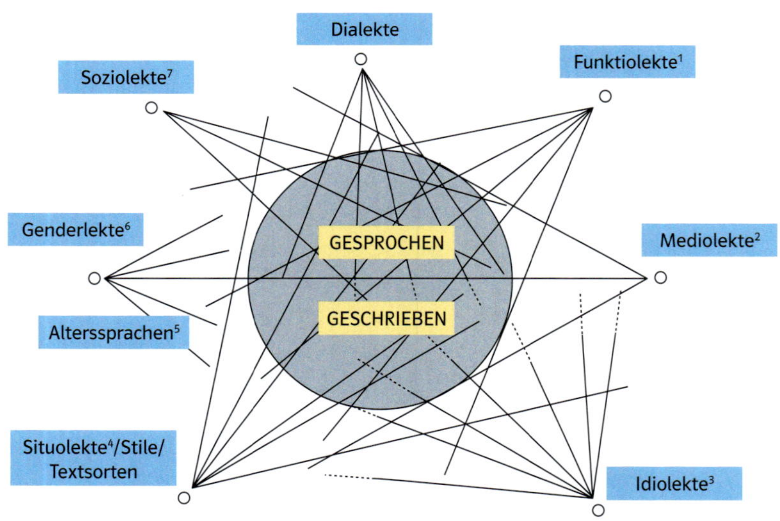

1 Funktiolekt, der: eine spezifische Variante einer Sprache, die in einem bestimmten funktionalen Kontext verwendet wird 2 Mediolekt, der: Sprachvarianten, die sich in den Medien herausbilden 3 Idiolekt, der: individuelle Sprache eines Menschen 4 Situolekt, der: die von der Situation abhängige Sprache 5 Alterssprache, die: Sprache und Kommunikation bestimmter Altersgruppen 6 Genderlekt, der: geschlechtsspezifische Ausprägung einer Sprache 7 Soziolekt, der: Sprachgebrauch einer sozialen Gruppe

6 PLUS Erläutern Sie das Modell von Löffler. Nehmen Sie Stellung, inwiefern solche Modelle die sprachliche Wirklichkeit erfassen können. Gehen Sie auch auf die Grenzen dieses Modells ein.

Spracherwerb, innere und äußere Mehrsprachigkeit reflektieren

Lexikon Sprache
→ S. 554 f.

Spracherwerb

Spracherwerbsmodelle untersuchen die Einflussfaktoren auf den Spracherwerbsprozess. Sie konzentrieren sich auf verschiedene Aspekte des Spracherwerbs.
Das **behavioristische Modell** betrachtet Sprache als erlerntes Verhalten, das durch äußere Reize und Belohnungen geformt wird. Nach diesem Modell erwerben Kinder Sprache durch Nachahmung von Modellen und durch Verstärkung, wobei falsche Aussprachen korrigiert und korrekte Aussprachen belohnt werden.
Das **kognitivistische Modell** legt den Schwerpunkt auf kognitive Prozesse und mentale Strukturen, die den Spracherwerb beeinflussen. Es betrachtet Sprache als ein komplexes kognitives Phänomen, das durch die Verarbeitung von Informationen, die Speicherung von Regeln und Mustern sowie die Anwendung von kognitiven Strategien erlernt wird.
Das **nativistische Modell** nimmt an, dass die Fähigkeit zur Sprache angeboren ist und sich unabhängig von direkter Instruktion entwickelt. Es betont die Rolle universeller grammatischer Strukturen und argumentiert, dass Kinder biologisch vorprogrammiert sind, um Sprache zu erlernen.
Das **interaktionistische Modell** betont die Wechselwirkung zwischen individuellen Faktoren und sozialen Interaktionen bei der Sprachentwicklung. Sprache wird durch die aktive Beteiligung des Kindes an kommunikativen Interaktionen mit anderen erworben. Sowohl kognitive als auch soziale Faktoren spielen eine Rolle.

Mehrsprachigkeit

Mehrsprachigkeit ist die Fähigkeit, in verschiedenen Kommunikationssituationen mehr als eine Sprache zu nutzen.

Innere Mehrsprachigkeit ist die Fähigkeit, innerhalb der Muttersprache verschiedene Sprachvarietäten zu verwenden, z. B. Dialekt und Standardsprache, Fach- und Umgangssprache.

Äußere Mehrsprachigkeit ist die Fähigkeit, mehrere Sprachen in einer bestimmten Gemeinschaft oder Gesellschaft aktiv zu verwenden.

Sprachvarietäten

Die **Standardsprache** ist die normierte Variante einer Sprache, die als Standard für Wortschatz, Grammatik, Rechtschreibung und Aussprache dient und als allgemein verbindlich gilt. Sie bildet das Bezugszentrum einer Sprache und wird vor allem in der Schriftsprache realisiert.

Ein **Regiolekt** weist neben standardsprachlichen Elementen bestimmte Merkmale auf, die für eine größere Region typisch sind (z. B. Wortschatz, Grammatik, Akzent). Ein **Dialekt** hingegen zeichnet sich durch eine Vielzahl sprachlicher Merkmale aus, die nur auf einen Ort oder eine kleine Region beschränkt sind und von der Standardsprache oft sehr stark abweichen.

Ein **Funktiolekt** ist eine Sprachvariante, die in einem bestimmten funktionalen Kontext verwendet wird (z. B. Fachsprache eines Berufs). Sie dient dazu, die Kommunikation innerhalb eines bestimmten funktionalen Kontextes effizienter zu gestalten.

Ein **Soziolekt** wird von einer bestimmten sozialen Gruppe verwendet. Er entwickelt sich aufgrund gemeinsamer sozialer Merkmale (z. B. Alter, ethnische Zugehörigkeit) und drückt die Zugehörigkeit zu einer bestimmten sozialen Gruppe aus.

Materialgestütztes Verfassen informierender Texte (IV, a)

Aufgabenart
→ S. 568

KOMPETENZBOX

Verfassen eines informierenden Textes auf der Grundlage von Materialien

Diese Aufgabenart verlangt das Verfassen eines informierenden Textes auf der Grundlage mehrerer Materialien und den Einbezug unterrichtlichen Wissens und eigener Erfahrungen.

1. Aufgabenstellung erfassen
- Anlass und Ziel des Textes, Adressatenkreis klären
- Thema und Teilthemen erfassen
- Vorgaben zur Gestaltung des Textes beachten: z. B. Form, Aufbau, Länge

2. Materialien auswerten
- Überblick verschaffen: orientierend lesen, Art und Quelle der Materialien erfassen
- Materialien gründlich auswerten, z. B. mit verschiedenen Farben markieren

3. Informationen organisieren
- Stichpunkte nach Teilthemen geordnet notieren, z. B. in einer Tabelle
- Stichpunkte auf Relevanz und Dopplungen prüfen
- unterrichtliches Wissen und eigene Erfahrungen ergänzen

4. Gliederung erstellen

Einleitung:
- kontextbezogenen Einstieg finden
- ggf. auf Anlass eingehen
- Thema benennen

Hauptteil:
- wichtige Informationen zusammenfassen
- in nachvollziehbarer Reihenfolge Teilthemen wiedergeben

Schluss:
- Ergebnisse zusammenfassen, Schlussfolgerungen ziehen, ggf. Bezug zur Einleitung herstellen

5. Klausur schreiben
- sachlich und präzise formulieren, Fachbegriffe verwenden
- logische Nachvollziehbarkeit durch gedankliche Zusammenhänge und sprachliche Verknüpfungen beachten
- auf Materialien verweisen

6. Klausur überarbeiten
- sachliche Richtigkeit prüfen
- Formalia, z. B. korrektes Zitieren, beachten
- sprachliche Richtigkeit (Ausdruck, Grammatik, Zeichensetzung, Rechtschreibung) überprüfen

BEISPIEL-KLAUSUR **Aufgabe**

Im Rahmen eines Projektes beschäftigt sich Ihr Deutschkurs mit dem Thema „Mehrsprachig leben".
Die Ergebnisse sollen in einem Themenheft für die Oberstufe abgedruckt werden.
Verfassen Sie einen informierenden Text für dieses Themenheft, in dem Sie Merkmale von Mehrsprachigkeit und unterschiedliche Erfahrungen damit darstellen. Nutzen Sie dazu die folgenden Materialien **1** bis **6** und beziehen Sie unterrichtliches Wissen und eigene Erfahrungen ein. Formulieren Sie eine geeignete Überschrift. Verweise auf das Material erfolgen unter Angabe des Namens der Autorin bzw. des Autors und ggf. des Titels. Ihr Beitrag soll etwa 600 bis 800 Wörter umfassen.

Material 1 → S. 430

Material 1

Claudia Maria Riehl: Mehrsprachigkeit (2014, Fachbuch, Ausschnitt)

Material 2 → S. 430

Material 2

Kübra Gümüşay: Zwischen den Sprachen (2020, Auszug)

Material 3 → S. 432

Material 3

Claudia Maria Riehl: Sprache und Identität (2014, Fachbuch, Ausschnitt)

Material 4 → S. 376

Material 4

Saša Stanišić: Herkunft. Kapitel Heidelberg (2019, Auszug)

Material 5 Rechtschreibung entspricht der Originalquelle

Olga Grjasnowa: Die Macht der Mehrsprachigkeit. Über Herkunft und Vielfalt (2021, Auszug)

Sprachenwechsel und Migration haben mit meiner Familie in jeder Generation stattgefunden, wenn auch die Migration nicht immer freiwillig war. Meine Großmutter mütterlicherseits floh vor der Schoah[1], fast ihre gesamte Familie wurde von den Deutschen ermordet und schon die Generationen vor ihr waren vor antisemitischen Pogromen[2] im Ansiedlungsrayon[3] des Russischen Kaiserreiches geflohen. Die Muttersprache meiner Großmutter war Jiddisch. Sie sprach zudem Russisch, und nach ihrer Flucht von Weißrussland nach Aserbaidschan lernte sie Azeri[4], wenn auch nicht sehr gut. Die Herkunft der Familie meines Vaters wurde verschleiert, irgendwo aus der Wolga-Ebene kam sie nach Baku – wie so viele andere in der Zeit des Erdölbooms.
Meine Mutter und mein Vater wurden in eine mehrsprachige Gesellschaft hineingeboren, sprachen jedoch überwiegend Russisch und nur bescheiden Aserbaidschanisch. Auch die Partner ihrer Geschwister, meine angeheirateten Onkel und Tanten, stammten alle aus bilingualen Familien und waren mit Russisch, Aserbaidschanisch, Persisch oder Polnisch aufgewachsen. [...]
Die Muttersprache meiner Mutter war Russisch und nicht mehr Jiddisch. Als meine Mutter vor einigen Jahren die Serie *Shtisel*, die größtenteils auf Jiddisch gedreht worden ist, anschaute, war sie dennoch begeistert – nicht so sehr von der Serie selbst, sondern von dem „warmen Gefühl", dass mehr und mehr jiddische Ausdrücke in ihr Bewusstsein zurückkehrten. Ausdrücke, die sie während ihrer Kindheit täglich gehört hatte und an die sie sich schon lange nicht mehr aktiv erinnerte.
Machtverhältnisse und Nationalismus spiegeln sich stets in der Sprache wider. Genauso wie die jeweils herr-

schenden Diskurse und Ideologien. […] Daran liegt es auch, dass ich als Kind niemals richtig Aserbaidschanisch gelernt habe, obwohl ich mir durchaus Mühe gab. Wir sprachen die Sprache des Imperiums und das war damals genug. Aserbaidschanisch umgab mich jeden Tag, in den Wohnungen der Nachbarschaft oder unserer Freund*innen, auf der Straße und in der Schule. […]
Russisch war in der gesamten Sowjetunion die dominante Bildungs- und Kommunikationssprache. Viele aserbaidschanischsprachige Familien fingen im Laufe der Zeit an, ebenfalls untereinander Russisch zu sprechen. Obwohl die Sowjetunion eine klassenlose Gesellschaft sein sollte, zeigte der Abstand, den nicht-russischsprachige Muttersprachler*innen zu der eigenen Herkunftssprache und Kultur gewonnen hatten, auch die eigene soziale Klasse an – je mehr und akzentfreier man also Russisch sprach, desto eher gehörte man der „Intelligenzija" an. Russisch wurde mit Kultur gleichgesetzt, alles Nationale war dagegen eher verpönt, zumindest alles, was nicht russisch war. […]
Im Jahr 1996 bin ich im Alter von 11 Jahren mit meiner Familie aus Aserbaidschan nach Deutschland ausgewandert. Von da an wurde ich auf Deutsch sozialisiert, sodass sich das Deutsche heute um einiges besser beherrsche als meine russische Muttersprache. Die Muttersprache meiner Kinder ist Deutsch, auch wenn ich mit ihnen Russisch spreche und mein Mann Arabisch. Mit meinem Mann spreche ich Englisch – so fühlen wir uns am wohlsten. […]
Sprache ist nicht statisch, Familiensprachen und Muttersprachen können sich ändern, ob als Folge von Migration, Vertreibung und Kriegen oder einer Liebe wegen. Selbst im hohen Alter ist ein Sprachwechsel möglich. In meiner Familie wechselte man die Sprachen, Länder und Alphabete mehrmals, manchmal sogar innerhalb von wenigen Jahren oder ohne überhaupt die eigene Wohnung zu verlassen. Familiengeschichten, Erinnerungen und Menschen gingen dabei verloren, manche Erinnerungen wurden willentlich ausgelöscht, andere konnten gerettet und weitergegeben werden. […] Jede Sprache öffnet darüber hinaus ungeahnte Möglichkeiten und viele Türen – oft gerade dann, wenn man gar nicht damit rechnet. Sprachen ermöglichen uns, andere Menschen kennenzulernen, auszugehen und sie im umfassendsten Sinn des Wortes *zu verstehen.* Dasselbe gilt für andere Kulturen und manchmal sogar für uns selbst. Mit jeder Sprache, die wir beherrschen, kommen wir besser in anderen Umgebungen, Situationen und Ländern zurecht oder aber auch einfach nur mit dem Nachbarn. […]

1 Schoah, die: Bezeichnung der Massenvernichtung der europäischen Jüdinnen und Juden während der nationalsozialistischen Herrschaft 2 Pogrom, der oder das: Ausschreitungen gegen Jüdinnen und Juden, die das nationalsozialistische Regime organisierte 3 Ansiedlungsrayon, der: Gebiet im europäischen Westen des Russischen Kaiserreiches, auf das zwischen Ende des 18. und Anfang des 20. Jahrhunderts das Wohn- und Arbeitsrecht der jüdischen Bevölkerung beschränkt war 4 Azeri: Amtssprache in Aserbaidschan

Material 6

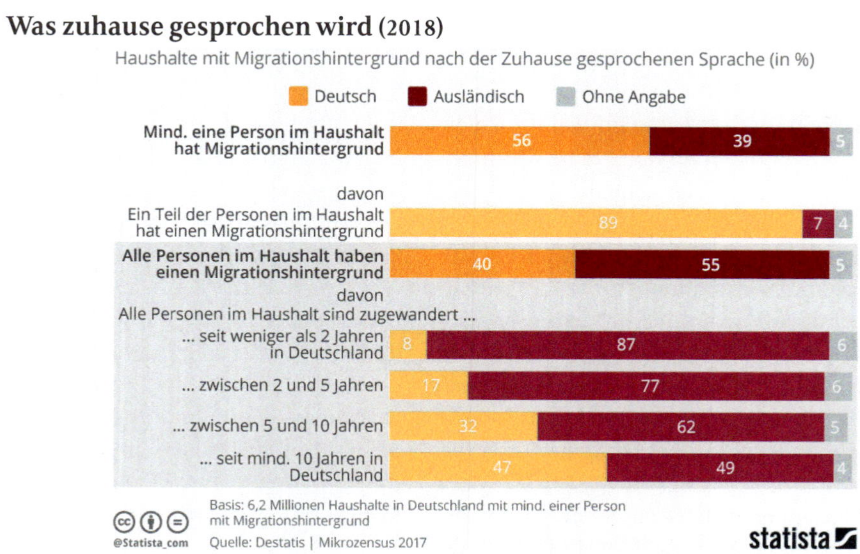

1. Aufgabenstellung erfassen

Schreibtraining 135

1.1 Klären Sie die Aufgabenstellung. Notieren Sie Anlass und Ziel, Zielgruppe, Form und Länge, Thema und Teilthemen des zu schreibenden Textes.

2. Materialien auswerten

2.1 Verschaffen Sie sich einen Überblick über die Materialien 1 – 6, indem Sie diese orientierend lesen.

2.2 Markieren Sie in den Materialien zentrale Aussagen und fertigen Sie Randnotizen an.

2.3 Bestimmen Sie jeweils die Textsorte. Untersuchen Sie die Quellen der Materialien und bewerten Sie die Relevanz und ggf. die Glaubwürdigkeit des Materials.

3. Informationen organisieren

3.1 Legen Sie eine Tabelle mit den Teilthemen an, um die Informationen aus den verschiedenen Materialien zu ordnen. Sie können die folgende Tabelle übernehmen und ergänzen.

Material	Merkmale von Mehrsprachigkeit	positive Erfahrungen	negative Erfahrungen
1	– *Verwendung von mehr als einer Sprache* – *betrifft Nationalsprachen, Regional-, Minderheiten- und Gebärdensprachen, Sprachvarietäten* – *unterschiedliche Arten von Mehrsprachigkeit: …* – …	…	…
2	– *Identifizierung mit unterschiedlichen Sprachen* – …	– *Verwendung in verschiedenen Situationen/Lebenslagen* → *Bsp.: Türkisch zum Ausdrücken von Gefühlen* …	…
3	…	– *Zugehörigkeit zu einer Gruppe*	…
4	…	…	– *Abgrenzung* → *Bsp.: …*
5	…	– *Verknüpfung mit Erinnerungen* → *Bsp.: Heimatgefühl, …*	…
6	– *in 56 % der Haushalte mit Migrationshintergrund wird Deutsch gesprochen* – …	/	/

3.2 Prüfen und ergänzen Sie Ihre Zusammenstellung der Auswertungsergebnisse.
- Streichen Sie Dopplungen.
- Ergänzen Sie unterrichtliches Wissen und eigene Erfahrungen, fügen Sie ggf. weitere Zeilen in Ihrer Tabelle hinzu.

4. Gliederung erstellen

4.1 Ergänzen Sie die folgende Gliederung. Nutzen Sie Ihre bisherigen Arbeitsergebnisse.

Einleitung:
- *56 % der Haushalte mit Migrationshintergrund sprechen zu Hause deutsch*
- *...*
- *Thema: Merkmale von Mehrsprachigkeit und Darstellung unterschiedlicher Erfahrungen mit Mehrsprachigkeit*

Hauptteil:
- *allgemeine Merkmale von Mehrsprachigkeit: ...*
- *positive Erfahrungen: ...*
- *...*

Schluss:
- *...*

Klausur schreiben

5.1 Wählen Sie eine geeignete Überschrift aus, überarbeiten Sie diese ggf. oder formulieren Sie eine eigene.

A Vielfalt der Mehrsprachigkeit: Merkmale, Erfahrungen und Herausforderungen
B Mehrsprachig aufwachsen: Verschiedene Perspektiven und Erfahrungen
C Mehrsprachig leben: Eine Reise durch verschiedene sprachliche Identitäten
D Die Welt der Mehrsprachigkeit: Merkmale, Erfahrungen und Einflüsse auf die Entwicklung

5.2 Setzen Sie die folgende Einleitung fort.

Ein Leben mit mehreren Sprachen birgt unzählige Facetten, denn Menschen, die mehrsprachig aufwachsen, werden durch verschiedene sprachliche Einflüsse geprägt. Die Bandbreite der Erfahrungen reicht von ... bis ...

5.3 Untersuchen Sie im folgenden Ausschnitt des Hauptteils, wie positive und negative Erfahrungen mit Mehrsprachigkeit dargestellt werden. Achten Sie dabei auf die folgenden Kriterien:
- informierender Charakter, nicht argumentativ eine Meinung vertretend
- ausgewogenes Bild

Mehrsprachigkeit, die oft mit Migration und Vertreibung verbunden ist, spiegelt sich in den Familiengeschichten wider, wie im Fall von Olga Grjasnowa, deren Großmutter vor der Schoah floh und die Sprachen im Laufe ihres Lebens wechselte. Die deutsche Schriftstellerin und Dramatikerin wurde 1984 in Baku, Aserbaidschan, geboren und emigrierte mit ihrer Familie nach Deutschland, als sie elf Jahre alt war. Sie ist bekannt für ihre Romane, die oft Themen wie Migration, Identität und Heimatlosigkeit behandeln. Grjasnowas Literatur zeichnet sich durch ihre multikulturelle Perspektive aus. Sie verdeutlicht, dass die Vielfalt der Sprachen Vorteile hat, wie den Zugang zu unterschiedlichen kulturellen Perspektiven, aber auch Nachteile aufweist, wie die Schwierigkeit, sich in einem bestimmten Sprachkontext voll auszudrücken. Damit verbunden sind gesellschaftliche Machtverhältnisse, wie Grjasnowa es darstellt ...

5.4 Verfassen Sie auf der Grundlage Ihrer Vorarbeiten den informierenden Text.

6. Klausur überarbeiten

6.1 Überarbeiten Sie Ihre Klausur inhaltlich und sprachlich.

Beispiellösung D15

Beispiellösung (Ausschnitt)

Mehrsprachig leben: Formen, verschiedene Perspektiven und Erfahrungen

Beginn des Hauptteils

Teilthema: Merkmale von Mehrsprachigkeit

Die Sprachwissenschaft beschäftigt sich mit dem Thema der Mehrsprachigkeit, ihren Merkmalen und Bedingungen sowie der Rolle der Sprache für die Identitätsbildung. Laut C. M. Riehl umfasst Mehrsprachigkeit verschiedene Formen des Sprachgebrauchs, die sowohl individuell als auch im gesellschaftlichen Kontext auftreten. Die Erfahrungen mit Mehrsprachigkeit variieren je nachdem, ob man mehrere Sprachen von Geburt an simultan erlernt oder sukzessive erwirbt. Die Art des Spracherwerbs, ob in einer natürlichen Umgebung oder im schulischen Kontext, und der Zeitpunkt des Spracherwerbs beeinflussen die Mehrsprachigkeit und die Haltung gegenüber der Verwendung von Sprachen.

gesellschaftliche Bedingungen von Mehrsprachigkeit

Die gesellschaftlichen Bedingungen, in denen Mehrsprachigkeit praktiziert wird, sind ebenfalls vielfältig. Es gibt mehrsprachige Gesellschaften, in denen zwei oder mehrere Sprachen im täglichen Umgang nebeneinander gebraucht werden, oft mit unterschiedlichen Funktionen. Daneben gibt es individuelle Mehrsprachigkeit, die in Familien, bilingualen Schulangeboten und in der Arbeitswelt auftreten kann.

Rolle der Sprache für die Identität

Die Entwicklung von innerer und äußerer Mehrsprachigkeit verdeutlicht, wie unterschiedlich die Sprachenvielfalt und deren Nutzung sein können. Die Herausbildung von Identität in Bezug auf die Sprache spielt eine bedeutende Rolle in der Aushandlung von ethnischer Identität, wobei Sprache eine entscheidende Dimension zur Markierung von Zugehörigkeit ist.

Vorteile von Mehrsprachigkeit

Teilthema: Erfahrungen mit Mehrsprachigkeit, Beispiel Schriftsteller Saša Stanišić

Die Macht der Mehrsprachigkeit offenbart sich in den verschiedenen Erfahrungen, die mit dem Erwerb und dem Gebrauch von Sprachen einhergehen. Das Beherrschen verschiedener Sprachen eröffnet nicht nur neue Möglichkeiten der Kommunikation und des Verstehens, sondern kann auch komplexe emotionale und kulturelle Bindungen schaffen, so wie es von Saša Stanišić beschrieben wird. Er ist ein deutschsprachiger Schriftsteller, der 1978 in Višegrad, Bosnien und Herzegowina, geboren wurde. Er floh 1992 während des Bosnienkriegs mit seiner Familie nach Deutschland und wuchs dort auf. Seine Werke sind geprägt von Themen wie Identität, Migration, Heimat und Erfahrungen von Geflüchteten. In seinem Roman „Herkunft" beschreibt er seine Erfahrungen mit Mehrsprachigkeit und das Gefühl des Fremdseins. Er schildert die Flucht aus Bosnien nach Deutschland im Jahr 1992 und seine Ankunft in Heidelberg, einer Stadt, die ihm zunächst fremd und unbekannt war. Die Ungewissheit und Unsicherheit seiner Familie, insbesondere seiner Mutter, stehen im Vordergrund, während sie sich in einer neuen Umgebung zurechtfinden müssen. Er erinnert sich an den Moment, als sie nach der Ankunft durch die Stadt spazierten und Eis aßen, während sie sich fremd fühlten und die Sprache nicht beherrschten. Die einzigen deutschen Worte, die er kannte, waren „Lothar Matthäus" und später lernte er grundlegende Wörter wie „Flüchtling" und „Schokolade". Der Anblick der Schlossruine in Heidelberg, die trotz ihres zerfallenen Zustands eindrucksvoll wirkte, vermittelte ihm ein Gefühl von Sicherheit und Zugehörigkeit. Diese erste positive Erfahrung verband er mit dem Geschmack von Schokolade. Stanišić betont, dass diese ersten Momente der Sicherheit und Freude in Deutschland ihm halfen, die Fremde als weniger bedrohlich zu empfinden. Die Schlossruine symbolisiert für ihn das Überdauern und die Hoffnung, dass auch er und seine Familie in dieser neuen Umgebung bestehen können.

11.2 Sprachtheoretische Modelle vergleichen

Die Welt denken und versprachlichen

Benjamin Lee Whorf: Sprache – Denken – Wirklichkeit (1956, Ausschnitt)

Der amerikanische Sprachwissenschaftler Benjamin Lee Whorf entwickelte mit seinem Lehrer Edward Sapir eine Theorie über den Zusammenhang von Sprache, Denken und Wirklichkeitswahrnehmung. Diese sogenannte Sapir-Whorf-Hypothese oder „linguistisches Relativitätsprinzip" gab in der Folge Anlass für kontroverse wissenschaftliche Diskussionen.

Die Grammatik formt den Gedanken

Als die Linguisten[1] so weit waren, eine größere Anzahl von Sprachen mit sehr verschiedenen Strukturen kritisch und wissenschaftlich untersuchen zu können, erweiterten sich ihre Vergleichsmöglichkeiten. Phänomene, die bis dahin als universal galten, zeigten Unterbrechungen, und ein ganz neuer Bereich von Bedeutungszusammenhängen wurde bekannt.

Man fand, dass das linguistische System (mit anderen Worten, die Grammatik) jeder Sprache nicht nur ein reproduktives[2] Instrument zum Ausdruck von Gedanken ist, sondern vielmehr selbst die Gedanken formt, Schema und Anleitung für die geistige Aktivität des Individuums ist, für die Analyse seiner Eindrücke und für die Synthese[3] dessen, was ihm an Vorstellungen zur Verfügung steht. Die Formulierung von Gedanken ist kein unabhängiger Vorgang, der im alten Sinne dieses Wortes rational ist, sondern er ist beeinflusst von der jeweiligen Grammatik. Er ist daher für verschiedene Grammatiken mehr oder weniger verschieden. Wir gliedern die Natur an Linien auf, die uns durch unsere Muttersprachen vorgegeben sind. Die Kategorien und Typen, die wir aus der phänomenalen Welt[4] herausheben, finden wir nicht einfach in ihr – etwa weil sie jedem Beobachter in die Augen springen; ganz im Gegenteil präsentiert sich die Welt in einem kaleidoskopartigen[5] Strom von Eindrücken, der durch unseren Geist organisiert werden muss – das aber heißt weitgehend: von dem linguistischen System in unserem Geist. Wie wir die Natur aufgliedern, sie in Begriffen organisieren und ihnen Bedeutungen zuschreiben, das ist weitgehend davon bestimmt, dass wir an einem Abkommen beteiligt sind, sie in dieser Weise zu organisieren – einem Abkommen, das für unsere ganze Sprachgemeinschaft gilt und in den Strukturen unserer Sprache kodifiziert[6] ist. Dieses Übereinkommen ist natürlich nur ein implizites[7] und unausgesprochenes, aber sein Inhalt ist absolut obligatorisch[8]; wir können überhaupt nicht sprechen, ohne uns der Ordnung und Klassifikation des Gegebenen zu unterwerfen, die dieses Übereinkommen vorschreibt.

Wörter bilden Gedanken bilden Wörter

Das „linguistische Relativitätsprinzip"

Diese Tatsache ist für die moderne Naturwissenschaft von großer Bedeutung. Sie besagt, dass kein Individuum die Freiheit hat, die Natur mit völliger Unparteilichkeit zu beschreiben, sondern eben, während es sich am freiesten glaubt, auf bestimmte Interpretationsweisen beschränkt ist. Die relativ größte Freiheit hätte in dieser Beziehung ein Linguist, der mit sehr vielen äußerst verschiedenen Sprachsystemen vertraut ist. Bis heute findet sich noch kein Linguist in einer solchen Position. Wir gelangen daher zu einem neuen Relativitätsprinzip, das besagt, dass nicht alle Beobachter durch die gleichen physikalischen Sachverhalte zu einem gleichen Weltbild geführt werden, es sei denn, ihre linguistischen Hintergründe sind ähnlich oder können in irgendeiner Weise auf einen gemeinsamen Nenner gebracht werden (be calibrated).

1 Linguist, der: Sprachwissenschaftler 2 reproduktiv: wiedergebend, nachbildend 3 Synthese, die: Verbindung 4 phänomenale Welt: die Welt, wie sie sich in ihrer Vielfalt zeigt 5 kaleidoskopartig: hier: vielgestaltig (nach Art des Kaleidoskops) 6 kodifiziert: hier: festgelegt 7 implizit: mit inbegriffen 8 obligatorisch: verbindlich, verpflichtend

1 Prüfen Sie, ob die folgenden Thesen Benjamin Lee Whorfs Sicht auf das Verhältnis von Sprache, Denken und Wirklichkeit (S. 440) widerspiegeln. Formulieren Sie die Thesen ggf. so um, dass sie Whorfs Theorie entsprechen.

A Der Mensch ist in der Lage, die äußere Welt objektiv zu beschreiben.

B Das linguistische System unserer Sprache bestimmt, was und wie wir denken.

C Das durch die Wahrnehmung vermittelte Bild der äußeren Welt ist bei allen Menschen gleich.

2 PLUS Whorf wurde entgegengehalten, dass Sprachen ineinander übersetzbar sind und sich deshalb vermeintlich unterschiedliche Weltbilder durchaus vermitteln lassen. Prüfen Sie die Stichhaltigkeit dieses Gegenarguments.

Guy Deutscher: Dem Gefängnis der Sprache entfliehen (2012, Ausschnitt)

Chomsky, Material 2 → S. 426

Ist es tatsächlich von Belang, in welcher Sprache wir sprechen, schreiben oder forschen? Sind unterschiedliche Sprachen lediglich unterschiedliche Kleider für genau den selben Gedankenprozess oder liegt in diesem Unterschied mehr verborgen? Zwei entgegengesetzte Denkrichtungen haben auf diese Fragen gegenteilige Antworten gegeben. Auf der einen Seite steht die universalistische Tradition, die von Aristoteles im 4. Jahrhundert v. Chr., über die französischen Grammatiker des 17. Jahrhunderts bis zu Noam Chomsky reicht. Um es sehr grob zu formulieren, sind dieser Meinung zufolge alle Sprachen im Kern identisch, und die Unterschiede zwischen ihnen äußerst oberflächlich.

Auf der anderen Seite steht eine andere alte Tradition, die wir als die „relativistische" bezeichnen können. Diese reicht mindestens bis zu Wilhelm von Humboldt zurück, also bis zum Beginn des 19. Jahrhunderts. Humboldt zufolge ist die Verschiedenheit der Sprachen viel grundlegender als nur eine von „Schällen und Zeichen", es ist eine Verschiedenheit der „Weltansichten selbst". Mehr noch: Die Sprache ist nicht eigentlich Mittel, die bereits erkannte Wahrheit darzustellen, sondern Möglichkeit, die zuvor unerkannte Wahrheit überhaupt erst zu entdecken. „Das Denken", schloss er, „ist nicht bloß abhängig von der Sprache überhaupt, sondern bis auf einen gewissen Grad, auch von jeder einzelnen bestimmten."

Wo zwischen diesen extremen Gegensätzen können wir die Wahrheit finden? […]

Der Fehlschluss der „linguistischen Relativität" war die Annahme, dass wir uns nur die Konzepte vorstellen können, die in unserer Sprache bereits vorhanden sind. Vielen Englischsprechern ist das deutsche Lehnwort „Schadenfreude" nicht bekannt. Trotzdem fällt es ihnen nicht schwer, das Gefühl zu verstehen, dass man sich am Unglück eines anderen Menschen weidet. Und umgekehrt, denken Sie an die beiden verschiedenen englischen Begriffe „when" und „if". Auf Deutsch werden sie regelmäßig mit demselben Wort übersetzt – „wenn ich komme" kann ja beides ‚when I come' oder ‚if I come' bedeuten. Aber sind Deutschsprecher deswegen unfähig, den logischen Unterschied zu verstehen, zwischen dem, was unter bestimmten Bedingungen geschehen könnte, und dem, was in jedem Fall geschehen wird?

Die Idee, unsere Muttersprache könne Einfluss auf unser Denken haben, dürfen wir dennoch nicht ganz verwerfen. Doch um den wahren Einfluss der Sprache auf das Denken zu verstehen, müssen wir der Täuschung entkommen, dass die Sprache ein Gefängnis für das Denken ist. […]

Wenn verschiedene Sprachen den Geist ihrer Sprecher auf unterschiedliche Weise beeinflussen, dann nicht wegen der Dinge, die jede Sprache angeblich den Menschen zu denken gestattet. Vielmehr ist der Einfluss eine Folge des Umstands, dass Menschen von Kindesbeinen an gewohnheitsmäßig bestimmte Ausdrucksweisen verwenden. Denn schließlich können sich Sprachgewohnheiten zu geistigen Gewohnheiten verfestigen, die uns über das Sprechen hinaus beeinflussen, und die Konsequenzen für unsere Denkweise und Wahrnehmung der Welt haben können. Wenn unsere Sprache uns dazu zwingt, auf gewisse Aspekte der Erfahrung gewohnheitsmäßig achtzugeben, kann diese Notwendigkeit uns trainieren, ein besonderes Gespür oder eine Sensibilität für bestimmte Details zu entwickeln, und fördert bestimmte Arten von Gedächtnis und Assoziationen.

In den letzten Jahren konnte experimentell nachgewiesen werden, dass solche Sprachgewohnheiten einen Einfluss auf die Wahrnehmung ihrer Sprecher ausübten. Eines dieser Beispiele betrifft das Genus, oder das grammatische Geschlecht unbelebter Objekte. Wer etwa Deutsch als Fremdsprache lernt, hört häufig, man solle der Tatsache, dass Brücken weiblichen und Schlüssel männlichen Geschlechts sind, keine weitere Bedeutung beimessen. Es handele sich lediglich um eine grammatische Eigenheit.

Natürlich ist es richtig, dass kein Sprecher des Deutschen tatsächlich glaubt, Brücken seien biologisch betrachtet weiblich. Und dennoch haben eine ganze Reihe unterschiedlicher Experimente empirisch gezeigt, dass das grammatische Geschlecht der unbelebten Gegenstände die alltäglichen Assoziationen färbt, die Muttersprachler mit diesen Gegenständen in Verbindung bringen. So tendieren Sprecher des Deutschen beispielsweise dazu, Brücken eher „weiblich" konnotierte Attribute zuzuschreiben (schmal, elegant), während Sprecher des Spanischen, für die Brücken grammatisch männlich sind, sie häufiger mit eher männlich besetzten Attributen in Verbindung bringen, wie kräftig.

Es geht nicht darum, dass unsere Muttersprache uns davon abhält, Unterscheidungen und Konzepte anderer Sprachen zu verstehen oder wahrnehmen zu können. Wenn eine Sprache uns zwingt, über Brücken zu sprechen, als wären sie Frauen, bedeutet das nicht, dass wir nicht imstande sind zu verstehen, dass unbelebte Objekte kein biologisches Geschlecht haben. Und dennoch können die Sprechgewohnheiten, die uns von jungen Jahren an eingebläut wurden, entscheidenden Einfluss auf unser Denken und unsere Wahrnehmung ausüben.

Lera Boroditsky: Wie die Sprache das Denken formt (2012, Ausschnitt)

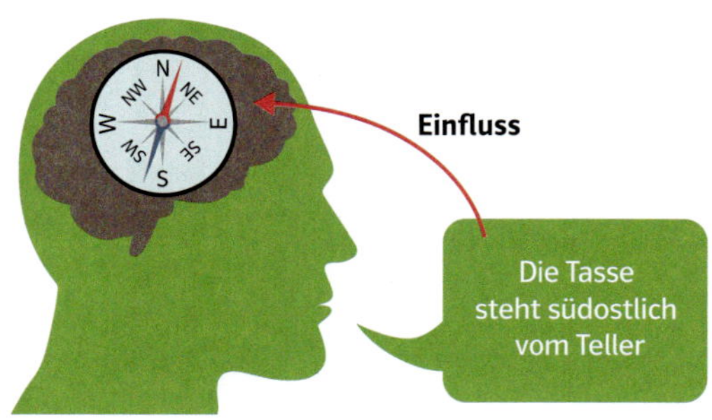

Pormpuraaw ist eine kleine Siedlung der Aborigines am Westrand der Halbinsel Cape York in Nordaustralien. Ich bitte ein fünf Jahre altes Mädchen, nach Norden zu zeigen. Ohne zu zögern, deutet sie in eine bestimmte Richtung. Mein Kompass bestätigt: Sie hat Recht. Nach meiner Rückkehr in die USA stelle ich dieselbe Frage in einem Hörsaal der Stanford University. Vor mir sitzen angesehene, mehrfach ausgezeichnete Gelehrte; manche besuchen seit 40 Jahren Vorträge in diesem Saal. Ich bitte sie, die Augen zu schließen und nach Norden zu zeigen. Viele weigern sich, weil sie keine Ahnung haben, wo Norden liegt. Die Übrigen denken eine Weile nach und deuten dann in alle möglichen Richtungen. Ich habe diesen Versuch nicht nur in Harvard und Princeton wiederholt, sondern auch in Moskau, London und Peking – stets mit demselben Resultat.

Eine Fünfjährige aus einer bestimmten Kultur bringt ohne Weiteres etwas fertig, was angesehene Forscher einer anderen Kultur überfordert. Was ist der Grund für die höchst unterschiedliche kognitive Fähigkeit? Die überraschende Antwort lautet: die Sprache. Die Idee, dass Sprachunterschiede die Kognition beeinflussen, ist an sich jahrhundertealt; in Deutschland vertraten sie vor allem Johann Gottfried Herder (1744–1803) und Wilhelm von Humboldt (1767–1835). Seit den 1930er Jahren wird sie oft den amerikanischen Linguisten Edward Sapir (1884–1939) und Benjamin Lee Whorf (1897–1941) zugeschrieben. Die beiden untersuchten die Grammatik nordamerikanischer Indigener und mutmaßten: Wenn Menschen grundverschieden sprechen, dann denken sie auch unterschiedlich.

Zwar fand die Idee zunächst großen Anklang, doch empirische Belege fehlten fast völlig. In den 1970er Jahren verblasste der Ruhm der Sapir-Whorf-Hypothese. Sie wurde fast völlig zu Gunsten einer neuen Theorie aufgegeben, der zufolge Sprache und Denken universelles menschliches Gemeingut sind. Doch nun, Jahrzehnte später, liegen endlich überzeugende Indizien dafür vor, wie Sprache das Denken formt. Sie stürzen das lange herrschende Dogma von den Sprachuniversalien und liefern faszinierende Erkenntnisse über den Ursprung des Wissens und die Konstruktion der Wirklichkeit. [...]

Kehren wir nach Pormpuraaw zurück. Anders als Englisch oder Deutsch enthält die dort gesprochene Sprache Kuuk Thaayorre keine relativen Raumausdrücke wie links und rechts. Wer Kuuk Thaayorre spricht, gebraucht absolute Hauptrichtungen wie Norden, Süden, Osten, Westen und so weiter. Zwar geschieht das auch im Deutschen, aber nur bei großen Entfernungen. Wir würden beispielsweise nie sagen: „Diese Banausen platzieren die Suppenlöffel südöstlich von den Gabeln!“ Doch auf Kuuk Thaayorre werden immer Himmelsrichtungen verwendet. Darum sagt man etwa „Die Tasse steht südöstlich vom Teller“ oder „Der südlich von Maria stehende Knabe ist mein Bruder“. Um sich in Pormpuraaw verständlich auszudrücken, muss man daher immer die Windrose im Kopf haben. [...]

Wer anders über den Raum denkt, hat vielleicht auch eine andere Zeitvorstellung. Meine Kollegin Alice Gaby von der University of California in Berkeley und ich legten daher Kuuk Thaayorre sprechenden Aborigines Bildfolgen vor, die Zeitabläufe zeigten: Ein Mann altert, ein Krokodil wächst, eine Banane wird verspeist. Dann baten wir sie, die durchmischten Fotos zeitlich zu ordnen. Wir führten den Test je zweimal durch, wobei die Person jedes Mal in eine andere Himmelsrichtung schaute. Jemand, der englisch oder deutsch spricht, ordnet die Bilder so, dass die Zeit von links nach rechts fortschreitet. Hebräisch oder arabisch Sprechende legen die Karten eher von rechts nach links. Dies zeigt, dass die Schreibrichtung beeinflusst, wie wir Zeit organisieren. Doch die Aborigines sortierten die Karten weder grundsätzlich von links nach rechts noch umgekehrt, sondern stets von Osten nach Westen. Wenn die Testperson so saß, dass sie nach Süden schaute, verliefen die Karten von links nach rechts. Schaute sie nach Norden, ordnete sie die Bilder von rechts nach links. Hatte die Person Osten vor sich, lief die Kartenfolge auf den Körper zu, und so weiter. Dabei sagten wir den Probanden nie, welche Himmelsrichtung sie vor sich hatten – die Aborigines wussten das ohnehin.

[...] All diesen Forschungsergebnissen zufolge wirken die Kategorien und Unterscheidungen, die in speziellen Sprachen existieren, stark auf unser geistiges Leben ein. Was die Forscher „Denken“ nennen, ist offenbar in Wirklichkeit eine Ansammlung linguistischer und nichtlinguistischer Prozesse. Demnach dürfte es beim Erwachsenen kaum Denkvorgänge geben, bei denen die Sprache keine Rolle spielt. Ein Grundzug menschlicher Intelligenz ist ihre Anpassungsfähigkeit – die Gabe, Konzepte über die Welt zu erfinden und so abzuändern, dass sie zu wechselnden Zielen und Umgebungen passen.

Eine Folge dieser Flexibilität ist die enorme Vielfalt der Sprachen. Jede enthält eine Art und Weise, die Welt wahrzunehmen, sie zu begreifen und mit Bedeutung zu füllen – ein unschätzbarer Reiseführer, den unsere Vorfahren entwickelt und verfeinert haben. Indem Wissenschaftler erforschen, wie die Sprache unsere Denkweise formt, enthüllen sie, wie wir Wissen erzeugen und die Realität konstruieren. Diese Erkenntnis wiederum hilft uns zu verstehen, was uns zu Menschen macht.

MK **3** Erstellen Sie mithilfe der beiden Texte *Dem Gefängnis der Sprache entfliehen* (S. 441 f.) und *Wie die Sprache das Denken formt* (S. 442 f.) arbeitsteilig eine digitale Pinnwand mit unterschiedlichen sprachtheoretischen Positionen zum Verhältnis von Sprache, Denken und Wirklichkeit.

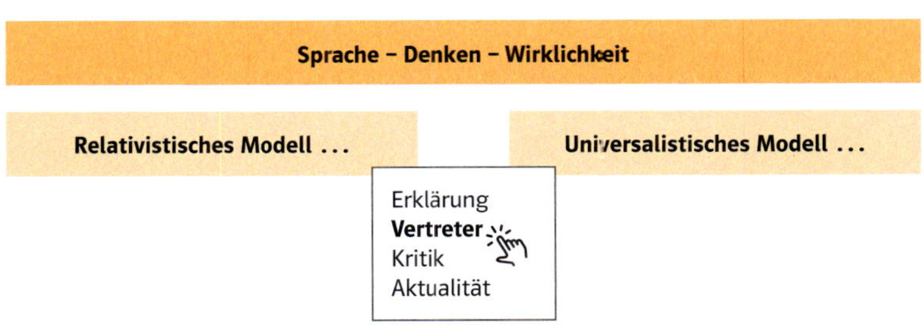

4 Untersuchen Sie einen der beiden Texte *Dem Gefängnis der Sprache entfliehen* (S. 441 f.) oder *Wie die Sprache das Denken formt* (S. 442 f.) genauer. Analysieren Sie
- den Gedankengang,
- die sprachlich-stilistische Gestaltung einschließlich der Leserlenkung,
- die Intention des Textes.

Arbiträr
Lexikon Philosophie (Ausschnitt)

(lat. arbitrium: Beliebigkeit). Nach F. de Saussure sind sprachliche Zeichen dadurch bestimmt, dass bei ihnen die Beziehung zwischen Vorstellung und Lautbild (Signifikat/ Signifikant) beliebig, das heißt unmotiviert, ist. Es gibt keine natürliche Beziehung zwischen der Vorstellung „Baum" und der Lautfolge B A U M, sie kommt durch Konvention zustande, d. h. die Lautfolge könnte prinzipiell auch eine andere sein. Dies zeigt sich z. B. daran, dass in anderen Sprachen andere Wörter die Vorstellung „Baum" ausdrücken.

Lexikon Sprache (Ausschnitt)

Ausnahmen bilden die sog. → Onomatopoetika (lautmalerische Wörter, z. B. dt. Kuckuck, frz. coucou, lat. cuculus, ital. cuculo, bulgar. kukuvica). Die Bedeutungszuordnung erfolgt jedoch nicht in dem Sinne arbiträr bzw. unmotiviert, dass sie für jeden einzelnen Sprecher beliebig ist, sondern sie wird durch Konventionen innerhalb einer → Sprachgemeinschaft geregelt.

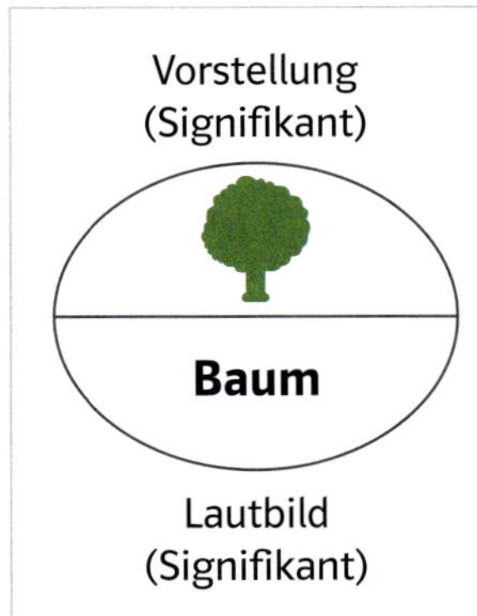

5 Geben Sie die zentralen Informationen aus den beiden Lexikonausschnitten und der Grafik in Thesenform wieder. Orientieren Sie sich an dem folgenden Beispiel.

Nach Ferdinand de Saussure sind sprachliche Zeichen bilateral, sie bestehen aus Inhalt („Signifikat") und Form …

6 Bereits um 1900 wurde im Zusammenhang mit der Arbitrarität sprachlicher Zeichen die Frage diskutiert, ob Sprache überhaupt vollumfänglich die Wirklichkeit abbilden kann.
Erläutern Sie anhand des folgenden Auszugs aus dem fiktiven Brief des Lord Chandos und des Gedichts *Ich fürchte mich so vor der Menschen Wort* von Rainer Maria Rilke (S. 331), wie beide Texte diese Frage beantworten.

Hugo von Hofmannsthal: Ein Brief → S. 331

Ich empfand ein unerklärliches Unbehagen, die Worte ‚Geist', ‚Seele' oder ‚Körper' nur auszusprechen […], sondern die abstrakten Worte, deren sich doch die Zunge naturgemäß bedienen muss, um irgendwelches Urteil an den Tag zu legen, zerfielen mir im Munde wie modrige Pilze. (Hugo von Hofmannsthal, 1902)

MK **7** Erstellen Sie einen Beitrag für einen Podcast zum Thema „Die Macht der Sprache über das Denken". Ihr Beitrag kann informierend und/oder argumentierend sein. Wählen Sie aus den folgenden Teilthemen:
A Klimawandel oder Klimakrise? – Wie die Sprache das Denken formt.
B Die Sprache *Kuuk Thaayorre* – aktuelle Belege zur Sapir-Whorf-Hypothese
C Von Universalisten und Relativisten – eine wissenschaftliche Dauerdebatte?

Sprachtheoretische Modelle vergleichen

Lexikon Sprache
→ S. 554 ff.

Die Begriffe **Sprache**, **Denken** und **Wirklichkeit** werden seit der Veröffentlichung einer gleichnamigen Schrift durch den Sprachwissenschaftler Benjamin Lee Whorf oft gemeinsam verwendet, um ein Problemfeld zu umreißen, das schon seit der Antike zum Nachdenken herausfordert: Welche Bedeutung hat Sprache für die Wahrnehmung und das Erkennen der Wirklichkeit? Gibt es ein Denken ohne Sprache?

Sapir-Whorf-Hypothese oder das „linguistische Relativitätsprinzip"

In Zusammenarbeit mit seinem Lehrer **Edward Sapir** (1884–1939) hat der amerikanische Sprachwissenschaftler und Anthropologe **Benjamin Lee Whorf** (1897–1941) die These aufgestellt, dass das linguistische System, d.h. die **Grammatik der Sprache**, die ein Mensch spricht, seine **Weltwahrnehmung beeinflusst**. Die Art und Weise, wie eine Sprache kulturelle und kognitive Kategorien bildet, hätte demnach **Einfluss auf das Denken der Sprecherinnen und Sprecher einer Sprache**. Whorf nannte seine Hypothese auch das „linguistische Relativitätsprinzip".

Sprachdeterminismus und Sprachrelativismus

Sprachdeterminismus bezeichnet die „harte" Variante der Sapir-Whorf-Hypothese, wonach die Sprache das Denken lenkt und sprachliche Kategorien kognitive Kategorien bestimmen und beschränken. Die „weiche" Variante, der **Sprachrelativismus**, besagt, dass sprachliche Kategorien und deren Verwendung das Denken lediglich beeinflussen.

Arbitrarität

Der griechische Philosoph **Aristoteles** (4. Jh. v. Chr.) bezeichnete **Wörter als Zeichen**. Diese Zeichen seien keine Bilder, also nicht von der Natur gegeben, sondern Setzungen des Menschen. Das Verhältnis zwischen den Wörtern und den Dingen der Welt, für die sie als Zeichen stehen, ist demnach willkürlich.
Der Sprachwissenschaftler **Ferdinand de Saussure** (1857–1913) griff diesen Gedanken fast 1500 Jahre nach Aristoteles in seinem Werk *Grundfragen der allgemeinen Sprachwissenschaft* auf. Er prägte den Begriff der **Arbitrarität**, d.h. ein willkürlich gewähltes **Bezeichnendes** (**Signifikant**) steht für ein **Bezeichnetes** (**Signifikat**). Das Bezeichnende ist nach Saussure das Lautbild eines sprachlichen Zeichens (z.B. die Lautfolge B-a-u-m im Deutschen), das Bezeichnete ist die Vorstellung dieses sprachlichen Zeichens (z.B. die Vorstellung von einem Baum). So erklärt er, dass es in verschiedenen Sprachen verschiedene Bezeichnungen für ein und dasselbe Bezeichnete gibt (z.B. *Baum* – *arbre* – *tree*). Bedeutsam ist die Festlegung zwischen Lautbild und Vorstellung für die **Verständigung innerhalb einer Sprachgemeinschaft**.

Linguistischer Universalismus

Der amerikanische Sprachwissenschaftler **Noam Chomsky** (*1928) entwickelte eine Theorie, nach der dem Menschen für den Spracherwerb und die Sprachverwendung **ein (universeller) Mechanismus** angeboren sei. Die Verschiedenheit der Sprachen der Welt sei demnach ein Oberflächenphänomen. Allen Sprachen gemeinsam sei eine tiefenstrukturelle Substanz, eine **Universalgrammatik**. Dieser grundsätzlichen Annahme folgend entwickelte der amerikanische Psychologe **Steven Pinker** in den 1990er-Jahren in seinem populärwissenschaftlichen Werk *Der Sprachinstinkt* die These, dass unsere Gedanken in **eine wortlose Gedankensprache** – er nennt sie **„Mentalesisch"** – gekleidet seien. Dieses Mentalesisch sei bei allen identisch; erst in der Sprachverwendung komme es zu einer Umsetzung in Wörter und Wortabfolgen.

Calvins Unfug

11.3 Den gegenwärtigen Sprachgebrauch reflektieren

Sprache im Wandel

Prinzipien ungesteuerten und gesteuerten Sprachwandels erkennen

Friedrich Retkowski: Deutsch ist doch easy!

1 Deuten Sie die Karikatur und nehmen Sie Stellung zu ihrer Aussage.

2 Benennen Sie weitere Phänomene aktueller Entwicklungstendenzen der deutschen Sprache.

Peter von Polenz: Deutsche Sprachgeschichte (1991, Ausschnitt)

Nach neueren soziopragmatischen Theorien des Sprachwandels [...] erklärt man die Veränderbarkeit von Sprache vor allem aus folgenden Faktoren [...]:

- **Ökonomie:** Da man auch anderes und wichtigeres zu tun hat als mit sprachlicher Genauigkeit Zeit zu verschwenden und da man die Kommunikationspartner mit überflüssigem Gerede und Geschreibe verschonen will, macht man sich's oft mit der Sprache bequem und verwendet sie in reduzierter Weise.
- **Innovation:** Das gewohnte Inventar der Sprache ist für kulturell kreative und nonkonformistische Tätigkeiten nicht immer hinreichend geeignet, ist abgenutzt und entwicklungsbedürftig. So bedient man sich gelegentlich, aber regelhaft, vieler Möglichkeiten sprachlicher Neuerung.
- **Variation:** Die Sprachbenutzer sind – produktiv ebenso wie rezeptiv – sehr flexibel in Bezug auf die Wahl sprachlicher Mittel, je nach kommunikativen Bedingungen und Zwecken. Ein großer Teil der Sprachveränderungen resultiert aus Verschiebungen im System der Varianten, die als stilistische Alternativen längst in der Sprache vorhanden sind.
- **Evolution:** Der Sprachgebrauch und vor allem die Beeinflussung des Sprachgebrauchs durch gesellschaftliche Kräfte haben mitunter Wirkungen auf die Sprache zur Folge, die von denen, die Sprache benutzen oder zu beeinflussen versuchen, gar nicht beabsichtigt sind.

3 Erklären Sie die im Text genannten Faktoren mithilfe aktueller Beispiele.

Rudi Keller: Sprachwandel (2004, Ausschnitt)

Betrachten wir ein einfaches Beispiel: Ich komme von der Heinrich-Heine-Universität Düsseldorf. Diese Uni ist eine Campusuniversität, gebaut auf der grünen Wiese. Wenn Sie ein Luftbild hätten von diesem Campus, würden Sie erkennen, dass die Rasenflächen überzogen sind von einem Netz von Trampelpfaden. Bei genauerem Studium würde Ihnen auffallen, dass das Netz der Trampelpfade viel intelligenter ist als das von den Architekten geplante Netz von gepflasterten Wegen. Die Intelligenz dieses Trampelpfad-Netzes ist jedoch nicht der Intelligenz derer zu verdanken, die es trampelten. Es verdankt sich ausschließlich deren Faulheit. Ja man kann sogar sagen: Je fauler und bequemlicher unsere Studenten sind, desto intelligenter wird das Netz der Trampelpfade. Ist das Netz ein Artefakt oder ist es ein Naturphänomen? Hätte ich oder hätte sonst jemand die Genese des Netzes verhindern können? Es ist kein Naturphänomen, denn es wurde von Menschen gemacht. Aber es wurde nicht in dem Sinne von Menschen gemacht, wie Artefakte normalerweise hergestellt werden. Diejenigen, die an seiner Genese beteiligt waren, haben weder beabsichtigt, ein Netz von Trampelpfaden herzustellen, noch dürfte ihnen bewusst sein, dass sie es taten. Trampelpfade sind von Menschen gemacht, aber weder willentlich noch wissentlich. Das Netz der Trampelpfade eignet sich vorzüglich als Modell für das Verständnis einer sogenannten natürlichen Sprache und deren Wandel. Natürliche und künstliche Sprachen verhalten sich zueinander wie die Trampelpfade zu den von Architekten geplanten und gepflasterten Wegen. Die Wege der Architekten sind wie Esperanto oder eine Computersprache geplant und gezielt hergestellt; dies macht sie zu Artefakten. Deutsch, Suaheli und die Trampelpfade sind weder geplant noch gezielt hergestellt; dies rückt sie in die Nähe von Naturphänomenen. Sie sind nicht-intendierte Nebeneffekte menschlicher Handlungen. Sie sind weder natürlich noch künstlich im normalen Sinne des Wortes. Für Phänomene dieser Art verfügen wir in unserer Sprache nicht einmal über ein geeignetes Substantiv oder Adjektiv. Ich habe sie – in Anlehnung an Steven Spielberg – „Phänomene der dritten Art" genannt.

Meine These ist also: Sogenannte natürliche Sprachen sind Phänomene der dritten Art. Unter diesem Aspekt müssen wir sie betrachten, wenn wir ihren Wandel verstehen wollen. [...]

Neue Strukturen entstehen genau dann, wenn eine Vielzahl von Menschen auf systematische Weise von den alten Strukturen abweicht. Wenn Leute kreuz und quer über den Rasen laufen, entsteht kein Trampelpfad; er kann nur dann entstehen, wenn sie auf systematische Weise über den Rasen laufen.

Das Gleiche gilt für unser Sprachverhalten: Unsere alltäglichen zufälligen Regelverletzungen lassen keine Spuren in der Sprache zurück. Nur für die systematischen Regelverletzungen gilt, dass sie die neuen Regeln von morgen sind. Was aber erzeugt die Systematizität unserer Regelverstöße? Die Antwort lautet: Wir handeln – ohne dass uns dies bewusst ist – nach bestimmten Strategien bzw. Maximen. Ein Trampelpfad entsteht, weil eine Vielzahl von Menschen von A nach B geht nach der Maxime der Energieersparnis. Diese Maxime erzeugt die Regelmäßigkeit des Verhaltens, die nach einer gewissen Zeit dann Spuren zurücklässt. Die Maxime der Energieersparnis spielt auch für den Sprachwandel eine große Rolle: Wir artikulieren das Hilfsverb *haben* normalerweise als [ham]. Noch ist dies eine ausschließlich umgangssprachliche Ausdrucksform, aber irgendwann einmal wird sie auch in die Hoch- und Schriftsprache Eingang finden, und dann wird etwas Ähnliches passiert sein wie beim Wandel von Latein zum Spanischen, wo lat. *habent* zu span. *han* geworden ist.

Neben der Maxime der Energieersparnis gibt es eine ganze Reihe anderer Maximen, die wir beim Kommunizieren bewusst oder unbewusst befolgen, und die mit der Zeit immer wieder den Wandel der Sprache erzeugen. Eine wichtige Maxime beim Kommunizieren ist es natürlich, so zu reden, dass man verstanden wird. Diese Maxime sorgt im Wesentlichen für Konstanz und Kontinuität. Wer nichts anderes will, als verstanden werden, sollte zu ausschließlich orthodoxen Mitteln greifen. Jede innovative Abweichung riskiert potentiell das Verständnis. Wenn Sie am Ertrinken sind, sollten Sie laut und wohlartikuliert *Hilfe* rufen; ästhetisch anspruchsvollere Varianten, wie *Unterstützung* oder das neudeutsche Wort *support*, sind in einer solchen Situation fehl am Platz. Wer hingegen auffallen will, muss innovativ sein. Wohlgemerkt, auffallen wollen ist nicht ehrenrührig, sondern oftmals ein absolut notwendiges Nebenmotiv unserer kommunikativen Unternehmungen. Denn Kommunikation findet meist unter Knappheitsbedingungen statt. Jedem ist die Situation bekannt: Man redet, und keiner hört zu; oder man hat etwas geschrieben und keiner will es lesen. Jugendliche sind im Auffallen mithilfe sprachlicher Mittel wahre Meister, denn in einem gewissen Alter ist die Kunst des Imponierens sozial überlebenswichtig. Die Verwendung eines Tabuwortes, wie des Wortes *geil*, ist beispielsweise ein hervorragendes Mittel, Aufmerksamkeit auf sich zu ziehen. Allerdings ist diese Strategie selbstzerstörend: Wenn das Wort *geil* mit hoher Frequenz verwendet wird, was derzeit der Fall ist, so verliert es seinen Tabuwert und damit seine Attraktivität im Spiel des Imponierens. Imponieren ist ein Spiel, bei dem Ausgefallenheit Trumpf ist. Das ist der Grund dafür, weshalb die Halbwertszeit jugendsprachlicher Ausdrücke meist extrem kurz ist. Ein ausgefallenes Mittel, das gut ankommt, steigt in der Frequenz und verliert damit seinen Ausgefallenheitsbonus. [...] Die Beispiele ließen sich beliebig vermehren, und teilweise spielen auch andere Maximen als die genannten eine Rolle. Aber das Muster, nach dem Sprachwandel sich vollzieht, ist im Prinzip immer dasselbe: Die Menschen haben bei all ihren kommunikativen Unternehmungen in erster Linie den Erfolg ihrer Bemühungen im Auge: Sie wollen verstanden werden, freundlich und nett wirken, überzeugen, Aufmerksamkeit erwecken, Gruppenzugehörigkeit oder auch Distanz signalisieren, Energie sparen und vieles andere mehr. Dazu wählen sie aus den sprachlichen Mitteln, die ihnen zur Verfügung stehen, diejenigen aus, von denen sie sich den besten Erfolg ihrer kommunikativen Unternehmung versprechen. Kommt es dabei zu gleichförmigen Wahlen, so entstehen als Kumulationseffekte Spuren wie die Trampelpfade auf dem Rasen – Spuren, die man dann aus der Distanz als Sprachwandel bezeichnet. Unsere gegenwärtige Sprache, das heutige Deutsch ist die unbeabsichtigte Folge der zahllosen kommunikativen Akte unserer Vorfahren. Sprachzustände sind keine Endzustände von Prozessen, sondern transitorische Episoden in einem potenziell unendlichen Prozess kultureller Evolution.

4 Erklären Sie, wieso sich nach Keller Sprachwandel mit der Entstehung von Trampelpfaden vergleichen lässt.

5 Erschließen Sie die Absicht und die Funktion des Textes.

6 Erstellen Sie in arbeitsteiligen Gruppen ein Schaubild, welches die im Text aufgegriffenen Maximen in der Kommunikation, die laut Keller Sprachwandel bedingen, erklärt und veranschaulicht.

Übergeordnete Handlungsmaxime
„Rede so, dass du Erfolg hast!" bzw. „Rede so, dass du die Ziele, die du mit deiner kommunikativen Unternehmung verfolgst, am ehesten erreichst."

Verständlichkeitsmaxime	Anpassungsmaxime	Maxime der Energieersparnis (Ökonomieprinzip)	Auffälligkeitsmaxime
„Rede so, wie du denkst, dass der andere reden würde, wenn er an deiner Statt wäre!"	*„Rede so wie die anderen. Rede so, dass du nicht auffällst."*	...	...
Erklärung: ...	Erklärung: ...	Erklärung: ...	Erklärung: ...
Beispiel: ...	Beispiel: ...	Beispiel: ...	Beispiel: ...

7 Erläutern Sie, inwiefern sich die Maximen gegenseitig beeinflussen.

Veränderungstendenzen der Gegenwartssprache reflektieren

Hans Ulrich Schmid: Wie wird das Deutsche in hundert Jahren aussehen?
(2010, Ausschnitt)

Um diese Frage umfassend zu beantworten, müsste man eigentlich Hellseher sein. Dennoch kann man mit einer mehr oder weniger großen Wahrscheinlichkeit annehmen, dass sich bestimmte Sprachwandelprozesse, die bereits jetzt zu beobachten sind, fortsetzen werden. [...]
Im Wortschatzbereich ist sicher zu erwarten, dass die Fremdeinflüsse zunehmen werden. Die politische und wirtschaftliche Globalisierung wird notwendigerweise auch sprachliche Konsequenzen zur Folge haben. Wichtige Wortschatzbereiche (Technologie, Ökonomie, Wissenschaftssprache) werden wohl schon in absehbarer Zeit zu Domänen des Angloamerikanischen.
Auf der Ebene der Flexion dürfte es vermutlich dazu kommen, dass die Menge der starken Verben weiter reduziert wird. „Gefährdet" sind vor allem weniger gebrauchte Verben. Man kann heute schon Doppelformen wie *backte* (neu) neben *buk* (alt), *flechtete* (neu) neben *flocht* (alt), *fechtete* (neu) neben *focht* (alt), *sprießte* (neu) neben *spross* (alt) usw. beobachten. Es ist wohl nur noch eine Frage von ein oder zwei Generationen, bis die Formen mit Vokalwechsel von ihren „regelmäßigen" Konkurrenten völlig verdrängt sein werden. Weitere Verben werden sich dem anschließen. Vielleicht heißt es im Jahr 3000 auch *waschte*, *wachste* oder *heißte* und *gewascht*, *gewachst*, *geheißt*. [...]
Was die Syntax betrifft, ist ungewiss, wie sich die Verbstellung in Haupt- und Nebensätzen entwickeln wird. Heute gilt als Regel, dass in Nebensätzen das flektierte Verb am Ende steht. Beispiel: *Ich nehme an, dass sich die Dinge irgendwann in eine bestimmte Richtung entwickeln werden.* Hier steht ganz regelkonform *werden* am Satzende. Die Entwicklung könnte dahin gehen, dass diese Stellungsregularität, wenn nicht aufgegeben, so doch abgemildert wird und eine Abfolge wie *Ich nehme an, dass sich die Dinge in eine bestimmte Richtung entwickeln werden irgendwann* nicht nur in der gesprochenen Sprache möglich, sondern auch in der Schriftsprache toleriert [wird]. [...]
Mit Sicherheit werden sich auch die sprachlichen Umgangsformen verändern, also Anrede- und Grußkonventionen und das Dialog- und Konversationsverhalten insgesamt.
Doch wie gesagt: Man müsste Hellseher sein, um sichere Prognosen über Einzelheiten abzugeben. Keine Sprache der Welt entwickelt „sich" unabhängig von den Sprechern, auch nicht das Deutsche. Vieles hängt davon ab, wie sich die Einstellung der Sprecher zu ihrer Sprache gestalten wird, inwieweit schriftsprachliche Normierungen, die beispielsweise in der Schule vermittelt werden, imstande sind, Veränderungsprozesse zu steuern, wie sich die Sprache in den Medien, deren Einfluss sicher noch erheblich zunehmen wird, verändern wird oder welche Einflüsse von außen auf die deutsche Sprache einwirken werden. Hierbei kann die zunehmende Mobilität vieler Sprecher eine Rolle spielen, ebenso Immigration oder über die Medien vermittelter Sprachkontakt.

1 Beurteilen Sie anhand der Prinzipien des Sprachwandels die Wahrscheinlichkeit des Eintretens dieser Veränderungen. Welches Prinzip könnte unter Umständen dafür sorgen, dass *wachsen (größer werden)* auch in Zukunft stark flektiert wird *(wachsen – wuchs – gewachsen)*?

2 Diskutieren Sie in kleinen Gruppen, wie Ihrer Meinung nach das Deutsche in 100 Jahren aussieht. Beschreiben Sie mögliche Veränderungen in Wortschatz, Grammatik, Rechtschreibung und Gesprächsverhalten. Sie können sich auf eines der folgenden Phänomene beziehen:

Groß- und Kleinschreibung | Getrennt- und Zusammenschreibung
Pluralformen | *weil*-Sätze | Neologismen | gendergerechte Sprache
Höflichkeitspronomen *Sie* | Einflüsse anderer Sprachen | Kurzwortbildung

Peter Köhler: Die Wahrheit. Hier wirst du Deutsch gelernt (2021, taz.de, Ausschnitt)

Neues von der Sprachkritik: Die guten alten Medien wie Zeitungen können selbstverständlich alles. Außer richtig Schreib.[1]

Das Beste wäre, man könnte auf Deutsch Englisch sprechen. Das ist keine Werbung für oder Klage übers sogenannte Denglisch: Es geht nur um einen bestimmten Fall, und zwar die Fälle, lateinisch: die Kasusse, nein: Kasi, auch nicht: Kasus'… nee … die Kasus! (Im Plural selbstverständlich mit langem u.)

Hintersinn der kurzen Abschweifung: Das schwierige Deutsch gilt den simplen Briten als das Latein von heute. Wie in diesem gibt es in jenem Kasusmorpheme sonder Zahl, worüber die im Irrgarten der Grammatik taumelnden Deutschlernenden die Orientierung verlieren. Nicht nur sie! Muttersprachlern ergeht es nicht anders.

Wie zum Beispiel geht der Genitiv? Die taz, in der „ein Drittel der von Cybergewalt Betroffener" zur Sprache kommt, weiß es nicht. Heißt es etwa „der von Grammatikfehlern Betroffenen"? Oder nicht eher „der von Grammatikfehlern Betroffenem"? Das wäre nicht verwunderlich in dieser unserer Zeitung, die auch den „Vorwurf sexuellem Missbrauchs" kennt.

Im Deutschen muss man mit allen möglichen Morphemen[2] hantieren und obendrein zwischen starker und schwacher Beugung wählen: Des Hirschen? Des Hirsches? Oder Hirschs? Dem Nachbarn? Dem Nachbar? Gar dem Nachbaren? Dem Nachbarem?! Am besten, man lässt buchstäblich am Ende alles weg.

---

1 Anspielung auf den Werbeslogan „Wir können alles. Außer Hochdeutsch" des Landes Baden-Württemberg 2 Morphem: kleinste bedeutungstragende sprachliche Einheit; hier: Flexionssuffix (= grammatische Endung)

3 Nehmen Sie zu der Position Peter Köhlers Stellung.
- Benennen Sie die Arten von Sprachfehlern, die er in seiner Glosse anführt.
- Beurteilen Sie, ob diese Fehler das Sprachsystem des Deutschen beeinflussen könnten.

4 „Am besten, man lässt buchstäblich am Ende alles weg." (Z. 17 f.)
- Prüfen Sie in den Sätzen **A**–**D**, welche der unterstrichenen Kasusformen im jeweiligen Kontext korrekt sind.
- Erklären Sie mithilfe einer Grammatik, wie man am Genitiv Singular erkennen kann, ob Dativ oder Akkusativ Singular endungslos sind.

Fehlertext

A Dem Autor des Textes ist zuzustimmen, wenn er mangelnde grammatische Kompetenz kritisiert.
B Dem Journalist Peter Köhler geht es ungeachtet aller Ironie um ein ernstes Problem.
C Die Glosse regt den Leser zum Nachdenken an.
D *Dem Nachbarn? Dem Nachbar?* Die Beispiele dürften auch den ein oder anderen Rezipient verunsichern.

5 Geben Sie die folgende These in eigenen Worten wieder.

> Was wir als Sprachverfall wahrnehmen, ist der allgegenwärtige Sprachwandel aus der historischen Froschperspektive betrachtet. (Rudi Keller)

6 Erläutern Sie, welche Einstellung zum Sprachwandel die Begriffe erkennen lassen.

Sprachpflege | Sprachverfall | Sprachpurismus
Sprachlenkung | Sprachreinigung | Sprachkritik

Zu einer sprachpolitischen Frage Stellung beziehen

1 Tauschen Sie sich darüber aus, welche der Genderformen Ihnen schon begegnet sind.

MK **2** Erstellen Sie eine Übersicht, die die verschiedenen Varianten zeigt.
- Recherchieren Sie die korrekten Fachausdrücke.
- Prüfen Sie, welche Varianten Sie in welchen Kommunikationssituationen für geeignet halten. Begründen Sie Ihre Position.
- Recherchieren Sie beim Rat für deutsche Rechtschreibung, welche Genderformen nicht den Rechtschreibregeln entsprechen und warum.

Peter Eisenberg: Finger weg vom generischen Maskulinum! → S.154

Anatol Stefanowitsch: Diagnose: „Männersprache" (2022, Ausschnitt)

Wenn wir über das Für und Wider des „Genderns" diskutieren, darf dabei nicht die zugrundeliegende Diagnose aus dem Blick geraten, die die Sprachwissenschaftlerin Luise Pusch vor über 40 Jahren gestellt hat: Das Deutsche ist eine Männersprache. Der Mann ist der sprachliche Normalfall, auf den immer zurückgegriffen wird, wenn es nicht explizit und ausschließlich um Frauen geht – und oft sogar dort, wo das doch der Fall ist.

Deutlich zeigt sich das in der Gebrauchstradition des „generischen" Maskulinums, mit dem geschlechtlich gemischte Gruppen oder abstrakte Kategorien von Menschen sprachlich so dargestellt werden, als bestünden sie nur aus Männern: „Viele Studenten haben finanzielle Probleme."

Manchmal betrifft das sogar unmissverständlich weiblich markierte Einzelpersonen: „Meine Tochter ist Student." Es zeigt sich aber auch an tief in der Grammatik versteckten Strukturen. Das Fragepronomen „wer", zum Beispiel, ist nicht nur sprachgeschichtlich in Analogie zum männlichen „er" entstanden, es verhält sich auch heute noch so, als beziehe es sich auf Männer. […] „Wer schwanger ist, *der* ist nicht krank, *er* muss nur sorgfältiger mit *seinem* Körper umgehen."

[…] Es sind diese Diagnose und die fehlenden Hausmittel zu ihrer Behandlung, die betroffene, sprachaktivistisch engagierte und linguistisch forschende Menschen dazu inspiriert haben, innovative Therapien zu entwickeln. Die Vorschläge reichen dabei von orthografischen Neologismen mit Binnen-I *(StudentIn)*, Unterstrich *(Student_in)* oder Gendersternchen *(Student*in)*, bis hin zu tieferen Eingriffen in das Genussystem und die Wortbildung des Deutschen, etwa mit geschlechtsneutralen Nachsilben *-x (dix Studierx)* oder *-y (das Studenty)*. Diese Lösungen müssen uns nicht auf Anhieb gefallen – sie widersprechen zwar nicht, wie oft behauptet, grundsätzlichen Regeln der deutschen Grammatik, aber sie kratzen an Sprachgewohnheiten von Menschen, in deren sprachlicher Sozialisation das Maskulinum der Normalfall war. Aber das darf nicht dazu führen, dass die Diagnose wegdiskutiert wird, wie es etwa der Sprachwissenschaftler Peter Eisenberg versucht. Er zieht dabei die sogenannte Markiertheitstheorie heran, die unter anderem auf der Beobachtung beruht, dass bei Wortpaaren mit gegensätzlicher Bedeutung manchmal eines der Wörter als Oberbegriff für beide verwendet werden kann. So kann das Wort „Tag" den Zeitraum zwischen Sonnenaufgang und Sonnenuntergang bezeichnen und steht damit in Opposition zu „Nacht" als Zeitraum zwischen Sonnenuntergang und Sonnenaufgang. „Tag" kann aber auch in der Bedeutung „0 bis 24 Uhr" verwendet werden und damit einen Zeitraum bezeichnen, der Tag und Nacht umfasst. [...] Genau so seien Maskulina wie „Student" in der Lage, das Merkmal „männlich" abzulegen und als geschlechtsneutrale Oberbegriffe für Maskulina und Feminina zu dienen.

Ob die Analogie zwischen „Tag" als Oberbegriff für „Tag und Nacht" und „Student" als Oberbegriff für „Student und Studentin" tatsächlich funktioniert, sei dahingestellt. Selbst, wenn wir sie akzeptieren, stellt sich ja die Frage, warum das Wort „Tag" als Oberbegriff dient und nicht das Wort „Nacht". Eine offensichtliche Erklärung wäre, dass der (helle) Tag für uns der Normalfall ist – die Zeit, in der die meisten gesellschaftlich und kulturell relevanten Aktivitäten stattfinden. Analog dazu ist es die männliche Form, die als Oberbegriff dient, weil der Mann der gesellschaftliche und kulturelle Normalfall ist. Damit aber sind wir wieder bei der Ausgangsdiagnose angelangt [...].

Es hilft alles nichts: Die Diagnose vom Deutschen als Männersprache hat allen Versuchen widerstanden, sie zu bestreiten, und Hausmittel wie Partizipien und geschicktes Paraphrasieren können zwar Linderung verschaffen, bekämpfen aber nicht die Ursachen. Wenn wir ein geschlechtergerechteres Deutsch wollen, müssen sich unsere Hoffnungen auf die derzeit vorhandenen innovativen Therapievorschläge richten. Auch die sind keine Wundermittel – erste Forschungsergebnisse zeigen zum Beispiel, dass das Gendersternchen zwar (wie auch andere Formen des „Genderns") die mentale Repräsentation von Frauen erhöht, aber (noch?) nicht die von nonbinären Personen. Auf der Suche nach einer Lösung stehen wir also erst am Anfang. Die Aufgabe der Sprachwissenschaft ist dabei nicht, eigene Vorschläge zu machen. Wir können aber bestätigen, dass das Problem ein reales ist. [...] Wir können der romantisierenden Vorstellung begegnen, die Sprache der Vergangenheit sei natürlich gewachsen und deshalb unantastbar. Und wir können Ängsten begegnen, dass bewusste Eingriffe ins Sprachsystem zu dessen Kollaps führen.

3 *Diagnose, Linderung, Therapie, ...* Stellen Sie dar, welche Wirkung die Wahl dieses Bildbereichs entfaltet.

4 Untersuchen Sie, auf welche Begründungen und Beispiele Anatol Stefanowitsch seine „Diagnose" des Deutschen als Männersprache stützt.

5 Nehmen Sie Stellung dazu, inwiefern Sie Stefanowitschs „Diagnose" zustimmen.

Ewa Trutkowski: Wer nicht gendert, landet im Abseits (2020, Ausschnitt)

Gendern, also die Nutzung sogenannter gendergerechter Sprache, kann als Konsequenz der Vermengung des Merkmals Genus mit dem Merkmal Sexus angesehen werden. Die Linguistin Elisabeth Leiss hat diese Vermischung bereits 1998 als „Sexualisierung bzw. Sexierung der Grammatik" gebrandmarkt. Aber die unter anderem auf Jacob Grimm zurückgehende Grundidee, wonach das natürliche Geschlecht (= Sexus) dem grammatischen Geschlecht (= Genus) vorausgeht, ist aus dem gesellschaftspolitischen Diskurs kaum mehr wegzudenken [...].

Objektiv betrachtet möchten die Verfechter einer genderneutralen Sprache nichts anderes, als alle nichtmännlichen Mitmenschen „zu Wort kommen" zu lassen. Der teilweise vehemente Einsatz für eine veränderte Sprachnorm speist sich vor allem daraus, sprachliche Ungleichheit mit sozialer Ungleichheit zu verknüpfen und letztere durch Umkehrung der ersteren eliminieren zu wollen. Das ganze Projekt ist also durchweg gut gemeint. Nur leider ist gut gemeint nicht gleich gut, denn die Befürworter des Genderns sitzen einigen Irrtümern und Fehleinschätzungen auf.

Die meisten davon sind in der eingangs erwähnten Vermengung von Genus und Sexus begründet, deshalb zur Klarstellung: Ein Genus haben nahezu alle Nomen und etliche Pronomen des Deutschen – dabei ist es unerheblich, ob das Bezeichnete belebt oder unbelebt ist. Man denke nur an den maskulinen Löffel, die feminine Gabel oder das neutrale Messer. Das Genus eines Nomens kann zwar regional schwanken (wie bei „die/der Butter“), aber generell sind Nomen genusfest.

Sexus hingegen ist, wie man an „Mensch“, „Person“ oder „Mitglied“ sieht, kein obligatorisches Merkmal und über Wortbildungselemente wie „-erich“ (in „Enterich“) oder „ in“ (in „Teilnehmerin“) frei hinzufügbar. Es gibt Sexus auch nur in den Varianten männlich oder weiblich, und da er das biologische Geschlecht anzeigt, ist Sexus eine exklusive Eigenschaft belebter Entitäten – das schreibt schon Luise Pusch in einem Artikel aus dem Jahr 1980, in dem sie sich über eine potenzielle, aber eben nicht existente „Staubsaugerin“ lustig macht. [...]

Zu glauben, durch eine veränderte Sprachnorm politische Versäumnisse heilen und soziale Realitäten umstülpen zu können, ist eine Illusion: Es werden nicht mehr Frauen in Lastwagencockpits steigen, wenn man fortan von „Lastwagenfahrenden“ oder „Lastwagenfahrerinnen und Lastwagenfahrern“ spricht, solange zukünftige Kapitäninnen der Landstrasse das Steuer nicht selbst in die Hand nehmen wollen. [...]

Ungeachtet aller vorgebrachten Argumente liesse sich nun einwenden, es sei einfach ein Gebot der Höflichkeit, Menschen gendersensibel anzusprechen. Aber ist dieser sich oft moralisch kleidende Impetus wirklich ein alltagstaugliches Argument? In der Praxis ist die Faulheit ja doch stärker als die Moral, und umständliche Gender-Formulierungen widerstreben nun einmal sprachlichen Ökonomieprinzipien. Auch dass ausgerechnet die unmarkierte, oft kürzere maskuline Form und nicht die feminine Form die generische ist, zeugt von sprachlicher Ökonomie.

Daher sei hier die folgende Prognose gewagt: Ob (dynamischer) Unterstrich, Genderstern, Binnen-I, Doppelpunkt, Beidnennung oder generisches Femininum – nichts davon wird sich in der Sprachgemeinschaft durchsetzen, denn nicht die Schaffung, sondern die Vermeidung unnötiger Komplexität ist eine der Haupttriebfedern für Sprachwandel. Man schaue sich zum Vergleich den Gebrauch des Konjunktivs und mancher Tempusformen an: Wer ausser emsigen Deutschlernern weiss überhaupt, dass Formen wie in „Maria sagte, dass du gegangen sein werdest“ existieren? So schön es auch wäre, wenn es klappte, sie zu benutzen – in der sprachlichen Realität gelingt es einfach nicht.

Schon allein aus diesem Grund sollten wir das generische Maskulinum nicht ablehnen, denn keine geschlechtergerechte Form ist so ökonomisch wie praktikabel. [...]

Aus diesem Grund sollten sich alle, die das generische Maskulinum gern abschaffen möchten, die Frage stellen, ob ein Verzicht auf die Sexus-Suffixe „-in“ und „-erich“ letztlich nicht klüger wäre. Es würde zwar eine Verarmung der deutschen Sprache bedeuten, wer aber das Sexistische bekämpfen möchte, sollte beim Sexus und nicht beim Genus anfangen.

Was die Diskussion um das generische Maskulinum und gendergerechte Sprache am meisten vergiftet, ist jedoch nicht der Kampf um die besseren Argumente im akademischen Diskurs, sondern deren politische Anheimstellung. Es ist deprimierend, zu beobachten, wie wissenschaftliche Debatten durch moralisierende und politisierende Rekurse geistig enthauptet werden. So auch hier: Wer gendert, ist lieb und links. Wer es nicht tut – und auch nicht tun will –, böse und rechts.

Natürlich, Gendern polarisiert, und es gibt hier keinen leisen Mittelweg, auch nicht über die Vermeidung generischer Maskulina durch eine semantisch widersinnige und in den meisten Fällen ziemlich lächerliche Flucht in die Partizipbildung (die „Mitarbeitenden“, „Verkaufenden“ und „Studierenden“ lassen schön grüssen). Doch war Gendern bisher ein Signet selbstverantwortlicher politischer Verortung, bekommt der, der es nicht tut, mittlerweile auch einen Stempel aufgedrückt. [...]

Mit intellektueller Differenziertheit oder gar Wissenschaft hat das nicht viel zu tun, aber es passt zu der allgemeinen Tendenz, Wissen durch Haltung und Erkenntnis durch Betroffenheit zu ersetzen.

6 Fassen Sie Ewa Trutkowskis Position in eigenen Worten zusammen.

7 Bestimmen Sie die Textsorte. Suchen Sie im Text Formulierungen, mit denen die Autorin eindeutig Stellung bezieht.

8 Vergleichen Sie die Position Stefanowitschs (S. 451 f.) und Trutkowskis (S. 452 f.), indem Sie die Argumente in einer Tabelle gegenüberstellen.

Position Anatol Stefanowitschs	Position Ewa Trutkowskis
„Das Deutsche ist eine Männersprache. Der Mann ist der sprachliche Normalfall." (Z. 4 f.)	*Fehleinschätzung, die auf der Vermischung der Kategorien „Genus" und „Sexus" beruht (vgl. Z. 13–25)*
Innovative Genderformen „widersprechen [...] nicht, wie oft behauptet, grundsätzlichen Regeln der deutschen Grammatik" (Z. 33 ff.)	*Umständliche Gender-Formen widersprechen dem Prinzip sprachlicher Ökonomie; das generische Maskulinum ist unmarkiert, ökonomisch und damit besonders praktikabel (vgl. Z. 32–42)*
...	...

Wortassoziationen sind hochgradig subjektiv. Während der eine beim Wort Musiker *an einen gemischten Chor denkt, fällt dem anderen ein männlicher Gitarrist ein. (Ewa Trutkowski, Sprachwissenschaftlerin)*

Besonders gewichtig ist [...] der Kontext, in dem ein Wort eingebettet ist [...]. Ist in einem Bericht über ein Fußballspiel von den Zuschauern *die Rede, so entstehen andere Vorstellungen vom Publikum als bei einem Artikel, der die Zuschauer in einem Zirkuszelt erwähnt.
(Tobias Kurfer, Journalist)*

Schon als Kinder haben wir gern jemanden gebeten, ein Möbelstück, ein Musikinstrument und eine Farbe zu nennen. Die Antwort war mit statistisch signifikanter Häufigkeit Tisch, Geige *und* rot. *Das sind die jeweiligen Prototypen, die wir zuerst im Kopf haben, die aber [...] nicht das Geringste an der Bedeutung von Möbelstück und so weiter ändern. Assoziationstests sind unbrauchbar, wenn es um die Frage geht, welches die Grundbedeutung von* Lehrer, Spion *oder* Soldat *ist.
(Peter Eisenberg, Sprachwissenschaftler)*

MK **9** Beurteilen Sie die Assoziationstests in der Genderforschung.
- Recherchieren Sie, zu welchen Ergebnissen die Assoziationstests kommen.
- Erklären Sie mithilfe der Zitate, warum Assoziationstests bei der Ermittlung der Grundbedeutung generischer Maskulina problematisch sind.

10 Erläutern Sie, in welchen Situationen Ihnen Genderdiskussionen schon begegnet sind und wie diese Diskurse geführt wurden.

ÜBRIGENS

Wer sagt eigentlich, was richtig ist?
Es gibt einen Bundestagsbeschluss, der den Rat für deutsche Rechtschreibung als maßgebende Instanz in Fragen der deutschen Rechtschreibung benennt und das von ihm herausgegebene amtliche Regelwerk als das rechtsverbindliche Referenzwerk. Es regelt u.a., ob Sonderzeichen wie * oder _ im Wortinneren zulässig sind. Dem Rat für deutsche Rechtschreibung gehören 41 Personen aus sieben Staaten und Regionen an: 18 aus Deutschland, je neun aus Österreich und der Schweiz und je eines aus dem Fürstentum Liechtenstein, aus der Autonomen Provinz Bozen-Südtirol und von der Deutschsprachigen Gemeinschaft Belgiens.
Mindestens zweimal jährlich tritt der Rat zusammen, um Beobachtungen aus dem Sprachgebrauch zusammenzutragen und das amtliche Regelwerk einheitlich für alle weiterzuentwickeln – was hierzulande dann u.a. von der Kultusministerkonferenz der Länder bestätigt werden muss. Das amtliche Regelwerk der deutschen Rechtschreibung ist für Schulen und Verwaltungen rechtsverbindlich. Unabhängig von bestimmten Einrichtungen gibt es allerdings keine Verpflichtung, sich diesem Regelwerk anzuschließen.

Den gegenwärtigen Sprachgebrauch reflektieren

Lexikon Sprache
→ S. 554 ff.

Ungesteuerter und gesteuerter Sprachwandel

Sprachen befinden sich in einem ständigen Wandel. Sie entwickeln sich, weil sich Sprecherinnen und Sprecher sowie die gesellschaftlichen Rahmenbedingungen, z. B. durch Migration, Globalisierung, Medien oder auch sprachpolitische Bestrebungen, sich ändern. Man unterscheidet:

ungesteuerten Sprachwandel

nicht beabsichtigte Nebeneffekte sprachlichen Handelns, vergleichbar mit der Entstehung von Trampelpfaden (Rudi Keller)

gesteuerten Sprachwandel

durch bestimmte Gruppen (z. B. Vereine, politische Organisationen, wissenschaftliche Gremien) empfohlene oder geforderte und somit beabsichtigte Veränderungen

Faktoren des ungesteuerten Sprachwandels

Ökonomie
Energieersparnis, z. B. durch Kürzung und Vereinfachung

Innovation
Erneuerung, z. B. als Folge gesellschaftlicher Entwicklung

Variation
flexibles Reagieren auf kommunikative Bedingungen und Zwecke

Evolution
Veränderungen als nicht beabsichtigte Nebeneffekte sprachlichen Handelns

Veränderungstendenzen der Gegenwartssprache

Auch wenn Veränderungen im Wortschatz oft am auffälligsten sind, vollzieht sich Sprachwandel auf allen sprachlichen Ebenen, zum Beispiel:

Lautung	Knacklaut (unverbundener Vokalansatz) zur Verdeutlichung gendersensibler Formen in der gesprochenen Sprache, z. B. *Schüler:innen*
Schreibung	Sonderzeichen oder Großbuchstaben innerhalb eines Wortes
Wortschatz	Entlehnungen aus anderen Sprachen, v. a. aus dem Englischen
Grammatik	Angleichung und Vereinfachung unregelmäßiger grammatischer Formen, z. B. *er backte statt er buk;* im mündlichen Sprachgebrauch zunehmend Verbzweitstellung im eingeleiteten Nebensatz, z. B. *Ich nehme den Schirm mit, weil es regnet heute.*
Sprachgebrauch	Bevorzugung partizipialer Bildungen wie z. B. Anwesende, Zuhörende in bestimmten Kommunikationssituationen

Linguistische **Sprachkritik** verfolgt das Ziel, Sprachbewusstheit zu fördern sowie Nutzerinnen und Nutzer für den eigenen Sprachgebrauch zu sensibilisieren.
Davon abzuheben ist der Begriff der **Sprachlenkung**, der stärker auf einen direkten Eingriff in den Sprachgebrauch zielt und bestimmte Sprachformen (z. B. gendersensible Formen, Anglizismen) zu fördern oder zu unterdrücken sucht. Sprachlenkung reicht dabei von einer auf den Erhalt und Ausbau des Sprachsystems zielenden **Sprachpflege** bis hin zu einer einseitig negativen Beurteilung der natürlichen Sprachentwicklung, dem **Sprachpurismus**.

Erörterung eines pragmatischen Textes (III, a)

Aufgabenart
→ S. 566

KOMPETENZBOX

Verfassen einer Erörterung eines pragmatischen Textes

Diese Aufgabenart verlangt die kurze Analyse eines pragmatischen Textes und die abwägende Auseinandersetzung mit der Position und Argumentation der Verfasserin/des Verfassers. Der Schwerpunkt liegt auf der Erörterung.

1. Erstes Textverständnis festhalten – Aufgabenstellung erfassen
- Aufgabenstellung klären
- Textangaben erfassen: Titel, Autorin/Autor, Textsorte, Thema, Quelle, Erscheinungsdatum, ggf. Anlass
- Teilaufgaben und Untersuchungsaspekte beachten: Welche Operatoren erfordern was? Welche Aspekte des Textes sollen analysiert werden? Wie lautet die Erörterungsfrage?

2. Pragmatischen Text untersuchen
- vorgegebene Aspekte des Textes untersuchen
- Thesen, Argumente und Wertungen sowie Gedankengang festhalten

3. Eigene Position entwickeln
- Argumentation und Wertungen des Textes prüfen, auch im textüberschreitenden Zusammenhang
- eigene Wertungen, Gedanken und ggf. Einwände formulieren
- weitere Argumente und Argumentationsstützen ergänzen

4. Gliederung erstellen

Einleitung:
- Titel, Autorin/Autor, Textsorte, Thema, Quelle, Erscheinungsdatum, ggf. Anlass benennen

Hauptteil:
- Textanalyse: Position(en), Gedankengang und Intention darstellen
- Erörterung: sich kritisch mit der Argumentation der Autorin/des Autors auseinandersetzen und eigene Position unter Einbeziehung weiteren Wissens argumentativ entfalten (z. B. Sanduhrprinzip oder Pingpongprinzip nutzen)
- Synthese mit persönlichem Fazit formulieren

Schluss:
- Schlussfolgerungen ziehen, ggf. mit anderen Positionen vergleichen oder Appell an Lesende richten

5. Klausur schreiben
- sachlich und präzise formulieren, Fachbegriffe verwenden
- logische Nachvollziehbarkeit durch gedankliche Zusammenhänge und sprachliche Verknüpfungen beachten
- Aussagen am Text durch direkte und indirekte Zitate belegen

6. Klausur überarbeiten
- sachliche Richtigkeit prüfen
- Formalia, z. B. korrektes Zitieren, beachten
- sprachliche Richtigkeit (Ausdruck, Grammatik, Zeichensetzung, Rechtschreibung) überprüfen

BEISPIEL-KLAUSUR **Aufgabe**

1 Stellen Sie den Gedankengang des Textes *Das sagt sich so leicht!* von Sandra Kegel aus dem Jahr 2016 dar und erläutern Sie die Intention des Textes.

2 Erörtern Sie ausgehend vom Text die Frage, ob Literatur in Leichte Sprache übersetzt werden sollte. Beziehen Sie dabei Ihre im Unterricht erworbenen Kenntnisse und eigene Erfahrungen ein.

Sandra Kegel: Das sagt sich so leicht! (2016, FAZ, Ausschnitt)

Sprache soll nicht nur gerecht, sondern jetzt auch noch einfach sein. Über den unheimlichen, schädlichen Erfolg eines wahrscheinlich gutgemeinten Projekts

Ob Ministerien oder Kommunen, Behörden oder Rundfunkanstalten – überall übt man sich neuerdings in leichter oder einfacher Sprache. Eigentlich dazu gedacht, Erwachsenen mit Lese- und Schreibschwäche, aber auch Nichtmuttersprachlern die Teilhabe am öffentlichen Diskurs zu ermöglichen, wird sie vom Bund gefördert. Das hat auch seinen Grund: Studien zufolge gelten hierzulande 7,5 Millionen Erwachsene, also fast jeder Sechste, als funktionale Analphabeten. Sie können einzelne Sätze lesen und schreiben, nicht jedoch ganze Texte erfassen. Weitere 13,3 Millionen haben Schwierigkeiten mit Lesen und Schreiben. Für sie wurde die neue „Leichte Sprache" samt umfangreichem Regelwerk denn auch erstellt. [...]

So funktioniert Leichte Sprache: Die Sätze sind kurz und transportieren jeweils nur eine Aussage. Es gibt weder Passivkonstruktionen noch Fremdwörter, weder Konjunktiv noch Genitiv. Auch Metaphern und Redewendungen sind tabu. Negationen werden stets positiv gewendet, Zahlen sind zu meiden. Ein Satz wie „1789 begann die Französische Revolution" enthielte demnach gleich mehrere verbotene Ausdrücke. Einfach gesagt, würde er heißen: „Vor langer Zeit waren die Franzosen böse auf ihren König."

Gegen Hilfestellungen für Menschen mit kognitiven Schwierigkeiten ist nichts einzuwenden, im Gegenteil. Gegen die Infantilisierung von Sprache und ihren Gebrauch nach dem Baukastenprinzip dagegen schon. [...]

Trotzdem finden die Verfechter der guten Sache immer größeren Zulauf: Der Rundfunk sendet Nachrichten in simpler Sprache, Museen richten Audioguides neu ein, Städte überarbeiten ihre Internetauftritte, auch Literaturhäuser wie jetzt in Frankfurt entwerfen neue Reihen mit namhaften Schriftstellern, die das Feld erproben. Verlage haben die Marktlücke schon vor einiger Zeit erkannt. „Spaß am Lesen" in Münster etwa hat derzeit rund drei Dutzend Bücher im Angebot, von Shakespeare bis Jules Vernes, einfach nacherzählt. Das Programm richtet sich nicht etwa an Kinder – Weltliteratur, aufbereitet für die Kleinsten, gibt es längst zuhauf –, sondern an „die Millionen Mitbürger, denen das Lesen schwerfällt", wie es in der Eigenbeschreibung heißt. „Wir sorgen dafür, dass diesen Menschen das Lesen Spaß macht."

Gerade die Literatur aber bezieht ihren Reiz ja eben nicht aus Vereinfachung. „Romeo und Julia" lässt sich nicht auf den simplen Plot „boy meets girl" reduzieren. Sprache, zumal die der Belletristik, atmet; sie ist lebendig, ein Reich der Vielfalt und der Widersprüche, das sich in kein Schema pressen lässt. Das hat auch die jüngste Rechtschreibreform unterschlagen. „Als erstes ist da der Geruch von Blut und Kaffee. Die Kaffeemaschine steht drüben auf dem Tisch und das Blut ist in meinen Schuhen. Um ehrlich zu sein, es ist nicht nur Blut." So fabelhaft überraschend liest sich der Beginn von Wolfgang Herrndorfs Roman „Tschick". „Spaß am Lesen" macht daraus: „Hi! Ich bin Maik. Maik Klingenberg. Ich bin 14 und wohne in Berlin." [...]

Sicherlich kann man am Deutschen gelegentlich verzweifeln, an seinen Schachtelkonstruktionen, am Behördenjargon. [...] Doch geht es wirklich nur um Bürokratenverlautbarungen? Gibt es ein Menschenrecht auf Vereinfachung? Und hilft diese wirklich dabei, die Welt besser zu verstehen? Denn was sagt es aus, wenn beim Nachrichtenportal „Einfach Heidelberg" über den Staat zu erfahren ist: „In einem Staat leben mehrere Menschen zusammen. In einem Staat gibt es Politiker, Regeln und Gesetze. Deutschland ist auch ein Staat." Zweifellos kann Vereinfachung dazu beitragen, die Worthülsen und rhetorischen Nebelkerzen von Politikern zu entzaubern. Anderseits sind komplizierte Wendungen und Fachbegriffe nicht unbedingt verbale Schikane, sondern die angemessene Form, bestimmte Gedanken möglichst präzise auszudrücken.Lieber sollte man überlegen, wie man den Deutschunterricht verbessern kann – weil es ja eben nicht nur einen Zusammenhang zwischen sprachlicher Vielfalt und Bildung gibt, sondern weil Sprache unsere Art zu denken prägt.

Es ist sinnvoll, den Alltag für so viele Menschen wie möglich zu erleichtern, barrierefreier zu machen; dafür sind auch sprachliche Vereinfachungen von Gebrauchstexten in Kauf zu nehmen. Aber wer vereinfacht, nimmt Verlust in Kauf. Verloren geht dabei, was Sprache reich macht: im Allgemeinen die Komplexität, im Besonderen Stilmittel, Satire, Ironie, Nuancen und wechselnde Perspektiven. All das lässt sich oft erst mithilfe eines großen Wortschatzes ausdrücken. In der Leichten Sprache ist ein Widerspruch zwischen Gesagtem und Gemeintem aber gar nicht vorgesehen.

Deswegen lasse man von der (bereits geschriebenen) Literatur auch die Finger. Sie ist es ja eigentlich, welche die Sprache schult. Vereinfachung vertrüge sie nur, wenn sie rein der Informationsvermittlung diente und ohne ästhetischen Mehrwert auskäme. Deswegen ist es keine gute Idee, auch rein sprachlich jetzt die Standards zu senken und sich damit dem allgemeinen Trend der Bildungspolitik anzuschließen. Man lernt nie aus – das gilt auch für den Spracherwerb und für das selten an ein Ende kommende Projekt der Sprachbeherrschung.

1. Erstes Textverständnis festhalten – Aufgabenstellung erfassen

Schreibtraining 136

1.1 Paraphrasieren Sie die Aufgabenstellung. Überlegen Sie, auf welcher Aufgabe der Schwerpunkt liegt.

1.2 Lesen Sie den Text und benennen Sie den thematischen Zusammenhang. Halten Sie Vorwissen und eigene Erfahrungen zu diesem Thema stichpunktartig fest.

1.3 Formulieren Sie in eigenen Worten die Position der Autorin in der Erörterungsfrage.

Sandra Kegel vertritt die Position, dass Gebrauchstexte in Leichter Sprache für Menschen mit Leseschwierigkeiten wichtig sind, aber für literarische Texte …

2. Pragmatischen Text untersuchen

2.1 Geben Sie den Gedankengang des Textes stichwortartig in einem Flussdiagramm wieder.

Lead: Zusammenfassung der Kernaussage, Wecken des Interesses
Einfache Sprache als gut gemeintes, aber schädliches Projekt

↓

Z. 1–8: aktuelle Zahlen zur Lesekompetenz in Deutschland: 7,5 Millionen funktionale Analphabeten, weitere 13,3 Millionen Menschen mit Problemen beim Lesen:
„Leichte Sprache" als Hilfestellung zur Teilhabe am gesellschaftlichen Diskurs

↓

Z. 9– …: Erläuterung des Begriffs …

↓

Z. …

2.2 Erschließen Sie die Intention des Textes.

3. Eigene Position entwickeln

3.1 „Sollte Literatur in Leichte Sprache übersetzt werden?“ Setzen Sie sich mit dieser Frage auseinander, indem Sie Pro- und Kontra-Argumente in einer Tabelle sammeln.

Pro-Argumente	Kontra-Argumente
– *EU-Strategie für die Rechte von Menschen mit Behinderung: Barrierefreiheit zur Teilhabe am öffentlichen Leben ist notwendig* – *...*	– *Urheberrecht der Autorinnen und Autoren am eigenen Werk: Bearbeitung des Originals bedarf der Genehmigung* – *...*

3.2 Wägen Sie die Argumente sorgfältig ab und formulieren Sie Ihre eigene Position in wenigen Sätzen.

3.3 Überprüfen Sie, wie Sie Ihre Argumentation durch Beispiele stützen können. Beziehen Sie eigene Leseerfahrungen und Wissen aus dem Unterricht ein.

4. Gliederung erstellen

4.1 Bringen Sie Ihre Argumente (vgl. 3.1) in eine nachvollziehbare Reihenfolge. Achten Sie auf die Überzeugungskraft Ihrer Argumentation und auf eine logische Verknüpfung der einzelnen Argumente.

Sanduhrprinzip, Pingpongprinzip → S.135

4.2 Prüfen Sie, welches Aufbauprinzip Ihnen geeignet erscheint: Sanduhrprinzip, Pingpongprinzip oder eine Mischform.

4.3 Ergänzen Sie die folgende Gliederung. Nutzen Sie Ihre bisherigen Arbeitsergebnisse.

Einleitung:

7,5 Millionen funktionale Analphabeten + 13,3 Millionen Menschen mit Leseproblemen,
JIM-Jugendstudie: nur jeder dritte Jugendliche liest regelmäßig Bücher
→ Ist Literatur zu anstrengend? Sollten literarische Texte vereinfacht werden?
Sandra Kegel lehnt dies in ihrem Kommentar „Das sagt sich so leicht!“ in der FAZ aus dem Jahr 2015 ab.

Hauptteil:

1. Textanalyse → linear (am Text entlang)
- *Zusammenfassung der Kernaussage: gut gemeintes, aber schädliches Projekt (vgl. Lead)*
- *Hinführung zum Thema durch Referieren aktueller Zahlen zur Lesekompetenz ... (vgl. Z. 5 ff.)*
- *...*
- *Intention der Autorin: ...*

Überleitung zur Erörterung:
Ist das Lesen eines Buches in Leichter Sprache nicht besser als gar nicht zu lesen?

2. Erörterung, z. B.
2.1 Juristische Sicht auf das Problem:
Pro ... / Kontra ...
2.2 Ästhetische Sicht auf das Problem:
Pro ... / Kontra ...
2.3 Bildungspolitische Sicht auf das Problem:
Pro ... / Kontra ...
2.4 Kompromiss:
Projekt „LiES!“ des Frankfurter Literaturhauses: Namhafte Autoren verfassen gezielt Texte in einfacher Sprache; einfache Sprache als Kunst

Schluss:

...

5. Klausur schreiben

5.1 Untersuchen Sie die sprachlich-stilistische Gestaltung der folgenden Einleitung.

7,5 Millionen Deutsche sind funktionale Analphabeten, weitere 13,3 Millionen haben zumindest Schwierigkeiten mit dem Lesen und laut aktueller JIM-Jugendstudie nimmt nur etwa ein Drittel aller Jugendlichen regelmäßig ein Buch in die Hand. Wird das Lesen für immer mehr Menschen zur Herausforderung? Sind literarische Texte für viele zu anstrengend? Und sollte deshalb Literatur vereinfacht werden?
Mit dieser Frage beschäftigt sich die Literaturkritikerin und Journalistin Sandra Kegel in ihrem 2016 in der Frankfurter Allgemeinen Zeitung erschienenen Kommentar „Das sagt sich so leicht!". Kegel übt darin Kritik an der Simplifizierung literarischer Texte. Statt einer Absenkung der sprachlichen Anforderungen empfiehlt sie eine konsequente Förderung der Sprach- und Lesekompetenz.

5.2 Schreiben Sie eine eigene Einleitung für Ihre Erörterung.

5.3 Verfassen Sie auf der Grundlage Ihrer Vorarbeiten die Erörterung. Achten Sie auf einen sachlichen Stil, auf sprachliche Verknüpfungen und korrektes Zitieren. Nutzen Sie den Sprachtipp.

Sprachtraining 137

SPRACHTIPP

Satzverknüpfungen gezielt zur Leserlenkung einsetzen

Auf den ersten Blick scheint ... ***Bei genauerer Prüfung zeigt sich aber ...*** | *Gegen ... ließe sich sicher einwenden, dass ...* ***Entscheidender ist jedoch ...*** | *Einen prinzipiellen Nachteil könnte man darin erkennen, dass ...* ***Tatsächlich ...*** | *Kritiker der ... heben des Öfteren hervor ...* ***Dabei wird aber gern übersehen ...*** | *Mitunter wird die Auffassung vertreten, dass ...* ***Dem lässt sich entgegenhalten ...*** | *Eine gewisse Gefahr besteht natürlich ...* ***Doch hierin liegt auch die Chance ...*** | *Einerseits könnte man befürchten, dass ...* ***Andererseits gilt jedoch auch ...*** | *Es soll hier keineswegs bestritten werden, dass ...* ***Ebenso wenig darf aber ... übersehen werden*** | *Während die einen nicht müde werden, ... zu betonen,* ***warnen andere eindringlich vor ...***

6. Klausur überarbeiten

6.1 Überprüfen Sie Ihre Klausur auf sachliche Richtigkeit, sprachlichen Ausdruck und sprachliche Verknüpfungen sowie sprachliche Richtigkeit.

6.2 Überprüfen und überarbeiten Sie die Zitiertechnik in dem folgenden Ausschnitt aus dem Analyseteil. Setzen Sie die fehlenden Kommas.

Im Anschluss an den Leadtext referiert die Autorin aktuelle Zahlen zur Lesekompetenz in Deutschland und führt so zum Thema des Kommentars hin (Z. 3ff.). Am Paradoxon „schädlicher Erfolg" wird bereits die Position Kegels deutlich: Literatur für ungeübte Leser in sogenannte Leichte Sprache übersetzen zu wollen sei zwar ein wahrscheinlich gutgemeintes Projekt aber eben auch ein zweifelhaftes wenig zielführendes Vorhaben. Was genau unter Leichter Sprache zu verstehen ist erläutert Sandra Kegel im folgenden Abschnitt.

6.3 Überarbeiten Sie den folgenden Ausschnitt aus dem Erörterungsteil hinsichtlich der Verwendung ein- und mehrteiliger Konjunktionen.

Desto mehr wir uns daran gewöhnen, Texte in einfacher Sprache zu lesen, desto mehr Probleme werden wir haben, schwierigere Texte zu verstehen. Das gilt für literarische Texte als auch für anspruchsvolle journalistische Texte. Trotz dass die einfache Sprache also auf den ersten Blick die Inklusion von Menschen mit sprachlichen Beeinträchtigungen zu fördern scheint, sollte man sie andererseits wirklich nur dort einsetzen, wo sie unbedingt nötig ist. Andernfalls wäre der Schaden größer wie der Nutzen.

Beispiellösung D16

Beispiellösung (Ausschnitt)

Die Autorin räumt durchaus ein, dass Gebrauchstexte in Leichter Sprache die Teilhabe von Menschen mit Leseschwierigkeiten verbessern und dass dafür auch sprachlicher Verlust akzeptiert werden müsse. Für literarische Texte aber lehnt sie ein „Menschenrecht auf Vereinfachung" (Z. 37) kategorisch ab.

kurzes Fazit zur Textanalyse

Doch macht es sich Sandra Kegel damit nicht doch zu leicht? Stärkt Literatur in Leichter Sprache nicht die Lesemotivation weniger geübter Leserinnen und Leser? Und wäre es nicht besser, wenn diese ein Buch in Leichter Sprache lesen als überhaupt keines?

Überleitung zum Erörterungsteil durch Hinterfragen der Position

Unstrittig ist, dass Barrierefreiheit im Zuge der Teilhabe am gesellschaftlichen Leben gemäß der europäischen Strategie für die Rechte von Menschen mit Behinderung sogar geboten ist. Dies gilt auch für sprachliche Barrierefreiheit. Wenn Internetauftritte von Behörden, Infoflyer politischer Parteien und Vereine oder Audioguides in Museen auch Angebote in Leichter Sprache enthalten, ist dies zu begrüßen. Und da das Recht auf Teilhabe auch die Teilhabe an Bildung und Kultur einschließt, ist die Forderung nach Literatur in Leichter Sprache für Menschen mit Behinderung durchaus legitim.

Darstellung der Gegenposition

Dennoch stellt sich die Situation für literarische Texte – anders als für Gebrauchstexte – komplizierter dar. Zu bedenken ist zunächst das Recht der Autorinnen und Autoren an ihrem eigenen Text. Werktreue ist hier schon im Sinne des Urheberrechts erforderlich. Übersetzungen literarischer Texte in Leichte Sprache bedürfen – wie jede andere Übersetzung – der Genehmigung der Autorinnen und Autoren bzw. deren Erben. Das Urheberrecht endet jedoch 70 Jahre nach dem Tod einer Autorin oder eines Autors. Texte von Goethe und Schiller könnten daher ohne Genehmigung umgeschrieben werden.

Doch es gibt auch über das Urheberrecht hinaus triftige Gründe, „von der (bereits geschriebenen) Literatur [...] die Finger" (Z. 54) zu lassen. Vereinfachende Eingriffe in den Text führen zum Verlust der sprachlich-ästhetischen Besonderheit eines literarischen Werkes. Denn literarische Werke leben gerade von der Mehrdeutigkeit, von rhetorischen Figuren, vom besonderen Klang der Sprache oder von einem spezifischen Satzbau. Es ließe sich sogar behaupten, dass das Verstehen eines Gedichts von Eichendorff durch Metrum und Reim, durch Synästhesien und Metaphern erleichtert wird oder dass man die Situation Werthers im Brief vom 10. Mai gerade anhand des besonders komplexen Satzbaus erspüren kann. Wer Literatur ihrer spezifischen Sprache beraubt, der nimmt den Lesenden die Möglichkeit, den Inhalt über die Form zu erschließen. [...]

Aufzählen konkreter Beispiele

Entfaltung der eigenen Argumentation

Was aber wäre die Lösung, um weniger geübten Leserinnen und Lesern dennoch die Teilhabe an Literatur zu ermöglichen? Vielleicht ja doch das von Sandra Kegel so skeptisch betrachtete Projekt „LiES!" des Frankfurter Literaturhauses, bei dem namhafte Autorinnen und Autoren ganz bewusst Texte in einfacher Sprache schreiben und diese dem Publikum vorstellen. Einfache Sprache ist Kunst, so die einheitliche Meinung der Beteiligten. Meines Erachtens ist dies ein origineller Weg, um Noch-Nichtlesende anzusprechen und ihnen kulturelle Teilhabe zu ermöglichen, ohne die Originalität vorhandener literarischer Werke durch sprachliche Vereinfachung zu zerstören. Und wer meint, das Angebot an einfacher Literatur sei auf diese Weise zu klein, zu eng begrenzt, dem sei gesagt, dass Geschichten in Leichter Sprache hoffentlich nur ein Anfang sind, und zwar nicht nur mit Blick auf die Fortsetzung des Projekts „LiES!". Wer sagt denn, dass diejenigen, die über Literatur in Leichter Sprache den Einstieg in die Bücherwelt wagen, nicht demnächst auch schwierigere Texte lesen?

Kompromiss

Schluss mit persönlicher Wertung und Ausblick mithilfe rhetorischer Frage

12

Mit Medien umgehen

Digital, medial, genial?

1

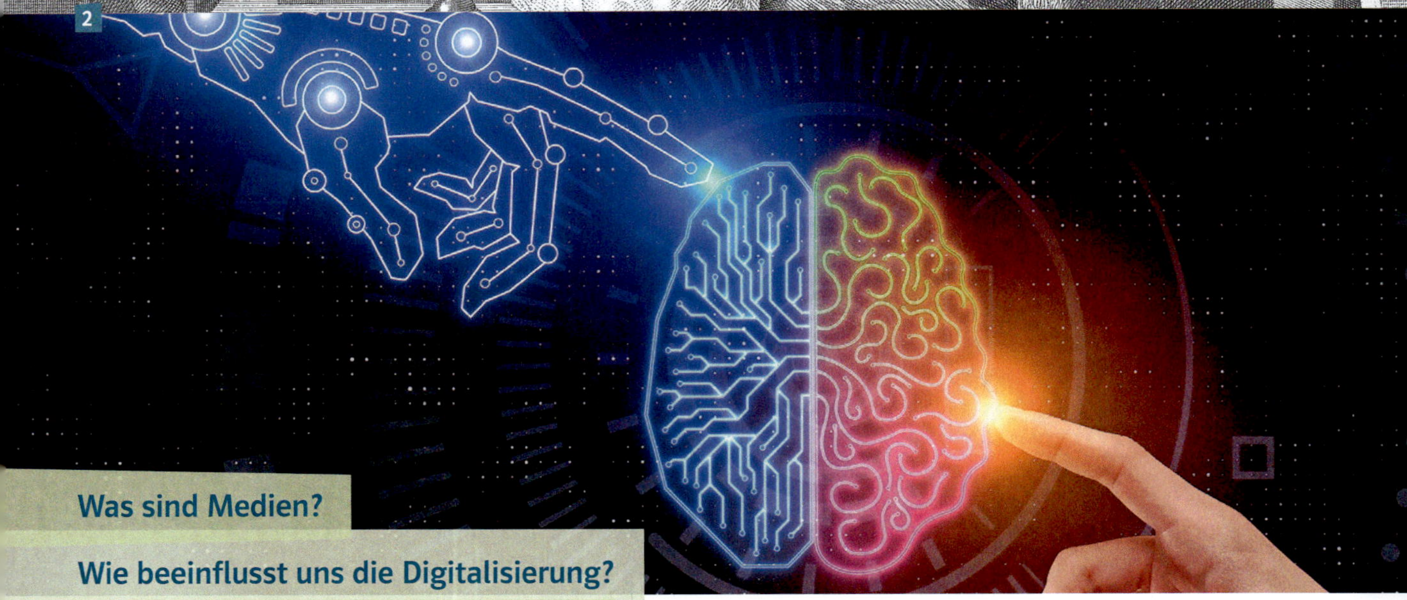

2

Was sind Medien?

Wie beeinflusst uns die Digitalisierung?

Welche Macht haben soziale Medien?

Wie gehen wir verantwortungsvoll mit Medien um?

Das lernen Sie jetzt!

12.1 die Vielfalt von Medien verstehen und reflektieren

Schreibtraining: pragmatische Texte analysieren und vergleichen

12.2 die digitale Öffentlichkeit als Chance und Herausforderung verstehen

Schreibtraining: materialgestützt einen argumentierenden Text verfassen

André Wilkens: Wir müssen Small Data werden (2015, Zeit, Ausschnitt)

Ich dachte lange, ich fühl mich gut, ich steh' auf Digital. Mir gefällt die Geschichte der Tech-Hippies, die eine digitale Revolution mit Zahlen, Spaß und Anarchie gestartet haben. Ich kann mir eine Zukunft vorstellen, in der Technologie und Weltverbesserung Hand in Hand gehen und in der ich einen digitalen Assistenten mit der Stimme von Scarlett Johansson habe, der mich sanft und smart durchs Leben manövriert.

Smarte Energie könnte den Klimawandel besiegen, smarte Sicherheit uns vor Terroristen und Schulmassakern schützen, smarte Menschen könnten nie mehr krank werden. Bald schon würden wir, so lauteten viele der rosaroten Zukunftsszenarien, alle glücklich mit Rundumbetreuung auf googleartigen Campussen arbeiten. Alles schien möglich und war doch auch gut so. Aber längst hat Digital seine Unschuld verloren.

Unübersehbar ist inzwischen die Ausbeutung der digitalen Ideen für staatliche Kontroll- und private Profitinteressen, die scheinbar freundliche Übernahme unseres Lebens durch Maschinen, die uns smart durch die Gegend schubsen. Wir sind abhängig. Wir wollen die digitale Superdroge, aber ohne Nebenwirkungen. So sind wir. Dialektisch, definitely and maybe.

Edward Snowden hat uns gezeigt, dass unsere schöne neue digitale Welt auch böse sein kann, dass, wer in ihr lebt, mit unerwünschten Risiken und Nebenwirkungen zu rechnen hat. [...]

Legale Medikamente haben eine Packungsbeilage, die uns die Heil bringenden Wirkungen erklärt, ohne uns die möglichen Nebenwirkungen vorzuenthalten. Und sie weist darauf hin, an wen wir uns bei Fragen und Problemen wenden können. Wo ist die Packungsbeilage für Digital und wer ist der Arzt oder Apotheker, an den wir uns wenden können?

Abbildung 1: Erfindung des Buchdrucks

Abbildung 2: Verknüpfung von künstlicher und menschlicher Intelligenz

MK **1** Erläutern Sie ausgehend von den Bildern (S. 462, 1 und 2), welchen Einfluss die Entwicklung von Medien auf die jeweilige Gesellschaft hat.

MK **2** Erklären Sie, inwiefern die anfänglichen Hoffnungen gegenüber dem Digitalen, die André Wilkens ausdrückt, für Sie nachvollziehbar sind. Prüfen Sie, ob diese Aussagen noch aktuell sind.

MK **3** Sammeln Sie ausgehend von Wilkens' Gedanken weitere Ängste und Besorgnisse, die Menschen beim Gebrauch digitaler Medien haben, und beurteilen Sie diese.

12.1 Die Vielfalt von Medien verstehen und reflektieren

Mediale Welten

Den Medienbegriff untersuchen

MK **1** Verfassen Sie eine Definition von Medien nach Ihrem bisherigen Verständnis.

2 Ergänzen Sie auf Grundlage der sechs Medieneigenschaften nach Andreas Ströhl die Mindmap, indem Sie jeder Eigenschaft weitere Beispiele und Veranschaulichungen hinzufügen.

Andreas Ströhl: Eigenschaften der Medien (2014)

Medien sind situativ.
Die Situation entscheidet, was als Medium benutzt wird. Ein Knoten im Taschentuch macht das Taschentuch zum Speichermedium.

Medien sind relational.
Ein Medium wird dadurch Medium, dass es mindestens zwei Instanzen (z. B. einen Sender und einen Empfänger) miteinander verbindet.

Medien sind konsensuell.
Nur, wenn sich Sender und Empfänger einig sind, etwas als Medium zu nutzen (und über den gleichen Code verfügen), kann Kommunikation erfolgen.

Medien sind prozessual.
Nahezu alles kann als Medium dienen. Aber nur während des Kommunikationsakts ist es Medium. Was jetzt als Medium dient, kann im nächsten Moment tote Materie oder eine tote Institution sein.

Medien bieten eine Auswahl von Elementen aus einem Repertoire potenzieller Formen.
Das Medium Schrift bietet Kombinationsmöglichkeiten aus 26 Buchstaben. Das Fernsehen verfügt über eine definierte Zahl von Bildpunkten bei 25 Bildern pro Sekunde. Zwölftonmusik besitzt zwölf Töne. Computercodes sind binär.

Medien sind hierarchisch verschachtelt.
Das Medium „Schriftkultur“ enthält Archive. Das Medium „Archiv“ enthält handschriftliche Dokumente. Briefe als Medien enthalten Schrift. Das Medium „Schrift“ enthält Sprache.

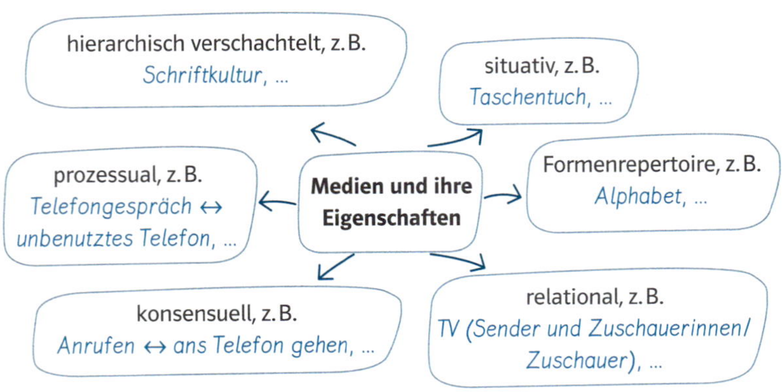

MK **3** Andreas Ströhl gelangt in seiner Darstellung der wichtigsten Medientheorien zu folgender Definition: „Kommunikationsmedien transportieren Information durch Raum und/oder Zeit.“ Überprüfen und diskutieren Sie, inwiefern diese Definition für Sie zutreffend ist. Beziehen Sie Ihre Ergebnisse aus Aufgabe 1 ein.

ÜBRIGENS

Medienentwicklung
Es ist erstaunlich, dass gerade das Trägermedium Schallplatte retro ist, nicht aber die Videokassette zum Aufnehmen und Abspielen von Filmen. Beobachtet man die Entwicklung der Medien, lässt sich durchaus feststellen, dass revolutionäre Kommunikationsmedien selten bewährte vollständig abschaffen, es ändert sich häufig nur die Nutzung. Umstritten ist, ob sich die Entwicklung selbst reguliert oder ob zum Beispiel große Medienunternehmen diese steuern. Hin und wieder kommt es aber auch zu technischen Fehlentwicklungen, die sich gesellschaftlich nicht durchsetzen, wie zum Beispiel dem Bildtelefon. Kennen Sie weitere legendäre Flops der Medienentwicklung?

Die gesellschaftliche Bedeutung von Medien analysieren

Niklas Luhmann: Theorie des Gedächtnisses der Gesellschaft (1995, 1997)

A Was wir über unsere Gesellschaft, ja über die Welt, in der wir leben, wissen, wissen wir durch die Massenmedien[1]. (*Die Realität der Massenmedien,* 1995)

B [D]ie Massenmedien [haben] als Funktionssystem eigener Art die Beschreibung der Welt und der Gesellschaft übernommen. (*Die Gesellschaft der Gesellschaft,* 1997)

Niklas Luhmann (1927–1998), Soziologe

1 Massenmedien, die: Kommunikationsmittel (z. B. Fernsehen, Rundfunk, Zeitung), das mit seinen Informationen ein großes, anonymes Publikum erreicht.

Byung-Chul Han: Undinge. Umbrüche der Lebenswelt (2021)

C Das pathos ist der Anfang des Denkens. Künstliche Intelligenz ist apathisch, das heißt ohne pathos, ohne Leidenschaft. Sie rechnet.

D Informationen, die mich nicht interessieren, werden schnell weggewischt. Inhalte hingegen, die mir gefallen, werden mit Fingern herangezoomt. Ich habe die Welt ganz im Griff. Die Welt hat sich ganz nach mir zu richten. So verstärkt das Smartphone die Selbstbezogenheit. Herumtippend unterwerfe ich die Welt meinen Bedürfnissen. Die Welt erscheint mir im digitalen Schein totaler Verfügbarkeit.

Peter Trawny: Krise der Wahrheit (2021)

E Nach Luhmann wird „man alles Wissen mit dem Vorzeichen des Bezweifelbaren versehen – und trotzdem darauf aufbauen, daran anschließen müssen“. Aber wir versehen die von den Medien generierten Informationen keineswegs mit „dem Vorzeichen des Bezweifelbaren“. Vielleicht gab es Zeiten eines so medienkritischen Verhaltens – inzwischen wäre es viel zu aufwändig. Insofern die Medienwelt kein Außen mehr kennt, ist jeder Versuch, sie auf Distanz zu halten, vergebens. Da scheint das Verhalten jener Menschen, die ganz und gar in ihr leben wie Fische im Wasser, konsequenter zu sein.

1 Fassen Sie arbeitsteilig die Thesen der Textausschnitte **A**–**E** zusammen.

MK **2** Formulieren Sie ausgehend von den Thesen Funktionen und Wirkungsweisen von Medien.

MK **3** Prüfen Sie, inwiefern das Foto rechts zu diesen Thesen passt.

MK **4** Erläutern Sie anhand von Beispielen aus Ihrer Mediennutzungserfahrung die unterschiedlichen Thesen.

Hauptnachrichtenquelle 2024 (nach Alter, in Prozent)

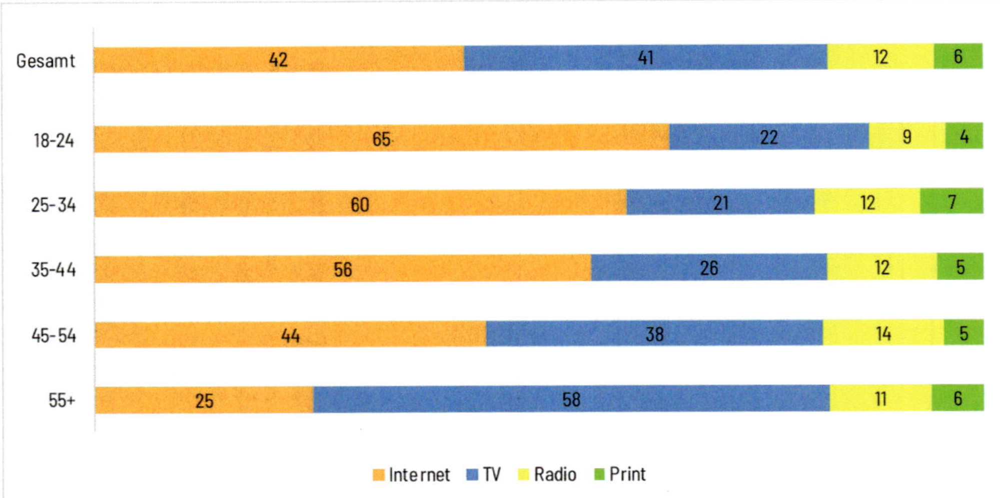

Reuters Institute Digital News Report 2024 / Leibniz-Institut für Medienforschung | Hans-Bredow-Institut

Frage Q4: Sie haben angegeben, dass Sie diese Nachrichtenquellen letzte Woche genutzt haben. Welche davon würden Sie als Ihre HAUPT-Nachrichtenquelle bezeichnen? (Basis n=1859; Befragte, die keine der Nachrichtenquellen in der vergangenen Woche genutzt haben, wurden ausgeschlossen)

5 Beschreiben Sie das Diagramm und erläutern Sie mögliche Hintergründe.

MK **6** Diskutieren Sie das Für und Wider des Nachrichtenkonsums über die meistgenutzten Nachrichtenquellen.

Frank-Walter Steinmeier: Lob des langen Arguments (2019, Eröffnung der re:publica, Ausschnitt)

Bundespräsident Steinmeier hat am 6. Mai die Digitalkonferenz re:publica in Berlin eröffnet: „Das Motto [lautete] das ‚Lob des langen Arguments', das Bekenntnis zu Recherche, Differenzierung und Abwägung, gegen Unwissen, Grobschlächtigkeit und falsche Vereinfachung [...].“

Nein, meine Damen und Herren, ich kann Ihnen versichern: Es ist nicht die Etikette, die uns heute zusammenbringt, sondern es ist die Sache! [...] Über kaum ein anderes Thema habe ich in meiner bisherigen Amtszeit so häufig gesprochen wie über die Bedeutung einer Debattenkultur für unsere Demokratie. Ja, wer Differenzierung, Abwägung und Zwischentöne schätzt, wer *Ambiguitäten*[1] zulässt und aushält, wer die Dinge von verschiedenen Standpunkten aus betrachten will und dafür auch bereit ist, manchmal mehr als eine Minute zuzuhören, kurzum: wer Nebensätze nicht zum Feind erklärt, der hat in diesem Bundespräsidenten einen natürlichen Verbündeten! [...]

Dass Technologie Kulturpraxis verändert und manche dann prompt den Sittenverfall beklagen, das ist nicht neu. [...] Kulturpessimismus müssen Sie von mir heute also nicht befürchten. Genauso wenig allerdings naive Euphorie. Ich bin der Überzeugung: Weder Telegramme noch Tweets können aus sich heraus die Demokratie zersetzen. Aber ersetzen kann Technologie die Demokratie schon lange nicht! [...] Ich erinnere mich an eine Zeit, nicht lange ist das her: Der Kommunismus war zusammengebrochen und der weltweite Siegeszug der liberalen Demokratie schien unaufhaltsam. Vom „Ende der Geschichte“ war allenthalben die Rede. Die Pioniere des Internets, gerade der Sozialen Medien, sah man an der Spitze des Wagenzuges dem Sonnenuntergang entgegenreiten. Grenzenlos, hierarchiefrei, rasend schnell sollte die Digitalisierung der Demokratisierung auf die Sprünge helfen – Hoffnungen, die damals ganz besonders in den sogenannten Arabischen Frühling projiziert wurden.

Und heute? Heute sind wir in der Umkehrung gelandet. Die liberale Demokratie wird angefochten. Autoritäre Herrschaftsformen treten immer selbstbewusster auf die Weltbühne – und machen sich digitale Technologien und digitale Effizienzgewinne skrupellos zunutze, von Big-Data-Überwachung bis zu Troll-Armeen. Die westlichen Demokratien hingegen scheinen digital verwundbar, ihre Wahlkämpfe erschüttert von Manipulation, Desinformation und Polarisierung. Heute also vergeht kaum eine Woche, in der nicht ein neuer Abgesang auf die liberale Demokratie erscheint – und in dem die Sozialen Medien als Sargnagel herhalten müssen. Es wird Sie nicht überraschen, dass ich weder das eine noch das andere Extrem dieser Erzählung jemals überzeugend fand noch finde. [...]

Es geht nicht um die Frage, ob das Netz für die Demokratie nun eine gute oder schlechte Sache sei, der Allheilsbringer oder die Abrissbirne. Und schon gar nicht sollten wir einem Gegensatz zwischen den Generationen das Wort reden, zwischen einer vermeintlich homogenen „Netz-Community" und den ahnungslosen „Offline-Oldies".

Wahr ist: 90 Prozent der Deutschen sind heute in der einen oder anderen Form online aktiv. Und damit ist der politische Diskurs im Internet, ganz nüchtern, zu einem festen Bestandteil unserer Demokratie geworden. Übrigens weder anstelle der klassischen Zeitung oder Fernseh-Talkshow, der Marktplatz-Stände oder Parteitagsdebatten, noch abgetrennt von diesen hergebrachten Formen. Sondern schlicht: mittendrin. Und das bedeutet: Demokratie kann in Zukunft nur gelingen, wenn sie auch digital gelingt. [...] Wenn uns die Zukunft dieser Demokratie am Herzen liegt, dann müssen wir uns um die politische Debattenkultur im Netz gemeinsam kümmern! [...] Wie soll das gelingen? Zunächst steht eines außer Frage: Das Internet hat mehr Kommunikation zu mehr Themen mit mehr Teilnehmern hervorgebracht, als es je zuvor gegeben hat. Der menschliche Gewinn ist unermesslich – für Wissenschaft und Forschung, für Kultur und Kreativität, für Wirtschaft und Wohlstand! Bei Fontane hieß Auswandern noch Abschied auf Nimmerwiedersehen. Heute kommunizieren – rund um die Uhr, rund um die Welt – Eltern mit ihren Kindern, Unternehmen mit ihren Kunden, Wissenschaftler mit ihren Forschungspartnern. Überall in den Nischen des

Netzes entstehen großartige Formen von Kollaboration, Kreativität und kulturellem Fortschritt. Und natürlich: Dieser digitale Fortschritt kann auch zum Nutzen der Demokratie sein – seine Potenziale sind noch lange nicht ausgeschöpft.

Dennoch und umso mehr frage ich mich, warum gerade die politischen Debatten, die ich im Netz erlebe, so oft dazu neigen, toxisch zu werden. Ich frage mich: Woraus speist sich der grassierende Verlust an Vernunft, die wütende Suche nach Sündenböcken? Warum findet der Appell an unsere niedrigsten, nicht an unsere besten Instinkte so viel Gehör? [...] Es ist eben nicht altväterlich, sondern hochaktuell und notwendig, noch einmal grundsätzlich und aufs Neue zu fragen: Was macht eine gute, demokratische Debatte überhaupt aus? Meine Antwort wäre: Vernunft auf der einen Seite – die Bereitschaft, mit Argumenten zu überzeugen und sich von besseren Argumenten überzeugen zu lassen – und auf der anderen Seite: Zivilität. Das heißt: Wertschätzung und Vertrauen, Empathie und Respekt für ein Gegenüber, das – bei aller Individualität oder Anonymität, die das Netz zu schützen weiß – immer auch einen legitimen Teil zur Debatte beizutragen hat. Beide Eigenschaften – Vernunft und Zivilität – gilt es zu schützen. Und beide brauchen Raum und langen Atem. Natürlich kann auch ein Tweet vernünftig und zivilisiert sein. So mancher kurze Hashtag hat große und wichtige Debatten angestoßen. Wichtige Debatten aber, wenn sie gut sein sollen, brauchen Zeit. Deshalb bin ich froh, dass gerade im Netz die Lust an der Langform zu wachsen scheint – bei Podcasts etwa, [...], durch immer bessere journalistische Angebote im Netz. Vernunft und Zivilität sind die Währung einer guten Debatte. Aber jede gelingende Debatte braucht ein Fundament, und das besteht aus Regeln. [...]

Wir müssen uns eingestehen: Die, die der liberalen Demokratie schaden wollen, sind im Netz viel zu oft effektiver aufgestellt als die, die für sie einstehen. Das bedeutet: Wir müssen Regeln besser durchsetzen, ja – aber vor allem darf die demokratische Mehrheit sich nicht zurückziehen und vertreiben lassen vom Gebrüll der Wenigen! Warum lassen wir zu, dass die Hater so laut und die Vernünftigen so leise sind – dass die Wenigen so stark und die Vielen so schwach erscheinen?! Ja, auch wenn es in unserer eigenen, liberalen Komfortzone wohliger zugehen mag – diesen Anspruch müssen wir an uns selbst schon haben: Überlassen wir die politischen Räume im Netz nicht den tobenden Scheinriesen! [...]

Es sind eben nicht nur Recht und Regeln – es ist vor allem eine starke Zivilgesellschaft, die uns in Deutschland auszeichnet. Als Bundespräsident wünsche ich mir, dass diese Stärke auch im Netz zum Tragen kommt, viel mehr noch, als ich das bis jetzt erkennen kann! Ich wünsche mir mehr Austausch zwischen der digitalen Zivilgesellschaft und den lange gewachsenen analogen Strukturen, mehr Austausch auch mit den Institutionen der Politik – und das bitte in dem gegenseitigen Verständnis, dass in diesem schwierigen Spannungsverhältnis zwischen der Freiheit des Netzes und dem Schutz des Einzelnen keine Seite die fertigen Antworten immer schon parat hat. [...]

Digitalisierung heißt: vernetzt zu sein. Demokratie aber heißt: verbunden zu sein. In der Demokratie sind wir in einem tieferen, einem politischen Sinne aufeinander angewiesen, mehr als nur per Like oder Dislike. Diesen Schritt vom Vernetzt- zum Verbundensein, den müssen wir in der Zukunft der Digitalisierung hinbekommen. Ob er gelingt, das entscheidet sich nicht durch immer neue Technologiesprünge, sondern das entscheidet sich an einer demokratischen Diskussions- und Streitkultur im Netz, an der Rückgewinnung des politischen Raumes, gegen das „too long, didn't read", gegen die reine Ökonomisierung und gegen die Machtkonzentration der Datenriesen. Nicht etwa die Digitalisierung der Demokratie, sondern die Demokratisierung des Digitalen – das ist die drängendste Aufgabe!

1 Ambiguität, die: Mehrdeutigkeit

MK **7** Notieren Sie aus der Rede von Frank-Walter Steinmeier *Lob des langen Arguments* (S. 466 ff.) Schlüsselbegriffe, mit denen er das Verhältnis von Medien und Demokratie beschreibt.

MK **8** Erklären Sie die Chancen und Risiken digitaler Medien für das Funktionieren demokratischer Staaten. Geben Sie Ihre Erklärung in eigenen Worten bzw. durch Paraphrase geeigneter Stellen wieder. Orientieren Sie sich am „So-geht's"-Beispiel unten.

MK **9** Diskutieren Sie, inwiefern Sie Steinmeiers Position zur „Demokratisierung der Medien" zustimmen.

MK **10** Beurteilen Sie die Probleme, die laut Steinmeier durch die sozialen Medien entstanden sind, und besprechen Sie in Kleingruppen mögliche Lösungsansätze.

SO GEHT'S

Aussagen eines Textes wiedergeben

„Autoritäre Herrschaftsformen treten immer selbstbewusster auf die Weltbühne – und machen sich digitale Technologien und digitale Effizienzgewinne skrupellos zunutze, von Big-Data-Überwachung bis zu Troll-Armeen."

Paraphrase → (im engeren Sinne) ein Ausdruck oder eine Aussage wird durch eine Umschreibung, durch synonyme Bezeichnungen oder Ober- oder Unterbegriffe ersetzt

Fremdwörter bzw. schwierige Begriffe und Phrasen erschließen oder nachschlagen

Aussage in eigenen Worten wiedergeben: *Autoritäre Staaten missbrauchen die digitalen Medien zum Zweck der Überwachung oder, um die öffentliche Meinung mithilfe der sozialen Medien durch Desinformationen zu manipulieren.*

Die Wirkung sozialer Medien untersuchen

Margarete Stokowski: Soziale Medien: Twitter[1] ist nicht nur ein Rattenloch
(2022, Spiegel, Ausschnitt)

Viele Feuilletonisten[2] verteufeln die sozialen Medien. Doch so schlimm, wie alle tun, sind die dann auch nicht [...].

Wenn ich keine Accounts in den sozialen Medien hätte und mich nur übers Feuilleton darüber informieren würde, was auf Twitter, Instagram und den anderen Plattformen so los ist, würde ich denken, es muss die absolute Hölle sein. Das wäre ein bisschen richtig, aber ansonsten ziemlich falsch. Man muss natürlich über das sprechen, was schiefläuft, ich habe selbst erst vor Kurzem einen Essay über den sogenannten „Hass im Netz" geschrieben, leider bin ich da unfreiwillig Expertin geworden. Können Sie gern lesen. Aber nicht jetzt.

Es liegt natürlich in der Logik von Medien, dass über schlechte Nachrichten öfter berichtet wird als über gute Nachrichten. „45.000 Deutsche haben sich gestern mit Corona infiziert" ist eine Nachricht, „72 Millionen Deutsche haben gestern lecker gefrühstückt" ist keine. Aber wir wollten ja übers Feuilleton reden, und da stehen naturgemäß nicht nur Nachrichten im Sinne von „gestern hat Person X im Ort Y dies und das gesagt", sondern hauptsächlich Betrachtungen zum Zustand von Gesellschaft und Kultur, und da kommen soziale Medien im Schnitt richtig schlecht weg. Unfair, wenn Sie mich fragen!

Aus Feuilleton-Sicht sind soziale Medien größtenteils ein ekliges Rattenloch voller Cancel Culture und Prangerkultur, ein kaltherziger Hass-Marktplatz, an dem man nix mehr sagen darf, als Mann natürlich sowieso nicht, und überhaupt natürlich der Schoß, aus dem die #MeToo-Bewegung kroch, die seitdem kontinuierlich Existenzen vernichtet. Außerdem eine perfide Like-Maschine, die Frauen zwingt, sich die Lippen aufspritzen zu lassen und sich beim Schminken zu filmen. Auf jeden Fall nichts, wo man intellektuelle Herausforderungen erlebt oder einfach nur Spaß haben kann. Aber ganz ehrlich, wenn soziale Medien so wären, wie man im Feuilleton lesen kann, würde sich da niemand mehr einloggen.

Vor ein paar Tagen konnte man auf *Zeit Online* lesen: „Die Logik der sozialen Medien beruht auf einer Ja/Nein-Fassung der Welt, in der dritte Positionen kaum einen Platz haben." Die Literaturwissenschaftlerin Erika Thomalla schrieb, es gebe dort „wenige Spielräume für neutrale, abwägende, ambivalente oder uneindeutige Äußerungen", viel Affirmation und Eskalation, man sei irgendwie immer „progressiv oder konservativ, links oder rechts, dafür oder dagegen" und man müsse immer mit einem Zwinkersmiley oder einem Hashtag markieren, wenn man was ironisch meint, damit man nicht falsch verstanden wird.

Margarete Stokowski (*1986) ist Autorin und Kolumnistin.

Das stimmt allerdings nicht so ganz. Es stimmt zwar, dass es Leute gibt, die ironische Aussagen mit einem „#Sarkasmus" markieren, und es gibt Leute, die Angst haben, irgendwann etwas Missverständliches oder Falsches zu machen und dann per Shitstorm gegeißelt zu werden. Aber: Erstens gibt es haufenweise ironische Aussagen auf Twitter, die nicht als solche gekennzeichnet werden, das kann ich als Heavy User Ihnen versichern. Und zweitens ist es zwar richtig, dass Leute ironische Aussagen manchmal ernst nehmen, aber das passiert außerhalb von sozialen Medien halt auch jeden Tag. (Ich habe einmal eine komplett ironische Kolumne darüber geschrieben, was für ein feministischer Held Justin Trudeau doch ist, und es gibt heute noch Menschen, die denken, dass ich den geil und heiß finde. Mann, Leute!)

Und drittens: Es ist manchmal erst recht lustig zu sehen, was Leute alles falsch verstehen können. Ein paar Tage vor Silvester schrieb einer meiner Lieblings-Twitteraccounts, DJ Lotti: „in eigener sache: mein mann wurde gestern an der grenze zu polen mit 2 tonnen böllern in seinem ford transit erwischt. die anwaltskosten können wir leider unmöglich selber tragen. ich habe deshalb ein gofundme eingerichtet (erstmal 150.000 € als spendenziel)“. Es gab leider richtig viele Leute, die das ernst nahmen und sich über uneinsichtige Böllerfans aufregten. Würde man sich mit dem Account ein bisschen beschäftigen, wüsste man, dass „DJ Lotti“ nach Selbstauskunft eine 14-jährige schwer erziehbare Jugendliche ist, die gerade die Trennung von ihrem ungefähr zwölften Ehemann durchmacht, sich auf ihre Kandidatur als Oberbürgermeisterin von Stralsund vorbereitet, aber auch demnächst nach Madeira auswandern will, manchmal ihren Schülerpraktikanten die Treppe runterwirft und neulich von Elke Heidenreich verprügelt wurde. Das mit den Böllern könnte natürlich trotzdem stimmen, wir wissen es nicht.

Warum gibt es im Feuilleton so selten Betrachtungen darüber, was einfach nur unfassbar lustig oder lieb oder schlau ist und aus den sozialen Medien kommt? Es ist ein bisschen witzig, dass den sozialen Medien so oft vorgeworfen wird, alles zu verkürzen und zu polemisieren und nur Schwarz und Weiß zu kennen – und dass das gleichzeitig eine polemische Verkürzung und Schwarz-Weiß-Denken ist.

Auf Instagram gibt es nicht nur Frauen, die ihre beige eingerichteten Lofts fotografieren und dabei Lipgloss verkaufen, sondern auch Livestreams von Lesungen, es gibt differenzierte Buchkritiken, es gibt Seiten voller Fotos von fliegenden Flughörnchen und orientalischen Katzen, die aussehen wie eine Mischung aus Raubkatze und Fledermaus , man kann dort Ukulele lernen oder wie man sich selbst die Haare schneidet.

Auf Twitter gibt es nicht nur Shitstorms, es gibt auch Leute, die richtig aufwendige Bildungsarbeit betreiben oder einfach nur über ihre Sorgen und Ängste schreiben, ihre Haustiere fotografieren oder die Bücher posten, die sie gerade lesen. Oder von ihren Krankheiten oder Reitausflügen erzählen. [...] Es gibt Fotos von Bäumen, die aussehen, als ob sie twerken, oder den australischen HNO-Arzt, der in einem Video erklärt, wie man sich korrekt den Tupfer in die Nase schiebt, ohne dass es wehtut. Alles komplett harmlos, aber darüber wird Jens Jessen nie einen wütenden Leitartikel in der „Zeit“ schreiben.

Das Ding ist: Die Feuilletonist*innen wissen das ja alles. Sie lesen fleißig mit, denn ohne soziale Medien hätten die meisten von ihnen überhaupt keine Ahnung, worüber wir woken Cancel-Kriegerinnen die ganze Zeit so reden. Sie pflügen sich permanent durch den kostenlosen Content, den wir da abliefern, aber schreiben nur darüber, wenn sie einen Skandal wittern oder ein Ventil für ihr Gefühl des Abgehängtseins brauchen. [...]

Ich hasse Twitter und Instagram auch manchmal. Aber stellen Sie sich mal vor, es wäre Pandemie und wir hätten das alles nicht. Das wäre wirklich die Hölle.

1 Twitter: heute der Social-Media-Dienst X 2 Feuilletonist/-in, der/die: Verfasserin oder Verfasser unterhaltender und belehrender Artikel im Feuilleton, dem Kulturteil einer Zeitung, mit literarischen, kritischen und populärwissenschaftlichen Beiträgen

MK **1** Fassen Sie Margarete Stokowskis These(n) zu den sozialen Medien und der Diskussion darüber zusammen. Berücksichtigen Sie dabei die allgemeine Funktionsweise und Nutzung von sozialen Medien unabhängig von einzelnen Plattformen.

2 Untersuchen Sie die sprachliche Gestaltung und den Stil des Textes und überlegen Sie, wie diese die Textaussage stützen.

MK **3** **PLUS** Nehmen Sie zu Stokowskis Einwänden gegen die Einseitigkeit der Kritik an der digitalen Kultur kritisch Stellung.

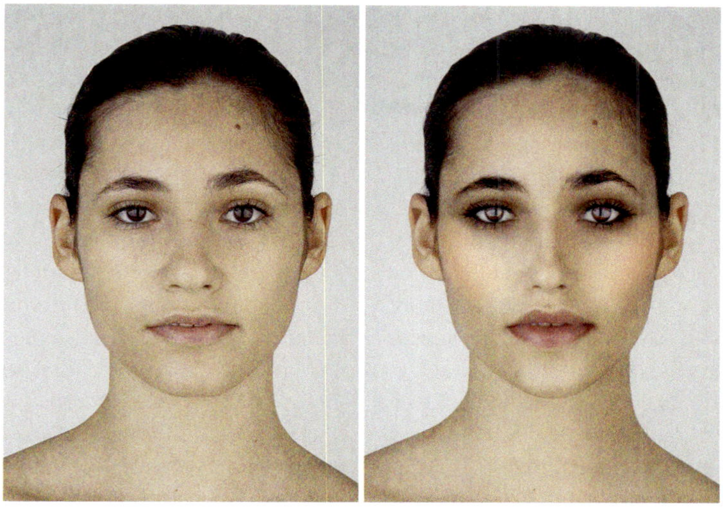

Für sein Experiment *Selfie Harm* machte der Fotograf Rankin zunächst Porträtfotos von 15 Jugendlichen zwischen 13 und 19 Jahren – möglichst natürlich und ohne sichtbares Make-up. Danach gab er ihnen fünf Minuten und eine der zahlreichen Bildbearbeitungsapps, um ihre Fotos so zu bearbeiten, dass sie mehr Likes in den sozialen Medien bekommen würden.
Das Fotoprojekt fand im Rahmen der Ausstellung *Visuael Diet* in London statt, welche sich den Auswirkungen von Bildern auf unsere psychische Gesundheit widmet.

Kristin Kielon: Welche Auswirkungen hat Social Media auf Kinder und Jugendliche?

(2023, MDR, Ausschnitt)

Sie verzerren die Wahrnehmung des eigenen Körpers, zerstören die Aufmerksamkeitsspanne und überhaupt hängen Kinder und Jugendliche nur noch auf Tik Tok, Snapchat oder Instagram. Das kann ja gar nicht spurlos an ihrer Psyche vorbeigehen! Wirklich? In der Forschung wird noch diskutiert, welche Auswirkungen die Sozialen Medien tatsächlich auf die mentale Gesundheit haben. Gibt es die sogenannte Soziale-Netzwerk-Nutzungsstörung tatsächlich?

Mehr als die Hälfte der Menschheit nutzt Schätzungen zufolge Social Media-Netzwerke – zwischen viereinhalb und fünf Milliarden Menschen. Die sozialen Medien haben in fast allen Lebensbereichen Einzug gehalten. Besonders intensiv nutzen Kinder, Jugendliche und junge Erwachsene die Plattformen. Was das für die jungen Menschen bedeutet, ist heiß umstritten. Die Forschung kann noch kaum Antworten liefern, aber verschiedene Studien deuten zumindest auf einen Zusammenhang mit Ängsten, schlechtem Wohlbefinden, Depressivität, Essstörungen und Stress hin. Zusätzlich stehen die sozialen Medien in Verdacht, süchtig zu machen und das Sozialverhalten zu beeinflussen.
Aber was ist da dran? Die Frage, welche Auswirkungen die Nutzung von Social Media-Plattformen auf Psyche und Verhalten junger Menschen hat, lässt sich nicht pauschal beantworten. Denn wie so oft gibt es auch hier nicht nur Schwarz und Weiß, sondern sehr viele Grautöne. Und dann werden die Nutzungsdaten, die Forschenden Aufschluss darüber geben könnten, welche Eigenschaften von sozialen Medien sich in welcher Weise auf die Psyche der Nutzerinnen und Nutzer auswirken, von den großen Firmen wie Meta, ByteDance oder X meist nicht herausgegeben. Die Forschung, die es zur Social Media-Nutzung gibt, legt außerdem nahe, dass der Zusammenhang vielschichtig und komplex zu sein scheint. [...]
Der Kommunikationswissenschaftler Adrian Meier von der Friedrich-Alexander-Universität Erlangen-Nürnberg räumt auf diese Frage erstmal mit einem Mythos auf: Es stimmt nicht, dass die Folgen des Social Media-Konsums negativer werden, je mehr Zeit man mit ihnen verbringe. Es herrsche Konsens, dass diese Bildschirmzeithypothese nicht stimme. „Wir können nicht davon ausgehen, dass jede vor Social Media verbrachte Minute gleich schlecht ist. Es scheint vielmehr darauf anzukommen, wer da vorm Bildschirm sitzt, was diese Person genau sieht und wie sie die Inhalte und die Erlebnisse verarbeitet", erklärt Meier. Der Kommunikationswissenschaftler sieht allerdings insgesamt vier Risikofelder [...].
Der **soziale Vergleich** berge bei Kindern und Jugendlichen insbesondere die Gefahr, dass sich die Darstellungen auf Social Media negativ auf das Körperbild, die Selbstwahrnehmung und das Selbstwertgefühl auswirkten, so Meier. Es sei

demnach gut belegt, dass die jungen Menschen, sich mit den unrealistischen Körperdarstellungen vergleichen würden – selbst dann, wenn sie wüssten, dass die Bilder bearbeitet seien.
Auch der Effekt des **sozialen Aus- beziehungsweise Einschlusses** ist Meier zufolge gut belegt. Zum einen gebe es da das Phänomen der „Fear of missing out“ – also dem Gefühl, etwas zu verpassen, wenn man nicht auf Sozialen Medien unterwegs ist, aber zum anderen seien auch Phänomene wie Cyber-Mobbing oder bewusstes Ausschließen aus Klassenchats zu beobachten. Das wiederum könne sich negativ auf die Psyche von Kindern und Jugendlichen auswirken.
Ein **unkontrolliertes und wenig selbst reguliertes Nutzungsverhalten** kann auch negative Auswirkungen haben, so Meier, wenn es zu Zielkonflikten komme. Das bedeute, dass etwa wichtige Aufgaben vernachlässigt würden wie zum Beispiel das Erledigen der Hausaufgaben. Hier gebe es durchaus auch eine Nähe zum Begriff der Sucht.
Die vierte Gefahr ist dem Kommunikationswissenschaftler zufolge, dass die abendliche Social Media-Nutzung zu **Schlafproblemen** bei Kindern und Jugendlichen führen könne. Dabei gehe es nicht nur darum, dass sie zu spät einschlafen, sondern etwa auch um Gedanken, die ausgelöst werden könnten. Außerdem fehle ein Zur-Ruhe-Kommen vor dem zu Bett gehen durch ein erhöhtes Erregungslevel. […]
Eltern müssen sich mit Social Media beschäftigen. Aber wenn Eltern ein schlechtes Bauchgefühl hätten, dann helfe es schon wachsam zu sein, wenn das Verhalten noch nicht sehr lange vorherrsche. „Wachsam zu sein, es zu beobachten und mit ihm im Austausch zu sein und auch die eigenen Sorgen und die eigenen Gedanken, die man sich als Eltern dazu macht, durchaus mit den Jugendlichen zu besprechen, aber nicht anklagend“, rät Brandhorst[1]. Außerdem sollten Eltern nicht nur auf Regulation setzen, denn das löse Widerstand aus. Zielführender sei es, sich in einen wertschätzenden Dialog mit dem Jugendlichen zu begeben und die eigenen Sorgen und Befürchtungen zu schildern.
Zumal man den Jugendlichen Social Media ab einem gewissen Alter ohnehin nicht mehr verbieten könne, ohne sie sozial auszugrenzen, bemerkt die Expertin. Deshalb müssten Eltern Kooperationspartner sein, die sie begleiten. Und das heiße wiederum, sie müssen sich auch mit dem Thema beschäftigen, so Brandhorst. „Es reicht nicht, den Kindern das Handy zu geben und zu glauben, das wird sich alles schon selbst regulieren und die kommen damit einfach irgendwie klar.“ […]
Und dazu komme noch das Problem, dass viele Eltern ihre eigene Social Media-Nutzung nicht im Griff hätten und zum Beispiel im Alltag Interaktionen mit dem Kind immer wieder unterbrechen würden. Deshalb könnten auch Eltern bewusst ein gutes oder auch schlechtes Vorbild sein.

1 Prof. Isabel Brandhorts, Leiterin der Forschungsgruppe Internetbezogene Störungen und Computerspielsucht an der Universität Tübingen

MK **4** Stellen Sie die wesentlichen Auswirkungen von sozialen Medien auf Kinder und Jugendliche, die im Text von Kristin Kielon (S. 471 f.) genannt werden, überblicksartig dar.

5 Untersuchen Sie die Argumentationsstruktur. Markieren Sie auf einer Kopie oder digital Thesen, Erläuterungen und sprachlich-stilistische Mittel.

6 Beschreiben Sie exemplarisch die Wirkung einiger sprachlich-stilistischer Mittel.

MK **7** Vergleichen Sie Kielons Beitrag mit dem Text von Margarete Stokowski (S. 469 f.). Berücksichtigen Sie dabei die Intentionen der beiden Autorinnen.

MK **8** **PLUS** Entwerfen Sie in Kleingruppen eine Strategie, wie Kinder und Jugendliche verantwortungsvoll mit sozialen Medien umgehen sollten. Präsentieren Sie Ihre Ideen.

Vergleichende Analyse pragmatischer Texte (II, b)

KOMPETENZBOX

Pragmatische Texte schriftlich vergleichen

Diese Aufgabenart verlangt meist die vollständige Analyse eines pragmatischen Textes. Der zweite pragmatische Text wird in Bezug auf einzelne Aspekte vergleichend hinzugezogen.

1. Erstes Textverständnis festhalten – Aufgabenstellung erfassen

- Aufgabenstellung klären
- Textangaben erfassen: Titel, Autorin/Autor, Textsorte, Thema, Quelle, Erscheinungsdatum, ggf. Anlass
- Teilaufgaben und Untersuchungsaspekte beachten: Welche Operatoren erfordern was? Welche Aspekte des Textes sollen analysiert werden?

2. Pragmatische Texte untersuchen und Bezüge herstellen

- den ersten Text untersuchen: die gedankliche Struktur bzw. den Argumentationsgang des Textes erschließen, dabei Position der Autorin/des Autors, Mittel der Leserlenkung und Intention beachten, Thesen, Argumente und Belege des Textes festhalten; die sprachliche Gestaltung des Textes im Hinblick auf die Wirkung untersuchen und den Zusammenhang zur Aussageabsicht des Textes herstellen
- den zweiten Text unter den Vergleichsaspekten untersuchen und Bezüge zum ersten Text herstellen, Gemeinsamkeiten und Unterschiede festhalten

3. Untersuchungsergebnisse prüfen und erweitern

- Aussagen und Argumente der Texte kritisch bewerten: zwischen Fakten, Wertungen und begründeten Schlussfolgerungen unterscheiden
- Fazit aus den Untersuchungsergebnissen ziehen

4. Gliederung erstellen

Einleitung:

- Titel, Autorin/Autor, Textsorte, Thema, Quelle, Erscheinungsdatum, ggf. Anlass benennen

Hauptteil:

- Position zusammenfassen, die gedankliche Struktur bzw. den Argumentationsgang des Textes und die Intention darstellen
- Untersuchungsergebnisse der sprachlichen Gestaltung im Hinblick auf ihre Wirkung darlegen
- aufgabenbezogene Überleitung zur zweiten Aufgabe formulieren
- Vergleich zu dem zweiten Text formulieren

Schluss:

- Ergebnisse zusammenfassen, Schlussfolgerungen ziehen, ggf. Bezug zur Einleitung herstellen

5. Klausur schreiben

- sachlich und präzise formulieren, Fachbegriffe verwenden
- logische Nachvollziehbarkeit durch gedankliche Zusammenhänge und sprachliche Verknüpfungen beachten
- Aussagen am Text durch direkte und indirekte Zitate belegen

6. Klausur überarbeiten

- sachliche Richtigkeit prüfen
- Formalia, z. B. korrektes Zitieren, beachten
- sprachliche Richtigkeit (Ausdruck, Grammatik, Zeichensetzung, Rechtschreibung) überprüfen

BEISPIEL-KLAUSUR **Aufgabe**

1 Analysieren Sie den Text *Politische Kommunikation und digitale Medien in der Demokratie* von Marianne Kneuer aus dem Jahr 2017 im Hinblick auf die wesentlichen Inhalte, den Gedankengang, die Intention des Textes sowie die sprachlich-stilistische Gestaltung.

2 Vergleichen Sie Kneuers Text mit der Rede von Frank-Walter Steinmeier *Lob des langen Arguments* zur Eröffnung der re:publica 2019 in Berlin (S. 466 ff.). Berücksichtigen Sie dabei die Positionen und Argumente zur Frage, inwieweit digitale Medien unsere Demokratie verändern.

Marianne Kneuer: Politische Kommunikation und digitale Medien in der Demokratie (2017, Ausschnitt)

Die Veränderung demokratischer Prozesse durch digitale Medien

Das technische Potenzial digitaler Medien birgt neue Merkmale (Interaktivität, Echtzeit, Ortlosigkeit, Synchronizität, Multimodalität) und andersartige Handlungslogiken (Vernetzung, Transnationalität, Konnektivität). Die Ortlosigkeit und Entgrenzung ermöglicht Informationsverbreitung mit großer, nämlich potenziell globaler Reichweite. Die exorbitant zunehmende Nutzung mobiler Endgeräte hat diese Ortlosigkeit noch einmal verstärkt. Auch die zeitliche Dimension von Kommunikation hat sich verändert: Inhalte werden in Echtzeit verbreitet, womit nicht nur eine schnelle Übermittlung von Informationen, sondern auch der direkte Austausch quasi wie in der analogen Welt möglich ist. [...]

Das technische Potenzial sozialer Medien hat mehrere Effekte auf die politischen Meinungsbildungs- und Entscheidungsprozesse: Erstens haben sich die Kommunikationsströme erheblich beschleunigt, was permanente Reaktionen der Politikerinnen und Politiker nicht nur auf Nachrichten, sondern auch auf Posts, Blogs etc. erfordert. Zweitens ist auf der anderen Seite die Nutzerin bzw. der Nutzer zum Content Provider[1] geworden bzw. zum „Produser" in einer Doppelrolle als User und Producer. Dies hat dazu geführt, dass die Bürgerin oder der Bürger die politischen Akteure (und umgekehrt) direkt adressieren und somit ein direkter Bürger-Politiker-Dialog stattfinden kann. Politikerinnen und Politiker haben diese direkte Ansprache der Bürgerinnen und Bürger längst als wirkungsvolle Kommunikationsform für sich entdeckt und sind daher in Netzwerken wie Facebook präsent oder bedienen sich Microblogs wie Twitter[2]. Damit ist drittens ein Bedeutungsverlust institutionalisierter Kommunikationskanäle verbunden. Klassische Medien stellen nicht mehr für alle Bürgerinnen und Bürger die zentrale Instanz für die Informierung über politische Vorgänge dar (dies trifft vor allem auf Jüngere zu) und üben nicht mehr in gleichem Maße ihre Filter- und Bündelungsfunktion für Nachrichten aus. Infolgedessen ist der Großteil an Botschaften inzwischen dadurch gekennzeichnet, dass sie sich ungefiltert im Kommunikationsraum bewegen. Eine wichtige Rolle für die Art der Kommunikation spielt, viertens, die Anonymität im Netz; einerseits senkt sie die Hürden zur Teilnahme an der Kommunikation, andererseits wird in ihr einer der Gründe für die zu beobachtende Senkung der Hemmschwelle (Stichwort: Hate Speech) gesehen.

Auf zwei weitere zentrale Charakteristika des Internets wies bereits früh der Netzwerktheoretiker Manuel Castells hin. Das Netz entwickelt und fördert nach ihm eher schwache denn starke Verbindungen zwischen den Nutzern [...]. Die Kommunikation in diesen Netzwerken ist „dünn", dafür reich an Identitäts- und Lifestyle-Narrativen [...]. Dabei zeigt sich, dass in der Kommunikation ideologische Standpunkte oder politische Ziele ihre Bedeutung verloren haben, während die Bedeutung individueller Identitäten und emotionaler Verbindungen gewachsen ist. Das Internet stellt ein besonders gut geeignetes Medium dar, die Bedürfnisse von Bürgerinnen und Bürgern zu befriedigen, die keine „dicken", also inhaltsorientierten, dauerhaften und tiefgehenden Kommunikationskontexte suchen, sondern bevorzugt gefühls-, betroffenheits- oder ereignisgelenkte, oberflächliche und kurzfristige Botschaften wahrnehmen und versenden. [...] Schließlich folgt die Kommunikation größtenteils der Funktionslogik des Netzes, insofern sie dezentral abläuft. Zusammen mit dem Bedeutungsverlust institutionalisierter Kommunikationskanäle bedeutet dies für politische Akteure, dass einerseits die Setzung eigener Themen und deren „Karrieren" schwieriger berechenbar sind und nicht zuletzt auch die Adressierung einer strukturierten Öffentlichkeit immer schwieriger wird; andererseits werden Politikerinnen und Politiker von Themen, die das Netz hervorbringt, getrieben. Für die in demokratischen Gesellschaften so wesentliche Funktion von Öffentlichkeit als Raum, in dem die Interessen der Bürgerinnen und Bürger artikuliert, aggregiert und kanalisiert werden, bedeutet die Dezentralisierung ein erhebliches Problem. Die Pluralisierung kommunikativer Orte im Netz erweitert nicht nur die öffentlichen Räume, gleichzeitig zerstäubt sie auch die durch die klassischen Massenmedien verhältnismäßig strukturierte Öffentlichkeit [...].

[...]

Durch die Pluralisierung durch Zigtausende von Websites, Chat Rooms, Blogs etc. entsteht eine Myriade von selbstbezüglichen Teilöffentlichkeiten, die „Informationskokons" bilden und die gemeinsame, für das politische Gemeinwesen essenzielle öffentliche Sphäre unterminieren können [...]. Diese Sonderform onlinebasierter Öffentlichkeit ist nicht flüchtig, da die Botschaften dauerhaft gespeichert und duplizierbar sind, d. h., Informationen können neu zusammengesetzt und weiterverwendet werden [...]. „Persönliche" Öffentlichkeiten ersetzen nicht die „klassische" Öffentlichkeit, sondern sind eher als Ergänzung zu sehen, nichtsdestotrotz beeinflussen sie die Netzkommunikation erheblich. [...]

Die Online-Öffentlichkeit unterliegt zudem einer anderen Strukturierung, nämlich quasi einer technischen, durch die Relevanzsetzung der Suchmaschinen. Algorithmen steuern die Selektionsprozesse des Informationsangebotes [...]. Des Weiteren dürfen erhebliche Zweifel angemeldet werden, ob dem Netz die von Netztheoretikern zugeschriebene Hierarchiefreiheit und damit größere Gleichheit der Stimmen im Netz tatsächlich zugeschrieben werden kann. Denn zugleich können Diskurse durch die lauteste bzw. schrillste Stimme, einen gelenkten Algorithmus oder gar massenhaft eingesetzte Bots gesteuert oder sogar dominiert werden.

Ein weiteres Spannungsmoment liegt darin, dass soziale Medien einerseits aufgrund ihres Potenzials der Vernetzung, Konnektivität und Interaktivität als neue Möglichkeitsräume für Diskurs gesehen werden, die in ihnen vorherrschende Interaktion, die auf losen Bindungen, individuellen Identitäten und fluiden politischen Ideen beruht, es jedoch andererseits schwierig macht, von Deliberation und Öffentlichkeit in ihrer ursprünglichen Bedeutung auszugehen. Deliberation wird demokratietheoretisch als ein Konzept verstanden, bei dem die öffentliche Beratschlagung im Sinne einer Debatte, die auf Argumenten gestützt nach Politiklösungen sucht, zu besseren Entscheidungen führen kann.

[...]

Zusammenfassend lässt sich feststellen: Die Funktionslogik des Netzes hat eine stärker individualisierte und personalisierte Kommunikationsmacht bewirkt, die einhergeht mit einem Kontrollverlust über die Kommunikationsströme auf Seiten von Politik, Wirtschaft und klassischen Medien, mit dem Ergebnis, dass sich der öffentliche Kommunikationsraum um ein Vielfaches fragmentiert hat.

---

1 Content Provider: Nutzerin und Nutzer, die Webinhalte und Informationen kostenfrei oder gegen Gebühr zur Verfügung stellen **2** Twitter: Heute bekannt als X.

1. Erstes Textverständnis festhalten – Aufgabenstellung erfassen

Schreibtraining 138

1.2 Paraphrasieren Sie die Aufgabenstellung. Überlegen Sie, auf welcher Aufgabe der Schwerpunkt liegt.

1.3 Lesen Sie die beiden Texte und klären Sie unbekannte Begriffe.

1.4 Bestimmen Sie die Themen der Texte und erfassen Sie den jeweiligen Inhalt.

2. Pragmatische Texte untersuchen und Bezüge herstellen

2.1 Erschließen Sie den Text *Politische Kommunikation und digitale Medien in der Demokratie* (S. 474 f.) mithilfe geeigneter Markierungen und formulieren Sie die Intention des Textes.

2.2 Stellen Sie die gedankliche Struktur des Textes auf der Grundlage Ihrer Arbeitsergebnisse aus 2.1 stichpunktartig dar, z. B. als Flussdiagramm.

Z. 1–9: neue Merkmale und Funktionslogiken digitaler Medien: Interaktivität, Echtzeit, Ortlosigkeit, Synchronizität, Multimodalität sowie Vernetzung, Transnationalität, Konnektivität → ermöglicht Informationsverbreitung mit großer, globaler Reichweite und Kommunikation in Echtzeit

↓

Z. 10 f.: These: technische Potenzial sozialer Medien, ...

↓

Z. 11– ...: Erläuterung der Effekte und deren Folgen auf demokratische Prozesse

2.3 Untersuchen Sie, mit welchen sprachlich-stilistischen Gestaltungsmitteln die Autorin ihren Gedankengang stützt und ihre Intention verfolgt. Arbeiten Sie mit Textbelegen.

2.4 Erschließen Sie den zweiten Text (S. 466 ff.), indem Sie Textstellen markieren, in denen der Autor Frank-Walter Steinmeier beschreibt, wie die Digitalisierung demokratische Prozesse verändern kann.

2.5 Notieren Sie stichwortartig, welche Chancen, aber auch Risiken Marianne Kneuer und Frank-Walter Steinmeier den digitalen Medien in Bezug auf die Entscheidungs- und Meinungsbildung in demokratischen Prozessen zuschreiben. Gehen Sie auf Gemeinsamkeiten und Unterschiede beider Autoren ein.

Chancen:
- *politische Partizipation wird gefördert, Bürgerinnen und Bürger können ihre Interessen direkt an politische Akteure adressieren (vgl. Kneuer, Z. 16 f.)*
- *...*

Risiken:
- *die Kommunikation im Internet fördert eher eine emotionale und oberflächliche Auseinandersetzung mit Themen (vgl. Kneuer, Z. 37 f.)*
- *Gefahr von Manipulation, Desinformation und Polarisierung, wodurch Wahlen beeinflusst werden können (vgl. Steinmeier, Z. 46 ff.)*
- *...*

3. Untersuchungsergebnisse prüfen und erweitern

3.1 Ordnen Sie die Aussagen des Textes *Politische Kommunikation und digitale Medien in der Demokratie* und unterscheiden Sie zwischen Fakten, Wertungen und begründeten Schlussfolgerungen.

3.2 Strukturieren Sie für die zweite Aufgabe (S. 474) die Positionen und Argumente des zweiten Textes.

4. Gliederung erstellen

4.1 Orientieren Sie sich an der folgenden Gliederung. Ergänzen Sie konkrete Stichpunkte und Ideen.

Einleitung:
- Hinführung zum Thema (allgemeine Problematik)
  - *Digitalisierung verändert die Demokratie*
  - *positiv: Debatten, Meinungsaustausch; negativ: Hass, Manipulationen, Falschinformationen*
- Hinführung zu den Texten (Titel, Autorin/Autor, Textsorte, Thema, Quelle, Erscheinungsdatum, ggf. Anlass)

Hauptteil:
Analyse des ersten pragmatischen Textes
- Position, gedankliche Struktur bzw. Argumentationsgang, Intention
  - *Kneuer verdeutlicht den erheblichen Einfluss der digitalen Medien auf die Meinungsbildungs- und Entscheidungsprozesse in Demokratien*
  - …
- sprachlich-stilistische Gestaltungsmittel im Hinblick auf ihre Wirkung
  - *fachsprachliches und bildungssprachliches Vokabular*
  - …
- reflektierende Schlussfolgerung
  - *Kneuer informiert und klärt über die Veränderung demokratischer Prozesse im Zeitalter der Digitalisierung auf*
  - …

aufgabenbezogene Überleitung zur zweiten Aufgabe

Vergleich zum zweiten Text unter dem vorgegebenen Aspekt
  - *beide betonen weitreichende gesellschaftliche und politische Änderungen*
  - *im Vergleich zu Kneuer rückt Steinmeier die Debattenkultur in den Vordergrund*
  - …

Schluss:
- Ergebnisse, Schlussfolgerung, ggf. Bezug zur Einleitung

5. Klausur schreiben

5.1 Verfassen Sie auf der Grundlage Ihrer Arbeitsergebnisse aus den Schritten 1 bis 4 die Analyse und den Vergleich mit dem zweiten pragmatischen Text. Nutzen Sie bei dem Textvergleich auch den Sprachtipp.

SPRACHTIPP

Formulierungen für den Vergleich pragmatischer Texte

In beiden Texten wird der Fokus auf … gelegt. | Vergleicht man die Argumente beider Texte … | Vor- und Nachteile von … finden sich in beiden Quellen. | Beide Autoren betonen … | Im Vergleich zum ersten Text … | Während im ersten Text stärker auf … eingegangen wird, wird im zweiten Text … | Die zweite Quelle rückt … stärker in den Vordergrund … | Im Widerspruch dazu …

6. Klausur überarbeiten

6.1 Korrigieren und überarbeiten Sie Ihre Klausur im Hinblick auf inhaltliche Stimmigkeit, Einhaltung einer schlüssigen Struktur und sprachliche Richtigkeit.

Beispiellösung D17

Beispiellösung (Ausschnitt)

Die Digitalisierung verändert die Demokratie. Dank der sozialen Medien können Bürgerinnen und Bürger aktiver als je zuvor am politischen Geschehen teilhaben. […] Mit der Veränderung demokratischer Prozesse durch digitale Medien beschäftigen sich Marianne Kneuer in ihrem Beitrag „Politische Kommunikation und digitale Medien in der Demokratie" und auch Frank-Walter Steinmeier […].	Einleitung, mit der zum Thema und den Texten hingeführt wird
Die Autorin Marianne Kneuer verdeutlicht in ihren Ausführungen den erheblichen Einfluss der digitalen Medien auf die Meinungsbildungs- und Entscheidungsprozesse in Demokratien. Besonders die Individualisierung der Kommunikation führe zu einer Vervielfältigung sowie Zergliederung gesellschaftlicher und politischer Themen in der Öffentlichkeit. […]	zentrale Aussage/These
Zu Beginn des Textausschnittes führt Kneuer in das Thema ein, indem sie das „technische Potenzial digitaler Medien" (Z. 1) und die damit einhergehenden neuen „Merkmale" (Z. 1) sowie „Handlungslogiken" (Z. 2) vorstellt. Vor allem die „Ortlosigkeit und Entgrenzung" (Z. 3) würden eine viel größere Verbreitung von Informationen ermöglichen. […] Daraus ergibt sich die Grundannahme, dass vor allem soziale Medien großen Einfluss auf die „politischen Meinungsbildungs- und Entscheidungsprozesse" (Z. 10 f.) hätten. Um ihre These zu stützen, erläutert die Autorin im folgenden Abschnitt die einzelnen Auswirkungen. […] Am Ende des Textausschnittes schlussfolgert die Verfasserin, dass die digitalen Medien eine „stärker individualisierte und personalisierte" (Z. 79 f.) Kommunikation hervorbringen würden, die für „Politik, Wirtschaft und klassische[…] Medien" (Z. 81 f.) nun nicht mehr kontrollierbar sei und den öffentlichen Kommunikationsraum insgesamt in viele Bruchstücke zerlege (vgl. Z. 82 f.).	gedankliche Struktur des Textes und wichtige Aussagen
Um die Veränderungen des demokratischen Prozesses durch digitale Medien darzustellen, verwendet Marianne Kneuer ein fachsprachliches und bildungssprachliches Vokabular. Fachbegriffe wie „Posts, Blogs" (Z. 13) oder „Algorithmus" und „Bots" (Z. 68) setzen bei der Leserschaft ein gewisses Vorwissen zur Digitalisierung voraus. […] Auch die verwendeten Aufzählungen „Interaktivität, Echtzeit, Ortlosigkeit, Synchronizität, Multimodalität" (Z. 1 f.) und „Vernetzung, Transnationalität, Konnektivität" (Z. 2 f.) tragen dazu bei, das technische Potential digitaler Medien zu verdeutlichen. Neben den dargestellten sprachlich-stilistischen Gestaltungsmitteln nutzt Kneuer auch weitere Mittel der Leserlenkung, etwa einen strukturierten Aufbau mithilfe einer Nummerierung zur Orientierung der Leserschaft (vgl. Z. 11–29).	sprachlich-stilistische Gestaltung
Zusammenfassend lässt sich feststellen, dass Marianne Kneuer ihre Intention stringent verfolgt und über die Veränderung demokratischer Prozesse im Zeitalter der Digitalisierung informiert und aufklärt. […]	reflektierte Schlussfolgerung
Differenziert betrachtet auch der Bundespräsident Frank-Walter Steinmeier die Auswirkungen der Digitalisierung auf die Demokratie. […]	aufgabenbezogene Überleitung zur Aufgabe 2
Beide Autoren betonen in ihren Ausführungen, dass die Digitalisierung weitreichende gesellschaftliche und politische Änderungen hervorgebracht habe. Im Vergleich zu Kneuer, die vor allem auf die dezentralisierenden Effekte der digitalen Medien und die daraus folgenden oftmals negativen Wirkungen für den demokratischen Prozess eingeht, rückt Steinmeier die Debattenkultur in den Vordergrund. Zunächst warnt der Autor aber vor „naiver Euphorie" (Z. 20), denn die neuen Technologien stellen die Politik und Gesellschaft durchaus vor große Herausforderungen. […] Einig sind sich beide darin, dass die digitalen Medien Kommunikation fördern und insgesamt auch mehr Themen ins Zentrum der öffentlichen Debatte rücken würden (vgl. Z. 78 ff.).	aspektorientierter Vergleich zum ersten Text

12.2 Die digitale Öffentlichkeit als Chance und Herausforderung verstehen

Macht und Möglichkeiten im digitalen Zeitalter

Gefahren der Desinformation erkennen und reflektieren

Grundgesetz der Bundesrepublik Deutschland, Artikel 5 (Ausschnitt)

(1) Jeder hat das Recht, seine Meinung in Wort, Schrift und Bild frei zu äußern und zu verbreiten und sich aus allgemein zugänglichen Quellen ungehindert zu unterrichten. Die Pressefreiheit und die Freiheit der Berichterstattung durch Rundfunk und Film werden gewährleistet. Eine Zensur findet nicht statt.
(2) Diese Rechte finden ihre Schranken in den Vorschriften der allgemeinen Gesetze, den gesetzlichen Bestimmungen zum Schutze der Jugend und in dem Recht der persönlichen Ehre.

Nico Lumma u.a.: Das Einmaleins der Social Media Welt (2015, Ausschnitt)

Ein Shitstorm ist eine massenhafte öffentliche Entrüstung in sozialen Netzwerken, Blogs oder Foren, teilweise mit beleidigenden Inhalten.

MK **1** Erläutern Sie, welches Problem durch die beiden Textausschnitte umrissen wird.

2 Analysieren Sie die Karikatur *Shitstorm* von Jan Rieckhoff.

MK **3** Tauschen Sie sich in Kleingruppen über Ihre Erfahrungen mit Shitstorms im Internet aus.

Jan Rieckhoff: Shitstorm (2020)

An den Pranger gestellt

Hannah Beitzer: Wir alle sind der Shitstorm (2015, Süddeutsche Zeitung, Ausschnitt)

Es ist natürlich wahr, dass im Netz nicht alle so differenziert diskutieren, wie sich das manch ein Journalist, Politiker, Prominenter wünscht. Das hat unter anderem damit zu tun, dass hier gesellschaftliche Gruppen aufeinandertreffen, die sich normalerweise nicht begegnen, dass sich Menschen mit unterschiedlichem Bildungs- und Informationsstand einbringen. [...] Auf der anderen Seite scheinen sich viele derjenigen, die sich über Shitstorms beklagen, gar nicht bewusst zu sein, in welch einer privilegierten Situation sie eigentlich sind. „Diejenigen, die sich über den ‚rauen Ton' beschweren, sind oft genug auch jene, die sehr daran gewöhnt sind, dass ihre Stimme gehört wird (wie z. B. Journalisten/-innen) und selbst bei Widerspruch ihre Relevanz nicht grundsätzlich in Frage gestellt wird", schreibt etwa Autorin Lucie in dem feministischen Blog *Kleinerdrei*. [...] Der Shitstorm ist damit, wenn man so will, kein Beitrag zur Debatte im feuilletonistischen Sinn, sondern eine Form von politischem Aktivismus, ein Weg, bestehende Machtverhältnisse in Frage zu stellen.

MK **4** Nehmen Sie Stellung zu Hannah Beitzers Verteidigung von Shitstorms. Recherchieren Sie dafür nach geeigneten Beispielen.

MK **5** Die Abbildung veranschaulicht das von Eli Pariser 2012 entwickelte Modell der Filterblase im Internet. Beschreiben und erläutern Sie das Modell und stellen Sie dabei Vermutungen an, wie die behauptete Filterwirkung zustande kommen kann.

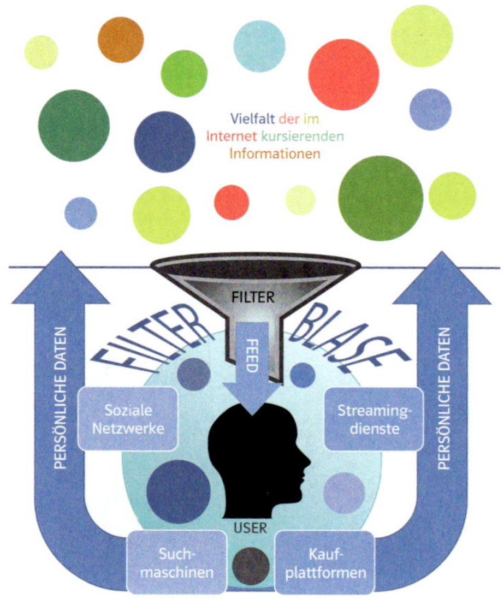

Mario Haim: Wörterbuch der Journalistik: Echokammer (2020, Journalistikon, Ausschnitt)

Der Begriff der Echokammer (engl. ‚echo chamber') verweist auf einen metaphorischen Raum, in dem Aussagen verstärkt und Störgeräusche, etwa anders lautende Meinungen, geschluckt werden. [...] Echokammern beschreiben in der Kommunikationswissenschaft eine Hypothese: Sie besagt zunächst, dass sich die öffentliche Kommunikation in voneinander isolierte ‚Kammern' verlagert – ein Prozess, der als Fragmentierung bezeichnet wird [...]: Auf der Mikroebene geht die Echokammer-Hypothese also davon aus, dass sich Menschen mit ähnlichen Ansichten zunehmend in geschützten Räumen austauschen. Eine solche Fragmentierung ist dabei nicht per se als negativ zu beurteilen, im Gegenteil: Meinungsvielfalt gilt als vitales Merkmal einer funktionierenden Demokratie [...]. Die Echokammer-Hypothese geht allerdings von einer übermäßigen [...] Fragmentierung aus, in der einseitige Perspektiven gegenseitig verstärkt werden, anders lautende Meinungen immer weniger Beachtung finden und sogar Misstrauen schüren. Entsprechend gehe die Fragmentierung auf der Mikroebene dabei einher mit einer verstärkten Polarisierung der Öffentlichkeit auf der Makroebene. [...] Echokammern, so die Befürchtung, gefährden eine gemeinsame Öffentlichkeit, den gesellschaftlichen Diskurs, die Möglichkeit einer Konsensfindung, soziale Integration und damit letztlich die Demokratie. [...] Spätestens an dieser Stelle unterscheiden sich Echokammern und Filterblasen voneinander. Während die Echokammer-Hypothese den gesellschaftlichen Prozess einer Polarisierung [...] zu beschreiben sucht, zielen Filterblasen primär auf ‚Filter' ab, mithin also auf technologische Prämissen zugrunde liegender Algorithmen und Daten. Die Filterblasen-Hypothese geht nun davon aus, dass das Zusammenspiel dieser Filter und die dadurch konstant beeinflusste Nutzung algorithmisch kuratierter[1] Medienumgebungen dazu führt, dass bestimmte Produkte, Inhalte oder Meinungen in den Filtern hängen bleiben. Es bilde sich also, so die Hypothese Eli Parisers, eine Blase, in die nurmehr kommt, was den Filtern entspricht.

1 kuratieren: hier zusammenstellen

MK **6** Vergleichen Sie die Wirkung von Echokammern und Filterblasen und grenzen Sie beide Phänomene voneinander ab.

MK **7** Tauschen Sie sich über mögliche positive und negative Folgen der behaupteten Filterung aus.

MK **8** Filterblasen haben positive Auswirkungen auf die politische Teilhabe: Politische Bewegungen können zunächst diejenigen erreichen, die sich für das Thema interessieren. Beurteilen Sie diese Aussage an einem konkreten Beispiel, z.B. der Fridays-for-Future-Bewegung.

MK **9** **PLUS** Erklären Sie die Entstehung und Verfestigung von Verschwörungstheorien mithilfe der im obigen Text entwickelten Echokammer-Hypothese.

ÜBRIGENS

Warum Echokammern in der Musikwelt unverzichtbar waren
Um unerwünschte Nebengeräusche bei Musikaufnahmen zu verhindern, sind Tonstudios baulich so konstruiert, dass nahezu jeder Hall absorbiert wird. Weil auf diese Weise aber eine „trockene" (reflexionsarme) Akustik entsteht, die Musikaufnahmen unnatürlich klingen lässt und Fehler besonders gut hörbar wären, entwickelte man Echokammern, um den Nachhalleffekt zu steuern. Mittels der Digitaltechnik kann heute beinahe jeder in einer analogen Echokammer erzeugte Effekt reproduziert werden.

Eva Marlene Hausteiner: Verschwörungstheorien säen eine Kultur des Misstrauens
(2020, Deutschlandfunk, Ausschnitt)

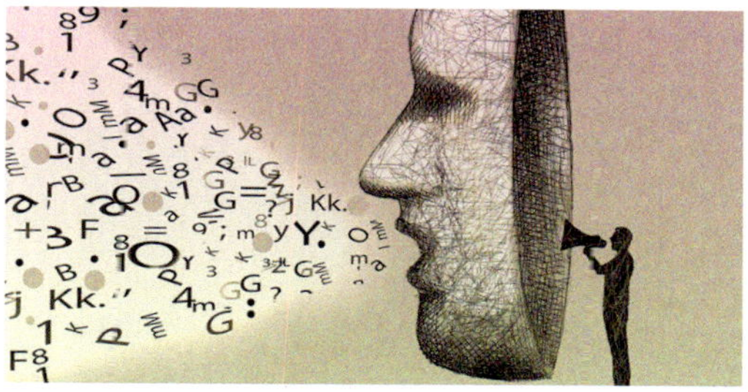

Verschwörungstheoretiker – das sind immer die anderen. Also: verrückte Anhängerinnen der Idee, die Erde sei flach, oder der Ideologie der Reichsbürger, wonach die BRD eigentlich nur eine Firma sei. Man kann allerdings den Eindruck gewinnen, dass verschwörungstheoretisches Misstrauen immer weiter um sich greift. [...] Es scheint, als seien wir nun alle im postfaktischen Zeitalter angekommen, in dem wir keiner Wahrheit glauben und voll Misstrauen in die Welt blicken. Verschwörungstheoretiker – sind wir das mittlerweile also allesamt? [...]

Ganz so einfach ist es nicht. Ja, durch Social Media und andere Untiefen[1] des Internet zirkuliert Verschwörungsdenken aller Art unablässig, rasend schnell und unter Beteiligung von Millionen von Menschen und Bots. Es gibt nicht nur die klassischen Verschwörungstheorien à la antisemitische Weltverschwörung, die behaupten, komplexe globale Zusammenhänge folgten einfachen Mustern – nämlich geheimen Plänen böser Mächte. Hinzu kommen jüngst auch zerfaserte Verschwörungsgerüchte à la QAnon oder die jüngsten „Corona gibt es nicht"-Behauptungen, die unzusammenhängende Verdachtsmomente streuen und viel über Bilder und Memes operieren – dabei aber nicht einmal klare Orientierung stiften. [...] Nicht zu Unrecht haben beide Formen des Verschwörungsdenkens einen schlechten Ruf: Sie nehmen Gut-Böse-Einteilungen vor, leiten aus dünnen Beweislagen extrem weitgehende Schlüsse ab und beschädigen nachweislich das Vertrauen in demokratische Institutionen. Damit nicht genug: Säen klassische, zusammenhängende Verschwörungstheorien Zweifel an Herrschaftseliten und Medien, so glauben die Anhänger von QAnon und Anti-Corona mitunter an gar nichts mehr: Jede Faktenäußerung wird relativiert und mit „alternativen Fakten" konfrontiert. Am Ende bleibt eine Kultur des Misstrauens. Willkommen im postfaktischen Zeitalter. [...] Und dennoch: Nicht jede Äußerung des Misstrauens ist gleich eine Verschwörungstheorie. Komplotte, Machtmissbrauch und ja, Verschwörungen existieren, seit es politische Herrschaft gibt. [...] Es kann durchaus sinnvoll sein, Verschwörungen zu enthüllen. Skepsis und kritische Prüfung sind wichtige Instrumente der Machtkontrolle – vor allem dann, wenn die Regierenden nicht von sich aus bereit sind, öffentlich Rechenschaft abzulegen und dem demokratischen Imperativ der Transparenz zu folgen. Gerade in Demokratien sollte [...] das Licht der Öffentlichkeit staatliches Handeln durchleuchten. Dieses Gebot gilt gerade dann, wenn demokratisch gewählte Regierende autokratische Tendenzen an den Tag legen, wenn die Erfahrung zeigt: Diesem Akteur, dieser Akteurin ist mit der Macht nicht zu trauen. [...]

Gut begründete Verdachtsmomente und die Einforderung von Rechenschaft sind also nicht zu verwechseln mit außer Rand und Band geratenen Verschwörungsgerüchten. Was beide unterscheidet, ist aber nicht zwingend der Wahrheitsgehalt des zugrunde liegenden Verdachts. Problematisch wird es vielmehr dann, wenn dieses Misstrauen ganze Weltsichten dominiert und mit Gut-und-Böse-Zuschreibungen versieht. [...] Klar sein muss dabei aber: Der Grat zum Verschwörungsdenken, das alle Maßstäbe verzerrt, ist schmal.

1 Untiefe, die: sehr große Tiefe

MK **10** Erklären Sie den „schmalen Grat" zwischen einer Verschwörungstheorie und kritischem Hinterfragen. Erläutern Sie, warum soziale Medien die Verbreitung von Verschwörungstheorien besonders begünstigen.

MK **11** Diskutieren Sie, inwieweit staatliches Vorgehen gegen Verschwörungstheorien zu einer Einschränkung der Meinungsfreiheit bzw. des Pluralismus führen kann.

MK **12** **PLUS** Recherchieren Sie arbeitsteilig aktuelle Verschwörungstheorien und untersuchen Sie, ob diese eine Gefahr für Demokratien darstellen. Präsentieren Sie Ihre Ergebnisse Ihrem Kurs.

Mediale politische Willensbildung verstehen

Oktober 2022 – Demonstration im Iran für die Rechte der Frauen sowie gegen die Regierung und ihre für Frauen repressive Kleiderordnung

Januar 2021 – Sturm des Kapitols in Washington durch einen aufgebrachten Mob nach der Wahlniederlage des US-amerikanischen Präsidenten Trump

Manasi Gopalakrishnan/Niloofar Gholami: Iran-Protest: Mit Social Media gegen das Regime

(2022, Deutsche Welle, Ausschnitt)

Im Iran nutzen Demonstrierende die sozialen Medien, um sich zu informieren und zu organisieren. [...] Im September wurde die 22-jährige kurdische Iranerin Jina Mahsa Amini verhaftet, weil sie den Hidschab nicht so trug, wie es die strengen Kleidervorschriften für Frauen vorschreiben. Kurz darauf starb Amini in Polizeigewahrsam. Ihr Tod veranlasste zehntausende Iranerinnen und Iraner dazu, auf die Straße zu gehen [...] Dabei spielen die sozialen Medien eine wichtige Rolle: In den letzten Wochen wurden dort zahlreiche Bilder von Frauen gepostet, die ihre Kopftücher verbrannten sowie Bilder von Demonstrierenden, die von iranischen Sicherheitskräften geschlagen und getötet wurden. Soziale Netzwerke waren bereits in der Vergangenheit die erste Anlaufstelle für den Teil der iranischen Bevölkerung, der auf der Suche nach unabhängigen Informationen war. Mit den aktuellen Protesten hat die Bedeutung der sozialen Medien weiter zugenommen. [...] Doch die sozialen Medien haben auch ihre Nachteile: Die Regierung in Teheran soll über soziale Netzwerke Desinformationen verbreitet haben. Kürzlich wurde beispielsweise die Nachricht, dass 15.000 Demonstrierende zum Tode verurteilt worden seien, in den sozialen Netzwerken verbreitet. Doch nach genauer Prüfung stellte sich heraus, dass fünf und nicht 15.000 Menschen zum Tode verurteilt worden waren. [...]

Huberta von Voss-Wittig/Jakob Guhl: Angriff aufs Kapitol. Ein Sturm entsteht nicht im Vakuum **(2021, Der Standard, Ausschnitt)**

Der gewaltsame Sturm auf das Kapitol war das Ergebnis einer langen und offenen Desinformationskampagne. Angefeuert wurde sie sowohl vom scheidenden US-Präsidenten Donald Trump als auch von hochrangigen Politikern sowie rechtsextremen Alternativmedien und Verschwörungstheoretikern in den sozialen Medien. [...] Gerade weil die internationalen Herausforderungen für Demokratien so groß sind, braucht es dringend eine alternative transnationale Vision für das Internet in liberalen Demokratien. Dafür muss die Verbreitung von Desinformationen und Verschwörungstheorien eingedämmt werden. Nur so kann eine gemeinsame Realität sichergestellt werden, ohne die ein demokratischer Diskurs kaum möglich ist. Denn auch wenn Twitter und Facebook Trumps Accounts gesperrt haben, bestehen die strukturellen Probleme der Tech-Plattformen fort, welche zur Entstehung der digitalen Alternativ-Wirklichkeiten beitragen. Die technologische Architektur und das auf Aufmerksamkeitsmaximierung basierende Geschäftsmodell der Plattform fördern emotionale, sensationalistische und polarisierende Inhalte.

1 Recherchieren Sie für Kurzreferate Hintergründe, Verlauf sowie kurz- und langfristige Konsequenzen des Sturms auf das Kapitol und der Proteste im Iran.

MK **2** Erläutern Sie die unterschiedlichen Einschätzungen der sozialen Medien in den beiden Artikeln.

MK **3** Tauschen Sie sich über Ihre Erfahrungen aus, wie soziale Medien politische Meinung und politisches Handeln beeinflussen.

Hörtext A 21

Bernhard Pörksen: Die fünfte Gewalt des digitalen Zeitalters (2015, Cicero, Ausschnitt)

Die vielen Gesichter der fünften Gewalt

[...] Heute [...] wird deutlich, dass tatsächlich eine neue Macht- und Einflusssphäre entstanden ist, eine fünfte Gewalt, die sich neben die Exekutive, die Judikative, die Legislative und die vierte Gewalt des traditionellen Journalismus schiebt. Diese fünfte Gewalt [...] ist hässlich und grausam, klug und moralisch, mal am Gemeinwesen und einer funktionierenden Demokratie interessiert, dann wieder zerstörerisch. Mal zeigt sie die Fratze des Mobs, der entfesselten, anonymen Masse, die auf enthemmte Weise aus dem Dunkel heraus zuschlägt. Mal kommt sie in Gestalt der Trolle daher, der Empörungsjunkies und Affektaficionados[1], die einfach nur wüten, spotten, hassen und sich an der Reaktion auf ihre Aggression aufgeilen. [...] Jeder Versuch, die fünfte Gewalt als einheitliches Kollektiv zu fassen, sie prinzipiell zu verdammen oder aber grundsätzlich zu glorifizieren, führt in die Irre. [...]

Die Selbstorganisation der fünften Gewalt

Die fünfte Gewalt ist nicht fremdorganisiert, sondern selbstorganisiert. Sie zeigt sich – im Unterschied zu einem hierarchisch geprägten Kollektiv – als ein Konnektiv, als eine Organisation ohne Organisation. Kollektive agieren auf der Grundlage klarer Absprachen, gemeinsamer Grundsätze und starker Bindungen, orientiert an deutlich erkennbaren Machtzentren. Das konnektive Handeln der neuen Zeit [...] ist demgegenüber weniger fremdbestimmt, stärker am persönlichen Selbstausdruck ausgerichtet, geprägt von digitalen Medien. Die Mobilisierung kann spontan und ohne klar identifizierbare Anführer erfolgen, ausgelöst durch plötzlich durchdringende Anstöße. [...] Die neue Macht solcher Konnektive bedeutet jedoch nicht, dass Kollektive – NGOs[2], [...] institutionell stabile Interessengruppen – überflüssig werden und überall nur noch die instabile Formation des Schwarms regiert. Vielmehr können klassische Kollektive und natürlich auch mächtige Einzelne und smarte PR-Strategen die Bildung von Konnektiven mehr oder minder zielgerichtet inspirieren. Sie liefern den Vielen, die sich plötzlich zuschalten, vorfabrizierte Materialien, ausformulierte Protestschreiben, aufrüttelnde Bilder, einfache, massenwirksame Botschaften und animieren sie zum Twittern und Klicken. [...]

Wirkungen der fünften Gewalt

All die plötzlich aufschäumenden Aufmerksamkeits- und Empörungsexzesse der vernetzten Vielen haben Wirkungen, Effekte in der wirklichen Welt. [...] Immer wieder werden auch Kriegsverbrechen bekannt, die selbst eine Supermacht in Bedrängnis bringen. [...] Und mitunter trägt die fünfte Gewalt ziemlich direkt zum Sturz von Politikern bei. [...] Manchmal jedoch attackiert ein entfesselter Mob gänzlich Unschuldige. Als Ende März 2012 die elfjährige Lena aus Emden ermordet aufgefunden wurde, formierte sich, online wie offline, eine hässliche Truppe zur Selbstjustiz („An die Wand stellen, erschießen"). Die selbst ernannten Rächer tauchten selbst vor der Polizeistation auf, um die Auslieferung eines Berufsschülers zu fordern, von dem später bekannt wurde, dass er gänzlich zu Unrecht in Verdacht geraten war. [...]

Aktionsformen und Rollenmuster der fünften Gewalt

[...] Die neue Macht ist längst zu einer „Publikative" eigenen Rechts geworden [...]. Sie erzeugt Images, dokumentiert peinliche Momente, verlinkt und verbreitet kompromittierende Äußerungen, Fotos und Videos von Mächtigen und Prominenten, die auf Dauer im Online-Universum kursieren. Sie setzt eigene Themen, tatkräftig unterstützt von klassischen Leitmedien, die aufgreifen, was die Vielen eben gerade debattieren. Eine Trendwelle auf Twitter, ein Shitstorm, ein paar heiß laufende Gerüchte in den sozialen Netzwerken – schlichte Netzpublizität ist zum Nachrichtenfaktor geworden. [...]

Und schließlich: Die fünfte Gewalt gelangt in der Rolle des Fahnders zu Einfluss und Macht. Sie trägt nach dem Prinzip des Crowdsourcing[3] detektivisch Bruchstücke eines Informationspuzzles zusammen, formiert sich blitzschnell um ein Erkenntnis- und Enthüllungsziel, das eben gerade interessiert. [...] Ist ein neuer Plagiatsfall aufgetaucht [...]? Muss nach einem Attentat womöglich ein Terrorist dingfest gemacht werden? Auch in solchen Fällen sind die neuen Mächtigen des digitalen

Zeitalters rasch zur Stelle – manchmal mit guten Ergebnissen und deutlich schneller als Polizisten, offizielle Ermittler oder Journalisten, mitunter jedoch auch mit katastrophalen Folgen für gänzlich Unschuldige und Unbeteiligte. [...]

Die Bestechlichkeit der fünften Gewalt

Die fünfte Gewalt mag als Ausdruck eines autonomen Publikumswillens erscheinen, als direkte Verkörperung von Volkes Stimme, aber das stimmt längst nicht immer. Die neue Macht ist selbst manipulierbar und korrumpierbar, sie wirkt unabhängig, aber das muss sie nicht sein. Ryan Holiday, PR-Berater aus den USA, beschreibt dies im Detail in seinem Buch „Trust me, I'm lying" [...]. Man nehme ein paar interne Sitzungsprotokolle, kennzeichne sie als geheim, schicke sie an Blogger, die diese dann als exklusive News veröffentlichen, schreibe unter Pseudonym Kommentare, erzeuge künstlich Traffic und mache die klassischen Medien auf die gewünschten Themen aufmerksam [...]: Fake-Personen können so Fake-Nachrichten zur Netzveröffentlichung bringen, um schließlich „echte" Artikel in den etablierten Medien auszulösen.

[...] Damit stellt sich grundsätzlich die Frage, wer eigentlich spricht, wenn scheinbar die Masse online die Stimme erhebt. Denn es lässt sich gar nicht unmittelbar erkennen, ob die Aufgebrachten repräsentativ sind und ob die vermeintlich authentisch-unmittelbare Publikumsempörung nicht gerade von interessierter Seite simuliert wird.

---

1 Affektaficionado, der: Neologismus aus „Affekt" (Gefühlswallung) und „aficionado" (span. für Anhänger, Fan)
2 NGO, die (Non-Governmental Organization): NGOs sind nicht staatliche Organisationen. 3 Crowdsourcing, das: die Auslagerung von Teilaufgaben an eine Gruppe (engl. „crowd", die Menge) freiwilliger Helfer, v.a. des Internets

MK **4** Erklären Sie die Aussage, dass durch die digitalen Medien „tatsächlich eine neue Macht- und Einflusssphäre" (Z. 1) entstanden ist.

MK **5** Stellen Sie die Möglichkeiten und Grenzen der vierten und der fünften Gewalt gegenüber:
- Nutzen Sie dazu eine Tabelle oder eine digitale Pinnwand.
- Ergänzen Sie Ihre Übersicht durch online recherchierte Beispiele.

MK **6** **PLUS** Nehmen Sie kritisch Stellung zur Frage, ob die vernetzten Vielen als Kontrollorgan taugen.

Macht und Möglichkeiten des digitalen Zeitalters in einem Roman untersuchen

Dirk Reinhardt: Perfect Storm (2021, Auszug)

Sechs junge Menschen aus aller Welt freunden sich beim Online-Computerspiel „Legends of Langloria" an. Dylan, Luisa, Felix, Boubacar, Kyoko und Matthew bilden zusammen die Gruppe „LFF". In ihrem gemeinsamen Chatroom lernen sie sich besser kennen. Als sie von Menschenrechtsverletzungen im Kongo erfahren, in die zwei große Wirtschaftskonzerne verwickelt sind, beschließen sie, sich in deren Netzwerke einzuhacken, um belastendes Material zu finden und öffentlich zu machen. Ihre Enthüllungen könnten weltweit für Entsetzen sorgen. Doch nicht nur die Konzerne beginnen eine Jagd auf die jugendlichen Hacker, sondern auch ein junger Agent des amerikanischen Geheimdienstes ist ihnen auf der Spur.

II-12: Chatprotoll der Zielpersonen [...]

Die Mitglieder der LFF haben von den Ereignissen in Numbi, einem Ort im Osten des Kongo erfahren. Hoboken Industries lässt dort das wertvolle Coltan fördern. Das Unternehmen steht im Verdacht, die Minenarbeiter auszubeuten und sich nicht an geltende Menschenrechte zu halten. Zudem sollen sie Schutzgelder an Rebellen zahlen, die damit ihre Waffen finanzieren und den Bürgerkrieg somit aufrechterhalten.
Die sechs jungen Menschen der LFF planen nun ihre erste große Aktion. Am 02. Juni 2020 klären Sie die letzten Details in ihrem Chatroom.

GÖDEL Shirahoshi greift mit ihrem Botnet den Server von Hoboken an. Diesmal mit voller Kraft, sodass er zusammenbricht. Dann defacen wir die Startseite mit einer Botschaft, die auf die illegalen Aktivitäten des Konzerns verweist.

–SILVER–SURFER– Dödel, Dödel! Ich muss mich doch sehr über dich wundern. Du offenbarst eine kriminelle Energie, die ich dir nicht zugetraut hätte.

GÖDEL Ich würde das nicht als kriminell bezeichnen.

MO$TW4NT3D Nein, ich auch nicht. Die Idee hat Charme, Gödel. Passt auf, der Plan: Wir machen es am Donnerstag. Dann dürfen sich alle eine Nacht lang darüber wundern, was unser Defacement zu bedeuten hat. Und am Tag danach liefert Wikileaks die Auflösung. Perfekte Inszenierung!

SHIR@HOSHI Endlich findet mein kleines Botnet seine wahre Bestimmung. Jetzt müssen wir nur noch wissen, wie wir unser Defacement unterschreiben.

GÖDEL LFF.

SHIR@HOSHI Was meinst du damit?

–SILVER–SURFER– Hey Pfeilgift. Du verstehst unseren Professor doch immer so gut. Was will er mit seinen kryptischen Andeutungen sagen?

–ARROW-> Ich schätze, LFF soll die Abkürzung für Langloria Freedom Fighters sein.

MO$TW4NT3D Na klar, logisch! Wie hast du gesagt, Gödel? Alles Geniale ist einfach. Die Leute werden sich den Kopf zerbrechen, was mit der Abkürzung gemeint ist. Aber keiner – ich sage euch, absolut keiner! – wird es rauskriegen.

–ARROW-> Sie werden denken, es heißt so was wie „Liberty foundation Front“.

–SILVER–SURFER– Ja, oder „Last Fucking Fuckers“.

MO$TW4NT3D Oder „L0rdS ‚f Fun'n‘ F4k3“. Bleibt nur noch zu entscheiden: Wer macht das Defacement?

SHIR@HOSHI Ich finde, die Ehre steht eindeutig Black zu.

MO$TW4NT3D Wie sieht's aus, Black? Kriegst du das bis Donnerstag hin?

▶BLACKLUMUMBA◀ Die Frage ist überflüssig, Wanted. Das würde ich zu jedem Zeitpunkt hinkriegen.

MO$TW4NT3D Gut, dann steht der Plan. Ich kann es gar nicht abwarten. Das werden Festtage!

–SILVER–SURFER– Ja, fresst euch noch mal richtig satt. Vielleicht werdet ihr danach so schnell keine Gelegenheit mehr dazu haben. Denn eins ist ja wohl klar: Ab Freitag werden sie uns jagen.

1 Stellen Sie anhand des Textauszugs die Themen des Romans dar.

Dirk Reinhardt: Perfect Storm (2021, Auszüge)

II-13: Bericht der Nachrichtenagentur Associated Press

Einen Tag später gelingt der LFF ihr erster großer Coup. Nachrichtenagenturen weltweit berichten über den Vorfall bei Hoboken Industries.

Hoboken unter schwerwiegenden Verdacht

Unbekannte Organisation attackiert Rohstoffmulti aus Houston

5. Juni 2020/15:23 Uhr

Wer am gestrigen Donnerstag die Webseite von Hoboken Industries aufrief, erlebte eine Überraschung. Nicht wie gewohnt perfekte Selbstinszenierung des Unternehmens war zu sehen, sondern verwackelte, unscharfe und gerade dadurch authentisch wirkende Filmaufnahmen aus der Demokratischen Republik Kongo. Sie waren schwer zu ertragen. Die Bilder zeigten die Armut und die gefährlichen Arbeitsbedingungen der Minenarbeiter im Osten des Landes, schwer bewaffnete und offenbar unter Drogen stehende Kindersoldaten sowie die verstümmelten Leichen von Bürgerkriegsopfern, darunter Frauen, Kinder und Säuglinge. Im Anschluss an die etwa drei Minuten langen, mit erklärenden Texten unterlegten Amateurfilme erschienen die folgenden Sätze: „Der Profit von Hoboken beruht auf der Ausbeutung der Menschen und der Natur in Afrika. Wir verlangen den Konzern vor internationalen Gerichten zur Rechenschaft zu ziehen. Und wir fordern alle dazu auf, keine Geschäfte mehr mit Hoboken zu machen, sondern das Unternehmen zu boykottieren.“ Unterschrieben war der Aufruf mit den Buchstaben „LFF“.

Nachdem es Hoboken offensichtlich nicht gelang, seinen Internetauftritt wiederherzustellen, zog das Unternehmen nach etwa zwei Stunden den Stecker. Die Webseite ging vom Netz [...].

Ende des Romans

Als die Gruppe die dunklen Geschäfte eines weiteren Konzerns offenlegen wollten, bleiben ihre Aktivitäten nicht mehr unbeobachtet, ihre Identitäten werden aufgedeckt und für einige aus der Gruppe endet ihr Kampf tragisch. Die verbliebenen Mitglieder befinden sich am Ende des Romans in einer Hütte in den Bergen, der genaue Ort bleibt unbekannt.

Eine Woche ist nun vergangen, seit wir in die kleine Hütte in den Bergen geflohen sind, und noch immer sind wir hier, beobachtet nur von den Bäumen und den Vögeln und den Wolken, die über die Gipfel ziehen. Es ist, als wären wir auf einem anderen Planeten, so weit entfernt ist plötzlich alles, was in den letzten Monaten geschehen ist. Wenn ich, hinter einer Sonnenbrille verborgen, ins Tal hinunterfahre, die neuesten Meldungen lese und bald darauf zurückkehre, ist es fast unwirklich, zu sehen, wie von dem Sturm, den wir draußen in der Welt entfacht haben, hier oben rein gar nichts mehr zu spüren ist, außer vielleicht ein schwacher, kühler Wind, der von den Bergen herabweht.

Die Enthüllungen von WikiLeaks beherrschen auch nach einer Woche noch die Schlagzeilen. Eine große Geschichte lässt sich daraus schreiben und jeder, der es tut, schreibt sie auf seine eigene Weise. Manche feiern uns, als hätten wir die Welt gerettet, andere sehen uns als Verräter und verlangen, uns so schnell wie möglich vor Gericht zu stellen. [...]

Überall gibt es Proteste und Demonstrationen, in den USA natürlich, aber auch in Deutschland und Japan und Australien und vielen anderen Ländern. Was daraus wird, lässt sich nicht sagen, aber manches gerät in Bewegung. Bei Hoboken und Liberty Bells sind die ersten Leute verhaftet worden und sollen bald angeklagt werden. Alle Politiker, die etwas auf sich halten, verleihen ihrer Empörung Ausdruck. Die einen empören sich über den Geheimdienst, die anderen über uns. Alle fordern schärfere Gesetze, die einen, damit das, was die Konzerne getan haben, sich nicht wiederholt, die anderen, damit das, was wir getan haben, sich nicht wiederholt. Große Worte werden bemüht, alle reden von Freiheit und Gerechtigkeit. Wir sind froh, in den Bergen zu sein, so weit wie möglich weg von der ganzen Heuchelei. [...]

Ich mache mir keine Illusionen: Das, was wir aufgedeckt haben – oder besser gesagt, was die anderen aufgedeckt haben –, passiert immer und überall. Hundertfach, tausendfach. Es hört nie auf, zumindest nicht, solange es Menschen gibt. Und der Versuch, etwas dagegen zu unternehmen, erscheint fast naiv. Gut, sie stellen ein paar Leute vor Gericht. Na und? Hoboken und Liberty Bells werden andere an ihre Stelle setzen und die sind vielleicht noch schlimmer, man kann es nicht wissen. Nur: Soll man deswegen kapitulieren? Angenommen, der Kampf für Freiheit und Menschlichkeit wäre aussichtslos, ganz und gar sinnlos, und jeder wüsste es: Sollte man ihn dann aufgeben? Nein. Niemals sollte man das.

2 Fassen Sie die Inhalte der zwei Romanauszüge (S. 485 f.) kurz zusammen und sprechen Sie darüber, inwiefern die Romanauszüge Realität abbilden.

3 Benennen Sie die jeweiligen Besonderheiten der drei Auszüge (S. 484 ff.) und erläutern Sie die Wirkung der Romangestaltung.

MK **4** Nehmen Sie kritisch Stellung zu der folgenden Textstelle aus dem Roman.

> „Auch wenn die Mitglieder der Gruppierung [die Jugendlichen der LFF] beschlossen haben, anonym zu bleiben [...], lässt sich doch sagen, dass sie weder kriminell sind noch unsere Sicherheit gefährden. Das Gegenteil ist der Fall. [...] Wenn irgendwo die Glocken der Freiheit läuten, dann bei dieser Gruppierung.“ (Kapitel III-4, Artikel aus der New York Times)

MK **5** Beziehen Sie im Rahmen eines Kommentars oder Kurzvideos Stellung zur Frage, ob die jugendlichen Hacker Helden oder Verbrecher sind.

Mit Medien umgehen

Lexikon Medien
→ S. 551 f.

Medien

sind **Kommunikationsmittel** und dienen dem **Austausch von Informationen** zwischen **Sender** und **Empfänger**. Dabei müssen folgende Funktionen zumindest teilweise erfüllt sein: Übertragung, Speicherung, Verarbeitung.

Die gesellschaftlichen Kommunikationsprozesse haben sich in den letzten Jahren vor allem durch die steigende Bedeutung von digitalen und sozialen Medien stark verändert. So haben sich die Quellen und Informationskanäle, über die Menschen sich austauschen und informieren, erweitert und vervielfältigt.

Journalistische Medien

werden häufig als **vierte Gewalt** bezeichnet. Sie haben die Aufgabe, die Mächtigen in Politik, Wirtschaft und Öffentlichkeit durch ihre – teils investigative (auf langwierigen, oft geheimen Recherchen beruhende) – Berichterstattung unter Druck zu setzen und dadurch zu **kontrollieren**.

Durch die Macht der digitalen Medien im Sinne einer **fünften Gewalt** erhöhen sich die Möglichkeiten öffentlicher Druckausübung.

Medienfunktionen für Politik und Gesellschaft

Information
- Beitrag zur demokratischen Willens- und Meinungsbildung
- Kritik und Kontrolle durch investigative Recherche

→ Medien als **„vierte Gewalt"**

Mischung der Funktionen als **Infotainment, Appell**
z. B. Polit-Talkshows

Unterhaltung
Film und Fernsehspiel, Serien, Game-Shows usw.

Die digitale Öffentlichkeit

- Zuwachs an Informationsmöglichkeiten
- Zuwachs an Interaktionsmöglichkeiten

Herausforderung

Gefahr der Desinformation durch digitale Informationsfülle:
- Eingrenzung des Blickfelds infolge der **Algorithmizität** digitaler Plattformen (**Filterblasen**)
- Verstärkung eigener Positionen durch Kommunikationsräume mit Gleichgesinnten (**Echokammern**) bis hin zur Etablierung von **Verschwörungstheorien**
- gezielte Manipulation durch digitale Instrumente (z. B. **„Fake News"**, **Social Bots**, **Trolle**)

Shitstorm als Form der Ausgrenzung:
Missbrauch als „digitaler Pranger", um die Persönlichkeitsrechte anderer zu beschneiden, sie öffentlich zu entwürdigen (auch durch sog. Hate speech) bzw. zu beschämen oder unerwünschte Positionen pauschal zu diskreditieren

Chance

schneller Zugang zu freien, vielfältigen und umfänglichen Informationen:
z. B. Online-Zeitschriften, Online-Angebote von TV-/Radiosendern, spezielle Nachrichten-Apps, vorinstallierte Newsfeeds bzw. Newswidgets auf dem Handy, Suchmaschinen, soziale Plattformen, Video-Streaming-Dienste, Online-Bibliotheken, Zugang zu wissenschaftlichen Arbeiten von Universitäten

Protest als Ausdruck der Meinungsfreiheit:
berechtigtes Mittel von sonst benachteiligten Gruppen (Interessensverbänden), um auf Missstände aufmerksam zu machen

Ausbau bestehender demokratischer Mittel der Bürgerbeteiligung:
z. B. Online-Petitionen, digitaler Austausch mit Politikerinnen und Politikern

Materialgestütztes Verfassen argumentierender Texte (IV, b)

Aufgabenart
→ S. 569

KOMPETENZBOX

Verfassen eines argumentierenden Textes auf der Grundlage von Materialien

Diese Aufgabenart verlangt das Verfassen eines argumentierenden Textes auf der Grundlage mehrerer Materialien und den Einbezug unterrichtlichen Wissens und eigener Erfahrungen.

1. Aufgabenstellung erfassen
- Anlass und Ziel des Textes, Adressatenkreis klären
- Streitfrage und Teilthemen erfassen
- Vorgaben zur Gestaltung des Textes beachten: z. B. Form, Aufbau, Länge

2. Materialien auswerten
- Überblick verschaffen: orientierend lesen, Art und Quelle der Materialien erfassen
- Materialien gründlich auswerten, z. B. mit verschiedenen Farben markieren

3. Informationen organisieren
- Argumente und Argumentationsstützen nach Teilthemen geordnet notieren, z. B. in einer Tabelle
- Stichpunkte auf Relevanz und Dopplungen prüfen
- unterrichtliches Wissen und eigene Erfahrungen ergänzen

4. Gliederung erstellen

Einleitung:
- kontextbezogenen Einstieg finden
- ggf. auf Anlass eingehen
- Streitfrage benennen

Hauptteil:
- in nachvollziehbarer Reihenfolge Teilthemen wiedergeben
- Argumente entsprechend ihrer Gewichtung anordnen
- Gegenargumente entkräften

Schluss:
- Ergebnisse zusammenfassen, Schlussfolgerungen ziehen, ggf. Bezug zur Einleitung herstellen

5. Klausur schreiben
- sachlich und präzise formulieren, Fachbegriffe verwenden
- logische Nachvollziehbarkeit durch gedankliche Zusammenhänge und sprachliche Verknüpfungen beachten
- auf Materialien verweisen

6. Klausur überarbeiten
- sachliche Richtigkeit prüfen
- Formalia, z. B. korrektes Zitieren, beachten
- sprachliche Richtigkeit (Ausdruck, Grammatik, Zeichensetzung, Rechtschreibung) überprüfen

BEISPIEL-KLAUSUR **Aufgabe**

Zu dem Motto „SCHAU HIN – die Macht der Medien" veranstaltet eine überregionale Zeitung den Wettbewerb *Jugend schreibt*. Dabei soll sich dem Thema aus unterschiedlichen Perspektiven genähert werden.
Verfassen Sie einen argumentierenden Beitrag für den Wettbewerb *Jugend schreibt*, in dem Sie auf die Bedeutung der sogenannten fünften Gewalt des digitalen Zeitalters eingehen sowie die Chancen und Risiken von sozialen Netzwerken, Blogs o. Ä. als neue gesellschaftliche Kontrollinstanz ansprechen. Nutzen Sie dazu die folgenden Materialien **1** bis **7** und beziehen Sie unterrichtliches Wissen und eigene Erfahrungen ein. Formulieren Sie eine geeignete Überschrift. Verweise auf die Materialien erfolgen unter der Angabe des Namens der Autorin bzw. des Autors und ggf. des Titels. Ihr Beitrag soll etwa 800 Wörter umfassen.

Material 1
→ S. 479

Material 1

Jan Rieckhoff: Shitstorm (2020)

Material 2
→ S. 479

Material 2

Hannah Beitzer: Wir alle sind der Shitstorm (2015, Süddeutsche Zeitung, Ausschnitt)

Material 3
→ S. 466

Material 3

Hauptnachrichtenquelle 2024 (nach Alter, in Prozent)

Material 4

Laura Pickert im Interview mit Simon Hegelich, Professor für Political Data Science an der Technischen Universität München: Meinung aus dem Automaten (2021, Süddeutsche Zeitung, Ausschnitt)

Kritiker [mahnen], automatisch generierte Inhalte seien gefährlich.

Es kommt darauf an, wie man Social Bots einsetzt. Ich selbst nutze einen Social Bot für meinen Twitter Account. Wenn ich auf meinem Blog etwas schreibe, postet der Bot dazu automatisch einen Tweet. [...] Problematisch wird es, wenn Social Bots politische Themen posten oder teilen. Die Befürchtung ist, dass das die Meinung der Nutzer beeinflussen könnte.

Bestätigt sich diese Befürchtung denn?

Politische Meinungen zu manipulieren, ist generell sehr schwierig. Nur, weil ein Bot tausendfach beispielsweise #merkelmussweg[1] teilt, ändert niemand seine Meinung. Social Bots können also bestimmt keine politische Story entwickeln, die andere beeinflusst. Aber sie können Signale im politischen Diskurs verstärken. Also, dass zum Beispiel ganz vielen Nutzern dieselbe Nachricht angezeigt wird. Die eigentliche Gefahr besteht dann darin, wenn diese Nachricht als Mehrheitsmeinung gesehen wird und sich die Wahrnehmung der Nutzer verzerrt. [...]

Inwiefern ist die Funktionsweise von Social Media ein Problem?

Man darf nicht vergessen, dass Twitter und Co. private Konzerne sind, die wirtschaftliche Interessen verfolgen. Das bedeutet, dass vordergründig Inhalte gezeigt werden, die oft geteilt werden. Meistens sind das dann Themen, über die sich viele aufregen, ohne sich intensiver damit auseinanderzusetzen. Mit Social Bots können diese Themen dann künstlich noch mehr Aufmerksamkeit bekommen. Da muss man sich fragen, ob wir das so haben wollen oder ob das ein Schaden für die Demokratie sein kann. [...]

Wie kann dann verhindert werden, dass die Wahrnehmung der Nutzer verzerrt wird?

Generell kann im Nachhinein nicht sicher nachgewiesen werden, ob ein Social Bot die Wahrnehmung verzerrt hat oder nicht. Der Hauptpunkt ist aber: Ich muss als Nutzer auch selbst nachdenken. Mir klarmachen, dass das, was in den sozialen Netzwerken passiert, nicht unbedingt die wirkliche Welt ausmacht. Die Frage, die ich mir deshalb stelle, ist: Ist es angebracht, dass so viel politische Kommunikation auf Plattformen stattfindet, die nicht dafür geeignet sind? Bräuchten wir dafür nicht eigentlich so etwas wie eine öffentlich-rechtliche Social-Media-Plattform? Eine Plattform, die auch Inhalte zeigt, die nicht oft geteilt wurden. Dann wären Social Bots wirkungslos.

---

1 #merkelmussweg: Mit der Hassparole „Merkel muss weg“ forderten rechtspopulistische Gruppen in sozialen Medien wie Twitter die „Abschaffung“ der Bundeskanzlerin Angela Merkel aufgrund ihres Satzes „Wir schaffen das!“ im Zusammenhang mit der Flüchtlingsbewegung 2015/16.

Material 5
→ S. 483

Material 5

Bernhard Pörksen: Die fünfte Gewalt des digitalen Zeitalters
(2015, Cicero, Ausschnitt)

Material 6

Magisches Vieleck der Medienqualität nach Stephan Ruß-Mohl (1992)

Quelle: Ruß-Mohl (1992)

Material 7

Katrin Schmermund im Interview mit dem Kommunikationswissenschaftlicher Wolfgang Schweiger: Vom Gatekeeper zum Gatewatcher

(2017, Forschung & Lehre, Ausschnitt)

Wolfgang Schweiger: Natürlich haben die Medien eine wichtige Integrationsfunktion. Der Journalismus bestimmt die Themen, die für eine Gesellschaft relevant sind. Diese Funktion nennen wir „Agenda Setting". Gemeinsame Themen zu haben, über die man spricht, gemeinsame Sorgen zu teilen, die man hat – das ist ein wichtiger Aspekt für die Integration von Bevölkerungsgruppen. [...] Wenn man sich nicht mehr einigen kann, welche Medien glaubwürdig sind, gefährdet das den gesellschaftlichen Zusammenhalt. [...]

Inwieweit sind Medien mehr Anstachler als Aufklärer?

Wolfgang Schweiger: Medien kontrollieren die „Mächtigen" im Land und kritisieren deren Verfehlungen. Damit vertreten sie die Bevölkerung gegenüber Eliten und artikulieren die Wünsche und Vorstellungen der Menschen. Dass das öfter mal in Kampagnen-Journalismus ausartet, weil man mit der dramatisierenden und dauerhaften Darstellung von Skandalen Reichweiten schaffen kann, gehört leider dazu – vor allem bei Boulevardmedien[1] und in letzter Zeit eben auch bei alternativen Informationsquellen. [...]

Alternative Medien entstehen, weil „Journalist" kein geschützter Beruf ist. Jede und jeder kann sich entsprechend nennen und sich durch das Internet leicht Gehör für die eigene Meinung verschaffen. Wie verändert das die öffentliche Meinungsbildung?

Wolfgang Schweiger: Die Verbreitung von wahrheitsgemäßen und ausgewogenen Informationen kann in den Hintergrund rücken. Der Journalismus sieht seine Aufgabe darin und lebt davon, wahrheitsgemäß und ausgewogen zu berichten – auch wenn das im Einzelfall schon mal misslingt. Alternative Medien haben eine andere Zielrichtung: Sie wollen eine bestimmte politische Meinung propagieren – auch wenn diese allein darin besteht, eine Gegenöffentlichkeit zu den von ihnen kritisierten „Mainstream-Medien" zu schaffen.

Wie sollten Medien reagieren?

Wolfgang Schweiger: Sie müssen Schiedsrichter, „Gatewatcher" im öffentlichen Diskurs werden. Das bedeutet, dass sie beobachten sollten, welche Meinungen und Themen es im Netz gibt, und aus diesen die öffentlich relevanten auswählen, sie kritisch prüfen, einordnen und dieser Auswahl dann eine breite Öffentlichkeit verschaffen. Lügen, die sich in sozialen Netzwerken verbreiten, müssen sie als Lügen identifizieren. Damit bekommen die Medien eine wichtige Kontrollfunktion im Internet. Ihre ursprüngliche Rolle des exklusiven „Gatekeepers" haben Medien dagegen verloren. Früher galt: Alles, was in die Öffentlichkeit wollte, musste über den Weg der Medien. Das ist in Zeiten des Internets vorbei.

Wie gut schlagen sich Medien denn als „Gatewatcher" von Informationen im Netz?

Wolfgang Schweiger: [...] Einige Medien, darunter auch die Öffentlich-Rechtlichen, bauen in letzter Zeit „Factcheck-Einheiten" zur Prüfung von Informationen auf. Das ist ein wichtiger Schritt, um mit einer zunehmenden Anzahl von unwahren oder halbwahren Informationen im Netz umzugehen. Ein Problem ist, dass online der klassisch neutrale, ordentlich recherchierte bis investigative Journalismus, der teuer und personalaufwendig ist, nur schwer zu finanzieren ist.

---

1 Boulevardmedien, die: abgeleitet vom Begriff Boulevardpresse: der auf den Straßenverkauf (daher ‚Boulevard') angewiesene Zeitungstyp, der durch eine reißerische Aufmachung und oft wenig seriösen Inhalt gekennzeichnet ist

1. Aufgabenstellung erfassen

Schreibtraining
139

1.1 Klären Sie die Aufgabenstellung. Notieren Sie Anlass und Ziel, Zielgruppe, Form und Länge, Thema und Teilthemen des zu schreibenden Textes.

2. Materialien auswerten

2.1 Verschaffen Sie sich einen Überblick über die Materialien 1 – 7. Lesen Sie diese orientierend.

2.2 Markieren Sie in den Materialien zentrale Aussagen und fertigen Sie Randnotizen an.

2.3 Bestimmen Sie jeweils die Textsorte. Untersuchen Sie die Quellen der Materialien und bewerten Sie die Relevanz und ggf. die Glaubwürdigkeit des Materials.

3. Informationen organisieren

3.1 Ergänzen Sie die folgende Tabelle, um die Informationen aus den Materialien zu ordnen.

Material	Bedeutung der fünften Gewalt	Chancen sozialer Netzwerke als Kontrollinstanz	Risiken sozialer Netzwerke als Kontrollinstanz
1	*/*	*/*	*– Beleidigungen, Bloßstellungen, …*
2	*…*	*…*	*…*

3.2 Prüfen und ergänzen Sie Ihre Zusammenstellung der Auswertungsergebnisse, indem Sie Dopplungen streichen und Ihr Wissen und eigene Erfahrungen hinzufügen.

4. Gliederung erstellen

4.1 Erstellen Sie eine Gliederung, indem Sie sich an Ihren Stichpunkten und Ideen orientieren.

Einleitung:
- *kontextbezogenen Einstieg finden, ggf. auf Anlass eingehen*
- *Streitfrage benennen*

Hauptteil:
- *in nachvollziehbarer Reihenfolge Teilthemen wiedergeben*
- *Argumente entsprechend ihrer Gewichtung anordnen*
- *Gegenargumente entkräften*

Schluss:
- *Ergebnisse zusammenfassen, Schlussfolgerung ziehen, ggf. Bezug zur Einleitung*

5. Klausur schreiben

5.1 Setzen Sie die Einleitung fort.

In einer Welt, in der ein viraler Tweet eine Regierungskrise auslösen und ein einzelnes Video eine globale Bewegung entfachen kann, …

5.2 Verfassen Sie auf der Grundlage Ihrer Vorarbeiten den argumentierenden Text.

6. Klausur schreiben

6.1 Überarbeiten Sie Ihre Klausur inhaltlich und sprachlich.

Beispiellösung D18

Beispiellösung (Ausschnitt)

Die Macht des Digitalen: Die fünfte Gewalt in der modernen Welt

In einer Welt, in der ein viraler Tweet eine Regierungskrise auslösen und ein einzelnes Video eine globale Bewegung entfachen kann, hat sich die Machtstruktur unserer Gesellschaft grundlegend verändert. Es ist die Ära der fünften Gewalt angebrochen – einer neuen Dimension, die durch das Internet und soziale Medien geschaffen wurde. Doch welche Chancen und Risiken birgt diese neue Form der Macht für unsere Gesellschaft?

kontextbezogener Einstieg, Streitfrage

Die fünfte Gewalt bezieht sich auf die wachsende Rolle des Internets und der sozialen Medien in der Gesellschaft und deren Einfluss auf Politik, Wirtschaft und soziale Strukturen. Während die traditionellen „vier Gewalten" – Legislative, Exekutive, Judikative und klassische Medien – bereits seit Langem anerkannt sind, stellt die fünfte Gewalt eine neue Variante dar, die laut des Medienwissenschaftlers Bernhard Pörksen das Machtgefüge erheblich verändert hat. Sie organisiere sich selbst und orientiere sich stärker an dem individuellen und persönlichen Selbstausdruck der Nutzerinnen und Nutzer. Die „vernetzten Vielen" – so Pörksen – verursachen durchaus eine große Aufmerksamkeit und können damit für gesellschaftliche und politische Veränderungen sorgen.

Beginn des Hauptteils: Bedeutung der fünften Gewalt

Die Bedeutung der fünften Gewalt liegt dabei vor allem in ihrer Fähigkeit, Informationen schnell und breit zu verteilen, Meinungen zu formen und Bewegungen zu mobilisieren. Soziale Medien ermöglichen es, Einzelpersonen und Gruppen jenseits traditioneller Medienkanäle zu kommunizieren und relativ unproblematisch Einfluss zu nehmen. Dies hat positive Aspekte wie die Stärkung der Meinungsfreiheit, weil unter dem Schutz der Anonymität auf Menschenrechtsverletzungen effektiv aufmerksam gemacht werden kann. Beispielsweise haben soziale Medien eine entscheidende Rolle bei dem Arabischen Frühling und anderen sozialen Bewegungen gespielt und damit erfolgreich für politische Anliegen mobilisiert. In diesem Zusammenhang spricht die Journalistin Hannah Beitzer von den positiven Effekten des Shitstorms. […]

Teilthema: Chancen der fünften Gewalt / der sozialen Netzwerke

Jedoch argumentiert der Medienwissenschaftler Pörksen, dass diese rasante Informationsverbreitung auch katastrophale Folgen haben könne, wenn beispielsweise Unschuldige oder gar unbeteiligte Personen zu Unrecht in den Fokus rücken würden. Denn gleichzeitig bringt die fünfte Gewalt erhebliche Herausforderungen mit sich.

Überleitung

Die Verbreitung von Fehlinformationen und Fake News stellt eine ernsthafte Gefahr für die demokratische Meinungsbildung dar. Algorithmen, die auf Nutzerinteraktionen basieren, können Filterblasen schaffen, die die Polarisierung der Gesellschaft verstärken. Auf diese Gefahr verweist auch Professor Simon Hegelich. Er vertritt die Ansicht, Social Bots seien dann besonders problematisch, wenn sie aktuelle politische Themen posten oder teilen, weil sie dadurch die Meinungen der Nutzerinnen und Nutzer beeinflussen und ihre Wahrnehmung verzerren könnten. Ein Beispiel dafür ist der initiierte Sturm aufs Capitol, der verheerend für die demokratische Bewegung war und ist. Zudem führen Cybermobbing und Hassreden dazu, dass das soziale Klima vergiftet und das individuelle Wohlbefinden beeinträchtigt werden. […]

Teilthema: Risiken der fünften Gewalt / der sozialen Netzwerke

Aus diesen Gründen ist die Frage, wie wir mit der fünften Gewalt umgehen, entscheidend für die Zukunft unserer Gesellschaft. Es bedarf einer ausgewogenen Regulierung, die Meinungsfreiheit und Innovation fördert, gleichzeitig aber den Missbrauch dieser mächtigen Werkzeuge verhindert. Bildung und Medienkompetenz spielen eine Schlüsselrolle dabei, die Bürgerinnen und Bürger zu befähigen, sich sicher und verantwortungsbewusst im digitalen Raum zu bewegen.

Schlussfolgerung

13 Häufige Fehler beim Schreiben vermeiden

Alles eine Frage des Stils

1

Abbildung 1: Willem Claeszoon Heda: Stillleben, 1629

Abbildung 2: Max Beckmann: Stillleben mit Saxofon, 1926

2

Was ist Stil?

Was trägt zu einem guten Schreibstil bei?

Ist Stil nur Schmuck?

Das lernen Sie jetzt!

Peter Stamm: Literatur muss nackt sein (2009, Auszug)

Peter Stamm (*1963)

Ich sei ein Stilist, ist eine der zehn häufigsten Formulierungen aus den Kritiken meiner Bücher, und es ist jene, mit der ich am meisten Mühe habe. Dabei scheint die Formulierung durchaus freundlich gemeint zu sein. Ein Stilist ist laut Duden einer, der „die sprachlichen Ausdrucksmittel beherrscht“, und was möchte ein Autor lieber über sich hören. Dass mir das Wort trotzdem nicht behagt, hat mit seiner handwerklichen Seite zu tun. Wer die Sprache beherrscht, gebraucht sie und kommt schnell in den Verdacht, sie zu missbrauchen. Ich habe das oft genug getan, redend häufiger als schreibend, aber dabei ist nie Literatur entstanden. Und neben einem selbstgefälligen Stolz über das eigene Raffinement blieb immer ein schales Gefühl zurück. [...]
Der Stil, scheint mir, definiert die Distanz zwischen dem Text und dem Autor, so wie der Kleidungsstil jene zwischen dem angezogenen und dem nackten Menschen. Aber Literatur muss immer auch nackt sein, der Körper muss unter der Hülle spürbar bleiben, seine Wärme, seine Formen, seine Lebendigkeit. Was uns an großen Stilisten wie Thomas Mann[1], Musil[2], Joyce[3] – und auf komplizierte Weise auch an Robert Walser[4] – brillant erscheint, ist vielleicht, dass ihre Sprache nie Selbstzweck ist, sondern ihren Gegenstand enthüllt. Diese Autoren beherrschen die Sprache, aber sie werden zugleich von ihr beherrscht. Wäre das nicht so, kein Mensch würde heute noch ihre Bücher lesen.

1 Thomas Mann (1875–1955): dt. Schriftsteller und Träger des Literaturnobelpreises 2 Robert Musil (1880–1942): österr. Schriftsteller und Theaterkritiker 3 James Joyce (1882–1941): irischer Schriftsteller 4 Robert Walser (1878–1956): deutschsprachiger Schweizer Schriftsteller

Den Stil verbessern – das heißt den Gedanken verbessern und gar nichts weiter! – Wer dies nicht sofort zugibt, ist auch nie davon zu überzeugen.

Friedrich Nietzsche (1844–1900, Philologe und Philosoph)

Bevor aus deinem Stil etwas werden kann, muss aus dir selbst etwas geworden sein.

Marie von Ebner-Eschenbach (1830–1916, Schriftstellerin)

Im Ganzen ist der Stil eines Schriftstellers ein treuer Abdruck seines Innern: Will jemand einen klaren Stil schreiben, so sei es ihm zuvor klar in seiner Seele; und will jemand einen großartigen Stil schreiben, so habe er einen großartigen Charakter.

Johann Wolfgang Goethe (1749–1832, Schriftsteller)

1 Diskutieren Sie ausgehend von den Gemälden (S. 494), was Stil in der Malerei bedeutet. Unterscheiden Sie dabei zwischen Epochenstil und Individualstil.

2 „Der Stil [...] definiert die Distanz zwischen dem Text und dem Autor“ (Z. 10). Erläutern Sie die Aussage von Peter Stamm.
Vergleichen Sie mit den anderen Stildefinitionen. Wessen Ansicht teilen Sie?

3 Nennen Sie Bereiche, in denen Ihnen der Begriff „Stil“ begegnet, und untersuchen Sie, was das Gemeinsame der Verwendungen ist. Definieren Sie „Stil“.

13.1 Regeln und Strategien der Rechtschreibung anwenden

Richtig schreiben

Das amtliche Regelwerk der deutschen Rechtschreibung kennen

Thomas Vašek: Warum Stil eine Frage der Moral ist (2014, Ausschnitt)

Angenommen, ein Unternehmen kündigt einem langjährigen, verdienten Mitarbeiter, der sich nichts hat zuschulden kommen lassen. Stellen wir uns zwei Szenarien vor. Im ersten gibt es ein ausführliches Gespräch, man dankt dem Mitarbeiter für die geleistete Arbeit und wünscht ihm alles Gute für die Zukunft. Im zweiten Fall hingegen fordert man den Gekündigten im Befehlston auf, binnen einer Stunde das Büro zu räumen, zugleich werden schon mal Chipkarte und Mobiltelefon gesperrt. Kein Wort des Dankes, nichts.

Im ersten Fall würden wir wohl meinen, das Unternehmen habe sich einigermaßen korrekt verhalten. Die Kündigung bleibt zwar eine Kündigung, aber immerhin hat man eine gewisse Form gewahrt. Der zweite Fall hingegen empört wohl die meisten von uns. Wir würden sagen: Das war ganz schlechter Stil.

Unter Stil verstehen wir zunächst eine äußere Form, eine Fassade, die wir unserem Leben geben. Wir sprechen von Kleidungs-, Arbeits- oder Lebensstilen sowie von verschiedenen Stilen in Kunst und Architektur. Etymologisch gesehen bedeutet der Begriff eine Eigenart des sprachlichen Ausdrucks, er geht zurück auf das lateinische Wort „stilus“ (Griffel).

Im heutigen Sprachgebrauch verwenden wir den Begriff einerseits auf deskriptive, also beschreibende Weise. Wir sagen, jemand habe einen bestimmten Stil, also etwa eine Art, sich zu kleiden. Oft hat der Begriff aber auch eine normative, wertende Komponente. Wenn wir sagen, jemand habe „Stil“, dann meinen wir das in einem anerkennenden, respektvollen Sinn. Wir verbinden damit Attribute wie Eleganz, Geschmack, Anstand und Würde.

1 Was versteht der Thomas Vašek unter Stil? Vergleichen Sie seine Definition mit Ihrer eigenen (S. 495, Aufgabe 3).

2 Besprechen Sie arbeitsteilig, welche Schreibungen bei einem Diktat des Textausschnitts *Warum Stil eine Frage der Moral ist* Schülerinnen und Schülern vermutlich besonders schwerfallen. Übernehmen Sie die Tabelle und ordnen Sie dort weitere mögliche Fehlerquellen ein.

Bereiche der Rechtschreibung	mögliche Fehlerquellen
Zeichensetzung	*Angenommen, ein Unternehmen kündigt (Z. 1), …*
Getrennt- und Zusammenschreibung	*zuschulden (Z. 3), …*
Groß- und Kleinschreibung	*im ersten (Z. 4), …*
Laut-Buchstaben-Zuordnung	*Chipkarte (Z. 11), …*

3 Sammeln Sie Hilfen und Strategien, die Sie im Laufe der Zeit zur Vermeidung von Fehlern in den vier Rechtschreibbereichen (S. 496, Aufgabe 2, Tabelle) kennengelernt haben.
Bewerten Sie die Nützlichkeit der gesammelten Hilfen und Strategien in Bezug auf die Beispiele aus dem Text (S. 496). Welche Fälle erfassen sie, welche Rechtschreibfragen dagegen nicht?

4 Im Zweifelsfall können Sie immer auf die amtlichen Regeln zurückgreifen. Lesen Sie Paragraf 39 des amtlichen Regelwerks und erklären Sie in eigenen Worten, warum die Schreibung „zuschulden" richtig ist.

MK **5** Recherchieren Sie die aktuellen Regeln des amtlichen Regelwerks online. Rufen Sie die Internetseite auf und lesen Sie in Paragraf 39 nach, was dort in der „Ergänzung 3" geregelt ist. Benennen Sie, was für die Schreibung von „zuschulden" gilt.

Amtliches Regelwerk des Rats für deutsche Rechtschreibung (2018)

§ 39 Mehrteilige Adverbien, Konjunktionen, Präpositionen und Pronomen schreibt man zusammen, wenn die Wortart, die Wortform oder die Bedeutung der einzelnen Bestandteile nicht mehr deutlich erkennbar ist.

ÜBRIGENS

Wer bestimmt, wie richtig geschrieben wird?
Die Rechtschreibung ist seit der Einführung einer allgemeinen Schulpflicht ein Dauerthema. Ab 1870 gewannen dabei die Arbeiten des Lehrers und Lexikografen Konrad Duden immer mehr an Bedeutung. Der erste *Duden* war 1880 das „Vollständige Orthographische Wörterbuch der deutschen Sprache". Lange Zeit war der *Duden* dann „maßgebend in allen Zweifelsfällen", das heißt, ein Privatverlag bestimmte über die deutsche Rechtschreibung. Seit 2006 gilt in Deutschland eine amtliche Rechtschreibung, die vom „Rat für deutsche Rechtschreibung" beobachtet und weiterentwickelt wird. Und seither ist auch der *Duden* nur noch ein Wörterbuch unter vielen.

MK **6** Die Benutzung des amtlichen Regelwerks ist nicht so schwer, wie es auf den ersten Blick erscheinen mag. Probieren Sie es aus.
- Klären Sie zunächst, welche der folgenden Paragrafen die richtige Schreibung der Beispiele in Aufgabe 2 (S. 496) jeweils regeln.
  - § 32 Spezielle Laut-Buchstaben-Zuordnung bei Fremdwörtern
  - § 58 Kleinschreibung von Adjektiven und anderen Wörtern, obwohl diese Merkmale von Substantivierungen aufweisen
  - § 74 Abgrenzung von Nebensätzen durch Komma
- Lesen Sie in den Paragrafen nach, welche Regelung für die drei Fälle im Detail gilt und benennen Sie sie.

MK **7** Recherchieren Sie, welche amtlichen Regeln für die weiteren von Ihnen gesammelten Fehler in Aufgabe 2 (S. 496) gelten. Tauschen Sie sich über Ihre Ergebnisse im Kurs aus.

8 Prüfen Sie anhand Ihrer Fehlerliste aus Aufgabe 2 (S. 496), in welchen Fällen der Regelteil des amtlichen Regelwerks und in welchen das Wörterverzeichnis nützlich ist.

Amtliches Regelwerk des Rats für deutsche Rechtschreibung

- Vorbemerkung
- Vorwort
- A Laut-Buchstaben-Zuordnung
- B Getrennt- und Zusammenschreibung
- C Schreibung mit Bindestrich
- D Groß- und Kleinschreibung
- E Zeichensetzung
- F Worttrennung am Zeilenende
- Wörterverzeichnis

Bestandteile des amtlichen Regelwerks online

Häufige Fehler vermeiden

Zeichensetzung → S. 561

1 Fehlerquelle 1: Zeichensetzung. Schreiben Sie den folgenden Textausschnitt ab und setzen Sie dabei die fehlenden Kommas.

2 Diskutieren Sie, inwiefern sich die Satzstruktur und damit der Sinn des Satzes ändert, wenn man in Zeile 11 vor „sowie" ein Komma setzen würde.

Thomas Vašek: Warum Stil eine Frage der Moral ist (2014, Ausschnitt)

Fehlertext

Stilfragen halten wir oft für Formalien also für bloße Äußerlichkeiten. Worauf es ankommt das ist scheinbar „was" wir tun nicht „wie" wir es tun. „Guter Stil" gilt als Sekundärtugend ohne unmittelbare ethische Relevanz. Doch diese Sicht ist falsch. Es macht einen ethischen und moralischen Unterschied wie wir etwas tun.
Der Begriff „Stil" hat so möchte ich hier behaupten neben der deskriptiven Komponente die in unserer sozialen Lebenswelt verankert ist auch eine ästhetische sowie eine ethisch-moralische Dimension. Alle drei Dimensionen sind untrennbar miteinander verbunden. Insofern handelt es sich bei „Stil" um einen „dicken" Begriff der eine deskriptive und eine wertende Komponente hat. Man könnte sogar sagen es handle sich um einen „fetten" Begriff weil er ästhetische und ethisch-moralische Wertungen gleichermaßen einschließt. Mit anderen Worten: Stil verbindet unsere Lebenswelt mit dem Schönen und Guten also mit der äußeren Form sowie der Frage wie wir selbst leben und wie wir andere behandeln sollen. Aus dieser Überlegung lassen sich womöglich Ansätze zu einer „Ethik des Stils" gewinnen. Schlechter Stil kann die moralische Qualität von Handlungen korrumpieren. Jemand könnte sich etwa großzügig erweisen indem er einem Straßenbettler Geld gibt. Wenn er dem Bettler mit einer abschätzigen Geste ein Bündel Geldscheine vor die Füße wirft womöglich vor den Augen der Passanten dann ist das bestimmt schlechter Stil.

Groß- und Kleinschreibung → S. 561

3 Fehlerquelle 2: Groß- und Kleinschreibung. Prüfen Sie, ob jeweils groß- oder kleingeschrieben werden muss. Nutzen Sie ggf. den Regelteil eines (digitalen) Wörterbuchs.

A *Meine Nachbarin spricht kein d/Deutsch, auf jede Frage antwortet sie deshalb in e/Englisch.*
B *Durch n/Nachdenken kam er schließlich auf die Lösung.*
C *An ihren mäßigen Verhandlungsfähigkeiten sind sie selbst s/Schuld.*
D *Sie war ihrer Zeit weit v/Voraus und dankte deshalb schon im v/Voraus.*
E *Bei dieser Aufgabe würden sie zu den b/Besten gehören.*
F *Heute a/Abend und morgen f/Früh wollten sie noch Tweets absetzen.*
G *Es geschieht ihr r/Recht, da sie zuvor jeden Rat ausgeschlagen hat.*
H *Diese Angelegenheit sollten sie endlich e/Ernst nehmen.*

4 Schreiben Sie den folgenden Textausschnitt in der richtigen Groß- und Kleinschreibung ab.

Thomas Vašek: Warum Stil eine Frage der Moral ist (2014, Ausschnitt)

Fehlertext

guter stil erfordert aber nicht nur respekt für andere, sondern auch die achtung der eigenen würde. indem wir unseren stil kultivieren, erschaffen wir auch unser selbst. wir können schwerlich ein gelingendes leben führen, ohne auf seine äußere form zu achten. indem wir die form wichtig nehmen, zeigen wir auch, dass uns der inhalt wichtig ist. darin liegt die tiefere, ethische dimension von scheinbar reinen geschmacksfragen wie wohnungseinrichtung oder kleidung.
wer sich nachlässig kleidet oder seine wohnung verkommen lässt, zeigt damit nicht nur, dass es ihm egal ist, wie er auf andere wirkt. es fehlt ihm auch an selbstrespekt. nicht zu unrecht meinte schon adolph freiherr knigge, man solle auch „im verborgenen nichts tun, dessen man sich schämen müsste, wenn es ein fremder sähe". in unserer sozialen welt können wir wissen, was guter und schlechter stil ist. denn in stilfragen orientieren wir uns an normen und konventionen, etwa an geboten der höflichkeit.

Getrennt- und Zusammenschreibung → S. 560

5 Fehlerquelle 3: Getrennt- und Zusammenschreibung. Prüfen Sie, ob jeweils getrennt oder zusammengeschrieben werden muss. Achten Sie auf die Betonung und die Wortart. Begründen Sie Ihre Entscheidung.

A	*So/bald er zurückkommen würde, würden sie ihn ausfragen.*	*So/bald wird er wohl nicht mehr zurückkommen.*
B	*Sie hofften so/oft, dass er bessere Reden hielte.*	*Sie hofften, dass er bessere Reden hielte, so/oft sie an ihn dachten.*
C	*Das wird, so/weit sie verstanden hatten, nicht geschehen.*	*Sie liefen so/weit, wie sie konnten.*
D	*Sie begegneten sich so/wie immer.*	*Goethe, Schiller, Herder so/wie Wieland bilden das sogenannte Weimarer „Viergestirn".*
E	*Sie halfen ihnen, in/dem sie ihnen alles erklärten.*	*Sie führten ein Gespräch, in/dem sie alles klärten.*
F	*Sie hatte noch so/viele Fragen an ihre heimgekehrte Freundin.*	*Doch so/viel sie wusste, lohnte sich das Fragen jetzt nicht mehr.*

Laut-Buchstaben-Zuordnung → S. 560

6 Fehlerquelle 4: Laut-Buchstaben-Zuordnung. Setzen Sie in den folgenden Sätzen jeweils das richtige Wort bzw. das richtige Präfix ein.

A	end- oder ent-	*Die Regierung wollte den Forderungen der Demonstrierenden nicht …sprechen.*	*Jetzt reichte es ihnen aber …gültig.*
B	wider- oder wieder-	*Sie machten das voller …willen.*	*Sie konnten einfach nicht an die Existenz von …gängern glauben.*
C	ward oder wart	*Er rannte weg und … nicht mehr gesehen.*	*… ihr denn heute schon auf der Homepage?*
D	seid oder seit	*… doch nicht so zögerlich!*	*… Tagen schon versuchten sie, voranzukommen.*

7 Entscheiden Sie sich in dem folgenden Textausschnitt jeweils für die richtige Schreibung.

Fehlertext

Thomas Vašek: Warum Stil eine Frage der Moral ist (2014, Ausschnitt)

Von gutem Stil erwarten wir Individualität und Au…(t/th)entizität, eine gewisse Aufrichtigkeit in dem Sinne, dass jemand sich zu seinem Stil bekennt. Dabei lebt der Stilist immer im Bewusstsein, dass sich sowohl gesellschaftliche Normen als auch seine persönlichen Überzeugungen, was guter Stil ist, verändern können. Er bleibt offen für Kontingen…(tz/z).
Das bedeutet allerdings nicht, dass er sein Fähnchen nach dem Wind hängt, ganz im Gegenteil. Der Stilist geht nämlich von der unverrückbaren Überzeugung aus, dass wir andere Menschen und uns selbst nicht demütigen dürfen. […]
Der Stilist findet es verwerflich, andere Menschen schlecht zu behandeln. Allerdings kann er keine letzte Begründung dafür liefern, warum es verwerflich ist. Denn er kann auf keine Me…(t/th)aphysik zurückgreifen, die ihm sagen könnte, was guter Stil „wirklich" ist, also unabhängig von herrschenden Normen und Konventionen. In seinen normativen Überzeugungen bleibt er ganz auf dem Boden seiner jeweiligen sozialen Welt, an deren Regeln und Konventionen er sich bindet.

13.2 Typische Grammatikfehler vermeiden

Die Klippen der Sprache kennen

Eduard Engel: Deutsche Stilkunst (1911, Ausschnitt)

Ein gebildeter Mann sollte nicht einmal, wenn er im Schlafe spricht, grammatische Fehler machen. (Otto Gildemeister)

Eduard Engel (1851–1938) war ein deutscher Sprach- und Literaturwissenschaftler.

Es gibt eine lebendige Sprache nur im Munde redender oder in der Feder schreibender Menschen; deren Sprachgebrauch stellt die Wissenschaft fest, ohne ihm Vorschriften machen zu dürfen. Wäre die Sprache ein vom Menschenwillen unabhängiges Eigengewächs, so wäre es so gut wie unmöglich, auf ihre Entwicklung einzuwirken, und alles Schreiben über Sprachschäden zwecklos. So steht es zum Glück nicht. Machtvolle Dichter und Schriftsteller haben zu allen Zeiten auf die Sprachgestalt ihrer Völker im Ganzen wie in Einzelheiten bestimmend eingewirkt. [...]
Das meiste dessen, was in diesem Abschnitt über streitige Fragen der deutschen Sprachrichtigkeit und des Sprachgebrauchs ausgeführt wird, hat kein Seitenstück in den Büchern über französischen und englischen Stil. Deren Verfasser dürfen bestimmt voraussetzen, dass jeder gebildete Schreiber die Gesetze seiner Sprache fehlerlos beherrscht. Man schämt sich, in einem Werk über deutsche Stilkunst reinsprachliche Fragen zu erörtern, die in den Oberklassen der Volksschule, in der Quarta der höheren Lehranstalten gar keine Fragen mehr sein dürften. Es wäre aber falsche Vornehmtuerei, wollte ich die fehlerlose Beherrschung des Deutschen voraussetzen angesichts der allbekannten Tatsache, dass die Verfassung des Deutschen Reiches, die alte und die neue, unsere meisten Gesetze und Verordnungen von Sprachfehlern strotzen; dass manche hohe Beamte, viele Zeitungen, die Mehrzahl der Männer der Wissenschaft grobe Sprachschnitzer begehen, vom Stil gar nicht zu reden. Ohne eine saubere Sprache gibt es keine Stilkunst, wie es keinen Malkünstler gibt, der nicht zeichnen kann; keinen Tonmeister, dem die Gesetze der Harmonie fremd sind. Im Deutschen breitet sich ein großes Grenzgebiet zwischen Sprachform und Stilkunst, und wohl oder übel muss jedes deutsche Buch unserer Art sich mit diesem Zwischenreich beschäftigen.
Unsere wie jede Sprache hat Klippen, an denen der unachtsame oder ungeschickte Schreiber scheitern kann. Sie genau zu kennen, gehört zu den Pflichten jedes Schreibers.

1 Untersuchen Sie im Ausschnitt aus Eduard Engels *Deutsche Stilkunst*, welche Wörter und Wendungen Ihnen heute nicht mehr geläufig sind.

2 Benennen Sie, welche positiven und negativen Einflüsse es laut Eduard Engel von außen auf die Sprache gibt. Diskutieren Sie, ob die negativen Einflüsse auf die Sprache auch heute noch in dieser oder ähnlicher Form bestehen.

3 „Ohne eine saubere Sprache gibt es keine Stilkunst" (Z. 24 f.). Diskutieren Sie diese These.

MK **4** **PLUS** Recherchieren Sie zu Ludwig Reiners *Deutscher Stilkunst* und dem Vorwurf, dass er dafür bedeutende Teile von Engels Werk abgeschrieben hätte. Präsentieren Sie Ihre Ergebnisse im Kurs.

MK **5** Schreiben Sie die folgenden Sätze ab und ergänzen Sie jeweils das richtige Prädikat. Achten Sie auf die Übereinstimmung des Numerus zwischen Subjekt und Prädikat. Recherchieren Sie dafür u.a. die Regel bei „entweder/oder“ und stellen Sie Ihre Ergebnisse vor.

A *Entweder ist/sind die Voraussetzung der Argumentation falsch oder die Schlussfolgerung.*
B *Sowohl Form als auch Inhalt des Gesagten lässt/lassen darauf schließen, dass sich die Schreibenden nicht gründlich mit dem Thema befasst haben.*
C *Die Beschäftigung mit den verschiedenen Stillehren hat/haben ergeben, dass es oft nur individuelle Lösungen geben kann.*

6 Prüfen Sie, ob die beiden folgenden Sätze grammatisch richtig sind. Achten Sie auf den Kasus der Adjektiv- bzw. Artikelendungen.

A *Engel bezieht sich in seiner Argumentation auf Otto Gildemeister, ein deutscher Schriftsteller und Übersetzer des 19. Jahrhunderts.*
B *Eduard Engel, Verfasser der „Deutschen Stilkunst“, die bis 1931 31 Auflagen erlebte, wandte sich oft auch heftig gegen die „Fremdwörterei“.*

7 Schreiben Sie die folgenden Phrasen bzw. Sätze ab und ergänzen die richtigen Endungen, sofern das nötig ist.

A trotz dies… Merkmal… (Sg.)
B wegen de… Merkmal… (Sg.)
C sie nannten ihn als Zeuge…
D Dem Autor… eines Buches über Stilkunst wurde Plagiat vorgeworfen.
E außer de… Merkmal… (Sg.)
F aufgrund de… Merkmal… (Sg.)
G er erkannte in ihm den Präsident…
H Der Autor… bat sowohl den Dramaturg… als auch den Intendant… sein Stück nicht abzusetzen.

8 Schreiben Sie die folgenden Phrasen ab und ergänzen Sie die richtigen Endungen, sofern das nötig ist.

A mangels besser… Alternativ… (Sg.)
B angesichts d… zahlreich… Fehler…
C innerhalb ein… bestimmt… Zeithorizont…
D zugunsten sein… Freund… (Sg.)
E ungeachtet sein… stark… Widerstand… (Sg.)
F bezüglich sein… Einwand… (Sg.)

9 Beschreiben Sie zunächst, inwiefern die folgenden Satzgefüge stilistisch unschön sind. Formulieren Sie anschließend die Satzgefüge so um, dass Sie diesen Mangel beheben.

A *Er war sicher, dass wenn alle Argumente genannt sind, die Schlussfolgerung klar auf der Hand liegt.*
B *Hier konnte sie nicht folgen, weil wenn man das Beispiel auf den Bereich Schule überträgt, es nicht mehr ganz so einleuchtend erscheint.*
C *Nach der Debatte war er enttäuscht, weil obwohl er gute Argumente vorgebracht hatte, er nicht mit seinem Standpunkt hatte durchdringen können.*

10 Lösen Sie die folgenden Genitiv-Umschreibung auf.

A *der Autor von dem Text*
B *meiner Klasse ihre Meinung*
C *die Einwände von den Schülerinnen und Schülern*
D *der Schülerinnen und Schülern ihr Widerstand*

11 Schreiben Sie die folgenden Sätze ab und ergänzen Sie jeweils passende Relativanschlüsse.

A *Etwas mehr Zeit zur Fehlerkorrektur ist das, … die Schülerinnen und Schüler nach der Niederschrift benötigen.*
B *Das war etwas, … man nach der Beschäftigung mit Grammatikfehlern nicht mehr hatte erwarten können.*
C *Fast alles, … sie bezichtigt wurde, konnte ihr schließlich nachgewiesen werden.*
D *Ausgerechnet die Formulierung, … er am längsten nachgedacht hatte, wurde ihm am Ende als Stilschlamperei angekreidet.*
E *Ein Wörterbuch ist etwas, … niemand bei seiner Textüberarbeitung freiwillig verzichten sollte.*
F *Das ist ein Buch, … noch lange in der Öffentlichkeit gesprochen wurde.*
G *Es gibt so einiges in dem Text, … sie noch nachdenken müssen.*

12 Korrigieren Sie in den folgenden Sätzen jeweils den Tempusfehler.

Fehlertext

A *Nachdem sie das bekannt gemacht hat, erhielt sie Unmengen von Zuschriften.*
B *Als er davon hört, schrieb er sofort einen Leserbrief.*
C *Immer wenn es einen Anlass dazu gab, redet sie über das Thema.*
D *Bevor sie ihren Text schließlich niederschrieb, hat sie lange über viele Formulierungen nachgedacht.*

13 Formen Sie im folgenden Text die direkten Reden in indirekte Reden um. Achten Sie dabei auf Modus und Tempus in der indirekten Rede.

Der Schüler berichtete: „Ich war schon in der Bibliothek und habe mir dort die Originalausgabe der Stilkunst von Eduard Engel angesehen." Seine Mitschülerin meinte dazu: „Ich werde diese Woche sicher auch noch in die Bibliothek gehen!" Sie ergänzte: „Ich habe gerade mit Lisa über einen möglichen Termin gesprochen." Lisa sagte: „Voraussichtlich habe ich am Freitagnachmittag Zeit." Der Schüler antwortete: „Wenn ihr möchtet, zeige ich euch, wo das Buch zu finden ist."

14 Benennen Sie die grammatischen Fehler in dem folgenden Text, korrigieren Sie die Sätze und formulieren Sie allgemein, was gilt.

Fehlertext

(A) Eduard Engel schrieb, dass es ohne eine saubere Sprache keine Stilkunst gäbe und es zu den Pflichten jedes Schreibers gehören würde, alle Klippen der Sprache, an denen man scheitern könnte, genau zu kennen. (B) Engel nimmt das Interesse, was ihm und seiner „Deutschen Stilkunst" entgegengebracht wird, sehr wohl wahr. (C) Die Leserinnen und Leser fanden die Argumente für die Behandlung von Grammatikfragen in einer Stilistik mehr überzeugend. (D) Das Argument, dass es ohne eine saubere Sprache keine Stilkunst gibt, leuchtete ihnen ein. (E) Am Ende finden sie die Ausführungen Eduard Engels sogar noch plausibler wie ursprünglich gedacht.

13.3 Ausdruck und Stil verbessern

Stilbewusst schreiben

1 Tauschen Sie sich darüber aus, was für Sie einen guten Roman ausmacht. Welche Rolle spielen dabei Inhalt und Stil?

2 Was macht ein gutes Buch für Schopenhauer aus? Lesen Sie den folgenden Textausschnitt und positionieren Sie sich zu dessen Inhalt auf der Grundlage Ihrer Ergebnisse aus Aufgabe 1.

Arthur Schopenhauer: Über Schriftstellerei und Stil (1851, Ausschnitt)

Arthur Schopenhauer (1788–1860) war ein deutscher Philosoph und Hochschullehrer.

Ein Buch kann nie mehr sein als der Abdruck der Gedanken des Verfassers. Der Wert dieser Gedanken liegt entweder im *Stoff*, also in dem, *worüber* er gedacht hat, oder in der *Form*, d.h. der Bearbeitung des Stoffs, also in dem, *was* er darüber gedacht hat.
Das Worüber ist gar mannigfaltig, und ebenso die Vorzüge, welche es den Büchern erteilt. Aller empirische Stoff, also alles historisch oder physisch Tatsächliche, an sich selbst und im weitesten Sinne genommen, gehört hierher. Das Eigentümliche liegt dabei im *Objekt*; daher das Buch wichtig sein kann, wer auch immer der Verfasser sei.
Beim Was hingegen liegt das Eigentümliche im *Subjekt*. Die Gegenstände können solche sein, welche allen Menschen zugänglich und bekannt sind: aber die Form der Auffassung, das Was des Denkens erteilt hier den Wert und liegt im Subjekt. Ist daher ein Buch von dieser Seite her vortrefflich, so ist es sein Verfasser auch. Hieraus folgt, dass das Verdienst eines lesenswerten Schriftstellers umso größer ist, je weniger es dem Stoff verdankt, mithin sogar, je bekannter und abgenutzter dieser ist. So z. B. haben die drei großen griechischen Tragiker sämtlich denselben Stoff bearbeitet.
Also soll man, wenn ein Buch berühmt ist, wohl unterscheiden, ob wegen des Stoffs oder wegen der Form. Ganz gewöhnliche und platte Menschen können vermöge des *Stoffs* sehr wichtige Bücher liefern, indem derselbe gerade nur ihnen zugänglich war, z. B. Beschreibungen ferner Länder, seltener Naturerscheinungen, angestellter Versuche, Geschichte, deren Zeuge sie gewesen oder deren Quellen aufzusuchen und speziell zu studieren sie Mühe und Zeit verwendet haben.
Hingegen wo es auf die *Form* ankommt, indem der Stoff jedem zugänglich oder gar schon bekannt ist, wo also nur das Was des Denkers über denselben der Leistung Wert geben kann, da vermag nur der eminente Kopf etwas Lesenswertes zu liefern. Denn die übrigen werden allemal nur das denken, was jeder andere auch denken kann. Sie geben den Abdruck ihres Geistes: aber von dem besitzt schon jeder das Original.

3 Bewerten Sie den Ausschnitt *Über Schriftstellerei und Stil* unter den Gesichtspunkten Verständlichkeit, Gedankenführung und Stil. Benennen Sie dabei, mit welchen sprachlichen Mitteln Schopenhauer seine Gedankenführung deutlich macht.

4 Beschreiben Sie, in welchem logischen Verhältnis die folgenden Begriffspaare zueinander stehen.

Verfasserin/Verfasser – Autorin/Autor | Stoff – Form | unbekannt – bekannt

Subjekt – Objekt | bekannt – berühmt | Buch – Roman

5 Geben Sie die wesentlichen Aussagen Schopenhauers schriftlich wieder. Schreiben Sie Paraphrasen.

SO GEHT'S **Paraphrasieren**

So geht's 140

Der Verfasser ~~berichtet von~~ → schildert, stellt dar, führt aus, …
~~Buch~~ → Werk / Schrift / Arbeit, …

Schopenhauer → der gebürtige Danziger Philosoph → der Verfasser von „Die Welt als Wille und Vorstellung"

Tragödie (= Unterbegriff) → Schauspiel (= Oberbegriff) → Theaterstück (= Oberbegriff)
Autor (= Oberbegriff) → Dichter (= Unterbegriff) → Romancier (= Unterbegriff)

Synonym → ein Ausdruck wird durch einen bedeutungsähnlichen Ausdruck ersetzt

Paraphrase (im engeren Sinne) → ein Ausdruck wird durch eine Umschreibung ersetzt

Ober- bzw. Unterbegriff → ein Ausdruck wird durch einen über- oder untergeordneten Begriff ersetzt

6 Ersetzen Sie in den folgenden Phrasen jeweils das unspezifische Verb „machen". Orientieren Sie sich an den Beispielen.

z. B. ~~Essen machen~~ → Essen zubereiten *~~Lärm machen~~ → lärmen*

A Sinn machen
B sich auf den Weg machen
C Schwierigkeiten machen
D einen Film machen
E einen Vorschlag machen
F sich Sorgen machen

7 Ergänzen Sie in den folgenden Phrasen jeweils die passende Präposition zum Nomen.

A *ein Vergleich … Schopenhauer und Engel zeigt, dass …*
B *einen großen Vorsprung … jemandem haben*
C *Kenntnis … einer Sache haben*
D *der Ruf … einer raschen Lösung*
E *seine Entscheidung … die Familie*
F *die Sorge … einen guten Stil*

8 Ergänzen Sie in den folgenden Phrasen jeweils die passende Präposition zum Verb.

A *Sie war … eine Lösung bemüht.*
B *Er leidet seit langem … Depressionen.*
C *Ich habe … Schwierigkeiten zu kämpfen.*
D *Beide bewarben sich … die freie Stelle.*
E *Wir kämpften verbissen … den Sieg.*
F *Du kämpfst … deine Überzeugungen.*

9 Ergänzen Sie in den folgenden Phrasen jeweils das passende Verb zum Nomen, sodass es wie im Beispiel der angegebenen Bedeutung entspricht. Manchmal gibt es mehrere Möglichkeiten.
z. B. einem Irrtum unterliegen (sich irren)

A *etwas zur Sprache …* ***(ansprechen)***
B *ein Urteil …* ***(urteilen)***
C *in Abhängigkeit …* ***(abhängig werden)***
D *Anstrengungen …* ***(sich anstrengen)***
E *in Erwägung …* ***(erwägen)***
F *eine Entscheidung …* ***(entscheiden)***
G *zur Vernunft …* ***(vernünftig werden)***
H *eine Absprache …* ***(sich absprechen)***
I *die Ansicht …* ***(meinen)***
J *Kritik …* ***(kritisieren)***

10 Prüfen Sie Ausdruck und Stil der folgenden Sätze und überarbeiten sie diese.

Fehlertext

A *Er sagte, er habe als Individium gehandelt und Individiums seien für ihre Handlungen selbst verantwortlich.*
B *Dieses Beispiel belegt exemplarisch die Schreibweise der Autorin.*
C *Die Antipathie der Figur auf die Lesenden wird dadurch gesteigert, dass ihr Charakter typisierend beschrieben wird.*
D *Nach der Lektüre des ersten Teils der Triologie hatte er auf die übrigen Teile keine Lust mehr.*

11 Überprüfen Sie in den folgenden Sätzen, ob das markierte Wort inhaltlich gerechtfertigt ist oder ob es sich um einen überflüssigen Kommentar oder ein Füllwort handelt.

A *Das Argument, dass er der Stilrichtung nicht kundig sei, kann überhaupt nicht überzeugen, zumal er …*
B *Die Argumentation der Autorin ist doch wenig überzeugend, wenn …*
C *Mit seiner Ankündigung übertraf er sogar die Erwartungen seiner Kritiker.*
D *Ihr Auftreten wird selbst von ihren Mitstreitern eher kritisch betrachtet.*
E *Die Tatsache, dass er an einer berühmten Hochschule studiert hat, bedeutet leider noch nicht, dass …*
F *… ist eine Frage, die meines Wissens bislang ohnehin nicht gestellt wurde.*
G *Auch dieser Einwand vermag nämlich nicht zu überzeugen, da …*
H *Dieser Darstellung widerspricht eigentlich die Annahme, dass …*

12 Wer verhütet und wer begeht hier Straftaten? Formulieren Sie das Hinweisschild richtig.

13 Entscheiden Sie bei den folgenden Sätzen, ob Stilfehler vorliegen, und formulieren Sie die entsprechenden Sätze um.

Fehlertext

A *Angeblich scheinen die Vertreter dieser Auffassung nicht zu realisieren, dass …*
B *In dieser Situation macht die Figur große Anstrengungen, um aus ihrer verfahrenen Situation zu kommen.*
C *Er macht nun den entscheidenden Fehler, indem er versucht, …*
D *Sie geht nun anscheinend auf das Angebot ein, plant aber bereits, sich …*
E *In dieser Frage lässt sich kaum eine Zusammenarbeit erzielen, da …*
F *Durch seine persönliche Anwesenheit erreicht er, dass …*

14 **PLUS** Welcher Stil zeichnet eigentlich einen sachlich-nüchternen, einen poetischen, einen satirischen oder einen behördlichen Textauszug aus? Wählen Sie zwei der genannten Stilebenen und formulieren Sie Passagen aus dem Textausschnitt *Deutsche Stilkunst* von Engel (S. 500) entsprechend um.

Epochen der Literatur

Epochenüberblick 1600 bis heute

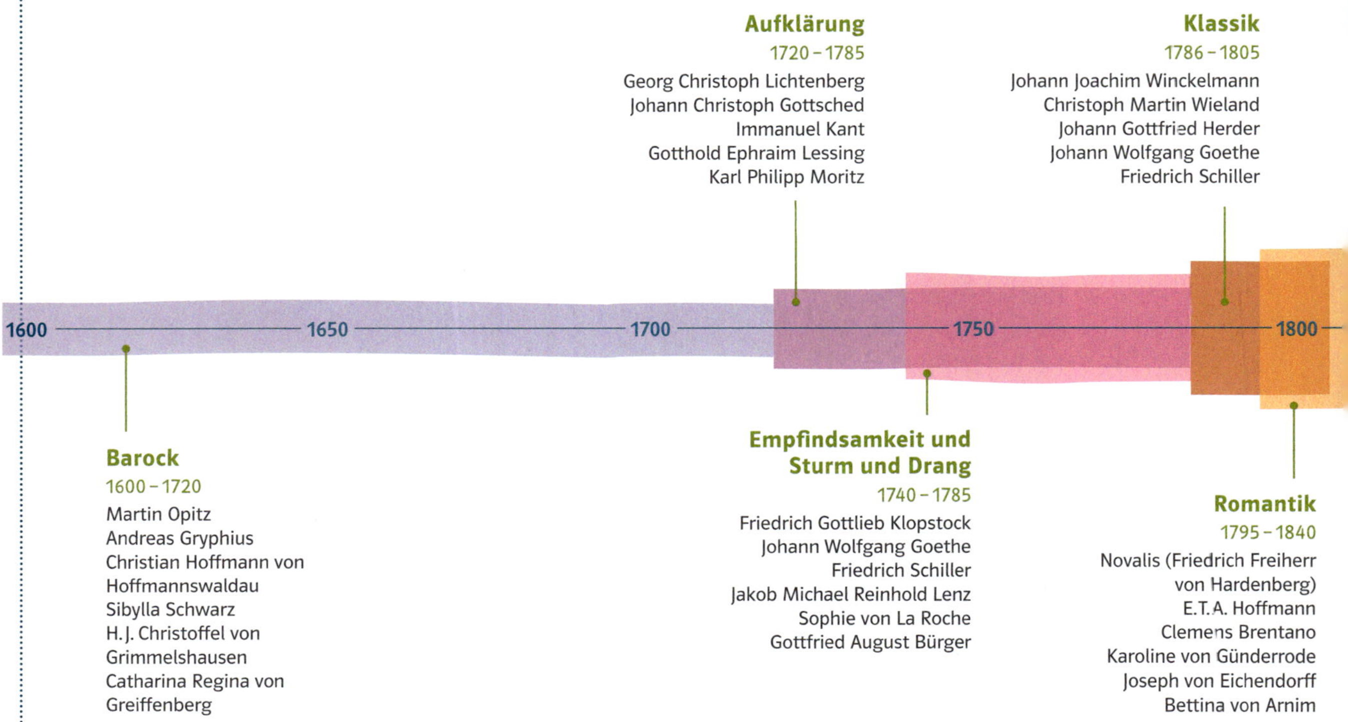

Epochenzuordnungen
Die **Geschichte der Literatur** kann man mit einem breiten, mächtigen Fluss vergleichen, voller Strömungen, Strudel und Untiefen. Sie in klar voneinander abgegrenzte **Epochen** einteilen zu wollen, ist ein verständliches, aber auch problematisches Unterfangen. „[Denn] offensichtlich bezeichnen **Epochenbegriffe** etwas, was es in der Realität überhaupt nicht gibt. Sie sind nachträglich gestanzte Spielmarken kluger Konstrukteure […]. Immer herrscht die Gleichzeitigkeit des Verschiedenen, der eine Epochenbezeichnung nicht entspricht" (Karl Otto Conrady). Ungeachtet dieser Gleichzeitigkeit unterschiedlicher Strömungen haben sich **Epocheneinteilungen als Mittel der Strukturierung** eingebürgert, um ein tragfähiges begriffliches Fundament für die historische Verortung und den Vergleich literarischer Texte zu schaffen. Allerdings sind viele Epochenbezeichnungen nicht immer aus der Perspektive der

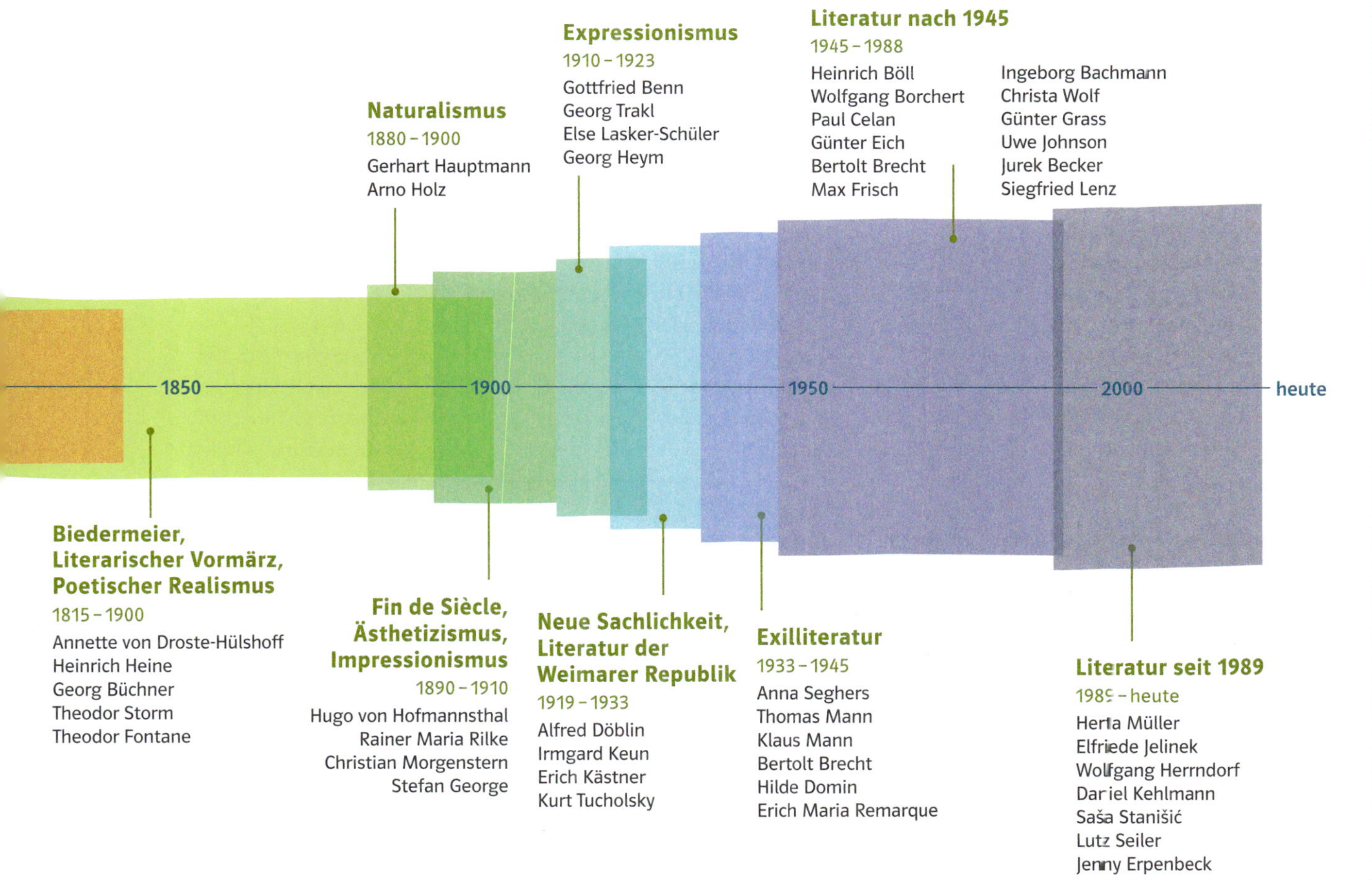

Literatur (Sturm und Drang) formuliert, sondern resultieren aus unterschiedlichen kulturellen Kontexten, z. B. der Politikgeschichte (Vormärz), Kunstgeschichte (Barock), Wohnkultur (Biedermeier) oder der Malerei (Impressionismus). Besonders angesichts der heterogenen Entwicklungen im 20. und beginnenden 21. Jahrhundert (z. B. Literatur der DDR, Neue Subjektivität, Postmoderne, Netzliteratur) werden Definitionsversuche über Epochenbezeichnungen zunehmend schwieriger. Als Alternative könnte man sich deshalb auf **Epochenumbrüche** konzentrieren, also auf jene kurzen Phasen gesellschaftlich-kulturellen Wandels, in denen sich wesentliche Themen, Ausdrucksformen, Funktionen und auch Selbstzuschreibungen der Literatur ändern. Konkurrierende oder aufeinander Bezug nehmende Strömungen, die charakteristisch für eine bestimmte Phase sind, könnten so über den Vergleich miteinander identifiziert werden.

Barock (1600–1720)

Epochenmerkmale

Themen und Motive
- Vanitas (Vergänglichkeit)
- Memento mori (Bedenke, dass du sterben musst!)
- Carpe diem (Nutze den Tag!)
- wiederkehrende Motive, z. B. „Frau Welt“ als Vanitas mundi
- Dualismus von Diesseits und Jenseits, Zeitlichkeit und Ewigkeit, Körper und Geist
- Ordo: die strenge, rationale Ordnung der Welt, z. B. in der Ständepyramide (gesellschaftliche Schichtung) oder in den Gesetzmäßigkeiten der Mechanik, soll durch den Verstand erkannt werden

Sprache und Stil
- Regelpoetik (M. Opitz), die formalen Vorgaben folgt
- Originalität durch die geistreiche neue Variation von Motiven und Bildern
- Antithetik als Stilmittel zeigt die Zerrissenheit des barocken Lebensgefühls (z. B. Diesseits/Jenseits, Wollust/Tugend, Schein/Sein)
- Alexandriner (jambischer Sechsheber) als beliebte Versform unterstützt die inhaltliche Darstellung von Antithetik
- bildreiche Sprache: Metaphern, Personifikationen, Allegorien, Vergleiche

Gattungen und Genres
- Epigramm
- Ode
- Hymne
- Sonett
- Lied, Kirchenlied
- Emblem
- Figurengedicht
- Schelmenroman
- Schäferroman, galanter Roman
- Satire
- Trauerspiel
- Komödie, Schwank
- Poetik als literaturtheoretische Schrift
- illustriertes Flugblatt

1

2

Abbildung 1: Die bedrängte Stadt Augsburg, 1632, Sammlung Bayerische Staatsbibliothek

Abbildung 2: Balthasar van der Ast: Stillleben mit Früchten und Seeschneckenhäusern, um 1635, Sammlung Alte Pinakothek München

Literarische Werke
- *Leben und Taten des scharfsinnigen Edlen Don Quixote von la Mancha* 1605/15, Roman, Miguel de Cervantes Saavedra
- *Buch von der Deutschen Poeterey* 1624, Regelpoetik, Martin Opitz
- *Son- undt Feyrtags-Sonnete* 1639, Andreas Gryphius
- *Epigrammata. Das erste Buch* 1643, Epigramme, Andreas Gryphius
- *Deutsche Poëtische Gedichte* 1650, Sibylla Schwarz

1600 – 1610 – 1620 – 1630 – 1640 – 1650

Historische Ereignisse
- **Gründung der Fruchtbringenden Gesellschaft zur „Reinhaltung“ der deutschen Sprache** 1617
- **Dreißigjähriger Krieg** 1618–1648
- **Gründung der Hamburger Bank** 1619
- **Erste Rechenmaschine durch Wilhelm Schickard** 1623
- **Inquisitionsprozess gegen Galileo Galilei** 1633
- **Westfälischer Frieden** 1648

Epochenbild

Zeitbild/Gesellschaft

Der Zeitraum zwischen dem Ende der Renaissance und dem Beginn der Aufklärung ist entscheidend geprägt vom **Dreißigjährigen Krieg** (1618–1648) und seinen Folgen. Die Literatur der Zeit thematisiert entsprechend Unsicherheit, Krankheit (Pestzeiten), Tod und Zerstörung.
Im Gegensatz dazu entwickelt sich ein starkes höfisches und katholisches Repräsentationsbedürfnis, das sich vor allem in der Prachtentfaltung der Architektur und einer aufwändig gepflegten höfischen Musikkultur widerspiegelt.
Politisch fällt in diese Epoche die Loslösung vom ständischen und feudalen System des Mittelalters hin zur Etablierung des **Absolutismus** (Machtübernahme in Frankreich durch Ludwig XIV. im Jahr 1661).

Welt- und Menschenbild

Das barocke Weltbild ist geprägt vom Gegensatz zwischen dem diesseitigen und dem jenseitigen Leben. Die Sehnsucht nach Erlösung und die Hoffnung auf ewiges Seelenheil nach dem Tod (**Memento mori**, **Vanitas**) werden kontrastiert von Lebensfreude, Genuss und Weltzuwendung (**Carpe diem**). Frömmigkeit und ein christliches Welt- und Menschenbild prägen das dichterische Schaffen der Zeit.
Daneben fordern zahlreiche **Erfindungen** und neue Erkenntnisse das in sich geschlossene christliche Weltbild heraus. So wird beispielsweise das ehemals geozentrische Weltbild (Erde als Mittelpunkt) durch das **heliozentrische Weltbild** (Sonne als Mittelpunkt) abgelöst.
Neben der Sicht auf den Menschen aus religiös-christlicher Perspektive als erlösungsbedürftig und abhängig von Gottes Gnade nimmt seit der Reformation zunehmend auch die Perspektive vom Menschen als **selbstbewusstes Individuum** Raum ein. In diesem Bewusstsein steht dichterisches Schaffen zwar immer noch fest in tradierten Formen, diese werden jedoch vor diesem Hintergrund individuell ausgestaltet und akzentuiert.

Literatur

In die Zeit des Barock fällt die **Ablösung von der lateinischen Sprache** als Sprache der Literatur und Wissenschaft. Es entstehen Sprachgesellschaften, die sich um die Pflege der deutschen Sprache und eine einheitliche Orthografie bemühen.

Lyrik

Barocke Lyrik folgt festen Regeln, die in Poetiken wie dem *Buch von der Deutschen Poeterey* von Martin Opitz festgelegt werden.
Eine weit verbreitete Gedichtform ist das aus Italien stammende **Sonett** mit seiner strengen Struktur, welche die Entfaltung von inhaltlichen Gegensätzen auf der formalen Ebene besonders gut ermöglicht (z. B. These im ersten Quartett, Antithese im zweiten Quartett, Synthese in den Terzetten). Aber auch andere Formen wie die Ode, das Epigramm, die Hymne oder das Lied sind beliebt.

Epik

Die Epik orientiert sich oft an **französischen** oder **italienischen Vorbildern**. Im **galanten Roman** bewähren sich adlige Liebespaare in Abenteuern und im Schäferroman werden Liebesgeschichten in idyllische Welten verlegt.
Im **Schelmenroman** hingegen hält der Held, meist aus den unteren Schichten stammend, der Gesellschaft mit ihren Lastern einen Spiegel vor.

Drama

Das Drama orientiert sich meist an antiken Stoffen, wobei großmütige und charakterlich integere Helden in den Trauerspielen als moralische Vorbilder wirken sollen. Die strenge **Ständeklausel** in der Poetik des Barock sieht vor, dass nur Adlige diesen Anspruch erfüllen können. Bürgerliche und bäuerliche Figuren hingegen werden in Komödien als schlichte Wesen gezeigt, die sich u. a. durch Dummheit und Prahlerei auszeichnen.

Geistliche Andachten samt den übrigen Liedern und lat. Gedichten
1667, Paul Gerhardt

Der Abentheuerliche Simplicissimus Teutsch
1669, Schelmenroman, Hans Jakob Christoffel von Grimmelshausen

Des Allerheiligst- und Allerheilsamsten Leidens und Sterbens Jesu Christi Zwölf andächtige Betrachtungen
1672, Andachtsbuch, Catharina Regina von Greiffenberg

Philosophiae naturalis principia mathematica
1687, naturwissenschaftliches Hauptwerk, Isaac Newton

1670 — 1680 — 1690 — 1700 — 1710 — 1720

Durchsetzung des Absolutismus in Europa
ab 1648

Erste Tageszeitung der Welt in Leipzig
1650

Erster Doktortitel für eine Frau an der Universität Padua
1678

Anerkennung der „Bill of Rights“
1689

Bauernaufstand in Bayern
1705/06

Einschränkung der Hexenprozesse in Preußen
1714

Aufklärung (1720–1785)

Epochenmerkmale

Themen und Motive
- Rationalismus, vernunftgeleitetes Denken
- der aufgeklärte, mündige und selbstbestimmte Mensch in Reibung an gesellschaftlichen Normen (z. B. Willkür, Dogmen)
- die Erziehung zu Vernunft, Tugend, Moral und Mitgefühl
- die natürliche Gleichheit aller und religiöse Toleranz
- die Emanzipation des Bürgertums
- standesübergreifende Liebe in Widerspruch zum gesellschaftlichen Umfeld

Sprache und Stil
- antike Gedicht- und Versformen
- Verzicht auf kunstvolle Verssprache und Pathos
- klare Sprache (Prosa)
- Blankvers: jambischer Fünfheber ohne Reim
- zunehmende Lockerung der Drei-Einheiten-Lehre (Ort, Zeit, Handlung) im Theater
- Loslösung vom repräsentativen und von Pathos geprägtem Stil der höfischen Gesellschaft

Gattungen und Genres
- das bürgerliche Trauerspiel in seiner läuternden Funktion (Erregung von Furcht und Mitleid)
- Lehrgedicht
- Fabel
- Parabel
- Erzählung
- Epigramm
- Aufklärungsroman
- literaturtheoretische Schrift
- Erbauungsbuch und praktischer Ratgeber
- Enzyklopädie
- Zeitschrift

1

2

Abbildung 1: Francisco de Goya: *El sueño de la razón produce monstruos* (1799), deutsche Übersetzung: „Der Schlaf der Vernunft gebiert Ungeheuer" oder „Der Traum der Vernunft gebiert Ungeheuer"

Abbildung 2: Denkmal Immanuel Kants in seiner Heimatstadt Kaliningrad (Königsberg)

Literarische Werke
- *Irdisches Vergnügen in Gott* 1721–1748, Gedichte, Barthold Heinrich Brockes
- *Gullivers Reisen* 1726, Roman, Jonathan Swift
- *Universal-Lexicon* 1731–1754, Johann Heinrich Zedler
- *Der Diener zweier Herren* 1746, Volkskomödie, Carlo Goldoni
- *Enzyklopädie in 35 Bd.* 1751–1780, Denis Diderot / Jean-Baptiste le Rond d'Alambert

1720 — 1725 — 1730 — 1735 — 1740 — 1745 — 1750

Historische Ereignisse
- ***Systema Naturae*** **des schwedischen Naturforschers Carl von Linné erscheint, seine Klassifizierungen der Pflanzen und Tiere sind größtenteils bis heute gültig** 1735
- **David Humes** ***Traktat über die menschliche Natur*** **erscheint, das auf Beobachtung und Erfahrung als Grundlage menschlicher Erkenntnis gründet** 1739
- **Einschränkung der Folter in Preußen durch Friedrich den Großen** 1740
- **Maria Theresia regiert als Erzherzogin die Großmacht Österreich, sie zählt zu den bedeutendsten Regenten des sog. aufgeklärten Absolutismus** 1740–1780

Epochenbild

Zeitbild/Gesellschaft

„Aufklärung ist der Ausgang des Menschen aus seiner selbst verschuldeten Unmündigkeit." So formuliert Immanuel Kant in seinem Essay *Beantwortung der Frage: Was ist Aufklärung?* 1784 den politischen **Anspruch des Bürgertums auf Selbstbehauptung** und stellt die Vorrechte des Adels und dessen Willkürherrschaft infrage.
Handel und Manufakturen bringen Aufschwung in den Städten und stärken das Selbstbewusstsein des aufstrebenden Bürgertums. Es entstehen neue Universitäten und Akademien sowie kulturelle Einrichtungen, z.B. Konzerthäuser.
Besonderen Ausdruck finden die aufklärerischen Ideen in der amerikanischen Unabhängigkeitserklärung (1776) und der Französischen Revolution von 1789, deren Parole „Freiheit! Gleichheit! Brüderlichkeit!" die Ziele der Aufklärung zusammenfasst.

Welt- und Menschenbild

Das Weltbild der Aufklärung ist geprägt vom **Glauben an die Vernunft** (**Rationalismus**). Dieser gründet sich auf den Fortschritt der Naturwissenschaften seit dem 16. Jahrhundert. Es entsteht die Überzeugung, dass die Welt durch rational erkennbare Naturgesetze bestimmt ist.
Der Erkenntnisfortschritt in den Naturwissenschaften führt auch zu einem **deistischen Weltbild**, in dem Gott zwar Schöpfer der Welt ist, diese aber ihren eigenen Gesetzen folgt und der Mensch für ihre Gestaltung verantwortlich ist. Die Religion dient der sittlichen Orientierung und wird zunehmend zu einer privaten Angelegenheit.
Das Bürgertum sieht in **aufgeklärter Bildung** und **Erziehung zum mündigen und selbstbestimmten Menschen** seine wichtigsten Ideale.
In der Familie herrscht das **Patriarchat** vor, d.h. der „Hausvater" entscheidet in allen familiären Angelegenheiten und in Erziehungsfragen. Er besitzt die absolute Autorität gegenüber seinen weiblichen Familienangehörigen.

Literatur

Zur Zeit der Aufklärung entstehen Lesezirkel, Bildungs- und Tischgesellschaften als Formen bürgerlich-öffentlicher Selbstverständigung über Tugend, Moral, Erziehung, Bildung und literarischen Geschmack. Die Aufgabe der Literatur wird gemäß dem lateinischen Dichter Horaz mit *prodesse et delectare* (**nützen und erfreuen**) beschrieben.
Es entstehen Enzyklopädien, die die umfassende lexikalische Darstellung des Wissens der Zeit enthalten.
Zeitschriften unterhalten und verbreiten neueste Erkenntnisse der Naturwissenschaften.

Drama

Das Theater wird ein Ort der bürgerlichen Öffentlichkeit. Die Helden werden nicht mehr, wie es die Ständeklausel im Barock fordert, mit edlen Adligen besetzt, sondern mit bürgerlichen Figuren oder solchen aus dem niederen Adel. In tragisch verlaufenden Konflikten mit adligen Gegenspielern bieten sie dem Publikum die Möglichkeit zur Identifikation. Diese Konflikte spiegeln die bürgerlichen Lebensumstände, meist das **Ringen um Selbstverwirklichung**, und zielen darauf ab, das Gemüt des Zuschauers durch Mitleid zu reinigen (Katharsis). Wegweisend für das **bürgerliche Trauerspiel** ist Lessing mit *Miss Sara Sampson* und *Emilia Galotti*.

Epik

Besonders beliebt sind Kurzformen wie **Fabeln**, die in einfacher, bildreicher Sprache unterhalten und belehren wollen. Daneben sind auch Parabeln, Aphorismen und Erzählungen verbreitet.

Lyrik

Die Lyrik ist gekennzeichnet durch Einfachheit, Klarheit und Emotionalität. Der natürliche Ton wird durch freie Rhythmen gefördert und wendet sich explizit gegen das Pathos der höfischen Gesellschaft. Beliebt sind auch Epigramme.

Miss Sara Sampson 1755, bürgerliches Trauerspiel, Gotthold Ephraim Lessing

Fabeln 1759, Gotthold Ephraim Lessing

Minna von Barnhelm 1767, Lustspiel, Gotthold Ephraim Lessing

Emilia Galotti 1772, bürgerliches Trauerspiel, Gotthold Ephraim Lessing

Nathan der Weise 1779, Drama, Gotthold Ephraim Lessing

Anton Reiser 1785–1790, Roman, Karl Philipp Moritz

1755 — 1760 — 1765 — 1770 — 1775 — 1780 — 1785

Montesquieus Schrift *Vom Geist der Gesetze* erscheint, in der er die Trennung von Legislative, Exekutive und Judikative begründet 1748

Aufhebung des Verbots von Werken, die ein heliozentrisches Weltbild vertreten, durch Papst Benedikt XIV 1757

Gründung der Bayerischen Akademie der Wissenschaften 1759

Erfindung der Dampfmaschine 1769

Unabhängigkeitserklärung der Vereinigten Staaten von Amerika 1776

Essay *Beantwortung der Frage: Was ist Aufklärung?* 1784, Immanuel Kant

Empfindsamkeit und Sturm und Drang (1740–1785)

Epochenmerkmale

Themen und Motive
- Freundschafts- und Gefühlskult: Herz, Seele, fühlendes Ich, Empfindsamkeit, Leidenschaft, Freundschaft, Liebe
- Natürlichkeit, Natur in ihrer Ursprünglichkeit, Einfachheit
- Selbstverwirklichung des Ich, persönliche Freiheit, selbstbestimmte Individuen
- Geniekult: Vergötterung des herausragenden Einzelnen, Begeisterung für den schaffenden Dichter
- Konflikt des Einzelnen mit der Gesellschaft, Rebellion gegen Willkür, herrschende Sitte und Moral

Sprache und Stil
- ausdrucksstarke Gefühlssprache, z. B. Ausrufe, Ellipsen, Metaphern
- einfache Liedform
- freie Rhythmen
- Knittelverse
- Prosastil, in natürlicher, empfindsamer Ausdrucksweise, bisweilen auch kraftvoll-derb
- teils volkstümliche Ausdrucksweise

Gattungen und Genres
- Briefroman
- Entwicklungsroman
- Erlebnislyrik
- Lied, Volkslied
- Ballade
- Hymne
- Ode
- Schauspiel, bürgerliches Trauerspiel
- Tragödie

1

2

Abbildung 1: Friedrich Maximilian Klinger (1752–1831) gilt durch sein Drama *Sturm und Drang* als Namensgeber der gleichnamigen Epoche; Holzschnitt von 1831

Abbildung 2: Friedrich Schillers Wohnhaus in Weimar, das er mit seiner Familie von 1802 bis zu seinem Tod im Jahr 1805 bewohnte (heute Museum)

Literarische Werke

- ***Sesenheimer Lieder*** 1771, Gedichte, Johann Wolfgang Goethe
- ***Geschichte des Fräuleins von Sternheim*** 1771, Roman, Sophie von La Roche
- ***Der Messias*** 1773, Epos, Friedrich Gottlieb Klopstock
- ***Götz von Berlichingen*** 1773, Drama, Johann Wolfgang Goethe
- ***Der Bauer an seinen durchlauchtigen Tyrannen*** 1773, Gedicht, Gottfried August Bürger

1740 — 1745 — 1750 — 1755 — 1760

Historische Ereignisse

- **Temperatureinteilung in *Grad Celsius* durch den schwedischen Astronomen Anders Celsius** 1742
- **Erscheinung des *Codex Maximilianeus Bavaricus Civilis* (Bayerisches Landrecht), eine der wichtigsten deutschen Rechtsquellen des 18. Jahrhunderts** 1756
- **Entdeckung des Wasserstoffs durch den englischen Chemiker und Physiker Henry Cavendish** 1766
- **Entdeckung des Sauerstoffs durch Wilhelm Scheele** 1771, **Joseph Priestley** 1774

Epochenbild

Zeitbild/Gesellschaft

Die literarischen Strömungen der **Empfindsamkeit** (ca. 1740 – ca. 1770) und des **Sturm und Drang** (ca. 1760 – ca. 1785) verlaufen parallel zur **Aufklärung** und knüpfen an deren Ideen an, setzen jedoch deutlich stärkere Akzente in der Betonung des Gefühls, der Leidenschaften und Fantasie. Angeprangert werden kalte Moral, Repressalien und Fürstenwillkür ebenso wie die als unnatürlich wahrgenommenen Ständeschranken.

Welt- und Menschenbild

Die Bezeichnung **Sturm und Drang** geht auf das gleichnamige Drama von Friedrich Maximilian Klinger (1776) zurück. Junge Dichter begehren gegen Untertanengeist und gesellschaftliche Beschränkungen, Normen und Regeln ihrer Vätergeneration auf. Sie rebellieren gegen lebensfeindliche Zwänge. In diesem Kontext steht auch eine große Vorliebe und Bewunderung für antike und tragische Helden, wie sich z.B. in Goethes *Prometheus* oder *Werther* erkennen lässt.
Der Künstler sieht sich nicht primär als Nachfolger in einer Traditionslinie, sondern als originärer Schöpfer, der in seiner besonderen Individualität als **Originalgenie** unabhängige Werke von Einzigartigkeit schafft.
In der Dichtung der **Empfindsamkeit** ist der Gegenstand der fühlende, ganz im Miteinander, in der Liebe und in der Freundschaft aufgehende Mensch.
Das religiöse Empfinden und ein einfaches, ursprüngliches Naturerleben sind von großer Bedeutung. Das einfühlsame Verhältnis zur Natur wird bis zu ihrer allgemeinen, nicht auf eine Religion festgelegte Vergöttlichung gesteigert (**Pantheismus**).
Auch der **Pietismus**, eine religiöse Bewegung des Protestantismus, beeinflusst die Empfindsamkeit stark. Er setzt den Dogmen des Glaubens und der Kirche die direkte und unmittelbare Beziehung zu Gott, die tief empfundene religiöse Einheit der Schöpfung entgegen.
Generell ist die Zeit des Sturm und Drang gekennzeichnet von einer voranschreitenden **Säkularisierung**.

Literatur

Die **Briefkultur** erlebt als Mittel der persönlichen und intellektuellen Kommunikation eine Blütezeit. Für die Verfasserinnen und Verfasser, besonders auch für die meist auf das Haus bezogenen Frauen, sind Briefe eine gute Möglichkeit, sich vertraulich mitzuteilen und inneren Leidenschaften und Gedanken Ausdruck zu verleihen.

Drama

Das Drama ist, auch in seiner Weiterentwicklung des **bürgerlichen Trauerspiels**, die wichtigste Gattung der Epoche. Als großes Vorbild und Inbegriff des Genies gilt William Shakespeare (1564–1616). Die Forderung der Einheit von Ort, Zeit und Handlung wird ebenso aufgegeben wie die gebundene Verssprache. Freie Rhythmen und Prosastil setzen sich durch. Die im Drama dargestellten Themen beinhalten oft das leidenschaftliche Aufbegehren des Einzelnen gegen moralische, politische oder religiöse Unterdrückung.

Lyrik

In der Lyrik werden menschliche Grunderfahrungen der Natur und der Liebe sichtbar gemacht. Die **Erlebnislyrik** ist durch einen intensiven persönlichen Ausdruck gekennzeichnet. Eine nur wenige Monate währende Liebesbeziehung Goethes bietet z.B. den biografischen Hintergrund für zahlreiche seiner Gedichte (*Sesenheimer Lieder*, 1771). Die Erlebnislyrik rückt teilweise durch eine sprachlich schlichte Gestaltung in die Nähe der Volkslieder. Bezüge zur Volksdichtung zeigen sich auch in den **Balladen** von Gottfried August Bürger oder in Goethes *Erlkönig* (1782). Die besondere Ergriffenheit kann sich aber auch in den Lob- und Preisgesängen der Hymne oder Ode ausdrücken.

Epik

Der Roman ist nur mit wenigen Beispielen vertreten.
Er zeigt aber wie Goethes *Werther* (1774) psychologisch genau die subjektiven inneren Leidenschaften.

Prometheus/Die Leiden des jungen Werthers
1774, Ode/Briefroman,
Johann Wolfgang Goethe

Die Soldaten
1776, Drama,
Jakob Michael Reinhold Lenz

Die Räuber
1781, Drama,
Friedrich Schiller

Kabale und Liebe
1784, Drama,
Friedrich Schiller

An die Freude
1785, Ode,
Friedrich Schiller

1765 — 1770 — 1775 — 1780 — 1785

***Auch eine Philosophie der Geschichte zur Bildung der Menschheit* von Johann Gottfried Herder erscheint**
1774

Amerikanischer Unabhängigkeitskrieg
1775–1783

Gründung des Geheimbunds *Illuminatenorden* durch Johann Adam Weishaupt in Ingolstadt
1776

Erster deutscher Lehrstuhl für Pädagogik an der Universität Halle
1779

Erfindung des vollmechanisierten Webstuhls
1785

Klassik (1786–1805)

Epochenmerkmale

Themen und Motive
- die ästhetische Erziehung des Menschen: im Schönen wird die Idee anschaubar
- Stoffe, Themen und Formen der griechischen Antike als Vorbilder und Muster
- die „schöne Seele", bei der Pflicht und Neigung im Einklang stehen, als unerreichbares Ideal und Vorbild
- die Veränderung der Gesellschaft durch Veredelung des Charakters
- Wahrheit, Autonomie, Humanität, Idealität, Bildung

Sprache und Stil
- Formstrenge und metrische Gebundenheit
- hoher Stil
- Reichtum rhetorischer Figuren
- komplexe Syntax
- antike Gedicht- und Versformen
- sentenzhaftes Sprechen
- im Drama strenge Orientierung an den drei Einheiten (Ort, Zeit, Handlung) und Blankvers

Gattungen und Genres
- Ideen- und Gedankenlyrik
- Lehrgedicht
- Lied
- Ode
- Sonett
- Ballade, Ideenballade
- Elegie
- Epigramm
- Bildungsroman
- Entwicklungsroman
- historisches Drama
- Ideendrama
- Tragödie
- ästhetische und historische Schriften

1

2
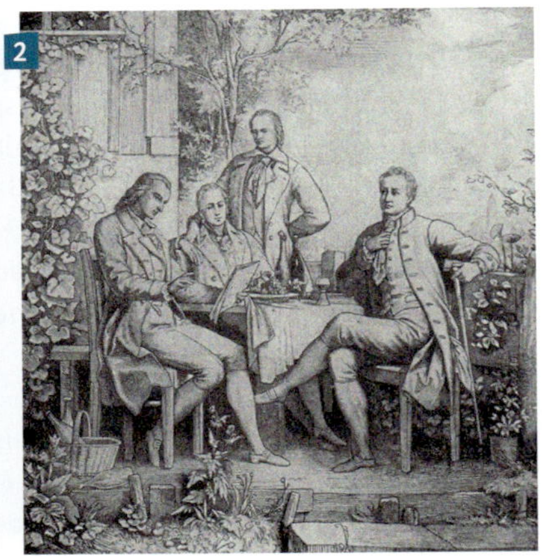

Abbildung 1: Johann Georg Ziesenis: *Porträt Herzogin Anna Amalia von Sachsen-Weimar-Eisenach*, um 1769

Abbildung 2: Friedrich Schiller, Wilhelm und Alexander von Humboldt sowie Johann Wolfgang Goethe in Schillers Garten in Jena, Zeichnung von Andreas Müller, erschienen 1860 in *Die Gartenlaube*

Literarische Werke
- *Iphigenie auf Tauris* 1787, Drama, Johann Wolfgang Goethe
- *Don Carlos* 1787, Drama, Friedrich Schiller
- *Über Anmut und Würde* 1793, philosophische Schrift, Friedrich Schiller
- *Briefe zu Beförderung der Humanität* 1793–1797, Johann Gottfried Herder
- *Wilhelm Meisters Lehrjahre* 1795/96, Entwicklungsroman, Johann Wolfgang Goethe

1786 — 1788 — 1790 — 1792 — 1794 — 1796

Historische Ereignisse
- **Französische Revolution** 1789 **Terrorherrschaft der Jakobiner in Paris** 1789–1794
- **erstes Dampf-Walzwerk in England** 1790
- **erster Koalitionskrieg europäischer Staaten gegen das revolutionäre Frankreich** 1792–1797
- **Hinrichtung Ludwigs XVI. in Paris** 1793

Epochenbild

Zeitbild/Gesellschaft

Als **Weimarer Klassik** bezeichnet man die Blütezeit deutscher Literatur und Kultur, die mit **Goethes Italienreise** 1786 beginnt und mit **Schillers Tod** 1805 endet. Neben diesen beiden maßgeblichen Dichtern prägen auch Christoph Martin Wieland und Johann Gottfried Herder die Epoche.
Die **Stadt Weimar** entwickelte sich zum Mittelpunkt des literarischen Lebens, da das dortige Herzogtum das Kunst- und Kulturleben stark förderte. Herzogin Anna Amalia begründete im Zuge dessen den sog. „Weimarer Musenhof", eine Begegnungsstätte für kulturellen Austausch.
Politisch ist diese Zeit geprägt von der **Französischen Revolution**, deren Ziele Freiheit, Gleichheit, Brüderlichkeit anfangs begrüßt, deren blutige Unruhen von den Klassikern jedoch abgelehnt wurden. Die rohe Wirklichkeit klammern sie in ihren Werken bewusst aus.

Welt- und Menschenbild

Da die Klassiker in den revolutionären Bewegungen einen Rückfall des Menschen in seine tierische Natur sehen, setzen sie dieser Entwicklung das Programm einer **ästhetischen Erziehung** entgegen. Ihr Ziel ist die Ausbildung des Menschen zu einem harmonischen Wesen, bei dem Pflicht und Vernunft mit den Neigungen und der Natur des Menschen in **harmonischem Einklang** stehen. Im Ideal der „**schönen Seele**" (Schiller) sehen sie diese Harmonie vollendet. Mit ihrem Handeln verkörpert die schöne Seele reine Menschlichkeit und wird so zum Vorbild für andere Menschen. Infolgedessen wird es zur Aufgabe der Kunst und Literatur, zentrale Werte wie **Humanität** sowie das Wahre, Gute und Schöne zu vermitteln und dem Menschen so das angestrebte Ideal näherzubringen. **„Edel sei der Mensch, hilfreich und gut!"** (Goethe) wird zum Leitsatz der Epoche. Konkretisiert wird dieses neue Bildungsziel auch in Schillers Abhandlung *Über die ästhetische Erziehung des Menschen* (1795): Wer dauerhaft politische Veränderungen erreichen wolle, müsse zuerst den Menschen mithilfe der Kunst bilden und dadurch einen Wandel der Gesellschaft hervorrufen.

Literatur

Die **griechische Antike** bildet das Ideal für diese Bestrebung. Nicht nur die Stoffe, sondern auch die vollendete Form vieler antiker Werke dienen als Modell. Daraus erwächst die Forderung nach Maß, Ordnung, Vernunft und der **Autonomie der Kunst**. Dieses Kunstprogramm unterscheidet sich von der populären Trivialliteratur, aber auch von Literaten, die sich kaum mit den gängigen Epochenbegriffen fassen lassen, wie z. B. Friedrich Hölderlin und Heinrich von Kleist.

Lyrik

In einer Distanzierung gegenüber der Erlebnislyrik der Sturm-und-Drang-Zeit und im Rückgriff auf antike Genres und Metren bildet die Lyrik ein Medium weltanschaulicher und ästhetischer Reflexion innerhalb eines **geschlossenen Formideals**. Während Schillers Gedankenlyrik rhetorisch die Ideale der Klassik darstellt, verbindet Goethe in Reflexionen individuelle Erfahrungen mit allgemeinen menschlichen Themen.

Epik

Als Vorbild gilt einerseits das homerische Epos als antike Großform in gehobener Sprache mit stets gleichbleibenden, gemessen fortschreitenden Versen oder Strophen, wie z. B. in Goethes Epos *Hermann und Dorothea* (1797). Im Bildungsroman *Wilhelm Meisters Lehrjahre* (1795/96) stellt Goethe andererseits die Entwicklung eines Individuums in der Gesellschaft in einem vorausweisenden Erzählmodell dar.

Drama

Goethe und Schiller entwickeln auch hier in Abgrenzung zur eigenen Sturm-und-Drang-Periode und zum bürgerlichen Trauerspiel ein neues Formideal, das sich an das antike Drama anlehnt und durch **strenge Komposition** sowie **hohen Stil** gekennzeichnet ist. Die inneren Konflikte betonend, versuchen die Figuren, zwischen Ideal und Wirklichkeit, Autonomieanspruch und Macht der Verhältnisse ihr Selbst zu wahren (*Iphigenie auf Tauris*, 1787), scheitern tragisch (*Wallenstein*, 1798/99) oder suchen Freiheit im Tod (*Maria Stuart*, 1800).

Hermann und Dorothea 1797, Epos in neun Gesängen, Johann Wolfgang Goethe

Hyperion oder Der Eremit in Griechenland 1797/99, Roman, Friedrich Hölderlin

Balladen 1797/98, Johann Wolfgang Goethe/ Friedrich Schiller

Wallenstein 1798/99, Dramen-Trilogie, Friedrich Schiller

Maria Stuart 1800, Drama, Friedrich Schiller

Wilhelm Tell 1804, Drama, Friedrich Schiller

Penthesilea 1808, Drama, Heinrich von Kleist

1798 — 1800 — 1802 — 1804 — 1806 — 1808

zweiter Koalitionskrieg gegen Frankreich (Napoleon I.) 1798–1802

Säkularisation 1802/03

Erhebung Österreichs zum Kaiserreich, Kaiserkrönung Napoleons I. in Frankreich 1804

Ende des Heiligen Römischen Reichs Deutscher Nation 1806

Romantik (1795–1840)

Epochenmerkmale

Themen und Motive
- Romantisierung der Wirklichkeit; Poesie als Mittel, um sich über den Alltag zu erheben und zur eigenen Bestimmung zu gelangen: Gefühl, Leidenschaft, Liebe, Fantasie, Nacht, Traum, Ferne, Wandern, Reisen, Natur
- progressive Universalpoesie
- Sehnsucht als zentrales Motiv: Bewusstsein der Unabgeschlossenheit und der Unmöglichkeit des vollständig erfolgreichen Findens bzw. Erfüllens
- blaue Blume als Symbol der Sehnsucht
- Konflikt des Künstlers mit der spießbürgerlichen Gesellschaft (Philister)
- Individualität, Subjektivität
- Mittelalter als positive Zeit in Abgrenzung zur technisierten Gegenwart
- Gott, Religiosität, Katholizismus
- romantische Ambivalenz, auch Mysterium, Spuk und Schattenseiten der menschlichen Psyche

Sprache und Stil
- Bilderreichtum, u.a. romantische Chiffre, Symbol, Synästhesie, Metapher
- Vokalismus
- Reim
- fließende Rhythmen
- Stil- und Genreverbindungen

Gattungen und Genres
- Lyrik, v.a. Liebeslyrik, Naturlyrik, Erlebnislyrik
- Volkslied, Kunstlied
- Volksmärchen, Kunstmärchen
- Erzählung, Novelle
- Künstlerroman
- Schauerroman
- Satire
- Aphorismus, Essay, Glosse
- Brief
- Fragment
- Tragödie
- Komödie, Singspiel, Posse, Puppenspiel
- Zeitschrift

1 

2 

Abbildung 1: Romantikerhaus in Jena

Abbildung 2: Blick ins Erdgeschoss des E.-T.-A.-Hoffmann-Hauses in Bamberg

Literarische Werke

- ***Siebenkäs*** 1796/97, Roman, Jean Paul
- ***Der gestiefelte Kater*** 1797, Komödie, Ludwig Tieck
- ***Hymnen an die Nacht*** 1797–1800, Novalis
- ***Athenäum*** 1798–1800, Zeitschrift, Brüder Schlegel
- ***Heinrich von Ofterdingen*** 1802, Roman, Novalis
- ***Des Knaben Wunderhorn*** 1806/08, Volksliedsammlung, Achim von Arnim, Clemens Brentano
- ***Der zerbrochne Krug*** 1808, Komödie, Heinrich von Kleis

1795 — 1800 — 1805 — 1810 — 1815 —

Historische Ereignisse

- **Inbetriebnahme der ersten deutschen Dampfmaschine im heutigen Sachsen-Anhalt nach der maßgeblichen Bauart James Watts** 1785
- **Französische Revolution** 1789–99
- **Ende des Heiligen Römischen Reichs Deutscher Nation nach Einmarsch Napoleons** 1806
- **Gründung der ersten modernen Universität in Berlin durch Wilhelm von Humboldt** 1809
- **Befreiungskriege (Kampf gegen die Herrschaft Napoleons)** 1813–1815
- **Wiener Kongress unte Leitung Metternichs, Beginn der Restauration, Gründung des Deutschen Bundes** 1815

Epochenbild

Zeitbild/Gesellschaft

Die Romantik ist eine Reaktion auf den Rationalismus der Aufklärung, die Französische Revolution und die beginnende Industrialisierung. Gefühle der Krise und Desillusionierung führen in Abgrenzung zur Überbetonung der Vernunft in der Aufklärung und der formalen Strenge in der Klassik zu einem **Rückzug ins Innere**. Eine poetische Wahrnehmung der Welt mit grenzenloser Fantasie wird zum Gegenpol der als beengend empfundenen Wirklichkeit.

Die Epoche, die neben dem Fantastischen, Sinnlichen und Abenteuerlichen auch das Schaurige und Irrationale in den Fokus rückt, wird allgemein in die drei sich überschneidenden Phasen der **Frühromantik** (vor allem Jena), der **Hochromantik** (Heidelberg) und der **Spät-** sowie **Schauerromantik** (Berlin) unterteilt.

Welt- und Menschenbild

Die geistigen Eliten fühlen sich frei von Konventionen, pflegen den Kult der Liebe und der Freundschaft und diskutieren alternative Lebensformen der bürgerlichen Familie. Diese Diskussionen finden v.a. in literarischen Salons statt, die oft von Frauen gepflegt und geleitet werden. Die **Rolle der Frau** als Vermittlerin und Produzentin von Literatur gewinnt an Bedeutung und das traditionelle Frauenbild wird in literarischen Werken wie dem *Sandmann* (E. T. A. Hoffmann) ironisch kritisiert.

Mit der Wertschätzung des kulturellen Erbes, mit dem Blick auf das Mittelalter und das Christentum verbindet sich eine Begeisterung für die Erzeugnisse des „Volksgeistes", der sich nach der Vorstellung der Zeit in **Volksliedern**, **Sagen**, **Märchen** und **Volksbüchern** manifestiert und nationale Identität stiften soll.

In der Zeit der Romantik etablieren sich ungeachtet der Skepsis gegenüber dem Rationalismus verschiedene Geistes- und Sprachwissenschaften als wissenschaftliche Disziplinen, insbesondere die von den Brüdern Grimm maßgeblich geförderte **Germanistik**.

Literatur

Die Romantisierung der Wirklichkeit äußert sich nicht nur in der **Darstellung des Mystischen, Fantastischen und Irrationalen**. Die Romantiker betreiben in ihrer Weltverzauberung auch Sprachspiel, romantische Satire und bedienen nationale Themen. Ein ebenso freier wie radikaler Geist birgt aber auch Ängste und Gefahren, wie es z.B. in den Werken Eichendorffs sichtbar wird. Gerade die Spätromantiker, z.B. E. T. A. Hoffmann, untersuchen den ganzen Menschen und damit auch die Nachtseiten der menschlichen Psyche durch den Einbruch des Fantastischen und Bösen in eine scheinbar normale Welt.

Lyrik

Durch den verdichtenden Gebrauch der Sprache ist die Lyrik zur Verwirklichung der romantischen Grenzenlosigkeit besonders geeignet. Romantische Verschlüsselungen stehen neben kunstvollen Klängen und Formen, z.B. in der Naturlyrik, die vielfältige Assoziationen erzeugt und eine Verschmelzung verschiedener Sinneseindrücke verarbeitet. Gleichzeitig entstehen Sammlungen schlichter, volkstümlicher Lyrik (**Volkslieder**).

Epik

Im Sinne der **progressiven Universalpoesie** werden Gedichte und dramatische Elemente in Erzählhandlungen eingefügt. Die **Volks- und Kunstmärchen**, Erzählungen, Novellen, Romane, Essays, Satiren und Aphorismen dokumentieren die erzählerische Vielfalt. Vieldeutigkeit, Rätselhaftigkeit und hohe symbolische Dichte verweisen auf fantastische oder innere Welten (z.B. Novalis: *Heinrich von Ofterdingen*, 1802).

Drama

Die romantischen Theaterstücke, die ähnlich der Epik andere Gattungen integrieren, gelten als unspielbar und werden kaum aufgeführt. Sie ignorieren oder ironisieren traditionelle Vorgaben, wie z.B. Ludwig Tiecks *Der gestiefelte Kater* (1797), das als Lesedrama konzipiert ist.

Kinder- und Hausmärchen 1812–1815, Brüder Grimm

Peter Schlemihls wundersame Geschichte 1814, Kunstmärchen, Adelbert von Chamisso

Der Sandmann 1816, Erzählung, E. T. A. Hoffmann

Deutsche Sagen 1816–18, Brüder Grimm

Aus dem Leben eines Taugenichts 1826, Novelle, Joseph von Eichendorff

Goethes Briefwechsel mit einem Kinde 1835, Bettina von Arnim

Gedichte 1837, Joseph von Eichendorff

1820 — 1825 — 1830 — 1835 — 1840

Wartburgfest der deutschen Burschenschaften, Verkündigung nationaler und liberaler Forderungen 1817

Ermordung Kotzebues durch den Studenten Karl Ludwig Sand, Karlsbader Beschlüsse der Bundesversammlung mit Verschärfung der Zensur gegenüber revolutionären Umtrieben 1819

Julirevolution in Frankreich, Nachwirkungen in großen Teilen Europas 1830

Hambacher Fest, Forderung nach Volkssouveränität und Einheit Deutschlands 1832

Gründung des Deutschen Zollvereins 1834

Eröffnung der ersten Eisenbahnstrecke in Deutschland zwischen Nürnberg und Fürth 1835

Realistische literarische Strömungen im 19. Jahrhundert (1815–1900)

Epochenmerkmale

Themen und Motive

Literarischer Vormärz
- Auflehnung gegen Monarchie, Obrigkeitsstaat, Kirche
- Kritik an sozialen Missständen
- Engagement für nationale Einheit, Freiheit, Gerechtigkeit und Selbstbestimmung des Volkes

Biedermeier
- resignativer Rückzug ins Private/Häusliche, Religiöse und die Natur; konservative, apolitische Grundhaltung
- Absage an das gewaltig Erhabene zugunsten übersichtlicher Ordnung

Poetischer Realismus
- Abbildung gegenwärtiger Lebensformen und Veränderungen
- behutsam kritischer Blick auf traditionelle Normen und Institutionen (Ehe, Familie, Adel)
- dichterische Überhöhung, Ästhetisierung der Wirklichkeit

Naturalismus
- ungeschönter Blick auf großstädtische oder ländliche Milieus mit Fokus auf Not, Elend, soziale Verkommenheit
- Determinismus durch Milieu und Vererbung

Sprache und Stil

Biedermeier
- kunstvoll konstruierte Einfachheit
- realistischer Blick auf das vordergründig unscheinbare Detail

Literarischer Vormärz
- appellative Ausdrucksweise, Schaffung eines Wir-Gefühls
- rhetorischer, ironisch-sarkastischer Sprachgestus
- pathetische Beschwörung der politischen Ziele

Poetischer Realismus
- epische Breite, Detailreichtum
- Alltagssprache bis hin zum Plauderton
- hintergründige Schilderungen und Symbolik, oft mit humorvoller Distanz

Naturalismus
- Nachahmung von Alltags-, Umgangssprache, Soziolekt, Dialekt bis hin zum Stammeln
- geschlossene Dramenform mit strenger Beachtung der Einheiten von Zeit und Ort
- Sekundenstil
- Kunst = Natur – x (x: Subjektivität des Künstlers)

Gattungen und Genres

Biedermeier
- Novelle, Erzählung, Bildungsroman
- Volksstück, historisches Drama
- Dinggedicht, Gedankenlyrik, Ballade

Literarischer Vormärz
- Reiseliteratur, Versepos, Satire
- politische Lyrik, Spottgedicht
- Flugblatt, Zeitschrift
- Sozialreportage, Brief

Poetischer Realismus
- Gesellschaftsroman, Novelle
- Ballade, Gedankenlyrik, Dinggedicht
- bürgerliches Trauerspiel, historische Tragödie

Naturalismus
- soziales Drama
- erzählerische Skizze, novellistische Studie
- Großstadtlyrik

Literarische Werke
- ***Lenz/Dantons Tod*** 1835, Erzählung/Drama, Georg Büchner
- ***Woyzeck*** 1837, Drama, Georg Büchner
- ***Gedichte*** 1838, Eduard Mörike
- ***Gräfin Faustine*** 1841, Roman, Ida Hahn-Hahn
- ***Die Judenbuche*** 1842, Novelle, Annette von Droste-Hülshoff
- ***Deutschland. Ein Wintermärchen*** 1844, Versepos, Heinrich Heine
- ***Maria Magdalena*** 1844, Tragödie, Friedrich Hebbel
- ***Aus dem Leben einer Frau*** 1847, Roman, Louise Aston

1810 — 1820 — 1830 — 1840 — 1850

Historische Ereignisse
- **Wiener Kongress (Restauration)** 1815
- **Karlsbader Beschlüsse** 1819
- **Julirevolution in Frankreich, Nachwirkungen in ganz Europa** 1830
- **Kommunistisches Manifest (Marx/Engels)** 1848
- **Scheitern der Revolution in Deutschland (Märzrevolution)** 1848/1849
- **erste Volksbüchereien in England und Deutschland** 1850
- **Krieg zwischen Österreich und Preußen, Norddeutscher Bund** 1866

Epochenbild

Zeitbild/Gesellschaft
Der **Wiener Kongress** (1814/15) etabliert eine europäische Friedensordnung, will aber Errungenschaften der Französischen Revolution rückgängig machen. Das **Zeitalter der Restauration** (1815–1848) ist daher geprägt von einer rigiden Unterdrückung des Strebens nach bürgerlichen Freiheiten (Liberalismus), nationaler Einheit und sozialer Gerechtigkeit. In der Folge ziehen sich viele resigniert ins Private zurück.

Das Scheitern der **Märzrevolution** (1848/49) bedeutet einen massiven Rückschlag für Demokratie und Liberalismus. Erst die **Reichsgründung** von 1871 schafft die nationale Einheit, allerdings innerhalb autoritärer Strukturen und durch Kriege. Währenddessen verändert die **Industrialisierung** die Arbeitswelt und die gesellschaftlichen Strukturen radikal. Für Dynamik sorgt die Entstehung einer **bürgerlichen Kultur**, geprägt von Bildung und Wissenschaft, aber auch Besitzstreben. Gleichzeitig erstarkt, angesichts des im Elend lebenden Proletariats, die **Arbeiterbewegung**.

Welt- und Menschenbild
Das religiöse Weltbild gerät durch **atheistische Theorien** unter Druck, die Gott als menschliche Projektion (Ludwig Feuerbach) und Religion als „Opium des Volkes" (Karl Marx) sehen. An die Stelle des aufklärerischen bzw. klassischen Ideals von der menschlichen Entscheidungs- und Handlungsfreiheit treten zunehmend Vorstellungen von der **Determination des Menschen** durch soziale oder biologische Faktoren:

Karl Marx' und Friedrich Engels' Theorie des **historischen Materialismus** sieht den Menschen durch die ökonomischen Produktions- und Arbeitsbedingungen geprägt. Nur eine Revolution könne den ausbeuterischen Kapitalismus beseitigen und eine gerechte kommunistische Gesellschaft etablieren.

Charles Darwins **Evolutionstheorie** bildet die Grundlage für die Vererbungslehre, wird aber auch verkürzt auf **sozialdarwinistische Anschauungen** und **kolonialistische Rassetheorien**.

Literatur
Die Literatur des Realismus vollzieht eine selbstbewusste **Abgrenzung vom Idealismus**; insbesondere weist sie den Vorwurf zurück, nach der Klassik befinde sich die Literatur in einem stetigen Niedergang. Was unter Realismus zu verstehen sei, interpretieren die Strömungen des **Biedermeier**, des **Vormärz** (beide ca. 1815–1848), des **Poetischen Realismus** (ca. 1848–1890) und des **Naturalismus** (ca. 1880–1900) unterschiedlich.

Lyrik
Die **Naturlyrik** setzt sich mit romantischen Motiven auseinander, löst sich aber gleichzeitig von diesen und differenziert sich aus. In der **Ballade** werden Stoffe aus Geschichte, Mythos und Sage, aber auch moderne Themen gestaltet. Typisch für die Literatur des Vormärz ist die **politische Lyrik**, die zur Agitation genutzt wird. Die Detailgenauigkeit des Biedermeier fördert das **Dinggedicht**, wohingegen die **Gedankenlyrik** grundsätzliche Themen des menschlichen Daseins thematisiert.

Epik
Bildungs- bzw. Entwicklungsromane widmen sich der Sozialisation von meist männlichen Protagonisten. Dagegen stellen **Gesellschaftsromane** gerne weibliche Figuren in den Vordergrund. Daneben stehen **Novellen**, die von psychologischer Tiefe und formal anspruchsvoller Gestaltung geprägt sind. **Reisebilder** und **Reiseberichte** kennzeichnen den Vormärz.

Drama
An die Stelle des klassischen dramatischen Konflikts zwischen Protagonist und Antagonist tritt verstärkt der **Gegensatz von Individuum und Gesellschaft**. Dieser wird v.a. im Naturalismus in historischen Tragödien (formal oft noch in der Tradition der Klassik), dann aber auch im **sozialen Drama** gestaltet.

Die Leute von Seldwyla 1853–1875, Novellenzyklus, Gottfried Keller

Der Nachsommer 1857, Roman, Adalbert Stifter

Zum wilden Mann 1874, Novelle, Wilhelm Raabe

Der Schimmelreiter 1888, Novelle, Theodor Storm

Die Familie Selicke 1890, Drama, Arno Holz/Johannes Schlaf

Die Weber 1892, Drama, Gerhart Hauptmann

Effi Briest 1894/95, Roman, Theodor Fontane

Kinder der Eifel 1897, Novellensammlung, Clara Viebig

1860 — 1870 — 1880 — 1890 — 1900

Gründung des Deutschen Reichs unter Wilhelm I. 1871

Bismarck ist Reichskanzler 1871–1890

Verbot sozialdemokratischer Aktivitäten (Sozialistengesetze) 1878–1890

Sozialgesetzgebung, Reaktion auf die soziale Not infolge der Industrialisierung 1883–1889

Deutschland wird Kolonialmacht 1884

Carl Benz entwickelt ersten Motorwagen 1886

Wilhelminismus: Kaiser Wilhelm II. regiert 1888–1918

Moderne (1890–1945)

Epochenmerkmale

Themen und Motive

Ästhetizismus und Expressionismus
- Untergang, Verlust, Zerfall, Bedrohung des Ich, Angst, Traum, Geschwindigkeit, Chaos, Überforderung
- Sehnsucht, Weltschmerz, Melancholie
- Identität, Ich-Destruktion, Psyche, Künstlernatur
- Generationenkonflikt, persönliche Entfaltung, Militarismus, Bürokratismus
- Krieg, Großstadt, Wahnsinn, Rausch, Leere
- Erneuerung, Aufbruch

Neue Sachlichkeit, Literatur der Weimarer Republik
- Liberalismus, Massenkultur, Großstadtleben, Alltag, Anonymität, Liebe
- Moral, Politik, Kapitalismus, Kommunismus, Kriminalität, Armut, Verantwortung

Sprache und Stil

Ästhetizismus
- Symbol, Chiffre
- Farbsymbolik, Klangbild, Synästhesie

Expressionismus
- Fragmentierung, Reihungsstil, Simultantechnik, Montage, Wortkunst, Bildsprache
- Ästhetik des Hässlichen
- Innerlichkeit: Bewusstseinsstrom, erlebte Rede, innerer Monolog

Neue Sachlichkeit, Literatur der Weimarer Republik
- Berichtstil, Dokumentartechnik

Gattungen und Genres

Ästhetizismus
- Sonett, Dinggedicht

Expressionismus
- Sonett, Lautgedicht, Erzählgedicht
- Parabel
- Stationendrama

Neue Sachlichkeit, Literatur der Weimarer Republik
- Gebrauchslyrik
- Gesellschaftsroman
- episches Theater, Kabarett
- Reportageliteratur, engagierte Literatur, Satire

1

Abbildung 1: Reinhold Völkel: *Café Griensteidl*, Gemälde, 1896
Wien, Berlin und München gelten als die Zentren der Moderne. In Künstlercafés treffen sich die Akteure des Kulturbetriebs. Sie tauschen Ideen aus, diskutieren gesellschaftliche und künstlerische Entwicklungen und sprechen über ihre aktuellen Arbeiten.

Literarische Werke
- *Chandos-Brief* 1902, Hugo von Hofmannsthal
- *Die Aufzeichnungen des Malte Laurids Brigge* 1910, Roman, Rainer Maria Rilke
- *Der Tod in Venedig* 1912, Novelle, Thomas Mann
- *Morgue und andere Gedichte* 1912, Gottfried Benn
- *Vor dem Gesetz* 1915, Erzählung, Franz Kafka
- *Gesammelte Gedichte* 1917, Else Lasker-Schüler
- *Ulysses* 1922, Roman, James Joyce

1890 – 1895 – 1900 – 1905 – 1910 – 1915

Historische Ereignisse
- **Wilhelminismus Kaiser Wilhelm II.** 1888–1918
- **In Berlin und Paris werden erstmals Filme vor Publikum vorgeführt.** 1895
- **Erweiterung des deutschen Kolonialbesitzes, Flottenpolitik** ab 1898
- **1. Internationale Friedenskonferenz in Den Haag** 1899
- **Erster Weltkrieg** 1914–1918
- **Oktoberrevolution in Russland** 1917

Epochenbild

Zeitbild/Gesellschaft

Mit dem Ende des 19. Jahrhunderts geraten das enge und militaristische Leben des Kaiserreichs und seine traditionellen Lebensformen und Werte unter Druck. Rasante Mechanisierung und **Technisierung**, das Aufkommen einer massenmedial geprägten Öffentlichkeit (**Presse, Radio, Film**), die Verwissenschaftlichung aller Lebensbereiche und die in wachsenden **Großstädten** zunehmende Anonymität prägen die Spätphase des Kaiserreichs.

Im **Ersten Weltkrieg (1914–1918)** zeigt sich die bis dahin ungeahnte materielle und psychische Zerstörungskraft industrieller Kriegsführung. Die militärische Niederlage bedeutet schließlich den Zusammenbruch des deutschen Kaiserreichs. Aus dem Chaos der Novemberrevolution entsteht die vergleichsweise liberale **Weimarer Republik**, in der allerdings kein nachhaltiger gesellschaftlicher Frieden gestiftet werden kann. Bis auf eine Phase relativer Stabilisierung zwischen Hyperinflation (1923) und Weltwirtschaftskrise (ab 1929) ist diese erste deutsche Demokratie gekennzeichnet von der Rivalität radikaler Ideologien wie dem Kommunismus und dem aufziehenden **Nationalsozialismus**, der mit der Machtübernahme Hitlers (1933) sämtlichen liberalen und demokratischen Entwicklungen ein Ende bereitet.

Welt-/Menschenbild

Umbruchserfahrungen auf materieller und geistiger Ebene prägen das Bewusstsein der Menschen. In dem Maß, wie Sigmund Freuds *Traumdeutung* (1899) und die Erforschung des **Unbewussten** das menschliche Selbstbild erschüttern und Kunst sowie Literatur inspirieren, revolutionieren wissenschaftliche Entdeckungen wie Albert Einsteins Relativitätstheorie (1905/1916) tradierte Vorstellung von Raum und Zeit. Die Suche nach Identität, Orientierung und Stabilität mobilisiert zentrale Schaffenskräfte, die diesen **Krisenzustand des modernen Menschen** widerspiegeln, mit dem sich z. B. Friedrich Nietzsche (Gott ist tot.) am Ende des 19. Jahrhunderts philosophisch auseinandersetzt.

Literatur

Die Literatur der Moderne kennzeichnet eine **Vielfalt** sich überschneidender literarischer Entwicklungen. Das Individuum rückt wieder stärker in den Mittelpunkt, es geht um Möglichkeiten und Grenzen des Ausdrucks einer subjektiven Welterfahrung, um persönliche Entfaltung und um das Überwinden von Grenzen der bürgerlichen Gesellschaft. Ausgelöst durch den Nationalsozialismus bildet sich die Exilliteratur, da auch viele Autorinnen und Autoren gezwungen waren, zu emigrieren.

Lyrik

Während im **Ästhetizismus** das Schöne den höchsten Wert besitzt, drückt **impressionistische** Dichtung die Stimmung eines individuellen sinnlichen Eindrucks aus. Der **Symbolismus** versucht eine künstliche, von der Gesellschaft losgelöste Welt ideeller Vollkommenheit zu schaffen und Tiefenzusammenhänge zu ergründen. Dabei spricht das Lebensgefühl einer Endzeitstimmung eine besondere Rolle. **Expressionistische** Lyrik entfaltet in häufig apokalyptischen Bildern, aber auch mit der Ästhetik des Hässlichen ausdrucksstark die Lage des entfremdeten Subjekts. Die **Neue Sachlichkeit** thematisiert in Abgrenzung zum radikalen Subjektivismus des Expressionismus Alltägliches in nüchterner Sprache.

Epik

Die Epik der Moderne erforscht unter dem Einfluss der Psychoanalyse das **innere Erleben** der Figuren. Moderne Erzählperspektiven und **Multiperspektivität** lösen logisch-kausale Handlungszusammenhänge zugunsten einer subjektiven Wahrnehmung des Geschehens auf.

Drama

Im expressionistischen Theater und der Kunst des **Dada** dient die Bühne als Entfaltungsraum der **Inszenierung eines Gesamtkunstwerks** aus Sprache, Körper, Klang, Technik und Kostüm. Das epische Theater kommentiert mit **gesellschaftskritischen Stücken** die politischen Spannungen.

Die Dreigroschenoper 1928, Theaterstück, Bertolt Brecht

Berlin Alexanderplatz 1929, Roman, Alfred Döblin

Der Mann ohne Eigenschaften 1930, Roman, Robert Musil

Das lyrische Stenogrammheft 1933, Lyriksammlung, Mascha Kaléko

Auf dem Fundbureau 1933, Kabarett, Erika Mann

Nach Mitternacht 1937, Roman, Irmgard Keun

Das siebte Kreuz 1942, Roman, Anna Seghers

1920 — 1925 — 1930 — 1935 — 1940 — 1945

Novemberrevolution, Räteregierungen 1918/19

Vertrag von Versailles 1919

Weimarer Republik: Mischung aus parlamentarischer und präsidialer Demokratie 1919–1933

Kapp-Putsch von Republikgegnern 1920

Inflation 1923

Aufnahme Deutschlands in den Völkerbund 1926

Weltwirtschaftskrise 1929

Machtübernahme der Nationalsozialisten 1933

Zweiter Weltkrieg 1939–1945

Literatur nach 1945

Epochenmerkmale

Themen und Motive

Literatur nach 1945
- Heimkehr
- Trümmerliteratur
- Neue Subjektivität

Literatur im geteilten Deutschland
- Aufarbeitung der Vergangenheit
- Erziehung und Leben in der Nachkriegsgeneration
- Suche des modernen Menschen nach seiner Identität
- gesellschaftliche Verantwortung
- Selbstbesinnung, Selbstfindung

Sprache und Stil

Literatur nach 1945
- extreme Knappheit im Stil (Lakonismus)
- Verschlüsselung (Hermetismus)
- Chiffren
- schlichte parataktische Reihungen
- Bewusstseinsstrom

Literatur im geteilten Deutschland
- extreme Knappheit
- Spiel mit der Rolle des Erzählers
- Verschachtelung von Zeit- und Erzählebenen
- Bewusstseinsstrom
- Verfremdung
- Reduktion, schlichte parataktische Reihungen

Gattungen und Genres

Literatur nach 1945
- Alltagslyrik
- hermetisches Gedicht
- Kurzgeschichte
- Roman
- Parabeltheater
- dokumentarisches Theater
- absurdes Theater
- Volksstück

Literatur im geteilten Deutschland
- Lyrik
- Hybridformen, Genremischung
- Essay
- Kurzgeschichte
- Erzählung
- Roman
- episches, absurdes, dokumentarisches Theater
- Tragikomödie

1

2

Abbildung 1: Die zerstörte Innenstadt von Nürnberg im April 1945, Blick auf die Burg, in der Mitte das Albrecht-Dürer-Denkmal

Abbildung 2: Berliner Reichstag am Tag der deutschen Einheit am 3. Oktober 1990

Literarische Werke
- ***Draußen vor der Tür*** 1947, Wolfgang Borchert
- ***Die gestundete Zeit*** 1953, Ingeborg Bachmann
- ***Das Treibhaus*** 1953, Wolfgang Koeppen
- ***Der Besuch der alten Dame*** 1955, Friedrich Dürrenmatt
- ***Die Blechtrommel*** 1959, Günter Grass
- ***Der geteilte Himmel*** 1963, Christa Wolf

1945 — 1950 — 1955 — 1960 — 1965

Historische Ereignisse
- **Potsdamer Abkommen:** Deutschland wird in vier Besatzungszonen unterteilt 1945
- **Gründung der Bundesrepublik und der DDR** 1949
- **Arbeiteraufstände in der DDR** (17. Juni) 1953
- **Beitritt der Bundesrepublik zur NATO, Beitritt der DDR zum Warschauer Pakt** 1955
- **Bau der Berliner Mauer** 1961

Epochenbild

Zeitbild/Gesellschaft

Nach Kriegsende reagiert die Literatur in den **westlichen Besatzungszonen** auf die geistige und materielle Trümmerlandschaft infolge des Zweiten Weltkriegs (1939–1945), indem sie an Konzepte und Sprechweisen anknüpft, die in der Moderne, der Zeit vor dem Nationalsozialismus (1933–1945), entwickelt wurden.
Nach Gründung der Bundesrepublik 1949 setzt in den 1950er-Jahren das sogenannte Wirtschaftswunder ein, das zusammen mit dem Kalten Krieg – der Auseinandersetzung zwischen den politischen Systemen in Ost und West – das Verdrängen der nationalsozialistischen Vergangenheit begünstigt. Diese Situation des kollektiven Schweigens begleiten die Schriftstellerinnen und Schriftsteller kritisch. Als in den 1960er-Jahren die studentische Protestbewegung die Aufarbeitung der NS-Vergangenheit sowie gesellschaftliche Korrekturen mehrheitlich erfolglos einfordert, kommt es in der Neuen Subjektivität zu einem Rückzug in das eigene Ich.
In der **1949 gegründeten Deutschen Demokratischen Republik** soll die Kunst der sozialistischen Ideologie der SED entsprechen und auf Experimente und Individualismus verzichten. Kulturschaffende finden immer wieder Wege, sich gegen staatliche Auflagen zu behaupten. Nach dem Prager Frühling 1968 werden Systemkritiker jedoch verschärften Repressionen ausgesetzt. In den 1970er-Jahren wird die Unzufriedenheit der Menschen in der DDR größer. Die internationale Öffnung der DDR und die Massenmedien („Westfernsehen") ermöglichen umfassendere Informationen. Der Blick richtet sich auf den Einzelnen, der Staat reagiert darauf indifferent. Er gewährt Spielräume, engt sie jedoch auch ein, wo sie zu weit genutzt werden.

Welt- und Menschenbild

Das Welt- und Menschenbild wird zunehmend geprägt von der Postmoderne, die sich von wesentlichen Denkweisen der klassischen Moderne verabschiedet: vom Glauben an Fortschritt und Entwicklung bis hin zu der Erklärbarkeit der Wirklichkeit durch große Theorien.

Literatur

Die Literatur von 1945 bis 1989 ist allgemein geprägt von **Sinnsuche** und **Aufarbeitung der Vergangenheit**.
Ein Teil der Exilautorinnen und -autoren kehrt nach dem Krieg nicht nach Deutschland zurück. Daraus entwickelt sich u.a. eine Debatte über innere und äußere Emigration.
Bedeutung für die westdeutsche Literatur hat die **Gruppe 47**, die eine Erneuerung der Literatur anstrebt. Mit dem Aufkommen der Studentenbewegung schwindet ihr Einfluss und sie wird abgelöst von anderen literarischen Strömungen, vor allem der **Neuen Subjektivität**.
Die Anfangsphase der ostdeutschen Literatur ist geprägt von dem Aufbau des Sozialismus (**Aufbauliteratur**). In der Phase der sogenannten **Ankunftsliteratur** ist der Alltag im Sozialismus beherrschendes Thema. Mit dem Einsetzen der Liberalisierung in den 1970er-Jahren gewinnen die Autorinnen und Autoren an literarischer Freiheit, sodass Themen wie Selbstfindung (**subjektive Authentizität**) oder die Folgen der Umweltverschmutzung in den Vordergrund rücken. Zugleich ist die literarische Welt in der DDR immer wieder **Zensur** und **Repressionen** ausgesetzt. Eine Folge davon ist, dass sich Formen von Untergrundliteratur bilden.

Lyrik

In der Lyrik der Nachkriegszeit wird nach Wegen gesucht, das Unsagbare der Vergangenheit auszudrücken. Neben der extremen Knappheit im Stil tritt eine chiffrenhafte Verschlüsselung des Gesagten.

Epik

In der Bundesrepublik wird nach dem Zweiten Weltkrieg die Kurzgeschichte nach dem Vorbild der amerikanischen Short Story besonders beliebt.

Drama

Die brüchig gewordene Realität wird im Drama der Nachkriegszeit mittels dokumentarischer und absurder Spielarten verarbeitet.

Die Ermittlung 1965, Peter Weiss

Deutschstunde 1968, Siegfried Lenz

Jakob der Lügner 1969, Jurek Becker

Die verlorene Ehre der Katharina Blum 1974, Heinrich Böll

Flugasche 1981, Monika Maron

Der fremde Freund (Drachenblut) 1982, Christoph Hein

Das Parfum 1985, Patrick Süskind

1970 — 1975 — 1980 — 1985 — 1985

Prager Frühling, Eingriff der Truppen des Warschauer Pakts, **Studentenunruhen** in Westeuropa 1968

Unterzeichnung der KSZE-Akte in Helsinki, Höhepunkt Ost-West-Entspannung 1975

Deutscher Herbst, Eskalation des Terrorismus in der Bundesrepublik 1977

Gorbatschow Generalsekretär der KPdSU, **Glasnost** (Transparenz), **Perestroika** (Umgestaltung) 1985

Öffnung der Grenze der DDR zur Bundesrepublik 1989

Literatur seit 1989

Epochenmerkmale

Themen und Motive
- Mauerfall und Wende
- Leben im wiedervereinigten Deutschland
- Auseinandersetzung mit der Vergangenheit
- Alltagsrealität und Identitätslosigkeit
- Sinnverlust, Orientierungslosigkeit
- Pluralismus als Leitmotiv der Postmoderne
- Digitalisierung
- Migration, kulturelle Identität, Fremdheit
- Globalisierung
- Fremdbestimmung
- Klimawandel

Sprache und Stil
- Spiel mit der Leserin/dem Leser und mit literarischen Mustern
- Ironisierung
- Intertextualität
- Vermischung von Stilebenen
- nichtlineares Erzählen
- fragmentarisches Erzählen
- digitales, vernetztes Schreiben

Gattungen und Genres
- Mischung von Genres
- Wenderoman
- postmoderner Roman
- autofiktionaler Roman
- postdramatisches Theater
- Popliteratur
- Interaktion zwischen Literatur und Internet
- Graphic Novel
- Poetry-Slam

1

2

Abbildung 1: Jenny Erpenbeck, Autorin von *Heimsuchung*, und Übersetzer Michael Hofmann bei der Verleihung des Booker Prize für *Kairos*, London 2024

Abbildung 2: Daniel Kehlmann, Autor von *Die Vermessung der Welt*, 2023

Literarische Werke
- ***Simple Storys*** 1989, Ingo Schulze
- ***Was bleibt*** 1990, Christa Wolf
- ***Kanak Sprak*** 1995, Feridun Zaimoglu
- ***Das Blütenstaubzimmer*** 1997, Zoë Jenny
- ***Adler und Engel*** 2001, Juli Zeh
- ***Im Krebsgang*** 2002, Günter Grass

1996 — 1998 — 2000 — 2004

Historische Ereignisse
- **friedliche Revolution in der DDR** 1989
- **Deutsche Einheit** 1990
- **Internet** wird öffentlich zugänglich ab 1990
- **2. Golfkrieg** (Krieg einer von den USA geführten Koalition gegen den Irak), **Zerfall des Ostblocks und der UdSSR** 1991
- **Nelson Mandela** wird **Präsident** von **Südafrika** 1994
- **Kosovokrieg** NATO greift erstmals ohne UNO-Mandat in einen Konflikt ein 1999

Epochenbild

Zeitbild/Gesellschaft

Die Zeit nach 1989 ist gekennzeichnet durch einen schnellen Wandel in vielen Bereichen: Der **Zusammenbruch der sozialistischen Staaten** bildet einen tiefen Einschnitt und hat große politische, wirtschaftliche und gesellschaftliche Transformationen, Chancen und Herausforderungen zur Folge. Außerdem führen die **Globalisierung**, der Einfluss der **Massenmedien** und der **Digitalisierung** auf die Wahrnehmung der Wirklichkeit sowie der **Verlust von Sicherheiten** in den westlichen Demokratien, z. B. durch Terroranschläge, die globale Finanzkrise und die Flüchtlingskrise, zu einem tiefgreifenden Wandel von Lebenseinstellungen. Das Empfinden von Orientierungslosigkeit und die Suche nach neuen Orientierungsrahmen sind häufig die Folgen.
Auch die **Auseinandersetzung mit der Historie**, vor allem der NS-Vergangenheit, der DDR, der Wende und der Nachwendezeit, sind wichtige Themen. Oft erscheint dabei Geschichte als ein wechselhaftes und mehrdimensionales Phänomen.
Das **Internet** mit seiner stetig wachsenden Bedeutung wird zum neuen Veröffentlichungsort und ermöglicht neue Formen des Schreibens und Publizierens.
Der Kulturbetrieb bestimmt wesentlich das Verhältnis von Autorin/Autor, Leserin/Leser und Werk: Literaturkritik (auch in Fernsehformaten und im Internet), Literaturfeste, Kulturförderung, die Medialität, durch die Literatur vielfältig sichtbar und hörbar wird.

Welt- und Menschenbild

Neben Bestrebungen, starre Identitätskonzepte infrage zu stellen und zu dekonstruieren, bleibt die Frage der Identität angesichts der Chancen und Herausforderungen von Individualisierung, Globalisierung, Digitalisierung, Umweltzerstörung und Migration im Zentrum gesellschaftlicher Diskurse. Individuelle und kollektive Erfahrungen und Empfindungen, wie z. B. Orientierungslosigkeit, Fremdheit und Ohnmacht, spiegeln sich in der Literatur.

Literatur

In der Literatur lassen sich **keine einheitlichen** Entwicklungstendenzen festhalten, sie ist gekennzeichnet durch ein **breites**, oft unübersichtliches **Spektrum** von Stilen und Schreibweisen (postmoderne Heterogenität).
Neben Vertreterinnen und Vertretern der Autofiktion – Autorinnen und Autoren, die vor allem als Chronisten auftreten und bestimmte Milieus darstellen – entstehen auch Werke in der Tradition des Gesellschaftsromans, Gesellschaftskritiken oder auch Adoleszenz- oder Bildungsromane. Seit den 1990er-Jahren gewinnen im deutschsprachigen Raum multikulturelle Literaturen an Bedeutung (Migrationsliteratur), so etwa die deutsch-türkische Literatur.

Lyrik

Ab den 1990er-Jahren wird die in den USA entstandene Bewegung des **Poetry-Slam** in Deutschland populär. Daneben finden sich alle bisherigen Formen der Lyrik, thematisch und stilistisch herrscht eine große Vielfalt.

Epik

Nach 1990 entsteht der **Wenderoman**, in dem Teilung, Mauerfall und Wiedervereinigung thematisiert werden. Schauplatz ist häufig die neue Hauptstadt Berlin. In Abgrenzung zur Moderne spielt der **Roman der Postmoderne** mit bekannten literarischen Mustern und stellt diese gleichberechtigt nebeneinander. Außerdem ist der **autofiktionale Roman** stark vertreten. In ihm tritt eine Figur, die eindeutig als Autorin oder Autor erkennbar ist, in einer als fiktional gekennzeichneten Erzählung auf. An Bedeutung gewinnt außerdem die Gattung Graphic Novel.

Drama

Dramenformen, die die Gattungen vermischen und die Welt zum Dramenschauplatz insgesamt erklären, entstehen im postdramatischen Theater.

Die Vermessung der Welt 2005, Daniel Kehlmann

Als der Soldat das Grammofon repariert 2006, Saša Stanišić

Der Turm 2008, Uwe Tellkamp

Atemschaukel 2009, Herta Müller

Kruso 2014, Lutz Seiler

Regentonnenvariationen 2014, Jan Wagner

2008 — 2010 — 2012 — 2016

Terroranschlag auf das **World Trade Center** in New York (11.09.) 2001

Euro wird gesetzliches Zahlungsmittel 2002

3. Golfkrieg (Invasion der USA und seiner Verbündeten im Irak) 2003

Wirtschafts- und Finanzkrise 2008

Arabischer Frühling (Protestaktionen in der arabischen Welt gegen autoritäre Regime) 2010

tödlicher Anschlag auf das Satiremagazin „Charlie Hebdo" 2015

Epik

Erschließungsaspekte epischer Texte

epische Texte

Handlung und Aufbau
- Haupt-/Nebenhandlung
- äußere/innere Handlung
- Handlungsstränge
- Handlungsverlauf

Figuren, Figurenkonstellation
- Haupt- und Nebenfiguren
- Verhalten und Position: Spieler/Gegenspieler, Dreiecksbeziehungen, ...

Thema, Stoff
- Liebe, Familie(n), Krieg, Entwicklung einer Figur, historisches Ereignis, ...
- äußere/innere Konflikte

Textsorten
- Sage, Märchen
- Kurzgeschichte, Fabel, Parabel
- Novelle, Roman

textüberschreitende Aspekte
- zeitgeschichtliche Bezüge
- Autorenbiografie und Werk
- literarische Epoche, Gattungsgeschichte

Sprachgestaltung
- Satzbau
- Wortwahl
- rhetorische Mittel

Erzähltechnik
- Erzählform
- Erzählperspektive
- Erzählverhalten
- Erzählhaltung
- Darstellungsform
- Zeitgestaltung
- Raumgestaltung

Erzähltexte entstehen immer auch vor dem Hintergrund bestimmter literarischer Strömungen und Trends, sei es, weil sie dagegen rebellieren, sich ihnen anschließen oder diese erneuern wollen. Oft haben biografische Erlebnisse Einfluss auf den Schreibprozess. Und nicht zuletzt können zeitgenössische Ansichten, Ereignisse und Figuren in den epischen Werken verarbeitet werden oder sich darin indirekt widerspiegeln.

Die Erzähltheorie versucht, typische Strukturen und Merkmale epischer Texte beschreib- und analysierbar zu machen. Dafür wurden in der Vergangenheit verschiedene Modelle entworfen. Die Grundbegriffe der Erzähltechnik zu kennen und anwenden zu können, ist unabdingbar für die Interpretation epischer Texte.

Fachbegriffe der Analyse und Interpretation von epischen Texten

Fiktionalität

fiktionale und faktuale Texte: Ein fiktionaler Text ist dadurch gekennzeichnet, dass er eine Welt entwirft, die dem Prinzip nach ohne den Anspruch auskommt, an der außersprachlichen Wirklichkeit überprüfbar zu sein.
Für den faktualen Text dagegen ist der Bezug auf die außersprachliche Wirklichkeit entscheidend; danach bemisst sich, inwieweit man die Aussagen eines solchen Textes als „wahr" oder „falsch" einordnet.
Verschiedentlich wird diese Unterscheidung aber auch kritisch gesehen: Einerseits verzichtet in einem fiktionalen Text kaum eine Welt ganz auf Bezüge zu außerliterarischen Orten, Zeiten oder Sachverhalten (v.a. beim realistischen Erzählen). Andererseits bedienen sich auch viele faktuale Texte fiktionalisierender Strategien, etwa, wenn eine Reportage erzählende Passagen enthält.

impliziter Autor / impliziter Leser: Der implizite Autor ist die Autorfigur, die man sich beim Rezipieren eines fiktionalen Textes als dessen Urheber vorstellt, wobei jene allerdings weder mit der realen Autorperson noch mit der Erzählinstanz gleichgesetzt werden darf. Dieser aus dem Text erschlossenen Autorfigur können beim Interpretieren dementsprechend auch bestimmte Autorintentionen zugeordnet werden, selbst wenn man den historischen Autor nicht kennt (z.B. in *Effi Briest* eine Sympathie Theodor Fontanes für die Titelfigur trotz ihrer Verfehlungen).
Entsprechend ist der implizite Leser die Leserfigur, die eine Autorperson vor Augen hat und deren Erwartungen, Normen und Werte das Verfassen eines fiktionalen Textes beeinflussen. Gerade bei Texten aus der Literaturgeschichte darf der implizite Leser nicht mit den realen Lesenden gleichgesetzt werden. Die aus dem Text erschließbare Leserfigur ist beim Interpretieren hilfreich, um Entscheidungen des Textes besser einordnen zu können (z.B. den Umstand, dass Effi Briest entgegen heutigen Erwartungen letzten Endes nicht aufbegehrt).

Pakt mit dem Leser: Das Funktionieren eines fiktionalen Textes ist bedingt durch die Annahme, dass der implizite Autor eines fiktionalen Texts indirekt einen Vertrag mit dem impliziten Leser schließt.
Dieser Vertrag legt u.a. fest, welche Regeln gelten sollen (*Fiktionspakt*: z.B. Existenz von Elben, Hobbits und Zauberern) und welche Elemente auf die außerliterarische Wirklichkeit referieren (*Referenzpakt*: z.B. das Berlin des 19. Jahrhunderts als Schauplatz).

Leerstellen: Da ein fiktionaler Text ein Geschehen nie erschöpfend mitteilen kann, sind Auslassungen unvermeidbar und auch Teil der literarischen Strategie, den impliziten Leser aktiv an der Rezeption eines Textes teilhaben zu lassen.

Sympathiesteuerung: Darunter versteht man Strategien des impliziten Autors, die den Rezipienten dazu veranlassen sollen, einer Figur gegenüber eine positive oder negative Haltung einzunehmen. Solche Strategien können direkt (z.B. durch Bewertungen durch die Erzählerinstanz) oder indirekt (z.B. durch sprechende Namen, eine Kontrastierung zu einer anderen Figur) stattfinden.

realistisches Erzählen: Ein im engeren Sinne realistisches Erzählen verweist in einer Art und Weise auf die außerliterarische Wirklichkeit, dass der Eindruck entsteht, die erzählte Welt sei eine detailgetreue Abbildung jener Wirklichkeit. Verstärkt wird der realistische Eindruck dadurch, dass die Erzählinstanz weitgehend zurücktritt bzw. so zurückhaltend agiert, dass deren Steuerung kaum bemerkt wird.

fantastisches Erzählen: Wesentliches Merkmal des Fantastischen im engeren Sinne ist, dass die Leser den bis zum Schluss unschlüssig darüber bleiben, ob das Geschehen innerhalb der erzählten Welt gegen die dort geltenden Naturgesetze verstößt und somit als übernatürlich zu gelten hat oder ob es sich damit vereinbaren lässt (vgl. E. T. A. Hoffmanns *Der Sandmann*).
Das Fantastische in diesem Sinne ist abzugrenzen von dem *Wunderbaren*, wo das vom impliziten Leser als übernatürlich Wahrgenommene gilt, z.B. im Fantasy-Roman und von dem *Unheimlichen*, wo das scheinbar Übernatürliche letztlich eine natürliche Erklärung findet.

Intertextualität: Intertextualität bezeichnet das Phänomen, dass ein Text oder Kunstwerk auf andere Texte oder Kunstwerke Bezug nimmt oder sich mit ihnen auseinandersetzt, wobei es unerheblich ist, ob solche Bezüge von der Autorin oder vom Autor beabsichtigt sind oder nicht.
Die Intertextualität kann auf verschiedenen Ebenen stattfinden, z.B. durch Anspielungen, Zitate, thematische und motivische Bezüge.
Intertextualität kann dazu beitragen, dass ein Text oder Kunstwerk in einen größeren kulturellen Kontext eingebettet wird und neue Bedeutungen oder Interpretationen eröffnet. Für die Postmoderne ist Intertextualität ein wesentliches Merkmal.

Handlung

Man kann unterscheiden zwischen:
- Rahmen- und Binnenhandlung
- Haupthandlung und Nebenhandlung(en)
- äußerer Handlung (äußere Ereignisse) und innerer Handlung (Gefühle, Gedanken)

Die Handlung kann strukturiert sein durch:
- Handlungsstränge wie einsträngig, mehrsträngig, verflochten
- den Handlungsverlauf und die Zeitstruktur wie z. B. chronologisch, Vorausdeutungen, Rückblenden, Montage
- Themen, (Leit-)Motive, Konflikte
- formale Aufteilungen (z. B. Kapitel)

Figuren

Charakterisierung: Figuren können
- **direkt charakterisiert** werden durch eine andere Figur, durch Aussagen der Figur zu sich selbst, durch den Erzähler,
- **indirekt charakterisiert** werden durch die Art der Darstellung, aus der die Lesenden Rückschlüsse auf Eigenschaften usw. der Figur ziehen.

Figurenkonzepte: Bei der Untersuchung der Figuren können folgende Fragen helfen:
- Sind die Figuren statisch oder dynamisch angelegt?
- Sind die Figuren in ihrem Handeln frei oder durch die Verhältnisse bestimmt?
- Handelt es sich um eine offen oder um eine geschlossen angelegte Figur (ist ihr Verhalten nachvollziehbar oder rätselhaft)?
- Handelt es sich um eine komplexe oder um eine eher eindimensionale Figur?

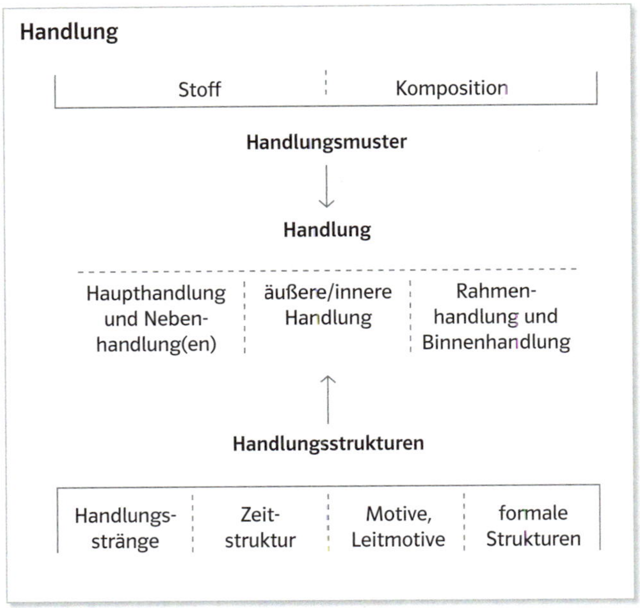

Hauptfiguren: Sie sind in der Regel als komplexe Charaktere entworfen, die mit individuellen Eigenschaften und Merkmalen ausgestattet sind. Charaktere haben ein unverwechselbares Schicksal, bestimmen den Gang der Handlung entscheidend mit, sprechen eine eigene Sprache, zeigen individuelle Eigenschaften und Veränderungen.

Nebenfiguren: Sie sind oftmals nicht wegen ihres Charakters, sondern für den Fortgang der Handlung wichtig.

Typen: Sie sind Figuren, die auf wenige, oft stereotype Charaktermerkmale reduziert sind.

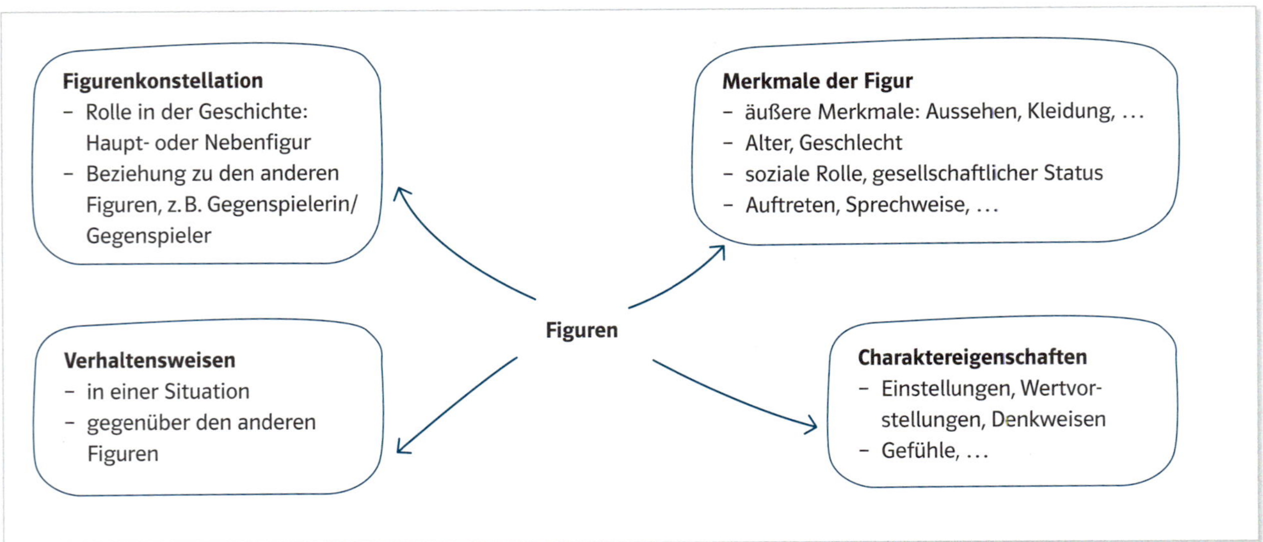

Figurenkonstellation → vgl. S. 533

Erzähltechnik

Erzählerin/Erzähler: Es gibt keinen Erzähltext ohne eine **Erzählinstanz** (oder Stimme). Die Erzählerin/der Erzähler ist nicht gleichzusetzen mit der Autorin/dem Autor, sondern wird von diesen **fiktiv** als Urheber und **Vermittlungsinstanz** der Erzählung eingesetzt.

Arbeitet man nach Stanzel mit der **Erzählform**, werden Er-/Sie- und Ich-Erzähler unterschieden.

Die Erzählinstanz kann nach Genette differenzierter betrachtet werden als:
- **offen** (figurativ): Die Erzählinstanz spricht als Figur aus der Ich-, Er-/Sie-Perspektive. Sie kann dabei
  a) **unbeteiligt**/beobachtend, also nicht Teil des Geschehens sein (heterodiegetisch, also verschieden [griech. *heteros]* von der Erzählung [griech. *diegesis*]).
  b) **beteiligt**/erlebend auftreten, also Teil der Handlung sein (homodiegetisch, von griech. *homo*: gleich und griech. *diegesis*: Erzählung; als Hauptfigur: autodiegetisch).
- **verborgen:** Die Erzählinstanz wird kaum deutlich, sie ist nicht figurativ. Sie erzählt
  a) **unbeteiligt** (heterodiegetisch) und neutral, sodass Lesende das Gefühl haben, das Geschehen unmittelbar zu verfolgen.
  b) **beteiligt** (homodiegetisch): Sie kann sich einmischen, kommentieren, sich an die Lesenden wenden usw., ohne dass eine Erzählerfigur deutlich wird.

Erzählperspektive: Die Erzählperspektive ist die Position gegenüber dem Geschehen oder der Blickwinkel der Erzählinstanz (nach Genette):
- **Nullfokalisierung:** Die Erzählinstanz weiß mehr als die Figuren (Blick von oben, Allsicht/Übersicht).
- **interne Fokalisierung:** Wahrnehmung und Wissen sind an eine Figur gebunden (Innensicht/Mitsicht). Diese kann während des gesamten Geschehens fest/gleich bleiben oder wechseln/variabel sein.
- Geben verschiedene Figuren jeweils ihre Sicht eines (gleichen) Geschehens wieder, geht es um **multiple Fokalisierung**, also die Schilderung durch die Mitsicht mehrerer Figuren.
- **externe Fokalisierung:** Die Erzählinstanz weiß weniger als die Figuren (Außensicht, neutrale/objektive Technik, camera eye).

Erzählperspektive kann nach Petersen auch unterteilt werden in **Innen- und Außensicht**. In der Außensicht steht die Erzählinstanz außerhalb der Geschehnisse und hat einen größeren Abstand zum Erzählten. In der Innensicht wird das Geschehen von einer Erzählinstanz erzählt, die eine geringere Distanz zum Geschehen hat.

Erzählverhalten: Unterschieden werden:
- **auktoriales Erzählverhalten:** allwissender Erzähler mit Überblick über das Geschehen und das Innere der Figuren. Er kann sich leserlenkend einmischen/kommentieren, steht aber außerhalb des Geschehens.
- **personales Erzählverhalten:** Die Figurenperspektive lässt die Lesenden das Geschehen unmittelbar aus der Sicht einer Figur erleben.
- **neutrales Erzählverhalten:** Es scheint kein Erzähler anwesend, er verschwindet hinter dem Geschehen, das den Lesenden scheinbar unvermittelt vor Augen steht.

Darstellungsform: Die Autorinnen/Autoren können das Geschehen als **Erzählerrede** oder wie im Drama als **Figurenrede** darbieten. Die Darstellungsform spiegelt dabei auch die Nähe oder Distanz zum Geschehen wider.

Erzählerrede	Figurenrede
Bericht: straffe, geraffte Darstellung der Handlung	**direkte Rede** oder **indirekte Rede**
Beschreibung: anschauliche Darstellung der Schauplätze, Figuren, Gegenstände, des Geschehens	**erlebte Rede:** Wiedergabe von Gedanken und Gefühlen einer Figur in der 3. Person (ohne direkte/indirekte Rede)
Kommentar: Eingreifen des Erzählers mit Bemerkungen, Urteilen oder Überlegungen	**innerer Monolog:** Wiedergabe von Gedanken und Gefühlen einer Figur in der 1. Person

Umgang mit der Zeit

Zeitgestaltung: Das Verhältnis von **Erzählzeit** (Dauer der erzählerischen Wiedergabe) und **erzählter Zeit** (Dauer eines Geschehens) bezeichnet man als **Erzähltempo**. Dabei kann man unterscheiden:
- **zeitdeckendes Erzählen:** Die Erzählzeit entspricht der erzählten Zeit. Diese Übereinstimmung liegt oft nur in Dialogszenen vor, also bei direkter Figurenrede ohne weitere Kommentare.
- **Zeitraffung:** Die Erzählinstanz beschleunigt die Wiedergabe des Geschehens durch **summarisches**, also zusammenfassendes Erzählen. **Zeitsprünge** lassen dabei ganze Handlungsteile aus.

- **Zeitdehnung:** Das Erzählen dauert länger als das Geschehen selbst, d. h. es werden zusätzliche Informationen (Beschreibungen von Einzelheiten, Gedanken, Gefühlen, …) gegeben. Im Extremfall kann auch eine **Pause** im Fortgang der Handlung entstehen, sodass die Geschichte quasi stillsteht.

Zeitangaben innerhalb der Geschichte wie „drei Tage später" oder „fünf Jahre lang" helfen, die erzählte Zeit zu rekonstruieren.

Frequenz (Häufigkeit): Sie beschreibt, wie oft ein Ereignis stattfindet und wie häufig dieses erzählt wird:
- **singulatives Erzählen:** Es wird einmal erzählt, was einmal geschehen ist (1:1).
- **repetitives Erzählen:** Es wird mehrmals erzählt, was einmal geschehen ist (x:1).
- **iteratives Erzählen:** Es wird einmal erzählt, was mehrmals geschehen ist (1:x).

Ordnung: Sie zeigt an, in welcher Reihenfolge erzählt wird:
- **Chronologie:** Die Erzählung folgt der Reihenfolge der Ereignisse.
- **Rückschau** (Analepse): Es wird ein früheres Ereignis erzählt, auch Retrospektive oder Flashback (im Film).
- **Vorausschau** (Prolepse): Es wird ein in der Zukunft liegendes Ereignis erzählt, z. B. um durch eine Vorausdeutung Spannung zu erzeugen; auch Antizipation oder Flashforward (im Film).
- **Anachronie:** Die chronologische Reihenfolge wird durch Rück- oder Vorausschau durchbrochen.

Raumgestaltung

Die Erzählerin oder der Erzähler kann den **Handlungsraum** mit verschiedenen Bedeutungen und Funktionen versehen.
- **Schauplatz:** Der Ort, an dem die Handlung spielt, kann Aufschluss über Figurenkonstellationen oder Handlungszusammenhänge geben. Außerdem hat der Lebensraum der Figuren Einfluss auf deren Denken und Fühlen.
- **sozialer Raum:** Er bezeichnet die soziale Umwelt, die die Figur in ihrem Denken, Fühlen, Handeln und Sprechen prägt und bedingt. Die Darstellung der sozialen Umwelt kann auch Aufschluss über den gesellschaftlichen Lebensstil einer Figur geben (z. B. Kleidung, Wohnung, Haltung).
- **Stimmungsraum:** Er unterstreicht den Gemütszustand einer Figur durch eine bestimmte Atmosphäre, z. B. Gewitterschwüle (kurz vor einem emotionalen Ausbruch der Figur), Sonnenschein (Heiterkeit und Gelassenheit der Figur) oder Regen (Traurigkeit der Figur).
- **symbolischer Raum:** Er verdichtet die Thematik in anschaulichen, bedeutsamen Bildern (Symbolen) mit Verweisfunktion.

Epische Genres

Roman	Länge und Komplexität grenzen den Roman von anderen epischen Formen ab. Ideengehalt, Handlungsverlauf und Figurengestaltung sind vielschichtig. Es gibt eine Vielzahl an Romantypen, wie z. B. Kriminalroman, Briefroman, Schelmenroman.
Erzählung	Ein längerer erzählender Text, der nicht die Breite des Romans und nicht die dramatische Komposition im Handlungsverlauf wie die Novelle besitzt.
Novelle	Eine längere Erzählung mit geschlossenem Aufbau. Ein zentraler Konflikt entwickelt sich in der Konfrontation von Ungewöhnlichem mit dem Herkömmlichen. In der Regel nimmt ein Schicksal auf einem Höhe- und Wendepunkt einen jähen Umschlag. Die Handlung entwickelt sich meist linear, auf eine episch breite Erzählweise wird verzichtet. 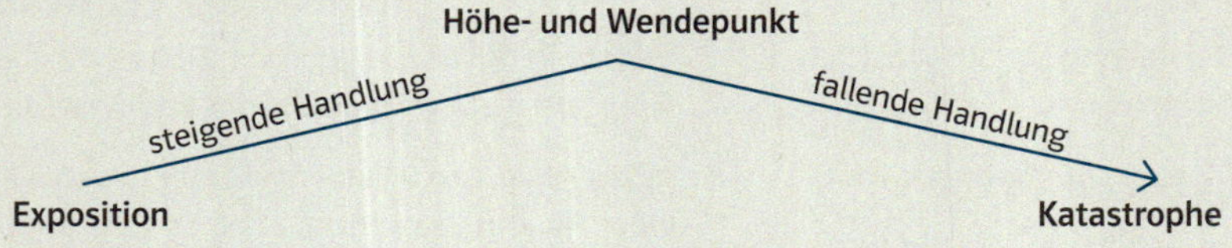
Kurzgeschichte	Es wird eine besondere Begebenheit, ein Ausschnitt aus dem Leben nur weniger Figuren erzählt. Die Handlung ist sehr knapp, der Einstieg oft ohne Einleitung, meist gibt es einen offenen Schluss.
Parabel	Eine Erzählung, in der eine konkrete Ebene (Bildteil) auf eine allgemeine Ebene (Sachteil) verweist. Aus dem Bezug der beiden Ebenen zueinander ergibt sich die Bedeutung.
Fabel	Eine kurze Geschichte, in der meist Tiere auftreten, die typisch menschliche Eigenschaften und Verhaltensweisen verkörpern und sich oft als Spieler und Gegenspieler gegenüberstehen. Die Fabel will an Tierbeispielen belehren oder menschliche Schwächen bloßstellen.

Drama

Erschließungsaspekte dramatischer Texte

dramatische Texte

Auch Nebentext bzw. Regieanweisungen müssen beachtet werden.

Handlung und Aufbau
- Ort, Zeit
- Handlungsverlauf
- Strukturelemente: Akt oder Aufzug, Szene oder Auftritt, geschlossenes/offenes Drama
- Gesamtzusammenhang der Handlung

Thema, Stoff
- Alltagsrealität, gesellschaftliche Probleme, …
- Geschichte, Mythos, …

dramatisches Genre
- Tragödie, Komödie, bürgerliches Trauerspiel …

dramatischer Konflikt
- innerer und/oder äußerer Konfliktverlauf: beteiligte Figuren, Ursachen, Entwicklung
- Lösung

Dialoggestaltung
- Thema/Gegenstand
- Gesprächssituation
- Beziehung der Gesprächspartner
- Sprechabsicht, Ziel
- Gesprächsstrategie, -verhalten
- Gesprächsverlauf, -ausgang

Figuren, Figurenkonstellation
- Haupt-/Nebenfiguren
- Typus oder Charakter
- Spieler (Protagonist) ↔ Gegenspieler (Antagonist)

Bei der Beschreibung der Figuren sollten
- Verhalten, Handlungsmotive und Ziele, Denkweise und Einstellungen untersucht werden,
- Figuren (Haupt- und Nebenfiguren, Protagonist, Antagonist) in ihren Beziehungen zueinander eingeordnet werden (z. B. Skizze zum Zusammenspiel der Figuren anfertigen),
- die Wirkung der Figuren auf die Lesenden und Zuschauenden analysiert werden.

Sprachgestaltung
- Vers oder Prosa
- Wortwahl
- Satzbau
- Sprachvarietät
- rhetorische Mittel

textüberschreitende Aspekte
- zeitgeschichtliche Bezüge
- Autorenbiografie und Werk
- literarische Epoche, Gattungsgeschichte

Bei der Drameninterpretation können Aspekte der Entstehungszeit miteinbezogen werden: Die politische und soziale Situation sowie philosophische Strömungen der Entstehungszeit können dabei ebenso eine Rolle spielen wie die Biografie der Autorin/des Autors oder die Entstehungsgeschichte eines Werks. All diese Aspekte können sich zum Beispiel auf Thema, Problemstellung, Konflikte, Figurenkonzeption und sprachliche Gestaltung eines Dramas auswirken.

Fachbegriffe der Analyse und Interpretation von Dramenszenen

Aufbau und Strukturmuster

Strukturelemente

Das **Drama** (von griech. *drama*: Handlung) ist die Darstellung eines konfliktbestimmten Geschehens durch handelnde und sprechende Figuren auf der Bühne. Es ist ein literarischer Text in Dialogform (**Haupttext**), den man lesen kann oder der szenisch aufgeführt wird. Während bei Prosatexten die Erzählerin/der Erzähler vermittelnd zwischen der dargestellten fiktiven Welt und der Leserin/dem Leser fungiert, gibt es beim Drama eine solche Vermittlungsinstanz nur im sogenannten **Nebentext** (Titel, Personenverzeichnis, Bühnenhinweise, Regieanweisungen). Die vielschichtige Handlung ist untergliedert in Akte, Szenen oder Bilder.
Akt (von lat. *agere*: handeln, auch Aufzug): Abgeschlossener, größerer Handlungsabschnitt, der seit dem 17. Jh. durch den sich öffnenden und schließenden Vorhang markiert wird. Die Entwicklung des Konflikts (Einführung, Wende- oder Höhepunkt, Lösung) spiegelt sich im Akt-Aufbau.
Szene (von griech. *skene*: Bühne, Zelt; auch Auftritt): Im mehraktigen Drama Untereinheit des Aktes, die durch das Auf- bzw. Abtreten von Personen markiert wird. Szenen werden deshalb auch Auftritte genannt.

Aristotelisches oder klassisches Drama

Das sogenannte aristotelische oder klassische Drama ist meist in fünf Akte eingeteilt. Jeder Akt erfüllt eine bestimmte Funktion im Handlungsaufbau. Jahrhundertelang hat die auf den griechischen Philosophen Aristoteles zurückgehende Vorstellung der sogenannten drei Einheiten die Gestaltung von Dramen beeinflusst, die sich z.T. aus den Gegebenheiten der antiken Bühne ergaben:

- **Einheit des Ortes:** weitgehende Vermeidung von Ortsveränderungen
- **Einheit der Zeit:** weitgehende Vermeidung von Zeitsprüngen
- **Einheit der Handlung:** Reduzierung von Nebenhandlungen

Geschlossenes/offenes Drama

geschlossenes Drama	offenes Drama
einsträngige Haupthandlung, Nebenhandlungen auf die Haupthandlung bezogen, kausaler Handlungszusammenhang (Einheit der Handlung)	oft mehrere gleichgewichtige Handlungsstränge, lockere Struktur der Einzelszenen, Zusammenhang über Figuren oder Leitmotive geschaffen
wenige Figuren, unterteilt nach Haupt- und Nebenfiguren	Vielzahl von Figuren
eindeutiger Anfang (Konfliktanlass), Klären der Situation (oft der Vorgeschichte) in der Exposition, eindeutige Lösung am Schluss (Einheit der Zeit)	unvermittelter Beginn, Vorgeschichte wird nicht geliefert, häufig offener Schluss
Kunstsprache, oft Verssprache	realistische Standardsprache (Alltagssprache)
Handlungszeitraum kurz	Handlungszeitraum lang, oft Jahre
wenige Schauplätze (Einheit des Ortes)	zahlreiche Schauplätze
Bühnenwelt als idealisiertes Bild der Wirklichkeit	Bühnenbild als Abbild der Wirklichkeit

Es bilden sich auch **epochenspezifische Strukturmuster** heraus wie z.B. das antike (aristotelische) Drama oder das bürgerliche Trauerspiel.

Aufbauschema eines klassischen Dramas nach Gustav Freytag

1. Akt	2. Akt	3. Akt	4. Akt	5. Akt
Exposition: Einführung in die Situation, Vorstellung der handelnden Figuren	steigende Handlung mit erregendem Moment (Konfliktentwicklung)	Höhepunkt und Peripetie (unerwartete Wende)	fallende Handlung mit retardierendem Moment (Verzögerung)	Konfliktlösung: unglücklicher oder glücklicher Ausgang

Handlung

Handlungsarten: Die Handlung entwickelt sich in unterschiedlicher Art und Weise.
- **äußere Handlung:** Geschehen auf der Bühne oder auf anderen Schauplätzen
- **offene Handlung:** auf der Bühne sichtbare Handlung
- **innere Handlung:** Vorgänge, die sich im Inneren der Figuren abspielen
- **verdeckte Handlung:** Geschehen auf der Bühne nicht sichtbar, wird dem Zuschauer durch Figurenrede vermittelt (z. B. durch Botenbericht oder Teichoskopie)

Ort und Zeit der Handlung sind oft bestimmend für Aussage und Inhalt:
- Der Umgang mit der Zeit wird bestimmt durch die **Zeitgestaltung**, **Frequenz** und **Ordnung**. → vgl. S. 529 f.
- Bei der Gestaltung des Raums unterscheidet man zwischen **Schauplatz**, **sozialen Raum**, **Stimmungsraum** und **symbolischen Raum**. → vgl. S. 530

Dramatischer Konflikt: Der Konflikt ist das Zentrum der dramatischen Handlung. Er bestimmt den Spannungsbogen, der konstruktiv für den Aufbau des Dramas ist. Der Konflikt kann folgendermaßen betrachtet werden:

Art des Konflikts: innerer Konflikt (spielt sich im Inneren einer Figur ab) oder äußerer Konflikt (Teil der Handlung, des Geschehens)

Konfliktverlauf: Konfliktanlass → Konflikthandlungen → Entscheidungen → Folgehandlungen → Konfliktlösung

Konfliktlösungsmuster:
- Im **Enthüllungsdrama** (analytisches Drama) liegt das auslösende Ereignis in der Vorgeschichte. In der Entwicklung des Dramas wird der Konflikt aufgeklärt und zu einer Lösung geführt.
- Im **Entfaltungsdrama** (synthetisches Drama, Zieldrama) entwickelt sich ein Konflikt von einer Einstiegshandlung aus und die dramatische Handlung läuft auf einen Zielpunkt hin (z. B. Katastrophe, Versöhnung).

Figuren

Figurencharakterisierung: Im Drama können ähnliche Aspekte herangezogen werden wie bei der Untersuchung epischer Figuren. Figuren können **direkt charakterisiert** werden durch eine andere Figur, die Figur selbst oder über Regieanweisungen.
Figuren können **indirekt charakterisiert** werden durch die Art der Darstellung, aus der Lesende oder die Zuschauerin/der Zuschauer Rückschlüsse auf Eigenschaften usw. der Figur ziehen.

Figurenkonstellation: Im Drama können ähnliche Aspekte herangezogen werden wie bei der Untersuchung epischer Figuren. Typische Konstellationen stehen unten.

Figurenrede: Durch die Figurenrede wird die fiktive Welt auf die Bühne gebracht. Man unterscheidet **Dialoge** (Gespräch zweier oder mehrerer Personen) und **Monologe** (Selbstgespräch). Folgende Redeformen sind im Drama zu beobachten:
- **Botenbericht:** Eine Bühnenfigur schildert vergangene Ereignisse, die auf der Bühne nicht dargestellt werden können.
- **Beiseitesprechen:** So nennt man die Situation, in der eine Bühnenfigur etwas sagt, das ihre Dialogpartnerin oder ihr Dialogpartner auf der Bühne nicht hört, wohl aber das Publikum
- **Chor:** Im antiken Drama ist das eine Gruppe von Figuren, die durch Sprechgesänge die Handlung auf der Bühne kommentiert, aber auch die Bühnenfiguren wie die Zuschauerinnen und Zuschauer direkt anspricht
- **Teichoskopie (Mauerschau):** Durch den Bericht eines Beobachters – oft von erhöhter Position aus – werden gleichzeitig ablaufende Ereignisse vergegenwärtigt, die auf der Bühne nicht darstellbar sind, z. B. Schlachten oder Schiffskatastrophen. Die Teichoskopie ist, wie auch der Botenbericht, ein Mittel zur Wahrung der drei Einheiten im geschlossenen Drama.
- **Subtext** (Untertext): Gedanken, die eine Figur in bestimmten Momenten haben könnte, aber nicht ausspricht.
- **Stichomythie:** Zeilenrede; mit jeder Zeile zwischen den Figuren wechselnde Rede und Gegenrede in einem längeren Dialog (z. B. in Lessings *Nathan der Weise*)

Protagonist vs. Antagonist
(Spieler – Gegenspieler)

„Held", Zentralfigur

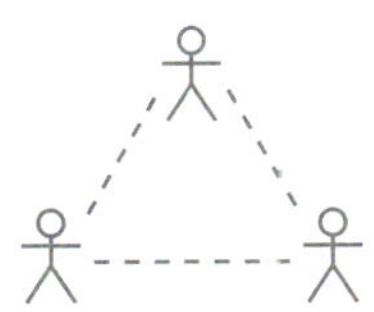

Dreieckskonstellation

Dialoggestaltung

Dialoggestaltung

Gesprächssituation
- Anlass
- äußere Faktoren wie Zeitdruck, fremde Zuhörer, intime oder öffentliche Situation, …

Thema, Gegenstand

Beziehung der Gesprächspartner
- Grad der Vertrautheit/Distanz
- Rollenprägung

Sprechabsicht, Ziel
- überzeugen, streiten, verhören, …
- das Gegenüber unterhalten, erfreuen, Smalltalk, …
- formales, regelkonformes Begegnen, …

Gesprächsstrategie, -verhalten
- Sprechhandlungen wie Fragen, Bitten, Befehlen, …
- standardisiert wie Restaurantbestellung, Wettergespräch, …
- Sprechhaltung wie liebevoll, nüchtern, kalt, …
- nonverbale Äußerungen (Gestik, Mimik, Körperhaltung)

Gesprächsverlauf, -ausgang
- Gesprächseröffnung/-ende
- Redeanteile der Figuren
- Erfolg/Misserfolg

Sprachgestaltung

Die Sprachverwendung im Drama kann durch Konventionen der Epoche bestimmt sein (z. B. formal gebunden) oder auch in Bezug auf die Figuren individuell/typisierend und so durch die Untersuchung sprachlicher Mittel erfassbar sein. Auffällig sind u. a.:

- **Blankvers:** ungereimter jambischer Fünfheber als meistverwendete Versform im Drama der Aufklärung und Klassik; er ermöglicht häufige Enjambements (Zeilensprünge, d. h. Satz und Versende fallen nicht zusammen) und steht der Prosa nahe.
- **Kunstsprache:** Diese wird meist im klassischen Drama verwendet, d. h. alle Figuren sprechen auf gleicher hoher Ebene und/oder in Versform.
- **Umgangssprache:** Im modernen Drama nähert sich die Figurenrede der Umgangssprache an; sie ist nicht mehr metrisch gebunden. Kommunikationsschwierigkeiten sind häufig: Die Figuren gehen wenig aufeinander ein, monologisieren oder reden aneinander vorbei.

Dramatische Genres

Unterscheidung nach			
medialen Mustern, z. B.	**epochenübergreifenden Handlungs- und Konfliktmustern, z. B.**	**epochenspezifischen Mustern, z. B.**	**Strukturelementen, z. B.**
Theaterstück	Tragödie	klassisches Drama	geschlossenes Drama
Oper	Komödie	bürgerliches Trauerspiel	offenes Drama
Puppentheater	Schauspiel		
Hörspiel	Tragikomödie		

Lyrik

Erschließungsaspekte lyrischer Texte

lyrische Texte

Thema, Stoff
- menschliche Grunderfahrung, Liebe, Glück, Einsamkeit, Vergänglichkeit, …
- Wirklichkeitsbereich, Arbeit, Krieg, Reise, zwischenmenschliche Begegnung, …
- zeittypische Motive, z. B. *Carpe diem*, *Vanitas*

Inhalt und Aufbau
Den Zusammenhang von Inhalt und Aufbau untersuchen, z. B.
- inhaltliche Steigerung von Strophe zu Strophe mit Höhepunkt/Auflösung in letzter Strophe
- antithetische Struktur, d. h. inhaltliche Zweiteilung in Gegensätze ggf. mit Lösung/Konklusion
- Kreiskomposition: Anfang und Ende des Gedichts bilden einen Rahmen.

Gedichtformen
- Sonett
- Ode
- Epigramm
- Hymne
- Ballade
- Lied
- Erzählgedicht
- Rollengedicht
- Elegie

lyrischer Sprecher
- personalisiert als lyrisches Ich/Wir oder nur indirekt sprechend (aber: nie gleichzusetzen mit Autorin/Autor)
- Sprechsituation
- Sprechhaltung
- Sprechabsicht

Form
- Vers
- Strophe
- Reim
- Kadenz
- Metrum
- Rhythmus
- Klanggestalt

textüberschreitende Aspekte
- zeitgeschichtliche Bezüge
- Autorenbiografie und Werk
- literarische Epoche, Gattungsgeschichte

Sprachgestaltung
- Wortwahl
- Satzbau
- Satzart
- Bildlichkeit
- rhetorische Mittel

Die biografischen Einflüsse der Autorin/des Autors und der Kontext weiterer Werke der Autorin/des Autors können gerade in der Lyrik wichtig für das Verständnis des Gedichts sein. Auch die Zeitumstände wie historische Ereignisse, gesellschaftliche Entwicklungen, wissenschaftliche Erkenntnisse, philosophische oder religiöse Einflüsse spiegeln sich unter Umständen im Text, der epochentypischen Mustern folgen kann:
- Gattungsgeschichte wie z. B. Tradition des Sonetts von Petrarca oder Shakespeare
- literarische Epoche: zeitgenössische literarische oder literaturtheoretische Werke, Moden, Strömungen, programmatische Äußerungen

Die Stilebene und Wortwahl, wie z. B. handlungstreibende oder atmosphärische Verben, beschreibende Adjektive, Häufungen von Nominalisierungen oder Neologismen (Wortneubildungen) sagen viel über den Inhalt aus. Außerdem ist der Satzbau wichtig, also ob z. B. in ganzen Sätzen oder Ellipsen gesprochen wird, mit Inversionen oder im Zeilenstil oder mit einem Satz über mehrere Verse, ob es Satzreihen (parataktisch) oder überwiegend Satzgefüge (hypotaktisch) gibt, welche Satzarten (Fragesätze/rhetorische Fragen, Ausrufesätze, Aussagesätze) verwendet werden.

Fachbegriffe der Analyse und Interpretation von lyrischen Texten

Formaspekte

Gedichtformen: Gedichtformen haben bestimmte inhaltliche oder formale Merkmale gemeinsam wie z.B. Thema, Ton, Anzahl der Verse und Strophen, Metrum oder Reimschema.

Bezeichnung	Beschreibung	Beispiel
Sonett	Gedicht mit fester Bauform in 14 Versen und vier Strophen: zwei Quartette, zwei Terzette; gewöhnlich These und Antithese in den Quartetten, Synthese in den Terzetten	Karoline von Günderrode: *Der Kuss im Traume*
Epigramm	kurzes, zugespitztes, häufig lehrhaftes oder satirisches Sinngedicht; in der Antike als Inschrift am Grabmal oder Kunstwerk	Johann Wolfgang Goethe: *Venezianische Epigramme*
Hymne	feierliches Lied; Fest- oder Lobgesang auf Helden, Götter und Großes; zumeist Endreime ohne Strophen	Johann Wolfgang Goethe: *Das Göttliche*
Ode	durch den offenen Inhalt und den Ton definiert: feierlich, erhaben, in der griechischen Antike von Musikinstrumenten begleiteter Gesang; in Strophen unterteilt, gewöhnlich ohne festes Reimschema	Johann Wolfgang Goethe: *Prometheus*
Elegie	ein oft in Distichen verfasstes Gedicht, das nach heutigem Verständnis häufig traurige, klagende Themen zum Inhalt hat	Friedrich Schiller: *Nänie*
Lied	Gedicht, das in Anlehnung an das Volkslied einfach und singbar gestaltet ist, in der Regel gereimt und in Strophenform	Clemens Brentano: *In der Fremde*
Ballade	Gedicht, das eine Handlung erzählt und dabei Elemente der Gattungen Lyrik, Epik und Drama miteinander verknüpft	Annette von Droste-Hülshoff: *Der Knabe im Moor*
Erzählgedicht	erzählendes Gedicht, das nicht die Geschlossenheit der Ballade besitzt, in moderner Dichtung wird besonders auf Alltägliches verwiesen und ohne das Element des Dramatischen erzählt	Bertolt Brecht: *Legende von der Entstehung des Buches Taoteking auf dem Weg des Laotse in die Emigration*
Rollengedicht	lyrischer Sprecher tritt in einer bestimmten Gestalt (Rolle) auf, die meist bereits im Titel genannt wird	Johann Wolfgang Goethe: *Prometheus*

Enjambement (Zeilensprung): Die Satz- oder Sinneinheit greift auf den folgenden Vers/die folgende Zeile über.

Zeilenstil: Satzende und Zeilen- bzw. Versende stimmen überein.

Kadenz: betrachtet das Versende, den Versschluss, von der letzten betonten Silbe an

männlicher/stumpfer Versschluss	weiblicher/klingender Versschluss
Abschluss mit einer betonten Silbe (Hebung)	Abschluss mit einer unbetonten Silbe (Senkung)
Aus deinen Blicken sprach dein Hérz.	*Es schlug mein Herz. Geschwind, zu Pférde!*

Klanggestalt: akustische Wirkung eines Gedichts, die neben den Reimen vor allem durch Klangfarbe und Lautmalerei erzielt wird

Klangfarbe: Helle und dunkle Vokale, weiche oder harte Konsonanten, d.h. die Tönung durch die Aussprache einzelner Laute oder Worte, können verschiedene Natureindrücke oder Gefühlszustände spiegeln, z.B.: *Hörst du, wie die Flammen flüstern, / Knicken, knacken, krachen, knistern* (James Krüss: *Das Feuer*).
Als helle Vokale gelten *i* und *e*, als dunkle *a*, *o* und *u*. Weiche Konsonanten sind beispielsweise *b* oder *d*, harte *t* oder *k*.

Lautmalerei (Onomatopoesie): Die Nachahmung akustischer Eindrücke durch sprachliche Bildungen (Wort oder Satz), um im Leser die gleichen Sinneseindrücke zu erzeugen, z.B. mit Wörtern wie *blubbern, knacken, knistern, Kuckuck, zischen.*

Metrum (Versmaß): Es wird bestimmt, indem man im Vers alle Silben (die kleinste Sprecheinheit eines Wortes) auf ihre Betonung hin untersucht: Betonte Silben (x́) werden als Hebung und unbetonte Silben (x) als Senkung bezeichnet. Jede Takteinheit (der Versfuß) wird durch eine Hebung gebildet. Wechseln sich betonte und unbetonte Silben regelmäßig ab, handelt es sich um ein festes Metrum. Eine oder mehrere unbetonte Silben vor der ersten Hebung bezeichnet man als Auftakt. Mehrere Takteinheiten bilden den Vers. Die Anzahl der Hebungen in einem Vers wird unabhängig davon, ob ein regelmäßiges Metrum vorliegt oder nicht, benannt z. B. als Zwei-, Drei- oder Vierheber.

Versfuß, Metrum	Hebungen, Senkungen	Wirkung	Beispiel
Jambus	x x́	aufsteigend, beschleunigend	*Gedícht*
Trochäus	x́ x	abfallend, beruhigend	*Díchter*
Daktylus	x́ x x	fallend	*Dáktylus*
Anapäst	x x x́	steigend	*Anapä́st*

Reim: Gleichklang zweier oder mehrerer Wörter vom letzten betonten Vokal an. Nach der Stellung des Reims unterscheidet man zwischen Anfangsreim, Binnenrein und Endreim.

Anfangsreim	Binnenreim	Endreim
*Ein **Schnee**, der im Nu vergehet, / ein **See**, der niemals stille stehet.* (Harsdörffer)	*Ihm ist, als ob es tausend **Stäbe gäbe** / Und hinter tausend Stäben keine Welt.* (Rilke)	*Leise rieselt der **Schnee**, / still und starr liegt der **See**.* (Ebel)

Hinsichtlich der Qualität des Reims differenziert man zwischen dem identischen, dem reinen und dem unreinen Reim.

identischer Reim	reiner Reim	unreiner Reim
... Liebste *... Liebste*	*... Laus* *... Haus*	*... Blick* *... Glück*

Reimschema (auch Reimordnung)**:** Das Reimschema stellt eine bestimmte Abfolge von Endreimen innerhalb einer Strophe oder eines Gedichts dar. Diese werden notiert, indem für jeden Vers am Ende ein Kleinbuchstabe verwendet wird, für Reime benutzt man dabei den gleichen Buchstaben.
Nicht reimende Verse werden „Waisen“ bezeichnet.

Paarreim	Kreuzreim	umarmender Reim	Schweifreim	Haufenreim	verschränkter Reim	Kettenreim
aabb	abab	abba	aabccb	aaabbb	abc abc	aba bcb cdc

Rhythmus: Die Abfolge von betonten (Hebung: x́) und unbetonten Silben (Senkung: x) sowie die Sprechweise (Betonung, Lautstärke, Tempo, Pausen) machen den Rhythmus aus. Die Wirkung des Rhythmus (z. B. fließend, tänzerisch, ruhig) kann die Aussage des Gedichts unterstreichen oder kontrastieren.

Strophe: Abschnitt aus mehreren Versen

Vers: Gedichtzeile; kleinste Einheit eines Gedichts

Distichon: Verspaar, das sich i. d. R. aus einem Hexameter (daktylischer Sechsheber) im ersten Vers und einem Pentameter (mit Zäsur in der Mitte) im zweiten Vers (= elegisches Distichon) zusammensetzt

Versformen

Alexandriner jambischer Sechsheber mit einer Zäsur in der Versmitte, benannt nach dem altfranzösischen Alexanderroman	Hat viel gesehn, gedacht / noch mehr geahnt, gefühlt (Friedrich Rückert: *Die Weisheit der Brahmanen*, V. 3)
Vers commun verkürzte Variante des Alexandriners, jambischer Fünfheber mit einer Zäsur nach der zweiten Hebung	*Was ist die Welt / und ihr berühmtes gläntzen?* (Christian Hoffmann von Hoffmannswaldau: *Die Welt*)
Blankvers reimloser jambischer Fünfheber	*Denn ach! mich trennt das Meer von den Geliebten* (Johann Wolfgang Goethe: *Iphigenie auf Tauris*, V. 10)
Knittelvers 4-hebiger, paarweise gereimter Vers	*Da steh ich nun, ich armer Tor,* *Und bin so klug als wie zuvor!* (Johann Wolfgang Goethe: *Faust I*, V. 358 f.)
freie Rhythmen keine feste Hebungszahl und kein festes Metrum, ungereimt; beliebt seit dem Sturm und Drang; variabel einsetzbar; prosahafte Wirkung	*Schöner als der beachtliche Mond und sein geadeltes Licht* (Ingeborg Bachmann: *An die Sonne*)

Gedichte verstehen

Gedichte sind sprachlich bewusst komponierte und inhaltlich aufgeladene, also oft stark verdichtete und nach Mustern strukturierte Texte, die gedeutet werden müssen. Bereits die Überschrift „spricht". Folgende Methoden können beim Verständnis helfen:

Erschließungsfragen: Eine erste Annäherung an den Text kann sein, einfache Erschließungsfragen zu stellen:
- Wer spricht? (→ Erfassen des lyrischen Sprechers)
- Worum geht es? (→ Thema, Inhalt erfassen)
- Wie ist der Text gestaltet? (→ Erfassen von Sprache und Form)
- Welchen Zusammenhang gibt es zwischen Inhalt, Form und Sprache? (→ Deutung)

In einem zweiten Schritt können über den Text hinausgehende Fragen gestellt werden (→ textüberschreitende Aspekte):
- In welcher biografischen Situation befand sich die Autorin/der Autor?
- Lassen sich Zusammenhänge mit anderen Texten erkennen?
- Unter welchen historischen/zeitgenössischen Umständen entstand der Text?

Die Antworten müssen mit der Deutung in Zusammenhang gebracht werden. Alle Aussagen zum Gedicht müssen mit Textstellen belegt werden.

Bedeutungskartografie: Um die sprachlich-formale Seite von lyrischen Texten besser erschließen zu können, kann es sich lohnen, das Gedicht mit farbigen Markierungen zu versehen (vgl. So geht's, S. 283). Dabei werden gleiche Auffälligkeiten mit gleichen Farben ausgezeichnet, z. B. in der Aufgabenstellung genannte Aspekte, Stellen zum lyrischen Ich, alle Wörter eines gleichen Wortfelds/Schlüsselwörter, alle Wiederholungen, die Bildlichkeit, hoch- oder umgangssprachliche Wendungen, Adressatenansprachen. Anschließend wird untersucht, was diese Auffälligkeiten aussagen. In der Darstellung der Deutung kann chronologisch entlang des Textes (lineare Gliederung) oder nach den Auffälligkeiten geordnet vorgegangen werden (aspektorientierte Gliederung). Die Markierungen helfen als Textbelege.

Strukturskizzen: Es kann beim Verständnis helfen, Gedichte zu visualisieren, d. h. als Skizze darzustellen. Gibt es z. B. Steigerungen, Höhepunkte, gleichmäßige Verläufe? Ergibt sich eine Verlaufskurve? Lässt sich der Text in Abschnitte einteilen? Das erkannte Muster muss dann mit der Deutung in Zusammenhang gebracht werden.

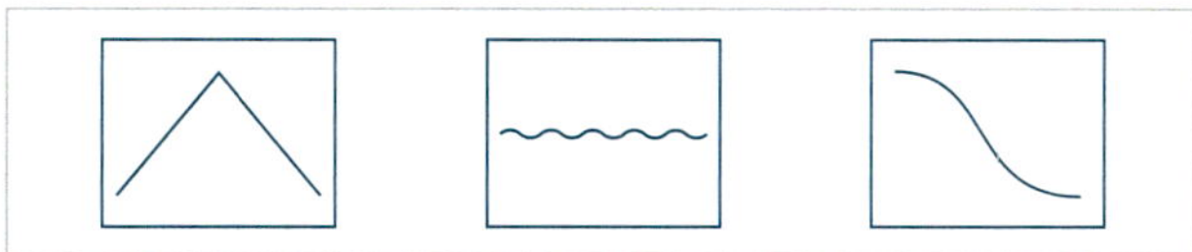

Sprachgestaltung

Sprachliche Mittel wie z. B. rhetorische Figuren sind nicht nur in der Lyrik, sondern auch in allen anderen literarischen Gattungen sowie in pragmatischen Texten wesentlich für die Wirkung, die von Formulierungen ausgeht.

sprachliche Bilder		
Allegorie	bildliche Veranschaulichung eines abstrakten Begriffs oder Vorgangs, oft in Form von Personifikationen; die Beziehung zwischen dem Dargestellten und dem Gemeinten muss gedanklich rekonstruiert werden oder beruht auf Übereinkünften	*Justitia (die Gerechtigkeit), Sensenmann (der Tod), Amor (die Liebe)*
Chiffre	ursprünglich Geheimzeichen, das entschlüsselt werden muss; in der romantischen und modernen Dichtung verkürztes, verrätseltes sprachliches Zeichen, das eher individuell und nicht übergreifend auflösbar ist	*das blaue Klavier* (Else Lasker-Schüler für ihre Kindheit)
Metapher	bildhafter Ausdruck mit einer Bedeutungsübertragung, d. h. Ausdruck und Gemeintes stammen nicht aus dem gleichen Begriffsfeld	*ein Herz aus Stein haben (ohne Mitleid sein), Rabeneltern (schlechte Eltern)*
Metonymie	ersetzt das eigentlich gemeinte Wort durch ein anderes, das zu ihm in enger Beziehung steht (Sachbezug), ein Teil kann für das Ganze stehen	*die ganze Stadt ist auf den Beinen, ein Glas Milch trinken, Stahl für Schwert*
Periphrase	Umschreibung eines Begriffs, oft konventionalisiert	*der Allmächtige (Gott), Freund und Helfer (Polizei), Halbgötter in Weiß (Ärzte)*

Personifikation	Gegenstände, Naturvorgänge usw. werden als handelnde Personen dargestellt	*die Zeit rennt*
Symbol	Sinnbild, Erkennungszeichen, das für größere Ideen oder Sinnzusammenhänge steht; durch Kultur oder Tradition festgelegt	*Kreuz (für das Christentum), Rose (für die Liebe), Taube (für den Frieden)*
Synästhesie	Verbindung unterschiedlicher Sinneseindrücke	*Blickt zu mir der Töne Licht.* (Brentano)
Synekdoche	ersetzt einen Begriff durch einen engeren oder weiteren Begriff aus demselben Begriffsfeld, oft ein Ober- oder Unterbegriff; Teilbereich der Metonymie	*das Land mit dem Schwert erobern (statt: mit Waffengewalt)*
Verdinglichung	Zuschreibung gegenständlicher oder abstrakter Eigenschaften zu Lebendigem (Gegenteil der Personifikation)	*Dachdecker stürzen ab und gehn entzwei* (Jakob van Hoddis) *ein eiserner Blick* *Sein Eintreten erleuchtete den Raum.*
Vergleich	setzt zwei Bereiche durch einen Vergleichspunkt miteinander in Beziehung; sprachliche Hinweise: *wie, als ob*	*schnell wie ein Gepard*
Wiederholungsfiguren		
Akkumulation	Häufung; Reihung von Begriffen, die zu einem Oberbegriff gehören, zur Steigerung des Gesamteindrucks	*Wie schadhafft ist Spriet / Mast / Steur / Ruder / Schwerdt und Kill* (Andreas Gryphius)
Alliteration	gleicher Anlaut bei benachbarten oder syntaktisch verbundenen Wörtern	***m**it **M**ann und **M**aus*
Anapher	Wiederholung von Wörtern am Beginn von Teilsätzen, Sätzen oder Absätzen	*Mein sind die Jahre nicht / die mir die Zeit genommen / Mein sind die Jahre nicht / die etwa moechten kommen* (Andreas Gryphius)
Assonanz	Gleichklang der Vokale in mindestens zwei Wörtern	*Geben und Nehmen*
Asyndeton	unverbundene Aufzählung, Aneinanderreihung gleichwertiger Satzteile ohne Konjunktion (im Gegensatz zu **Polysyndeton**: gehäufte Setzung von Konjunktionen wie *Einigkeit und Recht und Freiheit*)	*Alles rennet, rettet, flüchtet* (Friedrich Schiller)
Chiasmus	Kreuzstellung von Wörtern oder Satzteilen	*Eng ist die Welt und der Verstand ist weit.*
Epipher	nachdrückliche Wiederholung eines Wortes oder einer Wortgruppe am Ende aufeinanderfolgender Verse oder Sätze	*Ihr überrascht mich nicht, erschreckt mich nicht.* (Friedrich Schiller)
Klimax, Antiklimax	Wortfolge als Abstufung (Treppe); steigernde Wortfolge zum Höhepunkt: Klimax, fallend: Antiklimax	*Schlafe, träume, flieg* (Clemens Brentano)
Parallelismus	Wiederholung von Satzbauformen in aufeinanderfolgenden Sätzen	*Heiß ist die Liebe, kalt ist der Schnee.*
Polysyndeton	verbundene Aufzählung, Aneinanderreihung gleichwertiger Satzteile mit Konjunktionen	*Und es wallet und siedet und brauset und zischt* (Friedrich Schiller)
Kontrastfiguren		
Anakoluth	Satzbruch, Umbau eines begonnenen Satzes; tritt oft in mündlichen Äußerungen auf	*Sie schläft, weil … sie war erschöpft.*
Antithese	Entgegenstellung; Gegenüberstellung von gegensätzlichen Inhalten	*Der Tod ist das wahre Leben.* *Meine Antwort lautet: Ja und Nein.*

Antonyme	Wörter, die Gegensätze bezeichnen	*hell – dunkel*
Aposiopese	Abbruch einer Äußerung oder eines Gedankens im Satz (vor der entscheidenden Aussage)	*Sollten wir nicht besser die … nein, wohl eher nicht.*
Inversion	von der üblichen Wortfolge im Satz abweichende Wortstellung	*Hat die Katz' die Maus gefangen.*
Ironie	meint das Gegenteil des Gesagten	*Schöne Bescherung!* (für: *Unglück, Missgeschick*)
Oxymoron	einander widersprechende, gegensätzliche Begriffe werden pointiert miteinander verbunden	*lebendiger Tod, stumm sprechen, dummklug, alter Knabe*
Paradoxon	scheinbar widersinnige Aussage	*Ich weiß, dass ich nichts weiß.* (Sokrates)
rhetorische Frage	Frage, auf die keine Antwort erwartet wird (Gedankenfigur)	*Warum sollten sie unglücklich sein?*
Wortwahlfiguren		
Archaismus	veraltete sprachliche Bezeichnung	*Backfisch* (statt: *heranwachsendes Mädchen*)
Correctio	Verbesserung, Selbstkorrektur, meist ersetzt ein stärkerer einen schwächeren Ausdruck	*Wir werden uns freuen – was sage ich – begeistert sein!*
Ellipse	unvollständiger Satz, oft fehlen Subjekt oder Prädikat	*Voller Liebe sein Herz. Was denn?*
Euphemismus	beschönigender Ausdruck oder schönfärbende Umschreibung	*organisieren* (statt: *stehlen*), *personale Verschlankung* (statt: *Stellenabbau*)
Hyperbel	starke, offensichtlich unglaubwürdige Übertreibung; Gegenstand oder Sachverhalt wird entweder vergrößert oder verkleinert	*Ein Schneidergeselle, so dünn, dass die Sterne durchschimmern konnten.* *Zuschauer wie Sand am Meer*
Litotes	Untertreibung oder doppelte Verneinung	*nicht übel* (statt: *gut*)
Pejorativ	herabsetzender Ausdruck	*Sozialfimmel* (statt: *Hilfsbereitschaft*)
Wortspiel	geistreiche, humorvolle Variation von Begriffen	*Leidenschaft, die Leiden schafft*
Zeugma	ein Verb wird auf mehrere Objekte bezogen, oft auch wortspielerisch aufgrund verschiedener Bedeutungen der beiden Konstruktionen	*Der See kann sich, der Landvogt nicht erbarmen.* (Friedrich Schiller) *Ich heiße nicht nur Heinz Erhardt, sondern Sie auch herzlich willkommen.* (Heinz Erhardt)
Wortschatzfiguren		
Neologismus	sprachliche Neubildung	*Knabenmorgen-Blütenträume* (Johann Wolfgang Goethe)
Pleonasmus	Zusatz eines überflüssigen Worts, das im Hauptwort schon enthalten ist; Bedeutungswiederholung	*schwarzer Rappe*
Tautologie	(überflüssige) Wiederholung von bereits Gesagtem mit gleichbedeutenden Wörtern	*nie und nimmer, angst und bange, neu renoviert, die Totalität ist vollständig*

Pragmatische Texte

Erschließungsaspekte für pragmatische Texte

pragmatische Texte

Pragmatische Texte sind sachbezogene, meist faktenbasierte oder meinungsbasierte und thematisch eingegrenzte Texte.

Inhalt
- Darstellung von Hintergründen und/oder übergeordneten Zusammenhängen
- informierende Texte enthalten Fakten, ggf. Schlussfolgerungen
- argumentierende und appellative Texte: Meinungsäußerungen, indirekte oder direkte Apelle

Thema, Anlass
- Bezug zu aktuellen Ereignissen
- Thema oft in Überschrift zu erkennen

Viele pragmatische Texte erfüllen mehrere Funktionen, z. B.: Ein Kommentar ist vordergründig argumentierend, er soll die Lesenden überzeugen, oft wird allerdings auch über die Hintergründe des kommentierten Ereignisses informiert.

Absicht, Funktion
- informieren
- argumentieren
- appellieren

Textsorte, Medium
- kontinuierliche Texte: Lexikonartikel, Bericht, Biografie, Interview (informierend)
- diskontinuierliche Texte: Diagramm, Tabelle, Schaubild (informierend)
- Kommentar, Essay, Stellungnahme, Leserbrief, Rezension (argumentierend)
- politische Rede, Werbetext, Einladung (appellierend)

Sprache, Stil
- je nach Textfunktion unterschiedlich
- informierende Texte: u. a. Fachwortschatz, komplexer Satzbau, objektiv, unpersönlicher Stil, Quellenangaben
- argumentierende Texte: u. a. pointiert, Einsatz rhetorischer Mittel (häufig Ironie, Übertreibung, rhetorische Fragen), subjektiv, wertend
- appellierende Texte: u. a. direkte Leseransprache, mögliche Folgen oder Alternativen aufzeigend

textüberschreitende Aspekte
- fachliches Themengebiet: Politik, Philosophie, Wirtschaft, Linguistik, …
- Querverweise zu anderen Autorinnen und Autoren
- Unterschiede durch Veröffentlichungsmedium (z. B. Tageszeitung oder wissenschaftliche Fachpublikation) und Zielgruppe (Expertinnen/Experten oder Leser-/Hörerschaft ohne Vorwissen)

Welche gesellschaftlichen Entwicklungen beeinflussen oder prägen möglicherweise die Haltung der Autorin/des Autors? Wird konkret aus anderen Texten zitiert? Verfügt die Autorin/der Autor über nachgewiesene Expertise auf dem Gebiet?

Darstellungsweise, Aufbau
- informierende Texte oft klar strukturiert; häufig mit Begriffsbestimmung beginnend
- Einleitung – Hauptteil – Schluss (z. B Essay, Kommentar)

chronologisch, vom Allgemeinen zum Besonderen

Merkmale einer Rede

Frank-Walter Steinmeier: Rede zur Verleihung des Marion-Dönhoff-Preises für internationale Verständigung und Versöhnung an die „New York Times“ am 3. Dezember 2017 in Hamburg

(2017, bundespraesident.de, Ausschnitt)

Wir ehren heute eine Autorität der Aufklärung – die Gray Lady, die New York Times. Wir ehren einen Leuchtturm der Vernunft in einem Zeitalter grassierender Unvernunft. Solange es sie gibt, solange äußern manche ihren Verdacht, dass die Gray Lady der herrschenden Elite zu nahesteht. Sie ist, wie alle unabhängigen Medien, die kritische Instanz. Aber sie steht eben im demokratischen Gefüge – nicht gegen das demokratische Gefüge. [...]

Ich glaube, Qualitätsmedien vertragen solche Elitenkritik. Und sie müssen es sogar. Denn auch die Gray Lady, auch eine Autorität der Aufklärung ist nicht unfehlbar. Im Gegenteil: Die Aufklärung lebt von der Suche, den Fehlern, der Korrektur. Das gilt für die New York Times – wie für ganz Amerika. Die Autorität der freien Presse ist eine geliehene: geliehen von der Autorität des mündigen Lesers. Immer schon hat sich die New York Times dessen kritischen Fragen stellen müssen: Hat die Zeitung, in der Nachrichtenflut des Zweiten Weltkrieges, die grauenvollen Wahrheiten des Holocaust deutlich genug herausgestellt – Wahrheiten, deren Aufarbeitung auch in der Geschichte der New York Times ein schmerzhaftes Kapitel ist? Hat sich, gerade in den Jahrzehnten der erstarkenden Civil-Rights-Bewegung, die Vielfalt der amerikanischen Gesellschaft angemessen in ihrer Redaktion gespiegelt? Hat sie – im Irak-Krieg – Quellen über angebliche Massenvernichtungswaffen ausreichend kritisch geprüft? [...]

„All the News That's Fit to Print!“ Im Motto der New York Times spiegelt sich ein beeindruckendes, ein äußerst selbstbewusstes, ein zeitloses Berufsethos des Journalismus. Aber zugleich spiegeln sich im selben Motto alle großen, offenen Zukunftsfragen des Journalismus. Jedes Wort können wir heute mit einem Fragezeichen versehen: All ...? Welches Medium kann überhaupt noch Vollständigkeit beanspruchen in dieser Welt? ... The News ...? Was sind News, was Fake News? Und wem traut man die Unterscheidung zu? ... Fit ...? Wer entscheidet, was „angemessen“ ist für öffentliche Aufmerksamkeit? Sicherlich nicht nur Zeitungen, sondern längst auch Trolle und Bots und twitternde Präsidenten. Tja, und: ... To Print ...? Als ich kürzlich eine Schülergruppe fragte, wann sie zuletzt eine gedruckte Zeitung in der Hand hatten, da erntete ich nur staunende Blicke. Gedruckte Zeitungen?

In all diesen großen Fragen, in all den Umbrüchen unserer Zeit – Digitalisierung, die Zäsur der letzten US-Präsidentschaftswahl, die Kakophonie des Postfaktischen – erscheint mir die New York Times vor allem dies: besonnen. Sie hat sich besonnen auf die fundamentalen Tugenden ihrer Branche: Wie reagieren auf die Unvernunft? Mit Vernunft und mit unbedingter Sachlichkeit. Wie reagieren auf ständige Aufregung und Hysterie? Mit dem guten Handwerk gründlicher Berichterstattung. Wie reagieren auf wachsende Polarisierung und Parteinahme? Indem der Journalist sich in die Schuhe des Gegenübers stellt, Argument und Gegenargument ernst nimmt. Wie reagieren auf Lügen? Indem man die Fakten klarstellt. [...]

Liebe New York Times, please continue to bring us „All the News That's Fit to Print“ – so we can be informed! Congratulations, Gray Lady.

→ Bezug auf Redeanlass
→ Metapher („Leuchtturm“) zur Hervorhebung
→ Anapher
→ Kontrastierung
→ Wiederholung zentraler Inhalte (Redundanz)

→ Einsatz rhetorischer Mittel (hier: Anapher, rhetorische Fragen)

→ klare Strukturierung des Redeinhalts (Leserlenkung)

→ Wertverteilungstaktik: Kontrastierung („Unvernunft“ vs. „Vernunft“)
→ Parallelismen, Anaphern

→ Resümee

Die Rede
Eine Rede ist eine in der Regel **schriftlich konzipierte** und **mündlich realisierte** Mitteilung eigener Gedanken einer Person an viele. Im Unterschied zu Stellungnahmen und kurzen Ansprachen haben Reden einen gewissen Umfang und eine **komplexere Struktur** aus mehreren Gedankengängen und/oder Absichten. Als Gattung hat die Rede eine lange, bis in die Antike reichende **Tradition**, die ihr bis heute Ansehen verleiht; zugleich steht die Rhetorik (Redekunst) aber auch seit ihren Anfängen im 5. vorchristlichen Jahrhundert unter Täuschungs- und **Manipulationsverdacht**.

Thema

- In der antiken Rhetorik unterschied man drei Hauptgattungen der Rede: Gerichtsrede, Beratungsrede und Lobrede.
- Heute sind Reden thematisch nicht beschränkt, meist haben sie aber einen konkreten Anlass, der das Thema setzt.

Inhalt

- Reden gliedern ein Thema meist in mehrere inhaltliche Stränge, die miteinander verwoben werden bzw. zusammenlaufen. Häufig wird das Thema auch in einen übergeordneten Zusammenhang gestellt, der zumindest in Teilen von aktuellem Interesse ist.
- Reden weisen eine argumentative Grundstruktur auf: Aussagen werden begründet bzw. belegt und sind durch nachprüfbare Informationen untermauert.
- Reden bedienen inhaltliche Erwartungen und knüpfen an Bekanntes an, bieten oft auch einen neuen Blickwinkel und/oder neue, überraschende Informationen.

Absicht, Funktion

- Die Funktion der Rede ist von der Redesituation, dem Publikum und der Redegattung (Art der Rede) abhängig, wobei zwischen direkten Adressaten, z. B. bei Lobreden die/der Geehrte oder bei Parlamentsreden die Mitgliederinnen/Mitglieder des Parlaments und indirekten Adressaten (die weitere Zuhörerschaft bzw. die Öffentlichkeit) zu unterscheiden ist.
- Die Bandbreite der Funktionen reicht von der Würdigung einer Einzelperson bis hin zum aufrüttelnden Appell an eine ganze Nation. Der Grundtenor kann sachlich-argumentativ auf Überzeugung zielen oder auch emotional-appellativ auf Überredung gerichtet sein.

Darstellungsweise, Aufbau

- Auch der Redeaufbau ist stark abhängig von der Redegattung. Gemeinsam ist allen Reden der Einstieg mit einer Einleitung, die auf die Einstimmung der Zuhörerschaft abzielt und mit einer Begrüßung der Anwesenden verbunden ist.
- Der Schlussteil enthält meist eine Zusammenfassung oder Schlussfolgerung und ist oft appellativ und mit einer direkten Hinwendung an das Publikum verbunden.
- Der Mittelteil ist inhaltlich dominiert und hat einen darstellenden und/oder argumentativen Charakter. Im Zentrum steht die Entfaltung der eigenen Sicht, die mit einer Auseinandersetzung abweichender Sichtweisen verbunden sein kann.
- Die Darstellungsweise ist an verschiedene Strategien (z. B. Lob, Herabsetzung der gegnerischen Position, Emotionalisierung) und Techniken (z. B. Analogiebildungen, Berufung auf Autoritäten, Hervorhebung) geknüpft.

Sprache, Stil

- Die Sprache in Reden ist rhetorisch überformt und weist zahlreiche Stilfiguren auf, die oft auf Eindringlichkeit (z. B. Wiederholungen, Anaphern, Parallelismen) und gedankliche Zuspitzung (z. B. Metaphern, Antithesen, Klimaxe) hinauslaufen.
- Durch die mündliche Realisierung kommt den non- und paraverbalen Mitteln eine besondere Bedeutung zu.

Merkmale eines Kommentars

Detlef Esslinger: Herzenswärme, gerne für alle (09.03.2022, Süddeutsche Zeitung)

Ein Krieg zeigt immer das Schlimmste und das Beste, wozu Menschen fähig sind. Die Erbarmungslosigkeit von Putins Militär könnte in keinem größeren Kontrast stehen zur Herzenswärme, auf die die ankommenden Ukrainer in Deutschland und anderen Ländern nun glücklicherweise treffen. Die Feuerwehr in Fellbach, die Hebekissen und Schaumwerfer sammelt und in die Ukraine schickt. Die Frankfurterin, der es gelingt, ihre Mutter, ihre Schwester und deren Kinder aus Lemberg herauszuholen. Die Berlinerin, die zum Hauptbahnhof aufbricht, um Menschen zu finden, denen sie ihr Gästezimmer anbieten kann. Die Frage ist: Woher rührt die Herzenswärme? Oder kommt demnächst der Erste um die Ecke und ruft, dass sich 2015 aber bitte nicht wiederholen darf?

Die Umstände sind kaum vergleichbar. Auch wenn es vermutlich nur die Wenigsten zugeben würden: Menschen kalkulieren, wen sie aufnehmen und wen nicht. Syrer, Afghanen oder Jemeniten trafen zwar ebenfalls auf große Hilfsbereitschaft. In Teilen des Volkes lösten sie aber stets Unbehagen aus. Es kamen vor allem Männer. Muslime. Aus einem sich dahinziehenden Krieg. Aus der Ukraine, dem christlich geprägten Land, fliehen vor allem Frauen und Kinder – aus einem Krieg, den es vor zwei Wochen noch nicht gab. Nichts drückt die Gleichzeitigkeit zwischen unverrückbaren Ressentiments und Herzlichkeit so aus wie die Aktion, die die Regierung von Oberbayern gerade für sinnvoll hält: Um Platz zu schaffen für Menschen aus der Ukraine, wird 584 Asylbewerbern, vor allem Afghanen und Jemeniten, ihre Unterkunft in Fürstenfeldbruck genommen. Sie werden quer durch Oberbayern neu verteilt. Es gibt bestimmt administrative Gründe dafür. An der Teilnahmslosigkeit gegenüber Menschen, die sich über die Jahre mühsam ein soziales Gefüge aufgebaut haben, ändert es nichts.

Die grandiose Aufnahmebereitschaft für Menschen aus Kiew und Cherson dürfte noch aus einem weiteren Grund anhalten: weil man sich mit ihnen in einer Schicksalsgemeinschaft verbunden fühlt. Die Ankommenden sind es, auf deren Häuser die Raketen zielen – aber jeder weiß, dass dies auch deshalb geschieht, weil der Westen Forderungen von Putin nicht nachgeben konnte, die weit über Kiew hinausgingen. Also wenigstens den Vertriebenen helfen, wie es nur geht: Wer könnte sich diesem Impuls entziehen?

Es ist aber leider nicht der einzige Impuls, der inzwischen zu beobachten ist. Russen, die hier leben, berichten, dass sie schief angeschaut werden, nur weil sie sich in ihrer Muttersprache unterhalten. Der aus Russland stammende Schriftsteller Wladimir Kaminer berichtet von einer Berliner Grundschule, in der eine russische Schülerin als „Putins Schlampe" gemobbt werde. Die Schulleitung geht hoffentlich dagegen vor. Man kann nicht oft genug wiederholen, dass dies ein Krieg Putins, nicht aber der Russen gegen die Ukraine ist. Deshalb bleibt es so wichtig, Sanktionen keineswegs allumfassend anzulegen: Künstler, Austauschstudenten und Wissenschaftler etwa haben in ihrer Gesamtheit mit dem Überfall nichts zu tun. Es sind immer nur Individuen, die sich schuldig machen. Wer jemanden brandmarkt, weil man ihn nur noch als Teil eines Kollektivs wahrnimmt, vergreift sich an seiner eigenen Humanität.

→ Überschrift deutet Thema an, regt zum Weiterlesen an
→ Aufgreifen des zugrundeliegenden Ereignisses
→ persönliche Wertung
→ anschauliche Hinführung zum Thema
→ prägnante Darstellung durch Doppelpunktkonstruktionen und Parataxen
→ kontrastive Gegenüberstellung
→ Informieren über Hintergründe
→ eindeutige Wertung des Ereignisses
→ Wertung
→ Darstellung von Hintergründen, Nachweis von Expertise
→ rhetorische Frage
→ Wertung
→ aktuelles Geschehen mit Bezug zum übergeordneten Thema
→ anschauliches Beispiel
→ indirekter Appell
→ Übertreibung
→ Leserin/Leser wird zum Nachdenken angeregt
→ Resümee

Der Kommentar
Ein Kommentar ist eine **persönliche Meinungsäußerung** anlässlich einer aktuellen Nachricht bzw. eines aktuellen Ereignisses.

Thema

- Kommentare können zu allen Themenbereichen verfasst werden.
- Die Autorin oder der Autor bezieht zu diesem Thema eindeutig Stellung.
- Kommentare umfassen meist eine halbe bis eineinhalb Druckseiten.

Inhalt

- Kommentare stellen einen direkten Bezug zum kommentierten Ereignis her und geben die persönliche Meinung der Autorin oder des Autors dazu wieder.
- Hintergründe und ggf. übergeordnete Zusammenhänge des Themas werden betrachtet.
- Die Sichtweise der Verfasserin oder des Verfassers wird argumentativ entfaltet, wobei sie oft komprimiert und zugespitzt dargestellt wird.

Absicht, Funktion

- Das übergeordnete Ziel eines Kommentars ist es, die Leserinnen und Leser dazu anzuregen, sich eine eigene Meinung zum Thema zu bilden bzw. sich der Meinung der Autorin bzw. des Autors anzuschließen.
- Außerdem informieren Kommentare oft knapp über die Hintergründe von Ereignissen, um die Nachvollziehbarkeit für die Leserinnen und Leser zu gewährleisten.
- Häufig enthalten Kommentare direkte und indirekte Appelle, z. B. an die Rezipientinnen und Rezipienten oder an die Verantwortlichen eines Ereignisses.

Darstellungsweise, Aufbau

- Die Überschrift deutet das Thema oft knapp und zugespitzt an und bringt meist auch die Meinung der Autorin oder des Autors zum Ausdruck. Dadurch soll das Interesse der Leserin oder des Lesers geweckt werden.
- Der Einstieg erfolgt oft über eine anschauliche, evtl. narrativ angelegte, den Sachverhalt klärende Hinführung zum Thema. Die Leserin bzw. der Leser soll anschaulich in das Thema eingeführt und zum Weiterlesen motiviert werden.
- Im Hauptteil wird die vertretene Meinung argumentativ fundiert, oft zugespitzt und sprachlich prägnant entfaltet. Notwendige Erklärungen, weitere Informationen, Beispiele oder direkte Appelle ergänzen die Darstellung häufig.
- Den Schluss des Kommentars stellt meist ein Resümee dar, mit welchem die Meinung der Autorin oder des Autors noch einmal – häufig pointiert – zusammengefasst wird.
- Entsprechend ihrer Funktion weisen Kommentare oft eine starke Lesereinbindung auf.

Sprache, Stil

- Kommentare werden im Präsens verfasst.
- Auch wenn Kommentare eine subjektive Sicht wiedergeben, sind sie im Sachstil geschrieben. Charakteristisch für den Kommentar ist eine pointierte und prägnante sprachliche Darstellung, häufig mit rhetorischen Mitteln wie Übertreibung, Ironie, Metaphorik oder rhetorischen Fragen. Auf der Satzebene wird dies oft durch Parataxen, Doppelpunktkonstruktionen oder Ellipsen verwirklicht.
- Wertende Formulierungen geben die persönliche Meinung wieder.
- Die appellative Funktion ist häufig mit dem Aufzeigen von möglichen Folgen, Anbieten von Alternativen oder einer direkten Ansprache der Leserinnen und Leser verbunden.

Merkmale eines Essays

Hilke Lorenz: Habt Mitgefühl! (2016, Stuttgarter Zeitung, Ausschnitt)

Ein Mann tritt ans Mikrofon. „Warum dauert es so lange mit dem Bau der Flüchtlingsunterkunft in unserem Stadtteil?", fragt er bei einer Bürgerveranstaltung. Klar, direkt und in der Gewissheit, dass ihn das, was draußen in der Welt geschieht, etwas angeht. Auch das gibt es noch in diesen Zeiten, in denen das Klima kälter und der Ton schneidender wird. Der Mann ist ungeduldig. Er will anpacken und mithelfen. Er will die Menschen aus den Nachrichten endlich kennenlernen. Pragmatik kann herzerwärmend und befreiend sein. Die Politik gibt seit Kurzem einen Ton vor, der nur noch bemüht ist, den verunsicherten Wählern zu signalisieren: Wir zeigen die harte Kante. Zwischentöne der Menschlichkeit bleiben dabei auf der Strecke. Das verändert das gesellschaftliche Klima. „Sie müssen ja nicht kommen. Wir haben sie nicht eingeladen", raunt sich ein Ehepaar [...] zu, lässt Abneigung und fehlendes Mitgefühl gegenüber Fremden in hässlicher Deutlichkeit sichtbar werden.

Die Hälfte der Flüchtlinge ist psychisch krank

Zu lesen ist von schweren Erkältungen, an denen die Menschen leiden, die in ihren Zelten in der griechisch-mazedonischen Grenzstadt Idomeni im Matsch ausharren. Daneben Bilder von weinenden Kindern mit Rotznasen. [...] Mehr als die Hälfte dieser Menschen sei psychisch krank, habe Gewalt gesehen oder erlebt, schätzt Dietrich Munz, der Präsident der Psychotherapeutenkammer.

Es ist ein Elend, das offenbar eine Abwehrreaktion hervorruft, weil es nicht in die mühsam errungene neue Ordnung passt: ihr da draußen, wir hier drinnen. Täuscht der Eindruck oder atmet gerade ein ganzer Kontinent kollektiv auf? „Die Flüchtlingszahlen gehen zurück", lautet die Erfolgsmeldung. [...] Sind das wirklich Erfolgsmeldungen? [...]

Mitgefühl, so scheint es, das war einmal. Wer sich noch zu Menschlichkeit hinreißen lässt, ist ein hoffnungsloser Romantiker. Ein Gutmensch. Und über dessen vermeintlichen Realitätsverlust lässt sich prächtig herziehen. Dabei sind es die viel gescholtenen Gutmenschen, die eine Zivilgesellschaft braucht, um zu funktionieren.[...]

Warum lassen sich manche Menschen berühren und andere nicht? Warum verspüren manche Lust, den Neuankömmlingen zu begegnen und andere nicht? Warum gibt es jene, die aufgeben wollen, bevor wir als Gesellschaft überhaupt richtig begonnen haben? Warum wollen wir es, wenn auch in großer gemeinsamer Anstrengung, nicht mehr zusammen schaffen? [...]

Erfahrungen der Heimatlosigkeit und Entwurzelung finden in menschlichen Gesten ein Stück Heilung. Davon sollten wir einander jetzt erzählen. [...]

Gegen diese gesellschaftlichen Veränderungen kämpfen sogenannte Gutmenschen unermüdlich an. Ihr Handeln ist der Schatz einer funktionierenden Zivilgesellschaft, an das andere immer nur dann appellieren, wenn es um Seniorennachmittage oder die freiwillige Feuerwehr geht. [...]

Sie geben Sprachunterricht, kämpfen sich durch den Dschungel des Asylrechts, weil sie sich anrühren lassen wollen und nicht abschotten. Und weil sie es als Verpflichtung sehen, die sich aus der deutschen Geschichte ergibt. Sie wollen in den Neuankömmlingen Menschen sehen. Das ist mehr als nur naives Gutmenschentum. Das ist die Voraussetzung für eine gelingende Integration.

- → Andeutung des übergeordneten Themas/Haltung der Autorin
- → narrativer Einstieg
- → bildhafte Sprache
- → Einprägsamkeit durch Parallelismus
- → subjektive Wertung
- → umgangssprachliche Formulierungen
- → strukturierende Zwischenüberschrift
- → umgangssprachliche Formulierungen
- → zugespitzte, wertende Formulierung
- → rhetorische Fragen
- → Rückbezug zum Thema
- → ironische Formulierung
- → These
- → Fragen sollen zum Nachdenken und zur Selbstreflexion anregen
- → Personalpronomen suggeriert Nähe
- → Appell
- → bildhafte Ausdrucksweise
- → provokative Formulierung
- → pointiert formuliertes Resümee

Der Essay
Ein Essay (von frz. *essayer*: versuchen) ist ein **reflektierender** und **argumentierender** Text, der sich mit einem kulturellen, politischen oder auch gesellschaftlichen Thema in freier, kreativer und durchdachter Weise auseinandersetzt. Der essayistische Stil ist subjektiv, pointiert, häufig provokativ, die Haltung oft erzählend oder beschreibend. Die Form wirkt z.B. durch **Abschweifungen** assoziativ, dennoch liegt eine Struktur zugrunde. Der Essay regt die Leserinnen und Leser zu **Reflexionen** an und liefert **Denkanstöße**. Er wird deshalb auch als „Gedankenspaziergang" bezeichnet.

Thema

- Essays sind thematisch nicht beschränkt.
- Oft stellt ein unmittelbares Ereignis oder Tagesgeschehen zwar den Ausgangspunkt für einen Essay dar, jedoch wird das Thema nicht eingegrenzt, sondern eher allgemein ausgeweitet.

Inhalt

- Das zugrunde liegende Thema wird in einem größeren Zusammenhang, vor einem anderen Hintergrund oder von mehreren Seiten betrachtet. Dies erfolgt zum Beispiel durch Reflexionen, Abschweifungen oder eine neue Kontextualisierung.
- Die Zusammenhänge werden argumentativ verdeutlicht, durch Informationen untermauert oder durch Beispiele und Vergleiche veranschaulicht. Das Schreiben eines Essays verlangt sowohl Sachkenntnis als auch argumentative und sprachlich-stilistische Fähigkeiten.

Absicht, Funktion

- Essays zielen in erster Linie darauf, die Leserinnen und Leser zum Nachdenken und Reflektieren anzuregen. Häufig geht es dabei um ein Umdenken, da ein Thema aus neuer Sicht – oft unterhaltsam – beleuchtet wird.
- Meist werden in Essays keine direkten Appelle formuliert (falls doch, handelt es sich um eher überraschende Aufforderungen); der Appellcharakter besteht eher indirekt in der Absicht, die Leserinnen und Leser z.B. zu einer Haltungsänderung anzuregen.

Darstellungsweise, Aufbau

- Der Einstieg in den Essay erfolgt oft durch eine schildernde Passage, eine überraschende oder irritierende Aussage oder eine provokante These mit dem Ziel, prägnant zum Thema hinzuführen und zum Weiterlesen anzuregen.
- Im Hauptteil wird das Thema von verschiedenen Seiten betrachtet und die zugrunde liegende These argumentativ entfaltet.
- Der neue Zugang des Essays und die oft provokante Darstellung finden in der Argumentation ihren Niederschlag, die durch Abschweifungen oder Aufgreifen anderer Zusammenhänge häufig zunächst frei und unzusammenhängend wirkt. Dass die Argumentation gleichwohl zum Ziel führt, erschließt sich zumeist vom Ende her.
- Der Schluss enthält meist ein zusammenfassendes Resümee, das häufig pointiert formuliert ist.
- Essays erheben keinen Anspruch auf Vollständigkeit, Objektivität wird nicht angestrebt. Im Gegenteil: Die Autorin oder der Autor besitzt zwar eine sehr gute Sachkenntnis, will aber gerade durch einen subjektiven Zugang die Leserinnen und Leser überzeugen.

Sprache, Stil

- Essays leben von interessanten, unerwarteten Gedankengängen, die anschaulich, einprägsam und pointiert ausgestaltet sind.
- Sie sind von einem subjektiven Stil geprägt, der beispielsweise auch umgangssprachliche Formulierungen zulässt.
- Auch mit satirischen Mitteln (v.a. Ironie, Übertreibung) oder rhetorischen Mitteln wird oft gearbeitet.

Lexikon Graphic Novel und Film

Graphic Novel
→ S. 160, 169 f., 171

Fachbegriffe zur Untersuchung von Graphic Novels

Als **Graphic Novel** wird eine Untergruppe von Comics bezeichnet, deren Gestaltung und Inhalt komplexer und subtiler sind als die der Comics und die sich damit an ein erwachsenes Publikum richten. Thematisch und darstellerisch handelt es sich um ernste, ungewöhnliche Erzählungen mit einem literarischen Anspruch. Graphic Novels sind häufig ästhetisch innovativ, d.h. sie experimentieren z.B. mit Erzählmustern, Bild-Schrift-Verknüpfungen oder der Gestaltung des Seitenlayouts. Inhaltlich greifen Graphic Novels – neben historisch-politischen, biografischen oder autobiografischen (sog. Graphic Memoir) Themen – häufig aktuelle politische und gesellschaftliche Diskussionen auf (z.B. zur Migration, Gender/Queer-Thematik oder zum Umgang mit der DDR-Vergangenheit). Vermehrt werden in Graphic Novels auch Literaturklassiker adaptiert (z.B. Franz Kafkas Erzählung *Die Verwandlung* oder Erich Maria Remarques Antikriegsroman *Im Westen nichts Neues*).

Bildausschnitte

Parallel zum Film (Totale, Halbtotale, …) können die für ein Einzelbild (Panel) gewählten Ausschnitte Hinweise zur Interpretation liefern.

Panel

Das Einzelbild wird als Panel bezeichnet. Die Komposition (Zeichenstil, Farbe, Raum, Text, Sprech-/Gedankenblasen, Speedlines, Soundwords und Panelrahmen) kann für jedes Panel im Detail untersucht werden.

Fachbegriffe zur Bezeichnung von Panels:

Image Panel/Stummes Panel	Panel, das eine Geschichte ausschließlich über Bilder erzählt
Word Panel	Panel, das die Geschichte ausschließlich über Worte erzählt
Plot Panel	stellt das Grundgerüst der Handlung vor
Character Panel	stellt zentrale Figuren vor; charakterisiert sie
Setting Panel	stellt den Ort der Handlung vor
Conflict Panel	zeigt die Ursache eines Konflikts
Rising Action Panel	führt zum Spannungshöhepunkt hin, steigert die Spannung
Climax Panel	stellt den Spannungshöhepunkt dar
Resolution Panel	führt zum Ausgang/Ende der Handlung hin
Theme Panel	verdeutlicht die zentrale Idee
Splash Panel/ Opening Panel	großformatiges Bild, das in einen neuen Ort oder eine neue Szene einführt bzw. als atmosphärischer Einstieg dient

Perspektive

Parallel zum Film (Vogelperspektive, normal, …) kann auch die Perspektive der Panels untersucht und mit dem Inhalt in Verbindung gebracht werden.

Seitenlayout

Als Seitenlayout wird die Seitenarchitektur bezeichnet, also die Zusammensetzung der Bildfolgen (Sequenzen) aus Einzelbildern (Panels) in einer bestimmten Anordnung. Es können hier Multiperspektivität (mehrere Handlungen nebeneinander) oder Handlungssequenzen (ein fortschreitender Handlungsstrang) angelegt sein. Der weiße Zwischenraum zwischen Panels wird als „gutter" (engl. für Rinnstein) bezeichnet. Für die Konstruktion der Story ist das Füllen des gutters durch die Leserin bzw. den Leser von zentraler Bedeutung. Dieser Prozess des Herstellens eines Zusammenhangs zwischen den Panels wird Closure-Prozess genannt (engl.: closure = dt.: Schließung; die Lücke zwischen zwei Panels wird durch die Imaginationsleistung der Rezipientin/des Rezipienten geschlossen).

Text-Bild-Beziehung

Es kann textlastig, bildlastig oder zweisprachig vorgegangen werden. Das Bild kann den Text ergänzen, Gegensätze darstellen oder rein illustrativ begleiten.

Fachbegriffe der Filmanalyse

Erzählstruktur

Filmhandlungen können wie erzählende Texte unterschiedlich aufgebaut sein. Folgende Aspekte können helfen, die Erzählstruktur eines Filmes zu untersuchen:

- **Handlung:** Gibt es mehrere Handlungsstränge? Gibt es eine Rahmen- und Binnenhandlung?
- **Konflikt:** Nach welchem Muster entwickelt er sich?
- **Zeitgestaltung:** Werden die Ergebnisse chronologisch oder nicht chronologisch, zeitdeckend, -dehnend oder -raffend wiedergegeben?
- **Funktion:** Was leistet die Erzählstruktur im Hinblick auf die Wirkung des Films?

Zur Beschreibung des Aufbaus von Filmen hat sich das **Strukturmodell (Drei-Akt-Schema) von Syd Field** etabliert.

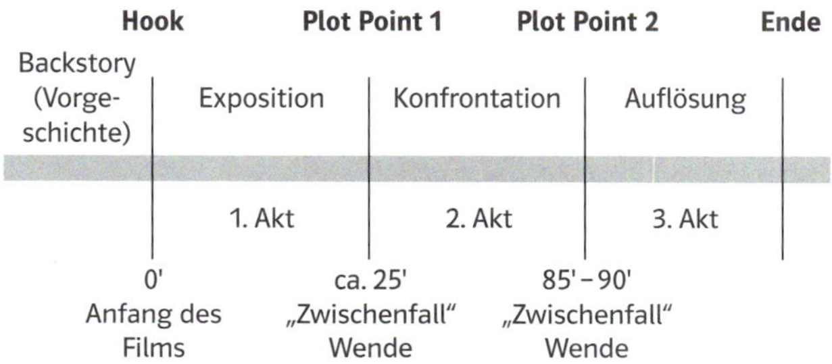

Hook bezeichnet in der Drehbuchdramaturgie einen kurzen Teil der Exposition, der die Aufmerksamkeit der Zuschauerinnen und Zuschauer erregen soll.

Exposition (auch **Set-up**) bezeichnet das Verfahren, die Zuschauerinnen und Zuschauer in die Handlung einzuführen, die zum Verständnis des Geschehens erforderlich ist (z. B. Figuren, Ort, Motivation).

Plot Point bezeichnet eine überraschende Wendung im Verlauf der Handlung, sodass diese eine andere Richtung nimmt als erwartet.

Filmgenres

Filme lassen sich, ähnlich wie Literatur, nach bestimmten Genres ordnen, die typische Merkmale besitzen und nach bestimmten Konventionen gestaltet sind, z. B. Western, Fantasyfilm, Komödie, Science-Fiction-Film, Thriller, Krimi, Zeichentrickfilm, Horrorfilm. Filme, die eindeutig einem Genre zugerechnet werden können, enthalten häufig genretypische Gestaltungselemente (z. B. Motive, Figuren, Erzählstrukturen). Bei Science-Fiction-Filmen werden beispielsweise bestimmte Motive immer wieder variiert (z. B. Begegnung mit außerirdischem Leben, künstliche Menschen, autonome KI, postapokalyptische Szenarien, Expeditionen ins All). Es gibt auch Filme, die sich keinem Genre zuordnen lassen bzw. Filme, in denen sich Genres überschneiden.

Film
→ S. 221 f.

Filmmusik

Die Filmmusik (engl. *score*) trägt wesentlich zur Gestaltung der Atmosphäre des Films und zum Verständnis der Handlung bei. Oft wird Filmmusik dazu verwendet, die Handlung zu illustrieren bzw. zu unterlegen. Dabei handelt es sich häufig nicht um abgeschlossene Melodien, sondern um einen Soundteppich, der wiederum genrespezifisch gestaltet sein kann. Eine weitere Möglichkeit der Gestaltung von Filmmusik ist die Leitmotivtechnik. Dabei werden Dingen, Situationen oder Figuren Tonfolgen, Klänge oder Melodieteile zugeordnet, die im Verlauf des Films wiederholt auftreten, auch in Variationen oder an Stellen, an denen man sie nicht erwartet hätte. Die Leitmotivtechnik stellt ein weiteres Mittel dar, die Assoziationen der Zuschauenden zu lenken.

Filmische Realität

Der filmische Raum der Handlung ist das Produkt aus den physisch gezeigten Bestandteilen und ihrer Anordnung (Plot) und der daraus in der Vorstellungskraft der Zuschauerinnen und Zuschauer erzeugten Handlungslogik (Story). Wenn diese Logik durch die narrative Struktur gezielt infrage gestellt wird, spricht man von einem unzuverlässigen Erzählen. Ein gängiges Mittel ist auch das fehlende Markieren von Übergängen zwischen der objektiven Filmrealität und einer von einer Figur imaginierten Realität, z. B. in Form von Träumen, Visionen oder Wahnvorstellungen.

Filmsprachliche Mittel

Kameraeinstellungen:

Totale

Halbtotale

Halbnah

Nah

Großaufnahme

Detail

Kameraperspektive:

Froschperspektive/ *worm's eye view* — Untersicht/ *low angle* — Normalsicht/ *eye-level angle* — Aufsicht/ *high angle* — Vogelperspektive/ *bird's eye view*

Kamerabewegung: Die Beweglichkeit der Kamera eröffnet unterschiedliche Möglichkeiten der objektiven bzw. subjektiven Bildführung:
- Die **statische Kamera** lässt die Zuschauerin/den Zuschauer Handlungen und Protagonisten in Ruhe objektiv betrachten.
- **Schwenk** bzw. **Neigung** tastet sich an eine Person oder einen Gegenstand heran bzw. verfolgt eine Handlung vor der Kamera.
- Der **Zoom** holt eine Person näher heran oder schafft Distanz und macht dadurch die Kamera zu einer subjektiven Erzählerin/einem subjektiven Erzähler. Noch deutlicher erreicht das die Handkamera, die Unmittelbarkeit und subjektives Erleben nachvollziehbar macht.

Mise en Scène: Der Begriff bezeichnet den Bildaufbau/die Bildkomposition. Was die Zuschauenden über die Bilder eines Filmes wahrnehmen, ist bewusst „in Szene gesetzt" (Übersetzung aus dem Französischen). Dabei werden die Figuren und Gegenstände im Bild so angeordnet, dass ein räumlicher Eindruck entsteht und eine bestimmte Atmosphäre erzeugt wird. Folgende Fragen helfen bei der Untersuchung:
- Wie werden Personen und Gegenstände beleuchtet?
- Welche Farben enthält das Bild?
- Wie sieht der Bildhintergrund aus?
- Welche Stimmung wird erzeugt?

Montage: Der Begriff Montage (auch Editing) bezeichnet das Zusammenfügen von Filmszenen bzw. Aufnahmen aus dem Rohmaterial durch Schnitte, sodass daraus eine Geschichte entsteht. Man unterscheidet den weichen Anschluss von zwei Einstellungen (weicher Schnitt) und den harten Anschluss von zwei Einstellungen (harter Schnitt) mit sichtbaren Veränderungen zwischen diesen beiden Einstellungen.
Die Montage hat dabei die Funktion, die Handlung für die Zuschauenden nachvollziehbar zu gestalten (z.B. durch das Schuss-Gegenschuss-Verfahren in Dialogszenen). Darüber hinaus ist sie das zentrale Mittel zur Rekonstruktion der Story aufseiten der Zuschauerin oder des Zuschauers, da sie diesen Prozess sehr subtil steuern kann, indem sie z.B. bestimmte Assoziationen beim Zuschauenden hervorruft (Assoziation der Montage) oder bestimmte Informationen gezielt zurückhält (unzuverlässiges Erzählen).

Literaturverfilmung und Bühneninszenierung

Sowohl Literaturverfilmungen als auch Bühneninszenierungen sind Möglichkeiten der Rezeption literarischer Texte. Es gibt bei der Literaturverfilmung verschiedene Arten der Adaption, wobei auch Kombinationen möglich sind:
- **Stoffübernahme:** Verarbeitet werden nur einzelne Figuren bzw. deren Charakterzüge oder Handlungselemente aus der literarischen Vorlage.
- **Illustration:** Die literarische Vorlage soll möglichst genau in filmische Bilder umgesetzt werden.
- **Transformation:** Die literarische Vorlage wird mithilfe filmgestalterischer Mittel interpretiert.

Vergleichen lassen sich Film und Bühneninszenierung mit der literarischen Vorlage, indem sie in ihrem Eigenwert, also in ihrer Medien- und Gattungsspezifik, betrachtet werden:
- **Literatur:** Untersuchung nach Erschließungsaspekten epischer/dramatischer Texte
- **Film:** Untersuchung unter filmspezifischen Gesichtspunkten
- **Bühneninszenierung:** Untersuchung nach Regiekonzept (Werktreue, Regietheater)

Abschließend werden die Ergebnisse einander gegenübergestellt. Vergleichsaspekte können sein:
- erzählte Geschichte: z.B. inhaltliche Übereinstimmungen und Unterschiede, Auslassungen, Kürzungen, neue Szenen
- Komposition: z.B. Handlungsaufbau, Szenenauswahl und Gewichtung, Segmentierung
- Anlage und Handlungsmuster: Problemgehalt, Genre, z.B. Fokussierung auf eine Lovestory
- Figurenkonzeption
- Perspektivgestaltung
- Dialoggestaltung: im literarischen Text und im Drehbuch
- Gestaltungsmittel und Darstellungsweisen: medienspezifisch

Lexikon Medien

Funktion journalistischer Medien im digitalen Zeitalter

Journalistische Medien dienen der **Information** und der **Unterhaltung**. Darüber hinaus haben Medien und Medienschaffende in unserer Gesellschaft den Auftrag, zur demokratischen Willens- und **Meinungsbildung** und zu Entscheidungsprozessen beizutragen. Durch sie wird Öffentlichkeit hergestellt. Außerdem haben die Medien auch eine **Kritik- und Kontrollfunktion**, indem sie z. B. Missstände und Korruption aufdecken können. In dieser Funktion werden journalistische Medien neben Legislative, Exekutive und Judikative häufig als **„vierte Gewalt"** bezeichnet.

Im digitalen Zeitalter treten die traditionellen journalistischen Medien (v. a. der Presse und des Fernsehens) in Konkurrenz zu den vielfältigen **Onlinemedien**, etwa den sozialen Netzwerken, die auch als **„fünfte Gewalt"** (Bernhard Pörksen) bezeichnet werden. Angesichts von Vorwürfen und Kampagnen, die die Gatekeeper-Funktion der traditionellen Medien kritisieren und diese teils als „Lügenpresse" diffamieren, gewinnt die Vermittlung und Wahrung journalistischer Qualitätskriterien wie Richtigkeit, Relevanz, Transparenz und Aktualität an Bedeutung.

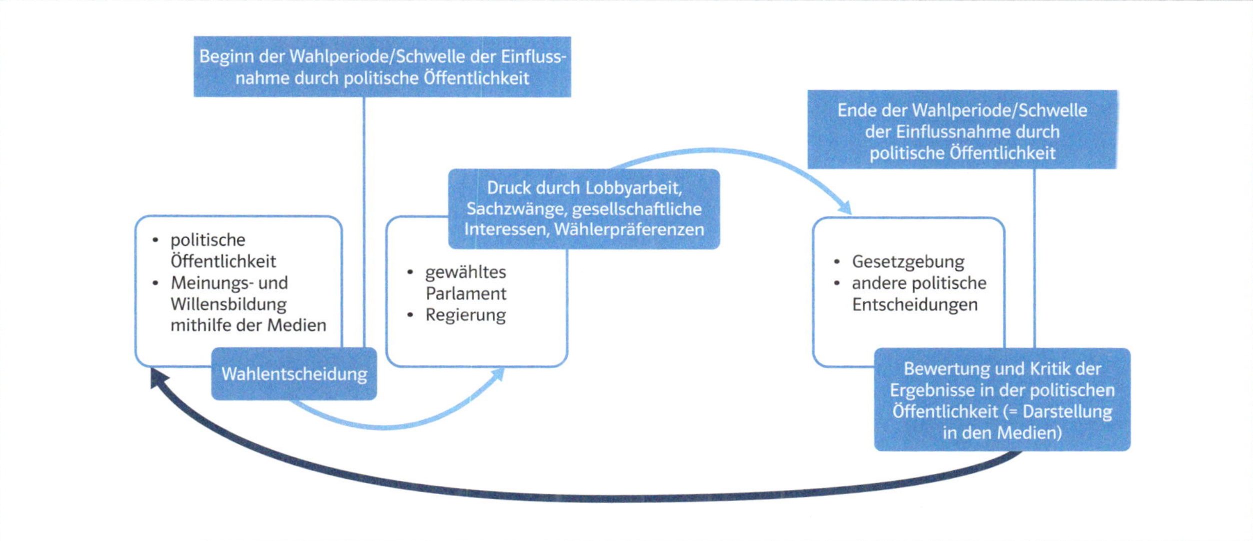

Traditionelle Massenmedien und soziale Medien im Vergleich

Massenmedien	Soziale Medien
explizite Qualitätsstandards	Informationsqualität oft unklar, nicht transparent
professionell erstellte Inhalte von Medienunternehmen	„User-generated content", also von den Nutzerinnen und Nutzern erstellte Inhalte
strukturiertes Angebot	unstrukturiertes, vielfältiges Angebot
Einseitigkeit der Massenkommunikation	zweiseitiger interaktiver Austausch
Rollentrennung: Journalistin/Journalist und Rezipientin/Rezipient	Rollenwechsel: Userin/User wird Produzentin/Produzent
Push-Situation: Medien wählen Informationen aus und bieten sie an	Pull-Situation: Nutzerinnen/Nutzer müssen aktiv Informationen suchen
Nutzung tendenziell passiv-rezipierend	Nutzung aktiv, interaktiv, partizipativ
kaum Zugangsbarrieren	kaum Zugangsbarrieren

Verantwortung im digitalen Zeitalter

Das Internet lädt dazu ein, sich auf vielfältige Weise an gesellschaftlichen und politischen **Meinungsbildungs- und Entscheidungsprozessen** zu beteiligen. Wir können Beiträge verfassen, veröffentlichen, liken, kommentieren und teilen und auf diese Weise auf Diskussionen und Prozesse inner- und außerhalb der digitalen Welt einwirken. Mit den verschiedenen **Partizipationsmöglichkeiten** stellen sich auch Fragen nach persönlicher und gesellschaftlicher **Verantwortung**, die angesichts der rasanten Veränderungen im digitalen Bereich ständig neu verhandelt werden müssen. Dazu zählen:

- Welche Auswirkungen hat mein Verhalten im digitalen Raum auf andere Menschen?
- Wie schütze ich mich und meine Daten vor Übergriffen, Belästigung und Missbrauch?
- Welche Folgen haben meine Onlineaktivitäten für mein persönliches Leben, meine berufliche Zukunft und meine Beziehungen?
- Wie gehe ich mit Desinformationen im Internet um und was hilft mir dabei, diese zu erkennen?
- Wie können wir dazu beitragen, dass die digitale Debattenkultur frei von Hass und Hetze ist?
- Was passiert mit unseren Daten und wer trägt die Verantwortung für deren Schutz?
- Wie können die Chancen auf digitale Teilhabe für alle Menschen gleichberechtigt gewährleistet werden?
- Welche moralischen Richtlinien sollten für die Anbieter sozialer Medien und Messenger-Dienste gelten?
- Welche Verantwortung kommt den Regierungen zu, wenn es um den sicheren Gebrauch digitaler Medien geht?
- Wer beobachtet und kontrolliert die Auswirkungen künstlicher Intelligenz?

Medientheorien

Medienwissenschaft versucht, das Wesen und die Wirkung von Medien in der Gesellschaft zu beschreiben (Medientheorie) und zu hinterfragen (Medienkritik). Ihr liegen dabei unterschiedliche Ansätze zugrunde, sie geht z.B. kulturphilosophisch (Theodor W. Adorno/Max Horkheimer, Walter Benjamin, Neil Postman, Georg Seeßlen), kommunikationswissenschaftlich (Joshua Meyrowitz), psychologisch (Steven Pinker), neurowissenschaftlich, systemtheoretisch (Niklas Luhmann, Frank Marcinkowski) oder mediengeschichtlich (Friedrich Kittler) vor. Es werden dementsprechend verschiedene Aspekte von Medien auf differenzierte Weise behandelt, z.B. mit einer:

- affirmativ-optimistischen oder einer kritisch-pessimistischen Sicht der Medien,
- deskriptiv-analytischen (z.B. Luhmanns Systemtheorie der Medien) oder präskriptiv-normativen (z.B. S. Pinker) Herangehensweise,
- akteurs- oder systemorientierten Auffassung der Medien, die im ersten Fall Mediennutzende und -produzenten in den Blick nimmt, im zweiten Fall die personenunabhängigen Funktionsweisen und Abläufe von Mediensystemen bzw. -betrieben,
- technik- (F. Kittler, N. Postman) oder inhaltsbezogenen (Nachrichtenwerttheorie, medienpsychologische Ansätze) Fragestellung.

Die Medientheorien gehen dabei auf unterschiedliche Aspekte ein:

Aspekt	Beispiel
Wesen und Leistung	Speicherung, technische Reproduktion, Globalisierung, Vernetzung
geschichtliche Entwicklung	Oralität, Schriftkultur, Buchkultur, Massenmedien, digitale Revolution
Intermedialität	Änderung der Leitmedien, Medienkonkurrenz, Wechselwirkung von Medien (z.B. Einfluss der digitalen Revolution auf Presse, Radio, TV)
Funktion	kulturelles Gedächtnis, Information, Öffentlichkeit, Unterhaltung
Wirkung	Rezeption durch die Individuen, Bewusstseinslenkung, Beeinflussung von Wahrnehmungs- und Erlebnismustern

Lexikon Sprache und Kommunikation

Kommunikationsmodelle

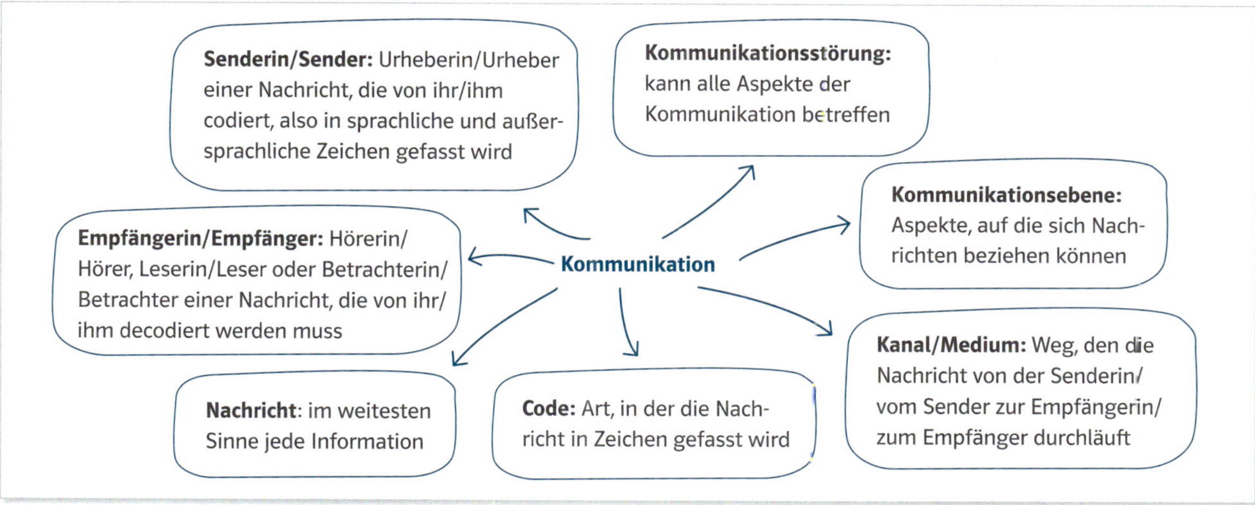

- Die **Informationstheorie** sieht die Kommunikation als Austausch von Informationen zwischen Senderin/Sender und Empfängerin/Empfänger mithilfe von Zeichen (Sender-Empfänger-Modell). Dabei sind lebensweltliche Faktoren (z. B. historisch, sozial, politisch) weitgehend ausgeblendet.
- Nach dem **Organon-Modell** des Sprachwissenschaftlers Karl Bühler hat eine Äußerung, ein sprachliches Zeichen, drei Funktionen: Ausdruck (was die sprechende Person über sich selbst sagen möchte), Appell (was bei der zuhörenden Person bewirkt werden soll), Darstellung (worüber informiert werden soll).
- Das **Vier-Seiten-Modell** nach Friedemann Schulz von Thun besagt, dass jede sprachliche Äußerung aus vier verschiedenen Ebenen besteht: Sachebene, Beziehungsebene, Appellebene, Ebene der Selbstaussage. Ob Kommunikation gelingt, hängt demnach auch davon ab, dass die beteiligten Personen verstehen, auf welcher Ebene eine Nachricht verstanden werden soll und sie dementsprechend fomulieren bzw. aufnehmen. Verantwortlich für die Qualität der Kommunikation sind laut Schulz von Thun sowohl diejenige Person, die die Nachricht ausspricht, als auch diejenige, die sie empfängt.

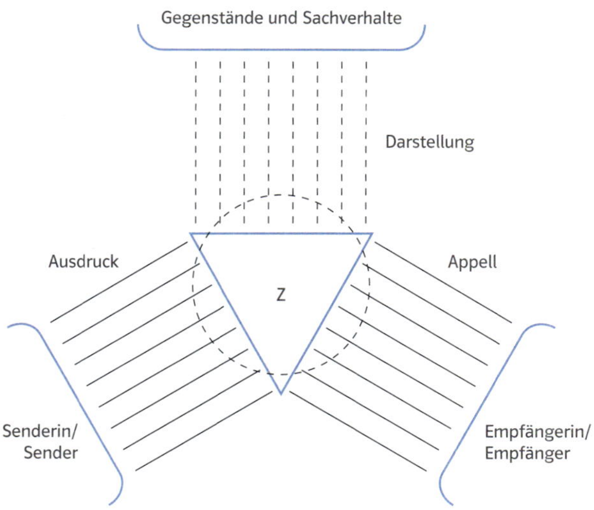

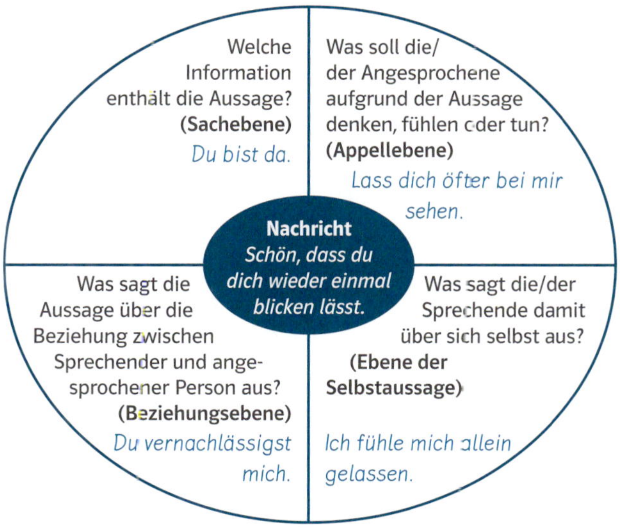

Jede Äußerung enthält vier Botschaften – im Vier-Seiten-Modell von Friedemann Schulz von Thun.

Sprachursprung und Spracherwerb

Die Frage nach Sprachursprung und -entwicklung (= **Phylogenese**) hat die Menschen seit jeher bewegt und ist Gegenstand verschiedener Mythen. Als wahrscheinlich gilt heute, dass sich natürliche Sprachen aus Gebärden heraus entwickelt haben, um gemeinsame Ziele zu verwirklichen. Seit mindestens 50 000 Jahren haben die Menschen dabei auch die anatomischen Voraussetzungen zur Lautsprachproduktion. Mit dem Begriff **Soziogenese** wird die kulturell-historische Entwicklung bezeichnet, die z. B. kulturabhängige Unterschiede wie die Erfindung der Schrift und die Genese geschriebener Sprache erfasst. Der individuelle Spracherwerb (= **Ontogenese**) beginnt bereits im Mutterleib (Spracherkennung, prosodische Merkmale). Nach der Geburt beginnt die Laut- und Gebärdenproduktion und -erkennung. Sogenannte Protowörter (d. h. wortähnliche Eigenschöpfung mit konstanter Bedeutung) können ab zehn Monaten verwendet werden; bald darauf werden die ersten lexikalischen Wörter gebraucht. Mit zwei Jahren haben Kinder in der Regel die 50-Wort-Marke überschritten und können Zwei-Wort-Sätze bilden. Ab diesem Zeitpunkt wächst die Sprachfähigkeit rasant. Bereits mit vier Jahren haben Kinder die Grundlagen der Erstsprache (= L1) vollständig erworben. Global gesehen ist die Zwei- oder **Mehrsprachigkeit** die Regel (d. h. mehrere L1). Werden später weitere Sprachen erworben (L2, L3, …), kann dies in natürlicher Sprachumgebung geschehen (Zweitsprachen), im Fremdsprachenunterricht oder im Selbststudium.

Sprachgeschichte und Sprachwandel

Jede Sprache durchläuft mit der Zeit einen Wandel, der sich **sowohl im mündlichen als auch im schriftlichen Gebrauch** bemerkbar macht. Für das Deutsche werden im Laufe seiner Entwicklung folgende Sprachperioden unterschieden:

- Althochdeutsch (ca. 8. Jhd. bis ca. 1050)
- Mittelhochdeutsch (ca. 1050 bis 1350)
- Frühneuhochdeutsch (ca. 1350–1650)
- Neuhochdeutsch (ab ca. 1650)

Auch innerhalb des Neuhochdeutschen gab und gibt es gravierende Wandlungsprozesse. Begriffe verschwinden aus der Sprache und neue kommen hinzu, Schreibungen verändern sich, bestimmte Abkürzungen und Entlehnungen werden gebräuchlicher, auch lautliche oder grammatische Veränderungen halten Einzug. Deutlich sichtbar wird das z.B. an den schnellen Veränderungen der Jugendsprachen. In der Sprachwissenschaft gibt es **verschiedene theoretische Modelle**, die den Sprachwandel erklären. Als **Triebkräfte** gelten die Sprachnutzerinnen und -nutzer selbst, die in der Kommunikation bewusst und unbewusst, z.B. nach Ökonomie, Analogie, Verständlichkeit, Anpassung, Teilhabe, Gleichberechtigung, Sichtbarkeit oder auch bewusster Abhebung streben.
Ein Beispiel für den Versuch, Diskriminierung von Menschen auf sprachlicher Ebene zu vermeiden, ist die **gendergerechte bzw. gendersensible Sprache**. Hierdurch sollen Personen unterschiedlicher geschlechtlicher Identität sichtbar gemacht werden. Dahinter steht die derzeit diskutierte Annahme, dass Sprache Einfluss auf unsere Denkmuster hat und das sogenannte generische Maskulinum nicht alle Geschlechter in gleicher Weise gedanklich einbezieht. Gendergerechte oder auch -neutrale Formen gibt es in verschiedenen Varianten und sie werden sowohl mündlich als auch schriftlich und derzeit ungeregelt und freiwillig verwendet. Die Folge sind lautliche, lexikalische und morphologische Änderungen im individuellen Sprachgebrauch.
Sprachliche Neuerungen, die durch Einflüsse und Impulse der sogenannten „Political Correctness" in Gang gesetzt werden, werden gegenwärtig intensiv diskutiert und mitunter als Sprachzensur kritisiert. Ob sich gendersensible oder politisch korrekte Sprache durchsetzt, wird davon abhängen, in welchem Umfang sie von der Mehrzahl der Sprecherinnen und Sprecher, aber auch von öffentlichen Institutionen und Behörden oder den Massenmedien mitgetragen wird. Sprachwandel ist, wie diese Beispiele zeigen, manchmal auch das Resultat von mitunter Jahre andauernden Aushandlungen und Debatten innerhalb einer Sprachgemeinschaft.

Sprachvarietäten

Varietäten nennt man charakteristische Ausprägungen einer Einzelsprache; erst die Summe der Varietäten und ihrer Beziehungen zueinander beschreibt die Wirklichkeit dieser Einzelsprache:

- **Standardsprache:** die durch die allgemein als verbindlich angesehene schriftliche Niederlegung von Wortschatz, Grammatik und Aussprache geprägte Sprache; die Verbindlichkeit entsteht in der Regel dadurch, dass sich der Staat hinter die Normen stellt und diese z.B. für den amtlichen Sprachgebrauch oder die Lehrpläne an Schulen vorschreibt. Neben der bundesdeutschen Standardsprache gibt es auch eine schweizerische und eine österreichische Standardsprache.
- **Alltagssprache:** alltäglicher Bereich der Standardsprache (in Abgrenzung zum medialen, wissenschaftlichen oder arbeitspraktischen Gebrauch der Standardsprache)
- **Umgangssprache:** stilistische Variante der Alltagssprache (in Abgrenzung zum gehobenen Sprachgebrauch einerseits und zum derben oder vulgären Sprachgebrauch andererseits)
- **regionalsprachliche Varietäten** (Regiolekte): Sprachsysteme zwischen Standardsprache und Dialekten, die Merkmale verschiedener Dialekte enthalten und wesentlich durch einen charakteristischen Akzent geprägt sind (z.B. Bairisch, Berlinerisch)
- **Dialekt:** Ein Dialekt ist eine lokal gebundene und im Wesentlichen eine gesprochene Sprachform, die sich von der standardsprachlichen Norm hinsichtlich Aussprache (Phonetik), Wortschatz (Lexik) und Grammatik (Morphologie, Syntax) z.T. stark unterscheidet.
- Als **Sondersprachen** bezeichnet man im Gegensatz zur Alltags- und Umgangssprache jeden Ausschnitt, den nicht alle Sprecherinnen/Sprecher teilen. „Sondersprache" ist somit ein Oberbegriff zu allen Fachsprachen und Soziolekten.
- **Fachsprachen (Funktiolekte):** dienen der Verständigung innerhalb eines Sachbereichs (z.B. bei Berufen, Wissenschaftsgebieten, aber auch Hobbys) und weisen insbesondere eine spezifische Terminologie (Fachwortschatz) auf.
- **Gruppensprachen (Soziolekte):** Gruppensprachen sind sprachliche Varietäten bestimmter sozialer Gruppen, z.B. Jugendsprache, Kiezdeutsch. Soziolekte weisen einen spezifischen Wortschatz auf, unterscheiden sich aber darüber hinaus oft auch in Phonetik (Aussprache) und Grammatik (Morphologie, Syntax) von der Standardsprache.

Natur der Sprache

Einer berühmten Definition des Schweizer Sprachwissenschaftlers Ferdinand de Saussure (1857–1913) zufolge ist „Sprache [...] ihrer Natur nach in sich gleichartig; sie bildet ein System von Zeichen, in dem einzig die Verbindung von Sinn [= ‚Vorstellung'] und Lautzeichen [= ‚Lautbild'] wesentlich ist und in dem die beiden Seiten des **Zeichens** gleichermaßen psychisch sind".

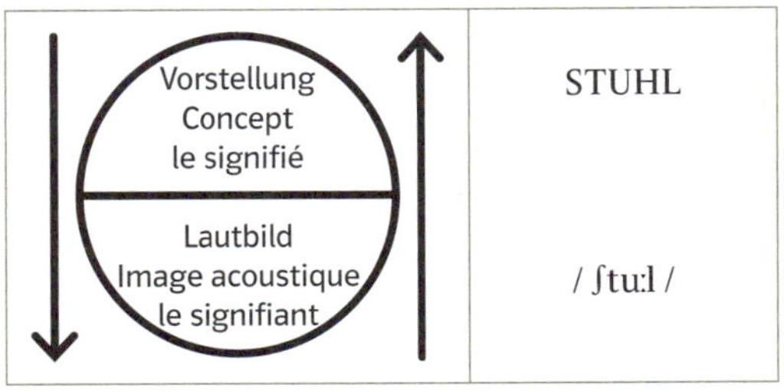

Mit dem Spracherwerb bilden sich bei allen Sprachteilnehmerinnen/Sprachteilnehmer Begriffe aus, z.B. auch von STUHL. Ein **Begriff** abstrahiert von allen Unterschieden zwischen z.B. realen Stühlen zugunsten des gemeinsamen Stuhlseins. Diesen idealen Stuhl gibt es nicht physisch, STUHL als Begriff existiert, laut de Saussure, nur als psychische Einheit in unseren Gehirnen. Ebenso verhält es sich mit dem Lautbild:
/ʃtu:l/ abstrahiert von allen möglichen unterschiedlichen lautsprachlichen Äußerungen [ʃtu:l] zugunsten des Gemeinsamen. Auch dieses **Lautbild** existiert nur in unseren Gehirnen. Hören wir ein gesprochenes [ʃtu:l], erkennen wir das Lautbild /ʃtu:l/ und ordnen es dem Begriff STUHL zu.
Der Unterschied zwischen lautlicher Realität und physischer Repräsentation kommt auch im Organon-Modell Karl Bühlers (1879–1963) zum Ausdruck (s. S.553).
Der Kreis weist über das **Zeichen** hinaus, weil das Schallereignis auch zufällige und beliebige Komponenten aufweist (man hört also etwa, ob das Wort „Stuhl" von einem Mann oder Frau gesprochen wurde, ob diese Person überrascht oder genervt ist, ob die Person Schnupfen hat oder lispelt; all das ist aber für die Bedeutung des Zeichens irrelevant); das Zeichen weist über den Kreis hinaus, weil der durch das Zeichen bezeichnete Gegenstand nicht mit seiner ganzen Bedeutungsfülle in die Zeichenbedeutung eingeht.

Sprachebenen

- **Lautebene:** Der Laut (Phon) ist die kleinste unterscheidbare Einheit der gesprochenen Sprache. Lautliche Einheiten, die bedeutungsunterscheidende Funktion haben, z.B. *m* und *l* in *Maus* und *Laus*, sind Phoneme. Im Deutschen gibt es etwa 40 Phoneme.
- **Morpheme:** Morpheme sind die kleinsten bedeutungstragenden Einheiten von Sprachen. Man unterscheidet zwischen grammatischen Morphemen (z.B. bedeutet „s" Plural oder Genitiv Singular in „Kino-s" oder „t" Präteritum in „sag-t-e") und lexikalischen Morphemen (wie „sag-" oder „Kino"). Zur Morphologie, der Lehre von den Wortformen, gehört dabei auch der gesamte Bereich der **Wortbildung** (vgl. zur Wortbildung S.558).
- **Lexeme** (Wörter): Die Gesamtheit aller Lexeme bildet den Wortschatz einer Sprache, der bei durchschnittlichen Sprechern zwischen 6000 und 10 000 Wörtern beträgt. Der Gesamtwortschatz des Neuhochdeutschen wird auf etwa 75 000 Einheiten geschätzt (eine genaue Zählung ist nicht nur wegen Fremd- und Fachwörtern schwierig, sondern auch wegen der Bewertung von Zusammensetzungen: Ist z.B. „Apfelsaft" ein neues Wort, wenn man „Apfel" und „Saft" kennt?). Die Lexikologie beschreibt diesen Wortschatz hinsichtlich seiner Struktur (z.B. Wortbeziehungen wie Synonymie, Antonymie, Kohyponymie oder Hyperonymie) und Bedeutung.
- **Syntax:** Mit den sprachlichen Einheiten oberhalb der Wortebene beschäftigen sich vor allem die Syntax und die Textlinguistik. Während man früher vor allem den Satz im Blick hatte (statt von „Syntax" sprach man deshalb auch von „Satzlehre"), rückt der Fokus heute stärker auf den Text, da viele grammatische Phänomene (z.B. Tempora, Pronomen oder Artikel) nur vom Textganzen aus verständlich werden.

Semantik

Die Semantik ist eine Teildisziplin der Sprachwissenschaft, die die Bedeutung sprachlicher Zeichen untersucht. Im einfachsten Falle steht ein Wort für einen Gegenstand in der Welt, das Zeichen „Stuhl" würde also auf alle Stühle der Welt verweisen. In der von Gottlob Frege (1848–1925) begründeten modernen Semantik unterscheidet man zwischen der **Intension** eines Begriffs (der Begriffsinhalt oder die Vorstellung des Begriffs im Sinne Ferdinand de Saussures) und der **Extension** (also allem, was unter den Begriff fällt und richtigerweise vom ihm bezeichnet wird); von **Nullextension** spricht man bei Begriffen ohne Extension (z. B. hat das Wort „Ufo" in jedem Fall eine Intension; ob es auch eine Extension hat, es also Ufos wirklich gibt, ist zumindest strittig).

Pragmatik

Die Pragmatik ist eine Teildisziplin der Sprachwissenschaft, die die Bedeutung von Sprachzeichen in ihrer Benutzung und das Handeln durch Sprache untersucht; wesentliche Aspekte sind z. B.:

- **Sprechakte:** Die von John L. Austin (1911–1960) und John Searle (*1932) entwickelte Sprechakttheorie geht von der Annahme aus, dass Sprechen eine regelgeleitete Form des Verhaltens darstellt. Für sprachliche Handlungen wie *drohen*, *versprechen*, *aussagen* lassen sich Bedingungen beschreiben, die erfüllt sein müssen, damit die jeweilige Handlung auch tatsächlich vollzogen wird (z. B. muss bei einem Versprechen die Hörerin/der Hörer das Versprochene auch wollen, sonst wird aus einem Versprechen eine Ankündigung oder eine Drohung).
- **Implikaturen** sind nach Herbert Paul Grice (1913–1988) Folgerungen aus einer Äußerung, die sich ergeben, weil man dem Sprecher Kooperativität unterstellt (A: Ich habe Durst. B: Um die Ecke ist ein Kiosk. – Satz B impliziert, dass der Kiosk geöffnet hat und Getränke verkauft). Anders als logische Schlüsse können Implikaturen zurückgenommen bzw. bestritten (verneint) werden.
- **Präsuppositionen:** selbstverständliche Voraussetzungen einer Äußerung; z. B. setzt der Satz „Der deutsche Bundeskanzler ist kahlköpfig" voraus, dass es einen deutschen Bundeskanzler gibt. Präsuppositionen sind nicht verneinbar (auch der Satz „Der deutsche Bundeskanzler ist nicht kahlköpfig" präsupponiert, dass es einen deutschen Bundeskanzler gibt).

Grammatik

Der Begriff „Grammatik" ist mehrdeutig:

- **allgemeine Grammatik (Universalgrammatik)**: verweist auf die Annahme bzw. den Versuch, die menschliche Sprachfähigkeit auf allgemeine (vielleicht sogar angeborene) Prinzipien zurückzuführen; der Gedanke ist vor allem in Bezug auf den Spracherwerb reizvoll, da mit seiner Hilfe das vergleichsweise leichte Erlernen der Muttersprache erklärt werden kann (s. „Spracherwerb", S. 554).
- **deskriptive (beschreibende) Grammatik:** verweist auf die wissenschaftliche Vorgehensweise beim Erstellen einer Grammatik (Sprachbeschreibung), die letztlich die Muster beschreibt, wie eine Sprache tatsächlich verwendet wird.
- **präskriptive (normative) Grammatik:** liegt dann vor, wenn einer bestimmten Sprachbeschreibung (deskriptive Grammatik) allgemeine Verbindlichkeit zugesprochen wird; Grammatik in der Schule hat in der Regel normativen Charakter, indem sie bestimmt, was richtig und falsch ist.

Grammatische Terminologie

Einen verlässlichen und übersichtlichen Zugriff sowohl auf die Schulterminologie (Verzeichnis grundlegender grammatischer Fachausdrücke – VggF) als auch auf die wissenschaftliche Terminologie bietet das Leibniz-Institut für Deutsche Sprache (IDS) in Mannheim.

Wortbildung

Auf der Basis vorhandener Wörter lassen sich neue Wörter in einer Sprache bilden. Die drei Hauptformen der Wortbildung sind:

- **Ableitung** (Derivation) durch Erweiterung des Wortstamms durch Prä- und/oder Suffixe, z.B. Un-glück, trink-bar
- **Konversion** (Nullableitung, d.h. Wortartwechsel ohne Wortbildungselemente), z.B. *(der) Ernst* (Nomen)/*ernst* (Adjektiv), (das) Französisch (Nomen)/französisch (Adjektiv); die sog. syntaktische Konversion ist rechtschreibrelevant (Nominalisierung, z.B. *gut → das Gute, aus → im Aus*)
- **Komposition** (Zusammensetzung), z.B. Nomen + Adjektiv (wasserscheu), Adjektiv + Verb (warmlaufen), Nomen + Nomen (Holzkopf) oder Verb + Nomen (Schwimmbad)

Wortarten

- **Nomen** (Substantive; Deklination: veränderbar in Kasus und Numerus)
- **Pronomen** (Deklination: veränderbar in Kasus, Numerus und Genus): Personalpronomen (*ich, dich, euch, …*), Possessivpronomen (*meines, ihre, seine, …*), Demonstrativpronomen (*dieser, ebendiese, dasselbe, …*), Interrogativpronomen (*wer, was, wessen, …*), Reflexivpronomen (*sich, mich, uns, …*), Relativpronomen (*der, welcher, wer, …*), Indefinitpronomen (*jemand, man, etwas, …*)
- **Artikel** (Determinierer; Deklination: veränderbar in Kasus, Numerus und Genus): definiter Artikel (*der Hund*), indefiniter Artikel (*eine Rose*); die Determinationsfunktion können auch Pronomen einnehmen: Possessivpronomen (*ihr Hund, meine Rose*), Demonstrativpronomen (*derselbe Geruch, diese Stadt*), Interrogativpronomen (*Welche Stadt? Wie viel Arbeit? Was für ein Glück!*), Indefinitpronomen (*alles Glück, irgendeine Stadt*)
- **Adjektiv** (graduierbar: Positiv, Komparativ, Superlativ (*schön, schöner, am schönsten*); Deklination: veränderbar in Kasus, Numerus und Genus)
- **Verb** (infinite Verbformen: Infinitiv, Partizip I und II; finite Verbformen: veränderbar durch Konjugation in Person, Numerus, Tempus, Modus (Indikativ, Konjunktiv, Imperativ) und Genus Verbi (Aktiv, Passiv); Verbarten: Vollverben, Modalverben, Hilfsverben)
- **Präposition** (unveränderbar, kasusfordernd, z.B. *mit + Dativ, für + Akkusativ*), z.B. *vor, mit, für, ohne, …*
- **Adverb** (nicht flektierbar; modifizieren Prädikate, sind erfragbar und können im Vorfeld eines Satzes stehen), z.B.: *leider, oft, hier, gestern, …*
- **Partikel** (Klasse von unveränderbaren, nicht erfragbaren und nicht satzgliedfähigen Wörtern, die nicht im Vorfeld eines Satzes stehen können), z.B.: *selbst, bloß, halt, …*
- **Junktoren** (unveränderbar, ohne Kasusforderung): Konjunktionen (nebenordnend: *und, oder, sowohl … als auch, …*), Subjunktionen (nebensatzeinleitend: *weil, nachdem, damit, …*) und die Vergleichspartikeln (Adjunktoren) *wie* und *als*

Satzglieder und Attribute

Satzglieder (Satzkonstituenten) sind die Bestandteile eines Satzes, in die er auf oberster Ebene zerlegt werden kann und die in inhaltlicher Beziehung zum Prädikat stehen; Satzglieder können als Wort, Wortgruppe oder Nebensatz erscheinen und innerhalb des Feldermodells ins Vorfeld des Prädikats verschoben werden:

Vorfeld	linke Klammer	Mittelfeld	rechte Klammer	Nachfeld
Gestern	*habe*	*ich ein Buch*	*gelesen.*	
Ich	*werde*	*öfter*	*lesen*	*als früher.*
Dass du liest,	*freut*	*Tante Berta.*		
	Hast	*du heute*	*gelesen?*	
	Lies	*den Text heute!*		
		Wenn sie nur	*lesen könnte!*	

- **Prädikat:** Kernbestandteil eines Satzes, von dem die Satzglieder im engeren Sinne abhängen; in der traditionellen Schulgrammatik auch selbst Satzglied; das Prädikat bildet die Satzklammer (linke und rechte Klammer)
- **Subjekt:** Satzglied, das mit dem Prädikat in Person und Numerus kongruiert
- **Objekt:** Satzglied, dessen Kasus bzw. Präposition vom Prädikat vorgegeben wird; man unterscheidet: Akkusativobjekt, Dativobjekt, Genitivobjekt (selten, z. B.: *Wir gedenken ihrer.*) und Präpositionalobjekt (z. B.: *Wir denken an sie.*)
- **Adverbial:** Satzglied meist ohne direkte Abhängigkeit vom Prädikat; hat die Funktion, den Satzinhalt zu modifizieren. Nach dem Umstand, den sie bestimmen, unterscheidet man lokale (*Wo? Woher? Wohin?*), temporale (*Seit wann? Wann? Wie lange?*), modale (*Wie?*), kausale (*Warum?*), finale (*Wozu?*), konditionale (*Unter welcher Bedingung?*), konzessive (*Trotz wessen?*), konsekutive (*Mit welcher Folge?*) und instrumentale (*Womit?*) Adverbiale; siehe dazu auch „Adverbialsätze nach ihrer Bedeutung"
- **Prädikativ:** Satzglied mit der Funktion, dem Subjekt (und seltener auch dem Objekt) eine Eigenschaft zuzuweisen (z. B. *Das Buch ist spannend.* bzw. mit Bezug auf das Objekt: *Ich mag die Bücher spannend.*)
- **Attribut:** Satzgliedergänzung als nähere Bestimmung zu einem Bezugswort (in der Regel Nomen); nach ihrer Form unterscheidet man u. a. adjektivische (*ein traditionelles Fest*), präpositionale (*ein Fest mit Tradition*) und Genitivattribute (*das Fest der Liebe*)

Die Satzglieder Subjekt, Objekt und Adverbial sowie die Satzgliedergänzung Attribut können auch als Nebensatz (bzw. als nebensatzwertige Infinitiv- oder Partizipialgruppen) erscheinen:

Subjekt	Objekt	Adverbial	Attribut
Wer alles kann, hat Glück.	Ich darf machen, was ich will.	Sie lösten das Problem, ohne dass sie nachdachten.	ein Weg, der das Problem löst
Alles zu können, ist unmöglich.	Er hat beschlossen, nichts zu tun.	Sie lösten das Problem, ohne nachzudenken.	ein Weg, um das Problem zu lösen

Nebensätze nach ihrer syntaktischen Form

Ihrer Form nach lassen sich Nebensätze nach der Art ihrer Einleitung unterscheiden:
- **uneingeleitet:** *Hast du Lust (Wenn du Lust hast), dann komm vorbei. Wir dachten, ihr kommt noch (dass ihr noch kommt.)*
- **eingeleitet:**

Relativpronomen als Einleitung	Subjunktion als Einleitung	Interrogativadverb als Einleitung
Die Pläne, die du hast, sind ehrgeizig.	*Sie weiß, dass das schwer ist. Wir blieben zu Hause, weil es regnete.*	*Er weiß nicht, weshalb das so ist.*

Adverbialsätze nach ihrer Bedeutung

Es lassen sich nach der Art der Bedeutung unterscheiden (siehe auch „Satzglieder und Attribute", S. 558):
- **Temporalsatz**, z. B.: *Bevor es anfängt zu regnen, gehen wir.*
- **Kausalsatz**, z. B.: *Weil es regnet, gehen wir jetzt nach Hause.*
- **Finalsatz**, z. B.: *Damit wir nicht so nass werden, gehen wir schneller.*
- **Konditionalsatz**, z. B.: *Wir gehen wandern, wenn es nicht regnet.*
- **Konsekutivsatz**, z. B.: *Wir spazierten lange im Regen, sodass wir nass wurden.*
- **Konzessivsatz**, z. B.: *Obwohl es heftig regnete, wurden sie nicht nass.*
- **Modalsatz**, z. B.: *Indem sie eine Jacke trug, konnte sie sich gut vor dem Regen schützen.*

Textzusammenhang

„Text" (lat. *textus*) bedeutet „Gewebe, Geflecht". Den lexikalisch-semantischen Zusammenhang zwischen Sätzen bzw. Äußerungen, die einen Text bilden, nennt man **Kohärenz** (lat. *cohaerere* „zusammenhängen"). Bei den Sätzen *„Gestern habe ich mir ein neues Auto gekauft. Heute ist schon der Motor kaputt."* sind dies Beziehungen wie Antonymie (gestern/heute, neu/kaputt) und Teil-Ganzes (Auto/Motor). **Kohäsion** (auch von *cohaerere*) nennt man den grammatischen Zusammenhang zwischen Sätzen; im Falle der zwei Sätze oben das Tempus (Perfekt/Präsens). Weitere wichtige Mittel der Kohäsion:

- **Pronomen** (*Pia hat sich ein Buch gekauft. Gerade liest sie es.*)
- **Adverbien** (*Sie sitzt auf dem Sofa. Dort hat sie es sich bequem gemacht.*)
- **Pronominaladverbien** (*Ihr hat das Buch nicht gefallen. Damit hat sie nicht gerechnet.*)
- **Artikel** (*Es war einmal ein König. Der König hatte eine Tochter. Die Tochter besaß eine goldene Kugel.*)

Rechtschreibung und Zeichensetzung

Rat für deutsche Rechtschreibung → S. 497

Seit dem Jahr 2016 gilt in Deutschland eine amtliche Rechtschreibung, die vom „Rat für deutsche Rechtschreibung" beobachtet und ggf. weiterentwickelt wird. Die jeweils aktuellen Regeln und das Wörterverzeichnis sind als amtliches Regelwerk beim Leibniz-Institut für Deutsche Sprache (IDS) Mannheim und beim Rechtschreibrat auch online abrufbar. Das Regelwerk umfasst sechs Bereiche:

Laut-Buchstaben-Zuordnung

Es gelten zwei Hauptprinzipien: Das **phonetische Prinzip** (Lautprinzip: „Schreib, wie du sprichst!") besagt, dass Laute und Buchstaben systematisch aufeinander beziehbar sind, also z. B. der Laut [m] „m" geschrieben wird. 26 Buchstaben stehen jedoch 40 systematisch relevanten Lauten gegenüber, sodass einzelne Laute keinen Buchstaben haben (z. B. der Glottisschlag bzw. Knacklaut [ʔ] zwischen den Silben in *Beamte*) und andere Laute durch Buchstabenkombinationen wiedergegeben werden (z. B. durch „ch" oder „sch"). Umgekehrt stehen (z. B. wegen Fremdwörtern) mehrere Buchstaben oder Buchstabenverbindungen für einen Laut, so kann z. B. der f-Laut durch „v", „f", „ff" oder „ph" wiedergegeben werden. Das **Prinzip der Schemakonstanz** (Stammprinzip: „Schreibe Gleiches möglichst gleich!") besagt, dass die Schreibung des Wortstammes weitgehend erhalten bleibt, z. B. schreibt man *es zieht* (da: *zie-hen*) oder *Räuber* (da: *rauben*). Deshalb gibt es im Deutschen viele Homophone (gleichlautende Wörter mit unterschiedlicher Schreibung), z. B. *wieder/wider, dass/das, mahlen/malen*.

Getrennt- und Zusammenschreibung

Der Regelfall ist die Getrenntschreibung unmittelbar benachbarter und aufeinander bezogener Wörter: *schnell laufen, gut kochen*.

- Zusammenschreibung gilt für Wortbildungen wie Komposita (*Tischtennis, nasskalt, schlafwandeln*) oder sogenannte Partikelverben (zusagen, vorbeigehen).
- Die Zusammenschreibung erkennt man oft daran, dass die Wortbildungen nur einen Hauptakzent haben: *Tischtennis, schlafwandeln, zusagen* vs. *schnell laufen*

Schreibung mit Bindestrich

Wortbildungen werden normalerweise ohne Bindestrich zusammengeschrieben. Bindestrichschreibung wird verwendet:

- bei Zusammensetzungen mit Einzelbuchstaben, Abkürzungen oder Ziffern, z. B. *i-Punkt, 3:2-Sieg*
- bei Nominalisierungen von Wortgruppen: das *Auf-die-lange-Bank-Schieben*
- bei Zusammensetzungen mit Eigennamen, z. B. *Foto-Maier, Baden-Würtemberg, Freidrich-Schiller-Straße* (aber: Schillerstraße)

Groß- und Kleinschreibung

Der Regelfall ist die Kleinschreibung. Großschreibung gilt bei dem jeweils ersten Wort von Überschriften, Werktiteln und dergleichen; bei Satzanfängen; Nomen und Nominalisierungen; Eigennamen mit ihren nichtnominalen Bestandteilen; bestimmten festen nominalen Wortgruppen mit nichtnominalen Bestandteilen (z. B. *der Heilige Vater*); Anredepronomen der höflichen Anrede.

Zeichensetzung

Satzzeichen sind Grenz- und Gliederungszeichen und sollen einen geschriebenen Text übersichtlich gestalten. Fünf Funktionen sind zu unterscheiden:

- Kennzeichnung des Schlusses von Ganzsätzen (durch Punkt, Frage- und Ausrufezeichen)
- Gliederung von Ganzsätzen (durch Komma, Semikolon, Doppelpunkt, Gedankenstrich und Klammern)
- Anführung von Äußerungen oder Textstellen bzw. Hervorhebung von Wörtern oder Textstellen durch Anführungszeichen (vgl. zum Zitieren und der Zeichensetzung S. 573)
- Markierung von Auslassungen (durch Apostroph, Ergänzungsstrich und Auslassungspunkte)
- Kennzeichnung bestimmter Abkürzungen durch Punkt (z. B. *Dr. med.*) und bestimmter zusammengehöriger Wörter durch Schrägstrich (z. B. *die Schülerinnen/Schüler der gymnasialen Oberstufe)*

Zeichenklasse	Zeichen	Funktion
syntaktische Zeichen	. , ; :	syntaktische Gliederung
kommunikative Zeichen	„ " ( ) ? !	kommunikative Situierung
Defektzeichen	- – ... '	Markierung von Brüchen und Unvollständigkeiten

Zu den wichtigsten **Kommaregeln** gehören:

- Das Komma grenzt gleichrangige Teilsätze, Wortgruppen oder Wörter voneinander ab (= **Aufzählung**), sofern sie nicht durch *und, oder, sowie* verbunden sind, z. B. *Sie lernen, lernen und lernen.*
- **Nebensätze** grenzt man mit Komma ab; eingeschobene Nebensätze schließt man mit paarigem Komma ein, z. B.: *Wenn die Sonne aufgeht, wird es langsam hell. Es wird, wenn die Sonne aufgeht, langsam hell.*
- **Infinitivgruppen** grenzt man mit Komma ab, wenn sie von einem Nomen abhängen (z. B. *Die Idee, ins Kino zu gehen, kam ...*), mit *um, ohne, statt, anstatt, außer, als* eingeleitet sind (*Um das zu verstehen, muss man ...*) oder von einem Korrelat oder Verweiswort abhängen (z. B. *Er liebt es, im Dunkeln zu sitzen. Sie warnte davor, nichts zu tun.*).
- **Zusätze oder Nachträge** (insbesondere Parenthesen, Appositionen, Partizipial- und Adjektivgruppen) grenzt man mit Komma ab; sind sie eingeschoben, schließt man sie mit paarigem Komma ein, z. B. *Waldi, mein geliebter Dackel, verstarb, es war kurz vor dem Abendessen, völlig überraschend.*
- **Anreden, Ausrufe** oder **hervorgehobene Ausdrücke einer Stellungnahme** grenzt man mit Komma (bzw. eingeschoben mit paarigem Komma) ab, z. B. *Jacob, mach doch mal mit! He, was ist los? Das hat er, leider, wirklich gesagt.*

Worttrennung am Zeilenende

Die Worttrennung am Zeilenende erfolgt nach Sprechsilben. Es gilt:

- Einzelne Vokalbuchstaben am Wortanfang und -ende werden nicht getrennt.
- Ein einzelner Konsonantenbuchstabe zwischen Vokalbuchstaben kommt bei der Trennung auf die neue Zeile (z. B. *ge-hen*); stehen mehrere dazwischen, so kommt nur der letzte auf die neue Zeile (z. B. *sin-gen, rech-nen*).
- Stehen Buchstabenverbindungen wie *ck, ch, sch, ph, rh, sh* oder *th* für einen Konsonanten, so trennt man sie nicht (z. B. *We-cker, Sa-che, na-schen, deut-sche, Myr-rhe, pu-shen, Zi-ther*).
- Irreführende, die Sinnerfassung störende Trennungen sollten vermieden werden (z. B. nicht *Urin-stinkt*, sondern: *Ur-instinkt*; nicht *Altbauer-haltung*, sondern: *Altbau-erhaltung*).

Interpretation epischer Texte (I)

Kapitel 9
→ S. 386 ff.

1. Erstes Textverständnis festhalten – Aufgabenstellung erfassen
Klären Sie nach der Lektüre des Textauszugs schwierige Stellen, die Anforderungen durch die Aufgabenstellung und halten Sie erste Auffälligkeiten in Randnotizen fest. Ordnen Sie Titel, Autorin/Autor, Textsorte, Thema und die Entstehungszeit des Textauszugs ein.

2. Erzähltext untersuchen und Bezüge herstellen
Erschließen Sie Inhalt, Sprache und erzähltechnische Mittel (z.B. Erzählverhalten, Erzählperspektive) des Textauszugs und fokussieren Sie sich dabei auf vorgegebene oder selbstgewählte Untersuchungsaspekte. Halten Sie Textbelege für Ihre Ergebnisse von Anfang an fest.

3. Untersuchungsergebnisse prüfen
Die **Deutungshypothese** ist die komprimierte, schlüssige Gesamtdeutung des Textes. Das erste Textverständnis wird nach der Untersuchung des Textes als vertieftes Gesamtverständnis formuliert. Es hilft z. B. das zentrale Thema, die Hauptfigur(en), Auffälligkeiten der formalen Gestaltung, textüberschreitende Motive oder Bezüge und die Entstehungshintergründe zu erschließen. Die Deutungshypothese muss im Anschluss entfaltet, d.h. durch Einzelbeobachtungen geordnet belegt und argumentativ begründet werden. Beispiel für die Formulierung einer Deutungshypothese zu Werthers Brief vom 15. März 1772:

Dass seine Gegenwart bei einer Gesellschaft des Grafen von C. von den adeligen Gästen missbilligt wird, empfindet Werther als Kränkung. In seiner Empörung über die Situation zeigt sich das Menschenbild des Sturm und Drang, der die hierarchische Ordnung der Ständegesellschaft als willkürlich empfindet und sie infrage stellt.

zentrales Thema des Auszugs benennen

Interpretation abstrahieren und in einen größeren Zusammenhang stellen

4. Gliederung erstellen
Entscheiden Sie für den Hauptteil Ihrer Interpretation, ob Sie dem Textverlauf folgend oder aspektorientiert vorgehen möchten. Stellen Sie dabei stets einen Zusammenhang zu Ihrer Deutungshypothese her, die Sie zu Beginn formuliert haben. Zum Abschluss fassen Sie Ihre Ergebnisse mit Bezug zur Deutungshypothese zusammen. Sie können als Abrundung Ihrer Interpretation einen Rückbezug zum Einleitungsgedanken herstellen oder den Textauszug mit einem anderen literarischen Text vergleichen.

5. Klausur schreiben
Beispiel für die Interpretation relevanter Textmerkmale mit Bezug zu Untersuchungsaspekten:

Untersuchungs-aspekt	**Textmerkmale benennen**	**Interpretation formulieren und dabei Bezug zur Deutungshypothese herstellen**
Figuren-konzeption Verhältnis zu anderen Figuren Selbstaussage einer Figur	*Sein Umgang mit dem Grafen von C. ist völlig frei von solchen gesellschaftlichen Einschränkungen, wie er sie an diesem Tag erlebt („Der Graf von C... liebt mich, distinguiert mich […]" (Z. 1 f.). Werther erwähnt außerdem seine Unfähigkeit, sich die Reaktion der adeligen Gesellschaft auch nur vorzustellen (vgl. Z. 3 ff.).*	*Diese Aussagen dienen dazu, die Ablehnung durch die adelige Gesellschaft als unnatürlich zu kennzeichnen und den Kontrast zwischen seiner unverfälschten Sicht auf die Menschen und die Künstlichkeit der ständischen Unterscheidung zu erhöhen.*
Erzähltechnische Gestaltung Darbietungs-formen	*Die Darbietungsform ist größtenteils ein Erzählbericht. Nur beim Grafen und bei Werther selbst kommt auch Figurenrede zum Einsatz, als der Graf sich dafür entschuldigt, Werther fortschicken zu müssen (vgl. Z. 25 ff.). Der Graf spricht in diesem Zusammenhang von den „wunderbaren Verhältnisse[n]" (Z. 26), die ihn zu diesem Schritt zwingen.*	*Durch die Figurenrede wird die im Verhalten des Grafen gezeigte mögliche Einstellung zur Ständegesellschaft im Gegensatz zu den Gästen noch einmal aufgewertet, weil sie in seinen Worten auch direkt enthalten ist.*

6. Klausur überarbeiten

Interpretation lyrischer Texte (I)

Kapitel 6 → S. 294 ff.
Kapitel 3 → S. 196 ff.

1. Erstes Textverständnis festhalten – Aufgabenstellung erfassen

Lesen Sie die Aufgabenstellung aufmerksam durch und beachten Sie, was von Ihnen aufgrund der Operatoren erwartet wird. Lesen Sie das Gedicht mehrmals aufmerksam durch, klären Sie schwierige Stellen und halten Sie erste Ideen in Randnotizen fest.

2. Gedicht untersuchen und Bezüge herstellen

Setzen Sie Inhalt, Sprache und Form des Gedichts in Bezug zueinander. Konzentrieren Sie sich bei Ihrer Interpretation des lyrischen Textes auf die durch die Aufgabe vorgegebenen oder selbstgewählten Untersuchungsaspekte. Aspekte, die für die Lösung der Aufgabe nicht relevant sind, sollten Sie in Ihren Text nicht einbringen.

3. Untersuchungsergebnisse prüfen

Ihr Textverständnis bzw. Ihre Interpretation des Textes formulieren Sie als **Deutungshypothese**. Diese bildet den roten Faden für Ihre Gliederung und für die Ausformulierung, mit der Sie Ihre Deutungshypothese begründen. Wichtig ist dabei vor allem, das Zusammenwirken von Inhalt, Aufbau, Form und Sprache aufzuzeigen, statt alle diese Teile einfach nur additiv-reihend zu präsentieren.
Je nach lyrischem Text und Aufgabenstellung können oder müssen Sie auch Kontextwissen wie biografische, zeitgeschichtliche, epochen- oder gattungstypische Merkmale miteinbeziehen.

4. Gliederung erstellen

Strukturieren Sie Ihre Gliederung entlang Ihrer Deutungshypothese. Diese sollten Sie zu Beginn ausformulieren. Anschließend begründen und belegen Sie Ihre Deutungshypothese und fassen Ihre Ergebnisse im Schlussteil zusammen.

5. Klausur schreiben

Beispiel für eine Ausformulierung zum Aspekt der Form und Sprache:

Textstelle	Untersuchungs-aspekt	Ausformulierung
Johann Wolfgang Goethe: Prometheus (1774, Strophe 6) Wähntest du etwa, Ich sollte das Leben hassen, In Wüsten fliehn, Weil nicht alle Knabenmorgen- Blütenträume reiften?	**Form:** – Rollengedicht – Strophe mit fünf Versen **Sprache:** – rhetorische Frage (gesamte Strophe) – Enjambement – Neologismus	*Die sechste Strophe des Rollengedichts besteht aus einer rhetorischen Frage des Prometheus an Zeus, die sich über alle fünf Verse dieser Strophe erstreckt. Der erste Vers eröffnet die Frage („Wähntest du etwa"), worauf zwei Verse folgen, die als Parallelismus angelegt sind und beinhalten, worin die irrige Annahme besteht, die Prometheus Zeus unterstellt. In diesen Versen wird „Leben" (V. 48) mit „Wüsten" (V. 49) kontrastiert, die beiden hier verwendeten Verben „hassen" und „fliehn" (V. 48 f.) sind negativ besetzt. Den Höhepunkt erreicht die Strophe in der folgenden, durch „weil" (V. 50) eingeleiteten Begründung, wobei der vierte und fünfte Vers syntaktisch eine Einheit bilden, die durch das Enjambement, das den Neologismus „Knabenmorgen-Blütenträume" (V. 50 f.) trennt, zusammengebunden werden. Die neu gebildete Komposition zeigt durch ihre Betonung kindlicher Naivität ebenso deutlich wie das „etwa" im ersten Vers, dass die an den Göttervater gerichtete Frage aus Sicht von Prometheus verneint werden muss. […]*

6. Klausur überarbeiten

Lesen Sie Ihre Interpretation noch mindestens einmal gründlich durch. Beachten Sie dabei die folgenden Aspekte: sachliche Richtigkeit, Abgleich mit Gliederung und Deutungshypothese, Textzusammenhang (sprachliche Verknüpfung) und sprachliche Richtigkeit (Rechtschreibung, Zeichensetzung, Grammatik, Zitate). Korrigieren und überarbeiten Sie Ihren Text.

Interpretation dramatischer Texte (I)

Kapitel 6
→ S. 272 ff.

1. Erstes Textverständnis festhalten – Aufgabenstellung erfassen

Verschaffen Sie sich einen Überblick über den Inhalt des Dramenauszugs und leiten Sie aus der Aufgaben-stellung mögliche Hinweise auf relevante Untersuchungsaspekte ab.

2. Dramatischen Text untersuchen und Bezüge herstellen

Erschließen Sie den Dramenauszug anhand der Untersuchungsaspekte und beziehen Sie ggf. textüberschreitende Aspekte (historischer Kontext, biografische Informationen, …) ein.

3. Untersuchungsergebnisse prüfen

Strukturieren Sie Ihre Ergebnisse der Textuntersuchung, formulieren Sie eine Deutungshypothese und belegen Sie diese mit Textstellen. Wenn Sie das gesamte Drama kennen, ordnen Sie den Auszug in den Dramenkontext ein.

4. Gliederung erstellen

5. Klausur schreiben

Beispiel für eine Ausformulierung zum Aspekt der sprachlich-stilistischen Gestaltung:

Textstelle	Untersuchungsaspekte	Ausformulierung
Gotthold Ephraim Lessing: Emilia Galotti, Zweiter Aufzug, Vierter Auftritt (1772, Auszug) CLAUDIA [...] Hab ich dir schon gesagt, dass der Prinz unsere Tochter gesehen hat? ODOARDO Der Prinz? Und wo das? CLAUDIA [...] bei dem Kanzler Grimaldi, [...] Er bezeigte sich gegen sie so gnädig – ODOARDO So gnädig? CLAUDIA Er unterhielt sich mit ihr so lange – ODOARDO Unterhielt sich mit ihr? [...] CLAUDIA Hat von ihrer Schönheit mit so vielen Lobeserhebungen gesprochen – ODOARDO Lobeserhebungen? Und das alles erzählst du mir in einem Tone der Entzückung? – Claudia! Eitle, törichte Mutter! CLAUDIA Wieso? ODOARDO [...] Claudia! Claudia! Der bloße Gedanke versetzt mich in Wut! – Du hättest mir das sogleich sollen gemeldet haben. – Doch ich möchte dir heute nicht gern etwas Unangenehmes sagen. Und ich würde *indem sie ihn bei der Hand ergreift*, wenn ich länger bliebe. – Drum lass mich! Lass mich!	**Thema/Gegenstand:** Begegnung zwischen dem Prinzen Hettore Gonzaga und der Tochter des Ehepaars, Emilia **Sprechabsicht:** – Claudia: möchte die Bekanntschaft ihrer Tochter mit dem Prinzen thematisieren – Odoardo: bringt Unverständnis über die in seinen Augen große Naivität seiner Frau zum Ausdruck **Gesprächsstrategie:** – Odoardo: stellt Fragen, um weitere Informationen über das Treffen zu erhalten; fällt seiner Frau ins Wort/ unterbricht sie; verlässt aufgebracht den Raum – Claudia: antwortet ihrem Mann **Sprache:** – Odoardo: (ironische) Fragen; Exclamationes; Anakoluth	*Die vorliegende Szene ist ein Ausschnitt aus einem Gespräch der Eheleute, in dem zuvor die bevorstehende Heirat ihrer Tochter angesprochen wurde. Durch Claudias beifällige Äußerung, „dass der Prinz [ihre] Tochter gesehen hat" (Z. 2 f.) entwickelt sich eine Art Frage-Antwort-Spiel mit Odoardo als zunächst verblüfftem Fragesteller. Wegen der Fragen gerät Claudia in die Defensive und muss gegen Ende des Gesprächs Vorhaltungen und den Tadel ihres Mannes hinnehmen. Im Verlauf dieses Gesprächs ruft jede Äußerung Claudias ein ironisches Echo bei Odoardo hervor. Dieses Echo macht deutlich, dass Claudia in ihrer Naivität die Wirklichkeit der Situation völlig verkennt – so die Sichtweise Odoardos. Darüber gerät Odoardo zunehmend „in Wut" (Z. 22 f.). Dies zeigt sich auch in der Sprache der Figur. Odoardos Sätze werden zunehmend ungrammatischer, Ellipsen, Satzabbrüche, Ausrufe und assoziative Gedankenverbindungen verdeutlichen, dass er nach und nach die Fassung verliert. Insgesamt wirkt das Gespräch wie eine Szene zwischen Eheleuten, bei denen Rollenverteilung und Hierarchie klar festgelegt sind.*

6. Klausur überarbeiten

Analyse pragmatischer Texte (II)

Kapitel 10
→ S. 416 ff.

1. Erstes Textverständnis festhalten – Aufgabenstellung erfassen

Lesen Sie die Aufgabenstellung und halten Sie Ihr erstes Textverständnis fest. Klären Sie die Textsorte, die Autorschaft, die Quelle, das Erscheinungsdatum sowie den Anlass des Textes. Erschließen Sie Thema und Inhalt des Textes und halten Sie Ihre Ergebnisse stichpunktartig fest.

2. Pragmatischen Text untersuchen

Erschließen Sie die gedankliche Struktur bzw. den Argumentationsgang des Textes und die Position der Autorin/des Autors. Halten Sie zentrale Thesen, Argumente und Belege fest und untersuchen Sie den Text im Hinblick auf die Intention der Autorin/des Autors sowie auf Mittel der Leserlenkung. Untersuchen Sie die sprachliche Gestaltung in ihrer Wirkung und stellen Sie einen Zusammenhang zur Aussage des Textes her.

SO GEHT'S

Die gedankliche Struktur eines Sachtextes erschließen

Marco Buschmann: Wir müssen unsere Debattenkultur schützen
(1.1.2023, Welt am Sonntag, Ausschnitt)

Wenn ich einen Wunsch frei hätte, was wir uns als Gesellschaft für das neue Jahr vornehmen sollten, wäre meine Wahl: eine bessere Debattenkultur für unser Land. Denn sie ist akut durch zwei Probleme gefährdet. Das erste Problem ist eine sich immer weiter steigernde Unduldsamkeit gegenüber Standpunkten, die nicht die eigenen sind. Jeder glaubt, recht zu haben. Immer größer ist die Wut, dass es nicht so läuft, wie man selbst es für richtig hält – ob bei Migration, Klima oder Corona. Die Gegenseite wird mit immer größeren moralischen Keulen traktiert. […]
Manche beschimpfen die anderen nicht einmal mehr, sondern haken sie gleich ganz ab. Der Anteil der Menschen in Deutschland, die sich gerne mit Andersdenkenden austauschen, geht nach Umfragen seit Jahren zurück. Kürzlich ermittelte das Allensbach-Institut nur noch 37 Prozent. Schwindet die Einsicht, dass es legitime Meinungen geben kann jenseits der eigenen?

Einführung des Themas, Charakterisierung als Wunsch

Aufstellen der Kernthese: Debattenkultur ist gefährdet durch zwei Probleme

genauere Ausführung, Beschreibung der Gefährdung

Anführen einer Argumentationsstütze

3. Untersuchungsergebnisse prüfen und erweitern

Ordnen Sie Aussagen und Argumente des Textes, indem Sie zwischen Fakten, Wertungen und begründeten Schlussfolgerungen unterscheiden. Berücksichtigen Sie ggf. den weiterführenden Schreibauftrag.

4. Gliederung erstellen

Einleitung:
- Titel, Autorin/Autor, Textsorte, Thema, Quelle, Erscheinungsdatum, ggf. Anlass benennen

Hauptteil:
- Position zusammenfassen, die gedankliche Struktur bzw. den Argumentationsgang des Textes und die Intention darstellen
- Untersuchungsergebnisse der sprachlichen Gestaltung des Textes im Hinblick auf ihre Wirkung darlegen
- ggf. aufgabenbezogene Überleitung zur zweiten Aufgabe formulieren
- zweite Aufgabe ausarbeiten

Schluss:
- Ergebnisse zusammenfassen, Schlussfolgerungen ziehen, ggf. Bezug zur Einleitung herstellen

5. Klausur schreiben

Verfassen Sie Ihre Analyse auf Grundlage Ihrer Vorarbeiten und unter Einhaltung der Gliederung. Achten Sie darauf, sachlich zu schreiben, Fachbegriffe korrekt zu verwenden und Verweise auf den Ausgangstext korrekt zu zitieren.

6. Klausur überarbeiten

Erörterung pragmatischer Texte (III, a)

Kapitel 11
→ S. 456 ff.

1. Erstes Textverständnis festhalten – Aufgabenstellung erfassen
Lesen Sie die Aufgabenstellung genau und halten Sie Ihr erstes Textverständnis fest. Klären Sie die Textsorte, Autorschaft, den Publikationsort, das Thema und den Diskussionszusammenhang. Notieren Sie erste Überlegungen zur Haltung der Autorin/des Autors zum Thema.

2. Pragmatischen Text untersuchen
Untersuchen Sie ausgewählte bzw. vorgegebene Aspekte des Textes. Achten Sie besondes auf die Argumentationsstruktur des Textes und bedenken Sie dabei, dass nicht jedes Argument mit Belegen gestützt sein muss. Auch die Reihenfolge kann variieren (erst Beleg, dann Argument).

3. Eigene Position entwickeln
Analysieren Sie die Argumentation und Wertungen des Textes kritisch. Setzen Sie sich mit jedem Argument auseinander, mit dem die Autorin ihre bzw. der Autor seine Position stützt. Machen Sie sich Notizen, ob Sie der Autorin/dem Autor zustimmen oder widersprechen, und fügen Sie Ihre Begründungen hinzu. Ergänzen Sie eigene Überlegungen, indem Sie auf Ihre Erfahrungen und Ihr Wissen zurückgreifen.

4. Gliederung erstellen
Einleitung:
- Titel, Autorin/Autor, Textsorte, Thema, Quelle, Erscheinungsdatum, ggf. Anlass benennen

Hauptteil:
- Textanalyse: Position(en), Gedankengang und Intention darstellen
- Erörterung: sich kritisch mit der Argumentation der Autorin/des Autors auseinandersetzen und eigene Position unter Einbeziehung weiteren Wissens argumentativ entfalten (z. B. Sanduhrprinzip oder Pingpongprinzip nutzen)
- Synthese mit persönlichem Fazit formulieren

Schluss:
- Schlussfolgerungen ziehen, ggf. mit anderen Positionen vergleichen oder Appell an Lesende richten

5. Klausur schreiben
Verfassen Sie Ihre Erörterung anhand Ihrer Vorarbeiten und Ihrer Gliederung.

SO GEHT'S

In einer Erörterung die Leserin/Leser gezielt lenken

Eine solche ästhetisch-literarische Lesekompetenz muss erworben und stetig vervollkommnet werden. Kein Fünfjähriger liest und versteht Goethes „Faust", dennoch beginnt die literarische und damit auch die sprachliche Bildung bereits in früher Kindheit über das Lesen und Vorlesen. Und gerade hier, im Bereich der Kinder- und Jugendliteratur, gibt es – das räumt auch Sandra Kegel ein – schon seit Jahrzehnten Bearbeitungen von Texten der Weltliteratur, einfach nacherzählt für junge Leser: „Krabat" von Otfried Preußler oder „Don Quichotte" in der Nacherzählung von Erich Kästner sind nur zwei Beispiele. Es spricht demnach offenbar nicht generell etwas gegen eine sprachliche Vereinfachung von Literatur, jedoch unter einer Prämisse: Die Nacherzählungen Erich Kästners oder Otfried Preußlers sind trotz ihrer kindgemäßen Sprache für sich genommen wiederum Literatur, sprachlich reich und vielgestaltig, mit einem ästhetischen Mehrwert und eben nicht nach dem „Baukastenprinzip" der Leichten Sprache konstruiert.

Ausschnitt aus dem Erörterungsteil

zugespitztes Beispiel

Wörter und Wortgruppen, die die Leserin/den Leser lenken

Wortwahl mit Konnotationen

6. Klausur überarbeiten
Lesen Sie Ihre Arbeit noch mindestens einmal gründlich durch. Beachten Sie dabei die folgenden Aspekte: sachliche Richtigkeit (Korrektheit, Logik in der Argumentation), Textzusammenhang (sprachliche Verknüpfungen), sprachliche Richtigkeit (Grammatik, v. a. Syntax, Rechtschreibung, Zeichensetzung). Korrigieren und überarbeiten Sie Ihren Text.

Erörterung literarischer Texte auf Grundlage eines pragmatischen Textes (III, b)

Kapitel 6
→ S. 250

1. Erstes Textverständnis festhalten – Aufgabenstellung erfassen
Lesen Sie die Aufgabenstellung genau. Klären Sie für den pragmatischen Text die Textsorte, Autorschaft, den Publikationsort und das Thema. Rekapitulieren Sie Ihr Vorwissen zum literarischen Textauszug.

2. Pragmatischen Text untersuchen
Erschließen Sie die zentralen Aussagen des pragmatischen Textes und halten Sie Thesen, Argumente und Wertungen der Autorin/des Autors fest.

3. Eigene Position entwickeln
Analysieren Sie die Argumentation und Wertungen des Textes kritisch, auch im textüberschreitenden Zusammenhang. Formulieren Sie eigene Wertungen, Gedanken und ggf. Einwände. Stützen Sie Ihre Pro- und Kontra-Argumente mit Belegen aus dem literarischen Text.

4. Gliederung erstellen
Einleitung:
- Titel, Autorin/Autor, Textsorte, Thema, Quelle, Erscheinungsdatum benennen
- Erörterungsfrage bzw. Problemstellung formulieren

Hauptteil:
- zentrale Aussagen des pragmatischen Textes darstellen
- Inhalt des literarischen Textes kurz wiedergeben und ggf. den Auszug in den Handlungszusammenhang einordnen
- sich kritisch mit der Argumentation der Autorin/des Autors auseinandersetzen und eigene Position unter Einbeziehung von Belegen aus dem literarischen Text und weiteren Wissens argumentativ entfalten
- Synthese mit persönlichem Fazit formulieren

Schluss:
- Schlussfolgerungen ziehen, ggf. mit anderen Positionen vergleichen

5. Klausur schreiben
Verfassen Sie Ihre Erörterung anhand Ihrer Vorarbeiten und Ihrer Gliederung.

SO GEHT'S Einen Interpretationsansatz erörtern

Prokop denkt die Figur der Louise allein von der Figur des Ferdinand her. Sie sei sein Opfer. Tatsächlich wird Louise mehrfach zum Opfer: Da sind die Tugendanforderungen des bürgerlichen Elternhauses und besonders ihres Vaters, die dazu führen, dass sie die Einhaltung der Tugendgrenzen unter die Liebe zu Ferdinand stellt und auf diesen im Diesseits verzichtet und „die verbotene Sinnlichkeit" (Z. 6 f.) für die Gemeinsamkeit im Jenseits aufschiebt (vgl. I, 1). Mehr noch, ihr Schweigen, das der Rettung der Eltern dient, zerstört die Liebesbeziehung bereits im Diesseits.

Benennen des Interpretationsansatzes (mit Paraphrase)
Kontra-Argumentation
direktes und indirektes Zitat als Argumentationsstütze
Hervorhebungen zur Argumentation am Satzanfang

6. Klausur überarbeiten
Lesen Sie Ihre Arbeit noch mindestens einmal gründlich durch. Beachten Sie dabei die folgenden Aspekte: sachliche Richtigkeit (Korrektheit, Logik in der Argumentation), Textzusammenhang (sprachliche Verknüpfungen), sprachliche Richtigkeit (Grammatik, v. a. Syntax, Rechtschreibung, Zeichensetzung). Korrigieren und überarbeiten Sie Ihren Text.

Materialgestütztes Verfassen informierender Texte (IV, a)

Kapitel 11
→ S. 434 ff.

1. Aufgabenstellung erfassen

Lesen Sie die Aufgabenstellung und leiten Sie aus dieser ab: Textsorte des zu schreibenden Textes (z. B. Lexikoneintrag, Zeitungsartikel, Broschürenbeitrag, Vortrag), Anlass und Ziel des Textes, Adressatenkreis des Textes (Zielgruppe bzw. Leserschaft), Thema und Teilthemen, Vorgaben zur Gestaltung des Textes (z. B. Aufbau, Länge).

2. Materialien auswerten

Werten Sie ggf. den zentralen Text mithilfe der entsprechenden Lesetechniken (vgl. S. 570) aus und notieren Sie wichtige Aussagen. Werten Sie die übrigen Materialien vergleichend zum zentralen Text aus. Halten Sie Ihre Untersuchungsergebnisse in Form einer Übersicht fest, zum Beispiel:

zentraler linearer Text 1	**linearer Text 2**	**linearer Text 3**	**Diagramm**
– Teilthema a	– Teilthema a	– Teilthema a	– Teilthema a
• Aussage 1			• Ergänzung Aussage 1
• Aussage 2	• Bestätigung Aussage 2	• Bestätigung Aussage 2	• Bestätigung Aussage 2
	• Aussage 3		
– Teilthema b			
• Aussage 1			
– Teilthema c	– Teilthema c	– Teilthema c	
• Aussage 1	• andere Sicht auf Aussage 1		
		• Aussage 2	

3. Informationen organisieren

In diesem Schritt müssen Sie die aus der Auswertung der Materialien gewonnenen Informationen bewerten:
- Welche Informationen sind für den geforderten informierenden Text wichtig und warum?
- Handelt es sich um gesicherte Fakten oder um Meinungen?

Ergänzen Sie außerdem die Hauptaussagen der Materialien, indem Sie auf Ihr eigenes Wissen zurückgreifen.

4. Gliederung erstellen

Halten Sie für die drei Teile des geforderten informierenden Textes (Einleitung, Hauptteil, Schluss) die zentralen Inhalte fest. Beachten Sie dabei vor allem: Bezug auf die vorgegebenen Materialien; roter Faden, der sich zwischen Einleitung und Schluss durchzieht; innere Stimmigkeit der Informationen (keine Widersprüche); Beleg aller Urteile durch die Materialien (Textverweise).

5. Klausur schreiben

Schreiben Sie den geforderten informierenden Text auf der Grundlage Ihrer Vorarbeiten.
- Achten Sie darauf, keine Leseransprachen zu verwenden.
- Vermeiden Sie eine persönliche Ausdrucksweise, z. B. indem Sie Indefinitpronomen wie *man*, *jemand*, *niemand* nutzen.
- Zudem sollten Sie auf wertende Ausdrücke, persönliche Meinungen und Urteile sowie auf eine bildhafte Sprache verzichten.
- Einen strikt sachlichen Stil erzeugen Sie, indem Sie Fachbegriffe, Fakten, Zitate, Zahlen oder Orts- und Zeitangaben einstreuen.
- Durch Zwischenüberschriften können Sie Ihrem informierenden Text Struktur und Übersicht geben.

Tipp: Bevor Sie einen neuen Absatz beginnen, sollten Sie den letzten Absatz noch einmal kritisch lesen. Das erleichtert Korrekturen und hilft, Wiederholungen zu vermeiden und die Textübergänge zu gestalten.

6. Klausur überarbeiten

Lesen Sie Ihre Arbeit noch mindestens einmal gründlich durch. Beachten Sie dabei die folgenden Aspekte: sachliche Richtigkeit, gedankliche Zusammenhänge (roter Faden), Textzusammenhang (sprachliche Verknüpfungen) und sprachliche Richtigkeit (Rechtschreibung, Zeichensetzung, Grammatik, Zitate). Korrigieren und überarbeiten Sie Ihren Text.

Materialgestütztes Verfassen argumentierender Texte (IV, b)

Kapitel 12
→ S. 488 ff.

1. Aufgabenstellung erfassen

Lesen Sie die Aufgabenstellung und leiten Sie aus dieser ab: Textsorte des zu schreibenden Textes (z. B. Kommentar, Leserbrief, Rede), Anlass und Ziel des Textes, Adressatenkreis des Textes (Zielgruppe bzw. Leserschaft), Thema und Teilthemen, Vorgaben zur Gestaltung des Textes (z. B. Aufbau, Länge).

2. Materialien auswerten

Skimming: Verschaffen Sie sich einen Überblick über den Inhalt der Materialien, indem Sie diese querlesen und jeweils den Wert bzw. die Verwendbarkeit des Materials einschätzen.

Scanning: Werten Sie das Material intensiv aus, indem Sie Markierungen im Text oder Notizen (ggf. als Kürzel oder Symbole) am Rand des Textes vornehmen.
Stellen Sie sich folgende Fragen:
- Welche Begriffe sind mir unbekannt? Welche davon muss ich unbedingt klären?
- Welcher Textsorte gehört das jeweilige Material an? Was folgt daraus für die Auswertung?
- Welche Materialien eignen sich für Begriffsdefinitionen?
- Aus welchen Informationen lassen sich Thesen/Behauptungen extrahieren?
- Welche Informationen eignen sich zur Veranschaulichung als Beleg oder Beispiel?
- Welche Aspekte sind unverzichtbar (Ankertext), welche kann ich ggf. auch weglassen, z. B. ersetzbare Beispiele?

3. Informationen organisieren

Systematisieren Sie die Informationen, indem Sie ein übersichtliches Darstellungsprinzip entwickeln, z. B. eine **Mindmap** oder eine **Pro-/Kontra-Tabelle**.
Stellen Sie sich folgende Fragen:
- Welche Aspekte sind von Bedeutung, ggf. sogar unverzichtbar?
- Welche Aspekte müssen als Behauptung/These, Erläuterung, Veranschaulichung einander zugeordnet werden und ergeben zusammen ein Argument?
- Wie kann ich die Bestände aus dem Text durch weitere eigene Wissensbestände ergänzen, z. B. aus dem Unterricht oder aus privaten Erfahrungen?
- Wie kann ich Argumente einem gemeinsamen Teilthema zuordnen?
- Ist die Pro- oder die Kontra-Seite die überzeugendere? Welche Lösung kann ich im Fazit anbieten?

4. Gliederung erstellen

Notieren Sie für Einleitung, Hauptteil und Schluss die zentralen Inhalte als Stichpunkte.

5. Klausur schreiben

Ein Argumentationsblock muss nicht einer schablonenhaft vorgegebenen Reihenfolge gehorchen, sondern ist dann schlüssig und vollständig, wenn er folgende Kriterien erfüllt:
- Die Thesen beziehen sich auf das Thema bzw. das Teilthema.
- Die Thesen sind klar, präzise und allgemein verständlich formuliert.
- Die Argumentation wird durch ausreichende Veranschaulichungen gestützt, z. B. Belege, Beispiele, Expertenwissen.
- Die Argumentation, v. a. die Logik (Ursachen, Folgen, Einwände), wird durch sprachliche Mittel gestützt.
- Die Textübergänge sind abwechslungsreich gestaltet.

6. Klausur überarbeiten

Lesen Sie Ihre Arbeit noch mindestens einmal gründlich durch. Beachten Sie dabei die folgenden Aspekte: sachliche Richtigkeit, gedankliche Zusammenhänge (roter Faden), Textzusammenhang (sprachliche Verknüpfungen) und sprachliche Richtigkeit (Rechtschreibung, Zeichensetzung, Grammatik, Zitate). Korrigieren und überarbeiten Sie Ihren Text.

Lesetechniken

Komplexe lineare Texte

Erarbeiten Sie sich komplexe lineare Texte in mehreren Schritten:

1. Vorwissen und Erwartungen klären

Lesen Sie die Textüberschrift, den Namen der Autorin/des Autors und ggf. den Teaser (Anreißer); klären Sie den Veröffentlichungszusammenhang (Medium, Erscheinungs- bzw. Entstehungsdatum, Textsorte). Machen Sie sich bewusst, welche Erwartungen Sie auf der Grundlage dieser Informationen sowie Ihres Vorwissens an den Text haben (v.a. Art der Informationen und Haltung sowie Intention der Autorin/des Autors).

2. Fragen an den Text formulieren

Formulieren Sie ausgehend von Ihren spezifischen Leseinteressen Fragen an den Text.
Werden Sie sich dabei auch Ihres Vorwissens/Ihrer eigenen Interessen bewusst.

3. Text erschließen

Das erschließende Lesen umfasst drei Schritte:

a) **Leseklippen beseitigen** – Leseklippen können unbekannte Wörter und komplexe Aussagen sein. Unbekannte Wörter schlagen Sie nach. Steht kein Wörterbuch zur Verfügung, können Sie meist die Bedeutung aus dem Zusammenhang erschließen. Wörter, die sich nicht aus dem Zusammenhang erschließen lassen, sind in der Regel von geringer Bedeutung. Komplexe Sätze lösen Sie am besten in mehrere einfache Hauptsätze auf.

b) **Ermittlung zentraler Stellen bzw. Informationen** – Markieren Sie die zentralen Begriffe (Schlüsselwörter) und Aussagen.

c) **Verständnis des Zusammenhangs** – Klären Sie den logischen bzw. zeitlichen Zusammenhang zwischen den Begriffen und Aussagen; achten Sie dabei auf Adverbien und Subjunktionen.

4. Wichtiges zusammenfassen

Fassen Sie Wichtiges (z.B. in Exzerpten) bzw. für die Aufgabenstellung Relevantes zusammen, indem Sie wie folgt vorgehen:

- Tragen Sie die zentralen Aussagen abschnittsweise, z.B. in Form einer inhaltsbezogenen Überschrift, schriftlich zusammen.
- Benennen Sie den gedanklichen Zusammenhang dieser Aussagen.
- Bestimmen Sie außerdem die Intention, Zielgruppe und Funktion des Textes.

5. Inhalte paraphrasieren

Paraphrasieren Sie die wichtigsten Erschließungsergebnisse noch einmal in anderen Worten.
Dadurch merken Sie sich die Inhalte nicht nur besser; die Reformulierung erhöht auch das Verständnis der neuen Informationen.

Diskontinuierliche (nichtlineare) Texte

Diskontinuierliche (nichtlineare) Texte wie Schaubilder, Grafiken oder Tabellen können Sie unter folgenden Gesichtspunkten untersuchen:

- Überschrift der Darstellung (zugleich das Thema, aus dem Sie Ihre Erwartungen und Fragen ableiten können)
- Quelle/Urheberin oder Urheber der Darstellung und Entstehungszeitpunkt (um die Qualität einzuschätzen und die Intention zu bewerten)
- Maßeinheiten und Größenverhältnisse (zur inhaltlichen Erschließung: Zwischen welchen Größen bestehen Beziehungen? Welche Maßeinheiten werden verwendet?)
- Gesamtaussage und wichtige Einzeldaten (zur inhaltlichen Erschließung: Was will die Darstellung verdeutlichen?)
- Kritik (falls die Darstellung Fehler hat oder Mängel aufweist)

Recherche, Quellenkritik

Internetrecherche

Internetrecherche bedeutet entweder die Suche nach geeigneten Seiten (durch eine Suchmaschine) oder die Suche auf bereits bekannten bzw. gefundenen Seiten (z. B. in Textkorpora, Online-Lexika oder Wörterbüchern).

Für die Suche mit einer Suchmaschine gilt:

1. Wahl der Suchmaschine – Es gibt zahlreiche Möglichkeiten, mithilfe von Such- und Metasuchmaschinen zu recherchieren. Tauschen Sie sich zu guten Suchmaschinen aus.
2. Wahl der Suchbegriffe – Hier gilt es, die Suche mithilfe von geeigneten Suchbegriffen, d.h. der Kombination von zwei und mehr Begriffen, einzugrenzen.
3. Eingrenzung bzw. Präzisierung der Suche – Die meisten Suchmaschinen bieten eine erweiterte Suche an, durch die man die Herkunft, den Zeitrahmen, den Suchort auf der Seite (z. B. in der URL) oder das gesuchte Dateiformat eingrenzen kann.
Für die Suche auf einer Seite (z. B. eines Textarchivs wie www.deutschestextarchiv.de) empfiehlt sich zunächst eine gründliche Durchsicht der Startseite, die oftmals Hilfen bzw. zusätzliche Suchinformationen zur Verfügung stellt. Bei der Suche nach einem genauen Wort oder einer Gruppe von Wörtern ist es ratsam, Anführungszeichen zu verwenden, um exakte Ergebnisse zu erzielen.
Wenn Sie bei Ihrer Suche Begriffe ausschließen wollen, setzen Sie vor das entsprechende Wort das Zeichen für Minus.

Quellenkritik

Für die Bewertung der Qualität von Suchergebnissen vor allem aus dem Internet gibt es verschiedene Kriterien:

1. Herkunft bzw. Quelle sowie Autorin/Autor: Die Wahrscheinlichkeit, dass offizielle Seiten (z. B. Behörden wie Ministerien, Bundes- und Landesämter oder Bundes- oder Landesinstitute, Universitäten und Fachhochschulen, Forschungseinrichtungen oder wissenschaftliche Verbände) verlässliche Informationen enthalten, ist sehr groß. Wird die Seite dagegen von Einzelpersonen oder unbekannten Vereinen oder Gesellschaften betrieben, sollte zu den Betreibern selbst recherchiert werden. Nennt eine Seite keinen Verantwortlichen bzw. verfügt sie über kein Impressum, sollte sie für schulische Zwecke nicht verwendet werden. Für Autorinnen und Autoren gilt Ähnliches: Ist die Autorin/der Autor als verlässlich bekannt, wird man auch einem neuen Text Vertrauen schenken.

2. Gestaltung der Seite: Hier sind verschiedene Aspekte zu beachten:
Werbung (Gibt es viel Werbung oder keine bzw. wenig? Wofür wird geworben? Stützt die Werbung die Textaussagen?)
Bildmaterial (Hat das Bildmaterial eine belegende oder eine effekthaschende Funktion?)
sprachliche Qualität (Wird eine sachliche Standardsprache bzw. Fachsprache verwendet? Sind Rechtschreibung und Grammatik in Ordnung?)
Übersichtlichkeit (Ist die Seite leicht handhabbar? Sind Informationen und deren Quellen leicht zu finden? Ist der Aufbau nachvollziehbar und strukturiert?)

3. Informationsgehalt und -plausibilität: Dieser Aspekt zielt auf die Güte der Informationen: Sind die Informationen belegt? Werden Quellen verwendet und gibt es externe Links? Sind die Informationen in sich widerspruchsfrei und genau? Werden Pauschalurteile vermieden und Urteile ggf. begründet?

4. Aktualität: Die Aktualität einer Information zeigt sich nicht nur im Entstehungsdatum, sondern auch an der letzten Aktualisierung.

Für alle wichtigen Informationen gilt: Verlassen Sie sich nie auf eine einzelne Quelle, wenn sie nicht offiziell ist, sondern suchen Sie nach einer Bestätigung der Informationen.

Ausarbeitung und Präsentation eines Referats

Referat ausarbeiten

Gliedern Sie Ihr Referat in Einleitung, Hauptteil und Schluss.
Einleitung: Wählen Sie einen motivierenden Einstieg, der das Interesse Ihrer Zuhörerinnen und Zuhörer weckt. Nennen Sie das Thema und stellen Sie Ihre Gliederung vor. Nehmen Sie Bezug auf die Vorkenntnisse und Erwartungen Ihrer Zuhörerinnen und Zuhörer und leiten Sie zum Hauptteil über.
Hauptteil: Hier entfalten Sie das Thema in nachvollziehbaren, d.h. logisch verknüpften Gedankenschritten. Wichtige Aussagen unterstützen Sie z.B. durch Argumente, Quellen, Zitate, Beispiele.
Schluss: Er enthält eine Zusammenfassung, einen Ausblick oder Ihre eigene Meinung und stellt einen Bezug zur Einleitung her (thematische Klammer).

Fertigen Sie einen Stichwortzettel an, dieser dient beim Vortragen als Wegweiser und Gedächtnisstütze. Er sollte übersichtlich und gut lesbar sein.
- Sie können nummerierte Karteikarten verwenden.
- Notieren Sie Regieanweisungen für sich in einer anderen Farbe.
- Heben Sie Zusammenhänge und Gelenkstellen mit Unterstreichungen oder Markierungen hervor.

Referat veranschaulichen

Visualisierung meint das Sichtbarmachen von abstrakten Sachverhalten und Zusammenhängen durch eine grafische bzw. visuell erfassbare Form. Sie kann ein Referat auflockern.

Bilder, Musik, Filmausschnitt	Der Einsatz von Bildern, Musik oder Filmausschnitten macht einen Vortrag lebendiger. Einige Informationen lassen sich darüber auch optisch besser transportieren (z.B. eine Landkarte mit Stationen des Exils).
Schaubilder	Informationen aus einem Text kann man in Form von Schaubildern visualisieren, um sie für sich selbst oder die Zuhörerinnen und Zuhörer übersichtlicher darzustellen. Ein Schaubild (z.B. Zeitstrahl, Tabelle, Mindmap oder Diagramm) orientiert sich dabei in der Regel an der Textstruktur.
Handout	- Ein Handout enthält die Gliederung mit knappen Hinweisen zu den Punkten, ergänzende Materialien, z.B. Fotos, längere Zitate, Grafiken sowie eine Liste mit Quellenangaben. - Sie bietet den Zuhörerinnen und Zuhörern Orientierung und entlastet beim Mitschreiben. - Ein Handout kann begleitend oder nachträglich zum Vortrag eingesetzt werden. - Das Handout sollte klar gegliedert, gut lesbar und nicht überfrachtet mit Inhalten und Gestaltungsmitteln sein.
Präsentationsfolien	- Präsentationsfolien visualisieren die Informationen des Vortrags. Sie fassen wichtige Informationen in übersichtlicher und gut lesbarer Form zusammen und helfen den Zuhörerinnen und Zuhörern, dem Vortrag gut zu folgen. - Nutzen Sie Computerprogramme zur Erstellung von Präsentationsfolien. - Wenn Sie für Ihr Referat Präsentationstechnik (z. B. Laptop, Whiteboard, Beamer) verwenden möchten, sollten Sie vorher nach Möglichkeit einen Probedurchlauf vor Ort durchführen. Testen Sie dabei nicht nur das grundsätzliche Funktionieren der Technik, sondern auch die Sichtbarkeit und Lautstärke Ihrer Präsentation für Ihre Zuhörerinnen und Zuhörer.

Referat präsentieren

- Üben Sie Ihren Vortrag zunächst zu Hause, um Sicherheit zu gewinnen.
- Sprechen Sie frei, ein guter Stichwortzettel ist dabei hilfreich.
- Halten Sie Blickkontakt zu den Zuhörerinnen und Zuhörern.
- Sprechen Sie laut und deutlich, sodass Sie jeder im Raum verstehen kann.
- Gehen Sie am Ende auf Rückfragen oder Diskussionsbeiträge ein.

Zitieren

Richtig zitieren

Zitate haben die Funktion, Thesen und Argumente zu belegen oder auf andere Autorinnen/Autoren Bezug zu nehmen. Dabei gilt der Grundsatz, dass alles, was nicht von der Verfasserin/vom Verfasser stammt, kenntlich gemacht und nachgewiesen werden muss. Beachten Sie:

- Zitate sollen zweckentsprechend sein. Zitieren Sie also immer dann, wenn eine zentrale These oder ein Argument belegt werden muss. Wählen Sie deshalb besonders prägnante Textstellen aus.
- Vermeiden Sie die Häufung von Zitaten. Zitate haben eine Hilfsfunktion und ersetzen nicht die Ausführungen des eigenen Gedankengangs.
- Werten Sie das Zitat im Kontext aus. Achten Sie darauf, dass Sie den Wortlaut des Zitats in Ihrem eigenen Text nicht wiederholen, sondern es für die Untersuchung verwerten oder Schlussfolgerungen daraus ziehen.
- Kürzen Sie ohne Einbuße der Verständlichkeit. Trotz der Auslassungen muss das Zitat in sich verständlich bleiben.

Formen des Zitats: wörtliches (direktes) Zitat

- Beim Zitieren ist buchstäbliche Genauigkeit erforderlich. Kürzungen werden durch drei Punkte in eckigen Klammern deutlich gemacht.
  Beispiel: „bei überzeugender Schlüssigkeit im Detail […] bleiben Zweifel"
- Wörtliche Zitate – insofern sie aus ganzen Sätzen bestehen – werden behandelt wie wörtliche Rede, also nach einem Doppelpunkt in Anführungszeichen gesetzt.
- Nach dem Zitat folgen in Klammern die Seiten- und Zeilenangaben, wenn klar ist, aus welchem Werk zitiert wird.
  Beispiel: In seinem Wörterbucheintrag nennt die Verfasserin gleich zu Beginn die wesentlichen Kennzeichen des absurden Dramas: „Verzicht auf einen logischen Handlungsvorgang im Großen bei überzeugender Schlüssigkeit im Detail […]" (S. 4, Z. 20 ff.)
- Wenn Sie Satzteile zitieren, werden diese in den eigenen Satz integriert und ebenfalls durch Anführungszeichen gekennzeichnet.
  Beispiel: Königin Elisabeth empfindet ihre Regentschaft als „Sklaverei des Volksdiensts" (V. 3790).
- Ergänzungen, Verdeutlichungen, Veränderungen in den Endungen werden in eckigen Klammern angegeben.
  Beispiel: Gregor Samsa erwacht eines Tages in ein „ungeheure[s] Ungeziefer" (Z. 3) verwandelt.

Formen des Zitats: indirektes Zitat

- Indirekte Zitate werden behandelt wie indirekte Rede. Generell wird also Konjunktiv I benutzt.
  Beispiel: Der Rezensent betont, das Theaterstück sei, anders als von vielen Zuschauerinnen und Zuschauern wahrgenommen, ein komisches Stück (vgl. Z. 7).
- Sind die Formen des Konjunktiv I und des Indikativs nicht zu unterscheiden, steht ersatzweise Konjunktiv II oder, z. B. bei veralteten Konjunktivformen, eine Umschreibung mit „würde".
  Beispiel: Der Dichter führte in Anlehnung an seine Erfahrungen aus, dass die Schriftsteller Verantwortung trügen. (auch möglich: Der Dichter führte in Anlehnung an seine Erfahrungen aus, dass die Schriftsteller Verantwortung tragen würden.)

Paraphrase

Grundsätzliche Möglichkeiten der Paraphrase (= Umschreibung) sind:

- Ersetzung eines Begriffs durch ein Synonym (auch in Form eines Fachbegriffes oder eines Fremdwortes, z. B. „Peripetie" statt „Umschwung/Wendepunkt")
- Ersetzung eines Begriffs durch einen anschaulicheren, bildhafteren (z. B. „der junge Stürmer und Dränger" statt „Friedrich Schiller")
- Ersetzung eines Begriffs durch einen allgemeineren oder spezifischeren (z. B. „das bürgerliche Trauerspiel" statt „Drama")

Stichwortverzeichnis

Autorenverzeichnis

Textsortenverzeichnis

Textquellen

17 Kommunikation. Unter: https://de.wikipedia.org/wiki/Kommunikation (Zugriff 09.01.2020, gek.); Klaus Schubert, Martina Klein: Das Politiklexikon. Begriffe, Fakten, Zusammenhänge. 5. aktual. Aufl. Dietz, Bonn 2011; Peter Köck, Hanns Ott: Wörterbuch für Erziehung und Unterricht. 3100 Begriffe aus den Bereichen Pädagogik, Didaktik, Psychologie, Soziologie, Sozialwesen. Auer, Donauwörth 1994, S. 213; **18** „Waaas? Trinken auch nicht?" (06.06.2018) Unter: https://www.jetzt.de/whatsapp-kolumne/whatsapp-kolumne-der-ramadan-chat (Zugriff 20.02.2023, gek.); **19** Herbert Paul Grice: Logik und Gesprächsanalyse. In: Sprechakttheorie. Ein Reader. Übers. u. hrsg. v. Paul Kußmaul. Verlagsgesellschaft Athenaion Wiesbaden 1980, S. 109–126; **20** Die Axiome von Paul Watzlawick. Unter: https://www.paulwatzlawick.de/axiome.html (Zugriff 18.09.2019, bearb.); Zur besseren altersgemäßen Verständlichkeit wurde der Originaltext verändert, ohne den Inhalt und/oder Sinn zu verändern.; **22** Jagoda Marinić: Eigentlich ein Heiratsantrag. Geschichten. Frankfurt a. M.: Suhrkamp 2001, S. 111-112; **23** Sibylle Berg: Ein paar Leute suchen das Glück und lachen sich tot. Leipzig: Reclam Verlag 1997, S. 180; **24** Que Du Luu: Vielleicht will ich alles. Roman. Köln: Kiepenheuer & Witsch 2011; **25** Que Du Luu: Vielleicht will ich alles. Roman. Köln: Kiepenheuer & Witsch 2011; **26** Die Axiome von Paul Watzlawick. Unter: https://www.paulwatzlawick.de/axiome.html (Zugriff 18.09.2019, bearb.); Zur besseren altersgemäßen Verständlichkeit wurde der Originaltext verändert, ohne den Inhalt und/oder Sinn zu verändern.; **29** David Pfeifer: Zwinker, zwinker. Whatsapp verändert die Sprache von Jugendlichen. Aber einiges bleibt dann doch beim Alten. (23.07.2021) Unter: https://www.sueddeutsche.de/politik/kommunikation-zwinker-zwinker-1.5361146 (Zugriff 20.02.2023 gek.); **30** David Pfeifer: Zwinker, zwinker. Whatsapp verändert die Sprache von Jugendlichen. Aber einiges bleibt dann doch beim Alten. (23.07.2021) Unter: https://www.sueddeutsche.de/politik/kommunikation-zwinker-zwinker-1.5361146 (Zugriff 20.02.2023 gek.); **35** Sibylle Berg: Das Unerfreuliche zuerst. Herrengeschichten. Kiepenheuer & Witsch Köln 2001; **36.f.** Sibylle Berg: Das Unerfreuliche zuerst. Herrengeschichten. Kiepenheuer & Witsch, Köln 2001, S. 123-125; **38** Peter Bichsel: Eigentlich möchte Frau Blum den Milchmann kennenlernen. Suhrkamp Frankfurt/M. 1993; **39** Botho Strauß: Mikado. © 2006, 2019 Carl Hanser Verlag GmbH & Co. KG, München, S. 14.; Jorge Bucay: Komm, ich erzähl dir eine Geschichte. Übers. v. Stephanie von Harrach. Fischer Taschenbuch. Frankfurt a. Main 2005, S. 70. © Ammann, Zürich 2005; **40** Nadja Einzmann: Da kann ich nicht nein sagen. Geschichten von der Liebe. S. Fischer Frankfurt/M. 2001, S. 41f.; **41** Max Frisch: Homo faber. Frankfurt a. M.: Suhrkamp 1998, S. 28f.; **42** Romane des 20. Jahrhunderts. Die wichtigsten Romane der Moderne. Dargestellt von Joachim Scholl, unter Mitarbeit von Ulrike Braun. Hildesheim: Gerstenberg 2001, S. 182; Jede Zeit hat ihre ideologischen Klischees. Max Frisch im Interview mit Enrico Filippini (1959). In: Max Frisch: Wie Sie mir auf den Leib rücken!« Interviews und Gespräche. Hrsg. v. Thomas Strässle. Berlin: Suhrkamp 2017; **43** Max Frisch: Homo faber. Frankfurt a. M.: Suhrkamp 1998, S. 99 f.; **45** Knut Hickethier: Der Film nach der Literatur ist Film. In: Literaturverfilmungen. Hrsg. v. Franz-Josef Albersmeier u. Volker Roloff. Suhrkamp Frankfurt/M. 1989, S.183ff.; Katharina Dippold: Verfilmung von Literatur für Film und TV. Wenn Bestseller auf Quote prallen. (09.10.2018) Unter: https://www.tagesspiegel.de/gesellschaft/medien/wenn-bestseller-auf-quote-prallen-3996352.html (Zugriff 23.02.2023, gek.); **46.f.** Laura Lackmann: Vom Buch zum Film. Kopfkino ist das schönste Kino. (07.10.2012) Unter: https://taz.de/Vom-Buch-zum-Film/!5082455/ (Zugriff 23.02.2023, gek.); **48.f.** Paul Sailer-Wlasits: Hate Speech. Die Metastasen des Hasses. (31.12.2019) Unter: https://www.zeit.de/kultur/2019-12/hate-speech-hass-social-media-sprache-ursachen/komplettansicht (Zugriff 25.04.2022, gek.); **51.f.** Marlene Röder: Melvin, mein Hund und die russischen Gurken. Erzählungen. Ravensburger Buchverlag, Ravensburg 2011, S. 83-86; **57** Bertolt Brecht: Gesammelte Werke, Bd. 6: Stücke 6. Suhrkamp Frankfurt/M. 1967; **58** aus: Deutscher Minnesang. Hrsg. von Friedrich Neumann. Stuttgart: Reclam 1978. S. 26; **59** Christian Hofmann von Hofmannswaldau: Gedichte. Reclam Stuttgart 1994, S. 95; **60** aus: F. G. Klopstock. Ausgewählte Werke in einem Band. Hrsg. v. Karl August Schleiden, München: Hanser Verlag 1962; Johann Wolfgang Goethe: Heidenröslein. Aus: Goethes Werke. Hamburger Ausgabe in vierzehn Bänden. Hrsg. v. E. Trunz, Bd. 1. C. H. Beck München 1998; **61** Christa Wolf, in: Karoline von Günderode, der Schatten eines Traums. Hrsg. v. und mit einem Essay von Christa Wolf. Darmstadt/Neuwied: Luchterhand Verlag 1979, S. 54. Copyright Buchverlag Der Morgen, Berlin/DDR 1979; aus: Karoline von Günderode, der Schatten eines Traums. Hrsg. v. und mit einem Essay von Christa Wolf. Darmstadt/Neuwied: Luchterhand Verlag 1979, S. 54. Copyright Buchverlag Der Morgen, Berlin/DDR 1979; **62** Mascha Kaléko: Das Lyrische Stenogrammheft. Kleines Lesebuch für Große. Rowohlt Reinbek b. Hamburg 1978; **63** Uwe Kolbe: Ungleichheit der Chancen: In: Nichts ist versprochen. Liebesgedichte der Gegenwart, Hrsg. v. Hiltrud Gnüg. Reclam Stuttgart 1989, S. 80; **64** aus: Joseph von Eichendorff. Werke in vier Bänden. Hrsg. v. Wolfdietrich Rasch, München: Hanser Verlag 1981, Bd. 1; **65** Reiner Kunze: Gespräch mit der Amsel. S. Fischer, Frankfurt/M. 1984, S. 9; aus: Joseph von Eichendorff. Werke in vier Bänden. Hrsg. v. Wolfdietrich Rasch, München: Hanser Verlag 1981, Bd. 1; aus: Conrad Ferdinand Meyer, Sämtliche Werke, hrsg. v. H. Zeller und A. Zäch, Benteli Verlag, Bern 1963; **66** aus: Rainer Maria Rilke: Sämtliche Werke. Bd. 2. Frankfurt am Main: Insel Verlag 1976; Sigrid Bauschinger: Else Lasker-Schüler. Eine Biographie, Suhrkamp, Frankfurt/M. 2006, S. 148; **67** Hilde Domin: Der Baum blüht trotzdem. Gedichte. S. Fischer Frankfurt/M. 1999. S. 14; Nora Gomringer: Klimaforschung. Dresden: Voland & Quist 2008, auch unter: http://www.lyrikline.org/de/gedichte/liebesrost-2956#.VbOlWnioelY; Eva Christina Zeller: Liebe und andere Reisen. Gedichte. Klöpfer und Meyer Tübingen 2007, S. 24; **68** Soziale Netzwerke: „Problematisch wird es, wenn Social Bots politische Themen posten". Laura Pickert im Gespräch mit Politikwissenschaftler Simon Hegelich. (15.11.2021) Unter: https://www.gek.); **71** Ulla Hahn: Herz über Kopf. Gedichte. Deutsche Verlagsanstalt, Stuttgart 1981, S. 48; **75** aus J.-D. Müller (Hrsg.): Gotthold Ephraim Lessing: Emilia Galotti. Stuttgart: Reclam 2001; entnommen: Erläuterungen und Dokumente. G.E. Lessing. Emilia Galotti. Reclam 2003. Staats- und Gelehrte Zeitung des Hamburgischen unpartheyischen Correspondenten, 24.3.1772, S. 83; entnommen: Erläuterungen und Dokumente. G.E. Lessing. Emilia Galotti. Reclam 2003. Ebert, S. 79; entnommen: Erläuterungen und Dokumente. G.E. Lessing. Emilia Galotti. Reclam 2003. Herder, S. 68; **76.f.** Gotthold Ephraim Lessing: Emilia Galotti. Hrsg. v. aus J.-D. Müller. Reclam Stuttgart 2001, S. 27ff., S. 52f., S. 68ff.; **78** aus: J.-D. Müller (Hrsg.): Gotthold Ephraim Lessing: Emilia Galotti. Stuttgart: Reclam 1993; **79.f.** aus J.-D. Müller (Hrsg.): Gotthold Ephraim Lessing: Emilia Galotti. Stuttgart: Reclam 2001, S. 27 ff., S. 52 f., S. 68 ff.; **81** Johann Georg Krünitz: Oeconomische Encyclopädie, oder allgemeines System der Staats-Stadt-Haus- und Landwirtschaft, 22. Teil, Berlin 1781; Johann Heinrich Zedler: Grosses vollständige Universal-Lexicon Aller Wissenschafften und Künste (1731–1754), unter: https://www.zedler-lexikon.de/ (Zugriff 15.06.2022); **82** aus: H. Kiesel et al. (Hrsg.): Briefe von und an Lessing 1743-1770. Frankfurt/M.: Deutscher Klassiker Verlag 1987, S. 119 f.; **83** G. E. Lessing: Hamburgische Dramaturgie. In: G. Göpfert (Hrsg.): Gotthold Ephraim Lessing. Werke in drei Bänden. Bd. 2. München: Carl Hanser Verlag 1982, S. 93; **87.f.** J.-D. Müller (Hrsg.): Gotthold Ephraim Lessing: Emilia Galotti. Stuttgart: Reclam 2001; **93** aufklären, in: DWDS – Digitales Wörterbuch der deutschen Sprache. Der deutsche Wortschatz von 1600 bis heute, unter: https://www.dwds.de/wb/aufkl%C3%A4ren (Zugriff: 07.02.2023); Städel Museum: Vom Mut zu denken: Die „Aufklärung", in: Städel ohne Grenzen. Bildungswoche 2021, unter: https://www.staedelmuseum.de/sites/default/files/download/bildungswoche21_sek2_aufklarung.pdf, S. 4; **94** Immanuel Kant: aus: Berlinische Monatsschrift, Dezember 1784, S. 481–494; Gotthold Ephraim Lessing: Brief vom 25. Januar 1759. Aus: Briefe, die neueste Literatur betreffend, Elfter Brief. In: Gotthold Ephraim Lessing: Sämmtliche Schriften, Teil 1. Voß'sche Buchhandlung, Berlin 1839, S. 22; Adolph Freiherr von Knigge: Über den Umgang mit Menschen. Schmidt, Hannover 1788. Zit. nach: Adolph Freiherr von Knigge: Über den Umgang mit Menschen. Schibli-Doppler, Birsfelden-Basel 1978; Christian Wolff: Vernünfftige Gedancken von den Kräfften des menschlichen Verstandes & ihrem richtigen Gebrauche in Erkäntnis der Wahrheit. Renger, Halle 1713. Zit. nach: Die deutsche Literatur. Texte und Zeugnisse, Bd. 4: 18. Jahrhundert. Hrsg. v. Walther Killy. Beck, München 1983; Olympe de Gouges: Erklärung der Rechte der Frau und Bürgerin. Aus: Ob die Weiber Menschen sind. Geschlechterdebatten um 1800. Übers. u. hrsg. v. Sigrid Lange. Reclam, Leipzig 1992, S. 112ff.; Georg Christoph Lichtenberg: Werke in einem Band. Hg. Von Peter Plett. Hoffmann & Campe. Hamburg, o. J., S. 68; **95** Aufklärung, unter: https://www.wissen.de/lexikon/aufklaerung-kulturgeschichte (Zugriff 25.07.2022); Gotthold Ephraim Lessing: Werke. Bd. 1: Gedichte, Fabeln, Lustspiele. Hrsg. v. Herbert G. Göpfert. Hanser, München 1970, S. 269; **96** aus: C. M. Wieland's sämmtliche Werke. Neunundzwanzigster Band. Leipzig, G. J. Göschen'sche Verlagshandlung 1851; **97.f.** Gotthold Ephraim Lessing: Nathan der Weise. Reclam, Stuttgart 1964, S. 100ff.; **98.f.** Britta Probol: Lessing - Dichter der Aufklärung, auf: NDR v. 09.03.2019, unter: https://www.ndr.de/geschichte/koepfe/gotthold-ephraim-lessing-dichter-aufklaerung,lessing145.html (Zugriff am 25.07.2022); **100** Wilfried Barner, Gunter E. Grimm, Helmuth Kiesel, Martin Kramer: Lessing. Epoche – Werk – Wirkung. 6. Aufl. München: C.H. Beck 1998, S. 28; **101** Gespräche mit Goethe in den letzten Jahren seines Lebens. Von Johann Peter Eckermann. Frankfurt a. Main: Insel Verlag 1981; **102** http://gutenberg.spiegel.de/buch/-1912/58; http://gutenberg.spiegel.de/buch/-9780/1; http://digital.staatsbibliothek-berlin.dewwerkansicht?PPN=PPN663596637&DMDID=DMDLOG_0003&PHYSID=PHYS_0096; _0098; _0099; Gotthold Ephraim Lessing: Über die Wahrheit. In: Was ist Aufklärung? Hrsg. v. Ehrhard Bahr. Reclam Stuttgart 1981; **107.f.** Immanuel Kant: Beantwortung der Frage: Was ist Aufklärung? In: Berlinische Monatsschrift. Dezemberheft 1784, S. 481-494; **108** Gotthold Ephraim Lessing, unter: https://www.projekt-gutenberg.org/lessing/fragfabe/chap061.html; **108.f.** aus: Der Teutsche Merkur vom Jahre 1789. 66. Band. Zweites Vierteljahr (April 1789), Seite 97–105; **109** Dagmar Lorenz: „Unglaube ist der erste Schritt zur Philosophie", auf: Deutschlandfunk v. 03.10.2013, unter: https://www.deutschlandfunk.de/unglaube-ist-der-erste-schritt-zur-philosophie-100.html (Zugriff: 07.02.2023); **110** Immanuel Kant: aus: Berlinische Monatsschrift, Dezember 1784, S. 481–494; **115** Hilft Social Media Protestbewegungen?! (30.12.2022) Unter: https://www.zdf.de/kinder/logo/social-media-proteste-100.html (Zugriff 31.05.2023, gek.); **118** Georg Materna: Soziale Medien und die (politische) Meinungsbildung Jugendlicher. Schlaglichter auf ein dynamisches Arbeitsfeld. Aus: Journal für politische Bildung 2/2021, S. 22-27. Unter: https://doi.org/10.46499/1670.1952. (Zugriff 31.05.2023, gek.); **120.f.** Anna-Katharina Meßmer, Alexander Sängerlaub, Leonie Schulz: „Quelle: Internet"? Digitale Nachrichten- und Informationskompetenzen der deutschen Bevölkerung im Test. Policy Brief. (22.03.2021) Unter: https://www.stiftung-nv.de/de/publikation/quelle-internet-digitale-nachrichten-und-informationskompetenzen-der-deutschen (Zugriff 31.05.2023, gek.); **122** Desinformation und Meinung von Deepfakes bis Fake News – Informationen & Tipps. (23.01.2023) Unter: https://www.klicksafe.de/desinformation-und-meinung (Zugriff 31.05.2023, gek.); **122.f.** Ingrid Brodnig: Lügen im Netz: Sich davor schützen und andere aufklären. (02.05.2019) Unter: https://www.bpb.de/themen/medien-journalismus/digitale-desinformation/290492/luegen-im-netz-sich-davor-schuetzen-und-andere-aufklaeren/ (Zugriff 31.05.2023, gek.); **124** Shitstorms. Soziale Netzwerke belohnen Empörungs-Posts. Steffi Orbach im Gespräch mit Anne Tepper. (16.08.2021) Unter: https://www.deutschlandfunknova.de/beitrag/shitstorms-die-sozialen-medien-belohnen-empoerungs-posts (Zugriff 31.05.2023, gek.); **125** Können soziale Medien die Demokratie gefährden? (23.11.2022) Unter: https://www.wissen.de/koennen-soziale-medien-die-demokratie-gefaehrden (Zugriff 31.05.2023, gek.); **126** Jana Sepehr: Welt, bitte mal herhören. (31.03.2022) Unter: https://www.fluter.de/soziale-medien-politischer-aktivismus (Zugriff 31.05.2023, gek.); **127** Peter Carstens: Aktivismus im Netz. Was bringen Online-Petitionen? (28.03.2019) Unter: https://www.geo.de/natur/nachhaltigkeit/21121-rtkl-aktivismus-im-netz-was-bringen-online-petitionen (Zugriff 31.05.2023, gek.); Politische Bildung in einer digitalen Welt. Hintergrund: Politische Teilhabe in einer digitalen Welt. (09.08.2022) Unter: https://www.bpb.de/lernen/digitale-bildung/politische-bildung-in-einer-digitalen-welt/unterrichtsmaterialien/506481/hintergrund-politische-teilhabe-in-einer-digitalen-welt/ (Zugriff 31.05.2023, gek.); **128** Camilla Kohrs: SZ-Streitbot. So funktionieren Diskussionen auch online. (23.07.2019) Unter: https://www.sueddeutsche.de/politik/wie-online-diskutieren-richtig-sicher-1.4526524 (Zugriff 31.05.2023, gek.); **129** Vivien Wysocki: Bei Diskussionen im Netz kennen wir kein Erbarmen. (15.12.2022) Unter: https://www.rnd.de/wirtschaft/bei-diskussionen-im-netz-kennen-wir-kein-erbarmen-RKOFCW3LIVBX3C6JK552ZNTTRA.html (Zugriff 31.05.2023, gek.); Internet-Aktivist über Hatespeech: „Hetze muss bestraft werden". Dinah Riese im Gespräch mit Alexander Urban. (22.07.2019) Unter: https://taz.de/Internet-Aktivist-ueber-Hatespeech/!5607936/ (Zugriff 31.05.2023, gek.); **130** Presse- und Informationsamt der Bundesregierung: Was ist Desinformation?, unter: https://www.bundesregierung.de/breg-de/schwerpunkte/umgang-mit-desinformation/was-ist-desinformation-1875148 (Zugriff: 23.06.23); **133** Lara Zehnder: Slacktivism auf Social Media. Ist Online-Aktivismus das Resultat von Faulheit? (07.08.2020) Unter: https://www.schweizer-illustrierte.ch/bodyhealth/mind/ist-online-aktivismus-das-resultat-von-faulheit (Zugriff 31.05.2023, gek.); **139** Amory Burchard: Bericht über die Sprache an den Schulen. Experten sehen keine Anzeichen für allgemeinen Sprachverfall. (29.09.2021) Unter: https://www.tagesspiegel.de/wissen/experten-sehen-keine-anzeichen-fur-allgemeinen-sprachverfall-4280161.html (Zugriff18.01.2023, gek.); Peter Eisenberg: Debatte um den Gender-Stern: Finger weg vom generischen Maskulinum! (08.08.2018) Unter: https://www.tagesspiegel.de/wissen/finger-weg-vom-generischen-maskulinum-5929225.html (Zugriff 18.01.2023, gek.); Hannah Knuth: „Wir verbieten doch nichts" (14.05.2021) Unter: https://www.zeit.de/2021/20/duden-sprache-indentitaetspolitik-gendern-debatte-kultur-gesellschaft (Zugriff 18.01.2023, gek.); Miriam Rathje: Jugendsprache für Anfänger: Was bedeutet das Wort „sus"? (02.09.2022) Unter: https://www.tagesspiegel.de/gesellschaft/panorama/was-bedeutet-das-wort-sus-8606329.html (Zugriff 18.01.2023, gek.); „Es liegt etwas im Argen". Deutscher Sprachverein beklagt Verfall der Sprache. (27.06.2019) Unter: https://www.welt.de/kultur/article195963031/Deutscher-Sprachverein-beklagt-Verfall-der-Sprache.html (Zugriff 18.01.2023, gek.) © dpa Deutsche Presse-Agentur GmbH; Max Kolter, Samuel Kirsch, Sarah Tacke: Nach Beschluss in Thüringen. Darf man Gendern verbieten? (11.11.2022) Unter: https://www.zdf.de/nachrichten/panorama/thueringen-landtag-gendern-100.html (Zugriff 18.01.2023, gek.); **140.f.** Linguist über geschlechtsneutrale Sprache: „Unsere Vorstellung, was gutes Deutsch ist, wurde im 19. Jahrhundert geprägt". Tobias Becker u. Eva Thöne im Interview mit Sprachforscher Henning Lobin. (07.03.2021) Unter: https://www.spiegel.de/kultur/linguist-ueber-geschlechtsneutrale-sprache-warum-streitet-deutschland-so-heftig-ueber-das-gendern-a-da35ee0c-0002-0001-0000-000176138597# (Zugriff 02.02.2023, gek.); Linguist über geschlechtsneutrale Sprache: „Unsere Vorstellung, was gutes Deutsch ist, wurde im 19. Jahrhundert geprägt". Tobias Becker u. Eva Thöne im Interview mit Sprachforscher Henning Lobin. (07.03.2021) Unter: https://www.spiegel.de/kultur/linguist-ueber-geschlechtsneutrale-sprache-warum-streitet-deutschland-so-heftig-ueber-das-gendern-a-da35ee0c-0002-0001-0000-000176138597# (Zugriff 02.02.2023, gek.); **142** Margarete Stokowski: Gendergerechte Sprache: Auch durch Astronautinnen ändert sich nicht alles . (12.01.2021) Unter: https://www.spiegel.de/kultur/gendergerechte-sprache-auch-durch-astronautinnen-aendert-sich-nicht-alles-a-4d47d2de-32be-4166-8a71-d0e87729b78f (Zugriff 02.02.2023, gek.); **143** Elisa von Hof: Gendergerechte Sprache: „Es geht auch darum, Macht abzugeben" (16.11.2018) Unter: https://www.spiegel.de/kultur/gesellschaft/rechtschreibung-und-gendergerechte-sprache-es-geht-auch-darum-macht-abzugeben-a-1238552.html (Zugriff 02.02.2023, gek.); Isabel Barragán: Vorsitzender des Rechtschreibrats Dr. Josef Lange über gendergerechte Sprache: »Das führt zu einer gesellschaftlichen Spaltung« (07.10.2021) Unter: https://www.spiegel.de/kultur/gender-debatte-nicht-alle-sind-in-der-lage-einen-genderstern-korrekt-zu-lesen-a-ef375152-03fb-46c1-9434-bf679c096521 (Zugriff 02.02.2023, gek.); **144** Lara Schwenner: Geschlechtergerechte Sprache: Was Gendern bringt – und was nicht. (10.01.2022) Unter: https://www.quarks.de/gesellschaft/psychologie/was-gendern-bringt-und-was-nicht/ (Zugriff 02.02.2023, gek.); **145** Isabel Barragán: Vorsitzender des Rechtschreibrats Dr. Josef Lange über gendergerechte Sprache: »Das führt zu einer gesellschaft-lichen Spaltung« (07.10.2021) Unter: https://www.spiegel.de/kultur/gender-debatte-nicht-alle-sind-in-der-lage-einen-genderstern-korrekt-zu-lesen-a-ef375152-03fb-46c1-9434-bf679c096521 (Zugriff 02.02.2023, gek.); Margarete Stokowski: Gendergerechte Sprache: Auch durch Astronautinnen ändert sich nicht alles . (12.01.2021) Unter: https://www.spiegel.de/kultur/gendergerechte-sprache-auch-durch-astronautinnen-aendert-sich-nicht-alles-a-4d47d2de-32be-4166-8a71-d0e87729b78f (Zugriff 02.02.2023, gek.); Kathrin Kunkel-Razum, Zitat: In: Elisa von Hof: Gendergerechte Sprache: „Es geht auch darum, Macht abzugeben" (16.11.2018) Unter: https://www.spiegel.de/kultur/gesellschaft/rechtschreibung-und-gendergerechte-sprache-es-geht-auch-darum-macht-abzugeben-a-1238552.html (Zugriff 02.02.2023, gek.); Ulrich Greiner: Gendern: Droht uns die Sprachzensur? Ja! (31.05.2018) Unter: https://www.zeit.de/2018/23/gendern-schrift-deutsche-sprache-zensur-ja (Zugriff 02.02.2023, gek.); **147** Johann Wolfgang von Goethe: Briefe an Charlotte Stein, Bd. 2. tredition Hamburg 2011; Martina Rampas: Kuriose Sprachinsel. Man spricht Texas-Deutsch. (14.04.2008) Unter: https://www.spiegel.de/lebenundlernen/uni/kuriose-sprachinsel-man-spricht-texas-deutsch-a-546960.html (Zugriff 31.05.2023, gek.); Deutsch ist vielseitig: Aus- und Fortbildungsmodule zur Sprachvariation. (24.06.2022) Unter: https://www.linguistik.hu-berlin.de/de/institut/professuren/multilinguale-kontexte/schulen/deutsch-ist-vielseitig (Zugriff 02.02.2023, gek.); **148** Ingrid Gogolin: Der monolinguale Habitus der multilingualen Schule. Waxmann Münster 2008 (Klappentext); **148.f.** „Mehrsprachigkeit ist eine große Bereicherung", F.A.Z.-Magazin, 12.06.2021, S. M22, Leonie Feuerbach. Unter: https://www.faz.net/aktuell/stil/trends-nischen/olga-grjasnowa-ueber-mehrsprachigkeit-in-ihrer-familie-17380707.html (Zugriff 02.02.2023, gek.); **149** Die Sprache in den Schulen - eine Sprache im Werden. Dritter Bericht zur Lage der deutschen Sprache. Hsrg. v. Deutsche Akademie für Sprache und Dichtung u. Union der deutschen Akademien der Wissenschaften. Erich Schmidt Berlin 2021; **152** Johann Wolfgang Goethe: Sämtliche Werke nach Epochen seines Schaffens. Münchner Ausgabe, Bd. 1.1: Der junge Goethe 1757-1775. Hrsg. v. Gerhard Sauder. Hanser München 1987, S. 162f.; **153** MDRfragt: Deutliche Mehrheit lehnt Gendersprache ab. (22.07.2021) Unter: https://www.mdr.de/nachrichten/deutschland/gesellschaft/mdrfragt-umfrage-ergebnis-deutliche-ablehnung-von-gendersprache-100.html (Zugriff 02.02.2023, gek.); Gender. Unter: https://www.dwds.de/wb/Gender (Zugriff 02.02.2023, gek.); **154** Peter Eisenberg: Debatte um den Gender-Stern: Finger weg vom generischen Maskulinum! (08.08.2018) Unter: https://www.tagesspiegel.de/wissen/finger-weg-vom-generischen-maskulinum-5929225.html (Zugriff 02.02.2023, gek.); **155** Anatol Stefanowitsch: Geschlechtergerechte Sprache und Lebensentscheidungen. (09.06.2015) Unter: https://www.sprachlog.de/2015/06/09/geschlechtergerechte-sprache-und-lebensentscheidungen/ (Zugriff 02.02.2023, gek.); **156** Art. 3 Abs. 2 Grundgesetz (GG). Unter: https://www.gesetze-im-internet.de/gg/BJNR000010949.html (Zugriff 02.02.2023, gek.)); Heidi Aichinger: Wirklichkeiten konstruieren. (04.09.2018) Unter: https://www.forbes.at/artikel/wirklichkeiten-konstruieren.html (Zugriff 02.02.2023, gek.) © Forbes.at; FEB29 Medien- und Verlags GmbH (Wien); **161** Franz Kafka: Erzählungen. S. Fischer Frankfurt/M. 1980. S. 57f.; **162.f.** Heinrich von Kleist: Erzählungen. Insel Frankfurt/M. 1986, S. 158-161; **163.f.** Franz Kafka: Erzählungen. S. Fischer Frankfurt/M. 1980. S. 128f.; **164.ff-** Franz Kafka: Erzählungen. S. Fischer Frankfurt/M. 1980. S. 48-53; **166.f.** Elisabeth Langgässer: Saisonbeginn. Erzählungen. Reclam Stuttgart 1993, S. 3ff.; **167.f.** Robert Seethaler: Der Trafikant. Kein & Aber Zürich 2013, S. 19-22; **170** Robert Seethaler: Der Trafikant. Kein & Aber Zürich 2013, S. 109; **173** Aristoteles: Poetik. Griechisch/Deutsch. Übers. u. hrsg. v. Manfred Fuhrmann. Reclam Stuttgart 1982, S. 19-25; Bertolt Brecht: Über experimentelles Theater. In: Bertolt Brecht. Gesammelte Werke in 20 Bänden. Hrsg. v. Elisabeth Hauptmann. Bd. 15: Schriften zum Theater 1. Suhrkamp Frankfurt/M. 1990, S. 301f.; „Empathie ist bereits ein Politikum". Autor Necati Öziri im Interview mit Nora Zukker. (01.11.2023) Unter: https://www.tagesanzeiger.ch/necati-oeziri-traurig-dass-das-schon-als-feministisch-gilt-128803801278 (Zugriff 11.07.2024, gek.); **174** Friedrich Schiller: Maria Stuart. Editionen für den Literaturunterricht. Texte und Materialien ausgew. v. Frauke Bohlen u. Rosemarie Zölle. Ernst Klett Stuttgart 2009, S. 9-12; **175.ff.** Friedrich Schiller: Maria Stuart. Editionen für den Literaturunterricht. Texte und Materialien ausgew. v. Frauke Bohlen u. Rosemarie Zölle. Ernst Klett Stuttgart 2009, S. 75-82; **177** Johann Wolfgang Goethe, Zitat: Aus: Goethes Gespräche, Bd. 10. Hrsg. v. Woldemar Freiherr von Biedermann. Leipzig 1889–1896, S. 33-35; **178** Goethes Werke. Hrsg. v. im Auftrage der Großherzogin Sophie von Sachsen in 143 Bänden, 37. Band. Böhlau Weimar 1887, S. 129ff.; **179.f.** Bertolt Brecht: Der gute Mensch von Sezuan. Parabelstück. Suhrkamp Frankfurt/M. 1964, S.142ff.; **180** Metzler Lexikon Literatur. Begriffe und Definitionen. Hrsg. v. Dieter Burdorf, Christoph Fasbender u. Burkhard Moenninghoff. Metzler Stuttgart 2007, S. 129f.; **180.ff.** Friedrich Dürrenmatt: Werkausgabe in 30 Bänden. Band 7: Die Physiker. Diogenes Zürich 1998, S. 72-75; **182** Claudius Mühlhäusler: Dürrenmatts Theaterauffassung - Teleunterricht. Unter: https://m.moam.info/drrenmatts-theaterauffassung-teleunterricht_59ff252d1723dd8e6bcbbfb5.html (Zugriff 17.07.2024, gek.); **182.f.** Friedrich Dürrenmatt: Werkausgabe in 30 Bänden. Band 7: Die Physiker. Diogenes Zürich 1998, S. 91ff.; **183.f.** Ferdinand von Schirach: Terror. btb München 2016, S. 18f., 76f., 96, 118, 128-130; **184** Ferdinand von Schirach: Terror. btb München 2016, S. 18f., 76f., 96, 118, 128-130; **187** Heimatkaff. T: Johannes Anselm Berger, Stephan Gerhartz © Folksgarden Publishing Andreas Berger; **188** Andreas Gryphius: Thränen des Vaterlandes. In: Der große Conrady. Das Buch deutscher Gedichte. Hrsg. v. Karl Otto Conrady. Artemis & Winkler Düsseldorf 2008, S. 168; **189** Carl Zuckmayer: Elegie von Abschied und Wiederkehr. In: Der große Conrady. Das Buch deutscher Gedichte. Hrsg. v. Karl Otto Conrady. Artemis & Winkler Düsseldorf 2008, S. 729; **190** Hilde Domin: Gesammelte Gedichte. S. Fischer Frankfurt/M. 1987, S. 15; Nelly Sachs: Gedichte. Coron Zürich 1970, S. 308f.; **191** Yüksel Pazarkaya: Der Babylonbus. Dağyeli Frankfurt/M. 1989, S. 7; Mahdi Hashemi: Wie ein Pfeil. Unter: https://thepoetryproject.de/poesie/mahdi-hashemi-wie-ein-pfeil (Zugriff 21.05.2024); Wilhelm von Humboldt, Zitat. Unter: https://gutezitate.com/zitat/137026 (Zugriff 21.05.2024); Herta Müller, Zitat. Unter: https://gutezitate.com/zitat/113399 (Zugriff 21.05.2024); **192** Heinrich Heine: Wo? Unter: https://www.staff.uni-mainz.de/pommeren/Gedichte/HeineNachlese/wo.htm (Zugriff 21.05.2024); Reiner Kunze: auf eigene hoffnung. gedichte. S. Fischer Frankfurt/M. 2000, S. 26; Nevfel Cumart: Zwei Welten. Gedichte. Grupello Düsseldorf 1996; **193** Theodor Fontane: Ich bin hinauf, hinab gezogen. In: Derss.: Sämtliche Werke. Bd. 20: Balladen und Gedichte. Hrsg. v. Edgar Gross u. Kurt Schreinert. Nymphenburger Verl.-Handl. München 1962. Ausgabe letzter Hand: Theodor Fontane. Gedichte, 5., vermehrte Auflage, Berlin (W. Hertz) 1898; Joseph Freiherr von Eichendorff: Sehnsucht. Unter: http://gutenberg.spiegel.de/buch/gedichte-9611/18 (Zugriff 20.11.2018); **194** Paul Boldt: Junge Pferde! Junge Pferde! Gedichtband. Verlag K. Wolff, Leipzig 1914; Erich Kästner: Ein Mann gibt Auskunft. Atrium Zürich 1930. Zit. nach: Großstadtlyrik. Hrsg. v. Waltraud Wende. Reclam, Stuttgart 1999, S. 149; **197** Else Lasker-Schüler: Weltende. Aus: Gedichte des Expressionismus. Hrsg. v. Dietrich Bode. Reclam, Stuttgart 2016, S. 144; Jakob van Hoddis: Weltende. In: Menschheitsdämmerung. Ein Dokument des Expressionismus. Neu hrsg. v. Kurt Pinthus. Reclam, Leipzig 1980, S. 39; **203** Interview mit dem Regisseur Philipp Stölzl. (19.10.2020) In: Schachnovelle. Ein Film von Philipp Stölzl. Presseheft. Unter: https://www.derlehrerclub.de/download.php?type=documentpdf&id=2821 (Zugriff 09.11.2022, gek.); François Truffaut: Bemerkungen zum Thema Literaturverfilmung. In: Die Lust am Sehen. Hrsg. u. übers. v. Robert Fischer. Verlag der Autoren Frankfurt/M. 1999, S. 346; **204** Schachnovelle. Unter: https://www.movie-infos.net/datenbank/Entry/603-Schachnovelle/ (Zugriff 02.04.2024, gek.); Interview mit dem Regisseur Philipp Stölzl. (19.10.2020) In: Schachnovelle. Ein Film von Philipp Stölzl. Presseheft. Unter: https://www.derlehrerclub.de/download.php?type=documentpdf&id=2821 (Zugriff 09.11.2022, gek.); **205** Britta Hartmann, Hans Jürgen Wulff: Das Lexikon der Filmbegriffe: Fabel und Sujet. (22.03.2022) Unter: https://filmlexikon.uni-kiel.de/doku.php/f:fabelundsujet-146 (Zugriff 09.11.2022, gek.); **206.f.** Béla Balázs: Der Geist des Films. Wilhelm Knapp Halle/S. 1930, S. 46-51; **209** Béla Balàzs: Der sichtbare Mensch: Eine Film-Dramaturgie. Wilhelm Knapp Halle/S. 1924, S. 48; Ingo Kammerer, Klaus Maiwald: Filmdidaktik Deutsch, Erich Schmidt Berlin 2021, S. 113ff.; **210.f.** Stefan Zweig: Schachnovelle. Hrsg. v. Florian Gräfe. Reclam Ditzingen 2021, S. 26ff.; **215** Martin Opitz: Gesammelte Werke. Kritische Ausgabe, Bd. 2,2. Hiersemann Stuttgart, 1979, S. 666f.; **216** Andreas Gryphius: Gedichte. Eine Auswahl. Text nach der Ausgabe letzter Hand von 1663. Hrsg. v. Adalbert Elschenbroich. Reclam Stuttgart 1968, S. 106; **217** Conrady: Das große deutsche Gedichtbuch, Athenäum 1977, S. 80; Frau Welt - vorne hui, hinten pfui Sinnbild der Verlockung und Versuchung. (11/2006) Unter: https://www.worms.de/de/kultur/stadtgeschichte/wussten-sie-es/liste_dom_gebaeude/2006-11_dom-frau-welt.php (Zugriff 19.09.2022, gek.); **218** Andreas Gryphius: Gedichte. Eine Auswahl. Text nach der Ausgabe letzter Hand von 1663. Hrsg. v. Adalbert Elschenbroich. Reclam Stuttgart 1968, S. 106; **219** „Der Stachel der Überlieferung", Frankfurter Allgemeine Zeitung, 05.08.2017, S. 18, Eberhard Geisler; Catharina Regina von Greiffenberg: Auf die unverhindliche Art der Edlen Dicht-Kunst. In: Gedichte und Interpretationen. Bd. 1: Renaissance und Barock. Hrsg. v. Volker Meid. Reclam Stuttgart 1982 S. 319; Sibylla Schwarz: Deutsche poetische Gedichte. Nach der Ausgabe von 1650 im Neusatz hrsg. v. Klaus Birnstiel. Wehrhahn Hannover 2021, S. 247; **220** Hans Jacob Christoffel von Grimmelshausen: Der abenteuerliche Simplicissimus Deutsch. Aus dem Deutschen des 17. Jahrhunderts von Reinhard Kaiser. Eichborn Frankfurt/M. 2009, S. 40-42; **221** Hans Jacob Christoffel von Grimmelshausen: Der abenteuerliche Simplicissimus Deutsch. Aus dem Deutschen des 17. Jahrhunderts von Reinhard Kaiser. Eichborn Frankfurt/M. 2009, S. 131-133; **222** Hans Jacob Christoffel von Grimmelshausen: Der abenteuerliche Simplicissimus Deutsch. Aus dem Deutschen des 17. Jahrhunderts von Reinhard Kaiser. Eichborn Frankfurt/M. 2009, S. 205-207; **226** Georg Christoph Lichtenberg: Werke in einem Band. Hg. Von Peter Plett. Hoffmann & Campe. Hamburg, o. J., S. 68; Gotthold Ephraim Lessing: Fabeln. Drei Bücher. Zweites Buch. C. F. Voß Verlag Berlin 1777, S. 44f.; Gotthold Ephraim Lessing: Abhandlungen über die Fabel. Aus: Ders.: Gesammelte Werke in 10 Bänden, Bd. 1: Gedichte u. Sinnsprüche, Fabeln, Jugenddramen. Hrsg. v. Paul Rilla. Aufbau Berlin 1968; **227** Gotthold Ephraim Lessing: Fabeln. Drei Bücher. Zweites Buch. C. F. Voß Verlag Berlin 1777, S. 75f.; Magnus Gottfried Lichtwer's Schriften. Hrsg. v. Ernst Ludwig Magnus von Pott u. Friedrich Cramer. Brüggemann Halberstadt 1828, S. 5; Christian Fürchtegott Gellert: Das Kutschpferd. Aus: Erläuterungen zur deutschen Literatur. Hrsg. v. Kurt Böttcher. Volk und Wissen Berlin 1963, S. 237; **228** Adolf Freiherr von Knigge: Über den Umgang mit Menschen. Reclam Leipzig 1989; Johann Daniel Hensel: Aufklärung der Frauen. Aus: Frauenleben im 18. Jahrhundert. Hrsg. v. Andrea van Dülmen. C. H. Beck München 1992, S. 141; **229** Gotthold Ephraim Lessing: Nathan der Weise. Ernst Klett Verlag, Stuttgart 2001; **230.f.** Gotthold Ephraim Lessing: Nathan der Weise. Ernst Klett Verlag, Stuttgart 2001; **232.f.** Gotthold Ephraim Lessing: Nathan der Weise. Ernst Klett Verlag, Stuttgart 2001; **233** Gotthold Ephraim Lessing: Werke. 7. Bd. München 1979, S. 282f.; **235** Günter Grass: Der Traum der Vernunft. In: Ders.: Werkausgabe in zehn Bänden. Bd. IX: Essays, Reden, Briefe, Kommentare. Hrsg. von Daniela Hermes u. Volker Neuhaus. Luchterhand Darmstadt 1987, S. 889f.; **237** Goethes Werke, Bd. 1. Hrsg. v. Erich Trunz. Wegner Verlag, Hamburg 1948, S. 28f.; **238** Johann Wolfgang von Goethe: Werke. Hamburger Ausgabe. Bd. 1: Gedichte und Epen. Hrsg. v. Erich Trunz. dtv, München 1998, S. 44ff.; **239** Johann Wolfgang Goethe: Die Leiden des jungen Werther. Erläuterungen und Dokumente. Rev. Ausgabe. Hrsg. v. Kurt Rothmann. Philipp Reclam jun. Stuttgart 1987, S. 83; Jakob Michael Reinhold Lenz: Gedichte. Hrsg. von Hellmut Haug, Stuttgart: Philipp Reclam Jun. 1968, S. 10; **240** Christian Friedrich Daniel Schubart: Deutsche Chronik. Eine Auswahl aus den Jahren 1774-1777 und 1787-1791. Hrsg. v. Evely Radczun. Philipp Reclam jun. Leipzig 1988, S. 77f.; Gesammelte Schriften von J. M. R. Lenz. Hrsg. v. L. Tieck. Bd. 1. G. Reimer Berlin 1828; **240.f.** Johann Wolfgang Goethe: Die Leiden des jungen Werther. In: Goethes Werke. Hamburger Ausgabe in 14 Bänden. Bd. VI: Romane und Novellen I. Hrsg. v. E. Trunz. C.H. Beck München 1998, S. 9, 51ff.; **243.f.** Friedrich Schiller: Kabale und Liebe. Reclam Stuttgart 2003, S. 5-8; **244.f.** Friedrich Schiller: Kabale und Liebe. Reclam, Stuttgart 1993, S. 88-91; **246.f.** Friedrich Schiller: Kabale und Liebe. Reclam, Stuttgart 1993, S. 88-91; **247** Karl Otto Conrady: Von der Verführung durch vertraute Epochenbegriffe. In: Literatur und Sprache im historischen Prozess. Bd. 1: Literatur. Hrsg. v. Thomas Cramer. Max Niemeyer Tübingen 1983, S. 19, 21; Klaus R. Scherpe: Werther und Wertherwirkung. Zum Syndrom bürgerlicher Gesellschaftsordnung im 18. Jahrhundert. Gehlen Bad Homburg 1970, S. 12ff.; **248** Yomb May: Epochen der deutschsprachigen Literatur. Reclam Stuttgart 2020, S. 8ff.; David E. Wellbery, Zitat. Aus: Eine Neue Geschichte der deutschen Literatur. Hrsg. v. David E. Wellbery, übers. v. Christian Döring. University Press Berlin 2007, S.15ff.; **251 Ulrike Prokop: Gift in der Limonade – Zu Schillers Kabale und Liebe. Aus: Friedrich Schiller. Freiburger literaturpsychologische Gespräche, Band 35. Hrsg. v. Astrid Lange-Kirchheim, Joachim Pfeiffer u. Carl Pietzcker. Königshausen & Neumann Würzburg 2016, S. 195-216; 256.f.** Daniel Glattauer: Gut gegen Nordwind. Zsolnay Wien 2006, S. 28ff.; **257** Djamilia Prange de Oliveira: Bücher bald nur noch auf Instagram? Instanovels begründen eine neue Ära des hybriden Storytellings. (25.08.2021) Unter: https://www.qiio.de/buecher-bald-nur-noch-auf-instagram-instanovels-begruenden-eine-neue-aera-des-hybriden-storytellings/ (Zugriff 09.11.2022, gek.); **258** Johann Wolfgang von Goethe: Werke. Hamburger Ausgabe. Bd. 1: Gedichte und Epen. Hrsg. v. Erich Trunz. dtv München 1998, S. 44ff.; Johann Wolfgang Goethe: Gedichte 1756-1799. Hrsg. v. K. Eibl. Deutscher Klassiker Verlag Berlin 2010, S. 332f.; **259** Johann Wolfgang Goethe: Sämtliche Werke nach Epochen seines Schaffens. Münchner Ausgabe, Bd. 2.1: Erstes Weimarer Jahrzehnt 1775-1786. Hrsg. v. Hartmut Reinhardt. Hanser München 1987, S. 90f.; **260** Johann Joachim Winckelmann: Gedanken über die Nachahmung der griechischen Werke in der Malerei und Bildhauerkunst. Hrsg. v. L. Uhlig. Reclam Stuttgart 1995, S. 3ff.; Friedrich Schiller: Sämtliche Werke. Bd. 3: Gedichte, Erzählungen, Übersetzungen. Artemis und Winkler Düsseldorf/ Zürich 1996, S. 362f.; **261.f.** Johann Wolfgang Goethe: Iphigenie auf Tauris. In: Goethes Werke. Hamburger Ausgabe in 14 Bänden. Bd. 5: Dramatische Dichtungen. Wegner Hamburg 1948; **264** Johann Wolfgang Goethe: Iphigenie auf Tauris. In: Goethes Werke. Hamburger Ausgabe in 14 Bänden. Bd. 5: Dramatische Dichtungen. Wegner Hamburg 1948; **265** Johann Wolfgang Goethe: Iphigenie auf Tauris. In: Goethes Werke. Hamburger Ausgabe in 14 Bänden. Bd. 5: Dramatische Dichtungen. Wegner Hamburg 1948; Friedrich Schiller: Über Anmut und Würde. In: Schillers sämmtliche Werke, vierter Band. J. G. Cotta'sche Buchhandlung Stuttgart 1879, S. 454-496; **266** Johann Gottfried Herder: Briefe zur Beförderung der Humanität. In: Herders Werke. In fünf Bänden, Bd. 5. Ausgew. u. eingel. v. W. Dobbek. Aufbau Berlin/Weimar 1964, S. 102f.; **266.f.** Friedrich Schiller: Maria Stuart. Editionen mit Materialien. Hrsg. v. Thomas Kopfermann. Ernst Klett Stuttgart 2009, S. 109ff.; **267** Friedrich Schiller: Maria Stuart. Editionen mit Materialien. Hrsg. v. Thomas Kopfermann. Ernst Klett Stuttgart 2009, S. 121; **268** Johann Wolfgang Goethe: Faust. Der Tragödie erster Teil. Deutsch kompetent Kurslektüren. Ernst Klett Stuttgart 2023, S.17f.; **269** Johann Wolfgang Goethe: Faust. Der Tragödie erster Teil. Deutsch kompetent Kurslektüren. Ernst Klett Stuttgart 2023; **269.f.** Johann Wolfgang Goethe: Faust. Der Tragödie erster Teil. Deutsch kompetent Kurslektüren. Ernst Klett Stuttgart 2023; **273** Johann Gottfried Herder: Ideen zur Philosophie der Geschichte der Menschheit. 2 Bände, Bd. 2. Aufbau Berlin/Weimar 1965, S. 185-191; **278.f.** Jeremias Gotthelf: Die schwarze Spinne. Hrsg. v. Konrad Nussbächer. Reclam Stuttgart 1986, S. 3-121; **280** Joseph von Eichendorff: Mondnacht. In: In wenigen Worten die ganze Welt. Gedichte für Kinder und Erwachsene. Hrsg. v. Christine Knödler. Thienemann Stuttgart/Wien 2009, S. 113; Sämtliche Werke des Freiherrn Joseph von Eichendorff. Historisch-kritische Ausgabe. Bd. 1: Gedichte. Hrsg. v. Harry Fröhlich u. Ursula Regener. De Gruyter Berlin 1993, S. 121; **281** Novalis: Wenn nicht mehr Zahlen und Figuren. In: Ders.: Schriften. Bd. 1. Das dichterische Werk. Hrsg. v. Paul Kluckhohn u. Richard Samuel. W. Kohlhammer Stuttgart 1977, S. 344f.; Karoline von Günderode: Die eine Klage. Aus: Deutsche Gedichte. Von den Anfängen bis zur Gegenwart. Hrsg. v. Theodor Echtermeyer. August Bagel Düsseldorf 1956, S. 360f.; **282** Ludwig Uhland: Reisen. In Ders.: Werke. Bd 1. Gedichte, Dramen, Versepik und Prosa. Hrsg. v. Hans-Rüdiger Schwab. Insel Frankfurt/M. 1983, S. 58f.; **283** Clemens Brentano: In der Fremde. In: Ders.: Werke. Bd. 1. Hrsg. v. Wolfgang Frühwald u. a. Carl Hanser München 1968, S. 243f.; Josef Hofmiller, Zitat. In: Wandern ist eine Tätigkeit der Beine - und ein Zustand der Seele. Unter: https://oe1.orf.at/programm/20171015/492582/Wandern-ist-eine-Taetigkeit-der-Beine-und-ein-Zustand-der-Seele (Zugriff 10.08.2023); **284** Jean Paul, Zitat. Unter: https://www.zitate.eu/autor/jean-paul-zitate/95060 (Zugriff 10.08.2023); Friedrich Schlegel, Zitat. In: Stefan Matuschek: Der gedichtete Himmel. Eine Geschichte der Romantik. C. H. Beck München 2021; E. T. A. Hoffmann, Zitat. In: Stefan Bergström: Between real and unreal. A thematic study of E. T. A. Hoffmann's „Die Serapionsbrüder". Lang Frankfurt/M. 2000, S. 31; Wilhelm Wackenroder: Werke und Briefe. Hrsg. v. Gerad Heinrich. Hanser München 1984, S. 299-303; Bettine von Arnim: Goethes Briefwechsel mit einem Kinde (Auszug). Insel Frankfurt/M. 1984; Novalis, Zitat. Unter: https://beruhmte-zitate.de/zitate/830724-novalis-die-welt-muss-romantisiert-werden-so-findet-man-de/ (Zugriff 10.08.2023); Karoline von Günderrode, Zitat. Unter: https://gutezitate.com/zitat/143117 (Zugriff 10.08.2023); Sophie von La Roche, Zitat. Unter: https://www.aphorismen.de/zitat/163075 (Zugriff 10.08.2023, gek.); Ludwig Uhland: Werke. Band 2: Sämtliche Dramen und Dramenfragmente, dichterische Prosa, ausgewählte Briefe. Winkler München 1980; **285** Kritische Friedrich-Schlegel-Ausgabe. Erste Abteilung: Kritische Neuausgabe, Bd. 2. Hrsg. von Ernst Behler. Schöningh Paderborn 1967, S. 182f.; **286** E.T.A. Hoffmann: Der Sandmann. Text mit Materialien, ausgew. v. Hans Ulrich Staiger. Klett Editionen für den Literaturunterricht. Ernst Klett Verlag Stuttgart 2008, S. 8f.; **287.f.** E. T. A. Hoffmann: Der Sandmann. Hrsg. v. Rudolf Drux. Philipp Reclam jun. Stuttgart 2014, S. 27-29; **288.f.** Novalis: Heinrich von Ofterdingen. Ein Roman. Hrsg. v. Wolfgang Frühwald. Philipp Reclam jun. Stuttgart 2022, S. 11-15; **289** Ricarda Huch: Die Blaue Blume. In: Dies.: Dies.: Die Romantik. Ausbreitung, Blütezeit und Verfall. Rainer Wunderlich Tübingen 1951, S. 283; **290** Clemens Brentano: Der Philister, vor, in und nach der Geschichte. Gehalten als Tischrede im März 1811 in der „Christlich-Theutschen Tischgesellschaft in Berlin". In: Ders.: Werke. Bd. 2. Hrsg. v. Friedhelm Kemp u. Wolfgang Frühwald. Hanser München 1980, S. 1209; Novalis: Fragmente über die Poesie. In: Ders.: Schriften. Die Werke Friedrich von Hardenbergs. Bd. 2. Das philosophische Werk I. Hrsg. v. Richard Samuel u. a. W. Kohlhammer Stuttgart 1960, S. 447-449; **290.f.** Jacob und Wilhelm Grimm: Deutsche Sagen. Zwei Bände in einem Band. Winkler München 1965, S. 10f.; **291** Jacob und Wilhelm Grimm: Vorrede zu den Märchen. Unter: http://www.maerchenlexikon.de/Grimm/vorrede.htm (Zugriff10.08.2023, gek.); Jacob und Wilhelm Grimm: Deutsche Sagen. Zwei Bände in einem Band. Winkler München 1965, S. 25-29; **292** Ralf Hanselle: Diese nervöse Angespanntheit. (25.03.2004) Unter: https://taz.de/Diese-nervoese-Angespanntheit/!771443/ (Zugriff 11.08.2023, gek.); **295** Karoline von Günderrode: Sämtliche Werke und ausgewählte Studien. Historisch-kritische Ausgabe, Bd. 1. Hrsg. v. Walter Morgenthaler. Stroemfeld Frankfurt/M. 2006, S. 109; **296** Karoline von Günderrode: Sämtliche Werke und ausgewählte Studien. Historisch-kritische Ausgabe, Bd. 1. Hrsg. v. Walter Morgenthaler. Stroemfeld Frankfurt/M. 2006, S. 109; **300.f.** Simon Strauß: Sieben Nächte. Aufbau Taschenbuch Berlin 2018; **301** Leonhard Hieronymi: Ultraromantik. Ein Manifest. Korbinian Berlin 2020, S. 18f., 27f., 31; **303** Herweghs Werke. Hrsg. v. Hans-Georg Werner. Aufbau Berlin 1967, S. 283f.; Theodor Fontane: Rezension zu Paul Lindau. In: Ders.: Sämtliche Werke. Nymphenburger Ausgabe. Band XXI, 2: Literarische Essays und Studien. Zweiter Teil. Hanser München 1974, S. 653f.; Moritz Baßler: Populärer Realismus. Vom International Style gegenwärtigen Erzählens. C. H. Beck München 2022, S. 18 f., 36; **304.f.** Georg Büchner: Woyzeck (1837), zitiert nach: Georg Büchner: Woyzeck, Deutsch kompetent Kurslektüren, 2022, Stuttgart/Leipzig/Dortmund: Ernst Klett Verlag, S. 14 f.; **305** Georg Büchner: Brief an die Eltern in Darmstadt vom 28.07.1835. Unter: http://buechnerportal.de/werke/briefe/28-juli-1835-an-die-eltern-in-darmstadt (Zugriff 22.09.2023, gek.); **306** Georg Büchner: Woyzeck. Lese- und Bühnenfassung. In: Ders.: Sämtliche Werke und Briefe, Bd. 1. Historisch-kritische Ausgabe mit Kommentar. Hrsg. v. R. Lehmann. Wegner Hamburg 1967, S. 413; Georg Büchner: Brief an die Eltern, 1834. Unter: http://buechnerportal.de/werke/briefe/nach-mitte-februar-1834-an-die-eltern-in-darmstadt/ (Zugriff 13.04.2021, gek.); **307** Georg Büchner: Woyzeck. Deutsch kompetent Kurslektüre. Ernst Klett Stuttgart 2022, S. 26f.; Georg Büchner: Dantons Tod. Reclam Stuttgart 1995; **308** Heinrich Heine: Historisch-kritische Gesamtausgabe der Werke. Bd. 2: Neue Gedichte. Hrsg. v. Manfred Windfuhr. Hoffmann & Campe Hamburg 1983, S. 150; Louise Aston: Wilde Rosen. W. Moeser und Kühn Berlin 1846; **309** Heinrich Heine: Werke und Briefe in zehn Bänden, Bd. 1. Aufbau Berlin/Weimar 1972, S. 339f.; Georg Weerth: Sämtliche Werke in fünf Bänden. Hrsg. v. Bruno Kaiser. Aufbau Berlin 1956–1957; **310** Eduard Mörike: Sämtliche Werke in zwei Bänden, Band 1. Winkler München 1967, S. 735; Eduard Mörike: Sämtliche Werke in zwei Bänden, Band 1. Winkler München 1967, S. 725; Annette von Droste-Hülshoff: Sämtliche Werke. Bd. 1: Gedichte. Hrsg. v. Bodo Plachta u. Winfried Woesler. Deutscher Klassiker-Verlag Frankfurt/M. 1994, S. 74f.; **312** Theodor Fontane: Effi Briest. Text mit Materialien, ausgewählt von Hanns-Peter Reisner und Rainer Siegle. Klett Editionen für den Literaturunterricht. Ernst Klett Verlag, Leipzig 2003, S. 3-5.; **313** Monika Fludernik: Erzähltheorie. Eine Einführung. Wissenschaftliche Buchgesellschaft Darmstadt 2010, S. 67f.; Amos Oz: Das unmerkliche Fortschreiten des Schattens. Über den Anfang von Theodor Fontanes Effis Briest. In: Ders.: So fangen Geschichten an. Übers. v. Ruth Achlama. Suhrkamp Frankfurt/M. 1997, S. 21ff.; **314** Theodor Fontane: Effi Briest. Aufbau Taschenbuch Berlin 2021, S. 6f.; **315** Theodor Fontane: Effi Briest. Aufbau Taschenbuch Berlin 2021; **315.f.** Theodor Fontane: Effi Briest. Aufbau Taschenbuch Berlin 2021, S. 36-38; **316.f,** Theodor Fontane: Effi Briest. Aufbau Taschenbuch Berlin 2021, S. 275-280; **318** Ute Frevert: Ehrenmänner. Das Duell in der bürgerlichen Gesellschaft. C. H. Beck München 1991, S. 226f.; Burkhard Spinnen, Zitat. In: Julia Schröder: Theodor Fontane und die Frauen. Alle haben sie einen Knacks. (30.12.2019) Unter: https://www.deutschlandfunk.de/theodor-fontane-und-die-frauen-alle-haben-sie-einen-knacks-100.html (Zugriff 22.09.2023, gek.); Theodor Fontane: Aufsätze zur Literatur: Lyrische und epische Poesie seit 1848. Sämtliche Werke, Band 4. Hrsg. v. Walter Keitel. Carl Hanser München 1963, S. 238, 240ff.; **320** Peter de Mendelssohn: S. Fischer und sein Verlag. S. Fischer Frankfurt/M. 1970, S. 93; **321.f.** Arno Holz, Johannes Schlaf: Die Familie Selicke. Verlag von Wilhelm Issleib Berlin 1890; **322** Maximilian Harden: Die Wahrheit auf der Bühne . In: Der Kunstwart. Rundschau über alle Gebiete des Schönen, 15. Stück, Jahrgang 1, 1888, S. 201; Arno Holz: Die Kunst. Ihr Wesen und ihre Gesetze. Wilhelm Issleib Berlin 1891, S. 61-151; **323** Arno Holz, Johannes Schlaf: Die Familie Selicke. Verlag von Wilhelm Issleib Berlin 1890; **323.f.** Arno Holz, Johannes Schlaf: Die Familie Selicke. Verlag von Wilhelm Issleib Berlin 1890; **324** Arno Holz, Johannes Schlaf, Theodor Fontane: Vorwort zur 4. Auflage. In: Arno Holz, Johannes Schlaf: Die Familie Selicke. Verlag von Wilhelm Issleib Berlin 1891; **326.f.** Gabriel García

Márquez: Chronik eines angekündigten Todes. Übers. v. Curt Meyer-Clason, überarb. v. Dagmar Ploetz. Kiepenheuer & Witsch Köln 2006; **329** Christian Morgenstern: Alle Galgenlieder. Insel Frankfurt/M. 1979. S. 79; Bertolt Brecht: Ausgewählte Werke in 6 Bänden, Band 3: Gedichte 1. Suhrkamp Frankfurt/M. 1997; Rainer Maria Rilke: Sämtliche Werke, erster Band. Insel Frankfurt/M. 1955, S. 519; Selma Meerbaum-Eisinger: Ich gehe mit der Nacht vereint. Hrsg. v. Markus May. Reclam Stuttgart 2021. S. 39; Paul Boldt: Junge Pferde! Junge Pferde! Kurt Wolff Leipzig 1914; **330** Friedrich Nietzsche: Werke in drei Bänden, Bd. 2: Die fröhliche Wissenschaft 2. Hanser München 1954, S. 126-128; Friedrich Nietzsche: Sämtliche Werke. Kritische Studienausgabe in 15 Bänden, Bd. 11: Nachgelassene Fragmente 1884-1885. Hrsg. v. Giorgio Colli u. Mazzino Montinari. dtv München 1988, S. 329; **331** Rainer Maria Rilke: Ich fürchte mich so vor der Menschen Wort. In: Deutsche Lyrik aus Österreich seit Grillparzer. Hrsg. v. Camill Hoffmann. Meyer u. Jessen 1912; Hugo von Hofmannsthal: Sämtliche Werke. Kritische Ausgabe, Bd. 31. Hrsg. v. Ellen Ritter. S. Fischer Frankfurt/M. 1991, S. 48ff.; **332** Stefan George: Einleitungen der Blätter für die Kunst. In: Die deutsche Literatur in Text und Darstellung 13. Impressionismus, Symbolismus und Jugendstil. Hrsg. v. Ulrich Karthaus. Reclam Stuttgart 1977. S. 128; **333** Georg Trakl: In einem alten Garten. In: Georg Trakl. Hrsg. v. Gunnar Decker. Deutscher Kunstverlag Berlin 2014. S. 37; Rainer Maria Rilke: Die Gedichte. Frankfurt am Main, Leipzig: Insel 1998, S. 451; **334** Gero von Wilpert: Sachwörterbuch der Literatur. Kröner Stuttgart 1989; Christian Morgenstern: Alle Galgenlieder. Insel Frankfurt/M. 1979. S. 105; Joachim Ringelnatz: 103 Gedichte. Rowohlt Reinbek b. Hamburg 1933, S. 57f.; **335** Else Lasker-Schüler: Sämtliche Gedichte. Hrsg. v. Friedhelm Kemp. Kösel München 1966; Jacob Burckhardt, Zitat. Unter: https://gutezitate.com/zitat/208645 (Zugriff 26.09.2023, gek.); Hermann Hesse: Unterwegs. G. Müller München 1911; **336** Hermann Bahr: Die Überwindung des Naturalismus. In: Die deutsche Literatur in Text und Darstellung 13. Impressionismus, Symbolismus und Jugendstil. Hrsg. v. Ulrich Karthaus. Reclam Stuttgart 1977. S. 121-126; **337** Wilhelm Klemm: Meine Zeit. In: Kurt Pinthus: Menschheitsdämmerung. Ein Dokument des Expressionismus. Rowohlt Hamburg 1959, S. 40; **338** Gottfried Benn: Kleine Aster. Aus: Gedichte des Expressionismus. Hrsg. v. Dietrich Bode. Reclam, Stuttgart 2016, S. 79; **339** Rainer Maria Rilke: Briefe über Cézanne. Hrsg. v. Clara Rilke. Insel Frankfurt/M. 1983; Charles Baudelaire: Die Blumen des Bösen. Übers. v. Carlo Schmid. Insel Frankfurt/M. 1976. S. 49; Robert Gernhardt: In Zungen reden. Stimmenimitationen von Gott bis Jandl. S. Fischer Frankfurt/M. 2000. S. 124; Georg Heym Lesebuch. Hrsg. v. Heinz Rölleke. C. H. Beck München 1984, S. 23; **340** Herbert Lehnert: Interpretation zu Georg Heyms „Die Stadt". In: Deutsche Gedichte und ihre Interpretationen, Bd. 7: Von Gottfried Benn bis Nelly Sachs. Hrsg. v. Marcel Reich-Ranicki. Insel Frankfurt/M. 2002, S. 222-224; Georg Heym: Werke. Mit einer Auswahl von Entwürfen aus dem Nachlass, von Tagebuchaufzeichnungen und Briefen. Hrsg. v. Gunter Martens. Reclam, Stuttgart 2006, S. 157; **341** August Stramm: Gedichte, Dramen, Prosa, Briefe. Hrsg. v. Jörg Drews. Reclam Stuttgart 1997, S. 70; **341** August Stramm: Gedichte, Dramen, Prosa, Briefe. Hrsg. v. Jörg Drews. Reclam Stuttgart 1997, S. 20; **342** Mascha Kaléko: Das Lyrische Stenogrammheft. Kleines Lesebuch für Große. Rowohlt Reinbek b. Hamburg 1978; Kurt Tucholsky: Gesammelte Werke, Bd. 1: 1907-1924. Hrsg. v. Mary Gerold-Tucholsky u. Fritz J. Raddatz. Rowohlt Reinbek 1960; **343.f.** Bertolt Brecht: Werke. Große kommentierte Berliner und Frankfurter Ausgabe, Bd. 2: Stücke. Hrsg. v. W. Hecht et al. Aufbau Berlin/Suhrkamp Frankfurt/M. 1988, S. 233-236; **344** Bertolt Brecht: Gesammelte Werke, Bd. 15: Schriften zum Theater 1. Suhrkamp Frankfurt/M. 1967, S. 719f.; **345** Alfred Döblin: Berlin Alexanderplatz. Die Geschichte vom Franz Biberkopf. dtv München 1965, S. 8f.; **346** Erich Kästner: Fabian. Die Geschichte eines Moralisten. dtv München 2007, S. 91f.; **347** Mascha Kaléko: Sämtliche Werke und Briefe. Hrsg. v. Jutta Rosenkranz, übers. v. Efrat Gal-Ed u. Britta Mümmler. dtv München 2012; **348** Bertolt Brecht: Gesammelte Werke, Bd. 9: Gedichte 2. Suhrkamp Frankfurt/M. 1967, S. 719f.; Bertolt Brecht: Flüchtlingsgespräche. Suhrkamp Berlin 2016; **349** Anna Seghers: Das siebte Kreuz. Aufbau Berlin 2020, S. 151f.; **349.f.** Anna Seghers: Transit. Aufbau Berlin 1993, S. 198f.; **350** Thomas Mann: Essays 1937-1945, Bd. 5: Deutschland und die Deutschen. Hrsg. v. Hermann Kurzke u. Stephan Stachorski. S. Fischer Frankfurt/M. 1996, S. 176f.; **352** James Joyce: Ulysses. Übers. v. Hans Wollschläger. Suhrkamp Frankfurt/M. 1981, S. 80f.; **353** James Joyce: Ulysses. Übers. v. Hans Wollschläger. Suhrkamp Frankfurt/M. 1981, S. 940; Sven Regener: Herr Lehmann. Ein Roman. Goldmann München 2003, S. 151f.; **355** Heinz Kahlau: Elementares Bedürfnis. In: Der große Conrady. Das Buch deutscher Gedichte. Hrsg. v. Karl Otto Conrady. Artemis & Winkler Düsseldorf 2008, S. 955; **356** Günter Eich: Abgelegene Gehöfte. Suhrkamp Frankfurt/M. 1968, S. 38f.; **356.f.** Heinz Kahlau: Elementares Bedürfnis. In: Der große Conrady. Das Buch deutscher Gedichte. Hrsg. v. Karl Otto Conrady. Artemis & Winkler Düsseldorf 2008, S. 955; **358** Nelly Sachs: Ihr Zuschauenden. In: Der große Conrady. Das Buch deutscher Gedichte. Hrsg. v. Karl Otto Conrady. Artemis & Winkler Düsseldorf 2008, S. 745; **358.M1** Theodor W. Adorno: Gesammelte Schriften, Bd. 10.2: Kulturkritik und Gesellschaft. WBG Darmstadt 1998, S. 674; **358.M2** Theodor W. Adorno: Ist die Kunst heiter? In: Ders.: Noten zur Literatur. Hrsg. v. Rolf Tiedemann. Suhrkamp Frankfurt/M. 1989, S. 603; **358.M3** Robert Gernhardt: Gedichte 1954-1994. Haffmans Zürich 1999, S. 17; **359** Iris Radisch: Frauen im Schatten. (08.06.2022) Unter: https://www.zeit.de/2022/24/frauen-nachkriegsliteratur-ingeborg-bachmann?utm_referrer=https%3A%2F%2Fwww.google.com%2F (Zugriff 28.09.2023, gek.); **359.M4** Wolfdietrich Schnurre: Der Schattenfotograf. Aufzeichnungen. Ullstein Frankfurt/M. 1981, S. 454-457; **360** Wolfgang Borchert: Vielleicht hat sie ein rosa Hemd. In Ders.: Das Gesamtwerk. Rowohlt, Reinbek bei Hamburg 1988, S. 204ff.; **361** Günter Grass: Die Blechtrommel. Luchterhand Darmstadt 1986, S. 49-52; **362** Monika Maron: Flugasche. S. Fischer Frankfurt/M. 1981, S.16f.; **363.f.** Christa Wolf: Störfall. Nachrichten eines Tages. Suhrkamp Frankfurt/M. 2009, S.14ff.; **364** Christa Wolf: Die Dimension des Autors. Essays und Aufsätze, Reden und Gespräche 1959-1985. Bd.2. Aufbau Berlin/Weimar 1989, S. 324f.; **364.f.** Wolfgang Koeppen: Das Treibhaus. Suhrkamp Frankfurt/M. 1972, S.17ff.; **365.f.** Heinrich Böll: Die verlorene Ehre der Katharina Blum. München 1990. S. 8-10, 12.; **367** Bertolt Brecht: Werke. Große kommentierte Berliner und Frankfurter Ausgabe, Band 12. Hrsg. v. Werner Hecht et al. Aufbau Berlin/Weimar 1988, S. 310; **367** Helga M. Novak: Lernjahre sind keine Herrnjahre. In: Der große Conrady. Das Buch deutscher Gedichte. Hrsg v. Karl Otto Conrady. Artemis & Winkler Düsseldorf 2008, S. 1033; Sarah Kirsch: Drachensteigen. Langewiesche-Brandt Ebenhausen 1979; **368** Peter Rühmkorf: Werke 1. Gedichte. Hrsg. v. Bernd Rauschenbach. Rowohlt Reinbek bei Hamburg 2000, S.287; **369** Rolf Dieter Brinkmann: Westwärts 1&2. Gedichte. Hrsg. v. Jürgen Manthey. Rowohlt Reinbek bei Hamburg 1975, S. 99; Jürgen Becker: Das Ende der Landschaftsmalerei. Suhrkamp Frankfurt/M. 1974, S. 34; Rolf Dieter Brinkmann: Die Piloten. Neue Geschichte. Kiepenheuer & Witsch Köln 1968; **371** Ingeborg Bachmann: Anrufung des Großen Bären. Gedichte. Piper München 1956; **371.M1** Ingeborg Bachmann: Wozu Gedichte. In: Dies.: Werke, Bd. 4. Hrsg. v. Christine Koschel. Piper München 1982, S. 303f.; **376** Saša Stanišićs: Herkunft. Luchterhand München 2019, S. 123-125; **377** Deniz Ohde: Streulicht. Suhrkamp Berlin 2020, S. 60-71; **378** Hanna Romanowsky: NÄCHSTE GENERATION. Deniz Ohdes Roman „Streulicht": Wie bestimmt Herkunft unseren Bildungsweg? (22.07.2022) Unter: https://www.mdr.de/kultur/literatur/deniz-ohde-leipzig-interview-ich-wollte-schon-immer-schriftstellerin-sein-100.html (Zugriff 03.05.2024, gek.); **378.f.** Tonio Schachinger: Echtzeitalter. Rowohlt Reinbek b. Hamburg 2023, S. 116-121; **380** Daniel Kehlmann: Die Vermessung der Welt. Rowohlt Reinbek b. Hamburg 2005, S. 127f.; Goethes sämmtliche Werke. Erster Band. J. G. Cotta'sche Buchhandlung Stuttgart 1827, S. 99; Umberto Eco: Nachschrift zum „Namen der Rose". Übers. v. Burkhart Kroeber. Hanser München 1984, S. 78f.; **381** Heinz Kahlau: Tag der Einheit. In: Der große Conrady. Das Buch deutscher Gedichte. Hrsg. v. Karl Otto Conrady. Artemis & Winkler Düsseldorf 2008, S. 955; **381** Reiner Kunze: die mauer. In: Der große Conrady. Das Buch deutscher Gedichte. Hrsg. v. Karl Otto Conrady. Artemis & Winkler Düsseldorf 2008, S. 973; Volker Braun: Das Eigentum. In: Der große Conrady. Das Buch deutscher Gedichte. Hrsg. v. Karl Otto Conrady. Artemis & Winkler Düsseldorf 2008, S. 1087; **382.f.** Bas Böttcher: Berlin Paradoxien. Unter: https://basboettcher.de/index.php?page=Berlin_Paradoxien (Zugriff 02.04.2024, gek.); **383** Alicia Frey: Instapoesie – Die Wortkünstler unserer Zeit. Unter: https://www.uni-bamberg.de/germ-lit3/projekte-von-studierenden/lyrikprojekt/instapoesie-die-wortkuenstler-unserer-zeit/ (Zugriff 02.04.2024, gek.); **387.f.** Elena Fischer: Paradise Garden. Diogenes Zürich 2023, S. 99-104; **392.f.** Douglas Stuart: Young Mungo. Übers. v. Sophie Zeitz. Hanser Berlin 2023, S. 84-88; **393** Das adoleszente Gehirn. Einführung. Hrsg. v. Peter J. Uhlhaas u. Kerstin Konrad. Kohlhammer Stuttgart 2011, S. 19; **395** Matthias Dell: Debattenkultur, Wenn auch ohne Sprechverbote keiner reden will. (12.08.2020) Unter: https://www.deutschlandfunk.de/debattenkultur-wenn-auch-ohne-sprechverbote-keiner-reden-100.html (Zugriff 06.02.2024, gek.); **396** Thomas Etzemüller: Bedeutung des Performativen für die Forschung. Wissenschaft als „Schauspiel"? (09.12.2018) Unter: https://www.forschung-und-lehre.de/zeitfragen/wissenschaft-als-schauspiel-1293 (Zugriff 06.02.2024, gek.); **397f.** Paul Watzlawick, Janet H. Beavin, Don D. Jackson: Menschliche Kommunikation. Formen, Störungen, Paradoxien. Huber Bern 2007, S. 51, 53, 54f., 69f.; **399** Caroline Amme: So schädlich wie 15 Zigaretten. Eine globale Einsamkeitswelle plagt junge Menschen. (19.11.2023) Unter: https://www.n-tv.de/panorama/Eine-globale-Einsamkeitswelle-plagt-junge-Menschen-article24523689.html (Zugriff 06.02.2024, gek.); **400** Ann-Kristin Wenzel: Nicht noch eine Sprachnachricht!(18.07.2022, gek.) © dpa Deutsche Presse-Agentur GmbH; **402** Aufregung um Video von Finnlands feiernder Regierungschefin. (18.08.2022, gek.) © dpa Deutsche Presse-Agentur GmbH; **403** Hanno Rauterberg: Digitalisierung und urbaner Raum. In der Öffentlichkeit zu Hause. (01.06.2017) Unter: https://www.goethe.de/ins/ca/de/kul/ges/mtr/21006275.html (Zugriff 06.02.2024, gek.); Tränen der Influencer. Gefühle aus der Tabuzone holen 04:29 Minuten Eine junge Frau schaut traurig, Wasser rinnt über ihr Gesicht. Gedanken von Katharina Herrmann. (27.06.2023) Unter: https://www.deutschland-funkkultur.de/influencer-tiktok-insta-youtube-gefuehle-100.html (Zugriff 05.03.2024; **405** Paul Sailer-Wlasits: Hate Speech. Die Metastasen des Hasses. (31.12.2019) Unter: https://www.zeit.de/kultur/2019-12/hate-speech-hass-social-media-sprache-ursachen/komplettansicht (Zugriff 25.04.2022, gek.); **406** Jagoda Marinic: Kommentar zur Debattenkultur. Es braucht neue Werkzeuge für den Diskurs. (31.12.2022) Unter: https://www.deutschlandfunk.de/debattenkultur-100.html (Zugriff 06.02.2024, gek.); **407** Rede von Kulturstaatsministerin Monika Grütters bei der Klassik Stiftung Weimar. (05.02.2020) Unter: https://www.bundesregierung.de/breg-de/aktuelles/rede-von-kulturstaatsministerin-monika-gruetters-bei-der-klassik-stiftung-weimar-1719614 (Zugriff 06.02.2024, gek.); **408** Rede von Kulturstaatsministerin Monika Grütters bei der Klassik Stiftung Weimar. (05.02.2020) Unter: https://www.bundesregierung.de/breg-de/aktuelles/rede-von-kulturstaatsministerin-monika-gruetters-bei-der-klassik-stiftung-weimar-1719614 (Zugriff 06.02.2024, gek.); **409f.** Frank-Walter Steinmeier, Rede zur Diskussionsveranstaltung „Zukunft der Demokratie und Zusammenhalt der Gesellschaft". (02.09.2021) Unter: https://www.bundespraesident.de/SharedDocs/Reden/DE/Frank-Walter-Steinmeier/Reden/2021/09/210902-Slowakei-Diskussion-Bratislava.html (Zugriff 06.02.2024, gek.); **411** Yasmina Reza: Der Gott des Gemetzels. Libelle Lengwil 2011, S. 13-17; **412f.** Yasmina Reza: Der Gott des Gemetzels. Libelle Lengwil 2011, S. 36-39; **414** Yasmina Reza: Der Gott des Gemetzels. Libelle Lengwil 2011, S. 53-56; **415** Die Axiome von Paul Watzlawick. Unter: https://www.paulwatzlawick.de/axiome.html (Zugriff 18.09.2019, bearb.); **417** Marco Buschmann: Debattenkultur. „Es mangelt zunehmend an der Fähigkeit, mehrdeutige Situationen zu ertragen". (02.01.2023) Unter: https://www.welt.de/debatte/kommentare/plus242984743/Gesellschaft-Stattdessen-greift-eine-immer-groessere-Ambiguitaetsintoleranz-um-sich.html (Zugriff 06.02.2024, gek.); **419** Marco Buschmann: Debattenkultur. „Es mangelt zunehmend an der Fähigkeit, mehrdeutige Situationen zu ertragen". (02.01.2023) Unter: https://www.welt.de/debatte/kommentare/plus242984743/Gesellschaft-Stattdessen-greift-eine-immer-groessere-Ambiguitaetsintoleranz-um-sich.html (Zugriff 06.02.2024, gek.); **423** Tierschützer-Initiative: «Weinblätter rollen» statt «Hähnchen rupfen» Von Christine Oelrich, dpa (04.01.2024) © dpa Deutsche Presse-Agentur GmbH; **424** Fenja Mens: Wie Kinder sprechen lernen. In: GEO Wissen Nr. 40, 10/2007: Das Geheimnis der Sprache, S. 37f.; **425.M1** Hans Bickes, Ute Pauli: Erst- und Zweitspracherwerb. Fink Paderborn/UTB Stuttgart 2009, S. 32f.; **426.M2** Sabine Peschel: Sprach-Erklärer und Welt-Intellektueller. (07.12.2018) Unter: https://www.dw.com/de/noam-chomsky-der-sprach-erkl%C3%A4rer-und-welt-intellektuelle-wird-90/a-46620806

(Zugriff 28.06.2024, gek.); **426.M3** Hans Bickes, Ute Pauli: Erst- und Zweitspracherwerb. Fink Paderborn/UTB Stuttgart 2009, S. 16; **427.M4** Gisela Klann-Delius: Spracherwerb. Eine Einführung. J. B. Metzler Stuttgart 2016, S. 134; **428** Angela D. Friederici, Michael Skeide, Verena Müller: Sprache macht den Menschen. (19.02.2016) Unter: https://www.cbs.mpg.de/sprache-macht-den-menschen (Zugriff 23.10.2023, gek.); **429** Holger Küls: Gehirnforschung, Lernen und Spracherwerb. (2003) Unter: https://www.kindergartenpaedagogik.de/fachartikel/psychologie/1024/ (Zugriff 23.10.2023, gek.); **430** Claudia Maria Riehl: Mehrsprachigkeit. Eine Einführung. WBG Darmstadt 2014, S. 9-17; **430.f.** Kübra Gümüsay: Sprache und Sein. Hanser Berlin 2020, S. 27-30; **432** Claudia Maria Riehl: Mehrsprachigkeit. Eine Einführung. WBG Darmstadt 2014, S. 80; **435.M5** Olga Grjasnowa: Die Macht der Mehrsprachigkeit. Über Herkunft und Vielfalt. Bibliographisches Institut/Duden Berlin 2021. S. 3-8; **440** Benjamin Lee Whorf: Die Grammatik formt den Gedanken. Das linguistische Relativitätsprinzip. Aus: Sprache, Denken, Wirklichkeit. Beiträge zur Metalinguistik u. Sprachphilosophie. Hrsg. u. übers. v. Peter Krausser. Rowohlt Reinbek bei Hamburg 1988, S. 11f.; **441.f.** Guy Deutscher: Dem Gefängnis der Sprache entfliehen. (04.04.2012) Unter: https://www.tagesspiegel.de/wissen/sprachwissenschaft-dem-gefaengnis-der-sprache-entfliehen/6473176.html (Zugriff 28.06.2024, gek.); **442.f.** Lera Boroditsky: Wie die Sprache das Denken formt. (15.03.2012) Unter: https://www.spektrum.de/news/linguistik-wie-die-sprache-das-denken-formt/1145804 (Zugriff 28.06.2024, gek.); **444** Metzler Lexikon Philosophie: Arbiträr. Unter: https://www.spektrum.de/lexikon/philosophie/arbitraer/192 (Zugriff 28.06.2024, gek.); Metzler Lexikon Sprache. Hrsg. v. Helmut Glück. J. B. Metzler, Stuttgart/Weimar 1993, S. 52; Hugo von Hofmannsthal: Sämtliche Werke. Kritische Ausgabe, Bd. 31. Hrsg. v. Ellen Ritter. S. Fischer Frankfurt/M. 1991, S. 48ff.; **446** Peter von Polenz: Deutsche Sprachgeschichte vom Spätmittelalter bis zur Gegenwart, Bd. 1: Einführung, Grundbegriffe, Deutsch in der frühbürgerlichen Zeit. De Gruyter Berlin 1991, S. 28; **447.f.** Rudi Keller: SPRACHWANDEL. BDÜ 2000: FASZINATION SPRACHE – HERAUSFORDERUNG ÜBER-SETZUNG. (13.07.2004) Unter: https://www.phil-fak.uni-duesseldorf.de/uploads/media/Sprachwandel.pdf (Zugriff 28.06.2024, gek.); **449** Hans Ulrich Schmid: Die 101 wichtigsten Fragen – deutsche Sprache. C. H. Beck München 2010, S. 42-44; **450** Peter Köhler: Die Wahrheit. Hier wirst du Deutsch gelernt. (27.04.2021) Unter: https://taz.de/Die-Wahr-heit/!5762756/ (Zugriff 09.08.2023, gek.); Rudi Keller: Ist die deutsche Sprache vom Verfall bedroht? (12.07.2024) Unter: https://www.phil-fak.uni-duesseldorf.de/uploads/media/Sprachverfall.pdf (Zugriff 28.06.2024, gek.); **451.f.** Anatol Stefanowitsch: Diagnose: „Männersprache". Aus: Politik und Zeitgeschichte 5-7 v. 31.01.2022, S. 10f. Unter: https://www.bpb.de/shop/zeitschriften/apuz/geschlechtergerechte-sprache-2022/346081/diagnose-maennersprache/ (Zugriff 28.06.2024, gek.); **452.f.** Ewa Trutkowski: Vom Gendern zu politischen Rändern. (22.07.2020) Unter: https://www.nzz.ch/feuilleton/gendergerechte-sprache-die-diskussion-ist-politisch-vergiftet-ld.1567211 (Zugriff 28.06.2024, gek.); **457.f.** „Das sagt sich so leicht", Frankfurter Allgemeine Zeitung, 22.12.2016, Sandra Kegel; **463** André Wilkens: Netzkultur. Wir müssen Small Data werden. (25.03.2015) Unter: https://www.zeit.de/kultur/2015-03/analog-digital-bio-essay (Zugriff 25.07.2024, gek.); **464** Andreas Ströhl: Medientheorien kompakt. UVK Konstanz 2014, S. 229; **465** Niklas Luhmann: Die Gesellschaft der Gesellschaft, Bd. 2. Suhrkamp Frankfurt/M. 1997, S. 1014; Niklas Luhmann: Die Realität der Massenmedien. Springer Wiesbaden 2017, S. 9; Byung-Chul Han: Undinge. Umbrüche der Lebenswelt. Ullstein Berlin 2021, S. 48; Byung-Chul Han: Undinge. Umbrüche der Lebenswelt. Ullstein Berlin 2021, S. 26; Peter Trawny: Krise der Wahrheit. S. Fischer Frankfurt/M. 2021, S. 54f.; **466.ff.** Frank-Walter Steinmeier: Rede zur Eröffnung der re:publica 06. Mai 2019. Unter: https://www.bundespraesident.de/SharedDocs/Reden/DE/Frank-Walter-Steinmeier/Reden/2019/05/190506-Eroeffnung-Republica.html (Zugriff 25.07.2024, gek.); **469.f.** Marga-rete Stokowski: Soziale Medien. Twitter ist nicht nur ein Rattenloch. (11.01.2022) Unter: https://www.spiegel.de/kultur/twitter-ist-nicht-nur-ein-rattenloch-kolumne-a-71b35584-7ba0-4e59-a09a-dc67fdc0f4f1 (Zugriff 25.07.2024, gek.); **471.f.** Kristin Kielon: Mentale Gesundheit: Welche Auswirkungen hat Social Media auf Kinder und Jugendliche? (16.12.2023) Unter: https://www.mdr.de/wissen/medizin-gesundheit/social-media-auswirkungen-psy-che-kinder-jugendliche-100.html (Zugriff 25.07.2024, gek.); **474** Marianne Kneuer: Politische Kommunikation und digitale Medien in der Demokratie. (09.10.2017) Unter: https://www.bpb.de/shop/buecher/schriftenreihe/medienkompetenz-schriftenreihe/257593/politische-kommunikation-und-digitale-medien-in-der-demokratie/ (Zugriff 25.07.2024, gek.); **479** Art. 5 Grundgesetz (GG). Unter: https://www.gesetze-im-internet.de/gg/BJNR000010949.html (Zu-griff 07.06.2022, gek.); Nico Lumma, Stefan Rippler, Branko Woischwill: Berufsziel Social Media. Wie Karrieren im Web 2.0 funktionieren. Springer Gabler Berlin 2015, S. 142; Hannah Beitzer: Kritik an Dieter Nuhr: Wir alle sind der Shitstorm. (18.07.2015) Unter: https://www.sueddeutsche.de/digital/kritik-an-dieter-nuhr-wir-alle-sind-der-shitstorm-1.2572238 (Zugriff 19.09.2022, gek.); **480** Mario Haim: Echokammer. (10.04.2020) Unter: https://journalistikon.de/echokammer/ (Zugriff 25.07.2024, gek.); **481** Eva Marlene Hausteiner: Philosophischer Kommentar. Verschwörungstheorien säen eine Kultur des Misstrauens. (10.10.2020) Unter: https://www.deutschlandfunkkultur.de/philosophischer-kommentar-verschwoerungs-theorien-saeen-eine-100.html (Zugriff 25.07.2024, gek.); **482** Niloofar Gholamilran, Manasi Gopalakrishnan: Iran-Protest: Mit Social Media gegen das Regime. (30.11.2022) Unter: https://www.dw.com/de/soziale-medien-iran/a-63916671 (Zugriff 25.07.2024, gek.); Huberta von Voss-Wittig, Jakob Guhl: Angriff aufs Kapitol. Ein Sturm entsteht nicht im Vakuum. (12.01.2021) Unter: https://www.derstandard.at/story/2000123211640/angriff-auf-capitol-ein-sturm-entsteht-nicht-im-vakuum (Zugriff 16.09.2022, gek.); **483.f.** Bernhard Pörksen: Trolle, Empörungsjunkies und kluge Köpfe. Die fünfte Gewalt des digitalen Zeitalters. (17.04.2015) Unter: https://www.cicero.de/innenpolitik/trolle-empoerungsjunkies-und-klu-ge-koepfe-die-fuenfte-gewalt-des-digitalen (Zugriff 19.09.2022, gek.); **484.f.** Dirk Reinhardt: Perfect Storm. Carlsen Hamburg 2023, S. 171; **485.f.** Dirk Reinhardt: Perfect Storm. Carlsen Hamburg 2023, S. 173ff.; **491** Vom Gatekeeper zum Gatewatcher. Über neue Anforderungen an den Journalismus. Katrin Schmermund im Gespräch mit Wolfgang Schweiger. In: Forschung & Lehre 4/2017, S. 308f.; **495** Peter Stamm: Literatur muss nackt sein. (26.09.2009) Unter: https://www.nzz.ch/literatur_muss_nackt_sein-ld.784383 (Zugriff 31.05.2023, gek.); **496** Thomas Vasek: Warum Stil eine Frage der Moral ist. (05.06.2014) Unter: https://www.manager-magazin.de/lifestyle/stil/hohe-luft-chefredakteur-thomas-vasek-ueber-stil-und-moral-a-973184.html (Zugriff 31.05.2023, gek.); **497** Amtliches Regelwerk des Rats für deutsche Rechtschreibung (2018). Unter: https://grammis.ids-mannheim.de/rechtschrei-bung/6157 (Zugriff 31.05.2023, gek.); **498.f.** Thomas Vasek: Warum Stil eine Frage der Moral ist. (05.06.2014) Unter: https://www.manager-magazin.de/lifestyle/stil/hohe-luft-chefredak-teur-thomas-vasek-ueber-stil-und-moral-a-973184.html (Zugriff 31.05.2023, gek.); Zur besseren altersgemäßen Verständlichkeit wurde der Originaltext verändert, ohne den Inhalt und/oder Sinn zu verändern.; **500** Eduard Engel: Deutsche Stilkunst. G. Freytag Leipzig 1922. S. 60f. (bearb.); **503** Arthur Schopenhauer: Sämtliche Werke, Bd. V: Parerga und Paralipomena. Kleine philosophische Schriften. Suhrkamp FRankfurt/M. 1989. S. 594 f.; **542** Frank-Walter Steinmeier: Jubiläum – 20 Jahre Jugend debattiert. Unter: https://www.jugend-debattiert.de/20-jahre (Zugriff 09.08.2023, gek.); **544** Detlef Esslinger: Gesellschaft. Herzenswärme, gerne für alle. (09.03.2022) Unter: https://www.sueddeutsche.de/meinung/ukraine-fluecht-linge-hilfsbereitschaft-kommentar-1.5543528?reduced=true (Zugriff 10.11.2022, gek.); **546** Hilke Lorenz: Essay zur Flüchtlingsfrage. Habt Mitgefühl! (06.04.2016) Unter: https://www.stuttgarter-zeitung.de/inhalt.essay-zur-fluechtlingsfrage-habt-mitgefuehl.e17b3fd7-fb95-40ec-bdb7-2b32c2a4682e.html (Zugriff 10.11.2022, gek.); **563** Johann Wolfgang Goethe: Werke. Hamburger Ausgabe. Bd. 1: Gedichte und Epen. Hrsg. v. Erich Trunz. dtv München 1998, S. 44ff.; **564** Gotthold Ephraim Lessing: Emilia Galotti. In: Ders.: Werke. Zweiter Band. Hrsg. v. Herbert G. Göpfert. Carl Hanser München 1971, S. 129ff.; **567** Karl-Markus Gauss: Protestbewegungen. Das sind doch keine Rebellen. (22.07.2021) Unter: https://www.sueddeutsche.de/meinung/corona-impfgegner-querdenker-dissidenten-rebellion-1.5359189?reduced=true (Zugriff 11.11.2022, gek.);

Bildquellen

Cover Bühnen und Orchester der Stadt Bielefeld, Theater Bielefeld, Foto: Sarah Jonek, Bielefeld; **16.1** stock.adobe.com, Dublin (yurakrasil); **16.2** Schulz von Thun-Institut für Kommunikation, Hamburg; **20** Verlag Voland & Quist, Berlin, Autor: Marc-Uwe Kling, Illustrator: Bernd Kissel; **22** stock.adobe.com, Dublin (Felix Haumann); **34.oben** Getty Images Plus, München (iStock / SanderStock); **34.unten** Getty Images Plus, München (iStock / olaser); **36** Getty Images Plus, München (Alexander Spatari/Moment); **38** dodotes illustrations, Berlin; **40** dodotes illustrations, Berlin (dortes71); **42** BPK, Berlin (Fritz Eschen); **44.oben** Getty Images Plus, München (d3sign); **44. unten** Getty Images Plus, München (Dennis Fischer Photography); **46** Getty Images Plus, München (vgajic); **56** akg-images, Berlin (Österreichische Galerie im Belvedere, Wien) [Gustav Klimt: Der Kuß, 1908]; **58** Interfoto, München (Mary Evans); **59** Artothek, Fürth (Hans Hinz, Kunstmuseum Basel) [Baldung (Grien), Hans: Der Tod und die Frau, um 1520/25]; **60** dodotes illustrations, Berlin; **61** akg-images, Berlin [V.Schertle: Caroline v. Günderode]; **62** © Viola Roehr von Alvensleben, München [Rudolf Schlichter: Hausvogteiplatz, 1926]; **65** Mauritius Images (Van Gogh Museum, Amsterdam; Alamy), Mittenwald (Vincent van Gogh: Seascape near Les Saintes-Maries-de-la-Mer, 1888); **67** akg-images, Berlin (New York, Metropolitan Museum of Art) [Wassily Kandinsky: Improvisation 27 (Garten der Liebe II), 1912]; **74** Picture-Alliance, Frankfurt/M. (dpa-Zentralbild / Bernd Wüstneck); **77** Uhlig, Bernd, Berlin; **81** Schweizerisches Nationalmuseum, Zürich, LM-73981, [Joseph Reinhart: Familienporträt Rieter-Zeller, 1803]; **82** akg-images, Berlin (Sammlungen der Universität, Leipzig) [Anton Graff: Bildnis Gotthold Ephraim Lessing, 1771]; **84** ullstein bild, Berlin (imageBROKER/Michael Nitzschke); **92** Mauritius Images, Mittenwald (Alamy / Zip Lexing); **95** Alamy Ltd., Abingdon (Signal Photos); **96** akg-images, Berlin [Chodowiecki, Daniel: Toleranz, 1791]; **98** „Nathan der Weise" Taeter-Theater Heidelberg 2015, Wolfgang Graczol als Nathan, Dieter Aschoff als Sultan Saladin (c) Taeter-Theater Heidelberg, Foto: Manfred Liedtke; **99** Getty Images Plus, München (E+/SDI Productions); **101** Picture-Alliance, Frankfurt/M. (dpa - Bildarchiv / Zentralbild); **104** akg-images, Berlin (Sammlungen der Universität, Leipzig) [Anton Graff: Bildnis Gotthold Ephraim Lessing, 1771]; **104** Interfoto, München (Sammlung Rauch); **104** akg-images, Berlin (New Picture Library srl/De Agostini Picture Lib./A. Dagli Orti) [Ferdinand Jagemann: Portrait of Christoph Martin Wieland, 1805]; **104** BPK, Berlin (Kupferstichkabinett, SMB/Jörg P. Anders) [Daniel Nikolaus Chodowiecki , Blatt 2 zu Sechs grosse Begebenheiten des vorletzten Decenniums, 1791]; **104** iStockphoto, Calgary, Alberta (Steven Wynn Photography); **109** Mauritius Images, Mittenwald (Alamy / Historic Images); **114.1** IMAGO, Berlin (Winfried Rothermel); **114.2** Fotosatz_Buck, Kumhausen/Hachelstuhl nach GfK Media and Communication Research (2016 bis 2018), GIM (ab 2019), JIM-Studie 2020; **115** Fotosatz_Buck, Kumhausen/Hachelstuhl; **115** stock.adobe.com, Dublin (Fly_dragonfly); **116** Medienpädagogischer Forschungsverbund Südwest (mpfs) www.mpfs.de, Stuttgart; **118** die medienanstalten (2021): Mediengewichtungsstudie 2020-II, S. 25. Abrufbar unter https://www.die-medienanstalten.de/forschung/mediengewichtungsstudie; **119** Getty Images Plus, München (iStock/nito100); **122** Getty Images Plus, München (DigitalVision Vectors/smartboy10); **124** Getty Images Plus, München (Moment/Daniel Lozano Gonzalez); **126** Getty Images, München (Joe Raedle / Mitarbeitende); **127** Roger Schmidt Karikatur-Cartoon, Brunsbüttel; **128** Stefan Roth, roth-cartoons.de, Attenweiler; **130** Fotosatz_Buck, Kumhausen/Hachelstuhl; Presse- und Informationsamt der Bundesregierung: Was ist Desinformation?, unter: https://www.bundesregierung.de/breg-de/schwerpunkte/umgang-mit-desinformation/was-ist-desinformation-1875148 (Zugriff: 23.06.23); **135** Fotosatz_Buck, Kumhausen/Hachelstuhl; **138** Glücklicher Montag, Leipzig; **140** stock.adobe.com, Dublin (nmann77); **142.1** © Cornelsen Verlag GmbH (Duden), Berlin; **142.2** Getty Images, München (Till Rimmele/Kontributor); **142.3** Picture-Alliance, Frankfurt/M. (dpa/Sebastian Gollnow); **144** Axel Hörnig (lexa), lexagoods.de; **146** https://creativecommons.org/licenses/by-sa/4.0/deed.de, Mountain View ; CC-BY-SA-4.0 Lizenzbestimmungen: https://creativecommons.org/licenses/by-sa/4.0/legalcode, Heike Wiese (2014ff): Liebesgrüße aus dem Kiez (KiDKo/LL - „Linguistic Landscape"). www.kiezdeutschkorpus.de, siehe *3; **148** laif, Köln (Isabella De Maddalena/opale.phot); **150** Mauritius Images, Mittenwald (Pictures Now/Alamy/Alamy Stock Photos); **153** Fotosatz_Buck, Kumhausen/Hachelstuhl nach mdrfragt.de, Deutliche Mehrheit lehnt Gendersprache ab, 22.07.2021; **160** Eric Corbeyran, Richard Horne „Die Verwandlung, von Franz Kafka". Copyright © 2010 Éric Corbeyran, Horne Perreard, Knesebeck Verlag / (c) Groupe Delcourt-Soleil. Originally published in French under the following title: La Métamorphose, de Franz Kafka, adapté par E. Corbeyran et R. Horne © Éditions DELCOURT, 2009; **160** akg-images, Berlin (Fototeca Gilardi Fototeca Gilardi); **160** akg-images, Berlin (Archiv K. Wagenbach); **163** Mauritius Images, Mittenwald (Evgeniy Bobrov/Alamy/Alamy Stock Photos); **167** ShutterStock.com RF, New York (Kaesler Media); **169** © Moritz Stetter „Das Urteil" nach Franz Kafka (2015); **169** © Moritz Stetter „Das Urteil" nach Franz Kafka (2015); **170** Der Trafikant, Österreich, 2018, Regie: Nikolaus Leytner, Produktion: Epo-Film Produktionsgesellschaft u.a., Verleih: Tobis , Darsteller: Simon Morzé, Bruno Ganz, Emma Drogunova, Johannes Krisch © EPO-Filmproduktionsgesellschaft, Wien; **170** Der Trafikant, Österreich, 2018, Regie: Nikolaus Leytner, Produktion: Epo-Film Produktionsgesellschaft u.a., Verleih: Tobis , Darsteller: Simon Morzé, Bruno Ganz, Emma Drogunova, Johannes Krisch © EPO-Filmproduktionsgesellschaft, Wien; **172.1** Universal Pictures, Hamburg; **172.2** Maria Stuart, Globe Theater Berlin, 2021, Regie: Carola Söllner, Darsteller: Saskia von Winterfeld, Wiebke Acton © IMAGO, Berlin (Martin Müller); **172.3** Declair, Arno, Berlin; **175** Wolfgang Borchert Theater, Münster (© MEYER ORIGINALS www.meyeroriginals.com); **179** laif, Köln (Piero Oliosi/Polaris); **181** Die Physiker von Friedrich Dürrenmatt, Deutsches Theater Berlin, 2005, Regie: Andras Fricsay, Darsteller: Peter Pagel, Dieter Mann, Jörg Gudzuhn © akg-images, Berlin (Freese/drama-berlin.de); **186** © Stiftung Haus der Geschichte der Bundesrepublik Deutschland/Schleiner+Partner; **186** Boehnke et al. im Auftrag des Bundesministeriums des Innern, für Bau und Heimat, 2021; **188** Mauritius Images, Mittenwald (Jimlop collection / Alamy); **189** Picture-Alliance, Frankfurt/M. (Sammlung Richter); **190** © BADV, Künstler: Georg Mann, Halle (Saale), Fotograf: Hans-Jürgen Fuchs, Stuttgart; **193** Mauritius Images, Mittenwald (The History Collection / Alamy); **195** Fotosatz_Buck, Kumhausen/Hachelstuhl; **202** © STUDIOCANAL GmbH, Kamera: © Thomas W. Kiennast; **203** Cover: Die Schachnovelle von Stefan Zweig © Fischer Taschenbuch Verlag GmbH, Frankfurt am Main 1987.; **205** © STUDIOCANAL GmbH, Kamera: © Thomas W. Kiennast; **206** akg-images, Berlin (brandstaetter images/Archiv Setzer-Tschiedel); **207** © STUDIOCANAL GmbH, Kamera: © Thomas W. Kiennast; **209** © STUDIOCANAL GmbH; **212** © STUDIOCANAL GmbH, Kamera: © Thomas W. Kiennast; **213** © STUDIOCANAL GmbH, Kamera: © Thomas W. Kiennast; **214.1** Mauritius Images, Mittenwald (SZ Photo Creative); **214.2** Bridgemanimages.com, Berlin (Bildarchiv Steffens); **215.3** Mauritius Images, Mittenwald (creativephototeam / Alamy); **215.4** ShutterStock.com RF, New York (melissamn); **216** Mauritius Images, Mittenwald (MET/BOT / Alamy / Alamy Stock Photos); **217.li.** Bridgemanimages.com, Berlin (Bednorz Images); **217.re.** https://creativecommons.org/licenses/by-sa/4.0/deed.de, Mountain View ; CC-BY-SA-4.0 Lizenzbestimmungen: https://creativecommons.org/licenses/by-sa/4.0/legalcode, Foto: Jivee Blau, https://de.m.wikipedia.org/wiki/Frau_Welt, siehe *3; **218.li.** ullstein bild, Berlin; **218.re.** gemeinfrei; **220** akg-images, Berlin; **222** Mauritius Images, Mittenwald (Jeff Speaks / Alamy); **223** akg-images, Berlin [Jacob Marrel: Vanitas-Stilleben]; **224.1** In: Volker Meid, Das Reclambuch der deutschen Literatur, Philipp Reclam jun. GmbH & Co., Stuttgart, S. 164; **224.2** Bridgemanimages.com, Berlin (Museumslandschaft Hessen Kassel/Ute Brunzel) [Heinrich Fueger: Prometheus bringt der Menschheit das Feuer, um 1817]; **225.3** Bridgemanimages.com, Berlin (Granger); **225.4** Artothek, Fürth (Folkwang Museum Essen) [Caspar David Friedrich: Frau in der Morgensonne, um 1818]; **226** Picture-Alliance, Frankfurt/M. (Leemage); **227** stock.adobe.com, Dublin (Georgios Kollidas); **228** BPK, Berlin; **230** action press international gmbh, Hamburg (United Archives / Arthur Grimm); **234** Stadtarchiv Karlsruhe StadtAK 8/PBS IV 189; **235** akg-images, Berlin [Moritz Daniel Oppenheim: Lavater und Lessing bei Moses Mendelsohn, 1856]; **236** akg-images, Berlin; **238** Bridgemanimages.com, Berlin (Musee Gustave Moreau, Paris) [Gustave Moreau: Prometheus, 1868]; **239** BPK, Berlin (Gemäldegalerie, SMB/Jörg P. Anders) [Johann Georg Ziesenis: Prinz Ernst Ludwig von Sachsen-Gotha-Altenburg, 1768]; **241** BPK, Berlin (Nationalgalerie, SMB/Reinhard Saczewski); **242** akg-images, Berlin (Bresadola/drama-berlin.de); **249** akg-images, Berlin (Heiner Heine); **259** Mauritius Images, Mittenwald (Thorsten Becker/imageBROKER); **260** Mauritius Images, Mittenwald (Alamy / Soare Cecilia Corina); **261** Mauritius Images, Mittenwald (alamy / IanDagnall Computing); **255** akg-images, Berlin (Heritage Images/Fine Art Images/Hessisches Landesmuseum Darmstadt) [Anselm Feuerbach: Iphigenia, 1862; **271.oben** akg-images, Berlin (Bildarchiv Monheim); **271 unten** stock.adobe.com, Dublin (Sina Ettmer); **278** Faust, Deutschland 1960, Regie: Peter Gorski © IMAGO, Berlin (United Archives); **280.oben** BPK, Berlin (Nationalgalerie, SMB/Jörg P. Anders) [Caspar David Friedrich: Mann und Frau in Betrachtung des Mondes, um 1824]; **280.unten** akg-images, Berlin [Eduard Eichens: Porträt von Joseph Freiherr von Eichendorff]; **281** Mauritius Images, Mittenwald (Yogi Black / Alamy); **281** akg-images, Berlin [V. Schertle: Karoline von Günderrode, Porträt um 1800]; **282** akg-images, Berlin (Sammlung Archiv für Kunst und Geschichte) [T. Kühner: Ludwig Uhland, Stahlstich, um 1845/50]; **285** Freies Deutsches Hochstift/Frankfurter Goethe-Museum, Hs-13540; **286** akg-images, Berlin (Heritage Images/Fine Art Images/Goethemuseum, Frankfurt am Main) [Johann Heinrich Fuseli: The Nightmare II, 1802]; **289.1** Maximilian von Lachner, Frankfurt; **289.2** Maximilian von Lachner, Frankfurt; **293** BPK, Berlin (Hamburger Kunsthalle, SHK/Elke Walford) [Caspar David Friedrich: Der Wanderer über dem Nebelmeer, um 1817]; **300** Simon Strauß, Sieben Nächte © 2017 Aufbau Verlag, Berlin. Gestaltung ZERO MEDIA, München unter Verwendung einer Abbildung von © VikaValter / getty images; **302.2** akg-images, Berlin (Berlin, Landesarchiv); **302** Mauritius Images, Mittenwald (Zoonar GmbH / Alamy / Alamy Stock Photos); **304** ©Sebastian Hoppe; **307.1** Picture-Alliance, Frankfurt/M. (Eventpress Hoensch); **307.2** ullstein bild, Berlin (Kujath); **308** Mauritius Images, Mittenwald (Historic Images / Alamy) [Johann Baptist Reiter: Louise Aston]; **309** akg-images, Berlin (Kunsthalle Hamburg) [Moritz Daniel Oppenheim: Heinrich Heine Porträt, 1831]; **310** ullstein bild, Berlin; **311.links** Woyzeck, Deutschland 1979, Regie: Werner Herzog © Alamy stock photo, Abingdon (Photo 12); **311.rechts** akg-images, Berlin (Salzburg, Museum Carolino Augusteum) [Carl Spitzweg: Der Sonntagsspaziergang, 1841]; **314** Mauritius Images, Mittenwald (PAINTING/Alamy/Tate GaLery, London) [John Everett Millais: Mariana, 1851]; **315.links** Fontane Effi Briest, Deutschland 1974, Regie: Rainer Werner Fassbinder © ddp media GmbH, Hamburg; **315.rechts** Fontane Effi Briest, Deutschland 1974, Regie: Rainer Werner Fassbinder © IMAGO, Berlin (Image courtesy TANGO FILMS/RGA/Ronald Grant Archive/Mary Evans); **318** Effi Briest, Deutschland 2009, Regie: Hermine Huntgeburth © IMAGO, Berlin (Constantin Film/Everett Collection); **319** akg-images, Berlin (Metropolitan Museum of Art New York) [Gustave Courbet: Young Ladies of the Village, ca. 1851–1852]; **320** BPK, Berlin; **321** Mauritius Images, Mittenwald (UtCon Collection / Alamy); **325** BPK, Berlin (Nationalgalerie, SMB/Jürgen Liepe) [Adolph von Menzel: Das Eisenwalzwerk (Moderne Cyklopen), 1872-75]; **328.1** Mauritius Images, Mittenwald (alamy/Vidimages/Hamburger Kunsthalle) [Ernst Ludwig Kirchner: Das Wohnzimmer, 1923]; **328.2** akg-images, Berlin © VG Bild-Kunst, Bonn 2024 [Otto Dix: Sturmtruppe geht unter Gas vor, 1924]; **329** Mauritius Images, Mittenwald (alamy/Magite Historic/Kunsthalle Bremen) [Paula Modersohn-Becker: Selbstbildnis nach halbrechts, mit Hand am Kinn, 1906]; **330** Getty Images Plus, München (DigitalVision Vectors / clu); **331** akg-images, Berlin (County Museum of Art, Los Angeles) © VG Bild-Kunst, Bonn 2024 [René Magritte: Der Verrat der Bilder, 1928/29]; **332** Interfoto, München (Sammlung Rauch); **333.oben** akg-images, Berlin; **333.unten** Alamy stock photo, Abingdon (Niday Picture Library) [Vincent Van Gogh: Bildnis Doktor Gachet, 1890]; **334. oben** BPK, Berlin (Dietmar Katz); **334.unten** Picture-Alliance, Frankfurt/M. (dpa); **335.oben** Mauritius Images, Mittenwald (alamy / GL Archive); **335.unten** Mauritius Images, Mittenwald (alamy/Art Collection 2/Bergen Art Museum) [Edvard Munch: Melancholy, 1894-96]; **336.oben** Mauritius Images, Mittenwald (alamy/History and Art Collection) [Theodor Kittelsen: Echo, 1888]; **336.unten** Mauritius Images, Mittenwald (alamy / Artefact); **337** © Ludwig Meidner-Archiv, Jüdisches Museum der Stadt Frankfurt am Main / BPK, Berlin (LWL-Museum für Kunst und Kultur, Münster/Sabine Ahlbrand-Dornseif) [Ludwig Meidner: Apokalyptische Stadt, 1913]; **338.oben** Mauritius Images, Mittenwald (Alamy/Danvis Collection) [Egon Schiele: Selbstbildnis mit erhobenen Ellenbogen, 1914]; **338.unten** ullstein bild, Berlin; **339** akg-images, Berlin © Eberhard Spangenberg, München / VG Bild-Kunst, Bonn 2024 [Alfred Kubin: Der Krieg 1903]; **340** Mauritius Images, Mittenwald (Alamy / Yogi Black); **345.oben** Berlin Alexanderplatz, BRD 1980, Regie: Rainer Werner Fassbinder © Mauritius Images, Mittenwald (Alamy/Bavaria Film/WDR); **345. unten** Berlin Alexanderplatz, BRD 1980, Regie: Rainer Werner Fassbinder © IMAGO, Berlin (United Archives); **346** Getty Images, München (brandstaetter images/Kontributor/Hulton Archive); **347** ullstein bild Berlin (Fotografisches Atelier Ullstein); **349** IMAGO, Berlin (Marco

Bertram); **350** Mauritius Images, Mittenwald (alamy / Pictorial Press Ltd); **352** Bridgemanimages.com, Berlin (Lebrecht Authors); **354.1** BPK, Berlin (Bayerische Staatsgemäldesammlungen) © VG Bild-Kunst, Bonn 2024 [Joseph Beuys: Capri-Batterie, 1985]; **354.2** akg-images, Berlin (Städelsches Kunstinstitut Frankfurt a.M.) © VG Bild-Kunst, Bonn 2024 [Wolfgang Mattheuer: Der Koloß II, 1970]; **355.3** akg-images, Berlin (Georg Pahl); **355.4** akg-images, Berlin (Lothar M. Peter); **355.5** stock.adobe.com, Dublin (eyetronic); **356** Süddeutsche Zeitung Photo, München; **357** László Lakner Schwarze Milch, 1983 260 x 230 cm Acryl und Sprayfarbe auf Laken. Foto: Miklós Sulyok. © VG Bild-Kunst, Bonn, 2024; **361** Die Blechtrommel, Deutschland/Frankreich 1979, Regie: Volker Schlöndorff © Mauritius Images, Mittenwald (Cinema Legacy Collection); **362** ullstein bild, Berlin (Uhlenhut, Manfred); **363** akg-images, Berlin; **367** Picture-Alliance, Frankfurt/M. (dpa - Bildarchiv); **368** Bertram, Mathias, Berlin (© Roger Melis Nachlass); **376** ShutterStock.com RF, New York (Markus Wissmann); **381** Picture-Alliance, Frankfurt/M.; **382** IMAGO, Berlin (Rolf Zöllner); **384** akg-images, Berlin (Abraham Pisarek); **385.1** Mauritius Images, Mittenwald (Magwitch / Alamy); **385.2** Okapia, Frankfurt (Norbert Michalke/Imagebroker); **394** ShutterStock.com RF, New York (RYGER); Fotosatz_Buck, Kumhausen/Hachelstuhl; **396** © Selbstportrait (mit pinken Ohren und vielen Mündern) Foto: Charlie Stein © VG Bild-Kunst, Bonn 2024 [Charlie Stein: Selbstportrait (mit pinken Ohren und vielen Mündern)]; **399** Das Progressive Zentrum, Studie „Extrem einsam?" 2023; **401.1** stock.adobe.com, Dublin (annick); **401.2** stock.adobe.com, Dublin (Cerae); **401.3** stock.adobe.com, Dublin (Jenny Sturm); **401.4** stock.adobe.com, Dublin (unpict); **401.5** ShutterStock.com RF, New York (Serg64); **401** Getty Images Plus, München (E+/fotografixx); ShutterStock.com RF, New York (Carboxylase); ShutterStock.com RF, New York (Carboxylase); ShutterStock.com RF, New York (flower travelin' man); ShutterStock.com RF, New York (Sudowoodo); ShutterStock.com RF, New York (Arizzona Design); **402** action press international gmbh, Hamburg (Sipa Press/Heikki Saukkomaa/LEHTIKUVA); **410** Mauritius Images, Mittenwald (SOPA Images Limited/Alamy/Alamy Stock Photos); **413** Picture-Alliance, Frankfurt/M. (dpa - Report/Sebastian Widmann); **422** ShutterStock.com RF, New York (Konstantin Chagin); toonpool.com, Berlin (Harm Bengen); **424** Mauritius Images, Mittenwald (TopFoto); **427** ShutterStock.com RF, New York (Lopolo); **428** Mauritius Images, Mittenwald (Adisha Pramod / Alamy); **432** Fotosatz_Buck, Kumhausen/Hachelstuhl; nach Übersicht Dialekte: Ein soziolinguistisches Varietäten-Modell aus: Heinrich Löffler. Germanistische Soziolinguistik. Erich Schmidt Verlag, 2. überarb. Aufl. Berlin 1994. S. 79 © Heinrich Löffler, Romanshorn; **436** https://creativecommons.org/licenses/by-sa/4.0/deed.de, Mountain View ; CC-BY-SA-4.0 Lizenzbestimmungen: https://creativecommons.org/licenses/by-sa/4.0/legalcode. https://de.statista.com/infografik/15329/was-zuhause-gesprochen-wird/. Quelle: Destatis/Mikrozensus 2017, siehe *3; **440** dodotes illustrations, Berlin (dortes 71); **442** Fotosatz_Buck, Kumhausen/Hachelstuhl; **443** Fotosatz_Buck, Kumhausen/Hachelstuhl; **444** Fotosatz_Buck, Kumhausen/Hachelstuhl; **445** © Watterson / Distr. Universal Uclick / Distr. Bulls, Bill Watterson, Calvin & Hobbes Bd. 10: Überall Schätze!; **446** Retkowski, Friedrich, Hameln; **450** stock.adobe.com, Dublin (Artur Synenko); **451** Fotosatz_Buck, Kumhausen/Hachelstuhl; **462** Mauritius Images, Mittenwald (Les Archives Digitales / Alamy); Mauritius Images, Mittenwald (MOHAMED EL MEFTAHY / Alamy); **465.oben** Picture-Alliance, Frankfurt/M. (AP Photo / Andreas Fruecht); **465.unten** Mauritius Images, Mittenwald (Richard Levine / Alamy); **466** Hans-Bredow-Institut / Leibniz Institut für Medienforschung, Hamburg; **467** action press international gmbh, Hamburg (Future Image); **469** IMAGO, Berlin (photothek / Inga Kjer); **472** Trunk Archive, New York (Rankin); **479** toonpool.com, Berlin (Jan Rieckhoff); **480** Fotosatz_Buck, Kumhausen/Hachelstuhl; **481** Mauritius Images, Mittenwald (Ikon Images); **482** Getty Images, München (ROBERTO SCHMIDT / Kontributor); Mauritius Images, Mittenwald (Mark Kerrison / Alamy); **490** PER Medien & Marketing GmbH, Braunschweig, Quelle: Russ-Mohl, 1992; **494** Mauritius Images, Mittenwald (Gibon Art / Alamy); Mauritius Images, Mittenwald (IanDagnall Computing / Alamy) [Max Beckmann: Still Life with Saxophones]; **495** Picture-Alliance, Frankfurt/M. (Keystone/EPA-EFE/Peter Schneider); **496** Getty Images, München (Westend61); **500** akg-images, Berlin (Sammlung Archiv für Kunst und Geschichte, Berlin) [Eduard Engel / n. Zeichnung v. I. Gentz]; **502** Getty Images Plus, München (DragonImages/iStock); **503** stock.adobe.com, Dublin (nickolae); **505** Stadt Limburg/Johannes Laubach; **508.1** BPK, Berlin (Deutsches Historisches Museum/Arne Psille); **508.2** BPK, Berlin (Bayerische Staatsgemäldesammlungen) [Balthasar van der Ast: Stilleben mit Früchten]; **510** Stadtarchiv Karlsruhe StadtAK 8/PBS IV 189; ShutterStock.com RF, New York (Gl0ck); **512** stock.adobe.com, Dublin (Sina Ettmer); iStockphoto, Calgary, Alberta (DigitalVision Vectors/ZU_09); **514.1** IMAGO, Berlin (Fine Art Images/Heritage Images) [Johann Georg Ziesenis d. Jüngere: Herzogin Anna Amalia]; **514.2** Mauritius Images, Mittenwald (The History Collection/Alamy); **516.2** Lara Müller/Stiftung Weltkulturerbe Bamberg; **516** Picture-Alliance, Frankfurt/M. (ZB - Fotoreport/Jan-Peter Kasper); **520.1** Mauritius Images, Mittenwald (The History Collection/Alamy/Alamy Stock Photos/Wien Museum) [Reinhold Völkel: Cafe Griensteidl, 1896]; **522.1** ullstein bild, Berlin (Walter Frentz); **522.2** Picture-Alliance, Frankfurt/M. (dpa/Jörg Schmitt); **524** IMAGO, Berlin (HEN-FOTO); Picture-Alliance, Frankfurt/M. (AP Photo/Alberto Pezzali); **549** Oser, Liliane, Hamburg; **550** Voets, Inge, Berlin; **551** Fotosatz_Buck, Kumhausen/Hachelstuhl; **553** PER MEDIEN & MARKETING GmbH, Braunschweig; **554** dodotes illustrations, Berlin (dortes 71); **554** dodotes illustrations, Berlin (dortes 71)

Medien zum Schulbuch

Einführungsphase

1 Kommunikation untersuchen · Miteinander reden

25	Gespräche in literarischen Texten untersuchen	So geht's interaktiv	I01
30	Einen Sachtext analysieren	Schreibtraining interaktiv	I02
33	Einen Sachtext analysieren	Beispiellösung	D01

2 Erzählende Texte untersuchen und interpretieren · In die weite Welt hinein

36	Sybille Berg: Hauptsache weit	Hörtext	A01
52	Einen Erzähltext interpretieren	Schreibtraining interaktiv	I03
55	Einen Erzähltext interpretieren	Beispiellösung	D02

3 Gedichte untersuchen, interpretieren und vergleichen · Von Minne bis Liebesrost

59	Christian Hoffmann von Hoffmannswaldau: Vergänglichkeit der Schönheit	Hörtext	A02
65	Reiner Kunze: Rudern zwei	Hörtext	A03
66	Bildlichkeit in Gedichten entschlüsseln	So geht's interaktiv	I04
71	Ein Gedicht interpretieren	Schreibtraining interaktiv	I05
73	Ein Gedicht interpretieren	Beispiellösung	D03

4 Dramatische Texte untersuchen und interpretieren · Emilia Galotti

76	Gotthold Ephraim Lessing: Emilia Galotti (II, 6)	Hörtext	A04
89	Eine Dramenszene interpretieren	Schreibtraining interaktiv	I06
90	Eine Dramenszene interpretieren	Sprachtraining interaktiv	I07
91	Eine Dramenszene interpretieren	Beispiellösung	D04

5 Auf Materialbasis über eine literarische Epoche informieren · Im Licht der Vernunft

92	Im Panorama: Zeugnisse der Aufklärungszeit	360°-Bild	I08
97	Gotthold Ephraim Lessing: Nathan der Weise (III, 7)	Hörtext	A05
107	Immanuel Kant: Beantwortung der Frage: Was ist Aufklärung?	Hörtext	A06
110	Materialgestütztes informierendes Schreiben	Schreibtraining interaktiv	I09
112	Materialgestütztes informierendes Schreiben	Sprachtraining interaktiv	I10
113	Materialgestütztes informierendes Schreiben	Beispiellösung	D05

6 Möglichkeiten und Risiken digitaler Partizipation erörtern · Posten, liken, teilen, kommentieren

117	Diskontinuierliche Texte untersuchen und bewerten	So geht's interaktiv	I11
122	Ingrid Brodnig: Lügen im Netz: Sich davor schützen und andere aufklären	Hörtext	A07
134	Einen Sachtext erörtern	Schreibtraining interaktiv	I12
135	Einen Sachtext erörtern	Sprachtraining interaktiv	I13
137	Einen Sachtext erörtern	Beispiellösung	D06

7 Auf Materialbasis zu aktuellen Sprachentwicklungen argumentieren · Deutsch: vielseitig und wandelbar oder dem Verfall geweiht?

145	Ulrich Greiner: Droht uns eine Sprachzensur? Ja!	Hörtext	A08
156	Materialgestütztes argumentierendes Schreiben	Schreibtraining interaktiv	I14
156	Aufgabenstellung erschließen	So geht's interaktiv	I15
158	Materialgestütztes argumentierendes Schreiben	Sprachtraining interaktiv	I16
159	Materialgestütztes argumentierendes Schreiben	Beispiellösung	D07